JM

)T, Berlin, geb. 1810

WALDEMAR
1850–1942
heiratet
SUSANNA GRÄFIN SEDTWITZ
geb. Widerklee

LÄRCHEN, 1870–1942
heiratet
PAUL EFFINGER

SOFIE, 1872–1930
heiratet
UDO GERSTMANN, L.d.R.

Kragsheim, 1830–1925
833–1924

HELENE
geb. 1862
heiratet
JULIUS MAINZER

WILLY
geb. 1864

BERTHA
1868–1942

RICKE
geb. 1880
heiratet
M. KRAUTHEIMER

OSKAR
1883–1940

RUTH
1886–1942

WALTER
1891–1920

Gabriele Tergit

# Effingers

*Roman*

Mit einem Nachwort
von Nicole Henneberg

Schöffling & Co.

Die Personen dieses Buches sind erfunden.
Nur einige Briefstellen und Aussprüche sind historisch.

Dritte Auflage dieser Ausgabe 2019

Die Erstausgabe erschien 1951
im Verlag Hammerich & Lesser in Hamburg
Satz: Fotosatz Amann, Memmingen
Druck & Bindung: Pustet, Regensburg
ISBN 978-3-89561-493-4

www.schoeffling.de

*»... Uns hebt die Welle,*
*Verschlingt die Welle,*
*Und wir versinken.*
*Ein kleiner Ring*
*Begrenzt unser Leben,*
*Und viele Geschlechter*
*Reihen sie dauernd,*
*An ihres Daseins*
*Unendliche Kette.«*

Goethe

# 1. Kapitel

## *Ein Brief*

Ein junger Mann, Paul Effinger, siebzehn Jahre alt, schrieb 1878 einen Brief:

»Meine hochverehrten Eltern!

Euren 1. Brief vom 25. cr. habe ich empfangen, und beeile ich mich, denselben zu beantworten.

Auch hier merkt man den großen Aufschwung, der überall zu bemerken. Ich arbeite nun in der Eisengießerei, und ich kann sagen, es ist eine schwere Arbeit. Wir fangen um 5 Uhr früh an und hören um 6 Uhr am Nachmittag auf, das sind elf Stunden Arbeit. Vielfach wird aber auch erst um 7 Uhr aufgehört. Für die Arbeiter ist das schrecklich. Sie wohnen oft weit entfernt und kämen nur fünf Stunden zur Ruhe, wenn sie nach Hause gehen würden. So machen sie sich in den Fabriksälen selber eine Lagerstatt und liegen dort, nach Geschlechtern nicht getrennt, in der scheußlichsten Weise durcheinander. Der Arbeiter ist hier tatsächlich nur ein besserer Bettler. Ich denke über diese Dinge viel nach. Abends versuche ich, mich technisch fortzubilden. Auch höre ich zweimal in der Woche Handelslehre. Französisch treibe ich auch.

Aber nun die Hauptsache, was Euch, meine sehr verehrten Eltern, gewiß viel Freude machen wird. Ich war am Sonntag zum Mittagessen bei meinem verehrten Chef eingeladen. Alle, die ausgelernt haben, waren eingeladen. Es war sehr schön. Es gab Wein, und ich saß neben der Dame des Hauses, was mir eine fast zu große Ehre scheint. Es ist auch eine Tochter da. Aber die Tochter hat nichts für die jungen Leute übrig. Sie sprach nur mit einem Leutnant. Die Leutnants sind hier angebetet wie die Herrgötter. Herr Rawerk läßt Euch grüßen.

Es wird Euch interessieren, daß der Kaiser und Bismarck anläßlich der Kaisermanöver hier durchgekommen sind. Herr Rawerk und wir alle wollten dem ehrwürdigen Kaiser und dem großen Bismarck unsere Ovation darbringen. Aber wie das machen? Da kam unser Werkmeister auf eine geniale Idee. Und sie wurde auch ausgeführt. Als der Extrazug passierte, hatte sich ein großer Teil der Arbeiter auf die Backsteinpfeiler der Fabrikseinzäunung gestellt, jeder mit einem Stoß Kohlen, sogenannten Briquetts, im Arm und eine möglichst monumentale, oft recht malerische Stellung annehmend. Der Anblick war höchst originell und für das industrielle Rheinland gewiß sehr charakteristisch. Kaiser Wilhelm grüßte denn auch mehrmals aus dem Zuge.

Ihr seht, ich lebe hier mitten in der großen Welt. Am Sonntag aber war ich in St. Goar. Ich bin mit dem Rheindampfer hinuntergefahren. Es war sehr voll und die Menschen sehr ausgelassen. Damit Ihr nicht denkt, daß ich sehr leichtsinnig bin, muß ich Euch sagen, es war die erste Rheinfahrt seit drei Jahren, und ich lege auch jeden Pfennig meines Salärs zurück.

Nun lebt wohl, grüßt alle Geschwister
und empfangt die innigsten Grüße Eueres
Euch tief verehrenden
Sohnes Paul.«

Der junge Mann, ein kleiner, unscheinbarer, hellbraunhaariger Mensch, nahm mit raschen und tüchtigen Bewegungen die Streusandbüchse und trocknete das Geschriebene. Dann schrieb er mit schwungvoller Kaufmannsschrift:

»Wohlgeboren Herrn Uhrmacher Mathias Effinger, Kragsheim«, nahm eine Marke und trug den Brief zur Post.

# 2. Kapitel

## *Kragsheim*

Kragsheim bestand aus drei Schichten. Gegen den Bergrükken die alte Stadt, Häusergeschachtel, leise Südlichkeit der Straßen, Lindengeblüh, Flieder und Goldregen, Gassen, Laternen an den Fachwerkhäusern. Hier waren die Läden und der Markt, Bögen gegen Regen und Sonnenhitze. Hier saß das Handwerk, im Tor der Schmied, in der Werkstatt Schuhmacher und Schneider, hier saß Mathias Effinger, der Uhrmacher. Die Häuser hatten alte Namen, sie hießen »Blauer Schlüssel«, »Goldene Krone«, »Weißer Flieder«. Über allem aber standen die Türme von St. Jacobi, Drohung und Schutz und Ewigkeit für das gegiebelte kleine Gewimmel. Die Kirche war innen weiß. Die Stadt war protestantisch, hatte die Freiheit eines Christenmenschen tapfer verteidigt gegen die katholische Liga, Gustav Adolf Quartier gewährt. Dreißigtausend Einwohner hatte die Stadt, als der Dreißigjährige Krieg begann, dreitausend krochen verwildert, verhungert, scheu aus den Häusern, als er geendet hatte, und die Schweine liefen über die Gassen.

Im Jahre 1878 hielt die alte Mauer noch immer Zünfte und Bürger in engen Schranken.

Vor dem Tor mit Voluten und Kugeln begann die zweite Schicht. Man kam vom 16. ins 18. Jahrhundert, vom ehrenamtlichen Ratsherrn zum bezahlten Beamtentum, vom Landsknecht zum Offizier. Zwischen gelagerten einfachen weißen Häusern führte eine breite Kastanienallee zum glühheißen weiten Platz vor dem gewaltigen Schloß, dem Ziel. Hier wurden einst Prinzessinnen eingeholt, von hier ritt der Landesherr mit seinen Freundinnen zur Jagd, achtspännige Karossen, die Pagen auf dem Trittbrett, auf den Pferden die Lakaien mit weißem Zopf und hellblauen Seidenfräcken und rosa Westen bis zum

Knie. Tief bückte sich der Untertan, ertrug Abgaben und Einquartierung, bewunderte den Glanz des Schlosses, das nie völlig bezahlt worden war. Die napoleonischen Kriege hatten schließlich die Handwerkerrechnungen zerfetzt. Jetzt gingen Fremde ins Schloß, sahen Park, Wasserkünste, Naturtheater, künstliche Ruinen, das fächerförmige Teehaus, rot mit hellblauen Ornamenten. Im Schloß saß der Fürst. Er ließ sich einfache Zimmer herrichten, aber an großen Tagen, wenn der Kaiser aus Berlin kam, brannten in der Spiegelgalerie, im Porzellanzimmer, im blauen und gelben Kabinett immer noch die hundertkerzigen Kristallkronen und beleuchteten den Märchenglanz einer versunkenen Welt aus amaranthrotem Damast und verwaschenen Silberrahmen und Stuck, der wie Schaum an die Decke geschlagen war.

Dahinter begann die dritte Schicht. Fluß, Wiese, Landstraße und Dorf, Berge und Wälder, duftvoll von Quellengeriesel. Von den Bergen sah man auf die rotgieblige Stadt hinterm Rokokotor. Hoch wuchs der Weizen, fruchtbares süddeutsches Land. Auf dem Brücklein stand der heilige Christophorus und am wogenden Acker der Gekreuzigte. Schon im nächsten Dorf läutete das Ave. Schon im nächsten Dorf war der alte Glaube, der Katholizismus, geblieben.

Die Husaren zogen durchs Tor mit den Kugeln und Voluten. Blaue Husaren mit weißer Verschnürung, kleine Fähnchen an der Lanze. Die Leute liefen ans Fenster. Hinter den Husaren kam der Postwagen. Der Schwager spielte: »Muß i denn, muß i denn zum Städtele hinaus.« Der Postbote im gelben Rokokofrack klingelte beim »Auge Gottes«, einem Haus mit Fachwerkgiebel, das vorn drei Etagen hatte, aus deren oberster man hinten in den Obst- und Grasgarten kam. Unten war der Uhrladen.

Die Türglocke gab hellen Laut durchs ganze Haus. Effinger nahm das Vergrößerungsglas aus dem Auge. Er trug ein schwarzes, rotgesticktes Samtkäppchen und einen hellbraunen Backenbart, wie Wilhelm der Erste und Kaiser Franz Joseph von Österreich, zu deren Generation er gehörte.

»Grüß Gott«, sagte der Postillon, »viel Post, Herr Effinger!«

»Lauter Liebesbrief'.«
»Ich glaub's auch.«
»Was zu bezahlen?«
»Nein.«
»Ihr seids billige Leut.«
»Auch net überall. Grüß Gott.«
»Grüß Gott.«

Er setzte sich behaglich hin, um zu lesen. Eine Bestätigung kam von den Bankiers Gebrüder Effinger in Mannheim, seinen Brüdern, über 200 Gulden erspartes Geld, das Effinger nach Mannheim gesandt hatte: »Teilen wir Ihnen mit, daß wir Ihnen 200 Gulden gutgeschrieben haben.«

Ein Brief aus dem Schloß: Er solle doch kommen und die Uhren nachschauen. Der Hahn in der Turmuhr, der immer die Stunden ausgerufen habe, rufe nicht mehr.

Es war ein Ticken im Raum wie von einem Regiment Spechte. Das Ticken ging durcheinander. An der Wand hingen und standen sie: weiße Porzellanuhren mit eingelassenem Zifferblatt, hübsch mit Gold und Blümchen bemalt, der Dom von Köln in Alabaster unter einem Glassturz, eine Pariser Uhr, goldbronzene Schäferin, die mit einem Stab auf ein Glöckchen die Stunden anschlug, viele Taschenuhren, die dicken der Bauern, flache, dünne der Kavaliere vom Hof, der Herren Offiziere und der Herren von der Regierung und kleine Damenuhren an Ketten.

Es war acht Uhr in der Früh. Die Uhren schlugen hell, die Turmuhr schlug tief und dumpf dazwischen. Nie schlugen die Uhren gemeinsam. Es war nicht zu erreichen.

Effinger hörte einen Augenblick zu, dann öffnete er ein neues Kuvert. Angebot einer Uhren-Engroshandlung: »Da zur Zeit die Wohnungen im altdeutschen Geschmack eingerichtet werden, biete ich Ihnen einen Regulator in Form eines Hauses in deutscher Renaissance an. Derselbe kann neben jedes Möbelstück einer modernen stilreinen altdeutschen Einrichtung aufgehängt werden.« Effinger ärgerte sich über das Angebot, murmelte: »Ein schöner Schund wird das sein«, nahm die Privatkorrespondenz zur Hand und ging durch den geräumigen weißen Flur, auf dem ein riesiger brauner Schrank stand, in das

Wohnzimmer im ersten Stock, wo Frau Effinger im Erker saß und einen Hefeteig rührte.

»Ein Brief vom Paul.«

Minna Effinger, eine große, knochige Frau, wischte sich die Hände an der Schürze ab und las den Brief.

»Na, was sagst dazu?« fragte sie.

Aber Mathias sagte nur: »Hier ist noch ein Brief aus Heidelberg.«

»Von der Amalie wohl.«

»Meine Lieben!

Entschuldigt, wenn ich heute geradezu mit meinem Anerbieten komme. Soweit ich weiß, ist Eure Helene nun ins heiratsfähige Alter gekommen, und da Ihr sie sicher bei Euren vielen Kindern gern versorgt, will ich Euch eine gute Heirat antragen. Der junge Mann, Julius Mainzer, ist siebenundzwanzig Jahre alt, gesund und von gutem Herkommen. Er hat einen Manufakturladen in Neckargründen, und ist er ein tüchtiger Kaufmann. Er bräuchte eine Mitgift von einigen tausend Mark. Ich habe ihm erzählt, daß Helene eine so tüchtige Person ist, eine gute Schafferin und Hausfrau. Er ist sehr einverstanden, vorausgesetzt, daß sie ihm und er ihr gefällt. Denn das müssen sie schon. Ich schlage Euch vor, daß Ihr kommenden Samstag herüberkommt. Für ihn ist es ja ein Katzensprung. Gefällt er Euch, dann soll Helene bald auf Logierbesuch kommen.«

»Was hältst du davon?« fragte Frau Effinger. »Ich hätt' das Mädel gern noch im Haus behalten. Man kann doch gar nicht wissen ...«

»Jung gefreit hat noch niemand gereut«, sagte Effinger. »Wir fahren am Samstag hinunter an den Neckar.«

»Gott segne uns«, sagte Frau Effinger.

»Amen«, sagte Effinger. Er zog die Tür hinter sich zu, ging hinunter, steckte das Vergrößerungsglas ins Auge und untersuchte die Rädchen. Als die Tür zu war, wußte Frau Effinger, daß in einem halben Jahr die Helene hinterm Ladentisch in Neckargründen stehen würde. Der Vater erlaubte nicht, daß die Mädchen auf höhere Schulen kamen. »Handwerkerskinder sind Handwerkerskinder«, sagte er.

Benno, ihr ältester Sohn, war in England, er arbeitete in einer Wirkwarenfabrik in Manchester. Karl lernte in einem Bankgeschäft in Berlin. Paul war im Rheinland. Willy lernte beim Vater Uhrmacher. Vier tüchtige Söhne. Sie wischte sich die Tränen ab. Helene würde nach Neckargründen heiraten. Blieb die kleine Bertha. Frau Effinger saß im Erker und schlug den Hefeteig, manchmal klapperte ihr Schlüsselbund.

# 3. Kapitel

## *London*

Paul Effinger stand neben seinem Bruder Benno 1883 auf der London Bridge. »Ich bin überzeugt«, sagte er, »daß Deutschland eines Tages genau so viel exportieren und verdienen kann wie England. Wenn ich nur etwas mehr Kapital hätte!«

Benno trug sich englisch in einem weiten Anzug aus derbem Stoff, nannte sich Ben und sprach mit etwas englischem Akzent. Es war schnell gegangen. »Come along«, sagte er, »reiß dich los von der englischen Handelsmarine. Wir wollen lunchen. Ich sage dir noch einmal: Bleib in London! England ist England! In Deutschland ist alles eng. England ist die Welt. Hier kommt man vorwärts.«

»Ja, du«, sagte Paul, »der ›Herr Lord‹ haben wir immer von dir gesagt.«

Ben lachte: »Und du hast immer gesagt: ›Bei mir muß es mal rauchen.‹«

»So, hab' ich das gesagt?«

Die Brüder aßen Pastete und nahmen scharfe Saucen daran.

»Was denkst du?« fragte Ben.

»Ich denke, England ist ein fremdes Land.«

Benno sah auf, verstand ihn nicht: »Findest du?«

Paul sagte: »Ich bin ja überzeugt, daß die Zukunft bei den Gasmotoren liegt, aber um sich auf ein so unerprobtes Gebiet zu begeben, dazu gehört viel mehr Geld. Ich werde mit Schrauben anfangen.«

»Wieviel hast du denn?«

»Ich habe 5000 Mark.«

»Aber 5000 Pfund ist doch genug. Hast du so günstig operiert?«

»Was sagst du, 5000 Pfund? Nein, wo denkst du hin, nicht 5000 Pfund, 5000 Mark.«

»Das ist gar nichts.«

»Bei meinem Salär von 120 Shilling war's eine ganze Menge. Vielleicht helfen mir Gebrüder Effinger in Mannheim.«

»Du meinst einen Kredit?«

»Ja.«

»Ausgeschlossen«, lachte Ben.

»Du wirst schon recht haben, warum sollten sie mir einen Kredit geben.«

»Versuch's doch in Amerika«, sagte Benno.

»Nach Amerika gehen Kassendefraudanten und Schwindler. Ich hab' doch nicht nötig zu verschwinden.«

»Amerika«, sagte Benno, »ist das Land der unbegrenzten Möglichkeiten. Es gibt nicht nur Gauner dort. Ich will dir doch nur zureden, in der Welt zu bleiben. Was hast du in Deutschland verloren?«

»Ich versteh dich nicht. Deutschland ist doch unsere Heimat.«

Benno lehnte sich zurück und sagte bitter: »Ein Land, wo der Kaufmann ein verachteter Koofmich ist, gut zum Steuerzahlen, wo der kleinste Leutnant dem ältesten Universitätsprofessor, von Handel und Industrie ganz zu schweigen, auf den Kopf spucken darf! Hier bist du frei.« Und er machte eine weite Geste mit dem rechten Arm.

»Als ob du die Habeaskorpusakte verkündetest«, lächelte Paul.

»Unterschätze das nicht«, sagte Ben, »dieses Land ist so groß, daß es ohne Kleinlichkeit ist. Ich verstehe nicht, weshalb du wieder nach Deutschland willst.«

»Ich will kein entwurzelter Mensch werden, kein Fremdling. Ich möchte vorerst mal nach Kragsheim, da werd' ich weitersehen.«

»Kragsheim«, sagte Ben voll Spott, »du hast merkwürdige Sehnsüchte. Ganz oben der Herzog, und dann gar nichts, und dann der Herr Major und der Herr Oberleutnant und der Herr Leutnant, und dann sehr lange gar nichts, und dann der Herr

Regierungspräsident und die Herren Regierungsräte, und dann hört die Welt auf, und wo gar nichts mehr ist, kommt die misera plebs, Ladenbesitzer und Handwerker. Du willst die deutsche Romantik, Flieder und Fachwerk und den Gang vors Tor, und zugleich beschäftigst du dich mit Gasmotoren. Wenn ich nicht wüßte, was du für ein klarer Kopf bist, würde ich dich einen Phantasten nennen; aber ein Träumer bist du, und das wird dir weiter hinderlich sein.«

»Ohne daß die Menschheit von Siebenmeilenstiefeln geträumt hätte, gäb's keine Eisenbahn. Und was hat das damit zu tun, daß ich nicht auswandern will? Wer wandert denn aus, wenn er nicht gezwungen ist? Nimm es mir nicht übel, aber du bist doch sehr ehrgeizig, Benno, und du meinst, daß deine großen Pläne sich leichter in England verwirklichen lassen, aber das Normale ist das nicht.«

»Es scheint, du hast was gegen mich?«

»Ja.«

»Du findest, ich mach' es mir zu leicht?«

»Ja, du läufst davon, unserer Heimat, den Eltern, uns. Du bist in der Gefahr, ein ›sujet mixte‹ zu werden, wie Bismarck Ludwig Bamberger im Reichstag nannte.«

»Ich will die Kragsheimer Eierschalen loswerden. Ich bin nicht sentimental. England ist so groß, daß es niemanden zu unterdrücken braucht. In Paris und in London kann man leben, aber in Deutschland oder gar in Preußen! Aber jeder muß wissen, was er tut.«

»Wir sind kleine Leute«, sagte Paul, »man soll nicht in andere Kreise kommen wollen.«

Benno spottete: »Bleibe im Lande und nähre dich redlich!«

Paul gab keine Antwort, stocherte in seiner Pastete.

»Ich hab' auch den Uhrenladen sehr gern«, sagte Benno, »wenn es bimmelt im ganzen Haus. Und jetzt, wo es nach Backwerk riecht.«

»Weißt du noch, wie wir im Sommer im Wald Räuber und Gendarm gespielt haben? Und die Walderdbeeren und Blaubeeren und Brombeeren?«

»Natürlich weiß ich das«, sagte Benno und rief den Kellner.

Sie standen gegenüber der Bank von England. Sie standen im Mittelpunkt der Welt. Die Bank von England, weiße griechische Säulen. Der Tempel. Die Göttin, die in der dunklen Cella lagerte, war der Wertmaßstab der Welt; hier lagerte das Gold, hier lagerte das englische Pfund. Was auch in der Welt geschah, das Pfund stand sicher wie der Tempel zu London, sicher wie die Bank von England. Zwei junge Süddeutsche ergriff der Hauch der großen Welt. Ware kam, Ware ging, wurde teurer, wurde billiger. Alles Wachstum der Erde, alle Arbeit der Erde wurde Ware, wertbar nach dem Pfund. Sie, die Kaufleute, ließen sie auf Schiffen, auf Eisenbahnen, auf hochgetürmten Speditionswagen über die Erde fahren, verteilten sie in die Lagerhäuser in Hamburg, in Antwerpen, in Nischni-Nowgorod, in Rotterdam, in Marseille, in London, sie verteilten sie in die winzigen Läden der Farmerstädte der Vereinigten Staaten, in die winzigen Läden des rauchigen Lancashire, in die winzigen Läden in Kolmar, in Wilna, in Sens.

Aus der Bank von England kamen die Herren im Zylinder. Ben sah die Zukunft.

Paul sagte: »Die Herren der Welt.«

Ben meinte: »Man kann dazugehören.«

»Als lächerliche Figur«, sagte Paul.

»Man muß den Uhrenladen abschütteln können«, sagte Ben ärgerlich.

»Warum denn? Man soll wissen, wo man herkommt.«

»Ich will noch in den Klub. Laß mich wissen, wann du reist.«

Ben ging sehr groß und vornehm davon, ein junger Engländer in derbem Tweed, viele Berlocken an der Uhrkette.

In seinem Boardinghaus schrieb Paul seine Ausgaben auf, wälzte das Kursbuch, packte seine Sachen. Ein altes Notizbuch fiel ihm in die Hand. Vorn war eine Bleistiftskizze vom ältesten Wirtshaus Deutschlands, dem »Riesen« in Kragsheim, und eine lange Reihe von Nummern. Es waren die Nummern der Lokomotiven, die durch Kragsheim fuhren. Und er überlegte, ob er wohl noch einmal so glücklich werden würde wie damals, als er, ein kleiner Junge, mit dem Bauch auf der Erde, vom Wald her auf die Schnellzüge sah und die Lokomotivnummern aufschrieb.

# 4. Kapitel

## *Ein Versuch in Kragsheim*

Es war Freitag nachmittags. Paul saß mit der Mutter im Erker. Sie hatte eine weite blaue Schürze an mit einem Latz, der mit zwei Trägern hinten angeknöpft wurde, und schlug einen Hefeteig.

»Dem Benno geht 's sehr gut«, sagte Paul.

»Bleibt drüben?«

»Bleibt drüben.«

»Der macht seinen Weg. Du bist zu bescheiden, Paul.«

Die hellen Glöckchen an der Tür klingelten.

»Das ist der Willy«, sagte die Mutter.

Willy kam, wiegte sich in den Hüften.

»Grüß Gott! Ach, unser kleiner Engländer! Was machen die Pfunde? Bringst einen Sack voll?«

»Ach, Willy, wie du alleweil daherredest.«

»Meine Geschäfte sind im Aufblühen«, sagte Willy und steckte sich eine Zigarette an. »Bekomme ich einen Kaffee, Mutter?«

»Ja, und frischen Kuchen.«

»Du denkst wahrscheinlich, wir in der Provinz können gar nichts, wir Landpomeranzen. Aber ich werd' dir einmal zeigen, was wir können. Bitte, was ist das?«

»Ein Koffer.«

»Aber was für einer! Sieh dir das an.« Und er machte den Koffer auf, in dem nun wie auf einem Ladentisch die Uhren auf rotem Samt lagen. »Bitte? Was sagst du dazu? Meine Erfindung!«

»Wirklich ausgezeichnet!« sagte Paul.

»Ich verkaufe das Dreifache, seit ich den Musterkoffer habe. Man kommt hinein, legt die Ware hin, braucht bloß zu fragen: Uhren?«

»Sprichst schon wieder von deinem Koffer?« sagte der alte Effinger. »Ich will nix mehr von dem Koffer hören.«

Da kam schon die bauchige Kanne mit dem heißen Kaffee und eine Schüssel mit kleinen Kuchen, die mit Vanillezucker dick bestreut waren.

Der alte Effinger sagte: »Kuchen am hellerlichten Werktag, was sind das für neumodische Sachen?«

»Aber wir haben doch Besuch.«

»Der Koffer, Willy, will mir gar nicht gefallen. Früher haben die Leute auf das Inwendige gesehen, jetzt muß man ihnen das Auswendige gut präsentieren.«

»Das ist der Zug der Zeit«, sagte Paul. »Man muß mit ihm gehen!«

»Ich bin zu alt dazu. Die Leute wissen, was in meinen Uhren ist, da brauch' ich keinen roten Samt, damit sie sie kaufen. Aber wenn das einreißt, daß man die Uhren von fremden Leuten kauft, da ist freilich allem Schwindel Tür und Tor geöffnet.«

»Na, na, Vater«, sagte Willy.

»Fabriksware womöglich.«

Die Mutter bot die Kuchen an.

»Siehst, so was bekommst auch nicht beim Bäcker.«

Samstag vormittag ging Paul Besuche machen. Die Vettern fragten ihn, wie es ihm gehe. Er sagte: »Nicht sehr gut«, teils, weil er die anderen nicht neidisch machen wollte, teils, weil er es wirklich fand. Er kam aus London, sie waren in Kragsheim. »Ihr habt nichts verloren an der großen Welt«, sagte er. Sie waren beruhigt. Sie saßen, die Frauen in schweren schwarzen Atlasgewändern, um einen runden Tisch. Vor jedem stand ein Glas Südwein.

Um zwölf Uhr war Mittagszeit. Über dem Brot lag eine weiße Serviette. »Mahlzeit«, sagte der alte Effinger, wusch sich die Hände am messingnen Gießfaß, trocknete sie am gestickten Handtuch ab, das an der Wand hing, nahm die Serviette vom Brot, sprach das Tischgebet. »Amen«, sagten alle.

Es gab Rindfleisch und Gemüse, ein ausgiebiges Essen. Der Vater redete Paul zu: »Das Stückle Rindfleisch hast noch nicht gegessen.«

»Aber eben doch.«

»Aber *das* Stückle sicher noch nicht.«

So waren seine Witze. Er sagte: »Wenn es einem am besten schmeckt, muß man aufhören.«

Die Magd räumte ab. Es gab noch Krapfen, ein fettes, in viel Gänseschmalz gebackenes Gericht. Als alles aufgegessen war, rückte der alte Effinger das Käppchen zurecht und sprach das Tischgebet. »Amen«, sagten alle.

Es war Montag. Willy reiste ab, um Uhren zu verkaufen. Er kam erst Freitag abend wieder.

Paul ging in die Stadt. Er klingelte am Laden von Weckerle, mit dem er zusammen zur Schule gegangen war.

»Grüß Gott, Franz.«

»Ach, grüß dich Gott, Paul. Wie geht's? Nett, daß du dich mal wieder sehen läßt. Du bist weit herumgekommen, habe ich gehört.«

»Ach nein, gar nicht. Und du?«

»Ich bleib' hier im Laden.«

»Wie gehen denn die Geschäfte?«

»Schlecht, bei den Zeiten. Es bleibt doch keiner in Kragsheim.«

»Man müßte Industrie herbekommen, find' ich.«

»Das hat der Bürgermeister auch gesagt. Aber der Herzog will doch nicht. Die Industrie könnte nur auf der Seite vom Schloß liegen, und das will der Herzog nicht.«

»So. Und die Geschäfte gehen alle schlecht? – Bist du verheiratet?«

»Nein, verlobt mit Lise Schnack.«

»Vom Hofbäckermeister?«

»Ja, vom Hofbäckermeister.«

»Da gratulier' ich dir aber, so ein schönes Mädle.«

»Ja, ein schön's Mädle.«

Aber dann war's auch aus. Eine Frau kam herein und wollte Stoff kaufen.

»Ich wer' gehen«, sagte Paul.

»Also, hat mich sehr gefreut«, sagte Franz und gab ihm die Hand.

Paul ging in den Wald. Es war sehr heiß jetzt am frühen Nachmittag. Das Moos war ganz trocken. Überall hopsten kleine Frösche, leise zirpten die Grillen. Paul breitete ein Taschentuch aus und setzte sich auf einen Baumstumpf. Unten lag die gegiebelte Stadt, rote Dächer mit vielen Schornsteinen, der weiße Kasten des Schlosses, dahinter der Park, davor der heiße Schloßplatz, baumlos.

Paul sehnte sich danach, in Kragsheim zu bleiben, wie der Vater seinen Schoppen zu trinken, sorglos zu sein im kleinen Rahmen. Er liebte Land, Eiche und Felder, fast schon mit der sentimentalen Liebe des Stadtkindes. Von allen Rokokoschlössern hatte das Kragsheimer für ihn das schönste Porzellan, die schönsten Wasserspiele und die schönste gotische Ruine im Park. Er beneidete Franz im Stoffladen. So wollte auch er leben. Fromm, gläubig, bescheiden.

Mit einem schweren Seufzer nahm er das Buch, das er mitgenommen hatte, und vertiefte sich in »Der Börsen- und Gründungsschwindel in Berlin und Deutschland«. Das war ein Buch, über das Paul sich auf jeder Seite ärgern mußte. Er fand aber, man müsse die Meinung des Gegners kennen.

Es fing an kühl zu werden, und er ging nach Haus.

Bertha beaufsichtigte das Holzeinbringen. In großen runden Körben wurde das Holz von der Straße immer noch an das gegiebelte Dach gezogen. Die Tür bimmelte. Die Mutter sah herunter und rief: »Was willst?«

»Grüß Gott«, sagte Paul, »ich geh' gleich wieder.«

Er zog sich einen frischen Kragen an und ging aufs Rathaus, ließ sich beim Bürgermeister melden.

Der empfing ihn, ein dicker, großer Mann mit Bauch und langem, grauem Vollbart, strich sich den Bart und sagte: »Ja, der Herr Effinger, kommen Sie wieder einmal in die Heimat?«

»Ich möchte sogar hierbleiben.«

»Ja, als was denn, wenn ich fragen darf?«

»Ich möchte eine Fabrik für Schrauben errichten, Herr Bürgermeister. Fabrik ist viel zuviel gesagt, eine Werkstätte mehr, und ich wollte fragen, wie es sich hier mit dem Grund und Boden und den Steuern verhält?«

»Ich glaub', Herr Effinger, ich muß Sie da sehr enttäuschen. Wir haben hier natürlich ein Interesse an der Industrie, wir sind ja moderne Menschen, die's mit dem Fortschritt halten, aber das muß wohl abgewogen werden. Sie haben recht, es wandert alles aus, und nicht nur aus Arbeitsmangel. Der Zug in die Großstadt ist eine große Gefahr für unser Volk. Die Landflucht! Vergnügungssucht und Hoffart. Jawohl!«

»Gewiß, Herr Bürgermeister, aber dagegen gäbe es doch nur eins, die Industrie in die kleinen Städte zu bringen und so eine Verbindung zwischen Landwirtschaft und Industrie zu schaffen.«

»Ja, aber da müssen wir genau erwägen, was wir an Steuern gewinnen und an Arbeitsmöglichkeiten für die Jugend, kurzum, was wir an Vorteilen haben und an Nachteilen. Da müssen wir womöglich die Volksschule erweitern und dann das Spital …«

»Aber die Stadt ist doch unterbevölkert«, sagte Paul, »das große alte Palais vom Grafen Wittrich ist für 3000 Mark zu haben. Fürs Zehnfache ist es nicht neu zu bauen.«

»Sicher nicht. Aber wir haben doch auch Unkosten, müssen Sie verstehen. Wenn Sie die Fabrik auf den Rödernschen Wiesen errichten wollen, wird doch eine Straße gebaut werden müssen. Die Gemeinde hat genug Lasten. Und dann sieht es Seine Hoheit sehr ungern. Seine Hoheit ist doch nur ein halbes Jahr in Nizza, im Sommer residiert Seine Hoheit hier, und die Geschäftsleut', Ihr Vater wird das doch wissen, sind auf Kundschaft vom Hofe angewiesen. Wenn dann auf den Rödernschen Wiesen Fabriken sind – erstens weiß man gar nicht, bei dene Anarchisten, was wir da für Elemente bekommen, und dann wird bei den hiesigen Westwinden der Rauch grad' zum Schloß hingetrieben …«

»Ich danke Ihnen, Herr Bürgermeister. Ich hätte mich gerne hier niedergelassen.«

»Wo werden Sie denn nun hingehen?«

»Nach Berlin!«

»Na ja, alles muß zu dene Preußen. Es hält's ja keinen hier.«

Paul wollte erwidern. Er sagte aber nur: »Ich danke Ihnen, Herr Bürgermeister.«

»Lassen Sie sich's gutgehen!« sagte der Bürgermeister. »Grüßen Sie den Herrn Vater.«

Paul ging über die flache große Treppe hinab, hielt sich am wunderbar geschmiedeten Rosengitter.

Die Mutter und Bertha saßen im Grasgarten und stopften Wäsche. Der Flieder war verblüht. Es roch nach Heu. Unten floß der Main.

Sie hatten einen großen Korb dastehen, und die Mutter sagte: »Alle Handtücher werden dünn. Man müßt alles wegtun.« Aber das tat sie nicht. Mit derselben Stopfnadel, die sie vor dreißig Jahren in die Ehe mitgenommen hatte, stopfte sie ein Handtuch nach dem andern. Bertha schnitt aus einem der Tücher viereckige Flecke, die sie in andere Tücher heftete und dann sorgfältig nähte.

»Was sagst, daß sich die Theres mit dem Amtsrichtersohn verlobt hat? Ist immer kokett gewesen. Solche schaffen's«, sagte die Mutter und sah bitter auf Bertha.

»Sprang immer den Herren gleich an den Hals«, sagte Bertha. Und dann schnitt sie weiter Vierecke aus den Tüchern. Sie dachte: Die Theres putzt sich immer. Nur unfeine Mädchen putzen sich. Die Mutter war genau so herb. Sich für den Mann zu schmücken, ja, nur die Schürze abzutun, wenn er nach Hause kam, galt ihr als Würdelosigkeit. Bertha schämte sich, wenn sie sich nett machte.

»Die Theres hat ein Kleid aus Seide, mit dem rauscht sie, wenn sie auf der Straße geht«, sagte sie zur Mutter.

»Ist das wahr?«

»Ja, bestimmt«, und sie setzte die Vierecke ein.

»Schrecklich! Ja, wenn ein Mädchen keine Mutter mehr hat! Die Mutter würd' sich im Grab umdrehn. War eine so bescheidene Frau.«

»Aber nun hat sie den Amtsrichtersohn«, sagte Bertha.

Es wurde langsam dunkel und kühl. Paul saß am alten Sekretär und schrieb Briefe. Die Mutter steckte die Petroleumlampe an und deckte den Tisch. »Helene hat's auch nicht leicht«, sagte sie. »Drei kleine Kinder, und's nächste erwartet sie. Der Julius plagt sich zwar, aber ob sie was zurücklegen können, glaub' ich nicht. Und vom Ben hört man so wenig. Er macht schon Fehler in den Briefen, als ob er nicht mehr Deutsch könnte. Er schreibt von einem Fräulein Mary. Wer ist denn das? Kennst du die Leut'?«

»Nein, es sollen aber sehr gediegene Menschen sein, reiche Leut'. Sie hatten mich einmal sonntags eingeladen zum Krokettspiel, aber ich bin nicht gegangen.«

»Warum denn nicht?« fragte die Mutter.

»Was soll ich da? Sie spielen alle so gut Krokett, und bloß, damit sie noch einen jungen Mann da haben? Was ist man? Ein Landpomeranz und ein kleiner Clerk dazu.«

»Benno verkehrt aber dort?«

»Na ja, Benno.«

»Von einem goldenen Wägelchen fällt oft ein goldenes Nägelchen«, sagte die Mutter. »Der Karl ist auch mehr für die Welt als du. Er fühlt sich sehr wohl in Berlin.«

Die Magd kam. Sie hatte Holzschuhe an, kurze Röcke und eine große blaue Schürze. »'s Biergeld, Frau.«

Frau Effinger langte in die Rocktasche, zog die Pfennige.

»Für 'n jungen Herrn a?«

»Magst?«

»Ein Viertel.«

»A Halbe und a Viertel. Muß noch Geld ham.«

Frau Effinger langte in die Rocktasche, zog noch ein paar Pfennige. »Heller« sagten noch alle.

»Erinnerst dich an den französischen Kriegsgefangenen, den wir hier hatten Anno 70/71?« fragte die Mutter.

»Ja, natürlich, ich hab' ihn immer spazierenführen dürfen.«

»Ja, weißt noch, seine Eltern haben ihn doch noch hier besucht. Und jetzt haben sie geschrieben, der Vater soll ihnen doch eine kleine Taschenuhr schicken. Eine goldene glatte Uhr, nur ein großes Monogramm darauf.«

Die Sonne sank überm Rhein.

Effinger schloß den Laden, betete das Abendgebet. So vom Morgengebet zum Abendgebet rundete sich der Tag. Er wusch sich die Hände am messingnen Gießfaß, trocknete sie am gestickten Handtuch ab, nahm die Serviette vom Brot, sprach das Tischgebet. »Amen«, sagten alle.

Die Magd brachte in den offenen Gläsern das Bier. Sie kam ohne anzuklopfen herein, sagte: »Wohl bekomm's« und verschwand. Bertha folgte ihr; sie trug einen großen Rinderbraten mit viel Sauce, dazu Knödel und eine Schüssel mit grünem Salat.

»Beim ›Schwarzen Schaf‹«, sagte Effinger, »habe ich heute den Hinterederer gewinnen lassen, hat er nix mehr wegen seiner Uhr gesagt, so sind die Menschen.«

»Was war mit der Uhr?«

»Sie gefällt ihm nicht mehr. – Du warst heut' beim Herrn Bürgermeister, hat mir der Schöppenbeck erzählt. Von Fremden erfährt man's.«

»Es ist nicht wichtig. Ich dacht', man könnt' sich vielleicht hier niederlassen.«

»Warum?« fragte der Vater.

»Na ja, ich dacht', hier kennt man alles.«

»Es ist besser, in eine große Stadt zu gehen, daheim wird man nichts.«

»Ich will auch nächste Woche nach Berlin.«

»Schon?« sagte die Mutter.

»Er hat ganz recht«, sagte der Vater. »Man hat sich gesehen. Man weiß, daß man gesund ist. Was hat die Besuchlauferei für einen Sinn? Er muß jetzt sehen, daß er vorwärtskommt.«

»Aber bis dahinauf!« sagte die Mutter, als ob Berlin in Sibirien läge. »Bist denn gut genug ausstaffiert, bräuchst nicht noch Hemden?«

»Nein, ich hab' übergenug aus London!«

»No ja, aus London«, sagte die Mutter bewundernd.

Effinger sprach das Tischgebet. »Amen«, sagten alle. Dann ging er noch in die Wirtschaft »Zum gläsernen Himmel«.

Effinger ging jeden Abend in eine andere Wirtschaft, in den Gläsernen Himmel, ins Schwarze Schaf, ins Goldene Rad, in den Riesen, in den Silbernen Maulesel, um ein Bier zu trinken, Tarock zu spielen und eine Virginia zu rauchen. Alle Männer von Kragsheim machten es so. Die Frauen saßen zu Hause.

Sonntags gingen alle in den Schloßgarten. Dort trank man unter einer weißen Säulenhalle Kaffee. Familien grüßten sich oder grüßten sich auch nicht.

Bertha räumte ab. Die Mutter sah ihr nach: »Es ist schwer, für so ein Mädle einen Mann zu finden, wenn man ihr nur 20 000 Gulden mitgeben kann.«

Dann nahm sie ihr Ausgabenbuch und schrieb ein: Bier 12 Pfennige, 2 Pfund Rindfleisch 100 Pfennige.

»Weißt«, sagte sie zu Paul, der dabeisaß und ein Buch las, »weißt, daß das Rindfleisch jetzt 50 Pfennige das Pfund kostet? Voriges Jahr – es war ja auch ein schrecklich heißer Sommer, und man soll sich so etwas nicht wünschen, auch wenn man den Vorteil davon hat, so heiß, daß die Bauern haben ihr Vieh schlachten müssen – hat's nur 38 Pfennige gekostet.«

Sie schrieb weiter: Weißen Stoff fürs Flicken 14 Pfennige.

Dann räumte sie mit Bertha den Laden auf.

# 5. Kapitel

## *Reise nach Berlin*

Paul fuhr nach Berlin. Zwanzig Stunden lang. Er fuhr mit einem schweren Herzen. Es war nicht mehr wie vor zehn Jahren. Ja, dachte er, 1872, das waren noch Zeiten gewesen. Hochkonjunktur. Die Löhne hoch, die Gehälter hoch, die Dividenden fett. Da konnte man rasch ein Vermögen verdienen und ein reicher Mann werden.

Ein gepflegter Herr mit einem runden, hellbraunen Vollbart saß ihm gegenüber. »Sehen Sie da drüben«, sagte er, »die Kalkwerke arbeiten auch nicht mehr.«

»Schwere Zeiten«, sagte Paul.

»Es ist nicht mehr wie vor zehn Jahren«, sagte der Herr mit dem Vollbart.

»Hochkonjunktur«, sagte Paul und nickte mit dem Kopf.

»Ja, die Löhne hoch, die Gehälter hoch, die Dividenden fett. Jetzt unterbietet einer den andern. Fressen sich gegenseitig auf. Die Leute haben gedacht, die Hochkonjunktur kann nie aufhören, haben zu wahnsinnigen Preisen ihre Fabriken erweitert, und nun, seit dem Wiener Krach, ist alles aus. Preise, bei denen keiner mehr was verdient. Die Löhne sind so heruntergegangen, tiefer geht's schon nicht mehr. Wenigstens soll die Fabrik nicht zum Stillstand kommen. Lieber mit Verlust arbeiten, als das Anlagekapital ganz in den Schornstein schreiben. Wissen Sie, junger Mann, ich sage das allen jungen Leuten: Sparen wird wieder groß geschrieben werden. Sparen muß wieder groß geschrieben werden.«

»Ja«, sagte Paul. »In Deutschland sind die Leute alle so großspurig geworden. Wenn ich an die Büros in der Londoner City denke! Da ist man konservativ und weiß, daß man auch auf einem Holzstuhl Geschäfte machen kann. In Deutschland muß jetzt alles gepolstert sein.«

»Wie schön«, sagte der Ältere, »daß man noch solche Ansichten hört! Man verzweifelt manchmal an der Jugend. Es liegt alles an diesem sogenannten modernen Geschäftsgeist. Wir alten Berliner Maschinenfabrikanten wollten nichts als anständige Maschinen bauen, jeden Kunden individuell bedienen. Wir haben nicht an den Gewinn gedacht. Einen ›Ertrag‹ nennen das jetzt die Unternehmer.«

»Wie?« fragte Paul.

»Nein, wir haben nicht kalkuliert. Wir haben unsere Maschinen gebaut und haben sie abgegeben und waren stolz, der Menschheit gedient zu haben. Jetzt höre ich, daß sie in Amerika nicht mehr auf Auftrag arbeiten, sondern Dampfmaschinen nach Preislisten verkaufen, als ob eine Dampfmaschine eine Elle Kattun wäre, wo doch jede Dampfmaschine ein besonderes individuelles Erzeugnis ist, ein Stolz des Hauses.«

»Warum?« sagte Paul.

Der Ältere lehnte sich zurück. Warum? fragte dieser Mensch.

»Warum? Weil jede Dampfmaschine ein besonderes Erzeugnis ist. Sie sind wohl Ingenieur?«

»Nein«, sagte Paul.

»Na, dann geht's ja noch. Das kommt nämlich jetzt auch auf, daß die Herren Ingenieure glauben, sie könnten die Männer der Praxis ersetzen. Praxis ist alles! Werkstatterfahrung braucht man. Grau ist alle Theorie und grün des Lebens goldner Baum. Sehen Sie, wir sind Handwerker und Wissenschaftler zugleich, wir alten Berliner Maschinenbauer. Wir sind keine Unternehmer. Sie wollen wohl Unternehmer werden?«

»Ich bin Kaufmann«, sagte Paul.

»Ich hab' mir das schon gedacht, als ich vorhin hörte, daß Sie sich darüber wunderten, daß wir nicht kalkulieren.«

»Und wie berechnen Sie den Preis der Maschinen?«

»Das weiß man so ungefähr, und wir verdienen ganz nett dabei. Und mit was wollen Sie anfangen, junger Mann?«

»Mit Schrauben. Aber bei diesem geschäftlichen Niedergang kann man wirklich zurückgeschreckt werden. Es ist doch in all und jedem eine Überproduktion da.«

»Maschinell wollen Sie das machen? Als Kaufmann?«

»Ja. Im großen. Ich habe da eine Schraubenschneidemaschine in London gesehen. Die dreht dreitausend Schrauben in der Stunde. Wenn ich die einführen könnte!«

»Aber was sind das für komische Ideen, junger Mann! Was soll man denn mit den vielen Schrauben? Was wollen Sie denn alles verschrauben? Nee, nee, nee, einfache Drehbank und Handarbeit, das ist ja viel vernünftiger. Das ist billiger als die Arbeit der teuren Maschinen. Was wollen Sie denn mit den teuren Maschinen? Die können doch nicht gegen die billige Handarbeit aufkommen.«

»Meinen Sie?« sagte Paul. Er wollte genaue Schrauben in Massen herstellen, vielleicht war das doch falsch.

»Wollen wir in Gera Mittag essen? Da ist Maschinenwechsel. Das Bahnhofslokal möchte ich haben. Das ist eine Goldgrube. Übrigens mein Name: Schlemmer. Schlemmer aus Berlin.«

»Effinger.«

»Effinger?« sagte Schlemmer. »Von dem Bankhaus in Mannheim?«

»Verwandt«, sagte Paul.

Sie stiegen in Gera aus. Schlemmer bestellte einen Gänsebraten.

»Ne jute jebratene Jans is ne jute Jabe Jottes. Das ist eine Berliner Redensart, verstehen Sie, Gans und Gurkensalat und denn 'ne Weiße mit Schuß und sonntags raus nach Treptow. Berlin is schön, Berlin is groß. Ich bin nämlich der Inhaber von C. L. Schlemmer, Maschinenfabrik. Ich stehe Ihnen gern mit Rat und Tat zur Seite. Etablieren ist nicht einfach. Was brauchen Sie alle Kinderkrankheiten durchzumachen! Kommen Sie mal zu mir. Sehen Sie sich meine Fabrik an.«

Paul sah hinaus. Erst war es nicht viel anders als die Gegend um Kragsheim. Aber hinter Jena hörte es auf. Es begann unbewohntes Land, Sand, Sand, ein bißchen Gras, Kiefern. Wieder Sand, wieder Kiefern, hohe Stämme, oben ein paar Zweige.

»Es ist eine dumme Frage«, sagte Paul, »aber ist es möglich, daß dahinter noch eine große Stadt kommt?«

»Ja«, lachte Schlemmer dröhnend. »Preußisch-Berlin, natürlich, und Sie werden staunen, was für 'ne Stadt. Breite Straßen und hohe Häuser, na, großartig, und Theater und Varieté und für so'n jungen Mann auch Nachtleben. Na, großartig.«

»Wirklich?« sagte Paul.

Auch hier wuchs Korn, aber wie es dastand, so kärglich, so jämmerlich, was für Zwischenräume zwischen den grünen Sprossen! In Süddeutschland war immer etwas los. Der Maibaum wurde aufgerichtet. Es war Kirchweih oder Fronleichnam oder auch nur Viehmarkt. Fahnen wehten, Leute mit Abzeichen zogen durch die Stadt. Es gab Bewegung, Leben. Über die üppigen Felder läutete die Abendglocke, und ein voller Tag sank in die Stille.

Paul sah die Landschaft, und sein schweres Herz wurde noch schwerer. Sein Traum fiel ihm ein aus der letzten Londoner Nacht, wie er im Landauer einzog in Kragsheim über die breite Schloßallee mit den blühenden Kastanien, mit zwei feurigen Rappen, die mit den Köpfen nickten, üppige Mähnen und silbernes Geschirr hatten. Man würde hier arbeiten in diesem flachen Land, um sich möglichst bald, möglichst früh zur Ruhe setzen zu können und seinen Schoppen zu trinken im »Gläsernen Himmel« in Kragsheim.

# 6. Kapitel

## *Ankunft*

Plötzlich begann eine Stadt. Grau in grau. Hinterhäuser, enge Höfe. Viele Gleise. Paul stand am Fenster und sah in der Bahnhofshalle Karl stehen, der gut aussah, mit einem blonden, starken Schnurrbart, vor den netten Augen ein Zwicker mit breiter, schwarzer Einfassung an einem breiten, schwarzen Band, das er um den Hals trug. Der schwarze Rock war nach der Mode der Zeit hoch geschlossen; er trug dazu eine breite Krawatte mit einem dicken goldenen Hufeisen darin, blaßgraue Hosen und eine Nelke im Knopfloch. Karl sah aus wie ein naives Gigerl. Auch Ben ist elegant, dachte Paul, Ben sieht sich nach der Meinung der Welt um, Karl aber ist ein Kind.

Paul hatte einen braunen Vollbart und eine weiche Welle in die Stirn. Er war ein kleiner, schlecht angezogener junger Mann, dessen Krawatte verrutscht war und der einen altmodischen Liegekragen trug. Ein feiner Herr holt seinen Angestellten ab, hätte man denken können.

»Ach, da bist du ja. Grüß Gott, Paul.«

Paul hatte den Koffer neben sich gestellt. Sie schüttelten sich die Hände.

»Ich habe ein Zimmer für dich«, sagte Karl eifrig.

»Das ist aber nett. Wieviel kostet es denn?«

»Vierzig Mark mit Kaffee im Monat.«

»Ist hier alles so teuer?«

»Ja, doch wohl.«

»Ich kann ja sehen, daß ich bald was Billigeres finde, ich habe doch keine Stellung wie du und muß jeden Pfennig sparen, damit ich anfangen kann.«

»Du willst dich selbständig machen, schreibt die Mutter? Warum eigentlich?«

»Fühlst du dich so wohl bei Zink & Brettschneider?«

»Ich bin sehr stolz, zu solch vornehmer Firma zu gehören. Stell dir vor, alles bar Kasse.«

»Ist das so etwas Besonderes hier?«

»Es gibt hier viele Firmen, die auf ziemliche Sicht erst zahlen, jetzt in der Depression.«

»Unsolide.«

»Willst du keinen Träger?«

»Nein, danke, ich trag' die Sachen lieber selber.«

»Gib dein Billett ab, wir nehmen einen Wagen«, sagte Karl.

»Muß man denn einen Wagen nehmen? Kann man nicht mit der Pferdebahn fahren?«

»Nein«, sagte Karl, »das geht nicht.«

Sie fuhren nach dem Westen der Stadt. Paul kam von London. Er hatte die großen Omnibusse gesehen, die Fülle der Droschken, die von hinten gelenkt wurden. Berlin erschien ihm unbelebt. Nur ein paar Droschken kamen, einige Equipagen mit zwei Pferden und Kutscher und Lakai, kleine Arztkupees, ein paar Lastwagen. Aber als sie tiefer in die Friedrichstraße kamen, dachte Paul, hier beginnt's. Die weißgrauen zweistöckigen Häuser wurden abgerissen. Daneben stieg Gerüst um Gerüst himmelan. »Das werden alles Geschäftshäuser«, sagte Karl. Da stand schon eines, vier hohe Etagen, vier Giebel, ein Eckturm, sämtliche Renaissancemotive an einem Haus wie das Rathaus einer alten Stadt. Es war ein Geschäftshaus für eine Bleistiftfirma. Firmenschild in schwarzem Glas und goldenen Buchstaben. Etagenhohe Glasschaufenster. Daneben der Bau einer Lebensversicherung mit einer drei Meter hohen Siegesgöttin auf dem Dach.

Eines der kleinen Häuser stand schon ohne Dach, halb abgerissen, man sah noch den Stuck, zierliche Rokokokränze. Auf der Leiter standen die Maurer – Herrgott, was für Kerle! – zwischen Himmel und Erde und fuhrwerkten wie die Berserker, um alles dem Erdboden gleichzumachen. Man sah in ein Zimmer, feine weiße Tapete mit grünen Efeugirlanden. Der Maurer schlug hinein. Es flog der Staub.

»Schade«, sagte Paul.

»Wie meinst du?«

»Schade um das Haus.«

»Das ist doch wohl nicht dein Ernst! Sieh nur diese großartigen neuen Renaissancegebäude, da ist Großzügigkeit und Fortschritt, da offenbart sich der Kunstsinn. Berlin wird Weltstadt. Und das hier ist die berühmte Straße Unter den Linden«, sagte Karl. »Du willst dich also selbständig machen? In welcher Branche?«

»In Schrauben«, seufzte Paul, »später habe ich an Maschinen, vielleicht Gasmotoren gedacht.«

»Gasmotoren?« sagte Karl, »wäre mir unheimlich.«

»Man muß abwarten«, sagte Paul. »Als Angestellter hat man ein ruhigeres Leben.«

»Warum willst du denn ein Fabrikant werden?«

»Als Angestellter lebt man in ewiger Unsicherheit, kann jeden Tag entlassen werden.«

»In meiner Firma hat gestern der erste Buchhalter fünfzigjähriges Jubiläum gefeiert. Aber unsere Firma ist auch etwas Besonderes. Wenn Herr Zink einen anspricht, fühlt man sich wirklich geehrt, und was sie für Weihnachtsgratifikationen bezahlen – kolossal!«

»Es ist schön, daß du so anständige Chefs hast, aber in einem fremden Geschäft weiß man doch nie, was passiert. Man steckt nicht drin.«

»Wie kannst du so was sagen?« rief Karl empört. »Zink & Brettschneider ...«

Sie schwiegen.

»Dort ist die Wilhelmstraße. Das Palais vom Reichskanzler und das Auswärtige Amt, dort werden die Schicksale der Völker entschieden. Kutscher, halten Sie.«

Sie saßen still. Ehrfurcht überkam sie. Dort hinten lebte Bismarck, der große Kanzler.

Der Kutscher drehte sich um. »Heute is parlamentarischer Bierabend. Sind alle da, der kleene Windthorst von der Zentrumspartei und dann die Konservativen, Kleist-Retzow, den fahr' ich alle Tage, wenn er in Berlin is, und sogar Eugen Richter. Und dann is da der Herr von Vollmar, so'n süddeutscher Herr.

Der hätte seine fünfzig Gäule im Stall und Kutscher mit Kokarde, würden Sie denken. Is aber nich. Is Sozialdemokrat. Jawoll, Sie. Der is für das arbeitende Volk. Und wenn die Herren fremd sind, das da is das Brandenburger Tor, wo die Truppen einmarschiert sind 70/71, oben die Quadriga. Die haben se falsch aufgestellt. Na, is doch schön mit die vielen Ferde. Und das da is das Palais Redern.«

»Schönes Palais«, sagte Paul.

Trommelwirbel ertönte. Durch das Tor kam ein Hofwagen, der Leibjäger mit weißem Federbusch, er und der Kutscher schwarz und silbern. Der alte Kaiser in Generalsuniform. »Hoch«, »Hoch«, »Hurra«, »Hurra«.

»Seine Majestät kommt von Babelsberg herein. Muß was los sein«, sagte der Kutscher.

»Schon gut«, winkte Karl ab.

»Es hätte mich sehr interessiert, was der Mann meint«, sagte Paul.

»Wahrscheinlich wegen des bulgarischen Konflikts.«

»Wir haben ja Bismarck.«

»Ja, unser Bismarck.«

Hinter dem Brandenburger Tor begann der märkische Sand. Sie hielten.

Ein Wächter kam, der eine Glocke schwang, hinter ihm fuhr die Eisenbahn.

»Das hört jetzt bald alles auf«, entschuldigte Karl Berlin. »Der Magistrat weiß, was er der Haupt- und Residenzstadt schuldig ist. Solch veraltete Sachen passen ja wirklich nicht mehr in die heutige Zeit.«

»Ach, das würde mich nicht so sehr stören. Aber die Stadt ist ohne jeden Charakter, scheint mir. Die Linden sind ja ganz schön. Aber dieses sonstige Durcheinander. Und wo in aller Welt soll ich denn noch hinkarjolen?«

»Ich habe dir ein Zimmer im Westen gemietet. Der Westen ist das Kommende, weißt du.«

Da hielt der Kutscher mit einem Ruck. Alle Wagen standen. Und nun sah Paul Pferde kommen, breitbrüstige, große braune Pferde, erst zwei, dann vier in einer Reihe, fünf Reihen, achtzehn Pferde. Die Kutscher in blauen Blusen liefen daneben, die Peitschen erhoben. Und dann kam es: ein Lastwagen, ächzend drehten sich die Räder, und darauf stand sie, glänzend, grün lakkiert, Messing und Kupfer, blinkend und strahlend, die große Babel, Lilith, Schöpferin und Zerstörerin zugleich: die Dampfmaschine, die Lokomotive. Zwei Bahnbeamte liefen hinterher und ein Schutzmann.

Paul war aufgestanden. Neudeutschland begrüßte ihn. Nicht das Brandenburger Tor, nicht die Linden waren Berlin, – *das* war Berlin: achtzehn Pferde, die eine Lokomotive zur Bahn brachten. Noch waren die Dichter nicht erstanden, die die Melodie der neuen Zeit sangen, aber Paul fühlte sie: »Quer durch Europa von Westen nach Osten rittert und rattert die Bahnmelodie!« Nicht die Häuser waren das Wesentliche dieser Stadt, sondern das, was zwischen den Häusern sich bewegte. Wagen voll mit gleichen Kisten, »New York« stand darauf. Wagen voll mit gewaltigen Paketen, »London« stand darauf. Paul sah Handwagen mit neuen Nähmaschinen und Handwagen mit Fensterrahmen und Handwagen mit Kinderwagen und Frauen mit großen, schwarzen Bündeln. Er wußte nicht, daß dies die Berliner Konfektion war, Frauen, die Röcke zum Zwischenmeister brachten. Aber er sah: das war Berlin. Auch für ihn würde es Arbeit bereit halten, Möglichkeiten, Maschinen, Kohle, Dampf und Motoren.

»Da wären wir also«, sagte Karl. »Laß mich die Droschke bezahlen.«

»Was sind das für Geschichten!« sagte Paul.

»Nein, das laß ich mir nicht nehmen«, sagte Karl.

»Und der Koffer?« fragte Paul und sah den Kutscher an.

»Ick kann doch det Ferd nich hier allein lassen.«

»Sie bekommen auch ein Trinkgeld«, sagte Karl sehr großartig.

Karl bezahlte den Kutscher, der mit dem weißen Zylinder, dem blauen Kutscherkragen und der roten Weste mit Silberknöpfen im Zimmer stand. »Jute Injewöhnung«, sagte er.

Paul packte nicht aus. Morgen wollte er gleich ein billigeres Zimmer suchen, denn er gedachte lange in Berlin zu bleiben.

Dann nahm er seine Schreibmappe, in die seine Schwestern ein großes Monogramm gestickt hatten, und schrieb nach Hause: »Das ist hier eine sehr häßliche Stadt, in die so bald keiner zum Vergnügen reisen wird. Aber es ist alles sehr für den Gewerbefleiß prädestiniert, und der Fortschritt wird hier nicht aufgehalten wie in Kragsheim.«

# 7. Kapitel

## *Eine Empfehlung*

Paul verließ früh das Haus, um einen Brief vom Bankgeschäft Effinger aus Mannheim auf der Post abzuholen.

Seine Bitte um einen Kredit war abgelehnt worden. Als Paul das mittags im Restaurant erzählte, war Karl empört: »Unerhört.«

Paul sagte: »Vielleicht würden wir grad so handeln, wenn wir älter wären. Wir haben noch gar nicht bewiesen, daß wir etwas leisten.«

»Aber wir sind doch Neffen.«

»Du kennst sie doch, für sie ist ein Verwandter ein unsichererer Kunde als jeder Fremde. Ich werde ihnen eine genaue Spezifikation geben, den Kundenkreis beschreiben, meine übrigen Vermögensteile ...«

Schnell kam die zweite Ablehnung: »Wir sehen keinen Vorteil in Schrauben. Gebr. Effinger sind keine Industriebank, und überhaupt wird in Berlin ein solcher Schwindel mit Gründungen getrieben ... Wir haben genug von dem Wiener Krach. Wir haben nur sichere Debetsaldos. Mit Hochachtung ...«

»Eine Frechheit«, sagte Karl. Paul verbarg den Ärger und fühlte sich gedemütigt.

Er schlug Adreßbücher nach und orientierte sich über alle Industrien, die Schrauben brauchten. Der Vater bot ihm 5000 Mark an, dazu kamen seine eigenen Ersparnisse in Höhe von 5000 Mark.

»Ich bräuchte noch 10 000 Mark zum Anfangen.«

Er schrieb an Ben.

Der antwortete postwendend:

»Mein lieber Paul!

Ich habe Dein 1. Schreiben vom 24. cr. erhalten. Benutze gern die Gelegenheit, Dir auch von meinem Ergehen Mitteilung zu machen. Ich habe mich mit einem Mädchen aus erstem Hause verlobt. Meine Braut ist ungewöhnlich schön, und ich gehe einem glücklichen Leben entgegen. S. G. W.

Ich werde mit der Mitgift eine Fabrik für Werkzeuge neuester Konstruktion in London errichten. Die Verhältnisse in England sind ungemein angenehm. Es kümmert sich kein Mensch um die Errichtung einer Fabrik. Polizeiliche Vorschriften gibt es überhaupt nicht, soweit ich es übersehe. Obgleich es also keinerlei Arbeiterschutz gibt, fühlen sich die Arbeiter nicht schlechter als in Deutschland. Beweis: Es gibt hier keine sozialistische Bewegung. Es scheint mir so, als ob hier eine Art von Sozialismus auf dem Wege der Faulheit eingeführt worden ist. Die Herren, denn auch die Arbeiter sind Herren, arbeiten genau so viel, so lange und so schnell, wie es ihnen paßt. Hinzukommt, daß sie alle ihr eigenes Häuschen haben und so jener sittliche Tiefstand fortfällt, den die Mietskaserne hervorbringt. Im übrigen ist mir ein fauler Arbeiter, der nicht aufsässig ist, lieber als ein fleißiger, der mein Feind ist. Es ist eine merkwürdige Sache um die hiesige Freiheit. Die Leute brechen in Jubel aus, wenn sie die Queen sehen – aber das Parlament hat ihr keine Mitgiften für ihre Kinder bewilligt.

Was nun Deine Anfrage wegen eines Kredites betrifft, so bin ich bereit, Dir eine Empfehlung an das Bankhaus Oppner & Goldschmidt zu geben, und zwar an Emmanuel Oppner selber. Er ist ein alter Achtundvierziger, hat in der Pfalz mitgekämpft, ist nach Paris geflohen, wo er sehr bald die Revolution an den Nagel hängte, offenbar angewidert von der fruchtlosen Verschwöreratmosphäre der Emigranten. Er trat bei Leroyfils ein. 1866 kehrte er nach Deutschland zurück als begeisterter, mir zu begeisterter Deutscher und wurde von Bismarck bei der Einführung der Goldwährung zugezogen. Er hat in Berlin eine Goldschmidt geheiratet und ist zugleich in das alte Bankhaus eingetreten.

Goldschmidt sowohl wie Oppner sind Juden geblieben. Goldschmidt ist sogar sehr fromm. Er ist mit einer Petersburgerin verheiratet und sehr wohltätig, hat das Asyl für Obdachlose gestiftet, und es heißt, daß niemand vergeblich bei ihm klopfe.

Sein Bruder ist ein bekannter Rechtsgelehrter. Es ist also eine hochgebildete und höchst angesehene Familie. Eine Bankverbindung dorthin wäre außerordentlich günstig für Dich. Es ist eine merkwürdige Idee von Dir, ohne genügendes Kapital anzufangen.

Bevor Du endgültige Entschlüsse faßt, möchte ich im Anschluß an unser letztes Gespräch in London Dich noch einmal fragen, ob Du Deine Pläne nicht doch lieber hier verwirklichen willst. Ich weiß, daß Du mich für einen Verräter an allen Idealen hältst, an Thron, Vaterland und Altar, aber ich möchte Dich auf eine kleine Broschüre aufmerksam machen. Sie heißt ›Die goldene Internationale‹ und ist das gemeinste Pamphlet gegen die Juden, das Du Dir denken kannst, und verfaßt – von einem hohen Richter!! Das ist hier undenkbar! Zum Teil hängt das mit der Verachtung des Kaufmanns und des von diesem verdienten Geldes in Deutschland zusammen. Der Kaufmann gilt als ein besserer Betrüger und, sobald er Jude ist, nur noch als ein Betrüger. Es gibt keinen Respekt vor kaufmännischer Redlichkeit und Ehre, denn es gibt nur einen Respekt vor militärischer Ehre. Hinzukommt, daß man mit humanistischen Idealen keine Karriere machen kann, wahrscheinlich in den meisten Ländern, daß man aber mit Antisemitismus aufsteigt zum Hofprediger, Volksführer und Reichstagsabgeordneten. Es ist der leichteste Weg zum Gipfel. Siehe Stöcker. Dies gebe ich Dir zu bedenken. Die großen und von reinstem Willen erfüllten Gestalten im deutschen Volk verschwinden immer mehr. Also überleg noch einmal.

Nun leb wohl. Sei herzlich gegrüßt von Deinem Dich innig liebenden Bruder Ben Effinger.«

# 8. Kapitel

## *Besuch im Comptoir*

Ludwig Goldschmidt, ein kleiner, dicker Mann im langen Gehrock mit einem runden, schwarzen Vollbart, sagte zu seinem Schwager Emmanuel Oppner:

»Ich gehe noch zu einer Kuratoriumssitzung des Armenvereins. Eugenie und ich haben beschlossen, ein Altersheim für gebrechliche Alte zu stiften. Ein sehr geeignetes Grundstück hat mir Brinner schon angeboten. Die Soloweitschick-Werke haben 15 % Dividende ausgeschüttet. Phantastisch, was die Industrie in Rußland für Verdienstmöglichkeiten hat, und sie scheint von allein zu gehen. Mein Schwager ist schon wieder mal in Paris.«

»Übrigens, weil du von Brinner sprachst, er hat mir das Haus von Mayer angeboten«, sagte Emmanuel Oppner.

»Ein schrecklicher Fall! Ist mit der Nachmittagspost noch was gewesen?«

»Für 200 000 Papiere von Gebrüder Effinger aus Mannheim. Die Mitteilung auf einem abgerissenen Zettel und natürlich ohne Porto, das müssen wir tragen. Die setzen noch die alte Tradition fort.«

»Ein solides Haus«, sagte Goldschmidt.

»Weil du solide sagst: es ist noch eine Mitteilung von einem neugegründeten Bankhaus gekommen, ich muß dir direkt mal die Briefbogen zeigen. Hast du schon mal einen solchen Briefkopf gesehen?«

»Na, ja«, sagte Goldschmidt, »aus Wien! Was willst du, Wiener Schwindler. In Wien sind sie doch alle größenwahnsinnig. Da sind mir die kleinlichen Effingers mit ihrer Abwälzung der Portospesen schon lieber.«

Der Lehrling Hartert brachte die Messinglampe.

»Laufen Sie und holen Sie mir Stöpeln.« Stöpel war ein

Droschkenkutscher, der jahraus, jahrein Ludwig Goldschmidt fuhr. Fragte man ihn, warum er nicht Pferd und Wagen habe, so sagte er: »Wozu, ich habe doch Stöpeln.«

»Adieu«, sagte Ludwig, »grüß zu Haus.«

»Gleichfalls«, sagte Oppner.

Es klopfte. Oppner wurde eine Karte gebracht: »Paul Effinger. Kragsheim.« Kragsheim war durchgestrichen. Dabei lag ein Brief.

»Nehmen Sie bitte Platz«, sagte Oppner und zeigte neben seinen Schreibtisch, wo der grüne Schirm über der Petroleumlampe ein ungemein angenehmes Licht verbreitete. Beide Hände an der Schreibtischplatte, wippte er mit dem Stuhl nach hinten: »Sie wollen sich also selbständig machen und eine Fabrik gründen? Warum denn?«

Paul war erschrocken: »Verzeihen Sie mir, Herr Oppner, aber auf diese Frage bin ich nicht vorbereitet.«

»Ihr Bruder Ben schreibt mir das. Ihr Bruder Ben ist ein ehrgeiziger Jüngling, liebenswürdig, weltlich, mit klaren Zielen. Wenn er Phantasie hätte, er hat wahrscheinlich keine, so schwebte vor seinem geistigen Auge ein Haus in Mayfair und ein Parlamentsgestühl. Aber Sie, Sie sind nicht ehrgeizig, das sehe ich an Ihrem Anzug und an Ihrer Visitenkarte. Warum wollen Sie eine Fabrik gründen?«

»Ich verstehe Sie nicht, Herr Oppner, ein junger Mann muß doch ein Streben haben. Ich möchte doch nicht immer Angestellter sein.«

»Das verstehe ich, aber, sehen Sie, ich habe einmal berechnet, ob sich die Industrie überhaupt lohnt. Sie lohnt sich nicht. 90 % aller Fabrikanten setzen ihr Geld zu. An Aktien ist auf die Länge der Zeit immer mehr Geld verloren als verdient worden. Reich wird der Mensch an Bodenrenten, Hausrenten, Grundstücken, als Bankier. Aber als Fabrikant? Sie sitzen da und denken sich: Komischer Bankier. Vergessen Sie nicht, ich bin in meiner Jugend Journalist gewesen. Aber, Herr Effinger, ganz ernst gesprochen: Sie laden sich so schwere Sorgen auf, wie Sie es bei Ihrer Jugend sicher nicht übersehen. Sehen Sie zu, daß Sie einen sehr kapitalkräftigen Teilhaber finden. Mit einem kleinen Kredit von uns ist nichts getan.«

Paul dankte und verabschiedete sich. Er machte einen so gedrückten Eindruck, daß Oppner zu ihm sagte: »Herr Effinger, lassen Sie sich nicht von meiner Absage niederdrücken, kommen Sie ruhig einmal wieder, wenn Sie einen Rat brauchen.«

Paul bekam eine zweite Empfehlung an das Bankhaus Birken. Birken war ein feudaler Herr. »Ein unbekannter junger Mann aus irgendeinem Nest, danke«, sagte er zu dem Anmeldenden. Paul saß im Vorzimmer und bekam einen ablehnenden Bescheid durch den Boten.

Ein anderer Bankier rümpfte die Nase: »Warum geben Ihnen denn die Gebrüder Effinger in Mannheim keinen Kredit?«

Paul setzte sich in ein Café und sah den »Arbeitsmarkt« durch. Vielleicht war wirklich alles Unsinn. Vielleicht sollte man eine Stellung suchen, bekäme Prokura, arbeitete sich hoch. Im Arbeitsmarkt stand eine Anzeige, die ihm gefiel. Er fuhr in sein trübseliges Zimmer, setzte sich hin und antwortete mit seiner schwungvollen Kaufmannsschrift, die wie gestochen aussah, schickte Lebenslauf, Photographie, Zeugnisse. Er sah auf das von Rawerk nie ohne eine gewisse Rührung. So große Leute und … »zu unserer allergrößten Zufriedenheit …«

Aus, dachte er, als der Brief im Kasten lag. Er stand noch einen Augenblick vor dem blauen Briefkasten, in dem er seine Hoffnungen begraben hatte: Ich wollte zwar zu Schlemmer gehen, aber wozu soll ich mir noch eine Fabrik ansehen?

Paul wartete in dem handtuchförmigen Hinterzimmer mit dem Blick auf die graue Mauer. Täglich wurde das Zimmer kahler. Jeden Tag trug die Wirtin ein anderes Stück davon, den Bettvorleger, die weiße gehäkelte Kommodendecke, die rote tuchene Bettüberdecke mit den Samtapplikationen. Jeden Tag trank er auf der roten Samtdecke mit der weißen Serviette den Kaffee, den ihm die Wirtin auf einem abgeschlagenen schwarzen Brett brachte. Dieses abgeschlagene schwarze Brett, diese rote Samtdecke, dieses schreckliche Hinterzimmer gaben ihm ein Gefühl der Redlichkeit, des Sparens, Einteilens und Hochhungerns.

Wenn er nicht nach Post sah, durchstreifte er die große Stadt. Eine kurzsichtige Stadtverwaltung hatte es erlaubt, daß die

Fabriken mitten in die Menschensiedlungen gelegt wurden. Nur im Westen durften keine sein, weil bei den herrschenden Westwinden der Rauch sonst die ganze Stadt verpestet hätte. Vorn waren überfüllte Wohnungen, voll mit Kindern, Schlafburschen und Mädchen, hinten der Lärm und Gestank der Fabriken. Die Höfe waren erlaubtermaßen nur so groß, daß die Feuerwehrwagen darin umkehren konnten. Sie waren mit einer Stange, an der die Teppiche geklopft werden konnten, und den Mülleimern ausgestattet. Paul ging durch diese trostlosen Straßen, voll mit Produktenhändlern, voll mit getragenen Anzügen, die aus den Parterrefenstern hingen und monatsweise zu bezahlen waren, Armenviertel, wo weder Baum noch Strauch stand. Frauen standen vor den Türen, die keinen Frauen mehr glichen; sie hatten schmutzige blaue Schürzen über zu dicken Bäuchen oder zu mageren und waren alle alt. Sie regten sich über die Kinder auf, die gerade vor ihrer Tür Schmutz gemacht hatten, über Kohlen, die Frau Müller gerade vor ihrer Tür hatte fallen lassen, über die ekelhaften Dinge, die in die gemeinsame Wasserleitung zu gießen Frau Schneider nicht lassen konnte, über die Gemeinheit von Frau Schulz, die gerade ihr wieder den Boden zum Wäschetrocknen nicht überlassen hatte, und nun wohin mit der nassen Wäsche? Wohin, in das Zimmer, das so schon gräßlich genug war mit dem Geruch von Kleinkinderwäsche, aufgewärmtem Kohl und uralten Kleidern, mit seinen vier Betten und dem Herd noch dazu?

Er bewunderte trotzdem die Stadt, ihre Unendlichkeit, die Breite der Straßen, die neuentstandenen Häuser mit Türmchen, Erkern und vielem Stuck.

In der Nähe der Spree fand er alte Giebelhäuser und Kragsheimer Stille. Blumenkästen hingen an den Fenstern. Kinder spielten Himmel und Hölle, und alle Gassen führten zum Fluß. An einem hellen Haus stand »Möbliertes Zimmer«. Eine alte Frau mit weißem Häubchen öffnete. Das Zimmer war groß und niedrig, ein handgestickter Teppich mit Rosen lag auf dem Boden, und Kirschholzmöbel standen an den Wänden.

»Es ist alles altmodisch«, sagte die alte Frau entschuldigend, »ich habe 1840 geheiratet, müssen Sie wissen. Aber ich rechne

Ihnen auch nur dreißig Mark inklusive Frühstück, und ich mache Ihnen ein nettes Frühstück.«

Paul nahm das Zimmer und gab als Anzahlung ein goldenes Zehnmarkstück.

Bald kamen die Zeugnisse zurück. Abgelehnt! Er rechnete. Seit bald sechs Wochen lebte er von seinen Ersparnissen, ohne das Geringste zu verdienen. Die Sache mit den Zeugnissen war ein harter Schlag. Er fand eine neue Annonce:

»Für eine Werkzeugmaschinenfabrik in Moskau wird bei hohem Salär ein erfahrener Leiter und Disponent gesucht, welcher mit allen Zweigen der Fabrikation gründlich vertraut ist. Gefl. Offerten unter S. M. an die Ann.-Exp. L. & E. Metzl & Co., Moskau, zu adressieren.«

Ich werde doch noch einmal zu Schlemmer fahren, dachte Paul.

# 9. Kapitel

## *Fabrik 1884*

Er stieg in den alten Omnibus (»Es wird gebeten, die Pferde zu schonen«) und fuhr durch die Friedrichstraße. Hochblonde Mädchen mit Stöckelschuhen und Federboa und Wölbungen und den Hut hoch oben, und die verhängten Fenster des Café National, geheimnisvolle Lasterhöhle. Ein Krüppel aus dem Siebziger-Krieg, der Wachsstreichhölzer feilbot. Buchläden, Kliniken und wissenschaftliche Institute, dazwischen kleine, ganz kleine Schaufenster, die mit einer Spitzengardine verhängt waren und an denen »Weinstube« stand.

Überall wurde aufgerissen und abgerissen, der Boden umgepflügt, Rohre wurden hineingelegt für Wasser und Gas. Paul sah in die Erde. Das war das Neue. Das war es, was die Menschen brauchten. Die Engländer errichteten die erste Gasanstalt in Berlin. Ein Druck auf den Hebel, und Licht und Wärme war in den Wohnungen.

»Tja«, sagte einer, »det's alles doch wieder bloß für die Reichen.«

»Nein«, sagte Paul, »das wird allen zugute kommen.«

»Reden Sie sich das doch nich ein, lieber Herr, wir werden weiter uff'n Hof jehen und fünf Parteien eine Kabuse benutzen. Und von wejen den Jas. Da muß erst die Dividende für die Herren Aktionäre rauskommen.«

»Mensch, redst dir um den Hals«, sagte einer, der daneben stand, Mütze tief im Gesicht, »ein Wort, und du bist schon drin im Gefängnis!«

»Det wissen Sie wohl nicht, junger Mann, daß wir das Sozialistengesetz haben. Aber Sie jeht det nischt an.«

Über die Straße kam ein Schutzmann mit blanken Nickelknöpfen, sah sie stehen, sagte: »Auseinandergehen!«

Paul wollte erwidern: Es wird doch noch erlaubt sein ... Aber er sagte nichts. Vielleicht hatte man recht, diese Sozis waren eine gefährliche Bande, die am liebsten alles zerstören wollte, alles leugnete, Familie, Staat, Religion.

Es begann die Vorstadt, Baracken und fünfstöckige Mietskasernen auf freiem Feld, Schuttplätze, zerbrochener Holzzaun und feierliche Mauer. An einem hohen eisernen Gitter stand: »Bella Vista«, dahinter lag ein hübscher Garten mit alten Bäumen und eine klassizistische Villa, auf deren Dach ein Schild angebracht war: »Schlemmers Maschinenfabrik«.

Ein Portier kam heraus. Paul ließ sich melden. Innerhalb des Wohnhauses lag Schlemmers Büro.

»Tach, Tach, junger Reisegefährte«, sagte Schlemmer, »was führt Sie zu mir, nehmen Sie Platz, sprechen Sie sich aus.«

»Sie waren damals bei unserer gemeinsamen Fahrt so freundlich, mir anzubieten, daß ich mir Ihre Fabrik ansehen kann. Ich folge Ihrer freundlichen Aufforderung.«

»Tja«, sagte Schlemmer breit und jovial, »dann wollen wir keine langen Vorreden halten, sondern immer rin ins Vajniejen.«

Sie betraten einen großen Raum, den man unwillkürlich als Saal anzusprechen geneigt war. Eine weiße Göttergestalt, auf Hellblau gemalt, sah in einer Ecke über ein Eisengestell und einen Lederriemen hinweg.

»Tja, da staunen Sie, junger Freund, das ist ein alter Tanzsaal, zu Zeiten der Revolution wurde hier noch das Tanzbein geschwungen.«

»Wo haben Sie eigentlich Ihren Schornstein?« fragte Paul.

»Schornstein? Da oben, der reicht.« Es war der Hausrauchfang. »Und wenn Sie noch was wissen wollen, den Betriebsdampf liefert ein Dampfkessel im Keller.«

Das war nun eine der angesehensten Berliner Maschinenfabriken, C. L. Schlemmer, 1852 gegründet, dachte Paul. Der Dampfkessel im Wohnungskeller.

»Woher haben Sie denn Ihre Maschinen bezogen?«

»Bezogen? Machen wir uns alles selber. Hier zum Beispiel machen wir ein Schiff!«

»Was, ein Schiff?«

»Jawohl, für das königliche Opernhaus, für Meyerbeers ›Afrikanerin‹. Und das da werden drehbare Gestelle, auf denen die Rheintöchter mit dem Bauch liegen und singen müssen. Wir haben immer hübsche Aufträge von den Theatern. Aber wir machen auch Dampfmaschinen.«

»Was für einen Typ?«

Schlemmer sah Paul verächtlich an: »Typ? Etwa nach Preisliste, wie die Amerikaner? Nein, Herr Effinger, so materialistisch sind wir ja noch nicht. Wir sind Handwerker, vielleicht Wissenschaftler, aber keine Geldmacher. Gewiß, die Dampfmaschine ist bereits erfunden, aber wir sind keine mechanischen Nachbeter geworden. Unsere Kunden werden noch individuell bedient. Ich habe noch nicht zwei gleiche Dampfmaschinen gebaut, und so verschieden sie waren, sie haben sich immer bewährt.«

»Wir haben gerade eine fertig, Herr Schlemmer«, sagte der Werkmeister.

Ein großer Teil der vierzig bis fünfzig Mann zählenden Arbeiterschaft hatte sich eingefunden. Da stand sie, der Kolben war als ionische Säule ausgebildet.

»Tja, ja«, sagte Schlemmer, »es muß immer auch was fürs Auge da sein.«

Tiefe Stille trat ein. Jede Maschine war ein Wagnis. Genaue Arbeit war unbekannt. Klappte alles, war's gut, sonst mußte man die Maschine wieder auseinandernehmen und die einzelnen Teile mit der Hand nachfeilen und passend machen.

Alle standen und warteten. Würde sie gehen?

Da stand Schlemmer, auf dem nackten Schädel den weichen Schlapphut des freiheitlichen Bürgers, da standen die jungen Comptoiristen, da stand Seine Majestät der Werkmeister, der keinen Ingenieur zuließ, und es standen da die Arbeiter, meistens gelernte Schlosser, die besten Arbeiter der Welt, klug und fleißig und ordentlich, die Männer vom Berliner Wedding, Sozialisten, aber königstreu, Marxisten, aber brennend aufmerksam, glühend für die Expropriation der Expropriateure, aber ebenso glühend für ihr Werk, die neue Dampfmaschine, für ihre Fabrik, für ihren Chef.

Jetzt, jetzt noch einen Augenblick, dann würde die Maschine anfangen müssen oder einen Knall geben oder puffen oder ... O Kolben, wirst du auf- und niedergehen? Heiliger Kolben, der du die Völker zueinanderführtest, der du Wärme brachtest, Licht und die Vielfalt der Dinge, die den Großeltern noch fremd waren?

Noch einen Augenblick! Und noch einen! Und nun begann sie zu laufen. Der Kolben ging auf und ab.

»Großartig«, rief Schlemmer, »sie läuft. Das ist wieder einmal ein feines Stück.«

Allgemeine Freude herrschte. Es hatte keinen Knall gegeben, keinen Bruch, die Maschine lief, bald würde sie arbeiten.

»Sie kommen an einem glücklichen Tag«, sagte Schlemmer. Der Werkmeister bekam einen Taler in die Hand gedrückt. Die Comptoiristen eilten beschwingt zurück an das Stehpult. Der Lehrling lief an die Kopierpresse.

Schlemmer zeigte Paul weiter die Werkstätten. Die Arbeiter standen an den Tischen und feilten mit der Hand oder behauten die einzelnen gußeisernen Stücke mit dem Meißel.

Paul wollte fragen: Was kostet Sie ein Kilo Dampf? oder: Was sind die Selbstkosten dieses Maschinenteils? oder: Bis auf wieviel Millimeter genau bohren Sie? Er fühlte, daß solche Fragen unmöglich waren, solche kalten, nüchternen, wirtschaftlichen Fragen. Das war amerikanisch, aber hier war man in Deutschland.

Hier irgendeine Frage nach dem Geld zu stellen wäre Zeichen einer niedrigen Gesinnung gewesen. Was kostet Sie das Kilo Dampf? konnte er Schlemmer sowenig fragen, wie er hätte einen Oberst von den blauen Husaren in Kragsheim fragen können: Na, und was verdienen Sie im Monat? Sicher verdiente Schlemmer sehr gut, aber nie hätte er zugegeben, daß er irgend etwas um des Erwerbes willen tat. »Man will den Menschen Arbeit geben«, pflegte er zu sagen, oder: »So trägt jeder auf seine Weise zum Fortschritt bei.« War eine Lokomotive ein Gegenstand zum Gelderwerb, oder gar ein Telegraph? Man gab der Menschheit schnellere Fortbewegungsmittel oder die Möglichkeit schnellerer Verständigung. Das hatte nur sehr entfernt ewas mit Geld zu tun oder mit Wirtschaft. Eine Lokomotive, ein Telegraph, eine Dampfmaschine waren wissenschaftliche Arbeiten. Niemand würde fragen: Und wieviel hat Sie das Experiment, Pockenserum zu finden, gekostet? So konnte auch niemand fragen: Und was kostet es Sie, diese Lokomotive zu bauen?

Sollte er diesem selbstzufriedenen Mann seine Ideen auseinandersetzen? Ihm sagen, daß diese Form des Maschinenbaues teuer, ja verschwenderisch sei? Er wollte genaue Arbeit, weil er das für die Grundlage der Massenherstellung hielt, die allein die Ware verbilligen konnte, und billigere Ware, weil das Ziel alles Wirtschaftens die Versorgung der größtmöglichen Anzahl Menschen mit der größtmöglichen Menge Ware war. Wie konnte er das Schlemmer sagen, der so stolz war, weil seine Dampfmaschine mit dem ionischen Kolben überhaupt lief, und der doch einer der bekanntesten Berliner Maschinenfabrikanten war!

»Nun«, sagte Schlemmer, »Sie wollen also auch den Menschen Arbeit geben und auf Ihre Weise zum Fortschritt beitragen? Wie steht's denn mit Ihren Plänen?«

»Ich danke für Ihr ehrendes Interesse«, sagte Paul. »Ich dachte, mein Kapital würde reichen, eine kleine Drahtzieherei und Schraubenfabrik einzurichten, für die ich an die großartige englische Schraubenmaschine gedacht habe.«

»Was wollen Sie denn mit der großartigen Schraubenmaschine? Die kostet höchstens sehr viel Geld.«

»Aber ich kann damit so viele Schrauben fabrizieren, daß sie sich bald bezahlt macht.«

»Ich sagte Ihnen schon einmal, das lohnt sich nicht, mit billigen, einfachen Maschinen und Handarbeit erreichen Sie das gleiche.«

»Aber auch ohne die Schraubenmaschine kann ich nichts anfangen. Wenn ich alles Geld zur Einrichtung verwende, habe ich keinen Pfennig Betriebskapital mehr. Jeder kleinste Rückschlag kann mich umwerfen. Auf solche riskante Gründung möchte ich mich nicht einlassen. Wie wäre es, Herr Schlemmer, wenn Sie mir eine Unterabteilung einrichten würden?«

Schlemmer war etwas überrascht. Aber er war immer zu haben, wenn es etwas zu unternehmen galt.

»Ich weiß nicht recht, wie Sie sich das denken«, sagte er.

»Ich dachte, Sie stellen mir die Maschinen und Rohstoffe zur Verfügung und sind dafür am Gewinn beteiligt.«

Die Maschinen waren augenblicklich nicht voll benutzt. Die Rohstoffe, noch zu teuren Preisen eingekauft, lagen da, und täglich verlor Schlemmer Geld an ihnen. Kurzum, Schlemmer sah nur Vorteile.

»Wir wollen uns das noch mal'n bißchen beschlafen«, sagte er.

# 10. Kapitel

## *Der Anfang*

Schlemmer war auf Pauls Vorschlag eingegangen, und Paul begab sich auf die Suche nach einem Fabriklokal.

Da gab es Höfe, wo von unten bis oben gehämmert und genietet wurde. Firmenschild über Firmenschild! Mäntelfabriken und Malzkaffee, Nähmaschinen und Kuh- und Schweinetröge, Regenschirmfabriken und Sesseltapezierer. In ein solches Haus wollte er ziehen, Maschinen aufstellen und Schrauben fabrizieren. In diesen Höfen aber war nichts zu finden.

Dagegen bot sich weit draußen eine alte leere Hufschmiede. Vorn war ein niedriges, einstöckiges Haus mit sechs Fenstern und einem dreieckigen Giebel über die ganze Front. In der Mitte war ein breiter Torweg, über dem ein großer, vergoldeter Pferdekopf hing. Vorn hatte der Hufschmied gewohnt, im Hof war die Schmiede gewesen und Remise und Stallungen für Wagen und Pferde. Hier waren die Pferde beschlagen worden vor den Planwagen, die aus Pommern und Mecklenburg kamen. Hier hatten die Fuhrknechte gehalten, bevor sie durchs Tor in die Stadt kamen. Die Eisenbahn hatte die Schmiede brotlos gemacht, und der Hufschmied Balthasar wollte seine Schmiede vermieten.

Paul dachte, daß er nicht nach Berlin gekommen war, um in einer verlassenen Hufschmiede Draht zu ziehen und Schrauben zu fabrizieren, in einem biedermeierlichen Haus, wo im Hof eine große Linde stand. Er wollte mitten drin sein in einem vielstöckigen Haus mit Quergebäude und Seitenflügel und vielen Höfen, jeder Hof wieder mit Quergebäuden und Seitenflügeln, kurz in einem »Industriehof«. Aber dann überlegte er, daß er bei der Hufschmiede durch die Ebenerdigkeit viele Transportkosten ersparte und daß es nichts Schöneres gibt als eine alte

Hufschmiede, wo die Linde gleich dabei steht. Gestern noch eine Hufschmiede, heute eine Eisenwarenfabrik, da würde man immer an die Vergänglichkeit gemahnt.

Die Menschen, dachte er, dünken sich so entsetzlich klug, seit sie an keinen Gott mehr glauben. Sie sind alle betrunken vom Glauben an den Fortschritt und an immer herrlichere Zeiten. Ich werde ruhig die Hufschmiede nehmen, wenn die Quadratmeterzahl richtig ist und auch sonst alles klappt und die Miete nicht gar zu hoch ist.

Der goldene Pferdekopf überm Torbogen blieb. Aufs Dach kam: Schlemmer & Effinger.

Die großartige Schraubenschneidemaschine bezog Paul aus England zugleich mit einem Monteur, den Ben ausgesucht hatte.

Am 1. Oktober 1884 trat das Personal an. Steffen, der Kassierer, ein pedantischer, kluger Mann, dessen Vater selber ein kleiner Fabrikant war, der bankrott gemacht hatte; Meyer, sommersprossig, mit roten Haaren, der Korrespondent; und Eberhard, der Laufjunge. Es kam der Monteur, Mr. Smith. Wahrhaftig ein Herr, der mit tiefer Verachtung auf alles herabsah, die Pfeife nicht aus der Schnauze ließ und großartige Frühstückspausen machte.

Am 1. Oktober 1884 schlug Steffen zum erstenmal die Kontobücher auf, in denen in hohen gotischen Lettern stand: »Mit Gott!«

Am 1. Oktober 1884 besuchte Karl seinen Bruder und überlegte, ob ein Fabrikherr zu sein denn nicht doch noch eine feinere Sache sein mochte als selbst bei einer so feinen Firma wie Zink & Brettschneider ein erster Angestellter. »Und wo ist dein Privatbüro?« fragte er und bekam einen Stuhl an einem hellhölzernen Schreibtisch gezeigt.

Am 1. Oktober 1884 kam ein Brief aus Kragsheim:

»Lieber Sohn!

Gott segne Deinen Einzug an diesem Tage. Er gebe Dir Kraft und Stärke und gebe Dir Frieden. Amen.

Wir hören mit Freuden, daß Du so gut in Deinen Absichten weiterkommst. Wenn Du weiter fleißig bist, arbeitsam und sparsam, und Pfennig auf Pfennig legst, kann es nicht fehlen. Hoffentlich reicht das Betriebskapital. Es können immer Rückschläge kommen, und ob C. L. Schlemmer mit durchhält, weißt Du auch nicht. Also weiter Gottes Segen und Grüße von Deinem

Dich liebenden Vater.«

Am 1. Oktober 1884 kam ein Gedicht, ein Traum von einer Drucksache, die Verlobungsanzeige von Mary F. Potter mit Ben K. Effinger (woher das K? dachte Paul), angezeigt von William V. Potter und seiner Gattin Winifred, geb. Beverly, London W.

Am 1. Oktober 1884 gingen die Zirkulare der Firma Schlemmer & Effinger hinaus:

»Hierdurch beehren wir uns, Ihnen die ergebene Mitteilung zu machen, daß wir am hiesigen Platze, Schönhauser Allee 144, eine Fabrik von Schrauben aller Sorten unter der Firma Schlemmer & Effinger errichtet haben.

Mit den besten Maschinen neuester Konstruktion versehen, sind wir in der Lage, ein den weitgehendsten Anforderungen entsprechendes Fabrikat zu den billigsten Preisen zu liefern. Auf Wunsch kommen wir mit Mustern und Preiskurant näher und bitten ergebenst, uns mit Ihren gefl. Aufträgen zu beehren, die wir stets zu Ihrer Zufriedenheit ausführen werden.

Indem wir höflichst ersuchen, von unserer nachstehenden Handzeichnung Kenntnis zu nehmen, empfehlen wir uns

hochachtungsvoll

Schlemmer & Effinger

Paul Effinger.«

Am 1. Oktober 1884 kam auch Schlemmer, groß, mit braunem Vollbart, und guckte sich leichthin die Fabrik an. Dann schlug er Paul auf die Schulter und sagte: »Na, junger Freund, nun wollen wir das mal begießen.« Und ging mit ihm eine Flasche Wein trinken.

# 11. Kapitel

## *Bankier Oppner kauft ein Haus*

Es war Sonntag, den 22. März, an einem schönen Vorfrühlingstag, daß Oppner zu seiner Frau Selma sagte: »Du sitzt und handarbeitest. Die reinste Penelope. Wir wollten uns doch das Haus in der Bendlerstraße ansehen. Es ist Kaisers Geburtstag, das ist ein gutes Datum für einen Untertan Seiner Majestät. Das Haus ist zwar schon ein bißchen draußen, aber der Tiergarten ist nah, und ins Geschäft habe ich die Pferdeeisenbahn. Das Haus gehört übrigens Bankier Mayer.«

»Ach dem, der bankrott gemacht hat«, sagte Selma. »Ich glaube, er hat sehr groß gelebt – ich bin ja immer für das Einfache.«

»Aber ich glaube nicht, daß er daran zugrunde gegangen ist, trotzdem ich dir zugestehe, die Leute leben seit Anno siebzig alle über ihre Verhältnisse.«

»Und du willst ein Haus kaufen!!«

»Aber, liebe Selma, die Gegend hier wird eine reine Geschäftsgegend. Dann werden die Kinder erwachsen, jedes soll sein eigenes Zimmer haben, wo willst du denn hier Zimmer für alle vier Kinder hernehmen? Und dann möchte ich dir einmal eine Rechnung aufmachen ...«

Selma hörte zu, während sie unausgesetzt rote Kreuzstiche in einen Kanevas stickte. »Du entschuldigst«, sagte sie, »ich verstehe gar nichts davon, und dann muß ich gerade das Muster auszählen.«

Sie zählte, zog einen roten Faden durch, wo sie neu anfangen mußte. »Ich muß dir sagen, am liebsten ließe ich alles beim alten. Ein Umzug bringt viel Arbeit. Die Kronen passen nicht, die Gardinen auch nicht. Haben wir zwanzig Jahre in der Klosterstraße gewohnt, können wir wohl auch weiter hier wohnen.«

»Du bist aber doch noch keine alte Frau, sondern schön und achtunddreißig Jahre. Wenn *ich* das sagen würde, der ich vierundfünfzig zähle! Wir haben Töchter, wir müssen repräsentieren. Du hast immer sehr wenig nach der Welt gefragt, das ist ein Fehler.«

»Ich glaube, im Gegenteil«, sagte sie hochmütig. »Wir haben das doch nicht nötig. Man weiß, wer wir sind.« Sie stand auf, legte mit einem schweren, sorgenvollen Seufzer die große Kanevasdecke zusammen, setzte einen kleinen, schwarzen Kapotthut mit Federn und Blumen auf, zog einen schwarzen Samtmantel an, der weit nach hinten hinausstand, und sagte mit einer Miene, als machte sie sich mit ihrem Manne auf, einem Leichenbegängnis beizuwohnen: »So, nun können wir ja gehen und uns dein Haus ansehen.«

Sie gingen durch den Tiergarten auf einem Sandweg, an dem nur einige wenige Landhäuser standen, hell geputzt mit grünen Läden. Vor dem Tor des Hauses wartete bereits Herr Brinner mit einem älteren Herrn, der sehr vornehm aussah.

»Ah, Herr Mayer«, sagte Frau Oppner mit dem gebührenden Abstand gegenüber einem Bankrotteur.

»Ich will mir gestatten, den Herrschaften selber mein Haus zu zeigen«, sagte Mayer.

»Ja«, sagte Brinner, »auch der ehrlichste Makler kann ein Objekt nicht so gut kennen wie der Eigentümer selber.«

Sie gingen auf die andere Seite, um das Haus recht zu betrachten. Es war ein hellgraues, schönes, klassizistisches Haus, mit einem großen Erker mit korinthischen Säulen und einem griechischen Giebel. Der Putz bröckelte ab.

»Es ist leider etwas vernachlässigt«, sagte Mayer. »Das Haus war sehr schön, als mein Vater es bauen ließ. Es ist noch von Persius. Die Originalpläne haben Sie wohl, Herr Oppner. Wir haben seit 1840 gar nichts geändert.«

»Na, das sieht man ihm aber auch an«, sagte Selma unliebenswürdig.

Herr Mayer behielt Haltung, er war ein feiner Bankier der alten Schule, viel nach Paris gereist, auf englischen Rennen gewesen, hatte in Baden-Baden und Monte Carlo gejeut. Nun war es aus. Die Ausschüttung betrug 75 %. Aber das war schon übel genug.

»Ist das Haus nicht sehr hell und kalt und unbehaglich?« fragte Selma.

»Ja, es ist altmodisch«, sagte Mayer, »mein Vater war sehr fürs Konservative.«

»Man kann es ja modernisieren«, meinte Oppner begütigend.

»Auf alle Fälle wollen wir's uns doch mal ansehen«, sagte Brinner mit seinem Berliner Tonfall. »Immer rin, meine Herrschaften, immer rin in die gute Stube. Über das Geschäftliche kann ja später, wenn die gnädige Frau nicht mehr dabei ist, gesprochen werden.«

»Sicher«, sagte Oppner, »meine Frau versteht ja glücklicherweise gar nichts von Geschäften.«

Direkt hinter der Haustür begann eine kleine Treppe, an deren Ende eine große bronzene Flora mit einer Laterne stand. Über einen Vorplatz kam man an einem weißen Schrankzimmer vorbei in den großen Salon. An die Wände war eine Pergola neben die andere gemalt, grünes Gitterwerk mit Kletterrosen und Tauben. Das Zimmer war mit weißen Empiremöbeln eingerichtet und machte einen ungemein feudalen und altmodischen Eindruck. Daneben lag das Eßzimmer mit einer Terrasse, von der ein paar Stufen in den verwilderten Garten führten. Das Eßzimmer war anmutig gotisierend, mit einer blauen Decke mit goldenen Sternen und Mahagonimöbeln, die mit blauem Rips bezogen waren. Daneben lagen zwei weitere Zimmer. Eins hatte eine halbrunde Erweiterung mit Fenstertüren bis zum Fußboden. Oben waren noch einmal fünf Zimmer. Es war ein schönes, geräumiges, bürgerliches Haus mit einem klaren, einfachen Grundriß.

Frau Oppner sagte: »Mir ist das zu kahl. Sie mögen ja an den Sachen hängen, aber für uns müßte das Haus sehr verändert werden. Wir haben vier Kinder, und ich bin nicht für Geselligkeit, ich bin nämlich immer für das Einfache.«

»Aber, liebe Selma«, sagte Oppner, »wir werden natürlich diese alberne Schäferspielerei mit rotem Seidendamast überkleben, und ins Eßzimmer müßte eine goldgepreßte Ledertapete kommen.«

Mayer machte einen Anlauf, um die Sachen zu retten: »Die Malereien sind sehr gut.«

»Aber doch ganz veraltet«, sagte Oppner. »Sie müssen mir das nicht übelnehmen, aber man ist doch jetzt für das Behagliche und Warme, kurz und gut für das Bürgerliche, wenn Sie wollen, auch etwas Reiche. Aber so grüne Gitter mit Schäferei und Rosen, nein, Herr Mayer, das kann sich der Inhaber der Firma Oppner & Goldschmidt nicht leisten. Das sieht ja aus, als wollten wir geradewegs ins 18. Jahrhundert zurück und hier Menuett tanzen. Aber so alle Tage ›Reich mir die Hand, mein Leben, komm auf mein Schloß mit mir‹, das ist nichts für einen alten Berliner.«

»Natürlich, das geht alles zu machen«, sagte Brinner. »Und dann die Gegend, Herr Oppner, ich sage Ihnen, die Gegend ist Zukunft. Die machen jetzt so'n Betrieb mit dem Grunewald, aber da draußen, wo sich die Eulen gute Nacht sagen, das mag ja ganz hübsch zu wohnen sein, aber 'ne Kapitalsanlage ist es nicht. Und 'ne Kapitalsanlage ist doch auch immer 'ne gute Sache.«

»Ja, ja, natürlich«, sagte Oppner, ein bißchen peinlich berührt, daß Brinner nun so alles vor Mayer sagte.

»Und wo sind die Räume für das Personal?« fragte Selma.

»Im Souterrain.«

Sie gingen hinunter.

»Hier unten«, sagte Oppner, »müßten wir noch eine altdeutsche Trinkstube haben, einen grünen Kachelofen und alles holzgetäfelt und ein großes Faß. Wenn man zapfen kann, kommt erst die richtige Gemütlichkeit. Wenn ich denke, daß wir hier unten so'ne richtige Trinkstube machen können und ein Treppchen nach oben ins Eßzimmer, da könnten wir eine reizende Geselligkeit ausüben. Und man kann auch das ganze Haus sehr gemütlich kriegen, glaube mir, Selma, wir werden dann so große Öfen anschaffen, und alles hübsch dunkel machen und Kassettendecken. Kurzum, mir gefällt es sehr gut.«

Inzwischen ging Selma und sah die Küche und die Kellerräume an.

»Übrigens, Herr Mayer«, sagte Oppner. »Sie verzeihen, daß

ich ganz offen davon rede, Sie befinden sich in Zahlungsschwierigkeiten. Das Haus gehört doch zur Masse.«

»Natürlich, Herr Oppner«, sagte der alte Bankier. »Es wird alles versteigert. Wir sind nicht gewohnt gewesen, jemandem etwas schuldig zu bleiben. Wir haben Unglück gehabt. Der Gotthardtunnel ist ein Wunderwerk menschlichen Geistes. Aber ein Bankier soll sich nicht begeistern.«

»Nehmen Sie es mir nicht übel, aber ich bin wirklich dagegen, daß sich Bankiers in Phantasien verlieren.«

»Ich habe das leider getan. Diese großartige Erschließung der Alpen. Das Saumtier sucht im Nebel seinen Weg. Es sucht nicht mehr. Bequem im Bett jener neuen Schlafwagen durchfährt man eine Strecke, die unsere Väter noch voll Furcht vor Räubern mühselig erkletterten. Der Gotthardtunnel war nicht nur eine Aktie, war nicht nur ein Papier, der Gotthardtunnel war eine menschliche Leistung, die der Unterstützung wert war. Nicht für irgendwelche Bleibergwerke, in denen Eingeborene unter elenden Bedingungen ein menschenunwürdiges Dasein führen, habe ich mein Geld gegeben, nicht für die Dividende einer Lumpensortieranstalt, sondern für ein großes Werk des menschlichen Geistes. Doch mit des Geschickes Mächten ist kein ew'ger Bund zu flechten, und das Unglück schreitet schnell. Es kam ein Wassereinbruch, das grandiose Werk erlitt die schrecklichste Unterbrechung, und die Aktien sanken ins Bodenlose.«

»Ich weiß«, sagte Oppner, »ich war auf der Börse, als die Nachricht kam. Es war ein schwarzer Freitag. Vermögen verfielen in einer Stunde.«

»Mein erster Gedanke war: die Aktien behalten. Der Tunnel wird eines Tages gebaut sein, dann steigen sie wieder. Aber wie das so ist – man riet mir, sie schleunigst zu verkaufen, bevor sie ganz schwarz werden. Ich tat es. Leider tat ich es. Seitdem war mein Schicksal besiegelt. Den Verlust von einer Viertelmillion konnte das Geschäft nicht ertragen, dazu noch bei einem jungen Fabrikanten fünfzigtausend Mark. Ich habe sehr vorsichtige Geschäfte gemacht. Aber die Zeiten sind unsolide. Jeder gründet, man redet einem zu, und eines Tages sind die Leute bankrott. Dieser furchtbare Krach vom Jahre 73 hängt uns allen noch nach. Ich habe gekämpft und gekämpft, jetzt bin ich ein verlorener Mann. Sie sind oben, ich bin unten. Aber ich hoffe, es soll kein Mensch bei mir einen Pfennig einbüßen.«

»Hoffe ich auch«, sagte Oppner streng, »das Fallissement eines Bankiers schädigt den ganzen Stand. Tja, um auf den Hauskauf zurückzukommen, Herr Brinner sagte mir, dreihundert Mille.«

»Und keinen Pfennig darunter. Das Haus ist es wert. Ich bemühe mich, daß es nicht verschleudert wird. Jeden Pfennig weniger entziehe ich meinen Gläubigern und damit meiner Ehre.« Die beiden Herren erhoben sich von den Stühlen. Oppner reichte Mayer die Hand: »Ich will Ihnen nur eins sagen, ich verachte Sie nicht.«

»Ich danke Ihnen«, sagte Mayer gerührt, und er geleitete die drei aus dem Haus, nicht ohne Frau Oppner anmutig die Hand zu küssen.

Herr Brinner meinte: »Ist'n schönes Haus, nich wahr? Ich stelle es Ihnen mit dreihundertfünfzig Mille an.«

»Es müßte renoviert werden, sehr stark sogar. Aber es ist ein schönes Haus. Wie gefällt es denn dir, Selma, du sagst doch wieder gar nichts? Du mußt doch auch mit drin wohnen?«

»Ach, ganz gut. Aber wir werden doch nun gar nicht zur Ruhe kommen vor lauter Handwerkern.«

»Das mit den Handwerkern wird alles nicht so schlimm werden, meine liebe Selma. Ich komme nachher zu Ihnen ins Büro, lieber Brinner. Ich bringe bloß erst meine Frau nach Hause. He, Droschke!«

Oppner und Brinner wurden dann schnell einig. Eine Stunde später nahm Oppner dreihundert braune Tausender aus der Brieftasche und legte sie auf Brinners Tisch.

# 12. Kapitel

## *Aus Biedermeier wird achtziger Jahre*

Das Haus in der Bendlerstraße wurde nahezu dunkelbraun angestrichen. Im Korridor wurde die blaßblau gestreifte Tapete heruntergerissen und dafür eine dunkelrote geklebt. Es kam ein Holzstamm als Kleiderständer hinein, an dem mehrere kleine, holzgeschnitzte Bären teils hochkletterten, teils unten saßen. Dazu ein Tisch mit einer silbernen Visitenkartenschale.

Rechts das Schrankzimmer blieb. Oppner fand es sehr hübsch mit dem weißen Anstrich und den goldenen Streifen, aber die Jugend des Hauses war absolut dafür, diese Zeichen einer überwundenen Klassizität zu verbannen.

»Wenn ihr schon ein solch altmodisches Haus kauft«, sagte Annette, die schöne Achtzehnjährige, »statt eine moderne Villa bauen zu lassen, mit Türmchen und einem Lug-ins-Land und einem Erker mit Tritt, dann müßt ihr wenigstens alles dunkel und behaglich streichen lassen, statt so kalt und unfreundlich hell.«

Theodor, der Aesthet, knapp siebzehnjährig, Lehrling im Hause Oppner & Goldschmidt, war selten mit seiner Schwester Annette einer Meinung, weil er sie für eine Pute hielt, diesmal aber war er auch für dunkel.

Im großen Salon wurde die Schäferei mit rotem Seidendamast überspannt, nur die Decke blieb, die Decke aus Wolken und Putten, die Annette töricht genug fand. Das Eßzimmer, in dem die leicht gotisierenden Möbel gestanden hatten und der blaue Himmel mit den goldenen Sternen schwebte, bekam eine kostbare, braun-goldene, mit roten Wappen versetzte Ledertapete. Ein Geweih, an dem künstliche Trauben waren, wurde als Beleuchtungskörper aufgehängt, und schwere geschnitzte Stühle mit hohen Lehnen wurden um einen schweren Eichentisch gestellt. An der Wand stand ein Büfett mit Türmen und Giebeln, auf dessen Füllungen Schnitzereien waren, Fische, Vögel und sonstiges tote Getier. Die Decke wurde künstlich geschwärzt und bekam große Balken.

In den großen Salon kamen Möbel aus schwarzem Ebenholz mit rotem Damast, in die Mitte ein kreisrundes Sofa, auf dem man ringsum Rücken an Rücken sitzen konnte, das nicht zum Unterhalten, sondern nur zum Engagiertwerden da war und in dessen Mitte eine Palme stand. Der kleine Salon erhielt graue Samtmöbel mit Gobelin. Der Erker wurde um eine Stufe höher gelegt. Die bis zum Boden reichenden Fenster wurden durch höher gelegene ersetzt. Die alten Möbel aus der Klosterstraße waren nur noch gut für die Kinderzimmer. Dorthin kamen die geschweiften Mahagonisofas der sechziger Jahre und die kleinen Kommoden aus Nußholz und die langen Spiegel.

Am meisten aber mußte für die Toilette getan werden. Oppner beschloß, Watercloset einzubauen. In den weißen Schüsseln war in Blau das englische Wappen abgebildet: »Dieu et mon droit«. Oppner fand das ein bißchen komisch, in der Klosettschüssel: »Dieu et mon droit!« Aber was den Engländern gut war, konnte den Deutschen wohl billig sein. Der englische Vertreter bot ihm noch weiter verschiedenes an, was für die Ausstattung eines erstklassigen WC unerläßlich war. So z. B. eine Rolle, von der man perforierte Papierstreifen abrollen konnte und die mit einer bronzenen Platte an der Wand befestigt wurde. Auf der bronzenen Platte war ein Relief mit Löwe und Einhorn, den englischen Wappentieren, und darunter stand: »The Crown's fixture.« Es war sehr teuer.

Ein englischer Meister überwachte den Einbau. »Lauter so neumodische Sachen«, sagte Hoff, der alte Malermeister, »früher sind wir alle auf 'n Hof gegangen, hat auch seine Richtigkeit gehabt, jetzt bringen sie lauter so neumodisches Zeug auf, Wasserspülung und Fayencebecken und lauter so Sachen.«

»Was 'n das?« fragte er, als »The Crown's fixture« gebracht wurde.

»Da werden gebracht Papierrollen drauf«, sagte der Engländer. Der alte Malermeister schüttelte den Kopf. »Die schönen

Malereien im alten Salon müssen wir überkleben, und in die Gelegenheit lassen sie vom Englishman alles Mögliche einbauen, ohne das wir alle bis gestern glücklich gewesen sind. Keen lieber Gott mehr, aber Wasserspülung. Das ist die neue Zeit!«

»Das ist nicht die neue Zeit«, sagte der Schreinergeselle Kärnichen, ein junger Dachs. »Wissen Sie, was die neue Zeit ist? Daß wir jetzt Fensterrahmen im Akkord arbeiten, zwei in der Woche mit Profil und nach Zeichnung.«

»Da kann ja nischt Gutes bei rauskommen«, sagte der Malermeister, »das is ja a rechtes Gelumpe.«

»Sehnse, das sage ich ja auch. Nachher passen die Fenster nicht, müssen noch mal rausgenommen werden, kommen noch mal zurück in die Werkstatt. Wer zahlt's? Die Firma. Aber meinen Sie, die Leute werden deshalb klüger? Und dabei ein Hungerlohn!«

»Na, Sie werden auch nich ewig Geselle bleiben. Wie alt sind Sie denn?«

»Achtzehn.«

»Na, Mensch, so 'n Küken, so 'n Kiekindiewelt, da habnse ja erst 'n Jahr ausgelernt. Wart' mal ab, wirst eines Tages selbständig.«

»Selbständig, na, Meister, sind Sie denn mit Spreewasser getauft? Ohne Kapital? Sie sind woll 'n bißchen komisch. Der Mensch ohne Kapital is 'n Prolet und kommt sein Leben lang zu nischt. Koalition ist die Parole, Streik um höhere Löhne. Mensch, selbständig! Der Kapitalismus marschiert. Das ist alles der Mehrwert, von dem hier so 'ne Villa gebaut wird. Nee, ich bin für Revolution! Wie lebt denn unsereins? Schlafstelle und keen eigenes Bett, und wenn ich mit meine Grete ausgehn will, weiß ich nich wohin.«

»Wenn de richtig sparst, dann haste bald selber 'n Kapital, von dem de anfangen kannst. Wie hat's denn unsereins jemacht? Jeden Fennich haben Mutter und ich auf de Sparkasse getragen, und dann hab' ich mir von de Spargroschen die Rüstung gekauft, und nu hab' ich schon selber zwei Gesellen.«

»Na ja, das ist alles früher gewesen. Aber heute? Zwölf Stunden Arbeit, und wenn de krank bist, liegste auf der Straße, und wenn de arbeitslos bist, liegste auf der Straße, und wenn de bettelst, lochen se dir in. Und wenn de injelocht warst, denn kriegste keene Arbeit mehr, weil de injelocht warst. Ich hab 'n großen Bruder bei der Partei.«

»Da kann ja nischt aus dir werden«, sagte der Malermeister. »Ihr jungen Leute seid ja alle verdorben. Kein Gott, kein König und kein Vaterland.«

»Ganz richtig, guter, alter Mann. Ihr Alten seid ja die Verräter an der Revolution. Aber die Jugend marschiert.«

»Na, nu liefer mal erst deine Fenster ab und mach dich nicht unglücklich, du kannst ja ins Gefängnis kommen, mit so 'n Jerede!«

# 13. Kapitel

## *Krise*

Emmanuel Oppner saß im Comptoir. »Hast du schon die Zeitung gesehen?«

»Nein«, sagte Ludwig, »sie kam eben erst.«

»Kupfer notiert wieder 2 Prozent niedriger, Baumwolle 3 Prozent. Man muß jetzt sehr vorsichtig disponieren. Die Aktien fallen überall. Das Haus hätte ich jetzt bestimmt 20 000 Mark billiger bekommen.«

Emmanuel Oppner saß beim Mittagessen.

»Ich möchte fürs Haus etwas Küchenwäsche anschaffen«, sagte Selma.

»Warte noch etwas«, sagte Emmanuel, »es wird jetzt alles billiger. Ich will auch noch mit dem Anschaffen von Teppichen warten.«

Helene Mainzer, geborene Effinger, in Neckargründen, schrieb an ihren Lieferanten: »Die diesjährige Lieferung an Baumwollstoffen – glatten und faconierten – möchte ich stornieren. Die Kundschaft hält sehr mit dem Einkauf zurück und verlangt billigere Preise.«

Auf den Halden in England häufte sich die Kohle. In den Eisenwerken häuften sich die Knüppel. In Amerika wurde geerntet. Wie eh und je pflückten die Schwarzen die Baumwolle, das Leintuch auf dem Kopf. Wie eh und je schnitten die Farmer in Kanada den Weizen. Die Baumwolle kam in großen Haufen zusammen, sie wurde auf Schiffen verschifft, der Weizen kam in die großen Silos und wurde auf Schiffen verschifft. Die Ernte war riesig, fruchtbar war die Erde. Die Preise sanken.

Rotgesichtige Männer im Zylinder standen in der Börse zu Liverpool. Wie hoch stand die Baumwolle? Sie wurde billiger.

Alle Ware wurde billiger. Die Händler kauften nicht. Sie würde noch billiger werden.

Am 1. Oktober erhielt die Firma Schlemmer & Effinger für einen Zentner Schrauben 21 Mark. Am 1. April 15 Mark. Den Draht hatte Schlemmer mit 44 Mark in Rechnung gestellt. Der Tagespreis am 1. April war 32 Mark.

»So geht es nicht weiter«, sagte Paul. Aber auch für 15 Mark wollten die Leute seine Schrauben nicht. Hörte man auf zu bauen? War die Welt mit Schrauben versorgt?

Steffen sagte: »Die Haldner Werke liefern Schrauben für 13 Mark. Sie haben die neue Fabrik fertig. Sie wollen doch die Werke vor dem Stilliegen retten.«

»Nun ja, für Leute mit Kapital ist es immer noch besser, mit Verlust zu arbeiten, als die Produktion ganz einzustellen.«

»Sie müssen aus dem Vertrag mit Schlemmer heraus«, sagte Steffen.

»Ja, aber wie? Der Vertrag hat doch für mich nur Nachteile. Haben Sie schon an die Schlosserei von Witte geschrieben? Die Leute wollen doch Bescheid haben. Und Eberhard soll hinüberlaufen zu Kosterlitz und sagen, daß die Schrauben in vier Stunden drüben sind. Rufen Sie Mr. Smith.«

»Sind die Schrauben in vier Stunden fertig?«

»Ich nehme an, Sir.«

»Was heißt das, Sie nehmen an?«

»Gott, Sir, es klappt doch alles nicht so. Wir wissen nicht, wieviel Ausschuß dabei ist, wieviel gut werden. Ich werd' mal zusehen.« Er zeigte in jedem Wort, daß Paul von seiner Gnade abhängig war. Wenn es ihm nicht paßte, würden die Schrauben eben nicht in vier Stunden fertig sein. »Wir haben in Birmingham nie so rasche Bestellungen angenommen. Wenn die Leute die Schrauben in sechs Stunden haben, wird es auch gehen.«

Paul wollte noch am Nachmittag eine Annonce aufgeben und einen Monteur suchen. Hatte man das nötig, dieser Smith, dieser feine Herr, der einem immer das Gefühl gab, man mache alles verkehrt? Aber wichtiger noch als Smith war eine Besprechung mit Schlemmer. Er mußte durchhalten. Diese 10 000 Mark ersparten Geldes durften nicht verlorengehen. Es war nicht auszudenken. Nicht vor Kragsheim, vor Ben, vor Helene, vor Karl, vor Willy. Warum hatte Ben es so leicht, warum er so schwer? Warum hatte er so entsetzliche Sorgen? Ben nie, Karl nie.

Er nahm seine Bücher mit nach Hause und begann zu rechnen, zu rechnen, zu rechnen. Aber je länger er rechnete, um so trübseliger erschien ihm alles. In diesen sechs Monaten war alles verloren worden. Die schwarzen Wände fielen auf ihn. Die Lampe blakte, ein scheußlicher Petroleumgeruch verbreitete sich. Es war kalt im Zimmer. Mit Karl sprechen? Aber das dachte er nur einen Augenblick. Höchstens mit Steffen. Sie hatten 20 000 Mark Schulden. Und die Preise sanken. Das teure Rohmaterial lag da. An jeder Schraube war ein Verlust. Liquidieren, dachte Paul. Nach sechs Monaten. Meine Firma. Nein! Der Kampf ums Dasein. Die Verwandten in Mannheim würden triumphieren. So junge Leute müssen sich ja selbständig machen! Können's nicht abwarten, würden sie sagen. Und hätten sie nicht recht mit allem, was sie sagen würden? Schuldenmacher! Ja, das war er. Ein Schuldenmacher, der die Leute ums Geld gebracht hatte.

Er stand, die Stirn an der Fensterscheibe, eine Hand am Riegel. O mein Gott, es war nicht meine Schuld. Ich habe von früh bis spät gearbeitet, ich habe mir nichts gegönnt, und dennoch bin ich so weit, ein Bankrotteur zu sein. Ich konnte nichts dafür, daß der Preis des Zentners Schrauben von sieben Taler auf fünf Taler sank und daß ich Eisen liegen hatte, das teurer war als nachher die fertigen Schrauben. Aber mit einem bankrotten Kaufmann hat niemand Mitleid. Ein Kaufmann, der Schulden hat, die er nicht bezahlen kann, ist ein Lump. Andere Leute, die Unglück haben, werden bemitleidet, ein Kaufmann verachtet. Was man sonst für ein Mensch ist, danach fragt keiner. Mit dreiundzwanzig Jahren ist mein Leben kaputt. Und was gehen mich diese Schrauben an, diese kleinen Dinger, zehn Sorten gestuft? Was? Bin ich überhaupt dazu nach Berlin gegangen, um Schrauben zu fabrizieren? Ich wollte Gasmotoren fabrizieren, Gasmotoren, damit kann man alles bewegen, auf der Erde, im Wasser, in der Luft. Die Luftdroschke wird kommen, Halteplätze auf den Häusern. Mit so einem kleinen Gasmotor wird man pflügen können und eggen. Der Mensch wird aufhören, ein Lasttier zu sein, einen gebeugten Rücken zu haben.

Aber vielleicht waren es solche Gedankengänge, wegen deren er bankrott machen mußte. Im Schweiße deines Angesichts sollst du dein Brot essen. Wollte Gott, daß der Mensch sich erhübe, ihn zu überlisten? Gott? Wer glaubte noch an Gott? Darum war das Leben so grausam geworden. Gott tröstete den Schwachen. Aber das moderne Leben war nur für die Starken da. Wer den Kampf ums Dasein nicht bestand, der wurde auf den Müll geworfen. Das nannte man dann die Auslese der Besten. Mit welchen Mitteln man diesen Kampf bestand, begann gleichgültig zu werden. Die Menschen dünken sich sehr klug, weil sie die Elemente beherrschen gelernt haben. Keiner rechnet mit einer neuen Sintflut. Das alles kann nicht gut ausgehen.

Er ging zurück zu seinen Kontobüchern.

Eberhard, der Laufjunge, dieses grüngesichtige Berliner Kind, sprang am nächsten Morgen zu Schlemmer, um zu fragen, ob Herr Effinger ihn wohl um halb elf aufsuchen könne.

Schlemmer gab Paul kaum die Hand. »Sie kommen ziemlich spät zu mir, Herr Effinger. Sie sind sozusagen fertig, habe ich gehört. Von andern.« Schlemmer war schon ganz Verachtung. Er warf Paul die Worte »Massenfabrikation, Verbilligung, Kalkulation« ins Gesicht.

Paul ging darauf nicht ein. »Herr Schlemmer, ich wollte Sie bitten, den Vertrag zu lösen.«

»Na, das ist ja großartig«, sagte Schlemmer. »Mir gehören die Maschinen und Rohstoffe, mit denen Sie es nicht fertiggebracht haben, Geschäfte zu machen, und statt daß ich zu Ihnen komme und sage: Mein lieber Herr, nun aber Schluß hier, ich nehme mir für den Betrieb einen anderen Mann, wollen Sie mir den Vertrag kündigen.«

»Ich habe gedacht, es liegt Ihnen nichts mehr an dem Vertrag. Die Maschinen und Rohstoffe können Sie zurückbekommen.«

»Ja, jetzt, wo alles die Hälfte wert ist. So'ne Geschäfte möchte ich auch machen.«

»Herr Schlemmer, Sie scheinen sich offenbar über die Lage nicht ganz klar zu sein, verzeihen Sie mir, wenn ich das einem gewiegten Geschäftsmann sage. Sollte ich bankrott machen, gehören Maschinen und Rohstoffe zur Masse.«

Sie verhandelten, Schlemmer überließ ihm Rohstoffe und Maschinen. Aber Paul mußte sie doch sehr teuer bezahlen.

»Und die Abfindung?« fragte Schlemmer.

»Was für eine Abfindung?«

»Nun hören Sie mal, ich habe alle Sorgen mit Ihnen geteilt und Ihnen überhaupt erst den Anfang ermöglicht, und ich trete großzügig zurück, überlasse Ihnen das Feld, da ist es doch selbstverständlich, daß ich eine Abfindung bekomme.«

Sorgen hat er mit mir geteilt, dachte Paul, großartig, einmal kommt er, steckt die Nase rein, trinkt eine Flasche Wein mit mir, schon hat er Sorgen geteilt. »Ich biete Ihnen 2000 Mark Abfindung.«

»Was«, sagte Schlemmer, »Sie wagen es, mir ein Trinkgeld anzubieten? Nee, wissen Sie.«

»Entschuldigen Sie, ich habe nur beschränkte Mittel. Sagen wir 2500 Mark.«

Schlemmer überlegte einen Augenblick. Die Rohstoffe wurden 15 % teurer gerechnet, als sie notierten, dazu 2500 Mark, auch die Maschinen brachten tüchtig.

»Ich bin ja kein Kaufmann«, sagte Schlemmer. »Mir ist das alles nicht so wichtig, also lassen wir es dabei. Ich wollte nur noch sagen der Ordnung halber, es wurden von mir ein Glastintenfaß und ein Bürostuhl mehr geliefert als aufgeführt.«

Paul wollte antworten: Dafür habe ich aus Versehen einen Tintenlöscher aufgeführt, der mein Eigentum ist, Preis 50 Pfennig. Aber er ließ es.

Als Paul in die Fabrik zurückkam, standen Scharen von Männern davor.

»Wenn ich Geld bekäme, könnten Sie Arbeit bekommen«, sagte Paul, »ich habe keine, es tut mir sehr leid.«

»Herr Karl Effinger wartet im Büro«, sagte der Portier und hielt den Hund fest.

»Was ist denn mit dir los?« fragte Paul. »Haben Zink & Brettschneider pleite gemacht?«

»Ja.«

»Wie, diese alte Firma?«

»Ja, die haben einen Riesenabschluß auf Weizen gemacht, und wir können nicht abnehmen. Es ist ja eine wahnsinnige Ernte. Die Welt wird überschwemmt mit Weizen. Es ist entsetzlich. Vor deiner Fabrik stehen auch die Arbeitslosen. Man spricht von Krawallen im Rheinland. Also kurz und gut, willst du mich aufnehmen? Ich habe 5000 Mark, und Vater würde mir noch 5000 geben zum Anfangen.«

»Aber du kannst doch nicht dein Geld in ein Unternehmen geben, das noch nicht weiß, wie es sich vor dem Bankrott retten soll.«

»Ach, ehrlich gesagt, wo finde ich eine Stellung? Ich habe schon gesucht, aber man findet nichts.«

»Mir wäre ja mit deinem Geld fürs erste geholfen. Aber du begibst dich in schreckliche Sorgen. Überleg's dir gut. Steffen soll dir die Bücher zeigen.«

»Ich hab' nicht viel zu überlegen.«

»Also Steffen soll dir doch die Bücher zeigen. Eines Tages kommst du und machst mir Vorwürfe.«

»Das einzige, was ich möchte, wäre ein eigenes Büro.«

»Aber Karl, in einem Augenblick, wo wir mit jedem Pfennig rechnen müssen, um überhaupt durchzukommen, hast du keine anderen Sorgen als ein eigenes Büro?«

»Wenn die Kundschaft kommt, sieh mal, da möchte man doch an einen Schrank gehen, einen Likör rausnehmen oder eine Zigarre ...«

»Also erstens kommt zu uns keine Kundschaft, sondern nur Leute, die uns was verkaufen wollen, und die größten Geschäfte sind in den ältesten Lokalen gemacht worden. Du müßtest mal englische Kontore sehen. Über die Weltproduktion verhandeln sie auf einem alten, schwarzen Ledersofa mit weißen Knöpfen vor rußigen Wänden.«

Das Kontor kam nicht. Aber Karl besorgte sich einen geschnitzten Stuhl mit Engelsköpfen und ein Messingschreibzeug mit mehreren Tintenfässern.

Paul bezahlte die dringendsten Schulden. Es blieben nur noch wenige tausend Mark. Wenn sich die Preise einigermaßen hielten, kam man durch.

# 14. Kapitel

## *Waldemar Goldschmidt*

Dr. jur. Waldemar Goldschmidt, Privatdozent an der Berliner Universität, stand am Fenster seiner Wohnung Unter den Linden und las einen Brief.

»Hochverehrter Herr Kollege!

Es ist mir nicht nur eine Pflicht, sondern eine Angelegenheit des Herzens, Ihnen zu schreiben. Ich habe unablässig Ihre Anstellung gefordert, erbeten, erbettelt. Die Antwort ist entweder Stillschweigen oder Bedauern, ein grundsätzliches ›Unmöglich‹ trotz Anerkennung Ihrer Werte, Ihres Charakters und Ihrer Verdienste um die Wissenschaft. Ich sage es Ihnen mit schwerem Herzen, allein ich bin es Ihnen schuldig, es ist keine Aussicht für Sie, in Preußen eine Anstellung zu erhalten.

Es liegen Ihnen nur zwei Wege vor. Lassen Sie mich über den ersten mit voller Freiheit reden.

Ich muß an Sie die Aufforderung richten, die Lavater an Mendelssohn richtete: ›Wenn Sie die wesentlichen Argumentationen, womit die Tatsachen des Christentums unterstützt sind, richtig finden, zu tun, was Klugheit, Redlichkeit, Wahrheitsliebe Sie zu tun heißen, was Sokrates getan hätte, wenn er diese Schrift gelesen und unwiderleglich gefunden hätte …‹ Ich bin überzeugt, daß die Person und Persönlichkeit Jesu von Nazareth Sie angezogen hat, je mehr Sie sie weltgeschichtlich betrachten, um so mächtiger wird sie Ihnen werden. Paulus' Gesicht wiederholt sich ewig in solchen Gemütern.

Sollten Sie nicht als Sohn Israels noch größere Seligkeit in der Religion der Liebe und der Menschheit finden als ich, der heidnische Germane? Ich bin fest überzeugt, daß Sie, wenn Sie diese Seligkeit einmal geschmeckt, Ihrer nie vergessen können, ohne Ihr Bestes aufzugeben.

Und dann erst, wenn Sie ganz die Liebe Gottes im Sohn empfinden, also auch in der Menschheit und ihren Geschicken, werden Sie auch die Seligkeit empfinden, ein Vaterland zu haben. Und zwar welches, dem Geiste nach! Das Bundesvolk der Neuzeit, das Volk Gottes der Zukunft wie der Gegenwart!

Es wäre unwürdig, wenn Sie zum Christentum übertreten wollten, weil sich Ihnen dann eine glänzende Aussicht auf Wirksamkeit und Ansehen und Wohlstand eröffnet: allein es wäre Ihrer auch nicht würdig, wenn Sie den Schritt nicht mit Ihrer tiefsten Seele auffassen wollten, weil Preußen Ihrem Stamm nicht das Lehramt in die Hände geben will, ohne daß er sich unserm angeschlossen hat: nicht aus Fanatismus, sondern aus Furcht vor dem Literatentum. Ich habe nur wenige Worte über die zweite Alternative zu sagen. Wenn Sie zu uns treten wollen, blüht Ihnen nirgends eine so herrliche Wirksamkeit wie in Preußen. Wenn Sie nicht diesen Schritt tun können, so müssen Sie sich durch England selbständig machen ...«

Waldemar las nicht weiter. Er setzte sich rasch an den am Fenster stehenden Schreibtisch und schrieb:

»Hochverehrter Herr Kollege!

Ihnen zu sagen, wie sehr ich Ihnen für Ihren Brief danke, dazu ist meine Feder zu schwach. Ich will Ihnen auf eine so ernste Frage mit tiefem Ernst antworten.

Die Judenfrage ist für mich immer eine Christenfrage gewesen. Alle werden wir eines Tages vor die welthistorische Entscheidung gestellt. Meine Antwort kann nicht die Mendelssohns sein: ›Wäre nach diesem vieljährigen Forschen die Entscheidung nicht völlig zum Vorteile meiner Religion ausgefallen, so hätte sie notwendig durch eine öffentliche Handlung bekannt werden müssen. Ich begreife nicht, was mich an eine dem Ansehen nach so überstrenge, so allgemein verachtete Religion fesseln könnte, wenn ich nicht im Herzen von ihrer Wahrheit überzeugt wäre ...‹

Ich bin nicht von ihrer Wahrheit überzeugt. Ich bin ein Liebhaber Jesu, wie Sie es richtig sehen ... Ich wünschte, die Essener hätten gesiegt und nicht die Pharisäer. Aber ich wünschte auf der anderen Seite, der Spruch des Konzils von

Nicäa wäre anders ausgefallen und Jesus nicht für gottgleich, sondern für gottähnlich erklärt worden. Man kann die Evangelien nicht gleichsetzen mit der Kirche. Aber selbst wenn ich, der ich die Evangelien in meinem tiefsten Glauben anerkenne, wenn ich über den Zwiespalt zwischen Kirche und Bergpredigt hinwegkäme – und ich komme nicht darüber hinweg –, so kann ich mich heute und hier niemals taufen lassen. Denn was bedeutet das? Bedeutet es wirklich nur eine innere Entscheidung? Nein, auch Ihr Brief, sogar Ihr Brief, beginnt mit dem Bedauern über eine mangelnde Beförderung, um weiterzugehen mit der Forderung nach dem Bekenntnis zu Jesus von Nazareth. Genau das geht nicht. Jesus von Nazareth vertritt die Liebe, vertritt die Gewaltlosigkeit, er vertritt in der höchsten Gestalt etwas, wozu ich nicht aufhören werde mich zu bekennen, das Recht des Schwachen, des Mühseligen und Beladenen. Sich aber heute in meiner Situation zu Ihm zu bekennen heißt, die Mächtigen anzuerkennen, es ist ein Kotau vor der Macht. An sich schon schlimm genug. Aber verbunden mit der Erlangung eines Vorteils, was sage ich, eines Vorteils, verbunden mit der Erreichensmöglichkeit aller Wirklichkeitswürden, die es gibt, ist es die Entsagung von aller Selbstachtung und Menschenwürde.

Ich gehöre zu einer verachteten Rasse und bin ein Bürger zweiten Ranges in Deutschland. Aber ich habe einen Vorteil, der sich eines Tages zeigen wird: Ich bin durch meine bloße Existenz als Jude ein Zeuge für die Kraft des Geistes und der Gewaltlosigkeit. Die Synagoge des verfolgten Juden, dieses kleine, versteckte Stübchen, ist der letzte Rest der römischen Katakomben, der letzte Rest und Zeuge für jene Macht des Geistes, die Rom besiegte.

Wenn das Christentum eines Tages wieder verfolgt sein wird, wenn ein neuer Nero erscheint, dann wird der Tag da sein, wo sich der Jude dazugesellen kann, wo er, der Verfolgte, sich den Verfolgten anzuschließen vermag.

Bis dahin, bis also der Tag für den Messias reif ist, werde ich, während Gog und Magog einander zerfleischen, dort stehen, wo der Platz eines Kämpfers für das Recht ist, bei den Juden.

Mit der tiefsten Ehrerbietung
Ihr
Waldemar Goldschmidt.«

Er hörte auf zu schreiben. Was bedeutete dieser Brief? Er bedeutete den Verzicht auf die Professorenschaft an der Berliner Universität, den Verzicht auf alles, was es an geistiger Anerkennung gab, einen dornenvollen Weg über private Arbeiten, über wissenschaftliche Jahrbücher, den Mangel an Mitarbeitern, an Studenten, die Unmöglichkeit, breit und öffentlich für die eigenen Ideen zu wirken. Man ließ sich taufen und hatte von einem Tag auf den anderen alle Möglichkeiten. War es nicht falsch, was er geschrieben? So im ersten Impuls, ohne viel zu überlegen, verletzt, empört? War es nicht wichtiger zu wirken? Er würde sie umgestalten können, die veralteten Landrechte und das veraltete Strafrecht mit seiner Todesstrafe für Kindesmörderinnen, mit seinen hohen Strafen für Eigentumsdelikte und seinen niederen Strafen für Roheitsdelikte. War es nicht unsinnig, sich selbst auszuschalten? Wille, Kraft zum Guten lahmzulegen, weil ein Schritt mißdeutet werden konnte, der im Inneren längst vollzogen war?

Er ging an den Bücherschrank, nahm das zerlesene Heine-Exemplar heraus: »Da kam Jesus Christus und riß das Zeremonialgesetz nieder, das fürder keine nützliche Bedeutung mehr hatte, und er sprach sogar das Vernichtungsurteil über die jüdische Nationalität. Er berief alle Völker der Erde zur Teilnahme an dem Reiche Gottes, das früher einem einzigen auserlesenen Gottesvolke gehörte, er gab der ganzen Menschheit das jüdische Bürgerrecht.«

Was hielt ihn? Die Familie? Emmanuel war durch jede Form von Begeisterung zu überzeugen. Und Ludwig? Für Ludwig wäre sein Übergang ins Christentum die große Tragödie. Für Ludwig wäre er nichts als ein Verräter an der jüdischen Allgemeinheit, er würde ihn ausstreichen. Aber was dann? Ewiger Privatdozent oder Rechtsanwalt? Rechtsanwalt, was war das? Entweder eine dumme, einträgliche Zivilpraxis, Gründung von Aktiengesellschaften, Übertragung von Grundstücken. Und immer wieder der Kampf der Menschen um Besitz. Oder Strafpraxis. Und hier alle fünf Jahre ein großer Fall und sonst alle menschliche Dummheit, Niedrigkeit, eine Fülle von Psychopathien aller Art. Die Gefängnisse waren nicht angefüllt mit Unschuldigen, wie eine neue Lehre es glauben machen wollte, sondern mit Kranken und Minderwertigen.

Dafür das Leben hergeben? Nein! Also wirklich weiter an den Grundlagen arbeiten. Einsam, allein, der Weg über das Buch.

Über dem Brandenburger Tor, über dem Tiergarten sank die Sonne. War die Welt nicht weit, die Natur nicht groß, das menschliche Leben nicht interessant? War er nicht begnadet, daß er dies alles, die ganze unermeßliche Größe und Schönheit der Welt begriff, fühlte, roch, sah, schmeckte, hörte? War nicht unter seinen Füßen die unerforschte, unendliche Erde und diese geliebte Stadt Berlin, deren Wachsen er gesehen hatte, deren Menschen er kannte, deren Sprache er liebte? War er nicht unabhängig, war er nicht frei?

Waldemar, groß und breit, mit einem langen, braunen Bart, trat vom Fenster zurück, ging an seinen Schreibtisch. Mit einem tiefen Glücksgefühl schrieb er das Kuvert, legte den Brief hinein, klebte die Marke darauf. Dann setzte er seinen Hut auf und ging über die abendlichen Linden, um den Brief in einen Kasten zu werfen und sich in die Konditorei Kranzler zu setzen, ein freiwilliger Zuschauer des Lebens.

# 15. Kapitel
## *Schraubengeschäft*

In diesen schweren Tagen traf Paul einen Bekannten, mit dem er bei Rawerk gelernt hatte. Paul freute sich, ihn zu sehen, und fragte, ob sie nicht irgendwo zusammen essen wollten.

»Ich esse in der Volksküche«, sagte Fischl hochmütig. »Du kommst doch sicher dahin nicht mit?«

»Warum denn nicht?«

»Du bist doch unter die Kapitalisten gegangen.«

»Ich? Ich habe ein Fabrikgeschäft aufgemacht.«

Der andere schwieg.

»Was hast du denn?«

Paul kam an den Tisch. Fischl gab ihn bald preis.

»Auch so ein Aussauger«, sagte einer.

»Du warst ja immer ein Sklave der Bourgeoisie«, sagte Fischl.

Paul verstand kein Wort. »Du sprichst, als ob ich in die Lüderitzbucht gekommen wäre, mitten nach Innerafrika.«

»Echt«, sagte einer.

»Was verlangt ihr von einem Kapitalisten?« sagte der andere.

Paul bat um Aufklärung.

Fischl fragte ihn, ob er schon was von Karl Marx gehört habe.

»Flüchtig«, sagte er.

»Daß es dem Arbeiter schlechtgeht, gibst du doch hoffentlich zu?«

»Ja.«

»Warum wohl?«

»Weil wir in der Krise sind und weil es den Fabriken schlechtgeht.«

Ein Hohngelächter antwortete ihm.

»Weil der Kapitalist dem Arbeiter nicht den vollen Verdienst bezahlt, sondern den Mehrwert einsteckt.«

»Um ihn zu verprassen«, rief einer.

»Ich merke nicht viel vom Mehrwert«, sagte Paul.

»Vielleicht, weil du ihn in Form von Bankzinsen weitergeben mußt«, wollte ihm Fischl zu Hilfe kommen. »Er ist da. Und die kleinen Existenzen werden immer mehr von den großen verschluckt« – Paul nickte –, »bis zuletzt die Vertrustung so groß ist, daß es nur noch einen Herrn gibt, der alle anderen aussaugt. Dieser Letzte wird gestürzt, die Ausgesaugten bemächtigen sich der Produktionsmittel, und alle sind nun Herren der Produktionsmittel. Diese Krisen haben ein Ende. Diese wahnsinnigen Krisen, wo es ein Unglück ist, wenn die Ware billiger wird, statt daß es ein Glück wäre.«

»Das ist schon richtig«, sagte Paul, »aber alles andere? Warum soll denn der Kapitalist wünschen, daß der Arbeiter arm ist?«

»Weil er ihm sonst nicht zu Löhnen arbeitet, die ihn reich machen. Sieh dich um, in die Mietskasernen stopft man die Menschen, so dicht man kann, in Keller und Böden, um eine hohe Grundrente zu bekommen. Die letzten Grünplätze werden verschachert. Man läßt sic achtzehn Stunden arbeiten und zwanzig. Vertierte, ausgelaugte Menschen. Nur um dem Kapitalisten ein fettes, faules Leben zu gewähren.«

»Das scheint mir eine neidische Philosophie zu sein«, sagte Paul und verabschiedete sich rasch.

Er ging in sein Comptoir zurück. Dieser gelbe Schreibtisch, dieses hohe Pult mit Steffen und Meyer, dieser dünne Eberhard, vierzehnjährig im Herrenanzug, das war seine Welt.

»Herr Effinger«, sagte Steffen, »hier lese ich gerade, von der preußischen Bau- und Finanzdirektion wird eine Submission auf 5000 Zentner verzinkten Eisendraht und 2000 Zentner vernickelte Schrauben ausgeschrieben.«

»Lassen Sie mal sehen – ja.«

»Schade«, sagte Steffen, »daß man sich daran nicht beteiligen kann.«

»So ein großer Auftrag könnte einen rausreißen, und da könnten wir unsere Schraubenmaschine endlich benutzen. Aber von der ganzen Verzinkerei steht doch nur der Schuppen. Was ist denn zum Verzinken nötig? Vielleicht weiß es Smith.«

Smith erklärte, es seien ein paar Pfannen nötig.

Paul sagte: »Die können doch nicht alle Welt kosten.«

Er diktierte Meyer einen Brief an eine Fabrik im Rheinland und bat um die Preise von Pfannen zum Verzinken. Meyer schimpfte; er kam wieder mal erst zehn Uhr nachts aus dem Büro.

Zwei Tage darauf hatte Paul alle Preise zusammen. Er kalkulierte sehr knapp.

Bald danach erfuhr er, daß er alle Firmen unterboten hatte.

Es wurde alles zum Verzinken eingerichtet. Die Schraubenschneidemaschine lief. Paul trabte um sie herum, drehte und schraubte.

Er saß im Comptoir, als Smith wie ein Wahnsinniger zum Feuermelder lief. Alle liefen in die Fabrik, es brannte lichterloh. Sie warfen große Mengen Sand, der immer bereit lag, ins Feuer ...

Smith hatte mit der Maschine nicht umgehen können.

Aus der Schraubenschneidemaschine sollten fertige Schrauben herauskommen, viele hundert Schrauben in wenigen Minuten, alle mit der gleichen Windung, aber es kamen plattgedrückte, verzogene Dinger. Paul sah, wie diese Krüppel herausgepreßt wurden. Aber seinen Schmerz teilte niemand. Die Arbeiter freuten sich. Es wäre ja noch schöner gewesen, wenn eine Maschine gekonnt hätte, was sie konnten, mit ihrer, des Menschen begnadeter Hand.

Paul blieb ganz ruhig. Er wollte etwas Neues. Das Neue war immer das Feindliche. Gegen Feindschaft gab es nur Diplomatie.

»Gut, lassen wir die Schraubenschneidemaschine, nehmen wir die alten Drehbänke und feilen wir nach.«

Damit war seine billige Kalkulation über den Haufen geworfen, aber er würde den Auftrag wenigstens durchführen können. Man atmete auf. Doch nun das Verzinken! Die Verzinkungspfannen brannten durch. Paul sah alle Annoncen durch, schrieb auf jede, gab selbst Annoncen auf, aber Leute, die mit dem Verzinken von Draht umgehen konnten, gab es wohl nicht. Es meldete sich niemand. Inzwischen brannte eine Verzinkungspfanne nach der anderen durch. Paul schrieb an Rawerk, und Rawerk konnte ihm auch jemanden empfehlen. Der Verzinkungsfachmann kam an, machte einen etwas militärischen Eindruck, sagte immer: »Lassen Se mich man.« Aber am Nachmittag erscholl plötzlich ein dumpfer Knall. Steffen und Paul sahen sich an.

Steffen sagte: »Jetzt brennt's nicht mehr, jetzt explodiert's.«

»Ich verstehe nicht, wie Sie darüber lachen können«, sagte Paul und lief hinüber.

Es sah wüst aus. Im Dach des ehemaligen Stalles war ein Loch. Holzbalken waren heruntergefallen. Mörtel, Schutt, Kalk lagen auf dem Gang, und der Regen pladderte in den Maschinenraum.

»Was ist denn hier passiert?« fragte Paul.

»Der neue Herr hat wohl wat Falsches zusammengemixt«, sagte ein Arbeiter.

»Was unterstehen Sie sich!« brüllte der neue Herr.

»Also, was ist hier passiert?« fragte Paul. Eisenteile lagen zerstreut umher. »Ist jemand verletzt worden?«

»Nein, das nicht.«

Es stellte sich heraus, daß der neue Herr wirklich eine falsche Mischung genommen hatte.

»Ich denke, es ist besser, Sie verlassen uns wieder«, sagte Paul.

Smith empfahl einen neuen sachverständigen Monteur. Tatsächlich explodierte jetzt nichts und brannte nichts durch, hingegen war der Draht weiter unbrauchbar. Das Zink setzte sich verschieden dick an, und von guter Ware konnte keine Rede sein.

Eines Tages kam ein Baurat und wollte die Lieferung sehen. Darauf hatte Paul nur gewartet. Als Paul in seinem Büro saß und Eberhard munter gelaufen kam und mit seiner sich überschlagenden Jungenstimme sagte: »Herr Baurat Frenzel läßt sich melden«, wurde Paul noch blasser, als er sonst schon war, die Beine versagten ihm den Dienst, sein Mund war völlig trokken, und er brachte kein Wort heraus. So mußte, dachte er, einem Menschen zumute sein, der aufs Schafott geführt wird.

»Bitte, Herr Baurat, womit kann ich Ihnen dienen?«

»Ich möchte die Lieferung einmal sehen.«

»Offen gestanden, Herr Baurat, bisher ist sie wenig präsentabel.«

»Wie? Wie soll ich das verstehen?«

»Wir hatten leider schwere Verluste bei der Anfertigung, es ist viel Pech dabei gewesen. Ich kann Ihnen bisher nur einen Zentner Ware liefern.«

»Aber wenn Sie so wenig leistungsfähig sind, hätten Sie den Auftrag nie übernehmen dürfen. Das ist ja unerhört!«

»Ja, das ist es auch, Herr Baurat«, sagte Effinger, »aber ich möchte Ihnen, bevor ich Ihnen irgend etwas Weiteres erkläre, eine Maschine zeigen.«

Der Baurat, ein preußischer Beamter mit einem weißen Spitzbart und einem blauen Tuchanzug, der ziemlich hoch hinauf zugeknöpft war, folgte Paul in die Fabrik. Sie gingen zwischen den Drehbänken, durch jenen Geruch von heißem Metall, Seifenwasser, mit dem die Maschinen geschmiert wurden, Teer und dem Leder der Übertragbänder von der Dampfmaschine, bis in eine Ecke, wo die große Maschine stand, ein komplizierter Wirrwarr von Schrauben, Rädern, Pressen und Walzen.

»Dies hier«, sagte Paul, »ist die berühmte Schraubenschneidemaschine von Miller Brothers. Sie kann in der Minute fünfzig Schrauben vollkommen fertig machen. Das sind in der Stunde dreitausend Schrauben, im Tag dreißigtausend. Mit dieser Maschine, der einzigen auf dem Kontinent, war ich wohl berechtigt, diesen Auftrag anzunehmen, sogar zu einem noch billigeren Preis. Aber es ist gar nicht zu sagen, was mir für Schwierigkeiten entstanden sind. Die Arbeiter befürchten bei jeder Neuerung eine Verschlechterung ihrer Lebensbedingungen, obzwar sich jede Massenproduktion letztlich in einer Verbilligung des Lebensstandards ausdrücken muß. Also kurzum, die Maschine funktionierte nicht, wir bekamen nur schlechte Ware.«

Der Baurat horchte auf: »Ich möchte Sie außerdienstlich etwas fragen. Sie glauben an Möglichkeiten der Massenproduktion?«

»Nicht nur an Möglichkeiten, sondern an eine nicht vorstellbare Verbilligung der Ware, an eine Umgestaltung und Verbesserung der Lebensbedingungen durch die Ausnutzung von Maschinenkraft.«

»Das sind bemerkenswerte Gedankengänge«, sagte der Baurat. »Privat sage ich Ihnen das, dienstlich kann es mich nicht hindern, Sie ernsthaft zu ermahnen. Wiviel haben Sie bisher fertig? Sie sagten: einen Zentner. Und wieviel Draht?«

»Zweitausend Zentner.«

»Diese fehlenden Zentner«, sagte der Baurat, »machen Ihre Ideen verdächtig. Es tut mir leid, aber diese Sache wird Sie teuer zu stehen kommen. Sie sehen, ich bin suaviter in modo, aber das kann mich nicht hindern, Ihnen jetzt schon zu sagen, daß meine Kollegen schärfer sein werden. Sie werden sagen, Sie hätten die preußische Behörde genasführt.«

Am 2. Juni 1885 mußte Paul eine hohe Konventionalstrafe zahlen. Was konnte da noch kommen? Es kamen noch 8000 Mark Reugeld.

»Das können wir alles in den Schornstein schreiben«, sagte Paul zu Steffen.

Paul saß in seinem Zimmer, auf dem Tisch standen noch die abgegessenen Aufschnitteller, Brot und Butter. Er dachte, wie dieses Schraubendebacle wohl in den Augen der Bauräte und gar der Konkurrenz aussehen würde.

»Also stellen Sie sich vor«, würden sie sagen, »da kommt so ein junger Mensch nach Berlin, hört davon, daß 5000 Zentner verzinkter Draht und 2000 Zentner Schrauben gebraucht werden, bewirbt sich, unterbietet die guten, alten und anständigen Firmen, wir geben ihm den Auftrag – denn er ist der Billigste – und bekommen, Sie werden denken, schlechte Ware, nein, überhaupt nichts, nicht eine Schraube. Das heißt einen Zentner. Vollkommen leistungsunfähig.«

»Na, sagen Sie, ist der Mensch verrückt?«

»Man möchte es fast zu seinen Gunsten annehmen.«

»Was hat er denn davon?«

»Davon haben, von dieser Frechheit? Wir haben uns auf seine Kosten die Schrauben von den Vereinigten Schraubenwerken besorgt, er hat eine Konventionalstrafe von 3000 Mark und ein Reuegeld von 8000 Mark zahlen müssen.«

»Mit Recht, vollkommen mit Recht.«

So hörte Paul sie sprechen. Ein Narr, ein Lump war er in ihren Augen. Er stand auf, ging durchs Zimmer. Es war nicht zu ertragen.

Die Schraubenschneidemaschine, die Freude und Hoffnung, schlug Paul für billiges Geld los. Es war ein regnerischer Tag, als zwei Lastträger in blauen Blusen sie abholten.

»Was ist denn los?« fragte Paul, als er großen Lärm im Hof hörte.

Steffen sah aus dem Fenster: »Die Schraubenmaschine wird abgeholt.«

Paul lief hinaus, den Bleistift hinterm Ohr.

»Aaa – ruck!« riefen die Träger, »aaa – ruck!« Ein Riese mit blaugestreifter Bluse, den Lederschurz umgebunden, holte den Frachtbrief heraus: »He da, Sie junger Mann mit's beweinte Jesicht, unterschreiben!« Paul zeigte ins Büro. Der Mann ging hinein. Inzwischen aber zogen die Männer weiter: »Aaa – ruck, aaa – ruck!« Jetzt war die Maschine auf dem Wagen. Der Mann im Lederschurz sagte zu Paul: »Mensch, dir habense wohl die Braut vakloppt, oder kommste vons Bejräbnis?«

Paul blieb einen Augenblick auf dem leeren Hof stehen. Der Regen rann, und die Maschine war fort.

In Kragsheim besprachen sie alles. Die Mutter schrieb an Helene:

»Soweit wäre ja alles gut, wenn nicht Paul wäre, der sich selbständig gemacht hat und nicht genug Betriebskapital hat und noch ein paar tausend Mark brauchte. Aber ohne unsere anderen Kinder zu schädigen, was Gott verhüten möge, konnten wir nicht mehr als die 5000 Mark flüssig machen.«

Paul bekam nun 10 000 Mark von seiner Schwester Helene, die in den Manufakturladen Mainzer in Neckargründen geheiratet hatte. Helene schrieb:

»Wir haben beschlossen, Dir, geliebter Paul, diese 10 000 Mark zu geben, damit Du den Grundstock legen kannst zu einem blühenden Geschäft. Wir glauben an Eure Tüchtigkeit und daß Ihr es uns einmal mit Zins und Zinseszins zurückgebt. Julius bittet Dich, es mit 4 % zu verzinsen. Der Herr möge es segnen und es uns allen zum Glück gereichen lassen. Amen. Wir haben es hier ganz gut. Julius versteht es recht gut mit dem Einkauf, und ich stehe ja nun den ganzen Tag im Laden. Unsere Schwester Bertha ist jetzt zur Hilfe gekommen, weil ich mit den drei kleinen Kindern doch eine rechte Plage habe. Die Mägd' hier sind gar zu stoffelig. Man kann sie nur zum Putzen brauchen.

Aus Kragsheim habe ich gute Nachrichten. G. s. D. Der Vater sollte sich zur Ruhe setzen, meine ich, aber er sagt, der Willy wäre kein rechter Uhrmacher, er will eine Schweizer Uhrenvertretung übernehmen. Ich fürchte aber, doch das sage ich nur Dir, er ist sich zu gut zum Handwerker. Aber er sagte neulich zu meinem Julius, es sei mit so einer Vertretung mehr zu verdienen. Wir sind ja nun alle Handwerkerskinder und mögen es nicht, wenn man allzu leicht verdient. Es muß jeder Pfennig erschuftet werden.

Ich glaube, Du bist genau so. Diese zehntausend Mark sind mühevoll erspart, halte sie in Ehren. Man spart heutzutage nicht mehr recht. Das verbittert mich manchmal, wie sichs alle wohl sein lassen.

Nun lebe wohl, sei innig gegrüßt
von Deiner Schwester
Helene.«

Das war alles mit ihrer feinen, sauberen Schulmädelschrift geschrieben, die sie auf der Volksschule gelernt hatte.

# 16. Kapitel

## *Karl errichtet ein Konto*

Ich habe deine Korrespondenz nachgesehen«, sagte Karl, »du hast doch eine großartige Empfehlung an Oppner & Goldschmidt. Hast du die nie ausgenutzt?«

»Doch«, sagte Paul, »ich bin wegen eines Kredits dort gewesen. Aber sie haben mir keinen gegeben.«

»Aber wir könnten doch dort ein Konto einrichten. Willst du?«

»Ja, warum nicht. Trotzdem es vielleicht ein bißchen peinlich ist. Ich habe mir einen Korb dort geholt.«

»Mir macht das nichts aus«, sagte Karl.

»Laufen Sie und holen sie Stöpeln«, sagte Ludwig Goldschmidt und nahm seinen Zylinder vom Haken.

»Stöpel wartet«, sagte der Lehrling Hartert.

»Adieu«, sagte Ludwig, »grüß zu Haus.«

»Gleichfalls«, sagte Oppner.

Es klopfte, und Hartert brachte eine sehr große Karte mit sehr großen Buchstaben. »Karl Effinger, Erste Berliner Schraubenwerke.« Oppner ließ bitten.

Karl Effinger betrat rasch das Zimmer. Er erfüllte sofort den Raum. Er hatte einen hochgeschlossenen, schwarzen Rock an, die breite, sehr bunte Krawatte füllte die Öffnung aus, der blonde Schnurrbart war ausgezogen und reichte übers ganze Gesicht, das breite schwarze Band fiel vom Zwicker herab.

»Nehmen Sie bitte Platz«, sagte Oppner und zeigte neben seinen Schreibtisch.

Karl begann sofort, sie hätten ein junges Unternehmen, Schrauben zur Zeit nur und Draht, aber sein Bruder habe größere Pläne, sie hätten mit dreißigtausend Mark angefangen.

»Das ist gewiß nicht viel«, sagte Karl, »für ein Unternehmen der Schwerindustrie, aber Maschinen sind alles heutzutage. Alles ist der Mut und die Überzeugung vom Fortschritt.«

»Ihr Bruder ist schon einmal bei mir gewesen. Woher stammen Sie eigentlich?« fragte Oppner. »Sind Sie Frankfurter?«

»Nein, meine Eltern leben in Kragsheim.«

»Da sind Sie ein Verwandter des Bankhauses Effinger in Mannheim?«

»Ja, gewiß, aber Sie wissen vielleicht, wie das ist. Man glaubt doch keinem jungen Menschen. So früh sich selbständig machen wie mein Bruder und ich – ich bin doch erst vierundzwanzig Jahre und mein Bruder dreiundzwanzig – das mag die alte Generation nicht.«

Ich wollte, mein Theodor hätte diesen Unternehmungsgeist, dachte Oppner.

»Wir haben bisher noch keinen großen Betrieb. Man muß Dampf dahintermachen, dann wird es schon gehen. Mein Bruder will später Gasmotoren fabrizieren. Ich habe noch einen Bruder in London, Ben« – er sprach es leicht englisch aus: Bön –, »der will in England auch eine Gasmotorenfabrik gründen, dann können wir zusammen arbeiten. Die Weltwirtschaft ist auf dem Marsche.«

Er quatscht ein bißchen, dachte Oppner, aber er ist mir lieber als diese feinen Jungen aus den guten Familien, die nur noch ihre Renten verzehren wollen.

»Stillstand ist Rückschritt«, sagte Effinger, »wir müssen sehen, daß wir alles selber fabrizieren. Von der Eisengewinnung zum fertigen Gasmotor. Das ist die Zukunft.«

Erst nach einer Weile erfuhr Oppner, daß er wegen der Anlegung eines Kontos gekommen war.

»Ich werde das mit meinem Schwager Goldschmidt besprechen und Ihnen die Dokumente zusenden«, sagte Oppner liebenswürdig, indem er mit der linken Hand den kleinen goldenen Schieber an seiner langen Uhrkette hin und her bewegte.

»Danke verbindlichst«, sagte Effinger, indem er aufstand und militärisch die Hacken zusammenschlug. »Es war mir eine Ehre, Ihre Bekanntschaft gemacht zu haben.«

Oppner saß unter dem porzellanenen Schirm der Petroleumlampe und las den Handelsteil der »Frankfurter Zeitung«, während Selma an ihrer Kreuzstichdecke stickte. Von dem großen weißen Kachelofen ging eine ungemein behagliche Wärme aus.

»Da hat mich heute ein sehr netter junger Mann aufgesucht. Ich hätte Lust, ihn einmal aufzufordern, uns zu besuchen.«

»Wer ist es denn?« fragte Selma. »Kennst du die Familie?«

»Nein«, sagte Oppner, »er ist aus Süddeutschland.«

»Ach, das sind alles Leute ohne Formen. Und ohne daß man die Familie kennt?«

»Aber sieh mal, liebe Selma, unsere Töchter wachsen heran ...«

Selma stichelte an ihrer Kreuzstichdecke.

»Sicher«, sagte sie, »ich mache mir ja auch schon Sorgen genug deshalb.«

»Na, Sorgen! Annette ist achtzehn, von den zwei Kleinen gar nicht zu reden.«

»Annette kann zwei Winter tanzen, auch drei. Aber dann ist es doch aus.«

»Aber so ein schönes Mädchen.«

»Ein junger Mann, der aus gar keiner Familie ist.«

Die Auskünfte, die das Bankhaus einholte, fielen gut aus. Kleine, aber offenbar gediegene Verhältnisse, dachte Oppner. Wenn ich in unserem ganzen Kreis einen jungen Mann wüßte, der in Frage käme. Aber entweder heiraten sie ihre Verhältnisse, oder sie setzen sich mit Vaters Geld zur Ruhe, oder man muß sich bei ihnen noch für die Gnade bedanken, daß sie unser schwerverdientes Geld durchbringen.

Wieder saß Oppner abends am Ofen im grauen Wohnzimmer, dessen Kaminvorsprung mit einer Filzdecke mit Troddeln bedeckt war. Oben auf dem Kamin standen zwei bronzene Landsknechte, die Standarten trugen. Auf der einen Standarte stand: »Unserem lieben Ehrenmitglied zum 25. Börsenmitgliedstag«, auf der anderen: »Der Börsenverein«. Daneben zwei altdeutsche Zinkguß-Waschkannen, hinter denen die Schüsseln aufgestellt standen.

Selma kam nicht zur Ruhe in dem neuen, großen Haus. Sie hatte jetzt eine Köchin und zwei Hausmädchen, aber es war ihr nie sauber genug. War man mit dem Fensterputzen gerade fertig, konnte man wieder von vorn anfangen.

»Liebe Selma«, bat Oppner, »setz dich doch einen Augenblick mal ruhig zu mir.«

»Entschuldige«, sagte sie, »aber ich muß mir etwas zu nähen holen.«

»Ja, ja, meine Mutter hat auch immer gesagt: Eine, die die Hände in den Schoß legt, taugt nichts.«

Selma hatte die Strümpfe der Kinder vorgenommen und begann zu stopfen.

»Ich wollte dir sagen, daß ich sehr gute Auskünfte über den jungen Effinger bekommen habe.«

»So, so. Wie gefällt er dir denn?«

»Er ist ein sehr hübscher, stattlicher Mensch.«

»Meinst du, daß er gesund ist?«

»Ich denke schon.«

»Und wie ist es mit seiner Familie? Wenn du meinst, er wäre etwas für Annette, so muß ich sagen, daß ich einen jungen Mann aus unseren Kreisen vorgezogen hätte.«

»Ich auch, aber es ist gar nicht so leicht, eine Tochter richtig zu verheiraten. Die jungen Leute, die eine Existenz haben, wollen ganz hoch hinaus. Ich weiß nicht, aber ich kenne gar keine richtigen jungen Leute mehr. In meiner Generation war das ganz anders.«

»Du kannst ihn ja mal auffordern.«

»Das werd' ich auch tun.«

Und er gab Selma gerührt einen Kuß.

# 17. Kapitel

## *Visite*

Karl war aufgeregt. Der Schneider kam und nahm Maß für einen Anzug. Der Schuhmacher kam und zeichnete Karls Fuß auf ein Blatt Papier. Eines Tages wurde ein Zylinder gebracht.

»Wer will denn sterben?« fragte Paul.

»Ach, ich will Besuch bei Bankier Oppner in der Bendlerstraße machen.«

Karl trat eines Vormittags, etwas überelegant angezogen, durch den kleinen Vorgarten ein, stieg die Treppe hinauf, die mit einem roten Teppich belegt war und die ein schwerer, roter, mit seidener Schnur geraffter Vorhang gegen die Räume der ersten Etage abschloß. Er hängte seinen Mantel an den Holzstamm mit den Bären.

Im Salon mit den schwarzen Ebenholzmöbeln und roten Seidenbezügen wartete er, die feinledernen Glacés an den Händen und den Zylinder auf den Knien, bis Herr und Frau Oppner ihn empfingen, nur kurz, kaum fünf Minuten das Ganze. Aber der gesellschaftlichen Form war genügt.

»Ah, es freut mich, Sie auch einmal privat zu sehen«, sagte Oppner.

»Ganz meinerseits«, sagte Karl.

»Darf ich bekanntmachen: Herr Effinger, meine Frau.«

»Sehr angenehm«, sagte Selma. »Wollen Sie nicht Platz behalten?«

»Oh, ich will die Herrschaften nicht aufhalten.«

»Das tun Sie ganz und gar nicht.«

»Wie lange sind Sie schon in Berlin?« fragte Selma.

»Doch schon drei Jahre.«

»Und es gefällt Ihnen gut bei uns?«

»Gewiß, die schöne Umgebung und so viele Theater und Vergnügungen und auch die breiten Straßen und alles so sauber.«

»Ja, ja, Berlin entwickelt sich.«

»Aber nun will ich mich verabschieden. Adieu, gnädige Frau.«

Selma warf Oppner einen Blick zu: »Vielleicht sehen wir Sie auch sonst einmal bei uns.«

»Oh, gern.«

»Nun, wie gefällt er dir?« fragte Oppner seine Frau, die die breite Schleife ihres Hütchens unterm Kinn band, um mit Oppner zur Eröffnung einer Gemäldeausstellung zu gehen.

»Recht gut.«

»Nicht wahr?« sagte Oppner freudig. »Es freut mich so, daß er dir auch gefällt. Ich befürchtete schon, er mißfiele dir.«

»Ach nein«, sagte Selma, mit dem »Ach nein« – oder »Ach ja«-Ton, mit dem sie die größten Lebensentscheidungen begleitete.

Oppner setzte den Zylinderhut auf und reichte seiner Frau galant den Arm.

Die Ausstellung wimmelte von Menschen. Sie gingen von Bild zu Bild, um entzückt vor manchem stehen zu bleiben. Man sah ein Rokokozimmer, in dem die reichgeschmückte Amme das Neugeborene den Grafen und Gräfinnen in großer Rokokotoilette präsentierte, Mädchen in Empiretracht, die auf Marmorbänken vom fernen Geliebten träumten, da waren der »Heimliche Bote« und das »Stelldichein« und die »Eifersucht«, und immer waren schöne Mädchen in spanischer Tracht da und der Buhle in Eskarpins.

Oppner ging das Herz auf. Er traf den großen Arzt, den Leibarzt des Hofes, Geheimrat von Bittermann.

»Haben Sie den ›Abschied des Landwehrmanns‹ gesehen? Ich kann mir nicht helfen, wenn ich so etwas Schönes sehe, kann ich die Tränen schwer unterdrücken«, sagte der Geheimrat.

Preise wurden genannt, hohe Preise gezahlt. Professor Wendlein kam herbei. Er hatte »Wallensteins Tod« ausgestellt.

»Na, immer wohlauf, Madame Oppner?« fragte er in seiner munteren Manier. »Hier finden Sie noch Kunst, mein Lieber, hier ergreifen Sie der Menschheit große Gegenstände. Haben Sie meinen Wallenstein gesehen? Die Leiche? Das ist Anatomie, das will gelernt sein. Die neuen Herren Schmierer brauchen das ja nicht. Willkommen, willkommen«, wandte er sich schon zum Nächsten. Er war Akademieprofessor, trug schwarzes Samtjakkett und langen, blonden Bart. Seine Stellung hatte er sich durch den »Tod Alexanders des Großen«, den »Tod Cäsars«, den »Tod des Tiberius«, den »Tod Barbarossas im Saleph«, »Wallensteins Tod« erobert, bis er mit dem »Tod Iwans des Schrecklichen« schicklicherweise im 18. Jahrhundert haltmachte. Er erklärte bei jeder Gelegenheit: Ernst ist das Leben, heiter die Kunst, womit er unter der heiteren Kunst eben jene sauber gemalten Unglücksfälle meinte.

»Kommen Sie noch mit«, fragte Geheimrat Bittermann Oppner, »ein bißchen bei Kranzler sitzen? Vielleicht sehen wir Bismarck, er ist in Berlin.«

»Ich möchte schon gern«, sagte Oppner, »aber wir essen heute bei meinem Schwager Goldschmidt.«

»Oh, bei der liebreizenden Frau Eugenie. Selbst einem alten Mann wie mir geht das Herz auf, wenn ich sie sehe. Der Geist der Rahel, in der Schale der Königin von Saba.«

Justizrat Billinger stand daneben: »Ja, auch ich hätte Lust, das hohe Lied anzustimmen, wenn ich von Eugenie rede.«

Selma war etwas ärgerlich. Eine Taktlosigkeit, so vor ihr dort von Eugenie zu schwärmen. Oppner reichte ihr den Arm, und sie gingen gemächlich an dem warmen Sonnentag der Goldschmidtschen Wohnung zu.

Karl Effinger aber war in die Oppnersche Tochter verliebt, ohne sie gesehen zu haben. Ein Mädchen aus solcher Umgebung mußte reizvoll sein. Er sah ein Traumbild vor sich. Eine elegante Frau, im Einspänner fahrend, in Spitzen und weiche Pelze gehüllt, die Füße in anmutigen Stiefeletten gekreuzt, den kleinen Spitzensonnenschirm über sich, eine La-France-Rose an der Brust.

Er sah eine große, elegante Wohnung vor sich, eine seelenvolle Frau, die abends am Flügel saß und Chopin spielte, während das Hauskleid um sie floß und ein Windhund sich elegant am Flügel lagerte.

# 18. Kapitel
## *Konjunktur*

Im Comptoir saß Emmanuel Oppner: »Hast du schon die Zeitung gesehen?«

»Nein«, sagte Ludwig, »sie kam eben erst.«

»Plötzlich ist an allen Warenmärkten eine tolle Hausse eingetreten. Wir haben doch hoffentlich alles bezahlt? Ich halte diese Konjunktur zwar für völlig unberechtigt, aber man muß sich danach richten. Ich wollte noch ein paar Teppiche fürs Haus anschaffen, habe bis jetzt gewartet, aber jetzt werde ich sie schleunigst kaufen, ehe es noch teurer wird.«

»Hast du deine Küchenwäsche schon gekauft?« fragte Emmanuel.

»Ja«, sagte Selma, »wie du weißt, kaufe ich ja nichts Überflüssiges, und ich brauchte sie dringend.«

»Es ist ganz richtig gewesen.«

Helene Mainzer, geborene Effinger, in Neckargründen schrieb an ihren Lieferanten: »Ich bitte Sie, mir so rasch wie möglich Ihren Reisenden zu schicken. Es ist plötzlich eine große Nachfrage nach Stoffen, und ich fürchte, es wird weiter teurer werden.«

Von den Halden in England wurde die Kohle abgerufen. In tausend schwarzen Schiffen fuhr sie um die Erde, damit gewebt werden konnte, Eisen fabriziert und die tausend Dinge, die daraus gemacht wurden. In Amerika wurde geerntet. Wie eh und je pflückten die Schwarzen die Baumwolle, das Leintuch auf dem Kopf. Wie eh und je schnitten die Farmer in Kanada den Weizen. Die Baumwolle kam in großen Haufen zusammen, sie wurde auf Schiffen verschifft. Der Weizen kam in die großen Silos und wurde auf Schiffen verschifft. Die Ernte war klein. Die Preise stiegen.

Rotgesichtige Männer im Zylinder standen auf der Börse zu Liverpool. Wie hoch stand die Baumwolle? Sie wurde teurer. Alle Ware wurde teurer. Die Händler kauften. Sie würde noch teurer werden.

Am 1. April erhielt die Firma Effinger für einen Zentner Schrauben 15 Mark, am 1. September war der Tagespreis 36 Mark.

»Phantastisch, wie das Geschäft geht, seit ich darin bin«, sagte Karl. »Wir haben eben glänzend disponiert.«

»Was haben wir?« fragte Paul. »Ich hab' dich wohl nicht recht verstanden.«

»Na, wir verdienen doch augenblicklich ausgezeichnet, wir haben eben glänzend disponiert. Wir können sogar Zettel raushängen: Hier werden Arbeiter eingestellt.«

»Alles, weil wir so enorm tüchtig sind«, sagte Paul, halb lächelnd, halb bitter. »Weil die Preise steigen, sind wir tüchtige Fabrikanten; als die Preise fielen, war ich ein halber Betrüger.«

»Du kannst einem aber auch alle Freude nehmen!«

»Aber man kann sich doch nicht selber etwas vormachen.«

# 19. Kapitel

## *Ein Ausflug*

Meine liebe Käte«, schrieb Karl Effinger mit schräger Schrift, »ich bitte Dich, Montag, den 10. September, am Bahnhof Jannowitzbrücke auf mich zu warten. Wir wollen nach Charlottenburg fahren, durch die Jungfernheide laufen und in Saatwinkel Mittag essen. Meine liebe Käte, ich habe sehr viel mit Dir zu besprechen.«

Käte erhielt den Brief, während sie gerade in einem Hinterzimmer mit einer Tapete voll riesiger Mohnblumen in schwarzen Seidenplüsch schnitt, aus dem ein mit Jett besetzter Umhang werden sollte.

Aus, dachte sie, also aus.

»Entschuldige mal«, sagte sie zu Lischen Wolgast, die neben ihr unausgesetzt Rüschen säumte. »Mir ist ganz schlecht.«

»Mir auch«, sagte Lischen Wolgast. »Ich glaube, ich habe in der letzten Woche Rüschen genäht, so lang wie die Friedrichstraße.«

Käte ging hinaus. Wohin, dachte sie, kann unsereins gehen, wenn's weinen will? Die Wohnung war erfüllt vom Duft der Kohlenplätteisen, überall standen Tische, an denen die Mädchen nähten. Zu Bergen türmten sich Tüll und schwere Damaste und Brokate, changierender Taft und Spitzen, und überall wurde gestickt und appliziert. Auf den Kleiderbüsten aus Holz und den Röcken aus Rohr wurde die letzte Hand an die großen Toiletten gelegt. Große Blumengewinde aus Veilchen wurden um den Ausschnitt drapiert. Wasserrosen lagen auf den Schleppen, und große Mohntuffs schmückten die Corsagen.

Käte ging auf den Hof, auf den einzigen Ort, wo man sie allein ließ, und dachte: So ohne weiteres darf er mich nicht verlassen. Ich habe ihn doch so geliebt und er mich doch auch. Sie weinte und weinte.

Lischen Wolgast kam auf den Hof. »Komm mal raus«, sagte sie. »Schließt dich ein, warum denn? Willst dir wohl das Leben nehmen? Komm mal raus, du.«

Käte machte auf. Verheult stand sie auf dem engen Hof, die hohen geschwärzten Häuser ringsum. Nur das Holzabteil stand da, die Müllkästen und eine Stange, auf der freitags die Teppiche geklopft werden durften.

Von oben rief die Koller: »Machen Se mal'n bißchen fix, Fräulein Wolgast! Sollen die Rüschen denn nie fertig werden? Und Fräulein Winkel, was ist denn? Kommen Sie rauf! Lassen die Samtjacke für Frau Goldschmidt halb fertig liegen. Dalli, dalli!«

Lischen setzte sich wieder an die Rüschen. Käte schnitt fertig zu. Das Zentimetermaß hing ihr um den Hals, als sie so dastand, jung, blond, mit der Stupsnase eines Mädchens vom Berliner Osten.

Lischen begann: »Biste etwa verfallen?«

»Ach nein, wo denkst du hin.«

»Du tust, als ob das unmöglich wäre.«

»Ich würde ins Wasser gehen.«

»Na höre mal, das würdste doch nicht, wo de so klug bist. Und alles wegen einem Mann.«

»Aber wenn man liebt?«

»Na weißte, mir mußte das erzählen, wo wir zusammen zur Schule gegangen sind. Kurt haste wohl vergessen, der dann Malchen geheiratet hat und wegen dem du ins Wasser gehen wolltest, und den feinen Herrn Leutnant haste wohl auch vergessen, der einfach eines Tages nicht mehr zum Rendezvous gekommen ist, und als wir uns bei seiner Wirtin erkundigt haben, war er versetzt! Weißte noch, fünf Märker war er dir schuldig, die hattste ihm mal so gegeben, weil er kein Geld bei sich hatte. Hat er auch vergessen.«

»Na, und da soll ich nicht glücklich mit Karl sein? Der war so gut mit mir, so war noch keiner. Nie versetzt und überall hin mitgenommen. Und so'n hochgezwirbelter, blonder Schnurrbart, beinahe wie'n Offizier. Und was er mir alles geschenkt hat, so'n feinen Plüschmantel noch vorige Woche.«

»Als ob es darauf ankommt. Wenn einer Geld hat, schenkt er eben und fährt Droschke und nimmt uns ins Café mit, und wenn einer keins hat, kann er uns genau so lieben.«

»Das sagste so. Ich kann doch nich ohne ihn sein. Die ganze Woche hab' ich auf'n Sonntag gedacht und wie es sein wird, und manchmal bin ich doch noch abends hin, so auf Hops und Sprung, und habe Tee aufgebrüht auf'n Spiritus. Und nu soll alles aus sein. Ich kann nicht mehr.« Sie weinte.

»Heul nicht so«, sagte Lischen Wolgast. »Heul nicht so. Wenn'n Tropfen auf de Seidenplüschjacke von der ollen Goldschmidt fällt, kannste dich auf was gefaßt machen. Zahlen und Rausschmiß, dann biste nich nur dein Bräutijam los, sondern die Stellung auch.«

»Haste recht.«

Am Sonntag trafen sich Karl Effinger und Käte Winkel am Bahnhof. Sie hatte ein Kuchenpaket in der Hand. Sie ließ es sich nicht nehmen, immer den Kuchen mitzubringen. Sie stiegen in ein Coupé zweiter Klasse. Auf der ganzen Fahrt und auch später, als sie durch die Jungfernheide gingen, war nur reine Dalberei. Karl hatte keinen Mut zu reden, und Käte dachte: Wozu, wenn e r nicht anfängt.

Es war Abend. Der Dampfer nach Spandau war ganz voll. Familien saßen da mit vielen Kindern, alten Müttern, die kleine, schwarze Strohhüte trugen, und alten Vätern mit langen weißen Bärten. Es saßen viele Liebespaare da, alle schweigend, immer der Kopf der Frau an der Schulter des Mannes, reihenweise. Der Mond stieg auf. Aus den Lokalen am See, die mit Lampions beleuchtet waren, kam Musik. Es war still und warm.

»Na, was ist?« fragte Lischen Wolgast am nächsten Morgen. »Du siehst ja aus wie Braunbier mit Spucke.«

»Findest du? Mir geht's aber sehr gut.«

»So, nu brauchste mich ja nich mehr. Um dir beizustehen, wenn du unglücklich bist, bin ich ja gut, aber wenn du glücklich bist, dann sagste hochmütig: ›Mir geht es sehr gut‹, und ich bin abgemeldet.«

»Nee, so is es doch nicht. Aber weißte, ich weiß nich recht, was ich dir erzählen soll. Wir haben einen sehr schönen Ausflug gemacht nach der Jungfernheide und Saatwinkel und so. Und Dampferfahrt nach Spandau.«

»Aber?«

»Ach, gar kein Aber.«

»Und er hat nischt gesagt?«

»Nee. Es war alles in Butter.«

»Glaubste dran, daß das mit so 'nem feinen Herrn für die Ewigkeit ist? Trauring und so?«

»Ach nein, aber doch noch'n paar Jahre.«

»Bisde glücklich doch ringefallen bist und 'n Kind weg hast. Ich hab' das durchgemacht und denn'n Brief gekriegt: ›Teile Ihnen mit, daß das Kind nicht von mir sein kann.‹ Hinterher will's keiner gewesen sein.«

»Ach Lischen, wie schrecklich! Was haste denn da gemacht?«

»Ich bin zu'ne Hebamme gegangen, zu so'ne weise Frau, und hab's wegbringen lassen.«

»Das ist doch strafbar.«

»Natürlich is' strafbar. Und schrecklich is' auch. Aber wo hätte ich denn hin sollen mit dem Wurm? Hier zur Kollern etwa?«

»Da hast du ganz recht. Aber daß de das gewußt hast!«

»Na ja, das war auch'n Glück. Das hat mir 'ne gute Freundin gesagt.«

Und sie reihte Rüschen auf. Jede Rüsche mußte dreimal gereiht werden.

Am Abend saß Karl Effinger und begann an Käte zu schreiben: »Meine liebe Käte! Der Ernst des Lebens ...«

Er strich es wieder. »Meine liebe Käte! Meine Pflichten als Sohn, Bruder und Staatsbürger ...«

Er strich es wieder. »Meine liebe Käte! Ich ergreife die Feder, um Dir mitzuteilen ...«

Er strich es wieder.

»Meine liebe Käte!

Von den Mühen des Tages in mein einsames Zimmer zurückgekehrt, ergreife ich die Feder, um mit Dir vom Ernste des Lebens zu sprechen. Die Tage ungebundenen Jugendfrohsinns sind gezählt. Ich komme in das Alter, in dem die Pflicht ruft, die

Pflicht als Gatte, Bruder und Sohn, als Staatsbürger, meinen Mann zu stehen, kurz, ich komme in das Alter, wo es Zeit wird, ein eigenes Nest zu bauen und eine Familie zu gründen. Meine liebe Käte, ich brauche Dir nicht zu sagen, was Deine Wärme, Deine Schalkhaftigkeit, Deine Schönheit, Deine Jugend mir bedeutet haben. Ich brauche Dir nicht zu sagen, meine liebe Käte, daß ich Dich innig liebgehabt, ja ich will ehrlich sein, geliebt habe. Die Sonne ist mir aufgegangen, wenn ich Dein weißes Kleid wehen sah, den Himmel Deiner blauen Augen. Aber ich habe Dir nie etwas vorgemacht. Du hast gewußt, daß auch uns die Trennungsstunde schlägt. Daß unser kurzer …«

Hier stockte er, er wollte »Liebesfrühling« schreiben, aber war das ein Liebesfrühling, mit einem Mädchen, das erstens nicht mehr unschuldig gewesen war und sich ihm zweitens hingegeben hatte? Er schrieb also:

»… daß unser kurzes Beisammensein ein Ende nehmen muß. Ich habe nun ein junges Mädchen kennengelernt, die mir alle Tugenden zu haben scheint, die ich von der Mutter meiner Kinder erwarten darf, und von der ich hoffen kann …«

Er legte die Feder hin. Er kannte sie ja noch gar nicht. Er wußte noch nicht einmal, ob er den Eltern genehm war. Mit einer Geliebten im Hintergrund wollte er sich keinem zarten, jungen, unschuldigen Mädchen nahen. Aber noch war es nicht soweit. Noch war er nicht eingeladen worden. Er wartete darauf. Wann würde die Einladung kommen?

Er schickte den Brief nicht ab.

# 20. Kapitel

## *Festesvorbereitung*

Am nächsten Familiensonntag bei Goldschmidts in der Tiergartenstraße klagte Selma zu Eugenie: »Ich bin vollständig fertig. Wenn ich die gute Kelchner nicht hätte, wüßte ich nicht, was ich tun sollte. Und nun will Emmanuel durchaus, wir sollen das Haus festlich einweihen. Ich muß dir sagen, mir steht gar nicht der Sinn danach.«

»Aber warum denn nicht?« fragte Eugenie, die große, strahlende, schöne, schwarze Eugenie, die Frau ihres Bruders Ludwig. »Ich weiß gar nicht, warum du das so schwer nimmst. Ich sehe täglich Gäste bei mir.«

Tatsächlich aß jeden Tag jemand bei Ludwig und Eugenie Goldschmidt. Da war ein Riesenkreis von Bedürftigen im weitesten Sinne, junge Maler, junge Musiker, arme Studenten. Da gab es immer alte Mädchen, Geschäftsfreunde, da kamen die Vorstände der Wohlfahrtsvereine, Herren von der Bankwelt, Stadträte und Kommerzienräte.

»Ja«, sagte Selma, »du.«

Selma Oppner, Ludwig Goldschmidt und der Jurist Waldemar Goldschmidt waren die Kinder des alten Bankiers Goldschmidt, dessen Porträt in den Wohnungen aller drei Geschwister hing. Ein feiner Herr mit langen Favoris und einer bunten Weste mit vielen Berlocken. Daneben hing der Großvater, 1817 gemalt, mit hoher, schwarzer Halsbinde, und seine sehr schöne Frau, die lange Locken unter der Schute trug von derselben rotblonden Farbe wie Annettes Haare.

Emmanuel, der Fünfziger, saß mit seinen zwei Schwägern, die fast zwanzig Jahre jünger waren, zusammen. Sie rauchten schwere Zigarren und saßen in bequemen grünen Samtsesseln,

Emmanuel, groß und schlank, ein heiterer Viveur, ein Mann für Frauen, mit langen, weißen, schmalen Händen, mit wehenden blonden Favoris, der gern da und dort einen Brillanten trug, Waldemar, ein bequemer Bär, mit breiten, derben Händen und einem braunen Vollbart, der die halbe Brust bedeckte, und Ludwig, jetzt schon zur Fülle neigend, genau wie die zierliche Selma, klein. Er trug einen runden, schwarzen, kurzgehaltenen Bart.

Sie saßen unter einem Wandgemälde von vier Meter Länge und drei Meter Höhe, einem Werk Wendleins: Vor einer Säulenhalle saß an einer langen Tafel eine Gesellschaft in der strahlenden Kleidung, die man im Flandern des 17. Jahrhunderts trug. Emmanuel, die wehenden blonden Favoris über der weißen Halskrause und der goldenen Kette eines Ratsherrn, Ludwig Goldschmidt, jung, mit schwarzem Vollbart und übers ganze Gesicht lachend, würdevoll zurückgelehnt die junge Eugenie, in gelbem Atlas mit gewaltigen Spitzenmanschetten, und Selma in weißem Atlas. Im Vordergrund spielten die schönen Kinder Annette und Theodor mit zwei Windhunden. Das Ganze beherrschend aber stand, als wäre dies seine tägliche Aufgabe, Justizrat Billinger mit vielen Schleifen an den seidenen Pumphosen und einem brokatenen Mäntelchen und einem üppigen blonden Vollbart und hielt zum Trinkspruch einen gewaltigen goldenen Humpen zum Himmel, zum Trinkspruch, wie unschwer zu erkennen war, auf das Glück dieser Bürgerhäuser, auf das Gedeihen ihrer Heimatstadt Berlin, auf den Fortschritt in Deutschland.

Das Haus in der Bendlerstraße stammte noch aus dem Anfang des 19. Jahrhunderts und wies alle Einfachheit dieser Epoche auf, niedrige Zimmer, eine enge Treppe. Zwei Wohnzimmer und ein Eßzimmer genügten den Ansprüchen, die Oppner an ein Haus gestellt hatte.

Das Haus aber in der Tiergartenstraße war erst wenige Jahre alt und in prächtiger italienischer Renaissance erbaut. Fünf große Zimmer und ein Wintergarten dienten der Repräsentation. Es hatte einen Springbrunnen vor der Tür und eine herrliche Terrasse in einen weiten Garten hinter dem Hause.

Ludwig sprach von der Berliner Verwaltung: »Diese Verfilzung der Interessen ist grauenhaft. Man muß doch den Menschen gesunde Wohnungen geben und den Kindern Spielplätze. Meint ihr, das ist durchzusetzen? Ich habe einen Antrag eingebracht, die Pferdebahnen weiter hinauszulegen, damit Außenbezirke entstehen können. Natürlich abgelehnt! Wer will denn seine Grundstücke in der Innenstadt entwerten? Das ist aus den Ideen von achtundvierzig geworden!«

»Und denen des Freiherrn vom Stein«, sagte Waldemar. »Gröbster Materialismus!«

»Ich prophezeie nichts Gutes«, fuhr Ludwig fort, »der Arbeiter ist völlig entrechtet. Eine Generation von Schlafburschen und in der Kindheit vergewaltigten Mädchen wächst auf.«

»Na, na«, sagte Emmanuel.

»Ich habe recht«, sagte Ludwig. »Der Reichtum fühlt bei uns keine Verpflichtung. Ich versuche jetzt ein Krüppel- und Blindenheim zu gründen. Gott, ein Tropfen auf den heißen Stein. Was meinst du, was ich beisammen habe? Dreißigtausend Mark. Ich brauchte aber das Zehnfache. Die Leute geben, wenn ein Titel winkt, ein Orden, eine Stellung.«

»Na ja«, sagte Waldemar, »Wohltätigkeitsbasare, wo Gräfin X Sekt verkauft und sich für zwanzig Mark küssen läßt.«

»Ist es nicht widerlich?«

»Natürlich«, sagte auch Emmanuel. »Seit diesem gewonnenen Krieg ist die altpreußische Einfachheit im Schwinden. Die Armee gibt das Beispiel. Diese Liebesmähler haben eine Verschwendung erreicht, die ohne Grenzen ist. Gestern stand der Kommandeur eines Garderegiments bei mir und hat sich mir offenbart. Sein ganzes Vermögen in Monte Carlo verspielt. Wißt ihr, was euer Vater gesagt hätte in solchem Fall? ›Herr Graf, gehen Sie hinaus, wo Sie hereingekommen sind, ich bin ein Bankier und kein Leihhaus.‹«

»Und was hast du gesagt?«

»Na, nicht dasselbe. Ich habe ihm einen Kredit gegeben. Er sagte: ›Wollen Sie mich Wucherern in die Arme treiben? Sie sind kein Krawattenmacher. Sie sind ein vornehmer Mann.‹«

»Und darüber warst du so entzückt, daß du ihm tausend Goldgulden gabst. Das wird aus den alten Achtundvierzigern«, sagte Ludwig. »Bist auch schon begeistert von den preußischen Offizieren und katzbuckelst.«

»Nein, ich bin nicht begeistert, aber ich gebe dir zu, ich halte mich mit den herrschenden Mächten.«

»Ja, und dabei gehen wir mit den herrschenden Mächten der furchtbarsten Katastrophe entgegen. Diese immer zunehmende Verelendung der arbeitenden Massen ohne einen Ausgleich der Religion.«

»Aber Ludwig«, sagte Emmanuel, »als ob der Fortschritt nicht zugleich die Religionslosigkeit bedingte.«

»Darüber werden wir uns nicht verständigen«, sagte Ludwig.

»Nein«, sagte Waldemar. »Du weißt, Ludwig, wie gern ich dich habe, aber eine Sittlichkeit, die auf Heuchelei beruht? Vertrauen auf etwas, was bare Gaukelei? Der Fortschritt zu immer größerer Glückseligkeit, die Aufklärung des Menschen über das Wesen der Natur, ist an die Stelle der Religion getreten. Unsere Religion heißt Naturwissenschaft. Was ihr Unsterblichkeit nennt, nennen wir Unzerstörbarkeit der Materie. Und es scheint mir männlicher und würdiger, an Tatsachen zu glauben, die beweisbar sind, als sich in Spekulationen zu verlieren. Wohin hat die Spekulation geführt? Zu Hexenverbrennungen und Judenverfolgungen und Gottesurteilen und der Folter. Ihr wißt, daß ich nichts so hasse wie eine verlogene Tiefe, es klingt blau und romantisch und kitzelt Leser und Hörer«.

»Bravo, Waldemar!« rief Emmanuel.

»Und ich sage euch Respektlosen ...«

»Ich bin nicht respektlos, dagegen wehr' ich mich ganz entschieden«, sagte Waldemar. »Aber ich brauche nicht die Krücke der Kirche. Man ist einsamer so, aber auch freier. Denn das ist eine falsche Sittlichkeit, die in der Furcht Gottes wurzelt, daß er die Sünden bis ins dritte und vierte Geschlecht verfolgt, nicht im freien Bewußtsein dessen, was recht und gut ist. Die wahre Sittlichkeit kommt aus der wahren Freiheit.«

»Wir werden uns darüber nicht einigen. Für dich gibt es keine Autorität und keine Tradition«, erwiderte Ludwig.

»Man kann kein Wissenschaftler sein, wenn man an Autorität und Tradition glaubt.«

»Über Religion und Politik soll man nicht streiten. Erzähl' lieber von Italien«, sagte Emmanuel.

»Wo anfangen, wo aufhören?«

»Anfangen mit der Kunst, aufhören mit den Mädchen.«

»Also umgekehrt, wie man's im Leben treibt oder vielmehr treiben muß. Ich war zuerst in Florenz, aber es regnete, und dann machen mir Statuen allemal einen fröstelnden Eindruck. Farbe, Leben, Lebenswärme geben Bilder. Ich habe mir manches gekauft. Frühe Bilder, wo man noch wagte, den Ritter Georg in Rot und Gold und Silber zu kleiden. Ich mag sie nicht, diese späten Enkel, die in ein müdes Schwarz gekleidet gehen. Die Frühen, die man bisher gar nicht schätzte, sind noch ganz preiswert zu haben.«

»Junker Leichtfuß«, sagte Oppner, »du wirst noch dein Vermögen vergeuden.«

»Und wenn? Man lebt doch nur so kurze Zeit und ist so lange tot. Prost, Ludwig! Was schenkst du uns da für einen Kognak? Das ist ja der reinste Kartoffelsprit.«

»Hast du 'ne Ahnung!« sagte Ludwig, »Haarwasser.«

»Ich werde euch mal ein paar anständige Pullen schicken.«

Das Mädchen Frieda, eine von Eugenies Perlen, zog die Portiere zurück: »Der Kaffee ist serviert.«

»Meine Lieben, gruppiert euch.«

»Eugenie, ich nehme deine Herzseite«, sagte Emmanuel mit gewohnter Galanterie.

»Wir haben eben davon gesprochen«, sagte Eugenie, »daß Selma das Besorgen der Gesellschaft so schwer fällt. Ich nehme es ihr schrecklich gern ab. Du weißt, wie gut ich mich mit Trottke stehe.«

Das war ja nun Selma auch nicht recht. Natürlich Eugenie, dachte sie.

»Ach«, sagte Selma, »ich kann's auch allein besorgen.«

»Es ist doch so nett von Eugenie, laß dir doch helfen«, sagte Emmanuel naiv.

Wenige Tage später kamen schon Einladungen auf den Kaffeetisch geflattert: Herr und Frau Hofbanquier Oppner geben sich die Ehre, zum 8. Oktober zum Diner zu bitten.

Auch Paul hatte eine Einladung bekommen. Er erzählte es Karl im Büro ganz nebenbei: »Ich werd' nicht gehen.«

»Aber Paul, die Leute laden dich um meinetwillen ein. Du kannst mir das doch nicht antun. Und warum denn nicht? Hast du keinen Frack?«

»Nein, das auch nicht.«

»Ich komm' mit zum Schneider.«

»Ich hab' keine Zeit, zum Schneider zu laufen, wo wir endlich wieder mal einen Auftrag auf vernickelte Schrauben für Argentinien haben, und außerdem hab' ich zuviel Sorgen. Du müßtest mal in die Provinz fahren, ins Rheinland zum Beispiel. Auch Chemnitz ist ein guter Platz.«

»Komm' doch mit zu der Gesellschaft.«

»Ich kenn' die Leute doch gar nicht.«

Aber schließlich hatte Karl ihn überzeugt, es sei für das Geschäft notwendig.

Am Sonntag machte Karl Besuch. Fragte am nächsten Tag Paul: »Hast du gestern deine Karte bei Oppners abgegeben?«

»Nein.«

»Aber das ist doch unmöglich, was sollen denn die Leute von dir denken?«

Paul sagte: »Hast du den Brief von der Luckenwalder Papiermühle schon gesehen?«

»Nein, was ist denn?«

»Die Schrauben sind nicht gut. Sie verlangen Ersatz. Ich muß mal Steffen hinschicken.«

Eugenie besprach mit Trottke das Essen.

»Nehmen Sie Suppe, gnädige Frau, Suppe regt an. Potage sicilienne, vorzüglich, wir haben Potage sicilienne erst gestern zum Grafen Schwerin geliefert, wo sie viel Anklang fand.«

»Nein«, sagte Eugenie. »Ich kenne meinen Schwager, er wird doch Kaviar im Eisblock wollen. Potage ist ein bißchen plebejisch.«

»Plebejisch?« sagte Trottke empört. »Gnädige Frau, bei der Gräfin Zetwitz wurde mit Potage angefangen. Aber bitte, ich liefere auch gern Kaviar im Eisblock. Aber dann das Couvert nicht unter zwanzig Mark. Das trockene Couvert natürlich. Ich würde so zusammenstellen: Potage sicilienne, dazu Portwein, Carpes du Danube à la moscovite …«

Polnischer Karpfen also, dachte Eugenie.

»Branzini au gratin, Sauce Ravigote, dazu 84er Erdener Treppchen. Quartier de veau à la Béchamel, als Zwischengericht Foie gras aux truffes en croute, Chaudfroid ›Ostende‹, dazu Steinberger Cabinet.«

»Und Geflügel, Herr Trottke, Geflügel.«

»Gnädige Frau, selbstverständlich, wir sind doch Berliner, ne jute jebratene Jans ist ’ne schöne Jabe Jottes.«

»Das war einmal, lieber Trottke, wie’s noch den Stralauer Fischzug gab, aber nicht jetzt, nach dem gewonnenen Krieg, wo wir nur noch französisch reden.«

»Immer geistvoll, die Frau Stadträtin. Frau von Kleist-Retzow nimmt immer Gans.«

»Ja, Kleist-Retzow, das ist konservativ und preußisch, aber wir sind liberal und Banquiers. Wir stehen auf einer Stufe mit den Industriellen, wir wollen Canards de Hambourg.«

»Gut, gnädige Frau, sehr gut, und von der anderen Seite Poulards farcie à la Napolitaine und Salade romaine und von der Poularde an Sekt. Ich denke Heidsieck Monopol wie immer und zuletzt Ananas en surprise.«

»Gut, gut, und Paillettes. Also Herr Trottke, für fünfunddreißig Personen, wie besprochen. Sie schicken das Menu genau zu Kimmelstiel, dem alten Drucker, wo ich die Menukarten aussuchen will. Ich denke handkoloriert und passende Tischkarten, aber ich muß das meiner Schwägerin vorlegen.«

»Wie geht es denn der gnädigen Frau?«

»Jetzt sehr gut, sie hatte aber zu viel Trubel im Sommer mit dem Umbau. Das soll das Einweihungssouper vom neuen Haus werden.«

»Gnädige Frau, da wird das Essen grade richtig sein.«

»Ich denke auch, lieber Herr Trottke«, sagte Eugenie ungemein herzlich, bestieg ihre Droschke, Stöpel machte »Hü«, und der Braune zog an.

# 21. Kapitel

## *Die Einweihung*

Am 8. Oktober war große Aufregung. Der Hausdiener aus dem Geschäft half. Zwei Lohndiener und Anna und Meta standen mit weißen Handschuhen kampfbereit.

Selma seufzte den ganzen Tag zur Kelchner: »Ich wollte, ich hätte schon wieder alles in Ordnung.«

»Aber gnädige Frau«, sagte Fräulein Kelchner, die die vier Kinder großgezogen hatte und nun als Hausdame geblieben war, »es wird sicher ein schönes Fest.«

Annette war sehr schön mit langen roten Locken, achtzehn Jahre alt, groß, biegsam.

»Weißt du«, sagte sie zu der dreizehnjährigen Schwester Sofie, während sie das neue Kleid anzog, weißen Tüll mit Seerosen, »ich will einmal sehr vornehm leben. Bei mir soll ein Haus ausgemacht werden.«

»Ich möchte mich verlieben«, sagte Sofie träumerisch.

»Man hat gar nichts davon, wenn man sich verliebt«, sagte Annette. »Ich will es einmal sehr gut haben.«

»Es muß sehr schön sein zu lieben«, sagte die Dreizehnjährige. »Ich möchte eine grande amoureuse werden. Vielleicht eine Balletteuse.«

»Ach, was du redest! Ich werde sehr bald heiraten und eine Equipage haben. Als Balletteuse gehörst du nicht zur guten Gesellschaft.«

Klara, genannt Klärchen, fünfzehn Jahre alt, durfte noch nicht ausgehen. Sie sagte: »Ich möchte mich verlieben und heiraten und viele Kinder haben.«

»Ich will an die Riviera und nach Paris«, sagte Annette. »Ich will vielleicht einen Verehrer daneben haben, der mich anbetet. Lauf, Klärchen, hol mir die Blume.«

»Schäm' dich«, sagte Klärchen. »Ich freu' mich, daß ich hier ein eigenes Zimmer habe, kannste doch nicht ewig sagen: ›Lauf, Klärchen.‹«

Aber dann stand sie doch auf und holte Annette die Blume.

Theodor, der beim Vater lernte und siebzehn Jahre alt war, band sich gerade seine Krawatte. Ihm war die ganze Häuslichkeit unsympathisch. Diese Kaufleute, ihre albernen Zeitvertreibe, ihre kindischen Lustspiele, diese Klavierspielerei, diese grauenhafte Unwahrheit in einer Zeit, da der Kampf ums Dasein alle beherrschte, da die Entwicklung der Arten das philosophische Rüstzeug des Tages war. Hatte sie alle nicht, nach der Meinung seiner Mutter, der Storch gebracht? Wie stand es in den Romanen? Die schöne Försterwaise wartet am Zaun, der Held hat einen Vollbart und entreißt sie den Machenschaften böser Menschen, die sie einem reichen Manne, den sie nicht liebt, vermählen wollen. Der Held heiratet dann die Waise aus reinster Liebe. Aber es ist genau umgekehrt. Wer fragt nach den Armen? Wer kümmert sich um die Lage aller derer, die gut, rein und nichts besitzend sind? Und wenn von Bildung die Rede ist, so zitieren sie lateinisch und sprechen von Horaz und begrüßen es, daß wir nun in deutscher Renaissance bauen, und Dostojewski ist unpassend. Zola ist unpassend, Maupassant ist unpassend. Und Annette reißt Augen und Ohren auf, wenn sie Bilder vom Hofe sieht, und seit neuestem nennen sie Berlin alle nur noch »Unsere Residenz«.

Er stand vor der Mahagonikommode und kämmte sein Haar. Ein kleiner Schnurrbart war auch schon vorhanden. Man kann diese Welt nur verachten, dachte er. Er ging hinüber in das Zimmer der Mädchen. Sofie stand am Fenster, ein mageres, dünnbeiniges Zicklein, und las in der Dunkelheit.

»Du wirst dir noch ganz die Augen verderben«, sagte Theodor.

»Um des Himmels willen, sage keinem Menschen, daß ich hier lese.«

»Was liest du denn?«

»Ach, ›Die Geigenfee‹.«

»Was ist denn das schon wieder?«

»Eine Geschichte von einem armen Mädchen, die bei ihrer Großmutter lebt und so wunderbar Geige spielt, daß ein sehr vornehmer Herr, der sie von der Straße aus hört, in das gegenüberliegende Haus zieht, um ihr zuzuhören, wobei er sich in sie verliebt und sie heiratet. Sie aber will die blinde Großmutter nicht verlassen.«

»Und um eines solchen Quatsches willen stehst du heute abend hier oben und verdirbst dir die Augen?«

»Ach, ich darf doch nicht mitessen.«

»So sei doch froh.«

»Ach, ich möchte erwachsen sein und sehr elegant wie Annette.«

»Alberne Ideale. Weißt du denn nicht, daß du damit nur dasselbe künstlich tust, dich für den Kampf ums Dasein zu rüsten, zu dem auch der Kampf um die Erhaltung der Art gehört, was die Tiere von Natur aus tun? Weil du ein Junges deiner Art haben willst, darum sehnst du dich nach schönen Kleidern, um ein Männchen anzulocken.«

»Pfui, wie du sprichst! Papa hat ganz recht.«

»Wieso? Was hat er gesagt?«

»Ach, ich will's dir nicht wiedersagen, sonst gibt's Krach und du bist empört.«

»Na, los!«

»Papa hat gesagt: ›Theodor ist leider ein Anarchist.‹«

»Hat er gesagt? Soviel Klugheit hätte ich ihm gar nicht zugetraut. Ja, ich bin vielleicht ein Anarchist!«

»Mein Gott, was sagst du?«

»Ich will kein königlicher Kaufmann sein und mit Türkenlosen handeln und so tun, als ob mir das alles als das Ernsthafteste der Welt erscheint, und nun kommt noch dieser Effinger ins Haus, die Brust geschwellt vom Glanz seines verzinkten Drahtes, und schlägt die Hacken zusammen.«

Theodor war salopp gekleidet. Eine genialisch gebundene Krawatte flatterte aus dem Anzug. Er war schlank und hatte die schönen Züge seines Vaters. Heute abend würde Annettes Freundin Marie Kramer kommen, die er schon lange liebte. Sie würde ihn natürlich nicht ansehen, sondern sich dem widerwärtigen

Rechtsanwalt Kollmann an den Hals werfen. Er kannte das, er kannte das alles, und er war all dessen so müde.

Es klingelte. Ein rotbemützter Dienstmann kam und überbrachte einen Brief. Emmanuel öffnete ihn: »Wie findest du das, Selma? Dieser Paul Effinger schreibt, er könne nicht kommen, nicht weshalb, nicht warum, das sind so moderne Manieren.« Emmanuel war ärgerlich, vielleicht kamen diese Effingers doch nicht in Frage.

»Und wem geben wir Fräulein Lucie zu Tisch? Da muß man womöglich die ganze Tischordnung umstoßen. So was kann man doch nicht einladen.«

Die sehr junge Anna stand in der Tür von Theodors Zimmer, sehr weiß, sehr hellblond, sehr rotbäckig, in der Tracht der Serviermädchen, schwarzes Kleid, weiße Schürze und Häubchen.

»Herr Theodor möchten sofort hinunterkommen, die ersten Gäste kommen schon.«

Annette sagte zu ihrer Freundin Marie Kramer: »Ich bin schrecklich gespannt. Du mußt aufpassen, wenn Effinger vorgestellt wird. Wenn du mich kneifst, gefällt er dir, wenn nicht, dann ist dein Urteil vernichtend ausgefallen.«

Coupé auf Coupé fuhr vor dem Hause Bendlerstraße vor. Die Kerzen waren an den Kristallkronen entzündet. Die Frauen kamen in ihren großen Entrees, in königsblauen, in bischofslila, in rotsamtenen Capes, die mit Pelz besetzt waren. Die weiten Röcke bauschten sich hinten zum Cul, hatten Panniers und Tabliers wie die Toiletten des Rokoko, waren aus Brokat und Damast und Samt. Die feinen Lederhandschuhe reichten bis zur Achsel. Im Haar waren die Brillantsterne, die Blumen, die Straußfedern befestigt. Die Damen trugen Fächer in den Händen, Spitzenfächer, Elfenbeinfächer, Straußfedernfächer, Brillanten um die Arme und um den Hals. Die Herren kamen im Frack, eine Blume im Knopfloch, weiße Glacés an den Händen. Sie hatten lange, würdige Bärte, sie trugen Favoris, sie hatten kleine Schnurrbärte.

Emmanuel repräsentierte. Jovial und mit tiefer Stimme sagte er zu allen Frauen: »Na, wie geht's denn, schöne Frau? Übertrifft mal wieder sich selbst. Sarah Bernhardt und Clara Ziegler in einer Person.« Er machte jeder auf besondere Weise den Hof.

Waldemar kam, der Glanz der Familie, und Eugenie, die Frau von Welt, die Französisch und Englisch ebensogut sprach wie Deutsch. »Natürlich die Russen«, sagte Selma. Eugenie trug eine Pariser Toilette und in ihren fast blau-schwarzen Haaren, die in einem glatten Scheitel zurückgestrichen waren, eine gelbe Straußfeder. Die schmale Taille ließ Nacken und Hals um so pompöser erscheinen, und ein kolossaler Rock aus gelbem Brokat stand von der Taille besonders nach hinten ab, während vorn echte Spitzen und Straußfedern herunterrieselten. Neben ihr rollte, dick und heiter, Ludwig Goldschmidt herbei, der Stadtrat, der gute Mensch, der Mäzen, der Gründer wohltätiger Anstalten. Die Stimmen schwirrten durcheinander.

Man ging zu Tisch. Ludwig machte seinen stadtbekannten Spaß mit der Tischdame: Er legte seine Hand auf den Stuhl, bevor sie sich setzte, was ein kleines Gekreisch ergab.

Herr Karl Effinger hatte Fräulein Annette Oppner zu Tisch. Bei der Suppe, zu der es Portwein gab, begann er: »Waren gnädiges Fräulein schon im Hochgebirge?«

»Ja, einmal in der Schweiz, in Interlaken.«

»Ich war bisher nur im bayrischen Gebirge. Lieben Sie das Hochgebirge?«

»Ach ja«, sagte Annette. »Das Klingeln der Kuhglocken, die weichen Matten, die hohen Felsen, die lieblichen Quellen und nicht zuletzt das Alpenglühen!«

»Ja«, sagte er, »ich konnte mir denken, daß Sie das Alpenglühen lieben. Ich liebe es auch, vor allem liebe ich es, die Berge zu besteigen.«

Einen Augenblick überlegte Annette; ihr lag keineswegs etwas daran, die Berge zu besteigen, aber sie wollte Effinger gefallen. Marie hatte sie wie wild gekniffen. Sie sah ihn an, er hielt ihr sein Glas entgegen.

»Auf Ihr Wohl, gnädiges Fräulein.«

»Ich besteige auch gern die Berge«, sagte sie.

»Das dachte ich mir, eine solch kouragierte junge Dame wie Sie, das dachte ich mir.«

»Ich stehe gern morgens um sechs auf und fahre der Sonne entgegen.«

Theodor hörte das und dachte: Was tut sie gern? Sie lügt ja.

Marie Kramer reichte ihren Fächer dem alten Rechtsanwalt. Er war mindestens 35 Jahre alt. Und er schrieb darauf: »Verehrungsvollste Grüße zur Erinnerung an den 8.10.1885. Rechtsanwalt Kollmann.«

Bei der Suppe klopfte Emmanuel ans Glas. »Meine verehrten Gäste, ich freue mich herzlich, Sie alle bei mir zu begrüßen. Ich bitte Sie, nicht zu wenig unserer – sagen wir – bescheidenen Küche zuzusprechen. Wir haben die Ehre, Sie alle heute bei uns zu begrüßen, weil wir zusammen mit unseren Freunden dieses Haus einweihen wollen. Ich begrüße im besonderen unsern hochverehrten Meister der Feder, Theophil Maiberg, und dich, den witzigen Charmeur der Damen und der Paragraphen, Billinger, ich begrüße den Kranz schöner Frauen, besonders Frau Susanna Widerklee, unsere schöne Sängerin, ich begrüße Sie alle und wünsche allen ein gutes Vergnügen. Unsere Gäste, sie leben hoch, hoch.«

Alle standen auf und stießen miteinander an. In der Ecke spielten der Klavierspieler und die zwei Geiger schnell den Tusch: »Hoch soll'n sie leben, hoch soll'n sie leben, dreimal hoch!!!«

Schnell gossen die Lohndiener noch einmal Portwein nach und begannen den Karpfen zu reichen, als Waldemar an das Glas schlug.

»Ah!« rief alles und lehnte sich zurück. Selma winkte den Mädchen, draußen zu bleiben.

»Verehrte Anwesende«, begann Waldemar und hob sein Glas. »Dieser Rheinwein, meine Damen und Herren, stammt aus dem Jahre 1874, einem edlen Weinjahre, er stammt von einem edlen Gewächs, er stammt von einem edlen Weinberg. Mit solchen Tropfen begießen wir ein großes, heiteres und ernstes Ereignis, die Einweihung des neuen Hauses unseres Bruders Emmanuel. Nach alter heidnischer Sitte, die unserem Emmanuel wohl gemäß ist, wollen wir etwas von diesem köstlichen Wein in alle vier Himmelsrichtungen verspritzen. Die Alten wußten, was ein eigenes Haus bedeutet. Erst im eigenen Haus lebt der Mensch. Praeter omnes quaestus angulus mihi ridet. Möge es euch lachen, euch, um die eine prächtige Schar schöner Kinder heranwächst. Ich trinke auf unsere Gastgeber und ihr Glück in diesem Hause.«

Alles erhob sich, um etwas gerührt anzustoßen. Es klangen die geschliffenen Gläser aneinander, der Wein wurde nachgefüllt. Die hohen, schwarzen, geschnitzten Stühle, die schwere Ledertapete, die roten Seidenportieren, der Damast des Tischtuchs, das weiße Berliner Porzellan mit den kleinen Putten darauf, das Silber der hohen Obstaufsätze, der Weinhalter, der Konfektschalen, der Bestecke, das war alles Behagen und Reichtum des Bürgertums von 1885. Schwer lag im Zimmer der Duft der roten Lilien, mit denen der Tisch geschmückt war, der Hauch von Speisen und Weinen und der Atem der Menschen, die gewohnt waren, viel und gut zu essen. Es kam eine Rinderzunge, umlegt mit vielen feinen Gemüsen, und ein Rehrücken mit einem Sauerkraut, unter das Ananas geschnitten war.

Ludwig, breit und behaglich, erzählte seiner Nachbarin einen unpassenden Witz. Marie Kramer lächelte dem Rechtsanwalt Kollmann zu. Theodor litt. Das Zicklein Sofie saß in der Küche und wartete auf das Eis. Immerzu wollte jemand sie aus der Küche jagen. Aber energisch, dünn und fein verteidigte sie ihre Rechte. Klara aber half abtrocknen.

Unten am Ende der Tafel herrschte Munterkeit.

Karl Effinger sagte: »Gnädiges Fräulein spielen so ausgezeichnet Klavier?«

»Nein«, antwortete Annette. »Ich spiele nur so zum Hausgebrauch. Unsere jüngste Schwester Sofie ist so musikalisch. Sie soll jetzt noch nicht singen, aber später wird sie ausgebildet. Eine schöne Stimme entzückt jeden.«

Annette erzählte von Gesellschaften, aber Karl Effinger kannte niemanden. Sie wußten nicht recht, wovon reden. Sie sahen sich viel und tief an. Karl war überzeugt, er würde sich, was das Mädchen anbetraf, keinen Korb holen. Und wozu würde ihn der Vater einladen, wenn er nicht genehm wäre?

Während der getrüffelten Gänseleberpastete stand Justizrat Billinger auf, der Freund Emmanuels, ein beliebter Festredner.

»Sie werden gewiß denken, ich rede auf die Wirte, daß ich nicht irrte. Sie alle wissen, daß ich auch heute noch gerne die rechte Hand einer schlanken Frauentaille bin, und ich greife mit Vergnügen nach den Klängen eines munteren Galopps einer Schönen unter die Arme, wenn Not am Mann ist, und dann lasse ich mir keine grauen Haare darüber wachsen, daß ich solche schon habe. Sie werden von mir sicher erwarten, daß ich das alte Genre des Damentoastes auch weiterhin pfleglich behandle, und so will ich mich an die Worte Alexanders des Großen halten, die er nach der Schlacht von Chaironeia sagte: ›Die Männer wollen wir töten, aber die Frauen wollen wir leben lassen.‹ Sie leben hoch, hoch, hoch!«

Schnell gossen jetzt die Lohndiener die Gläser mit französischem Sekt voll und begannen die Hamburger Ente zu reichen.

»Ich ziehe Poularde vor«, sagte der Justizrat zu der schönen Frau Widerklee.

»Getrüffelt?« fragte sie lächelnd.

»Natürlich. Im übrigen ist weißes, zartes Fleisch nie zu verachten.«

Die Widerklee sah ihn an.

»Schöne Frau, Ihren Fächer!« sagte Billinger. Er schrieb: »Suche, was Du liebst, liebe, was Du gefunden hast. Ehrfurchtsvoll z. f. E. Berlin, 8. Oktober 1885.«

Schon wurde das Ananaseis gereicht, als der gefeierte Journalist und Dichter, der fünfunddreißigjährige Theophil Maiberg, aufstand und ans Glas klopfte. Alles rief: »Ah!«

»Ich habe mir eine kleine Überraschung erlaubt«, sagte er, »ein kleines Tafellied.« Er setzte seinen Zwicker zurecht und begann: »Im frohen Kreis ein frohes Lied ...«

Dann kam noch die Käseplatte, und ringsum wurde Konfekt gegessen. Die Damen fächelten sich.

»Mahlzeit«, sagte Selma und erhob sich.

»Mahlzeit, Mahlzeit«, riefen alle und gingen um den Tisch, und jeder drückte jedem die Hand.

Eugenie übersah einige. Sie übersah zum Beispiel den alten Sanitätsrat Friedhof, der einen feinen Kopf auf einem leicht gekrümmten Körper trug und immer verbindlich lächelte. Es war der Rottaftenen aufgefallen, die mit der Goldspitzendame im Salon saß.

»Weshalb grüßt Eugenie Goldschmidt nicht den alten Sanitätsrat Friedhof?«

»Ach, Sie wissen nicht?« fragte die Goldspitzendame.

»Nein, keine Idee.«

Sie saßen auf dem Sofa in der Mitte des Salons, aus dem eine Palme herauswuchs. Die Kleider aus changeant Taft, gold und rot changierend, und aus gelblicher Alançonspitze flossen um sie. Sie hoben beide die Fächer hoch, die eine einen Spitzen-, die andere einen Federnfächer, und hinter den Fächern verborgen sagte die mit den Goldspitzen: »Der alte Friedhof hat doch seit Jahren ein Verhältnis!«

»Ach nein!«

»Ja, denken Sie!«

»Mit wem denn?«

»Das ist es ja eben!«

»Wieso? Bühne oder so?«

»Nein, nur Verhältnis, ein ganz kleines Mädchen. Sie soll Schneiderin gewesen sein!«

»Das ist ja aber unmöglich!«

»Er soll sogar zwei uneheliche Kinder haben.«

»Aber ich bitte Sie, so was kann man doch nicht als Arzt nehmen.«

»Ich glaube, unsere naiven, guten Oppners wissen gar nichts, sonst nähmen sie ihn sicher nicht.«

»Gott, Selma auf keinen Fall, wo sie so streng ist.«

»Antreten zur Hausbesichtigung!« rief Emmanuel, klatschte in beide Hände und begann zu singen: »Wohlauf, Kameraden!«

Schließlich ging's über die gekrümmte Treppe ins Souterrain. Hier unter gewölbten Decken war die Trinkstube. Hoch hinauf getäfelt. Holzbänke und Tische. Geweihe als Lichterträger.

»Wer bleibt zum Billardspielen?« rief Oppner.

Ein paar ältere Herren begannen zu spielen.

Der Kommerzienrat Kramer sprach von Mayer: »Wissen Sie, so ein leichtsinniger Patron!«

»Lassen Sie's gut sein«, sagte Oppner, »das kann jedem zustoßen. Man soll keine Steine auf den Gefallenen werfen. Der Mann hat sich mit achtzig Prozent verglichen.«

»Das finden Sie zu verteidigen? Ich versteh' Sie nicht, Oppner«, entgegnete Kommerzienrat Kramer und kreidete den Queu sehr energisch an. »Ich hätte gerade Ihnen solch laxe Ansichten nicht zugetraut. Zwei Punkte.«

»Ich habe keine laxen Ansichten. Ich behaupte nur, daß Mayer kein Spekulant war. Ein Stoß an die Bande.«

»Ich finde, man muß ihn unterstützen«, sagte Ludwig Goldschmidt. »Ein Mensch, der Versicherungsagent wird mit über sechzig, hat Anspruch auf Mitgefühl. Drei Punkte. Emmanuel, schreib an.«

»Ganz recht«, stimmte Oppner zu.

Kramer schwieg verbissen. Alles Sozialisten, dachte er. Schließlich sagte er: »Solche laxen Ansichten richten den Kaufmann zugrunde. Geben Sie mir noch einmal die Kreide, Herr Oppner.«

Im Salon versammelten sich die Damen, unter ihnen Frau Widerklee, die Sängerin, und Amalie Mayer, deren Vater bankrott gemacht hatte und die jetzt Klavierstunden bei Oppners gab.

»Sehr nett«, sagte Frau von Lazar, »daß unsere liebe Freundin dieses vorzügliche Mädchen eingeladen hat.«

»Na, ich weiß nicht«, sagte Frau Kommerzienrat Kramer, »man kann doch nicht mit Bankrotteuren verkehren. Das heiße ich die Toleranz allzu weit getrieben.« Sie sagte es gerade Frau von Lazar, damit diese sehe, was für feste Grundsätze sie habe.

»Vielleicht haben Sie recht. Es wäre vielleicht nicht nötig gewesen, sie gerade zu einer solch großen Gesellschaft zu laden.«

In diesem Augenblick kam Frau Widerklee. Man schwieg. Sie war Sängerin, gehörte nicht dazu.

Maiberg sprach in einer Ecke mit Eugenie: »Kann man Sie wieder einmal begrüßen? Eine Stunde mit Ihnen zu verplaudern wäre zu schön.«

Eugenie stand auf: »Gern, lieber Maiberg. Ich schicke Ihnen ein Billett. Die Damen richten schon ihre Lorgnetten auf uns.«

Im grauen Salon sprach der Sohn des Hauses, Theodor, mit Lazar.

»Wo wirst du dich stellen?«

»Ich möchte zu den Kürassieren.«

»Ich glaube, das würde mein Papa nicht erlauben«, meinte Theodor.

»Lächerlich, warum denn nicht? Ich habe mir schon alles erzählen lassen von Stefan Hurla, der hat dort gedient. Er sagt, es wäre sehr schick. Man muß sehen, daß man dazukommt.«

»Ich möchte mich mal amüsieren. Eigne Stube. Sonst ist mir das Regiment ganz egal. Ich bin nicht für die Armee.«

»Na höre!« sagte Lazar empört.

Maiberg saß, von einer Korona von Damen umgeben, im Salon.

»Ach bitte«, flötete Frau Kommerzienrat Kramer, »sagen Sie uns doch noch einmal Ihr bezauberndes Gedicht, das vor ein paar Tagen in der ›Allgemeinen Zeitung‹ stand.«

Und Maiberg begann:

»Da seines Köchers
Amor im Spiel vergaß,
findet ihn Psyche bald
im tauigen Gras.

Einen der Pfeile,
zierlich und wohlgespitzt,
prüft sie mit Lächeln da,
ob er auch ritzt.

Fürwitzig Seelchen,
hüte dich, hüte dich fein,
eh du es recht gedacht,
drang es schon ein.

Wundweh wie dieser
schafft dir kein andrer Stahl
fiebernde Trunkenheit,
lachende Qual.

Fruchtlose Warnung,
kindliche Tändellust
taucht dich in Liebespein,
eh du's gewußt.«

In die Trinkstube brachten die Diener das Bier im Faß. Die älteren Herren sprachen von der Politik: »Wir werden uns doch wegen Bulgarien nicht in kriegerische Verwicklungen einlassen.«

»Zündstoff ist genug aufgehäuft zu einem Weltbrande.«

»Ja, ja«, sagte Emmanuel Oppner, »die interessanten Völkerschaften hantieren mit Feuer und Licht in einigermaßen leichtsinniger Weise.«

»Sie können nicht ernst sein«, sagte Kommerzienrat Kramer, mühsam lächelnd. »Aber Sie werden sehen, meine Herren, daß die Sache da unten einmal gründlich ausgetragen werden muß; nur ist niemand noch im klaren über den Zeitpunkt der Generalabrechnung, und weil dem so ist, ist man allezeit auf das Äußerste gefaßt.«

»Ein Krieg«, sagte Karl Effinger – er hielt die dicke Havanna zwischen den Fingern und lehnte sich an die getäfelte Wand neben dem Tisch, an dem die älteren Herren saßen –, »ein Krieg ist unmöglich in Europa und wird immer unmöglicher, je weiter unser Gewerbefleiß fortschreitet. Ein Land liefert und empfängt vom andern. Wir kaufen amerikanische Eisenbahnaktien und England preußische Konsols, ich beziehe das Kupfer aus Südamerika und England und Amerika unsere deutschen Rheinweine. Seit Stephan den Weltpostverein gründete, geht die Vereinigung der Welt mit Riesenschritten weiter. Der Segen der Industrie zeigt sich schon heute. Wir machen die starken Naturkräfte zu gehorsamen Dienern unseres Erwerbslebens. Die Hungersnöte, diese furchtbare Geißel früherer Jahrhunderte, haben aufgehört, seit die Eisenbahnen in die entferntesten Orte den Überfluß anderer Gebiete bringen können. Die Petroleumlampe hat der trübseligen Kerze den Garaus gemacht. Das Water-Closet, wenn ich es hier in den Mund nehmen darf, das Water-Closet hat die elenden unhygienischen Orte abgelöst.

Jedermann kann heute für billiges Geld gekleidet gehen. Der Verbrauch steigt von Jahr zu Jahr. Heute schon sehen die Dienstboten aus wie vor kurzem noch die Damen aus den begüterten Kreisen. Wir werden zu immer größerem Reichtum gelangen.«

»Und zu immer größerer Dreistheit der arbeitenden Klassen. Vor kurzem erzählte mir Graf Klossow, daß die Gutsarbeiter alle nicht mehr mit ihren Wohnungen zufrieden sind. Die Ansprüche werden immer größer, das Gottvertrauen immer geringer. Nächstens ist man nicht mehr Herr im eigenen Hause.«

Es war Kommerzienrat Kramer von der Jutespinnerei Kramer, der so sprach. Kahlköpfig, mit einem großen blonden Schnurrbart.

»Ich unterstütze ja durchaus nicht übermäßige Ansprüche, ich bin durchaus der Meinung, die Hauptsache ist, daß wir konkurrenzfähig bleiben«, sagte Karl etwas betreten.

Herr von Lazar mit seinem langen braunen Vollbart ging mit Kramer zu dem Faß Bier, um sich neu einschenken zu lassen. Kramer sagte: »Ich verstehe ja nicht, was unser Freund Oppner für zugezogene Leute einladet. Der Vater von diesem jungen Mann soll Handwerker sein.«

»Gar aus dem Osten?« fragte von Lazar.

»Nein, nein, das denn doch nicht. Soviel ich weiß, aus dem Westen.«

»Aha, daher so liberalisierend.«

»Aber sind Sie denn etwa für Schutzzölle?« fragte Kramer.

»Natürlich nicht. Ich bin nationalliberal, wenn Sie's wissen wollen. Aber dieser Effinger ist doch beinahe schon Sozialdemokrat.«

»Außerdem ungebildet. Redet nur von seinen Schrauben.«

»Ich bitte Sie, das sind eben Handelsleute.«

»Hast du das gehört?« sagte Arnold Kramer zu Theodor. »Mein Alter erzählt wieder mal, daß er seine Jute verschenkt. Dabei werden bei uns die schlechtesten Löhne von Berlin gezahlt. Na, ich verzichte auf den Schwindel. Wenn ich großjährig bin, geh ich nach Paris.«

Im Speisezimmer war ausgeräumt, der Teppich aufgerollt, und es konnte getanzt werden. Die jungen Männer hatten Angst vor den jungen Mädchen aus guter Familie. Mütter hielten sich das Lorgnon vor die Augen.

Der junge Lazar war überhaupt nicht für die Damen der Gesellschaft. Er sagte zu Theodor: »Weißt du, wir müssen mal in eine ungarische Weinkneipe gehen. Die Mädchen, man soll sie auf den Schoß nehmen können, gefällig in kurzen Röcken. Oder betest du vielleicht Fräulein Kramer an?«

»Schweig«, sagte Theodor, »ich lasse kein Wort auf sie kommen.«

»Du bist schon wieder mal verliebt, was?«

Selma lief herum und sagte zu dem jungen Kramer: »Ich bitte Sie, fordern Sie Fräulein Schulte auf.« Der junge Kramer tat es auch. Aber er ließ es Fräulein Schulte spüren.

Die jungen Mädchen paßten aufeinander auf. Wer blieb sitzen? Sitzenbleiben war Schrecken und Angst, war Schande und Spott.

»Der junge Lazar sitzt die ganze Zeit bei Fräulein Bückler«, sagte die Rottaftene zu der mit den Goldspitzen.

»Sehen Sie, wie er ihr die Cour schneidet?« sagte die mit den Goldspitzen zu der Rottaftenen.

»Wie geht es Ihnen, mein liebes Fräulein Mayer?« fragte die Rottaftene süßlich.

»Danke«, sagte Fräulein Mayer unliebenswürdig. Nie mehr wollte sie hier am Pranger stehen und derart sitzenbleiben. Sie verabschiedete sich früh.

Frau Kramer fragte Selma Oppner nach der Jüngsten: »Ich hoffte, wir sähen sie heute.«

»O nein«, sagte Frau Oppner, »Sofie ist doch erst dreizehn. Und Klara ist grad erst fünfzehn geworden.«

»Ganz recht, die jungen Mädchen sollen erst mit siebzehn ausgehen«, sagte Frau Kramer. »Fangen sie schon mit sechzehn an und sind mit einundzwanzig noch nicht verheiratet, was ich natürlich von Sofie und Klara nicht hoffen will, dann sagt alle Welt: ›Hopst die immer noch auf allen Bällen herum?‹ Junge Mädchen sind keine Heringsware, die man aufhebt für lange Jahre.«

Frau Kommerzienrat Kramer rauschte davon.

Selma sah sich um. Da saß Annette, die Strahlende, geboren

zum Glück. Maiberg, der charmante Dichter, umschwärmte sie. Er sagte ihr, daß sein Gedicht ihr gewidmet sei.

»Was denn? Ich soll von Amor verwundet worden sein? Das scheint mir aber eine unerhörte Dichterfreiheit«, sagte Annette und stand auf. Sie erzählte ihre blendende Antwort Marie Kramer. »Unerhörte Dichterfreiheit habe ich gesagt. Wie findest du?«

Neben Eugenie saß der Bildhauer Bast, der gerade wieder den Auftrag für ein Siegesdenkmal erhalten hatte.

»Verehrte gnädige Frau«, sagte er, »seit Monaten laufe ich herum und suche eine Gestalt für den Frieden. Sie wären die Erfüllung meiner Inspirationen.«

Da saß Theodor mit der Widerklee. Die Mutter sah, wie sie mit dem Knaben sprach. Sie haßte die Widerklee.

Theodor sagte: »Gnädige Frau, Sie sind der einzige Mensch hier, mit dem ich reden kann. Wissen Sie, daß ich mir die Stücke von Ibsen besorgt habe, soweit ich sie bekommen konnte? Dort steht die Wahrheit. Wir alle leben in der Gesellschaftslüge.«

Die Widerklee hatte viel erlitten, jetzt war sie oben. Sie sagte: »Glauben Sie mir, die Gesellschaftslüge ist manchmal auch sehr angenehm.«

Selma trennte das Gespräch: »Meine liebe Frau Widerklee, wir wären so glücklich, wenn Sie uns mit einem Lied beglücken würden.«

»Der junge Herr Theodor wird mich sicher gern begleiten.«

»Ach nein, Herr Justizrat Billinger wird das viel besser können. Unser guter Theodor ist doch nur ein Anfänger.«

Das war eine Kampfansage. Theodor dachte: Ich bin kein Kind mehr. Ich werde hier geradezu albern behandelt.

Susanna Widerklee war eine berühmte Adele in der »Fledermaus«. Billinger setzte sich an den Flügel, und die Widerklee sang Johann Strauß, »Frühlingsreigen«. Als sie aufhörte, dankten ihr die Herren und die jungen Mädchen stürmisch.

»Noch einmal Sekt!« rief Oppner.

Selma ließ noch einmal Sekt und Brötchen reichen. Die älteren Damen waren degoutiert. Auch Selma war voll Angst. Das ging denn doch nicht! Ihr Mann, der in Paris die Ballettratten der Großen Oper besucht hatte, ihr Mann vergaß wirklich manchmal die Grenzen. Einmal Widerklee und nicht wieder. Unmöglich, man konnte diese Person nicht einladen. Das sagte auch Frau Kommerzienrat Kramer.

Die Widerklee saß unter der Palme mit einem Kranz junger Leute. Die jungen Mädchen blieben allein sitzen, unterhielten sich miteinander und lachten. Als ob sie auf einen Ball gegangen wären, um mit Mädchen zu reden! Fräulein Schulte dachte: Noch ein Winter, und ich bin zweiundzwanzig. Zweiundzwanzig ist das Ende. Jetzt sitze ich schon seit fünf Jahren auf den Bällen herum.

Der picklige junge Mann, Herr Hartert, Lehrling bei Oppner & Goldschmidt, war selig. Er hatte darauf gewartet, bei Oppner eingeladen zu werden. Er tanzte mit allen, die sitzenblieben, mit den Unschönen, mit den Stillen, mit denen, die zu gescheit, und denen, die nicht kokett genug waren.

»Kann ich der gnädigen Frau irgendwie dienen?« fragte er Selma.

»Ich bitte Sie«, sagte sie, »rufen Sie mir Theodor.«

Hartert ging, voll Glück, man bediente sich seiner schon zu Besorgungen zwischen den Familienmitgliedern. Er flüsterte Theodor zu, er solle zu seiner Mutter kommen.

Selma sagte: »Theodor, unsere Gesellschaft wird ein öffentlicher Skandal, wenn ihr noch länger bei der Widerklee sitzt. Die jungen Mädchen kommen nicht zum Tanzen, die Mütter sagen, es liegt an unserem Arrangement. Die Väter werden sagen, wir sind ein Haus, in das man nicht seine jungen Töchter schicken kann, wo Soubretten sich herumräkeln.«

Theodor war empört, aber er war gehorsam. Er holte die jungen Leute zum Tanzen.

»Annette, ich bitte dich, hilf mir«, sagte Selma. Aber Annette hatte mit sich zu tun. Sie stand neben Effinger.

Doch dann wurde zur Kaffeetafel neu engagiert. Das war ein Glück.

Die Kaffeetafel verlief sehr munter.

Hartert hatte Fräulein Schulte, die Tochter des Baumwoll-Schulte, engagiert.

Theodor hatte zur Widerklee gesagt: »Ich muß Sie wiedersehen.«

Die Widerklee sagte: »Morgen nachmittag um fünf Uhr in meiner Wohnung.«

Eugenie hatte Bast eine Sitzung versprochen.

Es wurde weitergetanzt. Der junge Kramer drückte die Mädchen beim Tanzen an sich. Er hatte eine Art, zu den Mädchen zu sagen: »Wie gut Sie sich führen lassen, wie gut!« und ihnen dabei in die Augen zu sehen! Jede war begeistert.

Inzwischen saßen die älteren Herren bei den Schnäpsen und erzählten sich Witze. Ludwig war darin groß, und er lachte schon vorher: »Fräulein, möchten Sie Schwan sein? ›O nei, nei, immer so mit'm Bauch ins kalte Wasser liegen.‹« Man kreischte.

Es war halb vier Uhr morgens. Die Damen nahmen die großen Abendmäntel um, in denen sie aussahen wie samtene Fässer mit Reifen aus Pelz. Ein paar Dienstmädchen schliefen auf dem Vorplatz. Sie hatten hier bis morgens gesessen, um die jungen Mädchen nach Hause zu bringen.

»Ich habe das Gefühl, ich bin verlobt«, sagte Annette zu Marie Kramer.

Marie Kramer nahm ihr das übel. Welcher Triumph für Annette! Die erste aus dem ganzen Kreis!

In der Totenstille der herbstlichen Bendlerstraße hörte man nichts als die Stimmen der sich Verabschiedenden, die Kutscher und die trappelnden Pferdehufe.

Karl Effinger ging beschwingt nach Hause. Morgen, Sonntag vormittag, morgen schon, nicht erst nach acht Tagen, wollte er hingehen und sich nach dem Befinden der Herrschaften erkundigen. Und dann mußte er auch die Sache mit Käte in Ordnung bringen.

Ein paar der jungen Leute wollten sich gerade auf dem Heimweg verabschieden, als eine merkwürdige Gestalt ihnen kleine Zettel in die Hand drückte. Sie lachten und gingen in das auf den Zetteln genannte Lokal. Ein Mann ging unauffällig davor auf und ab. Es war ein höchst elegantes Restaurant. Tiefe weiche Teppiche, Gaskronen, in denen die offenen Flammen brannten, kleine Chambres séparées. Sie gingen bis zum Spielsaal. Hier wurde Baccarat gespielt. Einer rief: »Nur ran, immer Geld verlieren, nur ran«, als die drei jungen Leute im Frack eintraten. Er ging, den Arm um ein sehr schönes Mädchen, ins Nebenzimmer.

Der junge Lazar sagte: »Das ist doch der Oberleutnant von Brenkenhof, was macht er denn?« Kramer bestellte Sekt. Lazar zog eine der Bedienerinnen, die ungarische Tracht trug, auf seine Knie.

Selma stand mit den Mädchen bis morgens um fünf Uhr, damit alles noch am selben Tag verpackt wurde. Sie hätte eine Todsünde zu begehen gefürchtet, wenn noch am nächsten Tag Gläser dagestanden hätten oder gar Silberbestecke. Eine große Schürze über das Abendkleid gebunden, legte sie die Silberbestecke in Flanellsäcke, zwischen die Glasteller tat sie Deckchen.

»Ist nun alles fertig?«

»Ja«, sagten Meta und Anna.

Selma ging in die Küche. Die Küche war aufgeräumt. Nur ein paar Töpfe standen noch da. Selma litt unter diesen Töpfen.

»Warum sind die Töpfe noch schmutzig?« fragte sie sanft, aber bestimmt.

»Emma war so müde«, sagten Meta und Anna.

»Gut, aber auf diese paar Töpfe wäre es doch nicht angekommen.«

Selma stieg die Treppe hinauf ins Schlafzimmer. Emmanuel war noch wach. Er wäre gern gleich mit seiner Frau hinaufgegangen, aber Selma mußte noch forträumen, und so tief war seine Liebe zu dieser Tugend des Forträumens, daß er es selbstverständlich fand, daß er hier noch drei Stunden wartete, bis die Frau kam. Er umarmte sie, die noch heute ein junges Mädchen war, dem diese Form der ehelichen Liebe eine Pflicht schien, eine peinliche, demütig ausgeübte Pflicht, wie das ganze Leben von demütig ausgeübten Pflichten erfüllt war.

Als sie heirateten, damals im Jahre 1865, hatte sie mit ihrem Mann die Hochzeitsreise nach Paris gemacht. Es war beschwerlich und umständlich und ein großes Ereignis, damals nach Paris zu fahren. Aber die wesentliche Erinnerung war, wie sie krank geworden war, weil sie sich nicht getraut hatte, eine Toilette aufzusuchen. Sie war nie allein, und sie brachte es nicht über die Lippen, einem Herrn, und sei es auch dem nunmehr angetrauten Mann, zu sagen, daß sie ein paar Minuten allein sein möchte. Er zeigte ihr den Louvre und die Tuilerien, diese glanzvollen Tuilerien des zweiten Kaiserreiches, und die Silhouette von Notre Dame, aber ruhelos trat sie von einem Fuß auf den anderen. Sie sah nichts. Das Essen im Bœuf à la mode wurde ihr zur Qual und im Bois spazierenzufahren zur Hölle. Bis sie am nächsten Tag in Ohnmacht fiel und Emmanuel voll Todesangst seine schöne Frau ins Hospital transportieren ließ. Hier war eine Krankenschwester, der sie sich anvertraute und die Qual und Not verstand. Von der Krankenschwester kam die Nachricht über die Art der Krankheit an einen Arzt, von dort an Emmanuel, der selig über so viel Unschuld und so viel Feinheit war.

# 22. Kapitel

## *Verlobung*

Am nächsten Tag um ein Uhr klingelte es. Die übernächtigte Anna, trotzdem weiß, rosig und blond, die mächtigen Arme in blau-weißen Puffärmeln, das weiße, gewellte Häubchen auf dem Kopf, am Stehkragen eine silberne Brosche aus Anker, Kreuz und Herz, machte auf. Vor der Tür stand Karl Effinger mit Zylinder und gelben Glacéhandschuhen. In der Hand hielt er einen Blumenstrauß in Form eines Rades in weißer Manschette. Er überreichte zwei seiner etwas zu großen Visitenkarten.

Emmanuel, der am Schreibtisch saß, um eine Reihe von Privatbriefen zu erledigen, rief Selma, die sich schnell umzog.

»Ein bißchen stürmisch, der junge Mann, holterdiepolter«, sagte Oppner.

»Das ist doch sehr nett«, sagte Selma. »Annette möchte kommen«, rief sie hinauf zu Fräulein Kelchner, der treuen Seele.

»Annettchen, mein Kind, mach' dich schnell fertig«, sagte das Fräulein, »weißt du, wer da ist?«

»Etwa Effinger«, sagte Annette. »Er hält heute sicher um mich an.«

»Glaubst du?«

»Ja, sicher.«

»Du liebst ihn doch?«

»Aber natürlich.«

Und Annette schritt die Treppe hinab, ihr Herz schlug. Verlobt! Nun begann das Leben! Sie trat in den Salon.

»Gestatten Sie mir, gnädiges Fräulein, mich nach Ihrem Befinden zu erkundigen«, sagte Effinger und überreichte das Wagenrad. Oppner lächelte. Das Wagenrad war etwas zu groß. Man saß, sprach von gleichgültigen Dingen. Oppner gab Selma einen Wink. Sie verschwanden.

Im selben Augenblick rückte Effinger dem schönen Mädchen näher, ergriff ihre Hand: »Fräulein Annette, ich glaube, ich brauche nicht viele Worte zu machen. Ich liebe Sie. Wollen Sie meine Frau werden? Wollen Sie mit mir versuchen, das Leben aufzubauen?« Effinger wurde weich. Tränen standen in seinen Augen.

»Ja«, sagte Annette, »ich will die Ihre werden.«

Er stand auf und zog Annette an sich, um ihr einen Kuß auf den Mund zu geben. Er liebte sie. Vor wenigen Minuten hatte er es nur gesagt, jetzt war es Wahrheit.

»Wir wollen nun zu den Eltern gehen«, sagte Annette. Sie vermochte ihn noch nicht zu duzen.

Die beiden kamen in den grauen Salon.

»Herr Hofbankier, darf ich Sie um die Hand Ihres Fräulein Tochter bitten?« Karl verbeugte sich förmlich.

»Es ist ja wohl alles schon im reinen, wie ich sehe«, sagte Oppner mit einem Ansatz von Humor. »Mein lieber Sohn«, bewegt schloß er Karl Effinger in die Arme, »machen Sie mein Kind glücklich.«

Effinger sagte: »Was in meiner Kraft steht.«

»Sie bleiben doch selbstverständlich zu Tisch«, sagte Selma. »Sie entschuldigen mich«, und sie ging ins Souterrain.

»Fräulein Annette hat sich verlobt, und ihr Bräutigam bleibt zu Tisch da. Emma, was machen wir heut am Sonntag, wo man nichts bekommt?«

»Ach«, sagte Emma, »es wird schon gehen. Der Kalbsbraten reicht, und vom Fisch ist so viel über, daß ich gut noch eine Fischmayonnaise vormachen kann.«

»Und Nachtisch?« fragte Selma.

»Creme wird nicht mehr.«

»Aber Weinchaudeau.«

»Ja, das geht, gnädige Frau.«

Selma lief hinauf, wo Fräulein Kelchner sich gerade fertigmachte, um mit Sofie wegzugehen. Das Kind, so bleichsüchtig, sollte an die Luft.

»Sofiechen«, sagte Selma, »Annette hat sich verlobt. Klärchen, du mußt herunterkommen. Bleiben Sie bitte da. Es ist sehr viel zu tun. Geht gleich hinunter zum Gratulieren. Wo ist denn Theodor?«

Er saß in seinem Zimmer über Turgenjew.

»Komm herunter. Annette hat sich verlobt. Ich will gleich Tischwäsche herausgeben. Hat jemand meinen Schlüsselkorb gesehen?«

Theodor dachte, nun kann ja der Trubel anfangen. Annette wird sich für das klügste Mädchen der Welt halten.

»Einen Augenblick, bitte«, sagte Oppner und zog sich mit Effinger in den roten Salon zurück. »Herr Effinger, ich fühle mich verpflichtet, das Geschäftliche zu regeln. Ich gebe meiner Tochter Annette die Rente von zweihunderttausend Mark. Wir geben den Töchtern in unserer Familie immer nur Renten.«

»Ich möchte betonen, Herr Oppner, ich habe mich in Ihre Tochter verliebt, ich will nicht, daß Sie anderer Meinung sind.« Und Karl war es ehrlich mit dieser Ansicht.

»Ja«, sagte Oppner, »ich glaube das. Und über Ihre Verhältnisse bin ich ja orientiert.«

Sie kehrten ins Wohnzimmer zurück.

»Onkel Ludwig und Onkel Waldemar müssen wir es gleich mitteilen«, sagte Annette.

»Ja, du hast ganz recht«, sagte Oppner. Obwohl in einem Zipfelchen seines Herzens etwas dagegen war. »Anna, laufen Sie rum zu Herrn Doktor und zu Herrn Stadtrat und bitten Sie zum Kaffee.«

»Ich möchte eine Depesche an meine Eltern schicken«, sagte Karl.

Oppner ließ Wein aus dem Keller holen. Er erhob das Glas bei Tisch: »Ich denke, wir wollen uns nun duzen.«

»Von Herzen gern«, sagte Karl.

Eigentlich ist er doch ganz nett, dachte Theodor.

»Wir wollen möglichst bald heiraten«, sagte Karl. »Vielleicht in einem Monat?«

»Unmöglich«, sagte Selma, »vor einem Vierteljahr schickt es sich nicht, aber auch Aussteuer und Einrichtung wollen besorgt sein.«

»Und dann«, sagte Annette, »wollen uns doch sicher alle als Brautpaar bei sich sehen.«

Nach Tisch blieben Karl und Annette allein im Salon. Höchstens eine Viertelstunde. Dann wurde ihnen Fräulein Kelchner hineingeschickt.

Am Nachmittag kam Waldemar und brachte seiner Nichte einen silbernen Suppenlöffel aus Familienbesitz; es kamen Ludwig und die hinreißende Eugenie, die jetzt schon zur Verlobung dem jungen Paar einen silbernen Brotkorb schenkten; es kamen zufällig auch die jungen Kramers.

»Wo werdet ihr hinreisen?« fragte Eugenie.

»Ins Hochgebirge«, sagte Karl. »Annette liebt es doch so.«

»Natürlich ins Hochgebirge. Du liebst es doch auch so.«

»Was sind eigentlich die Eltern von deinem Bräutigam?« fragte der junge Kramer.

Sie war da, die gefürchtete Frage. Annette sah sich schnell um, ob auch ihr Vater nicht in der Nähe sei, dann sagte sie: »Mein Schwiegervater ist Uhrenfabrikant in einem süddeutschen Ort und in der Schweiz.«

»Aber ...«, sagte Karl, der etwas dahinterstand. Doch da wurde er zum erstenmal im Leben von Annette angestoßen, und er schwieg. Er begriff nur nicht, warum sie das tat. Sie aber wußte es. Man heiratete nicht den Sohn eines Uhrmachers. Er hatte Uhrenfabrikant zu sein. Es war die neue Zeit, die sprach, als Annette in ihrem ehrlichen Elternhause, wo ein Goldgulden ein Goldgulden war, zum ersten Male hochstapelte.

Am Abend dieses Sonntags blieb Karl bei seinen künftigen Schwiegereltern. Ich müßte eigentlich nach Hause, um Briefe zu schreiben, dachte er. Na, morgen nachmittag bestimmt.

Da aber brannte es in der Fabrik. Es brannte sehr oft damals in Fabriken, und neben allem Abfall lag ein Haufen Sand, mit dem man das Feuer löschen konnte. Immerhin war es eine große Aufregung, und Karl kam nicht dazu, Briefe zu schreiben, und so war es ein Glück, daß Käte Winkel keine Zeitungen las und Lischen Wolgast auch nicht, sonst hätten sie die Verlobung von Karl womöglich aus der Zeitung erfahren.

Käte bekam zwei Tage später einen Brief ins Geschäft: »Liebstes Kätchen, muß Dich dringend sprechen, komm um sechs Uhr in unsere Konditorei.«

Wie sich um sechs Uhr losmachen? Lischen Wolgast sagte: »Er will Schluß machen, paß auf. Aber er ist ein anständiger Mensch, daß er dir nicht einfach schreibt. Sonst schreiben sie nur.«

Käte ging zur Koller, um sie um Urlaub zu bitten. Es gab einen Riesenkrach, aber Käte versprach, um acht Uhr noch einmal zurückzukommen.

Da saßen sie nun in der kleinen Konditorei.

»Ich will ganz ehrlich sein, Käte: Ich habe mich verlobt«, sagte Karl.

»Aber das ist ja entsetzlich«, sagte Käte und weinte bitterlich.

»Sieh mal, Käte, ich habe viel Schönes durch dich gehabt. Meine Verlobte ist achtzehn Jahre alt und eine wirkliche Mädchenblüte.«

»Ja, ja«, schluchzte Käte.

»Kätchen, mach es mir nicht so schwer, und wenn ich dir je helfen kann, wenn du zum Beispiel ein Schneideratelier einrichten möchtest, dann kannst du, ja sollst du dich an mich wenden.«

Sie saßen in einer Ecke auf einem roten Samtsofa.

»Nein«, sagte Käte, »das würde ich nie annehmen.«

»Aber das ist doch töricht«, sagte Karl.

»Töricht oder nicht«, sagte Käte und stand auf. Sie wollte wortlos, ohne Gruß, davongehen. Karl aber gab ihr rasch einen Kuß auf den Mund.

»Ich kann ohne dich nicht leben«, sagte sie und setzte sich.

»Du wirst bald einen neuen Freund haben«, sagte Karl, »ich mußte schon um meiner Firma willen so heiraten.« Er erhob sich. »Ich kann dich nicht begleiten, ich kann nicht als verlobter Mann mit dir auf die Straße gehen.«

»Nein, nein, geh man.«

Er wartete einen Moment, aber was sollte er ihr sagen? »Ich habe dich sehr geliebt«, sagte er und hielt ihre Hand.

Dann ging er. Einen Augenblick war ihm bitter zumute, aber er kam nicht viel zum Nachdenken. Er mußte Blumen für Annette besorgen und Blumen für Tante Eugenie und sich umziehen. Denn sie waren bei Tante Eugenie eingeladen. Und er mußte Blumen für Annette besorgen und Blumen für Justizrat Billinger und sich umziehen. Denn sie waren bei Billinger eingeladen. Er mußte eine Wohnung suchen und Schränke bestellen und einen Frack zur Hochzeit.

Vom Tag der Verlobung an glich das stille Haus in der Bendlerstraße einem Taubenschlag. Da wurde bestellt und bestellt, und Blumen kamen und Geschenke, und Annette stritt mit ihrer Mutter.

Selma und Fräulein Kelchner wollten wie immer die Mann bestellen, die Hausschneiderin. Aber Annette protestierte. Sie wußte, was sie wollte. Das Brautkleid und mindestens die Dinertoilette von Gerson und das Reisekleid und das Bergsteigerkostüm von einer Sportfirma. Selma fand das nicht nötig. Fräulein Mann sollte kommen, basta. Für sich selber wollte sie auf ihr altes Abendkleid nur die echten Spitzen verwenden. Aber nun kam etwas Merkwürdiges. Das Zicklein Sofie, dieses seelenvolle, bleichsüchtige Kind mit den übergroßen Augen, stellte sich plötzlich auf die Seite Annettes und erklärte, daß sie auch dafür sei, die Toiletten von Gerson zu bestellen. Die kleine Sofie hatte eine Meinung, nun, da es sich um Kleider handelte! Dieser Streit um die Pariser Toiletten wurde erbittert von beiden Seiten geführt. Selma sagte, daß es unfein sei, so elegant sein zu wollen, Zeichen eines schlechten Charakters. Annette aber wollte glänzen. Dieser Streit wurde erst bei Eugenie entschieden, die fragte: »Und wo bestellst du den Trousseau?«

»Ich wollte die Mann nehmen, wie immer, ich habe herrlichen Duchesse liegen.«

»Aber das kannst du doch nicht, Selma«, sagte Eugenie.

»Die selige Mama hat damals für mich alles bei der Mann machen lassen. Wir waren eben für das Einfache.« Sie sagte das nicht ohne Stich auf Eugenie, die diesen Zug ins Parvenühafte, wie Selma fand, in die Familie gebracht hatte.

»Aber das ist zwanzig Jahre her«, sagte Eugenie, und Annette, die daneben stand, hörte es hoffnungsvoll.

»Was meinst du denn, Tante Eugenie?«

»Daß ihr unmöglich die Toiletten bei der Mann bestellen könnt. Ich habe mir ja damals alles in Paris bestellt, aber das ist gar nicht nötig. Ihr bekommt alles ganz erstklassig bei Gerson.«

»Siehst du!« sagte Annette. Sie hatte gesiegt.

Die drei Herren hatten sich ins Herrenzimmer zurückgezogen.

»Na, was sagt ihr?« fragte Emmanuel.

»Mir gefällt er sehr gut«, sagte Ludwig, »scheint ein guter Charakter zu sein.«

»Das Gefühl habe ich auch«, sagte Emmanuel, »es tut mir nur leid, daß er aus keiner Berliner Familie ist.«

»Sicher«, sagte Ludwig, »es ist nicht gut, Leute von außerhalb zu heiraten.«

»Ich bitte euch«, sagte Waldemar, »vier Kilometer weiter weiß kein Mensch mehr, was eure gute Berliner Familie ist. Ihr seid ja schlimmer als Potsdamer Adel. Er ist tüchtig und nett. Das ist die Hauptsache. Besonders gescheit ist wohl dieser merkwürdig zurückhaltende Bruder Paul, man lernt ihn ja kaum kennen, aber was er sagt, hat Hand und Fuß.«

Sonntag war Empfang. Die Türen blieben offen. Der alte Kassenbote von Oppner & Goldschmidt bat jedermann, sich in die Besucherliste einzutragen. Anna und Meta hatten alle Hände voll zu tun, um Handschuhe zurückzugeben, Paletots und Umhänge. Es kamen Bankiers, Stadtverordnete, Kommerzienräte, Justizräte, Akademieprofessor und Historienmaler Wendlein, die vornehme Großtante Goldschmidt, uralt, im Fahrstuhl, mit einem Stock mit silbernem Griff, von der die Sage ging, sie sei noch mit Rahel Varnhagen bekannt gewesen, und es kamen Steffen und der rote Meyer aus der Fabrik und Hartert. Sie alle hatten altdeutsche Zinnteller geschickt, gewebte Gobelins mit dem Trompeter von Säckingen, Bronzen, die alle nicht Bronzen waren, sondern Zinkguß, Knaben mit Gänsen und süßer Frauenkopf, benannt »Träumerei«, türkische Rauchtischchen und bunte Glasbilder für die Fenster und vor allem Meißner Porzellan: Putten, die am Amboß standen, Putten, die Schuhe machten, Putten, die hämmerten, Urnen aus roter Majolika mit einem

Zinkgußrand, Bowlen aus grünem Glasfluß und Kästen mit Silbersachen.

Sie waren auf einem Tisch aufgebaut, an jedem Gegenstand eine Visitenkarte, und alles stand davor und kritisierte und meinte, Kramers hätten auch nobler sein können, Hartert sei immer ein bißchen übertrieben.

Annette schwirrte umher, kannte jeden, wußte jedem etwas Nettes zu sagen. Mit ihrer schönen Figur und dem roten Haar sah sie viel schöner aus, als sie in Wirklichkeit war. Sie hatte die Angewohnheit, ihren etwas breiten Mund dadurch zu verkürzen, daß sie ihn zusammenzog, als ob sie »süß« sagte.

Es kam Blumenarrangement auf Blumenarrangement. Vor der Tür warteten Einspänner und Landauer und die Coupés. Und der Telegraphenbote bekam einen Taler, weil er immer wieder Glückwünsche brachte, gereimte und ungereimte, die gebunden aufbewahrt werden sollten für Kind und Kindeskinder.

Am Abend überreichte Oppner seiner Frau eine Kassette mit einem sehr schönen Brillantenschmuck.

»Nein«, sagte Selma, »ich danke dir, aber ich will keinen Schmuck.«

»Liebste Selma, das ist nun der dritte Versuch, den ich mache, um dir Schmuck zu schenken. Es macht mir solche Freude.«

»Nein«, sagte Selma, »ich will keinen Schmuck haben. Gib mir den Betrag für das Altersheim.«

Oppner küßte Selma und gab ihr den Betrag für das Altersheim, das dann später Emmanuel-Selma-Haus hieß.

Am nächsten Tag, bevor er ins Geschäft ging, gab er Safte, dem Goldschmied, den Schmuck wieder zurück.

»Wann fahren wir nach Kragsheim?« fragte Karl am ersten Abend, den sie seit einer Woche wieder zu Hause zubrachten. »Wir müssen zu meinen Eltern fahren. Hier sind die Briefe meiner Geschwister:

›Wann, lieber Karl, willst Du uns denn Dein junges Bräutchen zuführen? Wir freuen uns schon von ganzem Herzen, sie kennenzulernen. Wenn es auch bei uns einfach ist, so wird es sie doch interessieren, wo ihr lieber Karl herkommt und was für Menschen wir sind!‹«

Annette fand das alles reichlich spießig, aber einmal mußte ja wohl in den sauren Apfel gebissen werden und die schreckliche Reise zu der wahrscheinlich unmöglichen Familie unternommen werden. Sie versuchte, es hinauszuschieben. Aber diesmal wurde Oppner der angebeteten Tochter gegenüber ärgerlich.

»Ich denke, ihr fahrt gleich, und Klara fährt mit. So, basta.«

Annette versuchte noch etwas zu brummen, daß gerade die Lazars Mittwoch Gesellschaft hätten und Donnerstag ...

»Nun aber Schluß«, sagte Oppner. »Mit deinen ewigen Gesellschaften, das ist ja furchtbar.«

Aber Karl fand es auch nicht furchtbar. Gehoben und geehrt und beglückt, ließ er es jeden Abend über sich ergehen, Festessen und Verlobungsgeschenk am Platz des Brautpaares und von Annette das »Nein, so was Süßes! Gerade das habe ich mir längst gewünscht«, und die Glückwunschrede des Gastgebers und die Händedrücke und das Glas Sherry, den Weißwein und den Sekt und die Forellen, die Pute und das Eis.

# 23. Kapitel

## *Besuch in Kragsheim*

Als Annette mit wehendem Schleier, verstaubt von der Bahnfahrt, in Kragsheim aus dem Fenster sah, sah sie eine kleine, dickliche, höchst spießig angezogene Gestalt stehen.

Karl umarmte Bertha. Annette war todunglücklich. Sie sah gleich, für dieses Nest war ihr Koffer mit Sachen völlig überflüssig. Wo war ein Wagen? Nein, es war kein Wagen da. »Der Jochen holt's Gepäck nachher«, sagte Bertha, »wir gehen die paar Schritt zu Fuß.«

Annette sah nichts. Nicht den Zauber der Hügel, des Fachwerks und des Kopfpflasters, nicht den Fluß.

Schöne Girlanden bekränzten das alte Haustor, über dem in schwarzen Buchstaben »Auge Gottes« stand.

Im geräumigen, weißgetünchten Flur, wo der riesige braune Schrank stand, kam ihr der alte Effinger, das schwarze Samtkäppchen auf dem Kopf, entgegen: »Gott segne deinen Eintritt, mein Kind«, sagte er und legte ihr die Hand auf den Kopf.

Die alte Minna küßte das schöne Mädchen und führte sie in ihr Zimmer, wo ein großer Krug mit Blumen stand.

»Wenn ihr schellen wollt, müßt ihr den Klingelzug ziehen«, sagte Frau Effinger.

»Ja, Mama, es ist alles entzückend.« Es floß Annette ganz leicht von den Lippen.

Den Klingelzug ziehen! Natürlich so ein altmodisches Zeugs mit Rosen und Vergißmeinnicht in Perlstickerei. Sie mußte doch mal sehen, ob das überhaupt funktionierte. Nach langer Zeit erschien die ungeschlachte Magd: »Was megens?«

»Würden Sie so freundlich sein und mir etwas heißes Wasser bringen?«

»Harns an Flecken?« fragte die Magd.

»Nein, bitte bringen Sie mir etwas heißes Wasser.«

Die Magd in Holzschuhen klapperte kopfschüttelnd davon. Sie kam mit einem kleinen Schüsselchen und einem Lappen wieder.

Unter die Bauern war sie geraten, geradewegs unter die Bauern. Entsetzlich!

»Warum weinst du denn?« fragte Klara.

»Sag's keinem Menschen«, weinte Annette, »aber ist es nicht gräßlich?«

»Herrschaftlich, würde Fräulein Kelchner sagen, ist es nicht, aber soo nette Menschen.«

»Für dieses kaffrige Nest hätte ein Handkoffer genügt.«

»Hätte auch«, bestätigte Klara.

Es war Nachmittag. Effinger sagte: »Nun muß ich aber den Kragsheimern mein schönes Töchterle zeigen. Sonst geh' ich immer zu dritt spazieren, mein Stock, meine Zigarre und ich. Aber heut gehen wir zu fünft. Der Karl bleibt bei der Mutter.«

Kaum waren sie draußen, als der Vater grüßte. »Müßt immer mitgrüßen, ich kenn' hier alle von klein auf. Das ist der Bäcker Schnepferle gewesen, mit dem spiel' ich alle Sonntag Tarock im ›Silbernen Maulesel‹.«

»Grüß Gott, Herr Effinger«, sagte eine alte Frau. »Wer ist denn das schöne Mädchen?«

»Die Braut von meinem Karl in Berlin.«

»Und das andere Fräulein?«

»Ihre Schwester.«

»Da gratulier' ich aber, Fräulein.«

»Das war die Frau vom Charcutier Senz. Eine gute Frau.«

Und sie trafen den Lammwirt und den silbernen Mauleselwirt und den gläsernen Himmelwirt. Effinger zeigte den Mädchen die Stadt. Er zeigte ihnen das älteste Wirtshaus Deutschlands unten am Fluß, den uralten Fachwerkbau, die geschwärzte Wirtsstube.

»Entzückend«, sagte Annette. Aber es interessierte sie ebensowenig wie der alte Uhrmacher, der ihr Schwiegervater war. Er ging mit ihr durch die alten Gassen, er zeigte ihr den Berg, auf dem ihr Karl Schlitten gefahren war.

»Gehen wir noch ein bißl vor die Stadt«, schlug der alte Effinger vor. »Sieh mal, da stehen noch alle Kartoffeln.«

»Wo?« fragte Annette.

»Da. Hier. Kennst du denn keine Kartoffeln? Ihr verlottert alle in der großen Stadt. Und das ist eine Schwarzamsel.«

Annette hatte keine Ahnung von Schwarzamseln. Sie langweilte sich. Klara, die Kleine, langweilte sich nicht. Der Ahorn war gelb und rot, und der Oktober flammte über die Höhen. Die Sonne sank überm Fluß.

»Komm, gehen wir heim.«

»Na«, fragte Karl, »wie gefällt dir Kragsheim?«

»Ach, entzückend!« sagte Annette.

»Ja«, sagte der Vater und schenkte den Wein ein. »Grüß Gott, Gottlieb, wohl bekomm's, Franz!«

»Was heißt das eigentlich?« fragte Karl.

»Das ist eine alte Redensart«, sagte der Vater, »wohl noch aus dem Siebenjährigen Krieg, aber was sie bedeutet und wo sie herstammt, das weiß ich nicht. Also grüß Gott, Gottlieb, wohl bekomm's, Franz!«

Und dann wurden die Gäste mächtig zum Zulangen aufgefordert. Der Vater schnitt und verteilte den großen Braten.

»Komm, nimm noch«, sagte er zu Annette.

»Ach, Papa, ich habe so ein großes Stück gegessen.«

»Aber *den* Braten hast noch nicht gegessen?«

»Aber natürlich.«

»Den Braten, nein, er steht ja noch hier.«

Der Vater erzählte. Er erzählte, wie er Anno 59 mit der Mutter eine Reise habe machen wollen, aber da sei der Krieg ausgebrochen zwischen Österreich und Italien und Frankreich, und kein Mensch könne sich in Kriegsläuften auf Reisen begeben. Und dann 66, da hätten sie die Kanonen schießen hören von der Schlacht bei Kissingen. Später fuhr Bismarck immer zur Kur hin. »Gott erhalte uns den großen Mann recht lange!« Und dann 70! »Wir hatten doch einen Gefangenen, erinnerst dich nicht mehr, Karl?«

»Doch, natürlich, unsern Franzosen mit den roten Hosen.«

»Die Kinder haben ihn immer spazierengeführt, und seine

Eltern sind aus Lyon gekommen und haben ihn besucht. Und vor ein paar Jahren hab' ich ihnen ein goldenes Taschenührle gemacht. Haben sie mir geschrieben, daß sie so eine Uhr nicht in Paris und nicht in Genf bekommen. Es wird kalt. Morgen müssen wir die Schlafzimmer heizen für unsern Besuch«, sagte der Vater. Die Glocken von St. Jacobi schlugen zehn Uhr. »Wenn die Damen noch schwätzen wollen, bitte schön, ich geh' zu Bett.«

Annette konnte Karl nicht mehr ausstehen. So eine dumme Heirat zu machen, völlig unstandesgemäß!

Die alte Minna Effinger räumte mit Bertha noch im Laden.

»Na, wie gefällt sie dir?«

»Ich find'«, sagte Bertha, »sie könnt' verliebter in unsern Karl sein, in so einen schönen, feschen Menschen.«

»Ja«, sagte die Mutter, »sie scheint sich ein bißl zu gut zu sein. Sie ist sehr hübsch, aber eine Berlinerin. Das sind Großstadtpflanzen, und vom Haushalt verstehen sie auch nichts.«

»Die Klara gefällt mir viel besser.«

»Ein bißl dick für so ein junges Ding, aber frisch, und sie hat gleich gefragt, ob sie mir helfen kann. Aber die Annette ist eben ein schönes und reiches Mädchen und so elegant. Der Karl kann schon froh sein, daß er eine so feine Partie macht.«

»Na ja, die Brüder«, sagte Bertha bitter.

Annette sank in die weichen, ungewohnten Unterbetten, aber vorher schrieb sie noch an Marie Kramer, wie entzückend es bei ihren Schwiegereltern sei. Sie hätten eine große Villa mit Garten. Es sei alles sehr großzügig. Ihr Schwiegervater spiele eine große Rolle am Ort, und Karl und sie seien sehr viel eingeladen.

Um zehn Uhr kam Annette zum Frühstück, bekam den Kaffee aus der Röhre und trank mit Karl in dem großen Wohnzimmer. Seit vier Stunden war das Haus belebt. Es war alles teils gräßlich, teils komisch, fand Annette, das Bett und der gewärmte Kaffee, das furchtbare Essen um zwölf Uhr und dieser fromme Vater, der das Brot segnete.

Karl war sehr vergnügt, und als er Annette so sitzen sah, sagte er: »Weißt du, Annette, ich bin doch ein rechter Glückspilz, daß du mich magst.« Ja, er liebte sie.

Es klingelte. Helene stand in der Tür, groß und knochig, ihre Ledertasche in der Hand.

»Grüß Gott«, sagte sie, »das ist wohl die neue Schwägerin. Ich will mich bloß säubern, ich komm gleich ins Chörle.« Das war der Erker, den jedes Haus in Kragsheim besaß. Nun saßen alle im Chörle. Helene erzählte: »Tja, wir wollen die obere Etage dazunehmen fürs Geschäft und im Haus daneben wohnen. Wir haben jetzt fünf Abteilungen. Stoffe, also überhaupt Textilsachen, eine Eisenwarenabteilung, Küchengeräte, Email, dann Chemikalien, also Seife, Petroleum und so etwas.«

»Siehst du«, sagte Bertha, »dein Julius ist ein tüchtiger Mensch.«

»Ohne Gottes Segen«, sagte die Mutter, »wäret ihr doch nicht so weit gekommen.«

»Da haben Sie also ein ganz großes Geschäft?« fragte Klara.

»Es war vor sechs Jahren ein richtiger Kramladen, Fräulein, wie's halt in der Kleinstadt so ist: Kerzen und Spagat, Bindfaden sagt man wohl bei Ihnen, und Waschseife und Bauernstoff. Die meisten haben sogar damals noch die Seife selber gekocht. Und jetzt haben wir ein schönes Geschäft. Keine Frau kocht mehr Seife, wo wir ihnen jetzt richtige gute Riegel verkaufen können. Der Julius fährt oft selber zu den Grossisten und kauft ein, oder wenn irgendwo liquidiert wird, fährt er auch gleich hin. Ich mach' ja die Kasse und führ' die Bücher.«

»Na«, sagte die Mutter, »vier kleine Kinder und den Laden und den Haushalt – du hast schon deine Plagerei.«

»Na ja, man tut halt nichts als arbeiten.«

»Die Bertha macht grad' den Kaffee.«

»Ich werd' ihr helfen«, sagte Klara und lief hinaus.

»Das ist ein nettes Ding«, sagte Helene, »die packt an.«

Annette dachte: Ich scheine hier überflüssig zu sein. Sie kreuzte die Füße in den sanftfarbenen Stiefeletten und ließ den weiten, flohfarbenen Rock um sich bauschen. Sie legte ihr Köpfchen, auf dem eine Spitzenschleife saß, zur Seite, Karl trat auf sie zu und ging mit ihr ins Nebenzimmer.

»So ein Brautpaar muß man allein lassen«, meinte die Mutter.

»Ich finde das nicht richtig«, sagte Helene streng.

»Es kommt ja gleich der Kaffee«, sagte die Mutter.

Und da kam er auch, und ein riesiger Kuchen dazu.

»Ja, Bertha, was ich dich schon fragen wollt': Du mußt mal ein bißl von Ben erzählen«, sagte Helene, »du warst doch bei ihm.«

»Ja, wo soll ich da anfangen? Er hat eine wunderschöne Frau und ist Engländer geworden, und sie haben ein Haus mit einem Kamin im Wohnzimmer, und sie reiten, und im Sommer spielen sie Krokett, und nächstes Jahr wollen sie in die Schweiz reisen und uns dabei besuchen.«

»Ich verstehe gar nicht, Karl, daß du mir so wenig von deinem Bruder erzählst«, sagte Annette.

»Warum? Ich kenne ihn so wenig. Paul kennt ihn besser als ich. Die waren in London zusammen.«

»Ben?« sagte die Mutter, »die Kinder haben ihn immer den Lord genannt. Er ist sehr klug, ebenso klug wie Paul, aber äußerlicher.«

»So?« sagte Klara.

»Kennst du Paul schon?«

»Ein wenig.«

»Gefällt er dir?«

»Ach Gott«, sagte Klara so verlegen, daß alle lachten.

Vor Annettes Augen wuchs ein englischer Landsitz. »Können wir nicht einmal nach London reisen?« fragte sie.

»Natürlich«, sagte Karl.

Annette dachte, daß sie vielleicht doch eleganter heiratete, als Marie Kramer einmal heiraten würde, wo es diesen Ben in London gab.

»Wenn man heiratet, muß man daran denken, vorwärtszukommen, an Sparen und nicht an Reisen«, sagte die Mutter so herb, daß Annette schwieg. Das hätte auch ihre Mutter sagen können, Selma, die Preußin. In Berlin war die große Welt spartanisch. Selma Oppner gehörte dazu, also war sie einfach. Emporkömmlinge trugen sich in Samt und Seide. In Kragsheim war die große Welt des Hofes und der Offiziere üppig. Die Kinder des Uhrmachers Effinger gehörten zur Welt der Handwerker. In Kragsheim war es noch wie im 16. Jahrhundert. Die Oberen durften pelzverbrämt gehen, in Samt und Mechelner Spitzen. Den Handwerkern kam das Hausgesponnene zu.

Die Woche ging hin. Helene reiste wieder ab. »Länger als zwei Tag' kann ich doch's G'schäft nicht allein lassen. Außerdem will ich zum Freitag abend wieder da sein.«

Am Freitag wurde das Haus von oben bis unten mit Strömen von Seifenwasser gescheuert. Vom frühen Morgen an stand Mutter Effinger in der Küche. Eine Creme wurde gerührt, kleine Kuchen gebacken, falls am Samstagvormittag Besuch käme. Eine Kalbsbrust mußte gefüllt werden. Bertha schuppte den Hecht.

»Ich weiß nicht, wo anfangen«, sagte Minna, als Klara kam.

»Kann ich etwas helfen?«

»Nein, nein, ein Besuch braucht nicht zu helfen.«

»Aber gnädige Frau, warum denn nicht?«

»Ich geb' dir eine Schürze«, sagte Bertha, »kannst Schnee schlagen.«

Todesmutig ließ sich Klara Schneebesen und Schüssel geben.

Frau Effinger sagte: »Bertha, wenn du den Fisch geschuppt hast, kannst du die Füllung für die Kalbsbrust machen. Die Semmeln weichen schon. – Mein Gott, Kind, was machst du denn da? Man schlägt doch den Schnee an der Luft. Kannst etwa kein' Schnee schlagen?«

Sie ging gehorsam mit der Schüssel zum Fenster. »Nein, aber ich werd's schon können.«

Bertha und die Mutter sahen sich an, dachten: Armer Karl. Jetzt kam die Magd, die Röcke um die mit dicken, handgestrickten Strümpfen bekleideten Beine hoch aufgeschlagen, heizte den Herd und lief mit neuen Wassermassen hinaus. Die Mutter rührte, Klärchen schlug, Bertha zerdrückte die Semmeln und wiegte Petersilie.

Die Glocken von Jacobi schlugen elf Uhr.

»No, jetzt wird's Fleisch nimmer gar«, sagte die Mutter und legte das Rindfleisch ins kochende Wasser, schabte das Gemüse, tat's dazu.

»Bist du immer noch nicht mit dem Schnee fertig?«

Willy kam wie immer Freitag mittag von der Reise, von all

den kleinen Orten Südwestdeutschlands, die er die Woche über bereiste, um Uhren zu verkaufen.

»Ha, meine neue Schwägerin«, sagte er, »hübsch, hübsch.« Und tätschelte sie sofort auf den Hals.

Klärchen wurde blutrot. »Aber Willy!« sagte die Mutter streng.

»Was machen denn die Geschäfte?«

»Mannheim ist halt a guter Platz. Aber sonst ... Man quält sich – bleibt nicht viel – und ich bin noch ein guter Verkäufer – möcht' wissen, was die andern tun.«

»Geh aus der Küch'«, sagte die Mutter »ich kann solche Küchenmichel nicht brauchen. Vielleicht ist unser Pärchen schon da.«

Er ging hinaus mit etwas wiegendem Gang, seinem gelockten Haar, seinen blitzenden schwarzen Augen, seiner ganzen Schönheit eines Friseurs.

»Ich möcht' bloß wissen, wo der Willy die Einbildung her hat«, sagte die Mutter mehr zu sich selber als zu den andern.

Klärchen sah den weißen Schaum, er war ganz fest, er sah fast aus wie Schlagsahne – und es war ihr Werk.

»Ich bin fertig.«

»No, prachtvoll. Was lange währt, wird gut.«

»Kann ich jetzt noch was tun?«

»Spinat könntst wiegen.« Und Mutter Effinger zeigte ihr, wie man ein Wiegemesser behandelt. Dabei zitierte sie die Schillersche »Glocke«. Dann kam der Creme dran, dieses Wunderwerk eines Cremes von vierundzwanzig Eiern.

Als Annette und Karl von der Besichtigung des Schlosses heimkamen, lief ihnen die Seifenlauge entgegen. Es war zwölf Uhr. Die Uhren schlugen. Der Vater schloß die Werkstatt. Die übrigen kamen mit hochroten Gesichtern küchenduftend herein. Annette schnupperte unangenehm berührt. Willy, Karl und der Vater wuschen sich die Hände. Der Vater sprach das Tischgebet. Man begann zu essen.

Nach Tisch legte sich Annette schlafen. Eine Angewohnheit, die bei Selma streng verpönt war. Sie wäre todunglücklich gewesen, wenn sie gewußt hätte, daß Annette sich mittags bei der neuen Familie hinlegte. Die andern putzten noch in der Küche das Silberzeug. Frau Effinger sagte, die Mädle sollten sich anziehen. Der Gottesdienst beginne um fünf Uhr dreißig, denn genau um fünf Uhr dreißig gehe die Sonne unter.

»Macht euch recht fein«, sagte sie noch.

Das ganze Haus zog sich festlich an. Es war fünf Uhr, als der alte Effinger das Mikroskop aus dem Auge nahm, den Laden abschloß und die Holzläden zutat. Die Mutter nahm frische Wäsche heraus und deckte den Tisch mit den zwei Leuchtern. Das Feuer in der Küche wurde gelöscht, Sabbatruhe zog ein.

Annette, Klara und Bertha, in ihren besten Kleidern und Mänteln, verließen mit den drei Herren im Zylinder das Haus. Sie gingen zum Gottesdienst. Oben auf dem Balkon saßen die Frauen, unten die Männer. Frau Effinger segnete die Lichter, zündete sie an und nahm ihr Gebetbuch vor.

# 24. Kapitel

## *Der erste Enkel*

Ich finde aber das Stück von Blumenthal reizend«, sagte Annette.

»Ja, nicht wahr, so erheiternd.«

Karl und Annette saßen in den hinteren Reihen des ersten Ranges. Nicht ganz nah bei der Hofloge, sondern, wie es guten Bürgern geziemt, etwas entfernt davon und in den hinteren Reihen, weil Annette hoch in anderen Umständen war. Sie blieb in der Pause sitzen in einem maronenfarbenen, ringsum mit Schwan besetzten Samtmantel, der in hellerem Ton die Zickzacklinie des Blitzes zeigte. Ihr kupferfarbenes Haar hing in langen offenen Locken über die Schultern, ein Teil des Haares war zu einem Tuff auf der Höhe des Kopfes gedreht, in dem ein Schmetterling steckte, der einen kleinen lila Reiher trug.

»Geh doch ins Foyer«, sagte sie.

»Aber ich werde dich doch nicht hier allein lassen.«

»Ich muß dir sagen, mir ist ganz übel.«

»Wollen wir gehen?«

»Nein, ich will zu Ende ansehen.«

Sie gingen in aller Ruhe vom Theater in ihre Wohnung.

»Es ist doch alles vorbereitet?« fragte Karl.

»Natürlich. Frau Koblank weiß Bescheid und Doktor Friedhof auch – daß ein Arzt Friedhof heißt, ist ja kein gutes Omen, aber alle Ärzte haben so komische Namen, Rindfleisch oder Tod.«

»So etwas brauchst du gar nicht zu sagen, meine liebe Annette, du, das blühende Leben selber. Weißt du, es werden jetzt seltsame Erfindungen gemacht«, sagte er, während er sich auszog. »Unsere Zeit macht ungeheure Fortschritte, wenn ich denke, wie man früher in der Oper bei Kerzenbeleuchtung saß und wie wir jetzt das Gasglühlicht haben.«

Sie legten sich zu Bett, und Annette schlief bis vier Uhr morgens.

»Ich bitte dich, Karl, es geht mir entsetzlich schlecht«, sagte sie, »schnell, schnell, die Hebamme!«

Karl stürzte aus dem Bett, rief das Dienstmädchen Emilie. Emilie zog sich schnell an, lief davon, Frau Koblank zu holen. Lina, die Köchin, blieb da, als die Älteste des Haushalts.

Karl lief aufgeregt bis zur benachbarten Wilhelmstraße zu Sanitätsrat Friedhof, klingelte an der Nachtglocke. Friedhof mußte sich erst fertigmachen. Karl stand im dunklen Vorraum. Die Zeit schien endlos. Endlich kam Friedhof, hielt eine Kerze in der Hand, mit der er die Treppe hinunterleuchtete. Er war sorgfältig angezogen und trug einen Zylinder. Karl hatte in der Eile nur einen Hosenträger befestigt und stolperte neben ihm durch die öde, dunkle Straße.

Das Mädchen wartete in der Dorotheenstraße vor der Tür. Es gehe alles gut, Frau Koblank meine, der Kopf müsse bald draußen sein, und Lina mache unausgesetzt guten Kaffee.

Sie gingen die übermäßig breite und flache. Treppe hinauf.

»Warten Sie hier«, sagte Friedhof.

Karl setzte sich in einen großen Lehnstuhl am Kamin, der bis zur Decke reichte. Neben ihm stand ein sehr hohes versilbertes Tischchen. Ein Delphin trug eine aus vielen bunten Steinchen zusammengesetzte Platte. »Gruß aus Venedig« stand darauf. Das hatten sie sich zusammen auf der Hochzeitsreise gekauft, weil es Annette so elegant fand.

Karl war sehr glücklich, nun bekam er noch einen Sohn. Warum Sohn, es konnte doch auch eine Tochter sein? Ach, sicher nicht. Ein Sohn, schön wie Annette, dachte er, und ich – ich sehe ja auch ganz gut aus –, und ein glücklicher Mensch.

Er sah sich im Zimmer um, und ein großes Gefühl der Seligkeit erweiterte sein Herz. Hoch hinauf war das Zimmer mit Eiche getäfelt, eine Chaiselongue war mit einem Teppich bedeckt, darüber wurde ein Kelim von zwei Lanzen gehalten. Auf dem Kamin standen Bronzefiguren, ein Schmied und ein Bergarbeiter. Er streichelte den Schmied, aber es war, als ob er alles streichelte, die Lanzen, die den Kelim hielten, die kupferne Krone in der Mitte, den Perserteppich. Ich bin doch wirklich ein Kind des Glücks, dachte er.

Plötzlich hörte er einen entsetzlichen Schrei. Er stand auf, lief auf den Korridor. Da kam schon Friedhof.

»Es ist ein kräftiger Junge, ich gratuliere Ihnen.«

Karl ging zu Annette, die todesmatt im Bett lag, und küßte ihr die Hand.

Im Nebenzimmer stand die Hebamme, hielt zwei fadenähnliche Dinger, Beine genannt, in den Händen. Der Kopf hing nach unten. »Er ist fünfzig Zentimeter lang«, sagte Frau Koblank. »Ganz normal, ein schönes Kind.« Und sie legte das Metermaß fort.

Karl ging nicht ins Geschäft, sondern schrieb nach Kragsheim an Eltern und Geschwister. Dann zog er sich an, zwirbelte seinen ausgezogenen, langen blonden Schnurrbart noch mehr als gewöhnlich und ging, um ein Geschenk für Annette zu kaufen.

Herr Safte, der Goldschmied, kam selbst. »Sie haben einen Thronfolger bekommen, Herr Effinger, da möchte ich mir auch gestatten, von ganzem Herzen Glück zu wünschen. Ihre liebreizende Frau Gemahlin wird sich sicher auch im Glanze ihres jungen Glücks sonnen.«

»Ja«, sagte Karl, »unsere Vorfahren, die ja noch unaufgeklärt waren, hätten sicher Gott für die Gnade gedankt. Wir sind ja nun Söhne einer fortschrittlichen Epoche, die Himmel und Erde selber beherrschen gelernt hat. Wenn Sie so unsere gelesensten Zeitungen ansehen, jeder Tag bringt einen Fortschritt auf irgendeinem Gebiet. Zum Beispiel wird in Brooklyn in Amerika jetzt ein Wasserfahrzeug gebaut, das, anstatt durch eine Dampfmaschine, durch einen elektrischen Motor in Bewegung gesetzt wird. Denken Sie an, Herr Safte, der Motor wird unter der Wasserlinie angebracht und soll sich daher besonders für Kriegsschiffe eignen, da er durch Kanonenschiffe nicht zerstört werden kann.«

»Das ist ja eine kolossale Sache! Herr Effinger. Da bringt mein Sohn schon die Ringe. Sie wollen doch einen Ring, nehme ich an?«

»Ich möchte vielleicht lieber eine Rosette fürs Haar.«

»Ich würde Ihnen raten, lieber einen Ring zu nehmen. Ich kenne ja den Schmuck der gnädigen Frau – sie hat keine schönen Ringe. Hier ist ein sehr leuchtender Rubin, rings mit Brillanten besetzt. Oder wie wäre ein Ring in Form einer Schlange? Dazu eine Brosche und bei der nächsten Gelegenheit Armband und Ohrringe.«

»Meine Frau hat doch einen sehr schönen Brautschmuck von mir bekommen.«

»Aber heute hat man Garnituren. Sie sind heute schon ein bedeutender Fabrikant. Ihre Frau ist Ihr Schmuck. Die Frau hebt den Kredit des Mannes. Jede Perlenkette, die Sie Ihrer Frau um den Hals legen, macht Sie in den Augen der Welt um hunderttausend Mark reicher.«

Vor ihm auf dem Tisch des Juweliers lagen in den samtenen Kästen die Rubine und Brillanten, die Smaragde und Perlen. Karl Effinger sah vor sich den Reichtum der Welt. »Hast du den Schmuck von Frau Effinger gesehen?« hörte er die Damen sagen. Schmuck war Bankausweis. Schmuck war ein Paß. In Brillanten wurde die Liebe der Männer zu den Frauen gemessen. Und würde Annette nicht beglückt sein? Karl sah die Samtkästen nebeneinander. Er nahm einen großen Stern aus Brillanten in einer grünen Samtkassette in Herzform. Herr Safte ließ ihn verpacken. Karl bezahlte, ging rasch noch in einen der eleganten Blumenläden, wo man gerade die großen radförmigen Ballbuketts zusammenband, und suchte ein Blumenarrangement aus, einen goldenen Korb, auf dem ein ausgestopfter Storch stand. Herr Weyroch, der Inhaber, verbeugte sich immer wieder.

Karl setzte sich in sein holzgetäfeltes Zimmer, durch dessen gemalte Fensterscheiben nur mühselig der Tag kam, und öffnete die Samtkassette. Der Schmuck begeisterte ihn. So weit war er nun, daß er seine Frau mit Schmuck überschütten konnte. Mit Schmuck überschütten, dachte er. Aber er hatte Angst, der Schmuck könnte Annette nicht gefallen. Er liebte sie, aber er traf sehr oft nicht das Richtige bei ihr, sie hatte viel an ihm auszusetzen. Der Stern, dieser herrliche Brillantstern, würde er ihr auch so großartig vorkommen wie ihm?

»Die gnädige Frau ist wach«, sagte die Wochenpflegerin.

»Ich komme schon«, sagte er.

Annette streckte ihm die schöne lange Hand über die weinrotseidene Steppdecke entgegen. Am Betthimmel, der ebenfalls weinrot war, saß vorn ein kleiner goldener Amor, der einen Pfeil durch ein Herz schoß.

»Meine teure, liebe Annette, ich danke dir von ganzem Herzen für den Sohn, den du mir geschenkt hast«, sagte Karl und küßte ihr die Hand. »Hier habe ich etwas, von dem ich hoffe, daß es dir gefällt.« Und er stellte die herzförmige grüne Samtschatulle auf ihr Bett.

»Aber Karl«, sagte sie mit einem Ausdruck solchen Jubels und Glücks, daß Karl sie umarmte. »Ach, ist das wunderbar! Ich freue mich so, wenn ich diesen Stern erst tragen kann. Und er ist so schön, dieser Stern.« Sie hatte beide Arme um seinen Hals gelegt und den Kopf an ihn gelehnt.

»Annette, daß du dich so freust! Liebe, liebe Annette.«

»Ach, Karl«, sagte Annette weicher als sonst, »zu Hause durfte ich nie davon reden, wie gern ich mich anziehe. Ich gestehe, ich bin vielleicht eitel. Aber mir steht doch auch alles, und Mama war immer so streng. Als ich siebzehn Jahre alt war, mußte ich immer noch in baumwollenen Kitteln herumlaufen. Ach, Karl, wie war es schrecklich zu Hause! Die Haare durfte ich mir nicht brennen und nie einen Schritt allein gehen, und Mama immer so ernst und streng. Mama«, flüsterte Annette in Karls Ohr und legte ihm die Arme noch einmal um den Hals, »hat alle vier Kinder vom Storch gebracht bekommen. Ich gebe zu, ich bin Vaters Tochter, etwas weltlich und eitel, und du darfst Mama nicht sagen, daß ich mich so über den Brillantschmuck freue. Mama würde das eine schmerzliche Enttäuschung sein, weißt du, sie will, daß ihre Kinder sich nichts aus Schmuck und schönen Kleidern und Festen und Gesellschaften machen. Aber bis auf Klärchen sind wir alle sehr dafür.«

»Annette, meine Süße«, sagte Karl, »du sollst das auch haben, wonach du dich sehnst, ich will dir alles geben und alles verschaffen.«

Es klingelte.

Oppner, der schöne, elegante Mann, hängte Zylinder und Pelz auf. Selma kam im schwarzen Samtmantel, der von oben bis unten mit grauem Feh besetzt war und am Cu geschweift, den kleinen Kapotthut mit einer Schleife unterm Kinn gebunden.

»Na, Sie junge Hebe, Mutter und Kind wohlauf?«

»Ja, gnädiger Herr«, sagte Emilie, die etwas verliebt in den alten Herrn war, der sehr große Trinkgelder gab.

Sie gingen in den Salon, wo ihnen Karl entgegenkam. Oppner klopfte ihn auf die Schulter: »Hast du wieder mal gut gemacht. Kann man Mutter und Kind sehen?«

Im Kinderzimmer lag in einem spitzenbesetzten Steckkissen das winzige Etwas, beide Fäustchen ans Köpfchen geballt. Frau Oppner rückte das Köpfchen zurecht und sagte zur Wochenpflegerin: »Meine liebe Frau Trattwind, wir müssen nachher über die Details der Kinderaussteuer sprechen. Wie ist es übrigens mit Nähren?«

»Die gnädige Frau möchte eine Amme.«

»Ich habe alle meine Kinder selber genährt«, sagte Selma, »ich werde mit Annette noch einmal sprechen.«

Inzwischen hatten Lina und der Droschkenkutscher das Geschenk heraufgebracht. Wendleins Riesengemälde »Deutsche Soldaten in Frankreich«, Soldaten in blauer Uniform, schweren Stiefeln in einem französischen Schloßsalon. Sie lasen in Zeitschriften, ruhten sich auf den Sofas aus, verbrannten im Kamin schwere Scheite, und einer saß am Klavier und sang: »Das Meer erglänzte weit hinaus.« Alle waren schön und blond, und der Schmutz hatte gar nichts Schmutziges. Ein Bürstenstrich, und es wäre nichts übriggeblieben als ein schmucker Soldat.

»Wie schön das Bild ist, direkt ergreifend!« sagte Annette. »Wie ich euch danke! Es wird großartig im Wohnzimmer aussehen. Es ist von eigentümlichem Reiz der Behandlung.«

»Und wie wird es mit dem Nähren?« fragte Selma.

»Ich nehme natürlich eine Amme.«

»Du beraubst dich eines großen Glücks. Ich habe euch alle vier genährt.«

»Und die Figur?« fragte Annette.

»Aber Annette, schäm dich, bist du eine verheiratete Frau oder nicht?«

»Alle nehmen heutzutage eine Amme. Selber nähren nur Frauen, die sich keine Amme leisten können. Frau Trattwind hat zu heute nachmittag einige bestellt. Vielleicht willst du dir die ansehen? Aber ich bin jetzt schrecklich müde.«

»Ja«, sagte Oppner, »es war schon zu lange für Annette.«

Als sie ins Herrenzimmer kamen, war Paul da. Karl begeisterte sich bereits für Schrauben. »Wir denken daran, im nächsten Jahr eine Fabrik zu bauen. Man kann nicht zur Miete wohnen mit einem Fabrikbetrieb. Keine Ausdehnungsmöglichkeit! Jeder Mietssteigerung ist man ausgesetzt. Wir wollen uns nach einem Gelände umsehen.«

Paul sagte: »Wir? Willst du bauen? Am Bauen ist schon viel Geld verloren worden.«

Emmanuel lächelte: »Du weißt, ich bin dagegen, Geld in Unternehmungen zu stecken. Warum willst du das Risiko auf dich nehmen? Ihr verdient doch sehr gut?«

»Stillstand ist Rückschritt«, sagte Karl, »eine Fabrik, die sich nicht ausdehnt, ist heute verurteilt, einzugehen.«

»Ich habe auch einmal schnell vorwärts gewollt«, sagte Paul, »aber seit dem Fiasko mit der Schraubenmaschine bin ich sehr vorsichtig. Wir haben jetzt fette Jahre, es werden auch wieder magere kommen.«

Karl sagte begeistert: »Borsig hat auch ganz klein angefangen, hinten in Moabit, und jetzt baut er die hundertpferdigen Schnellzuglokomotiven; er erschließt Europa.«

Paul sagte: »Wir sind nicht Borsig. So Gott will, werden wir weiter vorwärtskommen.«

»Übermorgen fährt übrigens die erste elektrische Straßenbahn zwischen Moabit und dem Brandenburger Tor«, sagte Karl.

»Es wird viel zu teuer kommen. Ich würde mein Geld nicht in Aktien dieser Gründung anlegen«, erklärte Emmanuel.

»Ich glaube, Sie irren sich«, sagte Paul, »der Fortschritt macht Riesenschritte. Die Eisenbahnen bedienen sich außer des elektromagnetischen Telegraphen auch des Telephons. Wir werden uns alle noch des Telephons bedienen. Wir lachen über Bellamy: ›Ein Rückblick aus dem Jahre 2000‹. Vielleicht werden wir alle eines Tages in der Luftdroschke fahren und in unserem Zimmer ein Operntelephon haben.«

»Sie haben ja Phantasien wie ein Dichter«, sagte Oppner. »Ich bin dafür, daß man sich nicht in uferlosen Projekten verliert.«

»Und du?« fragte Karl. »Bei aller schuldigen Ehrfurcht: Legst du dein ganzes Geld mündelsicher in preußischen Konsols an? Nein, gewiß nicht.«

»Ich möchte eventuell Terrains kaufen. Brinner hat mir ausgezeichnete Gebiete angeboten.«

»An Terrains ist auch schon viel Geld verloren worden. Man weiß nie, nach welcher Seite sich eine Stadt ausdehnt«, sagte Paul.

Am nächsten Tag kamen dann alle. Ludwig brachte dem Kleinen eine silberne Sparbüchse, Waldemar einen wunderbaren Terracotta-Bambino, von dem Annette dachte: Wenn er nicht von Onkel Waldemar käme, würde ich denken: So ein Schund von Teller!

»Ich habe fünftausend Mark für arme Kinder gezeichnet«, sagte Ludwig.

»Ich werde den gleichen Betrag geben«, sagte Oppner.

»Hast du schon die Eltern zur Beschneidung eingeladen?« fragte Paul. »Du mußt gleich schreiben, die alten Leute sind doch keine Weltreisenden. Die müssen sich vorbereiten.«

»Beschneidung? Nein, wir machen Schluß mit dem alten Unsinn.«

»Karl«, sagte Ludwig empört, »dein Vater ist ein wirklich frommer Mann. Ich habe mit Vergnügen seine Bekanntschaft gemacht.«

»Aus deinem frommen Elternhaus hast du diesen Materialismus nicht mitgebracht«, sagte Paul.

»Ich verstehe euch nicht«, sagte Waldemar, »er hat doch vollständig recht. Uralte Zaubermythen, atavistische Vorstellungen, die wir bekämpfen und ausrotten müssen, haben zu dem Ritus der Beschneidung geführt. Wir sollen das in Ewigkeit fortsetzen? Nein!«

»Sie werfen damit den Glauben Ihrer Väter über Bord«, sagte Paul.

»Fehlt nur noch die Taufe«, setzte Ludwig gereizt hinzu.

»Du kannst das unseren Eltern nicht antun«, sagte Paul bekümmert.

»Du gehst zu weit«, sagte Emmanuel. »Ich habe immer zur Partei der Reformer gehört, aber die Beschneidung ist ein Grundnerv des Judentums. Es ist dies ein Symbol der Gesamthaftung Israels. Wenn ich ein Christ wäre, würde ich ja auch mein Kind taufen lassen, obzwar an sich nicht mehr Sinn darin liegt, den Kopf eines Kindes mit Wasser zu besprengen, als im Akt der Beschneidung. Aber beides sind geheiligte Symbole. Deine Verachtung für Unerklärbares, lieber Waldemar, ist eine Zeiterscheinung. Du nimmst mir das nicht übel? Und außerdem, finde ich, soll man Gefühle wie die deines verehrten Vaters achten.«

Waldemar dachte: Das ist Emmanuel, sich salvierend nach allen Seiten. Wie er so dasitzt, elegant ein Bein übers andere gelegt, mit den feinen langen Händen am goldenen Schieber spielend, mit den wehenden rotblonden Favoris, eine gute Zigarre rauchend, so bist du, Emmanuel, ein liebenswürdiger Mensch. Mit dieser Liebenswürdigkeit bist du ein Führer der revolutionären Jugend von 1848 geworden, hast du in Paris in geistigen und finanziellen Zirkeln Einlaß gefunden, bist du von Bismarck zurückgerufen worden, bist in Berlin ein Bürger geworden, ein Hausvater mit vier schönen und begabten Kindern, das Muster eines treuen, liebenden, nach innen lebenden Gatten. Mit dieser Liebenswürdigkeit machst du Konzessionen an die Juden und an die moderne Zeit und beglückst alles, was in deiner Umgebung lebt. Und ich? Unverheiratet, weil ich mich in eine große Frau verliebte, die mir den Geschmack an andern verdarb und die doch nicht für mich allein leben wollte, kinderlos, also ohne eine Fortsetzung, mich zu den Juden bekennend und sie liebend um derjenigen willen, die sie verdammten, Jesus nämlich und Spinoza, an der Universität ein Privatdozent in einer schiefen Lage ohne Aussicht des Aufstiegs, kompromißlos in meinen Rechtsauffassungen und also nicht beliebt. Ein sehr reicher

Mann und daher ohne Anschluß an alles, was sich quält, und ohne Kontakt mit den reichen Leuten, die den Besitz wichtig nehmen.

In diesem Augenblick war ihm der zwanzig Jahre ältere Schwager tief unsympathisch.

»Also gut«, sagte Karl. »Wenn du es auch wünschst, werde ich gleich alle Kragsheimer einladen.«

Dann kamen Briefe von allen Verwandten. Vater und Mutter in Kragsheim wünschten, daß der Sohn im Glauben der Väter in guter Tradition erzogen werde, und flehten den Segen Gottes auf das Kind herab.

Helene aus Neckargründen schrieb, daß die Geschäfte G. s. D. in Neckargründen jetzt wie überall gutgingen und daß sie für die pünktlich überwiesenen Zinsen danke, daß sie jetzt noch Glaswaren und Porzellanservices dazugenommen hätten. Das Haus werde allmählich zu eng. Und alles Gute für Mutter und Kind.

Marie Kramer erzählte Annette strahlend, daß sie sich in den nächsten Tagen mit dem Rechtsanwalt Kollmann verlobe, der zwanzig Jahre älter war als sie. »Ein richtiger erwachsener Mann«, sagte sie stolz. Es war furchtbar aufregend. Und Lilly Blomberg gehe jetzt aus. Na, sie seien schon schrecklich spießig angezogen gegangen, aber so was wie Lilly Blombergs Kleid für den ersten Ausgehwinter, das sei ja unglaublich. »Mama hat mir gesagt, es sei so ein feines Mädchen«, sagte Annette.

Und es kamen Telegramme und silberne Kinderbestecke von Kramers und eine silberne Klapper von Helene und ein silberner Becher aus Kragsheim, und es kamen silberne Schieberchen und Gestricktes und Gehäkeltes, und Fräulein Kelchner hatte eine Wagendecke in Muschelstrickerei gemacht.

Und es kamen von Ben zwei herrliche englische Kinderkleider. Es wurde beschlossen, das Kind James zu nennen. Das heißt, Annette beschloß es, und Karl war entzückt.

# 25. Kapitel

## *Frühling*

Was für ein Frühlingstag, dieser Sonnabend im März des Jahres 1887! Was für eine Süße, morgens um zehn Uhr!

Eugenie stand neben ihrer Jungfer, die packte. Am nächsten Tag sollte es nach der Riviera gehen, nach Nizza, ins Hotel Barblan.

Die Tiergartenstraße entlang jagten die Pferde. Schöne Frauen, wehende Schleier um den Zylinder, und die Herren barhäuptig oder mit rundem Hut. Die Tiergartenstraße entlang gingen die Offiziere im Interimsrock mit breiten roten Streifen an der Hose in den großen Generalstab. Es war still. Manchmal schallte aus den Gärten Kinderlachen.

»Es ist eigentlich schade, wegzufahren«, sagte Eugenie. »So schön ist Berlin im März. Ich habe schon Kniep gesagt, er soll im nächsten Jahre mehr Krokus setzen. Schneeglöckchen und Märzbecher haben wir ein bißchen reichlich. Da kommt ja auch Fräulein Winkel. Na, Fräulein, wie geht's denn? Ja, wir wollen es noch einmal überziehen.«

Eugenie stand in der Kasinotoilette. Fräulein Winkel kniete, den Mund voll Stecknadeln, und richtete etwas am Saum.

»Ich mag das gar nicht, Mädchen, daß Sie immer die Stecknadeln in den Mund nehmen. Frieda, bringen Sie Fräulein Winkel ein Nadelkissen. Fräulein Winkel, Sie sehen ja so elend aus! Was ist denn? Nun, mit mir können Sie sprechen. Hier oben noch ein bißchen höher, nicht wahr? Und diese Raffung ein bißchen voller. Anfechtungen, jetzt im Frühling, oder auch Sorgen? Vielleicht kann ich Ihnen helfen?«

»Ja, wenn ich wirklich reden soll. Aber bitte stillstehen, sonst steche ich gnädige Frau noch. Ich hatte einen Herrn, gnädige Frau verstehen schon, es war ein hübscher Herr, und ich habe mir ja gleich denken können, das wird nichts werden. Aber wie man so ist, man glaubt's doch nie. Und dann hat er geheiratet. Nun ja, so ist es eben, und ich habe mir immer eingebildet, er liebt mich, und man weiß doch, wie die reichen Herren heiraten, Geld und der gleiche Stand, und dann ist es schon perfekt.«

»Sagen Sie, Fräulein Winkel, ich will Sie ja nicht kränken, aber vergibt sich eine Frau nicht etwas, wenn sie … ja, wie soll ich das ausdrücken, wenn sie also dem Mann vor der Ehe gleich Rechte einräumt? Ich meine, sie sinkt in der Achtung der Männer.«

»Vielleicht ist das so. Sie haben wahrscheinlich recht.«

»Nicht weinen, Fräulein Winkel, liebes Kind, sprechen Sie nur.«

»Ich habe mir also eingebildet, er ist bestimmt unglücklich, und die Frau ist sehr häßlich, und er wird sie sicher betrügen.«

»Und nun?«

»Und nun habe ich ihn getroffen. Und sie ist so schön, es ist gar nicht zu beschreiben, wie schön sie ist, und dann war noch eine Spreewälderin dabei mit einem Kinderwagen. Und wie sie vorbeigingen, hörte ich gerade, wie er sagte: ›Ach, Annettchen, was sind wir für glückliche Menschen, die ganze Natur lacht uns entgegen.‹«

»Annettchen hat er gesagt? So so. Ja, das ist bitter. Ist denn niemand da, der Sie liebt? Wir wollen immer selber lieben und sind immer zu wenig dankbar, wenn uns einer liebt.«

»Ja, das ist wohl so. Nun noch ein Stich an der Schulter, gnädigste Frau, und die Agraffe so?«

»Nein. Doch lieber so, nicht wahr?«

»Ja, so. Wir haben da seit neuestem einen jungen Mann im Geschäft, Lehmann, der führt die Bücher, der läuft mir nach und glubscht immer so, und meine Freundin Lischen und ich, wir müssen immer lachen, wenn er seinen Hut zu 'ner Wurscht dreht, wenn er mit mir redet.«

»Man soll immer nur Männer heiraten, die glubschen. Ich werd' das Kleid ausziehen, und Sie nähen gleich hier. Sie kennen den Herrn Stadtrat, Sie wissen, wie klug und gut er ist, aber schön ist er nie gewesen, und ich weiß, daß Sie mich sehr schön finden. Sie werden vielleicht manchmal gedacht haben, ich hätte meinen Mann aus Geldgründen geheiratet. Aber das hatte ich keineswegs nötig. Aber ich hatte eine sehr große Enttäuschung vorher erlebt. Wir in Rußland sind ja nicht so streng wie hier, wo es verpönt ist, wenn ein junges Mädchen auch nur einmal spazierengeht. Ich hatte auf einem großen Karnevalsfest einen bildschönen Gardeoffizier kennengelernt. Und wir hatten Gelegenheit, uns allein zu treffen, und er war verliebt und rücksichtslos, und, kurzum, er küßte mich, und wie das selbstverständlich ist, ich dachte, die Erde müßte stillstehen. Er nahm mich in den Arm und sagte: ›Was geht mich die Welt an, und morgen‹ – ach, ich höre es wie gestern – ›treffen wir uns.‹ Ich ging hin und – vergeblich. Um mich war Schnee und Eis, und ich dachte immer, er müßte in den Stadtwald kommen. Aber er kam nicht. Ich habe alle Höllen durchlitten in diesem Moment, und da bekam ich ein Briefchen, er wüßte nicht und ob er es wagen könnte, und Verantwortung – es war ein sehr redlicher und anständiger Brief – und ob ich ihn noch einmal wiedersehen wollte. Ich schrieb: ›Ja‹, und wir gingen spazieren. Ich sah, daß er mich liebte, fühlte es, aber er sagte: ›Ich denke, wir trennen uns jetzt‹, oder: ›Bitte, gnädiges Fräulein, es überzieht sich, es könnte schneien.‹ Er hatte nicht den Mut zu seiner Liebe. Da bin ich nach Hause gelaufen, und zu Hause saß mein jetziger Mann. Ich konnte mich noch nicht gleich entschließen, es ging mir wie Ihnen. Ich liebte den andern. Aber dann habe ich mich lieben lassen und bin sehr glücklich dabei geworden. Wenn man selber liebt, da zittert man immer und hat Angst und ist einsam und braucht Freundinnen, mit denen man sich aussprechen kann. Aber wenn man geliebt wird, dann weiß man, was auch immer geschieht, man hat einen, auf den Verlaß ist, und nun überlegen Sie es sich mit Lehmann.«

»Ja, gnädige Frau, wir wollen das Kleid noch einmal überziehen. Aber es ist auch so: Wenn man nichts hat, ist es auch schwer, ich würde mich gern etablieren, und mein ehemaliger Freund hat gesagt, ich könnte mich jederzeit an ihn wenden, aber das will man doch nicht, das ist doch peinlich, zuletzt ihm noch etwas zu verdanken haben.«

»Wieviel brauchen Sie denn zum Anfangen?«

»Ich habe mir ausgerechnet, so etwa zweitausend Mark, aber das ist viel Geld, und wenn ich gleich so hohe Zinsen zahlen soll, dann geht's gar nicht, selbst wenn's mir einer borgt.«

Eugenie nahm zwei Tausender aus ihrem Toilettentisch.

»Das ist ja – was soll ich da sagen!« schrie Käte Winkel.

»Nehmen und damit Geld verdienen.«

»Ach, so viel Güte, so viel Güte.«

»Mein Mann hat gesagt, die Kinderlose hat die meisten Kinder, und für die muß man sorgen, also geb' ich dir immer ein Bündel Tausender, über das wir nicht reden und das wir nicht verrechnen wollen.«

Eugenie sah noch einmal in den Spiegel. »Diese Mode ist doch zu dumm. Wieviel Polster wollen wir uns noch dahinten draufbinden? Und was sagt Frau Koller? Gelbe lange Handschuhe?«

»Ja, ich habe sie hier.«

»Sehr schön. Frieda, tun Sie sie gleich in den Handschuhkasten.«

»Werden gnädige Frau mir Kundschaft empfehlen, wenn ich mich selbständig mache, oder sogar selber kommen?«

»Aber, meine Liebe, ich weiß doch, was Sie können. Natürlich, das ist doch selbstverständlich.«

Käte Winkel nahm noch von der Jungfer ein paar Wintersachen in Empfang und ging weg, die Kästen überm Arm.

Was für ein Frühlingstag, dieser Sonnabend im März des Jahres 1887! Was für eine Süße, morgens um elf Uhr!

Sofie saß in ihrem Zimmer an dem kleinen wackligen Schreibtisch, nahm einen achatenen Federhalter und schrieb:

»Ich liebe Dich. Ich träume von Dir. Warum hast Du mir gesagt, daß ich süß bin. Ich habe am Flügel gesessen und ›Frauenlieb und -leben‹ von Schumann gespielt; ›Seit ich Dich gesehen, glaub' ich, blind zu sein, immer wie im Traume seh' ich Dich allein.‹ Wann kommst Du wieder zu uns? Ich wage nicht, Theodor darum zu bitten.«

Und dann schrieb sie ein Kuvert und bat Anna, die weißarmige, rotbackige, den Brief zu befördern. Den Brief bekam Arnold Kramer.

»Du siehst so rot aus, Sofie, fühlst du dich nicht wohl?«

»Nichts, Papa, gar nichts. Ich habe vielleicht ein bißchen viel Klavier gespielt.«

»Nicht übertreiben, meine Tochter, nicht übertreiben, ein edles Maß halten. Fräulein Kelchner, Sie gehen nachher mit dem Mädchen in den Tiergarten.«

Was für ein Frühlingstag, dieser Sonnabend im März des Jahres 1887! Was für eine Süße, mittags um ein Uhr!

Die Wache zog auf! An einem Fenster der Universität stand der Privatdozent Waldemar Goldschmidt, sah Opernhaus, die Linden, die gebogene Barockfassade der Bibliothek, sah Wache, Gleichschritt, weiße Sommerhose, blaue Jacke, blanke Knöpfe, rote Kragen, weiße Federbüsche und den Tambour voran, »Querpfeifer und Trommler, kriegerischer Klang«. Eine unübersehbare Menge. Am Fenster stand der alte Kaiser wie jeden Tag um die Mittagszeit, wenn die Wache aufzog.

Volksbegeisterung, dachte Waldemar, hier einmal für den Rechten, morgen für den Unrechten. Das Recht? Ganz neu müßte man das Recht schaffen. Das Recht der Römer, auf Sklaven zugeschnitten und den Besitz, hatte viele Mängel. Wie weit würde man es bei dem neuen Bürgerlichen Gesetzbuch entbehren können?

Die Tür ging auf.

»Herr Kollege, welche Ehre!«

»Ich hörte auf der Bibliothek, daß Sie von den Monumenten den Band benutzen, den gerade ich brauche.«

»Steht selbstverständlich zu Ihrer Verfügung.«

»Sie sahen eben die Volksbegeisterung?«

»Mir ging derselbe Ausdruck durch den Sinn. Unser allverehrter greiser Herrscher mag sie verdienen. Aber zu Bismarck wissen Sie ja, wie ich stehe. Je größer der Mann, um so größer der Schatten.«

»Junger Freund«, sagte der alte Historiker, »ich bin neulich in meiner Heimat gewesen, um hessische Volksausdrücke zu untersuchen. Es ist gut, die Erinnerungen aus der Knabenzeit im engeren Heimatlande aufzufrischen, ehe sie gänzlich in dem schön gegliederten Kaiserreiche aufgehen.«

»Ich wußte gar nicht, daß Sie Föderalist sind!«

»Ich bin es immer gewesen. Der Zentralismus ist völlig undeutsch. Wir sind mit aller Macht dabei, einen Teil der Freiheit, die Deutschland vor dem Kriege besaß, einzubüßen. Ein historischer Grundsatz, daß die Sieger immer die kulturellen Nachahmer der Besiegten werden.«

»Wir haben uns unsere Knechtschaft ersiegt. Dies Vermächtnis des unterlegenen Cäsars ist in meinen Augen das größte Verbrechen, das er an der Menschheit begangen hat. Ich könnte Napoleon den zweiten Dezember vergessen, die deutsche Reaktion nach dem Siege nicht!«

Waldemar stand mit dem Rücken gegen die Linden, wo noch immer die Militärmärsche ertönten. Im hohen Raum, voll mit den schwarzen Lederrücken der Bücher, saß ihm gegenüber im Glanz schneeweißen langen Haares der weltberühmte Gelehrte.

»Ich wundre mich, junger Freund, daß Sie Frankreich so sehen. Ich weiß doch, daß Sie mit mannigfachen Leuten drüben verwandt sind.«

»Das hat mich nie gehindert, Frankreich klarer zu sehen als Leute, die nur ein paar selige Wochen in Paris verbringen.«

»In Frankreich, wo die Zentralisation auf einen so hohen Grad getrieben wurde, wurde keiner befördert, der nicht in verba magistri schwörte. Unsere politische Zerrissenheit schützte uns glücklicherweise bisher vor der allgemeinen Einwirkung solcher verderblichen Einflüsse, die bis in die kleinsten Verhältnisse hinabdrangen. Bei uns in Deutschland ist es gerade umgekehrt. Haben wir irgendeinen hervorragenden Mann, so suchen wir vor allen Dingen uns unabhängig von dessen Einfluß zu zeigen, und jeder von uns, so unbedeutend er im übrigen auch sein mag, pikiert sich, seine eigene, wenn auch anerkannt schlechtere Richtung zu wählen, nur um diese Unabhängigkeit tatsächlich darzutun. Ich rede«, sagte er plötzlich lebhafter, »im Präsens, aber ich müßte im Imperfekt reden. Ich sage Ihnen hier am 16. März 1887, wenn es im neuen deutschen Kaiserreich so fortgeht, werden Kliniken und Bibliotheken in Kasernen rückgewandelt werden. Der Geist ist in Gefahr, er wird aufgefressen vom Staat und den Maschinen. Und was ist denn mit Ihnen? Wann werden Sie ordentlicher Professor?«

Waldemar zuckte mit den Achseln.

»Die Fakultät wünscht es, so hörte ich.«

»Ach nein«, sagte Waldemar. »Wenn ich mich taufen ließe, würde man mich in den geheiligten Zirkel lassen. Aber auch sonst bin ich verdächtig. Wer Staub abblasen, Privilegien vernichten will, dem sind die Großen nicht gewogen. Im übrigen, man kann sich taufen lassen, weil man das Christentum für eine Fortbildung der alten Prophetenreligion hält, für eine mildere, sanftere, eben Jahrhunderte spätere Ethik. Aber all diese Erwägungen müssen zurücktreten in dem Augenblick, wo die Taufe Vorteile bringt. Es ist doch widerwärtig, wenn ein Akt von feinsten Gewissensregungen, von Überlegungen persönlichster Art zu einer Stellung führt. Prämie auf Charakterlosigkeit.«

»Sie haben recht.«

Der große Mann verließ das Zimmer. Goldschmidt nahm Hut, Mantel und Stock. Mochte der Kommentar schmoren und der § 1378 des Entwurfs zu einem neuen Bürgerlichen Gesetzbuch noch eine Weile auf seine vollendete Fassung warten.

Er ging die Linden schon ein paar Schritte hinunter, als dicht neben ihm ein Coupé hielt.

»Waldemar.«

»O Susanna, das Leben ist doch schön.«

»Wollen Sie einsteigen?«

»Nein, im Gegenteil, steigen Sie aus. Ich habe Lust, einer schönen Frau den Frühling vorzustellen. Wir wollen zusammen bei Hiller frühstücken. Einverstanden?«

»Einverstanden. Was sagen Sie zu meinem Erfolg?«

»Der Graf? Er wird nicht halten.«

»Warum?«

»Weil Sie eine Künstlerin sind und keine Mätresse.«

»Aber eine treue Geliebte.«

»Vielleicht.«

Ach, was war das für eine Süße an diesem Märztag! Weich war der rote Teppich, weich das Sofa, das Susanna Widerklee aufnahm, weich der Sessel, in dem Waldemar saß.

Es war fast kein Platz zu bekommen. Offiziere saßen da, schöne Frauen, ein paar Gutsbesitzer, Junker aus der Provinz.

»Da hinten sitzt der uralte Graf Perponcher und dort Graf Waldersee, ein kommender Mann, Hofgeneral«, sagte Waldemar. »Hummer, dann Rumpsteak, denke ich, oder was sonst, Susanna?«

»Ich habe einen Bärenhunger, aber das ist mir recht.«

»Und was trinken wir? Mosel?«

»Nein, lieber einen Rheinwein.«

»Ist schwer, Susanna«, und er sah in ihre Augen.

»Und wenn ich das will?«

»Mir ist's recht.«

Eine Stunde später.

»Trinken wir hier den Kaffee oder bei Ihnen?«

»Ich denke, bei mir.«

»Gut, Susanna, gut.«

Susanna ließ die Vorhänge zuziehen, die Lampe anzünden. Waldemar setzte sich an den Flügel, spielte den »Feuerzauber«.

»Der Graf«, sagte sie, »ist sehr charmant.«

»Und ich, Susanna?«

Er stand auf, riß die Frau an sich, küßte ihren Mund. Sie kannten sich. Susanna sehnte sich nach ihm. Er führte sie die wenigen Schritte zum Schlafzimmer. Ach, wie sie ihn liebte, diesen raschen Sturm, diese tiefe Gleichgültigkeit gegen Sträuben und Wehren, diese Verachtung aller Unwahrheit!

»Ach, nicht, bitte nicht«, sagte Susanna.

»Warum sagst du nein, wo dir nach ja ist?« Sie fühlte, er mochte das nicht. »Schäm dich, daß du dich schämst!«

Welche Wohltat, dachte Susanna, als sie bei ihm lag, ehrlich sinnlich sein zu dürfen!

»Waldemar, bist du böse, wenn ich dich so küsse?«

»Aber Susanna! Gibt es Männer, die böse sind?«

»Böse nicht, aber enttäuscht, sie wollen die reine Frau.«

»Ochsen, im wahren Sinne. Daher diese alberne Verhimmelung des jungen Mädchens.«

Im Kamin brannte das Feuer.

»Unser Kaffee wird kalt«, sagte Susanna.

Sie holten den Kaffee aus dem Nebenzimmer, hockten sich vor die Glut, tranken den Mokka. Susanna zog einen Morgenrock über, ging ans Klavier und sang: »Die Lotosblume ängstigt ...«

Waldemar zog sich an. Was da sang, war Liebe, war Leidenschaft. Susanna liebte ihn. Aber er hatte schon einmal böse Erfahrungen mit ihr gemacht. Nicht noch einmal das alles durchmachen. Sie war nicht zu halten. Er glaubte immer, es werde doch eines Tages gehen, aber es ging nicht.

Was für ein Frühlingstag, dieser Sonnabend im März des Jahres 1887! Was für eine Süße, nachmittags um fünf Uhr!

Feierabend in der Chausseestraße. Kinder hüpften auf Kreidestrichen oder spielten Murmel im Loch zwischen vier Pflastersteinen. Vater zog Bindfäden am Balkon für den wilden Wein oder bastelte am Taubenschlag. Mutter nähte.

»Ich geh' noch in den ›Frischen Hammel‹, eine Molle, nur eine Molle, trinken.«

»Paule, muß denn det sin?«

»Na, laß man, ick bin bald wieder da.«

»Wird er doch wieder'n Wochenlohn versaufen!«

»Wenn ick so'n Weibchen hätte, so wat Festes, ick würde ja nich in die Kneipe gehen«, sagte der Schlafbursche.

»Sie, was fällt Ihn denn ein! Mich haben Se nich mitjemietet, lassense los!«

»Ick mein' doch bloß, wo dein Mann dir so knapp hält. Bei mir könnste's besser haben.«

»Sarense nischt uf mein Mann, det's bloß, weil wir nur die eine Stube haben. Bloß deshalb is det.«

Der sommersprossige Lehrling meldete Paul den Versicherungsagenten Mayer.

»Ah, guten Tag, Herr Mayer.«

»Guten Tag, Herr Effinger. Ich bin einmal selber gekommen. Es bespricht sich leichter, wenn man sich persönlich kennt. Beim Schreiben laufen meist Mißverständnisse unter.«

»Also hier ist der Versicherungsvertrag. Ich wollte da verschiedenes reklamieren.«

»Sie haben hier ein hübsches Werk aufgebaut, Herr Effinger. Ich bin ja ein Wrack.«

»Aber, Herr Mayer, wie können Sie so etwas sagen! Sie sehen doch vorzüglich aus!«

»Ach, ich bin ein alter Mann, Herr Effinger, 's hat mir auch keiner an meiner Wiege gesungen, daß ich als Versicherungsagent enden würde.«

»Das Leben!« sagte Paul.

»Wie recht Sie haben. Wenn ich noch den Sarkasmus meiner Jugend hätte, würde ich ja sagen, es liegt hauptsächlich daran, daß das Amt des Versicherungsagenten in meinem Geburtsjahr noch recht unbekannt war. Ich bin 1822 geboren. Ich habe die Welt gekannt. Ich habe das Paris des zweiten Kaiserreichs gekannt. Wer das nicht kannte, weiß nicht, was Leben heißt. Die sechziger Jahre in Paris, das war ein einziger Cancan, auch des Geistes. Sie sind noch jung, Herr Effinger, aber ich fühle, daß Sie Verständnis für einen Gescheiterten haben. Ich hatte das Bankhaus Mayer, Lamprecht & Co.«

»Oh!« sagte Paul voll bewundernder Überraschung.

»Ja, Sie wissen, was das galt. Wir hatten die Emission der sardinischen Kriegsanleihe in Händen 59. Ich habe die luxemburgische Eisenbahn finanziert.«

»Tja, tja, eine große Firma, ein reiches Haus.«

»Alles aus. Das Haus von Emmanuel Oppner hat mein Vater gebaut. Ich will ja nichts sagen gegen Oppner & Goldschmidt, aber es sind damals kleine Leute gewesen. Mir bricht das Herz, wenn ich jetzt manchmal vorbeigehe. Während des Umbaues hab' ich's mir heimlich angesehen, ich alter Narr. Das ist mein Haus nicht mehr. Sie haben es ganz falsch angestrichen. Und über die hellen Malereien von bezaubernder Leichte haben diese Barbaren dunkle Ledertapeten geklebt. Unglaublich, wirklich.«

»Ich verstehe davon nicht viel, Herr Mayer.«

»Nein, nein, ich will Sie ja auch nicht langweilen. Ich bin ein Ästhet, ja, ich verstehe etwas von Kunst.«

Paul dachte: Er hat ja auch bankrott gemacht.

»Der Gotthardtunnel hat mich auf dem Gewissen.«

»An dem ist viel Geld verloren worden.«

»Ich weiß ein Lied davon zu singen, aber ich habe bis auf 10 % keine Schulden mehr. Ich zahle noch immer ab. Das bin ich meinem Namen und meiner Tochter schuldig. Sie kommt gerade mich abholen, das arme Mädchen gibt Klavierstunden. Wollen Sie uns nicht ein Stückchen begleiten?«

Was für ein Frühlingstag, dieser Sonnabend im März 1887, abends um sechs Uhr! Welch ein Gewimmel auf der Chausseestraße!

»Sie haben es nicht leicht, Fräulein Mayer«, sagte Paul.

»Nein, nein, aber ich verdiene doch.«

»Das ist schwer für ein junges Mädchen. Neulich hat sich bei mir ein junges Mädchen gemeldet für Briefkopieren. Aber junge Mädchen ins Büro taugt nichts. Die Frau ist zu Hause am besten dran.«

»Aber wenn sie niemanden hat, der ihr ein Haus bietet?«

»Das ist dann freilich entsetzlich. Aber meistens werden doch die weiblichen Wesen in der Familie gebraucht. Da ist ein Kind großzuziehen, eine Kranke zu pflegen.«

»Aber wenn das ein Mädchen nicht will?«

»Dann ist sie überspannt.«

»Meinen Sie?«

»Meiner Ansicht nach ja.«

»Papa, du bleibst ja ganz zurück. Man verliert sich ja. Und noch dazu in dieser Gegend.«

Breite Friedrichstraße an der Weidendammer Brücke. Eisenbahn übern Fluß, kleiner Omnibus mit Pferdchen, Einbeinmann, der ruft: »Wachsstreichhölzer, Wachsstreichhölzer«, und Huren, die die Röcke raffen, viele Rüschen rascheln. Herr mit Monokel und Wagen, die zum Theater fahren.

»Wir biegen jetzt ab, vielleicht sehen wir Sie mal bei uns.«

»Gern, Herr Mayer, trotzdem ich immer sehr viel zu tun habe.«

»Adieu.« »Adieu.« »Adieu.«

»Netter Mensch, Amalie, nicht wahr?«

»Etwas trocken.«

»Du mußt nicht immer etwas an den jungen Leuten aussetzen.«

»Ich sag' das ja nur. Mutter hat die Heimarbeit wieder herabgesetzt bekommen. Den Rock zu nähen zwanzig Pfennig. Ist in der Woche vielleicht zehn Mark. Dabei ist das Petroleum nicht gerechnet und der Faden.«

»Amalie, du zerreißt mir das Herz.«

»Aber Papa, ich sag's doch nur, wie es ist. Der Zwischenmeister, ein übler Kerl, sagt, ihn drückt die Firma auch. Ich möchte wissen, für wen er liefert. Er sagt's nicht. Ist ein Beweis, daß er viel mehr für den Rock bekommt, als er sagt.«

Wollmarkt in der Klosterstraße. Die Königstraße zwischen Alexanderplatz und Schloß ist verstopft von den Planwagen. Im uralten Schloß der brandenburgischen Markgrafen lagert die Wolle. Daneben ist das graue Kloster, die Schule Bismarcks.

»Nicht durchzukommen wieder mal.«

»Sie doofe Ziege, Ihnen müßte man die Hammelbeine langziehen, damit Sie sehen, det hier'n Ferd steht.«

»Mann, schimpfen Sie doch nicht so!«

»Reden Sie nich so mit die frisierte Schnauze!«

»Amalie, komm, laß den Pöbel.«

»Gott, Papa, wenn ich mit dem Zwischenmeister so reden könnte, würde er vielleicht fünfzehn Pfennig mehr für den Rock geben.«

»Mein Kind, vergiß nicht, wer du bist.«

Guter, ahnungsloser Papa! dachte Amalie.

Wie es stank im Hausflur! Wie häßlich die Wohnung roch nach dem vielen Wollzeug, nach den Mietern! Wenn man wenigstens hätte neu tapezieren lassen können, bevor man eingezogen war!

Was für ein Frühlingstag, dieser Sonnabend im März des Jahres 1887, abends um acht Uhr!

Die Widerklee sang den Pagen im »Figaro«. Theodor wartete vor dem Opernhaus. Seit eineinhalb Jahren ging er beinahe täglich in die Charlottenstraße, wo sie in der Nähe der Oper eine bezaubernde Dreizimmerwohnung hatte. Hier empfing sie in einem eleganten Schlafrock mit eleganten Pantöffelchen ihre Freunde.

Eines Abends hatte Waldemar Theodor bei ihr getroffen. Theodor hockte auf einem Taburett an ihrer Seite und küßte unausgesetzt ihre herabhängende Hand.

Theodor wartete. Mit ihm warteten am Bühneneingang mehrere Begeisterte. Mit ihm wartete aber auch ein mit weißer Seide ausgeschlagenes Coupé, auf dem Diener und Kutscher unbeweglich saßen. Das Befürchtete traf ein. Theodor sah die Widerklee rasch im Abendmantel in das Coupé steigen. Theodor war fast von Sinnen vor Eifersucht. Er hatte nie über dieses Verhältnis nachgedacht, nie das Ende bedacht. Er liebte, nicht platonisch, wie die meisten seiner Freunde, sondern wie ein Mann.

Jetzt stand er, ausgestoßen, verlassen, ohne Erklärung unter den Linden im Regen, im Dunkel. Was nun? Vor dem Hause der Widerklee warten? Aber sie fuhr ja sicher zu dem andern. Wer war es? Und wenn er es wüßte, was dann? Ihn niederknallen? Ihn fordern? Sich selbst töten?

Er lief weiter, immer weiter hin und her, kreuz und quer.

Ein freches Mädchen sprach ihn an, zog ihn in einen kleinen Laden, vor dessen verhängten Schaufenstern eine rote Laterne brannte. Weinstube von Erna Schmidt. Das Mädchen war ganz jung, kaum siebzehn. Sie nahm Theodor mit in ein Hinterzimmer, legte sich ohne weiteres auf die rote wollene Chaiselongue, zog eine Gardine vor. Das Mädchen, das sich als sehr schön erwies, entzückte ihn. Sie tröstete ihn. Ihre Frechheit, ihre Verdorbenheit wichen für kurze Zeit. Sie hieß Wanda und war elternlos. Bei Pflegeeltern umhergestoßen, war sie, kaum vierzehnjährig, von einem Schlafburschen verführt worden. Sie hatte auch gearbeitet. Aber so war's leichter. Nur die Puffmutter nutzte sie aus. Auf dem schmierigen Sofa erblühte in Theodor ein sanftes Mitgefühl mit diesem Kinde, das zierlich und samthäutig war wie ein Reh.

»Sehe ich dich wieder?«

»Ich weiß es nicht«, sagte Theodor und begann zu weinen.

Das Mädchen hockte sich zu ihm. »Warum weinen Sie denn?« fragte sie. Sie streichelte ihn.

Hier bei diesem fremden Straßenmädchen sprach er sich aus, hier konnte er sagen, wie verlassen er sei, daß er eine kluge, schöne und bedeutende Frau liebe, eine große Künstlerin, daß er betrogen werde.

Das Mädchen sagte: »Nee, nich umbringen, da kriegen Sie dann vielleicht lebenslänglich. Sie müssen das nicht so schwer nehmen.«

»Ich kann aber nicht ohne sie leben.«

»Na, vielleicht kriegen Sie se wieder.«

So in einem Laden mit roter Laterne im Berliner Osten, Weinstube Erna Schmidt.

Das Mädchen zog sich an.

»Gehst du noch einmal hinaus?« fragte Theodor. Das Mädchen nickte. Theodor gab ein Goldstück. »Nun geh aber nicht noch mal heute«, sagte er. »Ruh dich aus.« Er gab ihr einen Kuß.

Der Dämel! dachte sie und wartete, bis er außer Sicht war. Zwanzig Mark war viel Geld, aber wie lange war man jung?

Was für ein Frühlingstag, dieser Sonnabend im März des Jahres 1887! Was für eine Süße morgens um drei Uhr!

# 26. Kapitel

## *Der Sonntagmittag*

Emilie«, schrie Annette, »haben Sie meine Handschuhe gesehen?«

»Ja«, schrie Emilie zurück, »hier, gnädige Frau.«

»Lina«, schrie Annette vom Schlafzimmer her, wo sie sich vor dem Spiegel den Schleier umband, »Sie vergessen nicht, daß Fräulein Sidonie heute da ist. Fräulein Sidonie«, schrie sie ins Wirtschaftszimmer, »werden Sie heute fertig werden? Durch alle Wäsche muß Band gezogen werden, und für James sind die Kleidchen fertigzumachen. – Und Lina, Sie denken daran, daß wir einen Kuchen backen müssen. – Emilie, die Decken im Schlafzimmer haben wieder einmal das Waschen nötig, bestellen Sie Frau Schulz übermorgen.«

Dann ging sie nach vorn, kam noch einmal zurück, ging ins Kinderzimmer, wo die englische Nurse verzweifelt saß; der Kleine sollte schlafen, aber bei dem Geschrei auf dem Korridor schreckte er immer wieder hoch.

»Das Mützchen zu dem grünen Jäckchen ist doch verloren«, sagte Annette, »ich muß das Jäckchen mitnehmen wegen der passenden Farbe. Also adieu«, rief sie noch einmal, und dann verließ sie die Wohnung. Und es war ganz still.

Emilie machte alle Türen zu, die Annette offen gelassen hatte. So, nun war Ruhe.

Jeden Tag, fast dreißig Jahre lang bis 1914, bei gutem und schlechtem Wetter ging Annette in die Stadt, um Schleifen zu kaufen, Wein, Schuhe für James, ein Hochzeitsgeschenk für Marie Kramer, ein Geburtstagsgeschenk für Tante Eugenie, um einen Hut zum Verändern, eine Bluse zum Färben zu bringen. Sie fuhr zur Schneiderin, zur Modistin, die sie jedes Jahr wechselte.

»Warum nimmst du dir nicht die Mann? Oder gehst zur Koller?« fragte Selma, die alles fünfzig Jahre hatte. Was war Annette die Mann? Sie hing nicht an einer Schneiderin.

Jeden Sonntagabend schrieb Paul einen Brief nach Hause:

»Meine sehr verehrten Eltern,

ich danke Euch sehr für Eueren Brief v. 16. cr., den ich pünktlich erhielt. Ich freue mich, daß Ihr Gott sei Dank gesundheitlich wohlauf seid. Von mir kann ich nur sagen: Die Zeiten sind schwerer denn je, und wir wissen alle nicht, was uns die Zukunft bringen wird. Karl ist ja optimistisch, aber ich bin dafür, nicht zu hoch hinaus zu wollen, sondern Pfennig auf Pfennig zu legen und Reserven zu schaffen. Euer Enkelchen James ist ein sehr nettes Kind. Die hiesigen Großeltern können sich gar nicht genug tun in Aufmerksamkeit für das Kind. Annette ist eine Luxusdame, und sie wird sogar von Professor Wendlein gemalt. Sie hat noch eine liebliche Schwester, Klara, ein häusliches und einfaches Mädchen.

Aber was schreib ich da, Ihr kennt sie ja. Sie war doch wohl zu Besuch bei Euch? Ihr schreibt, ob ich mir nicht auch bald einen häuslichen Herd gründen wollte. Was das betrifft, so zöge ich ein süddeutsches Mädchen vor. Sie sind häuslicher und einfacher als hierzuland, wo alles ganz äußerlich geworden ist.

Ich freue mich, daß Helene mit Gottes Hilfe so vorwärtsgekommen ist. Ihr Julius ist ein ordentlicher Mensch. Und was ist mit Bertha? Ist gar keine Heirat in Aussicht? Karl und ich würden zu einer Mitgift beisteuern.

Es grüßt Euch mit den besten Wünschen
Euer Euch liebender treuer Sohn
Paul.«

Jeden Sonntagmittag sollte die ganze Familie abwechselnd bei Goldschmidts in der Tiergartenstraße oder bei Oppners in der Bendlerstraße essen. Aber es wurde dreimal bei Eugenie gegessen, ehe sich Selma alle Monate einmal entschließen konnte, nachdem Emmanuel zehnmal gesagt hatte: »Selma, du mußt nun endlich die Familie am Sonntag einladen, wir sind längst dran.«

In der Tiergartenstraße stand eine lange Tafel im Säulensaal. Auf den beiden Schmalseiten standen Büfetts mit Marmorplatten und Spiegelrückwänden. Auf jeden Platz kamen zwei Teller aus königlichem Berliner Porzellan mit Deckchen dazwischen. Am Fischteller waren die silbernen Grätenhalter befestigt. Es funkelten die vielerlei Bestecke, die geschliffenen Gläser für Rot- und Weißwein.

Punkt halb zwei traf alles ein.

Ludwig Goldschmidt, klein und dick, mit dem runden schwarzen Vollbart, kam Emmanuel entgegen: »Immer pünktlich, immer pünktlich! Na, setz' dich, liebe Schwester. Wo bleibt die Kinderschar?«

Da kamen Annette und Karl, und sofort war das Zimmer von Tumult erfüllt.

»Ach, Tante Eugenie«, schrie Annette verzückt, »was hast du da wieder für eine himmlische Vase?«

»Ein Geschenk für Ludwig von einem Kunden.«

»Wer kommt denn noch?« fragte Annette. »Ich bin überhaupt nicht angezogen für großen Besuch, und man sieht doch an der Länge der Tafel, daß du wieder tout Berlin bei dir siehst.«

»Sei nicht so übertrieben«, sagte Eugenie, »es kommen dieselben Leute wie immer.«

Die Mädchen servierten die gebackenen Seezungen mit Kartoffeln, die silbernen Saucieren mit Remouladensauce gingen herum.

»Sagen Sie mal, Theodor«, sagte Billinger, »hat Jumbo bei euch auch immer gesagt: »So, das Männeken, Annalysis, wer kann'?«

»Was!« rief Waldemar. »Das hat er ja schon zu meiner Zeit immer gemacht. Erinnern Sie sich, Friedhof, an Jumbo mit den geknickten Beinen?«

»Waren Sie auch noch unter Bellermann?«

»Natürlich, averbo, ha averbo«, rief Waldemar.

»Soll er immer noch machen«, sagte Billinger.

»Im ganzen war's doch sehr schön«, meinte Waldemar.

An der anderen Ecke sprach Paul mit Emmanuel: »Bismarck ist trotzdem ein großer Mann, ich kenne das doch als Süddeutscher. Zum nächsten Flecken hat man schon eine Zollgrenze gehabt und überall andere Münz und Gewicht. Die Gewerbefreiheit hat damit nur auf dem Papier gestanden. In Neckarsteinach war Hessen, in Heidelberg Baden, einer hat vom andern nicht gewußt, ob Freund oder Feind. Bloß daß sie Frankfurt keine freie Reichsstadt haben werden lassen, hat viel böses Blut in Süddeutschland gemacht.«

»Es werden auch viel Fehler in Elsaß-Lothringen gemacht«, sagte Karl. »Aber nie wäre ohne Bismarck dieser Aufschwung gekommen. Die Stimme Deutschlands wird doch gehört im Rate der Völker. Wir Kaufleute dürfen uns nicht beklagen.«

»Sie haben recht, aber wer Blut und Eisen auf sein Banner schreibt, wer den Satz aufstellt: Gewalt geht vor Recht, der mag in dem einzelnen Fall noch so korrekt handeln, das Mißtrauen klebt an seinen Schritten.«

»Bravo, Waldemar!« sagte Emmanuel.

»Sehen Sie, Herr Effinger, wer wollte leugnen, daß Bismarck ein Genie ist! Dieser Nationalkrieg war berechtigt, das Elsaß ist ohne Zweifel deutsch, aber man hätte eine Volksabstimmung machen sollen, ein theoretisches Zugeständnis an das Recht des Volkes. Dieser ganzen französischen Revanche-Idee wäre der Wind aus den Segeln genommen worden, und ich sehe Böses aus dieser Revanche-Idee wachsen. Die neue Ordnung des Deutschen Reiches wurde nicht durch ein freies Volk, sondern autoritativ geregelt.«

»Was draußen blieb«, sagte Paul, »waren vielleicht die Besten, aber doch Ideologen und Träumer.«

»Ideologen und Träumer sind die Regierer der Welt. Sie, Herr Effinger, Liebhaber der alten Propheten, müßten das doch wissen«, sagte Waldemar.

»Warten Sie ab, wenn erst der Kronprinz zur Regierung kommt.«

»Richtig«, sagte Emmanuel, »leeren wir unser Glas auf den Kronprinzen.«

Der Kronprinz war ihre Generation, die Generation Emmanuels, Ludwigs und Waldemars. Der alte Kaiser war die große Vätergeneration, die das Land gebaut hatte, das war Preußen. Aber der Kronprinz war deutsch und englisch zugleich, liberal, dem Fortschritt geöffnet, der Kunst, der Wissenschaft, der welterobernden Industrie, die für das Bismarcksche Deutschland ein geduldeter, kein umhegter Faktor war.

»Stoßen wir an«, sagte Emmanuel, »auf Freihandel und auf die Auslese der Tüchtigsten in freier Konkurrenz.«

Geräuschlos glitten die Mädchen um den Tisch und nahmen die Teller ab. Und dann kamen lange, dicke Spargel mit dicklicher, gelber Holländischer Sauce.

»Sag mir, was du ißt, und ich sage dir, was du bist. Da wundern wir uns über die Verderbnis der Sitten und den Untergang der Moral, wenn Eugenie Spargel im Winter gibt. Wer hat 1870 was von Spargel im Winter gewußt?«

»Waldemar, du tust gerade so, als ob ich die Konservenmacherei erfunden hätte.«

»Vor zwanzig Jahren hättest du uns hier einen Rinderbraten vorgesetzt und hinterher Berliner Pfannkuchen. Aber jetzt mußt du mit den Wölfen heulen und dich der Völlerei ergeben.«

»Schelten Sie nicht unsere anmutige Gastgeberin«, sagte Billinger und erhob das Glas. »O Muse geistvoller Männer, die den schönen Künsten ihr Leben weihen möchten, die im Gewande venezianischer Edler vor Ihnen auf säulengetragener Loggia knien möchten und die Laute spielen – –«

»Halt«, rief Waldemar, »Sie verheddern sich. Noch ein Wort, und Sie fallen nicht nur aus dem Satzbau, sondern auch der Schicklichkeit. Wollen Sie sich selber einen geistvollen Mann nennen? Und Preisaufgabe für die Jugend am Tischende: Sofiechen, du kleine Romantische, kannst du kniend Laute spielen?«

Billinger war halb gekränkt. »Sie haben einen ätzenden Witz.«

»Warum so grob?«

»Wo wart ihr eigentlich gestern im Theater?« fragte Theodor Karl und Annette.

»Habe ich euch noch gar nichts erzählt? Wir waren im ›Zigeunerbaron‹, einem neuen Stück von Johann Strauß«, sagte Karl.

»Die Musik ist von ganz besonderem Reiz der Behandlung«, sagte Annette.

»Ich hätte das gar nicht gedacht«, sagte Waldemar, »das ganze

Jahr war die Presse von Reklamenotizen erfüllt, ich hatte schwere Verdächte.«

»Ich habe das gar nicht gemerkt!« sagte Theodor.

»Nanu!« sagte Emmanuel, »du interessierst dich doch sonst so für Theater.«

»Aber die Presse war doch voll davon«, sagte Waldemar. »Einmal wurde der Textdichter Jókai in Wien erwartet, um mit dem Komponisten zu konferieren; bald sollte dieser nach Ungarn reisen, um auf dem Besitztum des großen Dichters in Ruhe zu arbeiten und jede Szene mit ihm ›durchzumachen‹. Jeden Tag ein neues Bulletin über das Befinden dieser Operette. Soviel Reklame macht man sonst nur für schlechte Sachen. Ein böses Zeichen, wenn auch für gute Sachen Reklame gemacht wird.«

»Das ist der Zug der Zeit«, sagte Karl

»Was ist der Zug der Zeit?« fragte Waldemar. »Ein Zug blutjunger Männer, die immerzu Hurra schreien, oder ein Zug bärtiger Männer mit Retorte und Rechenschieber, die uns ein besseres Leben lehren, ein Leben mit elektrischem Licht und Kanalisation, ohne Krankheiten?«

Niemand hörte mehr auf Waldemar. Längst beherrschte Annette das Gespräch über den Bruder von Marie Kramer, einen Schwerenöter, in den sich alle Mädchen verliebten. »Ein toller Kerl«, sagte sie bewundernd.

Paul überlegte, daß Karl bestimmt, trotz seiner Rente von 800 Mark im Monat und trotz der vielen Geschenke von Oppners, nicht einen Pfennig zurücklegte. Paul empfand dies als unmoralisch. Die jahrtausendealte Sparethik der Effingers wurde von Karl und Annette freventlich für nichts geachtet. Immer hatte man bei Effingers gebetet und gearbeitet und das Erarbeitete soviel wie möglich erspart fürs Alter, für die Wechselfälle des Daseins, für die Kinder. Aber diese Leute glaubten nicht mehr an Wechselfälle des Daseins. Er empfand dieses ganze Getriebe als gegen alles gerichtet, was ihn seine Väter, aber auch gegen alles, was ihn die großen deutschen Dichter gelehrt hatten: »Denn mit des Geschickes Mächten ist kein ewger Bund zu flechten, und das Unglück schreitet schnell.« Er machte innerlich Eugenie und Annette Vorwürfe. Denn die waren an diesem

Luxus schuld, Eugenie, die Nichtstuer fütterte, oder solche Schwätzer wie Billinger und Maiberg. Wenn er mal eine wirklich ernste juristische Frage hätte, würde er ja nicht zu so einem Billinger gehen. Ob man wohl Waldemar damit behelligen konnte? Wenn der Mann einem sagte: So ist es, dann war man wenigstens sicher, daß es so war.

Theodor beteiligte sich nicht an der Unterhaltung. Hartert lauschte. Er war sehr glücklich und aß Unmengen, still, grau und devot lächelnd.

»Wer will noch Spargel?« rief Eugenie.

»Ich«, rief Klara.

»Im nächsten Jahr; hast ja noch den ganzen Teller voll.«

»Man kann sagen, was man will«, begann Karl, »aber im ›Zigeunerbaron‹ ist ganz bestimmt ein Streben nach Höherem erkennbar«, und er summte vor sich hin: »Mein idealer Lebenszweck ist Borstenvieh, ist Schweinespeck.«

Waldemar sah Theodor an, der in solchen Momenten seinen Schwager mit dem ›Streben nach Höherem‹ unmöglich fand.

Aber nun kam Brüsseler Poularde mit Gurkensalat und neuen Kartoffeln. Waldemar, der göttliche Fresser, teilte mit, daß sie getrüffelt sei. »Nehmt euch, ich rate euch gut.«

»Tante Eugenie«, sagte Annette, »ich habe mir ein himmlisches Kleid bei der Koller machen lassen. Mußt dir vorstellen: flaschengrüner Atlas und darauf kaffeebraune Chantillyspitze arrangiert, eine Schneppentaille aus grünem Plüsch und einen grünen Plüschkragen, dazu ins Haar braune Spitze mit grünem Samtband.«

Eugenie war entzückt. »Warum nimmst du braune Spitze ins Haar?« fragte sie noch. »Zu deinem roten Haar nur eine grüne Samtschleife.«

»So eine junge Frau wie Annette braucht überhaupt noch keine Schleife ins Haar«, sagte Selma.

»Aber Mama, eine kleine Schleife.«

»Also meine Meinung weißt du, ich finde das direkt ordinär.«

»Aber Selma«, sagte Eugenie, »laß sie doch, so eine schöne, junge Frau.«

»Und ich«, sagte Sofiechen, die für Tante Eugenie schwärmte,

»ich möchte so gern ein langes Kleid zur Tanzstunde, ich soll mit einem Matrosenkleid gehen.«

»Aber Sofiechen, du bist doch auch noch ganz jung«, sagte die Mutter.

»Ich möchte einen langen Rock haben«, sagte Sofiechen und begann zu weinen.

»Aber Sofie, das schickt sich nicht«, sagte auch Tante Eugenie.

»Was ist denn da unten los?« fragte Emmanuel.

»Was fragst du? Sofie vergießt Tränen wegen Kleider. Sofie, merk dir das Datum. Die ersten Tränen wegen Kleider sind wichtig.«

»Woher weißt du das, Onkel Waldemar?« sagte Theodor.

»Du Naseweis«, sagte Waldemar. »Weil ich in meinem ganzen Leben noch keine Frau gekannt habe.«

»Du, Tante Eugenie, die Koller hat übrigens eine reizende Direktrice, Winkel, die hat sich selbständig gemacht. Erstens muß man so eine junge Person unterstützen, bei der Koller mußte man sich ja schon immer bedanken, es ist schier eine Gnade, wenn sie einem etwas macht, und dann ist sie viel billiger, fünfundzwanzig Mark Fasson.«

Karl rückte an seinem Zwicker.

»Die Adresse werd' ich dir morgen schreiben. Sie soll etwas Kapital zum Anfangen von ihrem ehemaligen Geliebten bekommen haben; aber da ist ja nichts dabei, bei so einem Mädchen aus dem Volk. Oder findest du?«

»Lieber Papa, gib mir bitte noch etwas Wein. Meine Flasche hier ist leer.« Karl trank rasch ein Glas. Was sollte er tun? Verhüten, daß Annette bei Käte Winkel sich Kleider machen ließ? Jede Andeutung wäre verdächtig gewesen. Es wird schon nichts herauskommen, dachte er.

Die Herren setzten ihr politisches Gespräch fort: »Natürlich haben die Serben recht. Ein ungemein sympathisches Volk.«

»Sie sind nur leider aufs empfindlichste besiegt worden«, sagte Waldemar.

»Sie haben sich doch aber großartig geschlagen«, sagte Paul.

»Unerhörte Leistung war der Kampf bei Slivnitza«, sagte Karl.

»Die Bulgaren können einem unsympathisch sein, aber ihre Erstürmung des Pirot war eine Heldentat wie die Erstürmung der Höhen von St. Privat. Wenn die Österreicher nicht den Serben zu Hilfe gekommen wären, wären heute die Bulgaren ich weiß nicht wo. Es war alles so weit, daß die österreichischen Truppen in Serbien einrücken sollten, um den Serben zu Hilfe zu kommen.«

Die Damen besprachen die Tanzstunde von Sofie.

»Sie fängt um sechs Uhr an. Es gibt bunte Schüsseln und Limonade.«

»Gar keine Brote?« fragte Sofie.

»Doch, auch Brote«, sagte Selma.

Jetzt brachten die Mädchen das Eis. Jedesmal gab es bei Eugenie Eis, und jedesmal sagte Selma: »Du bist so übertrieben, Eugenie.«

Aber dann nahmen alle tüchtig davon.

»Mahlzeit, Mahlzeit«, sagte Eugenie. »Ich bitte, sich auf die verschiedenen Sofas zum Mittagsschlaf zu verteilen.«

Sofiechen und Klara liefen in die Küche und ließen sich die Eisreste geben. Die Köchin schimpfte: »Grade jetzt während des Abwaschens.«

»Wer legt sich rund?« fragte Ludwig.

»Ich glaube, Selma, die ist die einzige mit Fasson für ein Ecksofa.«

»Ich weiß nicht, lieber Bruder, ob das ein Kompliment oder eine Bosheit ist?«

»Im Zweifelsfall«, sagte Waldemar, »ein Kompliment.«

»Die Herren bitte ich, mir zu folgen, in der oberen Etage stehn weitere Schlafgelegenheiten zur Verfügung. ›Treulich geführt, ziehet dahin.‹«

Die Jugend blieb unten.

Es war ganz still. An diesem Apriltag hing der Garten voll Regen.

Theodor trat an eines der hohen Fenster, schob die gestickte Gardine zurück und dann die schwere Samtportiere und sah hinaus.

Im Zimmer waren viele gestickte Stühle. Ein Teppich, so dick, daß kein Tritt darauf zu hören war. Und die ganze Wand war voll von Gemälden.

Sofiechen, malerisch auf das Eisbärenfell gekauert, sah die neuesten Hefte von »Über Land und Meer« an.

Wie mag Onkel Waldemar leben? dachte Theodor. Wie hält er es mit den Frauen? Wer ist seine Geliebte? Oder geht er in Hinterstuben mit roten Laternen wie ich? Oder hat er einmal eine Dame der Gesellschaft geliebt, die verheiratet ist? Theodor sah in den Regen. Was sollte aus ihm und Wanda werden? Die Widerklee hatte er vor ein paar Tagen gehört, und nach der Vorstellung stand wieder der Wagen vor der Oper. Der Graf Sedtwitz war also noch ihr Geliebter.

»Du, Theodor«, sagte ein schönes Stimmchen, das nur allzu dialektfrei deutsch sprach. »Ach, ich habe eine herrliche Geschichte gelesen. Also am Weihnachtsnachmittag sitzen drei sehr elegante, schöne und reiche Junggesellen zusammen und überlegen, wie sie wohl Weihnachten jemandem eine Überraschung bereiten könnten, und dann werfen sie kleine Zettel zum Fenster hinunter, worauf steht: ›Wer diesen Zettel findet, kann sich ein Gabenpaket bei uns abholen‹, und bereiten solche Pakete vor. Und dann kommen lauter abgerissene Leute, sogar ein Trunkenbold, der einen ganz abstoßenden Eindruck macht. Aber schließlich kommt eine sehr schöne Dame, und der eine der Herren, ein Baron, ist sofort völlig verliebt und hält zuletzt um ihre Hand an, und da stellt sich heraus, daß das Ganze kein Zufall ist ...«

»Na, natürlich.«

»Sondern daß die schöne Dame die Schwester eines der Junggesellen ist, eine Witwe, und daß der die Sache arrangiert hat um des Glücks dieses eingefleischten Junggesellen willen.«

»So was wünschst du dir auch, nicht wahr?«

»Ja«, sagte Sofie und blieb träumerisch auf dem Eisbärenfell.

»Wo ist denn Klara?«

»Die sitzt natürlich mit Paul Effinger draußen. Fräulein Kelchner sitzt bei ihnen.«

»Du magst wohl Paul Effinger nicht?«

»Nein, wenn ich offen sein soll.«

»Warum denn nicht?«

»Er ist gar nicht fürs Höhere.«

»Aber Sofie, was stellst du dir denn darunter vor?«

»Er interessiert sich weder für die schönen Künste noch für Frauen. Wenn er überhaupt den Mund aufmacht, so redet er doch von Kaufmannsdingen.«

»Aber das ist doch auch interessant.«

»Weißt du, Theodor, er ist ungebildet, aber Klara ja schließlich auch, und so mögen sie ganz gut passen.«

»Aber was redest du da! Warum soll er sich denn für Klara interessieren? Er kann sich doch hier mit niemand anderem unterhalten.«

»Er könnte ja zum Beispiel mit dir sprechen.«

»Unsinn. Aber Paul Effinger ist bestimmt gebildeter als die jungen Leute, mit denen du Tanzstunde hast. Er reflektiert nur nicht. Er handelt. Ihr jungen Mädchen unterschätzt das sehr. Ich wünschte, ich könnte handeln. Ich wünschte, ich könnte ein Bürger sein.«

Theodor sehnte sich hinaus. Er genoß nicht die sonntagnachmittägliche Stille, nicht die Wärme und Behaglichkeit des Raumes, nicht die Dämmerung, die heraufzog. Er hatte jetzt gerade »L'œuvre« von Zola gelesen. Ja, so ging man zugrunde in dieser bürgerlichen Welt. Nur das Flache und Nützliche schien ihnen gut. Was wußten sie von der Liebe, die Leidenschaft ist!

Paul kam aus dem möblierten Zimmer. Er genoß wider Willen die übervolle Üppigkeit des Raumes. Als er so dasaß, in den Wintergarten hinaussah und auf dem bunten Sofa ihm gegenüber die bräunliche, warme Klara saß, da dachte er, wie schön das Leben sein könnte, wenn man keine Sorgen hätte, wenn nur tadellose Ware fabriziert würde, wenn man keine unsicheren Kunden hätte, wenn man mehr Kapital hätte, Ruhe und überhaupt eine Lebenssicherheit. In Kragsheim setzten sich die Leute mit fünfzig Jahren zur Ruhe und tranken ihren Schoppen im »Gläsernen Himmel« oder im »Silbernen Maulesel«.

Noch einer genoß die Stunde, das war Hartert.

»Gnädiges Fräulein haben sich malerisch gelagert«, sagte er.

»Ja«, sagte Sofie und kauerte sich, wie sie glaubte, daß eine große Kurtisane es tue. »Dort drüben steht Konfekt, reichen Sie mir ein Stückchen.«

Hartert nahm ein Stückchen und reichte es ihr. Er streifte ihre Finger.

Sie sah ihn an. Wie sah er aus, der lange Laban, vierschrötig, in einem grauen Anzug, mit einer orangefarbenen Krawatte, das Gesicht voll Pickel! Er liebte sie wohl. Sie spürte es.

»Gnädiges Fräulein liegen wohl gern auf einem Bärenfell? Es muß sehr weich sein. Es ist von einem prachtvollen Tier. Aber das ist ja wohl selbstverständlich bei Leuten wie Ihrem Onkel. Ich bewundere Ihren Onkel ungemein. Oder mögen Sie Ihren Onkel nicht? Er hat natürlich auch seine Schattenseiten.«

»Sooo?« sagte Sofiechen sehr gedehnt.

»Ich bin ihm zu größtem Dank verpflichtet. So war das nicht gemeint.«

Theodor dachte an seinen Freund Miermann, der Germanistik studieren wollte. Zu ihm gehörte er, nicht zu diesen tatkräftigen, praktischen Leuten. Die Tat war böse von Anfang an. Der Wille war böse. Diese Bürger in üppigen Wohnungen gingen ihn nichts an. Sie tranken Wein und lachten.

Langsam kamen die Schläfer herunter. Der Justizrat mit dem langen blonden Vollbart war der erste. »Wo bleiben unsere edlen Damen?« fragte er. »Weißt du, Theodor, wenn ich deine Schwester Annette sehe, da werde ich wieder zum Gymnasiasten ...«

»Ich wußte gar nicht, daß Sie das nicht mehr sind«, sagte Waldemar. »Nicht übelnehmen, Sie Guter, aber wollten Sie von Annette schwärmen?«

»Ja. Ich bin so entzückt, wenn ich diese Anmut sehe, diese goldenen Haare. Ich möchte ihr immer sagen: Schöne, wunderherrliche Frau! Sehen Sie, bei einer solchen Frau versteht man doch, daß die Frauen die Krone der Schöpfung genannt werden. Und dazu diese immer gleiche Heiterkeit, diese Munterkeit, diese Liebenswürdigkeit des Herzens ...«

»Billinger, Billinger!« drohte Waldemar.

»Er spricht von der Sorma, nicht wahr?« fragte Maiberg, der jetzt kam.

»Nein, nein, von unserer Annette.«

»Ja«, rief da Maiberg, »sie ist reizend in ihrer Schönheit, die sie wie eine Krone trägt. Ich könnte nicht sagen, ob sie klug ist – wahrscheinlich, hoffentlich im Gegenteil –, aber sie flicht wirklich himmlische Rosen ins irdische Leben.«

»Und dann macht sie so feine Bemerkungen. Wie sie heute mittag von dem ›Zigeunerbaron‹ sagte, daß die Musik von ganz besonderem Reiz der Behandlung wäre, so fein bemerkt.«

Waldemar und Theodor wechselten einen Blick.

»Familie sieht das wohl nicht so«, sagte Waldemar.

»Na, hoffentlich fangt ihr keinen trojanischen Krieg ihrethalben an.«

»Zum Kaffee!« rief Eugenie.

»Haben Sie schon das neueste Gemälde von unserem Freund Wendlein gesehen?« fragte Ludwig.

Man stand im Eßzimmer vor einem braunen Bild. Griechischer Lehrer unterrichtet die Söhne des Scipio. Römischer Garten, ein Wasserbecken mit Springbrunnen, und unter einer Säulenhalle die beiden Jungen in kurzen, roten und blauen Kitteln, und ein Grieche in einer weißen Toga legte die Arme um ihre Schultern.

»Nun, was sagen Sie dazu?« wandte sich Maiberg triumphierend an Waldemar.

»Ich kann dazu nicht viel sagen.«

»Finden Sie nicht, daß es noch einen letzten Abglanz des Griechentums enthält?«

»Nein«, sagte Waldemar unerbittlich.

»Doch«, sagte Emmanuel, »für mich ja. Wenn ich so ein Gemälde sehe und ich denke an die Satiren des Horaz, dann sehe ich das ganze wunderbare römische Leben vor mir, das noch nicht in lauter Einzelforschungen zerfallen war. Ihr nehmt mir das nicht übel, ihr Effingers, aber wie ist das heute? Irgendeiner fabriziert Schrauben, dann versteht er aber auch rein gar nichts von Politik. Du, lieber, guter Friedhof, verstehst etwas von Bakterien, deswegen hast du gar keine Ahnung von einer Dampfmaschine. Jeden Tag werden andere Erfindungen gemacht. Was haben wir davon?«

Aber nun empörte sich Karl: »Lieber Schwiegerpapa, ich

möchte dich nicht kränken, aber wenn du eines Tages aufwachen würdest, und es gäbe keine Kanalisation mehr, nur noch Kot auf den Straßen, keine andere Beleuchtung als eine Ölfunzel, keine andere Möglichkeit zu reisen als mit Pferd und Wagen, da möcht' ich dich ja hören. Es ist doch sicher, daß heute trotz alledem die unteren Stände viel besser leben als vor zweihundert Jahren die oberen.«

»Ja«, sagte Eugenie, »ich habe neulich gelesen, daß Unterwäsche eine Sache ist, die wir erst sehr kurz haben. Irgendeine Königin von Spanien bekam dunkle Seidenwäsche, die nie gewaschen wurde. Diese Unreinlichkeit früherer Jahrhunderte würde uns ja wahnsinnig machen. Nein, mein lieber Emmanuel, es ist schon was dran am Fortschritt.«

»Zur Zeit der Französischen Revolution soll es fast keinen Menschen gegeben haben, der ohne Pockennarben war.«

»Und gar die Pest?« sagte Eugenie. »Und die Cholera?«

»Na«, sagte Friedhof, »die können wir immer noch haben.«

»Und Ludwig XIV. soll sich nie gewaschen und so geduftet haben trotz aller Parfüms, daß es die entsetzlichste Überwindung gekostet hat, sich ihm zu nähern. Und die Aufhebung der Sklaverei? Und die Fürsorge für die unteren Klassen? Nein, nein, ich stoße mit Kaffee an auf den Fortschritt.«

»Und doch ist sehr zu bezweifeln, ob der Fortschritt ein Glück ist«, sagte Paul. »Wenn ich an Kragsheim denke, wie da die Menschen leben, so ruhig, so glücklich. Nicht diese Hast, dieses Getriebe ...«

»Seid ihr mit dem Kaffee fertig?« unterbrach Eugenie, die Paul nicht mochte. »Will Sofie nicht etwas singen?«

»Freudvoll und leidvoll, gedankenvoll sein ...« Die Kleine hatte zu Ende gesungen. Annette begann ein Salonstück zu spielen.

Ludwig nahm Emmanuel beiseite: »Laß die Kleine nicht bei der Widerklee Stunde nehmen; sie kommt zu Dingen, die ihr furchtbar schaden können. Sie hat neulich bei Kramers gesungen, hat Frau Kommerzienrat Kramer gesagt: ›Ein junges Mädchen, das bei einer Demi-mondaine Stunde hat, kann man eigentlich nicht einladen.‹«

Emmanuel setzte sich auf einen vergoldeten Rohrstuhl: »Ludwig, ist das wahr?«

»Ja, ich sage es dir mit Absicht so brutal. Du warst lange in Paris, du hast den kleinen Ballettratten den Hof gemacht. Du kommst aus einem weiteren Bezirk. Hier in Berlin darf man nicht so lax sein. Es war furchtbar leichtsinnig von euch, daß ihr damals die Widerklee eingeladen habt. Es hat euren Töchtern sehr geschadet.«

»Aber ich bitte dich, neulich hat man sogar bei Hof ein paar Künstler eingeladen.«

»Du bist nicht der Hof, sondern ein Bürgerhaus.«

»Na, wird hoffentlich nicht irreparabel sein. Jedenfalls melde ich sie noch morgen ab.«

Klara und Sofie gingen wieder täglich mit Fräulein Kelchner spazieren. Klara, die Siebzehnjährige, hatte noch nie allein einen Weg gemacht, von Sofiechen ganz zu schweigen. Sie wurden zur Klavierstunde gebracht und von der Klavierstunde abgeholt, wie sie früher zur Schule gebracht und von der Schule geholt worden waren. Klara hatte nie allein einen Laden betreten, geschweige eine Konditorei. Sofie hatte an den Stunden bei der Widerklee gehangen. Aber als sie mit Klärchen allein war und Handarbeiten machte, sagte sie: »Ich muß dir sagen, Klärchen, ich finde es selber besser, ich nehme nicht mehr bei ihr Stunde. Mama sagt auch, solche Extravaganzen können einem nur schaden. Man wird dann betrachtet wie die Bücklers.«

»Na, aber das sind doch ganz unfeine Mädchen«, sagte Klara.

»Sie werden auch zum Beispiel bei Kramers nicht mehr eingeladen.«

»Hast du das Jäckchen für James schon fertig?« fragte Klärchen.

»Nein«, sagte Sofie.

# 27. Kapitel

## *Wege der Kinder*

Die Widerklee schlug die verschleierten, von langen Wimpern verhängten Augen nur halb auf. Theodor sah auf die Frau im weiten, sehr an Rokoko-Kostüme erinnernden weißen Spitzen-Negligé, das die halbe Brust freigab. Sie hatte die Haare hoch auf dem Kopf zusammengedreht, die Löckchen rings ums Gesicht, die Füße in roten Pantöffelchen auf einer rosaseidenen Fußbank. Hinter ihr hing ihr Porträt als Cherubin im »Figaro«.

»Ich liebe dich«, sagte Theodor. »Du kannst doch nicht plötzlich wortlos davonlaufen mit einem Mann, der ein Graf ist.«

Die Widerklee schloß die Augen, wie in Schmerzen legte sie die rechte Hand aufs Herz: »Nur ich weiß, was ich leide. Ich habe dich zu sehr geliebt. Ich habe Beziehungen vernachlässigt, die für meine Karriere notwendig sind. Mon petit, in Paris könnten wir zusammen leben. Nichts könnte mich dort hindern, der Stimme meines Herzens zu folgen. Aber hier braucht man Beziehungen zum Hofe, zum Intendanten.« Sie reichte ihre volle weiche Hand dem Jungen: »Geliebt habe ich nur dich.«

Er kam am Morgen zu spät ins Geschäft, machte Rechenfehler, saß stumm beim Abendbrot, sagte Gesellschaften ab. Kaum war Käse serviert, stand er auf, schloß sich in sein Zimmer ein oder ging zur Oper. Öfter fuhr er zu dem Laden mit der roten Laterne, Weinstube von Erna Schmidt, und sah dort Wanda, die ihn tröstete und davon abhielt, sich zu erschießen. Theodor begann alles zu hassen, Elternhaus, Geschäft, diese Stadt, die Menschen, das Dasein.

Vierzehn Tage später traf er die Widerklee zu Hause.

»Hast du mir nichts zu sagen?« begann Theodor.

»Ja«, sagte sie, »komm, setz dich.« Nein, sie sei in diesen Grafen Sedtwitz keineswegs verliebt. »Aber vielleicht heiratet mich der Graf eines Tages.«

Theodor ging. Müde und wissend, ging er zu Wanda.

»Geliebter Waldemar,

Ich schreibe an Dich, um Dir zu sagen, daß ich Dich liebe. Es ist nicht einfach, Dir so zu schreiben, aber mein Herz weint, und meine Augen, von denen der große Edouard Dujardin gesagt hat: Tes yeux si tristes et si douces, meine Augen weinen. Waldemar, ist gar keine Hoffnung? Ist gar keine Möglichkeit? Wollen wir nicht noch einmal auf einem Schiff um England segeln, auf Wiesen liegen? Ich erwarte Deine Nachricht.

Susanna.«

Waldemar las den Brief. Die Sache mit Sedtwitz scheint brenzlig, dachte er. Versucht's noch einmal bei mir. Er arbeitete an dem Nießbrauch an Forderungen, einem Beitrag zu der Lehre von den Rechten an den Rechten. Es war eine kleine Arbeit. Das Recht mußte festgelegt werden. Jede Willkür war auszuschließen, sollte Macht unter dem Recht stehen. Die Einzelfälle des Lebens waren verschieden, sie mußten gebändigt und geordnet werden, indem man sie unter einen Oberbegriff zwang. Susanna, wie habe ich dich geliebt! Aber dann war der Abend im Casino in Scheveningen, wo der junge Engländer war und Susanna fortging, einfach fortging. Er blieb sitzen und bezahlte den Sekt. Nie wieder so leiden müssen! Ihre Albernheiten nahm er in Kauf, diesen etwas komischen Brief, in dem sie es auch nicht vermeiden konnte, »Voila comme je suis« zu sagen. Sie war eine große Künstlerin, die einzige Frau, mit der er hätte leben wollen. Aber würde sie nicht immer wieder aufstehen, mit einem jungen Engländer davongehen und ihn sitzen und den Sekt bezahlen lassen?

Und er dachte an die Verse seines Dichters:

»Böse war es nicht gemeint,
Und so heiter blieb die Stirne;
Leider mit Vergeßlichkeit
Ausgefüllt ist dein Gehirne.
Hatte wie ein Pelikan

Dich mit eignem Blut getränkt,
Und du hattest mir zum Dank
Gall' und Wermut eingeschenkt.«

»Liebste Susanna,

ich antworte Dir ganz einfach und deutlich. Ich wünsche Dir Glück und rate Dir, den Grafen zu heiraten. Ich habe Dir nichts vorzuwerfen, wirf Du Dir auch selbst nichts vor. Meine Liebe zu Dir war größer, als Du verstanden hast. Ich wollte vieles werden, z. B. Naturforscher und Dein angetrauter Gemahl, aber ich habe ja Jurist werden müssen und Kunstsammler. Ich nehme an, daß mir die Venus des Correggio nicht mit einem Engländer durchbrennt. Obwohl man auch dies nicht wissen kann.

Mein Mädchen, begib Dich in die Aristokratie. Ein alter Graf ist besser als ein junger Professor, der weder jung noch Professor ist, sondern nur korrespondierendes Mitglied gelehrter Gesellschaften. Der Graf wird Orden und Ehrenzeichen anlegen, und Du wirst eingehen in die Gefilde der Götter, wo man tafelt am Tisch der Gardeoffiziere und zu Hofbällen – o Susanna – wahrscheinlich *nicht* eingeladen wird.

Die Tiergartenstraße, dic Via sacra des christlichen und jüdischen Reichtums in dieser Stadt, ist eine schöne Gegend, aber Du wirst sie doch nicht dem Schloß eines schlesischen Grafen vorziehen? Dein Antrag ehrt mich wie Dich, weil Dein Herz die Rangordnung der Liebe der der Gesellschaft vorzieht. Aber ein Schloß ist aus Stein, ein Herz zerfällt zu Staub. Baue lieber auf Stein.

Mein süßes Mädchen, lebe wohl.

Waldemar.«

Selma las die Zeitung.

»Aus der Gesellschaft.

Eine aufsehenerregende Verlobung wird soeben mitgeteilt. Graf Aribert Sedtwitz-Miskowitz auf Schloß Unterwäldchen wird unsere beliebte und berühmte Opernsoubrette Susanna Widerklee heimführen. Frau Widerklee wird sich von der Bühne zurückziehen.«

Anna, die rotbäckige, weißarmige, meldete Selma, daß Frau Kommerzienrat Kramer sie zu sprechen wünsche.

Selma erschrak. Sie ging hinunter in den Salon.

»Meine liebe Frau Oppner, guten Tag.« Die Kommerzienrätin ergriff Selmas Hände.

»Welch seltenes Vergnügen!« sagte Selma. »Ein Gläschen Wein?« Anna brachte es mit ein paar Cakes zusammen.

»Also, meine liebe Frau Selma«, sagte die Kommerzienrätin und streichelte Selmas Hand, »es ist natürlich kein Zufall, daß ich heute komme. Es ist eine schwere Angelegenheit, die mich zu Ihnen führt. Ich fühle mich aber bei der Freundschaft, die unsere Familien verbindet, verpflichtet, Ihnen von diesem Brief Kenntnis zu geben, einem Brief, den ich zu meiner schmerzlichen Überraschung im Zimmer meines Sohnes fand.«

Sie reichte ihn Selma, vor deren Augen sich das Zimmer zu drehen begann. Selma begann zu lesen: »Ich liebe Dich, ich träume von Dir. Warum hast Du mir gesagt, daß ich süß bin? Ich sitze am Flügel und spiele ...«

»Sie wissen, wie sehr ich Sofie immer geliebt habe. Und so dachte ich, vielleicht ist dieses Kind noch nicht verloren, vielleicht können wir sie retten. Ihr lieber, guter Mann ...«

»Dieser Brief ist sicher an Ihren Sohn gerichtet?«

»Ja, so ist es, da ist ja das Kuvert.«

»Wie stellt sich denn Ihr Sohn dazu?«

»Ich habe natürlich nicht mit meinem Sohn darüber gesprochen, wie können Sie so etwas denken?«

Selma dachte: Er muß sich mit Sofie verloben. Sie wird sechzehn. So etwas ist schon dagewesen. Er muß sie heiraten.

»Das ist eine Torheit von Sofie, sie ist eine Phantastin. Sie ist kein schlechter Mensch.«

Die Kommerzienrätin hob begütigend die Achseln: »Sie sind die Mutter. Wir wollen nicht streiten. In jeder Familie kann ein Unglück vorkommen. Ich hätte ja Sofie auch nicht dieser frühen Verdorbenheit für fähig gehalten. Mein Mitgefühl ist Ihnen gewiß. Trotzdem ich Ihnen sagen muß, man läßt ein junges Mädchen nicht bei einer Demimondaine Gesangstunden nehmen. Ich würde Sofie in Pension schicken. Sie müssen dafür sorgen, daß sie sich bald verheiratet. Solche Fälle gibt es eben.«

»Es ist jedenfalls sehr freundlich, meine liebe Frau Kommerzienrat, daß Sie mir den Brief gebracht haben. Ich danke Ihnen.«

»Ich fühle, es war meine Pflicht bei unserer langjährigen Freundschaft. Adieu, meine liebe Frau Oppner.«

Selma saß ratlos im Salon. Mußte man Sofie aus dem Hause weisen? Was war zu tun? Wozu war man als Eltern verpflichtet? Sie hätte gern Emmanuel rufen lassen, aber dann würden es Ludwig und Eugenie erfahren haben. Hilflos saß sie da, ausgeliefert. Ihre kleine Sofie schrieb schamlose Briefe an fremde Männer. Ein entartetes Kind. Was würde das Leben noch an Schwerem bringen? Die Kommerzienrätin würde nicht schweigen. Sie würde alles weitererzählen. Sofiens Leben war vernichtet. Kein anständiger Mann würde sie mehr heiraten.

»Meine Frau zu Hause?« ertönte der schöne Bariton Emmanuels.

»Jawohl, im roten Salon.«

»Nanu, im Salon?«

Emmanuel ging in den Salon. Selma saß auf einem der roten Seidensofas. Die Hände hielten ein Taschentuch. Ihr Gesicht war verweint.

»Selma, was ist geschehen?«

»Ach, Emmanuel, Frau Kommerzienrat Kramer war da.«

»Na und?«

»Hier.«

Emmanuel ergriff den Brief: – »Ich liebe Dich, ich träume von Dir. Warum hast Du mir gesagt, daß ich süß bin? ...« – »Was ist denn das?«

»Ich traue mich gar nicht, es dir zu sagen. Diesen Brief hat unsere kleine Sofie an, – ach Gott, ach Gott, wie furchtbar ist das! – an Arnold Kramer geschickt.«

»Wie?« schrie Emmanuel.

Selma nickte.

»Was ist das für eine Schamlosigkeit! Wer hat sie so verdorben?«

»Na ja, ihr mit eurer Widerklee.«

»Wer sind: ihr?«

»Ein junges Mädchen läßt man nicht bei einer solchen Person Stunden nehmen. Man lädt so was auch nicht ein.«

»Und du, wäre es nicht deine Pflicht gewesen, aufzupassen? Wo habt ihr denn Augen und Ohren gehabt, du und Fräulein Kelchner, daß solche Briefe aus dem Hause gehen können?«

»O Emmanuel, was sagst du da!«

»Du hast recht, meine liebe Selma, ich kann dir keinen Vorwurf machen. Verzeih mir, aber es ist furchtbar.«

Theodor kam nach oben in das Zimmer von Sofie.

»Was ist denn passiert? Papa schreit im Salon, Mama hört man schluchzen. Kein Mensch ruft einen zum Mittagessen. Frau Kramer war heut' vormittag bei Mama, und seitdem soll Mama verschwunden sein.«

»Wie?« schrie Sofie. »Was sagst du da? Dann geh' ich ins Wasser.«

»Aber was ist denn los?«

»Es ist rausgekommen. Ich ahnte es schon die ganze Zeit.«

»Was ist denn los? Nun rede doch schon, zum Donnerwetter! Was hast du denn angestellt?«

»Ich, ach Theodor, ich habe ...«

»Also was?«

»Ich habe einen Brief an Arnold Kramer geschrieben.«

»Was hast du getan?«

»Ja.«

»Kramer hat dich beim Tanzen mal an sich gedrückt, ja? Aber du tanzt ja noch gar nicht. Hat er dir in die Augen gesehen?«

»Nein, Theo, es ist viel mehr passiert.«

»Hat er dich geküßt?«

»Nein, er hat an meiner Bluse eine Schleife gebunden, und dann hat er dort ...«

»Dich angefaßt? Eine Unverschämtheit!«

»Er hat ›süß‹ zu mir gesagt. Ich dachte, er liebt mich vielleicht.«

»O du Gans!«

»Warum Gans?« fragte Sofie. »Liebe ist doch etwas Großes.«

»Nein, das ist keine Liebe. Kramer sieht bei jedem Mädchen

zu, wie er sie aufregen kann. Das läßt man sich nicht gefallen. Die amüsieren sich doch darüber. Und einen Brief hast du ihm geschrieben? Was stand denn da drin?«

»Daß ich ihn liebe.«

»Es kann dir passieren, daß du nirgends mehr eingeladen wirst und daß keine mehr mit dir verkehren darf. Du hast dir vielleicht dein ganzes Leben zerstört.«

»Theodor!« Sofie umarmte ihren Bruder: »Ich möchte sterben vor Liebe.«

Theodor erschrak. Sofie hatte dieselbe Fähigkeit zur Liebe wie er.

»Die Männer mögen es nicht, wenn man ihnen Liebe zeigt. Eine Frau muß unnahbar sein. Ein Mann will eine Frau auf ein Piedestal stellen, er will anbeten und verehren. Ein Mädchen, das sich anbietet, kann man nur verachten. Ich werde mal jetzt zu den Großen gehen und den ersten Sturm abfangen.«

Sofie blieb sitzen. Sie überlegte das Ganze. Liebe war also nichts Großes. Liebe war etwas, was einen demütigte und lächerlich machte. Man mußte eine Heilige sein. Ha, sie würde es sein, sie würde unnahbar sein. Sie stand auf, warf den Kopf in den Nacken und sagte laut in das leere Zimmer: »Sie wünschen, mein Herr? Nein, danke.«

Theodor fand die Eltern ratlos.

»Weißt du, was geschehen ist?« fragte Emmanuel.

»Ja.«

»Wie kann man den Kramer am Sprechen hindern?«

»Ich werde das erledigen«, sagte Theodor. »Sofie sieht ein, daß sie sich sehr viel vergeben hat.«

»Es ist aber auch eine entsetzliche Geschichte. Die Ehre verloren!« sagte Emmanuel. »Sie geht fürs erste mit Klärchen in Pension. Wenn es bloß Klärchen nichts schadet! Sie ist ein so reines Kind!«

Beim Mittagessen sprach kein Mensch. Alle sahen auf die Teller. Es wurde nicht mehr über die Sache gesprochen.

Am nächsten Morgen sagte Selma: »Wir wollen Frau Mann bestellen, damit die Pensionssachen so schnell wie möglich gemacht werden können.«

# 28. Kapitel

## *Zeitenwende*

Es war am 6. November 1887, daß Waldemar in das Comptoir seines Bruders kam.

»Nanu, was gibt's?« fragte Emmanuel. »Wieso kommen wir zu der seltenen Ehre?«

»Ich komme eben aus dem Auswärtigen Amt. Ich hatte ein Gutachten über eine ausländische Rechtsfrage abzugeben und habe dort so entsetzliche Nachrichten über den Kronprinzen bekommen, daß ich sie euch geben wollte.«

»Was ist? Setz dich.«

»Die Krankheit ist bösartig.«

»Also doch Krebs«, sagte Emmanuel ganz leise.

»Ja.«

»Grauenvoll!«

»Er soll es tragen wie ein Christus.«

»Was soll werden?« fragte Ludwig. »Der Kaiser ist neunzig Jahre alt.«

»Die Menschen verstehen wieder einmal nicht die ganze Größe des Unglücks«, sagte Waldemar. »Bismarck ist ein Genie. Aber seine gewaltige Konstruktion europäischer Bündnisse war auf ihn zugeschnitten, und er ist alt. Er wird mit den neuen Bewegungen nicht fertig. Die Ultramontanen und die Sozialisten, die doch ein Gift sind, nehmen zu. Bismarck ist die Gewalt. Mit Gewalt kann man große Bewegungen nicht unterdrücken. Der Kronprinz ist ein Mensch, der allen großen Ideen der Zeit aufgeschlossen ist. Er hätte endlich alle Wünsche erfüllt.«

»Ihr wißt doch«, sagte Ludwig, »was er zu Stadtrat Magnus vor kurzem im Hinblick auf Stöcker gesagt hat: ›Die antisemitische Agitation ist eine Schmach für Deutschland. Ich vermag es nicht zu fassen, daß Männer, die auf geistiger Höhe stehen oder ihrem Beruf nach stehen sollten, sich zum Träger und Hilfsmittel einer in ihren Voraussetzungen und Zielen gleichmäßig verwerflichen Agitation hergeben können.‹ Ich habe es auswendig behalten.«

»Durch ihn würde Deutschland nicht nur gefürchtet, sondern geliebt werden«, sagte Waldemar.

Waldemar stand am Fenster. Drüben an einem alten Hause wurde eine Laterne angezündet. Eine Dame im weiten Samtmantel, das winzige Hütchen auf dem Kopf, führte ein Kind. Das Kind lachte und versuchte, die nassen Schneeflocken zu fangen. Waldemar hörte es und hätte am liebsten gerufen: »Hör auf zu lachen, eine Zeit wird zu Grabe getragen!«

»Wir sind Kaufleute«, sagte Ludwig, »wir können nicht mehr tun als unsere Pflicht. Die Politik wird Bismarck schon gut führen.«

Waldemar drehte sich um: »So wie Emmanuel an 48 hängt und nicht darüber hinwegkommt, daß die Einigkeit nicht durch das Volk, sondern von oben kam, von den Fürsten her, so ist meine große Jugenderinnerung die Heimkehr der Truppen aus dem siebziger Krieg. Wir standen bei den Großeltern auf dem Balkon unter den Linden, und ich sah sie einziehen. Der Eindrucksvollste war der Kronprinz. So malt sonst die Phantasie die Helden, hier stand der Kriegsgott selber und hatte eine preußische Uniform an. Und dabei hat er den Krieg, diesen kurzen, beispiellos siegreichen Krieg, ein nationales Unglück genannt. Wenn ein solcher Mann die großen Ideale der Menschheit will, Duldung, Gerechtigkeit, Aufklärung, und dann durch die fürchterlichste Krankheit an der Erfüllung seiner Sendung gehindert wird, dann, Ludwig, beneide ich dich, der du an Gottes allmächtige Güte glaubst. Ich kann es nicht. Ihr wißt, ich bin kein Freund von pathetischen Gefühlen. Aber heute muß ich sagen: Ich bin verzweifelt.«

Waldemar nahm seinen Hut und verließ das Zimmer. Er war rasch in der Leipziger Straße angekommen. Schon begannen die Weihnachtseinkäufe. Waldemar sah die Läden, die dicht gefüllt waren. Er sah ab und zu ein frierendes, hungerndes Kind, das ein handgeschnitztes Tier verkaufen wollte. Die ungeheuren

Gegensätze des Lebens in dieser Großstadt ergriffen ihn. Ein Sechstel der Bevölkerung wohnte in Kellerwohnungen. Der vollständigen Besitzlosigkeit verfielen immer mehr Menschen. War es nicht klar, daß sie ausschauten nach einem neuen Glauben, da der alte nicht zu helfen schien? Große Männer, die Katheder-Sozialisten Schmoller und Wagner, warnten vor der immer mehr zunehmenden Verelendung der arbeitenden Klassen, vor ihrem Zurücksinken in die Zustände der Barbarei. War es nicht selbstverständlich, daß sich eine falsche, aber bestrikkende Theorie des Hasses entwickelte, daß man einer Klasse, der es besserging, die Schuld zuschrieb?

Waldemar sah muntere Damen aus Konditoreien kommen. Er dachte an den Mann, der hätte helfen können und der heute an Kaubeschwerden litt, morgen an Schluckbeschwerden und übermorgen nicht mehr sprechen können würde. Waldemar sah elegante Equipagen fahren, und er dachte, was für eine grausame Weltanschauung doch die herrschende war, dieser Glaube an die Auslese der Besten im Kampf ums Dasein, wo es doch nur eine Auslese der Skrupellosesten und Stärksten war. Immer wieder wurde Christus ans Kreuz geschlagen, weil er den Törichten, den Kraftlosen, den Benachteiligten das Himmelreich bringen wollte.

Waldemar trat in seine Wohnung, legte den Mantel ab.

»Es ist Besuch da, Herr Doktor«, sagte der Diener, »der Herr Kustos.«

»Sie verzeihen mir, lieber Riefling, wenn ich heute einen etwas konfusen Eindruck mache.«

»Haben Sie Ärger gehabt? Störe ich?«

»Nein, aber ich habe sehr böse Nachrichten über den Gesundheitszustand des Kronprinzen, und ich muß Ihnen sagen, daß mich so viele Gedanken anläßlich dieses Ereignisses bewegen, daß mir das Ästhetische fast wie Blasphemie vorkommt.«

»Nein«, sagte Riefling. »In diesem Sparta hier kommt das den meisten so vor. Können Sie mir sagen, was von Sparta übrigblieb? Die Überlieferung einer schwarzen Suppe und der Erziehung zum Stehlen. Athen aber, ohne alle militärische Tüchtigkeit, hat die europäische Menschheit geformt.«

»Aber nun gehört das alles nur einer ganz kleinen Bildungsschicht, und da unten versinkt das Volk in Schmutz und Elend.«

»Wenn man so denkt, dürfte keiner mehr malen, singen, schreiben. So kann man nicht denken. Ich habe Sachen mit Ihnen zu besprechen, die mir sehr wichtig sind. Sie wissen, daß die Hochrenaissance vergriffen ist.«

»Nun gut«, sagte Waldemar, »sprechen wir von der Hochrenaissance. Sie ist also vergriffen.«

»Zur Verteilung der Hochrenaissance ist Preußen nun wirklich zu spät gekommen. Aber Sie haben doch als einer der ersten die Früheren angefangen zu sammeln; ich glaube, Sie könnten damit fast einen Grundstock für unser Museum geben.«

Waldemar lachte: »Wie denn, was denn? Sie wollen hier die ganzen Wände ringsum annektieren wie Elsaß-Lothringen? Da werde ich Ihnen einmal eine lange Rede halten. Ich kam nach Italien und kaufte Raffael und Tizian. Und als ich mir meinen Raffael genau besah, war darunter Garibaldi gemalt, und unter meinem Tizian war eine Genreszene mit einer Eisenbahn. Ich bin in mich gegangen und habe mich sehr geschämt, weil ich eitel war und ehrgeizig und einen Raffael haben wollte, der mir nicht zukam. Und nun kaufte ich, was mir gefiel. Die Zeit, die ich sammle, sammeln die Leute noch nicht, aber eines Tages wird man genug haben von Üppigkeit und tiefen satten Farben, und die Stille und Innigkeit der Früheren wird Mode werden. Wenn Sie es durchsetzen könnten, die Mittel, die das Ministerium gibt, statt für die überbezahlte Hochrenaissance für das Quattrocento anzulegen, so bekommen Sie wundervolle Stücke.«

Riefling sagte: »Und könnte man nicht Privatleute heranziehen, daß sie Stiftungen machen?«

»Sicher. Ich bin ja auch kein Unmensch.«

»So hab ich's auch gemeint. Vielleicht könnte man einen Verein gründen, einen Museumsverein.«

»Ich wäre dabei.«

Riefling sah sich um, blieb da und dort stehen.

»Muntere Jugend«, sagte plötzlich Waldemar.

»Meinen Sie mich?« fragte Riefling.

»Ja.«

»Warum?«

»Ach, gar nicht.«

Am 15. Juni des folgenden Jahres stand Waldemar vom Familientisch auf und sagte: »Ich fahre nach Wildpark.«

»Aber Waldemar«, sagte Ludwig, »wir alle wissen, daß es zu Ende geht. Was willst du da draußen?«

»Ihr versteht mich vielleicht nicht«, sagte Waldemar. »Als im März der alte Kaiser starb, dachte ich: Nun stirbt das alte Preußen, die zuchtvolle Gerechtigkeit, der sparsame, einfache, rechtliche Sinn. Es war mehr als ein Symbol, daß der alte Kaiser bis zuletzt in einem eisernen Feldbett schlief. Aber jetzt stirbt die Hoffnung unserer Generation, und ich will dabei sein.«

Paul stand auf: »Wenn Sie gestatten, begleite ich Sie.«

Alle Züge waren überfüllt. In dem kleinen Stationsgebäude von Wildpark hatten sich die Journalisten eingerichtet.

Waldemar und Paul trafen Maiberg, der ihnen eine merkwürdige Sache erzählte: Bismarck war am Abend beim Kaiser. Der Kaiser, der nicht mehr sprechen konnte, legte die Hand seiner Frau in die des Reichskanzlers, als wollte er durch diesen stummen Akt die Zukunft seiner Gemahlin der Fürsorge des Kanzlers anheimgeben.

»Nicht der des Sohnes?« fragte Waldemar.

»Seltsam«, sagte Effinger.

»Wissen Sie«, fuhr Maiberg fort, »in der 'Nowoje Wremja« in Petersburg wird tief beklagt, daß das für Europas Ruhe so notwendige Leben Kaiser Friedrichs in so großer Gefahr schwebe, nachdem die kurze Regierungszeit schon den günstigsten Einfluß gehabt habe.«

Ein anderer Journalist erzählte, der Kaiser habe eine besondere Freude an einem Korb mit Wasserrosen gehabt. Er hatte sonst um diese Zeit mit dem Schwimmen in der Havel begonnen, und beim ersten Bad hatten immer die Schwimmeister seine Badezelle mit Wasserrosen geschmückt. Zum Zeichen, daß man seiner in diesen Tagen gedenke, hatten sie ihm den Korb mit den Wasserrosen geschickt.

»Der Kaiser hat sogar gestern noch eine Apfelsine gegessen.«

»Dieser Kaiser«, sagte Waldemar, »ist ein ungeheures Argument für die Monarchie. Ein so gütiger Mensch konnte nur deshalb an die Spitze des Volkes gelangen, weil er für diese Stellung geboren war. In einer Republik wäre er höchstens Hauptmann geworden. Gute Menschen, edle Charaktere drängen sich nicht nach der Macht; darum sind die, die Macht haben, im allgemeinen keine guten Charaktere.«

»Man kann auf sehr verschiedene Weise Macht erwerben. Sehen Sie Edison an: ein Mensch, der so Unendliches für den Fortschritt leistet, hat er nicht auch Macht?«

»Ob der Geist Macht hat, ist eine schwere Frage, Herr Effinger.«

»Nun, die Durchsetzung des Christentums spricht ohne Zweifel dafür, und dann das Judentum, das ohne jede Macht trotz aller Verfolgungen sich fünftausend Jahre erhalten hat, nur durch den Geist.«

»Wozu aber?« sagte Waldemar. »Wäre es nicht viel besser gewesen, es hätte sich längst vermischt?«

»Aber Herr Doktor, so etwas kann ich gar nicht hören«, sagte Effinger so tief entsetzt, daß Waldemar nichts mehr äußerte, sondern die Zeitung vornahm. »Haben Sie gelesen, was der Kaiser an Herrn von Puttkamer geschrieben hat? ›In einem konstitutionellen Staat hat der Liberale ebensogut wie der Konservative das Recht, mit den gesetzlichen Mitteln seine politischen Ansichten zu vertreten und der Krone gegenüber zum Ausdruck zu bringen!‹ Wenn der Kaiser länger regiert hätte, hätte es vielleicht dazu kommen können, daß auch in Deutschland politischer Gegner nicht mehr gleichbedeutend mit Verbrecher gewesen wäre. Alles vorbei.«

In Wildpark waren viele Menschen unterwegs. Sie standen und warteten. Dieses Warten war ganz stumm. Der Tag war warm, aller Frühsommerglanz hatte sich auf diesen 15. Juni zusammengedrängt, aber die Menschen waren dunkel gekleidet, die meisten tiefschwarz.

Um elf Uhr fuhr ein hoher Offizier im offenen Wagen vor. Kurz darauf ging die Flagge auf halbmast: Der Kaiser war tot. Eine ungeheure Aufregung bemächtigte sich der Menschen.

Alle eilten zum Schloßportal, wollten wissen, glaubten nicht. Die Frauen begannen zu weinen.

Plötzlich wurde es lebendig. Wachmannschaften liefen im Laufschritt dem Schlosse zu. Eine Postenkette sperrte das Schloß ab. Der kommandierende Offizier am Portal des Schlosses ließ niemanden mehr ein. Waldemar richtete sich hoch auf. Es hieß, ohne schriftliche Genehmigung des Kommandanten dürfe niemand hinein, vor allem aber auch keine Person – selbst keine Person des Königlichen Hauses – aus dem Schloß heraus. Was geschah da?

Waldemar ging langsam mit Effinger durch die wunderbare Allee.

»Meine Zeit ist tot«, sagte er, »jetzt kommt die Ihre. Ich war dabei, als die neue Zeit kam. Sie kam auf militärischen Befehl im Laufschritt aus dem Park und trug Uniform, und das erste, was sie tat, war, daß sie absperrte, das Volk von seinem Kaiser trennte. Ich sehe schwere Zeiten kommen, Herr Effinger. Das Menschenleben ist kurz, aber in dreißig Jahren, wenn wieder eine Generation kommt, werden Sie vielleicht an mich denken.«

»Dreißig Jahre«, sagte Effinger, »das wäre ja 1918. Ach, da lieg' ich auch schon unter der Erde.«

Am Potsdamer Bahnhof verabschiedeten sie sich.

»Wir wissen alle kaum etwas vom jungen Kaiser«, sagte Effinger tröstend, als er Waldemar so bekümmert sah.

»Richtig, aber ich, ein einfacher Rechtsgelehrter, ich weiß, was da starb, und es war meine Welt, meine Welt des Rechts, eine gütigere, lichtvollere Welt. Er wollte versöhnen, Zwietracht verbannen, der große Freiherr vom Stein war sein Vorbild. Was da starb, das war die große Humanität. Und daß er so leiden mußte, so qualvoll verenden, das ist das Schicksal, die Moira. ›Alles Große geben die Götter ihren Lieblingen ganz, alle Schmerzen, die unsäglichen, ganz.‹ Was da kommt, kenne ich nicht. Aber mir ahnt nichts Gutes. Adieu, Herr Effinger.«

»Adieu, Herr Doktor.«

# 29. Kapitel

## *Gasmotoren*

Die Textilwerke der Familie Soloweitschick bei Warschau dehnten sich aus. Sie lieferten Kopftücher, rote, weiße, blaue, für die gesamte slawische Welt. Sie lieferten Baumwollstoffe für die Schürzen von Millionen Bäuerinnen, für Rutheninnen, für Polinnen, für Russinnen, für Ukrainerinnen. Nach Osten gab es keine Grenze. Schon begann die wimmelnde Welt Asiens Baumwollstoffe aus Warschau zu kaufen.

Eugenie hatte einen Bruder, Alexander Soloweitschick, in Warschau, eine Schwester in Petersburg, eine Schwester in Wien. Eugenie fuhr jährlich an die Riviera, wo Alexander eine Villa hatte und wo sich die Familie traf. Eugenie liebte Berlin, aber erst dort in Mentone war sie zu Hause. Dort war keine kleinliche Selma und keine preußische Enge. Dort herrschte eine tiefe Gleichgültigkeit gegen das Geld.

Die Werke von Ben erweiterten sich. Sie lieferten Werkzeugmaschinen in die ganze Welt. Ben hatte drei Kinder, zwei Söhne, eine Tochter. Die Woche über lebten sie in einem Haus in Mayfair. Am Freitag fuhren sie hinaus nach Wood Hill, wo sie eine Besitzung hatten. Die Epoche der uralten Queen ging zu Ende, und es stieg schon auf das glanzvolle, fiebrige Jahrzehnt Eduards VII.

In Berlin war die Epoche Wilhelms I. zu Ende gegangen, die Epoche des eisernen Soldatenbettes. Es kam der Barockglanz Wilhelms II. Die Schlösser des Absolutismus wurden geöffnet, die Uniformen verändert und wieder verändert, die alten Fahnen herausgeholt, ein großer Glanz begann, ein großer Pomp. Alles nahm zu: Außenhandel und Binnenhandel, die Menschen, die Bauten, der Verbrauch, die Steuern, die Staatsausgaben, die Staatseinnahmen. Die Städte dehnten sich aus. Die Preise der

Grundstücke stiegen, die Preise der Häuser stiegen. Es stieg der Wohlstand der Bürger, es stieg die Unzufriedenheit der Arbeiter.

Paul sah älter aus, als er war, durch den demokratischen Vollbart, der jetzt aus der Mode kam, und einen liegenden Kragen, der den Hals freigab. Karl trug bereits das knappe, militärisch kurze Haar, den ausgezogenen Schnurrbart Wilhelms II. und den hohen steifen Kragen.

»In den fünf Jahren, die die Firma besteht, sind im ganzen 70 000 Mark verdient worden, das heißt im Jahr 14 000 Mark, für jeden 7000 Mark«, sagte Paul zu Karl. »Wir müssen uns klar darüber sein, daß dein Schwiegervater recht hat, daß die Industrie sich nicht rentiert. Man verdient mit einer Fabrik nicht mehr, als wenn man das Kapital allein arbeiten läßt, ohne daß man einen Finger rührt.«

»Du könntest gewiß kein Rentier sein«, sagte Karl.

»Nein, ich hab' auch bloß mal nachrechnen wollen, wie dumm man eigentlich ist, wenn man die Sorgen einer Fabrikation auf sich nimmt. Wann willst du nach Skandinavien fahren?«

»Ich dachte, in vierzehn Tagen. Ich wollte gleich Norddeutschland mitnehmen; vielleicht könnt' ich auch nach Rußland, aber du weißt ja, was das für eine Paßwirtschaft ist.«

»Ich find' ja, du machst immer enorme Spesen.«

»Na, erlaub' mal, als Chef der Firma? Und was hab' ich das letzte Mal verkauft? So, daß du mir hast telegraphieren müssen: ›Sind überbeschäftigt.‹ Da bin ich dann natürlich ganz erstklassig gereist.«

»Weißt du übrigens, wieviel wir von unserer Produktion ausführen?«

»Keine Ahnung.«

»Fast siebzig Prozent.«

»Und alles verkaufe ich.«

»Nein, nein, da ist Elsholz in den Staaten drüben, und dann Wackerli in der Schweiz, so ganz allein nicht, aber natürlich reüssierst du sehr gut.«

»Du willst doch noch was.«

»Ja, wir sind augenblicklich flüssig. 100 Kilogramm elektrolytisches Kupfer sind 19 Mark teurer als gewöhnliches Kupfer. Die Betriebskosten, um aus gewöhnlichem Kupfer elektrolytisches zu gewinnen, kann man aber fast gänzlich durch die Gewinnung von Gold und Silber aus dem Anodenschlamm decken. Und die Elektrotechnik hat großen und steigenden Bedarf für Telephon, Telegraph, Glühlampen. Zu jedem Draht braucht man elektrolytisches Kupfer.«

»Versprichst du dir daraus einen großen Verdienst?«

»Nein, aber eins kommt zum andern. Es ist dir doch recht?«

»Sicher. Aber wo du die Maschinen aufstellen willst, ist mir rätselhaft. Wir müßten längst aus diesem Pferdestall heraus.«

»Du müßtest mal in England die Fabriken sehen.«

»A propos England: Aus der Zeitung muß man erfahren, wie Ben vorwärtskommt. Ein enorm tüchtiger Mensch. Die Mutter hat uns den Zeitungsausschnitt geschickt.«

»Ich hab' lang nichts mehr von Kragsheim gehört, sonst hatt' ich immer Samstag früh einen Brief.«

»Ich hatte eine Photographie von James geschickt, und dafür haben sie sich bedankt. Der Papa hat nur so ein Wort darunter geschrieben. Er wollt' noch grad in den ›Silbernen Maulesel‹. Weißt du übrigens, daß dein Freund, du weißt schon, der die Tochter vom Hofbäcker hat, geschieden wird?«

»In Kragsheim? Das ist aber furchtbar.« Mein Gott, dachte Paul, das also gab's, eine Ehescheidung in Kragsheim!

Steffen klopfte. Wie die Schrauben nach Wilna zu versenden seien. Paul gab Bescheid. Karl ließ sich alle Unterlagen für seine Reise geben. Die Zollvorschriften für jedes Land, was an Fracht darauf lag, an sonstigen Spesen. Die Schrauben ließ er mit seidenen Fäden auf verschiedenfarbigen Karten, nach der Größe abgestuft, aufnähen.

Paul setzte sich wieder an die Arbeit.

Sicher hatte Karl recht, wenn er sagte, man müßte aus dem Stall heraus. Aber wohin? Bauen? Ein Terrain kaufen? Neue Sorgen haben? Aber so ging's nicht weiter.

Mittags ging Paul nebenan in ein kleines Lokal essen. Er saß auf einem roten Samtsofa hinter einem runden Tisch, auf dem ein zinkener Ritter stand. Der Ritter trug ein Banner, auf dem »Stammtisch« eingraviert war. Es war schon wieder einmal halb drei. Kein Mensch war mehr im Lokal. Auf die Tische waren schon die Stühle gestellt, um Platz zum Saubermachen des Bodens zu gewinnen. Paul las die Zeitung, die er hinter dem Suppenteller mit der linken Hand hielt, während er mit der rechten den Löffel zum Munde führte:

»Als im Jahre 1881 du Faur in Paris das erste Quantum abgefüllter Elektrizität an die Glasgower Universität sandte, um jene praktisch zu prüfen, schrieb Professor Sir William Thomsen an die Londoner Tagesblätter, im Angesicht der Ergebnisse dieser Prüfung annonciere er ihnen hiermit den Eintritt einer Zeit, in welcher der Hausbedarf an Elektrizität jeden Morgen an den Haustüren abgeliefert werden wird wie die Milch, das Fleisch, die Semmeln, alle anderen Bedürfnisse der Wirtschaft. Diese Zeit hat nicht lange auf sich warten lassen, man kauft in England die Kraft dieses zauberischen Glühlichts heute in beliebigen Quantitäten auf Gefäße abgefüllt, und die vorgeschrittene englische Technik hat der Verwendung desselben ein Gebiet nach dem andern eröffnet.«

»Knödl? Oder g'sottenes Rindfleisch?«

»Knödl«, sagte Paul.

»Schmecken die Knödl, Herr Effinger?« fragte der große, dicke Wirt, der hinter dem Schanktisch stand und mit dem Holzlöffel den Schaum vom Bierglas strich.

»Ja, sehr gut, ich freu' mich immer über Ihre süddeutsche Hausmannskost, Herr Meckerle.«

»Das freut mich«, sagte der Wirt, »Heimat ist halt Heimat.«

Als Paul in die Fabrik zurückkam, war Karl noch nicht da. Vor Jahren hatte Paul einmal zu Karl gesagt: »Du kannst doch nicht dreieinhalb Stunden Tischzeit machen, wenn man dem Personal zwei Stunden gibt. Was ist das für ein Beispiel?«

»Es ist doch für Annette zu schrecklich, wenn ich mittags nicht nach Hause komme«, sagte Karl und fügte liebenswürdig hinzu: »Ich werde zusehen, daß ich nicht länger als zwei Stunden wegbleibe.« Aber er blieb immer, bis zu seinem Tode, dreieinhalb Stunden weg.

Herr Rawerk hatte gesagt: »Ein Chef muß als erster da sein und als letzter weggehen.« Danach handelte Paul. Es war ihm peinlich vor dem Personal, später zu kommen oder früher wegzugehen. Und dann: »Einer muß ja wohl die Arbeit machen. Wovon soll der Schornstein rauchen?«

Steffen brachte die Post: »Die Drahtlieferung nach Bukarest haben wir nicht bekommen, wir sind zu teuer.«

»Man müßte diese neuen Methoden der Kraftübertragung versuchen«, sagte Paul. »Wollen wir mal einen Elektromotor als Antrieb anschaffen? Dann werden wir endlich wissen, was wir überhaupt an Kraft verbrauchen. Wir wollen mit Smith am Sonntag den Dampf messen. Ich fürchte, wir arbeiten ganz unwirtschaftlich.«

»Das rechnet aber keine Fabrik aus.«

»Richtig, aber die Konkurrenz wird immer größer, und man muß genau seine eigenen Unkosten kennen. Man muß wissen, was die Maschinen bei Leerlauf an Dampf, also an Kohle, verbrauchen.«

Steffen schüttelte den Kopf, Smith schüttelte noch mehr den Kopf, Meister Träger sagte: »Was sinn denn das für neue Methoden!«

Aber schließlich wurde der Dampf gemessen. »Nun kann man kalkulieren«, sagte Paul.

Der Lehrling kam in den Verschlag und meldete einen Herrn Rothmühl.

Im Warteraum mit der Karte von Deutschland und den gelbgestrichenen Holzmöbeln saß in einem schwarzen Capemantel ein Mann mit einem zerzausten gelblichen Vollbart, dem ein Stahlzwicker von der Nase rutschte.

»Womit kann ich dienen, Herr Rothmühl?« fragte Paul.

»Ich biete Ihnen hier die große Chance Ihres Lebens. Ich habe einen besonderen Gasmotor erfunden.«

»Das interessiert mich sehr, zeigen Sie mal her.«

»Die Leute wollen keine Verbrennungsmotoren. Sie halten nichts davon. Ich werde Ihnen ganz offen sagen, ich biete ihn aus wie sauer Bier.«

Paul dachte: Geschäftstüchtig ist er nicht.

»Sie können sich nicht vorstellen, was ich schon in meinem Leben durchgemacht habe. Einmal habe ich einen besonderen Antrieb für die Dampfmaschine erfunden und wollte ihn selber fabrizieren. Ich habe damit mein ganzes Geld zugesetzt. Dann habe ich diesen Antrieb einem Fabrikanten angeboten, ich ließ ihm die Zeichnungen da. Und kurz darauf war mein Antrieb in der Maschinenfabrik benutzt. Ich aber war ein Bettler.«

»Das ist doch aber Diebstahl.«

»Richtig.«

»Das hätten Sie einklagen können.«

»Habe ich, und in dem Prozeß den Rest meines Geldes verloren.«

»Und?«

»Verloren, glatt verloren. Es waren kleine Veränderungen vorgenommen, kleine Veränderungen! Ich will nicht wieder betrogen werden. Haben Sie die Sache gehört mit der abgefüllten Elektrizität, diesen Schwindel, daß man die Elektrizität in Akkumulatoren vor die Wohnungen stellt? Dafür wird Geld gegeben, aber unsereins bekommt keins.«

»Ja«, sagte Paul, »das ist ein toller Schwindel, aber die Welt will betrogen werden.«

»Sie sind mein Mann, Herr Effinger«, sagte Rothmühl. »Aber ich will keine Lizenz geben, sondern an der Fabrikation beteiligt sein.«

»Ich will erst einmal überlegen, ob der Motor überhaupt für uns in Frage kommt. So einfach ist das nicht.«

Rothmühl nahm die Zeichnungen aus seiner Mappe. »Hier«, sagte er, »es ist ein Viertaktmodell; das heißt, daß der Kolben viermal den Zylinder passieren muß, um einen Kraftimpuls zu erzeugen. Der erste Hieb saugt das Gas ein, der zweite komprimiert es, der dritte bringt es zur Explosion, und der vierte pufft das überflüssige Gas aus.«

»Wieviel Energie erzeugt er?«

»Wenig, eine halbe Pferdekraft, er arbeitet mit Leuchtgas, und er ist leicht.«

»So«, sagte Paul, »er ist leicht?«

»Aber das ist ja Nebensache, es ist ein ganz billiges Ding. Sie machen jetzt eine solche Reklame für die Elektromotoren, dabei sind sie teuer, und alle Elektrizitätswerke setzen zu. Wenn man den elektrischen Strom voll bezahlen müßte, könnte sich kein Mensch einen Elektromotor anschaffen. Im Gasmotor allein liegt die Zukunft.«

»Ich glaube, daß der elektrische Antrieb auch eine große Zukunft hat. Lassen Sie mir auf alle Fälle die Unterlagen da.«

Sie verabschiedeten sich.

Das war der Verbrennungsmotor, den Paul so lange gesucht hatte. Man würde ihn zur Bewegung von Wagen verwenden können. In England hatten sie sich auch mit dem Problem des pferdelosen Wagens beschäftigt. Eine Lokomobile war dabei herausgekommen, die auf schlechteren Straßen versagte. Paul hatte das Gefühl, an einem Wendepunkt zu stehen: »Von hier und heute bezeichnen wir eine neue Epoche der Weltgeschichte.«

Der Lehrling kam mit der Post zum Unterschreiben.

»Ist mein Bruder noch im Haus?«

»Nein, Herr Karl Effinger ist schon fort.«

Paul sah Offerten für die neue Scheideanstalt durch, schloß den Schreibtisch zu, setzte seinen Hut auf und ging am Portier, der den scharfen Hund festhielt, vorbei. Es war ein sanfter Sommerabend. Alles ging aus den engen Häusern auf die Straße. Vor den Türen saßen auf kleinen Feldstühlen alte Leute, die aus den Kellerwohnungen kamen. Die Arbeitslosigkeit stieg wieder.

»Guten Abend, Herr Effinger.«

»Guten Abend, Fräulein Mayer«, sagte Paul.

»Ich sah Sie ganz versunken vor einem Gemüseladen stehen«, sagte die Klavierlehrerin Mayer.

»Ja, ich dachte, wieviel besser es doch die Leute in Kragsheim haben. In die Erde kriechen und im Himmel wohnen tut da keiner. Aber in wenigen Jahren werden wir alle bloß einen Schalter drehen, um Licht und Wärme zu haben. Der Bauer braucht dann nicht mehr so entsetzlich hart zu arbeiten. Er wird einen Motor vor seinen Pflug spannen. Die Arbeit von Fleisch und Blut auf Eisen und Stahl zu übertragen, scheint mir eine große

Sache. Immer mehr wird produziert, und alle Schichten werden von der Überfülle profitieren.«

»Meinen Sie? Das wäre ja eine großartige Perspektive. Ja, so schlecht es mir und den Eltern geht, es ist schon eine Freude, in dieser aufgeklärten Zeit zu leben, obwohl es noch immer Frauen gibt, die vom Besprechen mehr halten als von der Arzneikunde, und Kindsmörderinnen auf Jahrzehnte in die Gefängnisse geschickt werden.«

»Verdient Ihr Vater so wenig? Er ist so ein feiner Mann, ein Bankier der alten Schule, wie man sie gar nicht mehr trifft.«

»Ja«, sagte Amalie dankbar. »Mein Vater kann sich auch gar nicht an die neuen Verhältnisse gewöhnen. Er kränkt sich so darüber, daß ich verdienen muß und daß Mutter Röcke näht.«

»Arbeit schändet nicht.«

»Das sagt man so. Aber wenn man arbeitet, gehört man nicht mehr zu den guten Familien. Eine Frau, die Röcke näht, wird nicht mehr eingeladen.«

»Das sind Vorurteile.«

»Aber wie geht es Ihnen? Leben Sie noch immer bei Frau Mindecke an der Spree?«

»Ja«, sagte Paul, »es ginge auch alles dort sehr gut, wenn ich bloß jemanden fände, der für meine Wäsche sorgen würde. Gewaschen bekomme ich ja. Aber nicht gestopft.«

»Ich besorge Ihnen jemanden.«

»Aber Fräulein Mayer, das kann ich gar nicht annehmen, so war's auch nicht gemeint.«

»Lassen Sie nur.«

»Ich habe mich sehr gut mit Herrn Effinger unterhalten«, erzählte Amalie, als sie nach Hause kam.

»Geh in die Küche und wärme dir das Zusammengekochte auf«, sagte die Mutter und nähte weiter. Schwarze Tuchröcke wurden gesteppt. »Vielleicht kommt Papa auch bald.« Ssssss machte die Nähmaschine.

Amalie ging über den Korridor in die Küche, die auch an Sommertagen nicht hell wurde. Sie zündete die Petroleumlampe an und wärmte den Kohl. Draußen an der Tür wurde geschlossen.

»Papa ist gekommen, kannst gleich für Papa mitwärmen«, schrie die Mutter, während sie die Nähmaschine weiter trat. »Entschuldigt, ich wollte gleich nachher liefern gehen. Aber Frau Klettke nimmt's mir mit. Sie liefert auch.«

Mayer sah anklagend zum Himmel. Schwieg.

An der Tür klopfte Frau Klettke. Frau Mayer schlug die Röcke in ein großes schwarzes Tuch und knotete es oben.

»Vielen Dank, Frau Klettke, es ist so nett von Ihnen.«

»Macht nischt, Frau Mayer. Tach, Herr Mayer. Tach ooch, Fräulein Amalie. Immer noch kein Bräutigam? Meine Frieda hat jetzt einen Herrn aus der Konfektion.«

»So?« sagte Amalie. »Gratuliere.«

Mayer rief empört: »Amalie!«

Die Mutter warf ihm einen Blick zu.

»So, nun kann ich bei euch bleiben.«

»Möchtest du nicht doch lieber einen kleinen Handel anfangen? Alle unsere alten Bekannten würden deine Kunden.«

»Nein, ich will nicht bei den alten Bekannten hausieren gehen. Es genügt, daß Amalie und du ihnen danken müssen. Was hast du heute gemacht, Amalie?«

»Ich habe Herrn Effinger getroffen, das ist ein netter Mensch.«

»Wo trafst du ihn denn?«

»In der Königstraße.«

»Und da bist du mit ihm gegangen?«

»Ja.«

»Aber, Amalie, wenn dich jemand gesehen hätte!« sagte Mayer entsetzt. »Ein junges Mädchen geht doch nicht allein mit einem jungen Mann! Ich bin nicht mehr in der Lage, dir eine Begleiterin zu halten. So mußt du auf dich selbst achten.«

»Ich werde doch noch ein paar Schritte mit jemand gehen dürfen! Was hab' ich denn von meinem Leben!«

»Papa hat recht«, sagte die Mutter. »Willst du noch einigermaßen gut heiraten, mußt du noch mehr auf dich achten als reiche Mädchen. Wollen wir diesen Effinger nicht einladen?«

»Ich weiß nicht, ob man das kann«, meinte Amalie.

»Er ist ein einfacher Mensch aus kleinem Herkommen. Gib mir noch ein bißchen von deinem Bœuf braisé. Ich denke, ja.«

Paul ging über die breite Treppe und klingelte bei Karl.

»Nanu«, sagte Karl, »was ist denn?«

»Wann sprichst du deinen Schwiegervater?«

»Was ist denn? Wir gehen grade hin. Komm doch mit. Wir wollen nur noch den Kleinen Gute Nacht sagen.«

James war vier Jahre alt, er strahlte Paul entgegen, wie er immer jedem entgegenstrahlte. Paul gab ihm ein Stückchen Schokolade: »Gib bitte der Detta auch eins.« Paul, Karl, Annette und die Kinderpflegerin standen um den Wickeltisch, auf dem Herbert lag, der Säugling. James kam heran: »Ulkig, nicht? Ist aber noch ganz dumm, kann nicht reden und nicht laufen, nur quaken.«

»Geh mal an dein Essen«, sagte die Kinderpflegerin.

Alle gaben sich Mühe, James nicht allzuviel zu beachten, aber es gelang nicht.

»Gute Nacht, gute Nacht«, sagte alles.

Karl faßte Annette um die Taille: »James ist ein goldiges Kind.« Und jedes Winkelchen seines Gesichts schien zu sagen: Ach, wie bin ich glücklich!

Sie gingen ein Stück durch den sommerlichen Tiergarten.

Die rosige Anna öffnete. »Warm«, sagte sie.

Sie hängten ihre Hüte an die Bären und gingen über den dikken roten Teppich in das graue Wohnzimmer, wo Selma an ihrer Kreuzstichdecke stickte und Emmanuel Zeitung las.

Emmanuel nahm den Zwicker, den er zum Lesen trug, ab.

»Anna wird uns gleich Limonade bringen«, sagte Selma.

Briefe waren aus der Pension da. Annette las vor: »Wir dürfen nicht durch die Hauptstraße gehen«, schrieb Klärchen, »so daß wir jeden Tag an einem Sarggeschäft und dem Friedhof vorbeigeführt werden. Hier passieren überhaupt ulkige Sachen. So ist neulich rausgekommen, daß eine niemals ihre Wäsche zur Wäsche gegeben hat, weil sie ihr Taschengeld vernaschen wollte. Ihr könnt Euch denken, was das für eine Aufregung war. Wir haben jetzt wieder zwei Ausländerinnen bekommen. Brasilianerinnen, aber keine echten.« – »Na, wißt ihr, da müssen Klärchen und Sofie täglich am Sarggeschäft vorbei, weil die Hauptstraße ihrem Seelenheil schaden könnte! Das ist aber irrsinnig!«

Selma sagte tadelnd: »Du bist immer so frei, Annette.«

»Ich bin froh, daß ich nicht in Pension gekommen bin. Da zieht eine nie frische Wäsche an, weil sie ihr Taschengeld vernaschen will, und man darf nicht durch die Hauptstraße gehen.«

»Ich war doch auch bei der Höpfner«, sagte Selma, »1864, und da gingen wir immer durch die Hauptstraße. Eines Tages aber kam ein Offizier, der hat uns immer aufgelauert ...«

»Das weiß ich ja noch gar nicht, o Mama!« sagte Annette. »Was ist denn da passiert?«

»Er hat einem der Mädchen einen Brief zugesteckt mit der Bitte um ein Rendezvous.«

»Na, und?«

»Was denn noch?«

»Ist sie zu dem Rendezvous gegangen?«

»Aber Annette, natürlich nicht. Aber wir wurden seitdem nicht mehr durch die Hauptstraße geführt!«

»Wann kommen denn die Fräulein Töchter zurück?«

»Frühestens in einem Jahr.«

»Sie haben es jetzt still.«

»Ja«, sagte Emmanuel, »wir sind schnell alte Leute geworden.«

Nach dem Kaffee gingen die drei Herren in den roten Salon. Der blaue Rauch stieg in die Luft.

»Herr Oppner«, sagte Paul, »ich möchte etwas mit Ihnen besprechen. Man hat mir einen Gasmotor angeboten, den ich für besser als alle bisherigen Modelle halte. Aber unsere Mittel reichen für diese neue Fabrikation nicht aus.«

»Sie wissen, ich bin nicht für Projekte.«

»Das weiß ich. Sie haben schließlich fremdes Geld zu verwalten. Aber ich glaube, daß dieser Motor eine große Zukunft hat.«

»Wir haben leider gerade jetzt zum erstenmal Geld in ein Industrieprojekt gesteckt. Aber das ist allerdings eine ganz sichere Sache. Eine Akkumulatorenfabrik will den Leuten das elektrische Licht einfach täglich vor die Tür stellen. Die Elektrizitätswerke rentieren doch alle nicht. Die Elektrizität wird sich in dieser bequemen Form der Akkumulatoren durchsetzen. Wir haben gar kein Geld für Neues frei.«

»Aber, Papa«, sagte Karl, »das, was Paul vorschlägt, ist doch eine ganz große Sache. Paul spricht schon lange vom pferde- und schienenlosen Wagen. Das ist das kommende Gefährt. Warum soll man nicht mit Hilfe eines Motors die Straßen befahren?«

»Sie werden schon deshalb große Schwierigkeiten haben, vorausgesetzt selbst, daß die Erfindung so ist, wie Sie sagen, weil alle Staaten Europas soeben mit großen Kosten ihr Eisenbahnnetz ausgebaut haben. Man ist an einem neuen Gefährt nicht interessiert.«

»Mit diesem Motor«, antwortete Paul, »kann man nicht nur spazierenfahren, sondern er könnte besonders der Landwirtschaft zugute kommen. So ein Bauer arbeitet doch furchtbar schwer. Allen wird das Leben jetzt durch die Maschinen erleichtert, warum nicht auch ihm?«

»Ich sehe keine Zukunft in Gasmotoren«, sagte Emmanuel und streifte seine Zigarre ab. »An solchen Sachen ist schon furchtbar viel Geld verloren worden.«

»Nun gut«, sagte Paul, »ich will Ihnen nicht zureden. Aber für eine Empfehlung an Wirbel, Toussaint & Co. wäre ich Ihnen sehr dankbar.«

»Ich gebe sie Ihnen gern, aber ich glaube nicht, daß man Sie empfangen wird, die Leute sind sehr hochnäsig.«

Paul ging am nächsten Tag zu Wirbel, Toussaint & Co.

»Sie kommen auf die Annonce«, sagte der Empfangsherr, »wir suchen aber eine jüngere Kraft.«

»Ich weiß von keiner Annonce. Ich habe eine Empfehlung an Herrn Kommerzienrat Wirbel.«

»Na, zeigen Sie mal. Ich glaube aber nicht, daß Herr Kommerzienrat zu sprechen sind. Ich kann ja mal fragen.«

Nach einer Weile kam er zurück. »Herr Kommerzienrat bedauert sehr. Sagen Sie bitte mir, was Sie wünschen.«

»Ich will Sie ja nicht gleich abschrecken, indem ich Ihnen sage, daß ich eine sehr zukunftsreiche Erfindung in der Hand habe, aber es ist nicht anders auszudrücken.«

»Na, zeigen Sie mal«, sagte der junge Herr, wie man zu einem leicht Irren spricht.

Paul begann die Zeichnung zu erklären.

»Aber das ist doch eine ganz alte Sache, die Sie mir da anbringen. Es gibt doch alle möglichen Arten von Gasmotoren. Wir halten nichts davon. Die Zukunft liegt bei der Elektrizität. Diese Gasmotoren sind ein Sprung ins Dunkle, ein Weg zu sicheren Verlusten.«

# 30. Kapitel

## *Theodor will heiraten*

Theodor bat seinen Vater um eine Unterredung. Hartert brachte die geputzte und angezündete Messinglampe herein und machte sich an einem Regal zu schaffen.

»Was suchen Sie denn da, Hartert?« fragte Emmanuel.

»Ich suche das Konto von der Gutsverwaltung Klein-Telchow.«

»Aber das liegt doch längst drüben bei Herrn Goldschmidt.«

»Ach so.«

Hartert ging hinaus.

»Weißt du, der spioniert.«

»Das weiß ich schon lange.«

»Aber du wolltest mich sprechen.«

»Ich glaube«, sagte Theodor, »ich werde dir großen Schmerz machen müssen. Ich will mich nämlich verloben.«

Emmanuel erschrak: »Na, sag mal erst, mit wem, dann kann man immer noch sehen.«

»Ein Mädchen, das ich schon lange kenne, Wanda Pybschewska.«

Dieser Name sagte alles. »Wie?« Emmanuel sprang auf. »Du willst dein Verhältnis heiraten?«

»Sie erwartet ein Kind.«

»Auch das noch. Ich kann dich nur fragen: Bist du verrückt? Glaubst du, ein Mensch sieht dich noch an, wenn du eine Frau heiratest, die ein voreheliches Kind bekommt? Ein Kind, nun ja, das braucht keiner zu erfahren. Man stattet das Mädchen gut aus. Aber heiraten! Ich kann dich nur noch einmal fragen: Hast du den Verstand verloren? Deine Mätresse heiraten zu wollen!«

»Aber Papa, sie ist ein entzückendes Mädchen.«

»Meinst du etwa, du kannst dann im Geschäft bleiben? Es ist

dann alles zu Ende: Ansehen, Vertrauen, Kredit. Onkel Ludwig behält dich keinen Tag mehr. Und wir? Nie würden wir eine Entehrte als Schwiegertochter ansehen können. Unser Haus würde dir verschlossen sein. Ich habe dich wohl als extravaganten Menschen gekannt, aber Züge von Verkommenheit habe ich nie an dir bemerkt.«

»Papa!«

»Es ist verkommen, wenn man alles vergißt, was die Väter aufgebaut haben, und nur seinen niederen Trieben folgt. Nie haben wir alle für etwas anderes gelebt als für unsere Arbeit, für den guten, ehrengeachteten Namen unserer Firma. Diese Firma ist hundert Jahre alt. Alles, was wir erarbeitet haben, haben wir immer wieder in die Firma gesteckt. Wenn Anleihen zu begeben waren, hat man uns herangezogen. Wir haben, als alles dem großen Gold- und Spekulationstaumel nach dem siebziger Krieg verfiel, gebremst und zurückgehalten. Bei der Gründung der Reichsbank hat Bismarck uns zu den Beratungen zugezogen. Wir sind vielleicht nicht viel, aber wir sind ehrliche Kaufleute. Und was tust du? Du ziehst unsern guten Namen in den Schmutz.«

Emmanuel setzte sich völlig erschöpft.

»Aber Papa, versuch doch, die Dinge menschlich zu sehen.«

»Ja, was ist denn daran menschlich zu sehen, wenn du in dein anständiges Elternhaus eine solche Person bringen willst!«

»Ich verzichte gern auf die Firma.«

»Ich glaube, daß eher die Firma auf dich verzichtet.«

Theodor fuhr zu Wanda, der er ein kleines Zimmer gemietet hatte. War er nicht verpflichtet, auf alles zu verzichten, er, der vor wenigen Tagen Ibsen zugejubelt hatte und seiner großen Wahrhaftigkeit? Man müßte ihnen die Maske vom Gesicht reißen, diesen Stützen der Gesellschaft, diesen Heuchlern. Ist Vater ein Heuchler? Ist Mutter eine Heuchlerin? Mutter, die viermal vom Storch ins Bein gebissen wurde? Vielleicht. Aber anständig. Morgen für Morgen um acht Uhr war sein Vater im Geschäft. Die Sonntagmittage verbrachte man in der Familie. Was war sonst? Machte sein Vater betrügerische Geschäfte? Kündigten sie rigoros Kredite? Onkel Ludwig und Tante Eugenie gaben selbstverständlich zehn Prozent ihres Einkommens für die Armen. Längst hätte Ludwig Kommerzienrat werden können. Hunderttausend Mark für irgendeinen Zweck. Er gab sie nicht. Er kaufte sich keinen Titel wie Kramer, wie Lazar. Und diese Tante Eugenie, der es nicht um Prominenz ging, sondern um Förderung? Meistens förderten sie zwar eine falsche Kunst, aber der Wille war gut. Klopfte irgendeiner vergeblich an seines Vaters Tür? Bekamen die Angestellten nicht reichliche Geschenke und Gratifikationen? Der alte Liebmann, der nun sechzig Jahre alt war und den halben Tag damit verbrachte, Federn anzuspitzen und Bücher zurechtzurücken, wurde behalten. »Laßt den alten Mann. Um Schecks einzutragen, ist er immer noch zu brauchen«, hatte sein Vater gesagt. Und jeder, der ging, bekam eine Pension. Sie fühlten sich für jeden, der bei ihnen arbeitete, verantwortlich. Er konnte sich nicht empören. Ihre Ansichten in Dingen des Geschlechts waren zwar widerwärtig, aber er hatte mehr Verständnis für sie als sie für die Jugend.

»Ich kann dich nicht verlassen«, sagte er, als er eine halbe Stunde später bei Wanda im Zimmer saß und das bräunliche, weiche Mädchen ansah.

»Was ist denn?« fragte sie.

»Sie wollen mich aus der Firma schmeißen.«

»So?« sagte sie und dachte: Dann hat er also kein Geld mehr. Ach, die würden ihm schon was geben. »Mach dir nichts draus.« Sie küßte ihn.

Hier bei diesem Mädchen, dachte Theodor, war man geliebt, umhegt, beglückt. Das war keine überspannte Gans wie diese neue Generation um Sofie, die nur von Ibsen sprach und dem Recht der Frau, und kein Gesellschaftsaffe wie Annette. Hier war das süße, aus unbekannten Quellen sprießende Leben. Und in diesem süßen Leibe lebte sein Kind.

Hat es Sinn, dachte Wanda, an diesem jüdischen Herrn festzuhalten, wenn er kein Geld mehr hat? Dann heirate ich lieber Plinker-Emil. Soll er mir eine Abfindung zahlen. Ich werd' mal mit Auguste reden. Die weiß sicher auch 'ne Frau. Man zahlt wohl hundert Mark. Vielleicht, wenn ich mit Emil spreche, kann ich's auch behalten.

»Theochen, bleibst mal hier sitzen, ich lauf mal rasch rüber Kaffee borgen von Auguste, ich habe keine Bohne mehr da.«

Auguste, beide Arme aufgestützt, wärmte sich die Hände an der Kaffeetasse.

»Du, Auguste, sie haben ihn aus der Firma geworfen.«

»Mensch, Wanda, det's aber ein Reinfall, denn doch lieber Plinker-Emil.«

»Tja, den lieb' ich doch, ist so ein schöner, starker Mann, und er hat gestern noch gesagt, er will mich zu seine Königin machen.«

»Na, von wem ist denn das Kind?«

»Weiß ich doch nich, hab' doch mit beide Verkehr gehabt.«

»Na, so wat Doofes! Sag' ich dir doch immer, man soll nur mit einem vier Wochen lang!«

»Na, wie kann ich denn das?«

»Ach, du bist gar nich'n bißchen raffiniert. Könnste noch nicht mal schwören.«

»Na, deswegen! Nu muß ich aber rüber zu Theon.«

»Die gnädige Frau Mama hat hergeschickt«, sagte Emilie, »die Herrschaften möchten auf alle Fälle abends hinüberkommen in die Bendlerstraße.«

»Du, Karl«, sagte Annette bei Tisch, »wir sollen heute abend zu den Eltern kommen.«

»Nanu, was ist denn los?«

»Na, ich weiß auch nicht.«

Die Familie war am Abend bei Emmanuel im grauen Wohnzimmer versammelt.

»Guten Abend«, sagte Annette, »was ist denn los?«

»Setz dich«, sagte Emmanuel sehr ernst.

Tee wurde serviert.

»Pas parler en présence de la servante«, sagte Selma.

»Guten Abend«, rief Waldemar. »Pfui Deibel, das neue Gaslicht! Ihr seht ganz grün aus. Wer ist denn gestorben?«

»Setz dich«, sagte Ludwig, »wir haben ernste Dinge zu besprechen. Ich will es Emmanuel abnehmen: Theodor will sein Verhältnis heiraten.«

»Der Junge verdirbt sich das Leben«, sagte Emmanuel.

Annette sagte: »Mir bringt er diese Person nicht ins Haus.«

Ludwig erklärte rund heraus, daß er Theodor nicht in der Firma behalte.

Karl Effinger sagte: »So ein Mensch verliert doch alle Autorität. Es ist mir rätselhaft, wie er überhaupt daran denken kann!«

Und Eugenie: »Wie kann er so alle Selbstbeherrschung verlieren!«

»Ich habe ihn gewiß nicht so erzogen«, sagte Selma mit bösem Blick auf Eugenie.

»Theodor hatte immer so überspannte Ideen«, sagte Annette, »sein Freund Lazar hat bereits eine ganz große Position. Theodor hat immer so was, ich will es gar nicht sagen, so was fast Sozialistisches gehabt.«

»Bitte, Annette!« verwies Emmanuel streng.

»Ich sage ja auch nur: fast«, erwiderte Annette.

»Euer religionsloses Haus ist daran schuld«, sagte Ludwig. »Ihr habt ihm keinen sittlichen Halt mitgegeben.«

»Erlaube mal«, rief Emmanuel, »als ob alle Ethik religiös sein müßte. Der Humanismus …«

»Ach, du mit deinem Humanismus! Mit Freigeisterei und Griechentum ist alles zu entschuldigen. Du übertrittst stündlich die Gesetze der Väter. Da werden keine Feiertage mehr gehalten. Da ist keine Tradition mehr und kein Glaube.«

»Wer Wissenschaft und Kunst besitzt, der hat auch Religion, wer diese beiden nicht besitzt, der habe Religion!«

»Das ist Goethe, jawohl, das nimmt dir niemand.«

»Hört auf«, sagte Waldemar, »über Religion und Politik soll man nicht streiten, das ist Privatsache.«

»Aber wenn der einzige Erbe einer ehrengeachteten Firma alles über Bord wirft und so ehrvergessen wird, daß er sein Verhältnis heiraten will, dann liegt das eben an dieser modernen Unmoral.«

»So was ist zu allen Zeiten vorgekommen«, sagte Waldemar, »ich glaube, man bricht zu schnell den Stab über Theodor. Könnte man ihn nicht auf Reisen schicken? Das ist ein altes und bewährtes Rezept, um viel zu vergessen.«

Emmanuel atmete auf: »Du hast wieder einmal die Lösung gefunden. Ich habe nicht dafür gearbeitet, um fremden Menschen die Firma zu überlassen. Theodor ist unser Letzter.«

Annette wollte schon wieder von einer englischen Gesellschaftstoilette aus dottergelben Spitzen sprechen und von einem Cape aus Federn: »Bezaubernd, sage ich dir, Tante Eugenie«, als Eugenie sehr ernst sagte: »Wie schrecklich haben sich die Zeiten geändert, wenn Theodor überhaupt auf die Idee kommen kann, so rücksichtslos leben zu wollen!«

»Die Anarchie greift um sich«, sagte Emmanuel.

»Und woher kommt sie?« fragte Ludwig noch einmal vorwurfsvoll. »Von diesem modernen Materialismus. Da gibt es keine Autorität, kein Oben und kein Unten.«

»Mit diesen Argumenten wird jetzt ein Untertanengeist in Preußen großgezogen«, sagte Emmanuel, »der noch alle freien Charaktere verschwinden lassen wird. Disziplin und Selbstbeherrschung, die mein Theodor so sträflich mißachtet hat, haben nichts zu tun mit Autorität und Religion.«

»Wir gehen schweren Zeiten entgegen«, sagte Ludwig, »zwischen dem jungen Kaiser und Bismarck sollen sehr gespannte Beziehungen sein.«

»Wegen der Aufhebung des Sozialistengesetzes, die richtig ist«, sagte Emmanuel. »Es ist nichts mit Gewalt zu erreichen. Man schafft nur Märtyrer. Ich habe für die vaterlandslosen Gesellen gewiß keine Sympathie. Aber Haß ist ein schlechter Ratgeber.«

»Bismarck ist Bismarck«, sagte Ludwig.

»Der Liberalismus weicht zurück«, fuhr Emmanuel fort, »die Arbeiter organisieren sich in Gewerkschaften. Die Sozialversicherungen waren der erste Schritt vom Wege. Man fängt an, nicht mehr an das freie Spiel der Kräfte zu glauben. Das ist der Anfang vom Ende. Überall, wo man hinsieht, Vertrustung und Kartelle und vor allem Schutzzölle.«

»Bisher hat einer den andern kaputtgemacht«, sagte Karl. »Die Preise sanken ins Bodenlose und die Löhne mit. Davon hat schließlich niemand einen Vorteil. Mein Bruder Paul sagt immer: ›Auch in der Wirtschaft sind Koalitionen besser als Kampf.‹«

Jetzt wurde zum Abendbrot gebeten. Es war vorzüglich wie immer. Man trank Wein und sprach von neuen Erfindungen. Tatsächlich hatte Edison seine Glühlampe zum Brennen gebracht.

Sie verabschiedeten sich von Emmanuel und Selma. Die Händedrücke waren fester als sonst.

»Na also, Kopf hoch!«

»Man muß sehen.«

»Ich danke euch«, sagte Emmanuel.

Nur Waldemar blieb und sprach noch mit Emmanuel in dem stillen Haus. Die Gaskrone brannte, und ihre Gesichter sahen fahl aus.

Theodor saß auf dem Sofa, als Waldemar eintrat. An der Wand hingen japanische Fächer in allen Größen. Auf dem Schrank standen fünf Füllhörner, das größte in der Mitte, gestuft nach den Seiten. Überm Sofa die große Photographie eines jungen Mannes in Uniform, um den ein Tannenkranz gelegt war, der gelb war und seine Nadeln auf den Daruntersitzenden ergoß.

»Ach, Onkel Waldemar, wie bin ich glücklich, daß du gekommen bist!« sagte Theodor.

»Ich will Ihnen nichts raten«, sagte Waldemar zu Wanda, »aber wollen Sie das Kind behalten?«

»Ich denke doch«, sagte Wanda.

»Selbstverständlich, wenn Sie denken. Fürs erste soll Theodor ein Jahr auf Reisen gehen. Dann werden wir weitersehen. Wenn Sie irgendwie wegen Geld in Verlegenheit kommen sollten, liebes Fräulein, so wenden Sie sich selbstverständlich an mich.«

Nachher sprach Waldemar Theodor allein: »Das Mädchen ist ganz nett, aber willst du Eremit werden? Oder einen kleinen Angestelltenposten annehmen in einem Geschäft, wo alle Leute sagen werden: ›Das ist der Oppner, den haben sie in der Firma nicht behalten‹?«

»Findest du es richtig, daß man solchen Druck auf mich ausübt?«

»Jawohl. Ein Bankier lebt vom Vertrauen seiner Mitmenschen. Wenn du glaubst, stark genug zu sein, um außerhalb dessen, was man die Gesellschaft nennt, zu leben, so mußt du es tun. Früher hat man gesagt: Noblesse oblige, heute, zu einem andern Zeitpunkt, heißt es: Reichtum verpflichtet. Man hat im Interesse seiner Firma zu heiraten, wie man im Adel keine Unebenbürtige heiratet. Du genießt die Vorteile einer gehobenen Stellung, du hast auch ihre Verpflichtungen anzuerkennen. Diese Heirat wäre unweigerlich der Abstieg. So werden Firmen kaputtgemacht, und so gehen alte Häuser zugrunde.«

»Onkel Waldemar, aber du hast selber keine konventionelle Ehe geschlossen. Ich muß dir sagen, ich bin furchtbar enttäuscht von dir. Ich dachte, du würdest mir gratulieren und bravo rufen, weil ich mich über Konventionen hinwegsetze.«

»Affenschwanz, ich finde kein Heldentum darin, wenn man eine Wanda Pybschewska statt einer Rothschild heiratet.«

# 31. Kapitel

## *Der schienenlose Wagen*

Paul hatte zwar nirgends Geld für die Motoren bekommen, er begann sie aber trotzdem in kleinem Maßstab zu fabrizieren. Er bezog die einzelnen Teile von den verschiedensten Fabriken und setzte sie zusammen.

Paul hatte gedacht, daß Rothmühl glücklich über die Verwirklichung seiner Pläne sein würde, aber nun zeigte sich, wie schwer es mit ihm war. Er wurde nie fertig, kein Termin wurde eingehalten, er veränderte den ganzen Tag, nicht zwei Motoren waren gleich.

»Hören Sie, Herr Rothmühl«, sagte Paul, »ich finde es ganz verkehrt, daß wir jeden Motor anders machen.«

»Aber ich komme doch den Wünschen der Kundschaft entgegen.«

»Die Kundschaft weiß gar nicht, was sie will«, sagte Paul. »Zeit kostet Geld.«

»Zu etwas Gutem braucht man Zeit.«

»Doch nicht Monate!«

»Das muß einem einfallen. Den Einfall kann man nicht befehlen, erst beim Bau des Motors entdeckt man Verfeinerungen. Die Kaufleute haben alle keine Ahnung von schöpferischer Arbeit.«

»Und ich kann den Kunden keine Lieferfrist von Monaten mit der Psychologie des Ingenieurs erklären. Wir müssen eben einen Motor herausbringen, der allen Ansprüchen genügt, und dann nur den fabrizieren. Er kann Rothmühl-Motor heißen oder Effinger-Motor, aber er muß auf alle Fälle eine gestempelte gute Ware sein, die wir auf Lager halten können.«

Rothmühl krümmte sich. So richtig Effingers Ansicht war, den Motor als »Ware« bezeichnet zu hören, war ihm furchtbar.

Paul hatte durchgesetzt, daß nur noch drei Modelle gebaut wurden. Es entfielen so die Spesen immer neuer Entwürfe, es wurde auf Lager gearbeitet, es war immer sofort lieferbarer Vorrat da, die Preise konnten niedrig gehalten werden. Der Effingersche Motor entwickelte sich zum Massenprodukt.

»Und trotzdem wir, so Gott will, ein gutes Jahr haben werden, sollten wir doch versuchen, den Motor zum Pflügen verwendbar zu machen oder den schienenlosen Wagen zu bekommen«, sagte Paul zu Rothmühl, bevor er zum Meckerle ging, Mittag essen.

Er saß auf dem roten Samtsofa vor dem runden Tisch, auf dem der zinkene Ritter stand mit dem Banner »Stammtisch«. Kein Mensch war mehr da. Hinter dem Schanktisch stand der dicke, große Wirt und strich mit dem Holzlöffel den Schaum vom Glas Bier. Paul löffelte mit der rechten Hand die Suppe mit Leberklößchen, während er mit der linken die Zeitung hielt.

Das begann mit den »Amtlichen Nachrichten«: »Seine Majestät der König haben allergnädigst geruht, dem Oberstleutnant a. D. Bensch zu Blankenburg a. H., bisher in der etatsmäßigen Stelle eines inaktiven Stabsoffiziers bei dem Generalkommando des XVII. Armee-Korps, den roten Adlerorden dritter Klasse mit der Schleife, den Missions-Inspektoren Wendland und Merensky zu Berlin …«

Es ging weiter mit dem »Obligationengesetz«: »Gesetz betreffend die gemeinsamen Rechte der Besitzer von Schuldverschreibungen …«

Paul dachte: Das sind Ideen, die neulich Waldemar geäußert hat. Der Aufsatz war sicher von ihm. Von wem sonst lasen sich juristische Abhandlungen so leicht, waren sie so klar?

Im Abgeordnetenhaus hatte man über den Schutz der Düne von Helgoland beraten. Beim Kaiserpaar hatten einige Botschafter diniert. »Oberst v. Kries, Kommandant des 6. Rheinischen Inf.-Regt. Nr. 68, ist von hier wieder abgereist. Kapitän z. S. Kirchhoff ist hier eingetroffen … Über ein Gitter um den Friedhof der Märzgefallenen wurde im Landtag verhandelt.« Und die auswärtigen Nachrichten lauteten: »In Palma, Valladolid und Reus fanden Kundgebungen der in ihre spanische Heimat zurückgekehrten Soldaten statt, welche die rückständige Löhnung forderten, doch kam es nirgends zu ernsten Ruhestörungen.« »London: Eine starke Erkältung hindert Lord Salisbury, am Ministerrat teilzunehmen.« »Peking: Der britische Gesandte Macdonald hat dem Tsung-li-Yamen erklärt, daß jeder Versuch, dem mit der Hongkong und Shanghai Banking Corporation abgeschlossenen Vertrag die Anerkennung zu versagen, als ein schwerer Vertrauensbruch angesehen werden würde. Zugleich hat der Gesandte das Tsung-li-Yamen auf die frühere Versicherung Salisburys hingewiesen, daß England China unterstützen werde, wenn irgendeine andere Macht Gewaltmaßregeln versuchen sollte, um die Aufhebung bereits unterzeichneter und ratifizierter Verträge zu erzwingen.«

Nein, es war kaum nötig, die Zeitung zu lesen. Chilekupfer stand 71 £, Blei per Kasse 13 £ 17 sh 6 d.

Da fiel Pauls Blick auf die Rubrik »Kunst, Wissenschaft, Literatur«. Er erschrak. Der Gasmotor wurde bereits zur Bewegung von Wagen verwendet! Der Mann hieß Karl Benz. Zur Zündung benutzte man eine Petroleumlampe, die ein Porzellanrohr zum Glühen brachte. Der Artikelschreiber spottete über das Ungetüm: »Es macht mehr Lärm als jede andere Maschine, es rasselt, spuckt und zischt, dazu kommt der entsetzliche Gestank. Kein Mensch, der seine fünf Sinne beisammen hat, wird sich je in so ein Ding setzen. Wir sind gewiß für den Fortschritt, aber dieses Ding kann man nur als die Ausgeburt einer irregegangenen technischen Phantasie bezeichnen.«

Paul schlang den Rinderbraten hinunter und rannte zurück in die Fabrik.

»Ist Rothmühl da? Wo? Es ist uns jemand zuvorgekommen. Unsere ganze Mühe umsonst.«

»Ja«, sagte Rothmühl, nachdem er die Notiz gelesen hatte, »das weiß ich, daß noch andere Leute an einem schienenlosen Wagen arbeiten, aber das ist ja ganz gleichgültig. Ich komme sehr gut weiter.«

Paul sah den Wagen auf dem Hof wieder einmal ganz genau an. Er sah aus wie ein Bauernwagen, hatte hohe Räder und einen Motor über der Hinterachse. Die Kraft wurde durch einen Riemen auf die Gegenwelle und durch eine Kette von dieser auf das Hinterrad übertragen. Aber – er lief nicht. Das heißt, er wurde angekurbelt, dann machte der Motor einige Stöße, und dann drehten sich die Räder zweimal, und dann blieb er stehen. Blieb stehen.

Rothmühl glaubte, daß er die Sache sehr bald beim Patentamt werde anmelden können. Nein, er teilte Pauls Befürchtungen nicht.

»Steffen«, sagte Paul, »ich bin mit Herrn Nickolson aus Kopenhagen verabredet. Zum Postunterschreiben aber bin ich wieder da.«

Herr Nickolson aus Kopenhagen war der beste Kunde der jungen Firma Effinger. An diesem Mittag kam ein besonders großer und guter Abschluß zustande, und Paul beschloß endgültig, ein Terrain zu suchen und zu bauen.

# 32. Kapitel

## *Die Musiker packen die Instrumente zusammen*

Paul hatte eine Einladung von Mayer zu einem gemütlichen Abendbrot angenommen.

»Sie sehen so verstimmt aus«, sagte Amalie. »Haben Sie keinen Kredit bekommen?«

»Ach, wie ich das kenne!« sagte Mayer. »Wie sie einen behandeln, diese Bankiers, als ob sie nicht dafür da wären, Unternehmungen zu finanzieren! Sie lassen einen erst gar nicht vor, diese Banditen!«

»Na, Banditen«, meinte Paul.

»Jawohl, Banditen. Sie wollen einem Papiere von schlechten Unternehmungen andrehen. Aber Hilfe ist nicht von ihnen zu erlangen. Und Oppner?«

»Oppner hält nichts von Gas.«

»Großartig«, lachte Mayer, »hält nichts von Gas! Er muß es ja wissen, der große Sachverständige für Währungsfragen. Er hält überhaupt nichts vom Fortschritt. Wenn es nach diesem Herrn ginge, säßen wir immer noch in Lehmhütten am rauchigen Feuer bei Talglicht. Keine gewaltigen Dampfschiffe würden des Windes und des Meeres spotten. Dazu hat sich die Menschheit nach den Siebenmeilenstiefeln gesehnt, damit sie jetzt, wo man ihr diesen Traum erfüllen könnte, an den Herrn Bankiers scheitert!«

Amalie schwieg und nähte, räumte ab, legte eine bunte Decke auf, stellte Bier und Tee hin.

»Und reget ohn' Ende die fleißigen Hände«, sagte Paul. Amalie, dachte er, das wäre vielleicht schön, wenn sie für einen sorgen würde, wenn sie nur nicht so überspannt wäre.

Was Paul Effinger zu tun gedenke, war nun Hauptgesprächsthema bei Mayers.

»Paul Effinger ist ein entzückender Mensch«, sagte der Vater, »etwas formlos, wohl auch amusisch. Aber dafür ein moderner Mensch, ein Techniker, Beherrscher unseres modernen Lebens.«

»Aber ich glaube nicht, daß er Amalie liebt«, sagte die Mutter, »und wegen ihrer Mitgift wird er sie ja nicht heiraten.«

»Du hast leider so eine zersetzende Art«, sagte Mayer, »du glaubst an keine wahre Liebe mehr.«

»Doch, doch, sieh nur mich an, aber ich glaube nicht, daß er sie liebt. Er empfindet ihr gegenüber geschwisterlich.«

»Ja, Amalie weiß nicht den geheimnisvollen Schleier um sich zu weben, den zu zerreißen des Mannes einzige Sehnsucht ist. Wo sie nur heute wieder bleibt? Gott, wenn ich daran denke, daß meine Tochter abends in der Dunkelheit allein durch die Straßen geht und fremder Leute Kinder unterrichtet. Entsetzlich! Aber wir haben unsere Ehre behalten.«

»Wenn Paul Effinger Interesse für Amalie empfinden würde, tja …« sagte die Mutter, zog den Stoff aus der Nähmaschine und schnitt den Faden ab.

Amalie aber sagte zur Mutter: »Ich wäre sehr glücklich; wenn er mich heiraten würde, wären wir mit einem Schlag die ganzen Sorgen los.«

»Wie du sprichst, Amalie! Als ich deinen Vater heiratete, da dachte ich, wie ich mich von nun an von ihm würde schützen und behüten lassen können. Ich dachte nicht ans Geld.«

»Du hattest es bloß.«

»Mein Kind, ich habe mehr durchgemacht als du. Die Menschen, die Röcke nähten, waren für mich besserer Pöbel. Du bist schon in anderen Ideen aufgewachsen. Aber ich bin nicht bitter, ich habe Bücher, ich habe das Bedürfnis, manchmal ein Museum anzusehen, ich finde, daß einen die Armut auch hinführen kann zu Wesentlicherem.«

»Du bist nicht mehr jung, Mutter, aber ich weiß, wie herrlich man leben kann, wenn man jung ist, in schönen Kleidern, in Equipagen, auf Gesellschaften, man fährt nach Italien, läßt sich die Cour schneiden.«

»Amalie, wie du sprichst! Du müßtest lieben können, selig sein, wenn er kommt, warten können, selig sein, wenn du ihn siehst.«

»Ich bin's aber nicht.«

»Man soll nicht nach Geld heiraten, ich sag's dir, deine Mutter, die sich wirklich etwas anderes gewünscht hat, als Röcke zu steppen. Aber was hätte werden sollen, als dein Vater bankrott machte?«

»Alle heiraten nach Geld. Meinst du, Annette Oppner hätte den Effinger genommen, wenn er kein Geld gehabt hätte?«

»Wahrscheinlich hatte er keins. So reiche Mädchen wissen gar nicht, was Geld bedeutet.«

Paul war von Mayers eingeladen worden, sich mit ihnen im Sommergarten an der Spree zu treffen.

Unten floß der träge schwarze Fluß, junge Männer und junge Mädchen ruderten auf dem Wasser. Man aß und trank unter den dichten Bäumen, und Musiker eines beliebten Regiments spielten Militärmärsche.

Paul ging durch den sommerlichen Garten, an den Tischen vorbei, wo Frauen thronten, üppig und breithüftig, Männer Bier tranken, und in belegte Brote bissen. Er sah schon von weitem an einem Tisch am Wasser Mayers sitzen, die Mutter, den Vater, Amalie.

»Guten Abend!«

»Guten Abend!«

Amalie saß neben ihm, die Eltern gegenüber.

Man sprach von den Schwierigkeiten. Kein leichtes Los, ein Versicherungsvertreter zu sein.

»Genug aber von mir«, sagte Mayer. »Was machen die Gasmotoren?«

»Das Geschäft ist auch nicht mehr wie vor zwanzig Jahren. Der Fabrikant hat alle Lasten, trotzdem geht es aufwärts. Wir fabrizieren jetzt drei Motoren in der Woche.«

Amalie erzählte von den Klavierstunden: »Eigentlich haben selbst die musikalischen Kinder sie ungern.«

Mayer fragte Amalie, die im Theater gewesen war, nach der

Schauspielerin Sieber: »Was, sie spielt Salondamen? Sie war doch vor kurzem ein ganz junges Mädchen. Schön, Herr Effinger, und von ungemeinem Liebreiz. Ach, die Sieber als Julia oder Ophelia oder als Luise, – ein Traum!«

Das geht schnell, dachte Amalie, die nun siebenundzwanzig war. Sie sah Paul an. Die Mutter sah Amalie an. Amalie ließ ihre Hand hinunterhängen, wollte, daß Paul sie ergriff. Ich will deine Frau werden, dachte sie, rette mich, bitte, rette mich!

Welch ein Sommerabend, der schon in den Herbst sank, voll von Sternen und linder Luft.

»Man sieht ganz deutlich die Milchstraße«, sagte Paul.

»Guten Abend!« sagte da eine joviale, liebenswürdige Stimme.

»Ach, Herr Oppner, wie nett!« sagte Mayer und sprang auf.

Selma wollte vorbeigehen. Aber Oppner blieb stehen.

»So ganz allein?« fragte Mayer.

»Meine Töchter sind in der Pension, und mein Sohn ist in London. Ah, das Fräulein Amalie! Immer fleißig und erfolgreich? Und gnädige Frau? Guten Abend. Komm, Selma. Wenn Sie gestatten, nehmen wir einen Augenblick Platz: Ach, Herr Effinger, Sie hier? So trifft man sich. Man sieht Sie gar nicht mehr.«

»Ich habe so viel zu tun, Herr Oppner.«

»Ja, Karl schreibt entzückt aus Sofia. Mir tut Annette leid. Karl läßt die Frau so viel allein. Muß denn das sein?«

»Dann hätte sie keinen Geschäftsmann heiraten dürfen.«

»Schicksal der Seemannsbraut und der Frau des Geschäftsreisenden«, sagte Mayer.

»Nun, Geschäftsreisenden!« Oppner war etwas verstimmt. Der Bankrotteur Mayer wagte es, *seinen* Schwiegersohn, den Fabrikbesitzer, einen Geschäftsreisenden zu nennen.

»Und wann kommt Fräulein Klärchen zurück?« fragte Paul.

»In Bälde«, sagte Oppner, »Sofiechen auch.«

Man verabschiedete sich.

Es begann kühl zu werden. Man fröstelte. Der Garten leerte sich. Warum mußten in diesem Moment Oppners kommen? dachte Amalie. Einen Moment noch, und er hätte meine Hand ergriffen. Erst hatten sie das Haus, jetzt hatten sie ihr auch den zukünftigen Verlobten weggenommen.

»Ich denke, wir brechen auf«, sagte die Mutter.

»Ja, es wird kühl«, sagte Paul.

»Die Musiker packen die Instrumente zusammen«, sagte Amalie.

# 33. Kapitel

## *Die Kinder kommen zurück*

Um sechs Uhr war im Tattersall am Brandenburger Tor Musikreiten.

»Zwar nur Mietsgaul, aber immerhin«, sagte ein Herr Gerstmann. Er sah gut aus mit der großen, weißen Binde im Reitanzug.

Gegenüber ritt Annette Effinger. Sie ritt vorzüglich.

»Wann sehe ich Sie, Schönstes, Gnädigstes?«

Annette gab dem Tier einen leichten Schlag … trabte davon. Gerstmann führte. »Immer nach, immer nach«, sagte er.

Auf der Galerie waren viele Zuschauer. Die Offiziere überwogen.

Der Graf Sedtwitz fragte den Stallmeister, wer die ungewöhnlich schöne Frau im zweiten Karee sei.

»Annette Effinger.«

»So, so.«

Der Stallmeister flüsterte es zwischen zwei Kommandos Annette zu. Gerstmann sah den Grafen Sedtwitz hinter Annette reiten, dachte: Wenn die Frau auftaucht, werden alle Männer wild. Schöne Person.

Annette war selig. Den Mädchen imponierte sie zu Hause. »Unsere Gnädigste ist beim Reiten«, sagte Lina auch dann, wenn es gar nicht wahr war. Ein Kupee vor ihrer Wohnung wäre vielleicht noch schöner gewesen, aber die bewundernden Blicke, wenn sie im Reitkleid über die Straße ging, waren beseligend genug. Man hielt sie vielleicht sogar für eine Gräfin.

Sie ritt die schiefe Ebene hinab zu den Ställen, gab dem Pferd ein Stück Zucker und ging in die Garderobe.

Die Garderobenfrau zog sie aus: »Soll ich die gnädigste Frau mit Eau de Cologne abreiben?«

»Bitte, tun Sie das, liebe Frau Hinz.«

»Nee, die Figur, und denn noch der Teint!«

»Und dabei habe ich zwei Söhne.«

»Ein Herr hat einen Veilchenstrauß geschickt.«

»Ohne Karte?«

»Ja, gnädige Frau, anonym.«

Ach, war das Leben schön!

Im violetten Samtkostüm, den kleinen Persianermuff mit dem Veilchenstrauß an das Gesicht gedrückt, den Schleier mit den vielen Punkten vor dem Gesicht, so ging sie neben Gerstmann am Rande des Tiergartens.

»Wollen wir noch in eine Konditorei gehen?« fragte Gerstmann.

»Unmöglich«, sagte Annette, »aber begleiten Sie mich nach Hause.«

»Also wann sehen wir uns wieder, schöne Frau?«

»Am Donnerstag um vier reite ich den großen Reitweg.«

Gerstmann verbeugte sich, küßte Annettes Hand im Glacéhandschuh durch das kleine Loch über den Knöpfen.

Im Erkerwohnzimmer sortierten Selma und Fräulein Kelchner Wäsche. Im Souterrain saß Fräulein Sidonie, die zweimal in der Woche zum Flicken kam.

Anna, die weißarmige, rotbäckige, brachte auf einem silbernen Tablett Briefe.

Selma setzte ihre Brille auf und las. »Denken Sie, Fräulein Kelchner, die Kinder werden alle zu meinem Geburtstag da sein. Haben wir wieder endlich ein volles Haus.«

Mittags um halb drei Uhr am 20. Oktober nahm der letzte Besucher seinen Zylinder von Anna in Empfang und verschwand. Im roten Salon, wo der Geburtstagstisch stand, der viel Kopfzerbrechen verursacht hatte, denn es war sehr schwer, Selma etwas zu schenken, und andererseits erwartete sie, daß man aufmerksam war, stand die Familie und wartete auf das Essen. Alle neckten Theodor.

»Na, ohne englische Erbin zurück?« fragte Ludwig.

Waldemar betrachtete ihn bewundernd von allen Seiten: »Und wo bleibt die Orchidee im Knopfloch?«

»Mit dir ist's schwer, Onkel Waldemar. Einen Bohemien willst du nicht als Neffen und einen gut angezogenen Mann auch nicht.«

Ludwig hatte Klärchen umgefaßt: »Na, dich werden wir ja nun auch bald verlieren.«

»Warum denn?«

»Na, du wirst doch bald heiraten, vollkommen ausgebildet wie du bist im Nähen, Kochen, Hühnerausnehmen, Fischeschuppen.«

»Das hat Sofie auch gelernt.«

»Und es hat's auch jemand essen müssen?«

»Die armen Menschen!«

»Es ist angerichtet«, meldete Anna.

»Mir fällt auch schon mein geehrter Magen raus«, sagte Waldemar, »ich führe heute Eugenie zu Tisch.«

»Nein«, widersprach Emmanuel, »jeder soll aufessen, was er sich eingebrockt hat. Ludwig soll man ruhig Eugenie führen. Ich führe meine Frau an ihrem Ehrentag. Die Jugend an den Tisch nach unten.«

James verbeugte sich vor Sofie, die gar keinen Sinn für die Drolerie des schönen Kindes hatte, sondern sich genierte, mit dem Kleinen zu gehen.

»Nimm bitte für James ein Kissen mit, Klärchen«, sagte Annette.

Die Herbstsonne schien durch die Gartentüren, beleuchtete die künstlichen Trauben an der Gaskrone und das große Porträt Emmanuels von Professor Wendlein.

»Es ist ganz falsch von euch, Sofie nicht reiten zu lassen«, sagte Annette. »Klara, du bist ja keine Frau von Welt. Aber Sofie mit ihrer aparten Erscheinung könnte gut eine Botschafterin abgeben.«

»Ach, Annette, du Gans!« sagte Waldemar. »Du schöne Gans«, fügte er hinzu, »du Ehrgeizlingin!«

»Sagen Sie mal«, fragte Emmanuel, »kennen Sie einen Herrn Gerstmann?«

»Nein«, sagte Paul, »keine Ahnung.«

»Na, woher soll ihn aber auch Paul kennen?« sagte Annette, und es fehlte nur, daß sie gesagt hätte: »Vielleicht aus Kragsheim?«

Sofie saß dabei. Die Jahre hatten viel geheilt. Trotzdem würde es gut sein, Sofie vor dem Winter zu verheiraten, dachte die Familie. Frau Kommerzienrat Kramer sollte bereits zu Frau Blomberg gesagt haben: »Wissen Sie, das ist doch dieses mannstolle Mädchen. Schreckliches Unglück haben die Oppners mit ihren Kindern. Erst wirft sich die Tochter jungen Männern an den Hals, dann will der Sohn sein Verhältnis heiraten.« Nein, man wollte nicht mehr lange warten.

Theodor trug sich glatt rasiert. Das war ganz neu und höchst englisch. Er hatte in England ein elegantes Leben geführt und war nun gewillt, sich einzufügen, wie er es im konservativen England gelernt hatte.

»Hast du noch etwas von Wanda gehört?« fragte Theodor Waldemar nach Tisch. Sie standen nebeneinander an einem Rauchtischchen und schnitten die Spitzen ihrer Zigarren ab.

»Es ist wohl alles in Ordnung. Sie hat ihren Freund geheiratet. Ich habe ihr dreitausend Mark geschickt.«

»Man kann später noch mal etwas schicken, wenn ich erst Teilhaber bin«, sagte Theodor.

Waldemar überlegte, ob er Theodor sagen sollte, daß Wanda weiter auf die Straße ging. Aber dann sprachen sie von englischen Farbstichen, die Theodor mitgebracht hatte.

»Überhaupt England«, sagte Theodor, »diese Möbel! Ich hätte mir furchtbar gern einen Sheraton-Spiegel mitgebracht.«

»Sehr teuer«, sagte Waldemar. »Aber was hältst du von den Impressionisten? Ich war jetzt in Paris und habe mir einen Monet gekauft. 1000 Francs. Verrückt, nicht?«

»Ich glaube, ja«, sagte Theodor. »Sie haben ja eine merkwürdige Form zu sehen, aber ob es nicht mehr Bizarrerie ist als Kunst, das ist doch sehr fraglich.«

»Maiberg beharrt ja darauf, daß es der letzte Dreck ist.«

»Ach Maiberg, der hat ja auch Gerhart Hauptmann verrissen, der Idiot. Sie haben ein Talent bei den Zeitungen, große Künstler noch viel länger zu verkennen als alle übrigen Leute.«

Paul ärgerte sich wieder einmal über Emmanuel, der fand, Effingers verdienten nicht genug.

»Ja«, sagte Paul liebenswürdig, »ich möchte auch Bankier sein. Auf einem Fabrikanten hackt alles herum. Die Abnehmer drücken die Preise, und jeder will seine besonderen Wünsche erfüllt haben, und jede Reparatur wird noch nach einem Jahr dem Fabrikanten aufgehalst, und wenn Neukonstruktionen nötig sind, basteln die Ingenieure ohne Rücksicht auf Schnelligkeit, bis es eben klappt, und mit Recht, denn unausgeprobte Motoren bringen ja noch viel mehr Ärger. Und zuletzt finden die Bankiers nur, es wird nicht genug verdient, oder man ist ein schlechtes Papier.«

»Wieso Papier?«

»Ich denke daran, uns in eine Aktiengesellschaft zu verwandeln. Eine reine Familiengründung natürlich. Ich denke, daß ich alle Papiere in der Familie unterbringen werde. Ich möchte sehr gern, daß mein Bruder Ben Vorsitzender des Aufsichtsrates würde, aber ich weiß nicht, ob das geht. Ben ist Engländer. Er hat sich naturalisieren lassen.«

»Das finde ich aber merkwürdig. Ich war doch schließlich ein politischer Emigrant und habe meinen Weg in Frankreich gemacht, aber ich bin nie auf die Idee gekommen, ich könnte mich naturalisieren lassen, trotzdem ich die herrlichen Jahre des zweiten Kaiserreiches dort verlebte.«

»Wir fanden das auch merkwürdig von Ben, aber Ben hat in bezug auf Deutschland und besonders auf den Antisemitismus so seine Ansichten.«

»Ach, man soll doch das nicht so überschätzen. In Berlin, wissen Sie, kommen alle möglichen Bewegungen hoch und verschwinden wieder. Es geht uns doch nichts an, wenn eine minderwertige kleine Partei uns nicht zu den Deutschen rechnen will. Die Hauptsache ist, daß wir uns als Deutsche fühlen.«

»Vollkommen richtig, aber Ben ist ungewöhnlich klug, darum hätte ich ihn gern. Das Juristische hätte ich ja gern mit Herrn Professor Goldschmidt besprochen. Meinen Sie, er würde das tun?«

»Sicher«, sagte Emmanuel, ein bißchen betreten, daß Paul

nicht selbstverständlich ihn als Vorsitzenden des Aufsichtsrates vorgeschlagen hatte, offenbar nicht auf die Idee kam. »Bekommen wir denn nicht endlich Kaffee? Klärchen, bitte, mein gutes Kind, kümmere dich doch einmal darum.«

Und dann machten alle ihr Nachmittagsschläfchen.

»Also Sofiechen«, sagte Annette beim Abschied, »vergiß nicht, komm morgen zum Musikreiten, mach' dich ein bißchen hübsch.«

»Ich bringe Annette nach Hause«, sagte Waldemar.

In der stillen Bendlerstraße klapperten die Sohlen. Ein Hauch von Herbst lag in der Luft.

»Was ist mit diesem Herrn Gerstmann?« fragte Waldemar. »Liebst du ihn nicht vielleicht?«

»Aber Onkel Waldemar, so eine komische Frage, wo ich doch zwei Kinder habe.«

»Und noch keine fünfundzwanzig bin.«

»Aber warum sollte ich denn Herrn Gerstmann lieben? Nein, Onkel Waldemar, was du immer aussprichst!«

»Ich wundre mich nur, daß du so für Sofie sorgst.«

»Du hältst mich wohl für einen hartgesottenen Egoisten. Wenn man ein bißchen hübsch ist und die Schwäche für schöne Kleider hat, dann denkst du, ich denke nur daran, eine Buhlerin zu werden. So sind die Menschen. Im Gegenteil, ich bin eine schwere und ernste Natur. Ihr kennt mich nur alle nicht.«

Waldemar lachte: »Na, da wären wir, du schwere und ernste Natur.«

Sie schloß die Tür auf. Waldemar stand in der dunklen Straße. Die ist sicher ihrem Karl treu, dachte er. Sie weiß gar nicht, was Liebe ist.

Waldemar ging über die Linden. Blieb am Opernhaus stehen. Die Equipage des Grafen Sedtwitz stand davor. Wieso Bühneneingang? dachte Waldemar und ging hinein, traf noch die Garderobenfrau, sagte, er habe was vergessen, und machte die unverschlossene Garderobentür auf, hinter der die Widerklee bei ihrer Freundin saß.

»Waldemar, sind Sie wahnsinnig geworden?«

»Nein, ich hatte nur Sehnsucht nach Ihnen.«

»Das kann mich meinen Ruf, meine Stellung, meine Ehe kosten.«

Die Freundin lachte: »Auf mich könnt ihr euch verlassen.«

Draußen hatte es geregnet. Der Asphalt glänzte.

»Sag dem Kutscher, er soll neben uns fahren, wir gehen noch ein Stück.«

»Es wird Winter«, sagte Susanna.

»Ja, die Saison beginnt. Hast du schon bemerkt, Berlin wird Großstadt, vielleicht Weltstadt. Es gibt großartige Theater hier und wunderbare Konzerte und eine Fülle von Vorträgen. Eine junge Generation von zarten und klaren Dichtern macht sich bemerkbar. Die Duse wird nach Berlin kommen, und Kainz. Und sieh nur, was wir für Geschäfte bekommen. Ein Juwelenladen nach dem andern entsteht. Der Nollendorfplatz wird bebaut, und Paul Effinger prophezeit, daß die Pferde bald überflüssig werden und die Menschen dazu. Ein Hebeldruck, und es wird warm, hell und freundlich.«

»Waldemar, was regt Sie so an?«

»Deine Gegenwart, aber auch der Atem dieser Zeit, das Gefühl, daß die Aufklärung der Menschen fortschreitet, daß der Aberglaube zurückweicht vor der Belehrung. Es ist ein helles Jahrhundert, in das wir schreiten. Immer mehr Privilegien werden zerstört werden, und allein durch die Festsetzung von Gesetzen, die den Schwachen schützen und den Gewalttätigen im Zaum halten, wird eine große Gerechtigkeit den Menschen beschieden sein. Manchmal an solchen Abenden, wenn ich die Lichter dieser Stadt sehe, dann ist es mir, als ob dort hinten im Nebel Gespenster verschwinden, der stinkende Rinnstein, der Hexenglaube und die Pest und der Glaube, daß Macht Recht ist.«

»Ich muß nach Hause fahren«, sagte Susanna.

Er küßte ihr die Hand.

Waldemar ging in das feine Delikatessengeschäft, in dessen Hinterräumen sich die Gesellschaft traf. Offiziere saßen mit ihren Damen da, hellblaue Dragoner, rote Husaren, weiße Kürassiere. Waldemar setzte sich allein an einen Tisch und bestellte Rheinwein. Es war ihm, während er das goldig-grüne Glas anblickte und den Duft einsog, als ob er trotz und alledem auf das 19. Jahrhundert anstieße, das ihm keine müde Dekadenz verekeln sollte, kein Oscar Wilde und kein Neffe Theodor. An allen Ecken und Enden begann unterirdisch die Attacke gegen Helligkeit und Licht und Vernunft und Freiheit. »Flach« nennen sie uns und »diesseitsgläubig«.

Da sah er in einer Ecke Theodor sitzen mit ein paar Freunden. Der kam ihm gerade zupaß. Er schickte ihm einen Zettel: »Laß deine jungen Zecher im Stich und komm zu deinem ›flachen‹ alten Onkel, dulce mihi est furere amico reverto.«

Theodor stand sofort auf und kam.

»Mit wem sitzt du denn da? Leute, die sich lohnen?«

»Einer – Miermann – Schüler von Erich Schmidt – Literaturmensch.«

»Bring ihn her. – So, junge Leute. Ich bestell' für euch. Noch was zu essen?«

»Nein, danke.«

»Also bloß Wein. Ihr versteht ja alle nichts mehr vom Wein und vom Essen. Ihr nährt euch wahrscheinlich nur noch von Symbolen. Ein bauchloses Geschlecht wächst heran. Ich sehe nichts Gutes kommen, wenn die Bäuche untergehen.«

»Ja«, sagte Miermann, und es war, als spieße er Onkel Waldemar auf einen Dolch, »fett sein und satt, das scheint Ihnen das Glück. Sie wissen nichts von den Bedürfnissen verfeinerter Nerven, von den Schwingungen zwischen Mensch und Mensch.«

Waldemar entgegnete mit leisem Spott: »Ich aber halt' in derber Liebeslust mich an die Welt mit klammernden Organen.«

Theodor schlug die Beine übereinander, hielt die Zigarette weit von sich und sagte: »Die Natur ist eine frühere Bekannte von mir.«

Miermann sah ihn bewundernd an: »Welch ein Aphorismus!«

»Sieh«, sagte Theodor, »ihr nehmt alles so ungeheuer wichtig. Eure Fabriken und Geschäfte und Gesetzbücher, euren Dampf und elektrischen Strom, und ihr habt darüber das Leben selber vergessen, ich meine nicht die ›derbe Liebeslust‹, sondern das Nachdenken über das Leben, die Beschäftigung mit dem Leben.«

»Seht, ihr jungen Leute«, sagte Waldemar, »ich habe es oft schon in den Kollegs gesagt. Diese ganze Philosophiererei hatten wir bis vor vierzig Jahren, also ich will sagen, fünfzig Jahren. Damals begann dieser herrliche Siegeslauf der Medizin. Vorher hieß alles Bewegende ›Lebenskraft‹ und alles Tötende ›ein hitziges Nervenfieber‹. Noch vor dreißig Jahren stank diese Stadt, wie ihr es nicht mehr ahnen könnt. Von zehn Kindern starben acht. Die Dienstmädchen hatten nie Ausgang, weil das Volk demütig bleiben sollte. Ihr sitzt beim hellen Gaslicht. Der Gestank des Aborts verpestet nicht eure Wohnung, und kein Gott deckt jede Form der Grausamkeit. Wenn ihr wollt, fahrt ihr Eisenbahn bis in die fernsten Länder. Und das Volk erwacht. Immer weniger Analphabeten gibt es, und die Bildung, das Wissen ist eine der größten Antriebe zu immer größerer Glückseligkeit. Und ihr nennt das die Zivilisation der Seife und begebt euch in ambraduftende Boudoirs, um mit einer schönen Frau müde Gespräche über die Gleichgültigkeit des Lebens zu führen und zu verzweifeln, wenn sie euch den Leutnant vorzieht. Zum Donnerwetter!« sagte er und schlug auf den Tisch, daß die Gläser tanzten und die Offiziere sich mit ihren Damen nach dem Unerzogenen erschreckt umsahen. »Was wollt ihr? Die soziale Frage lösen? Nein, sondern euch einhüllen, den überfeinerten Gefühlen eurer Seelen anhangen.«

»Wir verstehen uns nicht«, sagte Theodor, »du verstehst wahrscheinlich auch Ibsen nicht, der dem Bürgertum den Spiegel vorhält, der verlogenen Ehe in ›Nora‹, der verlogenen« – er hielt einen Augenblick inne – »Geschlechtsmoral in ›Gespenster‹, der gesamten Verlogenheit in ›Wildente‹. Er zeigt, wie Frauen sein sollen, wie sie ihr Liebesleben leben sollen, statt auf einen Mann zu warten.«

»Ist ja alles ganz nett«, sagte Waldemar, »aber wichtig ist es nicht. Wichtig ist die Freiheit, die die letzten Jahrzehnte dem Menschen erkämpft haben. Die Forschung sollte frei sein, niemand zuliebe und niemand zuleide. Die Wahrheit war der Stern, unter dem die Diskussion über die wesentlichsten Dinge stand.«

»Nur nicht die über die Arbeiter oder über die Frauen«, sagte Miermann.

»Auch das wird kommen. Ihr sagt, unsere Gesellschaft sei verlogen –, gut, ich folge euch. Aber nicht folge ich euch, wenn ihr das Forschen nach der Wahrheit ›flach‹ findet und euch in blaue Nebel hüllt. Das ist Romantik, es klingt tief und ist allen Übels Anfang. – Kellner, zahlen.«

# 34. Kapitel

## *Sofie*

Sofie sah von der Galerie in den Tattersall hinab. Sie hatte eine schöne, sehr schlanke Figur bekommen. In dem sehr schmalen Gesicht war die Haut über ziemlich große Backenknochen gespannt, die kleine Nase fein gebogen und der Mund mit dem runden Gebiß und den strahlend weißen Zähnen sehr voll. Ihre Hände waren lang und dünn. Sie sah auf Sand, Staub, Pferde und bunte Uniformen. Wenn ich könnte, dachte sie, möchte ich ja jetzt ein Skizzenbuch vornehmen und das alles zeichnen.

Seit sie bei Waldemar die neu erworbenen Bilder gesehen hatte, den Monet, den Pissarro, den Renoir, war ihr klargeworden, daß hier ihre Begabung lag. Auch Theodor sagte, daß ihre Skizzen mehr seien als ihre Musik. Sie hatte Theodor erklärt, daß sie auch hier nicht weiter zu gehen gedenke: »Auch du hast nicht Wanda geheiratet und bist im Bankgeschäft.«

»Ich habe in England gelernt, to make the best of it, man schätzt dort kein Rebellentum.«

Sie dachte an Frau Kommerzienrat Kramer, die sagen würde: »Da hat dieses ordinäre Mädchen sich erst an meinen Sohn weggeworfen, und nun ist sie gar Malerin geworden, fehlt nur noch Schauspielerin!« Nein, sie würde Papa genau solche Freude machen wie Theodor. Er sollte mit ihr zufrieden sein.

Neben ihr wurden Fachgespräche über die Pferde geführt. Dann kamen Gerstmann und Annette, und man setzte sich an die Brüstung, um Kaffee zu trinken, »einen Kaffee zu nehmen«, sagte Sofie. Gerstmann war laut und dröhnend und sprach einen feudalen Berliner Dialekt. »Na, schöne Frau«, sagte er immer zu Annette und legte ihr halb im Spaß den Arm um die Schulter.

»Wir müssen jetzt gehen«, sagte Annette.

Gerstmann beugte sich über Sofies Hand: »Würde mich ungemein freuen, gnädigstes Fräulein wiederzusehen.«

»Ich würde mich freuen, wenn Sie uns einmal besuchen würden.«

Annette erschrak: das war enorm viel, fast zu viel: »Gleich beim ersten Kennenlernen auffordern, Sofie, ich finde das nicht richtig, so rasch hätte ich ihn nicht aufgefordert.«

»Vielleicht, aber er hat doch so drumherum geredet.«

»Ja, fandest du?«

»Ich hatte so das Gefühl.«

Theodor hatte den ganzen Sonntagnachmittag Farbstiche in seinem Zimmer ausprobiert und saß nun gemütlich mit Miermann in dem tiefen Sofa aus den sechziger Jahren, als Sofie eintrat. Sie trug einen weiten Rock und gewaltige Ärmel, so gewaltig, daß Sofie wie ein dünner Strich wirkte, der noch dazu in der Taille zu unvorstellbarer Enge zusammengeschnürt war. Diese Ärmel ließen den Unterarm frei, der schmal, zart und elfenbeinfarbig aus der Stoffülle herauskam. Sie rauschte mit ihren seidenen Unterröcken und verbreitete den Duft eines französischen Parfüms und des Reichtums.

»Ha«, sagte sie mit ihrer überfeinen, dunklen Stimme, »du hast Besuch. Entschuldige, ich wußte das nicht.«

»Aber bitte«, sagte Theodor, »bleib doch ein bißchen. Darf ich dir meinen Freund Miermann vorstellen? Er wird dich sicher interessieren. Er ist Theaterkritiker.«

Miermann sprang auf und verbeugte sich.

»Aber gewiß«, sagte Sofie und setzte sich. Sie wippte mit dem Füßchen, so daß Miermann es sehen mußte, und ließ einige Rüschen unter ihrem Rock sehen.

Miermann sah sie starr an.

»Also wie war es gestern?« fragte Theodor.

»Es ist der wunderbarste Kerl, den ich kenne, und sein Name ist Schnitzler.«

»Und das Stück?«

»Was soll ich Ihnen sagen? Es ist ein süßes Mädchen, das liebt, wie Goethesche Mädchen lieben, Tochter eines alten Violinspielers, und ein junger Mann, der ein Verhältnis mit ihr hat, der halb gut und halb leichtsinnig ist und zuletzt wegen einer anderen Frau in einem Duell fällt. Es ist eine Dichtung, süß, melancholisch und ganz tief.«

»Wir bekommen jetzt alle eine andere Stellung zur Liebe«, sagte Theodor. »Ibsen hat endlich die Frau befreit.«

»Ja«, mischte Sofie sich ein, »diese Hilde Wangel, die an die Tür ihres Baumeisters klopft, die ganz allein, ohne Geld, ohne Koffer ankommt, die alles lösen möchte in dem Mann ihrer Träume, der ihr das Königreich Apfelsinia versprochen hat! So ein Mädchen, von dem Sie eben erzählten, die kann ihrem Gefühl folgen, aber laufen Sie einmal los ohne Koffer, ohne Geld aus diesen Häusern! Diese reichen Leute hier haben dafür kein Verständnis. Verständnis für das wirklich Edle finden Sie nur bei den Armen.«

»Woher weißt du?« lachte Theodor.

»Sehen Sie, auch Theodor lacht. Zu einem vernünftigen Leben gehört eben eine vernünftige Beschäftigung. Wer hat denn von diesen reichen Frauen eine vernünftige Beschäftigung? Ach, ich möchte mich manchmal aus diesem ganzen Kreis lösen; selbst wenn ich glücklich verheiratet sein sollte, würde ich mir von meinem Mann drei Wochen ausbitten, in denen ich ganz allein sein möchte. Hast du Tee?«

»Ja, ich gieße dir sofort ein.«

»Fassen Sie nicht die Zuckerdose an, gnädiges Fräulein«, sagte Miermann, »sie ist alt und gebrechlich«, und er hielt den Henkel fest, als im selben Augenblick Sofie ihn auch anfaßte. Ihre Finger berührten sich. Sofie war es, als versuche Miermann, eine Sekunde lang seine Finger auf den ihren zu lassen.

»Guten Abend«, sagte Waldemar. »Ich höre eben unten, ihr habt euch hier versammelt. Ich habe Karten zu den ›Gespenstern‹. Willst du mitkommen, Theodor?«

»Ja, gehen Sie«, sagte Miermann. »Sie müssen gehen. Dieser Mut, über die verborgene Krankheit zu reden, diese Frau Alving, die aus nichts besteht als aus Verbergen, die den Lumpen von Mann immer wieder als den guten Bürger der Konvention retten will! Und warum hat sie diesen Lumpen geheiratet? Weil Tanten und Mutter ihr zuredeten, weil er eine gute Partie war.

Sie hat ihr Liebesleben getötet, die größte Sünde bei Ibsen, um der Konvention willen.«

»Halt, halt!« rief Waldemar. »Solange die Welt steht, ist immer nach Verhältnissen und nur sehr ausnahmsweise nach Liebe geheiratet worden. Die Franzosen sind das berühmte Volk der Liebe, aber heiraten tun sie nach Vernunft. Jacob, der Rahel liebte, begann wohl oder übel mit Lea. Ruben, Simeon, Levi, Juda und noch zwei andere wurden ihm aus dieser Gleichgültigkeitsehe geboren, Hervorbringungen, die hinter Benjamin und selbst hinter der ägyptischen Exzellenz Joseph in nichts, am wenigsten in Kraft und Gesundheit zurückblieben. Das alles hat noch längst keine Verdummung zur Folge.«

»Und das private Unglück? Und die Tragik des Einzelschicksals?«

»Die freie Herzensbestimmung, das wäre der Anfang vom Ende!«

Sofie rückte unruhig hin und her. Was fiel denn Onkel Waldemar ein, vor ihr und den zwei jungen Leuten von einem Stück zu sprechen, in dem eine solche Krankheit vorkam? Sie schämte sich.

»Also, Sofie, ich wollte dich zu Tante Eugenie holen. Sie hat einen sehr interessanten Musikabend.«

Sofie stand auf.

Miermann sprang ebenfalls auf. Er war etwas kleiner als sie.

Sofie gab ihm die Hand und sah ihn an. »Adieu«, sagte sie.

»Adieu«, sagte Miermann.

»Ich habe etwas gegen diesen Anatol, den Sie mir gegeben haben«, nahm Theodor das Gespräch wieder auf. »Sehr viel Stimmung, sehr viel Melancholie, aber auch sehr viel Sentimentalität. Sie hören nicht zu, Miermann? Was haben Sie? Ist Ihnen nicht gut? Kann ich etwas für Sie tun? Einen Likör vielleicht?«

»Nein, wenn Sie gestatten, möchte ich gehen. Sie haben recht, mir ist nicht gut.«

Zwei Stunden später klingelte Miermann und gab dem Portier einen Brief für Sofie.

»Sehr geehrtes, gnädiges Fräulein,

Wenn Sie einen unangenehmen Schreck bekommen, daß Sie von mir einen Brief erhalten, dann werfen Sie ihn bitte ungelesen fort. Sollte es Sie neugierig machen, was Ihnen ein junger Mensch, der Sie einmal gesehen hat, in einem auf so sonderbare Weise übermittelten Brief wohl zu sagen hat, so werfen Sie ihn ebenfalls ungelesen fort, denn um Ihre Neugier zu befriedigen, dazu ist dieser Brief nicht geschrieben. Sollten Sie aber eine freudige Regung in Ihrem Herzen verspüren, wenn Sie den Brief erhalten, dann ist alles gut.

Ich will hier gleich an den Anfang des Briefes setzen, weswegen ich Ihnen schreibe. Ich habe Sie lieb gewonnen, ich frage Sie, ob Sie meine Frau werden wollen.

Einmal haben wir uns nur gesehen. Aber schon nach dem ersten Male weiß ich, daß ich Dich liebe. Wie das gekommen ist, ich weiß es nicht. Sieh, ich weiß wohl, daß Du nicht schön bist, nicht einmal hübsch werden Dich viele Leute finden. Aber was schiert mich das?

Um mich vor meinem eigenen Verstande zu rechtfertigen, habe ich mir diese ganzen Stunden einreden wollen, daß eine Liebe, die sich auf so kurze Bekanntschaft gründet, nichts Wahres und Echtes sein könne. Es ist mir nicht gelungen, mein Gefühl zu Ihnen zu unterdrücken.

Und die materielle Grundlage? Wir würden noch Jahre warten müssen, bis wir an die Heirat denken könnten. Ich habe doch noch mindestens zwei Jahre zu tun, bis ich meinen Doktor hinter mir habe, und inzwischen kann ich mich mit journalistischer Arbeit über Wasser halten, aber kaum heiraten. Oder wir müßten höchst bescheiden leben.

Ihnen und mir bin ich Aufklärung schuldig, aus welchen Gründen ich anzunehmen wage, daß ich Ihnen nicht gleichgültig geblieben bin.

Sie sagten, daß Sie den reichen Leuten mit Abneigung gegenüberständen und in den Armen stets den edlen Menschen vermuteten. Sie erregten sich noch über Theodor, der über Ihren Standpunkt nur lachte. Sie meinten, zu einem vernünftigen Leben gehöre eine ernsthafte alltägliche Beschäftigung. Sie erzählten von Ihrem Einsamkeitsbedürfnis und sprachen dabei die Bemerkung aus, daß Sie auch, wenn Sie einst sehr glücklich verheiratet sein sollten, von Ihrem Mann sich jährlich drei Wochen ausbitten würden, in denen Sie ganz allein sein wollen. Ich will hierbei gleich einschalten, in meiner Person soll, das verspreche ich Ihnen, kein Grund liegen, der Sie an der Erfüllung dieses Wunsches hindern könnte.

Ich denke und lege mir Ihre Äußerungen so zurecht: Sie haben durch all das, was ich oben angab, mich einen Blick in Ihr seelisches Leben tun lassen, wie man gemeinhin ihn einem fremden Menschen in sein Inneres nicht zu gewähren pflegt, sondern wie man ihn nur denen gestattet, mit denen man wirklich innerlich zusammengekommen ist oder zusammenkommen will. Es wäre ja auch möglich, daß Sie, ganz im Gegenteil, eine derartige Natur sind, die es überhaupt an sich hat, andere Leute, gleichviel wer es sei, in ihre Seele hineinblicken zu lassen, doch wäre das eine Art und Weise, die, von der meinen so himmelweit verschieden, mir so ganz und gar unverständlich wäre, daß ich gar nicht anders kann, als diese Vermutung abzulehnen, zumal sie auch mit Ihrem Verlangen nach Einsamkeit nicht in Einklang zu bringen wäre.

In diesem Brief, in dem ich mich Ihnen antrage, in dem ich Sie bitte, mein Weib zu werden, bringe ich derartige Erörterungen hervor? Statt die Seiten zu füllen mit nichts als solchen Worten: Mädchen, ich habe Dich lieb. Sofie, ich liebe Dich. Ich liebe Dich über alle Maßen, unmenschlich, unbändig. Werde die Meine. Ich kann ja nicht sein ohne Dich. Fühlst Du denn gar nichts für mich? Hast Du mich nicht lieb, oder doch?

Es ist nicht das Strohfeuer eines Verliebten, das rasch aufglüht und dann wieder zusammensinkt, das in mir brennt. Bald 22 Jahre alt, bin ich dazu schon zu alt. Es ist die stillere, aber reinere und unvergängliche Flamme der wahren Liebe, die ich in mir spüre und von der ich heiß hoffe, daß auch Sie sie für mich in sich fühlen mögen. Und was Sie auch für eine Entscheidung treffen werden, geben Sie mir bitte, geben Sie mir auf alle Fälle schnelle Antwort.

Eine andere Art, Ihnen den Brief unbemerkt zukommen zu

lassen, wußte ich nicht, und so habe ich diesen höchst unpassenden Weg eingeschlagen.

Möge die Antwort so ausfallen, wie es mein heißester, sehnlichster Wunsch ist. Ich kann unterdessen nichts tun als warten, warten.

Miermann.«

Sofie hatte, als sie spät nach Hause gekommen war, den Brief auf ihrem Nachttisch gefunden. Klärchen schlief fest. Sofie hatte vorsichtig die Kerze angezündet und den Brief gelesen. Der Brief war ihr ganz fremd, der Schreiber war ihr ganz fremd, berührte nichts in ihr. Sie sah in die flackernde Kerze. Ein Junge, dachte sie. Bei Tante Eugenie war keine Jugend gewesen, es war eine erwachsene Gesellschaft. Sie war achtzehn, und sie hatte gespürt, wie alle gerührt waren. Alle hatten sie schön gefunden. Ein Bekannter Onkel Waldemars, Herr Riefling, hatte ihr eine Locke hinters Ohr gestrichen, so ganz nebenbei. »Gnädiges Fräulein«, hatte er gesagt, »bei Ihnen hat sich eine Locke gelöst.« Ein Mann in den Dreißigern, ein erwachsener Mann, der wußte, was eine Frau sich wünscht.

»Sie haben ein so schönes, rassiges Gesicht«, hatte er zu ihr gesagt, »da liegen viele Sehnsüchte darin, die Ihnen das Leben nicht erleichtern werden. ›Nicht Glückes bar sind deine Lenze, du forderst nur des Glücks zu viel; setz deinem Wunsche Maß und Grenze, und dir entgegen kommt das Ziel.‹«

Dieser hatte sie verstanden, er würde ihr das Leben erklären können. Und so würde wohl auch Gerstmann sein. Sie sah ihn vor sich, groß, breit, erwachsen, sicher.

Sie nahm noch einmal den Brief zur Hand. Was sollte man mit so einem Jungen? Man sagt was hin: »Einsamkeit«. Sofort wird aus »Einsamkeit« ein Lebensprogramm. Wenn ich diesem Jungen eine Stunde vor seinem Doktorexamen in die Augen gucke oder gar ihn auf den Mund küsse und ihm verbiete, daß er das Doktorexamen macht, er läßt's. Schrecklich, wenn sich einer einem so in die Hände gibt! Ich will einen, der mich führt, der Bescheid weiß, nach dem ich mich richten kann.

Aber wie es erklären, ohne ihn todunglücklich zu machen? Mit Theodor sprechen? Lieber nicht. Vielleicht zerstörte sie ihm dann diese Freundschaft, an der beide hingen. Zu allen Zeiten hatte es Tanzstundenlieben gegeben. Sie verstand nicht, was die Mädchen an diesen grünen Jungs hatten. Sie beteten einen an und wußten nichts von einem. Gerstmann würde der Richtige sein. Und dann würde Papa sich sicher so freuen.

Die Kerze flackerte hin und her. Sie zog sich aus, legte sich hin. Sie trug ein weißes Brautkleid. Miermann küßte sie auf die Stirn. »Laß mich«, sagte sie, und er ging weg, setzte sich abseits, war todunglücklich. Gerstmann kam. »Laß mich«, sagte sie, und er zog sie dichter an sich heran. »Laß das«, sagte sie, und er küßte sie auf den Mund.

Ich werde Miermann schreiben, daß ich einen andern liebe. Das wird ihn am wenigsten kränken.

Am Sonntagvormittag machte Gerstmann in der Bendlerstraße Besuch.

»Nehmen Sie bitte Platz, Herr Leutnant. Rauchzeug gefällig?« fragte Emmanuel. »Bei welchem Regiment stehen Sie?«

»Fünfte Husaren«, sagte Gerstmann.

»War doch ein Beerenburg-Haßler Kommandeur?«

»Ja, der kam dann nach Langfuhr.«

»Alte Geschäftsfreunde von mir, die Beerenburg-Haßler. Sie müssen übrigens mit mir vorliebnehmen. Meine Damen sind ausgegangen. Ich habe Ihren Herrn Vater gut gekannt; manchen Wechsel habe ich ihm diskontiert, er hatte ein gutes Baugeschäft.«

Emmanuel war ungemein belebt, als die Damen zurückkamen. Der Gerstmann gefiel ihm vorzüglich. Naturbursch mit feudalen Manieren, schneidig, und doch Berliner Kind.

Nach Tisch, am Familiensonntag, fragte Annette, als sie mit Sofie allein war: »Er war also da?«

»Ja«, sagte Sofie.

»Wie gefällt er dir denn?«

»Ach, sehr«, antwortete sie in einem Tone, der nichts sagte.

»Ich versteh dich nicht«, sagte Annette. »Worauf wartest du eigentlich? Meinst du, es kommt ein englischer Lord? Oder ein Tenor?«

Sofie sagte nichts.

»Sieh mal, er ist ein sehr bedeutender Kaufmann, du kommst sogar in Offizierskreise. Er ist doch Leutnant der Reserve.«

Sofie schwieg.

»Diese Jungs aus unseren Kreisen, Sofie, die heiraten jetzt sehr komisch, zum Teil ihre Verhältnisse, weißt du, und dann wüßte ich auch niemanden. Lazar ist geschieden und lebt in Paris, und Kramer soll eine Amerikanerin heiraten. Dieser Gerstmann ist ein großartiger Kerl, ein Mann, ein wirklich schöner Mann. Kommst du übrigens morgen mit in die Stadt wegen der Ballblumen? Wer kommt denn noch?« fragte sie, als Frieda kam, um die berühmten Tassen aus der Vitrine zu holen.

»Herr Hartert mit seiner jungen Frau.«

»So, so. Du, Sofie, die kennst du doch noch gar nicht. Er hat es doch mit Zähigkeit und Eifer fertiggebracht, tatsächlich Fräulein Schulte zu heiraten.«

»Sie ist doch älter als er?«

»Na, sonst! Er ist jetzt bei der Kommanditgesellschaft eingetreten.«

»Weißt du, daß ich im Frühjahr mit Klärchen nach Kragsheim soll?«

»Na, ich gratuliere ...«

»Papa sagt, das wäre sehr gesund für mich.«

»Aber Sofie, das ist tiefste Provinz. Furchtbar! Meine Schwägerin, die immer Angst hat, man könnte den Männern nachlaufen. Werden die Eltern denn Gerstmann nicht bald einladen? Du hast ihn aufgefordert, er hat Besuch gemacht. Das gehört sich doch.«

»Wo bleibt denn der Kaffee?« rief Emmanuel. »Ich muß sagen, Eugenie, man wird bei euch jetzt immer schlechter bedient.« Er kam gerade vom Schlafen herunter.

»Und du wirst immer vorlauter, Emmanuel!«

»Ein Recht des Alters.«

»Ich dachte, wir warten noch, weil doch Hartert mit seiner jungen Frau kommt.«

»Na, warum denn? Ich mag nicht so viele fremde Menschen.«

»Aber jeden Sonntag immer nur Familie und noch mal Familie.«

»Ich hoffe, du hast nichts dagegen, Eugenie?«

»Nein, nein.«

»Und auf Hartert wird keinesfalls mit dem Kaffee gewartet. Solche Sachen wollen wir gar nicht erst einführen«, sagte Emmanuel. Im schönen Säulensaal blieben zwei Plätze frei.

»Was ich noch sagen wollte«, begann Annette: »Ihr ladet doch Gerstmann bald ein?«

»Zur nächsten größeren Gesellschaft«, sagte Selma.

»Also, da muß ich ganz energisch protestieren. Sofie fordert ihn auf, was vielleicht etwas übertrieben war, aber sie hat's nun einmal getan, er macht darauf sofort Sonntag vormittag Besuch. Ihr könnt doch unmöglich diesen Mann warten lassen, bis ihr in zwei Monaten eure große Tanzerei gebt. Das hieße Herrn Gerstmann vor den Kopf stoßen.«

»Aber Annette, reg' dich doch nicht so auf. Wer ist denn dieser Herr Gerstmann?« fragte Waldemar.

»Ein Leutnant der Reserve, und außerdem Großindustrie.«

»Das ist allerdings der Höhepunkt des Lebens«, sagte Waldemar.

»Du bist eben ein Zyniker«, sagte Annette, »das wissen wir alle. Du hast immer alles Große in den Staub gezogen. Für dich ist Wendlein ein schlechter Maler und Bast kein großer Bildhauer.«

»Ja, und ein preußischer Leutnant der Reserve nicht der Vertreter des Wahren, Guten, Schönen.«

»Na, also was denn sonst?«

Ein großes Gelächter antwortete Annette.

»Emmanuel, deine Tochter«, rief alles. »Du alter Achtundvierziger.«

Karl schwankte. Aber dann trat er Annette bei. »Also, Annettchen, da werden wir eben mit Erlaubnis der Eltern Herrn Gerstmann einladen. Gefällt er dir denn, Sofie?«

»Aber, Karl, vor uns allen kann dir doch Sofie darauf keine Antwort geben«, sagte Eugenie. »Ah, endlich, Herr Hartert. Sie entschuldigen, daß wir mit dem Kaffee anfingen.«

»Natürlich, selbstverständlich, i c h habe mich zu entschuldigen.«

»Liebe gnädige Frau, bitte neben mich. Sie sind ja die einzigen, die nicht Familie sind, wenn Sie auch dazugehören«, sagte Eugenie.

Hartert sah Sofie an, die neben ihm saß: »Ich habe Sie seit Ihrer Rückkehr noch gar nicht gesehen, gnädiges Fräulein.«

»Ich bin auch erst kurz zurück aus der Pension.« Sie sprach Pension übertrieben französisch aus.

»So, so, da müssen Sie sicher viel Bildung gelernt haben.«

»Was verstehen Sie darunter?« fragte Sofie.

Er hatte sich blamiert, merkte er. Aber was sollte er mit ihr reden? In diesem Augenblick fühlte er, daß sie ihn völlig verwirrte. Diese schmale, ganz zarte Person, von der man nur die überfeinen Hände sah unter diesem furchtbar vielen Stoff! Der Widerstand, den sie ihm zeigte, von jeher zeigte, war nur noch aufregender.

»Hatten Sie dort Tanzstunde?«

»Nein«, sagte sie, »wir lernten sehr viel.«

»Kamen nie junge Leute in das Pensionat?«

Er faßte unter dem Tisch den Stoff ihres Kleides an, streichelte ihn. Sofie sah ihn empört an.

Seine Frau sprach mit Tante Eugenie. Sie war nun bald dreißig, also eine alte Frau.

»Ich habe großes Pech mit meinem Mädchen gehabt«, sagte sie. »Das kann einem alle Freude an der Häuslichkeit verderben.«

»Gehen Sie mal zur Klapper«, sagte Eugenie. »Die Klapper hat ausgezeichnetes Personal.«

»Ich muß dir sagen, Selma, mir ist bei Annettes Energie gar nicht wohl«, sagte Emmanuel am Abend, während er sich die Krawatte abband und mit dem Stiefelknecht die Schuhe auszog. »Da wird sie also den Herrn Gerstmann einladen. Kommen wir auch hin, sieht es so aus, als ob wir schon morgen die Partie möchten; kommen wir nicht, verlobt sich das junge Kind vielleicht mit einem Menschen, von dem man nichts weiß. Bei

Annette weiß man doch nie. Wenn bei ihr einer feudale Allüren hat und reitet, ist es schon gut. Waldemar sagte heute abend mit Recht: ›Ich habe auch ein Faible für eine gewisse Feudalität, aber sie muß echt sein, nicht diese Leutnant-der-Reserve-Feudalität aus den Berliner Tattersalls.‹«

»Richtig, Emmanuel, Annette ist ja albern. Ich möchte so gern einen Jungen aus einer guten Berliner Familie, aber es gibt so wenig. Das war in unserer Generation doch ganz anders.«

»Ja, Selma, vielleicht, obzwar man seine eigene Generation immer überschätzt. Theodor ist in England ein Mann geworden. Er ist recht gescheit. Er macht mir nur zuviel Betrieb mit Erstdrucken und Farbstichen und ersten Abzügen und zweiten Abzügen.«

»Aber das machen sie doch in England auch.«

»Ja, aber neben ihren Orchideen und gutsitzenden Fracks eine sehr männliche Politik. Aber hier macht die Politik eine einzige Klasse, und darum, weil die Männer von dieser männlichsten Beschäftigung ferngehalten werden, gerieren sie sich alle als Übermänner. Sie schreien ihre Frauen an und ihre Untergebenen, sie schlagen die Hacken zusammen und setzen sich Federbüsche auf, was alles ein richtiger Mann nicht nötig hat. – Gute Nacht, mein Liebes.«

Berlin, den 18.11.90

»Sehr geehrter Herr Gerstmann,

Ganz en petit comité erwarte ich Sie am Dienstag, den 23. November, um 8 Uhr. Ihre Annette Effinger.«

Annette sah die Liste der Leute durch, mit denen sie Gerstmann einladen wollte. Lärm erfüllte die Wohnung. Die Kleinen kamen nach Hause.

»Hier herein, guten Tag sagen«, rief Annette.

»Mama«, sagte James, »ich habe eine große Bitte. Ich brauche eine Schere.«

»Was? Sind denn keine Scheren da?«

»Ja, aber eine Nagelschere, die auf beiden Seiten geschliffen ist. Es ist scheußlich unbequem, mit den einseitig geschliffenen Nägel zu schneiden.«

»Gibt es denn solche Scheren?«

»Ja, bestimmt. Onkel Theodor hat eine.«

Das war James, wie er leibte und lebte, und Annette ging das Herz auf. Mein Sohn James, dachte sie.

Annette kam zu dem Resultat, Kollmanns zu bitten und Professor Wendlein.

Marie Kollmann war begeistert von Gerstmann, und Frau Kommerzienrat Kramer sagte auf einer der vielen Gesellschaften des Jahres 1890 auf 1891 zu Frau Oppner: »Meine Marie hat da einen so entzückenden Menschen bei Ihrer Tochter kennengelernt. Sie war wirklich angetan von ihm. Ein Herr Gerstmann, nicht wahr?«

Frau Oppner sagte ein paar Tage später klagend zu Fräulein Kelchner, als sie mit ihr im Erkerzimmer Wäsche sortierte: »Wir müssen diesen Herrn Gerstmann bald einladen. Mir steht zwar gar nicht der Sinn danach, und Emma soll Apfelgelee einkochen, wo wir gestern den Zentner von der Gräfin Beerenburg-Haßler bekommen haben, aber einmal muß es wohl sein. Aber wir machen es ganz einfach, Fräulein Kelchner, aus vielen Gründen. Und jetzt bringen Sie wohl Sofie zur Malstunde und gehen mit Klärchen spazieren.«

Am 5. Dezember war ein großes Wohltätigkeitsfest. Sofie bekam im letzten Moment, bevor alles in die Droschke einstieg, vom Gärtner einen Brief zugesteckt. Sie war außer sich darüber. Dieser verrückte Miermann kompromittierte einen auf diese Weise mehr, als wenn er den Brief mit der Post geschickt hätte und man zu einer offenen Aussprache mit Mama und Papa gezwungen gewesen wäre. Sie hatte aus Schonung für Theodor nichts von dieser Geschichte erwähnt, aber wenn das so weiterging, mußte sie doch mit Theodor reden.

»Wo bleibst du denn, Sofie?« rief Emmanuel, und dann waren sie in der Droschke verschwunden.

Kramers, Oppners und Goldschmidts hatten einen gemeinsamen Tisch genommen. Annette sah herrlich aus in einer Art Schwalbenkostüm aus weißem Atlas mit breiten blauen Samtbändern bis zum Boden. Auf dem Kopf im hochfrisierten roten Haar trug sie zwei hohe, blaue Schwalbenflügel.

Marie Kollmann fand das zwar nicht sehr vornehm, viel zu sehr à la mode, aber schon beim ersten Tanz erschien ein blauer Leutnant mit viel Rot, groß, breit, mit blondem, hochaufgezwirbeltem Schnurrbart, der Offizier einer siegreichen Armee, und holte Annette zum Tanz. Es war Gerstmann.

Er setzte sich an den Tisch, erzählte in einem Baß, der von unbegrenzter Jovialität war, Jagdgeschichten von nicht zu überbietender Harmlosigkeit und ließ Sofie leben.

Nach etwa einer Stunde kam Theodor und brachte zu Sofies Entsetzen Miermann mit.

»Warum bringst du denn Miermann mit?« fragte Sofie.

»Er wollte so gern mitkommen.«

Miermann saß stumm am Tisch und starrte unausgesetzt Sofie an, so daß jeder die Verliebtheit des jungen Mannes bemerkte.

Klärchen fragte im Laufe des Abends Theodor: »Findest du es auch so langweilig?«

»Ja«, sagte Theodor aus tiefster Seele.

Theodor fand Klärchen reizend und nahm es den Anwesenden übel, daß keiner sie beachtete.

Annette tanzte. Wendlein, Bast und Maiberg machten ihr den Hof, so unverhohlen, daß Eugenie mit leisem Spott zu Bast sagte: »Ja, ja, lieber Bast, es wächst immer wieder eine neue Generation heran.«

»Ach, liebe Frau Eugenie, für einen Menschen mit Künstleraugen ist es schwer, schöne Frauen zu übersehen. Sie sind natürlich genau so schön wie Annette.«

»Nur leider zehn Jahre älter.«

»Wie«, sagte Bast überrascht, »Sie sind jetzt bald dreißig?«

»Darüber, darüber«, sagte Eugenie.

»Das würde ja kein Mensch für möglich halten.«

Maiberg sagte zu Annette: »Sie erquicken mein Herz. Sie sind wirklich eine jener Frauen, die himmlische Rosen ins irdische Leben flechten, liebe, liebe Frau Annette.«

Es war spät, als alles aufbrach.

»Ich habe mich himmlisch amüsiert«, sagte Annette zu Karl.

»Leben Sie wohl, gnädiges Fräulein«, sagte Gerstmann zu Sofie und sah ihr tief in die Augen.

Es war alles erledigt. Niemand konnte mehr zurück, selbst wenn jemand gewollt hätte, Sofie oder die Eltern oder Gerstmann.

»Diese Oppners haben doch unerhörtes Glück mit ihren Kindern«, sagte Frau Kommerzienrat Kramer. »Die Annette heiratet so einen reichen Fabrikanten, der Sohn soll in London in ganz ersten Kreisen verkehrt haben, und Sofie wird diesen famosen Menschen heiraten.«

»Wir können sehr froh sein, Selma, daß sich dieser Mann für unser Sofiechen interessiert«, sagte Emmanuel. »Es ist sehr gut, wenn sie einen nüchternen und tatkräftigen Mann bekommt. Mir ist immer angst um dieses Kind. Sie hat etwas von einem verflatterten Vogel, und ich habe eine recht gute Auskunft von Kramer bekommen, der ihn geschäftlich kennt.«

Sofie ging mit Fräulein Kelchner zum Neuen See, um Schlittschuh zu laufen.

»Was ist denn, Kindchen?«

»Er gefällt mir ja gar nicht mehr«, sagte Sofie.

»Aber er ist doch ein so schöner, stattlicher Mann.«

»Ja, finden Sie? Aber er ist so gar nicht ideal. Kurzum, ich liebe ihn nicht.«

»Aber Kindchen, jetzt schon? Das kommt bestimmt in der Ehe.«

»Meinen Sie?«

»Sicher, Sofiechen.«

Sofie setzte sich ans Klavier und sang:

»Wenn ich in deine Augen seh,
So schwindet all mein Leid und Weh ...«

Sie nahm Heines »Buch der Lieder« und las:

»Lehn' deine Wang' an meine Wang',
Dann fließen die Tränen zusammen,
Und an mein Herz drück' fest dein Herz,
Dann schlagen zusammen die Flammen!«

Sie ließ das Buch auf den Schoß sinken und dachte nach: Was gab ihr dies Unnennbare ins Herz, dies, was sie nicht ausdrücken konnte, was sie nur hier fand, im »Buch der Lieder« – »Ich will meine Seele tauchen in den Kelch der Lilie hinein«?

Was war das? Wen liebte sie?

Plötzlich wurde ihr ganz heiß. Sie sprang auf, sie hielt die Hand an den Hals, sie wurde dunkelrot, sie wußte es plötzlich: sie sehnte sich – oh, es war entsetzlich – nach dem Freund Onkel Waldemars, nach dem Kustos vom Museum. Gerstmann sah ähnlich aus, aber er hatte nichts als dumme Gleichgültigkeiten von sich gegeben. Was hatte Herr Riefling gesagt? Ach, jedes Wort hatte sie behalten: »Sie haben ein so schönes, rassiges Gesicht, da liegen viele Sehnsüchte drin, die Ihnen das Leben nicht erleichtern werden. ›Nicht Glückes bar sind deine Lenze, du forderst nur des Glücks zuviel; setz' deinem Wunsche Maß und Grenze, und dir entgegen kommt das Ziel.‹«

Plötzlich hatte sie nur einen Gedanken. Aufstehen, Mantel und Hut nehmen und zu Herrn Riefling gehen und ihm sagen: Ich liebe Sie, ich kann nicht ohne Sie sein. – Aber das tat man nicht. Hatte sie nicht schon einmal geglaubt, daß das die einzige, wahre Liebe sei, damals als sie diesen beschämenden Brief an den jungen Kramer geschickt hatte? Und nun wußte sie, daß der junge Kramer so manches Mädchen an den Hals gefaßt hatte, das ihm nichts, nichts bedeutete. Vielleicht hatte Herr Riefling bereits keine Ahnung mehr, wer sie war. Mit Onkel Waldemar sprechen? Unmöglich, sie machte sich ja lächerlich, wo sie sich sowieso diesen schlechten Namen wegen des jungen Kramer gemacht hatte! Sie konnte nichts tun als warten. Man war eine Dame, eine Dame bot sich nicht an. Sie schämte sich plötzlich entsetzlich wegen ihres Gedankens, zu Herrn Riefling zu gehen. Man konnte nicht darüber sprechen. Mit Mama über irgend etwas zu sprechen war eine törichte Vorstellung, aber auch Theodor hatte aufgehört, seit er aus England zurück war, irgendwelche intimeren Gespräche zu führen. Ihm z. B. den Brief von Miermann zu zeigen war unmöglich. Unanständig hätte er es gefunden.

»Auf Flügeln des Gesanges, Herzliebchen, trag ich dich fort, fort nach den Fluren des Ganges, dort weiß ich den schönsten Ort.«

Riefling entdeckte plötzlich, daß er unfähig war, weiter Rembrandtsche Zeichnungen zu datieren. Er legte das Vergrößerungsglas fort und ging über hohe und weite Treppen, durch lange Korridore, bis in die ägyptische Abteilung. Eine Kraft, die stärker war als er selbst, hatte ihn hierhergebracht. Er stand endlich vor dem Bild einer ägyptischen Königin. Jetzt, wo er davorstand, merkte er, daß die Ähnlichkeit geringer war, als er gedacht hatte.

Trotzdem! Was trotzdem? Hatte er sich wirklich als Mann in den Dreißigern in dieses kleine achtzehnjährige Mädchen verliebt? Mit diesem kleinen Mädchen zu reisen, diesem kleinen Mädchen Italien zu zeigen mußte sehr schön sein. Aber was hieß das? Einen Heiratsantrag machen. Vielleicht von ihr als alter Herr ausgelacht werden. Oder selbst, wenn das nicht eintrat, mit Oppner zu sprechen, Klarheit geben zu müssen über alles, was man zu bieten hatte. Zu entdecken, daß man ein preußischer Beamter war mit zwei unverheirateten Schwestern, denen man eine Unterstützung schuldig war, da sie ihrerseits erst diesen geliebten Beruf eines Kunstgelehrten einem ermöglicht hatten.

Ob er Aussichten hatte, war unklar. Dieser wilhelminischen Richtung war er ganz fremd. So wie es jetzt war, konnte er jeden Tag alles hinwerfen und sagen: Ich kaufe diese ungeheuren Kühe, die Eure Majestät für Kunst halten, nicht, wenn ich nicht zugleich einen Etat für Manet bekomme. Und dann konnte er seinen Abschied nehmen. Aber wenn er mit dieser Frau verheiratet war, war es mit seiner Freiheit zu Ende. Dann mußte er von Schwiegervaters Geld leben, und das ging nicht. Man war ohne Geld freier als mit Geld.

Und dann: Konnte ihn dieses verfeinerte Gesicht der 18. Dynastie nicht völlig täuschen? Konnte nicht vielleicht dahinter ein reines Gesellschaftswesen stecken?

Er nahm Mantel und Hut und ging im Schneegestöber die Linden entlang zu Waldemars Wohnung.

Waldemars Wohnzimmer war für Riefling einer der schönsten Räume, die er kannte. Zwischen den drei Fenstern standen alte, birkene Schränke. Die übrigen Wände waren bis hoch hinauf mit Büchern bedeckt. Vor einem Fenster stand ein Schreibtisch und in der linken Ecke ein großes, birkenes Sofa mit ovalem Tisch davor und Stühle, deren Lehnen eine Lyra zierte. Über dem Sofa aber hing nichts Geringeres als ein Selbstporträt Rembrandts.

Als Riefling eintrat, war der Raum blau von Pfeifendunst.

»Kommen Sie her, Riefling, setzen Sie sich. Sie werden ja auch angenehmer Laune sein. Nicht? Wieso? Sie haben wohl noch nichts gelesen? Nanu, was ist denn mit Ihnen los?«

Einen Augenblick schien Waldemar von den allgemeinen Dingen auf Rieflings Privatleben übergehen zu wollen. Aber so standen sie nicht. Und dann, was konnte wichtiger sein als diese neuen Eröffnungen Bismarcks!

»Der Zweifrontenkrieg droht«, sagte Waldemar. »Wir sind soweit. Ganz kurz nach dem Abgang des großen Mannes! Wissen Sie noch, Riefling, vor drei Jahren hat Bismarck gesagt, daß ein neuer Krieg kommen könne von Moskau bis an die Pyrenäen und von der Nordsee bis Palermo, dessen Ausgang kein Mensch voraussehen kann. Und in einem solchen Zeitpunkt haben die neuen Herren unsern Rückversicherungsvertrag mit Rußland gekündigt, und wir haben die Militärkonvention zwischen Rußland und Frankreich. Da werden Reden gehalten, die alle Welt verärgern und einen Ton haben! ›Wer sich mir bei meiner Arbeit entgegenstellt, den zerschmettere ich!‹ Oder: ›Es gibt nur *einen* Herrn im Lande, und das bin ich!‹ Und dabei jubelt ihm alles zu, sieht nicht, daß der Kaiser ein Parvenü ist, ein Mann, der sich immerzu zur Schau stellt, der unausgesetzt sich um Uniformen, Schnüre, Orden kümmert. Einzüge, Aufzüge, Ordensfeste, Ehrenjungfrauen, man hält es nicht für möglich, daß dies der Sproß eines alten Geschlechts ist. Das ist doch Mudicke als Milliardär.«

Das war keine Stimmung, in der Riefling von einem kleinen Mädchen namens Sofie Oppner sprechen konnte. Waldemar hielt die »Hamburger Nachrichten« mit einem Artikel des abgesetzten

Fürsten Bismarck in Händen. Riefling ließ die Augen über die Bibliothek schweifen. Er nahm einen Band heraus und las.

»Was lesen Sie da?«

»Er ist doch ein ganz Großer«, sagte Riefling und las leise: »Mädchen mit dem roten Mündchen …«

»Ein ganz großer Publizist«, sagte Waldemar.

»Ich meinte ja nun eben das ›Buch der Lieder‹.«

Waldemar sah erstaunt auf, aber er sagte kein Wort. Männer sprachen nicht über solche Dinge miteinander. Waldemar sprach weiter vom absurden Bündnis zwischen dem Zarismus und der französischen Republik, von dem großen Mann, den der junge Nachfolger entlassen hatte.

Riefling ging.

»Auf Wiedersehen, Herr Riefling.«

»Auf Wiedersehen, Herr Professor.«

»Ich wollte nur die Karten zur Ibsen-Premiere bringen«, sagte Miermann zu Theodor. »Also heute abend werden wir die ›Stützen der Gesellschaft‹ sehen. Aber ich muß dir sagen, wir tun jetzt alle so, als ob gesellschaftliche Erkenntnisse und Reformen das Wesentliche seien. Ich kehre zurück zur Anbetung des Privaten. Bei aller Abgeleiertheit, Heine ist doch ein ganz Großer.«

»Nanu, bist du verliebt?«

»Du brauchst gar nicht zu lachen, nur möchte ich es Liebe nennen. Ich weiß nicht, was ich im Augenblick täte, wenn ich nicht erkennen würde, daß Millionen Menschen das gleiche erleben und erlebt haben und erleben werden. Vielleicht ist der Sozialismus wichtig, vielleicht ist es wichtig, die Stützen der Gesellschaft zu stürzen. Mir ist dieser ganze Ibsen egal.

»Es ist eine alte Geschichte,
Doch bleibt sie ewig neu,
Und wem sie just passieret,
Dem bricht das Herz entzwei.«

Miermann öffnete die Tür und lief einfach weg.

»Was ist denn los?« rief Theodor ihm nach. »Wir sehen uns also heute abend.«

Sofie saß am Klavier. Sie sang. Sie suchte, sie sehnte sich, sie wartete. Draußen schneite es. Ach, hätte sie wenigstens ein bißchen im Schnee herumlaufen können! Sie ging ins graue Nebenzimmer zu Selma, die im Erker saß und Kreuzstich stickte.

»Kann Fräulein Kelchner ein bißchen mit mir spazierengehen?«

»Was, jetzt, wo in einer halben Stunde gegessen wird? Was sind das für komische Ideen?«

Sofie ging in ihr Zimmer, an ihre paar Mädchenbücher. Da war eins mit Goldschnitt, und sie las: »Seit ich ihn gesehen, glaub' ich blind zu sein.«

Sie ließ das Buch sinken. Das alles sollte nun bald ein großer Herr sein, der einen blonden Schnurrbart hatte und ihr ganz gleichgültig war. Sie hatte vorn in ihren Noten ein Bild des jungen Liszt. Groß, schlank, mit langen Haaren und großen Augen, voll von großer Sehnsucht. Träumte sie, daß sie eine große Künstlerin werden wollte? Künstlerin sein schloß aus, bedeutete Kampf für etwas, das ihr nicht wichtig genug war, um zu kämpfen. Eine Künstlerin war eine etwas komische Figur; ein Künstler rechnete erst dazu, wenn er Hofmaler war oder Hofschauspieler, sonst galt er als Mensch, der seine Schulden nicht bezahlte und in ungeordneten Verhältnissen lebte. Künstler sein war keine Gnade, sondern ein Fluch. Sie wußte, daß ihr dieser Fluch zuteil geworden, und sie versuchte, als ein gefälliges Talent zum Porzellanmalen oder für eine Abendunterhaltung zu gelten, aber nicht als mehr. Sie träumte: Ein großer Herr, aber es war weder Riefling noch der, der sie jetzt heiraten wollte, entführte sie, und sie sah sich, in rosa Spitzen gehüllt – gehüllt, träumte sie –, auf einem Diwan sitzen und auf ihn warten in einem üppigen Schlafzimmer mit vielen Eisbärfellen.

Nein, nicht einen Augenblick sehnte sie sich danach, herauszugehen aus der Familie, irgendwo zu leben. Sie wollte eine Rolle spielen, aber innerhalb der Gesellschaft. Sie erkannte leidenschaftlich ihre Gesetze an, und sie fand die Haltung der Frau Kommerzienrat Kramer, die sie wegen ihres Briefes aus der Gesellschaft ausstoßen wollte, keineswegs empörend. Sie hatte Sehnsucht nach dem, was man damals das »High-Life« nannte. Papa wird schon den Richtigen für mich ausgesucht haben.

Im Souterrain sortierten Klara und Fräulein Kelchner die Äpfel. Klärchen machte die Arbeit Spaß, das Klappern der Hasenköpfe und die Bräune des Boskoop. »Also, Fräulein Kelchner, morgen backe ich eine Torte, ihr habt es mir versprochen, und es muß gehalten werden.«

»Der Herr ist gekommen. Zu Tisch!« rief die Köchin, und Klärchen und Fräulein Kelchner gingen nach oben. Fräulein Kelchner rief: »Sofiechen, zu Tisch!« und klopfte bei Theodor.

Emmanuel ging auf Sofie zu und streichelte ihr übers Haar. Sofie erschrak. Das war die Entscheidung.

»Sofiechen, Herr Gerstmann war heute bei mir im Comptoir. Er hat um deine Hand angehalten. Ich habe ihm natürlich gesagt, die Entscheidung liege bei dir.«

»Ja, Papa«, sagte Sofie.

Theodor sah auf seine Schwester. Ihm gefiel dieser Mann nicht. Aber er wollte klar und nüchtern sein. Wahrscheinlich hatte sein Vater ebenso recht wie damals mit Wanda. Welch ein Glück, daß er sich nicht dazu hatte hinreißen lassen!

»Nicht zu rasch, Sofie«, sagte Emmanuel und legte mit seinen langen, weißen Händen allen vom Braten vor.

Sofie hatte nicht viel zu bedenken. Sie liebte ihren Vater, sie wollte ihm eine Freude machen, und diese Verlobung wäre ihm eine große Freude. Sie sah vor sich die Firma Oppner & Goldschmidt, das im Jahre 1793 gegründete Bankgeschäft. Herr Gerstmann wäre ein Stein zum Glanz dieser Firma.

Sie saß nach Tisch in ihrem Zimmer und weinte.

»Was hast du denn?« fragte Klärchen. »Kein Mensch zwingt dich, jemanden zu heiraten, den du nicht liebst.«

»Ich werde dieses Opfer für die Familie und die Firma bringen.«

Sie fühlte sich gehoben und beglückt durch dieses Opfer. Klärchen dachte: Überspannte Person! Sie tat ihr leid. Aber es gab keine Verständigung zwischen den beiden Schwestern. Sie konnte ihr nicht sagen, was sie dachte.

Als Emmanuel am Abend nach Hause kam, ging Sofie feierlich auf ihn zu und sagte: »Ich werde Herrn Gerstmann meine Hand schenken.«

Emmanuel war bewegt und gab ihr einen Kuß.

# 35. Kapitel

## *Hochzeitsaufführung*

Annette war als erste zur Besprechung gekommen und saß Eugenie gegenüber unter dem flämischen Festmahl. Sie trug riesige Ärmel.

»Ich habe mir noch keine solchen Ärmel machen lassen«, sagte Eugenie, »meine gute Winkel war sich noch nicht ganz klar über die Modelinie.«

»Du mußt aber auch nicht immer zur Winkel gehen, Tantchen. Du bist ja beinahe schon wie Mama. Weißt du, daß Marie Kramer – ich sage immer noch Kramer, obwohl sie jetzt Kollmann heißt – einen kleinen Jungen bekommen hat? Die Entbindung soll ganz leicht gewesen sein.«

»Ja, und was wird mit der Aufführung für Sofie? Also bloß keinen Mausfallenhändler und neapolitanischen Fischer oder die Elektrizität.«

»Was hast du dagegen? Mausfallenhändler ist so ein kleidsames Kostüm. Weißt du übrigens, daß die Hochzeit nicht zu Hause stattfindet?«

»Aber warum denn nicht?«

»Gerstmann hat so viele Leute einzuladen, und man gibt jetzt die Hochzeiten im Hotel.«

»Man? Ich verstehe euch nicht. Ich finde das ja abscheulich. Muß man denn so viele Leute einladen?«

»Aber das ist Gerstmann doch seiner Stellung schuldig.«

»Ich will dir offen sagen, Annette, dieser Herr Gerstmann gefällt mir ja gar nicht und ist für so ein Wesen wie Sofie, die überspannt ist, aber doch sehr musisch und interessiert, bestimmt nicht der Richtige. Ich hab' das niemandem gesagt. Dein Papa ist ja ganz hingerissen von seiner Tüchtigkeit nach der Auskunft, die er von Kramer bekommen hat, und er meint, Sofie, die immer in höheren Regionen schwebt, braucht einen Mann, der mit beiden Füßen auf der Erde steht.«

»Aber er wird ihr doch Rosen unter die Füße legen. Papa hat ganz recht. Was will denn Sofie?«

»Und dann ist Onkel Ludwig außer sich, daß euch das so völlig gleichgültig ist mit der Religion. Ich habe zeit meines Lebens nicht gefragt, welche Religion einer hat, aber es ist doch ein Problem.«

»Aber Tante Eugenie, deine eigene Schwester ist doch auch mit einem Christen verheiratet, sogar mit einem russischen, wo doch dort die Pogrome sind.«

»Liebes Kind, erstens ist ein Mitglied der russischen Intelligenz weit weniger antisemitisch als irgendein Deutscher, und dann war das eine ganz große Liebesheirat, im Kampf gegen beide Familien durchgesetzt. Christen heiratet man aus Liebe, nicht aus Vernunft. Wenigstens von uns Jüdinnen aus gesehen.«

In diesem Augenblick betraten Maiberg, Bast und Wendlein das Zimmer. Man saß in den Rokokosesseln um einen Tisch, der aus einem Schwan bestand und auf dem ein hoher, silberner Aufsatz stand. Wendlein bat, ihn vom Tisch wegzunehmen, »um den Liebreiz unserer schönen Frau Effinger nicht zu verbergen«. Er hatte ein Programm bereit. Die drei schönen Schwestern Oppner sollten als die drei Göttinnen vor Paris erscheinen.

»Ist das nicht ein bißchen genant?« fragte Annette. »Und wie soll das eingeteilt werden?«

»Also für Sofie, die natürlich als Pallas Athene gilt, tritt Fräulein Blomberg auf.«

»Eine etwas zarte Pallas«, sagte Eugenie.

»Dann Klara als Hera, die Göttin der Ehe und des heimischen Herdes.«

»Na, großartig, völlig berechtigt,« meinte Annette.

»Und dann Sie, Verehrteste, Gnädigste, als Venus, wenn ich es wagen darf, mich so zu äußern.«

»Aber das ist doch nur eine Szene«, warf Eugenie ein.

Wendlein kicherte: »Wenn die Damen im Originalkostüm

kommen, ich meine, nur mit der eigenen Schönheit bekleidet, genügt das vollkommen als Festvorstellung.«

»Aber Professor«, sagte Eugenie, »Künstlerfreiheit in Ehren, aber das führt doch zu weit.«

»Ernst ist das Leben, heiter ist die Kunst.«

Bast meinte: »Kann nicht irgendein Ereignis aus Sofies Leben den Faden für ein richtiges Stück abgeben?«

»Aber ich bitte Sie, was soll es bei einem jungen Mädchen für Ereignisse geben?« fragte Annette.

»Höchstens die Pension«, sagte Klara. »Schließlich gibt eine Pensionszeit immer Stoff. Wenn ich daran denke, wie Mademoiselle de Rocher immer sagte: ›It's not ladylike‹, oder wie wir immer an dem Geschäft mit den Grabsteinen vorübergeführt wurden, weil es für junge Mädchen nicht schicklich war, durch die Hauptstraße zu gehen. Aber sonst wüßte ich nichts.«

»Ich sehe schon«, sagte Maiberg, »es werden lebende Bilder gestellt werden müssen, z. B. stellen wir den Namen der Braut in der Weise dar, daß jeder Buchstabe durch eine Blume symbolisiert wird: z.B. Sofie durch Sonnenblume, Orangenblüte, Fuchsia, Iris und Erika. Jeder Buchstabe ein junges Mädchen, das ist entzückend. Fleurs animées.«

»Lebende Bilder sind immer das Schönste«, stimmte Wendlein zu, »z. B. Industrie wegen Gerstmann, wobei Theodor als Vulkan auftreten könnte.«

»Theodor macht nicht mit«, sagte Annette, und auf das Erstaunen aller Anwesenden: »Er ist zu alt, hat er mir gesagt.«

»Aber, Kinder, wenn ihr wollt, trete ich selber als Vulkan auf; bei so einem Hochzeitsspaß darf man doch nicht Spielverderber sein. Ernst ist das Leben, heiter ist die Kunst.«

Vor allem aber sollten die kleinen Kinder Annettes mitmachen.

»Entzückend«, sagte Maiberg, »ist das Erscheinen des Genius des Hauses in einem idealen Gewand mit Palmwedel und seiner Helferschar, kleinen Heinzelmännchen in Kutten, von denen jedes einen Vers aufsagt und dem Brautpaar ein praktisches Wirtschaftsstück zu Füßen legt. Sehr reizend sind z. B. ein Paar Pantoffeln und ein paar Andeutungen, daß die Braut ihren Bräutigam unter den Pantoffel bringen soll.«

»Wißt ihr«, sagte plötzlich Annette, »man müßte ja Sofie mit ihrer Ibsenbegeisterung aufziehen.«

»Wie willst du das machen?« fragten die andern. »Man kann doch kein lebendes Bild aus Ibsen stellen.«

»Na, könnte man nicht diese Nora darstellen?« fragte Annette.

»Hast du sie gelesen?« fragte Klara.

»Aber natürlich«, sagte Annette, obwohl es nicht der Fall war, denn sie las nur Zeitungskritiken und Einleitungen und eventuell einen schlechten französischen Roman.

»Na, dann versteh' ich dich nicht«, sagte die ernsthafte Klara. »Wie findest du das: Annette will ein lebendes Bild aus ›Nora‹ stellen?«

»Ausgeschlossen«, sagte Eugenie.

»Ich finde, unsere schöne Frau Annette hat völlig recht. Warum nicht diesen komischen Ibsen travestieren, der alles uns Heilige in den Schmutz zieht? Wenn das der vielgepriesene Fortschritt ist, dann pfeife ich darauf.«

Kaum hatte Wendlein das Wort gehört, so rief er schon: »Fortschritt! Haben Sie diese neuen Klexer gesehen? Das wagt man, diese Schmiererei als Kunst anzubieten.«

Eugenie griff ein: »Liebster Professor, die Besten wissen *Sie* zu schätzen.«

Dann war wohl fürs erste die Sache zu einem gewissen Abschluß gebracht, und man verließ Eugenies gastliches Haus.

Sofie aber war unterdessen beschäftigt mit Aussteuersorgen und Einrichtungskümmernissen. Selma wollte vier Dutzend von allem bestellen, gutes Leinen, gute Stickereien. Aber Annette und Sofie bestanden darauf, sich alles allein auszusuchen.

So saßen Selma, Annette und Sofie vor dem Ladentisch, hinter dem der Verkäufer Tischwäsche zeigte.

»Ich denke«, sagte Sofie, »ein paar ganz elegante Tücher für vier Personen.«

»Warum?« fragte Annette. »Vier Personen ist doch höchstens Familientisch?«

»Nein«, sagte Sofie, »ich liebe es so, en petit comité zu speisen, ein paar gute Freunde, ein feines Essen, Blumen, Wein, vielleicht zwei Ehepaare.«

Der Verkäufer brachte Tischtücher, die voll Stickerei waren.

»Ja, sehr gut«, sagte Sofie.

»Ich finde das übertrieben«, sagte Selma.

»Wieviel kosten sie denn?« fragte Annette.

»Ich muß einmal nachfragen, sie sind neu am Lager und noch nicht ausgezeichnet. Einen Moment bitte.«

Der Verkäufer entfernte sich.

»Annette«, sagte Selma in einem sehr ernsten und ruhigen Ton, »was du für dich tust oder läßt, ist heute, wo du eine verheiratete Frau bist, mir gleich, aber wenn ich dabei bin, wird nicht nach Preisen gefragt. Man braucht keine Spitzendecken. Aber wenn man sie haben will, muß es einem gleich sein, was sie kosten. Ihr habt ja alle keine Lebensart mehr. Wie unangenehm, wenn jetzt der Mann zurückkommt und uns einen Preis nennt, der uns wirklich zuviel ist! In eine solche Situation bringt man sich nicht, wenn man einen Namen hat.«

»Tante Eugenie …«, sagte Sofie.

»Eure Tante Eugenie fragt auch nicht nach Preisen. Das ist eine neue Sitte.«

Sofie und Annette machte die Empörung Selmas betroffen. Sie sagten nichts mehr. Der Kampf begann erst wieder bei der Leibwäsche, wo Sofie jedes Stück sorgsam und mit äußerster Überlegung wählte. Sie brauchte zur Wahl jedes Nachthemds länger als zur Wahl ihres Bräutigams.

# 36. Kapitel

## *Ein Hochzeitsdiner*

Es war eine Hochzeit, wie Annette sie sich gewünscht, aber nicht bekommen hatte. Die Zeiten hatten sich geändert. Wilhelm der Zweite residierte im großen Barockschloß zu Berlin. Die Habsburger und die Romanows hatten sich zurückgezogen, sie waren still geworden. Ihre Zimmer waren möbliert mit der bürgerlichen Spießigkeit der sechziger Jahre. Ihre Rokokogemächer wurden zugeschlossen. Aber Wilhelm der Zweite strich die hundert Jahre seit der Französischen Revolution aus und öffnete sie wieder. Er residierte in der Rokokopracht des Neuen Palais. Ball folgte auf Ball bei Hofe, Ordensfest auf Ordensfest, Besuch auf Besuch, Jagd auf Jagd. Das von Bismarck geordnete Reich sah seinen Reichtum und begann zu genießen. Was Waldemar damals ausgesprochen hatte, fühlte eine ganze Generation freudig oder angstvoll: Das gute Preußen versank, ein Impressionist kam auf den Thron, ein großer Regiekünstler, ein großer Glanz. Wilhelm der Zweite war stets in Uniform, er trug Admiralsuniform beim Besuch des ›Fliegenden Holländer‹ in der Oper, und ein Offizier, den man Unter den Linden fragte, warum er eine grüne Krawatte trage, antwortete: »Majestät ist auf Jagd.«

Überall zeigten sich die Folgen. Noch beherrschte Brahm in Berlin das Theater mit einer möglichst lebensnahen, möglichst realistischen Kunst. Er führte Ibsen auf in Alltagssprache und Alltagskostüm. Bald sollte Reinhardt kommen, ein Fest der Augen, der Ohren, der Sinne. An die Stelle des Problems trat der Rausch.

Bei Oppners wurde die Hochzeit der Tochter nicht mehr im eigenen Hause, im kleinen Kreis, sondern im Hotel gefeiert. Gerstmann verlangte, daß der eingeladen wurde und der, bis es tatsächlich zweihundert Personen wurden.

Selma sagte bei der Besprechung im grauen Erkerwohnzimmer: »Also wir beginnen mit hors d'œuvre.«

»Warum nicht mit Kaviar im Eisblock?«

»Zum Donnerwetter, weshalb denn?« fuhr jetzt Emmanuel auf.

»Das bin ich meiner Stellung schuldig«, sagte Gerstmann.

»Ich kann das nicht begreifen«, erwiderte Emmanuel, »wie man seiner Stellung Kaviar im Eisblock schuldig sein kann.«

»Aber lieber Schwiegerpapa, wenn doch meine ganzen Regimentskameraden kommen! Und auch meine Geschäftsfreunde.«

»Trotzdem, wir existieren bald hundert Jahre. Aber mein Kredit hat noch nie mit Kaviar im Eisblock zusammengehangen. Kredit erwirbt man durch eine tadellose Geschäftsführung, aber nicht, indem man den Leuten Sand oder Kaviar in die Augen streut.«

Paul dachte, daß nun bald die Hochzeit von Sofie stattfinden würde – Paul nannte sie immer nur den Blaustrumpf –, und da würde er sicher Klärchen zu Tisch haben, und dann würde man ja sehen.

Er stand beim Schneider und ließ sich einen Frack anmessen.

»Meinen Sie nicht, Herr Woklawek, noch ein bißchen enger in der Taille?«

»Nein, der Herr, unmöglich. Wirklich ausgeschlossen«, sagte Herr Woklawek und sprang um Paul herum. »Und am besten eine schöne weiße Seidenweste, besser als Pikee, Seide.«

Und Paul ging und kaufte sich eine Seidenweste und sogar Lackschuhe, die drückten.

Eugenie saß bei Trottke, um ein Diner zum Polterabend zu bestellen.

»Ich habe schon gehört«, sagte Trottke, »die Hochzeit findet im Bristol statt.«

»Tja«, sagte Eugenie, »die neue Zeit. Ich bin ja nicht dafür, Familienfeste im Hotel zu feiern.«

»Nein, Frau Stadträtin, ich auch nicht.«

»Aber was wollen Sie, Herr Trottke, wenn schon der Landadel seine Stadthäuser verkauft und ins Hotel zieht.«

»Tja, ja, und dann reicht ja auch nichts mehr. Ich höre, es sollen zweihundert Personen geladen sein.«

»Ja, es wird alles übertrieben jetzt.«

In der Halle versammelten sich um fünf Uhr die Hochzeitsgäste. Die Herren suchten ihre Tischdamen. James stand dazwischen im weißen Atlasanzug, um die Schleppe zu tragen.

Aber was war das? Frau Ina Steinhäger, die Schwester des Bräutigams, stand allein da. Wo war Paul?

»Um Gotteswillen, Karl, wo ist denn Paul?« fragte Annette, und ihre ganze Abneigung gegen den Schwager kam hervor, als sie sagte: »Er hat die Hochzeit vergessen, das sieht ihm ähnlich.«

»Das ist doch ganz unmöglich, da ist was passiert«, sagte Karl.

»Ganz gleich«, sagte Annette, »die Schwester des Bräutigams kann nicht ohne Tischherrn bleiben; wir machen uns ja unmöglich, wo Gerstmann so auf Etikette sieht.«

Karl lief zu Theodor: »Ich weiß nicht, was los ist, jedenfalls ist Paul nicht gekommen. Wir müssen Mittel und Wege finden, damit Frau Steinhäger nicht ohne Tischherrn bleibt.«

»Wie!« sagte Emmanuel, »Frau Steinhäger ohne Tischherrn? Entsetzlich!«

»Paul ist wirklich ein unmöglicher Mensch!« sagte Annette.

»Hat Theodor die Liste der Gäste?«

»Ja, er ist dabei, sie durchzusehen.«

»Hoffentlich findet er jemanden!«

»Ihr müßt auseinandergehen«, flüsterte Eugenie rasch, »man beginnt aufmerksam zu werden. Die ganze Familie steht ja auf einem Haufen!«

Eugenie in Gelb rauschte rasch davon.

Theodor hatte einen Freund gefunden, einen repräsentativen jungen Mann, der zu Frau Steinhäger geschickt wurde: »Gnädige Frau, die Krankheit von Herrn Effinger ist mir höchst willkommen, da sie mir eine so bezaubernde Tischdame gewährt. Ich kann nur hoffen, daß ich Ihnen Ersatz sein kann.«

Annette sagte zu Karl und Theodor: »Das ist noch mal gut vorübergegangen, aber ich möchte ja wissen, was wir gemacht hätten, wenn dieser Walter nicht aufgetaucht wäre. Es ist doch entsetzlich mit Paul. Was soll man nur dazu sagen?«

Karl war unruhig. »Ich möchte auf alle Fälle jemanden hinschicken. Hier in dem Hotel haben sie ja genug Personal. Da sieht man, wie gut es ist, so eine Hochzeit im Hotel zu geben. Zu Hause wäre alles überlastet gewesen, und man hätte keinen Menschen gehabt, den man hätte schicken können.«

Paul hatte am Vormittag gedacht: Ich werde auf alle Fälle noch hinaus in die Fabrik fahren und mich mittags zur Hochzeit anziehen.

Mittags, als er gerade wegfahren wollte, pfiff die Fabriksirene. Er lief hinaus und hörte schon einen dumpfen Knall. Bei seinen Versuchen war Rothmühl ein Motor explodiert. Das Feuer raste rings herum im Saal, und gerade brach prasselnd eine Tür zum Nebenraum zusammen.

»Wenn die Decken nicht halten«, sagte Paul, »fliegt die ganze Fabrik in die Luft. Hier im Keller liegen alle Brennstoffvorräte und das Schmieröl.«

Endlich kam die Feuerwehr. Sie mühte und mühte sich. Öl brannte. Es war gar nichts mit Wasser zu machen.

»Ich habe gestern noch die Police bezahlt von der Feuerversicherung und sie erhöht. Das ist noch ein Glück im Unglück.«

»Ich fürchte, Herr Effinger«, sagte Steffen, »man wird uns Schwierigkeiten machen.«

»Wie meinen Sie das?«

»Nun, man könnte uns mit dem Brand in Verbindung bringen.«

»Aber Steffen!«

»Ich habe hier schon einen Arbeiter so reden hören.«

»Wenn einer so eine Gemeinheit sagt, das muß man gar nicht hören.«

»Die Stichflamme, Herr Effinger, eine neue Stichflamme! Jetzt brennt ein Ölgefäß aus!«

Inzwischen kam die Polizei und sperrte ab. Der Polizeileutnant sagte zu Paul: »Sie melden sich sofort nach Löschung auf dem Revier.«

»Und in diesem Sinne: Mars und Pallas Athene, sie leben hoch, hoch, hoch!«

»Also ganz famos«, sagte Karl zu seiner Tischdame, »Onkel Waldemar ist nämlich der Geistreichste aus der Familie. Hoch sollen sie leben, dreimal hoch! Und jetzt wollen wir sehen, was uns weiter blüht.«

Vor ihm stand ein braunes Holzkästchen in Form einer Renaissancetruhe, in der wie auf einem mittelalterlichen Pergament das Menü aufgeschrieben war: »Ein großen Lachs oder Salmo, auch billig Herrenfisch genannt aus dem Rhein Strom mit einer Majonäsentunke servieret. Forellen, die in einer Pfanne Wasser blau gesotten mit etwas grünem ausgezieret und holländischer Tunke gereichet. Man kredentzet labungsvollen Trunk vom Johannisberger Schloß und Rauenthaler Berg.«

Ein Major Witgen hielt nun eine Rede auf Seine Majestät.

»Vom Ochsen das Lendstück auf Montmorency Art englisch und deutsch zubereit und allerhand guet Gemüs umbelegt. Welsche Hähnchen von Metzer Land fein in Striemln geschnitten mit Kalbsbries als ein Gemüs bereit, dazu Edelpilze aus Frankenland. Man kredentzet lieblich Rotwein von Chateau Ludon im Burgunderland.«

Emmanuel sprach auf die neue Familie.

»Hernach ein Hauptgemüs: grüne Bohnen in Fleischbrühe mit Zunge vom Rind, so man im Rauchfang hat anrauchen lassen.«

Inzwischen kam der Bote zurück. Paul sei nicht zu Hause, er sei wie alle Tage in die Fabrik gegangen.

In einem Zimmer des Hotels half Annette Sofie in das blautuchene Reisekleid und nestelte alles zu. »Nun noch den Pelzumhang.« Das Brautpaar reiste noch in der Nacht nach Verona.

Die rotbackige, weißarmige Anna packte Brautkleid, Kranz und Schleier und die alte Wäsche in einen Koffer.

Sofie weinte.

»Aber weine doch nicht, Sofie«, sagte Annette, »du gehst einem glänzenden Leben entgegen.«

Gerstmann klopfte: »Fertig?«

In einem gewaltigen Mantel mit Biberkragen und einer Bibermütze auf dem Kopf wirkte er fast wie ein Russe. Der Geruch all der vielen Weine umgab ihn, der Rheinweine und der Burgunderweine und des Champagners von Pommery und Greno, der zuletzt in tollen Massen getrunken worden war.

»Na, meine kleine Puppe, bist du warm angezogen? Bloß so ein Cape? Na, wir schaffen dir bald einen Mantel an. Der Zug geht in einer halben Stunde, wir müssen gehen.«

Emmanuel sagte, mit einem Versuch zu scherzen: »Also dann: treulich geführt ziehet dahin.« Er nahm Sofie in den Arm. Sofie verabschiedete sich von Selma und Fräulein Kelchner und Annette, zog den Schleier herunter und ging am Arm von Gerstmann zur Tür hinaus. Als Gerstmann die Tür hinter sich zuziehen wollte, wurde es Emmanuel heiß und kalt, und er rief: »Sofiechen!«

Sofie drehte sich erschrocken um. »Was ist, Papa?«

»Werde glücklich, Sofiechen«, sagte er und legte ihr die Hand auf den Hut.

Sofie ging.

Dann war es ganz still.

»Ich meine, Sofie hat recht gewählt«, sagte Fräulein Kelchner zu Emmanuel.

Emmanuel warf ihr einen dankbaren Blick zu und drückte ihr die Hand.

Annette blieb einen Augenblick nachdenklich. Gerstmann hatte die Überlegenheit, die sie sich wünschte und die Karl nicht hatte, Karl betete sie an und tat alles, was sie wollte. Dieser würde wohl auch mal seinen Willen dem ihren entgegenstellen. Dieser würde einen manchmal schlecht behandeln und – sehr merkwürdig, als sie daran dachte, wurde ihr heiß und kalt, und sie merkte, daß sie etwas für ihn übrig hatte. Würde er der Richtige für Sofie sein? Sie spürte einen Augenblick den Druck einer großen Verantwortung. Aber nur einen Augenblick dachte sie daran, was sich zwischen dem brutalen, selbstbewußten Mann und der zarten, unsicheren Person, die ihre Schwester war, wohl in den nächsten Stunden abspielen würde. Sie hörte ihre Mutter sagen: »Also, liebe Anna, räumen Sie alles auf und bringen Sie die Koffer in die Bendlerstraße. Lassen Sie sich noch etwas von dem Essen geben, wenn Sie wollen, und gehen Sie bald schlafen. Wir haben genug Unruhe in den letzten Tagen gehabt.« Sie raffte ihre gewaltige Schleppe und ging hinab.

Der Major von Bendow tanzte mit ihr. »Der neue See ist noch gefroren. Kommen Gnädigste auch hin?«

# 37. Kapitel

## *Feierabend*

Gebrüder Effinger fanden schließlich ein Stück Land im Nordosten von Berlin in Weißensee.

Am 25. März 1893 fand die Einweihung der neuen Fabrik statt. Sie bestand aus eingeschossigen, langgestreckten Hallen und einem kleinen roten Ziegelbau in deutscher Renaissance. Karl hatte ein eigenes Büro, und was für ein Büro! Ein Schreibtisch stand da, an dem Cosimo von Medici hätte Rechnungen ausschreiben können. An der Wand stand ein Sofa mit Umbau, bestehend aus sechs Spiegeln bis zur Decke, und das Neueste, ein Schrank, in dem eine Waschschüssel und eine Kanne mit Wasser standen. Dazu hatte Karl von seinem Schwiegervater einen Perserteppich geschenkt bekommen.

Paul hielt an den Gewohnheiten der Londoner City fest, am gelbhölzernen Schreibtisch, am schwarzen Ledersofa mit weißen Knöpfen, was alles er vom Stall des Balthasar übernahm. Es blieb der gelb lackierte Tisch mit der grünen Filzdecke und dem Tablett mit Wasserflasche und Gläsern. Daneben lag das Büro des Buchhalters Steffen, der immer einen grünen Schirm über den Augen trug, eine Schrift wie gestochen hatte und weiter jeden Abend zu Paul ins Büro kam: »Wäre noch etwas, Herr Effinger? Sonst geh' ich jetzt.«

Und fast immer sagte Paul, fast ohne vom Schreibtisch aufzusehen: »Nein, ich danke, Herr Steffen, Sie können gehen. Guten Abend.«

Am Fabriktor stand der Portier mit dem Wachhund, wenn Paul zwischen neun und zehn Uhr abends die Fabrik verließ.

Draußen dehnten sich die endlosen Gärtnereien von Weißensee, aus den Blumenfeldern kam Sommerduft, und es war tiefste Stille.

Vor einem der kleinen einstöckigen Häuser in der Bauweise der armen Mark Brandenburg saß der Gärtner Hennig: »Guten Abend, Herr Effinger«, sagte er.

»Guten Abend, Herr Hennig.« Paul blieb stehen. »Wie stehen denn die Felder?«

»Bisher gar nicht gut, es müßte eben regnen.«

»Ja«, sagte Paul und schnupperte zum Himmel, »es müßte regnen. Es herrscht die ganze Zeit viel zu große Trockenheit. Daher ja auch diese entsetzliche Cholera-Epidemie in Hamburg.«

»Ach, Hamburg, Herr Effinger, wissen Sie denn nicht, hier sollen doch auch alle Krankenhäuser voll liegen.«

»Es wird immer so viel übertrieben. Wir haben doch unsere Sanitätsbehörden. Was macht denn übrigens Ihr Nachbar? Er hat ja ganze Strecken brachliegen.«

»Ja, ja, die Leute hier werden ja alle verdorben. Meine Söhne sagen auch immer: ›Was quälste dir mit Okulieren und Kopulieren und Sortenzüchtung, und zuletzt haste fürs ganze Dutzend zwee Fennje, statt daß de dich an den Grundbesitzerverein anschließt und das Land als Terrain gibst.‹ – Sehen Sie, Herr Effinger, der ganze Boden hier ist Terrain, und meine Söhne sagen immer, wir sind Millionäre, und wir sollen Reklame machen. ›Günstige Fabrikterrains zu verkaufen.‹ Da sollen schon große Aufschließungspläne da sein, breite schöne Straßen und richtige hochherrschaftliche Häuser, vier oder fünf Etagen hoch für Arbeiter, alles im neuen Stil. Na, ich bin ja nicht dafür. Ich habe meine Blumen für die feinsten Berliner Blumengeschäfte geliefert. Für Weyroch habe ich geliefert, Unter den Linden, wo noch unser guter alter Kaiser gekauft hat, und det jenügt mir. Ich bin kein Terrainspekulant.«

»Wissen Sie, Herr Hennig, wenn Sie mich fragen, ich bin ja kein Freund der Industrie. Sie ist kein Glück für die Menschheit, und die Großstadt ist erst recht keins. Aber wer kann Entwicklungen aufhalten?«

»Wir nicht.«

»Nein, wir nicht«, sagte Paul.

»Da haben Sie goldrecht«, sagte Hennig.

Paul stampfte über die Feldwege bis zur Ringbahnstation. Er dachte an Klara Oppner, ein hübsches braunäugiges Mädchen, aber er wollte weder eine Berlinerin heiraten noch ein Mädchen aus reichem Haus. Außerdem: wird sie mit mir hier herausziehen, nach Weißensee in eine kleine Wohnung? Wird das der Emmanuel Oppner zugeben? Ich will keinen Schwiegervater, der mir dreinzureden hat. Ich will meine Frau allein ernähren. Ich brauche kein Geld. Jetzt nach Gründung der Aktiengesellschaft schon gar nicht mehr. So ein ernster Schritt muß wohlüberlegt werden.

Es war eine warme Sommernacht. Er wollte endlich für jemand zu sorgen haben, nicht immer allein nach Hause kommen, erwartet werden. Und Kinder haben.

Auf der Ringbahnstation stand Herr Hartmann, der Stationsvorsteher. Jeden Abend begrüßten sie sich.

»Es ist warm.«

»Ja, fast zu sehr.«

»'s müßte regnen.«

»Die Blumen vertrocknen fast.«

Vom stillen Ringbahnhof sah man fern die Lichter der großen Stadt.

»Kommt noch ein Zug?«

»Natürlich, Herr Effinger. Sie schicken jetzt viel Ware weg. Ich seh's immer.«

»Na, es könnt' mehr sein, aber augenblicklich hebt sich ja das Geschäft.«

»Hör ich von allen Seiten. Auch die Asphaltwerke haben gut zu tun.«

# 38. Kapitel

## *Gasmotoren unter Preis*

Der junge Kleffel forderte zehn Firmen auf, ihm Zeichnungen und Pläne und Preise einzureichen für einen Auftrag von dreißig Gasmotoren. Er forderte große Maschinenfabriken auf, er forderte kleine Maschinenfabriken auf, er forderte Pinscher auf, bei denen er nie kaufen würde. Er wollte den billigsten Preis haben.

Im Privatbüro saß der junge Kleffel, eckig, mit langgezwirbeltem Schnurrbart und bis auf die Kopfhaut geschoren, gegenüber der Alte mit rundem Vollbart und weichen, vollen weißen Haaren: »Ich warne dich, Jürgen«, sagte er, »mach das nicht, was Gutes bekommst du auf diese Weise nicht, und das Schlechte ist selbst den billigen Preis nicht wert.«

Paul ließ Steffen rufen. »Wie lange hat Rothmühl an den Zeichnungen gesessen?«

»Vier Tage.«

»Und wie lange Sie an der neuen Kalkulation?«

»Drei Tage.«

»Das können wir uns nicht leisten. Da braucht man ja nächstens ein eigenes Kalkulationsbüro!«

»Sie fordern aber jetzt alle Konkurrenz auf.«

»Das führt zum Ruin. Ich sage Ihnen, Steffen, das muß zum Ruin führen. Auf diese Weise werden schlechte Maschinen geliefert, die bald versagen, und keiner verdient was daran.«

Jürgen Kleffel verglich die eingelaufenen Angebote. Schlemmer war am billigsten. Er setzte sich mit Effinger in Verbindung: »Na also, Herr Effinger, ich brauche es Ihnen wohl gar nicht erst zu sagen, Sie kommen nicht in Frage, viel zu teuer.«

»Hab ich mir schon gedacht.«

»Sie verzichten also von vornherein?«

»Wenn Sie nicht von Ihrem Standpunkt abgehen, daß Ihnen die papierne Garantie lieber ist als die bewährte Firma. Eine Schleuderkonkurrenz kann ich nicht mitmachen, noch dazu mit fünfjähriger Garantie. Dabei kommen nur Prozesse heraus.«

Paul überlegte: War es richtig, so halsstarrig zu sein? Aber wer Effinger-Motoren haben wollte, sollte Effinger-Preise zahlen. Wer Effinger-Uhren haben wollte, durfte auch keine Massenware aus den Fabriken beziehen.

Jürgen Kleffel wurde eine Karte hereingebracht: »Udo Gerstmann«, ganz groß: »Leutnant d. R.« und ganz klein: »Mitinhaber von F. C. L. Schlemmer.«

»Melde mich gehorsamst, mein Name Gerstmann.«

»Nehmen Sie bitte Platz, Herr Leutnant, Rauchzeug gefällig?«

Kleffel fragte ihn, ob er gewillt sei, den Auftrag zum kalkulierten Preise anzunehmen, doch müsse noch Bezahlung und Garantie vereinbart werden.

»Bezahlung in fünf Monatsraten? Garantie für ein Jahr?«

»Unmöglich«, sagte Kleffel, »Effinger gibt drei Jahre.«

»Muß man wissen, wie Sie die Maschinen behandeln.«

»Sie werden nicht überbelastet. Drei Jahre. Unter dem schließe ich keinen Vertrag. Wenn Sie das nicht wollen, nehme ich sie von Düsseldorf, die kommen Ihrem Preis sehr nahe.«

»Das kann ich erst nach Rücksprache mit Herrn Schlemmer abschließen.«

Schlemmer wollte nicht. Miserabler Preis, nichts damit zu verdienen, Garantie auf drei Jahre. Aber schließlich wollte er die Fabrik beschäftigen. Und Gerstmann sagte: »Ist doch bloß, um hineinzukommen.«

»Was sagen Sie zu dem Kleffelschen Auftrag an Schlemmer?« fragte der erste Ingenieur von Mortmann, Chemnitz.

»Alle unterboten. Wenn das so weitergeht, können wir alle die Bude schließen«, antwortete Paul Effinger. »Wissen Sie, wie lange er Garantie gegeben hat?«

»Drei Jahre.«

»Daran kann er Kopf und Kragen verlieren.«

»Und 2000 Mark der Motor!«

»Sind Sie sicher?«

»Ja.«

»Wie macht er das?«

»Er setzt zu und zahlt entsetzliche Löhne.«

»Ich sage Ihnen, wenn wir keine Konvention machen«, sagte Paul Effinger, »kommen wir alle auf den Hund.«

»Nehmen *Sie* doch die Sache in die Hand!«

»Ich? Nein, mir kommt das nicht zu, wo ich überhaupt erst zehn Jahre existiere. Eine alte Fabrik wie Sie kann das.«

»Diese Schleuderkonkurrenz! Ich möchte nicht mit diesen Motoren tischlern, das kann ich Ihnen sagen. Da wird irgendwas zusammengehauen!«

»Ich versteh' aber auch Kleffel nicht, sich nur nach dem Preis zu richten und nicht auf Qualität zu sehen.«

»Wer sieht denn heutzutage noch auf Qualität?«

»Ich bin ja auch verbittert, aber so wie Sie doch nicht. Wir sind schuld. Warum schließen wir uns nicht zusammen? Diese Freiheit hat nur dazu geführt, daß einer den andern tritt. Uns wird von der Konkurrenz die Gurgel zugeschnürt. Wir schnüren sie den Arbeitern zu, und das Resultat ist, daß alle leiden.«

»Recht haben Sie, Herr Effinger, tausendmal recht. Man muß ein Kartell schließen.«

# 39. Kapitel

## *Kragsheim*

... und da Karl jetzt da ist und die Geschäfte G. s. D. wie von allein gehen, so würde ich gern einmal vierzehn Tage ausspannen und zu Euch kommen.«

Bertha hatte zu Ende vorgelesen. Sie saßen im Erker im »Auge Gottes« in Kragsheim. Die Mutter sagte: »Das ist ja jetzt eine schöne G'schicht. Nun soll das Klärchen herkommen, und zur gleichen Zeit kommt Paul. Man müßte das den Oppners mitteilen, sonst schaut's aus, als ob wir kuppeln wollten oder als ob Paul ihr nachreist.«

»Ich werd' an die Annette schreiben«, sagte Bertha. »Man kann keinen ausladen. Sie wird schon wissen, ob Klara kommen soll.«

Annette lachte hell auf, als sie den Brief bekam. »Gott, denk dir«, sagte sie zu Marie Kollmann – ihre Jungen spielten zusammen –, »da hab' ich eben meine Schwester Sofie verheiratet, und nun soll ich mir den zweiten Kuppelpelz verdienen. Ich finde, das ist fast des Guten zuviel.«

»Warum denn, Annette?«

»Ach, weißt du, Klara ist etwas verliebt in meinen Schwager Paul, aber er hat's, glaube ich, nie bemerkt, und nun reist er zufällig zur gleichen Zeit wie sie nach Kragsheim, nach dem Nest. Si Dieu le veut. Zum Totlachen! Daß du bitte deiner Mutter gegenüber schweigst!«

»Als ob ich Mama je was erzählen würde!« sagte Marie Kollmann so tief empört, als ob es die äußerste Beschuldigung wäre, daß Töchter ihren Müttern was erzählen.

Klärchen fuhr Ende April 1893 auf Logierbesuch nach Kragsheim. Es hatte sich nichts verändert. Sie bekam ihr Zimmer mit dem bunten Perlklingelzug. Der alte Effinger ging um fünf Uhr in die Synagoge, bekam um halb sieben Uhr frischen Kaffee, der in der Röhre zum Wärmen stand, bis Klärchen frühstückte. Und mittags gab es fettes Rindfleisch und Gemüse, nachdem der alte Effinger sich am Gießfaß die Hände gewaschen und den Segen über das Brot gesprochen hatte. Nachmittags saßen sie im Garten und unterhielten sich. Ein großer Korb mit Wäsche stand zwischen ihnen, und die alte Minna, die Brille auf der Nase, und Bertha stopften. Die Obstbäume standen in voller Blüte.

»Und deine Schwester hat nun auch geheiratet«, sagte Bertha zu Klärchen.

»Ja, er gefällt mir nicht sehr, aber er ist ein schöner Mann.«

»Aber er ist doch ein Goy«, sagte Minna, »die Bertha würd' sich eine Sünd' fürchten, nicht wahr, Bertha?«

»Papa«, sagte Klärchen, »hält nichts von Religion, und Onkel Waldemar hätte sich schon längst taufen lassen, aber er tut's nicht, weil er immer sagt, er sei nur Rechtsgelehrter, weil er für die Schwachen eintrete, und die Juden seien die Schwachen, und darum sei's Fahnenflucht, aber er hat lauter christliche Freunde, und daß Gerstmann christlich ist, hat mich, ehrlich gesagt, nicht gestört, aber er ist unfein, und Sofie ist doch eine Pinte.«

»Was ist denn das?«

»Eine, die sich hat. Alles ist ihr zu laut, aber sie sagt nicht ›laut‹, sondern ›geräuschvoll‹. Sie fürchtet sich vor der Dunkelheit, sie sitzt bei gedämpftem Licht und schmökert französische Romane, und, ja, Herr Gerstmann ist laut und derb und falsch, glaub' ich. Aber das darf ich nicht sagen. Annette hat ihn sehr gern und Karl auch.«

»Siehst du«, sagte Minna, »bei euch ist ja alles sehr nobel, und dein Vater ist ein kleiner Rothschild, aber bei uns hat man immer gespart und Pfennig zu Pfennig gelegt, und wir haben jedem Sohn 15 000 Mark geben können und der Helene 10 000, und wenn's Gott will und die Bertha verheiratet sich, dann geben wir ihr auch 10 000 Mark Mitgift. Wir haben dann noch einen Notgroschen. Es will keiner auf seine alten Tage von seinen Kindern abhängig sein. Eher ernähren ein Paar alte Eltern sechs Kinder als sechs Kinder ein Paar Eltern. Wir haben fast

140 000 Mark beim Uhrmachen verdient. Ach, was sage ich verdient, erschuftet und erspart, und mit Zinsen und Zinseszins hat sich's aufgesammelt. Jetzt muß ich rein, das Vesper richten, ihr könnt noch ein bißchen spazierengehen.«

Klara ging mit Bertha um die Stadtmauer spazieren. Am Burgturm, an dem die Heckenrosen wuchsen, saßen zwei junge Leute, die die Mädchen kannten.

»Guten Tag«, sagten sie, »heiß ist's heut. 's könnt gewittern.« Der eine sah Klara dreist an.

»Du, der ist aber frech«, sagte Klara.

»Unverschämt! So sind sie, wenn eine nicht von hier ist.«

Sie trafen auch die Frau Leonhard.

»Weißt du«, sagte Bertha, »die hat immer mit den jungen Leuten scharwenzelt und hat auch alles 'nausgeführt. Die Mutter war tot, und der Vater war vernarrt in sie, und da hat sie Röcke aus Seide getragen und hat sich den jungen Leuten an den Hals geworfen, und zuletzt hat sie noch der Sohn vom Amtsrichter geheiratet.« Die Bertha kam über die Ungerechtigkeit der Welt nicht hinweg.

Es wurde kühl, und sie gingen am Fluß entlang nach Hause.

Der alte Effinger hatte noch sein Vergrößerungsglas im Auge. Er arbeitete an einer silbernen Uhr. »Seht ihr«, sagte er zu den Mädchen, »so kostbar ist Silber einmal gewesen, daß man es so dünn gemacht hat wie diesen Uhrendeckel; aber dafür hat man Figuren darauf graviert, Engel und ein Schild mit einem Namen. Jetzt machen die Leute das Gold so dick wie einst das Silber, aber Engel mit Figuren machen sie nicht. Es ist alles zu billig geworden. Sie halten nichts mehr wert.«

Die Mutter saß im Erker, hatte das schwarze Gebetbuch in der Hand und sprach das Abendgebet.

# 40. Kapitel

## *Akkumulatoren-Debakel*

Oppner saß in seinem Privatbüro, als ihm der Graf Beerenburg-Haßler, Exzellenz, gemeldet wurde.

»Tach, Tach, mein lieber Oppner«, sagte er. »Wie geht's, wie steht's? Das heißt, wie geht's und wie steht's mit der Anlage von Werten? Ich bin heute so ein bißchen geradezu, aber wissen Sie, man hat jetzt nichts wie Ärger im Amt. Diese Marginalien Seiner Majestät auf allen Akten konterkarieren einem alles. Man verliert direkt die Lust zu einem Plauderstündchen. Sie wissen doch, ich habe gern geplaudert. Was machen denn Ihre Kinder, lieber Oppner?«

»Ich würde gern Exzellenz meinen Sohn vorstellen. Er war bisher in London.«

»Tja, wissen Sie, das ist auch so eine neue Geschichte: alles englisch. Solange der Fürst da war und wir eine englische Kronprinzessin hatten, wurde französisch parliert, und jetzt, seit der neue Herr da ist, ist alles englisch. Und da immer der Hof die Sitten diktiert, so schicken alte Rebellen, die lange in Paris waren und achtundvierzig den deutschen Staub von den Füßen geschüttelt haben, ihre Söhne nach London. Na, rufen Sie mir mal den Lord.«

Theodor kam herein.

»À la bonheur«, sagte der Graf anerkennend, »wenn Sie die Weisheit Ihrer Altvorderen unter diesen Anzügen aus Savile Row tragen, können Sie ja ein Disraeli werden.«

»Wenn ich nicht wasserscheu bin, ja.«

»Sie sind ja ein witziger Herr. Also, ich hoffe«, sagte der Graf und gab Theodor die Hand, »Sie werden meine Söhne beraten, wie Ihr Großvater meinen Vater beraten hat. Ihr Großvater Goldschmidt – ein feiner Mann – hatte die schönsten Pferde von Berlin im Stall.«

Theodor verbeugte sich.

»Also, wir sind leider nicht procul negotiis, ich möchte gern wissen, worin ich 50 000 Märker anlegen soll. Ich möchte Steinkohlenaktien, Ederhütte.«

»Die stehen erstens viel zu hoch, ich glaube 200, und dann soll ein Teil stillgelegt werden, ganz unter uns, die Schächte sind am Ersaufen. Wie wär's mit der Hamburgisch-Amerikanischen Paketfahrt? Sehr gutes Papier, kein Schwindel, den Ballin kenne ich, das ist ein solider, tüchtiger Mann, das ist ein gutgeleitetes Unternehmen. Wenn Sie überhaupt Aktien nehmen wollen, dann bin ich sehr dafür. Oder – warten Sie –, es ist zwar etwas riskant, aber auch nur etwas, ich habe meinen Kunden seit zwei Jahren viel verkauft, und sie haben enorm Geld daran verdient.«

»Und das wäre, bitte, die Pointe?«

»Akkumulatoren-Aktien. Sehen Sie, da werden jetzt Elektrizitätswerke über Elektrizitätswerke gegründet, und alle arbeiten mit Verlust. Das ist ja auch ganz klar. So ein Elektrizitätswerk arbeitet nur in der Dunkelheit, und außerdem hat es längst nicht genug Abnehmer, um seine Maschinen richtig auszunutzen. Diese Akkumulatorengesellschaft stellt einem hingegen die Elektrizität in Akkumulatoren morgens vor die Wohnungen wie die Brötchen, da braucht man sie dann für sein Licht, wenn man Licht braucht, und braucht sie nicht, wenn man kein Licht braucht. Das ist eine ideale Lösung, und ich kann Ihnen die Aktien dieser Gesellschaft nur wärmstens empfehlen.«

»Na, ist gut, lieber Oppner. Halbe, Halbe, Hapag und Akkumulatoren.«

Oppner jagte sofort den Botenjungen zur Börse, damit die Orders erledigt würden, als Ludwig eintrat.

»Ich habe da böse Gerüchte gehört. Die Akkumulatorenwerke sollen gar nicht arbeiten.«

»Wie?« Oppner sprang auf. »Das ist doch nicht möglich. Der Prospekt ...«

»Aber Emmanuel, seit wann gibst du was auf Prospekte?«

»Ich habe aber Oppenheim gesprochen und Kramer und Lazar. Alle sagten, es sei eine vorzügliche neue Sache.«

»Ich hoffe, du irrst dich nicht. Für wieviel haben wir verkauft?«

»Für etwa 1 000 000 Mark.«
»Und zu welchem Kurs? Bis …?«
»Bis 180.«
»Na, ich danke.«
»Hast du was an der Börse gehört?«
»Gerücht. Sie purzelten auf 120, und morgen ist Freitag.«
»Soll man?«
»Man soll nichts. Erkundigen kannst du dich nicht. Ist es ein Schwindel, ist's kein Unterschied, ob du es heute oder morgen erfährst. Es sind dann Non-Valeurs. Ist es kein Schwindel, so kannst du mit jeder Erkundigung eine Panik auslösen, daß die Papiere stürzen. Also Ruhe.«
»Das sagst du so. Was machen wir, wenn es Non-Valeurs sind?«
»Na, klar, den Kunden den Schaden ersetzen.«
»Richtig, das sind an zwei Millionen.«
»Sind wir flüssig?«
»Ja, wir haben fast keine faulen Kredite und sehr viel Barguthaben.«
»Also auf alle Fälle die Ohren steif halten, schlimmstenfalls müssen wir eins der Häuser verkaufen.«
»Wir wollen hoffen, daß es nicht nötig ist.«
Ludwig zog die Mundwinkel herunter und die Schultern hoch und sagte: »Man muß vorbereitet sein.«
Morgens am nächsten Tag sagte Emmanuel zu Anna, der weißhäutigen, rotbackigen: »Bürsten Sie mir bitte den Zylinder, ich gehe heute zur Börse.«
Auf dem Weg fiel es Oppner schon auf, daß ungewöhnlich viele Herren hingingen, und auch das Getöse war ungewöhnlich für die frühe Stunde.
»Wissen Sie schon? Die Akkumulatoren-Gesellschaft existiert gar nicht.«
»Ist ja nicht möglich.«
»Ist ein Prospekt.«
»Woher wissen Sie das?«
»Kennen Sie irgend jemand, der die Dinger benutzt hat?«
»Sie geliefert bekommen hat?«

»Ach was, auch nur gesehen hat?«

»Ein Prospekt, Herr Oppner, nichts sonst. Haben Sie damit gehandelt?«

»Etwas, unerheblich.«

»Schkandal!«

»Aber ich sage Ihnen, diese ganze Elektrizität ist ein Schwindel.«

»Ach, ist ja Unsinn.«

»Nein, nein, glauben Sie, das ist gar kein Unsinn.«

Die Minusstriche bei Akkumulatoren häuften sich. Von überall kamen die Boten angerannt, um die Verkaufsorders zu geben. Oppner stand ganz ruhig da. Es ging nicht um die Akkumulatoren, alle Elektrowerte fielen, alle. Das Publikum verkaufte wie rasend. Bei den Bankiers fuhren die Leute vor: »A tout prix verkaufen!«

Man müßte heute Elektrowerte kaufen, dachte Oppner, aber er tat es nicht. Er spekulierte nicht. Nein, er tat's nicht.

Plötzlich drängte sich ein Bote durch und flüsterte Oppner zu, er solle sofort ins Geschäft kommen.

Es war halb elf Uhr, und die Akkumulatoren standen auf 60. Oppner rief Stöpeln, der mit dem Braunen vor der Tür stand.

»Is ja so ne Uffregung heute, Herr Oppner.«

»Da drin wird jetzt manches Vermögen verloren.«

Oppner kam ins Geschäft. Im Vorzimmer war eine solche Aufregung, daß ihn niemand bemerkte. Es standen Mayer da, Kramer, Maiberg, Wendlein und eine Menge andere.

Kramer sagte immerzu: »Dazu ist man befreundet, befreundet, damit sie einem solche Papiere aufhängen. Unerhört!«

»Ich versteh' ja nichts von Geld, aber daß das Betrug ist, sieht doch ein Kind«, sagte Wendlein.

»Jetzt wird man sehen, was das für Leute sind«, sagte Maiberg.

»Alle Kaufleute sind Betrüger«, erklärte Wendlein.

Graf Beerenburg-Haßler ging durch und dachte: Der Wendlein hat schon manchen Tausendmarkschein von Oppner und von Goldschmidt eingesteckt. Geschmeiß!

Eine alte Frau sagte: »Was habe ich denn? 4000 Mark Zinsen

im Jahr. Wenn jetzt 20 000 Mark verlorengehen, kann ich gar nicht mehr von meinen Zinsen leben. So wird man beraten, eine arme alte Witwe, so verludern sie einem die Ersparnisse!«

Oppner rief ganz laut: »Sie werden keine Verluste haben, meine Herren.«

In Oppners Zimmer saß der Graf Beerenburg-Haßler: »Ich bin ja unter die Löwen und Tiger geraten da draußen.«

»Tja«, sagte Oppner, »beim Geld hört bei den meisten Leuten der Spaß auf. Da werden sie ungemütlich. Sie wollten wahrscheinlich fragen, ob ich gestern noch gekauft habe. Ich muß es zugeben, aber wir tragen den Schaden. Sie haben 25 000 Mark bei uns gut.«

Der Graf gab Oppner die Hand: »Selbstverständlich, aber bravo. Möchten Sie mal irgend etwas werden, Oppner, wir machen das jetzt. Ein Kommerzienrat oder so was?«

»Nein, ich danke Ihnen, aber ich glaube, ich bin als Herr Oppner mehr.«

»Doch noch ein Achtundvierziger.«

»Nein, keineswegs, aber irgendwo muß doch die Sucht nach Titeln ein Ende haben.«

»Adieu, lieber Oppner.«

»Ich lasse Professor Wendlein bitten.«

»Also, Sie wissen, lieber Oppner, zu welch großem Dank ich Ihrer Familie verpflichtet bin, aber diese ...«

»Bitte, reichen Sie Ihre Rechnung mit der genauen Aufstellung der Summe ein, um die Sie sich geschädigt fühlen.«

Wendlein sagte: »Ich hoffe doch, lieber Herr Oppner, Sie werden daraus keine Feindschaft entstehen lassen.«

»Aber keineswegs«, sagte Oppner und sah in die Luft.

Draußen hatten sich inzwischen noch mehr Menschen angesammelt. Oppner kommandierte: »Ruhe! Ich bitte jeden, der Akkumulatoren-Aktien durch uns gekauft hat, uns die Stückzahl und den Kurs schriftlich in den nächsten Tagen mitzuteilen. Wir geben Ihnen das Geld wieder.«

»Zuzüglich des Zinsverlustes«, rief Maiberg.

»Auch das, Herr Poet.«

Es wurde still.

Jetzt kam auch Ludwig von der Börse. »Na, das ist ja ein schöner Schwindel, auf den wir da hereingefallen sind. Die beiden Herren Direktoren sind schon verhaftet. Es existierte keine Fabrik, keine Werkstatt. Das Ganze war ein Büro im dritten Stock und ein junger Mann, der die Bücher führte. Den größten Skandal finde ich, daß sie sogar den Drucker, der die Prospekte druckte, mit Aktien bezahlt haben. Ich habe auch alle anderen Elektrowerte verkauft. Man glaubt allgemein, daß die ganze Elektrotechnik ein Schwindel ist. Und was war hier?«

»Na, ich kann dir sagen, ich habe die Hyänen kennengelernt, die Eugenie mit ihren Kalbsfrikandeaus füttert. Feiner Mann, der Herr Kramer! Erst rät er mir zu diesen Akkumulatoren. Ich verkaufe ihm für 100 000 Mark Papiere, und er ist der erste, der heute dasteht und reklamiert. Ich hätte ihm ja gern die Wahrheit gesagt, aber was hat das für einen Sinn. Man macht sich nur Feinde. Mayer kam auch, aber dem nehme ich es nicht übel für seine paar Kröten, ich glaube, es sind 500 Mark, aber dem Maiberg, der Poet verlangt Zinsen. Wendlein habe ich ja vergessen, den Herrn Professor Wendlein.«

»Der hat Eugenie zum letztenmal gemalt.«

»Richtig, aber nun muß ausgezahlt werden. Wir müssen disponieren.«

Um die Börse war es ganz still geworden. Es regnete in Strömen, und auf dem spiegelnden Asphalt ging ein junger Mann hin und her. Er trug im sehr kurzen Covercoat-Mantel eine rote Nelke und eine kleine schwarze Glocke auf dem Kopf. Er sah die Börse an, das Wasser floß ihm vom Hut. Er schlug den Mantelkragen hoch und sprang mit einem Satz in die Spree. »Au weia«, schrie ein Straßenmädchen, und eine andere lief zum Schutzmann.

»Der schwarze Freitag an der Berliner Börse hat ein Todesopfer gefordert. Der junge Sohn des Jutefabrikanten Kramer ist gestern direkt vor der Börse in die Spree gesprungen. Der junge Mann konnte nicht mehr gerettet werden. Er hatte sich in Akkumulatoren-Aktien verspekuliert. Man spricht von sehr namhaften Beträgen, die er schuldig war.«

So stand es am Sonnabendmorgen in den Zeitungen.

»Ja, ja«, sagte Emmanuel zu dem Friseur Spiegel, der gerade das Messer am Leder abzog, »das ist ein harter Schlag für den Herrn Kommerzienrat.«

»Ich war heute morgen schon dort«, sagte Spiegel, während er den Seifenschaum mit der Hand wegschleuderte, »der Tod macht alle Menschen gleich, er zieht zur Grube arm und reich, wie es in dem schönen Liede heißt. Der junge Herr hätte es schön haben können, was mußte er spekulieren? So was begreift unsereiner gar nicht. Unrecht Gut gedeiht nicht, und ehrlich währt am längsten.«

Und dabei fuhr er mit dem Messer über Emmanuels Gesicht.

Emmanuel dachte die ganze Zeit: Und dem Paul Effinger, einem ehrlichen, anständigen Menschen, habe ich den Kredit abgeschlagen. So verliert man's dann.

# 41. Kapitel

## *Paul und Klara*

Paul Effinger saß im Schnellzug Berlin–Basel und dachte genau das gleiche wie Emmanuel Oppner, als er die Nachricht über den schwarzen Tag an der Berliner Börse las: So verlieren Oppner & Goldschmidt ihr Geld, und mir haben sie den Kredit abgeschlagen.

In Kragsheim war die Mutter am Bahnhof: »No, nobel kommst du an, Zweiter. Das ist recht, daß du dir etwas gönnst, wo du so vorwärtsgekommen bist.«

Und sie gab ihm einen Kuß. Der Bahnhof war der einzige Ort, wo sich die Effingers einen Kuß gaben, nach den herben Lebensgewohnheiten der Ihren.

»Weißt du, wer zu Besuch da ist? Da wirst du schauen: die Klara Oppner. Wir haben nichts dazu gekonnt. Wir haben an Annette geschrieben, als wir hörten, daß du kommst, aber die Klara ist trotzdem gekommen.«

Im weißgescheuerten Hausflur des »Auge Gottes« mit dem gewaltigen braunen Schrank aus dem 16. Jahrhundert stand der alte Effinger mit dem kleinen, schwarzen, rotgestickten Mützchen und legte seinem Sohn die Hand auf den Kopf.

Die zwei jungen Mädchen waren auf den Topfmarkt gegangen, der alle Monat vor der Kirche St. Jacobi stattfand. Im Grasgarten unterhielt sich Minna mit Paul, während sie aus dem großen Korb Flickwäsche nahm: »Die Bertha ist nun auch noch nicht verheiratet.« Man konnte deutlich hören, daß dies eine ernste Sorge war. Eine unverheiratete Tochter war ein Unglück, und Bertha näherte sich der Zeit, wo solch ein Unglück wahrscheinlich wurde. »Der junge Wolff von den frommen Wolffs aus Frankfurt am Main interessierte sich für sie. Aber wir sind ihm nicht orthodox genug. Du weißt doch, wie der Papa ist. Er trägt am Schabbes ein Taschentuch, und auswärts essen wir auch milchig. Aber es ist sehr schade!«

»In den orthodoxen Familien ist noch der alte Zusammenhalt, der so ungemein wichtig ist für uns Juden«, sagte Paul.

»Und willst du denn nicht endlich heiraten?«

»Sehr gern, aber wen? Ich will dir ganz offen sagen, daß mir die Klara schon lange gefällt. Aber diese Familie ist nichts für mich. Die Annette treibt großen Luxus. Die Sofie ist eine ganz überspannte Person, Musikerin und Malerin, und sie hat jetzt einen leichtsinnigen Patron von der Firma Schlemmer geheiratet, den sie nie geheiratet hätte, wenn es ein Jude gewesen wäre. Ich habe vor ein paar Jahren ein nettes Mädchen kennengelernt. Aus ganz kleinen Verhältnissen, aber wenn ich mir auch aus einer Mitgift nichts mache, so muß ein Fabrikant doch auf sein Renommee halten, und ihr Vater hatte bankrott gemacht. Die Welt ist ja ungerecht. Der Mann war sicher völlig schuldlos daran, aber es bleibt immer etwas hängen. Und außerdem hatte sie so neumodische Ideen. Es war die reinste Frauenrechtlerin, und das ist doch gewiß nichts für mich. Ich will eine Hausfrau.«

»Ich glaub', da könntest du ruhig die Klara heiraten. Sie ist ein richtiges Hausmütterchen«, und sie zog den Faden durch die Stopfnadel.

»Aber, weißt du, Mutter, Mädchen, die so viel mitbekommen, verlangen auch ein entsprechendes Leben. Die wollen ausgehen, Gesellschaften mitmachen, Theater, und selbst, wenn sie selber nicht wollen, dann will's der Papa.«

»Aber du bist doch ein großer Fabrikant, warum willst du dich von der Welt zurückziehen?«

Paul antwortete nicht. Dies war sein Ideal, in einem Grasgarten sitzen, ein Gang vors Tor, die alten Türme ansehen, in einem Wirtshaus beim Schoppen Wein sitzen wie sein Vater und morgens und abends sich einfügen in die alte Judengemeinschaft, Gott zu loben und zu preisen, zu arbeiten, zu sparen und das Ersparte den Nachkommen zu hinterlassen. Warum wollte er jetzt versuchen, den schienenlosen Wagen zu bauen? Warum hatte er diesen unendlich schweren Lebenskampf auf sich genommen, wo er doch jeden beneidete, der es sich wohl sein ließ?

Weil er es nicht anständig fand, sondern sündhaft, es sich wohl sein zu lassen?

»Man glaubt zu schieben, und man wird geschoben«, sagte er nach einer Weile.

»Ich hab' doch hier gesehen, was das für eine einfache Person ist. Merk' dir überhaupt eins: Die armen Mädchen sind oft viel anspruchsvoller, die wissen nicht, wie das gute Leben ist, und wollen genießen, und die reichen Mädchen wissen, daß nicht so viel dahinter ist, und haben oft schon genug. Und warum hast du so viel gegen das gute Anziehen? Der Talmud sagt: Man sieht auf den Kragen, aber nicht in den Magen.«

Paul wußte nicht, ob sein Spartanertum jüdisch war oder protestantisch-christlich, aufgesogen, eingeatmet in dieser fränkischen Landschaft, in der die Menschen hart waren gegen sich und andere, geizig und unfreundlich und voll von Selbstgerechtigkeit.

»Ich könnt' ihr schon ein paar süddeutsche Spezialitäten im Kochen beibringen, und sie sitzt auch und handarbeitet. Sie ist keine, die immer herumlaufen muß, Einkäufe machen.«

»Aber ich heirat' kein Mädchen mit einer großen Mitgift. Ich laß' mich nicht als Mitgiftjäger anschauen, und dann wollen so Leut' auch andere Schwiegersöhne, als ich bin.«

Die beiden Mädchen kamen mit Gekicher in den Garten.

»Bitte«, sagte Bertha und zeigte einen hübschen Topf, »der kostete so wenig, ein Spottgeld, hab' ich ihn genommen.«

»Na, und?«

»Schau her!«

»Er hat ja ein Loch!«

Sie lachten wieder los.

»Wenn der Pott aber ein Loch hat, meine liebe, liebe Liese«, sang die Klara.

»Na, ihr seid mir zwei.«

»Darf ich Ihnen ein paar Sehenswürdigkeiten von Kragsheim zeigen?« fragte Paul.

»Gern«, sagte Klärchen.

Sie gingen durch ein altes Gäßchen, hinter dem die drohenden Türme von Sankt Jacobi erschienen. Die Tür der Kirche stand offen. Nach der Hitze schlug ihnen aus dem hohen Gewölbe modrige Kälte entgegen. Ein uraltes, krummes, gebücktes Weib mit einer Hakennase und einem Krückstock zeigte ihnen die Kirche.

»Schaue Sie«, sagte sie im Dialekt, »das da sind Bilder aus dem 14. Jahrhundert, die Verkündigung, das hier ist die Geburt des Herrn Jesus im Stall. Dies hier sind die heiligen drei Könige aus dem Morgenland, das ist der Fischzug im See Genezareth, und das die Kreuzigung, und das da hinten, das ist, wie sie die Jude verbrannt hawe, weil sie zu Ostern die Kinder geschlachtet hawe, und einen von ihne hab' ich noch gekannt, er hat Moische geheißen, hat am roten Turm gewohnt und hat sich nit sehe lasse dürfe.«

Paul dachte: Wie lange ist es her? Vor fünfhundert Jahren waren in dieser Gegend die schlimmsten Judenverfolgungen, abgesehen von den spanischen. Der schwarze Tod ging um, und man beschuldigte die Juden, die Brunnen vergiftet zu haben. Es war Anarchie in Deutschland, die Landesherren bedrückten die Ritter, und die Ritter beraubten die Kaufleute, und die Kaufleute bedrückten die Handwerker, und der Bauer hatte nichts zu essen, und da erschlug man die Juden. Die Juden aber hatten ihre Gebetsmäntel umgenommen, hatten sich in den Synagogen versammelt und hatten gebetet: Baruch ha schem, gelobt sei sein Name. Sie wußten, das da draußen war die Rotte Korah, sie aber waren im Besitze der einen und unteilbaren Wahrheit, der Wahrheit von der Sünde, Blut zu vergießen, von dem messianischen Reich, wo der Löwe beim Böckchen liegen würde, wo die Schwerter umgeschmiedet würden zu Pflugscharen, wo eine höhere Gerechtigkeit alle Kreatur umfassen würde. Sie wußten, sie starben für diesen Glauben: »Höre, Israel, unser Gott ist der einzige Gott.« Die Renaissance war gekommen, der Protestantismus, die Aufklärung, die Französische Revolution. Die Ideen des Humanismus, der Gerechtigkeit und der Freiheit waren mit dem Schwert in Europa verbreitet worden, die Ghettomauern wurden gestürmt und die Juden nicht mehr erschlagen. Sie wurden Bankiers und Handwerker und Rechtsgelehrte und Fabrikanten. Es war 19. Jahrhundert. Der Hexenglaube war verboten und Judenverfolgung auch. Der Justizmord an Dreyfus erregte Europa vom Nordpol bis nach Afrika. Oben an der Karlsburg hing am Felsen noch der Käfig, in dem die Verbrecher eingeschlossen wurden, wo sie verhungerten und dann den Geiern zum Fraß überlassen wurden.

»Dort oben«, sagte Paul, »hängt noch der Käfig für die Verbrecher.«

»Wie die Menschen so etwas nur in ihrer Nähe ausgehalten haben!« sagte Klärchen.

»Wenn Sie dieser Alten mit der Hakennase und dem Krückstock sagen: Der Mann dort oben hat die Brunnen vergiftet, so kann sie kein Schmerzgeschrei einer sterbenden Kreatur zum Mitleid bewegen. Sie wird es richtig finden, ihn verhungern zu lassen, und nicht einen Augenblick fragen, ob wirklich der Brunnen vergiftet ist, von dem sie jeden Tag trinkt.«

Plötzlich sah Paul, wie erfüllt vom Mittelalter Kragsheim war. Dies war nicht nur Kulisse für eine ganz andere Welt. Hier paßte noch eins ins andere. Im gewölbten Hausflur, zwischen dessen gebuckelten Steinen Gras wuchs, saß die Schönbeckin, das alte Kräuterweib, in zeitlosen Lumpen und zupfte Kamillen. Knaben in zerschlissenen, farblosen Anzügen liefen herum, hatten gezähmte Raben im Arm.

»Was macht's mit den Raben?« fragte Paul.

»Wir wollen auslugen.«

Auslugen, dachte Paul, was für ein Wort! Wo in aller Welt benutzte man noch dieses Wort außer in mittelalterlichen Romanen, wo die Turmwächter auslugten nach dem Feinde? Im Hausflur stand der Schmied, der Schuster, der Spengler. Sie trugen die alte Tracht, sie benutzten die alten Werkzeuge. Da war der Amboß, die Schusterahle, des Menschen Hand, um das Blech zu biegen, die Schusterkugel und die Kerze.

»Sehen Sie, Fräulein, das ist der gotische Anbau vom Rathaus, und hier ist der aus der Renaissance.«

Im Hintergrund waren die gewaltigen Türme von Jacobi zu sehen; vorn stand das Rathaus mit Laubengängen und Balkons voll roter Geranien. Sie sahen auf prachtvolle Häuser mit Figuren am hohen Giebel und auf einfache Fachwerkhäuser. In einer

Ecke stand ein gotischer Brunnen und ein Fliederbusch. Nach der Seite von Jacobi zu führte ein schmales Gäßchen zwischen hohen Giebelhäusern durch ein turmgekröntes Tor zur Stadt hinaus.

»Wir wollen auf die Mauer gehen.«

Sie stiegen auf einem Treppchen zum Wehrgang aus Holz, der auf einer dicken Steinmauer ruhte und von dem man weit ins Tal hinabsah bis zum felsigen Gebirge über den blauen Fluß und die Frühlingsblüten. Nach der anderen Seite lag Kragsheim, ein Gewimmel aus roten Dächern und krummen Gassen dazwischen, und draußen die rotblühende Kastanienallee zum weißen Kasten des Schlosses. Drüben aber auf den Felsen waren die Ruinen alter Burgen.

»Lieben Sie eigentlich Berlin?« fragte Klara. »Onkel Waldemar sagt immer, Berlins Schönheit sei so verkannt, es habe diesen schönen, sauberen Klassizismus, und wenn ich das hier sehe, so muß ich an ihn denken und ihm recht geben. Das ist ein rechtes Mittelalter hier, und Berlin hat etwas wunderbar Freies, Großes, Unbelastetes. Aber Ihre Heimat ist wunderbar schön, und ich kann mir vorstellen, daß man sehr daran hängt.«

»Ich wäre lieber in Kragsheim geblieben, aber hier herrscht gar kein Unternehmungsgeist, und mein Bruder Benno und ich wären schief angesehen worden, wenn wir Industrie hergebracht hätten, obzwar eine schreckliche Armut herrscht und in den sechziger Jahren eine große Auswanderung nach Amerika war. Aber leben tut es sich besser in Kragsheim, wenn man genügend hat, um davon zu leben; hier herrscht doch noch kein solches Hasten und Jagen, hier haben doch die Leute noch Zeit. Wollen wir noch ein bißchen ins Tal gehen? Oder ist es Ihnen zuviel?«

»O nein«, sagte Klärchen, »ich gehe gern spazieren.«

Sie dachte, wie schön das war, das alles anzusehen, und wieviel sie lernte. Paul nahm ihren Arm, um sie sorgfältig die Stufen des Wehrgangs hinabzuführen und dann zwischen zwei Mauern einen schmalen Weg zwischen Weinbergen ins Tal. Sie gingen die Landstraße am Fluß entlang und kamen nach einer Viertelstunde an eine Brücke, auf der ein Heiliger stand.

»Das ist der heilige Stefan«, sagte Paul, »hier beginnt das katholische Land. Kragsheim war eine große Stadt vor dem Dreißigjährigen Krieg, aber dann hat Tilly sie eingenommen, und später ging sie an Gustaf Adolf über und dann wieder an Tilly, und da war es mit ihrem Glanz zu Ende, trotzdem sie eine Freie Reichsstadt blieb, reichsunmittelbar bis 1815.«

»Meine Schwester Sofie gilt als so gebildet in der Familie, aber von all so etwas hat sie keine Ahnung. Ich finde ja, daß das auch zur Bildung gehört.«

»Ich glaube, es tröpfelt. Es wäre ja auch kein Wunder nach dieser Hitze«, sagte Paul, der nicht gern über Menschen sprach.

Er öffnete einen Regenschirm, den er vorsorglich mitgenommen hatte, und nahm Klärchens Arm. So gingen sie die Landstraße entlang. Sie waren beide viel zu befangen, um noch ein Wort herauszubringen.

»Es hat aufgehört zu regnen«, sagte Paul, ließ Klärchens Arm los und machte den Regenschirm zu.

Zu Hause sagte Minna, daß Helene auf Pessach aus Neckargründen käme, mit ihrer Ricke und dem kleinen Oskar und dazu Willy. Es gäb' gräßlich viel Arbeit.

Am nächsten Tag wurde das ganze Haus von oben bis unten gescheuert, alles Geschirr weggepackt und neues hervorgeholt. Klärchen lief mit Wäsche umher und bezog Kinderbetten und richtete Zimmer für die Gäste her, und dazwischen konnte sie sich mit Bertha und Minna unterhalten, die sehr für eine Unterhaltung über Menschen und das Leben waren. Willy mit seiner Friseurschönheit und seinem Schnurrbartzwirbeln machte ihr Komplimente. »Unser Weltstadtbesuch« nannte er sie. Für Kragsheim war sie elegant und schön, was alles sie in der Familie Oppner und Goldschmidt nicht war. In Berlin bei diesen gräßlichen Bällen von Blombergs und Lazars und Kramers ließen die Tischherren sie gleich nach Tisch links liegen, und dann bekam sie auch immer so merkwürdige Tischherren, die Schüchternen und die Außenseiter. Weder Tante Eugenie noch Annette luden sie je zu kleinen Gesellschaften ein. Sie tanzte nicht gut, sie war dick, sie war nicht musikalisch. Der einzige, der nett zu ihr war,

war Onkel Waldemar. Er war einmal mit ihr in ein Museum gegangen, was er mit Annette und Sofie nie getan hatte. Und die ganze Familie hatte sich auch gewundert. Hier in Kragsheim war sie eine Attraktion. Willy war glücklich, wenn sie sich ihm beim Essen zuwandte; obgleich sie sich nichts daraus machte, hob es doch ihr Selbstbewußtsein. Bertha und Minna fanden sie bildhübsch. Und hinzu kam diese ganze merkwürdige Beziehung zu Paul, aus der sie nicht klug wurde. Man geht doch schließlich nicht Arm in Arm mit einem jungen Mädchen, wenn man sie nicht gern hat, und wenn man sie gern hat, warum sie dann nicht heiraten?

»Bist du schon mit allen Betten fertig?« fragte Minna, die selber drei Gänse in einer Stunde zupfen und zurechtmachen konnte. »Großartig …«

Und nun kam Helene mit ihrer Ricke und dem kleinen Oskar, eine große, knochige Frau. Die Dreizehnjährige war völlig elektrisiert über den Besuch aus Berlin und wich Klärchen nicht von der Seite.

»Haben Sie schon mal den Kaiser gesehen? Und unser Prinzeßchen? Und wie sieht das Brandenburger Tor aus?«

Klärchen stand in der Küche, um die Sederschüssel zu Pessach zu richten. Alle Feste wurden nach der Tradition im Säulensaal in der Tiergartenstraße gefeiert. Aber dort war alles fertig, wenn man sich zu Tisch setzte; hier machte sie die ganzen Vorbereitungen mit. Sie schnitt selber im Gemüsegarten etwas Meerrettich als »Bitterkraut«, sie holte aus der Speisekammer den Topf mit Eingemachtem als »Süßes«, und sie durfte das Ei kochen und auf die Sanduhr sehen, damit es auch hart wurde. Und dann nahm Minna die alte Sederschüssel, faltete eine Serviette und legte in jede Falte eine Mazze, im ganzen drei, und rings herum kamen die Näpfchen mit Petersilie und mit Salzwasser, eins mit geriebenem Meerrettich, eins mit Süßem, eins mit hartem Ei und eins mit einem Knochen, der mit wenig Fleisch auf Kohlen gebraten war. Es gab viele Erklärungen für diese Dinge … »Das Ei«, sagte Minna, »soll an die Opfer im Tempel erinnern.« Aber es ist Frühling zu Pessach, und die Christen feiern Ostern. War das Ei nicht ein Symbol alles Neuen, Sprießenden, Schöpferischen? Tief hinabreichend in eine vorgöttliche mythologische Vorzeit?

»Wir sind leider nur zwölf«, sagte Minna. »Wenn Benno und Karl noch da wären mit ihren Familien, wären wir zweiundzwanzig Allernächste. Man soll wirklich keine Kinder haben, wenn sie alle so weit weg gehen.«

Klärchen stand in ihrem Zimmer und zog sich an. Es war alles leichter in Kragsheim, wie recht Paul hatte! Niemand hatte Konflikte. Heute abend wurde Seder abgehalten, und dann wurden die Kinder ins Bett gebracht, und hinterher plauderte die Jugend noch ein bißchen, und morgen früh ging man in die Synagoge und hielt Ruhetag. Es wurde kein Feuer angezündet, und das Essen stand bereit, und nachmittags ging man in den Schloßgarten Kaffee trinken, und am Abend ging man wieder in die Synagoge und am Morgen wieder, und so geregelt war das Leben in allem. Da war nichts vom eigenen Willen abhängig, da handelte man, wie man seit Jahrtausenden handeln mußte. Da liebte man seinen Mann und hatte viele Kinder und sorgte für sie und verheiratete sie, und der Tod war einbezogen in das Leben. Jedes Jahr standen die Männer in ihren Sterbegewändern vor Gott und erinnerten sich, wie kurz und gleichnishaft diese ganze irdische Existenz war. In Berlin aber war alles viel schwerer geworden. Alle kämpften in jedem Augenblick um ihre Position im Leben, Annette, wenn sie sich nur um Kleider kümmerte, Selma, wenn eine lebenslange gesellschaftliche Übung sie dazu erzogen hatte, daß selbst die eigenen Kinder nur Konventionelles mit ihr sprachen. Klärchen, die gerne lachte und in Kragsheim immerzu lachte, kam in Berlin kaum dazu. Doch mit Bertha auf den Topfmarkt gehen, sich von dem Backfisch anschwärmen lassen, mit Paul auf romantischen Burgen herumklettern – nie war Klärchen so glücklich gewesen, und mit der Heiterkeit, die in ihrem Wesen lag, hatte sie auch keine Zweifel darüber, daß Paul sie liebte. Auch das würde eines Tages kommen.

Alle saßen bei Tisch. Die Tür blieb offen und ein Stuhl frei für den Propheten Elia. Der alte Effinger sprach den Segen über den Wein und einen Dank an Gott, daß er dieses Fest gegeben zum

Andenken an den Auszug aus Ägypten. Und dann sagten alle in der Volkssprache, auf aramäisch nämlich: »Jeder, der in Not, komme und feiere mit, dieses Jahr hier, im kommenden Jahr im Lande Israel, dieses Jahr noch als Sklaven, im kommenden Jahr als freie Männer.«

Der kleine Oskar, sieben Jahre alt, las die hebräischen Zeilen. Es war nicht viel, aber immerhin hatte man ihn Tage vorher gefragt: »Kannst du das? Manustanu haleilahase?« Er las tadellos: »Was unterscheidet diese Nacht von allen andern Nächten? In allen Nächten essen wir Gesäuertes und Ungesäuertes. In dieser Nacht nur Ungesäuertes. In allen Nächten essen wir vielerlei Kräuter. In dieser Nacht Bitterkraut. In allen Nächten tunken wir nicht ein, nicht einmal. In dieser Nacht zweimal. In allen Nächten essen wir entweder frei sitzend oder angelehnt. In dieser Nacht nur angelehnt.«

Und alle antworteten dem Jüngsten: »Sklaven waren wir dem Pharao in Ägypten. Es führte uns heraus der Ewige, unser Gott, mit starker Hand und ausgestrecktem Arm. Und hätte der Heilige, gelobt sei er, unsere Väter nicht aus Ägypten geführt, dann wären wir und unsere Kinder und unsere Kindeskinder dem Pharao in Ägypten dienstbar geblieben.«

Überlegte einer am Tisch, ob die Fragen voll Sinn waren? Dort oben am Tisch saß der Mann mit dem weißen Bart Kaiser Franz Josefs – wie er geboren 1830 –, und sie überlegten nicht.

Die Tür stand offen in der Pessachnacht für den Propheten Elia, der dem Messias vorangeht, aber durch die geöffnete Tür waren seit Jahrtausenden andere eingedrungen als der Prophet Elia, Römer und Spanier, Russen und Ukrainer und Deutsche, und Gemetzel war gewesen und Blutbeschuldigung und Vertreibung. Aber Juden sind Optimisten. »Und Gott sah alles an, was er gemacht hatte, und siehe da, es war alles sehr gut!«

Da ist kein Kampf zwischen Licht und Finsternis, zwischen Gut und Böse, die Welt ist gut von Hause aus, und mit Gott haben die Juden einen Bund geschlossen. »Und ewig währet seine Gnade.«

Es wurde weiter vorgelesen, daß die Juden siebzig Personen stark nach Ägypten kamen und um Weide baten für ihr verhungerndes Vieh zur Zeit, als Joseph Ministerpräsident von Ägypten war, und daß sie dort zahlreich wurden wie die Sterne des Himmels und sich absonderten von den Ägyptern in Name, Sprache und Kleidung, und dabei wurden sie schön und mächtig. Und dann kam jener ewige Satz: »Und es kam ein neuer Pharao in Ägypten, der wußte nichts von Joseph.« Ewige Wahrheit. Immer wieder kommt eine Generation, die kennt nicht die Verdienste vergangener Geschlechter, für die ist ein berühmter Name ein Schall, und ein Ruhm verweht wie das Sandkorn im Winde. Die Ägypter, die nichts mehr von Joseph wußten, bedrückten die Juden so, daß sie sich nicht mehr vermehrten. Und da ihre Leiden sehr groß wurden, erhörte sie Gott und übte Strafgericht an den Ägyptern. Und ganz plötzlich wendete sich die Erzählung aus der Ewigkeit in die groteske Scholastik, und die Schriftgelehrten berechnen auf merkwürdige Weise die Plagen in Ägypten.

Und dann kam die schönste Poesie der Welt, die Lyrik der Psalmen: »Die Berge hüpfen wie Widder und die Hügel wie junge Schafe.«

Der alte Effinger gab jedem ein Stück Bitteres, in Süßes getaucht, und alle aßen das ungesäuerte Brot mit Bitterkraut dazwischen. Und dann kam der Festschmaus, Suppe mit Mazzeklößchen und Braten mit Salat, und der alte Effinger fragte die Kinder, ob sie noch ein Stückle Braten wollten. »Nein«, sagten sie, »wir haben schon.« »Also *das* Stückle habt ihr noch nit gegessen«, und alle lachten. Es kam der Creme mit den unendlich vielen Eiern, für den Klärchen den Schnee geschlagen hatte.

Der Vater sang die uralten Verse: »Es kaufte sich mein Vater, zwei Suse galt der Kauf, ein Lämmchen, ein Lämmchen.« Uralt, uralt in allen Sprachen, bei allen Völkern das gleiche: Die Katze frißt das Lämmchen, der Hund die Katze, ein Stock schägt den Hund, der Stock verbrennt, Wasser löscht das Feuer, ein Ochse trinkt das Wasser, der Schlächter schlachtet den Ochsen, der Todesengel tötet den Schlächter. Ein Lämmchen. Ein Lämmchen.

Am nächsten Morgen gingen Paul und Klärchen um die uralte graue Mauer unter dem Goldregen, mitten durch die deutsche Romantik. Und es war Frühling.

# 42. Kapitel

## *Verlobung*

Also morgen fahre ich nach Berlin«, sagte Paul ein paar Tage später.

»'s gut. Deine Hemden sind auch grad von der Wäsche gekommen, ich werd' sie heut noch fertig stopfen«, sagte die Mutter.

»Wollen wir noch einmal einen Spaziergang machen, Fräulein?«

Klärchen dachte: Er sagt immer »Fräulein« wie die ganz ungebildeten Leute, man sagt doch »gnädiges Fräulein« oder sonst irgend etwas dazu. Und sie schämte sich dann, daß sie sich seinetwegen schämte. Bist auch schon eine Gans wie Annette, dachte sie.

Sie stiegen hinauf zur Karlsburg und lasen am Stein ein Wort von Goethe: »Wie schön, o Gott, ist deine Welt gemacht, wenn sie dein Licht umfließt, es fehlt an Engeln nur und nicht an Pracht, daß sie kein Himmel ist.«

Sie standen in einem runden Aussichtspavillon aus Birkenholz, unter einem pilzförmigen Dach.

»Wollen wir uns nicht ein bißchen setzen?« sagte Paul und begann die lange erwartete Unterhaltung: »Liebes Fräulein, ich fahre nun morgen zurück nach Berlin, und da möchte ich noch vorher über etwas mit Ihnen sprechen. Sehen Sie, ich lebe sehr einsam, und ich mache mir nichts aus Gesellschaften, aber vor allem habe ich keine Zeit dafür. Ich habe mir alles schwer erarbeitet. Erst mußte ich immer Angst haben, daß das Kapital nicht reicht, und jetzt, seit wir eine Aktiengesellschaft sind, muß ich immer Angst haben, daß wir auch ja die Aktienmajorität behalten. Ich habe mir nie ein großes Gehalt genommen, sondern alles immer wieder in die Firma gesteckt. Ich weiß nicht, ob Sie von alledem etwas wissen. Karl sieht das alles nicht so, er hätte schon x-mal wieder zumachen müssen, er denkt immer nur an Erweitern und Vergrößern, und ich habe immer Angst, mir neue Sorgen aufzuladen. Sehen Sie, ich habe so offen mit Ihnen gesprochen, weil ich Sie fragen wollte, ob Sie meine Frau werden wollen. Eine Ehe ist nicht nur für die guten Tage da, sondern auch für die schlechten. Und niemand weiß vorher, welche Tage kommen. Ich will ganz einfach weiterleben, wie ich es gewohnt bin, und weil ich glaube, daß diese ganze Äußerlichkeit, die jetzt in Norddeutschland eingerissen ist, zu nichts Gutem führt. Also wollen Sie?«

Klärchen beugte sich ein bißchen vor, so daß er ihren Kopf nahm und sie küßte. Er faßte ihre Hand und sah so glücklich aus, wie ihn Klärchen nie gesehen hatte. Es beglückte sie tiefer als alles andere, ihn so glücklich zu sehen.

Sie kamen direkt in die Küche und sagten zu Minna, die einen Hefeteig schlug: »Also rate, was passiert ist!«

Minna sah auf und sagte: »Ihr habt euch verlobt. Gott segne euch, meine Kinder. Geht gleich hinunter zum Papa.«

Der alte Effinger, das Vergrößerungsglas im Auge, machte eine Uhr fertig. Paul und Klara standen vor dem Ladentisch.

»Papa, ich möchte dir etwas sagen.«

»An Augenblick«, sagte der alte Effinger, zog eine Schraube fest, nahm das Vergrößerungsglas aus dem Auge und drehte sich um.

»Wir haben uns verlobt, Papa.«

Der alte Effinger legte eine Hand auf Klaras Kopf: »Der Herr segne deinen Eingang und Ausgang. Der Herr segne und behüte dich und gebe dir Frieden. Amen.«

Bertha aber stürzte zum Schlächter und holte Schnitzel.

Effinger arbeitete weiter. Er nahm solche Sachen nicht wichtig. Man hatte Kinder, sie wuchsen heran, sie machten sich selbständig, sie heirateten und hatten ihrerseits Kinder. So war das Leben. Man dankte Gott, wenn sie gut geraten waren.

»Wir wollen gleich depeschieren«, sagte Paul und nahm Bleistift und Papier: »Haben uns verlobt, erhoffen Einverständnis und Segen.«

»Nein, nein«, sagte Klara, »nicht Segen. Segen findet Papa komisch.«

»Aber Klärchen, warum denn? Wir depeschieren ruhig ›und Segen‹. Es sind vierzehn Wörter. Wollen wir schnell noch zur Post gehen?«

»Nein, das geht nicht, daß Klärchen mitkommt«, sagte Minna. »Geh nur allein.«

Der alte Effinger setzte sich vor das Haus. Minna und Bertha liebten das nicht, sie genierten sich. Aber der alte Effinger saß meist im Sommer in Hemdsärmeln da, die Zigarre im Mund, und unterhielt sich mit Bäcker Schnotzenrieth. Dann kam er herauf zu den Frauen und sagte: »Ich geh noch auf einen Sprung in den ›Silbernen Maulesel‹.«

Paul saß mit Klärchen zusammen. »Dein Papa hat furchtbare Verluste an der Börse gehabt. Weißt du das? Ich werde eine Wohnung in Weißensee bei der Fabrik mieten. Ich denke, vier Zimmer oder fünf. Ist dir doch recht? Weißt du noch, wie ich nicht habe zu Sofies Hochzeit kommen können, weil es bei uns gebrannt hat? Und dann noch eine Untersuchung hinterher wegen Verdachts der Brandstiftung. Nur ein Verhör, aber was alles möglich ist! Diese Bande von Versicherungen! Ewig zahlt man die Policen, und wenn mal was passiert, dann scheuen sie vor nichts zurück. Und hat euch mal Karl erzählt, wie ich den Riesenauftrag von der Preußischen Bau- und Finanzdirektion nicht durchführen konnte? Karl ist erst gekommen, als es gutging. Ich werde dir mal, wenn wir in Berlin sind, den Stall vom alten Balthasar zeigen. Überm Torweg hing ein Pferdekopf, ich hab' ihn auch hängen lassen. Ich dachte immer: Der pferde- und schienenlose Wagen wird vom Stall des Balthasar seinen Ausgang nehmen. Es ist anders gekommen. Wir laborieren noch herum. Die Ingenieure denken immer, auf die Zeit kommt es überhaupt nicht an, sitzen in ihren Laboratorien und murksen und murksen, und wie das Geschäft Erfolg haben soll, daran denken sie nicht. Vor zwanzig Jahren, da brauchte man bloß zu fabrizieren, alles wurde einem aus den Händen gerissen, aber jetzt! Die Konkurrenz wächst einem über den Kopf, jeder will billiger fabrizieren. Man hat nichts zu tun, als sich an Ausschreibungen zu beteiligen. Alles geht nach dem Preis und nicht nach Qualität.«

»Ich habe Paul noch nie so glücklich gesehen«, sagte Minna zu Bertha. »Ich wollt', du würdest dich auch bald verheiraten.«

In Berlin saß Annette mit Sofie und Marie Kollmann beim Nachmittagskaffee.

»Und denk' an, Sofie, die Hochzeit findet koscher statt, und du, Marie, wirst nicht eingeladen, du kämst ja wohl auch nicht« – und Annettes Miene drückte die schickliche Teilnahme an dem furchtbaren Tod von Mariens Bruder aus –, »alles nur im kleinsten Kreis zu Hause in der Bendlerstraße. Gott, Sofie, wenn ich an deine Hochzeit im Hotel Bristol denke! Und sie reisen vierzehn Tage in die Schweiz, noch nicht mal nach Italien.«

»Ja, es ist alles ein bißchen altmodisch bei Paul.«

»Ein bißchen, Sofie, du bist gut! Ein bißchen, du hast leicht reden, wie du es getroffen hast!«

»Ja, ich habe es ganz gut getroffen.«

»Ganz gut! Aber Sofie!«

# 43. Kapitel

## *Eine Ehescheidung*

Es war ein kalter Wintertag.

»Hast du gehört, was er wieder geredet hat?« fragte Ludwig.

»Tja«, sagte Emmanuel, »und der Alte im Sachsenwald ist außer sich über die irrsinnige deutsche Politik. Ich habe übrigens heute abend Kränzchen.«

»Viel Vergnügen!« sagte Ludwig.

»Tja, Billinger und Friedhof sind die einzigen, die sich bewährt haben, als die Akkumulatoren purzelten. Das sind wirklich alte Freunde. Und, was du auch sagen magst, Homer auch. Es ist ein großer Jammer, daß man jetzt so vom humanistischen Gymnasium abkommt. James geht ja zu meiner großen Freude wieder hin. Bei uns wird es jetzt ganz still. Theodor hat sich drüben am Tiergarten eine Garconwohnung eingerichtet.«

»Also Sonntag mittag bei uns.«

Emmanuel ging in das stille Haus und hängte seinen Pelz an die Bären. Nach Tisch saß er noch eine kleine Viertelstunde im grauen Wohnzimmer und las die Zeitung, während Selma an einer neuen Kreuzstichdecke stickte. Die rotbackige, weißarmige Anna hantierte unten in der Trinkstube, die nur noch wenig benutzt wurde, aber wo es am behaglichsten war, um zu dritt in einem Eckchen Homer zu lesen. Der große, grüne Kachelofen roch nach Wärme. Anna legte eine von Selmas Decken mit rotem Kreuzstich auf den Tisch, stellte grüne Römer hin, etwas Pfefferkuchen und die Petroleumlampe. Daneben stellte sie den silbernen Kühler mit den Rheinweinflaschen.

Die Herren setzten sich um den runden Tisch. Billinger war immer noch eine pompöse Erscheinung wie damals, als ihn

Wendlein als einzigen stehend, den gewaltigen goldenen Becher in Händen, gemalt hatte. Sein weißer Bart reichte bis auf die Brust.

Emmanuel setzte den Kneifer auf, machte den Finger feucht und hob das Buch sehr hoch. Sie lasen wohl zum zwanzigstenmal die »Ilias« und die »Odyssee« auf griechisch von Anfang bis zu Ende. »Also wohlan, stürzen wir uns ins Getümmel des elften Gesangs!«

Billinger begann mit pathetischer, leicht gerührter Stimme:

»Atreus Sohn auch rief und ermahnte schnell sich zu gürten Argos' Volk. Auch deckt' er sich selbst mit blendendem Erze. Eilend fügt' er zuerst um die Beine sich bergende Schienen, Blank und schön, anschließend mit silberner Knöchelbedekkung ...«

»So«, sagte Emmanuel, »jetzt wollen wir uns einen guten Tropfen gönnen.«

Ein Geruch von Kräutern und etwas sehr Frischem, leicht Säuerlichem stieg von dem Wein auf.

Friedhof sagte: »Aber jetzt schicken auch die ersten Familien ihre Kinder ins Realgymnasium.«

»Welch ein kurioser Zufall: gerade heute nachmittag sagte ich das gleiche zu meinem Schwager Goldschmidt.«

»Es fängt eine neue Zeit an.«

»Schon lange, schon lange, oder meinst du, weil heute drin steht, daß Robert Koch den Cholerabazillus fand? Diese Art von neuer Zeit herrscht schon fast ein halbes Jahrhundert, seit Darwin. Ich fürchte sogar, sie hört auf.«

»Ich bin immer für Experimente gewesen. Aber was jetzt geschieht, diese völlige Isolierung des Experiments vom Menschen, dieser losgelöste Versuch im Reagenzglas, das stört mich. Ein Arzt soll den ganzen Menschen heilen. Jetzt weiß man, der Mensch hat den und den Bazillus, ganz gleich wie der Mensch sonst ist, und man weiß, wenn man diese Bazillen aus dem Körper vertreibt, dann ist der Mensch gesund.«

»Aber das ist doch großartig«, sagte Billinger. »Die Menschheit wird von ihren schlimmsten Feinden befreit. Man rückt der Natur auf den Leib, man listet ihr ihre Geheimnisse ab. Stell' dir doch vor: keine Cholera, kein Kindbettfieber, keine Infektion der Wunden, keine Tuberkulose mehr.«

»Richtig, aber man wird den Menschen als Ganzes darüber vergessen. Ihr werdet es alle noch am eigenen Leibe spüren, was es heißt, von einem Naturwissenschaftler behandelt zu werden und nicht von einem Arzt. Ihr werdet es sehen, die Zerstörung der Totalität, das Absinken ins Spezialistentum ist die Gefahr. Aber wir fahren fort.«

Billinger las, das Buch weit von sich abhaltend:

»Aber da er bald nunmehr zur Stadt und türmenden Mauer Nahete, siehe, der Vater des Menschengeschlechts und der Götter ...« Anna klopfte. »Der Kutscher vom Herrn Sanitätsrat steht draußen.«

Er wurde zu einem schweren Fall gerufen. Billinger blieb noch sitzen. »Ich habe dir noch gar nicht gratuliert, daß dein Schwiegersohn tatsächlich den schienenlosen Wagen zum Patent angemeldet hat.«

»Ja, aber Paul ist kaum noch sieben Stunden zu Hause. Karl gönnt sich ja etwas mehr. Die Kinder sind übrigens reizend. James ist ein riesig gutes Geschöpf, wie übrigens auch der kleine Herbert, der ein bißchen zu artig ist. James ist ganz anders, der hat schon in diesem Alter den ganzen Tag gelacht und gepfiffen, und außerdem ist er bildschön, viel schöner als Annette, die doch eigentlich mehr ein Bluff ist durch die schöne Figur, den schönen Teint und die rotblonden Haare.«

»Ja, ja, du hast schon Glück mit deinen Kindern.«

»Wegen Sofie mach' ich mir manchmal Sorgen, sie erträgt die Schwangerschaft nicht gut, und wie Schlemmer steht, weiß ich auch nicht. Es scheint, sie setzen zu.«

»Wie? Bei der Konjunktur?«

»Schlemmer ist alt, und bei meinem Schwiegersohn habe ich das Gefühl, er ist sich zu gut für die kaufmännische Tätigkeit. Das ist doch jetzt überall so. Ist man Christ, läßt man den Sohn Leutnant werden, und ist man Jude, Rechtsanwalt. Kaufmann ist nicht fein in Deutschland, war es übrigens nie, außer in den Hansestädten, wo man die englischen Begriffe hat.«

Selma schlief schon. Emmanuel mußte beim Ausziehen unausgesetzt an Sofie denken. Fühlte sie sich wohl? Er wußte es nicht. Sie hatte großen Charme, wenn sie einen Tisch deckte, wenn sie ein Menü zusammenstellte. Sie war viel verfeinerter als Annette, aber Annette gab und schenkte. Sofie gab eine Kleinigkeit, schön verpackt, von Blumen umgeben.

Emmanuel lag wach. Wie schön Selma blieb! Dies Gesicht blieb glatt. Er liebte sie, so kühl sie war.

Plötzlich klingelte es wild. Emmanuel stürzte in die Kleider. Der Portier hatte schon geöffnet.

Ein junger Mensch stand im Schnee: »Ich bin der Sohn vom Portier bei Ihrer Frau Tochter, sie ist schwer krank. Sie sollen gleich hinkommen.«

Sanitätsrat Friedhof führte die Eltern in das Musikzimmer, wo der Flügel offen stand.

»Lieber Emmanuel, liebste gnädige Frau, Sofiechen hat eine Fehlgeburt. Die Gefahr ist vorüber. Laßt sie schlafen.«

»Wo ist denn Udo?«

Friedhof zuckte mit den Achseln.

»Was geht denn hier vor? Weißt du etwas?«

»Nur, was ich sehe. Es ist, wenn meine Uhr richtig geht, jetzt drei Uhr morgens. Niemand im Hause weiß, wo der Herr ist. Das Mädchen vertraute mir an, er bliebe in letzter Zeit jede Nacht fort.«

»Aber das ist ja entsetzlich!« sagte Emmanuel.

Da hörte man draußen das Schloß.

»Bleibt ihr bei Sofie, ich werde mal hören, was mit Udo los ist.«

Im Licht eines Wachsstreichhölzchens, das Gerstmann angezündet hatte, sah Emmanuel seinen Schwiegersohn im Frack.

»Gehen Sie bitte hier hinein, ich glaube, ich habe sehr viel mit Ihnen zu reden.«

»Ich komme aus dem Klub.«

»Einem Spielklub wohl!«

Gerstmann sagte leichthin: »Ja, man könnte ihn so nennen.«

»Hier hat inzwischen Ihre Frau eine Fehlgeburt gehabt. Sie ist fast verblutet.«

Gerstmann stand verlegen da. »Ich will zu ihr gehen.«

»Nein, wenn das Kind gesund wäre, würde ich es sofort zu mir nehmen. Aber so geht das nicht. Einem Spieler kann ich meine Tochter nicht länger anvertrauen. Wie ich höre, sind Sie jede Nacht fort.«

Emmanuel sah, daß das Hemd von Gerstmann fleckig war, sein Gesicht fahl. Kein Zweifel, er war nicht nüchtern.

»Gehen Sie zu Bett, wir sprechen uns morgen.«

Am Bett von Sofie saß Frau Koblank.

Sofie weinte: »Ich hätte so gern ein Kind gehabt.«

»Sie werden wieder eins bekommen.«

»Nein, nein, ich will nie mehr etwas mit einem Mann zu tun haben! Nie, nie mehr!«

»Man soll sich nicht verschwören, ich habe auch so einen schlechten Mann gehabt. Aber als ich gemerkt habe, daß er mir mein Geld durchgebracht hat, da habe ich meinen Jungen genommen und bin weggezogen. War natürlich schwer durchzusetzen, daß sie mir den Jungen gelassen haben, wo ich doch den Mann böswillig verlassen habe, aber ich habe nachgewiesen, daß er unfähig ist zu die Erziehung; haben sie'n mir gelassen.«

»Ja, ja, Frau Koblank, das ist eben der Unterschied. Sie haben einen Jungen, und meiner ist tot! Und wie hätte ich mein Kind geliebt!«

»Aber gnädige Frau, so ein Kind ohne Vater ist auch nichts Rechtes. Und wo er mir all mein Geld durchgebracht hat.«

»Was hat er? All Ihr Geld durchgebracht?«

Sofie dachte nach. Ach, dafür würde schon Papa gesorgt haben, daß ihr nichts mit dem Geld geschah.

Emmanuel sprach mit Gerstmann in seinem Kontor: »Ich glaube Ihnen, daß Sie meine Tochter auf Ihre Weise liebten. Ich will Sofie freie Hand lassen natürlich; wenn das Kind Sie liebt und bei Ihnen bleiben will, habe ich nichts zu sagen. Aber in einem habe ich etwas zu sagen, das ist in bezug auf Sofiens Vermögen. Ist damit noch alles in Ordnung? Sie werden begreifen, daß ich ängstlich bin, seit ich weiß, daß Sie spielen.«

Gerstmann blieb in ruhiger Haltung sitzen. »Die Firma Schlemmer steht vor dem Bankrott.«

»Wie, die alte Firma? Das ist doch wohl nicht möglich! Sie haben sie ruiniert.«

»Nein, umgekehrt. Die Firma hat mich ruiniert. Ich habe mein Geld verloren und das meiner Frau. Als ich eintrat, ging schon alles drunter und drüber. Mich hat es auch nicht sehr interessiert, und so ließ ich es laufen.«

»Aber ich habe doch vorzügliche Auskünfte von Kramer bekommen.«

»Kramer ist Hauptgläubiger.«

»Gemein!«

»Warum? Er dachte sein Geld zu retten. Er ist doch Kaufmann.«

»Auch der Kaufmann hat seine Ehre.«

»Na ...«

»Sie wagen das zu bezweifeln, und dabei haben Sie in zwei Jahren die dreimalhunderttausend Mark meiner Tochter durchgebracht. Ich werde mit Schlemmer sprechen. Ich werde mir die Bücher zeigen lassen.«

Emmanuel fuhr zu Schlemmer. Seit Paul bei Schlemmer Besuch gemacht hatte, waren zehn Jahre vergangen. Schon damals war die Fabrik veraltet gewesen. Es hatte sich kaum etwas geändert.

Schlemmer war noch immer jovial: »Sie hätten längst einmal zu mir kommen können. Wissen Sie, die Zeiten können einem schon den Humor nehmen. Ich bin ein alter Mann geworden. Sie sehen ja wohl, ich hatte einen Schlaganfall. Na, und Kinder habe ich nicht, und da dachte ich: Wirst dir einen jungen Mann nehmen. Aber wissen Sie, das ist heute alles nichts mehr. Ich habe ja die Eltern von Gerstmann gut gekannt.«

»Ich auch«, sagte Oppner. »Der Vater hatte ein sehr gut gehendes Baugeschäft, ich habe ihm oft Wechsel abgenommen. Sie wissen ja, die Baubranche ist nicht gerade solide.«

»Na, aber erst die Mutter, die war aus so ’ner richtigen alten Berliner Familie. Ich habe mit deren Vater oft bei Janz gesessen, ’ne Weiße trinken. Das war ein Fuhrunternehmer. Der hat

Kremser fahren lassen. Das waren einfache patente Leute. Und der Sohn, das ist ja nun ein recht vorstelliger Mensch, der wollte Offizier werden, und das ist doch nicht gegangen. Wo werden hier Leute aus Handwerkerfamilien Offiziere? Wissen Sie, Herr Oppner, ich habe mich ja gewundert, daß Sie nie zu mir gekommen sind. Ich hatte mal vor nu bald zehn Jahren so 'ne Differenzen mit Ihrem Schwiegersohn Paul Effinger, aber deswegen keine Feindschaft nich. Die Leute haben's ja verstanden. Das ist ein enorm tüchtiger Mensch, der hat mir damals schon alles gesagt, von Kalkulation und so. Aber wir hatten zwanzig Jahre zu dick verdient. Ja, der Gerstmann hat sich nicht viel um das Geschäft gekümmert, der wollte hoch hinaus, feudal sein und reiten und auf Jagd gehen und einen guten Weinkeller haben. Na, ja, obwohl er ein intelligenter Bursche ist. Er fand es eben fein, in einer Spielhölle zu spielen, und wenn ihm ein Graf auf die Schulter geklopft hat und von Offiziersehre geredet hat, dann hat er ihm schon zinslos ein Darlehen von einigen Tausenden gegeben.«

»Es tut mir wirklich schrecklich leid, daß ich erst heute zu Ihnen komme. Aber es geht doch nicht, daß man sich nach dem Mann seiner Tochter bei fremden Leuten erkundigt? Aber nun, so leid es mir tut, Herr Schlemmer, müssen wir auf das Geschäftliche kommen.«

»Ich würde ja am liebsten liquidieren. Ich hab' noch ein unbelastetes Haus, das bringt mir genug, damit ich davon leben kann, und es ist ja ein sträflicher Leichtsinn, mitten unter den hohen Häusern, hier in einer Villa zu wohnen. Das ist hier doch keen Grundstück mehr, det is doch ein Terräng, das ist ja pures Gold, worauf wir hier sitzen.«

Oppner sah die Bücher. Dreimalhunderttausend waren weg, aber es würde nicht zu einem Bankrott zu kommen brauchen. Dies waren schwere Jahre. Erst die Akkumulatorengeschichte und nun dies. Die privaten Entnahmen von Gerstmann waren enorm.

Emmanuel sah, über den Zwicker hinweg, Schlemmer an: »Da haben wir uns ja ein hübsches Bürschchen zugelegt. Der Mann hat unausgesetzt Geld aus der Fabrik gezogen. Auf einen

Schlag am 13. Februar 20000 Mark und am 28. Februar sofort wieder 15 000 Mark. Das kann doch nichts anderes sein als Spielverluste.«

Sofie überlegte nicht einen Moment. »Wie du denkst, Papa«, sagte sie und kehrte in ihr Elternhaus zurück. Mit außerordentlicher Umsicht leitete sie die Auflösung ihres Haushalts, obzwar sie zu Theodor sagte: »Du weißt, Theo, ich bin leider für solche Dinge nicht geschaffen. Ich soll Verzeichnisse aufstellen. Wie kann ich das?« Aber sie konnte es außerordentlich gut und richtete sich zwei sehr elegante Zimmer in der oberen Etage ein. Die alten Möbel kamen auf den Speicher.

Inzwischen mußte Emmanuel Gerstmannsche Schulden bezahlen: Schneider, Schuhmacher, Pferdehaltung. Überzogene Konten mußten beglichen werden.

»Ich benehme mich wie eine Frau, die einen Geliebten hat«, sagte Emmanuel zu Waldemar, »ich versuche, jeden Brief Ludwig wegzufangen, damit er nichts von den Schulden erfährt, die mir mein Schwiegersohn hinterlassen hat. Ich gönne ihm nicht den Triumph. Das Tollste ist eine Rechnung für ein Orchideenarrangement von Weyroch an eine Tänzerin von der Oper, von Sofies Konto bezahlt, für das Sofie ihm Vollmacht gegeben hat.«

Es war ein Wintersonntag im grauen Erkerzimmer in der Bendlerstraße. Selma stickte, Eugenie, die nie eine Nadel anrührte, saß bequem in einem Sessel am warmen Kachelofen, während die drei Herren rauchten.

Sofie sagte: »Ihr gestattet, daß ich mich zurückziehe. Ich habe einiges zu erledigen.«

Es war eine trübselige Stimmung. Alle schwiegen.

Plötzlich sagte Waldemar: »Ist Sofie unglücklich? Nein. Also, weshalb diese Stimmung. Es ist gar kein Grund dazu vorhanden. Ich habe gehört, Karl und Annette wollen nicht auf den Ball der Industriellen gehen. Warum denn nicht? Eine Ehescheidung ist schon einmal in Berlin dagewesen.«

»Ich finde das ja auch«, sagte Selma. »Selbst wenn man unglücklich ist, kann man es doch die Welt nicht so merken lassen.«

»Die Welt!« sagte Eugenie. »Als ob diese hundertundzwanzig Bankiers- und Industriellenfamilien die Welt wären!«

»Jeder hat nur seinen Kreis, der für ihn wichtig ist«, sagte Emmanuel.

»Gewiß«, sagte Waldemar, »ich kann absolut verstehen, daß sich Sofie nicht diesen Hyänen aussetzen will, diesen Harterts und diesen Kramers, obgleich Kramers genug eigenes Unglück gehabt haben!«

»Gerade deshalb«, sagte Eugenie, »sie ist froh, daß es nicht nur bei ihr Unglück gibt. So was nennt man dann seine Freunde. Also, es geht auf keinen Fall, daß Annette sich plötzlich von den Leuten zurückzieht. Im Gegenteil. Und Sofie soll reisen. Wie wär's mit einem Besuch bei meinem Bruder Alexander in Paris?«

»Ausgezeichnet!« rief Waldemar. »Ich werd' mal zu ihr gehen und mit ihr reden.«

Oben saß Sofie in ihrem modern eingerichteten Zimmer und las einen französischen Roman.

»Entschuldige, wenn ich dich störe, aber Tante Eugenie hat eben den Vorschlag gemacht, daß du zu Alexander Soloweitschick nach Paris gehst. Du kommst in ein hochinteressantes Haus und brauchst nicht diese Berliner Abfütterungen über dich ergehen lassen. Vielleicht willst du doch etwas arbeiten. Du bist ohne Zweifel begabt. Also warum nicht?«

»Wenn ich einmal ganz offen reden darf«, sagte sie und setzte sich sehr bewußt anmutig in einen Sessel, kreuzte die Hände und sah schmerzvoll ins Weite: »Ich habe bestimmt eine tiefe Liebe zur Kunst in mir, aber gerade deshalb nehme ich es nicht leicht. Ehrlich gesagt, ich will mir meinen Namen nicht verderben und nicht den von Papa. Eine Frau, die geschieden ist und noch dazu malt ...«

Waldemar wurde zornig, sprang auf, aber dann sagte er nur: »Wenn du willst, kannst du auch warten, ob es einem dieser jungen Herren aus deiner Bekanntschaft paßt, dich und dein Geld freundlichst zu heiraten; aber als stolzer Mensch würde ich das nicht tun.«

»Ach, Onkel Waldemar. Ich kann nur einem Mann ein schönes Heim machen. Für die Frau gibt es nur die Liebe.«

»Für den Mann auch. Du denkst immer, eine Frau, die malt, ist für die Männer erledigt. Aber es gibt eine große und bezaubernde Welt, die du nur nicht kennst, in der ist eine Künstlerin viel mehr als ein Haushuhn. Obzwar ich dir ein für allemal sagen möchte, daß dies alles Kategorien sind, in denen ich mich sonst nicht bewege. Du bist eine schöne Frau, du hast ein ausgezeichnetes Zeichentalent, du bist aus einem reichen Haus – wie kann ein solcher Mensch immer nur ängstlich sehen, wie er sich bloß nicht die gute Partie verdirbt! Bist du sehr glücklich gewesen mit deiner guten Partie? Na also!«

»Also gut, ich fahre nach Paris.«

Einige Monate später sagte Frau Kommerzienrat Kramer zu Frau Blomberg: »Ich habe als erste gesehen, daß diese Sofie Oppner ein mißratenes Kind ist. Dieser famose Gerstmann hat sich nicht umsonst von ihr scheiden lassen. Sie soll sich jetzt in Malerateliers in Paris herumsielen!«

Alexander Soloweitschick aber schrieb an seine Schwester Eugenie einen französischen Brief: »Sofie macht uns viel Spaß, sie bekommt nicht genug von Schneiderinnen, Handschuhmachern und Schuhmachern; sie ist, wie alle Frauen, die zum erstenmal in Paris sind, ganz toll vor lauter Mode. Außerdem – außerdem besucht sie das Atelier von Renaudel, wo sie offenbar sehr viel lernt und den armen oder weniger armen Teufeln der ganzen Welt den Kopf verdreht. Ob sie unfähig zur Liebe ist oder ob es ihre gute Erziehung ist, weiß ich nicht, jedenfalls lebt sie wie eine Nonne.«

Diesen Brief zeigte Eugenie niemandem von der Familie, sondern zerriß ihn schleunigst in kleine Fetzchen.

# 44. Kapitel

## *1900*

Nichts konnte verschiedener sein als die Kindheitseindrücke von Annettes und Klärchens Kindern.

Karl und Annette lebten noch in der Dorotheenstraße, die in wenigen Minuten in den Tiergarten führte. Da waren tiefe rote Teppiche, die übermäßig breite und flache Treppe, das Bronzegitter mit rotem Samthandlauf, auf jedem Treppenabsatz ein hochlehniger Armstuhl und eine Palme und Fenster mit allegorischen Figuren in altdeutschem Kostüm. Und dann kamen die ungeheuren Zimmer der achziger Jahre, der Salon mit dem lebensgroßen Mohrenpaar aus Venedig und Annettes Porträt in ganzer Figur, das getäfelte Herrenzimmer mit der Chaiselongue, über der ein Kelim von zwei Lanzen gehalten wurde, und dem Wendlein »Deutsche Soldaten in Frankreich«, der die Kinder immer aufs neue entzückte, weil es so viel darauf zu sehen gab, das Eßzimmer mit dem gewaltigen Büfett mit Delfter Porzellan und das Schlafzimmer mit weinrotem Betthimmel und dem Amor, der einen Pfeil durch ein Herz schoß.

Die Jungen, James, Herbert und Erwin, besuchten das alte Gymnasium, das ihr Großvater und Theodor besucht hatten. Sie und ihre Schwester Marianne gingen mit Miß Webbs, der englischen Erzieherin, in den Tiergarten und spielten mit ihren Schulfreunden, die aus ebensolchen Wohnungen mit gemalten Scheiben und Delfter Vasen kamen. Im Tiergarten gab es viele Denkmäler der Hohenzollernfürsten und viele sorgfältig gehaltene Blumenbeete.

Paul und Klärchen aber lebten mit ihrer kleinen Lotte unter dem Berliner Proletariat im Nordosten.

In diesen Straßen begab sich viel. Schnellzüge fuhren vorbei mit interessanten Schildern. Rollwagen wurden beladen mit Kisten und Fässern und Säcken. Aus den Fabriken kamen Arbeiter in der Dämmerung, müde und in großen Scharen. Aus Kneipen drang wüstes Gebrüll. In einem Juwelenladen war das kleine Glück ausgestellt, der goldene Ehering, die Einsegnungsuhr und Myrtenkränze für die silberne und goldene Hochzeit, die auf blauem Samt unter einer Glasglocke lagen.

Paul wohnte in einem klassizistischen Haus aus den vierziger Jahren. Die Treppe hatte ein Holzgeländer, das einmal weiß gewesen sein mußte, aber jetzt immer mehr die Farbe verlor. Die Stufen waren ausgetreten. Der Hauswirt ließ nichts machen. Die Gegend wurde immer schlechter und die Mieten immer niedriger. Auf den Treppenabsätzen hingen kleine Petroleumlampen mit Nickelschild hinterm Zylinder. Aber seit einiger Zeit wurden sie nicht mehr gefüllt.

Wenn der Lehrer in der Schule die Kinder nach dem Beruf des Vaters fragte, so mußte Lotte notgedrungen sagen: Kaufmann. Fabrikbesitzer klang ihr zu protzig und erregte Neid. Kaufmann aber war das Letzte, was man sein konnte. Kaufmann war der Besitzer des kleinen Lädchens an der Ecke, der Mann, der den Hering aus der Tonne nahm und einpackte, während man ihn bezahlte. Ihren Mitschülerinnen erzählte Lotte, ihr Vater sei Ingenieur. Man mußte Schutzmann oder Regierungsrat oder Ingenieur sein, um mitzurechnen in dieser Gegend.

»Kommt mal mit«, sagte das Dienstmädchen zu den Kindern, die auf der Straße mit Murmeln spielten. Die Straße war eng und trostlos. Frau Schafstall, die Obst feilbot, kam mit und aus dem Heringskeller daneben Frau Butzke. »Wenn de Polizei schon da is, geht's aber nich.«

Ganze Scharen von Kindern gingen eine ausgetretene Treppe hinauf. Eine Tür stand offen. In dem fast leeren Zimmer war nur ein Stuhl, Bett und eisernes Gestell für die Waschschüssel. Ein schmutziger Lappen wehte am Fenster. Auf dem Bett lag etwas, ein Mensch offenbar, fest zugedeckt. Polizei kam, und alles lief schnell hinunter.

Lotte vergaß den Eindruck nie, das kahle Zimmer, das geheimnisvolle Bett, die ausgetretene Treppe – ein Mord vielleicht? –, die Polizei. Lotte fand das hochinteressant, viel schöner als den feinen Tiergarten, dieses ganze Leben der Großstadt, seine Romantik und seine Geheimnisse. Sie fürchtete sich nicht vor dunklen Treppen, nicht vor schlechtem Geruch.

Vom Fenster des Wohnzimmers sah sie in der Dämmerung, wenn gegenüber die Lampen angezündet wurden, dieses gewaltige Leben, und es sah immer gleich aus. Väter kamen müde nach Hause, Mütter brachten Essen zu Tisch, Kinder machten Schularbeiten.

Für Marianne war die Familie in Weißensee lebensentscheidend. Sie verglich und rebellierte. »Kinder«, sagte sie zu Lotte, »müssen hier auf Müllplätzen spielen.«

»Das hier«, verteidigte Lotte den Nordosten, »ist kein Müllplatz, das ist eine Wiese, wo ein bißchen Papier hingeschmissen wird. Bei euch darf man ja noch nich mal auf den Rasen gehen, eingegittert ist man da ja.«

Der Tisch war gedeckt, Klärchen saß und nähte unter der Lampe und wartete mit dem kleinen Mädchen. »Ich werde dich doch zu Bett bringen, es wird zu spät, bis Papa kommt.« Endlich hörte sie einen Schlüssel.

»Es ist wieder so spät«, sagte Klärchen. »Warum kommst du immer so spät?«

»Ich hatte zu tun. Ich will dem Kind noch guten Abend sagen.«

Lottchen war noch wach.

»Wie war es in der Schule?«

»Gräßlich, die Piefke ist ein Ekel.«

»Aber du gibst dir auch nicht genug Mühe. Nun schlaf schön. Gute Nacht.«

Das Abendbrot war abgeräumt. Klärchen nähte.

»Die Jungens haben heut Karl abgeholt«, begann Paul. »Der kleine Erwin ist ein kluges Kind, was man von seinem Bruder James nicht gerade sagen kann. Ich sage dir, der wird seinen Eltern noch viel Sorgen machen. Ein Nichtstuer, der von Vaters Geld leben will.«

»Ach, weißt du, wer es leicht haben will im Leben, hat es auch leicht. Wir leben hier draußen und sparen, und Karl und Annette lassen sich's wohl sein.«

»Aber Karl hat auch kein Vermögen, und wir haben bereits eins.« Paul nahm die Zeitung. »Eine Frechheit, die kleinen Japanesen«, sagte er, »und dieses Gehetze gegen England: Hör dir das an: ›Die Mißerfolge der Engländer in Südafrika scheinen sie zu reizen, auf andere Weise der Streitlust zu frönen. Sowohl aus Aden wie aus Madrid kommen Meldungen über Belästigungen deutscher Schiffe durch englische Kriegsdampfer. Der deutsche Dampfer »Ella Woermann« (nach einer anderen Meldung war es ein anderer deutscher Dampfer) soll bei den Kanarischen Inseln auf Kriegskonterbande untersucht worden sein ...!‹ Die Engländer sind unsere natürlichen Bundesgenossen, aber da reden sie vom ›perfiden Albion‹ und machen sich die ganze Welt zum Feind, unsre genialen Herren Diplomaten. Der Sozialdemokrat Singer hat gesagt: ›Kleine Geschenke vergrößern die Flotte.‹« Frech, dachte Paul, obwohl er recht hat. Alles dreht sich um die Flotte. ›Metall London, Kupfer per Kasse 70 £ 17 sh 6 d drei Monate Ziel ...‹ Aber das las Paul erst gar nicht, ihn ging nur per Kasse an: ›Zinn 107 £ 15 sh, Blei 13 £, Chilekupfer 71, Gotthardbahn 143!‹ Und Mayer hat daran bankrott gemacht. Von der Amalie Mayer hört man gar nichts mehr. »Was ist eigentlich aus Amalie Mayer geworden?« fragte Paul in die nächtliche Stille.

»Sie soll in der Frauenbewegung sein. Ich hörte neulich von einem Vortrag, den sie gehalten hat.«

»War schon immer ein Blaustrumpf.« ›Minenfahrrad 251.‹ Hatte sein Schwiegervater nicht recht? Was war das für ein Kurs, Effinger Autos 113? Paul schlug noch einmal nach. In Amerika wurde tatsächlich das elektrolytische Kupfer immer billiger, und Silber fiel auch. Die Scheideanstalt lohnte nicht mehr. Man würde sie aufgeben müssen. Wurden wieder mal viele Menschen ohne Schuld brotlos. ›Die dänische Regierung hat beschlossen, Zoll auf Schrauben zu legen. Pro Tonne 20 Mark.‹ Auch das noch! Paul überlegte einen Augenblick: »Ich fahre morgen nach Kopenhagen, will mal gleich Karl Bescheid sagen.«

»Gerade morgen?« fragte Klärchen.

»Warum, wieso, was ist da?«

»Ach, gar nichts.« Sie dachte: Morgen haben wir Hochzeitstag. Und sie nähte weiter an einem Kleidchen für Lotte.

Paul rief bei Karl an.

»Die Herrschaften sind ausgegangen«, sagte das Mädchen.

»Ich möchte wirklich wissen, wann der Karl einmal zu Hause ist«, sagte Paul.

»Versuch's doch mal bei Tante Eugenie«, sagte Klärchen.

Man hörte Stimmengeschwirr, Geschirrklappern, Tanzmusik.

»Sie haben Gesellschaft«, sagte Paul.

»Tante Eugenie lädt uns überhaupt nicht mehr ein; entweder wir sagen im letzten Moment ab, oder wir bleiben überhaupt weg. So was läßt sich Tante Eugenie nicht gefallen.«

»Endlich ... Ist Herr Effinger bei Ihnen?«

»Wie? Ich verstehe nichts.«

»Ob Herr Effinger bei Ihnen ist.«

»Moment.«

Paul wartete. Das Mädchen kam zurück: »Wir müssen noch unten in der Trinkstube nachsehen.«

Klärchen dachte, wie still ihr Leben verfloß. Nun erwartete sie ein Kind. Da saß man draußen in Weißensee, nähte, kaufte ein, kochte, und bei Tante Eugenie tanzten sie. Warum? Weil sie immer gern gekocht hatte, weil sie immer mit allem zufrieden war.

»Ich weiß auch gar nicht, Karl kommt immer schon um sechs Uhr nach Haus.«

»Karl macht sich auch um nichts Sorgen. – Hallo, Karl, ich las da eben in der Zeitung, daß sie in Dänemark einen Schutzzoll für Schrauben machen. Ich fahr' morgen früh nach Kopenhagen, muß mal mit Nickolson reden. Außerdem müssen wir wegen Aufgabe der elektrolytischen Scheideanstalt sprechen. Sie lohnt nicht mehr. – Bleib' nur sitzen, Klärchen, ich pack' mir schon meinen Koffer.«

Am nächsten Morgen begleiteten Klärchen und Lotte Paul zum Bahnhof und gingen dann durch den Tiergarten zur Großmama.

Im Erker im grauen Wohnzimmer saß Selma. »Nett, daß ihr euch einmal sehen laßt. Wie geht's dir, Lottchen?«

»Ach, sieh sie dir an, den Spatz, den Zappelphilipp«, antwortete Klärchen. »Und wo hast du denn wieder deine Haarschleife gelassen?«

»Muß ich verloren haben.«

»Ach, das Kind«, sagte Klärchen, »sie verliert und verschlampt alles, und immer ist alles schmutzig, und die Marianne sieht immer aus wie aus dem Ei gepellt.«

»Wann wirst du niederkommen?«

»In sechs Wochen, denke ich. Wie geht's denn Papa? Und Theodor? Ich hör' und seh' da draußen nichts mehr von euch.«

»Warum kommt ihr auch so selten Sonntag mittag?«

»Sonntag hat Paul gern Ruhe. Er arbeitet doch so viel während der Woche.«

Mit ihrer Mutter sprach sie über nichts. Keines der Kinder sprach über irgend etwas mit Selma. Klärchen ging zu Fräulein Kelchner. Mit ihr konnte sie reden.

»Nun sieh mal, Klärchen«, sagte Fräulein Kelchner, »dein Mann arbeitet doch so viel und immer nur aus Sorge für dich und das Kind, und er ist eben ein bedeutender Großindustrieller.«

»Großindustrieller? Ja, meinen Sie?«

»Er hat doch schon jetzt ein Riesenwerk.«

»Aber wir gönnen uns nichts. Eigentlich soll immer alles noch sein wie in Kragsheim. Aber Paul ist noch viel bescheidener als seine Eltern. Und ich nähe, kaufe ein, koche.«

»Klärchen, beklag dich nicht. Es ist nicht richtig, wie jetzt Hoffart und Luxus um sich greifen. Es wird alles böse ausgehen.«

»Ja, das meint mein Mann auch. Es sei das reine Sodom.«

»Dein Mann ist fromm.«

»Ja, er findet das alles sündhaft.«

Es wurde ein Sohn. Nach einer raschen Geburt lag Klärchen matt und glücklich unter ihren Decken, und die Koblank brachte einen Teller Suppe und erzählte: »Nu hab' ich doch zum zweitenmal geheiratet, einen jüdischen Herrn, Gott, so einen guten Mann, habe ich gedacht, mein Junge wird zehn, besser er kriegt einen Vater, seiner, der Lump, hat sich ja nie gekümmert. Das war einer wie der von Ihre Frau Schwester Sofie. Die hat nun nicht mehr geheiratet. Aber die erste Nacht steht der Mann immerzu auf. Man ist doch nicht umsonst Pflegerin – ich denke, wirste mal nachsehen. Geht er doch immerzu Wasser trinken. Sage ich: ›Sage mir die Wahrheit, du bist zuckerkrank.‹ Stimmt. Nu habe ich einen zuckerkranken Mann. Manche hat schon kein Glück.«

»Aber Frau Koblank, so soll man nicht sprechen. Geben Sie mir noch was von der Suppe. Ist auch gut für die Milch.«

Paul lud alle zur Beschneidung des Kindes ein. Er rief Annette an und fragte, wer wohl bei ihr wohnen könne.

»Die Eltern und Ben mit seiner Familie.«

Auf Julius und Helene aus Neckargründen legte sie weniger Wert. Eltern, das ist eine andere Generation, und dann sah der alte Effinger wunderbar aus mit seinem langen weißen Bart, ein großer schöner Mann, ein Patriarch. Und sich wegen Eltern zu genieren, fand Annette keinen guten Stil. Aber Helene und Julius, diese Kaffern vom Lande, diese kleinen Warenhausbesitzer, die sollten lieber ins Hotel gehen.

Alle kamen, bis auf Ben und Frau. »Und Ben hat aus London ein Babykleid geschickt, so ein Kleid kriegst du in ganz Deutschland nicht«, sagte Bertha, »da sieht man eben die Weltstadt.«

Oskar Mainzer, der Älteste von Helene aus Neckargründen, mitgenommen, obzwar er erst siebzehn war, nahm den Stoff zwischen zwei Finger und sagte sachverständig: »Gott, englischer Flanell.« So als ob's gar nichts wäre. Er ließ sich nicht imponieren.

Helene setzte sich zu Paul und sagte: »Der Oskar ist unsere ganze Stütze, und die Ricke ist bildhübsch geworden. Es gibt bloß gar keine jungen Leute im heiratsfähigen Alter in Neckargründen. Wenn du jemanden wüßtest … Sie ist häuslich und gut erzogen.«

Paul konnte zum erstenmal im Leben den Kragsheimer Familiengesprächen nicht folgen. Er war glücklich, ja, er lachte für sich selber. Ich habe einen Sohn, dachte er, nun kann mir nicht mehr viel passieren. Er wird sich nicht alles mühselig aus Büchern und Abendkursen zusammensuchen müssen. Er wird studieren können. Paul nahm ein Händchen. Es war schon alles da, selbst ein kleiner Finger, bestehend aus drei Gliedern mit einem Nägelchen, ein herrliches Kunstwerk der Natur. Ein neuer Mensch – vielleicht würde er doch anders werden. Ein bißchen mehr als die meisten, klug, gut und glücklich. Das Leben währet siebzig Jahre, und wenn es köstlich gewesen ist, dann ist es Mühe und Arbeit gewesen. Nein, besser noch, es blühte ihm ein Leben wie seinem Schwiegervater, voll von immerwährendem Erfolg, mit einer schönen und geliebten Frau, mit vier schönen und begabten Kindern, trotz dieser Sofie, mit reizenden Enkeln. Auch das Leben seines Vaters war ein reiches: dreizehn Enkel, und alles in aufsteigenden guten Verhältnissen.

Der alte Effinger und der alte Oppner standen am Bett des Neugeborenen.

»Nettes Kind«, sagte der alte Oppner.

»Na, natürlich, unser Enkel«, sagte der alte Effinger.

Es guckte mit großen blauen Augen ins Helle. Plötzlich begann es zu weinen.

»Kein Zufall, daß die Menschen das erste Vierteljahr weinen und nicht lachen«, sagte Paul.

»Bitte zu Tisch«, meldete ein Dienstmädchen.

Alle Kragsheimer und alle Oppners saßen vereint an einem Tisch. Man hatte durch zwei Zimmer gedeckt. Der alte Effinger segnete das Brot. Als die Sektpfropfen knallten, falteten Helene und Bertha die Hände vor Rührung. Der Sohn vom Paul, dachten sie.

# 45. Kapitel

## *Theodor verlobt sich*

Selma saß im Erker im grauen Zimmer, hatte eine Brille auf und las Fräulein Kelchner vor, die den Stopfkorb neben sich hatte:

»München, 5. Oktober 1902

Meine Lieben,

Ich bin gestern zurückgefahren. Der Herbst wurde zu stürmisch. Ich bin Tag für Tag in hohen Stiefeln mit meiner Staffelei ans Meer gezogen und habe Boote gezeichnet, siebzig Blätter Marine. Ich habe immer wieder versucht, die Boote zu bekommen, ihre Segel, ihr Flattern, ihre Bewegung. Ich arbeite auch in Pastell. Es ist alles nur ein verschiedenfarbiges Grau, vom hellsten Weiß bis ins Violett-Schwarze. In Paris, wo ich mich einen Tag aufhielt und meine Zeichnungen einem Kunsthändler zeigte, war man so entzückt davon, daß man eine Ausstellung von mir machen will. Trotzdem bin ich nicht geblieben. Ich mußte nach München, und als ich auf der Brücke über der Isar stand, da dachte ich wirklich: ›J'y suis, j'y reste!‹ Ich habe mir ein Zimmer in einer guten Pension genommen. Schlawiner- und Schwabingertum liegen mir nicht, wie Ihr wißt.

Herzliche Grüße

Eure Euch liebende Tochter Sofie.«

Annette stürzte die Treppe hinauf, klingelte wie wild, und ohne »Guten Tag« zu sagen, lief sie durch den roten Salon ins Wohnzimmer. »Mama, Mama, Theodor hat sich verlobt. Ganz groß. Fräulein von Lazar aus der zweiten Ehe, weißt du …«

Selma sah ruhig auf und sagte: »Sei nicht so übertrieben. Mach' bitte die Tür hinter dir zu und sage einem richtig ›Guten Tag‹, auch bitte Fräulein Kelchner.«

»Ganz Berlin weiß es schon, und du nimmst Anstoß, daß ich nicht ›Guten Tag‹ sage. Gestern abend war Ball im Grunewald. Ach, was für ein Glück!«

Theodor stand in der Tür. Ein schmaler Mensch. Sein Gesicht war schmaler und dünner geworden, auch der Mund war schmaler und dünner. Annette umarmte ihn und rief: »Theochen, Lieber, ich gratuliere dir.«

»An Annettes Begeisterung sehe ich, daß ich mich richtig für die Welt verlobt habe. Aber ich liebe das Mädchen. Sie ist wunderbar schön und ganz jung, achtzehn Jahre alt. Ich dachte nie, daß sie mich nehmen würde.«

»Aber Theodor, dich!«

»Ja, Annette, mich. Ich bin fünfzehn Jahre älter und reiche weder an Geld noch an Stellung an sie heran.«

Karl stand im Badezimmer und sagte: »Man müßte unbedingt die Wohnung wechseln. Diese Altmodischkeit ist ja entsetzlich. Man hat noch nicht einmal laufendes Wasser, von heißem ganz zu schweigen. Und wo sind meine Brillantknöpfe? Ich will heute die Brillanten nehmen.«

»Aber Karl, um Gottes willen, am Vormittag, du machst dich ja lächerlich. Ich muß mit Miß Webbs sprechen, daß die Kinder ja fertig werden. Bis wir mit unserem schrecklichen Töff-Töff im Grunewald sind, dauert's eine Stunde, und ich habe versprochen, um halb zwölf draußen zu sein.«

Karl, den Kopf in der Waschschüssel, fuhr hoch. »Was hast du eben von dem Wagen gesagt?«

»Na, ein Vergnügen ist das nicht mit dem Klapperkasten.«

»Annette!«

»Ach, du weißt, eine Equipage wäre mir lieber.«

»Das Auto ist das Kommende«, gurgelte Karl.

»Um Himmelswillen, die Friseurin ist noch nicht da. Was mach' ich bloß?«

Im Kinderzimmer bürstete Miß Webbs noch an den Kindern herum und sah noch einmal die Finger nach.

»Die Friseurin ist noch nicht da. Emilie, bitte telephonieren Sie. Nein, James, es hat alles seine Grenzen. Graue Hosen, schwarzes Jackett lasse ich mir gefallen, aber Chrysantheme im Knopfloch, du machst dich ja lächerlich mit deinen fünfzehn Jahren. Mit der Chrysantheme bleibst du mir zu Hause.«

»Könnte *ich* nicht zu Hause bleiben? Das ist doch direkt affig, mit so langen Hosen zu gehen. Und was soll ich denn da? Die Braut hat keinen Schleier auf, hat Miß Webbs gesagt, ist doch keine Hochzeit«, sagte Erwin, der Siebenjährige, im langen Matrosenanzug. Herbert spielte mit Pferd und Wagen auf der Erde, während die zehnjährige Marianne völlig versunken las.

»Miß Webbs, please be so kind phone to Mrs. Schmidt. She shall come, so quick as she can. Oh no, it rings in this moment. Nun sagen Sie mal, Frau Schmidt, was ist das für eine Sache, mich so im Stich zu lassen? Alles ist angezogen. Die Kinder warten.«

»Gnädige Frau«, sagte Frau Schmidt, während sie ihre Tasche öffnete, den Spiritusbrenner herausnahm und anzündete und die Brennschere drauflegte, um Annettes Locken zu brennen, »ich hatte zwanzig Frisuren bis zehn Uhr.«

So war's eben mit Frau Schmidt. Alle hatten sie. Es hieß still halten.

»Please, Miß Webbs, is Herbert allright?«

Erwin maulte weiter. Er konnte diese Anzieherei nicht ausstehen.

»Kann ich noch ein bißchen lesen?« fragte Marianne, »bis Mama fertig ist?«

Aber schließlich war alles bereit.

Annette sagte: »Ich bitte dich, Karl, fahren wir mit der Stadtbahn! Mit dem Automobil sehen wir aus wie die Schmutzfinken, bis wir draußen sind.«

»Und der Eindruck? Es geht doch nicht, daß ein Fabrikant nicht seinen eigenen Wagen fährt!«

»Ein Automobil ist doch keine Equipage. Das ist eine Sportsache. Wir werden vollkommen zerzaust und verschmutzt ankommen, und ich kann doch in einem fremden Hause nicht gleich nach der Gelegenheit fragen mit vier Kindern.«

Und so blieb es bei der Stadtbahn. Vor dem Bahnhof nahmen

sie zwei Droschken, um vorfahren zu können. Menschengewimmel empfing sie.

Ludwig, umgeben von Jugend, hielt eine Ansprache an das Brautpaar, im schönsten Berlinisch: »Im Grunde, Theodor, is es gut, wenn sich'n paar heiraten und können sich leiden. Ich will dir sagen, warum. Et is mehr Einigkeit, als wenn se sich nich leiden können. Ich will dir auch sagen, warum ...«

Annette ärgerte sich schrecklich, als sie Paul, Klärchen und Lotte sah. Hätte Klärchen nicht genau wie sie für sich und Lotte neue Kleider machen lassen können? Man mußte sich hernach gerade schämen, wie sie immer aussahen. Klärchen fühlte sich auch ein bißchen unwohl. Sie war ja dumm, schalt sie sich selbst, aber wo Paul immer von seinen Sorgen erzählte, hatte man nie das Herz, Geld auszugeben. Aber da stand Sofie. Annette, die die Schwester mit Bewunderung liebte, strahlte. In einer lila Toilette, eine lange weiße Federnboa um den Hals, die Taille winzig dünn, fest ein Band herum, einen hohen Stehkragen mit einem Teller aus Spitzen, auf dem das Köpfchen der nun Dreißigjährigen lag, einen Hut voll mit Straußfedern auf den hochgetürmten schwarzen Haaren, hatte sie es verstanden, aus ihrer Erscheinung ein Kunstwerk zu machen. Anmutig an ihren Handschuhen nestelnd, sah sie mit einem rätselhaften Lächeln zu einem bildschönen Sekretär von der italienischen Botschaft auf. Wahrscheinlich nicht fähig, auch nur *einen* Danteschen Vers zu verstehen, hatte sie dennoch die Gabe, Ton und Klang und ein paar Redensarten des Italienischen so wiederzugeben, daß der Italiener nicht nur entzückt war über das Kunstwerk, das die Erscheinung dieser Frau war, sondern auch über das Kunstwerk ihrer Sprache. Sie erzählte ihm, wie sie mit dem Conte di Cavallo und mit einem Abbate, dem Abbate Pergolesi, unvergeßliche Stunden verplaudert habe. Sie hätte von hundert anderen Dingen in diesem Augenblick sprechen können, aber aus einer unerklärlichen Intuition für menschliche Beziehungen erwähnte sie die beiden Italiener, die sie und der Botschaftssekretär gemeinsam kannten. Gerade wollte der Italiener sie noch entzückter in eine Ecke ziehen, als sich ihr ein Franzose vorstellen ließ. »Enchanté!« sagte sie, nicht als ob dies eine übliche

Redensart wie »Guten Tag« wäre, sondern als ob sie wirklich die gleichgültige Erscheinung dieses Mannes entzückt hätte.

»Gnädige Frau«, sagte die zweite Frau von Lazar, die geborene Gräfin Dinkelsbühl, »darf ich Sie dem Grafen Sedtwitz vorstellen?« Sie holte nur Sofie, sie vergaß Annette sowohl wie selbstverständlich Paul und Klärchen. Sofie repräsentierte. Schmal, zierlich und leidend, und immer mit einem wehen Zug, einer flatternden Stimme, dünnen Händen, die sie oft rang. Sie nahm die Schleppe, sie begrüßte den Grafen Sedtwitz und seine schöne Frau.

»Kennen wir uns nicht? Ich habe die Impression«, sagte die Widerklee.

»Theaterblut?« knarrte der Graf.

»Nein, nur Malerei.«

Die Widerklee sah auf. Hatte sie nicht einmal ein kleines Mädchen durch einen Türspalt gesehen, Waldemars Nichte, Theodors Schwester? Sie sagte nichts mehr. Vorbei. Dort drüben stand Theodor, strahlend glücklich. Da stand Waldemar, und da stand ein schlanker Junge, jünger, als sie je Theodor gekannt hatte, und so schön! Auf dem biegsamen Körper saß der kleine Kopf der griechischen Epheben. Eine kleine Nase führte zu dem wohlgezeichneten Mund. Blaue Augen strahlten unter bräunlichen Locken.

»Wer ist denn dieser junge Hermes?« fragte Susanna Widerklee.

Waldemar sah sie an: »Der Sohn von Annette Effinger. Komm mal her, du Abkömmling.«

James verbeugte sich. Er verbeugte sich anders als die Jungen um 1900. Nicht militärisch, nicht eckig, er klappte nicht mit den Hacken, und während er sich über die Hand der Widerklee beugte, drehte er sie um und küßte sie auf die Innenseite. Es sah keiner.

»Tante Klärchen«, sagte Erwin, »hier ist es doch gräßlich. Können wir denn nicht gehen?«

»Hast ganz recht«, sagte Paul, »wir werden gehen und dich mitnehmen.«

»Nehmt mich bitte auch mit«, sagte Marianne.

»Also fragt schnell. Willst du nicht auch mitkommen, Herbert?«

»Ach nein«, sagte Herbert gleichgültig.

Paul und Klärchen fuhren mit den strahlenden drei Kindern nach Weißensee. In Weißensee konnte man auf die Straße laufen, Kreidestriche ziehen, darauf herumhopsen, was man »Himmel und Hölle« nannte. Klärchen hatte eine wahre Todesangst, Annette könnte erfahren, daß sie die Kinder auf der Straße spielen ließ. In Weißensee gab es einen vierteiligen Wandschirm. Den stellte Paul auf, wenn die Kinder kamen, und machte ihnen daraus ein Zimmer, das sie mit ihren eigenen kleinen Möbeln ausstatten durften. Dazu wurde ihnen einer der riesengroßen Kleiderschränke zur Verfügung gestellt. Paul nahm alle Kleider heraus, und nun konnte man sich hineinsetzen. Lotte und Erwin deckten den Kindertisch mit ein paar Papierstücken und legten Streichhölzer daneben: »Komm zum Essen, Marianne!« Dann begannen sie die Streichhölzer zum Munde zu führen.

»Iß doch«, sagte Erwin.

»Was denn?« sagte Marianne.

»Na, hier!« sagte Lotte.

Dann legte sich Erwin auf die Erde und räumte Lottes Spielschrank aus und baute aus Holzkästen und Bausteinen und Garnrollen und Haarschleifen ein Schiff, unverkennbar ein Schiff. Und dann warfen sich beide auf das Schiff, und bumms war's kaputt.

»Und was soll ich spielen?« fragte Marianne gelangweilt.

»Geh, lauf zum Bäcker«, sagte Paul, »hol Kuchen.« Marianne, Lotte sorgfältig an der einen Hand und Erwin an der anderen, ging zum Bäcker. Sie hatten fünfzig Pfennig bekommen. Dafür bekam man zehn Stück Kuchen. Es gab weiße mit Schokoladenpunkten wie Dominosteine, runde, mit Schokoladenguß, die Mohrenköpfe hießen, und allerhand Hefegebäck. Die Kinder beschlossen nach langer Wahl drei Dominosteine zu nehmen, drei Mohrenköpfe und für die komischen Großen vier Hefestücke. »Jetzt klingle aber ich«, sagte Erwin, »sie läßt mich nämlich nie klingeln.« Lotte ergriff Erwins Hand und lief rasch mit ihm vor, damit sie vor Marianne ankämen. Marianne überholte sie. Es gab einen schrecklichen Kampf, so daß keiner klingelte und Klärchen die Tür öffnete, als sie das Geschrei hörte. »Sie läßt mich nie klingeln«, heulte Erwin. Klärchen erinnerte das an ihre eigene Beziehung zu Annette. »Wir gehen nachher spazieren, da darfst du dann klingeln.«

»Könnt ihr nicht telephonieren, daß wir über Nacht dableiben dürfen?« fragte Erwin.

Warum nicht? meinte Annette. Es war natürlich ein herrliches Vergnügen für Lotte, sich zu dritt zu waschen. Bevor sie zu Bett gingen, sagte Paul: »Also ihr müßt euch jetzt vorstellen, ihr liegt in einer Postkutsche und fahrt durch einen dunklen Wald, und draußen heult der Sturm. Also deckt euch ganz fest zu, und gute Nacht.«

Am selben Abend saß die Widerklee bei einer hohen Petroleumlampe mit runder weißer Glasglocke und spielte mit ihrer Freundin, der Baronin Schnee, Sechsundsechzig. »Diese Goldschmidts sind mein Schicksal. Ich habe gedacht, daß mein altes Herz ganz ruhig ist, achtunddreißig Jahre, wie ich bin, aber offenbar hört die Liebe nie auf. Sie verwandelt sich fast zu Mütterlichkeit. Du gibst.«

»Zwanzig. Und wie ist Theodors Braut?«

»Sehr jung und sehr schön und sehr reich.«

»Gar kein Aber? Du nimmst.«

»Vierzig. Doch, ich glaube, sie ist sehr dumm.«

»Um so besser.«

»Nein. Theodor braucht einen Menschen. Er ist nicht stark genug. Laß mich schnell zählen. Siebzig und gewonnen.«

# 46. Kapitel

## *Theodor heiratet*

Guten Tag, Miermann. Nett, daß du mir beistehen kommst. Gestatte, daß ich an meinem Ehrentage sitzen bleibe. Bißchen komisch das Ganze. Ich habe, ehrlich gesagt, große Angst.«

»Ja, so eine schöne Frau, das ist eine Aufgabe.«

»Fängst du auch noch so an? Dabei liebe ich sie wirklich mit einer ganz altmodischen Liebe ohne Rückhalt. Und nicht nur, weil sie so schön ist, sondern ich hoffe auch, durch sie wieder natürlicher zu werden.«

»Was ist los? Rückkehr zur Natur durch Fräulein von Lazar? Das glaubst du doch selber nicht.«

»Doch. Sie ist erst achtzehn Jahre. Solche Jugend hat sich noch nicht von der Natur entfernt. Warum sind Onkel Ludwig, Onkel Waldemar, Papa so viel mehr als ich? Du brauchst mir nicht zu antworten. Weil sie viel mehr Beziehungen zur Wirklichkeit haben. Papa hat in seinen jungen Jahren noch alle Volksvergnügungen mitgemacht, aber auch die beiden anderen. Sie fuhren sonntags ins Grüne. Sie nahmen belegte Brote mit. Sie sitzen in einem einfachen Gasthaus und können mit jedem Menschen reden. Ich, ich fühle mich geniert sonntags auf einem Spreedampfer, in einem Sommerlokal, geschweige denn in einer Kneipe. Aber auch mit jenem Teil der irdischen Welt, der als sogenannte Landschaft in Erscheinung tritt und Natur genannt wird, sieze ich mich. Ich sage etwa von ihr: Die Natur, eine frühere Bekannte von mir. Wie sie von mir spricht, weiß ich nicht, aber wohl auch nicht gut. Ich habe einen Schreck bekommen, als ich Sofie auf meinem Empfang wiedersah.«

»Kein Wort gegen Sofie.«

»Also du hast ein Faible für sie. Aber das ist doch von oben bis unten unecht. Ihre Schönheit ist künstlich, ihre Sprache ist künstlich, ihre Kunst geschmäcklerisch. Es geht mir genau umgekehrt mit ihr, wie es Goethe mit der Friederike von Sesenheim gegangen ist. Sie war für ihn erledigt, als sie in ihrem bäuerischen Gehabe unter die Rokokogesellschaft geriet. Sofie ist für mich erledigt, wenn ich sie mir bei einem Volksvergnügen vorstelle.«

»Sie wird so was vermeiden, genau wie du.«

»Aber Annette ist anders, sie radelt jetzt in Pumphosen jeden Nachmittag mit James. Und Klärchen ist stiller, aber auch anders. Und ich möchte mir diese Natur wiedererobern.«

Miermann wollte einen Witz machen vom untauglichen Versuch am untauglichen Objekt. Aber er ließ es.

»Und was wird aus uns, Theo?«

»Na, du bist doch oben, bist Feuilletonredakteur geworden und kannst unsere Götter loben, Gott, Miermann, wer hätte das noch vor zehn Jahren gedacht! Schnitzler und Zola und Gerhart Hauptmann und Monet und Liebermann. Was sagst du zur ›Versunkenen Glocke‹: ›Du Summserin aus Golde‹!«

Miermann, klein und dick, viel dickes Haar um den zu breiten Kopf, die Zigarette im Mundwinkel, ging etwas trübe auf und ab. »Ich habe einen Verdacht gegen diesen Gerhart Hauptmann. Das demokratische Zeitalter produziert keine führenden Geister. Auch Hauptmann ist immer mit der Masse gegangen, aber ihr nie vorangeschritten.«

»Herr Spiegel ist gekommen? Ich komme sofort ins Schlafzimmer. Komm mit, Miermann.«

Herr Spiegel hatte schon eine Schale Schaum vor sich und wetzte das Messer an seinem Riemen. »Ich habe eben Herrn Oppner senior fertiggemacht und habe nun die Ehre, an Ihrem höchsten Festtage Sie zu bedienen. Bitte den Kopf etwas mehr zurücklegen zu wollen.«

»Er verkörpert stets die Sehnsucht des Augenblicks. Einmal den Naturalismus, jetzt die Romantik. Man möchte ihn mit einem gutgeschliffenen Brillanten vergleichen, der zwar kein eigenes Licht ausstrahlt, aber die Strahlen, die auf ihn fallen, sammelt und in funkelnden Reflexen zurückwirft.«

»Ach, Miermann, wie schön, von dir immer den Kommentar

zu den geistigen Erlebnissen zu bekommen, mit denen man nicht selber fertig wird! Gib mir das Buch dort drüben. Schön gebunden, was? Pergament und ein echtes Japanpapier. Ich muß dir ein paar Verse vorlesen:

›Manche freilich müssen drunten sterben,
Wo die schweren Ruder der Schiffe streichen.
Andere wohnen bei dem Steuer droben,
Kennen Vogelflug und die Länder der Sterne.‹

Hörst du, Miermann, wie es klingt: ›Kennen Vogelflug und die Länder der Sterne‹? Und nun noch ein Vers: ›Doch ein Schatten fällt von jenen Leben in die anderen Leben hinüber, und die leichten sind an die schweren wie an Luft und Erde gebunden.‹ Siehst du, Miermann, heute gehe ich über Wiesen zu einem Festmahl. Auf der Empore sitzt die Musik, und ich führe eine schöne Frau heim, aber ein Schatten fällt von jenen in die anderen Leben hinüber. Papa und Onkel Ludwig und mein Schwiegervater und ich, wir werden alle heute große Summen zeichnen. Vielleicht auch eine Stiftung für das ›Ludwig-Eugenie-Heim‹ machen. Aber kann man sich loskaufen? Ich möchte manchmal in die grauen, baumlosen Straßen gehen, zwischen hohe Häuser, unter viele Menschen, wo das wirkliche Leben ist.«

»Auch dein Leben ist wirklich.«

»Vielleicht wird es das von heute an sein. Bisher war es nur der farbige Abglanz. Fertig. Ich danke Ihnen, Herr Spiegel. Ich hoffe, daß Sie mich noch recht lange werden rasieren kommen.«

Miermann saß behaglich auf einem grünen Seidensesselchen und bewunderte, mit welch geübter Geschicklichkeit Theodor sich Brillanten in das Hemd tat. Theodor stand vor einem Mahagonispiegel, an dessen Rahmen Leuchter befestigt waren. Es war ein Stück aus dem 18. Jahrhundert, das erste antike Möbel, das in der Familie gekauft worden war.

»Und nun bin ich wohl fertig«, sagte er. »Ach, Miermann, ein junges Mädchen. Ich habe Angst. Hier, wo alles ganz dunkel ist und gedämpft, kann man solche Dinge aussprechen.«

»Theodor, vor mir brauchst du dich nicht zu genieren.«

»Naja, man weiß nicht, was da passiert. Achtzehn Jahre alt! Und nun die weißen Handschuhe. Und den Mantel. Und den

Zylinder.« Theodor setzte den Zylinder etwas schief, trat vom Spiegel zurück. »Nein, es ist ja nicht Palais de danse.« Und setzte ihn wieder gerade. »Also, Miermann, zuerst hoffe ich jetzt auf einen ganz großen Toast von dir.«

Theodor stand am Fenster des großen Hotels Unter den Linden, die Hand am Fenstergriff, und sah auf den spiegelnden Asphalt, wo eine Equipage und eine Droschke nach der andern fuhr. Das Pferdegetrappel klang zu ihm herauf. Um die Bogenlampen lagen weiße Dunstkreise. Drüben die Wohnung von Onkel Waldemar war dunkel. Er war noch bei der Hochzeit. In wenigen Minuten würde er das geliebte Mädchen im Arm halten. Eine tiefe Zärtlichkeit ergriff ihn, der Wunsch, von nun an bis in alle Ewigkeit so zu fühlen, so zu lieben. Nicht zufällig dachte er die Gebetsformel: Von nun an bis in alle Ewigkeit möge Gott dich erhalten, so gut, so lieb, so rein.

Hatte er je im Leben so geliebt? So fromm, so mit dem Wunsch, daß es dauern möge, bis er alt wäre und die Frau auch? Die Widerklee? War ein herrlicher Beginn, das Tor ins Leben gewesen, trotz aller Schmerzen. Nicht mehr. Und Wanda? Sein Kampf um sie war mehr dem Wunsch entsprungen, einer falschen Gesellschaftsmoral ins Gesicht zu schlagen, als einer Liebe, wie er sie heute zum erstenmal fühlte. Wußte er nicht, wer Fräulein von Lazar war, als er sie kennenlernte? Sicher, sicher war irgendwo auch der Wunsch beteiligt, der Familie neuen Glanz zu verleihen, dem Aufstieg der Firma zu dienen. Aber war ihm nicht das große Glück widerfahren, daß dies zusammenfiel mit seiner großen Liebe, die erwidert wurde?

Nebenan wurde das Licht gelöscht. Theodor im Schlafrock fühlte sein Herz schlagen, als er lautlos über den weichen Teppich zum Nebenzimmer ging.

»Liebste, kann ich kommen?« fragte er in die Dunkelheit.

»Ja.«

Theodor nahm ihre Hand und streichelte sie. Langsam streichelte er ihren Arm, wagte es endlich, ihren Mund zu küssen, ihr Haar, ihren Hals.

Da fragte sie leise: »Habe ich einen schönen Hals?«

»Ja, mein schönes Lieb, ja.«

Er erfaßte ihren Fuß.

»Weißt du, daß ich ganz ungewöhnlich schöne Füße habe, einen ganz hohen Spann und ganz klein und schmal?«

Theodor legte sich zurück. Er war nüchtern geworden. Konnte er sagen: ›Sei still‹?

In diesem Moment sagte sie: »Theo, hast du je gesehen, daß ich Schultern wie gemeißelt habe?«

Theodor sprang auf, er wollte in sein Zimmer gehen. Er wußte nicht, was tun. Dies ein Leben lang, keinen Menschen aus Fleisch und Blut, sondern eine Schönheit? Er hatte eine Schönheit geheiratet! Vielleicht war es nur die Ungeschicklichkeit der Jugend, die sie so sprechen ließ. Sie lag ganz still da. Theodor kam zurück. Aber sie hörte nicht auf. Sie wollte schön gefunden werden, nichts sonst.

Theodor lag schlaflos. Der Morgen dämmerte. Er hatte eine Knospe erwartet, die sich ihm öffnen würde. Er hatte ein dummes Geschöpf gefunden, das ihn nicht liebte. Scheiden? Warum? Weshalb? Wozu? Ist das Leben so wichtig? Lohnt es so viel Aufwand, so viel Schmerz? Wir kommen hierher, müde Kinder dieses vergehenden Jahrhunderts. Wir geben uns Mühe, gute Söhne unserer starken Väter zu sein, ihre Fabriken und Bankgeschäfte und Staatsgeschäfte weiterzuführen. Ich bin nur ein Untertan, aber auch der dort oben, der Kaiser dieser Epoche, zwirbelt den Schnurrbart, hebt den Marschallstab, donnert und droht der Welt und lauscht in der Stille verfeinerten, dekadenten Grafen, die süßliche Gesänge komponieren. Folgte nicht auch dort drüben in England der bürgerlichen Queen ein Bohemien? Ich wollte wieder gesund werden, schöpferisch und gut und stark. Aber was kommt dabei heraus? Daß all unsere Mühe sich nicht lohnt, daß wir falsch handeln. Ich werde eine Maske tragen, vielleicht viele Masken tragen. »Wir spielen alle; wer es weiß, ist klug.« Ich werde gut sein zu dem dummen und kalten Kind Beatrice und im übrigen repräsentieren, Gemälde kaufen und ein guter Untertan Wilhelms II. sein. Und plötzlich war er mit seinen Nerven am Ende. Er ging in sein Zimmer und schluchzte in die Kissen wie ein kleines Kind.

An der Tür klopfte es. Die Jungfer sagte, für die gnädige Frau sei das Bad gerichtet.

»Komm, Liebchen, steh auf. Wir wollen heute weiterfahren.« Und mit unendlicher Zartheit streichelte er die ungeliebte Frau.

Als Susanna Widerklee die Treppen ihrer Berliner Wohnung hinaufstieg, hörte sie Klavierspiel. Ihr Mädchen kam ihr entgegen: »Gnädige Frau, es ist ein Junge gekommen, der sich absolut nicht abweisen ließ.«

James stand auf, verbeugte sich tief und sagte: »Ich habe gedacht, Sie haben vielleicht doch nichts dagegen, wenn ich komme. Aber sagen Sie nur, wenn Sie das ungezogen von mir finden.«

»Nein, nein, bleiben Sie ruhig da und spielen Sie. Ich lasse Tee machen.«

Später sang sie sogar nach langer Zeit wieder Schubertlieder.

»Das habe ich mir nun so gewünscht, Sie zum Gesang zu begleiten und mit Ihnen Tee zu trinken. Sie sind die schönste Frau, die ich kenne.«

»Aber, kleiner James!«

»Ja, wirklich, Sie müssen nicht über mich lachen. Ich habe mir neulich überlegt, wenn Sie zehn Jahre jünger wären und ich zehn Jahre älter, dann würden Sie mich vielleicht sogar heiraten.«

»Aber Kind, jetzt kann ich dich nur noch duzen, was sprichst du von Heiraten? Du mußt lernen, arbeiten und etwas werden.«

»Warum muß ich?«

Susanna Widerklee saß vor ihrem Spiegel. Nein, es war nicht peinlich gewesen, nur beglückend, nur heiter, als ihr dieses schöne Kind zuletzt einen halb kindlichen und halb sehnsuchtsvollen Kuß gegeben hatte. Der litt nicht wie Theodor, der dachte nicht nach wie Waldemar. Sie sah in den Spiegel wie in ihr vergangenes Leben. Sie hatte viel gelitten und gekämpft und geliebt, aber schön und beglückend war es selten gewesen. Sie hatte nun wohl vierzehn Jahre dem guten, fast fünfundzwanzig Jahre älteren Grafen die Treue gehalten, und sie wollte, wenn

Gott es ihr gönnte, ihn zu Ende pflegen. Heute war ihr ein großes Glück widerfahren, das Glück, das es bedeutet, immer wieder aufs neue Liebe zu erregen, ein Glück ohne Qual und ohne Schmerz.

Es war ein heller Vorfrühlingstag, und die Büsche im Tiergarten zeigten die ersten Knospen. Sie ging langsam bis in die Stadt, und sie kaufte sich, töricht und selig wie in der ersten Jugend, einen neuen Frühlingshut voller Blumen und Federn.

Theodor saß mit Beatrice in Rom. Er trug einen goldgeränderten Zwicker und hielt die Speisekarte in der Hand. »Und was wünschst du jetzt? Du kannst gebratene Poulets nehmen. Was hältst du davon? Aber dort drüben kommen Konsul Weißbachs. Wir müssen sie begrüßen.«

Und dann saßen Konsul Weißbachs an ihrem Tisch.

»Na, wie geht's den Jungvermählten? Anstrengend, lieber Oppner, was? Aber schön, ja?« Er lachte gewaltig. Theodor lachte auch.

Frau Weißbach sagte: »Du sagst immer Sachen!«

Theodor sah auf die Peterskirche und über sie hinweg in eine unbekannte Ferne, und er sehnte sich nach dem Leben.

# 47. Kapitel

## *Schulsorgen*

Das Mädchen kam herein und brachte Annette einen Brief: »Ihr Sohn Herbert wird nicht versetzt, da er das Ziel der Klasse nicht erreicht hat.« Was? dachte Annette. James war ein guter Schüler. Erwin war ausgezeichnet. Was war denn bloß mit Herbert?

Als Karl zu Tisch kam, gab ihm Annette den Brief: »Na, was sagst du?«

»Du mußt morgen zur Schule gehen.«

»Aber da bin ich zur Anprobe bestellt.«

»Liebes Annettchen, du mußt dich erkundigen, was los ist. Ist doch lächerlich, daß Herbert ein schlechter Schüler sein soll. Herbert ist keineswegs unbegabt. Ich kenne doch meinen Sohn. Diese alten Pauker! Also ich kann dir sagen, ich wechsle einfach die Schule.«

Der Direktor sagte: »Der Schüler Herbert Effinger hat das Ziel der Klasse nicht erreicht, und ich würde Ihnen auch nicht raten, den Knaben weiter auf die Anstalt zu schicken. Er wird nicht weiterkommen.«

»Er ist nicht faul. Im Gegenteil, er arbeitet viel mehr als meine beiden andern.«

»Aber er ist nicht begabt genug für ein Gymnasium.«

»James und Erwin kommen doch so glatt mit. Herbert scheint uns nicht unbegabter.«

»Den Anforderungen der alten Sprachen ist der Knabe nicht gewachsen. Er soll doch wohl Kaufmann werden?«

Annette fühlte die leichte Verachtung und sagte: »Das ist nicht sicher. Können Sie denn nicht noch einmal den Versuch machen, Herbert zu versetzen?«

»Unsere Anstalt ist keine Presse. Wir wollen Freunde des Humanismus erziehen. Knaben wie Herbert tun Sie besser auf eine reale Anstalt.«

»Aber für Mathematik und Physik interessiert er sich gar nicht.«

»Das ist ja bedauerlich.«

Was bei uns alles passiert, dachte sie, als sie aus dem Gebäude kam. Ein Sohn wird nicht versetzt. Ein Sohn kommt nicht mit in der Schule. Karl meint ja, es liege an den Lehrern. Wahrscheinlich hat er recht. Aber was soll denn nun aus ihm werden? Plötzlich stand sie auf der Straße still. Ich möchte zu Papa gehen, ihn um Rat fragen.

In dem alten Bankgeschäft, den Rücken krumm, den Bleistift hinter dem Ohr, schlurfte der alte Liebmann herum. Annette wurde ganz weich. »Ich möchte zu meinem Vater«, sagte sie.

»Papa«, rief sie, umarmte ihn und weinte, »Gott, Papa, wie schrecklich!«

»Was ist denn passiert, mein Kind?«

»Ach, Papa, daß wir solche Sorgen mit unsern Kindern haben würden, hätte ich nie gedacht. Ich mußte dich aufsuchen.«

Der alte Emmanuel fragte rasch: »Hat James eine Weibergeschichte?«

»Nein, Herbert ...«

Emmanuel dachte an Herbert, dieses sanfte, gutartige Kind: »Was ist denn mit Herbert?«

»Er wird nicht versetzt«, schluchzte Annette. »Was sollen wir tun? Ich bitte dich, man kann ihn doch nicht Handwerker werden lassen oder Arbeiter. Ach, dies Unglück!«

»Annettchen, das Schrecklichste daran finde ich, daß du dich so aufregst. Ich werde Herbert auf alle Fälle in die Bank nehmen. Er muß natürlich das Einjährige haben. Versucht es noch ein Jahr auf dem Gymnasium mit einem Hauslehrer, und wenn es ihm auch dann nicht gelingt, ist eine Presse das Beste.«

»Du findest es also nicht so schrecklich?« sagte sie. »Ja, eigentlich hast du recht, Papa.«

Karl sah die Dinge anders an. Er nahm sich Herbert vor.

»Bedenke, Herbert, was aus dir werden soll. Du wirst als Straßenkehrer enden, du wirst uns allen zur Schande gereichen.«

»Ich will nicht mehr zur Schule gehen«, sagte Herbert ganz still.

»Und was willst du machen?«

»Ich weiß nicht.«

»Was für ein Unsinn! Du bist einfach ohne Ehrgeiz. Womit willst du dir deinen Lebensunterhalt verdienen? Willst du vielleicht Tischler werden und in der blauen Bluse arbeiten? Willst du vielleicht Kanalausräumer werden oder hinter einer Drehbank stehen, und deine Brüder grüßen dich nicht? Ach, so ein Unglück! Wir werden dir also jetzt einen Hauslehrer nehmen, aber ich hoffe, du wirst dich unserer Fürsorge würdig erweisen.«

»Bitte, sage nichts davon Paul«, sagte Annette, als sie allein mit Karl Kaffee trank. »Wenn er auch das Abiturium nicht macht, das Einjährige muß er doch machen. Man schickt ihn dann auf eine Presse.«

»Weißt du«, sagte plötzlich Karl, »vielleicht schicken wir ihn gleich auf eine Presse. Je mehr ich mir das überlege, um so richtiger erscheint es mir. Wozu diese alten Sprachen? Ich habe auch keine alten Sprachen gelernt. Die tüchtigsten Selfmade-Leute sind die, die von der Volksschule kommen. In den Gymnasien verkümmern ja Leib und Seele. Presse ist mir viel lieber, da wird ein frisch-fröhlicher Junge erzogen, kein stahlbrillenbewehrter Bücherwurm.«

Annette nahm ihre Kaffeetasse, hob sie hoch. Es hätte nicht viel gefehlt, so hätte sie mit Karl angestoßen auf diesen Abgang Herberts vom Gymnasium.

»Herbertchen«, sagte Annette, »wir wollen dich nicht weiter quälen, du kannst von der Schule abgehen, und wir geben dich wohin, wo du nur noch für das Einjährigenexamen vorbereitet wirst. Ist das nicht besser?«

»Ja, Mama.«

»Warum denn immer nur: ›Ja, Mama‹? Sag' doch, was du davon hältst!«

»Es wird schon richtig sein, wenn ihr es bestimmt.«

Annette gab ihm einen Kuß.

# 48. Kapitel

## *Ein Autoausflug*

Morgens stand Klärchen mit dem Mädchen in der Küche und packte kaltes Huhn ein und Butterbrote. Einen endlosen Schleier ums Gesicht gewickelt, Autobrillen auf, verkleidet wie die Vogelscheuchen, kletterten Klärchen und Lotte in die offenen, hochräderigen Karren. Die Autos waren zu Pauls Mißvergnügen eine Sensation für die ganze Straße. Lotte, Marianne, Erwin hätten sich am liebsten verkrochen. Hingegen genossen es Karl und Annette, hoch zu Auto zu sein. James aber lächelte die Mädchen an. »Ach, wie sind Sie hübsch«, sagte er zu einem jungen Ding, das ganz nah am Wagen stand. Sie lachte zurück.

»Fahren wir denn nicht endlich? Was fehlt denn noch? Springt der Motor nicht an?« sagte Paul.

Da ging es schon stinkend und krachend los.

»Ich weiß nicht«, sagte Lotte zu Marianne, »was das für ein Vergnügen sein soll. Man bekommt ein schmutziges Gesicht, muß sich furchtbar waschen und kann es vor Wind nicht aushalten, und sehen kann man auch nichts, weil man immer denken muß, es reißt einem doch noch den Kopf ab.«

An einem See unter Kiefern im Sand machten sie halt. Karl strahlte und erzählte vom Rennen. Die Effinger-Autos waren Dritte geworden. Der Kaiser hatte gesagt, daß er sich einen Effinger anschaffen werde. Es war ihm außerdem angeboten worden, Kommerzienrat zu werden, wenn er einen Beitrag zum Flottenverein zeichne. Aber es kostete mindestens 100 000 Mark.

»Und ich denke, dir hat man angeboten, Handelsrichter zu werden?«

»Ja, aber ich habe es abgelehnt«, sagte Paul.

»Ich versteh' dich nicht, Paul. So was lehnt man doch nicht ab, das ist doch wichtig für die Firma und für die Familie.«

»Wichtig ist es, gute Autos zu fabrizieren. Ich kann mir so etwas nicht leisten. Ich habe genug in der Fabrik zu tun. Gib mir noch etwas Brot, Klärchen.«

»Er kommt schon jetzt immer um halb neun Uhr nach Haus und geht um halb acht weg, dann habe ich doch überhaupt nichts mehr vom Leben. Immer allein in Weißensee sitzen«, sagte Klärchen.

Paul sprach mit James. »Du machst doch im Oktober dein Abiturium. Wie ich höre, willst du nicht in die Fabrik, du willst nicht zu deinem Großvater ins Bankgeschäft. Ja, was willst du eigentlich?«

»Ich will jetzt erst mal ein Semester Kunstgeschichte studieren.«

»Das hat doch aber gar keinen Sinn. Was kannst du dabei werden?«

»Ach, so allerlei.«

»Du willst also einfach nicht arbeiten, dem lieben Gott den Tag stehlen, ein Nichtstuer werden.«

Paul schüttelte traurig den Kopf. Er verstand James nicht, aber auch nicht seinen Bruder Karl, der so was einfach zugab. »Ja, morgen legen wir also die Scheideanstalt still. Ich habe versucht, die Maschinen loszuwerden, aber wir können sie nur als Schrott verkaufen. Stellt euch vor, wir hätten nichts sonst fabriziert. Hätten wir ewas dafür gekonnt, wenn wir jetzt bankrott gemacht hätten, weil Amerika elektrolytisches Kupfer ebenso billig liefert wie raffiniertes? Gar nichts, und wären verachtet worden.«

»Aber wir haben doch nicht bankrott gemacht«, sagte Klärchen.

»Aber eigentlich nur zufällig nicht«, sagte Paul.

Man hatte Kupfer eingeschmolzen und als Nebenprodukt Silber bekommen. Das Kupfer war teurer verkauft worden als das unzerschmolzene Kupfer, und das Silber hatte man dazu bekommen. Das Silber aber war nicht mehr das Silber von Kragsheim. Dort war Silber so kostbar gewesen, daß die Sabbatleuchter mit Gips ausgegossen gewesen waren. Jetzt machte man das Silber massiv, denn es war nichts mehr wert, und das elektrolytische Kupfer war genau so billig wie das andere. Die Einrichtung einer elektrolytischen Scheideanstalt war barer Unsinn geworden. Man hatte zwanzig Jahre lang Schrauben fabriziert. Gute, gleichmäßige, billige Schrauben. Jetzt legte Dänemark einen Zoll darauf. War man schuld daran? Hatte man es sich zu wohl gehen lassen? War man abgewichen vom Wege der Väter? War man leichtsinnig oder faul geworden? Nein, über dem baltischen Meer hatte eine schutzzöllnerische Mehrheit ein Gesetz beschlossen, durch das Zoll auf Schrauben gelegt worden war, und nun konnte man in Berlin-Weißensee eine Fabrik schließen und Arbeiter brotlos machen, und Angestellte konnten verzweifeln. Man war ein Spielball. Nichts nutzten mehr Fleiß und Verstand und Sparsamkeit. Dem Vater in Kragsheim, dem hatten noch Fleiß und Verstand und Sparsamkeit genutzt.

»Willst du noch etwas zu essen?« fragte ihn Klärchen.

Herbert lag auf dem grünen, dicken Moos. Was ging ihn das alles an? Wenn er ein armes Kind wäre, brauchte er nicht zu lernen, und er könnte zum Beispiel – ja, was, was taten Menschen, die nicht Latein lernten? Sie waren zum Beispiel Straßenbahnschaffner. Man stand vorn, paßte auf, trat die Glocke, wenn einer zu kurz vor der Bahn vorbeilaufen wollte. Oder zum Beispiel konnte man Briefträger werden. Ich will nicht mehr den Ostermann sehen, diese blödsinnige lateinische Grammatik! dachte er. Aber wenn ich das sage, dann fragen sie mich, ob ich statt dessen Mathematik haben will. Und die Kongruenzsätze werde ich nie begreifen. Wozu auch?

James stapfte zum nächsten Gasthaus. Im Saal war Tanzmusik. James verbeugte sich vor einem Mädchen und führte sie auf die höflichste Weise zum Tanz. Er fragte, ob er sie wohl zu einer Tasse Kaffee einladen dürfe.

»Ja«, sagte sie.

»Ich habe es so gern, wenn Frauen Augen haben, die ganz dicht beisammen stehen, und wenn sie ein bißchen blinzeln.«

»Ich bin kurzsichtig.«

»Ja, das gerade habe ich so gern.«

Über ihnen war ein Fliederbusch, der Sommergarten blühte. Er nahm ihre Hand, küßte jeden Finger. Das war ja wirklich ein entzückendes Mädchen. Wie er sie liebte, als er sie leise wegführte in den Wald! Wie die Sonne das Haar beleuchtete! Wie schmal sie war! Sie lagen im Gras.

»Ach«, sagte sie, »es ging mir so schlecht. Mein Freund hat mich verlassen. Ich bin fünf Jahre mit ihm gegangen, und dann hat er plötzlich Schluß gemacht – mit einem Brief – und war nicht mehr zu sprechen. Ich hätte mir am liebsten das Leben genommen, aber kann man denn? Einen Revolver verkaufen sie einem nicht, und der Gasschlauch ist doch zu widerwärtig, und wenn sie einen mittendrin aufwecken, ist man für sein ganzes Leben für nichts mehr zu brauchen und kann betteln gehen. Aber mir ist so gewesen. Nur noch zum Sterben. Und da hat meine Freundin gesagt: ›Komm, Julchen, wollen wir ein bißchen rausfahren, das wird dir gut tun.‹ Und nun ist es so gekommen.«

James streichelte sie. »Wie kann man da traurig sein, wenn einer so ein Ekel ist! Da muß man gar nicht mehr drüber nachdenken. Du bist sehr schön, dich werden noch sehr viele lieben, und du wirst sogar sie verlassen.«

Sie standen auf. James kehrte zu den Seinen zurück.

Die Kleine ging zu ihrer Freundin. »Du siehst doch so schön aus«, sagte die Freundin.

»Ach, was habe ich Wunderbares erlebt! Davon kann man lange leben.«

»Wo hast du denn gesteckt?« rief die Familie James entgegen.

»Wir warten eine geschlagene halbe Stunde mit der Abfahrt auf dich«, sagte Paul. »Und wo ist jetzt Lottchen wieder hin?« Lotte hatte wie immer was verloren und war suchen gelaufen.

»Ich werd' sehen, wo sie ist«, sagte Marianne.

»So ein gutes Kind.« Paul sah ihr nach.

Die Ebene flog vorbei. Armselige Dörfer, Teich in der Mitte, Enten im Pfuhl. Herrlich war die sich verkürzende Zufahrtstraße der gewaltigen Stadt, die märchenhaften Gebilde der langsam sich nähernden Wagen aller Art, die Kirchtürme, die aus Punkten fabelhaft zur Höhe wuchsen. Sommersonntagabend. Heimfahrt in die große Stadt! Noch wimmelte es auf der Straße von Menschen. Rummelplätze waren da, Karussell und

Luftschaukel. Die Elektrische klingelte, und Omnibusse fuhren mit kleinen Pferdchen, und Kremser, mit Blumen bekränzt, kehrten voll Menschen zurück, die sangen und Ziehharmonika spielten.

In der stillen Straße stiegen sie aus. Karl, Annette und ihre vier Kinder fuhren weiter nach dem Westen.

Man zog sich aus, wusch sich und säuberte sich. Paul legte sich aufs Sofa, und Klärchen setzte sich in einen Sessel, um zu nähen. Lotte machte aus dem Rotkäppchen ein Theaterstück. Dieser Baustein war der Wolf, dies Püppchen Rotkäppchen. Das war der Wald. Nun ging Rotkäppchen durch den Wald. »Guten Tag, Rotkäppchen«, sagte der Wolf.

»Ich möchte euch etwas vorlesen«, sagte Paul.

»Hab' ich den Markt und die Straßen doch nie so einsam gesehen!

Ist doch die Stadt wie gekehrt! Wie ausgestorben! Nicht funfzig,

Deucht mir, blieben zurück von allen unsern Bewohnern.

Was die Neugier nicht tut!«

Paul las vom Schlafrock mit indianischen Blumen, von dem feinsten Kattun, mit feinem Flanelle gefüttert, von Flucht und Elend und:

»Sorgsam brachte die Mutter des klaren herrlichen Weines,

In geschliffener Flasche auf blankem, zinnernem Runde,

Mit den grünlichen Römern, den echten Bechern des Rheinweins.«

Die Sonne sank. Es wurde gelb und rot und dämmerig im Zimmer. »So, nun wollen wir Abendbrot essen«, sagte Paul.

# 49. Kapitel

## *Testament*

Der Graf Beerenburg-Haßler wurde Emmanuel gemeldet.

»Tach, Tach, mein lieber Oppner. Wie geht's, wie steht's? Das heißt, wie geht's und wie steht's mit einem Verkauf von Werten? Ich bin heute ein bißchen geradezu, aber fulminanter Ärger im Amt. Lieber Oppner, glücklicherweise weiß der Untertan nicht, was sich abspielt.«

»Er ahnt.«

»Diese demokratische Presse, die Sie da lesen, ist ja auch nicht gerade mein Fall. Mir zu frech.«

Oppner sagte: »Deutschland ist eingekreist, man hat so viel von ›schimmernder Wehr‹ und ›Volldampf voraus‹ und vom ›scharf geschliffenen Schwert‹ geredet, bis sich die ganze Welt gegen uns gerüstet hat. Diese Landung in Tanger!«

»Aber trotzdem, wie ausgezeichnet steht es in Deutschland, wenn Sie an Rußland denken. Die Regierung beruft die Duma nicht ein, und dieses Anarchistengesindel! Ich sage nicht gut für Väterchen Zar. Da ist doch permanente Revolution. Um aber auf die Geschäfte zurückzukommen: Alle Welt spricht davon, daß man verkaufen soll. Sie verzeihen, lieber Oppner, aber der Direktor einer Großbank riet mir dazu.«

»Solange die Welt besteht, haben die Leute in der Baisse verkauft und in der Hausse gekauft. Bloß meine Kunden tun das nicht.«

»Na, solange die Welt besteht?!«

»Solange die Welt besteht, wird gehandelt, mit Kaurimuscheln, mit Tran, mit Fellen, hat es Preise gegeben und einen Markt, und immer, wenn die Felle teuer waren, sind so viel Felle abgezogen worden wie möglich, sind die Felle ganz billig geworden, dann haben die Wilden geglaubt, sie werden noch billiger, und haben nichts gefangen, bis die Felle wieder anfingen teurer zu werden. Bei den Großbanken verkaufen sie Ihnen das Hemd vom Leibe, um Provisionen zu verdienen, aber bei uns, da wird der Mensch beraten, damit er sein Vermögen behält.«

»Und wenn die Aktien gar nichts mehr wert sind?«

»Exzellenz, Ihre Aktien sind von uns, die sind gut. Ich verkaufe Ihre Aktien nicht, wo sie so schlecht stehen. Wenn Sie zu einem Arzt gehen, dann verlangen Sie auch, daß Ihnen der Arzt sagt: ›Es fehlt Ihnen gar nichts‹, wenn Ihnen nichts fehlt. Solche, die dann denken, was der Mensch nicht unbedingt braucht, soll man ihm wegoperieren, und die Mandeln rausnehmen und den Blinddarm und für jedes Stück 3000 Mark verlangen, die kommen doch für Sie nicht in Frage. Genau so geht's beim Bankier. Es gibt jetzt so Bankiers, die haben Fusionen und Transaktionen und Kommissionen, und die nehmen Ihnen die einen Aktien ab und andre schmeißen sie Ihnen hin. Und das alles hat gar keinen Sinn. Und gar in den Großbanken, da kommen Diener, und da sind Marmortreppen und Schalterhallen, und alles interessiert sich für Ihr Geld, aber keiner dafür, daß Sie's behalten. Bei mir aber, da sorg' ich dafür, daß die Leute für ihre sauer ersparten Groschen nicht schön bedrucktes Papier bekommen, sondern Anweisungen auf haltbare Sachen, auf Bergwerke und Bierbrauereien – schon gegen Schiffe habe ich was, wenn es nicht die Ballinschen sind. Den hab' ich noch als kleinen Jungen gekannt, und gar gegen alle diese unausgeprobten Sachen, Elektrizität oder Straßenbahn oder so – und solche Sachen werden nicht in der Baisse verkauft.«

»Und Sie selber?«

»Ich mache keine Börsengeschäfte, noch keinen sah ich glücklich enden ... Einmal hab' ich's getan. Es ist jetzt auch schon wieder dreizehn Jahre her. Damals haben wir Hypotheken auf die Häuser nehmen müssen, und um ein Haar wären wir mit Stumpf und Stiel pleite gegangen. Einmal und nicht wieder. Erinnern Sie sich denn nicht an die Akkumulatorenwerke, Exzellenz?«

»Ob ich mich erinnere, es muß 93 gewesen sein. Das waren glückliche Zeiten. Und seitdem spekulieren Sie nicht mehr?«

»Exzellenz, ich habe nie Börsengeschäfte gemacht.«

»Sie sind sicher Majestäts komischster Bankier.«

»Nein, keineswegs. Am Ende Ihrer Tage wird Ihr Sohn ein anständiges Vermögen erben, dann wird er zu meinem Sohn Theodor kommen und sagen: ›Herr Oppner, Sie haben meinen Vater immer gut beraten, ich will weiter bei Ihnen Kunde sein.‹ Überall bringt die Anständigkeit weiter als die Unanständigkeit. Aber am meisten beim Kaufmann. Wer seinen Mitbürgern für ihr erarbeitetes Geld gute Ware liefert, der bleibt bestehen; wer nur schnell Geld zusammenraffen will, der geht zugrunde. Wenn Sie also Ihre Aktien verkaufen wollen, dann nicht durch uns.«

Graf Beerenburg-Haßler blieb sitzen und plauderte, wie Hofleute plaudern können, von Majestäts fünfzigtausendster abgeschossener Kreatur, von Flottenparaden und der Fürstin Krsz-Krsz.

Wir sind sehr alt, dachte Oppner.

Als der Graf ihn verlassen hatte, kam Hartert, der jetzt Bankdirektor war, Kragen hoch, Haarschur knapp, »Es ist erreicht«-Schnurrbart. Sein Sohn war mit ihm. Hartert fragte Oppner, ob der Junge bei ihm lernen könne. »Sah eben den Grafen Beerenburg-Haßler herauskommen. Feudale Erscheinung.« Ja, sein Sohn sei vierzehn Jahre alt.

»Ich wundere mich, daß Sie Ihren Sohn nicht das Abiturium machen lassen.«

»Nein, nein«, sagte Hartert und fühlte sich verspottet, »Einjähriges genügt. Soll tüchtiger Bankmensch werden. Bei Ihnen lernt man was, das sehen Sie ja an mir.«

»Ja, Sie haben eine große Karriere gemacht. Dabei sind Sie doch noch sehr jung.«

»Sie schmeicheln, Herr Oppner.«

»Ihr Sohn kann bei uns eintreten und zusammen mit meinem Enkel Herbert Effinger lernen.«

»Sohn von Frau Annette, wenn ich mich so ausdrücken darf?«

»Ganz recht.«

»Also ich hoffe, daß unsere beiden Häuser weiter so verbunden bleiben, Herr Oppner.«

»Hoffe auch.«

»Aber ich muß aufbrechen. Sitzung des Flottenvereins.«

»Was versprechen Sie sich davon?«

»Deutschlands Sicherung auf dem Weltmarkt.«

»Und England wird sich auf die Seite unserer Gegner schlagen.«

»Ist es längst, dieser Heuchler. Es hat doch in Algeciras sein Möglichstes getan, um Deutschlands Anträgen entgegenzuarbeiten. Sie bestreben sich doch, die Lage so zu vergiften, daß der Krieg unvermeidlich wird. Wir müssen gerüstet sein. Gegen die Übergriffe der Französlinge in Elsaß-Lothringen gehörte längst geharnischte Abwehr.«

Was meint er eigentlich? dachte Oppner.

»Majestät hat völlig recht: Die Flotte schwimmt, und sie wird gebaut. Dann können wir stehen, die Hand am Schwertknauf, den Schild vor uns auf die Erde gestellt, und sagen: Komme, was wolle! Also ran an den Feind. Gestatten Sie, daß ich mich verabschiede, Herr Oppner.«

»Adieu, Herr Hartert, und adieu, mein Junge. Wir haben nun gar nichts miteinander gesprochen, aber an den guten Schulzeugnissen sehe ich ja, daß Sie ein heller Kopf sind.«

Das war eine Dummheit, die ich da eben gemacht habe; man ist immer zu gutmütig. Das scheinen mir ja gefährliche Leute zu sein. Ich werde wohl alt, und da wird man unenergisch, dachte Oppner. Ich hätte den nicht als Lehrling nehmen sollen.

Waldemar ging in die Bendlerstraße. Es war nun alles zugebaut. Haus stand bei Haus, kleine Gärten dazwischen. Es war noch immer sehr vornehm, aber es war nicht mehr vor der Stadt, sondern mitten drin. Waldemar ging durch das ovale Eßzimmer mit der dunklen Ledertapete auf die Terrasse, die in der Nachmittagssonne dalag. Man sah auf hohe Häuser zwischen den alten Bäumen. Emmanuel hatte eine Decke über den Knien. Seine wehenden Favoris waren schneeweiß. Seine schönen langen Hände streckten sich Waldemar entgegen: »Ich habe dich heute zu einem ernsten Geschäft hergebeten. Ich will mein Haus bestellen. Ich bin nun bald achtzig Jahre alt.«

»Ganz recht, Testamente kann man nie früh genug machen.«

»Scharmant, scharmant«, sagte Oppner. »Ich habe an viele Menschen zu denken.«

»Soll deine Frau nicht Generalerbin werden?«

»Natürlich, aber ich denke doch die Kinder und möglichst auch die Enkel zu sichern. Vor allem Sofie. Der Lump hat doch ihr Vermögen durchgebracht. Meine andern Kinder sind gesichert – nach menschlichem Ermessen. Trotzdem, eine Fabrik ist immer eine unsichere Sache. James hat außerdem die feudalen Neigungen von Theodor und, du verzeihst, von dir geerbt. Er will weder in das väterliche noch in unser Geschäft eintreten, und leider ist Annette, du kennst sie ja, verblendet genug, das noch dazu – wie ihre Lieblingsausdrücke sind – vornehm und elegant zu finden. Sonst ist er ja wirklich ein ungewöhnlich schöner Bursche, und man kann ihm nicht böse sein, trotzdem mir ahnt, er hat etwas zuviel Frauengeschichten.«

»Das hat einem Mann noch nie geschadet.«

»Ich möchte jedem der Kinder ein Vermögen in preußischen Konsols von fünfzigtausend Mark sicherstellen. Außerdem sind sie in Heiratskassen und Lebensversicherungen eingekauft.«

Emmanuel sah in den sinkenden Tag. »Es war ein schönes Leben, auf das ich zurücksehe. Es hat auch Bitteres gegeben, und seit dieses unglückliche Kind von Theodor da ist – es ist jetzt in einer Anstalt – ist mir vieles vergällt.«

»Leidet Theodor so sehr?«

»Er wird jedenfalls viel oberflächlicher, scheint mir.«

»Ja. Er erzählt mir, er will in den Kaukasus fahren, um Adler zu jagen. Er will außer sich leben, da ihm sein eigentliches Leben nicht behagt. Und Beatrice ist ihm einfach zu dumm. Und was macht Sofie?«

»Es geht ihr offenbar recht gut, obwohl ich sie am liebsten verheiratet gesehen hätte. Sie entwirft Sachen mit viel Wasserrosen und sich verschlingenden Linien, nichts für mich, aber sie verdient sogar damit. Sie ist zu Selma nach Franzensbad gereist.«

»Wie lange fährt nun deine Selma nach Franzensbad?«

»Wir haben 1865 geheiratet. Also an vierzig Jahre.«

»Ich muß jetzt gehen. Ich muß mich nämlich noch heute abend mit allen Orden und Ehrenzeichen schmücken.«

»Wieso denn?«

»Bin zu Seiner Majestät befohlen. Tja, erstens will man mich wohl doch dazu bringen, daß ich nicht nur Teile, sondern meine gesamte Sammlung dem Museum überlasse. Ich soll dafür einen dicken Orden bekommen. Ich habe nämlich schon einmal zu Riefling gesagt: also mit Kronen ließe ich mich nicht abspeisen, unter Vögeln täte ich's nicht. Da ist er sehr erschrocken. Außerdem muß man an diesen Abenden etwas für die Flotte zeichnen.«

»Und es ist dir ganz gleichgültig? Ich muß dir ehrlich sagen, ich weiß nicht, ob es mir ganz gleichgültig wäre, wenn ich bei Hofe verkehren würde.«

»Mir ist es ganz gleichgültig. Man merkt die Absicht, und man ist verstimmt. Wenn man mich als Kommentator des Handelsgesetzbuches einladen würde ... Aber ich werde eingeladen, weil man meine Sammlung haben will. Und ein Stoß in die Seite und die freundliche oder vielmehr huldvolle Anrede: ›Na, Sie Gesetzonkel!‹ ist mir nicht so schrecklich wichtig. Ich muß dir übrigens, schnell bevor ich gehe, einen wunderhübschen Ausspruch von ihm erzählen. Er hat doch neulich die beiden neuen Gerichtsgebäude von Schmalz besichtigt. Hast du das schon gesehen? Mußt mal hingehen. Das ist die Moderne, an der sich deine Tochter Sofie beteiligt. Jemand hat ohne Ironie davon gesagt: ›Fröhlich wurden die Stile gemischt.‹ Da sind Rokokogitter und romanische Mosaiken und gotische Fenster und Jugendstilbänke, und im ganzen könnte man in den Treppenhäusern Karnevalsfeste geben, obzwar die Treppen beängstigender sind als ein Kamin in den Dolomiten. Also der Kaiser sieht das und sagt: ›Da sollen wohl die Verbrecher runtergestürzt werden?‹ Und so ein Höfling erwidert ganz ernst: ›Nein, es ist ja Zivilgericht.‹ Hübsch, nich?«

»Ja, sehr, also unterhalt dich gut.«

»Ja, ja, interessant ist es schon immer. Und deinen Testamentsentwurf bekommst du morgen.«

Anna, die rotbackige, weißarmige, kam heraus: »Kommen Sie, Herr Oppner, es wird immer noch kühl am Abend.«

Im Eßzimmer unter der Krone mit den künstlichen Trauben war der Abendbrottisch gedeckt. Emmanuel aß sorgfältig und mit viel Freude und hielt das Glas mit dem Wein gegen die Gaskrone, um sich an der Farbe zu erfreuen. Ein Geruch von Kräutern und etwas Goldgrünem, sehr Frischem, leicht Säuerlichem stieg von dem Wein auf: »Anna, Sie wissen, die Herren kommen heute. Stellen Sie von diesem Wein kalt.«

Sie kamen, die alten Herren, Billinger, der schöne Justizrat, und Sanitätsrat Friedhof, das alte griechische Kränzchen. Oppner schlug vor, Horaz zu lesen, die Ode vom Gleichmut in Glück und Unglück: »Das ist heute ein besinnlicher Tag. Erst habe ich gegenüber dem Grafen Beerenburg-Haßler mein mündliches Testament geredet, und dann habe ich heute nachmittag mein schriftliches mit meinem rechtsgelehrten Schwager besprochen. Wißt ihr, ich möchte am nächsten Sonntag ein bißchen Attinghausen spielen, meine Familie zusammenrufen und allen den Eid auf das heilige Banner der Kaufmannsehre abnehmen. In meiner Familie, weit und breit, gibt es nur noch einen Kaufmann, das ist Paul Effinger. Die junge Generation beschäftigt sich nur noch mit Geist oder Vergnügen. Sie ist ganz müde. Und was aus der übernächsten wird, kann man noch nicht beurteilen.«

»Ja«, begann Friedhof sein Steckenpferd zu reiten, »das Spezialistentum! Es ist überall da, aber am deutlichsten beim Arzt. Da gibt es jetzt Nervenspezialisten und Kehlkopfspezialisten und Nierenspezialisten, und am Ende wird der Mensch darüber vergessen.«

»Das mit dem Menschen«, sagte Emmanuel, »kommt überhaupt ab. Seit sie die Natur erforschen, haben sie für den Menschen nichts mehr übrig.«

»Wenn man alt ist«, sagte Friedhof, »hat man ja wohl überhaupt das Gefühl, das Letzte von irgend etwas zu sein.«

# 50. Kapitel

## *Sofie im Fasching*

Über die Treppe des Deutschen Theaters in München lief Sofie, ein blendender schmaler Fischleib in schwarzblauen Pailletten, um die Beine unendliche blaue und schwarze und weiße Rüschen, einen wippenden Hut mit Straußfedern auf dem Kopf.

»Schöne Maske«, sagte ein dicker Römer und versuchte sie an sich zu ziehen. Sofie machte ihm eine lange Nase. Gleich danach stieß sie auf einen rundlichen Pierrot. Es war dunstig, heiß, Rauch und Duft, und die Männer hatten die Frauen auf dem Schoß. Der Pierrot küßte Sofie die Hand, dann den Arm bis zur Schulter: »Du bist süß. Schöne Haut.« Der Mann hatte den Arm um Sofiens Hüften gelegt, ging mit der Hand nach oben.

»Nicht, nicht«, sagte Sofie.

Der Mann küßte sie auf den Hals. »Du, gib mir einen Kuß.«

»Ich habe noch nie einen Mann geküßt.«

»Haha«, lachte er und küßte sie. Er zog sie auf seinen Schoß, griff nach ihr.

»Ach nein«, sagte Sofie und wollte aufstehen.

»Bleibst du da«, sagte der Mann und hielt sie fest. »Wir fahren nach Haus. Brauchst keine Angst zu haben, ich wohn' allein. Kannst die Maske aufbehalten, wenn du willst.«

Sie versuchte aufzustehen. Er griff zu. Mit einem Ruck machte sie sich frei. Der Mann sah, sie wollte wirklich nicht. »Was denkst du dir? Erst einen küssen lassen und dann adieu, heidi? Na, mei Liebe, so haben wir nicht gewettet.«

Da sah sie ihn völlig nüchtern an und sagte auf hochdeutsch: »Ich bitte, lassen Sie mich sofort los!«

»Oh, du Gans«, sagte der Mann und ließ sie stehen.

Eine lange Kette kam die Treppe heraufgefegt. »Rautendelein,

Rautendelein«, rief einer zu einem Mädchen, das Wasserrosen im Haar hatte, und einen Eleganten mit einer Chrysantheme im Knopfloch nannten sie Oscar Wilde. »Sofie, komm mit, wir machen noch Nachfeier im Atelier von Hilde.«

»Nein, ich kann nicht.«

»Madonna«, sagte einer höhnisch.

»Georg, bleib hier«, sagte sie leise.

Georg löste sich aus der Kette.

»Ich wäre Ihnen dankbar, wenn wir uns hinsetzen könnten.«

Georg war ein Maler, ebenso alt wie Sofie, vielleicht ein bißchen jünger, ein gut aussehender Mann. »Warum willst du nicht zu mir kommen? Ich brauche dir doch nicht zu sagen, was du mir bedeutest.«

»Ich kann es nicht. Sie müssen das verstehen.«

»Ich brauche doch nicht so abgegriffene Formeln zu sagen ...«

»Ach, sagen Sie sie mir.«

»Nun ja, Sie wissen, daß ich Sie liebe, sehr liebe. Warum willst du nicht? Oder wenn du so bürgerlich bist, vielleicht bist du es, warum willst du mich dann nicht heiraten?«

Sofie lehnte sich zurück und schloß die Augen. Unsinn, dachte sie, ich werde doch keinen Münchner Maler heiraten oder gar sein Liebchen werden. Nicht vorstellbar vor der Bendlerstraße, und sie schlug die Hände vor das Gesicht vor Scham.

»Ich kann es aber nicht begreifen«, sagte der Mann neben ihr. »Liebst du einen andern?«

»Nein. Ich liebe überhaupt nicht.«

»So geschaffen wie du dafür bist. Du hast eine wunderbare Figur. Ach, wenn ich dich malen könnte, ach Mädchen, warum nicht? Was ist denn mit dir?«

»Ich habe ganz jung meinem Vater zuliebe geheiratet, ich habe einen wunderbaren Vater. Als ich fünfzehn Jahre alt war, hatte mich ein junger Herr aus unserm Kreis embrassiert, und ich hatte ihm ... nein, ich möchte nicht davon sprechen ...«

»Also er hat dich verführt?«

»Nein, ich hatte ihm einen Liebesbrief geschrieben, und da war meine Stellung in den guten Familien unhaltbar geworden. Ich kam in Pension, und als ich zurückkam, heiratete ich schnell.

Ich war siebzehn. Und er war Leutnant und sehr elegant und Industrieller. Papa sah es gern, und ich hatte der Familie viel angetan, so daß ich es wiedergutmachen wollte. Und dann war es schrecklich. Und zuletzt bekam ich ein totes Kind, und er hatte mein ganzes Geld durchgebracht.«

Sein Kopf lag in ihrem Schoß. »Ich liebe dich. Vergiß alles. Ich will mit dir reisen, ich kann nicht mehr ohne dich sein.«

Sofie nahm sanft seine Hand. »Bitte, lassen Sie mich.«

Der gerade, einfache Mann richtete sich auf: »Ich liebe dich trotzdem.«

Auf dem Nebentisch tanzte eine Frau. Einer küßte unausgesetzt einer andern den Nacken. Die Luft war zum Schneiden.

Freunde kamen an den Tisch. Die Frau Hofrätin hatte ein Luderkleid an und die Haare tief ins Gesicht frisiert, sie hatte freche Bewegungen und Gassenworte. Der Devisenarbitrageur kam als Mephisto, und Fitzner, ein Farbenfabrikant, als Nickelmann, grögerögrö, und Georg war ein schwarzer Pierrot mit weißer Halskrause. Sie gingen in das schönste Tanzlokal mit einem herrlichen Fluten über die Treppen und kleinen Logen, wo schon der Raum die reinste Zauberei war. Es war alles behängt mit bunten Papierstreifen, und der Boden lag voll mit Konfetti. Es waren elegante Leute dort, Fräcke und Pailletten, und man war nichts anderes als glücklich und versöhnt von Tisch zu Tisch. Die Musik spielte eine Française. Die tanzte man während des Faschings überall in ganz München, und Georg und Sofie standen gegenüber einem fremden Herrn und einer fremden Dame, einem unmaskierten Herrn im Frack sogar. Sie gingen auf sie zu, sie wichen vor ihnen zurück, und plötzlich faßten sich die Herren bei den Händen, als ob sie Bauernburschen wären, und setzten die Damen auf ihre Arme, und die legten ihre Hände den fremden Männern einfach um den Hals, und sie schwangen sie durch die Luft, und es war nichts als Lachen und Seligkeit und Glück. Denn mit ihr, der Française, schwand die Einsamkeit auf Erden sechs Wochen lang von den zweiundfünfzig arbeitsreichen und zänkischen, verdrießlichen und grantigen, die das Jahr hatte, auch in München und auch im Jahre 1906.

Später gingen sie weiter in ein kleines Lokal mit Holztischen, an denen saßen Arbeiter, kleine Ladenbesitzer und Verkäuferinnen. Einer zog Rock und Weste aus, nahm ein Stück rosa Krepppapier und machte sich davon eine Krawatte, und dann ging er umher und machte Ulk mit den Leuten. Und er wurde nicht mißverstanden. Nur Sofie lächelte gezwungen, und die ganze Situation war ihr peinlich. An einem Tisch saß ein gutes achtzehnjähriges, norddeutsches, weißblondes Studentlein im Smoking und trank Sekt, mitten unter den Arbeitern, die irgendein Tuch umgebunden hatten, und den Mädeln mit den Spenzern, der fühlte sich genau so unwohl. Er saß ganz allein an diesem Tisch, während sonst im ganzen Lokal die Menschen möglichst zusammengerückt waren.

»Komm, Dame Sofie«, sagte Georg. Und er stieg mit ihr in eine Droschke und sagte den Namen ihrer Pension. Sofie war müde und lehnte sich an Georg. Sie dachte: Wenn er jetzt seine Adresse genannt hätte und sie einfach zu sich mitnähme, wäre es nicht gut? Er dachte dasselbe, aber er dachte: Nein, sich Sekt und Müdigkeit zunutze machen, nein.

Der Nachtportier machte auf und wartete, bis Georg ging. Sofie stieg hinauf in ihr elegantes Schlafzimmer. Georg stand lange noch vor dem schönen Haus.

# 51. Kapitel

## *Zwei kleine Mädchen*

Die ersten Schwierigkeiten, die Annette in ihrem Leben hatte, kamen von ihrer kleinen Tochter Marianne. Sie weigerte sich, Tanzstunde zu nehmen oder ein elegantes Kleid anzuziehen. Auch Lotte litt durch ihre zwei Jahre ältere Kusine. Sie kam sich neben der schönen und größeren Marianne winzig und genau so häßlich vor, wie sich das reizende Klärchen neben Annette und Sofie gefühlt hatte, und genau wie ihre Mutter fühlte sie sich am wohlsten in Kragsheim unter Menschen, für die sie schön war. Klärchen hätte ihr gern kindliche ausgeschnittene Kleider angezogen. Aber Lotte weigerte sich: »Ich habe zu dünne Arme für kurze Ärmel, und ich gehe auch bei meinem scheußlichen Hals nicht ausgeschnitten.« Noch dazu passierte ihr immerzu was. Sie riß sich ein Loch, ließ etwas fallen, verlor ihren Federkasten, ihre Hefte, ihre Taschentücher, hatte beständig nach was zu suchen. Sie fühlte sich auf der Schattenseite des Lebens und hoffte bei den Menschen auf der Schattenseite Verständnis zu finden. Man sprach davon, daß in der Nachbarschaft Kinder hungerten, sie kaufte Milch und Reis und brachte es hin. Eine schmutzige Frau machte ihr auf, blickte völlig verständnislos auf das gutangezogene Kind. Lotte gab ihr wortlos Milch und Reis und rannte enttäuscht davon. Sie hatte eine aufblühende Gemeinschaft oder eine große Unterhaltung erwartet und schämte sich jetzt schrecklich.

Zur gleichen Zeit begann Marianne klar ihren Weg zu gehen. Die Luft war erfüllt von russischer Revolution, vom blutigen Sonntag in Petersburg und vom Pogrom in Kischinew. Juden wurden in ihren Wohnungen ermordet. Aber in New York sagte der Richter Davies: »Sollte die Lage der Juden in Rußland von Gesetzes wegen nicht erleichtert werden, so besitzen die Amerikaner außer freundschaftlichen Ermahnungen Dollars genug, um allen drei Millionen Bürgern, die zur Zeit vaterlandslos sind, die Übersiedlung und die Niederlassung auf freiem amerikanischem Boden zu ermöglichen.« In Berlin gab es einen Hilfsverein der deutschen Juden, den mit anderen zusammen Waldemar Goldschmidt gegründet hatte. Zehntausende von Flüchtlingen kamen durch Berlin. Sie mußten verpflegt werden, sie mußten ausruhen, sie mußten weiterbefördert werden. Waldemar organisierte, lernte eine ganze ihm fremde Welt kennen. Marianne half. Sie wusch Kinder, kämmte sie, legte sie auf die provisorischen Lager.

»Wenn ich mit der Schule fertig bin, werde ich in einem Kinderhort arbeiten. Du kannst dir nicht vorstellen, was für Elend unter den Flüchtlingen herrscht. Sie haben einfach nichts. Ich kann mir nicht vorstellen, was in Amerika mit ihnen wird.«

»Es gibt auch hier ein entsetzliches Elend«, sagte Lotte. »Ich bin neulich an einem dieser kalten Tage mit Mama nach Haus gegangen, und da haben wir in einem Hausflur einen kleinen Jungen stehen sehen, der war halb erfroren und rief immer: ›Fünf Pfennig die Lokomobile.‹ Mama hat ihm nichts gegeben, es war schon spät, und Papa hat vielleicht gewartet, und dann hätte sie erst alles aufmachen müssen …«

»Und warum hast du nichts gesagt?«

»Aber Marianne, ich kann doch Mama nicht sagen, daß sie dem Kind was geben soll. Ich werde das Kind nie vergessen, nie, und wenn ich hundert Jahre alt werde. Man kann nicht glücklich sein.«

»Ich finde das ja auch, man kann nicht glücklich sein.«

»Wenn so etwas dann die Reichen totschlägt, es wäre kein Wunder.«

»Aber Lotte, würdest du einen Grafen totschlagen oder einen Milliardär?«

Lottes Leben spielte sich mit Luftpersonen ab. Sie sah sich durch öde russische Straßen laufen, in möbellose, armselige Wohnungen eintreten, Essen, Kleider, Rat bringen. Sie ließ Klärchens Lappenschachtel im Geist an sich vorüberziehen im Hinblick auf Bekleidungsmöglichkeiten für die Armen. Sie sah sich auf glänzenden Hotelterrassen, auf großen Dampfern, nächtlichen Gartenfesten in köstlichen Toiletten.

Der Tisch war gedeckt. Klärchen saß und nähte unter der Lampe und wartete mit dem kleinen Mädchen mit dem Essen. Fritz, der Sechsjährige, war schon im Bett. Endlich hörte man einen Schlüssel.

»Es ist wieder so spät«, sagte Klärchen. »Warum kommst du immer so spät?«

»Ich hatte noch Besuch«, sagte Paul.

»Heute abend ist Jour bei Tante Eugenie.«

»Ich bin zu müde. Wir ziehen doch im Frühjahr gegenüber von deinen Eltern. Nur dir zuliebe, Klärchen, für mich weißt du ist der weite Weg recht unbequem.«

Vor zehn Jahren hätte Klärchen gesagt: »Wenn es für dich unbequem ist, dann bleiben wir wohnen.« Aber nun hatte sie Sehnsucht. Sie lebte wie in einer fremden Stadt.

»Weißt du, Lottchen, die Leute in Kragsheim haben es leichter, da setzt man sich mit fünfzig zur Ruhe, da trinkt man dann seinen Schoppen im ›Silbernen Maulesel‹ oder geht abends in die ›Goldene Gans‹ und Schabbes in den Hofgarten. Die Industrie ist kein Glück für die Menschen. Diese ganze moderne Welt mit ihrem Hetzen und Jagen ist ein Unglück.«

»Aber Papa, du hast eine Automobilfabrik.«

»Ja, als ich den schienen- und pferdelosen Wagen bauen wollte, da dachte ich, wie wunderbar das wäre, wenn die Kreaturen nicht mehr so schrecklich schwer arbeiten müßten. Ich dachte daran, wie die Bauern die Holzstämme haben selber sägen müssen, um ihr Haus zu bauen, oder wie schwer ein Hufschmied gearbeitet hat. Aber jetzt arbeiten die Menschen, die die Motoren herstellen, um die Arbeit zu erleichtern, genau so schwer und haben keinen Gang mehr ins Freie!«

Die Lampe brannte. Klärchen machte ein paar Höschen für Fritz. Paul sah von der Zeitung auf: »Weißt du übrigens schon, Karl und Annette werden auch umziehen. Rate wohin?«

»An den Kurfürstendamm.«

»Richtig«, sagte Paul.

# 52. Kapitel

## *1907*

Das Geld strömte. Es war der Sommer 1907. Europa war ruhig. Eduard der Siebente badete in Marienbad. In Rußland war die Duma aufgelöst worden. Aber immerhin, man sah Reformen. In Frankreich herrschte Streit zwischen Kirche und Staat, aber das kümmerte niemanden. In Deutschland gingen Konservative und Liberale zusammen, Sozialisten und Ultramontane unterlagen. Die Sozialdemokraten mit ihren fünfundsiebzig Mandaten, angeschwollen wie die Unzufriedenheit der Arbeiter und Besitzlosen, gingen auf nur noch fünfundvierzig Mandate zurück. Und gewachsen waren und immer mehr wuchsen der Reichtum, die Volkszahl, die Förderung von Eisenerz, die Ausfuhr von Maschinen, die Kartoffelernte – um 55 Prozent seit zwanzig Jahren –, Deutschland erzeugte mehr Maschinen, mehr Stahl, mehr Roheisen als England. Das Bankgeschäft Oppner & Goldschmidt hatte fünfzig Millionen Mark Guthaben.

Damals wurde der Kurfürstendamm gebaut. Zehn- bis Sechzehnzimmerwohnungen in vierstöckigen Häusern, von denen jedes einen anderen Palast darstellte. Man konnte beim assyrischen König mieten oder im indischen Grabmal eine Wohnung bekommen, oder im Florentiner Palazzo oder in einem Haus, das unten eine englische Villa war und in der zweiten Etage ein Schweizerhäuschen und in den oberen Stockwerken von wilden Frauen in Stuck belebt wurde. Es gab Aufgänge, wo goldene Sphinxe rote Marmortreppen flankierten, wo über eichenen Treppen schwarze Teppiche mit roten Rosen lagen, wo fünf Meter hohe Gemälde an die Wände und altdeutsche Frauen auf Glasfenster gemalt waren.

Man bot Annette Wohnungen an mit drei Toiletten, Zentralheizung, Müllschlucker, und überall, wo man wollte, floß warmes und kaltes Wasser aus der Wand.

»Das Bad«, sagte Annette zu Selma, als sie im Erker in der Bendlerstraße saß, »hat hellgrüne Kacheln mit Wasserrosen. Ihr müßt auch einmal renovieren lassen. Eure Toilette ist unmöglich.«

»Bei uns wird nichts geändert«, sagte Selma. »Du dürftest dich noch erinnern, daß Papa alles aus England kommen ließ. Die Sachen sind ganz erstklassig. Wozu du umziehst, verstehe ich ja nicht.«

»Ich muß dir sagen«, seufzte Paul am selben Abend zu Klärchen, »mir fällt es schrecklich schwer, die Wohnung zu verlassen. Alles wird anders sein. Ich habe gedacht, wir würden hier wohnen bleiben, bis ich privatisieren könnte und nach Kragsheim ziehen. Diese Umzieherei ist ja schrecklich. Die Menschen werden ganz wurzellos, früher ist man in der gleichen Wohnung geboren worden und gestorben.«

»Ich habe dreizehn Jahre dir zuliebe in Weißensee gewohnt, wohn du die nächsten dreizehn Jahre mir zuliebe gegenüber von meinen Eltern.«

Und dann versuchten sie die Tapeten, die 1894 angeschafft worden waren, 1907 noch einmal zu bekommen und die Stoffe zu erneuern, ohne sie zu ändern.

Am Umzugstag schlug Paul alle Nägel ein. Er hatte die Idee, daß das die Arbeit eines anständigen Hausvaters sei. Es hatte ihn nie befriedigt, Autos zu fabrizieren. Aber dieses Nägeleinschlagen am Umzugstag befriedigte ihn tief. Unglücklicherweise fiel ein paar Tage später ein großes Gemälde von einem dieser Nägel und gerade auf ein schönes Kaffeeservice, das darunter stand.

Herbert hatte endlich sein Einjähriges gemacht und trat in die großväterliche Firma ein. Emmanuel nahm ihn bei der Hand, führte ihn durch die alte Bank und stellte ihn allen Leuten vor, die er sowieso schon kannte. Da waren der uralte Liebmann, der wirklich nur noch Bleistifte anspitzte, und Hartert, der Mitlehrling, ein ungeheuer fleißiger und beflissener Mensch, seinem Vater sehr ähnlich. Da war Onkel Theodor in seinem wunderbar eingerichteten Büro und Onkel Ludwig, dick und schwerfällig, der immer gläubiger wurde, je mehr er zu Jahren kam, und sich mit Eugenie, der Weltdame, gar nicht mehr so recht verstand.

»Nun«, sagte Emmanuel, »komm, mein Kind, wir gehen jetzt zusammen nach Hause. Bist du froh, daß die Schule vorbei ist?«

»Ach, Opa.«

»Jaja, ich weiß. Aber sieh mal, du hättest doch ohne Einjähriges drei Jahre dienen müssen. Das ging doch nicht.«

»Das sehe ich ja ein.«

»Freust du dich nicht, was du jetzt alles lernen wirst? Das Bankwesen ist sehr interessant.«

»So.«

Emmanuel sah ihn an. »Dummchen« hatte Emmanuel früher immer von dem leicht lenkbaren Kind gesagt. Aber jetzt bekam er, was er nie gehabt hatte, eine würgende Angst. Sollte Ludwig recht haben, daß Herbert ungeeignet war fürs Bankgeschäft? Er würde mit Theodor sprechen, daß sich dieser des Kleinen annahm, wenn er nicht mehr da sein sollte. Er sah Herbert von der Seite an. Was war es nur jetzt mit ihm? Wie kam man an ihn heran?

»Ich gehe jetzt, Ludwig. Kommst du vielleicht mit?«

»Nein, danke dir. Stöpel holt mich.«

Jahrelang war Theodor durch die stillen Nebenstraßen der Bendlerstraße gegangen und hatte dort einen verwahrlosten Garten gesehen, mit alten Eichen und zwei Akazien, die im Sommer verschwenderisch blühten. Eine Sandsteinfigur verwitterte in der Mitte von einem kleinen runden Bassin, dessen Wasser mit grünen Schuppen bedeckt war. Theodor liebte diesen verzauberten Rest aus alter Zeit. Schließlich aber, dachte er, ist auch dies ein Grundstück und wird jemandem gehören.

Es gehörte dem Grafen Beerenburg-Haßler. Theodor faßte Mut, und als der Graf eines Tages vom Lande in die Stadt und in die Bank kam, sagte er: »Sie haben da so einen schönen verwilderten Garten.«

»Da wohnt nur ein alter Diener. Er hat meinen Vater auf beiden Feldzügen begleitet, und nun brummt er da herum und jagt jeden vom Grundstück.«

»Ich habe da noch nie einen Menschen bemerkt außer der Sandsteindame.«

Beide schwiegen. Theodor dachte: Ich werde doch lieber durch Brinner anfragen lassen. »Tja«, fuhr er aber dann doch fort, »wie man unser altes schönes Berlin verschandelt, ist scheußlich. Das herrliche Palais Redern, ein Bau von Schinkel, wird abgerissen. Es stand doch unter Kunstschutz.«

»Redern hatte enorme Spielschulden, und da hat Bülow die Erlaubnis zum Verkauf gegeben.«

»So etwas geht doch nicht«, sagte Theodor. »Ich finde es einen Skandal, wie man in Berlin alle guten Bauwerke vernichtet. Der Adel verkauft seine Palais und wohnt, wenn er in Berlin ist, im Hotel. So etwas kommt in Wien oder Paris nicht vor.«

»Es ist ein Unterschied zwischen märkischen Krautjunkern und französischem Uradel, und trotzdem würde ich mich auch wie ein Krautjunker benehmen und meinen Garten verkaufen.«

»Ja, würden Sie? Ich hätte einen Reflektanten darauf!«

»Ach?«

Theodor lachte: »Sie sind dann so freundlich, Brinner Ihre Bedingungen mitzuteilen. Wenn ich mir diese Bitte also gestatten darf.«

Geheimrat Riefling und Waldemar rieten Theodor, mit Blümner zu bauen. Architekt Blümner war trotz altmodischem braunen Spitzbart der Führer der modernen Achitektur, Erfinder der ersten weithalligen Bahnhöfe, der ersten Warenhäuser aus Glas und schmaler Rippe; zugleich aber war er noch ein alle alten Künste liebender Eklektizist.

Blümners Entwurf zeigte eine Sandsteinfassade mit Pilastern, langen Fenstern und eisernen Balkonen, einen klassizistischen Bau. Der Brunnen mit der verwilderten Sandsteinfigur blieb davor stehen, ebenso die Eichen und Akazien. Das war Theodors Bedingung gewesen. Innen waren eine große Halle mit Säulen und eine sehr breite, sich windende Treppe.

Theodor war nach Italien gefahren, Säulen kaufen, Bilder, Türen. Er lag mit dem Bauch auf einem Sofa, mit nichts als einer

Badehose bekleidet, in der Villa eines Principe und besprach, ob er wohl die Freskenentwürfe des Tintoretto für sein Haus erwerben könne. Die Fresken behandelten Themen aus den Zügen Alexanders des Großen.

Beatrice sagte zu einem jungen Mann mit elfenbeinfarbener Haut und einem schwarzen Vlies auf dem Kopf: »Finden Sie nicht auch, daß die Sonne an manchen Stellen des Körpers viel weniger angenehm ist als an anderen?«

Der junge Mann sah die Frau an und sagte: »Die Sonne vielleicht, aber Ihr Körper sicher nicht.«

Beatrice im grünen Seidentrikot entzückte die jungen Männer. Sie saßen im Kreis auf Felsen, Agaven blühten, das Meer war sehr blau, und der Elfenbeinerne sprang von einem der Felsen ins Meer.

»Er schwimmt dreißig Minuten«, sagte ein junger Mann aus Paris.

»Ich auch«, sagte Beatrice und sprang ihm nach.

»Sie ist sehr schön«, sagte der junge Mann aus Paris.

»Der Mann soll ein jüdischer Bankier aus Berlin sein.«

»Sie auch Jüdin?«

»Ich weiß nicht. Mir egal. Sehr schöne Person. Da kauft man nicht die Katze im Sack.«

»Sah sie Bobby so?«

»Ist Bobby verliebt in sie?«

»Sicher, ich bin es auch.«

»Wirklich?«

»Ich stürze mich ins Meer für sie. Lebt wohl. Weinet um mich.«

Alle standen da, weinten um Eduard.

»Hast du schon deinen bleu Trikot?«

»Ja, aber ladylike ist er nicht.«

»Was ladylike ist, bestimmt der Zuschauer. Du bist immer ladylike. Erinnerst du dich noch an Mizzerl? Sie fährt jetzt Rad, schaut aus wie ein Briefträger.«

Theodor und der Principe kamen zu der Gesellschaft. Theodor sah sofort, daß die zwei jungen Leute und Beatrice fehlten. Er ging auf das Fräulein Kleinmann aus Wien zu und nahm ihr eine Fliege vom Rücken. Fräulein Kleinmann fand ihn interessant. Theodor hatte erreicht, daß ihn keiner beachtete, daß keiner fragte: Was sagt Beatrices Mann dazu?

Fast ein Vierteljahrhundert nachdem das Haus in der Bendlerstraße eingeweiht worden war, flatterten zu fünfundsiebzig Personen Einladungskarten, von einem neuen und begabten Maler entworfen, oben Haus Oppner, darunter viele Schnörkel.

Als Annette im Weggehen war, sah sie, daß Herbert sehr elend aussah. »Herbertchen, mein Kind, was ist denn mit dir? Fehlt dir was? Soll ich den Arzt kommen lassen?«

Herbert dachte: Das wäre vielleicht gut, wenn wir noch den alten Onkel Friedhof hätten. Mit dem könnte ich vielleicht reden. Aber das neue Kamel, das Mama schöne Augen macht … Aber laut sagte er: »Geht nur ruhig zu Onkel Theodor und amüsiert euch.«

»Ich weiß gar nicht, Herbert gefällt mir nicht. Das Kind ist ganz elend. Es ist schrecklich, daß die Jungs nicht besser zusammenstehen.«

»So, meinst du, daß die Jungs nicht gut stehen?«

»Aber Karl!« sagte Annette ärgerlich.

Theodor führte durchs Haus. Man betrachtete die Säulenhalle, Türen aus dem Palazzo Cantorese, den Rokokosalon: Originalgarnitur aus dem Besitz der Pompadour, Schränkchen aus den Ateliers der ersten Ebenisten des 18. Jahrhunderts. In Medaillons waren in der Wand Gemälde eingelassen. Es brannten Kerzen. Elektrisches Licht war nicht vorgesehen. Man kam in einen zweiten Salon, spätes 18. Jahrhundert, schon etwas steif, schon etwas müde, in ein Renaissancezimmer: Truhe mit Büste einer Florentinerin und in einer Ecke eine antike Statue, römische Kopie, aber immer noch eine marmorne Venus aus dem Atelier des Phidias. Von dort in Theodors Arbeitszimmer, das auf der Ecke lag und von zwei Seiten Fenster hatte; die Wände waren Einlegearbeit, gelbe Frauen in braunem Holz, da hing ein Ostade, ein Vermeer van Delft.

»Sehen Sie den gelben Atlasrock des trinkenden Mädchens? Und die rote Samtjacke?«

Theodor stand davor. Ein bißchen albern fanden ihn die alten Kommerzienräte, aber Geheimrat Riefling erklärte das Haus für vollendet, besonders den Speisesaal mit den Entwürfen Tintorettos.

Eugenie trug seit einiger Zeit ein graues breites Band um den Hals. Ihr blauschwarzes Haar war grau und ihre große Gestalt etwas üppig geworden. Der alte Emmanuel küßte ihr zierlich die Hand. »Dir merkt man auch nicht an, daß du in dreißig Jahren ins achtzigste gehst. Du wirst wirklich nicht vom Zahn der Zeit benagt, der mir gestern abbrach.«

»Gott, Emmanuel, du machst ja Witze wie vor dreißig Jahren.«

»Laß mich doch, ich bin eine geborstene Säule, die von vergangener Pracht zeugt.«

Ludwig machte keinen guten Eindruck. Er wurde stark und hatte eine sehr rote Gesichtsfarbe.

Es gab einen Fasan, der mit dem Schwanz angerichtet war. Die Dame in Goldspitzen sagte zu der Dame in Silberspitzen: »Das ist ganz altmodisch.«

Aber Theodor hatte darauf bestanden, daß der Fasan mit dem Schwanz auf die Schüssel kam, wie er für seinen Diener die Livree ausgesucht hatte: dunkelgrünseidene Eskarpins, schwarzen Frack, grün-schwarz gestreifte Krawatte.

Das Essen war zu Ende. Emmanuel sagte zu Waldemar: »Ich weiß nicht, aber ich meine, zu meiner Zeit waren die Frauen doch schöner angezogen, und die Haarwülste, die sie um den Kopf tragen, sind auch nicht schön. Ich verstehe Theodor nicht, daß er lauter so junge Leute bei sich sieht.«

»Aber Emmanuel, sie sind doch alle zwischen vierzig und fünfzig.«

In einer Ecke stand der berühmte Schauspieler und sagte zu Beatrice: »Sie haben ein Gesicht wie eine Blume. Sie sind meine Blume.«

Bankdirektor Hartert sagte zu Bankdirektor Thürling: »Ich finde es doch seltsam, sich so ein Schloß zu bauen, mir genügt meine Etage nebenan.«

Die Damen von Schlittgen sprachen von Kleidern für den

Ball des Alpenvereins, wohin sie als Kuhmägde zu gehen gedachten.

Waldemar saß auf einem Stuhl – Florenz, 15. Jahrhundert – und sagte: »Das ewige Gerede des Kaisers hat uns vollkommen isoliert. ›Das Pulver ist trocken.‹ ›Das Schwert ist scharf geschliffen.‹ ›Pardon wird nicht gegeben.‹ Und beim letzten Fahneneid hat er gesagt: ›Jetzt habt ihr mir den Fahneneid geschworen, und wenn ich es befehle, so müßt ihr auf eure Väter und Brüder schießen.‹ Und Männer, die ihm widerstehen, haben wir nicht.«

»Auch ich«, sagte Bankdirektor Hartert, während er die Spitze seiner Zigarre abknipste, »würde mit Freuden mein Leben für meinen König in die Schanze schlagen.« Er drehte sich um, ging ins Nebenzimmer und sagte leise zu Geheimrat Klupp: »Ist ja beinahe Majestätsbeleidigung, was man sich da anhören muß.«

»Hotel Bristol in Nizza«, sagte Annette, »kann ich Ihnen sehr empfehlen«, und rührte Zucker in der Mokkatasse um.

Die Dame in Gelb sagte zu der Dame in Blau: »Daß der junge Maiberg keine Knospe heiraten wird, konnte man sich denken, aber eine so aufgeblühte Rose!«

»Ich verstehe ja nicht, wie Eltern so etwas dulden können.«

Bast sagte zu Eugenie: »Frau Eugenie, Sie werden gar nicht älter. Sie sind schön wie damals, als Sie mir zum ›Frieden‹ saßen.«

»Aber ich bin eine alte Frau.«

»Sie sind noch nicht alt. Ich fühle mich auch noch ganz jung, trotzdem ich jetzt mein zehntes Kaiser-Wilhelm-Denkmal vollendet habe.«

In diesem Moment betrat den großen Rokokosalon eine barfüßige Frau in einem griechischen Kittel, das Haar in einen einfachen Knoten nach hinten gesteckt.

»Wer ist denn das?«

Emmanuel und Selma erschraken. Aber auch alle andern hatten das Gefühl, eine etwas komische Wahnsinnige zu sehen. Es war die große Tänzerin, die damals Europa erstaunen ließ. Theodor begrüßte sie und stellte sie vor. Die Damen wichen zurück. Hartert sagte: »Was sich diese Oppners leisten, ist empörend. In eine anständige Gesellschaft dieses nackte Weib zu bringen!«

Sie saß neben Miermann, der einen Hymnus auf sie geschrieben hatte, und erzählte ihm, sie werde in Bayreuth in einer durchsichtigen Tunika tanzen. Miermann sagte: »Das ist eine Revolution.«

»Sicher, aber Sie werden sehen, bald werden alle Tänzerinnen sich nach mir richten. Gibt es etwas Dümmeres als die Unnatur des Balletttanzes in kurzen Gazeröckchen, die vor hundertundfünfzig Jahren der Welt des Rokoko entsprach? Unser ganzes Leben muß anders werden. Der Wille zur Schönheit macht schön. Wir müssen alle wieder schön werden. Wir brauchen Gymnastik. Durch den Tanz, die größte ernste Kunst, werden wir zu einem neuen Leben kommen.«

»Glauben Sie wirklich, daß es möglich ist, all diese Verlogenheit zu durchbrechen und frei und groß zu werden?«

»Ja, wir müssen von der Natur lernen, wir müssen Licht und Luft an unsere Körper lassen.«

Ein großer Teil der Gesellschaft hatte sich jetzt um die Tänzerin versammelt, die am Abend vorher Triumphe gefeiert hatte.

»Jede Frau hat das Recht, zu lieben und Kinder in die Welt zu setzen, wie es ihr beliebt.«

»Und was geschieht mit den Kindern?«

»Eine Frau darf sich eben nicht mit einem Mann einlassen, den sie für einen so niedrigen Charakter hält, daß er nicht für ihre Kinder aufkommen würde«, sagte sie drohend Marie Kollmann ins Gesicht, die das gar nicht hören wollte.

»Halt! Halt!« rief Waldemar. »Das soll man auch noch bedenken! Schrecklich wird das werden.«

Annette ging zu Theodor: »Ich beschwöre dich, versuche diese Barfußtänzerin vom Reden abzuhalten. Das ist ja ein Sündenpfuhl. Hartert hat sich schon eben seine Sachen geben lassen.«

»Und dabei hat sie noch nicht einmal ein bißchen Taille«, sagte Karl.

»Diese abscheuliche Einteilung der Menschen in arm und reich muß aufhören«, sagte die Tänzerin.

»Das wird nie aufhören«, sagte Waldemar.

»Es muß! Ich habe 1905 in Petersburg den Zug der toten Arbeiter gesehen, gefallen, erschossen, weil sie unbewaffnet für ihre hungernden Kinder und Frauen Brot wollten vom Zaren. Bei Nacht begrub man sie, denn bei Tage befürchtete man Aufstände. Und am andern Abend tanzte ich vor der glänzendsten Petersburger Gesellschaft, den schönsten Frauen der Welt, überschüttet mit Juwelen, und den prächtigsten Offizieren, Reichtum und Adel, der in Saus und Braus dahinlebte. So geht es nicht weiter.«

Nun, man ließ den alten Rebellen Waldemar und den Literaten Miermann ruhig mit der verrückten Tänzerin schwatzen.

»Geben Sie mir noch einen Hennessy.«

»Sie meinen, die Herthagruben werden keine Dividende geben?«

Sie tranken Mokka aus kleinen bemalten Tassen.

Riefling zog Theodor in eine Ecke, »Seine Majestät interessiert sich für Ihr Haus. Seine Majestät will Sie besuchen.«

Viele waren schon gegangen. Theodor stand in seinem Arbeitszimmer an einem der langen Fenster. »Was haben Sie?« fragte er die Tänzerin.

»Sie lieb.«

»Sie sind eine Frau der Boheme. Ich hielt Sie für leichtsinniger. Ich erschrak, als ich entdeckte, daß Sie ein Herz haben.«

»Verzeihen Sie«, sagte sie und küßte seine Hand.

»Sie sind eine Törin. Sie sind ungewöhnlich schön, eine große Tänzerin, eine bedeutende Frau. Was bin ich dagegen, ein Finde-siècle-Mann, ein abgelaufenes Uhrwerk, vielleicht, wenn Sie wollen, mit einer Sehnsucht nach dem Kommenden.«

»Sie wollen mich wegloben. Sie wollen mich glauben machen, ich sei zu viel für Sie.«

»Ich möchte Sie auf einen Sockel stellen und anbeten. Sie ahnen nicht, wie ich Sie liebe.«

Die Tänzerin schlug die Hände vor das Gesicht.

Auf die Leidenschaftliche kam James zu. »Bringt Sie jemand nach Hause? Ich täte es so gern.«

Sie sah ihn an. »Sie sehen ja aus wie Hermes selbst. Warum

gibt es eigentlich keinen Gott der Liebe, sondern nur den kleinen Götterknaben? Es wird einen tiefen Sinn haben. Lieben können nur Knaben.«

James begriff nicht, aber er sagte ganz leise und wie ein Geheimnis, das nur ihm bekannt war: »Sie sind sehr schön.«

Im Auto umarmte James die große Tänzerin und küßte sie. »Und wo wohnst du, Süßeste?« Er wußte nichts von ihr. Er ahnte nichts von dem, was sie einer Welt bedeuten würde.

Aber gerade mit ihm ging sie nach Hause.

Es war drei Uhr. Die Letzten waren gegangen. Theodor drehte alle Lichter an und ging noch einmal durch sein Haus.

Dort drüben in England saßen die Lords, und in ihren Häusern war die Schönheit aufbewahrt seit vielen Generationen. Es gab Schlösser in Frankreich, die nichts waren als ein sanftes Grau. Dies konnte nicht gelingen in einer entgötterten Zeit wie der seinen. Aber in seinem Haus war ausgewählt Bestes aus jeder Epoche. Es war nicht seine Zeit, die er gestaltet hatte, und es war doch seine Zeit.

Seine Majestät würde ihn besuchen. Auch Seine Majestät stellte wieder her, restaurierte Burgen und Schlösser, belebte Friederizianisches, ließ alte Fahnen kopieren und kostbar neu sticken, brachte alte Titel, alte Uniformen, alte Orden zu neuen Ehren, änderte die Uniformen immer wieder, in zwanzig Jahren siebenunddreißigmal. Dieses Haus, das nichts Eigenes enthielt, aber ausgewählt Bestes aus den besten Epochen und Ländern, es war ein Haus aus der Zeit Wilhelms des Zweiten.

Und die Tänzerin? War er ein Feigling? Fürchtete er sich vor der Kraft dieses Erlebnisses?

Er setzte sich im Frack in sein Arbeitszimmer und sah es genau an. Dann stand er auf, trat ans Fenster und blickte auf den schwarzen, glitzernden Asphalt, auf die grauen Nebel, auf die mit schwarzem Strich das Gezweig der entlaubten Bäume gezeichnet war, und auf die fahlen Kreise der Straßenlaternen. Die zerbröckelnde Sandsteinfigur war beleuchtet, bunte Blätter fielen zur Erde. Er blieb verzaubert stehen. Und sein Glück war so groß, daß er die Hände faltete.

# 53. Kapitel

## *Eine neue Jugend*

Jedes Jahr fuhren Paul und Klärchen mit den Kindern nach Kragsheim und von dort nach Bad Weiler.

Eines Sonntags kam Walter, Helenes Jüngster, aus Neckargründen, siebzehnjährig, mit Lodenjoppe und Rucksack. Lotte war in ihrem Zimmer, als Klärchen eintrat und lustig fragte: »Weißt du, wer unten ist?«

»Ich kann's mir denken.«

Lotte kam in den Hotelflur, wo eine Palme stand und ein Tischchen mit zwei Stühlen.

»Ich wußte mit dem Sonntag nichts anzufangen, darum bin ich herausgekommen. Du hast doch nichts weiter vor?« fragte Walter.

»Nein, wir können gut vor Tisch einen Spaziergang machen, zur Ruine Felseneck zum Beispiel oder zum roten Felsen.«

So gingen sie zusammen am Fluß entlang. Er hatte gerade ein Stück im Theater gesehen, »Uriel Acosta«.

»Wie ist es?«

»Ich habe es geistig noch nicht verdaut, und vorher liebe ich nicht darüber zu sprechen.«

»Ich war bisher nur im ›Wilhelm Tell‹. Aber das war wunderbar. Der Wilhelm Tell sprach ganz natürlich, gar nicht, als ob er auf der Bühne wäre.«

»Ihr fahrt nicht Auto?«

»Nein.«

»Onkel Karl ist voriges Jahr im Hochsommer durch Neckargründen gekommen und beim Geschäft rasch aus dem Auto gesprungen. Er sah aus wie ein frisch aus Lappland importierter Eskimo. Wie geht er denn da im Winter beim Autofahren angezogen?«

»Ich weiß es nicht. Wir kommen nicht viel zusammen.«

»Aber Tante Annette ist doch die Schwester von deiner Mutter. Muß schön sein, so durch die Welt zu reisen, wenn es auch seine Mängel hat.«

»Du arbeitest schon in eurem Geschäft?«

»Ja, dies ist mein erster Urlaub. Ich hätte gern was von der Welt gesehen. Aber schließlich konnte mir ja gar nichts Besseres passieren, als daß ich hierher kam.«

Sie blieben beide plötzlich auf der Landstraße stehen. Dann gingen sie weiter.

»Wir müssen umkehren. Wir kommen sonst zu spät zu Tisch.«

»Ach, ich möchte mich stundenlang mit dir unterhalten, weißt du, ganz allein mit dir in Gottes freier Natur. Manchmal, wenn wir Wanderungen machen, lege ich mich abseits von meinen Kameraden, und da kommen mir so sonderbare Gedanken. Zu Hause habe ich sie dann niedergeschrieben. Was ich da schrieb, darf jeder lesen – es gibt Leute, die solche Sachen im Feuilleton von Zeitungen veröffentlichen –, aber ich will das, was mein Innerstes ist, nur solche sehen lassen, von denen man wenigstens annehmen kann, daß sie mich verstehen.«

»Schick' mir doch mal was.«

»Ja, das wäre herrlich. Du würdest mich bestimmt verstehen. Über solche Dinge kann man nur mit der Schwester oder der Freundin reden.«

»Wir haben ja alle schwere Kämpfe.«

»Du auch? Auch ich kämpfe, man kann das nicht so in Worte fassen, einen Kampf der Seele, vielleicht von zwei Seelen. Und dann setze ich mich hin und dichte. Ich habe mal ein Gedicht gemacht: ›Hain des Glücks‹, da hab' ich an einen See gedacht, von Wald umgeben, und auf einer Seite eine dicke grüne Wiese …«

So ging es vier Wochen lang, jeden Sonntag.

Paul lächelte, und Klärchen sagte zu ihm: »Im Anfang war der Vetter.«

Das Kind war vierzehn Jahre alt. Eine neue Generation begann zu leben. Den ganzen Winter über schrieben sie sich Briefe. Marianne wußte davon. »Liebst du ihn?«

»Ich glaube nicht.«

»Also wozu?«

»Wozu?« fragte Marianne, aber Lotte hatte gern Postkarten, auf denen stand: Grüße vom Studentenball der Verbindung ›Einigkeit sei's Panier‹, ›Per aspera ad astra‹, mit den Unterschriften von zehn jungen Leuten: »Haben uns in Kragsheim kurz gesehen. Erlaube mir, Ihnen als unbekannt beste Grüße zu senden.« – Überhaupt viel Post von männlichen Wesen. Mit Walter konnte sie über alles korrespondieren, über die Ungerechtigkeit der Lehrer und über das vollständige Unverstandensein durch ihre Eltern.

Darauf antwortete der Siebzehnjährige:

»So, jetzt habe ich mir auf meiner Bude etwas einheizen lassen, die Stehlampe angezündet und eine Zigarette angesteckt und will mich ein wenig mit Dir unterhalten. Eigentlich sollte ich heute abend in einem Vortrag vom Kaufmännischen Verein über ›Die Betätigung des Charakters im gesellschaftlichen und öffentlichen Leben‹ sein, aber da meine Eltern ausgegangen sind, will ich die seltene Gelegenheit benutzen und Dir schreiben.

Sich von den Schulzensuren so verstimmen zu lassen ist doch Unsinn. Weißt Du, es kommen im Leben noch ganz andere Sachen!

Das einzige Mittel – ich bemerke eben, daß sich dies auf den nachfolgenden Satz bezieht, ich eile mit den Gedanken der Feder immer zu weit voraus –, was Dir in dieser Seelenstimmung helfen könnte, ist: Suche Dir eine Freundin, an deren Herzen Du Dich ausweinen kannst. Findet sich keine solche, so findet sich vielleicht ein – Freund. Aber sei vorsichtig! Die Welt ist falsch.«

Aber es kamen auch Postkarten, unter deren Marke stand »Kuß«. Sie hatten sich natürlich nie einen Kuß gegeben, waren nie auf den Gedanken kommen. Auch in keinem ihrer vielen Briefe fand sich das Wort.

Die siebzehnjährige Marianne, schön, rotblond wie ihre schöne Mutter, nur plumper, fuhr jeden Nachmittag in einen Kinderhort. Dort draußen waren die Straßen schlechter gefegt und schlechter beleuchtet als im Westen. Es gab kleine Läden mit Brot und zwei oder höchstens drei Arten von Gebäck. Besonders eine Sorte Kokosnußkeks. Der Hort war in einer Schule. In einer kleinen Küche wurde Kakao für die Kinder gekocht. Die Kinder kamen in die unfreundlichen Räume und spielten. In dem Lärm der einen mußten die andern Schularbeiten machen. Ein Kind, Gustav, machte alle rebellisch.

»Seien Sie bitte so freundlich, Fräulein Effinger«, sagte die Hortleiterin, »und machen Sie eine Recherche. Gustav ist ein uneheliches Kind. Sehen Sie sich mal um bei Fräulein Schneehase, zweites Quergebäude, dritter Aufgang, vier Treppen.«

Marianne traf sie nicht an und erkundigte sich bei der Nachbarin.

»Die Schneehase ist ja jetzt verheiratet, aber was tut der Kerl andres als saufen! In der Kneipe können Sie ihn finden. Sie jeht in die Fabrik. Sie hat ja noch zwei Kinder; Sie können sich die Bälger ansehen!«

Es war ein langes, düsteres Zimmer. In einer Ecke stand der Herd, in der andern eine Wanne mit Seifenlauge. Auf dem Fußboden spielten drei kleine elende Mädchen.

»Wissen Sie, früher hat ja der Gustav immer auf die Kinder aufpassen müssen, aber da hat er gar nichts in der Schule gelernt, und er hat einen sehr netten Lehrer gehabt, und der hat gesagt, daß ein sechsjähriger Junge nicht auf einen Zwilling aufpassen muß, und hat ihn in den Hort geschickt. Aber er will nicht gehen. Lassen Sie'n man laufen. Ich pass' schon auf die Kleinen auf. Soll der Junge seine Freiheit haben.«

Auf den ausgetretenen Treppen spielten einige Kinder. Plötzlich kamen aus einer der Türen zwei Frauen gestürzt. Die eine trug einen ganz kurzen Rock und Stiefel fast bis zum Knie und darüber eine schäbige Pelzjacke. Ihre Haare waren vorn abgeschnitten, und die Fransen gingen bis an die Augen. »Sie olle Ziege!« schrie sie. Die andere, eine völlig deformierte Person unbestimmbaren Alters, zeterte ihr entgegen: »Ick eben reine jemacht, und du olle Hure schon wieder Kohlen auf den Fußboden jeschmissen! Dir wer' ick glatt uff die Straße setzen! Du ollet Schwein, du Hure du!«

»Du werst och keen nacklijten Mann een Bonbon ans Hemde kleben.«

»Und wat haste denn von dein janzes Gewerbe? Noch nich mal Miete gezahlt.«

Marianne dachte: Was soll ich in dieser Welt? Ich kann auch nichts ändern. Was soll aus Gustav werden? Soll ich ihn hierher zurücklassen? Was, mein Gott, was können wir tun? Was, mein Gott, was sollen wir tun? Plötzlich spürte sie Fuselgeruch. Ein Betrunkener griff nach ihr. Marianne gab ihm einen Stoß. Er hatte sie gepackt und ihr etwas Gemeines gesagt. Marianne weinte. Hier in diesen Straßen konnte man einfach vor sich hingehen und weinen.

Aus einem Hausflur kam eine Kinderstimme, und sie sah ein Wesen stehen, dünn und klein, rotes Näschen und ganz verfroren. »Zehn Pfennig det Schäfken.«

Marianne nahm sein Händchen. »Hier«, sagte sie und gab ihm zwei Mark. »Komm, nimm das, und wir gehen was Warmes trinken. Komm, mein Kind.« Sie suchte Trost. Aber der Junge sagte: »Nee, Fräulein, ich darf mit niemand mitgehen. Nee, wer weiß, was Sie von mir wollen!« Marianne wollte das Kind in den Arm nehmen. Aber warum sollte es nicht mißtrauisch gegen sie sein? Weil sie ihm zwei Mark gegeben hatte?

Sie ging in den Hort, Bericht zu erstatten über Gustav Schneehase.

Abends sagte sie: »Ich komme nicht mit zu Kramers.«

»Aber das ist doch unmöglich, du kannst nicht im letzten Moment absagen«, sagte Annette.

»Aber Mama, quäl' mich nicht so. Ich kann heute nicht gehen.«

»Ich sage es die ganze Zeit: Es ist nichts für ein siebzehnjähriges Mädchen, sich in den Armenvierteln rumzutreiben. Als ich so alt war wie du, habe ich noch nicht mal allein im Tiergarten spazierengehen dürfen.«

»Du hast ja auch keine Ahnung vom Leben gehabt.«

»Genug, um deinen Vater mit achtzehn zu heiraten, mit dem ich bis heute glücklich bin; du wirst noch mit dreißig unverheiratet sein.«

»Es ist nicht das einzige Ziel des Lebens, sich zu verheiraten.«

»Für eine Frau doch. Marianne, ich erlaube dir deine Arbeit, die du für so wichtig hältst, da kannst du mir auch einen Gefallen tun und heute abend zu Kramers gehen, wo es mir so sehr unangenehm wäre, wenn du nicht kämst.«

»Gut, Mama.«

Marianne saß in ihrem Zimmer. Weiße, duftige Mullgardinen. Weiße Tapete, auf der Rosenkränze mit Kugelbäumchen in grünen Kübeln abwechselten. Tritt am Fenster und Efeu drumherum. Auf dem Boden ein handgestickter Kreuzstichteppich. Sie zog ein Kleid an, das ihre beiden Freundinnen, Kunstgewerblerinnen und Frauenrechtlerinnen, entworfen hatten. Ein grüner Seidensack mit einer goldenen Schnur um den Leib, rings um den bescheidenen Ausschnitt eine Stickerei von roten Herzen, und in der Mitte eine kupferne Brosche, handgehämmert.

James kam herein: »Du hast im Korridor eine Broschüre liegengelassen. Ich fand es nicht richtig, daß die Eltern oder die Mädchen sie sehen.«

»Ach, die großartige Broschüre über die Gleichstellung der unehelichen Mütter.«

»Sag mal, wie hast du dich denn mal wieder angezogen? Wenn du so bleibst, wirst du jedenfalls nie in die Verlegenheit kommen, dich über Mutterrecht aufzuregen. Mariannchen, du weißt, ich bin ein bekannt liebenswürdiger Mensch. Ich weiß, daß du und Erwin mich verachten, und wenn ich dir so was sage, dann meine ich es doch herzlich gut mit dir.«

Am selben Sonnabendabend standen in Klärchens Küche aufgereiht die gefüllten Gefäße, denn schon in aller Morgenfrühe ging Fritz jeden Sonntag los. Fritz war neun Jahre alt, und er als erster trat in diesem Alter in einen »Bund« ein. Für ihn als ersten wurde Aluminium-Kochgeschirr angeschafft. Da gab es den Butternapf, das Aluminium-Brotgefäß, den Hordenkessel, in dem abgekocht wurde. Da gab es den Brotbeutel und das Fahrtenmesser. Der »Bund« erfüllte sein Leben. »Ich habe zwar noch keine Zeltbahn, aber nächstes Jahr bekommen wir welche.«

»Gut«, hatte Paul auf das stürmische Flehen des kleinen Kerls geantwortet, »tritt in den Pfadfinderbund ein. Aber alle drei Wochen wird nicht mit … wie nennt ihr das?«

»Auf Fahrt.«

»Auf Fahrt also gegangen, sondern bei Tante Eugenie gegessen und mit deinen leider ach so alten Eltern spazierengegangen.«

# 54. Kapitel

## *Der Sonntagmittag*

Ludwig sagte zu Theodor im Büro: »Du kennst Tante Eugenie. Beatrice hat dreimal zum Familiensonntag abgesagt. Sie wird es nicht zeigen, aber sie ist tödlich gekränkt. Also sage Beatrice, daß sie keinesfalls zu diesem Sonntag absagen darf.«

Theodor sagte mittags zu Beatrice: »Tante Eugenie wird heute anrufen wegen Sonntagmittag. Wir werden diesesmal hingehen und Harald mitnehmen. Mit fünf Jahren habe ich auch schon Sonntag mittag bei Tante Eugenie gegessen.«

»Ich wollte Sonntag nach Wannsee reiten.«

»Also, Bea, du wirst so freundlich sein und deinen Reitausflug verschieben. Herr von Haller hat auch Montag Zeit.«

»Ich bin gar nicht mit Herrn von Haller verabredet.«

»Also du sagst bei Tante Eugenie zu.«

»Gern«, sagte Beatrice am Telephon. »Wir reiten zwar früh, aber wir können uns vielleicht bei dir umziehen. Vielen Dank, Tante Eugenie. Übrigens nur Familie?«

»Fast.« Diese junge Generation hat doch keine Lebensart, dachte Eugenie. Jedesmal fragt mich Beatrice, wer sonst noch kommt.

»Meine liebe Malwine«, sagte Eugenie zu der alten Köchin, die auf einem Stuhl neben ihr in der Küche saß, »es kommt nach langer Zeit wieder einmal die ganze Familie. Nur Sofie ist leider in Paris.«

»Sie ist nun eine berühmte Künstlerin geworden. Aber daß sie keinen Mann mehr kriegt, ist doch traurig.«

»Meine Nichte Sofie könnte immerzu heiraten.«

»Warum tut se's denn dann nicht?«

»Sie findet wohl nicht den Richtigen. Was sollen wir geben? Ich wäre sehr für Zunge mit jungen Schoten.«

»Bei so warmem Wetter ist es immer so 'ne Sache mit Zunge. Wie wäre denn Brüsseler Poularde mit Gurkensalat und jungen Kartoffeln?«

»Ganz gut, müssen wir noch heute bestellen, damit sie schön abgehangen ist.«

»Und vorher gebackene Schollen mit Kartoffeln und Remouladensauce und als Zwischengericht Spargel.«

»Ein bißchen üppig, aber es waren so lange nicht mehr alle da.«

»Und hinterher Eis. Früher sind immer Fräulein Sofie und Klärchen in die Küche gekommen, und jetzt kommen der kleine Fritz und Erwin und Lotte. Sie essen alle immer noch heimlich Eis in der Küche.«

Eine lange Tafel stand in dem Säulensaal in der Tiergartenstraße. Frieda faltete sorgfältig die Servietten. Gertrud, ziemlich neu im Haus, half ihr. »Wieviel Personen sind wir eigentlich? Ich muß mal zählen. Also unsere Herrschaften zwei, Herr Theodor mit seiner Frau – Gott, so'n Unglück, so'n Unglück! ...«

»Wieso?« fragte Gertrud und rieb noch einmal die silbernen Bestecke ab.

»Der Herr Theodor hat doch ein blödes Kind. Nee, wissen Se, Gertrud, manchmal denkt man ja, man möchte es auch so haben wie die reichen Leute, so viel anzuziehen und Theater und Droschke fahren, aber wenn man dann so ein Unglück sieht ... Nu haben sie's in eine Anstalt gegeben, damit das neue nicht mit ihm zusammen ist. Na, das war aber auch zu schrecklich. Das lag in seinem Bettchen mit Spitzen und Bändern und lachte nicht, und wenn man ihm was gab, hielt es das nicht fest.«

»Wie ist denn die Frau von ihm?«

»Sehr schön ist sie, aber er ist immer so höflich mit ihr.«

»Das ist wohl in dem Stand so.«

»Ach nee, der alte Herr Oppner, der ist gewiß höflich mit seiner Frau, er reicht ihr immer den Arm so galant, aber das ist ganz was anderes. Da spürt man, da ist Liebe dahinter, aber Herr Theodor, der hat die Frau reineweg aus dem Verstande geheiratet, das ist immer 'ne Sünde. Nu noch die Eislöffel. Wir nehmen immer beide Garnituren. Und sie kann ihm ja auch nich gefallen, sie is so mager.«

»Ja, das wollen die Männer nich. Ich geniere mich immer ein bißchen, weil ich so 'ne dicke Brust habe; aber da habe ich nun ein paar Tage nichts gegessen, und wie mich mein Bräutigam sieht, hat er so gescholten, hat er gesagt, so 'ne Zicken wern nich gemacht, der Mensch muß was zum Zusetzen haben.«

»Hab' ich Ihnen doch gesagt, man muß essen. Essen hält Leib und Seele zusammen. Da kriegt man bloß schlechte Nerven von, von dem Hungern. Und jetzt sind se so gegen Fleisch. Ich sage Ihnen, Fleisch ist noch immer das beste Gemüse. Nu noch die Gläser. Reiben Sie ab, Gertrud. Und die Spülschalen in die Küche. Ich weiß auch gar nich, warum Weyroch nich die Blumen schickt. Die gnädige Frau hat telephoniert, er soll nich so spät schicken. Wir haben Nelken bestellt. Die gnädige Frau möchte so gern ein Treibhaus haben, aber das kommt doch zu teuer. Und Weyroch liefert uns ja immer gut, da is gar nichts zu sagen. Jetzt hat's geklingelt. Werden die Nelken sein.«

Punkt halb zwei kam alles an und wusch sich in dem Kabinett mit dem gewaltigen Waschbecken, in das Rosen gemalt waren. »Wo bleibt Waldemar?« Er kam schon, ein bißchen verstimmt und überarbeitet, der Herr Professor.

Die Mädchen brachten die gebackenen Schollen mit Zitrone und Kartoffeln, die silbernen Saucieren mit Remouladensauce gingen herum.

»Wie geht's denn dir da unten auf dem Schlegel-Gymnasium?« fragte der alte Billinger den kleinen Fritz Effinger.

»Na, es geht. Latein ist ja großer Mist. Aber ich werd's schon schaffen, trotzdem ich nicht einseh, wozu.«

»Aber Fritz, sei doch froh über alles, was du lernst«, sagte Paul.

»Wozu ist keine Fragestellung für das Leben und seine Werte«, sagte Erwin.

»Habt ihr noch die alten Lehrer?« fragte Billinger. »Ach, ist ja Unsinn, von unsern kann ja keiner mehr da sein. Entschuldigt, man vertrottelt ja.«

»Habt ihr noch: Physik ist, wenn's zerbricht, und Chemie ist, wenn's stinkt?« fragte Theodor.

»Na, was!« schrien James und Erwin.

»Bei Examensarbeiten hat er sich immer die ›Times‹ mitgebracht, weil das die größte Zeitung der Welt ist, und hat sich in eine Ecke gesetzt«, erzählte James, »und dann hat er gesagt …«

James, Erwin und Theodor schrien durcheinander.

»Also Theodor als der Älteste hat's Wort.«

»›Also ich läse jetzt.‹ Und dann nahmen wir alle unsre Übersetzungen vor und schrieben fröhlich vom Nebenmann ab, bis der olle Hellbach sagte: ›Geben Se acht, ich pläddre jetzt um.‹ Im Nu war alles weg. Er blätterte um und sagte: »So, nu läs' ich wieder weider.‹«

Erwin und James schrien: »War bei uns genau so!«

»Habt ihr denn auch noch den alten Fröhlich gehabt: ›Is wieder so nerväs, det Männeken? Sind alle so nerväs, heutzutage‹?«

»Jetzt haben wir so 'n neuen Affen im Turnen«, sagte Fritz.

»Fritz, so spricht man nicht von einem Lehrer«, sagte Paul.

»Aber es ist doch ein Affe, Papa. Wir finden das alle. Der sagt immer: ›Ihr könnt ja noch nich mal 'ne Schützenlinie bilden, ihr verdammten Schweine!‹ Und dann hat er zwanzigmal mit Robertson: Nieder, auf! Nieder, auf! geübt und immer ›du Schwein!‹ gesagt. Dem Robertson sein Vater ist aber Landtagsabgeordneter und hat sich beim Direktor beschwert.«

»Und was hat der Direktor gesagt?« fragte Theodor.

»Haben wir nicht erfahren! ›Schwein‹ sagt er ja nu nich mehr.«

»Da seht ihr, der Humanismus verschwindet mehr und mehr. Seit der preußische Volksschullehrer die Schlacht bei Königgrätz gewann, bemühen sich alle Volksschullehrer, Unteroffiziere zu werden. Der Unteroffizier wird immer mehr das Ideal.«

Karl sagte: »Aber die Armee hat doch Großes geleistet.«

»Nur zugleich alle Ideale vernichtet«, sagte Ludwig.

»Wir«, sagte Erwin, »haben doch wieder Ideale. Wir wollen die Gerechtigkeit.«

»Du meinst den Sozialismus«, sagte Waldemar. »Das ist eiskalte Ungerechtigkeit. Sieh mal deinen Onkel Paul an, wie er den Mehrwert verpraßt.«

»Jedenfalls können wir das Wort Humanismus nicht mehr riechen. Jeder bessere Konfektionär führt es im Munde. Es ist abgebraucht wie ein Küchenlappen. Findest du etwa diese jetzige Weltordnung gut? Die einen essen von silbernen Schüsseln, und die andern sitzen in diesen entsetzlichen Hinterhöfen.«

»Sie schnüren die Menschen von Luft und Licht ab, damit sich ihre Grundstücke in der Innenstadt nicht entwerten«, sagte Ludwig.

»Ja«, sagte Erwin, »und das alles deckt das Wort Humanismus, mit dem sich die Festredner der Freisinnigen Volkspartei bekränzen.«

»Ach, mein Enkel! ›Was Jung-Deutschland einst mit Jammern nicht erreicht, es fiel dir zu. Pressefreiheit, Verfassung, Kammern, alles haben wir nanu! Nanu ist's gut, nanu ist's gut!‹ Aber für euch ist's schon wieder nicht mehr gut«, sagte Emmanuel.

»Aber Erwin hat doch ganz recht. Dieser Luxus ist eine große Gefahr. Wer spart denn heute noch? Da lebt alles über seine Verhältnisse, und lauter Krimskrams wird wichtig genommen.«

»Du hast ja so recht, Onkel Paul.«

»Wie sollen denn die Kinder werden, wenn sie nichts haben als materielle Ansprüche? Hat einer drei Zimmer, will er fünf, hat einer fünf, will er acht.«

»Na und?« sagte Beatrice, »was ist denn da dabei? Wir haben doch zwölf.«

Alle ärgerten sich und fühlten sich getroffen. »Der ungeheure Luxus ist natürlich eine Gefahr, besonders bei Hof und in der Armee«, begann Waldemar, »im Inneren beläßt man es bei diesem ungerechten Dreiklassenwahlrecht, und die Annexion von Bosnien und der Herzegowina verstrickt uns in die Balkanfragen, was Bismarck immer vermieden hat. Wozu denn diese Bagdadbahn?«

»Es ist der einzige Weg in die Welt, der uns bleibt«, sagte Karl. »Großartig, diese Linie Helgoland–Basra! Darum müssen wir aber das osmanische Reich stärken, ihm seinen Besitzstand in Anatolien und Mesopotamien ungeschmälert erhalten. Der Kaiser hatte recht, sich in Damaskus am Grabe Saladins als Freund der dreihundert Millionen Mohammedaner feierlich zu bekennen.«

»Recht«, brauste Waldemar auf, den Karl immer in Wut brachte. »Sich Rußland und England zugleich zu Feinden zu machen, ist besonders intelligent! Einerseits will man die Türkei stärken, und andererseits läßt dieser ewig lächelnde Bülow mit seinen Dackeln zu, daß man den kranken Mann am Bosporus noch zu Lebzeiten ausplündert. Zickzackpolitik und Wirrwarr. Herbertchen, was machst du denn für ein Gesicht? Was ist denn mit dir?«

»Ach, nichts.«

»Herbert wird bald unsere rechte Hand werden, dieser gute Junge. Ja, mein Kind, bist sehr fleißig«, sagte Emmanuel.

Geräuschlos glitten die Mädchen um den Tisch und nahmen die Teller ab. Und dann kamen dicke Spargel mit dicklicher gelber Soße.

»Ach, Eugenie, wie schmeckt es bei dir, du Sittenverderberin!« sagte Waldemar.

»Wenn ich euch keinen Spargel mehr geben kann, freut mich das ganze Leben nicht. Was macht denn deine Wohnung, Annette? Ich finde ja diese Parvenühäuser abscheulich.«

»Aber im Eßzimmer kann man sechzig Personen setzen! Und ein Müllschlucker!«

»Trotz Müllschlucker. Und wie ich höre, laßt ihr euch lauter neue Möbel machen?«

»Ich kann doch meine Achtziger-Jahre-Sachen nicht an den Kurfürstendamm schleppen. Wir bekommen ein romanisches Herrenzimmer und ein wunderbares Musikzimmer, schwarz und glatt, mit Perlmuttereinlagen und lila Bezügen und roten Wänden. Der Architekt will alle Fenster vermauern und in der Mitte ein rundes Fenster herausbrechen und bunt verglasen.«

»So eine Art künstlicher Kirche also, hübsch lächerlich«, sagte Theodor.

»Ich finde es lächerlich, wenn man nichts für die Moderne übrig hat wie du und unter lauter alten Sachen leben will.«

»Vielleicht hast du recht.«

Annette war schnell versöhnt. »Wir sind doch moderne Menschen, wir fabrizieren Autos, wir wollen in einem modernen Haus mit modernen Möbeln leben«, sagte Karl.

»Sie haben recht, Herr Effinger«, antwortete Miermann, »aber für Theodor würde es nicht passen. Theodor brennt in seinen Rokokozimmern Kerzen. Er meint, er schließe dann das zwanzigste Jahrhundert aus.«

»Höre mal, Theodor, ich habe, wie bekannt, eine recht anständige Kunstsammlung, ich habe sogar immer Kunst allein gesammelt und nicht passend zu meinen Möbeln, aber du wirst ja albern. Wir gehen sehr schweren Zeiten unter diesem Redekaiser entgegen, und ein kluger Mensch wie du flüchtet sich in die Geschmäcklerei. Die Algeciras-Konferenz hat gezeigt, daß wir völlig isoliert sind, und jetzt auch noch diese inneren Skandale.«

Dazu versteckte man die Zeitungen vor den Kindern, in denen nichts stand als Berichte über Prozesse wegen der perversen Umgebung des Kaisers, damit hier am Familientisch davon angefangen wurde.

»Wer will noch Spargel?« unterbrach Eugenie Waldemar.

Aber die Kinder hörten gar nicht zu.

»Dieser ›Don Carlos‹ von Reinhardt ist wunderbar«, sagte Marianne.

»Harry Walden als Carlos. Gott, wie himmlisch!« sagte Lotte.

»Und Moissi als Posa?« sagte Erwin.

»Die Durieux finde ich ja für eine Verführerin zu häßlich«, sagte Lotte.

»Na, habe ich doch recht gehabt, nicht hinzugehen«, sagte James.

»Echt!« sagte Erwin. Dieser acht Jahre ältere Bruder war für ihn die Verkörperung alles dessen, was er gräßlich fand.

»Na, und Bassermann als König?« fragte Miermann.

»Himmlisch!« sagte Lotte, und sie zitierte genau wie der große Schauspieler: »So allein, Madame?«

»Wie, wie?« rief Theodor. »Sag das noch mal.«

»So allein, Madame?«

»Großartig«, sagte Miermann, »die geborene Schauspielerin.«

Karl am anderen Tischende sagte: »Und ich sage euch, die Annexion von Bosnien und der Herzegowina ist ein Geniestreich. Das alte Habsburg wird neu die Flügel regen, und Deutschland wird Arm in Arm mit ihm ...«

»Blödsinn!« unterbrach Waldemar, »Österreich zerfällt. Diese elenden Tschechen benutzen doch jede Gelegenheit, um zu stänkern. Und die italienische Irredenta? Und diese aufgeregten Ungarn? Und diese Serben mit ihren Ansprüchen, ans Meer zu kommen?«

»Die Serben«, sagte Paul, »sind ein sehr tapferes Volk. Sie haben sich bei Slivnitza glänzend geschlagen. Aber Österreich kann sie nicht ans Meer lassen.«

»Richtig. Unmöglich«, sagte Waldemar.

»Warum können die Österreicher die Serben nicht ans Meer lassen?« fragte Ludwig.

Und jetzt brachten die Mädchen das Eis.

»Lebe, wie du, wenn du stirbst, wünschen wirst, gespeist zu haben«, sagte Emmanuel. »Mahlzeit, Mahlzeit.«

»Mahlzeit, Mahlzeit«, rief Eugenie, »verteilt euch. Es sind für alle Schlafgelegenheiten gerichtet.«

Die Jugend blieb in den großen Wohnräumen. Herbert sah die Bibel von Doré an. Er dachte: Um Gottes willen, was mache ich? Nachher wird mir der Kerl wieder auflauern. Ich habe ihm schon alles gegeben, was ich habe. Ob ich noch mal Großpapa um etwas bitte? Dann fragt er womöglich. Da redeten sie von lauter Wohnungen und vom Balkan und hatten Angst, daß unsereins was von Homosexuellen-Prozessen erfährt, und dabei sitzt ein Kind an ihrem Tisch, und sie helfen ihm nicht, und heute abend kommt wieder der Kerl. Er stinkt nach Schnaps und will Geld von mir, sonst geht er zu Papa und erzählt alles, und dann ist es doch ganz aus. Großpapa Emmanuel hat mich ja lieb. Aber mit einem Mann von achtzig Jahren kann man nicht davon sprechen. Eine wahnsinnige Angst packte ihn. Einen Revolver nehmen, sich erschießen, dachte er. Dann bekommen sie vielleicht Reue, weil sie sich nicht um mich gekümmert haben. Oder ich springe in die Spree.

Erwin saß mit Marianne zusammen. »Der Boden dürfte nicht als Verdienstquelle gelten, man müßte den Arbeitern das Wahlrecht geben, und dann muß die ganze Terminologie aufhören, daß dem Volk die Demut, die Bescheidenheit und die Religion erhalten bleiben müsse. Der Sozialismus ist die neue Religion. Onkel Paul glaubt, Sparen und Arbeiten genügt …«

Lotte lag auf dem Bärenfell und sah in das Zimmer, in dem die Geschwister saßen und sich aussprachen. Klärchen ging durchs Zimmer. »Man legt sich nicht so hin, Lotte«, sagte sie ärgerlich. »Das sieht ja ordinär aus.«

Langsam kamen die Schläfer herunter. »Zum Kaffee!« rief Eugenie.

»James fehlt mal wieder«, sagte Ludwig, »ich verstehe euch ja nicht. Er tut doch nichts.«

»Aber er studiert doch Kunstgeschichte.«

»Ach, so ein Unsinn!«

Paul beteiligte sich an diesem Thema nicht mehr. Karl und Annette mußten ja selber wissen, was sie sich da großgezogen hatten.

Erwin hatte sich neben Paul gesetzt. »Ich möchte nun doch noch mein Abiturium machen und studieren. Du nimmst mir das übel, Onkel Paul?«

»Nein, ich nehme dir das nicht übel, du bist ein fleißiger und gescheiter Junge. Ich bin traurig über die Entwicklung der Jugend. Schämst du dich, daß dein Vater Kaufmann ist? In Hamburg tritt selbstverständlich der älteste Sohn in das Geschäft des Vaters ein. Die Jüngeren oder die Dümmeren studieren. Aber bei uns ist es jetzt nachgerade so, als ob die Dümmeren gut genug sind, die Geschäfte weiterzuführen. Die Klugen studieren. Trotzdem ihnen die Staatskarriere verschlossen ist. Diese Verachtung des Kaufmanns ist bei uns Juden etwas ganz Neues. Jeder Leutnant dünkt sich etwas viel Feineres als der Besitzer der größten Hüttenwerke, und wir müssen das natürlich nachmachen.«

»Es ist nicht so, Onkel Paul, sondern unsere Ideale werden andere. Uns gilt kaufen und verkaufen nicht viel. Wir zweifeln an der Berechtigung des persönlichen Profits.«

»Als ob der persönliche Profit so wichtig wäre. Aber ein Volk kann nicht nur Intellektuelle brauchen, und dem Fortschritt zu dienen ist auch etwas.«

Was sollte Erwin ihm sagen? Er liebte Onkel Paul, der keinen Zweifel hatte, daß er richtig handelte, wenn er es sich so schwer wie möglich machte.

»Es kommt bestimmt eine neue Zeit, diese Arbeitermassen können nicht ausgeschlossen bleiben vom Staat, das wirst du mir zugestehen. Wo ist heute Elan? Wo ist Angriff? Wo ist heroisches Leben? Nur bei den Arbeitern.«

»Aber der Marxismus ist bekämpfbar, nicht die Arbeiter. Hör mal, Erwin, sei doch nicht töricht. Meinst du, man kann als Dozent für Nationalökonomie mehr erfahren, als wenn man Leiter eines Werkes ist und mittendrin steht in den Problemen? Wer kann dich hindern, dich fortzubilden?«

Später kamen die Kollmanns. Die jungen Leute saßen zusammen und fanden es gräßlich.

Erwin seufzte: »Wann kommt man bloß hier weg?«

# 55. Kapitel

## *Unterschlagung*

Es war ziemlich spät. Herbert klopfte am Zimmer seines Großvaters. Niemand antwortete. Das Zimmer war leer. Großpapa hatte ihn vergessen.

Was tu' ich? Er ging zurück in das Kontor. Vielleicht war Onkel Theodor noch da. Nein. Auch der war schon weg. Er konnte nicht weggehen. Der Kerl würde ihm auflauern. Übernachten in der Bank? Aber das würde man zu Hause merken.

Er ging in die Kasse. »Kann ich Ihnen noch helfen, Herr Liebmann?«

»Wieso sind Sie denn noch da?«

»Ach, ich habe noch einen Privatbrief geschrieben.«

»Ich gehe aber jetzt. Kommen Sie mit?«

»Ja, gern.«

Aber zwei Straßen weiter verabschiedete sich Liebmann, denn dort wohnte er seit vierzig Jahren.

Herbert versuchte, rasch die Haltestelle der Straßenbahn zu erreichen. Da stand wieder der Mann neben ihm.

»Haben Sie nun das Geld gebracht?«

»Ich besorge es ganz bestimmt.«

»Wenn Sie es morgen nicht bringen, gehe ich zu Ihrem Vater.«

Eines Tages stimmte bei Oppner & Goldschmidt die Kasse nicht. Den Fehler hatte Hartert entdeckt. Der alte Liebmann untersuchte Tage und Tage, bis er Radierungen fand. Kein Zweifel, es waren fünftausend Mark unterschlagen worden. Das war alles in einem, Unterschlagung, Diebstahl und Urkundenfälschung.

Der alte Liebmann saß in der Nacht in der Bank auf seinem hohen Drehstuhl vor dem Stehpult. In diesem Jahr würde er fünfzig Jahre in der Firma sein. Sein Vater war 1839 unter dem alten Goldschmidt eingetreten. Er selber hatte den Aufstieg mitgemacht, ein Stift, ein Lehrling, ein Angestellter, während man von hunderttausend Talern auf ein Betriebskapital von dreißig Millionen gelangte. Er hatte noch mit dem jungen Oppner diskutiert, der 1848 tollkühn gekämpft hatte. Oppner heiratete siebzehn Jahre später Selma und wurde Teilhaber. Er hatte alles mitgemacht, Bismarcks Aufstieg, Begeisterung über Sedan und den Schwindel, den Taumel, der mit dem Millionenunsegen ins Land kam.

Sie waren ein vornehmes Geschäft geblieben. Sie hatten ein großes Kundengeschäft und ein Emissionsgeschäft. Oppner war im Börsenvorstand, in der Handelskammer.

Was war das? Riesengroß und unheimlich sah er einen Schatten auftauchen.

»Halt, Sie!!!« rief der alte Liebmann.

Der Schatten verschwand.

Liebmann rief noch einmal. Er nahm ein Windlicht. Er lief durch das Haus. Er ging durch die öden Büros. Er kam vorn an die Schalter. Er ging zurück, die Treppen hinunter in die Keller zu den Panzerschränken. Er ging wieder hinauf. Er betete. Aber niemand half. Nichts blieb übrig. Es war ein Uhr in der Nacht. Sollte er jetzt noch zu Oppner fahren und ihm das Entsetzliche mitteilen?

Morgen um acht Uhr, wenn der alte Oppner kam und die Post durchsah, dann müßte er hingehen und ihm sagen: »Ihr Enkel Herbert, unser Herbert, hat fünftausend Mark unterschlagen und Urkundenfälschung begangen.« Er war am Ende seines Lebens ausersehen, dem Hause dieses Unglück mitzuteilen. Er mußte Oppner den größten Schlag versetzen. Er würde dastehen, ein Bote, der Böses bringt. Aber niemand sollte etwas erfahren. Er würde alles tun, um die Firma zu schützen.

Oppner mußte zu einer Beerdigung. Er stand da im Zylinder, tadellos. Niemand wußte, daß er soeben Briefe an Smith Brother New York, Baumwollagenten, und Harry and Bill Dalloway Ltd., Ex- und Import, Milwaukee, geschrieben hatte, mit der Bitte, seinem Enkel Herbert Effinger bei der Stellungsuche behilflich zu sein, und daß er bereits einen Platz auf der »Moltke« belegt hatte, die am 25. von Bremerhaven abfuhr.

Selma erfuhr nichts. Nur Ludwig Goldschmidt, der noch stärker als Oppner verlangte, daß Herbert sofort nach Amerika geschickt würde. Aber merkwürdigerweise erfuhr man in der Bank die Zusammenhänge. Der alte Liebmann recherchierte und recherchierte. Vergeblich.

»Ich wollte Sie bitten, Herr Oppner, mir meine Pension zu geben. Ich kann nicht mehr arbeiten.«

»Ich auch nicht, Liebmann. Ich wer's wohl nu nich mehr lange machen.«

# 56. Kapitel

## *Emmanuel stirbt*

Es war alles verdunkelt in der Bendlerstraße. Friedhof saß mit der Familie im Wohnzimmer. Er wußte es vom ersten Tag an: es war keine Hilfe für Emmanuel.

Annette fand alles falsch, was angeordnet wurde. Überhaupt bloß dieser alte Hausarzt! »Wenn du es nicht willst, Mama, dann müssen wir Kinder darauf bestehen, daß ein Spezialist zugezogen wird.«

»Wir Kinder« waren zwar bloß sie selber, aber sie rief einen berühmten Professor. Der Professor kam, strich sich seinen langen, blonden Vollbart und erklärte, der Patient müsse in die Klinik.

»Warum?« sagte Emmanuel, »ich sterbe viel lieber im eigenen Haus. Ich habe hier mein anständiges Schlafzimmer. Verbrennt mich, streut meine Asche in alle vier Winde. Aber warum muß der Fortschritt an mir ausprobiert werden?«

»Aber, lieber Papa«, sagte nun auch Theodor, »das ist doch unsinnig von dir. Man muß versuchen, daß du wieder gesund wirst.«

»Werd' ich nicht, laßt mich.« Emmanuel lag mit geschlossenen Augen. Das Herz tat ihm weh. Das Atmen wurde ihm schwer: »Meine gute Selma, nun sind wir vierundvierzig Jahre beisammen, und nun laß ich dich allein, mein Kind.«

»Rede nicht so, Emmanuel. Du kommst morgen in die Klinik, und da werden sie genau dein Herz untersuchen und dir die richtigen Mittel geben, und dann kannst du noch über neunzig werden.«

»Aber Selma, was für ein Unsinn! Wenn ich ein alter Römer wäre, würde ich einem meiner Sklaven einen Wink geben, er solle mir die Pulsader aufschneiden. Dann hätte ich die ganze

Quälerei los. Aber es gibt ja keine Sklaven mehr. Na, Friedhof! Und auf dich hören sie auch nicht mehr. Sie sind ja so tüchtig geworden. Hältst du was davon, daß sie mich in die Klinik schikken?«

»Man kann es nicht wissen.«

»Sieh mal, du würdest mich doch hier abschrammen lassen. Ich könnte in meinem alten Schlafzimmer mit den Samtgardinen sterben. Man würde es hübsch dunkel machen, und man würde mich beweinen. Statt dessen wollen sie mich, Annette als Vorreiter, bei lebendigem Leibe, Füße voraus, hier heraustragen und mich in solche abscheuliche Klinik bringen mit Kacheln und graugetünchten Wänden, und dann werde ich untersucht ...«

»Sprich nicht so viel ...«

»Laß man, damit ich acht Tage länger dort Kurkosten zahle und meine Erben eine grandiose Rechnung haben. So ist es.«

»Aber Emmanuel, wir haben uns doch dafür begeistert, wie man angefangen hat, den Menschen zu erforschen, und wir waren doch so selig, wie man eine Erkenntnis nach der andern hatte, und jetzt willst du das alles leugnen?«

»Nein, aber mich sollen sie lassen. Für mich persönlich braucht es keinen Fortschritt mehr zu geben.«

Friedhof hörte auf dem Korridor den Professor kommen mit Annette und zwei Krankenträgern.

»Dein Papa will nicht in die Klinik. Es ist auch ganz hoffnungslos. Laßt ihn hier sterben.«

»Aber Herr Kollege, ich verstehe Sie nicht ganz, Sie haben die Absicht, bei einem Patienten nicht alles zu versuchen, was es gibt, um ihn zu retten?«

Annette brauste auf: »Ich finde es ja unerhört von Onkel Friedhof, eine Marotte ...« Sie rauschte an Friedhof vorbei ins Krankenzimmer. »Lieber Papa, also Professor Schmöckler hält es für absolut notwendig, daß du dich in eine Klinik begibst.«

»In seine Klinik, ja?«

»Aber Papa! So ein großer Arzt!«

»Auch große Ärzte haben es lieber, man geht in ihre Klinik als zu jemand anderem. Aber ich bleibe zu Hause. So, mein Kind, und nun Schluß der Diskussion.«

»Aber Papa, Friedhof – ich will dir ja nicht zu nahe treten – aber er ist doch veraltet.«

»Annettchen, meine Tochter, du bist immer außerhäusig gewesen. Du hältst was von Gesellschaften, von Musikern, von Ärzten, von Rechtsanwälten, kurzum, von fremden Leuten. Ich nicht. Ich habe die Welt sehr gern, aber beim Sterben verlasse ich mich nur auf mich. Höre, Annette, jetzt fühle ich mich frisch, und wer weiß, ob wir noch einmal allein sind. Hast du etwas von Herbert gehört?«

Annette sah auf ihre Hände nieder, und sie weinte.

»Nein, nichts.«

»Annette, aber es blieb doch nichts anders übrig.«

Sie sah ihrem Vater kindlich und vertrauensvoll ins Gesicht: »Sicher nicht, Papa, die Firma konnte eine solche Belastung nicht ertragen.«

»Du kannst an Dalloway schreiben, sie sollen recherchieren.«

»Ich habe schon geschrieben, Sie wissen nicht, wo er steckt.«

»Ach, ich lasse zwei Sorgen zurück: Sofie und Herbert. Ihr werdet euch um das Kind kümmern, ihr fahrt nach Amerika?«

»Ja, Papa.«

»Es ist gut, Annette. Bitte, telegraphiert an Sofie, ich will sie noch einmal sehen.«

»Papa geht es gar nicht gut«, sagte Sofie. Sie nahm ihren Rock hoch und ging neben Theodor die Treppe der Bendlerstraße hinab. »Ich muß noch zu Oliver Brender, um wegen meiner Ausstellung einiges mit ihm zu besprechen. Komm doch mit.«

Sie gingen durch den Tiergarten, der spätherbstlich dalag. Ein goldner Schein lag über Teich und Laub. Im vermoosten Wasser schwammen Goldfische. Am Rande standen Bänke, und Sandsteinfiguren verfielen.

»Guten Tag, schöne Tante«, sagte da eine helle und etwas dreiste Stimme. »Guten Tag, Onkel Theodor. Darf ich euch meinen Freund Feld vorstellen?«

Der Freund verbeugte sich und sah Sofie bewundernd an.

»Was machst du denn, James?«

»Oh, ich studiere fleißig; fragt mich nur nicht, was.«

»Oh, du Schlingel!«

»Tante Sofie, wie ist es in München? Ich will nächsten Winter hingehen. Wenn Papa es erlaubt, heißt es. Aber er wird es schon erlauben.«

»Wenn du etwas wissen willst, komm zu mir. Grüß zu Haus.«

»Ein reizender Kerl ist James«, sagte Sofie.

»In der Familie bestehen mehrere Meinungen über diesen Punkt. Ich finde ihn auch entzückend, aber er ist ganz untätig.«

»Das ist schlimm.«

»Stehst du so unbedingt auf diesem Standpunkt? Er wird einmal viel Geld haben. Warum soll er trachten, es zu vermehren? Er hat gar keinen Ehrgeiz. Ich finde das alles sehr sympathisch. Aber Papa, Onkel Ludwig und Onkel Waldemar sind völlig einer Meinung in diesem Punkt. Sie nennen ihn einen Nichtstuer.«

Sie waren langsam weitergegangen.

»Ich kann ja nicht leben ohne Arbeit«, sagte Sofie, »ich lerne eigentlich immer etwas, Radieren oder Geige oder auch nur eine neue Sprache. Weißt du, daß ich jetzt auch Italienisch völlig fließend spreche?«

Beim Kunsthändler gingen sie durch die breite Durchfahrt ein paar Stufen hinauf.

Ein junger Mann, dünn und mit schütterem blonden Haar, hielt eine gerahmte Lithographie. Der Kunsthändler stand dabei.

»Welcher Strich!« sagte der junge Mann. »Welche Feinheit der Luft. Welche Delikatesse der Auffassung!«

»Ich denke, wir hängen die Pariser Croquis zusammen«, sagte Brender.

»Wir müßten die Wand grau bespannen, diese subtile Kunst leidet unter der blauen Wand.«

»Ah, die Oppner selbst. Sie können die zwei ersten Räume schon sehen.«

»Ich denke mir ein paar Aquarelle sehr gut dazwischen«, meinte Theodor.

»Wie können Sie so etwas auch nur denken!« sagte der junge Mann.

»Liebe Oppner«, sagte Brender, »Ihr Onkel Waldemar ist doch so befreundet mit dem Geheimrat Riefling, wir haben ihn zur Eröffnung eingeladen, vielleicht kommt er.«

»Das glaube ich nicht«, sagte Theodor. »Für die Offiziellen ist das doch alles nach Wilhelms Befehl Rinnsteinkunst, was Sie hier ausstellen. Das kann sich so ein offizielles Tier wie Herr Riefling nur heimlich ansehen.«

»Michel, bringen Sie mir mal die Aquarelle. So, Michel, nun bitte den Fluß. Aber das sind doch Dahlien, das ist doch kein Fluß.«

»Das kann ich nicht unterscheiden. Meinen der Herr Doktor das hier, so rosa und hellblau?«

»Natürlich, geben Sie es dort an die Wand!«

Der junge Kunstgelehrte ging langsam darauf zu, verdeckte sich durch Zukneifen der Augen ein Stück und hob nun mit der gekrümmten Hand ein Stück heraus: »Ausgezeichnet, diese in flimmernden Farbenvibrationen aufgelösten Umrisse, diese Symphonie farbiger Flecken, nervös hin- und herzuckender Lichter, ausgezeichnet so ein Stück Wasser ›Seinekanal‹, ausgezeichnet!«

Alle kniffen die Augen zu, traten hin und her vor dem Bild.

»Die Aquarelle sind sehr schön. Aber zu dünn für den großen Raum«, sagte Theodor. »Man tut Sofie keinen Gefallen, wenn man ihre Sachen zu groß aufmacht.«

»Wir werden kleine Kojen machen«, sagte der junge Mann.

»Japanische Papierwände wären gut«, sagte Theodor.

Brender sagte: »Nee, lieber Oppner, das macht mir zuviel Spesen. Dann hängen wir eben nur in den kleinen Räumen und geben in den großen Raum andre Sachen.«

»Diese Wände sind keine große Angelegenheit, und Sie können sie immer wieder verwenden. Wir erkundigen uns gleich bei Cremer und frühstücken dann alle zusammen.«

Der junge Kunstgelehrte sagte: »Man betrachtet Sofie Oppner immer nur als Zeichnerin, dabei finde ich gerade die Aquarelle ausgezeichnet.«

»Ich glaube überhaupt, wir werden eine Blüte der Frauenmalerei bekommen. Das Willkürliche und Launische, das dem

Impressionismus anhaftet, liegt den Frauen ungemein. Sie haben hier noch nie gemalt?«

»Nein. Ich habe kein Flair für Berlin. Meinem Strich fügt sich nur Paris. Ich brauche den Dunst der Luft. Ich habe die Impression, daß meine Marinen am besten sind. Boote, Brender, sind das Schönste auf der Welt. So ein altes dickes Segelboot mit braunen Segeln, das hat doch ein Gesicht.«

Brender sagte zu Theodor: »Ich habe da einen kleinen Pissarro, ganz erstes Stück, wollen Sie einmal sehen? Ich würde ihn Ihnen billig lassen.«

»In mein Haus passen keine modernen Bilder. Ich habe nur alte Meister oder 18. Jahrhundert.«

»Papa geht es sehr schlecht«, sagte Annette und gab Theodor einen Kuß.

Theodor hängte Mantel und Hut an die Bären und sah sie an, als ob sie lebende, nun auch alt gewordene Wesen aus einer anderen Zeit wären. Dann stieg er mit Annette die Treppe hinauf.

Emmanuel konnte nicht mehr sprechen. Er sah von einem zum andern; ob er noch einen erkannte, war nicht deutlich. Er stöhnte, und die Decke hob und senkte sich. Paul setzte sich an das Bett seines Schwiegervaters. Er hatte den alten Emmanuel sehr gern, obgleich der nie recht zufrieden mit der Fabrik war, immer fand, es werde zu wenig verdient und zu viel gearbeitet. Emmanuel war ein Mann aus einer großen Generation. Er war Jemand. Diese neuen Nichtstuer, dachte Paul, mit ihren Bildern und Theatern und sonstigen Wichtigkeiten, Theodor und James. Erwin ist ja anders und die Mädels und auch mein Fritz.

Ludwig trat ein. Alle wollten die Nacht über dableiben.

Klärchen besprach das Notwendige mit Fräulein Kelchner. Die Tür zum Sterbezimmer blieb offen, und jeder wachte abwechselnd zwei Stunden. Klärchen dachte nach. Sie liebte dies Haus, den alten Garten, den noblen, heiteren Herrn, der ihr Vater war.

Sofie dachte: Ich wollte Papa immer Freude machen, aber ich habe ihm nur Sorgen gemacht.

Drinnen im Sterbezimmer brannte nur eine Kerze. Es waren

viele Kinder da und Enkel, die ihn liebten, aber er lag doch ganz allein und rang mit dem Atem. Keiner half ihm. Selma, starr und ruhig, war nicht zu bewegen, ins Bett zu gehen.

Friedhof sagte, es könne nicht mehr lange dauern.

Klärchen fragte: »Meinen Sie, daß er sich sehr quält?«

»Nein«, sagte Friedhof beruhigend, »es sind nur Reflexbewegungen.«

»Sicher«, sagte Annette, »er quält sich nicht.«

»Die Wissenschaft hat darüber genaue Erhebungen angestellt«, sagte Karl in beruhigendem Ton.

Klärchen hatte ihre Zweifel. Aber sie sprach sie nicht aus.

Theodor aber dachte: Er quält sich. Sterben ist schwer. Geboren werden ist schwer. Zwischen Schmerz und Schmerz liegt das Leben.

Beatrice war zu Hause geblieben. »Ich bitte dich, lieber Theo, erspar mir das.«

Da der Vater starb, war er Theodor zum erstenmal ganz nah, und er mußte an all die alten Redensarten seines Vaters denken: »Lebe, wie du, wenn du stirbst, wünschen wirst gespeist zu haben.« »Was man in der Jugend will, hat im Alter man die Füll.« »Was Jung-Deutschland einst mit Jammern nicht erreicht, es fiel uns zu, Pressefreiheit, Verfassung, Kammern, alles haben wir, nanu!« Emmanuel hatte nie gezweifelt. Er, Theodor, durfte nicht Wanda heiraten, und Sofie heiratete Gerstmann, und Herbert wurde nach Amerika geschickt. So einfach war das. Das Haupt starb. Ein leeres Haus blieb zurück. Theodor weinte.

Emmanuels Stöhnen, der fliegende Atem, es war furchtbar.

»Wollen wir nicht den Todeskampf verkürzen?« bat Theodor.

»Ich kann nicht«, sagte Friedhof, »aber ich glaube nicht, daß er leidet.«

»Aber man sieht es doch. Warum lügen wir alle?«

Der Morgen graute. Fröstelnd saß alles im großen Eßzimmer. Die Lampe mit den künstlichen Weintrauben brannte. Die dunkle Ledertapete ließ manchmal ein trübes Gold aufleuchten. In den Sesseln mit den hohen Lehnen versanken die dunkel Gekleideten.

Die Schwester trat ein. »Es geht zu Ende.«

Sie gingen hinauf ins Schlafzimmer. Seit Stunden hatte diese Qual nicht aufgehört. Plötzlich zuckte Emmanuel, und alle wußten, es war vorbei.

Paul und Ludwig sprachen das Totengebet der Juden, das ein Lob Gottes ist. Paul ging durch das Haus und stellte die Uhren ab. Anna verhängte die Spiegel. Karl übernahm die Bestellung der Todesanzeigen, und Annette besorgte schwarze Kleider.

Am andern Morgen waren zwei Seiten der Berliner Zeitungen mit Todesanzeigen bedeckt. Und in die Bendlerstraße kam Kranz auf Kranz. Anna und Fräulein Kelchner nahmen sie ab. Weyroch kam selber, ein alter Mann jetzt, mit seinem Sohn: »Hier sehen Sie von der Deutschen Bank nur Lilien, und über einen Meter Durchmesser. Und von der Börse rosa Rosen mit Palme, paßt zwar nicht ganz zusammen, aber bei so offiziellen Sachen wie Börse nehmen sie Palme. Und hier die Schleifen, Moiree, Fräulein Kelchner. Es ist ja nicht schön, am Tode Geld zu verdienen, aber was soll man machen. Ich wer' das ein bißchen arrangieren.«

Annette und Karl gingen in den roten Salon, wo der Sarg stand, und sahen sich die Kränze an. »Was sagst du, Blombergs nur ein bißchen Herbstblumen? Und Amalie Mayer wieder so übertrieben, wo man doch weiß, daß es ihr so schwerfällt. Und hier, wunderbar, sieh mal, gelbe Rosen von der Gräfin Sedtwitz. Und Orchideen, wer ist denn das? Hartert, auch übertrieben.« Sie sahen die Karten von den Haller Maschinenwerken, von den Dortmunder Farbwerken, von der Woll G. m. b. H., von den Vereinigten Nordsee-Schiffahrtslinien. »Wie wunderbar die Leute geschickt haben!«

»Ja, Papa war so beliebt.«

»Wo sind Karl und Annette? Wir müssen fahren«, sagte Klärchen.

»Karl und Annette sehen die Kränze an«, sagte Theodor.

»Das ist doch aber wirklich gleichgültig.«

»Ja, da liest einer eine Todesanzeige und sagt zum Büroboten: ›Für zwanzig Mark einen Kranz schicken‹«, sagte Paul.

»Du bist wie Onkel Waldemar.«

»Karl und Annette sind glückliche Menschen«, sagte Theodor.

Der Trauerzug zog langsam durch das Brandenburger Tor. In der kleinen Halle auf dem hundertjährigen Friedhof inmitten der Stadt stand ein Rabbiner und sprach: »Unser Leben währet siebzig Jahre, und wenn es hoch kommt, achtzig Jahre, und wenn es köstlich gewesen ist, dann ist es Mühe und Arbeit gewesen. Amen. Liebe Leidtragende, der Mann, den wir heute zur Erde bringen, hat ein reiches Leben hinter sich. Sein Vater war ein frommer Mann, und ihm ist der Verblichene nachgeraten. Sein Vater hatte hier in dieser Stadt in der jüdischen Wissenschaft einen angesehenen Namen. Der Verstorbene hat weit über das biblische Alter gelebt. Er hatte vier wohlgeratene, erfolgreiche Kinder und eine Fülle von Enkeln. Er war weit und breit angesehen und ließ viele teilnehmen an seinem Reichtum.«

Die Orgel spielte, eine Sängerin sang.

Es sprachen eine ganze Kette von Vorständen. Es wurde gesprochen für den Börsenvorstand, für die Freunde humanistischer Bildung, für das Waisenhaus, für die Ludwig-Eugenie-Stiftung, für den Verein zur Erwerbsfähigmachung der Blinden, für den Verein zur Errichtung von Asylen für Obdachlose. Es sprach ein Herr für die Kaufmanns- und Gewerbegerichte, denen Emmanuel Oppner vierzig Jahre als Handelsrichter angehört hatte. Es trat ein Herr nach dem andern vor, im langen schwarzen Gehrock, den Zylinder auf dem Kopf, wenn es ein Jude war, den Zylinder in der Hand, wenn es ein Christ war. Sie sagten immer wieder dasselbe: »Er hat sich die Sympathien aller erworben, die mit ihm umgingen.« »Er war ein fester Charakter, dem das Herz auf dem rechten Fleck saß, und niemand tat eine Fehlbitte. Wir sprechen unser Beileid aus der edlen Gemahlin, die ihm treu zur Seite stand und durch die Anmut ihres Wesens alle Herzen gewann.«

Die Orgel spielte. Die Totengräber nahmen den Sarg auf die Schulter und schritten durch das bunte Laub. Am offenen Grab überlegte Waldemar einen Augenblick: »Wir haben heute einen guten Mann begraben, es ist mir ein Bedürfnis, ihm einige Abschiedsworte nachzurufen. Er saß oft auf der Bank der Spötter, er hielt nichts von Religion und nichts vom Glauben seiner Väter. Er lebte wie keiner mehr von uns in der Welt der Alten, er kannte Homer, und Horaz war ihm ein guter Freund. Er war heiter und dem Leben zugewandt, das ihm Erfolg brachte, Ehren und Reichtum. Aber wir wollen den Verblichenen nicht so hinstellen, als wäre er nichts als ein Liebling der Götter gewesen. Das Leben hat ihm auch Schweres gebracht. Er hat in seiner Jugend für die Freiheit gekämpft, hat sein Vaterland verlassen müssen und kam nach langer Abwesenheit in Paris wieder. Aber er war ein strenger, ein rechtlicher Preuße geblieben. Diese Rechtlichkeit, diese festen Moralbegriffe machten nicht halt vor dem eigenen Blut. Er wich dem eigenen Schmerz nicht aus. Uns, die wir ein Menschenleben mit ihm verbrachten, ist viel genommen worden, der Mittelpunkt einer großen Familie, freudig anerkannt, sehr geliebt. Möge dir die Erde leicht sein.«

Er nahm von der Schaufel der Totengräber Erde und warf sie auf den Sarg, drei Hand voll. Der Zug ging langsam vorbei. Es kam die Familie, es kamen die Vorsitzenden der Aufsichtsräte, denen Emmanuel angehört hatte. Es kamen die Börsenvertreter. Es kamen stolpernd die Blinden des Blindenheims, das Emmanuel erhalten hatte. Es kamen die Direktoren der Großbanken. Es kamen die Vertreter der Stadt Berlin. Der Sarg war fast schon von der Erde bedeckt, die jeder hinabwarf.

Man ging dem Ausgang zu. Draußen standen die Effinger-Autos, schöne schwarze Wagen, viereckige Karosserien.

»Ich finde«, sagte Paul zu Klärchen, »Onkel Waldemar hätte nicht nötig gehabt, hier öffentlich die Sache mit Herbert zu erwähnen und daß Papa nichts von Religion hielt. Ich fand es überhaupt überflüssig, daß Onkel Waldemar sprach.«

»Aber Paul, der Rabbiner hat doch vollkommenen Unsinn gesagt.«

»Ich bitte dich, was soll so ein Mann denn sagen? Es hat ihn doch keiner richtig unterrichtet. So ein Mann hat es heutzutage furchtbar schwer. In dieser großen Gemeinde kennt er niemanden, und man holt ihn zu Hochzeiten und zur Beerdigung. Was soll er denn da sagen?«

Miermann sagte zum Handelsredakteur: »Ich denke, zwanzig Zeilen noch ins Abendblatt dem Nachruf angefügt über die Beerdigung. Haben Sie sich die wesentlichen Leute notiert, die da waren? Auch ein paar Kranzschleifen?«

# 57. Kapitel

## *Autorennen*

Paul fuhr nach London. Er wohnte bei Ben.

Welch ein Unterschied gegen die Häuser von Theodor, von Eugenie, von seinen Schwiegereltern! Welch ein Unterschied gegen die Wohnung von Annette!

Ben, kurz nach der Nobilitierung, Lord Effinger, wohnte in einem dunklen Häuschen, drei Fenster breit die Front, hinter einer weißgestrichenen Tür, die ihrerseits sich wieder hinter einem weiß-roten Vorhang verbarg. Da waren ein Wohnzimmer und ein Eßzimmer mit ein paar Stufen in den Garten. Und dann ging es drei Etagen hoch mit Kinder- und Schlafzimmern. Paul fühlte sich wohl. Es war einfacher als bei allen Berlinern und vornehmer. Er sah auf Möbel und Hausrat, Mahagoni, Silber und geblümten Kretonne. Paul war es lieber als Theodors Museum und Annettes Modernität. Er lächelte glücklich.

Der Butler stand hinter dem Tisch, gab die Platten aus. Ben saß am Kopfende und zerlegte das Roastbeef.

»Arbeitest du gern in der Fabrik?« sagte Paul zu Reginald.

»Wie bitte?« Reginald verstand offenbar den Sinn der Frage nicht. »Die Orders nach Petersburg sind nicht zu bekommen. Müßte man wissen, wer von wem nimmt«, lachte er seinem Vater zu.

Paul dachte an James, der nichts tat, an Erwin, der glaubte, daß der Arbeiter zu gering und sein Vater zu hoch bezahlt sei, der unsicher war, unsicher wie Marianne, wie Lotte, wie alle diese Kinder, die sich nicht einfügten, sich nicht wohl fühlten.

Ben erzählte. Er war in Australien gewesen. Für gewaltige Bewässerungsanlagen hatte er die Pumpen geliefert. Er war empfangen worden von der ganzen kolonialen Beamtenschaft mit allem Glanz des Empire. Lord und Lady Effinger.

Sie sprachen von den Kindern. Fritz war neun Jahre alt, ein großartiger Bursche, kräftig und hochintelligent. Lotte war fünfzehn, interessant und schwierig. Bei Helene in Neckargründen war die Ricke verheiratet, und Walter, der Jüngste, arbeitete schon im Geschäft. »Wie kann man ein Kind Ricke nennen!« sagte Ben.

»Bertha hat geheiratet, einen alten Schlemihl«, sagte Paul. »Die Bertha ist doch so tüchtig, sie ärgert sich den ganzen Tag über ihn. Aber schließlich war sie sechsunddreißig. Es hatte sich der junge Wolff von den frommen Wolffs aus Frankfurt a. M. für sie interessiert. Aber sie war ihm nicht orthodox genug. Tja, das ist schade.«

Sir Ben sprach mit Paul über die Flotte: »Deutschland hat seine überwältigend große Armee. England hat nur seine Flotte. Es wäre ein Glück, wenn Deutschland nicht weiterbauen würde.«

»Ich verstehe dich nicht«, sagte Paul, »die englische Flotte braucht doch die junge deutsche Flotte nicht zu fürchten.«

»Aber Paul, die Sorge, daß die deutsche Flotte der englischen überlegen werden könnte, ist die treibende Kraft für die ganze Ententepolitik. England will sich außerdem finanziell entlasten für die große Sozialreform. Es könnte dahin kommen, daß England Deutschland frägt, wann es mit seiner Flottenrüstung haltzumachen gedenkt.«

»Um Gottes willen, eine solche Anfrage würde den Krieg bedeuten. Sage das deinen Regierungsfreunden, Deutschland würde sich einem solchen Versuch eines ›Faschoda‹ mit aller Macht widersetzen. Herr von Bethmann-Hollweg hat am 30. März gesagt, daß er nie dem zustimmen würde, daß man den englischen Suprematieanspruch zur Grundlage eines Weltkongresses über Abrüstung macht.«

Mein Gott, dachte Ben, Paul mit Umlegekragen, weicher Locke, braunem Vollbart, sieht aus wie ein demokratischer Professor und redet lauter neudeutsche Töne: »Wer redet denn von Weltkongreß? Aber warum sollten sich Deutschland und England nicht einigen?«

Paul suchte ein Grundstück und fand bald eins, an Themse und Eisenbahn gelegen, das er auf neunundneunzig Jahre pachtete. Er engagierte einen Geschäftsführer, Mr. Mackenzie, der hatte ein kleines Haus, ein Wohn- und ein Eßzimmer, das in den Garten ging, präsidierte an der Spitze des Tisches und zerlegte das Roastbeef. Er übernahm es, die neue Fabrik zu bauen und einzurichten. Die Teile der Autos wurden aus Deutschland bezogen.

»Alle Autos müssen bar bezahlt werden«, sagte Paul. »Alle Reparaturen zum Selbstkostenpreis mit einem kleinen Aufschlag. Ich will vor allem nicht, daß die Leute mit den Reparaturen hereingelegt werden. Daher kommt nämlich der schlechte Ruf der Autoindustrie.«

»Paul«, sagte Ben, »ich habe gehört, daß die Nennungen zum Roger-Powell-Rennen bald abgeschlossen werden.«

»Wir wollen keine Rennwagen bauen. Schnelles Fahren allein ist kein Beweis für die Güte eines Wagens.«

Ben redete ihm zu. Paul entschloß sich daraufhin.

Kleinler, der Rennfahrer, verlangte 25 000 Mark und Eidechsenreifen. Paul war dagegen. Kleinler sagte brüsk: »Gut, dann fahre ich einen anderen Wagen. Ich bin's, der sein Leben riskiert, ich fahre nur Eidechsen.«

Paul wußte von Ben, daß Rütger, Eidechsenreifenwerke Dortmund, in London war. Es stellte sich heraus, Kleinler bekam noch einmal 50 000 Mark von Rütger, weil er Eidechsen fuhr. Rütger meinte, die Pneu-A. G. habe Kleinler à fonds perdu 10 000 Mark gezahlt, damit er Pneu-Werke-Reifen fahre.

Das Roger-Powell-Rennen begann. Grau und knatternd standen die Rennwagen, riesengroß die Nummern. Der Sohn der Back-Autos lenkte selbst. Paul dachte: Wenn mein Fritz erst so weit sein wird! Fritz, der so vorzüglich lernte. Eigentlich arbeitete er nie, es flog ihm zu. Wie er das machte, war für Paul schwer zu erkennen.

Gegenüber den Tribünen war eine große Tafel mit den Nummern der Autos.

Die jungen Effingers vergnügten sich damit, untereinander Wetten abzuschließen. Sie sprachen vom Tennis. Froitzheim, ein Deutscher, war Weltmeister, Herrgott, »wirklich erste Klasse«.

Kleinler sagte zu Smith: »2000 Pfund hat sich der Leviseur geben lassen von den Miller-Werken, damit Etoile nicht siegt. Schweinerei. Unsereins rechnet in Mark. Ist man natürlich gelackmeiert.«

Smith dachte: Ist also Leviseur ungefährlich. Laut sagte er: »Und der von den Miller-Werken?«

»Du meinst?«

»Na, ist doch möglich.«

»Hat von Etoile was bekommen.«

»Wie hoch?«

»Ist nicht rauszukriegen.«

»Könnten sie ja auch ehrlich fahren.«

»Sicher.«

»Käme auf eins raus.«

»Weniger Zaster.«

Ein Schuß. Die Autos sausten fort. Das ganze Rennen bestand für die Zuschauer in der Betrachtung der Zahlen auf der Tafel: »Effinger 5.«

Kleinler fuhr wie der Teufel. Eine Schweinerei, dachte er, so zu schieben. Er würde es Miller schon zeigen.

Sir Ben sagte zu Paul: »Glaubst du, sie fahren ehrlich?«

»Ich weiß es nicht, wahrscheinlich die meisten.«

»Vielleicht der Sohn von Back«, lachte Ben.

Die Nationalhymne wurde gespielt. Eduard der Siebente betrat die Loge, Grau in Grau, den grauen Zylinder auf dem Kopf, ein wenig dick und ein wenig müde. Um ihn die Damen in viel wehenden langen Federboas und mit Sonnenschirmen.

Paul sah: »Effinger 4.«

Jetzt begann die Aufregung. Noch drei Runden, Kleinler holte auf. Reginald schrie, wenn er vorbeikam, Roger schrie, wenn er vorbeikam, sie enthusiasmierten die Tribüne, sie brüllten: »Effinger-Auto 3.«

Prachtkerle, dachte Paul, dieser Reginald und Roger, trotzdem ich es nicht richtig finde, daß sie überhaupt nichts mehr von Deutschland wissen. Schließlich ist ihr Großvater noch …

Auf der anderen Tribüne schrien die Back-Freunde. Back war Favorit, ungemein bekannt und beliebt. Paul wurde auch aufgeregt: »Effinger 2.« Es war ihm nicht angenehm, Back zu besiegen. Er dachte – als Jude. Aber Reginald und Roger brüllten unbekümmert weiter. Jetzt holte Back auf. Sie kamen zugleich an. Da: »Effinger 1.«

Letzte Runde. Wenige Meter vor Back. Die Reporter standen am Ziel, photographierten, Kleinler und Back standen Arm in Arm. Silberne Pokale wurden überreicht. Reporter telephonierten. Paul telegraphierte: »Sieg Effinger-Auto Roger-Powell-Rennen. 130 Kilometer. Allen Vertretern mitteilen. An Verkaufsstellen anschlagen. Paul Effinger.«

Lord und Lady Effinger gaben am nächsten Tag eine Gesellschaft. Auf dem Lande mit Lampions, junge Leute, Tanz auf großer Wiese. Klärchen saß zu Hause.

Wenige Tage danach bekam Paul die deutschen Zeitungen. In der sozialistischen Presse stand ein Artikel über die Ausnutzung der Rennfahrer. Bezahlung sei miserabel auf der einen Seite. Auf der anderen Seite stehe die Lebensgefahr.

»Was ist das?« fragte Paul Ben. »Nur Bösartigkeit?«

»Nein, die Naivität des Kleinbürgers.«

# 58. Kapitel

## *Goldene Hochzeit*

Im Juni war in Kragsheim goldene Hochzeit.

»Wir werden uns sehen,« hatte Walter an Lotte geschrieben. Und Annette sagte zu Klärchen: »Tu mir einen Gefallen – es kommt Ben mit der ganzen Familie aus England –: Laß dir ein neues Kleid machen. Wenn ich daran denke, wie miserabel du bei der Hochzeit von Theodor angezogen warst, wird mir noch schlecht.«

»Sieben Jahre ist das her«, sagte Klärchen und dachte: Du hast doch andere Sorgen in dieser Zeit gehabt.

An einem grauen Frühsommertag fuhren Paul und seine Familie weg.

»Seht ihr«, sagte Paul, »wie jämmerlich das Korn dort steht. Bei uns in Süddeutschland steht es ganz anders. Als ich vor fünfundzwanzig Jahren hierherkam, hab' ich mir nicht denken können, daß hinter diesem Sand und diesen Kiefern noch eine Stadt kommt. Ich hab' damals nicht lange in Berlin bleiben wollen, sondern ich wollte bald genug verdient haben, um mich in Kragsheim zur Ruhe zu setzen und meinen Schoppen im ›Gläsernen Himmel‹ zu trinken.«

Klärchen ärgerte sich: »Wie kann ein großer Industrieller sich immer wünschen, in einer kleinen Stadt als Rentier zu leben.«

Dies war Thüringen: eine grüne Wiese, ein kleiner Fluß, ein Weg in einen dichten Wald.

In Gera war ganz kurzer Aufenthalt. »Hier«, sagte Paul, »war früher Maschinenwechsel. In dem Bahnhofslokal war eine lange Tafel gedeckt. Alle Fahrgäste haben dort mittags gegessen. Die Kellner wußten nicht, wen zuerst bedienen. Das war eine Goldgrube. Jetzt sieht es herabgekommen aus. Kann einem auch leid tun.«

Bertha erwartete sie. »Ich habe für euch im Hotel Baum Zimmer genommen. Aber ihr kommt morgen früh gleich hinüber.«

Sie nahmen eine Droschke. Sie roch muffig, und sicher hatte der Kutscher nicht jeden Tag eine Fuhre.

»Das habe ich mir immer als Junge gewünscht«, sagte Paul, »im Hotel Baum zu wohnen und mit zwei Rappen vorzufahren, die mit den Köpfen nicken.«

Morgens wurden sie durch die Trompeten der blauen Husaren geweckt, die, kleine weiß-blaue Fähnchen an den Lanzen, durch die Kastanienallee zogen, die zum Schloß führte. Hinter den Husaren kam der Postwagen, der Postillon im gelben Rokokofrack.

Sie frühstückten unter den Kastanien. Der Kies knirschte. Die Milch hatte Schaum vor lauter Frische, und die Semmeln rochen nach Weizen.

Paul war glücklich: »Zu meiner Zeit war das Hotel ganz fein.«

»Aber Papa, die alte Kiste!« sagte Fritz.

»Fürstlichkeiten sind hier abgestiegen.«

Im Uhrenladen im »Auge Gottes« stand der Schlemihl, der Mann von Bertha. Oben im Erker erwartete sie der alte Effinger und segnete die Kinder. Er trank immer noch morgens nüchtern ein Glas Wasser, »Daher bin ich bald ein Achtzigjähriger«, ging um fünf Uhr früh in die Synagoge, trank den Kaffee, wenn er nach Hause kam, und half Holz machen.

»Du bist noch ein richtiger Handwerker gewesen.«

»Das hängt uns allen nach«, sagte Helene, »man kann nicht mehr raus aus seiner Haut, wir haben alle Sparen gelernt. Weißt du noch, wie der Papa immer gesagt hat, man muß Pfennig auf Pfennig legen?«

»Das sagt Papa auch immer«, sagte Lotte.

»Und das ist auch ein sehr richtiger Grundsatz. Man muß so leben, daß, wie auch immer die Zeiten werden, man im gleichen Stil weiterleben kann; bei uns hat man sich noch nie totverdient. Die Bankiers haben es immer noch am leichtesten.«

»Es ist ja schrecklich mit Paul«, sagte Klärchen, »er läßt sich immer von den andern imponieren.«

»Du kennst das eben nicht«, sagte Helene, »wenn man in

einer Beamtenstadt aufwächst, wo nur die Cheveauxlegers eine Rolle spielen, die Herren Offiziere und die Herren Regierungsräte.«

Der alte Effinger sagte: »Macht's a End mit der Philosophiererei. Nun wollen wir drei, meine Zigarre, mein Stock und ich, um die Mauer gehen, und ihr zwei kommt mit.« Sie gingen an der Mauer entlang. »Müßt immer mitgrüßen. Das war Bäcker Schnotzenrieth.«

»Grüß Gott«, sagte eine alte Frau, »mit wem gehst denn?«

»Mit den Kindern von meinem Paul. – Das war die Tochter vom Charcutier Senz, eine gute Frau.«

Beim Mittagessen redete der Großvater allen zu: »Das Stückle Fleisch hast du noch nicht gegessen.«

»Aber eben doch.«

»Aber das sicher noch nicht.«

»Wenn es einem am besten schmeckt, muß man aufhören«, sagte Paul.

»Wie wir auf die Hochzeitsreise gegangen sind, mußten wir bald wieder umkehren, wegen des Krieges in Savoyen.« Er erzählte, wie elend es in Deutschland bis zum Krieg 1870 war. »Die Hälft' ist ausgewandert nach Amerika. Auch mein Bruder Moses. Aber dann hat man nie mehr etwas von ihm gehört.«

Einen Augenblick waren alle still und dachten an Herbert.

Am Tag der goldenen Hochzeit war das ganze »Auge Gottes« geschmückt. Die alten Effingers saßen auf zwei feierlich bekränzten Stühlen, als die Gratulanten kamen, der Wirt vom »Silbernen Maulesel«, der vom »Gläsernen Himmel«, eine Abordnung der Handwerkerinnung, deren Führer eine Rede hielt, ein Bote von Schloß Deckendorf mit einer Gratulation des Fürsten an seinen alten Uhrmacher, die anfing: »Mein lieber Herr Effinger« und zehnmal herzlicher war als die Gratulation der Mannheimer Verwandtschaft.

»*Die* Leut' haben Formen«, sagte Helene bewundernd, ehrfürchtig und gerührt.

Auch Willy war gekommen und wieder aufgenommen worden mit seiner »Person«, wie Helene sich ausdrückte, einer sehr großen, sehr statiösen Frau mit sehr onduliertem, sehr blondem Haar, von der niemand erfuhr, ob sie je so etwas wie Eltern besessen hatte.

Kleine Urenkel, Kinder von Helenes ältester Tochter Ricke Krautheimer, kamen als Zeiger und Perpendikel und wurden allgemein »goldich« gefunden.

Zum erstenmal in ihrem Leben hatte Minna heute nicht gekocht. Nach Tisch lief Ruth, Helenes Zweitälteste, davon. Alle fanden das unerhört. Nur Helene sagte: »Also laßt sie, es ist ein junger Mann, der als Partie in Frage kommt. Die Mädle wollen sich halt versorgen. Die Ruth ist doch leider schon dreiundzwanzig Jahre alt.«

Alles saß im Grasgarten nach dem Essen. Der Flieder blühte, und der Holunder bildete dichte Hecken. James machte June den Hof. Ricke Krautheimer sagte zu Klärchen: »Weißt du noch, Tante Klärchen, wie ich für dich geschwärmt habe, damals, als du dich mit Onkel Paul verlobt hast? Jetzt hab' ich schon das kleine Pärchen.«

»Reizende Dinger«, sagte Klärchen.

Wie lange hatten sich Helene und Ben nicht gesehen! Ein halbes Leben!

»Gott, daß du Lord geworden bist! Und eine schöne Frau hast du und schöne Kinder. Ja, die Brüder! Anders als wir zwei Schwestern. Bertha mit ihrem Schlemihl. Wie gefallen dir denn Annette und Klärchen?«

»Annette ist halt eine echte Berlinerin, wie sie jetzt sind, und Klärchen ist sehr reizend. James könnte in England allein durch seine Schönheit Lord werden. Meine June ist vollkommen hingerissen.« Und er sah mit Wohlwollen hin.

So ist es auf der Welt, dachte Helene, mein Oskar, dieser fleißige, anständige Mensch, den sieht keine an, und der James, der nichts tut, sondern von Vaters Geld lebt, der heiratet die Tochter eines Lords.

»Dein Julius ist aber auch ein braver Mensch.«

»Ja, das ist er. Er hat sich viel geschunden. Wir haben aber auch jetzt ein Warenhaus mit drei Etagen. Oskar führt's hauptsächlich. Mein Julius ist doch sechzig. Da kann man sich auch ein bißchen ausruhen. Ruth ist Hauptkassiererin, und Walter ist ein erstklassiger Leiter für die ganze Textilabteilung. Ja, ich hab' schon gute Kinder.« Ihre langen knochigen Hände lagen auf dem schwarzen Seidenkleid, verarbeitet und rot.

Der Nachmittag ging zur Neige. Lange Tische wurden wieder gedeckt.

James sagte zu June: »You are beautiful. I love you«, und er küßte ihr die Hand zwischen den Fingern. »If I had made your knowledge some years ago, I had you married; but now!«

June verstand ihn nicht ganz. Sie dachte: Er hätte mich also geheiratet, und mit großer Seligkeit verabredete sie sich für eine Schloßbesichtigung am nächsten Tag.

Ben sprach lange mit Erwin: »Ich würde dir sehr raten, jetzt die Schule zu verlassen, dann ein Jahr in der Fabrik zu arbeiten und dann zu uns zu kommen. Es gibt nichts Besseres für einen jungen Mann als eine Lehre in England, um eine Weile aus dieser deutschen Stickluft heraus zu sein.«

»Findest du es stickig?«

»Aber Erwin!«

»Ja, ich auch. Aber ich dachte, das sei mehr eine Ansicht meiner Generation als eine objektive. Es gibt übrigens viel Bewegung in der Jugend, wir sehen alle nicht mehr recht den Sinn des Ganzen. Geldverdienen ist kein Ziel.«

»Ach, überspannt. Das paßt nicht nach England«, sagte Ben und stand auf.

Am nächsten Tag wartete James mit June in der Durchfahrt des Schlosses. Der Kastellan begann: »Dieses Schloß der markgräflich-herzoglichen Familie wurde im Jahre 1672 erbaut. Nachdem es im Jahre 1732 größtenteils einem schrecklichen Brande zum Opfer gefallen war, wurde es fünf Jahre darauf in neuer Pracht erbaut. Die Herrschaften sehen nur die Prunkräume. Bitte die Herrschaften, die Filzpantoffeln anzuziehen.«

Sie gingen nebeneinander auf dem Leinenläufer, der von einem Zimmer ins andere führte. James zeigte ihr den ganzen Glanz des Rokoko, grau und gold und chinesische Vasen und schmale, ganz lange geschweifte Sofas unter Spiegeln, die von bunten Schnitzereien umgeben waren, Wände, die eingeteilt waren von

Bildern und seidenem Stoff, und den Blick in den Park. Und den Park selber, Taxushecken und halbverfallene Sandsteingötter und Wasserspiele, »Altäre der Liebe« und »Tempel der Freundschaft«.

An einem vermoosten Wasser, in dessen Mitte ein Neptun saß, stand eine Steinbank. Sie setzten sich dorthin, und James legte ihr den Arm um die Schulter und küßte sie.

Als June wieder in England war, fanden alle ihre Freunde, daß sie so schön geworden sei. Ein Vierteljahr darauf verlobte sie sich mit einem Mann, der sich sehr in sie verliebt hatte. Sie schrieb an James, daß sie ihm für seine Gratulation danke. Sie liebe den guten Jungen, mit dem sie sich verlobt habe, sehr. Aber sie werde nie das Rokokoschloß in Kragsheim, die Taxushecken und den vermoosten Teich vergessen.

# 59. Kapitel

## *Zukunftsprobleme*

Eugenie saß auf der breiten Terrasse, von der eine Treppe in den Garten führte, in einem Korbsessel unter einem bunten Gartenschirm. Neben ihr lag ihr Windhund. Sie hatte ein grauseidenes Sommerkleid an, eine lange und dicke Perlenkette um den Hals und einen herrlich gestickten weißen spanischen Schal um die Schultern. Sie las einen französischen Brief ihres Bruders Alexander, als Lotte Effinger kam.

»Komm, mein liebes Kind, setz dich her. Man sieht und hört ja nichts von euch. Was macht die liebe Mama? Und dein fleißiger Papa? Und der lustige Kleine?«

»Mama geht es gut, Papa kommt schrecklich spät nach Hause, und ich komme Ostern aus der Schule und weiß noch nicht recht, was ich machen soll.«

»Muß denn ein junges Mädchen etwas anfangen? Du kannst doch ein paar Musikstunden nehmen, Haushalt lernen, und dann wirst du dich schon bald verheiraten.«

Da kam der große, dicke Waldemar in den Garten.

»Ich habe einen Brief von Alexander aus Petersburg«, sagte Eugenie sehr ernst. »Ein Freund von ihm ist nach Sibirien geschickt worden. Er fürchtet eine Revolution – und erhofft sie zugleich. Auf alle Fälle hat er den Hauptvermögensanteil nach Warschau gebracht, weil er offenbar mit Wirren in Innerrußland rechnet.«

»Du weißt, daß die hiesige Firma sehr viel Geld in den Soloweitschickschen Fabriken stecken hat. Sie haben ja dies Jahr phantastisch verdient.«

Lotte saß dabei. Gehöre ich auf diese Seite? Es müßte schön sein, ein weißes Spitzenkleid anzuhaben und eine Perlkette und über eine solche Treppe käme ein großer und schöner Mann mit einem Rosenstrauß, der einen liebt. Oder gehöre ich auf die andere Seite? Da ist der Weg, wie ihn Laermans schildert, eine graue Mauer, hoch und steil an beiden Seiten eines Weges, voll von unabwischbarem Staub. Zwischen diesen beiden Mauern gehen Menschen dahin, in die Farbe des Staubes gekleidet, ohne Ende, ohne die Hoffnung eines grünen Blättchens von den Gärten hinter den Mauern. Tore öffnen in diesen Mauern, irgendwie Tore öffnen!

»... aus der Schule kommst?«

»Wie?«

»Wo steckst du denn?« lachte Waldemar. »Komm mit, Lottchen, begleite mich ein Stückchen in den Tiergarten.«

»Das Problem ist, daß ich gar nicht weiß, was ich nach der Schule anfangen soll. Marianne sagt, es käme nur soziale Arbeit in Frage. Aber ich möchte lieber studieren. Papa meint, ich würde dann nicht heiraten. Und schließlich möchte ich das ja, und auch Kinder haben.«

»Was willst du denn studieren?«

»Ich weiß nicht recht. Es ist schrecklich schwer, zu wissen, was man will.«

»Wir sind jetzt am Brandenburger Tor. Komm ein bißchen zu mir herauf. Ich rufe bei euch an, daß du bei mir bist.«

»Na, was ist denn los?« sagte Klärchen höchst ärgerlich. »Immer diese Extravaganzen! Du bringst sie nach Haus?«

»Nun, mein Kind«, begann Waldemar, »keiner von uns kann dir heute raten: Studiere, das ist das Richtige, oder versuche, den Armen zu helfen, oder sieh zu, daß du einen reichen Mann bekommst, oder heirate aus Liebe ...«

»Aber man kann doch sagen, daß es sittlicher ist, aus Liebe zu heiraten, als sich verheiraten zu lassen wie die vorige Generation.«

»Vielleicht. Aber eins ist sicher: Du mußt dir selber deinen Weg suchen.«

»Ja, meine Kusine in Neckargründen weiß ganz genau, was sie will; sie will heiraten, und Papa und Mama stehen auf dem gleichen Standpunkt. Für einen geliebten Mann Spinat kochen, muß ja wirklich ganz schön sein. Sieh mal, ich wünsche mir einen Menschen, der mich führt. Aber unsere Jungs, die suchen entweder selbst rum oder sie haben ganz kurze Ziele. Es ist schon in der Klasse so. Sie begeistern sich für den Sozialismus, aber wenn sie hören, daß ich in der Bendlerstraße wohne, dann imponiert ihnen das, und sie finden es eigentlich unbegreiflich, daß ich nicht alle Möglichkeiten, die in guten Verhältnissen liegen, ausnutzen will, sondern noch andre Ideen habe.«

Lotte hatte aber einen heimlichen Wunsch, von dem sie sogar Waldemar nichts gesagt hatte: Sie wollte Schauspielerin werden. Sie wußte keinen Weg. Aber ihre Schulfreundin Lili sagte: »Ich nehme dich mit zur Kolbe.«

Es war ein kleinbürgerliches Haus, und im Korridor roch es nach Küche. Das Eßzimmer war voll mit Plüsch und Kurbelstickerei. So kann der Weg ins Freie nicht aussehen, dachte Lotte. Die Kolbe erwartete sie in einem fließenden grünen Gewand mit zwei goldenen Reifen im Haar. Lotte sprach ihr vor.

»Sie haben Talent. Aber ich rate Ihnen ab. Wozu haben Sie das nötig? Vor ein paar Tagen war ein junges Mädel bei mir aus ganz kleinen Verhältnissen, der riet ich zu. Die kann sich durchschlagen. Sie können das nicht. Der Anfang ist furchtbar. Glauben Sie mir.«

Lotte traf es nicht sehr. Ein Glück wahrscheinlich, daß die Kolbe sie nicht für ein Genie erklärt hatte.

# 60. Kapitel

## *Frauenversammlung*

Marianne wußte, was sie wollte. Sie besuchte die Kochsche Schule, eine neue Gründung der Frauenbewegung. Man lernte dort kochen und reinemachen und Arbeiterkinder beaufsichtigen. Dies war die Grundlage zu dem, was man soziale Arbeit nannte. Die Mädchen der Kochschen Schule arbeiteten ohne Entgelt. Sie trugen Batikblusen, absatzlose Schuhe und Holzketten als Zeichen des heiligen Ordens zum höheren Menschentum. Sie gaben anders die Hand als andere Menschen. Sie drückten sie mit einem Ruck des ganzen Armes und sahen dem Gedrückten innig in die Augen.

Marianne sah sich das nicht mehr länger an mit Lotte. Sie nahm sie in einen Vortrag von Amalie Mayer mit. Mit knapper Not konnten sie noch ein Plätzchen finden. Man sah viele Frauen zwischen dreißig und fünfzig, aber die Mehrzahl auf allen Galerien und unten im Parkett waren junge Mädchen, Scharen von Jugend, Hunderte und Hunderte, und sie standen noch draußen an den Türen und konnten keinen Einlaß finden, eine ganze junge Frauengeneration.

Oben stand Amalie Mayer, grauhaarig, auf ihrem selbsterkämpften, auf ihrem selbsterhungerten Platz.

»Ihr geht mit sechzehn Jahren von der Schule ab«, so begann sie, »mit ein bißchen Sprachkenntnissen, Geschichtszahlen und den Anfangsgründen der Chemie und Physik. Dann werdet ihr in die Gesellschaft eingeführt als Schmuck des Daseins. Und euer geistiges Leben bleibt auf jenem Niveau, das durch die Frauenbeilage unserer Zeitungen gekennzeichnet ist: ein bißchen Mode, ein bißchen Kochen, ein bißchen Kinderpflege und »Etwas für geschickte Hände«. Jahrtausendelang hat der Mann bestimmt, was für Frauen gut ist. Nun sind wir an einem Wendepunkt. Wir wollen teilhaben an der Männer Weisheit und Schöpfertum, an ihrer ernsthaften beruflichen Ausbildung. Denn selbst die gebildeten Frauen sind gebildet nur auf dem Gebiet dessen, was man als schöngeistig bezeichnet. Aber ihr habt endlich genug von einem Vortrag über Rembrandt nach dem Nachmittagstee, der euch gerade noch Zeit läßt, um euch zur Abendgesellschaft umzuziehen. Hier beginnt die Pflicht gegen das eigene Ich, gegen die eigene Entwicklung zum Menschen.«

Ein solcher Beifall erhob sich, daß Amalie Mayer nicht weitersprechen konnte, minutenlang.

»Meine lieben Freundinnen, es gibt Dinge, die uns lebenswichtiger zu wissen sind als die neuesten Kunstrichtungen der Sezession. Was tun Staat und Gemeinde für das uneheliche Kind? Wie weit haben Frauen die Verfügungsgewalt über ihre Kinder? Wer von euch hat schon einmal daran gedacht, wenn sie in einem Geschäft eine Bluse kauft, daß die Näherin vielleicht nur fünfzig Pfennige für das Nähen bekommen hat? Hier könnt ihr teilnehmen an den Aufgaben der Zeit. Denn ihr sollt und ihr wollt nicht vorbeitanzen an der gewaltigen Geschichte unserer Gegenwart.«

Und wieder und wieder brach ein ungeheurer Beifall los. Marianne drückte Lotte die Hand, die das fast zu aufwühlend fand, zuviel des Verständnisses für alles, was man suchte und wovon man nicht wußte, was es war.

Dann sprach Fräulein Doktor Koch selber, die berühmte Frauenrechtlerin, groß, schmal, feiner kleinnasiger Kopf mit dichtem, blondem Haar. Sie ging in sportlichen Blusen, schwarzen Röcken, das Haar straff nach hinten gezogen mit einem kleinen Knoten mitten auf dem Kopf.

Sie war die erste gewesen, die erklärt hatte, daß das seit Jahrtausenden überlieferte Frauenideal durch die Bedürfnisse des Mannes bestimmt werde, und sie hatte dagegen revoltiert. Sie war »unsittlich« und ein »Mannweib« genannt worden, und sie hatte davon eine sarkastische, trockene, stachelige Art bekommen. Sie wollte kein Weibchen sein, sondern eine kämpfende Jungfrau. »Dir, Athena Promachos, folgen wir im Streite.«

Nichts hatte diese Frau mit dem Typ zu tun, der sich ganz gegen ihren Willen an ihrer Schule herausbildete. Sie war gegen die Eigenkleidung der Annelise Hirsekorn und Hannelore Kruse, die die deutsche Bauernkleidung, stark stilisiert, einführten und mit handgehämmertem Kupferschmuck versahen. Mitten im neuen Maschinenzeitalter war ihr diese Propaganda für Erdgeruch verdächtig. Sie sagte auch nicht: »Meine lieben Freundinnen« oder »Gefährtinnen«. Sie hielt Distanz. »Meine Damen.« Und dann sprach sie über die soziale Verpflichtung:

»Unsere Gesellschaft findet es ganz natürlich, daß unsere jungen Mädchen nichts als Blumen sind, die himmlische Rosen ins irdische Dasein flechten, vergnügt, um vergnügt zu machen. Der Kultus des Familienegoismus ist gigantisch. Früher hatte die Frau, die einem Haushalt vorstand, ein volles Leben. Sie war Spinnerin und Weberin, Seifenmacherin und Brotbäcker. Da gab es eine große Kinderschar mit allen Problemen sich entwickelnden Lebens, da gab es Lehrlinge und Gehilfen und Arme. Ein ganzer Ort sah manchmal zu einer Frau auf und begab sich zu ihr mit allen Problemen, Rat und Hilfe heischend und bekommend. Das große Gebiet menschlichen Leidens war das ihre. Was ihr heute habt, sind Leckerbissen, ein leeres Gesellschaftstreiben, Selbstkult und Eitelkeit, und als Pflichtenkreis ein bis zwei Hausgehilfinnen, ein bis zwei Kinder. Hier neben euch sind Probleme, euer Nächster ist in Gefahr. Ich appelliere an euer soziales Gewissen …«

Sie hatte geendet. Hätte es in dieser Bewegung einen Kampfgesang gegeben und eine Fahne, alle diese Hunderte wären, ohne sich zu schämen, durch die Straßen gezogen. Aber das gab es nicht. Sie klatschten, sie riefen: »Hoch Koch, hoch Mayer!«, aber das war auch alles.

In der Eingangshalle kam ein Mädchen auf Marianne zu: »Wissen Sie schon, sie haben in England die Pankhurst verhaftet.«

»Eine wunderbare Frau«, sagte Marianne, »die hat sich ans Gitter vom englischen Unterhaus festschmieden lassen, um für das Frauenstimmrecht zu demonstrieren.«

Sie stiegen in die Elektrische, mußten stehen, so voll war es.

»Det sin lauter Suffragetten«, sagte der Schaffner. »Na, Frollein, wenn Sie erst mal hier Billetts knipsen jehn und unsereiner die Kinder kriegt, denn is richtig.«

»Ich weiß ganz genau, was ich tue«, sagte Lotte. »Erst mache ich mein Abiturium, und dann studiere ich, und dann mache ich soziale Arbeit.«

»Nie erlaubt dir dein Vater zu studieren.«

In der Nacht setzte sich Lotte hin und schrieb an Walter, denn mit wem konnte sie über diese Dinge sprechen?

»Also auf die Universität willst Du? Respekt! Doch ob es so gut ist? Nötig hast Du es ja nicht, also warum dann? Daß du nicht müßig herumlungern willst, bis Du mal an den – ah, Verzeihung, einen Mann bekommst, sehe ich vollkommen ein. Aber Ihr Mädchen sollt Euch doch eben auf Euern Beruf vorbereiten, Euer Beruf liegt aber weder auf dem Gericht noch auf der Kanzel, sondern Euer Beruf ist die Mutter. Geh' in ein Kindergärtnerinnenseminar oder etwas Ähnliches ...«

Das war die Antwort.

# 61. Kapitel

## *Tanzstunde*

Einen Monat später waren alle geistigen Probleme für Lotte vergessen. Sie hatte Tanzstunde.

Vierundzwanzig Kinder befreundeter Familien nahmen daran teil. Die jungen Mädchen waren fünfzehn und die jungen Leute siebzehn. Die Tanzstunde fand meistens bei den Eltern der Mädchen statt. Um sechs Uhr kamen der Tanzlehrer, Herr Struve, und der Klavierspieler, die Noten unter dem Arm. Die jungen Mädchen versammelten sich in der einen Ecke des ausgeräumten Kollmannschen Eßzimmers, die Jungens in der anderen. Herr Struve begann damit, den jungen Leuten die ersten Walzerschritte beizubringen. Er tanzte zuerst mit jedem der jungen Mädchen, dann mit jedem der jungen Leute. Als wieder jede Partei in ihrer Ecke stand, stellte er sich in der Mitte des Zimmers auf, klatschte in die Hände und rief: »Ich bitte die Herren, die Damen zum Tanz aufzufordern.«

Darauf marschierten die jungen Leute auf die andere Ecke zu und verbeugten sich. Zum größten Teil verbeugten sie sich auch beim zweiten Tanz vor denselben Mädchen wie beim ersten Tanz. Es begannen sich Paare zu bilden, die sich liebten, zum Teil bis zum Ende der Tanzstunde, zum Teil aber auch das ganze Leben.

Um acht Uhr servierten Dienstmädchen in schwarzen Kleidern mit weißen Häubchen Platten mit Brötchen und Limonade in Gläsern. Bis zehn Uhr wurde dann noch einmal getanzt. Im Vorzimmer warteten die Kinderfräulein und brachten die jungen Mädchen nach Hause.

In der vierten Tanzstunde kam ein neuer junger Mann dazu, schmal und braun, mit einem nervösen, leidenden Gesicht. Er gefiel Lotte. Aber er tanzte nicht mit ihr, weil Kurt, sein Freund, mit ihr tanzte. Er hieß Ludwig Heesen.

Mit Marianne konnte sie nicht mehr reden. Erwin hatte eines Tages einen älteren Freund, Martin Schröder, ins Haus gebracht, einen außergewöhnlich gut aussehenden Studenten der Nationalökonomie. Marianne und er waren sich völlig einig, daß der Kapitalismus unmöglich sei, daß man an einer Änderung der Verhältnisse arbeiten müsse, daß die Romane von Wassermann, Kellermann und Thomas Mann eine Offenbarung seien wie die Aufführungen von Max Reinhardt. Schröder nahm Marianne zu Vorlesungen in die Universität mit.

Jeden Nachmittag, wenn Marianne aus ihrem Kinderhort nach Hause kam, saß Martin Schröder da. Jeden Abend kam Annette ins Zimmer: »Wir essen jetzt, wir würden uns sehr freuen, wenn Sie mitessen würden.«

»Nein, danke sehr, gnädige Frau, ich muß nach Hause zu meiner Mutter.«

Niemals aber waren Erwin oder Marianne bei ihm gewesen. Sie wußten kaum, wo er wohnte.

Man saß beim Abendessen in dem riesigen Eßzimmer unter der Zuglampe. Karl, gesund, rotgesichtig und frisch, die schöne Annette, James, ausgehbereit im Frack, Erwin und Marianne. Annette fragte: »Sag' mal, Erwin, woher kennst du eigentlich Martin Schröder?«

»Ich höre doch jetzt abends nationalökonomische Vorlesungen, er ist der beste Schüler von Professor Wegmann. Ein Genie!«

»Hast du eine Ahnung, aus was für einer Familie er ist?«

»Aber Mama«, sagte Marianne, »als ob das nicht ganz gleichgültig wäre! Er ist ein unheuer kluger Mensch, der erste Mensch, mit dem ich mich verstehe.«

»Also jeden Tag kommt dieser Mann in unser Haus, und du sitzt mit ihm zusammen. So etwas führt doch im allgemeinen zu einer Verlobung. Da will man doch schließlich wissen, was einer ist.«

»Ich finde das direkt empörend, Mama«, sagte Marianne und ging hinaus. Martin war so feinfühlig, wenn er spürte, daß hier jemand auf seine Verlobung wartete, dann war es doch aus.

»Wie findet man eine solche Ungezogenheit?« sagte Annette.

»Ich kann Marianne sehr verstehen«, sagte Erwin. »Martin ist der bedeutendste Mensch unseres Kreises, und Marianne ist natürlich sehr glücklich, weil er sie täglich besucht. Und du spricht von Verlobung.«

»Na und? Marianne ist ein sehr schönes Mädchen, und dieser Schröder ist ein junger Mann. Warum kommt er täglich, wenn sie ihm nicht gefällt?«

»Du glaubst eben an keine Freundschaft zwischen Mann und Frau.«

»Aber warum soll er sich wirklich nicht mit ihr verloben, wo sie ihm doch offenbar gefällt?« sagte James.

»Du verlobst dich ja bekanntlich mit jedem Mädchen, das dir gefällt«, sagte Erwin.

James stand auf, küßte seiner Mama galant die Hand. »Also gute Nacht, ich bin bei Ulli, Herrenessen.«

»Viel Vergnügen!«

Annette und Karl setzten sich in das romanische Herrenzimmer. Annette schälte Obst, und Karl, eine Brille auf der Nase, las Zeitung.

»Es ist doch riesig gemütlich«, sagte Karl, »so ein Winterabend zu Hause.«

»Aber wir sind diese Woche wieder sechsmal eingeladen, davon dreimal am Sonnabend, und dann ist noch Premiere im Opernhaus, und Montag sollen wir zu Mama kommen. Aber ich wollte noch mal von dem Schröder sprechen. Das ist ein Junge aus ganz kleinem Herkommen, ohne einen Pfennig Geld, und ich bin überzeugt, er wäre sehr froh, wenn wir ihm Marianne gäben und einen Haufen Geld dazu. Und Marianne tut so und Erwin auch, als ob es eine Gnade wäre, daß sich der beste Schüler von seinem Professor Wegmann dazu herbeiläßt, Marianne den Hof zu machen. Es ist doch schrecklich, wie überspannt die Kinder sind!«

»Ach, Annettchen, unsere Marianne wird noch genug Männer finden, die sie heiraten wollen. – Hör mal zu, da ist ein Bericht über Transaktionen der Soloweitschick-Werke, das ist ja was Riesenhaftes …«

Das Fräulein, Kurt, Erich, Ludwig und Lotte gingen zusammen von der Tanzstunde nach Hause. Ludwig rannte beinahe gegen ein Auto. »Ich möchte auf den Kühler springen«, sagte er und sah Lotte an.

Da wußte Lotte, das war die Liebeserklärung. Sie wurde ein ganz anderer Mensch. Sie lernte französische Vokabeln, sie bereitete sich auf Shakespeare vor, so schwer das auch war, sie räumte ihre Schubladen auf. Sie stopfte Strümpfe. Sie ging täglich zur Eisbahn, um leidenschaftlich Achten zu üben. Am Tag der Tanzstunde begann sie sich um vier Uhr anzuziehen.

»Aber bis zu Tante Annette ist eine halbe Stunde, da kann dich keiner brauchen, wenn du so früh kommst.«

Annette, deren Tochter Marianne sich geweigert hatte, eine Tanzstunde mitzumachen, hatte die Tanzstunde von Lotte aus Freude an Jugendtanzereien übernommen. James war da und sagte jedem kleinen Mädchen, daß es besonders schön sei. Schröder stand bleich, überschlank und groß an der Wand und schien turmhoch überlegen. Er tanzte mit keiner. Ludwig Heesen setzte sich zu Marianne und sprach mit ihr über Hofmannsthals »Der Tor und der Tod«. Lotte stand in der Tür und beneidete Marianne. Sie hörte Heesen zu Marianne sagen, als ob das gar nichts wäre: »Wir laufen also morgen um vier Uhr zusammen Schlittschuh.«

Marianne ging an Lotte vorbei, eine große, prachtvolle Person, das rotblonde Haar schlicht frisiert, das Gesicht leuchtend vor Frische, das blau-grüne Kleid von betonter Nichtkoketterie. Als Heesen Marianne folgte, streifte er Lotte, die noch immer in der Tür stand. Er blieb stehen, räusperte sich und sagte ohne jede Freundlichkeit: »Die nächste Tanzstunde findet bei meinen Eltern statt. Ziehen Sie bitte das Kleid ohne Ärmel an.« Dann ging er rasch in das anstoßende Zimmer.

Er vermied es, ihr zu begegnen. Sie erwischte ihn noch einmal: »Warum tanzen Sie nicht mit mir?« Er sah sie sonderbar an, und sie wurde dunkelrot. Aber wenn es so war, warum verabredete er sich mit Marianne? Warum konnte er mit andern vergnügt sein? Warum blieb sie immer allein? Mit ihr ging keiner in eine Vorlesung.

Er stand noch da und sagte ganz leise: »Ich bin bei einem Mädchen gewesen, Sie verstehen.«

Lotte verstand: Er liebt mich so sehr, daß er nicht mit mir tanzen kann, daß er mich nicht küssen will. Je mehr man eine Frau liebt, um so weniger küßt man sie. Ein Mann umarmt die Frauen, die er nicht liebt, und gibt ihnen vielleicht noch Geld hinterdrein.

Die nächste Tanzstunde fand in der Heesenschen Villa statt. Lotte trug das Ballkleid ohne Ärmel, das sich Ludwig bestellt hatte. Die Kinder tanzten in der Halle, aus der eine Treppe in den oberen Stock führte. Es war wunderbar. Salons schlossen sich an mit tiefen Sesseln und Samtsofas und langen, faltigen Portieren. In der Halle war richtig gedeckt worden. Margot Kollmann sagte glückstrahlend: »Das ist keine Tanzstunde mehr. Das ist ein richtiger Ball.«

Ludwig führte Lotte aus der Halle fort in ein kleines Zimmer. Dort war für zwei Personen gedeckt.

»Für Sie und mich!«

»Das tue ich nicht, ich setze mich nicht extra.«

»Ich habe meine Mutter so darum gebeten, bitte, bitte.«

»Das ist doch schrecklich peinlich.«

Aber sie konnte keinen Aufstand machen.

Sie saßen einander gegenüber an einem Tisch. Allein in einem Zimmer. Sie sagten so einfache Dinge zueinander wie: »Nehmen Sie noch ein bißchen Limonade?« »Darf ich Ihnen noch von dem Heringssalat anbieten?«

Und es war das große Glück.

»Sie haben da ein lila Bändchen an Ihrem Fächer, schenken Sie es mir.«

Sie gab es ihm, und er küßte es und steckte es ein. Wie einfach das Leben sein konnte!

Als sie aus dem Zimmer traten, kam es Lotte vor, als ob alle lächelten. Aber es genierte sie nicht mehr.

Und dann war alles vorbei. Er tanzte wieder nicht mit ihr. Er ging mit anderen spazieren.

Den anderen Jungen floß es wie Wasser von den Lippen: »Ich

kann ohne Sie nicht sein.« Oder: »Sie wissen doch ganz gut, daß ich in Sie verknallt bin.« Aber Ludwig Heesen sagte kein Wort. Lotte dachte manchmal, ob sie sich nicht einfach etwas einredete, und nichts war nach dem Sittenkodex der Backfische von 1910 schlimmer, als sich einreden, es liebe einen einer. Und so hatte sie folgendes Gespräch mit ihm in der nächsten Tanzstunde:

»Ludwig, ich weiß, in wen Sie hier verknallt sind.«

»Irren Sie sich bloß nicht.«

»Nein, es sind sogar zwei.«

»So, so.«

»Soll ich Ihnen sagen, wer?«

»Bitte schön.«

»Margot Kollmann und Hanna Rade.«

»Also das mit Margot Kollmann ist Unsinn, und mit Hanna Rade habe ich mich wohl mal unterhalten, und ich finde sie sehr nett, aber das ist ja noch das reine Kind.«

Sie standen auf, tanzten und aßen Vielliebchen. Er verlor.

»Ich wünsche mir etwas«, sagte sie und sah ihn an. Sie wußten, was sie meinte. Er senkte den Blick. Er zog sie dichter beim Tanzen an sich, fühlte sie, ließ sie los und lief davon. Sie blieb stehen. Einen Kuß, dachte sie, einen Kuß. Aber mehr konnte sie nicht sagen, als was sie gesagt hatte.

Der See im Tiergarten war gefroren. Das Eis war spiegelglatt, die Bäume schwarzes Gespinst. Eine Musikkapelle spielte. Die Leutnants in langen Röcken liefen Bogen. Auch Lotte übte Achten. Als sie aufsah, entdeckte sie Heesen. Er wollte davonlaufen, aber sie war rascher.

»Guten Tag, Ludwig. Kommen Sie, laufen wir zusammen.«

Sie faßten sich bei der Hand. Da merkten sie, daß ihre Hände nackt waren, und sie schämten sich sehr.

Ludwig lief rasch davon auf Marianne zu, die mit Schröder fuhr, und sie liefen, ein vergnügtes Terzett. Lotte aber schnallte ab und ging nach Hause durch den winterlichen Park, einsam wie immer. Einmal nur sich aussprechen, ein einziges Mal! dachte sie.

In der nächsten Tanzstunde bat er sie, ihm eine Weinbeere vom sogenannten Studentenfutter in den Mund zu stecken. Es hatte angefangen mit Dalberei und Ulk.

»Nein, das tu ich nicht.«

»Na, machen Sie doch!«

Also schließlich steckte sie ihm die Traube in den Mund. Er biß zu, so daß ihr Finger einen Augenblick auf seinen Zähnen lag. Er schloß die Augen. Später, viel später, als sie wußte, was das war, Männer und die Erfüllung, erinnerte sie sich. Nie mehr hatte sie ein berauschteres, ein todnäheres Gesicht gesehen als dieses in einer Ecke des Speisezimmers unter Delfter Vasen bei Kollmanns, als sie fünfzehn Jahre alt war.

»Ihr Kleid ist schön.«

»Finden Sie?«

»Als ich neulich abends allein in meinem Zimmer saß, da dachte ich …«

Lotte saß wie gebannt. Nun mußte es kommen, nun, nun, was …

»Da dachte ich …«

»Wollen Sie denn nicht tanzen?« unterbrach sie die Dame des Hauses. Es ging nicht an, daß man die jungen Leute allein ließ.

Es war zehn Uhr. Die Tanzstunde vorbei. Auf dem Vorplatz war großes Getümmel. Alle lachten, zogen Mäntel an, quälten sich mit den Gummischuhen. Kurt, Erich und das Fräulein warteten auf Lotte. Lotte hatte ihre vielen Blumensträuße in der Hand und wartete ihrerseits. Ludwig kam. Die andern gingen vor. Sie sprachen nicht. Die Straßen waren grau, angefüllt mit einem nassen Schnee. Die hohen Häuser gaben das Gefühl, durch einen Schacht zu gehen. Die elektrischen Bahnen klingelten, und die Autos fuhren. An den Sträuchern waren winzige grüne Blättchen. Schließlich begann Ludwig zu sprechen: »Ich bin auf der Hochbahn gefahren und habe immer hinabsehen müssen, es hat mich in den Abgrund gezogen. Man leistet doch nichts.«

Wirklich, dachte Lotte, er hat recht, man leistet doch nichts. »Aber Sie machen doch Ihr Abitur«, sagte sie laut.

»Was bedeutet das? Ich bin doch nur der Sohn meines Vaters. Wozu lebe ich? Wozu bin ich da?«

Er hat recht, dachte das Mädchen, wir sind nur die Kinder unserer Eltern.

Die beiden Freunde kamen nach und sangen ein Couplet aus der »Lustigen Witwe«: »Man steigt nach, man steigt nach.« Sie hielten die Stöcke waagerecht unterm Arm, trotteten, wie sie sich vorstellten, daß Boulevardtreter von Paris hintereinander hertrotten. Gräßlich, dachte Lotte, diese Idioten! »Heut' geh ich ins Maxim, da bin ich sehr intim«, sang der eine.

Sie standen in der Bendlerstraße. Ich muß ihn retten, dachte Lotte, ich muß ihm einen Kuß geben, dann ist alles gut. Da sah sie plötzlich oben am Fenster ihre Mutter stehen. Sie zögerte einen Augenblick. »Gute Nacht allerseits.«

Erich und Kurt gingen weg. Ludwig stand am Haus gegenüber. Als Lotte mitten auf dem Damm war, sah sie sich um. Er stand noch da. Seine Arme hingen ganz leer herunter, sein Gesicht war im Dunkel, sie konnte es nicht erkennen. Ich möchte zurücklaufen, ihn küssen, ihm sagen, daß er doch wissen muß, wie sehr ich ihn liebe. O Gott, ich kann ihn doch nicht so gehen lassen! Aber wußte sie überhaupt, ob er sie liebte? Er hatte ihr nie etwas gesagt. Oben stand die Mutter am Fenster. Sie ging ruhig weiter. Vor den beiden Jungs und Fräulein ihn zu küssen wäre unmöglich gewesen. Aber eine furchtbare Angst blieb.

Oben saßen Paul und Klärchen im Eßzimmer, Annette und Karl waren zu Besuch da. Keineswegs hatte Klärchen am Fenster gestanden. Wenn ich das gewußt hätte, dachte Lotte.

»Warum schneidest du denn so ein Gesicht?« fragte Klärchen.

»Ach, wir sind doch alle nichts, wir leisten doch nichts.«

»Bestell den Jungs einen schönen Gruß, sie sollen einen Fencheltee trinken und dir nicht verrückte Ideen in den Kopf setzen. Willst du noch einen Apfeleierkuchen?«

Lotte dachte: Mama hat ganz recht, verrückte Ideen, es sind verrückte Ideen. »Bitte, ich möchte noch schrecklich gern einen Apfeleierkuchen.«

Sie lag in ihrem weißen Zimmer und dachte unausgesetzt: Ich möchte Frau Heesen anrufen, daß Ludwig so komisch war. Sie stand auf, schlug das Telephonbuch auf, sah die Nummer dastehen: Heesen, zwanzig Nummern der Heesenfabrik, Spinnerei und Webwaren. Und dann: »Heesen, Max, privat.« Ihre Angst wuchs. Aber es war elf Uhr. Was sollen die Leute von mir denken, wenn Ludwig ruhig schläft? Es war unmöglich. Sie schlich zurück ins Bett.

Am Morgen in der ersten Schulpause sprach Lotte mit ihrer Freundin Lili Gallandt. Lili fand es noch unmöglicher als Lotte, nachts bei Eltern von einem Jungen anzurufen. Lotte folgte den Schulstunden nicht. Sie wußte, es war etwas passiert. »Wo sind Sie denn mit Ihren Gedanken?« fragte der Lehrer des Französischen. Bloß endlich nach Haus, dachte Lotte. Ich werde heute noch bei Heesens anrufen. Am Tage ist es etwas anderes als nachts. Endlich war auch diese furchtbare Chemiestunde zu Ende. Lotte zog ihren Mantel an, setzte ihren Hut auf, verließ das rote Backsteingebäude.

Vor der Schule stand Kurt. Lotte dachte zweierlei zu gleicher Zeit: Es ist etwas passiert, und: Unerhört, daß der Kurt vor die Schule gekommen ist und mich kompromittiert!

Kurt hatte eine eisige Miene. »Was haben Sie gestern mit Ludwig gesprochen? Waren Sie heimlich mit ihm zusammen?«

»Ich weiß, daß Sie Jura studieren werden. Also, was ist los?« Sie haßte in diesem Moment den jungen Menschen. Alles war daher gekommen, daß er sie niemals allein gelassen hatte, so wie er taktloserweise auch jetzt hier vor der Schule stand.

»Nun, dann will ich es Ihnen sagen. Ludwig hat sich vergiftet. Er ist tot.«

Sie sagte kein Wort. Sie hatte alles gewußt. Sie durfte nicht weinen mitten auf der Straße. Sie sagte: »Ich gehe lieber allein nach Haus.«

Zu Hause gab man ihr einen Brief:

»Liebe Lotte!

Es ist schrecklich, ich werde die traurigen Gedanken nicht los. Schon während des Tanzens hatte ich mit diesen Gedanken angefangen, auf dem Rückweg hatte ich sie wieder aufgenommen, und Sie waren ganz ernsthaft darauf eingegangen. Das war mir ein Trost, daß Sie wenigstens dabei eine ähnliche Saite erklingen ließen. Als ich nachher allein nach Hause ging, hatte ich immer nur denselben Gedanken: Mach ein Ende diesem Leben. Es hat doch alles keinen Zweck. Jetzt habe ich nur noch einen Wunsch, nämlich, daß das Gift sicher wirkt. Zur Sicherheit habe ich noch die Gashähne aufgedreht.

Mein Sterbezimmer ist dasselbe, in dem wir damals, als die Tanzstunde bei uns war, an dem kleinen Tischchen gesessen haben. Oh, das war einer der schönsten Augenblicke meines verpfuschten Lebens. Überhaupt habe ich es Ihnen zu verdanken, daß die letzten Wochen meines Daseins einen rosigen Glanz erhielten. Was Sie mir davon erzählten, daß ich in Margot Kollmann oder gar in Hanna Rade verknallt sei, ist purer Unsinn, denn nur Dich, nur Dich liebe ich allein ... Allerdings hatte ich auch Mia sehr gern, aber mit der kann man nur tändeln und plaudern; wie ich mit der ein vernünftiges Wort reden sollte, kann ich mir absolut nicht vorstellen. Meine ganze Liebe warst Du, warst Du. Das mußt Du auch, obwohl kein Wort davon über meine Lippen gekommen ist, ganz genau gewußt haben. Denn Dein Verhalten mir gegenüber war auch schon anderen aufgefallen, meines Dir gegenüber natürlich auch. Nun bitte ich Dich, laß Dir diesen Schatten auf Deinem Lebensweg nicht ein Hindernis für Deine Zukunft sein, lebe weiter glücklich und gesund und denke vielleicht einmal wieder an Deinen Freund, der Dich so innig geliebt hat.

Ludwig Heesen.«

Nun hatte er gesprochen und sich vergiftet. In den Zeitungen standen schon die ersten Notizen. »Wieder ein Schülerselbstmord.« Niemand habe dem jungen Mann irgendeine Erregung angemerkt. Die Tat sei aus Enttäuschung wegen nicht erwiderter Liebe erfolgt.

Einfach sehen die Großen das Leben, dachte Lotte.

Klärchen kam ins Zimmer und sagte: »Großmama hat heute Geburtstag. Es hilft nichts, wir müssen hingehen. Ich werde dir deine Handarbeit fertigmachen.«

»Entsetzlich, Mama«, sagte Lotte.

Aber von dieser Tradition durfte nicht abgewichen werden. Zu diesem Geburtstag kam alles, was je bei Oppners verkehrt hatte. Es war Selmas großer Tag. Niemand kam auf die Idee, es könnte einen Grund geben, nicht zu diesem Geburtstag zu kommen. Der Tod des jungen Ludwig durfte keiner für die Enkelin sein.

Als Lotte sich anzog, wunderte sie sich. Sie hatte Mittag gegessen, nicht gerade viel, aber immerhin. Sie hatte Abendbrot gegessen. Sie nahm ein Kleid aus dem Schrank. Sie nahm einen Kamm und eine Bürste. Sie frisierte sich. Das alles tat man also auch dann, wenn man etwas begraben hatte. Man lebte weiter. Man hörte nicht auf.

# 62. Kapitel

## *James*

In einer Alstervilla in Hamburg saß eine feine Dame in sehr viel weißem Chiffon in roten Seidenkissen, einen kleinen schwarzen Hund neben sich, und wurde porträtiert. Der Maler vor ihr war ein eleganter Herr. Er hatte auf Wendleins Embleme des Künstlertums – schwarzes Samtjackett, Mähne und wehenden Vollbart – verzichtet. Sie war die Gattin eines Reeders, sprach stark Hamburger Dialekt und viel von ihrem Haushalt. Sie hieß Käte Dongmann.

»Was machst du heute, James?«

»Fahre nach Hamburg. Komm mit«, sagte James zu seinem Freunde Fips.

»Mit dem Wagen?«

»Mit dem Wagen.«

»Toll. Es ist Winter.«

»Macht nichts.«

»Wieso fährst du?«

»Du weißt doch, Frau Käte.«

Sie fuhren los. In einem Dorf hielten sie, fragten: »Uo liegt Börlin?«

»Falsch, falsch, liegt gerade in der Richtung, aus der Sie kommen.«

»Thank you«, schrie James und riß das Auto herum.

Sie schrien vor Lachen. »Jetzt müssen wir nur sehen, daß wir eine andere Landstraße finden.«

In irgendeinem Nest vor Hamburg setzten sie das Spiel fort. Sie sprachen englisch und verlangten Porter.

»Versteh nich«, sagte der Wirt.

»Bottle of Porter.«

»Wat wollen Sie?«

»Eggs.«

»Kann nich verstehen.«

»Jeder zwei Spiegeleier.«

»Na, also, nu jeht's doch.«

Um halb zwölf waren sie in Hamburg.

»Welch eine allerliebste Überraschung!« sagte Frau Käte, als James eintrat. »Da muß wohl Herr Heermann mit der Sitzung für heute Schluß machen.« Frau Käte wollte klingeln, Sandwiches und Portwein bringen lassen.

»Nein, wir fahren an die Alster und frühstücken dort«, sagte James.

Frau Käte zog sich sehr sorgfältig an.

Das Restaurant war mit dicken grünen Teppichen belegt, kleine Kojen waren eingebaut aus weißem Holz, das schwarz abgesetzt war. Die weißen Stühle hatten lila Rücken und lila Sitze.

»Schade, daß sie es so renoviert haben! Es war früher viel hübscher.«

Der Kellner stand mit der Speisekarte hinter James.

»Vorgericht.«

Zwei Kellner fuhren Wagen herbei, auf denen die Schüsseln mit den Vorgerichten standen. Sie nahmen von vielem. Da ein Ei, über das goldgelbe Mayonnaise floß, da den Boden einer Artischocke, bedeckt mit Salat, da ein bißchen Gänseleberpastete.

»Solche Hummer gibt es nur hier oder bei Prunier. Bitte, noch etwas Toast mit Butter.« Er strich die Toastschnitten ganz sorgfältig und zart mit Butter und legte sie auf Frau Dongmanns Teller. Durch das Fenster sah man auf die winterliche Alster. »Fips ist mit«, sagte James.

»Ach, warum haben Sie ihn denn dann nicht mitgebracht?«

»Warum wohl?« Und er küßte ihr die Fingerspitzen. Dann lachte er: »Fips wird ja Augen machen, wenn er heute abend in seine Berliner Wohnung zurückkommt. Ulli hat den Diener angerufen, er solle schnell alle Sachen, aber *alle,* einpacken und per Passagiergut hierher nach Hamburg schicken. Auch einen kleinen Koffer mit den Waschutensilien. Morgen kann er sich nur ins Bett legen.«

»Ist ja herrlich!«

»Wir haben uns heute abend bei ihm verabredet. Wir müssen das erleben. Ich wollte ihm eigentlich noch eine Gesellschaft einladen. Dann wären die Gäste gekommen, und er hätte sich nicht zeigen können, mangels Bekleidungsgegenständen.«

»Das wäre aber zu gemein gewesen.«

»Fand Ulli auch. Wir fahren noch ein bißchen an den Hafen, recht?«

Der winterliche Hafen lag voll mit Schiffen. »Da liegt die ›Bismarck‹.« Rings um den Riesen fuhren kleine Dampfer. Ein Kran arbeitete. Jetzt hielt er ein Auto in die Luft.

»Ein Effinger«, rief James und winkte mit dem Taschentuch.

»Sie arbeiten aber nicht in der Fabrik?«

»Nein, das machen mein Onkel, mein Vater und Herr Rothmühl, der technische Direktor, viel besser.«

Es standen zwanzig Effingers da, versandbereit nach Amerika. Es standen da Kisten voll Spielzeug für Amerika. Ballen mit Baumwollstoffen aus Sachsen. Ballen mit Strümpfen aus Sachsen. Maschinen standen am Kai, und es standen zehn strahlende weiße Waggons da mit Münchner Bier. Kisten, Fässer und Säcke. Englische und belgische Kohlenschiffe wurden ausgeladen, und an einem anderen Kai roch es nach Ananas aus Südamerika und nach Apfelsinen aus Spanien. Kalte Schneeluft hing überm Hafen. Der Himmel war grau. Frau Dongmann hatte das Gefühl, den ganzen Hamburger Hafen habe James für sie ausgebreitet. Noch nie war ihr so jubelnd der Reichtum der Welt zum Bewußtsein gekommen.

James küßte ihre Hand. »Jetzt fahren wir in die Stadt, einkaufen, irgend etwas einkaufen.«

Sie überließen sich ihrem Glück. Gingen von Laden zu Laden, kauften ein Stückchen Band, irgendein Döschen, irgendeine hübsche unnötige Kleinigkeit. James sprang plötzlich aus dem Auto und kam mit Blumen zurück, einem ganzen Arm voll Blumen, gab sie der Frau. Dann fuhren sie an ihr Haus. James gab ihr einen weichen, ganz leisen, ganz unsinnlichen Kuß auf die

Backe, ohne sie zu umarmen, ja als fürchte er, es könne in diesen Kuß etwas Körperliches kommen.

Die Frau nahm den Pelz zusammen und ging in ihr Haus.

James traf Fips am verabredeten Platz. »Siehst du, das ist meine große platonische Liebe.«

Dann fuhren sie nach Berlin zurück und waren kurz nach Dunkelheit, um sechs Uhr, wieder da.

Der Reeder Konsul Dongmann kam nach Hause. »Wie schön du heute bist, ganz wunderbar! Ich habe gar nicht mehr gewußt, daß ich dich so liebe!«

# 63. Kapitel

## *Einkäufe*

Annette saß in ihrem Wohnzimmer. Das Fenster war offen, und man sah auf die breite Straße, durch die die elektrischen Bahnen fuhren, Autos und Radfahrer. Das Telephon klingelte. »Ach, guten Tag, Marie. Augenblick bitte, ich muß nur ein Fenster zumachen, man versteht ja sein eigenes Wort nicht bei dem Lärm. Wollen wir uns um zehn Uhr im Teesalon bei Wertheim treffen? Recht? Es sind großartige Ausverkäufe.«

Wilde Heerhaufen großhütiger, langröckiger Damen stürmten die Möbelabteilung, die wie eine Kirche gebaut war, großhallig in edlem Holz mit gewaltigen Beleuchtungskörpern. Sonst war diese Abteilung sehr leer, denn hier ging es nicht um Schuhe oder Hüte, sondern um nichts als um Möbelstoffe. Jetzt hing ein großes Schild da: »Um die Hälfte herabgesetzt.« Die Damen drückten und stießen sich. Zwei ernste Männer zogen einen Strick. Niemand durfte mehr durch.

»Wir sind gerade noch hereingekommen«, sagte Annette strahlend zu Marie.

Das Gehirn verwirrt vom Kretonnefimmel und Brokatbazillus, stürzte sich Annette auf die Stoffhaufen und wühlte. Plötzlich hielt sie ein Stück grün-roten Brokat in der Hand, dessen anderes Ende eine andere Dame hielt. Sie rief energisch: »Nehmen Sie es nun oder nehmen Sie es nicht?«

Die Dame zögerte einen Augenblick. Schon rief Annette: »Fräulein, schreiben Sie mir den Brokat auf.«

Marie fragte sie: »Wozu willst du denn den grün-roten Brokat?«

»Tja, das weiß ich auch nicht, aber er ist soo billig. Ich

muß für Marianne braunen Stoff zum Rock kaufen. Es ist ja schrecklich, wie gleichgültig das Mädchen gegen ihr Äußeres ist. Ich mache mir überhaupt Sorgen wegen ihrer Verheiratung. Ich sehe weit und breit niemanden, der für sie in Frage kommt.«

»Sie ist so beliebt. Alle Welt ist doch entzückt von Marianne.«

»Da verkehrt jetzt ein junger Mann bei uns, mit dem sie endlose Gespräche über Sozialismus führt. Aber wir haben alle keine Ahnung, wer das ist. So ein einundzwanzigjähriger Student, weißt du.«

»Hier ist Michels«, sagte Marie.

»Komm doch mit hinein. Bitte, haben Sie dicken, weichen, braunen Rockstoff? Hier ist das Muster.«

»Wollgeorgette?«

»Nein, dicker.«

»Darf es Tweed sein?«

»Nein, es muß einfarbig sein.«

»Vielleicht Tuch?«

»Nein, nicht so glatt, auch nicht so glänzend.«

»Wir haben da einen herrlichen Aphgaline, oder Jersey vielleicht?«

»Ja, das ginge schon. – Aber das Braun paßt nicht. Haben Sie den Stoff in Weiß?«

»Nein, gnädige Frau, in Weiß haben wir ihn nicht.«

»Ich danke Ihnen sehr, Fräulein, ich werde es mir noch überlegen. – Es ist schrecklich schwer, so etwas passend zu bekommen, aber Marianne will immer nur diese sportlichen Röcke zu weißen Blusen, und nun hat sie eine braune, zu der suche ich den passenden Rock. Vielleicht bekomme ich doch etwas fertig.«

»Ich will noch für Armin eine Tennishose kaufen. Er soll nächstes Semester nach Oxford.«

»Weißt du, Marie, du gehst die Hose besorgen, und ich gehe zu Kersten & Tuteur wegen eines Rockes, und wer zuerst fertig ist, kommt zum andern. – Haben Sie einen sportlichen braunen Rock fertig?«

»Nur in Trikot.«

»Nein, Trikot kommt nicht in Frage.«

»Dann müßten wir ihn extra anfertigen lassen. Extraanfertigung kommt etwa fünfzig Mark.«

»Danke sehr, Fräulein, das müßte ich mir noch überlegen.«

»Hast du es bekommen?«

»Nein. Ich werde einen Stoff in Beige oder Weiß nehmen und dann passend einfärben lassen.«

»Haben Sie Aphgaline?«

»Nein, Aphgaline nicht, aber einen herrlichen Crêpe Caid.«

»Nein, der ist mir zu schwer, es müßte etwas Leichteres sein.«

»Kann ich leider nicht dienen.«

»Haben Sie einen braunkarierten Stoff?«

»Bitte sehr.«

»Nein, das Braun paßt nicht, das ist zu rötlich. – Nein, das Braun paßt auch nicht, das ist zu grünlich. – Nein, das geht nicht, das ist fast schon lila. – Das Braun würde passen, aber mit dem Gelb ist es mir zu auffallend. Nein, das paßt nicht. Ich danke Ihnen vielmals. Guten Tag. – Das ist vielleicht überhaupt ganz dumm, so nach einer Nuance zu suchen. Und außerdem muß ich ein Krägelchen umtauschen.«

Und dann gingen sie in eine Konditorei. Annette war nun in den Vierzigern, eine große, stattliche Frau. In ihrem blaßgrauen Kostüm mit der tadellosen weißen Batistbluse und dem Riesenrad von einem grauen Strohhut auf den sorgfältig frisierten roten Haaren war sie noch immer schön. Marie, auch in Grau, war dagegen eine verblühte und etwas spießige Person.

»Deine Marianne«, begann sie noch einmal, »das ist wirklich ein ideales junges Mädchen, die einzige, die meine Mutter gelten läßt. Ich wünschte, sie wäre etwas jünger. Das wäre eine ideale Frau für meinen Armin. Aber er muß sich ja in diese Thea verlieben, dieses kokette Ding.«

»Thea, die Enkelin?«

»Von Blombergs, ja, ja.«

Annette schwieg. Sie wußte, daß dies das Mädchen war, mit dem ihr James offenbar eine sehr viel weitergehende Beziehung hatte, als die Schwärmerei des neunzehnjährigen Armin war: »Freut sich dein Armin auf Oxford?«

»Das ist es ja eben. Er freut sich nicht wegen Thea. Er möchte lieber in Berlin bleiben deshalb.«

»Es ist schrecklich«, sagte Annette, »wie wenig Ehrgeiz unsre Jungs haben. Statt daß sich Armin auf Oxford freut und so rasch wie möglich in das große Anwaltsbüro deines Mannes eintreten möchte. Genau wie mein Erwin. Er will jetzt wieder aus der Fabrik und weiterlernen, aber was, das weiß er auch nicht. Und Marianne will nur möglichst viel schmutzige Kinder waschen, und dieser Jüngling, der da aufgetaucht ist, gefällt ihr wahrscheinlich auch nur, weil er weder aus einer Familie ist noch Geld hat. Und deine Margot hat auch an jedem etwas auszusetzen, genau wie Klärchens Lotte. Siehst du eines dieser Kinder schon in einen vernünftigen Ehehafen eingehen? Wir waren doch ganz anders. Hast du gefragt, ob Kollmann deine große Liebe ist, oder ich, ob wohl Karl Effinger meine? Und wir sind doch eigentlich recht glücklich geworden, nicht wahr?«

»Sicher«, sagte Marie. »Nimmst du noch einen Windbeutel?«

»Weißt du, es ist zwar hellerlichter Vormittag, aber wozu sind wir Berlinerinnen? Essen wir noch einen Apfelkuchen mit Schlagsahne.«

»Wir fahren ja nun hauptsächlich, damit sich Armin und Margot amüsieren, nach Grindelwald, denn mein Mann hätte ein Sanatorium viel nötiger.«

»Wir fahren an die Nordsee, und Marianne hat sich gnadenvollerweise herbeigelassen, mit uns zu fahren, aber sie will kein neues Kleid haben, keinen Schwimmanzug, und Erwin will Touren im Gebirge machen, und so wird gar nichts mit jungen Leuten für Marianne sein.«

# 64. Kapitel

## *Sommerreise 1911*

Grindelwald, Hotel Sonne, den 17.7.1911
Meine liebe Lotte!

Also wie ist es bei Euch in Cortina? Hoffentlich amüsanter, als Dein erster Brief vermuten läßt.

Hier gibt es eine Unmasse von alten Leuten, so was ist mir noch gar nicht vorgekommen. Ich hoffte immer, daß das Publikum wechselt, aber vorläufig sehe ich noch keine Besserung. Neulich war im Hotel ein Ball, der höchst langweilig war. Natürlich tanzten die wenigen Schweizer untereinander, aber etwas Besonderes gab es nicht. Armin und ich onestepten zusammen und machten unsere Sache entschieden am besten. Am Donnerstag treffe ich mich höchstwahrscheinlich mit Mia Blomberg auf der Lütschine, ein Punkt drei Stunden von hier.

Das Leben hier bietet eigentlich wenig Abwechslung. Morgens läuft man mehr oder weniger, ißt um ein Uhr Lunch, nach Tisch schlafe ich oder schreibe, um vier Uhr Kaffee mit entsetzlich viel Kuchen bei Weber, dann Tennis oder Spaziergang nach Aellfluh, oder nach der anderen Seite zu. Himmlische Kraxeleien, um halbacht Uhr Diner, dann entweder Konzert, bei dem man zuhört und liest, oder wieder spazierengehen. Um zehn oder halb elf ins Bett, fabelhaft fest schlafen und um acht Uhr oder gar früher wieder aufstehen. Mit geringer, seltener Abwechslung wiederholt sich dann dies gesunde Leben. Und was machst Du tatsächlich die ganze Zeit? Halt, ich habe vergessen, ich spiele viel Tennis mit – Armin.

Herzliche Grüße
Deine
Margot Kollmann.«

Am selben Morgen bekam Lotte einen Brief von Marianne. Es fand sich folgender Satz darin: »Denke Dir, ich bekomme täglich einen Brief von Schröder. Glücklicherweise merkt Mama es nicht. Ich zeige ihnen nur gelegentlich Postkarten. Er schreibt mir ganze Passagen aus Adam Smith, John Stuart Mill, Marx, Lassalle. Du kannst Dir denken, wie glücklich ich bin.«

# 65. Kapitel

## *Aufbruch der Jugend*

Scharen von jungen Leuten strömten in einen großen Saal, wo auf dem Podium ein Mann mit blondem Spitzbart stand. Erwin traf seine Freunde Armin Kollmann, Kurt Lewy und Martin Schröder.

Der blonde Mann sprach: »Es handelt sich nicht um wissenschaftliche Schematisierung gegebener Elemente, sondern um geistige Schöpfung, um Hervorbringung eines Menschentyps, der eine neue Politik schafft, eine neue Staatsgesinnung, die aber endlich am Menschen und seiner Bestimmung ihr Maß finden soll und nicht länger neben ihr und gegen sie gedacht werden und wirken darf. Es handelt sich darum, der Jugend den Menschen zu zeigen, den sie eigentlich will, und das ist nicht Sache begrifflicher Schematisierung, das ist nicht Sache der wissenschaftlichen Lehre, sondern das ist Sache der geistigen Schöpfung und Führung. Führer sucht die neue Jugend!«

Eine ungeheure Begeisterung erhob sich, alles klatschte, alles trampelte. Der Mann auf dem Podium lächelte: »Daß sie wieder ahnt, daß es Führer gibt und geben muß, ist eine ihrer Entdekkungen.«

Erneuter Beifall. Er sprach gegen die Familie: »Die Gemütlichkeit stammt aus jener Zeit, wo man von der Welt noch nicht viel kannte, wo man das öffentliche Leben den dort herrschenden Kreisen überließ, wo das Bürgertum nur ein privates Dasein führte. Jetzt aber wird alles private Dasein mehr und mehr aufgelöst. Eine Familie, die sich dagegen wehrt, die sich noch immer in ihre Gemütlichkeit einkapseln will, die die frische Luft großer allgemeiner Interessen nicht durch ihr tägliches Denken und Leben wehen lassen will, die ist kulturfeindlich und rückständig. Unsere Jugend aber hört den Waffenlärm geistiger

Kämpfe, die Fanfare der Wahrheit, den Ruf des Rechts vor der Tür – und sie hält sich nicht im Bann häuslicher Interessen; wie der junge Achill streift sie das weichliche Kleid von sich, wählt das Schwert und eilt hinaus. Neben dem Aberglauben an die Familie gibt es einen zweiten Aberglauben, dem durch eine wahre moderne Pädagogik endlich ein Ende gemacht werden muß; das ist der sentimentale Kultus der individuellen Persönlichkeit. Es wird uns Kindern eines individualistischen Zeitalters nicht leicht, uns mit dem Gedanken vertraut zu machen, daß die Einzelpersönlichkeit, wie wir sie kennen, einmal erfunden werden mußte, daß sie soziologisch bedingt und keine ewige und allgemeingültige Erscheinung des Menschentums ist. Die europäische Kultur setzt sich aus tausend Lügen der Einzelnen zusammen.«

Ach, was für neue Töne! Der Saal dampfte von der Spannung und Aufregung der jungen Leute. Der Mann mit dem Spitzbart wurde von Zustimmung getragen.

»Selbständigkeit ist schwere Pflicht des Schaffenden, nicht billiges Recht des Durchschnittlichen. Der unproduktive, der mittelmäßige Mensch ist zum Gehorchen und Zuhören bestimmt. Da, wo jeder sich berufen fühlt, seine eigene kleine Religion, seinen besonderen Geschmack, seine private Weltanschauung zu haben, ohne Scheu und Scham zu empfinden angesichts der großen Werke und Helden des Geistes, da hört eigentlich jede Kulturmöglichkeit auf.«

Wer fühlte sich von den tausend jungen Leuten im Saal nicht als Schaffender? Wer hielt sich für durchschnittlich? »Richtig«, riefen sie.

»Fort mit der privaten Weltanschauung der Vielzuvielen!« schrie einer mit einer Stimme, die sich überschlug, um durchzudringen.

»Siehe da«, fuhr der Mann auf dem Podium fort, »unser junger Freund kennt Nietzsche. Aber Nietzsche hat das alles erst angefangen zu denken. Der bürgerliche Mensch hat in seiner Sehnsucht nach Persönlichkeit ein Widerstreben gegen die menschliche Vergänglichkeit. Der bürgerliche Mensch hat kein Verhältnis zum Tode. Nur die Jugend fühlt es. Es kann Zustände geben, in denen das Leben nicht mehr absoluten Wert besitzt, sondern im Rausch eines höheren Glücks sich freudig zum Opfer bringt, sei es andern Menschen, sei es einer großen Sache.«

Erwin fühlte plötzlich ein leises Verständnis dessen aufdämmern, was Heesen in den Tod getrieben, der »Rausch eines höheren Glücks«, nämlich der Liebe.

»Es ist nun ein klägliches Schauspiel, wie sich der Durchschnittsmensch der bürgerlichen Gesellschaft über den Ernst des Todes hinwegtäuscht. Es ist für die bürgerliche Kultur aller Zeiten charakteristisch, daß sie die kosmische Orientierung verliert: Der Tod ist kein kosmisches Ereignis, kein Weltuntergang, keine Seelenwanderung oder Wandlung mehr, sondern ein soziales Geschehnis. Der bürgerliche Durchschnittsmensch tut so, als sei die Tiefe des Lebens wirklich mit den bürgerlichen Zweckmäßigkeiten erschöpft, sein Umkreis mit der beruflichen und sozialen Wirksamkeit umschrieben. So weiß er sich denn auch keine andere Ewigkeit als die Nachwirkung seiner Arbeit für kommende Geschlechter.«

Onkel Paul, dachte Erwin.

»Und keinen andern Sinn des Lebens als den in der bürgerlichen Gesellschaft.«

Papa und Mama, dachte Erwin.

»Diese sogenannte Lebensbejahung soll über die Vergänglichkeit hinweghelfen durch den Glauben, daß es außer diesem Leben eben kein Leben gibt und daß man alles gelebt hat, wenn man alle seine Lebensmöglichkeiten erschöpft hat. Das ist der Persönlichkeitsbettelstolz. Man kann nämlich nicht Gott dienen und dem Mammon. Die Jugend wird andern Werten nachgehen als die heutige Gesellschaft, die ganz auf Renten und Luxus bedachte. Ich komme zum entscheidenden Punkt: Ein glückliches Leben ist unmöglich; das Höchste, was der Mensch erlangen kann, ist ein heroischer Lebenslauf. Die Jugend strebt zum Unbedingten. Sie will ohne Umschweife auf den letzten Wert hinaus.«

Er hatte die Stimme gewaltig erhoben. Die Jugend zitterte. Hier war endlich ihre Forderung, ihr Weg. Noch war alles zu neu, zu fremd; hätte man sie aber gelassen, hätte einer eine Fahne gehabt, sie wären ihm nach durch die nächtlichen Straßen des

Berlin von 1910 gestürmt, sie wären eingedrungen in eines der großen Tanzlokale, wo die eleganten Kokotten mit den jungen Leuten saßen und wo Erwin seinen Bruder James gefunden hätte. Sie hätten aufgerufen zur Zertrümmerung der Welt ihrer Eltern, sie hätten sich mit Genuß dem Feuer in die Arme geworfen, um Bekanntschaft zu schließen mit dem von der bürgerlichen Gesellschaft so mißachteten Tode. Aber statt dessen gingen sie in die Garderobe und versuchten ihre Mäntel und Hüte zu bekommen, einer möglichst vor dem andern.

»Wollen wir nicht noch irgendwo eine Tasse Kaffee trinken?« fragte Armin.

Sie gingen zusammen in ein kleines Café mit roten Samtbänken, vor denen runde Marmortische standen mit einem eisernen Fuß.

»Ja«, sagte Erwin, »wir müssen versuchen, das Bürgerliche loszuwerden, das Unheroische, wie Runeken es nennt. Aber wir sind ja doch alle gar keine Bürger mehr. Wir haben nur die Sehnsucht danach. Ich möchte gern ein so guter Bürger sein wie mein Vater, wie Onkel Paul, wie mein Großvater, aber ich kann mir doch nicht helfen, ich habe keinen Sinn mehr für Besitz, keinen Sinn mehr für die Wichtigkeit der Autofabrikation, und ich finde genau wie Runeken, daß die ›Tiefe des Lebens nicht erschöpft ist mit den bürgerlichen Zweckmäßigkeiten‹. Aber was dann? Runeken verlangt einen heroischen Lebenslauf. Was ist ein heroischer Lebenslauf? Und warum diese Absage an das Glück?«

»Tja«, sagte Armin, »Thea kommt in Pension nach Sussex. Ich treffe mich mit ihr. Wir müssen uns endlich aussprechen. Nach dem Tennis, denke ich, wird es gehen. Eine sehr komplizierte Sache! Ihre Eltern wollen doch nicht mehr erlauben, daß wir zusammen Tennis spielen. Sie soll heiraten. Da ist jetzt so ein altes Ekel, Jurist und Fabrikbesitzer, sicher über dreißig Jahr alt, den wollen ihre Eltern. Thea will nicht, aber sie hängt so an Zuhause, und die Mutter sagt, Liebesheiraten sind Unsinn. Und bekommt je einer von uns das Mädchen, das er liebt? Nie, natürlich nicht. Warum ja? Ist die Welt zum Jasagen da? Unsinn.

Höre das schöne Wort Un-Sinn, daß ich nach Oxford gehe. Papa will aus mir einen Repräsentanten machen, es wird nicht gelingen. Ich werde weder Tennis- noch Ruderchampion. Es wäre aber genau so Unsinn, nach München zu gehen. Gut, ich hätte Brentano gehört, aber wozu das alles. Vielleicht die Südsee? Aber so viel Geld, um sich die wirkliche Einsamkeit zu leisten, hat man doch nicht. Man muß Geld haben, um es entbehren zu können. Hübscher Aphorismus, nicht?«

»Dir fehlt nur noch die Orchidee im Knopfloch!«

»Morgen abend ist Abschiedsgesellschaft bei uns. Gegenstück zur Südseesehnsucht. Rührend, nicht wahr? Der Fisch und die Fische, die Pute und die Puten. Ich kann es nicht mehr mitmachen. Diese Langeweile, diese ewigen Horsd'œuvres, diesen Heiratsmarkt, grauenhaft, besonders wo unsereiner vor dem Assessor doch nicht in Frage kommt. Ich bin vorgestern im Norden gewesen, ich rieche dort Menschen und das Menschliche, aber gehöre ich dazu? Nein, ich bin hier wie dort ein Fremder. Sozialismus oder Südsee? Ethik oder Ästhetik? Weltflucht oder Kampf? Das Endziel des Sozialismus ist das Kleinbürgertum. Das Ideal des Häuschens im Grünen ist aber kein Ideal.«

»Ich habe ein aufregendes Buch gelesen, eine Umfrage unter einigen tausend Arbeitern. Die sehr einfachen Antworten geben mehr Einblick als hundert Vorträge von Leuten, die über die Arbeiterfrage reden. Aus diesem Buch spricht nicht der Kummer eines Einzelnen, sondern wirklich das Schicksal von Millionen, ein entsetzliches Bild. Ich sehe ja diese Dinge näher als du. Man ist so geneigt, die Arbeiter für besser zu halten als unsere Kreise. Aber ich glaube, dieses bedrückte Proletariat kann wohl das Alte umstoßen, aber nicht das Neue schaffen. Unsereinem sind ja Hände und Füße gebunden. Wir gelten als der Klassenfeind, der Ausbeuter, uns glaubt man nichts.«

Sie standen vor dem gewaltigen Haus am Kurfürstendamm. Ein Auto hielt. Karl, Annette und Marianne stiegen aus. »Wie nett«, sagte Annette, »daß wir uns hier auf der Straße treffen. Willst du noch mit heraufkommen, Armin? Ich war eben mit deinen Eltern zusammen.«

»Nein, danke sehr, morgen ist bei uns Gesellschaft, und da wird es auch sehr spät.«

»Und übermorgen spricht Schröder bei uns über Expressionismus, Futurismus und Kubismus. Du kommst doch? Es ist ganz grundlegend.«

»Kinder, ich muß doch packen.«

»Also wir warten nicht mehr länger. Auf Wiedersehen, junger Mann!« Karl knipste die Nachtbeleuchtung an: »Wie angenehm so ein zentralbeheiztes Haus ist!«

»Tja«, sagte Annette, »es war eine reizende Gesellschaft bei Blombergs. Sag' mal, Marianne, warum hast du dich überhaupt nicht mit dem jungen Schwarz unterhalten, mit so einem netten Menschen?«

»Mir einfach zu dumm.«

»Du stellst viel zuviel Ansprüche. Du wirst genau so sitzenbleiben wie Amalie Mayer, die arme Person.«

»Amalie Mayer nennst du eine arme Person, Mama! Eine der bedeutendsten Führerinnen der Frauenbewegung!«

»Aber doch eine alte Jungfer.«

»Das wird es sehr bald nicht mehr geben. Wie war's denn, Erwin?«

»Hochinteressant. Er hat gesagt, daß die Familie der Anfang alles Übels ist, daß ein heroischer Lebenslauf notwendig ist, daß der Individualismus tot ist, daß Führer not tun, daß wir keine echte Beziehung mehr zum Tode haben. Großartig!«

»Also schwätzt nicht mehr die halbe Nacht. Gute Nacht, Kinder, gute Nacht.«

»Gute Nacht.«

»Gute Nacht.«

»Kommst du noch ein bißchen in mein Zimmer?« sagte Marianne.

# 66. Kapitel

## *Der Maskenball*

Ende des Winters gab Annette einen Maskenball für die Kinder. Auf dem Balkan war Krieg. Der Osten war Trumpf, die Frauenhose, der Turban, die bunte Kette. Theodor hatte Erwin einen orientalischen Seidenmantel geborgt. Er hatte eigentlich an James gedacht. Aber James ging als Römer. Nur ein Tuch umgewickelt und ein Stirnband. »Mir tun die Mädchen fast leid«, sagte Annette, als sie den unwahrscheinlich schönen Sohn sah.

»Nein, Mama, ich habe noch keine unglücklich gemacht. Was meinst du, wie glücklich Lotte heute wäre, wenn der Ludwig Heesen wie ich gewesen wäre!«

»Du hättest sie verführt mit fünfzehn Jahren, ja?« sagte Erwin gereizt.

»Vielleicht hätte ich sie auch verführt.«

»Du kennst eben keine wahre Liebe.«

»Ich gelte zwar bei den Klugen aus der Familie für dumm, aber das kann ich dir sagen, Erwin, ich mache die Mädchen glücklicher als du mit deiner Philosophiererei.«

»Bitte, streitet euch nicht«, sagte Annette, »ich verstehe ja gar nichts davon. Mir hat einmal in meiner Jugend Maiberg den Hof gemacht und ein Gedicht geschickt, aber das war doch alles ganz anders als heute, und dann habe ich euren Vater kennengelernt, und dann kamst du, James, nein, ich verstehe wohl nichts davon, trotzdem ich ein schönes Mädchen gewesen bin. Ich habe aber noch viel zu tun, und wenn einer von euch Lotte abholen will, dann rasch, und du, James, wolltest doch auch noch ein Mädchen abholen.«

»Warum bist du eigentlich so gereizt gegen mich?« fragte James, als die Mutter draußen war. »Ich arbeite wirklich jetzt.«

»Ach nein, nicht deshalb, aber ich habe durch einen Zufall – nein, ganz ehrlich, von Lotte – gehört, wie du es machst. Du schaust jeder Tischdame tief in die Augen und sagst: ›Ich glaube, Sie können sehr ...‹ und dann schreibst du mit dem Finger auf das Tischtuch: ›hingebend sein.‹ Und dann fliegen alle auf dich rein und fühlen sich verstanden. Na, das ist doch wohl widerwärtig?«

»So, mach' ich das? Ich versichere dir, Erwin, ich hab' das nicht gewußt. Du bist noch sehr jung, aber glaub mir, wenn ich es einer sage, so wird es schon so sein. Du kannst dir nicht vorstellen, wie süß und sinnlich diese Mädchen aus den guten Familien sind, wie überhaupt wohl die meisten Frauen.«

»Ich will davon nichts hören. Ich verachte dich.«

»Aber Erwinchen, seinen großen Bruder, und nur, weil er es mit Frauen versteht? Findest du das nett?«

»Holst du Lotte ab oder ich?«

»Ich möchte Thea abholen.«

Als Erwin zu Lotte kam, trabte gerade Fritz an ihm vorbei und rief durch die ganze Wohnung: »Mama! Mama!«

»Kann ich dir was helfen?« sagte Erwin.

»Kommt ja nich in Frage«, sagte Fritz mit dem frechsten Berliner Tonfall. »Wo ist denn der Hordenkessel? Diesmal trage ich den Hordenkessel.«

»Was ist denn um Gottes willen der Hordenkessel?« fragte Klärchen.

»Der Hordenkessel ist das Gemeinschaftsgeschirr.«

Erwin hörte es und dachte: Tja, wer das könnte, Hordenkessel und Gemeinschaftsgeschirr.

»Brauchst du noch etwas?« fragte Klärchen. »Lotte geht zum Ball, also ist noch was?«

»Ich muß noch Butter haben.« Die Aluminiumgefäße standen in einer Reihe in der Küche. Trinkbecher, Butternapf und Brotbeutel. »Wo ist mein Fahrtenmesser? Ich habe es gestern noch gehabt.«

»Noch was?« fragte Klärchen.

»Ja. Mama, du hast mir doch den Winkel nicht angenäht! Ich

habe dir doch das Band mitgebracht! Zwei Zentimeter oberhalb des Ellenbogens einen grünen Winkel, ich bin Vizekornett geworden, bitte mit zwölf Jahren!«

»Lotte, kommst du endlich?« fragte Erwin.

»Mama muß mir noch eine Feder festmachen. – Mama!«

»Also das kann Fräulein machen.«

Annette sah Marianne an. »Du glänzt ja, pudere dich ein bißchen.«

»Ich mich pudern? Aber Mama, was soll da Schröder von mir denken!«

»Wenn du bloß keine Enttäuschung an deinem Schröder erlebst!«

Marianne lächelte ironisch.

Ein Bekannter von Theodor, fünfzehn bis zwanzig Jahre älter als die meisten, ging im Gegensatz zu allen andern als »Etwas«. Er trug ein lila Renaissancekostüm, dazu einen goldgeränderten Zwicker. Er wich vom ersten Augenblick an nicht von Lottes Seite.

Zwischen den Tänzen bei Bowle und Brötchen sprachen die jungen Leute über ihre Probleme. »Ich würde ein Mädchen verachten, das bis zur Ehe wartet«, sagte Armin. Marianne wollte nicht als spießig gelten, aber keiner konnte doch von ihr verlangen …

Lotte widersprach ihm: »Es kommt nur Ehe in Frage. Die Hingabe meiner Person betrachte ich als etwas so Großes, daß sie nur mit der Treue eines ganzen Lebens erwidert werden kann.«

»Aus was für einem Haus müssen Sie sein, daß Sie so reif sein können!« sagte der ältere Herr, Dr. Merkel. »Eine erfüllte Hoffnung ist weniger als ein Traum.« Er sah sie so an, daß sie völlig verwirrt wurde.

»Sie arbeiten im Büro, gnädiges Fräulein?«

»Fürsorge für gefährdete Mädchen«, sagte Marianne.

»Verstehst du die denn, mein Schatz?« mischte sich James' Freund Ulli ein.

»Ich verbitte mir, daß Sie mich immer duzen.«

»Aber Mariannchen, ich duze alle Frauen. Also, sag mal, meine Süße, was macht man bei euch mit den Gefallenen?«

»Man muß ihnen mit Liebe entgegenkommen, nicht mit Verachtung.«

»Tun wir doch alle.«

»Ach, Sie sind furchtbar«, sagte Marianne böse.

»Donnerwetter, du bist ja temperamentvoll!«

»Ehe ist die Amortisation der Liebe«, sagte Dr. Merkel zu Lotte und legte die Zwickerschnur hinter das Ohr.

Die Tür ging auf. Sofie in einem schwarzen Taffetkleid, das den Oberkörper fast nackt erscheinen ließ, erfüllte den Raum. Sie hatte ihre Schleppe über den Arm gelegt, trug auffallenden Schmuck an den Ohren, dem Hals, den Armen hoch hinauf. Sie wandte sich nach hinten, lächelte über dem Fächer einem aus ihrem Zug von Begleitern zu: »Holen Sie schnell meinen Pelz, mein lieber junger Freund! Biedermann, ich habe meine Tasche im andern Zimmer. Meister Kruse, wie wäre es doch ein kurzes Weilchen hier unter der Lampe?« Ein kleiner Mann mit grauem, langem Haar lief hinter ihr her und sagte: »Wir können uns aber nicht lange aufhalten, Sofie Oppner. Nur ein Mittel gegen Kopfschmerzen möchte ich schnell oder einen Glühwein.« Er sagte es gerade zu Annette, als ob sie ein Restaurant habe. Ausgerechnet zehn Minuten vor der Kaffeetafel will einer aus Sofiens Gefolge Glühwein! Echt! dachte Annette.

»Glauben Sie, daß die wirklich nur dreihundertfünfundsechzig Knochen hat?« sagte Dr. Merkel zu Lotte.

Lotte erschrak. Über Tante Sofie, diese große und berühmte Frau, wagte einer so was zu sagen? »Sie war vor kurzem noch sehr schön«, sagte Lotte, und es kamen ihr die Tränen. Sie fand Tante Sofie plötzlich uralt.

»Was haben Sie?« sagte Merkel.

»Ach, es ist bloß so einen Augenblick.«

»Sie sind sehr sensibel«, sagte er.

Wie schön, dachte Lotte, sensibel, und sie fühlte sich verstanden.

Auf einem Tisch saß ein schwarzer Pierrot, weiße Halskrause, kleines Mützchen mit Pfauenfeder, und sang:

»Ich war ein Kind von fünfzehn Jahren,
Ein reines, unschuldsvolles Kind,
Als ich zum erstenmal erfahren,
Wie süß der Liebe Freuden sind.«

Annette ging zu James. Wie lange war es her? Fünfundzwanzig Jahre, seit Selma zu Theodor gegangen war und gesagt hatte: »Ich bitte dich, das geht doch nicht.«

»Liebe, schöne Mama«, sagte James, »laß ihn ruhig singen.«

»Aber James, vor so jungen Mädchen!«

»Es ist ein Pierrotlied. Warum soll ein Pierrot kein Pierrotlied singen?«

»Mit dir ist wirklich kein ernstes Wort zu reden, James. Steh du mir bei, Erwin.«

»Mama, das ist Wedekind, ein großer neuer Dichter.«

Die jungen Leute hatten Wein getrunken, Torten bekommen, Brote mit viel Fettem. Sie saßen auf dem Teppich, auf Stühlen, auf Hockern im lila-roten Musikgrab. Jeder saß für sich voll unklarer Sehnsucht nach einem andern Wesen.

Neben Thea, dieser sehr zierlichen, sehr süßen Person, saß Schröder. Schröder hoffte, niemand würde es sehen, und streichelte Theas Scheitel. Er wäre gern weitergegangen, aber Thea, die gleich merkte, daß er nichts verstand, wies ihn ab. Im Nebenzimmer war er wieder bald der Mittelpunkt: »Der Sehnsucht nach dem Undifferenzierten, dem Gesunden, dem Bürgerlichen, gibt kein neueres Werk so Ausdruck wie ›Tonio Kröger‹ von Thomas Mann. Es ist unsere deutsche Absage an jene morbide englische Dekadenz der Wilde und Beardsley. Eigentlich ist es schon unanständig, sich für Kunst zu interessieren, der anständige Mensch interessiert sich für Pferde, Hunde und Blumen.«

»Der Unanständige flüchtet vor dem Frühling ins Café«, zitierte Marianne.

»Warum soll denn der Robuste der Anständige sein und der Künstler unanständig?« fragte Lotte.

»Sie haben wohl den ›Tonio Kröger‹ nicht gelesen?«

»Nein«, sagte Lotte. Das war nicht gerade angenehm.

»Na, Sie niedliche kleine Person, nehmen Sie noch ein Stück Kuchen«, sagte Schröder.

Ich gehöre nicht zu den geistigen Frauen, mit denen man sich unterhält, dachte Lotte unglücklich. Plötzlich kam Merkel ganz nah, stierte sie an. Sie sprang entsetzt auf, lief in die Garderobe, wo Fräulein saß und wartete, um sie nach Hause zu bringen. »Fräulein, kommen Sie, wir wollen schnell weggehen.« Sie nahm rasch den Abendmantel um und wollte fortlaufen. Doktor Merkel vertrat ihr den Weg, sagte mühsam: »Wann seh' ich Sie wieder?«

»Machen Sie uns einmal das Vergnügen.«

Sie stieg voll Angst mit dem Fräulein in das Taxi. Ich werde die Eltern bitten, daß sie mich in Pension wegschicken, dachte sie. Plötzlich sagte sie lautlos: »Meine Kindheit ist nun vorüber« und begann leise zu weinen.

# 67. Kapitel

## *Sommerreise 1912*

Grindelwald, Hotel Sonne, 17.7.12
Meine liebe Lotte,

also wie ist es bei Euch in Norderney?

Du hast ganz recht. Wo sind die intelligenten Leute, das frage auch ich mich manches Mal. Ich glaube aber, diese seltenen Pflanzen ziehen es vor, im Gebirge sich auf den höchsten Spitzen herumzutreiben oder Fußtouren mit Kraxeleien zu machen und die ganze Stadtluft mit ihren Rauchsalons und Cafés und blasierten Gänsen einmal im Jahr total zu vergessen und in die heißeste Hölle zu verwünschen. Ich finde, ich existiere noch sehr gut, auch ohne sie. Vormittags läuft man, nachmittags viel Tennis, wirklich ein sehr angenehmes, friedliches, wenn auch recht langweiliges Leben. Zum Lesen bin ich eigentlich noch nicht in dem Maße gekommen, wie ich es mir vorgenommen habe. Mit Herman Bang bin ich fertig und angenehm enttäuscht. Ich möchte hierüber mit Dir mündlich sprechen.

Mein teurer Bruder Armin lebt, genießt, gedeiht vorzüglich bei dem guten Essen und kümmert sich um keine Menschen(Weiber) seele.

Hast du was von Merkel gehört???

Tausend innige Küsse von Deiner

Margot Kollmann,

der Du hoffentlich recht, recht bald schreibst.

Das Übliche an die teuren Anverwandten.«

# 68. Kapitel

## *Frühling*

Was für ein Frühlingstag, dieser Sonnabend im März des Jahres 1913! Was für eine Süße, morgens um neun Uhr!

Beatrice lag im Bett, als das Mädchen in Grün mit weißem Häubchen hereinkam und ihr den Kaffee brachte.

Theodor saß unter den Tintorettos – er war vor wenigen Tagen braun und gesund von Ägypten zurückgekommen. Der Diener machte Toast. Theodor schnitt von der ganzen Post zuerst das große Kuvert auf, in dem der Katalog der Versteigerung bei Brender lag: »Chinesische Keramiken.«

»Rufen Sie bitte Brender an, ich komme um fünf Uhr wegen der Auktion zu ihm.«

Was für ein Frühlingstag, dieser Sonnabend im März des Jahres 1913! Was für eine Süße, morgens um zehn Uhr!

Eugenie stand neben ihrer Jungfer, die packte. Am nächsten Tag sollte es nach der Riviera gehen.

Die Tiergartenstraße entlang jagten die Pferde, fuhren die Autos. Schöne Frauen und elegante Männer. Die Offiziere gingen im Interimsrock mit breiten roten Streifen an der Hose in den Großen Generalstab. Es war nicht mehr still.

Eugenie sah in den Garten: »Es ist eigentlich schade, wegzufahren, soo schön ist Berlin im März. Ich habe schon Kniep gesagt, er soll im nächsten Jahr mehr Krokus setzen, wir haben immer zu viel Schneeglöckchen und Märzbecher. Du solltest heute nicht ins Geschäft gehen, wo wir morgen die anstrengende Reise vor uns haben.«

»Weißt du, Eugenie, ich werde recht alt, die Beine und dieser Dickwanst, es ist nicht mehr schön, wie ich aussehe. Bin ich eigentlich je eine Schönheit gewesen?«

»Aber Ludwig!«

»Nein, also keine Schönheit.«

Es klopfte, und Frieda meldete Theodor, der täglich seinen Onkel mit dem Auto abholte.

»Ich geh' heute nicht ins Geschäft. Liegt noch etwas Besonderes vor? Brauchst du mich noch? Ist noch was zu besprechen?«

»Nein, Onkel Ludwig, trotzdem es nicht schön ist. Alle Effektenmärkte sind wieder gepurzelt. Das Kapital verliert das Vertrauen. Seit die Italiener mit diesem libyschen Krieg Europa in Unruhe gestürzt haben, ist alles durcheinander. Keiner hat geglaubt, daß die Türkei so schwach ist. Was die Leute an ihren Türkenlosen verlieren, ist enorm.«

»Was macht der Kleine?« fragte Eugenie.

»Wir lassen ihn allein unterrichten. Ich mache das nicht mehr mit, wie sie so ein Kind in den Schulen quälen. Also nun wünsche ich euch eine recht gute und erholsame Reise. Schon dich recht, Onkel Ludwig, du hast es nötig. Miermann hat mir vertraulich gesagt, daß der Balkankrieg noch längst nicht zu Ende ist. Na, qui vivra, verra.«

Was für ein Frühlingstag, dieser Sonnabend im März des Jahres 1913! Was für eine Süße, mittags um zwölf Uhr!

Waldemar saß groß und bärenhaft mit seinem grauen Vollbart am Schreibtisch, als nach kurzem Klopfen eine statiöse Frau in sein Zimmer kam.

»Susanna, du?«

Sie trug einen ihrer gewaltigen Federnhüte, einen zeitlosen weiten Mantel mit viel Pelz und am ausgeschnittenen Kleid ein Blumenbukett.

»Lieber alter Freund, mein weiser Ratgeber«, sagte sie mit großer Geste, indem sie ihm, beide Arme ausgestreckt, entgegenkam.

»Nimm Platz, mein altes Mädchen.«

»Du bist und bleibst ein Zyniker, Waldemar.«

»Ich? Dein Troubadour, dein Ritter Toggenburg, der ich mein ganzes Leben deinetwegen den Frauen entsagt habe.«

»Ach, du machst dich über mich lustig«, sagte sie unsicher.

Ihr Gesicht war schön geblieben, ihre Gestalt königlich, aber das kleine Decolleté war rot und rissig. Waldemar rührte es, daß sie darunter noch immer einen großen Tuff frischer Rosen trug und rundherum langhaarigen Pelz und die gewaltigen Federnhüte ihrer Jugend. Susanna zog ein Papier aus ihrer Handtasche. Sie wollte seinen Rat.

»Aha«, sagte er und setzte eine goldene Brille auf, »das Testament von Sedtwitz, soweit ich jetzt schon sehe.«

»Ja, ich verstehe nämlich gar nichts davon. Eigentlich macht mir schon jeder Scheck Schwierigkeiten.«

»Schloß und Liegenschaften gehen wieder an die Sedtwitz zurück. Dir verbleibt das große Barvermögen.«

»Ist es viel?«

»Ja, mein Kind, du hast 60 000 Mark Rente. Aber trotzdem, sprich noch mal mit Sedtwitz, ob er dir nicht irgendeinen Immobilienbesitz hinterlassen kann.«

»Ist denn das Barvermögen unsicher angelegt?«

»Gar nicht, aber einen Teil soll man immer auch in Immobilien haben.«

»Ich habe nie mit Sedtwitz von Gelddingen gesprochen, verstehst du. Ich möchte nicht …«

»Bist eine noble Seele, altes Mädchen.«

Sie saßen auf dem alten gebauchten Sofa unter dem Rembrandt und sprachen. »Wollen wir zusammen essen gehen? Gleich hier unten bei Hiller?«

»Gern.«

Es war voll wie eh und je, wie eh und je saßen die Gardeoffiziere da. Der Kellner kannte seinen alten Geheimrat. Er stand vor Waldemar mit Block und Bleistift in leichter Verbeugung. Suppe vor, Tournedos und hinterher eine Omelette und dann vor allem den Wein. Rheinwein?

»Wie lange bleibst du in der Stadt?«

»Ein, zwei Tage.«

»Wollen wir etwas zusammen unternehmen? Reinhardt ›Sommernachtstraum‹? Es soll ausgezeichnet sein.«

»Gut. Und wie geht es dir? Zufrieden?«

»Eigentlich geht es mir recht gut. Gestern war ich in ›Rosmersholm‹. Es war eine herrliche Aufführung, trotzdem sie mir ein bißchen viel von der Liebe hermachen bei Ibsen.«

»Aber es gibt doch nichts Wichtigeres für einen Menschen als die Liebe.«

Waldemar küßte ihr die Hand. »Wir könnten auch in die Oper gehen, aber es sind wohl kaum noch Karten zu bekommen, Caruso-Gastspiel.«

»Ich bekäme schon.«

»Oder russisches Ballett. Hast du schon mal Nijinski gesehen?«

»Was hast du mir noch zu bieten?«

»Die Dichterin Aseniew liest Lyrik im Choralionsaal.«

»Nein, abgelehnt.«

»Emil-Sauer-Klavierabend?«

»Nein, abgelehnt.«

»Ein Unbekannter, ein Herr Emil Ludwig, liest in der Lessinggesellschaft aus eigenen Werken. Wäre vielleicht ganz ulkig.«

»Wer ist denn das?«

»Ein Journalist.«

»Ach, lieber Nijinski.«

»Hoffentlich bekommen wir Karten. Entschuldige einen Augenblick, ich will nur schnell nachsehen, was sonst noch in der Zeitung steht. Gräßlich, daß diese Balkanwirren überhaupt nicht aufhören! Die Türken werden offenbar dauernd geschlagen. Ganz Thrazien ist in einen Riesensumpf verwandelt durch unaufhörliche Regengüsse. Augenblick, Kind, steh' gleich wieder zur Verfügung. ›Bulgarisch-rumänischer Konflikt.‹ Die Rumänen halten an der Forderung einer Grenzlinie Turtukei-Baltschick fest. Es droht ein neuer bulgarisch-rumänischer Krieg. Verstehst du, die Ehre der rumänischen Nation hängt an der Grenzlinie Turtukei-Baltschick. Und inzwischen ist Scott am Südpol gestorben. Susanna, höre bitte: ›Wir sind außerordentlich schwach, wir beugen uns der Vorsehung, wären wir am Leben geblieben, hätten wir von großem Mut und großer Ausdauer zu erzählen vermocht.‹ Das ist die letzte Tagebucheintragung.« Waldemar legte die Zeitung neben sich und nahm den Zwicker, den er zum Lesen aufgesetzt hatte, von der Nase. Sie sahen beide auf ihre Teller nieder. »Und Herr Filipescu hält an der Forderung Turtukei-Baltschick fest.«

»Waldemar, du bist ein bißchen bitter und grämlich geworden.«

»Nein, das ist nicht wahr, ich bin sogar optimistischer als seit Jahren. Der Kaiser ist ruhiger und friedlicher geworden. Die Sozialdemokratie wird immer weniger revolutionär, die wirtschaftlichen Verhältnisse gehen aufwärts, trotz- und alledem. Der Zarismus wird schwächer. Und persönlich könnte ich doch an Ehren haben, was ich will. Ich will bloß nicht. Geheimrat bin ich. Anerkannte juristische Autorität bin ich. Was verlangst du, daß ich werden soll, denn ich seh' doch, du bist nicht mit mir zufrieden.«

»Zum Beispiel Ministerialrat.«

»Aber Kind, warum soll ich mir denn eine Beamtenkarriere wünschen? Ein freier Mensch? Du bist ulkig. Vielleicht, damit ich pensionsberechtigt werde. Ja?«

»Ich meine nur. Ich bin doch schließlich auch Staatsbeamtin gewesen.«

»Wa ... wa ... was bist du gewesen? Sta ... Sta ... Staatsbeamtin? Entschuldige, verzeihe mir, als ich das Vergnügen hatte, dich kennenzulernen, warst du Soubrette.«

»Aber doch an der Königlichen Oper.«

»So, so. Ach, Susannchen, bist du komisch! Die beste Adele ihrer Zeit, die beste Helena, hat den Ehrgeiz, Staatsbeamtin gewesen zu sein. Sag mal, weißt du, ob du je ein Verhältnis hattest, mit mir zum Beispiel? Stimmt nicht, nicht wahr?«

»Ach, du bist ein gräßlicher Zyniker.«

»Sagen Sie, Exzellenz, darf ich Ihnen nach diesen Tournedos als Zwischengericht Champignons anbieten ...?«

Was für ein Frühlingstag, dieser Sonnabend im März 1913! Was für eine Süße, nachmittags um vier Uhr!

Klärchen hatte um zwei Uhr mit den Kindern Mittag gegessen. Fritz machte Schularbeiten. Lotte war in ihre »Amtsstelle« gefahren, Klärchen hatte sich zehn Minuten hingelegt, Butterkreme auf eine Torte gespritzt, denn das konnte sie besser als die Köchin, den Mantel angezogen, um wie jeden Nachmittag rüber zu ihrer Mutter zu gehen, Kaffee trinken.

Selma saß im Erker, wie immer im schwarzen Seidenkleid mit einem weißen Spitzenlatz, und stickte. Fräulein Kelchner, wie immer im schwarzen Wollkleid mit einem weißen Kräuschen im Stehkragen, las ihr etwas Verschollenes vor. Der gedämpfte Lärm der Autos, Pferdekutschen, Hupen und Fahrradklingeln klang durch den Raum.

»Wie geht's?« fragte Selma.

»Danke, wie immer«, sagte Klärchen, »Paul sieht sehr schlecht aus und arbeitet viel zuviel.«

»Karl und Annette sind an die Riviera gefahren.«

»Ich weiß, Paul macht Karls Arbeit mit.«

»Es ist schrecklich mit Lotte«, sagte Klärchen zu Fräulein Kelchner, während sie den Kaffeetisch auf der Terrasse deckten, »nun hat sich dieser Doktor Merkel an sie gehängt, zwanzig Jahre älter, in miserablen Verhältnissen und kein netter Mensch. Er hält sich ja sehr zurück, und sie hat ihn wohl nur zweimal in diesen Jahren gesehen, aber Sie kennen doch Lotte. Sie wartet auf ihn.«

»Das ist ein schwieriges Mädchen, genau wie Sofie.«

»Ist Sofie zu Hause?«

Fräulein Kelchner zeigte nach oben. »Herr Blumenthal ist bei ihr.«

»Ich finde es ja phantastisch, daß Sofie sich traut, zu Hause Herrenbesuch zu empfangen.«

»Aber Sofie ist doch nicht mehr die Jüngste.«

»Ich finde gewiß nichts dabei, aber Sie kennen doch Mama.«

Was für ein Frühlingstag, dieser Sonnabend im März des Jahres 1913! Was für eine Süße, nachmittags um fünf Uhr!

Sofie lag sehr zierlich auf dem bunten Sofa mit hoher Rückenlehne, vor dem ein Teetisch stand voll mit Silber, Blumen, buntem Porzellan. Die Vorhänge verbreiteten ein gelblich gedämpftes Licht in dem Raum, der sehr weit wirkte. Ein breiter und großer Mann, beide Hände in den Jackentaschen, den Kopf gesenkt, ging auf dem blaßgrünen Teppich auf und ab. »Sofie Oppner, ich liebe Sie. Das ist eine einfache Tatsache, und deshalb will ich Sie heiraten, und ich verstehe absolut nicht, warum Sie nicht wollen.«

»Lieber Freund«, sagte Sofie und streckte ihm die Hand entgegen, »sprechen wir nicht mehr davon, kommen Sie Tee trinken. Setzen Sie sich.«

»Ich bin kein Junge, mit dem man spielt. Es gibt nur das eine oder das andere. Entweder Sie heiraten mich, oder ich gehe jetzt weg, und wir sehen uns nie wieder.«

»Warum sind Sie so grob?« sagte Sofie mit einer klagenden Stimme.

»Versuchen Sie einmal ernst zu sein, nicht Kätzchen zu spielen. Ich wiederhole es noch einmal, denn mir ist es sehr ernst: Ich liebe Sie, und ich glaube, daß ich Sie sehr glücklich machen kann. Ich weiß nicht, warum Sie mich nicht heiraten wollen. Aber wenn Sie jetzt nein sagen, dann ist es aus mit Teebesuchen und Theatergängen. Dann kann und will ich Sie nicht wiedersehen.«

Sofie blieb in ihrer Stellung. Sollte sie wirklich eine Frau Blumenthal werden, die Frau eines zwar gescheiten und netten, aber durchschnittlichen Kaufmanns? Zu Ende mit den Gesandtschaften und Legationssekretären und mit der gehobenen Boheme? Diese Unnahbarkeit, dieses porzellanene Leben zu Ende? Der Mann setzte sich neben sie auf einen Stuhl und ergriff ihre Hand: »Sie sind zwar eine Frau, die man liebt, aber Sie sind doch nicht mehr jung, wo soll das alles hinaus?« Und er küßte ihre Hand. Sofie ließ ihm die Hand und glitt vom Sofa auf die Füße. Sie fühlte sich, wie sie dastand in einem rosa Hausanzug, die Haare kunstvoll frisiert, die Füße in gestickten Pantoffeln, an diesem sorgfältig und kunstvoll gedeckten Teetisch, und sie fühlte, dies würde sie immer wieder erleben, das Begehren eines Mannes, den sie mit einer wundervollen Geste ihrer überfeinen langen Hand zurückweisen würde.

»Lieber Herr Blumenthal, ich muß Ihnen diesen Schmerz antun.« Und dann machte sie eine ihr schon geläufige Ausrede. Sie sagte, vielleicht zum zehntenmal in ihrem Leben: »Es ist ein großes Vertrauen, das ich Ihnen schenke: es ist nicht um Ihretwillen, daß ich nein sage, sondern ich liebe einen andern.« Sie hatte ausgeprobt, daß dies die mildtätigste Form einer Absage war.

Der Mann stand auf, ganz scharf, ganz rasch, verbeugte sich und verließ das Zimmer.

Einen Augenblick stand Sofie da und sah ins Leere, und die Spitzenservietten auf den geblümten Tellern mit dem gekreuzten silbernen Besteck und der Vorfrühlingsstrauß aus Veilchen, Schneeglöckchen und Narzissen kamen ihr ein bißchen überflüssig vor. Aber dann ging sie rasch in ihr Schlafzimmer, setzte sich an den Toilettentisch voll mit silbernen Bürsten und Kristallflaschen und Büchschen, streifte die Pantoffel von den Füßen, kuschelte sie in den weißen Fellteppich und telephonierte: »Lisett, meine Süße, ich muß dich sprechen. – Tja, aus. – Heiratsantrag. – Natürlich nicht. – Wir gehen zusammen zu den Russen, recht? – Aber das ist doch reizend, wenn Brinkmann und von Ende mitkommen, gehen wir hinterher ins Bristol. Ich erzähl' dir dann morgen ausführlich. Tja, erschütternd ...«

Was für ein Frühlingstag, dieser Sonnabend im März des Jahres 1913! Was für eine Süße, nachmittags um sechs Uhr!

In einem alten Haus führte eine gewendelte ausgetretene Treppe auf einen Korridor, auf dem gelbe Bänke standen. Mädchen saßen dort mit kurzen Röcken und billigen Pelzen auf abgetragenen Mänteln, grell geschminkt, runde gutmütige Gesichter die meisten. Sie warteten und schwatzten.

Im Zimmer hinter einem Schreibtisch saß in einem zeitlosen dunkelblauen Kleid Marianne. Daneben an einem kleinen Tischchen Lotte. Sie schrieb Kartothekkarten aus und führte dabei so Protokoll, daß die Mädchen es nicht merkten.

»Ich will wieder weg von der Stelle«, sagte das Mädchen.

»Sie wollen wieder zurück zu Ihrem Max?«

»Sehen Sie, Fräulein, Sie sind doch eine erfahrene Dame, aber wenn ich nun sehe, wie Maxe von der Brillantenjule ausgenutzt wird, und ich soll da ruhig zusehen. Nee, det kann ich nich, det bringt unsereiner nich übers Herze.«

»Aber Max ist doch sehr schlecht zu Ihnen gewesen. Er hat

Ihnen alles Geld abgenommen und Sie so verprügelt, daß Sie ins Krankenhaus mußten. Haben Sie denn das alles vergessen?«

»Det müssen Se nich so schlimm nehmen, det is so in dem Stand. Is doch ein guter Kerl, der Maxe. Er meint't nich so.«

Lotte stand auf und öffnete die Tür: »Die Nächste bitte.«

Die Nächste trug einen ganz abgeschabten Mantel mit zu kurzen Ärmeln, aus denen die verarbeiteten roten Hände hervorsahen.

»Sie heißen?« sagte Marianne.

»Leokadia Kalloweit.«

»Stellung wieder aufgegeben?«

»Nein, Fräulein«, sagte die Kalloweit mit einem stolzen Kopfwerfen, »ich komme wegen ganz was anderem. Ich habe da eine Vorladung vors Gericht bekommen, weil ich früher mal eine verbotene Straße ging. Ging, Sie wissen schon, Fräulein? Aber nu, wo ich mich von der Sitte freigemacht habe und jetzt Autos wasche, fünfundzwanzig Mark die Woche, da möchte ich doch, daß die Anklage niedergeschlagen wird.«

Lotte sah sie an. Was für ein Aufstieg, was für ein schwerer Weg! Wo ich mich von der Sitte freigemacht habe und jetzt Autos wasche!

»Ich werde bestimmt dafür sorgen«, sagte Marianne, »lassen Sie mir die Vorladung da.«

»Ich danke auch schön«, sagte das Mädchen Kalloweit und verließ das Zimmer, eine einfache, fleißige Arbeiterin mit fünfundzwanzig Mark die Woche, und sie lächelte Marianne und Lotte zu.

Lotte stand auf und öffnete die Tür: »Die Nächste bitte.«

Was für ein Frühlingstag, dieser Sonnabend im März des Jahres 1913! Was für eine Süße, abends um neun Uhr!

Kleine Jugendteegesellschaft bei Paul und Klärchen. Die jungen Leute hatten sich im Wohnzimmer verteilt. Schröder redete.

Lotte sagte zu ihrer Kusine: »Ich verstehe dich nicht, daß selbst du diesem Hans in allen Gassen nachläufst. Ekelhafter Kerl.«

»Beruhige dich«, sagte Marianne.

Bin wieder mal zu intim gewesen, dachte Lotte.

Das Hausmädchen reichte Obstsalat. Kurt Lewy, in heftigem Gespräch mit Erwin, nahm und sagte: »Du wirst mir doch zugeben, man braucht doch nicht alles mitzumachen. Man kann keinen Weihnachtsbaum machen, das ist einfach würdelos.«

»Das finde ich nicht. Der Weihnachtsbaum ist eine deutsche Sitte. Wo fängt das an, wo hört das auf? Muß ich einen Kaftan tragen? Darf ich Schinken essen? Man paßt sich den deutschen Sitten an.«

»Widerwärtig, dieses Assimilantentum!«

»Und du tust alles, um uns das Recht abzusprechen, hier zu leben. Dies Berlin ist meine Heimat«, sagte Armin und löffelte weiter Apfelsinen und Äpfel. »Mich interessiert kein Land, das an der Wüste liegt, dafür bemühe ich Cook. Schluß.«

»Ich halte auch deine ganze Idee für ungeheuer gefährlich«, sagte Erwin. »Wenn wir uns schon selbst als nicht zugehörig bezeichnen, was sollen dann die andern sagen?«

»Aber die andern empfinden dich nicht als zugehörig, da ist deine Meinung ganz gleichgültig.«

»Du findest es also berechtigt, wenn Juden keine Reserveoffiziere werden und keine Beamte, noch nicht einmal Briefträger?«

»Berechtigt keineswegs, aber ganz unwichtig. Ich finde es widerwärtig und würdelos, wenn das Wort Jude vor den Dienstmädchen nicht ausgesprochen werden darf, wenn man sich israelitisch nennt, wenn Leute, die anders sind, immerzu versuchen, sich möglichst deutsch zu gebärden. Mich interessiert, daß es eine Stelle geben muß, wo der Jude heimatberechtigt ist.«

»Meine Heimat ist Deutschland, mich interessiert die deutsche Geschichte und die deutsche Kunst. Das Ostjudentum ist mir ganz fremd. Mein einer Großvater hat 48 mitgekämpft. Von der andern Seite stammt meine Familie aus der schönsten Ecke Deutschlands, wohin sie vielleicht mit den Römern gekommen ist. Und du verlangst von mir, das soll mir weniger bedeuten als ein Land, in dem Juden – ganz andere Juden als ich – vor zweitausend Jahren gelebt haben und von dem ich nichts weiß, als was ich mir mühselig aus Büchern aneignen könnte? Palästina ist keine Heimat für mich.«

»Für dich nicht, aber für Millionen Ostjuden. Westjuden sind ganz unwichtig. Ich gehe im Herbst nach Palästina.«

»Du bist so ein anständiger Kerl. Aber diese Überwertung der Blutzusammengehörigkeit und diese Unterwertung der Milieutheorie halte ich für höchst gefährlich.«

»Ich glaube eben, daß die Absage an unser Volkstum Verrat ist, daß gerade die Assimilation zum Antisemitismus führt.«

»Ihr wollt künstlich eine Minderheitenfrage schaffen. Wer Hunderte, ja, Tausende von Jahren unter einem Volk gelebt hat, gehört dazu.«

»Immer noch beim Zionismus?« fragte Armin.

»Mit dir streite ich mich nicht«, sagte Kurt. »Du bist für mich der Typ des widerwärtigen Assimilanten.«

»Sehr freundlich«, verbeugte sich Armin.

Paul setzte sich zu ihnen. »Weißt du schon, Erwin, daß wir heute keine Waggons bekommen konnten? Man munkelt von Zusammenziehungen bei Straßburg. Große Kriegsgefahr.« Paul seufzte.

Erwin glaubte nicht an Krieg. »Heutzutage?« sagte er.

»Tschadalschalinie«, sagte Armin, »Tschadalscha. Komisch. Sollen sich da einbuddeln.«

Thea, ein so enges Kleid an, daß sie kaum gehen konnte, den Rock hoch hinauf geschlitzt, ging vorüber. Armin sprang auf: »Ich habe gehört, du hast da eine neue Geschichte?«

»Ich?«

»Na, tu doch nicht so. Dümmerbach ist ein großer Künstler. Vierzig Jahre alt. Ist der deinen Alten genehm?«

»Ach Unsinn, wo denkst du hin! Ich werde verschickt werden. Großmama Blomberg nennt ihn so einen hergelaufenen Musiker.«

Paul sprach weiter mit Erwin: »Ich bin sehr froh, daß die Filiale in Warschau so gut arbeitet. Wirklich guter Griff, der Farbstein. Diese polnischen Juden sind schon hervorragend tüchtig. Sieh dich hier um: Hätte einer von deinen Freunden das fertiggebracht?«

»Es steht ihnen nicht dafür. Sie suchen andere Werte, ästhetische, ethische. Kurzum, sie wollen über das Geldverdienen hinaus.«

»Als ob es nicht das beste wäre, zu arbeiten und sich zu bewähren. Schaffen wir vielleicht keine Werte mit unseren schönen Effingerwagen?«

»Ihr sprecht euch wohl nie?« sagte Klärchen, als sie Paul mit Erwin allein sitzen sah.

Merkel brachte Lotte einen Teller mit Obstsalat. »Sie sprechen doch kein Wort?« sagte Lotte.

Merkel sagte: »Warum muß ich immer noch die Apfelblüte im fremden Garten schöner finden als den Apfel in meiner Speisekammer?«

Lotte wurde rot, wie er sie ansah. Sie dachte: Helfen Sie mir! Auf der Straße, im Theater, auf Bällen drängt es sich mit Händen, Füßen und Knien an mich. Etwas in mir sucht das, aber etwas anderes ist über mich entsetzt. Sie sind zwanzig Jahre älter als ich. Sie müßten wissen.

»Fräulein Marianne, Sie sehen schlecht aus, Sie arbeiten zu viel«, sagte Kurt Lewy.

»Ich habe über einen Brief nachgedacht. Eine Siebzehnjährige hat sich bitter bei mir beschwert, daß sie selbst Weihnachten nicht zu Hause bleiben durfte, sondern auf die Straße gehen mußte, Geld verdienen. Und die Gerichte helfen einem nicht, solchen Eltern das Fürsorgerecht zu entziehen!«

»Natürlich nicht«, sagte Schröder, »denn der Richter ist auch nichts anderes als ein bezahlter Lohnarbeiter der Bourgeoisie.«

»Das Elternrecht steht diesen Richtern höher«, sagte Marianne, »das ist ein bekämpfenswertes Vorurteil, aber keine Böswilligkeit.«

»Sie verschieben wieder einmal alles«, sagte Schröder. »Der Richter benutzt das Recht, wie seine Dienstgeber es brauchen. In diesem Fall braucht der Kapitalist die Töchter des Volkes für seine Zwecke, und die Gesetze helfen ihm dabei. Was Sie treiben, Marianne, ist soziale Quacksalberei. Sie wollen mit Flickarbeit Mißstände beseitigen, ohne dem Kapital und dem Profit weh zu tun, von dem wir hier so bequem sitzen. Sie versuchen Ihre Klasse vor der Revolution zu schützen. Es wird Ihnen nicht gelingen. Da ist mir so eine Thea, die bewußt ihre Klasseninteressen vertritt, viel lieber.«

Marianne wußte nicht, was sie erwidern sollte. Seit Jahren arbeitete sie nun ohne jede Bezahlung, und nun fand Schröder diese flirtende Gans, die nur an Kleider und Jungs dachte, ihr überlegen. Marianne fühlte mit Bitterkeit, daß Schröder ihr auf jede Erwiderung überlegen geantwortet hätte.

»Der Sozialismus«, sagte Dr. Merkel, »ist kein Feuerchen, an dem man sich wärmen kann.«

»Die Bourgeoisie bestimmt nicht. Aber die Unterdrückten, die Vergewaltigten, die Arbeiter, die werden sich wärmen können, Herr Doktor.«

Man verabschiedete sich.

»Marianne«, sagte Schröder, »wir werden uns auch wieder besser verstehen.«

James hatte seinen Hut tief ins Gesicht gezogen, den Mantelkragen hochgestellt und wartete auf einer Bank im Tiergarten. Durch die Dunkelheit kam rasch eine zierliche Gestalt in einem dunklen Pelz. »Ganz rasch, ich habe Fieber, ich muß gleich wieder ins Bett.«

»Das ist aber ein sträflicher Leichtsinn, Dorothee, das darfst du nicht machen. Du bist wie eine Schneeflocke.« Er küßte sie. »Nun aber geh rasch nach Haus.« Aber sie wollte nicht gehen. Sie küßte ihn immer wieder.

»Geh bitte, bitte«, sagte James, »du fühlst dich ja ganz heiß an. Ich habe solche Angst, daß dir etwas passiert. Geh rasch nach Haus. Wir sehen uns ja morgen abend um unsere Zeit.«

»Wer weiß! Es ist so schön bei dir. Laß mich noch einen Augenblick hier bei dir.«

Und dann floh sie rasch hinüber in das große Haus neben Tante Eugenies.

Was für ein Frühlingstag, dieser Sonnabend im März des Jahres 1913! Was für eine Süße, nachts um zwölf Uhr!

# 69. Kapitel

## *Der Judenstaat*

Erwin las mit glühenden Backen in seinem Zimmer, das auf einen abscheulichen Hof sah, auf dem sich mühselig ein Ahorn zu erhalten suchte: »Wollten wir warten, bis sich der Sinn auch der mittleren Menschen zur Milde klärte, die Lessing hatte, als er ›Nathan den Weisen‹ schrieb, so könnte darüber unser Leben und das Leben unserer Söhne, Enkel und Urenkel vergehen ... Wer der Fremde im Lande ist, das kann die Mehrheit entscheiden. Es ist eine Machtfrage wie alles im Völkerverkehr. Wir sind also vergebens überall brave Patrioten. Wenn man uns in Ruhe ließe ... Aber man wird uns nicht in Ruhe lassen ... Müssen wir schon raus und wohin? Oder können wir noch bleiben? Und wie lange?«

Nun, diese Formulierung Herzls war bestimmt übertrieben. Aber alles andere wie kristallklar! Wie richtig! Erwin ging erregt im Zimmer auf und ab. Ich fahre zu Onkel Waldemar.

Waldemar trank einen schwarzen, starken Mokka. Der Diener hatte gerade das Abendbrot abgeräumt und brachte Liköre und Rauchzeug.

»Na, was führt dich zu mir, mein Sohn?«

»Herzl. Du hast den ›Judenstaat‹ gelesen?«

»Aber Erwin, selbstverständlich.«

»Und?«

»Ich bin gewiß für alle philanthropischen Bestrebungen«, begann Waldemar. »Man muß diesen verfolgten russischen Juden beistehen, und ich habe auch für meine Glaubensgenossen in Jerusalem eine größere Summe gezeichnet. Aber Zionismus ist etwas anderes. Diese Leute sprechen uns die Existenzberechtigung in Deutschland ab. Und außerdem ist er die Absage an alles, woran wir glaubten. Ich hatte vieles gegen deinen Großvater Emmanuel, er war mir zu liebenswürdig und zu sehr lavierend nach allen Seiten. Aber einmal hat er doch seine äußere Existenz, seine Freiheit, sein Leben für eine Idee eingesetzt. Er kämpfte wie wir alle nach zwei Seiten: gegen die Zurückgebliebenen unter seinen Glaubensgenossen und für die Verleihung der gleichen Rechte an die Juden. Hat dir dein Großvater nie erzählt, wie er die begeisterte deutsche Jugend die Hacke gegen die Ghettotore schwingen sah, um sie für ewig zu öffnen? Wir haben ein halbes Jahrhundert an die Darwinsche Lehre geglaubt, daß der Mensch ein Produkt seines Milieus ist, an den Fortschritt der Menschheit. Die Welt macht eine fürchterliche Wendung zum Pessimismus. Sie glaubt an den völlig ungeklärten Begriff der Rasse, der Panslawist ebenso wie die von Nietzsche beeinflußte blonde Bestie. Sie glaubt an die unabwendbare Verarmung der Massen durch die Raffgier der Kapitalisten. Wir haben geglaubt, daß man über die ethischen Grundbegriffe nicht streiten kann. Aber jetzt ist nicht mehr Wille zur Wahrheit, sondern Selbstsucht und Herrschsucht die echte Tugend. Der Wille zur Macht stellt die Menschen jenseits von Gut und Böse. Und jede Weltanschauung hält sich für unfehlbar. Und der Zionismus widersteht nicht dem Bösen, sondern nimmt alle Argumente dieser furchtbaren neuen Weltbewegung für sich in Anspruch. Er kämpft auf der falschen Front. Denn vom Standpunkt des Blutes, vom extremen Nationalismus her ist der Antisemitismus berechtigt.« Waldemar stand auf und nahm ein Buch aus dem Regal: »Ich werde dir etwas von Herzl vorlesen: ›Eine Fahne, was ist das? Eine Stange mit einem Fetzen Tuch? – Nein, mein Herr, eine Fahne ist mehr als das. Mit einer Fahne führt man die Menschen, wohin man will, selbst ins Gelobte Land. Für eine Fahne leben und sterben sie. Es ist sogar das einzige, wofür sie in Massen zu sterben bereit sind, wenn man sie dazu erzieht.‹«

»Wunderbar«, sagte Erwin.

»Donnerwetter noch mal!« schrie Waldemar.

»Aber er hat doch recht«, sagte Erwin ganz leise und verkroch sich im Sessel.

»Nein«, schrie Waldemar, »und nochmals nein! Fahnen, Lieder, Bänder, Symbole sind Rauschmittel. Gegen das Schwingen der Weihrauchkessel ist eine Welt aufgestanden. Die Benutzung des Rausches ist Demagogie. Mit einer Fahne führt man die Menschen zu Massenmorden, zu Scheiterhaufen, zu Hexenprozessen, vielleicht auch neben all diesem ins Gelobte Land. Der Preis ist mir zu hoch. Ihr alle wollt nicht mehr Persönlichkeiten sein, sondern eine Hammelherde mit einem Bundeslied und einer Fahne. Marianne ist in der Frauenbewegung, der Fritz militarisiert sich, du willst Hatikwah singen, und ein bißchen ärmer singt man: ›Alle Räder stehen still.‹ Die Welt ist nicht mehr schön.«

»Aber ihr seid schuld«, sagte Erwin. »Ihr habt erfunden und erfunden, und aus alledem ist das Proletariat entstanden. Für diese Schwachen ist weder das Christentum noch der Freigeist eingetreten.«

In diesem Augenblick meldete der Diener Herrn Riefling. Er trat in den blauen Rauch von Waldemars Zigarren.

»Wir hatten eben eine sogenannte geistige Auseinandersetzung über den Zionismus.«

»Sie sind Zionist, Herr Effinger, ausgezeichnet! Ein stolzer Mensch aus solcher Familie muß sich bekennen. Ich finde es sehr erfreulich, daß es gegen diese rasenden Auflösungstendenzen im Judentum ein Gegengewicht gibt. Die Juden haben ein Recht, sich zu erhalten. Eines der größten Kulturvölker der Menschheit! Und rein utilitär gesprochen, ich glaube auch, Bekenntnis zum eigenen Volkstum ist besser als eine schiefe Lage durch Anpassungssucht.«

Als Erwin nach Hause kam, lag ein dünnes Heftchen auf seinem Schreibtisch: »Mit Zionsgruß Kurt Lewy.«

»In vollster Würdigung der Tatsache, daß zwischen Ariern und Juden ein tiefer moralischer und physischer Unterschied besteht, und daß durch jüdisches Unwesen unsre Eigenart schon viel gelitten hat, und in Anbetracht der vielen Beweise, die der jüdische Student von seiner Ehrlosigkeit und Charakterlosigkeit gegeben, faßt die heutige Versammlung deutscher wehrhafter Studentenverbindungen den Beschluß, dem Juden auf keine

Waffe mehr Genugtuung zu geben, da er nach unsern deutschen Begriffen unwürdig und der Ehre völlig bar ist.«

»Steinplatz 4784. – Entschuldige, Kurt, wenn ich dich noch so spät anrufe. Ich danke dir sehr für deine Sendung. Ich komme morgen abend mit zu deinem zionistischen Abend.«

# 70. Kapitel

## *Aufsichtsratssitzung*

Von den Halden in England wurde die Kohle abgerufen. In tausend schwarzen Schiffen fuhr sie um die Erde, damit gewebt werden konnte, Eisen fabriziert und die tausend Dinge, die daraus gemacht wurden. In Amerika wurde geerntet. Wie eh und je pflückten die Schwarzen die Baumwolle, das Leintuch auf dem Kopf. Wie eh und je schnitten die Farmer in Kanada den Weizen. Die Baumwolle kam in großen Haufen zusammen, sie wurde auf Schiffen verschifft. Der Weizen kam in die großen Silos und wurde auf Schiffen verschifft. Die Ernte war klein. Die Preise stiegen.

Um den langen Tisch, der mit grünem Fries bespannt war, saßen in feierlichen Gehröcken neun Herren.

Geheimrat Waldemar Goldschmidt präsidierte. Er begrüßte die Anwesenden, Rothmühl, Paul und Karl Effinger und die fünf Herren des Aufsichtsrates, unter ihnen Ludwig Goldschmidt, der den Sitz von Emmanuel seit dessen Tode eingenommen hatte.

Paul erklärte: »Meine Herren. Der Ordereingang hat bis jetzt die steigende Richtung eingehalten, und das Werk ist in allen Abteilungen gut beschäftigt. An größeren Lieferungen nenne ich nur eine Lastkraftwagenlieferung nach Rumänien und eine Lieferung nach Indien, wo wir trotz größtem Wettbewerb konkurrenzfähig waren. Unsere Filiale in London arbeitet ebenfalls gut und ist bis auf weiteres genügend mit Aufträgen versehen. Von größeren Verlusten durch Zahlungseinstellungen von Kunden ist die Firma bis jetzt verschont geblieben. Gott sei Dank. Durch die fortgesetzte Steigerung des Umsatzes sind die Maschinen voll ausgenutzt, und ich gestatte mir, darauf aufmerksam zu machen, daß für einzelne Maschinensorten die Reserven fehlen, so daß, wenn eine Maschine repariert werden muß, ein Produktionsausfall entsteht. Wir sind der Ansicht, daß für die Zukunft mit einer weiteren Absatzsteigerung gerechnet werden kann, und ich schlage deshalb vor, Beträge für die Anschaffung von Maschinen für die Produktionssteigerung und für die Schaffung einer Maschinenreserve zu genehmigen.«

»Ich bin Herrn Effinger sehr dankbar für die einfachen und deutlichen Erklärungen über das Werk. Wir alle, die wir die Interessen der Aktionäre vertreten, werden höchst erfreut sein, über den guten Geschäftsgang zu hören. Aber ich kann mein Erstaunen nicht verhehlen, daß der Vorstand mit Forderungen für Maschinenanschaffungen kommt, ohne daß dieser Punkt auf die Tagesordnung gesetzt worden ist.«

Rothmühl, der sich dauernd seinen spitzen Bart strich und den verrutschenden Zwicker zurechtrückte, sagte, daß die Frage der Maschinenanschaffung sich erst in den letzten Monaten zugespitzt habe.

»Ja«, sagte Paul, »es muß außerdem mit langen Lieferzeiten für die Maschinen gerechnet werden, da kann diese Frage gar nicht frühzeitig genug ventiliert werden.«

»Ich bin für eine sehr scharfe Prüfung«, sagte Ludwig, »ob die Aufstellung von Maschinen nicht erspart werden kann. Wenn auch die gute Konjunktur noch anhält, so kommt stets nach solchem Aufstieg ein Niedergang, und dann stehen die Maschinen unbeschäftigt da. Man kann doch in mehreren Schichten arbeiten lassen, um die Mehrproduktion zu erreichen.«

»Ich habe die Frage der Anschaffung von Maschinen nach allen Seiten geprüft, und ich glaube, ich bin als vorsichtig bekannt. Die Anschaffung ist nicht nur dringend nötig, sondern es wäre einfach Leichtsinn, noch lange damit zu warten. Wir arbeiten seit mehreren Jahren dauernd in zwei Schichten. Die Maschinen müssen überholt werden, und damit würde eine große Störung in der Produktion herbeigeführt werden. Sie wissen doch, daß es sich zum Teil um Arbeit von Frauen handelt, die nach elf Uhr abends nicht mehr arbeiten dürfen. Ich bin übrigens außerordentlich gegen Nachtarbeit, da in ihr viele Fehlfabrikate hergestellt werden.« Paul setzte sich aufgeregt. Hatte er das nötig gehabt, sich diesen Ludwig aufzuhalsen? Immer warfen einem diese Bankiers Knüppel zwischen die Beine.

»Meine Herren«, sagte Waldemar besänftigend, »die Verantwortung dafür, ob Maschinen angeschafft werden sollen oder nicht, tragen nach meiner Auffassung ausschließlich die Fabrikdirektoren, und ich habe zu Ihnen das Vertrauen, daß Sie nur dann Neuanschaffungen von Maschinen fordern, wenn dieselben absolut notwendig sind. Für mich ist die Hauptsache: Stehen die nötigen Mittel zur Verfügung, oder muß ein Bankkredit aufgenommen werden? Wenn letzteres der Fall ist, dann muß die Frage noch einmal geprüft werden, sonst bin ich prinzipiell bereit, den nötigen Betrag – wie hoch ist er übrigens? – zu bewilligen.«

»Ich bitte, uns 150 000 Mark zu genehmigen. Bankkredit haben wir noch nicht in Anspruch genommen. Aber wir haben 100 000 Mark Akzepte für Rohmaterial laufen. Das ist aber nicht beängstigend, denn die regelmäßig eingehenden Außenstände sichern selbstverständlich prompte Einlösung der Akzepte.«

»Mir ist die Hergabe von Akzepten gar nicht sympathisch«, sagte Ludwig. »Ich finde, daß die Firma bei dieser angespannten Geldlage auf die Maschinen verzichten müßte.«

»Mir wäre es gewiß lieber gewesen, wir hätten die Forderung nach neuen Maschinen nicht erheben müssen. Es sind außerdem an den Maschinen ungeheure Fortschritte in den letzten Jahren gemacht worden, dadurch wird das Fabrikat verbessert und der Lohnanteil verbilligt.«

»Also ich bin dafür«, sagte Waldemar, »daß wir nach den Ausführungen von Herrn Paul Effinger der Maschinenbestellung zustimmen.«

Ludwig Goldschmidt saß da, dick und rotgesichtig. »Ich kann mir nicht helfen, aber ich bin so schrecklich dagegen, daß man etwas kauft, was man nicht bezahlen kann. Der Herr Vorsitzende hat den andern Aufsichtsratsmitgliedern ihren Entschluß durch seine Zustimmung sehr erleichtert, aber ich sehe diese ganze Konjunktur nach und nach sehr skeptisch an, und ich befürchte, bis die Maschinen eintreffen, ist die Konjunktur bereits umgeschlagen, und das Werk hat dann keine Beschäftigung mehr, aber unangenehme Verpflichtungen.« Und dann fiel er, wie in letzter Zeit öfter, in den Berliner Dialekt und sagte: »Ich bin da nich vor.«

Waldemar sah auf die Uhr, leise und diskret, aber immerhin. »Wünscht noch jemand das Wort zu diesem Gegenstand? Wenn nicht, stimme ich darüber ab. Gegen den Vorschlag stimmen Herr Goldschmidt und Herr Bankdirektor Hartert. Es ist in unserm Kreis,« und er beugte sich liebenswürdig vor, »immer der Grundsatz gewesen, daß alle derartigen Forderungen einstimmig bewilligt werden.«

Es war nicht fertig zu werden mit Ludwig.

»Etwas Optimismus«, sagte Waldemar, »muß man im Geschäftsleben haben, denn mit Pessimismus kommen wir nicht weiter. Ich bitte deshalb nochmals alle Herren, 150 000 Mark zu bewilligen. – Ich sehe, daß Sie alle zustimmen.« Und dann dankte er herzlich für das bezeugte Vertrauen.

Es kam noch allerhand. Es kam das Engagement eines Reisenden mit 15 000 Mark, es kam die Abtretung eines zweieinhalb Meter breiten Streifens unbebauten Geländes an die Stadt.

»Ich halte die Konjunktur zwar für völlig unberechtigt, aber man muß sich danach richten. Wie steht es mit den Rohstoffvorräten?« sagte Ludwig.

»Wir sind noch für drei Monate gedeckt«, sagte Rothmühl.

»Die Preise sind so stürmisch in die Höhe gegangen, daß wir uns in letzter Zeit vom Kaufe zurückgehalten haben«, sagte Paul.

»Na ja«, sagte Ludwig, »es wird ja nich geklingelt, bevor die Preise stürzen.«

Alles lachte. Waldemar sagte: »Ich bitte Herrn Ellmer, den vorzüglichsten Kenner dieser Materie, sich gütigst zur Frage der Rohstoffe zu äußern.«

Herr Ellmer machte das Gesicht des Fachmannes und sagte, zu Paul gewendet: »Ich bedaure die geringen Käufe außerordentlich. Die Konkurrenz ist für das ganze Jahr mit Rohmaterial eingedeckt. Also werden die Preise der Fertigfabrikate nur sehr langsam steigen. Wenn Sie jetzt zu den hohen Preisen einkaufen müssen, wird ein gewinnbringendes Arbeiten überhaupt nicht mehr möglich sein. Ich gestatte mir vorzuschlagen, daß alle paar Tage die in den vorhergehenden Tagen verarbeiteten Rohstoffe ergänzt werden.«

Paul verteidigte seine Politik und war mit dem Vorschlag von Ellmer vollständig einverstanden, aber Ludwig sagte: »Man soll erst dann kaufen, wenn alle Vorräte verbraucht sind.«

»Der von Herrn Goldschmidt gemachte Vorschlag ist ja gar nicht durchzuführen, etwas freie Reserve in Rohmaterial muß die Firma immer haben.«

Waldemar wollte Schluß der Debatte machen, als Paul noch einmal anfing: »Mein – Pardon, unser Prokurist Steffen feiert am nächsten Ersten sein fünfundzwanzigjähriges Jubiläum. Ich bitte, ihm das bei solchen Jubiläen übliche Geschenk zu geben. Herr Steffen hat sich stets als ein äußerst fleißiger und treuer Angestellter erwiesen, auf den ich große Stücke halte.«

»Wir sind selbstverständlich einverstanden«, sagte Waldemar. »Wir wollen ihm außerdem ein Geschenk auf Kosten des Aufsichtsrats machen, und bitte, sagen Sie, Herr Effinger, ihm dann einige Worte im Namen des Aufsichtsrats. Ich habe mir den Tag notiert. Ich werde selbst Herrn Steffen im Namen des Aufsichtsrats schreiben. Solche Leute wie Herr Steffen sind selten.«

Aber dann war wirklich Schluß. Die Herren verabschiedeten sich. Ludwig sagte zu Paul: »Es tut mir leid, daß ich Sie immer ärgere. Aber das ist nun mal meine Ansicht von Geschäften. Man kann gar nicht vorsichtig genug sein. Sehen Sie, ich habe vor einiger Zeit mein Testament gemacht und bestimmt, daß alle baren Geldmittel immer in Staatspapieren angelegt werden müssen. Ich bin eben ein Feind alles Spekulierens. Ich wollte Sie übrigens schon lange bitten, ob Sie nicht Theodor in den Aufsichtsrat nehmen wollen. Sehen Sie, ich werde alt, und das Geschäft wird doch jetzt von Theodor geführt.«

»Ich muß aber jetzt weg«, sagte Waldemar, »ich habe heute nachmittag noch eine Aufsichtsratssitzung von der V. B. I. Also was ist noch?«

»Ich bin nicht einverstanden«, sagte Paul langsam und sah sich um, ob ihn auch niemand höre, und dann sagte er leise und traurig, als ob er ein Todesurteil fälle: »Theodor ist kein Geschäftsmann.« Plötzlich fühlten beide Goldschmidts, daß hier ein Kredit angegriffen werde, der große menschliche und finanzielle Kredit des Hauses Oppner & Goldschmidt.

»Erlauben Sie«, sagte Waldemar scharf, »zu allen Zeiten haben Bankiers die Kunst gefördert. Die ganze Renaissance verdankt ihre Existenz gebildeten Bankiers. Ich habe gewiß manches gegen Theodors Übertriebenheiten, diese Tigerjagden in Afrika, dieses ganze Gehaben eines besseren Thronfolgers, aber auf alle Fälle ist mir seine Feudalität lieber als das laute Parvenütum von Annette, und niemand kann sagen, daß Theodor kein Geschäftsmann ist.«

# 71. Kapitel

## *Doktor Merkel*

Ich habe einen unbeschreiblichen Ärger«, sagte Annette zu Marie Kollmann am Telephon, »die Glauker hat mir meine Spitzen in einer Weise zerschnitten, na, das kannst du dir nicht vorstellen. Es ist ganz ausgeschlossen, daß ich sie je wieder nehme. Mir macht die ganze Gesellschaft keinen Spaß mehr.«

Um halb acht Uhr stand Sofie vor ihrem dreiteiligen Spiegel und entließ die Friseuse. Sie hatte sich eine Toilette aus Paris mitgebracht, der weiße Atlasrock ganz lang und eng und die schwarzen Spitzen als Röckchen gearbeitet, das bis zu den Knien reichte. Dazu eine breite, korallenrote Schärpe. Die korallenroten Schuhe waren von der gleichen Farbe wie die Schärpe. Sofie lächelte sich zu. Mama würde kritisieren, aber sie kannte sich und ihre Wirkung. »Willst du nicht doch mitkommen?« sagte sie zu ihrer Mutter, die im Erker saß.

»Wozu die Frage? Du weißt ganz genau, daß ich nirgends hingehe, seit Papa starb.«

»Annette würde sich so freuen.«

»Also das gehört sich eben nicht. Du bist genau wie deine Schwester. Annette hat mir, einer Witwe, einen grauen Stoff zum Kleid besorgt. Ich werde es mir nicht machen lassen, sondern ein schwarzes selbstverständlich.«

»Also ich gehe jetzt.«

»Es wäre mir lieber, du würdest nicht so viel in Gesellschaften gehen, sondern vernünftig heiraten.«

Um halb acht Uhr stand Marianne vor dem Spiegel. Sie freute sich auf Schröder. Mama hatte nicht erlaubt, daß sie ihn zu Tisch bekam, heute, wo nicht nur Jugend da war. Es hieß so schon, daß sie mit Schröder verlobt sei.

»Ich verstehe dich ja nicht, daß du das zugibst, wie der Schröder jeden Tag zu Marianne kommt«, hatte Marie Kollmann gesagt.

»Ach, das gibt es jetzt öfters, solche Freundschaften«, hatte Annette erwidert. Aber ganz wohl war ihr nicht bei dieser Antwort.

Um halb acht Uhr stand Lotte vor ihrem Spiegel – beileibe keinem Toilettentisch – und dachte: Heute abend wird eine Entscheidung fallen, es geht nicht mehr länger. Plötzlich wußte sie: Nein, ich will keinen alternden Mann heiraten.

Es klingelte. Lotte erschrak. »Das ist Merkel!« Aber es war Margot Kollmann.

»Meine Eltern gehn heute abend nicht zu deiner Tante. Papa fühlt sich nicht ganz wohl, und deine Eltern gehn doch auch nicht. Wie geht es übrigens Fritz?«

»Na, viel besser. Die sind ja wohl auch blödsinnig geworden mit ihrer Pfadfinderei. Fünfzehn Stunden sind sie marschiert.«

»Schöne Schuhe hast du an, todschick. Na, so was kannst du dir nicht leisten, wenn du den Merkel heiratest.«

»Du hast mir gerade noch gefehlt.«

»Wieso?«

»Weil ich auch schon Zweifel bekomme.«

Man begann mit einem Süßwein zum Hühnersalat. Karl begrüßte die Gäste. Dann kamen Forellen blau mit Butterkugeln. Armin sprach im Namen der Jugend: »Und so lassen wir jungen Leute unsere Elterngeneration hochleben.«

»Ungeheuer witzig«, sagte Annette. Eine reizende Stimmung heute abend, dachte sie. Und so wenig Absagen! Die Leute kamen so gern zu ihnen. »Du siehst, Tante Eugenie, es ist doch sehr angenehm, daß ich sechzig Personen im Eßzimmer setzen kann. Es ist nun schon zum drittenmal in diesem Winter, daß ich es gebraucht habe.«

»Det is nu der vierundsechzigste Rehrücken, den ich diese Saison vertilgt habe. Det is wohl 'ne Tier- und Menschenquälerei«, sagte Ludwig.

»Mahlzeit, Mahlzeit«, sagten alle, und jeder gab jedem die Hand.

Beatrice sagte zu Sofie: »Ich danke dir noch vielmals für das reizende Geschenk. So etwas Bezauberndes von einem Nadelbüchschen!« Beatrice nähte natürlich nie etwas, und das Nadelbüchschen war völlig überflüssig. Es war ein echtes Sofie-Geschenk. Das Nadelbüchschen lag in einer reizenden Schachtel, mit einem Seidenband verschnürt, rundherum ein buntes Papier, wieder mit einem Goldfaden verschnürt, und darauf ein paar Blumen aus einem Strauß von einem ihrer vielen Verehrer. »Es hat mir so leid getan, daß ich nicht da war. Aber du weißt, ich reite jetzt so viel.«

»Ja, und mir tat es auch so leid, daß ich nicht zu deinem Geburtstag kommen konnte. Aber der Duc d'Aubreyville fuhr von Paris nach Petersburg. Er war im ganzen nur sechs Stunden hier und die ganze Zeit mit mir zusammen. Du kannst dir nicht vorstellen, wie er sich mit mir gefreut hat.«

Beatrice dachte: Ob das wohl wahr ist?

Sofie dachte: Ich möchte wissen, bei welchem Liebhaber sie ihre Zeit verbringt, die sie angeblich reitet.

»Todschick ist deine Toilette. Paris?«

»Natürlich, du solltest mal wieder hinfahren und dort einkaufen.«

Sie ist doch eigentlich nett, dachte Beatrice.

»Zwei so schöne Frauen dürfen nicht allein zusammenstehen«, sagte Bankdirektor Hartert und ging mit ihnen in den Salon. Frau Hartert, das ehemalige Fräulein Schulte, sie, die das viele Geld gehabt hatte, saß einsam da und sah ihnen nach.

Die älteren Herren spielten Billard. Die Damen saßen zusammen wie an einem Nachmittagstee.

Erwin hatte Papier und Bleistift auf den Knien. »Also paßt auf«, sagte er zu seinen lachenden Freunden, »es handelt sich um den Kegelspiegel. Denkt euch einen Kreiskegel aus schön poliertem Metall auf einer weißen Fläche stehend, auf welcher sich eine Kurve K befindet, so werdet ihr, wenn ihr in Richtung der Pfeile seht, in dem Spiegel ein Abbild der Kurve erkennen. Verstanden?«

»Verstanden.« Ihre Köpfe beugten sich über das Papier.

»Jiii«, machte Erwin. »Sollst Essig saufen, Krokodile fressen! Ich aber bekümmere mich nicht darum, sondern fahre fort, ich, Hamlet der Däne. Beträgt der Zentriwinkel des Kegels zum Beispiel 180°, so ist a = 2b. Ulkig, nicht?«

»Sehr ulkig.«

»Wollen die Herrschaften nicht tanzen?« fragte Annette.

»Sollst Essig saufen, Krokodile fressen ...«

»Was sagst du da zu deiner Mutter?«

»Das sage nicht ich, sondern Shakespeare.«

»Na gut, aber jetzt tanzt.«

Theodor sagte: »Hübsch ist meine Nichte geworden, nicht wahr, Doktor Merkel?« Und er zog sie unter die Lampe. »Nicht ganz deckend: Klärchens bäuerliche Niedlichkeit mit dieser Intellektualität. Warum sind Sie denn so stumm, Doktor?«

»Ach, gar nicht«, sagte Doktor Merkel und zündete sich nervös eine Zigarette an.

Die Türen zum Balkon standen offen. Unten war der Lärm der Straße, und Vorfrühlingsluft kam von den Bäumen am Straßenrand. Das Zimmer war leer. »Komm«, sagte Merkel, und Lotte folgte.

»Hast du Lotte gesehen?« fragte Annette leise James. »Der Doktor Merkel ist ja völlig verrückt. Er ist ins Badezimmer gelaufen und hat den Kopf unter die Dusche gesteckt.«

»Woher weißt du das?«

»Die Mädchen haben es gesehen.«

»Glauben Sie«, sagte Margot Kollmann zu Schröder, »daß es Freundschaft zwischen Mann und Frau gibt?«

»Ja, daran glaube ich«, sagte Schröder, »meine große Freundschaft mit Marianne beweist es.«

Lotte setzte sich dazu. Sie beneidete Marianne. Wie ruhig Schröder mit ihr sprach!

Merkel fragte leise: »Können wir jetzt nicht weggehen?« Er nahm Lottes Arm und ging mit ihr die menschenleere breite Straße entlang, und er hielt sie, als ob er diese Straße immer weiter mit ihr gehen wollte, immer weiter, immer weiter. Lotte lächelte. Sie konnte jetzt nichts auseinandersetzen. Es dämmerte schon. »Ich schreibe dir«, sagte er.

»Bitte nicht nach Haus, sondern an Lili Gallandt. Die wohnt in Pension, da schadet es nichts.« Und sie gab die Adresse.

»Also was wird?« sagte Lili, nachdem ihr Lotte alles erzählt hatte.

»Ich weiß nicht. Ich kann jetzt die Gefühle der Männer verstehen, die alles wollen, bloß nicht heiraten.«

»Aber das ist doch Unsinn. Du hast ihn doch bisher geliebt.«

»Ich wollte mit ihm befreundet sein. Ich wollte eine Beziehung mit ihm haben wie Marianne mit Schröder, vielleicht etwas weitergehend. Aber ihn heiraten? Jetzt schon das ganze Leben entscheiden?«

»Es ist doch aber eine Sache, sich mit neunzehn Jahren zu verloben. Schon nächstes Jahr ist es weniger Triumph. Mit zwanzig, das kann schließlich jede.«

»Findest du? Ich muß doch mit den Eltern reden, und die sind natürlich ganz dagegen. Wenn sie nur eine Spur merken, daß ich meiner Sache nicht so ganz sicher bin, dann ist doch überhaupt nichts zu machen.«

»Na, die Großen darfst du natürlich nichts merken lassen.«

»Ich werde noch einen Tag abwarten.«

Täglich kamen Briefe: »Ruf mich jeden Tag um drei Uhr an. Ich kann mich dann jeden Tag auf das Gespräch freuen und nach dem Gespräch auf das nächste. Du brauchst nur zu sagen: Lotte Effinger. Ich muß nur deine Stimme hören, dann geht's schon weiter. Du hast mich gestern erst um vier Uhr angerufen, das darfst du nicht wieder tun. Ich kann nicht mehr, jetzt um fünf Uhr zittern meine Hände immer noch. Ich flehe dich an. Sage mir, daß du meine Frau werden willst, vielleicht werde ich dann ruhig werden und wieder ein Mensch sein.«

Lotte sprach mit ihren Eltern. Paul betrachtete es als Schicksalsschlag. »Also wann kann ich mit dem Herrn sprechen?«

Paul, der nur zehn Jahre älter war als sein zukünftiger Schwiegersohn, traf sich mit ihm. »Und wie haben Sie sich Ihre Existenz gedacht? Was sind Sie jetzt?«

»Ja, das ist schwer zu sagen.«

»Also, Herr Doktor, wieviel Gehalt beziehen Sie?«

»Gehalt? Augenblicklich gar keins. Wenn aus meiner Erfindung was wird, bin ich beteiligt.«

»Entschuldigen Sie, aber wovon leben Sie?«

»Ach, ich habe noch etwas Geld.«

»Das verbrauchen Sie so langsam.«

»Ja.«

»Also dann müssen Sie doch mit meiner Tochter nur von meinem Geld leben?«

»Ach, das hoffe ich doch nicht.«

»Und wovon wollen Sie mit meiner Tochter leben?«

»Ich liebe sie so sehr, daß ich mir einfach nicht vorstellen kann, ohne sie zu leben.«

Tja, dachte Paul, nun blieb nur noch Fritz als Lebenshoffnung. »Ich bitte Sie, zwei Monate lang meine Tochter nicht zu sehen. Bleibt das Mädchen fest, dann will ich nichts dagegen sagen.«

Aber Merkel schrieb täglich und traf sich mit Lotte hier und dort. Sie versuchte, mit ihm über die Zukunft zu reden. Aber er sagte: »Ich befinde mich derzeit in einer Peripetie, die mir verbirgt, ob ich in das Asyl für Obdachlose komme oder einmal meinen Mitbürgern ein solches errichte.«

»Warum willst du nicht mit mir in ein Zimmer ziehen, irgendwo im Osten oder Norden? Du mußt doch einen Entschluß fassen.«

»Ich werde doch das Liebste, das ich habe, nicht Kohlen schleppen lassen.«

»Also was willst du?«

»Dich heiraten. Ich liebe dich, komm zu mir, ich wohne gleich in der Nähe. Bitte, bitte!«

In dem Augenblick, als sie bei ihm eintrat, war alles vorbei. Er war nicht glücklich, er war verlegen. Da war kein jubelndes: »Ach, endlich ein Ende mit Taxis und dunklen Parks, endlich bist du bei mir.«

»Bitte, nimm Platz«, sagte er und setzte sich seinerseits an die andere Seite des Tisches. Zwei Stunden vorher hatte er noch zu ihr gesagt: »Wie alt willst du sein? Neunzehn? Du bist noch immer ein Traum an Lieblichkeit, noch immer siebzehnjährig wie damals, als ich dich zum erstenmal sah.« Jetzt sagte er: »Wenn du so dasitzt, siehst du eigentlich gar nicht mehr wie zwanzig aus. Du könntest auch fünfundzwanzig sein.« Sie war nicht mehr das erträumte junge Mädchen, nach dem man sich sehnt, für das man im Regen vor dem Fenster steht. Sie war eine Frau, die man haben kann, nicht mehr die Apfelblüte, sondern der Apfel in seiner Speisekammer. Sein Traum war ausgeträumt. Und dann fragte er, sehr zart im Ton: »Aber man geht doch nicht zu einem Herrn aufs Zimmer?«

Als sie das Haus verließen, standen Bekannte davor. Er versuchte, sie zu verleugnen, da nahm sie seinen Arm in Trotz, Wut, Scham über seine Feigheit.

»Geh doch lieber allein«, sagte er leise.

Sie hatte genug. Sie sah ihn vor sich gehen. O-Beine hat er auch noch, dachte sie.

Das Mädchen meldete Klärchen, daß Frau Kollmann sie zu sprechen wünsche.

Klärchen erschrak, aber sie sagte: »Das ist aber mal nett, daß du vorbeikommst.«

»Liebes Klärchen, es ist natürlich kein Zufall, daß ich heute komme. Es ist eine schwere Angelegenheit, die mich zu dir führt. Ich fühle mich aber bei der Freundschaft, die unsre Familien verbindet, verpflichtet, dir davon Kenntnis zu geben, daß deine Lotte bei Doktor Merkel auf dem Zimmer gewesen ist.«

Vor Klärchen begann sich das Zimmer zu drehen.

»Du weißt, wie sehr ich Lotte immer geliebt habe. Und so dachte ich: Vielleicht ist dieses Kind noch nicht verloren, vielleicht können wir sie retten. Dein lieber guter Mann ...«

Doktor Merkel konnte und würde sie jetzt nicht mehr heiraten. Vielleicht konnte man es doch erreichen.

»Das ist eine Torheit von Lotte. Sie ist eine Phantastin. Sie ist kein schlechter Mensch.«

»Du bist die Mutter«, sagte Marie. »Wir wollen nicht streiten. In jeder Familie kann ein Unglück vorkommen. Ich hätte ja Lotte nicht dieser Verdorbenheit für fähig gehalten. Ich kann natürlich meine Margot nicht mehr länger mit ihr verkehren lassen. Ihr müßt Lotte fortschicken.«

»Ich habe nur noch eine Bitte: Sag deiner Mutter nichts.«

»Habe ich leider schon gemacht.«

»Dann erfährt es doch die ganze Familie. Um Gottes willen, Marie, das hättest du nicht tun sollen.«

»Na, erlaube mal.«

Sie verabschiedeten sich rasch.

Klärchen saß ratlos in ihrem Salon. Was war zu tun? Wozu war man als Eltern verpflichtet? Ihre Lotte ging zu einem fremden Mann aufs Zimmer, einem Mann, den sie gar nicht heiraten wollte. Was würde das Leben noch an Schwerem bringen? Die Kommerzienrätin würde nicht schweigen. Sie würde weitererzählen. Man mußte froh sein, wenn dieser gräßliche Merkel sie noch nehmen würde.

Marie Kollmann telephonierte mit Annette über die Sommerreise: »Grindelwald. Hotel Sonne. Man ist es schon so gewohnt. Was sagst du übrigens zu dieser furchtbaren Sache? Lotte Effinger ist zu einem Herrn aufs Zimmer gegangen. Na, du wirst ja wissen, Doktor Merkel. Mir tun nur deine Geschwister leid. Merkel wird sie ja danach nicht mehr heiraten können. Wer heiratet denn eine Entehrte?«

»Du bist bei Doktor Merkel auf dem Zimmer gewesen. Du hast dich benommen wie ein verlorenes Frauenzimmer. Du wirst in der Gosse enden.« Klärchen weinte.

Selma ließ Lotte durch Fräulein Kelchner sagen, daß sie sie nicht zu sehen wünsche. »Mein armes Kind, was soll aus dir werden?« sagte Fräulein Kelchner.

Lili saß bei Lotte: »Erst die Sache mit Heesen, dann jetzt Merkel, das kostet dich endgültig deinen Ruf. Du kannst nur auf ein Jahr verschwinden.«

»Ich fahre morgen nach Kragsheim mit Papa.«

»Na, und dann? Von unsern Jungs kann dich keiner mehr heiraten.«

# 72. Kapitel

## *Der 28. Juni 1914*

Im weißgescheuerten Hausflur des »Auges Gottes« mit dem gewaltigen braunen Schrank stand der alte Effinger mit dem kleinen schwarzen rotgestickten Mützchen und legte seiner Enkelin die Hand auf den Kopf.

Um zwölf Uhr war Mittagszeit. Über dem Brot lag eine weiße Serviette. »Mahlzeit«, sagte der alte Effinger, wusch sich die Hände am messingenen Gießfaß, trocknete sie am gestickten Handtuch ab, das an der Wand hing, nahm die Serviette vom Brot, sprach das Tischgebet. »Amen«, sagten alle.

Am Nachmittag des schönen Frühsommertages sagte der alte Effinger: »Nun muß ich aber den Kragsheimern mein schönes Töchterle zeigen. Sonst gehen wir immer zu dritt spazieren, mein Stock, meine Zigarre und ich. Aber heut' kommst du mit. Paul, du bleibst wohl bei der Mutter.« Kaum waren sie draußen, als der Großvater grüßte. »Mußt immer mitgrüßen, Lotte, ich kenn' hier alle von klein auf. Das war der Sohn vom Bäcker Schnepferle, mit dessen Vater hab' ich alle Sonntag Tarock im ›Silbernen Maulesel‹ gespielt.«

»Grüß Gott, Herr Effinger«, sagte eine alte Frau, »wer ist denn das schöne Mädchen?«

»Die Tochter von meinem Paul aus Berlin. – Schön warm heut.«

»Bißl trocken.«

»Ja, bißl trocken.«

»Ja, bißl trocken. – Das war die Tochter vom Charcutier Senz, eine gute Frau, auch alt geworden.«

Und sie trafen alle, den Lammwirt und den »Silbernen Maulesel«-Wirt und den »Gläsernen Himmel«-Wirt. Sie gingen durch die schmalen Gäßchen, in deren Hintergrund die drohenden Türme von St. Jacobi standen, zum Marktplatz, wo das Rathaus vor jedem Fenster rote Geranien hatte, an der Ecke mit dem Brunnen und dem Fliederbusch vorbei zum Tor hinaus auf die breite Kastanienallee, die zum Schloß führte. Durch die Allee an den weißen Häusern vorbei kam sehr rasch eine Equipage mit den zwei glänzenden Rappen, die der Traum von Pauls Leben waren, mit Kutscher und Lakai, die weiße Zöpfe trugen und hellblaue Seidenfräcke und rosa Westen bis zum Knie. Der alte Effinger grüßte. »Der Fürst hat aber sehr ernst dreingeschaut, kein Lächeln. Was ist denn da passiert?«

Paul saß mit seiner Mutter und Bertha im Grasgarten. Der Flieder blühte. Unten floß der Main. Sie hatten einen großen Korb Wäsche dastehen und stopften. »Warum die Marianne vom Karl nicht heiratet, das ist doch eine rechte Sorge«, sagte Bertha und nahm den Faden in den Mund, um ihn einzufädeln, »und der James auch nicht. Der hätt' die Tochter vom Benno heiraten sollen. Benno hätt's gern gesehen. Sie hat einen Engländer geheiratet. Ob das so ein Glück ist? Und deine Lotte, da sollt' man auch sehen, daß sie bald heiratet.«

Die Magd kam. Sie hatte Holzschuhe an, kurze Röcke und eine große blaue Schürze: »s' Biergeld, Frau.« Frau Effinger langte in die Rocktasche, zog die Pfennige.

»Fürs Fräulein a?«

Die Sonne sank überm Main. Der alte Effinger holte das Gebetbuch und ging zum Abendgebet.

Man setzte sich zu Tisch. Die Männer wuschen sich die Hände am messingenen Gießfaß, trockneten sie am gestickten Handtuch ab. Der alte Effinger nahm die Serviette vom Brot, segnete es und sprach das Tischgebet. »Amen«, sagten alle. Die Magd brachte in offenen Gläsern das Bier, sagte »Wohl bekomm's« und verschwand.

»Das schmeckt«, sagte Paul.

»Ja«, sagte der Vater. »Grüß Gott, Gottlieb, wohl bekomm's, Franz. Lassen wir noch einen Schoppen kommen, so jung kommen wir nimmer zamm.«

Durch das offene Fenster kam Kragsheimer Sommerluft. Es war ganz still. Auf der Straße pfiff einer.

»Ihr habt ein gutes Jahr gehabt?« sagte Bertha.

»Schon drei Jahre. Ich denk', in einigen Jahren kann ich mich zur Ruhe setzen, wenn sich Lotte, so Gott will, verheiratet hat und Fritz in der Fabrik einschlägt.«

»Das läßt sich einmal hören«, sagte die alte Mutter. »Ich freu' mich, daß du so zufrieden bist.«

»Ja«, sagte Paul, »ich bin zufrieden. Noch ein paar solche Jahre, und ich bin aus allen Sorgen heraus.«

»Gott«, sagte Bertha und legte die Brille vor Ehrfurcht von der Nase, das Geld von der Helene und vom Papa hat Früchte getragen.« Und dann setzte sie die Stahlbrille wieder auf, nahm die Näherei zur Hand und suchte herum: »Ich weiß gar nicht, ich hab' schon wieder meine Stopfnadel verlegt, die Mama hat ihre fünfzig Jahr benutzt.«

»Es sind alles Schlamper heutzutag«, sagte der alte Effinger, »sie denken alle, man kann ohne Sparen vorwärtskommen.«

»Wir nicht. Ich hab' auch nie im großen verdienen gelernt. Wir sind halt Handwerkerskinder und Franken dazu. Wann kommt übrigens die Abendzeitung?«

»Wir bekommen keine. Es steht ja doch nichts Gescheites darin. Wir haben heut' den Fürsten getroffen. Er hat sehr ernst dreingeschaut.«

»Ich möcht' doch sehen, daß ich noch eine Zeitung bekomme.«

»Am Bahnhof gibt's immer welche für die Leut im Frankfurter Schnellzug.«

»Ich möcht' noch eine holen.«

»Ich komme mit«, sagte Lotte.

»Was ist denn los? Was ist denn?«

Paul ließ die Zeitung sinken: »Der österreichische Thronfolger ist ermordet worden. Das bedeutet Krieg.«

Krieg! dachte Lotte. Das also war der Sinn dieses scheinbar so Sinnlosen gewesen. Opfer war der Sinn. Alles würde versinken, dieser ganze Klatsch und Quatsch, eine neue Welt würde kommen.

Paul und Lotte gingen über die breite Kastanienallee. Die Mädchen gingen spazieren. Die Burschen standen in Gruppen zusammen.

»Die wissen alle noch nichts«, sagte Paul. Sie kamen durch das Tor mit Voluten und Kugeln in die alte Stadt. »Ich muß gleich zurückfahren. Geht noch ein Nachtzug?«

»Na, bleib halt bis morgen«, sagte der alte Effinger.

»Wir werden sofort ein Kriegsbetrieb. Ich muß schon auf die Mobilisierung vorbereitet sein.«

»Der alte Kaiser Franz Josef ist vierundachtzig Jahre alt, genau so alt wie ich, da ist man nimmer kriegslustig. Kannst schon dableiben.«

»Ich werd' auf alle Fälle anrufen. Wo kann ich telephonieren?«

»Der ›Silberne Maulesel‹ hat Telephon. Ihr habt alle keine Ruh mehr.«

Bei Karl war Besuch. Man hörte viele Stimmen. »Warum willst du denn kommen?«

»Es wird doch mobilisiert werden.«

»Ach, bleib nur dort. Wir werden dich schon benachrichtigen.«

»Siehst du«, sagte der alte Effinger, »es wird nichts so heiß gegessen wie gekocht.«

Tante Bertha und Lotte blieben noch ein bißchen auf und schwatzten über die Neckargründener. Helene habe schon Glück mit ihren Kindern. Der Ricke Krautheimer gehe es recht gut in München, und Oskar und Walter seien eine rechte Stütze für das Geschäft, das Warenhaus für die ganze Gegend. »Gott, wenn ich denk', wie sie angefangen haben!«

# 73. Kapitel
## *Kriegsausbruch*

Marianne, Erwin, Lotte und Fritz wanderten über den Paß nach Österreich. Sie sangen: »Die Vöglein im Walde, die sangen so wunderwunderschön, in der Heimat, in der Heimat, da gibt's ein Wiedersehn.« Die Wiesen waren Buschwald, dem Gras genügte es nicht mehr, Gras zu sein, es lud aus, es strotzte, es wurde breites Blatt. Es war ein herrlicher Sommer.

Nun war man drüben. Drei oder vier angefangene Neubauten standen am Ausgang des Orts. »Es ist doch nicht Sonntag«, sagte Fritz. »Nirgends wird gearbeitet.«

Im Kaffeehaus konnte man fragen. »Es ist doch Krieg«, sagte die Wirtin. »Gegen die Serben dadrunten, nicht wahr? Meiner muß auch mit.«

Die Effingerschen Kinder hätten gerne noch Krapfen gegessen. Aber sie schämten sich, wo doch Krieg war. Sie marschierten zurück.

Es wurde immer leerer in Fussau, wo Klärchen mit den Kindern war. Paul war Anfang Juli nach Berlin zurückgefahren. Er sah schwarz: »Aber bleibt ruhig. Wir haben geheime Orders, falls Krieg ausbrechen sollte, telegraphiere ich sofort nach dort. Der Herr beschütze uns und sei uns gnädig. Amen.«

Die Mädchen gingen zum Schwimmen. Auf dem Wege begegneten ihnen Wagen, hoch aufgeladen mit Gepäck. Sie badeten allein in dem kleinen grünen See zwischen den Felsen. Tiefste Stille herrschte.

»So viel Leut' haben heuer ihr Badsach vergessen«, sagte die Badefrau. »Ich weiß garnit wohin damit. Das saner Zeiten.«

Auf dem Heimweg flog ein Stück Papier zwischen Skabiosen und Margeriten, wehte auf, fiel nieder, wehte auf, fiel nieder.

Lotte bückte sich. Dort stand: »Kriegszustand.« »... wird mit dem Tode bestraft.«
An der Wegkreuzung war eine Tafel:

Markt Fussau,
Amtsgericht Neuoberkirchen,
Regierungsbezirk Rosenheim,
Landwehrbezirk Rosenheim.

»Von nun an wird es nur noch den Landwehrbezirk geben«, sagte Lotte.

»Ich muß sofort nach Berlin ins Amt«, sagte Marianne.

Als sie in die Wohnung kamen, packte Klärchen. »Papa hat telegraphiert: Krieg bevorstehend. Abreiset sofort. Euer treuer Vater.« Alles lag darin, die ganze Sorge, die ganze Angst, auf einem Telegramm: »Euer treuer Vater.«

Das dreijährige Kind der Wirtsleute, einen Papierhelm auf seinen blonden Locken, schlug mit einem Stock auf die Katzen ein: »Jetzt schlag ich'n dod, den Franzos.« Es war nicht zu beruhigen.

Auf dem Bahnhof standen die Gebirgler in Sonntagstracht, die Frauen schluchzten, der Pfarrer sprach, und die Musik spielte. Als der Zug sich in Bewegung setzte, sprang noch einer auf, außer Atem, mit Rucksack und Eispickel. Direkt von einer Bergtour stürzte er zu seinem Regiment. Der Zug war überfüllt, die jungen Leute waren heiter und sangen.

Am Abend stand eine Wolke am Himmel, eine blutrote, springende Katze. Alle sahen es im Zug und zweifelten nicht mehr nach diesem mittelalterlichen Zeichen. In Leipzig wurden Extrablätter verteilt: »Keine Antwort auf das Ultimatum an Rußland. Mobilmachung.« Man hörte auf zu singen. Sachsen stand still. Aus keinem Schornstein stieg Rauch. Die Züge kamen und fuhren ohne Laut.

In Berlin lagen die Bahnsteige voll mit Koffern. »Wie das schon aussieht!« weinte Klärchen.

»War denn das sonst nicht?« fragte Lotte. Sie wußte bereits nicht mehr, daß es Bahnsteige ohne Koffer gab.

Am nächsten Tag gab es Extrablätter: »Fliegerbomben über Nürnberg.« Klärchen wagte es auszusprechen: »Wir sind doch genau um die Zeit, wo die Bomben geworfen sein sollen, in Nürnberg gewesen. Glaubst du, davon hätte dann kein Mensch gesprochen?«

»Die Regierung lügt nicht«, sagte Paul.

Alles kam zu Annette, um James noch einmal zu sehen; er sollte sofort mit seinem bayrischen Regiment ins Elsaß abgehn. Er war völlig kahlgeschoren. »Wegen des Ungeziefers«, erklärte er. Annette weinte laut auf.

Marianne übernahm am dritten August die Organisation einer Hilfsstelle für mittellose Angehörige von Soldaten. »Ich hoffe, du bist bald so weit, daß ich bei dir arbeiten kann«, sagte Lotte zu ihr. Sie hängte ihre guten Kleider fort und trug ihre schlechtesten Sachen. Man hatte nicht mehr jung zu sein, man hatte nicht mehr Frau zu sein. Es galt, Opfer zu bringen. Fritz wurde abkommandiert zum Kofferaufräumen auf den Bahnhöfen. Eine wunderbare Arbeit für einen vierzehnjährigen Pfadfinder.

Am selben Tage kam ein Brief:

»Liebe Charlotte!

In dieser großen Stunde nehme ich mit einem ernsten Brief von Dir Abschied. Wir mußten beide viel leiden, ich durch zuviel, Du durch zuwenig Liebe. Ich aber will Dir, bevor ich mich dem Vaterlande zur Verfügung stelle, sagen, daß ich Dir alles verzeihe. Ich habe viel über Dich nachgedacht, und es ist Arznei, nicht Gift, was ich Dir reiche. Die Gefahr, in der Du Dich befindest, ist ungeheuer. Du wirst von Stufe zu Stufe sinken.

Ich aber segne diesen Krieg. Dieser ganzen Girlkultur der verdorbenen Großstadt wird ein Ende bereitet sein. Aus einem Stahlbad werden wir gereinigt hervorgehn.

Dr. Merkel.«

Am Abend des vierten August kam Armin Kollmann. »Bleibst zum Essen da«, sagte Klärchen. Sie warteten auf Paul, der sehr spät kam.

»Bestandaufnahme der vorhandenen Vorräte war notwendig.

Jetzt hat man die Folgen von Onkel Ludwigs Kurzsichtigkeit. Die Preise für alles Rohmaterial schnellen in die Höhe. Wo bleibt Fritz? Von Schule ist überhaupt keine Rede mehr.«

Fritz kam strahlend an: »Den Anhalter Bahnhof hätten wir nun glücklich fertig. Morgen gehen wir an den Potsdamer, Hilfsstellung leisten.«

Man saß einsilbig bei Tisch. »Wann gehst du ins Feld?« fragte Klärchen.

»Ich denke, wir werden morgen früh einwaggoniert.«

»Und deine Eltern?«

»Die Eltern sind nicht zurückgekommen. Ich habe ein paarmal nach Grindelwald telegraphiert, aber Papa wollte nicht abreisen. Ganz unbegreiflich. Sie haben ein Auto genommen. Aber vor München haben Dorfbewohner sie umstellt und angehalten, weil sie es für ein Goldauto hielten. Ihr wißt doch, es sollen Autos mit Gold durch Deutschland fahren, von Frankreich nach Rußland, oder auch von hier raus? Jedenfalls sind sie in den Dörfern mit den scheußlichsten Instrumenten hinter jedem Autofahrer her.«

Alle dachten: Geht der Armin ins Feld, ohne daß ihn seine Familie noch einmal gesehen hat.

»Ich bin überzeugt, die Engländer bleiben neutral«, sagte Paul.

»Willst du mich noch ein Stück begleiten?« sagte Armin zu Lotte.

»Ja, darf ich?«

»Geh nur«, sagte Klärchen.

Auf der Treppe wollte Armin Lotte einen Kuß geben.

»Was erlaubst du dir? Was denkst du von mir?«

»Was ist denn mit dir los?«

»Bei Marianne würdest du das gewiß nicht wagen.«

»Na, na, es ist schon gut«, sagte Armin.

»Ich geh' wieder rauf. Auf Wiedersehen, bleib gesund, bleib recht gesund.« Nun stirbt er vielleicht, und ich habe ihm keinen Kuß mehr gegeben, dachte sie. Aber sie blieb fest.

Eine halbe Stunde später klingelte das Telephon. »Armin ist dran«, rief Lotte. »England hat den Krieg erklärt?«

»Was ist? Genau!« rief Paul. »Hat er ein Extrablatt? Er soll vorlesen.«

»Lies vor!« rief Lotte. »Ich wiederhole: ›England bricht die diplomatischen Beziehungen zu Deutschland ab. Der englische Botschafter in Berlin, Sir Edward Goschen, erschien heute abend im deutschen Auswärtigen Amt und forderte seine Pässe. Das bedeutet aller Wahrscheinlichkeit nach den Krieg mit England.‹ Furchtbar!«

»Zumindest interessant«, sagte Armin.

»Also nochmals: bleib gesund.«

»Danke dir.«

»Der Krieg ist verloren«, sagte Paul. »Ich kann es einfach nicht glauben, daß England diesem Iswolski und diesem Poincaré auf den Leim gegangen ist. Weißt du noch, wie ich Lottchen die ersten englischen Kinderkleidchen mitgebracht habe? Und die Keksdose von Mappin und Webb?«

»Ja, hier bist du nie in einen Laden gegangen.«

»Hier hab' ich auch nie Zeit gehabt. Es war schön, in der Regent Street zu kaufen, bevor sie umgebaut war.«

Es klingelte. Lotte machte auf. »Papa, ein Telegramm.«

Paul öffnete es: »We will do all for your best. Mackenzie.« »Ich hab' doch gewußt, daß die Engländer anständig sind. Ich fahr' noch schnell in die Hauptpost und versuche, ihm ein Danktelegramm zu schicken.« Paul war glücklich. Ihm persönlich hatten sie keinen Krieg erklärt.

»Ich komm mit«, rief Fritz.

»Nein, du gehst jetzt ins Bett«, sagte Klärchen. »Wart noch einen Augenblick, Paul, da klingelt gerade wieder das Telephon. – Tja, gut. – Wir sollen noch zu Tante Eugenie kommen, die ganze Familie ist dort.«

In dem großen Salon unter dem Wandgemälde Wendleins mit der zechenden Gesellschaft, im Zimmer mit all den Hockern und Stühlen mit Samtbezug und Troddeln, mit den vielen Glasschränken und Nippesständern, mit Bronzen und Vasen, Marmorbüsten und Porzellanfigürchen war die ganze Familie versammelt.

Karl führte das Wort: »Ja, also James fährt schon dem Feind

entgegen. Wir haben an Herbert telegraphiert und ihm Schiffskarten für ein neutrales Schiff geschickt: ›Alles vergeben und vergessen.‹ Ich bin wirklich glücklich, daß er zurückkommt. Man hätte es längst tun sollen, trotzdem, diese sieben Jahre Amerika werden ihm nicht geschadet haben. Er wird zum Manne gereift sein. Ich sehe keineswegs schwarz in die Zukunft.«

»Eigentlich ist alles ganz wunderbar; was wir uns gewünscht haben, ist eingetreten. In unsern Besprechungen herrscht völlige Einigkeit, ja, die Sozialistinnen sind patriotischer als viele Offiziersdamen. Man kann die preußische Armee wirklich als eine demokratische Institution bezeichnen. Jeder muß unter den gleichen Bedingungen leben«, sagte Marianne.

»Ja«, sagte Paul, »vom Leutnant abwärts.«

»Du wirst doch nicht leugnen können, daß unser Kaiser gesagt hat: ›Ich kenne keine Parteien mehr, ich kenne nur Deutsche.‹«

»Nein«, sagte Paul, »das sind wirklich edle Worte.«

Man sprach von der Firma. »Wir haben eine große Reserve in der Bank von England«, sagte Ludwig. »Hoffen wir, daß das sicher ist.«

»Sicher wie die Bank von England«, sagte Paul. »Sie werden doch kein Privateigentum anrühren. Das ist noch nie geschehen.«

»Du wirst so mißtrauisch, Onkel Ludwig«, sagte Theodor.

»Ich habe ein Telegramm von Mackenzie bekommen«, erzählte Paul. »Hochanständiger Mann.«

»Ich habe die Truppen gesehen«, sagte Karl, »als mein James ins Feld zog. Herrlich braunes Leder und graues Tuch. Alles blinkte nur so. Wirklich siegreiche Truppen.«

»Wieso siegreich?« fragte Waldemar.

»Nun, natürlich nicht im Augenblick, aber sie sehen so aus.«

»Und was wird mit mir?« sagte Erwin. »Ich komme in keinem Regiment unter. Sie haben zu viele Freiwillige.«

»Na, Erwin«, sagte Waldemar. »du wirst noch zurechtkommen.«

»Was? Ein moderner Krieg? Das dauert ein paar Monate. Das größte Ereignis meiner Generation, und ich bin nicht dabeigewesen. James natürlich zieht strahlend an die Westfront. Er ist immer ein Glückskind gewesen.«

»Du wirst so in der Fabrik gebraucht«, sagte Paul, »sei doch vernünftig.«

»Vernünftig? Aber Onkel Paul, Armin wird morgen einwaggoniert. Meine ganze Klasse hat sich freiwillig gestellt, und mich nehmen sie nicht.«

»Ich kann das alles gar nicht hören«, sagte Ludwig. »Du drängst dich, Menschen totzuschießen? Ein guter, anständiger Mensch wie du? Es ist ja entsetzlich so was. Und tot sein, sterben? Ja? Du bist ein Kind.«

»Ja«, sagte Klärchen. »Züge voll Jugend schicken sie raus, damit sie umgebracht werden.«

»Wie kannst du so etwas sagen? Wir sind überfallen worden«, erwiderte Paul. »Jahrelang hat dieser elende Iswolski in Tegernsee gesessen und den Panslawismus organisiert. Dieser Delcassé und seine Revanche-Idee ist auch nicht feiner gewesen, und jetzt – mir sind ja die Engländer rätselhaft.«

»Aber die Engländer«, sagte Marianne, »sind doch die eigentlichen Kriegshetzer. Schröder sagt auch, das ist die Folge der imperialistisch-kapitalistischen Politik.«

»Ach, was sagt Schröder noch?« sagte Waldemar. »Es interessiert mich.«

»Daß die Engländer in fünfundvierzig Jahren anderthalb Millionen Iren und in fünfzehn Monaten 14 894 Burenkinder und 4706 Frauen in den Konzentrationslagern hinmordeten, daß sie Inder vor die Kanonenrohre binden, daß sie Alexandrien in Trümmer geschossen haben, daß sie im tiefsten Frieden einen Raubzug gegen Dänemark unternommen haben. Und hast du eine Ahnung, unter was für Bedingungen sie Bergarbeiter vierzehn Stunden arbeiten lassen? Da gibt es keine Altersversicherung, da gibt es keine Unfallversicherung, da gibt es Kinderarbeit für die ganz Kleinen. Nein, wir kämpfen nicht nur gegen den russischen Zarismus, wir kämpfen auch gegen das englische Manchestertum und die englische Heuchelei.«

»Mariannchen, meinst du nicht, man kann die Dinge auch ganz anders sehen?«

»Ich bin gewiß kein Engländerfeind. Aber in einem hat doch Marianne recht. Es ist, wie der Kaiser gesagt hat: ›In aufgedrungener Notwehr, mit reinem Gewissen und reiner Hand ergreifen wir das Schwert.‹«

»Na, und der Einmarsch in Belgien?« sagte Waldemar.

»Not kennt kein Gebot«, sagte Paul.

»Indem der Kaiser unser Unrecht einräumte, wurde es zu einem Recht«, sagte Marianne.

»Ist das auf deinem Mist gewachsen?« sagte Waldemar.

Mit unnachahmlicher Würde sagte Marianne: »Nein, aber ich weiß nicht, wer es schrieb.«

»Vermutlich Schröder«, sagte Waldemar. »Dorthin hat alles geführt: Aus Unrecht wird Recht. Dorthin! Ich habe es kommen sehen. Ich war heute auf dem Auswärtigen Amt. Lieber Paul, Sie glauben: Unsre Regierung weiß, unsre Regierung ist klug. Sie weiß gar nichts. Die Militärs regieren. Sie sind liebenswürdig und sehen gut aus. Sie erwarten, daß die Deutschen in Polen als Befreier begrüßt werden, daß Amerika uns hilft, daß in allen englischen Kolonien Aufstände ausbrechen und daß die dreihundert Millionen Mohammedaner mit uns gehen. Aber die Wahrheit ist ganz anders. Die Wahrheit ist, daß die ganze englischsprechende Welt gegen uns auftreten wird, daß Österreich ein zerfallender Staat ist, daß wir keine Rohstoffe haben, daß am Ende dieses Krieges Millionen Leichen und Millionen Krüppel und Milliarden Schulden da sein werden.«

Paul sah auf den gewichtigen Mann, der mit langen Schritten durch das Zimmer ging. Er hatte recht. Aber diese Gedanken zu denken war Vaterlandsverrat. Draußen stand eine Welt von Feinden. Die Frage nach dem Weshalb mußte zu Ende sein, ebenso wie die Frage nach dem Wohin. Man mußte schwimmen.

»Und alles wegen dieser Lauseserben«, sagte Karl.

»Ich habe einmal einen Serben gekannt, das war ein sehr sympathischer Mensch«, sagte Paul.

»Aber die Österreicher können die Serben nicht ans Meer lassen«, sagte Waldemar.

»Warum können die Österreicher die Serben nicht ans Meer lassen?« fragte Ludwig.

»Ich sehe die Dinge ganz anders«, sagte Karl. »und ich werde bald drei Söhne im Feld haben. Am Ende dieses Krieges werden die Vereinigten Staaten von Europa stehen. Das liegt in der Luft, und das wird kommen.«

Lotte zog Marianne in eine Ecke. »Was ist denn mit Schröder? Ist er schon zu den Fahnen geeilt?«

»Nein, er ist unabkömmlich.«

»Was ist er?«

»Unabkömmlich. Er arbeitet bei der Rohstoffversorgung.«

»Hm.«

Gertrud klopfte, trat ein und flüsterte Eugenie etwas zu.

Einen Augenblick fuhr Eugenie zusammen. – Sie wartet auf Nachricht von Alexander Soloweitschick, aber sie läßt sich nichts anmerken, dachte Waldemar. »Bitte zu einer Tasse Tee«, sagte sie. Der Weltkrieg war ausgebrochen. James lebte vielleicht nicht mehr. Ihr Bruder Alexander war jenseits des Grabens. Der Bruder von Karl und Paul war jenseits des Grabens. Aber hier im Hause hatte sich nichts geändert. Sie hatte Lotte nicht hinausgeworfen, aber ihr nicht die Hand gegeben. Der Tisch in der Säulenhalle war gedeckt mit einer Spitzendecke, mit den Tassen aus Eugenies Tassensammlung, und Frieda und Gertrud servierten Torte.

# 74. Kapitel

## *Fahnen*

Die Extrablätter hatten dicke Überschriften: »Lüttich gefallen.« Der Sieg begann.

In der Mittelachse des Hauses in der Tiergartenstraße war seit eh und je eine Fahnenstange gewesen. Ludwig und Eugenie hatten zweimal geflaggt und beidemal halbmast: Beim Tode Wilhelms des Ersten und beim Tode Kaiser Friedrichs. Das war genau 26 Jahre her.

Als Ludwig aus dem Auto stieg und sich von Theodor verabschiedete, sah er, daß eine schwarz-weiß-rote Fahne übers ganze Haus hing. Er klopfte beim Portier: »Müller, kommen Sie mal raus. Was ist denn das? Wozu wird denn geflaggt?«

»Wir haben doch einen großen Sieg erfochten!«

»Also erstens, Müller: Sind wir Berliner für Vorschußlorbeeren? Das ist doch ’ne schwere Sache, die wir da vorhaben, da flaggt man doch nicht nach den ersten acht Tagen. Und dann überhaupt. Ich flagge nicht. Ich soll flaggen, wenn Menschen totgeschossen werden? Nein, das gibt’s nicht. Ziehen Sie die Fahne wieder ein.«

»Herr Goldschmidt, det wird aber sehr unangenehmes Aufsehen erregen in der Gegend.«

»Na und? Na, Sie sind mir ja ein netter Sozialdemokrat. Ich ziehe persönlich die Fahne ein, und wenn sie mich wegen Landesverrats verhaften. Hier wird erst geflaggt, wenn das Völkermorden aufhört. Aber vorher werden sie mich wohl in die Grube schaffen. Ist ja auch besser so. Es macht schon lange keinen Spaß mehr. So, und nu nehmen Sie die Fahne runter, und Sie können jedem sagen, daß der Herr Stadtrat das so gewollt hat.«

Ludwig hängte seinen Mantel auf, wusch sich in der Waschschüssel mit den Rosen die Hände und ging auf die Terrasse, wo Eugenie saß. »Ich habe die Fahne einziehen lassen.«

»Aber Ludwig, das kann man doch nicht.«

»Das muß man sogar. Als Christ muß man das, und als Jude erst recht. Die Heiligkeit des Menschenlebens ist doch kein Spaß. Da hat man sich in Sack und Asche zu kleiden, da hat man Schiwe zu sitzen, und wenn man eine Fahne raussteckt, dann höchstens halbmast. So, und nun will ich Mittag essen.«

Lotte fuhr durch die ganze Stadt in Mariannes Hilfskommission. Im Westen waren große Fahnen an einzelnen Häusern. Im Osten, in den weiten Arbeiterquartieren, waren Fahnen an jedem Fenster, an jedem Balkon, an jedem Vorsprung. Es war die tollste Festdekoration. Nie war bei einem Einzug, bei einem Fest etwas anderes geschmückt gewesen als die Hauptstraße. Jetzt war eine ganze Millionenstadt bis auf jedes Kellerfenster, bis auf jede Dachluke geflaggt. Jaurès war am 31. Juli erschossen worden, Jaurès, der an die vertikale Schichtung der Menschheit glaubte, an die Verbrüderung der gleichen Klassen quer durch die Nation hindurch. Es war kein Zufall, daß er tot war, denn seine Idee war tot.

Überall standen lange Reihen von Frauen vor Läden, Anverwandte von eingezogenen Soldaten, die auf Unterstützung warteten. Es stellte sich heraus, daß schon nach wenigen Tagen Hunderttausende nichts zu essen hatten. Lotte füllte den ganzen Tag Karten aus. »Liebe Frau Schulz, also erst Spandauer Straße 428 b, dann Ihr Bezirksvorsteher und dann zu uns zurück. Soll ich es Ihnen aufschreiben?«

Karl und Annette saßen in tiefen Sesseln in dem romanischen Wohnzimmer. Annette zog ihre Brille heraus und las:

»Liebe Eltern,

auf Euer Telegramm und die Schiffskarte hin bin ich natürlich sofort abgefahren. Ich hatte ja in Amerika nichts verloren. Es waren schwere Jahre gewesen, wie schwer, habt Ihr wahrscheinlich nie geahnt. Großpapa hat mir kurz vor seinem Tode eine größere Summe geschickt, sonst wäre ich wahrscheinlich nicht durchgekommen. Nun haben die Engländer unser Schiff, einen Holländer, in der Meerenge von Gibraltar aufgehalten und alle Deutschen und Österreicher herausgeholt, und wir sind jetzt nach der Isle of Man gebracht worden. Da hätte ich auch in Amerika bleiben können.

Euer Herbert.«

»Man kann sicher auch an Kriegsgefangene Feldpostpakete schicken. Ich werde ihm gleich morgen eins schicken«, sagte Annette. »Man hätte ihm ja auch nach Amerika Pakete schicken können.«

»Ja, warum haben wir das eigentlich nie gemacht?«

»Na, ich werde jedenfalls möglichst jede Woche eins schikken.«

# 75. Kapitel

## *Die verlorene Schlacht*

Fritz kam nach Hause und sagte: »Ich habe am Nachmittag Dienst. Es ist Wollwoche. Wir holen bei den Leuten ihre Wollsachen ab, Flicken und so was, was nicht mehr gebraucht wird.«

»Na, und Schularbeiten?«

»Schularbeiten kann man wieder nach dem Krieg machen. Außerdem haben wir am Sonntag Geländeübung.«

»Ich seh' schon kommen, ihr kommt auch noch dran.«

»Na, hoffentlich«, sagte Fritz.

Klärchen las die Zeitung: »Wir haben doch eine Schlacht verloren.«

»Mama, wie kann man so was sagen!« sagten beide Kinder empört.

Aber Klärchen sagte es noch einmal, als Paul nach Hause kam.

»Aber wie kommst du darauf?« sagte Paul gereizt.

»Bitte, hier steht: Wir haben den rechten Flügel etwas zurückgenommen, 5000 Gefangene, 200 Kanonen.«

»Haben wir genommen, natürlich.«

»Aber woher denkst du das?«

»Wenn alle Menschen im Land wären wie du, hätten wir rasch den Krieg verloren. Die Regierung lügt nicht. Wir haben es alle schwer genug. Man braucht auch nicht noch zu zweifeln. Unsere Fabrik in London ist beschlagnahmt worden. Ich nehme ja an, daß es nur zeitweilig ist, weil sie Heeresmaterial herstellt. Ich werde auf alle Fälle mal Waldemar anrufen.«

»Was?« rief Paul. »Das Konto der Firma Oppner & Goldschmidt in der Bank von England ist beschlagnahmt worden? Das ist ja das Ende des Privateigentums!« Paul setzte sich in einen Sessel und grübelte. Er war über fünfzig Jahre alt. Er hätte gern sein Haus, seinen Garten gehabt. Das hatte er nicht erreicht. Erst war man jung und solide gewesen und hatte ein Drittel vom Einkommen zurückgelegt. Rückschläge kamen, Weltkrisen, und als man so weit war, um freier zu atmen, war dieser Krieg gekommen. Die Bank von England hatte ein Privatguthaben beschlagnahmt. Der Tempel der Kaufmannschaft! Der Tempel von Kaufmannsehrlichkeit und Kaufmannsredlichkeit! Der Mittelpunkt des Welthandels. Was auch in der Welt geschah, das Pfund hatte sicher wie der Tempel zu London gestanden, sicher wie die Bank von England. Es gab kein Recht. Es gab nur Macht.

In der Mittagspause las Lotte den Arbeiterinnen einer benachbarten Fabrik vor. Diese Frauen wollten nicht hören, daß der Mensch arbeitete und Sorgen hatte. Wenn Lotte ihnen vorlas, daß der Böse Glück hat und der Gute unterliegt, so nahmen sie das Lotte übel. Sie wollten hören, daß schöne Mädchen von schönen, nichtstuenden Männern geliebt oder Arme durch unerhörte Glücksfälle reich wurden. Das Recht mußte siegen, und der Unglückliche mußte zuletzt glücklich werden. Lotte brauchte nur ein Kriegsgedicht zu schmettern, und sie waren selig. »Zwei Kolonnen Fußvolk, zwei Batterien, wir haben sie niedergeritten.« Niedergeritten! Herrlich! Die Frauen klatschten, wenn Lottes modulationsfähige Stimme rief: »Vaterland« oder »Deutschland«.

Lotte merkte: Wer gewissenlos war und eine modulationsfähige Stimme hatte, konnte die Menschen führen, wohin er wollte. Sie wollten die Größe des Vaterlandes, die Bestrafung des bösen Feindes, eine treuherzige Regierung. Vielleicht war wirklich an der Marne eine Schlacht verloren worden. Wer konnte den Mut aufbringen, es diesen Menschen mitzuteilen? Die Regierung konnte genausogut Selbstmord begehen.

Nach fünfzig Jahren Erziehungsarbeit der Sozialdemokratie wollten sie nichts anderes hören als vom guten Offizier, der für seine Leute sorgt, vom reichen Mann, der seinen Mantel teilt, und vom armen Mädchen, das der Prinz heiratet. Und im Frühling blühen Veilchen.

# 76. Kapitel

## *Erwin wird Soldat*

Schröder schrieb an Marianne:
»Quexhütte (Rhld.)

Liebe Marianne, sehen Sie mich nicht falsch. Ich weiß, daß Ihr Bruder James vor dem Feinde steht, daß Ihr Bruder Herbert von diesen heuchlerischen Briten gefangengehalten wird – in Parenthese: Haben Sie die großartige Schrift ›Helden und Händler‹ gelesen? Seit über einem halben Jahr bin ich hier. Wenn ich zurückblicke, so erscheint mir diese Zeit unendlich inhaltlos und grau, wenn sie auch im einzelnen qualvoll langsam vergangen ist. Aber jeder muß auf seine Weise zum Wohle des Vaterlandes beitragen. Wieviel lieber hätte ich mit der Waffe in der Hand gekämpft, aber der Nachschub, die Munition ist ebenso wichtig. Im Gegenteil, der Mensch als solcher könnte gar nichts ausrichten. Ausrichten kann einzig und allein Waffe und Mensch zusammen. Mein Posten in den Waffenwerken Schmidt ist wichtig genug. –

Aber, aber ... siche oben. Also schreiben Sie bald, ich bedarf so sehr Ihrer Briefe, und ich schreibe ja jeden zweiten Tag. Haben Sie übrigens bekommen: Flaubert, Education sentimentale, Karl Kraus, Kellermann, den Tunnel, und Wassermann, Gänsemännchen? Ich wäre Ihnen für die Kriegsaufsätze von Stegemann und für ›Deutsche Kriegslieder‹ aus dem Inselverlag sehr dankbar, da Sie mich fragen, was ich an Lektüre will.

Ihr Schröder.«

Zugleich mit Schröders Brief kam an Erwin eine amtliche Postkarte: »Sie haben sich in frischgewaschenem Körperzustand am Montag, dem 13.4.1915, im Bezirkskommando I einzufinden.«

Es war dreiviertel Jahr nach der ersten Begeisterung. Erwin

saß mit vielen jungen Leuten und wartete. Schließlich wurde er in einem zweiten Raum vom Arzt in Windeseile begutachtet und war genommen.

Vor dreiviertel Jahr war es ein großes Abenteuer. Jetzt war es die Alltäglichkeit. Ein junger Mann wurde gemustert, genommen, eines Tages aufgefordert, sich zu stellen, ausgebildet und ins Feld abkommandiert. Armin Kollmann war Flieger geworden. Damals fand Erwin es großartig. Jetzt dachte er: Gefährlich. Er ging zum Stadtbahnhof und fuhr nach Weißensee in die Fabrik.

Karl rief ihn an: »Der Portier sagt mir eben, daß du wieder da bist. Genommen?«

»Ja, Papa.«

»Na, dann hoffen wir, daß alles gutgeht. Ruf Onkel Paul an. Er wartet auch auf Nachricht.«

Erwin wunderte sich. Sie nehmen es alle so wichtig, merkwürdig.

Ein paar Wochen später mußte Erwin sich stellen.

Er ging noch einmal durch den Torweg, an dem das Portierhaus lag, an der Wagenwaage vorbei, am Wachhundzwinger vorbei. Er sah die Bleibarren liegen, die Eisen- und Stahlvorräte. Da lag langgestreckt der Hof für das Probefahren.

»Ist alles nicht mehr ganz erstklassig«, sagte der Meister. »Vor allem das Leder. Alles rechter Schund. Und wie die Wagen zusammengefahren werden, da kann einem ja das Herz brechen.«

Erwin sah den Teil des Hofes, der jetzt notdürftig überdacht war und als Aufbewahrungsraum für die beschädigten Autos diente. Sie hatten Löcher von Granaten, von Schrapnells, waren verbogen und zerbeult. Erwin sah eins, das ein gewaltiges Loch im Chassis hatte. »Angenehm, wenn so was einen menschlichen Körper trifft.«

»Meinen Sohn hat's schon getroffen«, sagte Meister Thurling.

»Tja, tja, ich weiß. Ich stell' mich ja morgen.«

»Tja, ja, ja.«

Er ging in das Fabrikgebäude. Er sah die Abteilung für die

Kugellager, sah, wo die Kurbelwellen herauskamen. Er ging hinauf in die Chassisfabrik, in die Tischlerei. In der Polsterei und in der Lackiererei fing man an, Mädchen anzulernen, für alle Fälle. Er ging in die Reifenfabrik. Er roch den Gummi, das Öl, den Teer. Nichts war dem Gummi vergleichbar. Das Metall, ob Eisen oder Kupfer, war ein Barren, roch nach Arbeit, nach Bergwerk, nach Industrie, nach Großstadt. Was war Leder? Eine Haut, die noch nach dem gemordeten Tier aussah. Was waren Lacke und Farben? Fertige, künstliche Dinge. Einzig und allein Gummi roch nach dem Ursprung, nach der Natur, roch nach dem Urwald, aus dem er kam. Er allein hatte das Vorweltliche, das Unheimliche. Aus den Gummikisten kamen brasilianische Käfer. Unheimliche riesige Käfer.

Er sah die gewaltigen Mischmaschinen, er ging durch die Vulkanisierräume, er sah die Reifen an Bändern durch die Räume schweben.

Onkel Paul war gerade im Laboratorium, um neue Gummimischungen zu besprechen. Sie gingen zusammen zurück.

»Das ist nun unsere Heimat«, sagte Erwin.

»Heimat? Wieso?« fragte Paul.

»Na, wenn ich mich im Feld erinnern werde, werde ich Gummi riechen und Benzin.«

»Ich weiß nicht, ich würde mich erinnern, wie man die Kurse nachsah: Wie steht Kupfer? Hat man richtig disponiert? Hat man falsch disponiert?«

»Wofür arbeitest du, Onkel Paul? Um Geld zu machen oder um schöne Autos zu fabrizieren?«

»Das ist überhaupt keine Frage. Ich arbeite, um auf meine alten Tage keine Sorgen zu haben.«

»Und wann glaubst du, daß du auf deine alten Tage keine Sorgen hast?«

»Genau jetzt, 1915, nach zehn guten Jahren, wäre ich so weit gewesen. Da mußte ja dieser Krieg kommen.«

»Hättest du aufgehört zu arbeiten?«

»Ich weiß nicht.«

»Aber ich weiß. Du hättest nicht.«

»Moment, Erwin. Siehst du diese Lastwagen? Wozu ist das

nötig, daß man da Holzwände macht? Die müßte man aus Eisen machen. Wäre viel vernünftiger.«

»Schreib doch ans Kriegsministerium.«

»Ach, Unsinn. Wer hört auf unsereins, einen Zivilisten und Juden?«

»Gehst du rüber ins Büro?«

»Ja, ich habe noch eine Liste von Verordnungen durchzuakkern. Freie Wirtschaft kann man das nicht mehr nennen.«

Es war Sommer und eine furchtbare Hitze auf dem Kasernenhof. So begann also der Dienst am Vaterland. Sand, Warten und ein scheußlicher Kerl mit braunem Spitzbart, der zwischen dem dritten und fünften Knopf seiner Uniform ein Notizbuch stekken hatte und die Namen der Rekruten aufrief. »Effinger! Wenn ich ›Angetreten‹ rufe, dann spritzt der Kanonier an. Zorrück! Angetreten – zorrück – angetreten – zorrück – angetreten! Wenn ich sage: ›Weggetreten!‹, dann ist das Wort noch nicht ausgesprochen, dann ist der Kasernenhof schon leer.«

Es war eine ungewöhnliche Situation für Erwin, mit einem kleinen Koffer in der Hand im Sand vor- und zurücklaufen zu müssen. Es untergrub in merkwürdiger Weise das Gefühl für persönliche Würde. Erwin hatte nicht gerade geglaubt, daß ein Major sie mit einer freundlichen Ansprache empfangen würde, aber er überlegte, warum das eigentlich nicht geschah.

Nach einigen weiteren Stunden kamen sie in die Kleiderkammer und versuchten, sich einigermaßen passende Anzüge rauszusuchen. Und nach einigen weiteren Wochen kam Erwin ins Feld. Nach dem Westen. Nach Verdun.

# 77. Kapitel

## *Lottes neuer Anfang*

Die Feldsoldaten bekamen Urlaub. Der Krieg wurde Zustand.

Im Arbeitszimmer von Fräulein Doktor Koch hing eine Holzbrandtafel: »›Halte aus, mein Sohn!‹ Aus dem Feldpostbrief einer Mutter an ihren Sohn, der müde werden wollte an der Aisne.«

Nach einer ihrer Ansprachen saß man zusammen. Im Laufe der Unterhaltung sagte Lotte: »Auch meinen Vetter haben die Engländer interniert, als er von Amerika heimfuhr.«

»Er ist wahrscheinlich zu spät zum Dienste des Vaterlandes geeilt«, sagte Fräulein Doktor Koch spitz. Lotte wurde rot. Marianne wagte nicht zu sagen: »Es ist mein Bruder, zwei andere stehen im Feld.«

Lotte begann etwas gegen die Koch zu haben. Sie schämte sich, wenn sie alten Frauen Lebensmittel gab und die sich bei ihr bedankten. Sie gab ihre bisherige Arbeit auf und fing neu an. Sie wollte Latein lernen und Mathematik, um dem reichen Leben der Männer, das jenseits der Erwartung auf die Hochzeit verlief, auf die Spur zu kommen. Paul gab die Erlaubnis. Es hatte sich alles geändert. Er hatte den Kopf so voll. Sollte das Mädchen lernen.

Gibt es eine größere Gnade, als als erwachsener Mensch Latein zu lernen? Schon die Vokabeln. Man fühlt, wo man herkommt. Interessant, sagt man. Inter esse, zwischen sein. Ist alles Interessante eigentlich ein Zwischensein, das Gegenteil von stur und fest? Alles Wankende, aber auch alles mutig sich Losreißende? Zwischen – sein. Verächtlicher Sinn kam in das Wort interessant. Es war eine strenge Sprache, die hinführte zu den Wurzeln. Lotte lernte am Bellum gallicum, an Cäsar, den Krieg zu verstehen. Die große Welt Roms war Krieg. Die Vokabeln der Zeit waren dieselben. Man lernte »Krieg erklären«, bellum declarare, bellum indicare, bellum indicere. Man lernte »Krieg führen«.

In der Zeitung stand: »Vormarsch, eilige Tagesmärsche, Hauptquartier, Verpflegung, Nachschub. Die List des Feindes. Die Tücke. Der Haß. Die Lüge.« Das alles waren lateinische Vokabeln. Das alles war uralt, durch Größe geheiligt. Vom Humanismus, von der Wissenschaft der Menschlichkeit, war seit Generationen nichts übriggeblieben als die Begeisterung für Cäsar. An den Vokabeln des Kriegs schulten sich die Instinkte der Knaben. Weil die Ewigkeit selber raunte im Wort bellum gerere, darum lehnten die Knaben sich nicht auf gegen den Krieg der Maschinen.

# 78. Kapitel

## *Sofies Erlebnis*

Wohltätigkeitsempfang zur Stiftung eines Sanitätszugs, Tombola und Eintritt zwanzig Mark. Über die breite Treppe bei Theodor kam ein Strom von Menschen. Theodor ging neben einem hohen Offizier, der ihm seine Anerkennung aussprach.

Sofie saß im Salon Louis Seize. Sie wirkte mit ihrem engen Kleid und ihrem großen Muff wie eine Direktoire-Erscheinung. Zögernd kam ein junger Mann in feldgrauer Uniform auf sie zu: »Verzeihen Sie, gnädige Frau, ich glaube, ich hatte schon einmal die Ehre. James hat mich Ihnen vor Jahren im Tiergarten vorgestellt. Ich komme gerade von ihm.«

»Wie geht es denn James?«

»Na, der hat das bessere Teil erwählt. Der amüsiert sich im Osten.«

»Kein Schützengraben und kein Trommelfeuer?«

»Richtig, gnädige Frau. Dafür etwas mehr Ungeziefer. Aber wir haben ganz gute Entlausungsanstalten. Trotzdem ist immer die Flecktyphusgefahr von den verdammten Biestern.«

»Haben Sie auch sonst unter Ungeziefer zu leiden?«

»Schrecklich. Wir sind einmal in Baracken gekommen, waren glücklich, ein Dach über dem Kopf zu haben, da waren Millionen Flöhe. Wir haben sie sofort abgebrannt. Wanzen gibt es natürlich auch.«

»Ich habe immer darauf gewartet, daß James uns schreibt: ›Wo anders könnte ich wohl den Krieg verbringen als im Kurhaus zu Ostende.‹ Aber offenbar hat er es im Osten auch ganz gut getroffen.«

»Als Leutnant, gnädige Frau, als Leutnant! Das ist doch etwas ganz anderes.«

Dürftige Cakes wurden angeboten.

Der hübsche junge Mann war keine dreißig Jahre alt. Er hatte noch nie mit einer solchen Dame gesprochen.

In Theodors geliebtem Eckzimmer mit den gelben Figuren an den Wänden überbrachte ein Herr Beatrice zum Gaudium der ganzen Gesellschaft ein Wagenrad von Blumen und eine so riesige Bonbonniere, daß alles schrie: »Wo haben Sie denn die her?«

»Aus Dänemark schicken lassen.«

Das Ganze war peinlich, die zu große Bonbonniere, die zu vielen Blumen und der Herr. Der Herr war klein und dick und hatte einen dicken Mund und dicke Hände, an denen ungeheure Brillanten glänzten.

»Argentinisches Gefrierfleisch«, sagte Waldemar zu Theodor.

Theodor wurde immer schmaler und grauer, immer schmaler die Figur, der Mund, das Gesicht, immer grauer das Haar und die Gesichtsfarbe. »Es sind ja noch mehr solche Herren da«, sagte Theodor. »Was bringt denn da Beatrice ins Haus? Das ist ja unmöglich.«

»Laß es ruhen«, sagte Waldemar und wandte sich ab.

Theodor blieb allein in der Tür stehen. Beatrice lachte mit dem Argentinier. Sie bog sich vor und zurück. Da kniff sie der Mann auf eine höchst ordinäre Art. Beatrice erschrak und sah sich um. Das freute Theodor. Sie war es also nicht gewohnt. Aber trotzdem. Er kannte sie. Sie würde nicht widerstehen können. Die Nahrung wurde knapper. Noch so eine Bonbonniere, vielleicht ein Sonntagsbraten und zwei Pfund guter Kaffee, dafür würde sie schon zu kaufen sein, und er würde mitessen. Warum machte er nicht Schluß, warum machte er nicht längst Schluß? Er ahnte nur. Er hatte keine Beweise. Vielleicht war sie wirklich allen gegenüber so kalt wie gegen ihn. Sie war nicht fein. Ein Scheidungsprozeß mit ihr mußte fürchterlich sein. Er hatte sich immer davor gefürchtet.

Ich habe meinen Muff vergessen, dachte Sofie auf der Treppe und ging zurück. Der Freund von James, Dr. Feld, stand da und hielt ihn.

»Wollen Sie mich nicht ein Stück begleiten?« sagte Sofie.

Er kam das kurze Stück bis zur Bendlerstraße mit, als Sofie vor dem Haus sagte: »Es ist noch nicht spät. Haben Sie Lust, noch einen schwarzen Kaffee bei mir zu trinken?«

Sofie zündete zwei Stehlampen an und die kleine Kaffeemaschine, dann kauerte sie sich auf das Sofa. Der junge Mann kam aus dem Krieg. Das Zimmer war warm, der Kaffee war Kaffee, die Frau duftete nach Parfüm, nach Seife, nach Bad. Er näherte sich ihr, küßte sie, fragte nach drei Küssen an ihrem Hals: »Wo ist dein Schlafzimmer?«

Er rückte die Uniform zurecht. »Ich werd' mich wieder nebenan hinsetzen. Sie müssen sich anziehen, um mich hinunterzubringen. Oder ist die Tür offen?«

»Nein.«

Komisch. Merkwürdig spinös, dachte er, war die Frau, fast wie ein Mädchen.

Sofie zog sich an, kam in das Wohnzimmer.

»Wann gehen Sie ins Feld?«

»In vier Tagen.«

Sie wartete. Er sagte nichts. Da sagte Sofie zum erstenmal in dieser Beziehung: »Sehe ich Sie noch mal?«

»Ja, gern. Wann?«

»Morgen?« sagte Sofie mühsam.

»Gern. Wann darf ich kommen?«

»Um halb neun Uhr, recht?«

»Ja, gern.«

Sofie stand an der Tür und schloß sie auf. Sie wartete, daß er ihr noch einen Kuß gäbe. Aber er kam nicht darauf. Sofie ging zurück. Sie liebte. Sie war vierundvierzig Jahre alt.

Sie sprang mit einem Satz aus dem Bett. Es war acht Uhr. Seit langem war sie nicht so früh aufgestanden. Sie zog die bunten Kretonnevorhänge ihres Schlafzimmers zurück und machte an dem geöffneten Fenster Gymnastik. Dann setzte sie sich vor ihren Toilettentisch und begann die langwierige Gesichtskur, die sie in Paris gelernt hatte. Im Wohnzimmer stand das magere Frühstück, ein gefälschter Kaffee und ein bißchen schwarzes Brot. Sofie zog sich rasch an und ging in die Stadt. Sie versuchte zu kaufen. Aber es gab kaum etwas. So nahm sie Stoff, einen hauchdünnen rosa Chiffon und viele Meter rosa Seidenband und grünes. Dann eilte sie nach Haus zurück, soweit man eilen konnte. Autos gab es keine mehr. Und die Elektrischen, von Frauen gelenkt, fuhren höchst selten.

Nun schnitt sie den rosa Chiffon zu einem Nachthemd zu. Im Souterrain saß Fräulein Sidonie wie seit fünfundzwanzig Jahren. Denn es war Freitag. Gerade wollte sie hinuntergehen und ihr den zugeschnittenen Stoff bringen, als ihr einfiel: Das geht nicht. Fräulein Sidonie würde es Anna zeigen, der alten, weißarmigen, rotbackigen, Anna würde es dem Portier sagen. Es ging nicht. Sie konnte die Verachtung nicht ertragen, nicht die Geste, nicht den schiefen Blick. Aber allein konnte sie nicht bis heute abend um neun fertig sein. Sie ging an ihren Wäscheschrank, begann zu wühlen, nahm die weiße Stickereiwäsche mit den bunten Bändern heraus. Nein, es war nichts Rechtes dabei. Das Chiffonhemd mußte noch heute fertig werden.

»Lisett«, sagte sie am Telephon. »Hast du Zeit, meine Süße? Ich bitte dich, komm her.«

Lisett kam. Sofie bat sie, ihr zu helfen.

»Du hast dich ja verliebt!« sagte Lisett voller Angst in der Stimme.

»Vielleicht«, sagte Sofie leicht geziert.

Lisett setzte sich neben sie. Sie sagte: »Ich will dir gern helfen, aber nur unter einer Bedingung: Du darfst diese Sache nicht wichtig nehmen. Liebt er dich denn?«

»Ach ja, sicher.«

Aber Lisett fühlte den falschen Ton.

»Ich muß noch Blumen für mein Zimmer kaufen, aber ich kann sie schwer ungesehen hier hereinbringen. Kannst du das nicht tun?«

»Gern«, sagte Lisett.

Die beiden Frauen saßen und nähten. Sofie machte aus dem vielen rosa Seidenband lauter kleine Blümchen mit kleinen grünen Blättchen und garnierte ihre Wäsche. Lisett machte Rüschen aus rosa Chiffon. Es war ein sonniger Wintertag. Lisett dachte: Draußen ist Weltkrieg, und wir zwei erwachsenen

Frauen sitzen hier und machen Chiffonhemden. Schon diese Farbe!

Annette telephonierte. Ob Sofie eine Quelle wisse, wo man noch Hemden für Herbert bekomme. »Herbert hat vier Wochen nicht geschrieben, und der arme Erwin ist immer noch vor Verdun. Heute ein Brief, aber bis der da ist, kann er ja tot sein. Und schicken kann man immer weniger. Marianne arbeitet den ganzen Tag.« Aber Sofie hörte kaum zu, und so telephonierte Annette noch einmal mit Klärchen. Die sagte ruhig am Telephon: »Ach, dieser verdammte Krieg!« Worüber Annette so erschrak, daß sie abhängte. Dieses sanfte Klärchen, nicht zu glauben.

»Wir wollen jetzt gehen«, sagte Sofie zu Lisett.

Es war dunkel und die Straßen schlecht beleuchtet, und so konnten sie die Blumen ungesehen ins Haus bringen.

Als Lisett um sieben Uhr Sofie verließ, umarmte sie sie: »Ach Sofie, was bist du für eine Hausfrau!«

Das Zimmer mit den beiden gelblich strahlenden Stehlampen, mit dem kissenreichen großen Sofa, mit dem entzückenden Teetisch, mit den Kübeln voll blühenden Pflanzen auf dem Fußboden und den rings verteilten Blumensträußen war von einer solchen Schönheit, daß Lisett dachte: Wer aus Nässe, Kälte und Tod in dieses Zimmer tritt zu einer liebenden Frau, muß lieben. Sie hatte die Gefühle einer Mutter am Hochzeitsabend eines jungen Kindes: »Gott segne dich und lasse dich keine Enttäuschung erleben.«

Der junge Mann war spät aufgestanden, hatte bei einer Tante, die immer nur jammerte, Mittag gegessen, hatte ein junges Mädchen angerufen, das er einmal sehr geliebt hatte: »Ich habe keine Zeit«, hatte sie gesagt, »ich bin verheiratet.« So saß er bei einer zweiten Tante und zählte die Stunden.

Er trat pünktlich um halb neun bei Sofie ein. Sie kam ihm entgegen, frisch und schön, in einem kostbaren und seltsamen Hausgewand. Er saß in einem tiefen Sessel und dachte: Wie schön ist das alles! Womit habe ich das verdient? Und er küßte immer wieder Sofies schlanke Finger.

Noch drei Tage, und er müsse wieder hinaus. Aber diese drei

Tage müßten sie zusammen sein, von morgens bis abends und von abends bis morgens.

Sofie sah auf den Schlafenden nieder, und zum erstenmal in ihrem Leben war sie entspannt, war sie natürlich, war sie frei wie damals, vor einem Vierteljahrhundert, als sie an den Bruder von Marie Kramer geschrieben hatte: »Ich liebe dich.«

# 79. Kapitel

## *James im Osten*

Kleine Holzhäuser, Bethaus dazwischen. Das Leben war Unterbrechung von Studium und Gebet. Armseliger, kleiner Markt: grauer Käse, Salzhering, Bonbons, unansehnliches Gebäck. Kleine armselige Läden: schwarze Samthüte, Leuchter, Gebetsriemen. Läden für billige Stoffe, Hüte aus Stroh, Kinderhöschen, Knöpfe, Kragen, Nähnadeln, Läden für schwarze Käppchen, Läden, fliegengeschwärzt, für Milch und Butter. Alte Leute im langen Kaftan. Sie sitzen im Gebethaus und lernen. Die Kinder gehen in die Talmud-Thora-Schule, in den Cheder, in die Jeschiwe. Uralte Tradition geht weiter. Dasselbe haben vor sechshundert Jahren die Kinder in den rheinischen Judengemeinden gelernt. Dasselbe haben vor tausend Jahren die Kinder in Livorno gelernt. Dasselbe haben vor zweihundert Jahren die Kinder in Frankfurt am Main gelernt. Sie tragen flache schwarze Schuhe, dazu schwarze Strümpfe, Kniehosen wie die jungen Leute in Amsterdam 1640. Sie tragen eine schwarze Samtweste, unter der die Schaufäden hervorkommen, einen kahlgeschorenen Kopf, an dem nur die Schläfenlocken hängen, und auf dem Hinterkopf ein kleines schwarzes Käppchen. Frauen gehen in buntem Kattun durch die Gassen. Der Leib ist hochgewölbt. Kaum ist ein Kind geboren, klopft schon das nächste. Sie sind müde, sie haben den Zug hoffnungsloser Skepsis. Der Mann lernt, ihnen bleibt die Last. Sie tragen den falschen Scheitel, ein schwarzes Tuch überm Kopf, sie falten die Hände überm Leib. Sie kaufen auf dem stinkenden Markt ein Stückchen Fleisch, Mohrrüben und Fisch. Mehr kennen sie nicht, mehr kochen sie nicht, und gehen in die engen Stuben mit den viel zu vielen Menschen und dem spärlichen Hausrat.

In der winzigen Stube sitzt der weißbärtige Schneider, kleines schwarzes Käppchen auf buschigem weißen Haar, und studiert. Die Nacht sinkt, und er studiert. Überall sitzen Männer bei der Petroleumlampe und lesen in den uralten Schriften. Bei Tage Schmutz und Elend, aber in der Nacht Republik der Gelehrten. Aus den weißen Seiten und den schwarzen Buchstaben kommt ihnen das Leben entgegen. Sie sprechen mit den Weisesten aller Zeiten, sie diskutieren mit den Redegewandtesten.

Aber heute ist Feiertag. Zimmer bei Zimmer brennen die Kerzen im silbernen Leuchter, im Emailleleuchter, es brennen Kerzen primitiv auf den Holztisch gedrückt, überall. Da ist ein Stübchen mit grüner Tapete und einer grellen Birne an einem Draht von der Decke. In der einen Ecke der Schrein mit der Thora. Sie singen durcheinander, bald laut, bald leise. Es ist keine Ordnung, keine Feierlichkeit. Kein Priester ist nötig, kein gebautes Heiligtum, jedes Zimmer ist für den Gottesdienst geeignet, jeder erwachsene Mann kann ihn abhalten, der Hebräisch versteht. Diese Form des Gottesdienstes hat das Judentum erhalten.

In dieses Stübchen trat ein großer, schöner deutscher Offizier. Er zog aus einer Samttasche einen langen weißwollenen Gebetsmantel, nahm die Mütze ab und setzte sich ein kleines schwarzes Käppchen auf den Hinterkopf. Da kam schon der Gemeindevorstand und bat ihn auf die Ehrenbank und gab ihm ein Gebetbuch. Er half ihm beim Aufschlagen. James Effinger wurde in Grodonoff zur Thora aufgerufen. Er stand vorn und las. Der Gemeindevorstand kam auf ihn zu und lud ihn zur Pessachfeier. »Es ist nur ein gefüllter Fisch, aber wenn der Herr Leutnant vorliebnehmen wollen …«

Er bekam den guten Platz neben dem Hausherrn. Auf der Sederschüssel lag die Mazze, das Bittre, das Süße, der Knochen, das Ei. Sie lehnten sich an, und der Jüngste stellte seine Fragen: »Was unterscheidet diese Nacht von allen anderen Nächten?« Jahr für Jahr hatte James das Fest in Kragsheim oder bei Onkel Ludwig gefeiert. Kein Wort hatte sich verändert. Man begann mit dem Segen über den Wein, mit dem Dank an Gott und der aramäischen Einladung an die Armen.

Nun war er mitten im russischen Polen, und gegenüber saß

Riwkele, ein hübsches Mädchen, blond und drall wie eine slawische Bäuerin, und daneben ein junger Mann, einer der wenigen Männer im Lande mit einer russischen Mütze auf dem Kopf, mit Stulpstiefeln und einem russischen Hemd, ein Rebell, ahnte James, ein Sozialist.

»Die Berge hüpften wie Widder und die Hügel wie junge Schafe.« Und James fiel in den Chor ein: »Denn ewig währet Seine Gnade.«

Nachher unterhielten sie sich. »Mein Schwiegervater ist ja ein komischer Mensch. Am Sabbat hab' ich ein Stück Eisen beiseite geschoben. Hat mir der Schwiegervater schreckliche Vorwürfe gemacht. Hab' ich gesagt: Also was stört's dich? Hab' ich recht?«

»Nein«, sagte der Gelehrteste der Gemeinde, »nimm an, wir fahren auf einem Schiff zusammen und ich reiß' eine Planke raus. Wirst du auch sagen: Was geht's dich an? Werden wir nicht zusammen untergehen? So haft' ich auch für dich, wenn du am Sabbat ein Stück Eisen wegschiebst. Ich hafte für deine Sünden.«

Und nun fing einer an zu tanzen. Sie klatschten in die Hände, und es herrschte jene Heiterkeit in der Stube, von der manche Brücke zu der Heiterkeit der Märtyrer führt. Sie waren so sehr Geist, daß ihnen das wirkliche Leben, Blut und Verfolgung und Schicksal wenig anhaben konnten.

»Siehst du«, sagte James, »wir können da nicht mittanzen, und dabei möchte ich so gerne mit dir tanzen, Riwkele.«

»Herr Leutnant, gehen Sie zurück nach Berlin? Könnten Sie mich nicht mitnehmen?«

»Was willst du denn in Berlin?«

»Lernen. Ich habe schon viel gelesen. Ich habe auch Schiller gelesen.«

»Dein Bruder will doch nach Palästina, willst du nicht mitgehen?«

»Nein, ich will nicht, ich will nach Berlin oder Wien.«

»Aber das wird nicht gehen. Sieh mal, wenn du ein bißchen älter wärst und ich ein bißchen jünger, dann hätte ich dich ja vielleicht geheiratet.«

»So was darf man gar nicht aussprechen.«

»Ich sag's ja auch nur so. Aber ohne daß ich dich heirate, weiß ich gar nicht, wie ich das anstellen soll. Und ist es nicht auch besser, du heiratest hier?«

»Nein, ich will keinen von den Jungen hier.«

James sah sie an. Nur keine Tragödien, dachte er. »Wir wollen sehen«, sagte er, »bist so hübsch ...«

Und dann sprach er mit dem Bruder, es war der mit der Mütze. »Sie sehen krank aus, was fehlt Ihnen denn?«

»Rheumatismus. Ich habe doch für die Russen und dann für die Deutschen Schützengräben gemacht, bis über die Knie im Wasser. Zwischen den Kanonen, zwischen den Gewehren, zwischen den Schützengräben aller Völker der Welt stehen wir. Sie auch, Herr Leutnant. Bevor sich nicht die arbeitenden Klassen aller Völker ... Das kann noch lange dauern. Bis dahin ist das unsere Heimat.« Und er griff nach einer blauen Büchse und schüttelte sie. Geld war darin. Es war die Sammelbüchse für Palästina.

»Aber die Türken lassen euch doch gar nicht rein.«

»Wenn wir das Land aufbauen, wenn wir den Boden erlösen, dann werden alle Juden der Welt kommen, und von dort wird der Frieden ausgehen, für uns, für euch, für alle.«

»Vielleicht«, sagte James träumerisch, »könnten die Deutschen das Protektorat übernehmen.«

»Vielleicht.«

James nahm sein Pferd und ritt durch die Gassen. Noch hörte man aus den Fenstern singen, schöne Stimmen voll Glanz. Katzen schlichen auf dem Müll herum. Ein Uralter in weißem seidenen Gewand und rotem Samtmantel, das Gebetbuch in der Hand, ging gebückt durch die Nacht.

James gab dem Pferd die Sporen und trabte. Bald war er im Wald, bald leuchteten die Fenster des Schlosses.

Ein halbes Jahr war es her, da hatte der Bataillonskommandeur gesagt: »Effinger, reiten Sie mal das Schloß erobern. Da sind nur Damen. Setzen Sie den Stahlhelm auf, maskieren Sie sich als Kriegsgott, charmieren Sie die Damen und verschaffen Sie uns ein gutes Quartier.«

Die Gräfin erwartete ihn auch heute.

Es war ganz im Beginn, da hatte sie einmal eines ihrer Bänder genommen und ihm um den Kopf gelegt: »Was sind Sie?«

»Ein Berliner.«

»Nein, Sie sind übriggeblieben von den Griechen, und da hat man nicht gewußt, wo man Sie hintun soll. Du bist fast quälend schön.«

»Und du? Ich liebe dich, ich habe noch nie so geliebt, ich bin noch nie so glücklich gewesen.«

Plötzlich hatte man Pferdegetrappel gehört und Kommandorufe. Sie richtete sich erschrocken auf. Doch James blieb liegen. »Ich habe Separatfrieden geschlossen.«

Und sie lachten den Krieg hinweg, sie lachten über eine himmlische Gegenwart.

# 80. Kapitel

## *Winter 1916 – 1917*

Lotte kam nach Haus. »Denk, Mama, Thea hat sich mit einem Leutnant verlobt.«

»Na, aber bei den Christen ist es doch selbstverständlich, daß einer Leutnant ist. Ein Leutnant ist doch gar nix.« Klärchen wurde immer revolutionärer. »Sieh zu, daß du einen Kohlkopf bekommst, wäre doch mal eine nette Abwechslung gegenüber den Kohlrüben.«

Der Laden hatte große Wandlungen hinter sich. Er war ursprünglich ein Schönheitsgeschäft für Kakemonos und echte Tang-Pferde gewesen. Dann wurde dort im Beginn des Krieges eine Wollankaufstelle eingerichtet. Später kam ein Schuster hinein, der infolge Ledermangels die Schuhe mit Hufeisen und Nägeln versah. Jetzt war es ein stinkendes Gewölbe, wo auf dem nackten Fußboden Kohlköpfe aufgeschichtet waren. Lange Reihen von Frauen standen davor und warteten. Denn auch Kohlköpfe waren eine Seltenheit.

Fritz kam nach Hause. »Ich muß ganz rasch essen, weil ich nachmittags bei der Metallbeschlagnahme helfen muß. Alle Metallsachen müssen abgeliefert werden. Alle Ofentüren aus Messing zum Beispiel.«

Auf den Tisch kam eine gewaltige Suppenschüssel mit Kohlrüben. Paul sah miserabel aus. Er hatte dreißig Pfund abgenommen. Das war das Durchschnittsgewicht, das Männer in seinem Alter in diesen Jahren abnahmen.

Klärchen glaubte nicht mehr an den Sieg. Paul nahm das als persönliche Beleidigung. »Bitte lies das: ›Südöstlich und südlich von Armentières waren Unternehmungen unserer Patrouillen erfolgreich, es wurden Gefangene gemacht und zwei Maschinengewehre, zwei Minenwerfer erbeutet.‹ Seit Jahren haben wir keine Mißerfolge. Aber in Rußland haben sie den Kriegsminister Suchomlinow verhaftet.«

»Weißt du, ob das alles so stimmt?«

»Die Berichte der deutschen Heeresleitung lügen nicht.«

»Du hast ja auch nicht an eine Niederlage an der Marne geglaubt.«

»Wir werden uns schon durchbeißen. Wir stehen in Frankreich.«

»Und das Volk sagt nur noch: Die Offiziere saufen und fressen sich voll, und wir verhungern.«

»Es ist enorm, was geleistet wird. Du hast ja keine Ahnung.«

»Das ist ja möglich, aber wenn sie schon die Ofentüren brauchen zum Siege!«

Erwin kam auf Urlaub. Er sah furchtbar aus. Am ersten Abend hatte er sich mit all seinen schrecklichen Sachen ins Bett gelegt. Die Zentralheizung funktionierte nicht mehr, sie hatten nur im Eßzimmer einen eisernen Ofen. Baden konnte man einmal in der Woche. Aber das war gerade vorbei, als Erwin ankam. Es war das einzige, was Erwin sich gewünscht hatte, und das bekam er nun nicht. Als man bei Großmama saß, war es Fräulein Kelchner eingefallen: Im Souterrain mußte doch noch ein Badeofen sein. Nie benutzt. Aber wahrscheinlich noch in Ordnung. Doch wo Kohlen herkriegen? Und bei diesem Wetter konnte man doch den Jungen nicht nach dem Baden rausschicken?

Da fielen Marianne die hölzernen Lanzen ein, die den Kelim gehalten hatten, die Türmchen und Aufsätze von den Möbeln der achtziger Jahre, die man am Kurfürstendamm auf den Boden geworfen hatte. »Kinder, der Engel mit dem Pfeil ist doch noch da, aus dem Elternschlafzimmer!«

»Nein«, sagte Annette, »es wird auch ohne diesen Engel ein Bad geben; das erlaube ich nicht, daß du den verbrennst.«

Die Geschwister gingen weg, und dann packten sie einen ungeheuren Rucksack mit all dem Glanz aus der Dorotheenstraße. Auf der Straße sah ihn ein Arbeiter an und sagte: »Jemeiner Hamsterer, und unsereiner hat nischt zu fressen.«

»Mensch, du hast wohl Läuse im Kopp?« sagte Erwin. Aber

drei Schritt weiter hielt ihn ein Polizist an: »Öffnen Sie Ihren Rucksack, Lebensmittelhamstern ist verboten.«

Fritz hatte inzwischen den Ofen in Großmamas Dienerschaftsbadezimmer, wie er sich ausdrückte, in die »Lamain« genommen. Und nun heizten sie. Erwin zerbrach überm Knie die Lanzen, die er so oft als Kind bewundert hatte, und sie stopften all die Türmchen und Kugeln und Aufsätze hinein. »Verbrühen wirst du dich darin können«, sagte Fritz.

Und während sie wieder oben im grauen Wohnzimmer darauf warteten, daß das Wasser heiß wurde, sagte Eugenie: »Ich habe zwar Kohlrüben, aber wenn ihr wieder einmal zu mir kommen wollt am Sonntag, würde ich mich riesig freuen.«

»Bekommt ihr denn gar nichts extra?« fragte Theodor.

»Ja, einmal habe ich vom Grafen Beerenburg-Haßler einen Hasen bekommen,« sagte Ludwig, »aber das war ein elendes Stück Vieh.«

»Onkel Ludwig, du wirst noch über einen geschenkten Hasen was sagen.«

»Wir haben aus Kragsheim von Bertha eine Wurst bekommen.«

»Nie sollst du mich befragen«, sagte Klärchen, »ich glaube, sie war von einem toten Elefanten.«

»Elefanten?« sagte Sofie.

»Sie haben eben einen Zoo geschlachtet.«

»Ich habe versucht, aus Ißnur-Mehl und der Kuh in der Tüte ganz ohne Eier einen Kuchen zu machen«, sagte Annette. »Aber es war unmöglich. Er blieb einfach sitzen. Na, was kocht ihr denn?«

»Sechsmal die Woche Kohlrüben.«

»James hat neulich einen schönen Käse geschickt und ein Pfund Butter.«

»Wir haben ja manchmal etwas anderes zu essen. Beatrice, könntest du nicht Annette und Klärchen deine Quelle sagen?« sagte Theodor.

»Ich habe einen Bekannten, der schickt mir; wo der es her hat, weiß ich auch nicht«, sagte Beatrice lächelnd, »aber Annette war doch immer so tüchtig.«

»Ich kriege ja auch machmal was, die Pitsch verschafft einem.«

»Wer ist die Pitsch?« fragte Klärchen.

»Ich werd' es ihr sagen, daß sie dich mal besucht.«

»Hast du schon mal Marmelade aus Kohlrüben gemacht?«

»Ja, aber man braucht doch schrecklich viel Zucker dafür. Ist doch schade um den Zucker.«

»Ich habe im Felde in einer Konservenbüchse Kuchen gebakken, dafür bin ich aber auch fünf Stunden herumgelaufen und hab' alle französischen Nester nach Hefe abgeklappert. Das Wort Hefe werde ich nie wieder vergessen: ›Levure‹. Hat das einer von euch gewußt?« sagte Erwin.

»Aber Jungchen, warum mußtest denn Hefe haben? Man kann doch einen Kuchen auch ohne Hefe backen«, sagte Fräulein Kelchner.

»Sie haben alle gesagt, man müsse Hefe haben. Wir haben in der letzten Zeit schon Angriffe gemacht wegen der Fütterung. Ihr könnt euch nicht denken, was die für Lebensmittel haben. Amerikanisches Büchsenfleisch zum Beispiel, na, großartig, oder Ölsardinen als Eiserne Ration. Neulich haben wir schreckliches Trommelfeuer bekommen wegen einem Hasen. Da lief gerade vor dem Graben so ein dickes schönes Vieh entlang, und der Kamerad, der da lag, dachte sich: Det wäre nu nützlich, so 'n Hasen totzuschießen, viel nützlicher als so einen Franzosen, der ja auch nischt dafor kann, und da hat er losgeknallt, und da ist die Knallerei losgegangen. Zweie von uns hat's getroffen. Aber einen schönen Braten haben wir doch gehabt.«

»Die ganze Kompanie einen Hasen?«

»Na, bloß wir so im Unterstand, gab doch 'ne schöne Soße zum Brot. Der Mensch muß eben essen. Is ja nicht schön, aber wir nehmen jetzt den toten Franzosen immer die Eisernen Rationen weg. Zuerst ist das ja alles komisch. Auch mit den Schuhen. Ich habe auch schon mal von 'nem Toten Schuhe genommen und angezogen. War zuerst etwas eklig, aber man gewöhnt sich.«

»Wollen wir bloß hoffen, daß dir nichts passiert.«

»Nö, nö, mir passiert schon nichts. Ich kenne den Weltkrieg. Ich kann zum Beispiel alles Ungeziefer unterscheiden, Wanzen,

Flöhe, also Menschenflöhe und Kleiderflöhe, Läuse, alles. Ist interessant, davon könnte ich hinterher sogar einen Beruf machen. Aber wenn man sich denkt, daß das viele Millionen gelernt haben, werden wohl alle Berufe, die sich mit Ungeziefer beschäftigen, überfüllt sein.«

»Willst du nicht mal in die Fabrik rauskommen?« sagte Paul.

»In den nächsten Tagen mal, Onkel Paul. Man gewöhnt sich. Ich kann jetzt am Geräusch alles unterscheiden, große Granaten, kleine Granaten, Maschinengewehre, Leuchtraketen. Das ist sehr nützlich. Man weiß so ungefähr die Zeit, und man kann sich hinwerfen. Passiert einem nicht so leicht was. Zuerst habe ich mich ja sehr gefürchtet.«

Lotte dachte: Ein anständiger Kerl ist der Erwin, der sagt einfach, er hat sich gefürchtet. Wahrscheinlich fürchten sich alle, aber wer wagt das zu sagen?

»Du hast dich gefürchtet?« sagte Fritz. »Na, ich fürcht' mich nicht.«

»Ja, und dann haben wir diese leichtsinnigen, unvorsichtigen Kinder draußen, und sie fallen wie die Fliegen.«

»Erwin!« schrie Klärchen auf.

»Also ich bade jetzt. Ihr habt ja alle keine Ahnung, was das heißt: baden, denn ihr habt alle keine Ahnung, wie dreckig ich bin.«

»Erwin!« sagte Großmama Selma.

Alle saßen bei Eugenie im Säulensaal. Es gab Bouillon.

»Das ist doch hoffentlich Würfel«, sagte Waldemar.

»Nein«, sagte Eugenie, »Fleischbrühe von wahrhaft gelebt habenden Ochsen.«

»Wo hast du denn das her?«

»Uns vom Munde abgespart«, sagte Eugenie ein bißchen bitter, »und dasselbe Fleisch kriegt ihr nachher noch einmal zum Gemüse.«

Frieda servierte die Schüsseln voll mit Fleisch, Kohlrüben und Kartoffeln. »Nur ein Stückchen Fleisch und für jeden zwei Kartoffeln«, flüsterte sie jedem zu.

Niemand konnte nachher feststellen, wer angefangen hatte.

Jedenfalls sagte beim Kaffee, der kein Kaffee war, sondern geröstetes Getreide, Eugenie zu Selma, so daß alle zusammenfuhren: »Du hast ganze Schinken in deiner Speisekammer und bekommst auch Butter von Theodor. Dein Bruder leidet entsetzlich unter der Fleischlosigkeit, und du bist noch nie auf die Idee gekommen, uns etwas anzubieten.«

»Du hast mir ja auch noch nie etwas angeboten.«

»Ich habe nichts.«

»Ich dachte, du bekämst vielleicht was aus Polen.«

»Bestimmt, natürlich, ich habe ja mein ganzes Leben alles aus Polen und Rußland bekommen. Du bist ja immer so fein gewesen, ich war ja immer diejenige, die nicht so fein war.«

»Was sagst du da?«

»Du hast immer dagesessen und die Hände in den Schoß gelegt, und Fräulein Kelchner hat den ganzen Haushalt geführt, und du bist immer zu fein gewesen, uns bei dir einzuladen. Du warst ja so zart, und Emmanuel hat dich schonen müssen.«

Selma war aufgestanden. »Kommen Sie bitte, Fräulein Kelchner, und du, Sofie!« Und sie öffnete die Tür.

Aber währenddem redete Eugenie weiter: »Wir haben hier nicht das Nötigste, und du sagst nicht: ›Ich erlaube nicht ...‹«

»Nun hör schon auf«, sagten Ludwig und Waldemar. Aber Eugenie war nicht zu halten, und während Selma mit Fräulein Kelchner und Sofie hinausging rief sie noch: »Aber heimlich hängen die Schinken bei dir. Oh!«

»Schluß!«

»Bitte, hör auf!«

»Tante Eugenie!«

»Nein«, schrie sie, »ich hör' nicht auf. Warum soll ich denn aufhören? Unsere Fabrik ist zerstört. Wegen ein paar Pfund Kupfer oder Messing haben sie die kostbaren Maschinen in Warschau zertrümmert. Und Selma, die ihre Effingers hat, rührt sich nicht.«

»Aber zum Donnerwetter!« rief Waldemar. »Du verhungerst nicht!«

»Ich weiß nicht, wie ich die Dienstmädchen satt machen soll.

Wir essen Kohlrüben und Kohlrüben. Seht euch doch Ludwig an, und keiner hilft mir.«

Alle standen zögernd auf.

»Geht nur ruhig«, sagte Waldemar, »ich bleibe bei ihr, bis sie sich beruhigt hat.«

# 81. Kapitel

## *Mehlkiste*

Meine liebe Tante Eugenie, wie du weißt, bin ich hier Bahnwärter geworden, wir bewachen die Bahnstrecke von Nisch nach Sofia und Konstantinopel. Es ist ganz nett. Das Zimmer, in dem ich wohne, ist ein richtiges Zimmer. Das Dach hat nur ein Loch von einer Granate. Aber wir bekommen Lebensmittel von den Bauern, gegen gutes Geld natürlich, so viel wie wir wollen. Ich sende Dir eine Kiste, die Du Dir am Lehrter Bahnhof abholen kannst. Dein James.«

Eugenie ging zum Bahnhof und versuchte, die Kiste herauszukriegen. Einen zu finden, der sie hob, einen Wagen, auf den man sie laden konnte, ein Pferd, das den Wagen zog, war alles nicht einfach. Aber schließlich stand die Kiste im Wohnzimmer mit dem großen Gemälde Wendleins.

Der Portier kam mit dem Stemmeisen, und die Kiste wurde geöffnet. Alle waren dabei, Eugenie, Ludwig, der Portier, seine Frau, Frieda und Malwine, die Köchin. Jetzt wurde der Deckel gehoben. Es war Mehl. Weißes, weiches Mehl. Ludwig faßte hinein und ließ es durch die Hände gleiten, und er begann das Mehl zu segnen, aber da fühlte sich etwas klebrig an. »Wir wollen mal ganz vorsichtig sein.« Und siehe da, es kamen Eier zum Vorschein, mitten im Mehl, fünfzig Eier, und eine Blechdose, verlötet, geheimnisvoll. »Das ist Schmalz.« Keiner fragte, was für Schmalz. Oben war die Wand bedeckt mit der lustigen niederländischen Tafelrunde aus dem 17. Jahrhundert. Und darunter schlug Ludwig die Hände vor das Gesicht vor dieser Kiste, und alle standen andächtig, und sie weinten.

»Wie werden wir die Eier einlegen?«

»In Wasserglas«, sagte Malwine, »und heute abend gibt's Eierkuchen für alle.«

»Nun aber auch nicht gleich leichtsinnig«, sagte Eugenie, und dann rief sie Klärchen und Annette an, beide sollten kommen. Sie bekamen jede zwanzig Pfund Mehl und fünf Eier.

Ludwig machte einen Nachtrag zu seinem Testament zugunsten James', obgleich Waldemar das unmöglich fand, eine unwahrscheinliche Ungerechtigkeit gegen alle andern. Aber es war nicht zu hindern.

Vierzehn Tage später war Ludwig tot. Der Streit der zwei alten Königinnen, diese Feindseligkeit eines ganzen Lebens, der an einem Räucherschinken zum Ausbruch gekommen war, lastete auf allen. Annette hatte damals sofort an James geschrieben, und James hatte alle seine Quellen mobil gemacht. Aber die Familie war aufgelöst. Mit Selma hatte keiner zu reden gewagt. Sie waren alle gekommen wie eh und je, und sie hatte in ihrem Erker gesessen und Konversation gemacht. Und jetzt war ihr Bruder gestorben, und Eugenie hatte sie nicht empfangen, und sie gab Eugenie hier am offenen Grabe nicht die Hand. Es war furchtbar. Waldemar war über beide empört, aber er konnte unmöglich auf dem Friedhof eine Szene machen.

Der Rabbiner hatte sehr lange gesprochen, und wer nicht tiefer sah, konnte es als eine feierliche Beerdigung empfinden. Denn es waren Scharen von Menschen da. Alle diese Vorsteher von Wohlfahrtsanstalten, alle diese Stadtväter, und sogar der Bürgermeister von Berlin sprach und der Direktor der Reichsbank und natürlich Bankdirektor Hartert.

Nein, vom großen Glanz fehlte nichts. Nur der geliebte Bruder Alexander Soloweitschick war nicht da, und die ganze männliche Jugend fehlte.

Und niemand hatte einen Wagen oder ein Auto, um nach Hause zu fahren.

# 82. Kapitel

## *Nachricht von Alexander*

Über die Schweiz kam im Herbst 1917 ein Brief an Eugenie, der mit vielen Marken versehen und von vielen Behörden in vielen Ländern geöffnet worden war. Er kam von Alexander Soloweitschick und enthielt eine kurze Mitteilung, daß er von der Kerenski-Regierung die Erlaubnis erhalten habe, eine Million Pfund auf die Bank von England zu bringen.

Eugenie telephonierte mit Theodor und mit Waldemar, um ihnen die Nachricht zu geben.

»Ich komme zu dir«, sagte Waldemar.

Eugenie erwartete ihn auf ihrer Terrasse. Sie dachte an diesen geliebten Bruder Alexander, an Sascha Soloweitschick, wie ihn seine Freunde nannten, und er hatte viele Freunde. Sie sah ihn vor sich in seinem langen, bis zu den Füßen reichenden schwarzen Mantel mit dem kleinen Persianerkragen und der schwarzen Persianermütze, mit dem grauen Spitzbart und dem Lächeln.

Waldemar machte einen miserablen Eindruck. Der große Fresser, der Liebhaber von Austern, Rumpsteaks und einer jungen Gans war jetzt auf Kriegskost gesetzt. Er hatte einen viel zu weiten Kragen an, aus dem ein faltiger Hals sah. Bauch und breite Schultern waren verschwunden, der Anzug schlotterte an ihm herum. Eugenie hatte es noch nie so bemerkt wie an diesem sehr hellen Herbsttag auf der Terrasse.

»Du machst den Eindruck, als ob du mich nicht schön findest. Aber dein Kleid ist auch nicht gerade elegant.«

»Als der selige Ludwig starb, habe ich mir ein Kleid schwarz färben lassen. Aber sie haben ja weder Fachleute noch Färbemittel. Es ist teils grün und teils braun und teils lila. Und welcher Hoflieferant hat dir dieses pompöse Kleidungsstück geliefert?«

»Ich habe einen alten Anzug wenden lassen wollen, und mein Eugen hat diesen hier aus Versehen zum Schneider gegeben, und der war schon gewendet. Der Eugen wird ein bißchen trottelig. Ist er nun doppelt gewendet, kann er ja auch nicht schön sein, und dann nehme ich immerzu ab. Ich bekomme von dem guten James manchmal Mehl und Eier und auch mal Schmalz. Aber ich hab' doch kein Fleisch und keine ordentlichen Kartoffeln und kein Gemüse außer den Kohlrüben. Ich habe dreißig Pfund abgenommen. Ich kann mir nicht vorstellen, wie lange das das Volk noch aushält.«

»Malwine hat mir erzählt, in der Markthalle hätte es neulich richtigen Krawall gegeben, die Frauen hätten immerzu geschrien: ›Die Offiziere fressen und saufen sich voll, und unsereins kriegt nur det Affenschmalz‹!«

»Na, du kennst doch den Vers: Gleiche Löhnung, gleiches Fressen, wär' der Weltkrieg längst vergessen. Sehr böse! Gegen alle preußischen Traditionen.«

»Ja, aber der Brief von Alexander. Hier.«

»Merkwürdig glücklich klingt er.«

»Nicht wahr? Kerenski ist der Stern der Jugend. Alle Liberalen, alle antizaristischen, kurzum alle westlichen Hoffnungen haben sich auf ihn konzentriert. Er ist übrigens der einzige Mensch in Europa, der öffentlich nach dem ersten August gegen den Krieg gesprochen hat. In der Duma.«

»Erlaube, in England gibt es noch heute Kriegsdienstverweigerer.«

»Richtig, aber immerhin. Alle russischen Intellektuellen sehen in Kerenski ihre Hoffnung. Was das für die Welt bedeutet, ist unermeßlich. Rußland eine Demokratie! Rußland von einem edlen Menschen regiert! Und für Sascha privat bedeutet es die Erfüllung aller seiner Träume. Schrecklich, daß Ludwig es nicht mehr miterleben kann! Er ist ganz hoffnungslos gestorben.«

»Ich freue mich, Eugenie, daß du so glücklich bist. Aber ich bin leider auch ganz hoffnungslos. Vor Jahren hat unser kluger Erwin Effinger zu mir gesagt: ›Mit jeder neuen Schraube habt ihr geglaubt, dem Fortschritt zu dienen, und das Resultat ist, daß siebzig Prozent aller Menschen gesunken und nicht gestiegen sind.‹ Jetzt muß ich selbst zugeben, alle Kunst hat hingeführt zum neuen Höhlenmenschentum, alle Physik zum weittragenden Geschütz und alle Chemie zum Giftgas. Aber um noch mal auf Alexander zu kommen. Das Geld war durch einen Zufall in Rußland. Wenn es in Warschau gewesen wäre, wäre es doch von den Deutschen beschlagnahmt worden. Du weißt, wieso es in Rußland war.«

»Nein, eigentlich nicht.«

»Im August war Messe in Nischni-Nowgorod, wo die großen Verkäufe für Ostasien getätigt wurden, und bevor es noch nach Warschau gebracht werden konnte, waren die Deutschen dort.«

»Na, also hoffen wir, daß ich meinen Bruder in Frieden und Glück wiedersehe.«

# 83. Kapitel

## *Gefangennahme*

Nun hatten sie schon jahrelang so gesessen in einer mit Beton verkleideten Höhle. Sie kannten ihren Körper nicht mehr. Sie hockten auf der Erde und lasen sich Ungeziefer ab, mit Armen, die länger geworden zu sein schienen, mit breiten, langfingerigen Händen. Sie sprachen vom Fressen.

»Dörrgemüse«, sagte der eine, »kann ich nicht mehr riechen.«

»Immer noch besser als Kohlrüben«, sagte der andere.

»Rauchen ist auch wichtig. Haste was?«

»Nee.«

»Bei uns zu Hause gibt's schlesisches Himmelreich, Backobst mit Klößen.«

»Was ist Backobst?! Aber Spätzle und saure Leber! Oder Zwetschgenknödel mit Zucker und Zimt. Zwetschgenknödel müssen in brauner Butter schwimmen, ganz fest sein.«

»Und ein Rindsbraten ist doch das Beste.«

»Recht durchwachsen.«

»Oder ein Hühnchen«, sagte Erwin, »oder eine Gans, die recht fett ist.«

Außerdem aber wurde geschossen. Erwin kroch auf seinen Strohsack und begann, ein bißchen Mathematik zu treiben. Mit etwas mußte sich ja wohl der Mensch beschäftigen. Dies war überhaupt das Problem: Wie brachte man die Zeit hin? Es hat gar keinen Sinn, dachte er. Er merkte seit einer Weile, daß er nicht mehr so gut denken konnte. Und es fiel ihm immer wieder das heutige Erlebnis ein. Er hatte unter schwerem Feuer die Telephonleitung geflickt, und in seiner Aufregung, daß er die Verbindung zustande gebracht hatte, sagte er: »Bitte, Batterie fünf!« Da schnauzte eine Stimme vom andern Ende: »Lassen Sie die jüdischen Warenhaushöflichkeiten! ›Batterie fünf‹ genügt!«

Aber da war die Leitung schon wieder zerschossen. Das beste Militär der Welt! So was zu sagen ist ihnen wichtig, dachte Erwin. Dieser Major verliert lieber eine Schlacht, als daß er eine antisemitische Bemerkung unterdrückt. Irre. Aber für uns eine gefährliche Sorte Wahnsinn.

Draußen raste seit Tagen das Trommelfeuer. Erwin sah von seinem Strohsack runter. Da lag der Meldeläufer seit dem vorigen Abend in genau der gleichen Stellung. Niemand wußte, wo er herkam. Man hatte nichts mehr aus ihm herausbringen können. Er war fast schon auf der Treppe eingeschlafen. Nun hatte er sich seit zwölf Stunden nicht gerührt.

Es war November, kalt-feucht, dreckig. Es hatte sich seit Jahren nichts verändert. Nur noch der Tod ging zwischen den Gräben spazieren. Erwin saß neben seinem besten Kameraden, einem Zuhälter aus Köln. Abgesehen davon, daß er noch offener stahl als die andern, war er ungemein anständig. Das frühere Leben war längst vorbei. Seit gestern war ihre fette Ratte weggeblieben. Sie saßen und ängstigten sich. Jeden Augenblick konnte der Unterstand zusammenkrachen. Aber der Tod kam im wesentlichen, wenn man austreten ging oder Essen holte.

Der Leutnant sagte: »Freiwillige für eine Meldung.« Erwin und der Kölner traten vor.

Sie sind die ersten Menschen vor der Ordnung des Chaos durch Gott. Lärm, Getöse, Wolkensäulen an Abhängen. Sie fliehen in einen Unterstand. Aber sie finden keinen Menschen dort, nur hockende Rüsselwesen mit Brillen, die stumm sind. Vielleicht tot, aber vielleicht haben sie auch nie gelebt. Sie laufen wieder hinaus in das Getöse, die Einschläge, das Feuer, den Dreck, und laufen, laufen mutterseelenallein durch die Hölle. Es wird leiser, und dann kommt weißer Nebel, Giftgas. Sie nehmen schnell die Gasmasken vor. Vier weiße Wolken bilden sich, zergehen, bilden sich, zergehen: Sperrfeuer. Erwin rechnet: »Jetzt los!« Wettlauf mit Schrapnell durch den Sumpf über einen Balken an Stelle der zerschossenen Kanalbrücke. Sie haben das Gefühl, kilometerweit von den nächsten Menschen zu sein. Jetzt ist kein Platz mehr zwischen den Schrapnells, keine Zeit zwischen den Granaten, und sie stürzen in den nächsten Unterstand. Dort sind endlich Soldaten, die nach Maschinengewehrmunition suchen, die aufgeregt sind, die reden, schimpfen, schreien. »Du, Mensch, mach Platz!« Und da ist es ganz still.

»Urah, Urah!«

»Sie werfen schon Handgranaten. Raus!«

Lauter kleine Gelbbraune mit lauter kleinen Revolvern stehen vorm Ausgang. Einer schießt. Einer fällt um. Erwin sieht sich um. Alle Offiziere sind verschwunden. Er hebt die Hände hoch. Der Gelbbraune winkt. Erwin läuft und denkt: Wie im Theater! und: Gefangen. Aber plötzlich läuft er weg, zurück zu den deutschen Artillerieunterständen. Er wird bemerkt. Er springt in ein Granatloch, die anderen sind hinter ihm her. Drei Schwarze mit Messern fuchteln über ihm. Da kommt ein Graublauer, ein Hellhäutiger und jagt die Schwarzen weg. »Was machst du für Dummheiten!« sagt er. »Bleib' ruhig da, sei froh, daß für dich der Krieg zu Ende ist.«

Tiefste Stille herrscht. Sie gehen zusammen durch den Schlamm und sprechen. Der junge Franzose ist bei den Renault-Werken angestellt. Er ist Ingenieur.

»Ich bin ein Effinger von den Effinger-Werken.«

»Ach, da sind Sie wohl Offizier?«

»Nein, ich bin Jude.«

»Na, und?«

»Sprechen wir lieber von Vergasern.«

Sie gehen über das Schlachtfeld, an den Verwundeten vorbei und den Toten, und sprechen von Renault, von Benz und von Ingenieursgehältern.

Da kommt einer angehinkt, dem die Schulter aufgerissen ist. Er blutet, er kann nicht weiter. Erwin lädt ihn auf und bringt ihn zum Verbandplatz.

Da sah Erwin, es mußte eine große Schlacht gewesen sein. So weit man sehen konnte, standen deutsche Gefangene.

Nun lag wieder das schmutzige, sumpfige Tal vor Erwin, Heimat zweier Jahre, und er ging mit einem Sanitäter Verwundete holen. Tote lagen aufgehäuft, Blut floß. Stille herrschte, und ohne Unterlaß ging ein tropfender, leiser Regen nieder.

Etwas weiter hinten stellte man Zelte auf. Es war November.

Fünfzigtausend Menschen waren gefangen worden. Sie lagen in den Zelten, im Modder, warteten auf Abtransport. Inzwischen starben sie. Ruhr war ausgebrochen. Die Lebenden, die Sterbenden, die Kranken lagen im gleichen Unrat. *Ein* Arzt war da für fünfzigtausend Menschen. Erwin versuchte, sich nicht hinzulegen. Aber er hielt das nur drei Tage aus. Dann lag er im gleichen Unrat. Nach Tagen wurden sie abtransportiert.

Das neue Lager war Massenquartier. Weiße Bohnen aus dem Wasser, tagaus, tagein.

Eines Tages wehte ein Zeitungsblatt über den elektrisch geladenen Stacheldraht. Erwin hob es auf. Der Zar war tot. Das russische Proletariat rief die Proletarier aller Länder auf, die Waffen niederzulegen und gegen die Kapitalisten zu kämpfen. »An alle!« rief die Zeitung. »Frieden!« rief die Zeitung. »Ein Ende mit den sinnlosen Opfern!« Erwin rief seine Mitgefangenen und las ihnen das Blatt vor. Immer wieder. Bis ein Posten kam. Der zerknüllte es, warf es in den Schmutzkübel.

# 84. Kapitel

## *Rußland*

Alexander Soloweitschick stand in seinem Hotelzimmer in Moskau und half seinem Diener packen, als ein Freund aus Petersburg kam. »Wohin reisen Sie, Alexander Petrowitsch?«

»Nach London.«

»Und?«

»Bitte.« Er zeigte auf eine eiserne Truhe.

»Gold?«

»Ja.«

»Um Gottes willen, fahren Sie nicht. Die Kerenski-Regierung ist gestürzt, die Bolschewiken sind am Ruder. Man mordet in Petersburg, man beschlagnahmt alles.«

»Aber was erzählen Sie? Hier sollte kein Mensch was wissen?«

»Sicher nicht. Man weiß natürlich nicht, ob und wie lange sich das Regime hält, der Spuk kann in wenigen Tagen zu Ende sein. Aber jetzt fahren Sie jedenfalls nicht.«

»Ich werde einen Freund anrufen. – Also, mein Freund sagt, er habe nichts gehört, keine derartige Nachricht. Ich muß fahren. Es ist das Vermögen meiner Familie.«

»Also fahren Sie mit Gott. Aber ich sehe schwarz für Sie.«

Alexander stieg in den Nachtzug nach Petersburg, in ein reserviertes Kupee.

Kurz vor Petersburg kamen drei zerlumpte Leute in das Kupee. Ohne irgend etwas zu sagen, schoß ihn der eine in den Bauch. »Wirst ihm nicht die guten Sachen lassen«, sagte der andere. Der dritte fing an, den Blutenden auszuziehen. Dann warfen sie ihn zum Fenster hinaus. Alexander blieb an der Böschung liegen. Nur sterben, dachte er, nur sterben. Ich werde wahnsinnig vor Schmerzen. So muß ich verhungern, so werde ich ganz langsam verrecken. Ich muß sehen, daß ich auf die Gleise komme. Und er kroch in der Kälte ganz langsam auf Knien und Händen, das Blut rann aus seinem Bauch, und dann lag er auf den Schienen.

Er war schon etwas betäubt vor Schmerzen, als der nächste Zug herankam. Einen Augenblick erschien vor seinem Gehirn der große Kampf seiner Jugend, und er sah seine Freundin vor sich, die schöne großherzige Marylka Iwanowna, die den Großfürsten Peter erschossen hatte und in der Schlüsselburg von Kosaken zu Tode geprügelt worden war.

»Es lebe die Freiheit!« rief er gegen die Räder der Lokomotive, gegen das Eisen der Schienen, gegen den Schotter des Bahndamms. Aber er rief es auch in dieser Sterbeminute in das Weltall in dem festen Glauben, daß es ein Echo gäbe.

# 85. Kapitel

## *Gefangenschaft*

Erwin kam auf ein Waldkommando. Etwa zwanzig Mann fällten Bäume und machten Holz. Es war ein wunderbarer Wald mit dichtem Unterholz, der Wald der Ritter von König Arturs Tafelrunde, der dicke französische Liebeswald.

Erwin war es zu schwer mit der Axt. Er schichtete das Holz. Schlimm war nur der Korporal, der ihnen jede Decke wegnahm. Er beschlagnahmte auch alles, was sie von zu Hause bekamen. Erwin eine Uhr und ein Taschenmesser. Nachts weckte er sie und ließ sie exerzieren.

Eines Tages lief Erwin mit zwei anderen davon. Sie kamen nicht weit. Sie wurden bestraft, aber Erwin kam auf ein anderes Kommando zu einem kleinen Bauern. Er fand es schön, so den ganzen Tag hinter dem Pflug herzugehen, er gehörte zur Familie, und als eines Nachts ein Kalb geboren wurde, half er es herausziehen und wurde eingeladen, eine Flasche Wein mitzutrinken.

Nach kurzer Zeit kam Erwin zu einem großen Besitzer. Die Gefangenen waren in einem alten Schafstall untergebracht, der voll von Ungeziefer war und dreckigem, feuchtem Stroh. Sie arbeiteten in dem Staub und Schmutz der Dreschmaschine. Nach der Arbeit durften sie an eine Pumpe, aber kaum hatten sich die ersten paar gewaschen, mußten sie schon wieder in den Schafstall und wurden dort eingeschlossen. Das Essen bestand aus dünner Suppe. Eines Tages kamen nach langem Marsch zwei neue Gefangene, die den ganzen Tag nichts zu essen bekommen hatten, und um ihnen etwas zu verschaffen, ging Erwin als Dolmetscher zum Besitzer.

Der Besitzer sagte: »Nix Arbeit, nix essen.«

»Nix essen, nix Arbeit«, erwiderte Erwin.

Da nahm der Besitzer seine Peitsche und schlug ihn ins Gesicht.

»Hier bleib' ich nicht«, sagte Erwin.

»Ich auch nicht«, sagte ein Büroangestellter aus Bielefeld.

»Mich hat er auch schon mal mit der Peitsche geschlagen.«

»Mich auch«, sagte ein Maler aus Breslau.

Als die Posten einen Moment den Rücken drehten, kletterten sie zu dritt über den Zaun und verschwanden in der sinkenden Nacht. Sie hatten nichts für eine Flucht vorbereitet. Es begann zu regnen.

Nach drei Tagen waren sie völlig durchgeweicht und verhungert. Sie beschlossen, sich zu stellen. Erwin wurde vorausgeschickt; wenn alles gutging, sollte er die andern holen. Er ging also ins nächste Dorf und klopfte an mehreren Häusern vergeblich, bis ihm einer aufmachte. »Es regnet so, und ich bin hungrig. Können Sie mir nicht was zu essen geben?«

Der Bauer brummte. Er ließ ihn ein und schloß die Tür hinter ihm zu.

»Nanu, was ist denn das?« sagte Erwin.

»Wir wollen mal ernst miteinander reden. Wir müssen hier alle ins Feld, und da kann sich keiner drücken. Also sei vernünftig, geh zurück und tu deine Pflicht.«

»Sie halten mich wohl für einen Deserteur? Ich bin aber Boche.«

Da riß der französische Bauer eine alte Jagdflinte aus dem Schrank, fuchtelte Erwin damit vor dem Gesicht herum, nahm einen Strick, fesselte ihn und führte ihn so am späten Abend zur Bürgermeisterei.

»Maire, un Boche, Maire, un Boche«, rief er von unten.

Schließlich kam ein verschlafener Mensch, der eine Nachtmütze trug, ans Fenster, und die beiden berieten. Sie kamen zu dem Resultat, daß man zur Gendarmerie müsse.

»Vorher aber will ich was zu essen.«

»Na, gut«, sagte der Bürgermeister und gab ihm eine Milchsuppe.

»Bißchen mager für die zwanzig Francs, die Sie als Belohnung kriegen. Wenn Sie mir ein gutes Essen geben, liefere ich

Ihnen noch zwei Gefangene. Aber für die auch ein gutes Essen.«

Doch die zwei andern waren nicht mehr auf dem verabredeten Platz. Erwin zog nun zwischen dem Maire und dem Bauern mit seinem Schießgewehr zur Gendarmerie. Plötzlich nahm der Bauer das Gewehr und schoß gerade an Erwins Kopf vorbei.

»Sie sind wohl ganz närrisch geworden. Für einen toten Boche gibt's keine zwanzig Francs.«

Auf der Gendarmerie fanden sich auch der Buchhalter aus Bielefeld und der Maler ein. Sie bekamen eine richtige Gefangenenzelle mit einem sauberen Strohsack. Erwin streckte sich aus und hatte das Gefühl, zum erstenmal nach langer Zeit wieder in einem erstklassigen Hotel zu sein.

Von dort wurde Erwin zur Strafe nach Sens transportiert. Als er am Abend an den alten Saal kam, der am Fluß lag, tönten ihm Singen und laute Stimmen entgegen. Er trat ein und zweifelte an seinem Verstand. An einem langen Tisch beim Schein von ein paar Kerzen, die auf die Tischplatte gedrückt waren, saßen ungefähr dreißig deutsche Soldaten mit drei französischen zusammen und tafelten. Es gab einen gewaltigen Braten mit Kartoffeln, Brot in Hülle und Fülle und Wein, soviel man wollte. »Setz dich«, rief einer und warf ihm eine große Dose Ölsardinen zu und gutes französisches Weißbrot. »Hier, sauf«, sagte ein anderer und stellte eine Flasche Rotwein vor ihn hin. Erwin hatte sich längst abgewöhnt, irgend etwas zu fragen. Er fragte nicht nach Gutem, er fragte auch nicht nach Schlechtem. Er saß und aß und trank. Es war ein großer, düsterer, alter Saal. Rings an den Wänden Holzbetten. Immer zwei übereinander. Dazwischen standen die langen braunen Holztische mit schweren alten eichenen Stühlen. Da saßen die Landsknechte und tranken und rauchten. Die Luft war schon blau vor Rauch. Am Morgen zogen sie zur Arbeit auf den Bahnhof. Erwin lud Zwei-Zentner-Säcke Mehl von einem Waggon in den andern.

»Nebenan ist Kognak. Steck in die Stiefel.«

Erwin nahm zwei Flaschen Kognak. Es gab Waggons mit Brot, Waggons mit Stiefeln, Waggons mit Thunfischbüchsen. Es gab auch Waggons mit Unverwendbarem, Kohle zum Beispiel, oder Zement.

Es war ein glückliches Leben. Der Leutnant, der das Kommando unter sich hatte, war meist in Paris, wahrscheinlich unerlaubterweise. Bevor er kam, teilte er es mit. Die drei Franzosen teilten es den deutschen Gefangenen mit. Alles Gestohlene verschwand. Wenn der Leutnant wieder in Paris war, ging das schöne Leben weiter.

Die Deutschen versorgten sich mit allem Eß- und Trinkbaren. Die Franzosen bekamen ab und verkauften einen Teil der Sachen. Es waren ungemein anständige Menschen. Wenn die Deutschen ihnen zum Beispiel Champagner verschafften oder Stiefel, dann brachten sie ihnen Fleisch dafür oder Obst, was man nicht so leicht in den Waggons fand. Obzwar Erwin eines Tages mit zwei anderen in einem Waggon mit lebendem Vieh ein Schwein schlachtete und es im Sack ins Quartier brachte. Aber das konnte man sich nun doch nicht alle Tage trauen, weil ja auch andere Menschen auf den Bahnhof kommen konnten. Wenn das eine Kommando nach Hause kam, flüsterte es unterwegs dem andern Kommando zu: »Erstes Gleis rechts Schnaps«, oder: »Fünftes Gleis zehnter Wagen Unterhosen«, oder: »Nur Koks, kannste nischt machen.«

»Wieviel haste gekriegt?«

»Zwanzig Francs für den Sack Mehl.«

»Viel Geld.«

»Viel Geld.«

»Und für die Stiefel? Waren schön.«

»Zehn Francs.«

»Nich viel. Kein guter Preis.«

»Fand ich auch.«

So rechneten sie miteinander ab, der französische Posten und der deutsche Soldat. Kerze auf den Tisch gedrückt und die Francsstücke zehnerweise aufeinandergeschichtet.

»Willste Geld haben oder lieber einen Hasen? Kann schöne Hasen bekommen.«

»Wat haben wir denn die nächste Zeit zu fressen? Ebbe?« rief der Berliner Schlosser zum Koch nach hinten.

»Nischt Gescheites da.«

»Können wir Hasen brauchen?«

»Jroßartig!«

»Denn bring mal Hasen. Aber ordentlich. Det sind dreißig Francs, die de da jekricht hast.«

»Ach was. Schöne Tiere. Für uns mit.«

»Wollen wir noch was saufen?«

»Ja, gut. Aber was Gutes! 'n hübschen Burgunder.«

Einmal nahm Erwin Flaschen mit ins Quartier, von denen sich nachher herausstellte, daß es Abführwasser war.

»Du bist wohl noch nicht von der Mutterbrust entwöhnt«, sagte der Berliner Schlosser.

»Laß'n man, macht seine Sache janz nett.«

Wenn Erwin Zwiebeln aus einem Waggon nahm und in seiner Hose verschwinden ließ, so daß sie dick aufgeplustert war, konnte man dem Zwiebelwaggon nichts anmerken. Wenn der vergnügte Schlosser aus Berlin dreißig Ölsardinendosen aus dem Wagen nahm, so konnte das kein Mensch hinterher feststellen. Es war nur ein Tropfen im Meer der Ölsardinendosen auf dem Bahnhof in Sens im Sommer 1918.

Sie kamen nicht allzu müde ins Quartier. An Arbeit waren sie gewöhnt, und keiner drängte sie. Dort aber war vom Koch ein köstliches Mahl bereitet, Wein war aufgefahren, und manchmal knallten die Champagnerpfropfen. Die Beine weit unter den Eichentisch gestreckt, satt und eine Flasche Wein vor sich, vermißten sie alle höchstens ein Mädchen zur restlosen Zufriedenheit. Manchmal sangen sie auch deutsche und französische Lieder durcheinander.

Erwin unterschied sich von den andern dadurch, daß er mehr Post bekam. Es stellte sich heraus, wie viele Menschen es gab, die niemanden hatten, der an sie dachte. Erwin bekam Post von seinen Eltern, von Onkel Paul, von Marianne, Großmama Selma, manchmal auch von James, von Tante Bertha, der unermüdlichen Chronistin aller Judengemeinden an Main und Neckar, oder von Lotte:

»Lieber Erwin,

also die Hauptsache. Fritz ist vorgestern eingerückt. Es war gräßlich. Einer der jungen Leute schrie: ›Nu geht's rin ins Gefängnis.‹ Wir denken, er kommt in etwa sechs Wochen ins Feld. Mama glaubt an keinen Sieg. Papa ist völlig überzeugt vom Sieg.

Unter der Jugend beginnt hier eine große pazifistische Bewegung. Es erscheinen herrliche Gedichte von Werfel, der stark ins Christliche tendiert. Eine Ausnahme!! Sonst ist nur eine sozialistische menschenliebende Tendenz festzustellen. ›Der Mensch ist gut.‹ Oder das herrliche Gedicht von Walt Whitman: ›Salut au Monde‹:

Du, wer du auch bist!

Du Tochter oder Sohn Englands!

Du aus den gewaltigen slawischen Stämmen und Reichen! Du Russe in Rußland!

Du Dunkelsproß, schwarzer Afrikaner mit göttlicher Seele, ...

Heil euch! Willkommen euch allen, von mir und Amerika dargebracht!‹

Man denkt plötzlich, Amerika ist nicht das Land, wo der Abschaum der Menschheit hinwanderte, keine Zuflucht für Defraudanten, sondern die große Wiege der Menschenrechte. Man hofft auf Wilson. Man erwartet alles von diesem Amerika.

Man ist antibürgerlich, revolutionär. Wir wollen in keine der alten Parteien und nicht ihre Ziele, die aus einer überwundenen Zeit stammen. Wir wollen eine neue Menschheit!!

Manches natürlich in all diesen neuen Bewegungen und Tendenzen ist ziemlich unerträglich. So wird der Männerbund gepredigt, Verachtung der Frau, die nichts anderes mehr oder wieder sein soll als verantwortliche Trägerin des Eros. Regieren soll eine Herrenrasse, ohne Familie, die in einem Bund zusammengefaßt ist, offenbar alles nach Art der alten Ordensritter unter einem Ordensmeister. Familie sei Idyll, nichts sonst. Aber unter uns! Ist Familie, auch die beste, nicht wirklich Hindernis zu allem Großen?

Der Weltkrieg ist nicht groß. Groß ist er nur um seiner ungewollten Wirkungen willen: Russische Revolution und Liga der

Nationen. Die eine stellt den endgültigen Sieg der Demokratie über die Despotie, die andere den entscheidenden Triumph des Pazifismus dar. Also an die Stelle der Gewalt wird das Recht treten.

Glaubst Du nicht auch? Ist dies nicht die Opfer wert? Und dabei reden die immer noch von Longwy und Briey, die wir haben müssen.

Marianne hat es immer geglaubt, ich schließlich auch: ›Der Mensch ist gut.‹ Deine Lotte.

P. S. Tante Annette schickt Dir jetzt Freßpakete übers Rote Kreuz aus Dänemark. Schön nicht?«

»Liebe Lotte,

vielen Dank für Deinen interessanten Brief.

Ad 1, 2, 3.

Der Mensch ist nicht gut. Wenn man ihm eine Peitsche gibt, haut er, z. B. mich. Vorausgesetzt, daß er nicht bestraft wird.

Wenn man ihm ein Gewehr gibt, und es ist erlaubt, so erschießt er den andern.

Sobald er die Macht dazu hat, nimmt er dem andern alles weg, z. B. mir, Uhren, Messer, Geld.

Mit den Rechtsbegriffen ist es auch so eine Sache. Stehlen kann zu den süßen Gewohnheiten des Daseins gehören.

Ich halte gar nichts von den Menschen – pfui Deibel! – und sehr viel von der Familie, z. B. von Dir.

Ich kann mich weder für Longwy noch für Briey interessieren, hingegen für einen Kompaß.

Kannst mir trotzdem mal wieder schreiben.

Herzliche Grüße

Dein Erwin.«

»Kannst du dich mit Erwin unterhalten?« fragte Lotte ihre Kusine Marianne.

»Früher konnte ich schon. Aber seine Briefe sind ganz komisch. Er ist völlig antisozialistisch geworden.«

# 86. Kapitel

## *Sofiens Reise 1918*

Sofie bekam einen Brief von Doktor Feld, ob sie nicht geneigt sei, seine vierzehn Tage Urlaub mit ihm in den Bergen zu verbringen.

»Was könnte es Schöneres für mich geben, als mit Dir ein paar Tage in der lieblichen Natur zu verbringen! Wenn es Dir recht ist, bereite ich alles vor, Hotel, Treffpunkt etc.«

Sofie reiste zum erstenmal mit einem Mann seit ihrer Ehe mit Gerstmann. Sie brachte Feld zwei Pfund Schokolade mit, die sie seit einem Jahr zusammengespart hatte. Sie saßen morgens auf einer Terrasse, um zu frühstücken, dann ruderten sie auf dem See. Mittag aßen sie in einer kleinen Wirtsstube. Nachmittags gingen sie wieder spazieren. Sie legten sich früh schlafen und standen spät auf.

Sofie hatte ihr Leben lang Füßchen gewippt, Augendeckel auf- und zugeklappt, ihre Hand ganz langsam zum Kuß gereicht. Mit einem breitrandigen Strohhut und einem karierten ländlichen Kleid spielte sie jetzt Schäferin, bekam es fertig, über eine Wiese zu laufen, sich hinter einem Baum zu verstecken und nur mit dem Kopf kokett hervorzugucken. Sie versuchte, diesen einfachen Mann und diese einfache Beziehung zu steigern, und zwar in das, was sie sich unter »Huldigung« vorstellte. »Ach bitte, binde mir mein Schuhband«, und dabei hielt sie ihm eine Wolke duftender Spitzen entgegen. Sie versuchte, ihn daran zu gewöhnen, daß er ihr täglich einen Blumenstrauß mitbrachte. Zwar nur einen auf der Wiese gepflückten, aber immerhin.

Was den jungen Mann bei den ersten Malen des Beisammenseins entzückt hatte, ermüdete ihn nun. Sofie war schön. Ihre schmale Gestalt war mädchenhaft geblieben, wenn auch das Gesicht spitz geworden war. Aber gepflegt und anmutig, wie sie war, erschien sie Herrn Doktor Feld immer noch ein Glücksfall und ihm eigentlich nicht zukommend. Die ersten Zweifel kamen ihm durch diese Liebesformen und ihre Erzählungen. Wenn sie davon sprach, daß sie in Paris ihre »Triumphe feierte«. Wenn sie ihre »Verehrer« erwähnte. Wenn sie sagte: »Dujardin hat mich angebetet, aber ich habe mich ihm versagt.« Wenn sie von »Hofmachen«, »Courschneiden« und »Kavalieren« sprach, kam ihm der erste Verdacht, daß sie bedeutend älter sein mußte, als er glaubte.

Sie saßen im Garten. Sie mit einer Näherei, er in einem Liegestuhl, die Arme unter dem Kopf gekreuzt.

»Auf die Männer von heutzutage ist kein Verlaß. Nur beim eigenen Ehemann findet die Frau Schutz.« Und dabei stickte sie weiter mit zierlicher Hand feine weiße Blättchen in ein Taschentuch.

»Wieso ist auf die Männer von heute kein Verlaß?«

»Bei ihnen findet die Frau keinen Schutz.«

»Aber die Frauen sind doch selbständige Wesen?«

»Eine Frau braucht einen Schutz.«

Er erschrak. Wollte sie ihn heiraten? Was bedeutete diese Unterhaltung? »Wir bekommen heute abend sicher Alpenglühen. Es fängt schon an, ganz rosa zu werden.« Was bin ich? dachte er. Ein noch nicht niedergelassener Rechtsanwalt aus ganz kleinem Herkommen ohne Geld. Und sie ist eine schöne, eine reiche, eine berühmte Frau, sie kann mich doch nicht heiraten wollen? Liebt sie mich etwa? So war es nicht gemeint. Ich dachte, ich sei ihr ein Spaß. Und warum sollte ich darauf nicht eingehen?

Am letzten Tag, als er seine Sachen packte und sich anschickte, wieder ins Feld zu gehen, begann Sofie zu weinen. »Du gehst weg, und ich bleibe hier, ohne irgendein Recht auf dich, ohne das Versprechen eines Wiedersehens, so als ob es gar nichts wäre, daß wir nun seit zwei Jahren zusammenleben. Du liebst mich nicht.«

»Aber Sofie, wie kannst du so etwas sagen? Hast du die Empfindung gehabt, daß ich dich nicht liebe?«

»Ich weiß nicht. Aber was soll werden? Was soll werden?«

Feld ging auf die weinende Frau zu und nahm sie in seinen Arm. »Aber der Krieg wird doch bald zu Ende sein, und dann komme ich zurück.«

»Zu mir?«

»Ja, zu dir.«

# 87. Kapitel

## *Kragsheim 1918*

Üppig ist es bei euch aber auch nicht«, sagte Fritz.

»No ja«, sagte der alte Effinger, »bei dene vielen Hamsterer. Es bleibt ja nichts da. Alles geht naus, und Fisch kommen keine her aus Norddeutschland. Es ist ja ein Skandal, wie einen die Norddeutschen ausrauben.«

»Ganz recht hat der Papa«, sagte die Bertha.

»Wir bekommen auch keinen Fisch. Ihr habt doch aber Milch und Käs, und die Norddeutschen liefern Kohle und Eisen.«

»Mir brauchen keine preußischen Kohlen. Man hat so viel Kohlen in Bayern entdeckt, wie man haben will, und auch Eisen. Süddeutschland könnt' sich ganz unabhängig von Preußen machen«, sagte der alte Effinger. »Was haben wir denn überhaupt gehabt von dem ganzen Anschluß an Preußen! Nur Unruhe und jetzt den Krieg.«

»Wieviel zahlt ihr denn jetzt fürs Kalbfleisch?« sagte Klärchen.

»Fünf Mark fürs Pfund, wenn man es bekommt.«

»Eine Sünde und eine Schande«, sagte der alte Effinger. »Diese Kriegsgewinnler saugen's Volk aus, und unsereins bekommt nichts.«

Aber da brachte Bertha einen herrlichen Apfelkuchen.

»Na, ihr habt nichts auszustehen«, sagte Klärchen. Aber der alte Effinger, an seine großen Fleischportionen gewöhnt, sah doch schlecht aus.

Und dann wurde das Tischgebet gesprochen.

»In Neckargründen ist's ja schrecklich«, sagte Bertha. »Sie bekommen doch absolut keine Waren mehr. Und dürfen nur auf Bezugschein verkaufen, und dabei verlieren sie beständig, denn bei jedem Einkauf ist's teurer, und die Preisüberwachungsstelle erlaubt ihnen nicht, einen richtigen Zuschlag zu nehmen. Und Julius ist ein alter Mann und Helene doch auch nicht mehr die Jüngste.«

»Wo sind denn die Buben?«

»Der Oskar ist die ganze Zeit im Westen, und der Walter liegt noch immer im Hospital. Er wird wohl ein Bein verlieren.«

»Die Ruth führt das ganze Geschäft, so was Tüchtiges von einem Mädle. Ist nicht zu verstehen, daß sie noch nicht verheiratet ist«, sagte die alte Minna.

»Es ist schrecklich schwer, jetzt die Mädle zu verheiraten«, sagte Bertha. »Du sitzt doch auch noch 'rum, Lotte, wär' auch vernünftiger, du würdst heiraten, als die Studiererei, wo die Herren alle keine studierten Frauen mögen. Und die Marianne, so ein schönes Mädchen, ist noch nicht verheiratet. Ist doch sehr sorgenvoll für den Karl.«

»Dem Erwin scheint's auch schlecht zu gehen«, sagte die alte Minna. »Wißt ihr noch, wie man die Gefangenen im siebziger Krieg behandelt hat? Anders als heutzutage!«

»Ja, ja, das ist der vielgepriesene Fortschritt. Nur der Nationalismus hat zugenommen in der Welt, sonst nichts.«

»Man müßt' Frieden machen«, sagte Bertha, »jeden Tag wird's schlimmer.«

»Frieden?« sagte Paul. »Wie soll man denn? Wenn wir alles herausgeben würden, würde man vielleicht zu einem Frieden kommen. Aber das können wir doch nicht. Wir haben sowieso viel zu wenig Erze.«

»Na, und du, Fritz?« sagte der alte Effinger, »das Nesthäkchen, was wird denn mit dir?«

»Ich gehe bald ins Feld. Wäre doch scheußlich gewesen, wenn alle draußen sind, nicht mitzukommen. Die Ausbildung war herrlich. Na, mir hat's jedenfalls sehr viel Spaß gemacht. So'n Haufen Jungs. War sehr schön.«

Minna und der alte Effinger gingen zu Bett. Auch der Fritz war müde. Unter der Zuglampe am weißgedeckten Tisch saßen Klärchen und Paul, Bertha und Lotte und unterhielten sich.

»Tja, wißt ihr, daß wir eine Benachrichtigung von Ben über die Schweiz erhielten? Beide Söhne sind gefallen. Roger und

Reginald. Ich hab's den Eltern nicht gesagt. Wozu soll ich die alten Leute aufregen? Ist doch grauenvoll. Hat sich gelohnt, Lord zu werden. Wahrscheinlich wäre er heute lieber ein bescheidener Kaufmann in Neckargründen und hätt' seine Kinder noch.«

»Aber Bertha, als ob das damit zusammenhinge!«

»Doch, es hängt damit zusammen. Er hat natürlich beweisen müssen, daß er ein guter Engländer ist, und da sind die Jungen als erste freiwillig mit und haben versucht, sich in die vorderste Reihe zu stellen. Ach, eins kommt doch aus dem andern.«

»Erwin hat sich doch auch freiwillig gestellt, und daß James seit Jahren auf so sicherem Posten im Osten ist, ist Zufall.«

»Es ist kein Zufall«, sagte Lotte, »Schicksale sind kein Zufall.«

»Für so ein mystisches Geschwafel hab' ich grade was übrig«, sagte Klärchen.

Der Tageslauf im »Auge Gottes« hatte sich nicht geändert.

Berthas Mann war gestorben. Er riß keine Lücke. »Gott hab' ihn selig«, sagte die alte Minna, »es war ein schrecklicher Schlemihl.«

Die Werkstatt war vermietet worden an einen Glaser und Rahmenmacher.

»Mir zum Tort macht der Mensch immer am Schabbes den größten Lärm.«

»Aber Papa, was hast du denn gegen den Mann? Es sind recht ordentliche Leute.«

»Bekommt ihr denn die Miete?«

»Ach, natürlich«, sagte die Bertha, »es ist gar nichts gegen den Mann zu sagen.«

Kurz vor der Abreise setzte sich der alte Effinger mit Paul in den Grasgarten und sagte zu ihm: »Also Paul, ich bin siebenundachtzig, und mein Milchbruder, der Kaiser Franz Josef, ist nun gestorben; also wird's bei mir auch nicht mehr lang dauern. Und da wollt' ich dir sagen, ich hab' bei Gebrüder Effinger in Mannheim – es sind ja lauter neue Leut' jetzt dort – 100 000 Mark stehen. Ein großer Teil in euren Aktien. Es ist ja sicher nichts im Vergleich mit dem, was die Oppners haben, aber ich freu' mich, daß ihr alle etwas von mir erbt. Ich denk', die beiden Mädchen sollen mehr bekommen. Ich hab' das alles festgelegt. Mein Testament hab' ich hier beim alten Lauchner gemacht. Das ist ein richtiger Notar.«

»Ach, lebt der auch noch?« sagte Paul.

»Ja, der Sohn ist Oberlandesgerichtsrat in München. Das sind feine Leut'.«

»Daß du 100 000 Mark hast, Papa, hätt' ich ja nicht geglaubt. Alles aus der Uhrmacherei.«

»Wir haben doch nix gebraucht.«

»Aber du hast doch mir und dem Karl auch Geld zum Anfangen gegeben?«

»Trotzdem. Ihr habt's ja nie geglaubt, daß man durch Sparen weiterkommt. Aber da kommt der Fritz. Setz' dich ein bißl her. Aber du mußt ein bißl lauter reden, wenn du mit mir sprichst. Ganz so wollen die Ohren nicht mehr. Es kommt im allgemeinen auch nicht so drauf an. Wenn ich aufpaß', was die Frauen schwätzen, handelt sich's doch meist um die Kleider.«

# 88. Kapitel

## *Kriegsende zu Hause*

Liebe Eltern,

Die Reise war still und kurz. Wir waren sechs Personen und ein Kind. Vater gefallen, wie üblich. Eine alte Frau. Sie hat mit ihrer Tochter am Schlesischen Bahnhof Gans gegessen und dort ein Gänseklein gekauft für 11 Mark. Sie zeigte es her. Zwei Flügel und Hals und Magen und alles, was dazugehört. Solche Quellen müßte man wissen.

Die Pension ist reizend und das Essen erstaunlich. Gestern gab es eine große Schüssel – wie unsere mittlere Gemüseschüssel – Kartoffelpüree mit sehr viel Speck und Zwiebeln, zwei Scheiben Schinken – dick –, eine Scheibe Zungenwurst, alles dicker, als man gewöhnlich schneidet – im Frieden meine ich natürlich, ein Tellerchen rote Rüben und eine dicke Scheibe Brot. Marken wurden noch nicht verlangt, aber ich benötige Fleischkarten.

Äpfel gibt es hier, soviel man will, 1,50 das Pfund.

Ich ging heute morgen 1½ Stunden durch den ziemlich kümmerlichen Wald bis zu einem Gasthaus, wo ich verfroren einen Kaffee mit brillanter Torte aß. Überhaupt, Torten gibt's hier wie im Frieden, aber Kriegsgröße und Stück für Stück 50 Pfennig.

Mittags gab es eine Pilzsuppe.

Aber nur Essen?? Mein Entschluß steht fest: Hier bleib' ich nicht.

1. keine Natur und 2. kein Amüsement, das ist ein bißchen wenig für 19 Mark im Tag.

Herzliche Grüße

Eure Lotte.«

Der herbstliche Wald war bunt und friedlich. Die Spechte klopften, und die Eichhörnchen liefen über den Weg. Im Wald stand ein Gasthaus. Als Lotte die Tür aufmachte, kam Qualm heraus und Lärm. Es war übervoll. Das elektrische Klavier spielte »Deutschland, Deutschland über alles«. Über die Theke lehnten ältere Männer, machten unanständige Witze, und die Büfettdame gab ihnen ein Stück Torte. Sie streichelten das Servierfräulein, und sie gab ihnen ein Stück Würfelzucker zum Kaffee. Warum bekam der Herr am Nebentisch ein Glas Milch? Und nach dem Schokoladenkuchen Makronenkuchen und Rosinenkuchen noch dazu? Hatte er hundert Mark gezahlt oder einen Heiratsantrag gemacht?

»Bedaure«, sagte das Servierfräulein zu Lotte, »die Schokoladentorte ist ausverkauft.«

Lotte wagte nicht zu sagen: Und der Herr dort? Sie wußte, alles war ungesetzlich, ihr Kaffee mit dem Würfelzucker ebenso wie die Torten des dicken Herrn.

Als sie zurückfuhr, saß neben ihr ein elegantes Paar. »Sonntags«, sagte die Dame, »nach den Tennisturnieren fuhren wir in sechs oder mehr Autos ins Brückenhotel. Dort ließ Vater Wein auffahren und Krebse. Froitzheim war immer mit.«

Lotte dachte: Diese Welt ist doch untergegangen. Sprechen Gespenster?

»Meinen Mann? Den habe ich in Teneriffa kennengelernt.«

Sie sprachen weiter von Tennis, backhand, forehand, single, mixed.

Hier wagten Menschen »Tennis« zu sagen, englische Worte zu gebrauchen, wo man doch nur noch von Tod und Kohlrüben, von Giftgas und Hamsterern sprach. Es ist etwas geschehen, mein Gott, was ist geschehen in der Welt? dachte Lotte.

»Ich habe Ihnen einen Hering aufgehoben«, sagte die Pensionsinhaberin.

»Wie nett, einen Hering. Was ist eigentlich los? Es haben sich nämlich Leute so merkwürdig von Tennis unterhalten. Niemand da?«

»Sie sind alle in die Stadt gefahren.«

»Ach!«

»Ja, wissen Sie denn nicht?«

»Was denn?«

»Vom Waffenstillstandsangebot des Prinzen Max?«

»Wie, was?«

»Doch gestern schon.«

»Ich habe drei Tage keine Zeitung gelesen.«

Frieden! Nun konnte man wieder lachen. Nun würden keine Menschen mehr totgeschossen werden, keine ihre Augen verlieren und ihre Därme, keine mehr flüchten müssen, keine Wälder sterben. Es würde hell werden. Es würde wieder Häuser geben mit freundlichen weißen Gardinen, die man mit echter Seife wusch. Braten, Gemüse, Kuchen, junge Männer. Frieden.

Fünf, sechs Leute auf einer nassen schwarzen Straße lasen ein Extrablatt. »Wir sind doch belogen worden.«

»Belogen und betrogen!«

»Vier Jahre lang hat es geheißen, wir werden siegen. Na und? Nu haben wir den Salat.«

»Verstehe nicht, daß das Volk nicht Revolution macht gegen die Leute, die es belogen haben.«

»Was der Wilson vorschlägt, ist aber ganz richtig.«

»Wir sind irrejeführt«, sagte ein Arbeiter. Und dann gingen sie in allen Richtungen auseinander.

Es regnete. Die Straße war ganz leer. Der Krieg war zu Ende, und Lotte wartete auf die Elektrische.

# 89. Kapitel

## *Kriegsende auf dem Balkan*

James bewachte den ganzen Sommer in einem kleinen Nest in Serbien die Bahn. Er ging über das Kopfpflaster und traf die eleganten Serbinnen, die in ihren Pariser Toiletten aus den Lehmhäusern mit den Petroleumlampen kamen. Er besuchte fast täglich eine sehr unnahbare Dame und ihre Tochter Magdalena und spielte bei ihnen Klavier. Manchmal ging er mit Magdalena durch die Weinberge.

Später kam er von Serbien nach Bulgarien. Hinter Saloniki lagen seit Jahren die Franzosen. Aber dazwischen war unübersteigbares Gebirge.

Es war sehr hübsch in Zarinoff. James hatte sich im Laufe der Jahre alle möglichen Einrichtungsgegenstände nachschicken lassen, Lampen für Petroleum, für Spiritus und für Karbid, denn man konnte nie wissen, was man bekam. Er besaß Kochgeräte, Insektenvertilgungsmittel aller Arten. Er hatte sich auf zehn Jahre Balkanleben eingerichtet. In Serbien war er in Feindesland gewesen, in Bulgarien war Freundesland. Aber der Hauptunterschied war, daß man in Serbien noch Mehl, Eier und Schmalz kaufen konnte, während es in Bulgarien nichts gab.

Seit dem Juni 1918 war die Stimmung unter den Bulgaren schlecht. Im August sagte das Mädchen Maria – seine Liebe in Zarinoff – zu James: »Am 15. September machen die Unsrigen Revolution.«

Bis Saloniki standen zwei deutsche Bataillone. Alles übrige waren Bulgaren. James unternahm einiges. Er schrieb Briefe an seinen Kommandeur, an das Armeekommando, ja sogar an das Große Hauptquartier. Es geschah nichts.

»Morgen machen die Unsrigen Revolution. Aber ich werde dich retten«, sagte Maria zu James.

»Retten?« lachte James und nahm sie auf den Schoß und küßte sie.

Tatsächlich brach am 15. September 1918 Revolution aus. James dirigierte den Zug mit dem Zaren Ferdinand zum Bahnhof hinaus. Aber sonst schien alles beim alten zu bleiben, bis sie hörten, die Bulgaren seien nach Hause gegangen. Die Front war aufgerollt. Die Franzosen rückten mit Lastkraftwagen vor. Man konnte sich ausrechnen, wann sie in Zarinoff sein würden. »Ich finde es hier nicht sehr gemütlich«, sagte James zu einem der Leute.

»Ich auch nicht.«

Endlich kam ein Armeebefehl. Falls mit Eisenbahn nicht mehr abgerückt werden könne, solle man sich zur Donau durchschlagen, aber jetzt jedenfalls noch dableiben.

Plötzlich kam ein Armeekorps aus der Krim; es war über das Schwarze Meer geschickt worden, um die Franzosen aufzuhalten. Es war ganz sinnlos, und die Soldaten wußten es. Die werden alle bald tot sein, dachte James.

James ließ nun seine Leute für alle Fälle einen Zug zusammenstellen. Sie nahmen hübsche Güterwagen, machten Löcher in die Decke, wo das Ofenrohr heraussehen sollte, stellten Betten hinein, Tische und Stühle und Sessel. Sie machten einen Badewagen und einen Küchenwagen. Inzwischen lebten sie weiter in Zarinoff und fertigten pünktlich die Züge ab.

Es war ein schöner Oktober, James ging mit Maria über die Felder.

Am zehnten Oktober abends saßen James, ein weiterer Offizier, Maria und eine französische Bonne, die in Zarinoff vom Krieg überrascht worden war, im Garten zusammen und unterhielten sich. Es war so schön, wie es immer gewesen war, und so gegen zehn Uhr abends sagte James: »Wir wollen uns mal umsehen, was los ist.« Da stand der Zug unter Dampf. Armeebefehl war gekommen: Sofort losfahren!

Dreitausend Bulgaren hatten sich am Bahnhof versammelt. Sie hatten Angst, daß die deutschen Soldaten ihnen den Bahnhof in die Luft sprengen würden. Der Zug hatte auf die beiden gewartet. Es war der letzte Moment. Hinterher fuhr der Sprengzug, um die Brücken in die Luft zu sprengen.

Wo waren die Franzosen? Vor ihnen oder hinter ihnen? James stand, Gewehr schußbereit, auf dem Trittbrett. Ein andrer lag auf dem Dach mit einem Maschinengewehr. So fuhren sie ohne Lichter durch die Dunkelheit. Waren die Brücken noch da?

Vor Nisch geriet James zum erstenmal in die Schrecknisse des Krieges, in die wimmelnde Angst, in das Chaos. Dies war Rückzug. Dies war Niederlage. Auf den Dächern der Züge, auf den Trittbrettern, auf den Puffern, überall standen, lagen, hingen deutsche Soldaten. Die Züge fuhren mit sichtbarem Abstand ohne Signale, einer hinter dem andern. In der Sekunde, in der James' Zug aus dem Bahnhof von Nisch fuhr, sauste die erste französische Granate in den Bahnhof, in einen vollen Munitionszug.

James sollte mit seinen Leuten nach Rumänien.

Er machte sich keine Gedanken. Er fuhr auf einem bequemen Sessel an der offenen Tür des Güterwagens durch das herbstliche Serbien, vorbei an Weinbergen, vorbei an Feldern, vorbei an Flüssen. Währenddessen spielten sie Doppelkopf, tagelang. Es war eine wunderbare Reise, diese langsame Fahrt.

Aber dann wurde er in sein altes serbisches Quartier befohlen. »Schade«, sagte er zum Kommandeur, »ich wäre lieber jenseits der Donau. Ungemütlicher Gedanke, so ein breiter Fluß.«

Niemand hatte ihn noch einmal erwartet. Er besuchte Magdalena. Die Mutter war noch unnahbarer als früher. Sie zeigte ihm das Klavier, in dem alle Tasten von deutschen Soldaten mit der Spitzhacke zerhackt worden waren. »Recht beschämend«, sagte James auf französisch.

Das Bataillon hatte nichts zu tun. Es wartete. Aber James arbeitete fieberhaft. Er kaufte Mehl und Eier und Schmalz. Mit dem Schmalz hatte er viel Arbeit. Er mußte jemanden finden, der es ihm ausließ, er mußte Blechdosen finden und jemanden, der ihm die Blechdosen zulötete.

Eines Tages traf er einen Mann, der einen Transport nach Halle fuhr. »Könnten Sie nicht meine zehn Kisten mit nach Deutschland nehmen?«

»Gewiß doch«, sagte der Mann aus Halle.

Man muß alles versuchen, dachte James, wahrscheinlich sehe ich nichts wieder.

Magdalena kam jeden Tag, um James bei der Kirche zu treffen, wo niemand sie sah. Sie sprachen eine halbe Stunde zusammen, und James küßte sie. Und dann ging sie wieder zurück. Einmal war sie sehr aufgeregt: »Die Unsrigen kommen. Aber mein Onkel ist General, er wird dich schützen.« Da war schon der 20. Oktober 1918.

James ging, nun schon im Mantel, zur Kirche. Es war zugig und ungemütlich im Freien. »Ich habe eine Ahnung«, sagte Magdalena, »wir werden uns nie wiedersehen«, und sie weinte.

»Warum? Ich fahre bald nach Berlin, und dann schreibe ich dir, und eines Tages hole ich dich und heirate dich.«

»Schreib mir lieber nicht. Weißt du, mein Onkel ist doch General, und du bist doch ein Feind, und dann habe ich mich während des Krieges mit einem Feind verbrüdert ...«

»Aber nach einem Krieg gibt es doch auch immer einen Frieden. Und wenn wir Frieden haben, dann können wir sicher sagen, daß wir uns lieben, meinst du nicht?«

»Ach, wäre das schön! Aber ich fürchte mich vor den Unsrigen. Schreib lieber nicht. Wart, bis ich dir schreibe. Ich hab' doch deine Adresse. Berlin, Kurfürstendamm.«

»Im übrigen, was reden wir, morgen ist auch noch ein Tag, und wir treffen uns wie immer.«

»Da werden die Unsrigen schon da sein.«

Am nächsten Morgen lag der Abmarschbefehl da. James hatte alles zu versorgen. Als er zur Kirche kam, war es eine Viertelstunde zu spät, und es war niemand da.

Nun fuhren sie wieder über die Donau, sie fuhren und fuhren und spielten Doppelkopf. Eines Tages sagte James: »Ich glaube, wir halten hier schon stundenlang. Ich werd' mich mal umsehen.«

Sie standen in einem gewaltigen Rangierbahnhof, keine Lokomotive vorn und keine Lokomotive hinten. Sie hatten nichts gemerkt beim Doppelkopf. James fragte einen Mann.

»Magyare, nix deutsch«, antwortete der Mann böse und drohte mit der Faust.

»Wir sind hier in Freundesland, aber gemütlich scheint's nicht zu sein. Ich werde mich mal umsehen. Kommen Sie mit, Schmidt, zur Rekognoszierung des feindlichen Terrains.«

Sie fragten sich durch zu ärgerlichen Offizieren. »Wir haben Sie schon stundenlang erwartet. Sie sollen doch hier Verpflegung fassen.«

Sie waren in Budapest. »Zug ist nicht zu verlassen!«

»Also spielen wir Doppelkopf.«

Aber um elf Uhr abends sagte James zu Leutnant Schmidt: »Ich gehe nach Budapest hinein, wir stehen hier sicher tagelang.«

»Werden wir es finden?«

»Ich habe einen Baedeker von Ungarn mit einer Karte von Budapest.«

»Was haben Sie? Baedeker? Sie sind mit Baedeker in den Weltkrieg gezogen?«

»Tja, ich habe Baedeker vom Balkan, von Rußland, von allen Ländern, in die man eventuell hätte kommen können. Viel nützlicher, sage ich Ihnen, als die Generalstabskarten. Müssen Sie sich merken für den nächsten Weltkrieg.«

Überall begegneten ihnen Leute, die ihnen mit der geballten Faust drohten, und Dirnen, die mitgehen wollten. Die Andrassygasse war voll von Menschen. »Moment, Schmidt«, sagte James und blieb bei einer der Dirnen stehen: »Was ist denn hier los?«

»Ihr wißt nix? Hier ist Revolution. Heut' früh ham s' den Tisza ermordet.«

»Sofort zurück zum Bahnhof!« sagte James.

»Was?« riefen die Mädchen, »jetzt wollt's loslaufen und nix zohlen?« Zwei weitere Dirnen kamen hinzu. Kerle standen in der Nähe, erklärten, die beiden Preußen wollten sich ums Geld drücken. Die große Stadt war wieder da. »Heimat«, sagte James, und er roch Benzin.

Am ersten November kamen sie über die deutsche Grenze. Es klappte noch alles. Sie wurden entlaust und fuhren um Berlin herum der Westfront zu. Am fünften November bekamen sie den Befehl, Matrosen zu verhaften, die ohne Urlaubsschein auf der Eisenbahn fuhren. James rückte mit seiner Kompanie auf den Bahnhof ab. Aber sie fanden keine Matrosen. Hingegen Zeitungen. Und am Abend wählten die Landsturmleute einen Soldatenrat. Am siebenten November ging James über die große Weserbrücke. Da winkte ihm ein Matrose freundlich zu und sagte: »Guten Tag.«

Da wußte James, die preußische Armee hatte aufgehört zu existieren.

Zwei Tage später erklärte die Garnison, sie könne das Bataillon nicht mehr verpflegen. Die Generalkommandos antworteten nicht mehr. Da fuhr der Bataillonskommandeur mit James zum Generalkommando, um persönlich Befehle zu holen. Als sie umstiegen, kam ein Mann mit einer Armbinde auf sie zu und sagte: »Kamerad, Kokarde weg, Achselstücke weg, Seitengewehr abgeben!« Und dabei riß er dem Kommandeur die Achselstücke ab.

»Was sind denn das für Sachen?« sagte James. »Sie könnten mir doch auch nicht, wenn ich in Zivil wäre, meine Krawatte abreißen? Wir sind harmlose Bürger, die von Minden nach Münster fahren«, und er zog eine Zeitung raus. »Sie sehen, in Kiel hat man den Offizieren wieder erlaubt, die Achselstücke zu tragen. Na, und Kiel ist doch maßgebend für Revolution, nicht?«

»Na, richtig, steht da.«

»Lassen Sie uns mal die Dinger dran. Wir sind in zwei Stunden in Münster. Wer weiß, was da für eine Mode ist, da trägt man die Achselstücke vielleicht wieder.«

In Münster standen lange Reihen von Soldaten vor Läden und kauften sich wieder Kokarden.

Im Generalkommando in Münster sagte man ihnen: »Fahren Sie ruhig nach Hause. Der Krieg ist zu Ende. Hier sind Fahrkarten für Ihre Leute.«

Und plötzlich war auf dem Bahnhof wieder alles verstopft. Zug kam auf Zug. Überall standen und lagen die Soldaten von der Westfront. Schließlich riefen welche aus einem Abteil: »Laßt die zwei man rein. Wollen auch nach Hause.« Man sprach. Kein schönes Ende, gewiß nicht. Aber man lebte und kam nach Hause. Da zündete sich einer eine Zigarette an. Im Licht dieses

Streichholzes sah man, daß die zwei Nachkömmlinge Offiziere waren. Vier Soldaten sprangen auf, salutierten und boten ihre Plätze an.

Es war der neunte November.

James nahm Abschied von seiner Kompanie. Die meisten kamen von der linken Seite des Rheins. Es waren ältere Leute, Landwirte, Handwerker. Sie würden ja nun von Franzosen besetzt werden. Aber leben bleiben würden sie wahrscheinlich. Sie hatten sich als vorzügliche Bahnbeamte bewährt. Aber Krieg? Eigentlich waren das schöne friedliche Jahre gewesen. Zuletzt hatten sie erlebt, wie so ein Krieg geleitet wird. Da hatte man seit Juni gewußt, daß am 15. September die Bulgaren Revolution machen würden, daß im Südosten die Front aufgerollt werden würde. Und es geschah nichts. Wochenlang saßen sie da und warteten, und als alles vorbei war und die Franzosen das Gebirge, unübersteigbar, wenn es verteidigt wurde, überstiegen hatten, schickte man noch ein paar tausend Soldaten in einen sicheren, nutzlosen Tod. Sie ließen sich nicht mehr imponieren. Sie waren bereit, gute Demokraten zu werden. Sie wollten die Republik.

James telephonierte mit seiner Mama und bat sie, ihm nach Minden einen Zivilanzug zu bringen. Am elften November traf Annette ein, und James fuhr mit seiner Mama aus dem Weltkrieg nach Hause. »Weißt du, Mama, es war für mich eine ganz schöne Zeit. Ich möchte sie nicht vermissen. Ich habe ja wohl auch Glück gehabt.«

»Na, ob du Glück gehabt hast! Weißt du übrigens, wer maßgebend in der Revolution in München wirkt?«

»Nein. Keine Ahnung.«

»Schröder.«

»Und was macht Marianne?«

»Wartet offenbar auf ihn.«

»Zerstört sich ihr Leben.«

»Ich fürchte auch.«

# 90. Kapitel

## *November 1918*

Der Kaiser hatte abgedankt. Die Gefängnisse wurden geöffnet, die Soldaten aus den Kasernen geholt, die Maschinengewehre in die Spree geworfen.

Bei Klärchen klingelten zwei Soldaten, die um Essen baten. Sie waren siebzehn Jahre alt und Elsässer. Die preußische Armee existierte nicht mehr, und so hatten sie kein Essen bekommen.

Eine Schülerin von Fräulein Doktor Koch hielt eine Zeitung mit zwei Fingern hoch, als ob sie schmutzig wäre: »Den Vorwärts muß man sich kaufen für Regierungsnachrichten!«

»Unser Vaterland geht zugrunde«, rief die Koch, als sie die Klasse betrat. »An der Tiroler Grenze muß man neue freiwillige Regimenter bilden. Wir müssen weiterkämpfen. Die Münchener Sozialisten sind Hochverräter. Sie liefern Deutschland dem Feinde aus. Erzberger gehört erschossen. Wie konnte er diesen Waffenstillstand schließen, unbesiegt wie wir sind!«

»Dort draußen schießen sie«, sagte Lotte zu Marianne, »es wird eine neue Welt geboren, und ich warte, ob Herr Edgar Anders sich wieder meldet. Ich möchte gern ein gutes Kind und eine gute Bürgerin sein und einen Triumph erleben und mich mit Edgar Anders verloben. Und was wird mit dir?«

»Ich weiß nicht, ob sie mich behalten werden. Ich bin schließlich bürgerlich.«

»Seit wie lange arbeitest du nun ehrenamtlich?«

»Seit neun Jahren. Aber Lotte, unsereiner kann sich doch nicht dafür bezahlen lassen, daß er arme Kinder beaufsichtigt!«

»Nein, natürlich nicht.«

»Ich störe wohl?« sagte Annette und trat ein. »Aber es wird dunkel. Bahnen gehen nicht. Sie schießen in der Stadt. Willst du nicht vielleicht lieber hier übernachten? Was für eine Zeit!«

»Nein, danke sehr, Tante Annette. Ich gehe schon lieber.«

Nichts fuhr. Es war ganz still. Aber im Osten glühte der Himmel. Ein Auto, von roten Fahnen überweht, raste vorbei. »An alle«, hatte Rußland verkündet. Tak, tak, tak. Man schoß eine Welt in Trümmer. Neue Worte kamen, Liebe, Gemeinschaft, Menschlichkeit, Schutz den Armen. Freiheit, dachte Lotte. Aber was war Freiheit? Eine weite Ebene, auf der ein paar Bäume standen. Freiheit war das unendliche Tiefland, das bis an den Ural reichte.

»Fräulein, Sie können nicht weitergehen«, sagte ein gutgekleideter Herr. »Es wird geschossen. Am Brandenburger Tor wird niemand durchgelassen. Es ist schrecklich, niemand weiß im Ministerium, was wird. Und das alles, wo wir in der Gewalt der Feinde sind. Furchtbar werden bei solchem Zustand die Friedensbedingungen werden. Was für eine Zeit!«

Als Lotte nach Hause kam, saß Anders da. Er war einer aus James' unerreichbarem Kreis von Lebeleuten, von der erstklassigen schwarzen Glocke bis zu dem Erzeugnis vollendeten Schuhmacherhandwerks an seinen Füßen, von dem leichten Puder auf dem Gesicht bis zu den sehr gepflegten Händen.

Paul erzählte aufgeregt: »Und dann haben sie gesagt, daß wir abgesetzt seien, wir, die Direktoren. Der Betriebsrat übernimmt die Verwaltung. Die sollen nur die Verwaltung übernehmen, lauter Dilettanten. Sollen mal eine Bilanz machen. Es wird nichts klappen, und die Verluste werden dann sozialisiert. Und dann waren unsre Autos beschlagnahmt, und mein Bruder und ich konnten den ganzen Weg zu Fuß laufen. Ein Zustand, Herr Doktor, ein Zustand herrscht in Deutschland! Es wird alles zugrunde gehn. Und diese Undankbarkeit der Angestellten! Unsereiner, der alles aufgebaut hat ...«

»Interesse gegen Interesse. Der eine streikt, der andere sperrt aus.«

»Es gibt ein gemeinsames Interesse am Werk.«

»Doch nicht im heutigen Großbetrieb, der seine Arbeiter bei

jeder Krise auf die Straße schmeißen kann. Eine Fabrik ist ein Geschäft zum Geldverdienen.«

Und Paul sagte wie Schlemmer fünfunddreißig Jahre früher: »Wir alten Industriellen haben nur daran gedacht, wie man den Menschen bessere Lebensbedingungen schaffen kann, wir dachten nicht an unsre persönliche Bereicherung.« Aber während Schlemmer die neue Welt verachtet hatte, imponierte sie Paul.

»Glauben Sie, daß es den Arbeitern einen Unterschied macht, ob sie sich viel oder wenig Gehalt geben lassen?« sagte Anders. »Ob sie viel oder wenig arbeiten? Im Gegenteil! Nach Marx ist ein fleißiger Fabrikant, weil er von seinen Angestellten auch Fleiß verlangt, ein größerer Aussauger als ein fauler. Sobald wir eine neue Fabrik gründen, dekretiert sich jeder meiner Brüder 50000 Mark Gehalt.«

»Mir hat immer an der Gesundheit der Effinger-Werke gelegen. Ich habe ständig Abschreibungen und Rücklagen gemacht. Die Maschinen stehen mit einer Mark zu Buch.«

»Ich halte das ja für eine ganz falsche Politik. Der Schuldner ist immer in einer viel besseren Position als der Gläubiger. Hätte Helfferich sich den Krieg von Amerika finanzieren lassen, wäre Amerika nie in den Krieg eingetreten. Wer läßt einen Schuldner untergehn?«

»Aber das erste ist doch für einen anständigen Kaufmann, daß er seine Schulden bezahlt.«

»Anständiger Kaufmann! Das ist ein Begriff des abgelaufenen liberalistischen Zeitalters. Der Marxismus nennt den anständigen Kaufmann einen ›sentimentalen Kapitalisten‹. Wir haben schon eine ganze Reihe von Werken wieder liquidiert, wenn sie nicht ertragfähig genug waren und wir eine Reihe von Jahren unsere Gehälter bezogen hatten.«

Sie sprachen von Amerika. »Aber die Amerikaner sind doch nun wirklich aus idealen Gründen in den Krieg eingetreten«, sagte Lotte. »Sie wollten eine neue Menschheit.«

»Menschheit«, lächelte Edgar Anders, »fauler Zauber, Menschen handeln nach Utilitätsgründen.«

Waldemar trat ein. »Was ist bei euch los?« Paul erzählte. Waldemar nahm es nicht ernst. »Ich war heute morgen bei der

Staatsanwaltschaft. Keiner der Herren wollte verhandeln, denn niemand wußte, in wessen Namen er anklagen oder Recht sprechen sollte. Also war weder ein Richter noch ein Staatsanwalt in die Sitzungszimmer gegangen. Da telephonierten die Gerichtsdiener, die Angeklagten seien da, wo denn die Herren blieben. Lieber Paul, ein Volk, bei dem die Angeklagten ins Gericht kommen, während sozusagen Revolution ist, das macht keine echte Revolution, das streikt höchstens. Es gibt viel Ernsteres. Die alten Gewalten sind unauffindbar, einfach verschwunden. Die Regierung haben Phantasten in Händen oder ungeübte, wenn auch höchst anständige Leute, und das in einem Moment, wo es um die Existenz Deutschlands geht!«

Lili sagte zu Lotte: »Wir müssen heute abend zur Koch-Versammlung gehen. Sehr wichtig!«

In einer Schulaula, die jämmerlich beleuchtet und kalt war, hatten sich etwa hundert Frauen versammelt. Es waren meist die freundlichen Vorsitzenden von Frauen- oder Wohlfahrtsvereinen und *die* Jugend, vertreten durch etwa fünfzehn Schülerinnen der Koch.

Fräulein Doktor Koch, sehr gesammelt, begann: »Meine Damen, wir haben das aktive und passive Wahlrecht.« Die Damen klatschten. »Es handelt sich heute darum, die Kandidatinnen zu nominieren. Ich bitte um Vorschläge aus dem Plenum. Also bitte.«

Niemand meldete sich. Niemand sagte etwas. Da stand Lotte auf: »Frau Amalie Mayer.«

»Es wird Amalie Mayer vorgeschlagen«, sagte die Doktor Koch. »Hat jemand etwas dagegen einzuwenden?« Die Alten hatten versagt. Man wollte die Jugend heranziehen, dachte die Koch. Sehr gut, Amalie Mayer als Kandidatin der Jugend, ausgezeichnet. »Ich glaube mich nicht zu irren, die Nominierung ist einstimmig erfolgt.«

Lotte bekam einen Schreck. So ernst hatte sie es gar nicht gemeint. Sie fühlte sich verantwortlich. Aber schon beim Ausgang wußte niemand mehr, daß sie es war, die zuerst Amalie Mayers Namen genannt hatte.

»Wir könnten gleich weiter in den Rat geistiger Arbeiter gehen«, sagte Lili.

»Ich muß zum Abendbrot zu Hause sein.«

»Telephoniere, daß du nicht kommst.«

»Was stellst du dir eigentlich vor, Lili? Aber ich komme gleich nach dem Abendbrot.«

Es gab keine Regierung. Es tagte eine Versammlung der Arbeiter- und Soldatenräte, und es tagte der Rat geistiger Arbeiter, der das geistige Deutschland in der neuen Volksregierung vertreten sollte. Da die Arbeiter und Soldaten, das werktätige Volk sozusagen, hier die Geistigen, die Humanisten, sie, die immer gefehlt hatten in der Regierung Preußens, seit Bismarcks blinkender Küraß das Schwarz des bürgerlichen Gehrocks überstrahlt hatte.

Auf einer Tribüne saßen zehn junge Leute, keiner über fünfundzwanzig Jahre alt. Die Versammlung war überfüllt. Einer der jungen Leute, lang, blond, bleich und leicht gebückt, hielt einen längeren Vortrag:

»Stellt man sich die Wirklichkeit eines Bundes der Geistigen so vor, daß schöpferisch geistige Menschen ihn zwar leiten, aber nicht ausschließlich ihn bilden, vielmehr die Mitgliedschaft mit Menschen teilen, die, ohne Schöpfer zu sein, in ihrem Wesen und Wollen doch geistig gerichtet sind ... das heißt, sieht man diesen Bund als eine Armee Geistiggerichteter, geführt von einem Offizierkorps Geistiger, noch anders ausgedrückt: als eine Aristokratie von Geistigen, hinter der ein treuer Demos von Geistiggerichteten steht –, dann ergibt sich, daß jene ›Ortsgruppen‹, welche die Basis der ungeheuren Zweckverbandspyramide unseres Bundes ausmachen (und, nach einem geflissentlich unprogrammatischen Statut, sich vollkommener Freiheit in Ansicht und Absicht erfreuen), daß diese Ortsgruppen grundsätzlich durchaus zusammenfallen können mit Gemeinschaften, die Stücke des Bundes der Geistigen sind oder für ihn leben ...«

»Ich verstehe kein Wort«, sagte ein Mädchen hinter Lotte.

»Gehen Sie doch nach Hause, wenn Sie nicht reif genug für unseren Kameraden sind«, zischte ihr Nachbar sie an.

»Utopie ...«, rief der Redner.

»Utopie …«, riefen einige Stimmen aus der Versammlung.

»Sie existiert aus Forderung und Traumbild einer geänderten Welt, einer besseren, vernünftigeren, sinnhafteren, Zufall, Wahnwitz und Unheil klüger ausschaltenden. Frieden, Freiheit, Freude sicherer verbürgenden, paradiesnäheren Ordnung des menschlichen Zusammen. Wir wissen die Mittel, morgen den Akt dieser Weltänderung zu beginnen.«

»Und was ist mit der Vergesellschaftung der Produktionsmittel? Wo bleibt die Sozialisierung?« rief es aus der Versammlung.

Einer der jungen Herren auf der Tribüne entdeckte Lili, beugte sich zu ihr herunter und sagte: »Ulkig, nich?«

Der zweite Teil der Sitzung begann. Ein junger Mann sprach leidenschaftlich über die Armeniergreuel.

Und dann ging das Licht aus. Denn die Arbeiter des Elektrizitätswerks streikten.

Fritz klingelte und war da, abends um halb zehn Uhr, als Paul, Klärchen und Lotte unter der Lampe saßen. Er war fidel und zog etwas hinter sich her. Nachdem sie sich glücklich geküßt hatten, sagte Paul plötzlich: »Was ist denn das? Ein Maschinengewehr? Und zwei Gewehre und eine Decke! Das ist doch Staatseigentum.«

»Ach, Staatseigentum! Es ist doch Revolution.«

»Ja, seid ihr denn alle verrückt geworden? Das ist doch Diebstahl.«

»Wieso denn? Das ist doch alles Eigentum des Volkes.«

»Also, ich will die Sachen nicht im Hause haben. Bring sie sofort zurück in die Kaserne!«

»Die lachen sich scheckig. Alle haben was mitgenommen.«

»Also laß den Jungen jetzt hier. Morgen kann er es wegbringen«, sagte Klärchen.

Aber »morgen« gab es kein Wasser und kein Licht.

Die Frauen standen zusammen und sagten: »Der Chaos kommt.«

Niemand wußte über irgend etwas Bescheid. Auf einem der großen Plätze sprach ein Offizier von einer Tonne herab: »Wollt ihr, daß die große Stadt in Seuchen untergeht, daß wir kein Wasser haben und kein Licht? Oder wollt ihr Ruhe und Ordnung? Es ist keine Frage: ihr wollt Ruhe und Ordnung. Ruhe und Ordnung wiederherzustellen, sind wir nach Berlin gekommen. Wenn wir Bruderblut vergießen, dann nur, um so rasch wie möglich wieder Ruhe und Ordnung zu haben. Lieber wäre uns, wir brauchten es nicht.«

Alle standen auf seiten des Offiziers. Denn das brauchten sie: Milch für ihre seit Jahren hungernden Kinder, Wasser und Licht.

Fritz fuhr mit einigen Kameraden vor eine Polizeistation.

»Wir brauchen sechs Gewehre.«

»Jawohl, Herr Kommissar«, sagte der Polizeibeamte und gab Fritz sechs Gewehre.

»Für alle Fälle brauchbar«, sagte Fritz, »man kann nie wissen. Zu mir kann ich sie ja nicht bringen. Mein Vater hält das für Diebstahl, aber du, Brüssow, du nimmst se wohl.«

»Na, sicher.«

Bei Sofie klingelte das Telephon.

»Erich!! Zurück!! Wann seh' ich dich?«

»Ich dachte, heute abend.«

»Wir haben kein Licht und kein Wasser.« Sofie dachte: Bei der Azetylenlampe seh' ich aus wie fünfzig. Und kein Wasser, um zu baden, und wo krieg' ich was zu essen her?

»Ich wollte mit dir zu einem sogenannten Maskenball gehen. Kannst du dich etwas maskieren?«

»Wie meinst du das?«

»So ein Tuch herumnehmen genügt.«

Sofie ging in die Tauentzienstraße, die große Kaufstraße des Westens, um etwas zu kaufen. Bei Kerzen und Petroleumlampen, die in den Schaufenstern standen, riefen Einbeinige und Einarmige amerikanische Schokolade aus. Menschen ohne Beine krochen auf der Erde herum. Andere schüttelten sich unausgesetzt. Alle trugen schmutzige, zerfetzte, graue Uniformen.

Feld ging mit Sofie durch einen Durchgang und über einen Hof. An einer Treppe, die in einen Keller führte, stand ein Mann in der Dunkelheit.

»Parole Heimat«, sagte Feld und wurde eingelassen.

Es war eine seltsam dekorierte Kellerwohnung, halb kleinbürgerlich und halb Lasterhöhle, Vertikos und Sofas und lange Tische. Nur Kerzen infolge des Streiks. Man konnte kaum treten vor Menschen. Sofie war unbehaglich zumute. Eine Frau trug kleine schwarze Höschen, etwas Flitter über der Brust und auf dem schönen Kopf einen sehr hohen Zylinder. Sie tanzte mit einem großen blonden Mann. Der war nicht schüchtern, ein gewöhnlicher Kerl. Man hätte ihn sich als einen Markthändler, der seine Frau verprügelt, vorstellen können. Er bestellte Sekt für seinen ganzen Tisch, an dem man grölte, schrie und sich über seinen Nachbarn warf.

»Einen Augenblick«, sagte Sofie. Sie versuchte, das sehr geschminkte Gesicht der tanzenden Frau genau zu sehen. Die Kerzen flackerten. Man konnte sich irren. Da tanzten sie nahe an Sofie heran.

»Na, du«, sagte der Mann und faßte Sofie an, »du hast dich ja so eingepackt.«

»Nehmen Sie die Hand von meiner Dame«, sagte Doktor Feld.

Sofie verzog keine Miene. Ganz rasch sagte Beatrice zu Sofie, als der Blonde den Rücken kehrte: »Du hast dich geirrt, verstanden! Ich habe mich auch geirrt.«

Feld tanzte mit Sofie. Er drückte sie an sich. Dann ging er fort und tanzte mit einem Mädchen vom Nebentisch, genau wie er mit Sofie getanzt hatte.

Es wurde immer voller. Die Frauen hatten wenig an. Die Männer kannten keine Zurückhaltung. Sofie wollte immerzu sagen: »Ich halte es hier nicht aus.« Aber sie hatte Angst, Feld könne ihr das übelnehmen. Die Kerzen verlöschten. Man lag auf dem schmutzigen Holzfußboden. Sofie lag neben einem Fremden. Sie war müde und hatte, ohne etwas zu essen, viel Wein getrunken. »Kann ich mit zu dir kommen?« sagte der Fremde.

»Erich!« rief Sofie. Aber Doktor Feld war verschwunden. Sie versuchte den Ausgang zu finden.

# 91. Kapitel

## *Das Ende einer Bürgerin*

Die Halden in England waren leer, die Kohle war abgerufen worden. In tausend schwarzen Schiffen war sie um die Erde gefahren, damit Eisen fabriziert werden konnte und die tausend todbringenden Geschütze, Kanonen, Granaten, die daraus gemacht wurden.

In Amerika war geerntet worden, und das Getreide lag auf dem Meeresboden, Nahrung für die Fische aus tausend zerstörten Schiffen. In Europa wurde geerntet, viel weniger geerntet, denn die Bauern waren im Kriege gebraucht worden, und nur die Alten, die Frauen und die Kinder arbeiteten.

Wie eh und je hatten die Schwarzen die Baumwolle gepflückt, das Leintuch auf dem Kopf. Und die Baumwolle lag auf dem Meeresboden, Kleidung für die Fische aus tausend zerstörten Schiffen. Alle Läger der Erde waren leer, hungrig war die Welt. Die Ernte war klein, die Preise stiegen. Im rauchigen Lancashire klapperten die Maschinen, nichts war ausgewechselt, nichts war repariert worden, jahrelang. Wenig wurde gesponnen, wenig wurde gewebt. Die Preise stiegen.

In Deutschland war gar nichts mehr da, und es wurde alles gebraucht. Und es war kein Gold da, um zu bezahlen, und so kam keine Baumwolle mehr nach Deutschland, kein Leder, kein Getreide.

Rotgesichtige Männer standen in den deutschen Börsen. Wie hoch stand die Baumwolle? Sie wurde teurer. Alle Ware wurde teurer. Die Händler kauften, sie würde noch teurer werden.

Und zum rotgesichtigen Mann rief ein kleiner, bleicher Blonder durchs Telephon: »Ich habe 300 000 Pfund Baumwolle an Hand, greifbar, bar Kasse, 14 Pence das Pfund.«

Und der rotgesichtige Mann kaufte die Baumwolle, er fragte nicht nach der Qualität, er fragte nichts, er kaufte.

Zwei Stunden später rief der rotgesichtige Mann einen dikken, großen Schwarzen an: »Ich habe 300 000 Pfund Baumwolle an Hand, greifbar, bar Kasse, 16 Pence das Pfund.«

Und der dicke, große Schwarze kaufte die Baumwolle, er fragte nicht nach der Qualität, er fragte nichts, er kaufte.

Zwei Stunden später rief der dicke, große Schwarze, die schwarze Zigarre im Mundwinkel, durchs Telephon: »Ich habe 300 000 Pfund Baumwolle an Hand, greifbar, bar Kasse, 20 Pence das Pfund.« Und ein großer, dünner Blonder kaufte die Baumwolle, er fragte nicht nach der Qualität, er fragte nichts, er kaufte.

Und er rief selber zwei Stunden später durchs Telephon: »Ich habe 300 000 Pfund Baumwolle an Hand, greifbar, bar Kasse, zwei Shilling das Pfund!«

Und alle diese gaben das in zwei Stunden verdiente Geld in zwei Stunden wieder aus. Sie gingen in die großen Hotels, deren Glanz verfiel, weil ihre Vergoldung nicht erneuert, weil ihre Tapeten nicht erneuert, weil ihr Geschirr nicht erneuert worden war. Sie saßen und bestellten Sekt, sie zerschlugen Gläser, sie machten Flecke, sie schrien und grölten.

Lottes Verlobung mit Edgar Anders war die erste seit Theodor, und alle ergriffen dankbar die Gelegenheit, Feste zu feiern, wenn auch die von 1919. Lotte fühlte sich auf dem rechten Wege. Was für eine Freude für ihre Eltern!

Auf einem gleichgültigen modernen Platz hatte er zu ihr gesagt: »Ich denke, gnädiges Fräulein, es wird Sie nicht überraschen, wenn ich Sie frage, ob Sie meine Frau werden wollen. Ich habe Sie sehr lieb.«

»Ja«, sagte Lotte, »ich Sie auch.«

»Sie wissen, daß ich ein Durchschnittsmensch bin … Wir Anders haben alle gute Ehen und geben unsern Frauen gern nach.«

So waren sie durch moderne gleichgültige Straßen, durch die Regensburger z. B., nach der Bendlerstraße gelangt.

Sie waren Abend für Abend eingeladen, und überall gab es

Tischreden und Geschenke, und sie hatten von der Einrichtung zu reden und den Einzuladenden. Der Empfang war auch nicht anders als viele Jahrzehnte vorher. Blumenarrangements kamen, und Lotte drehte sich nach allen Seiten und dankte. Und James gab ihr einen Kuß und sagte: »Na, Lottchen, also werd glücklich mit Bömbo.«

Es war irgend etwas in James' Ton, daß Lotte sagte: »Du sagst doch das so komisch?«

»Ach, nö, nö, also Bömbo, mach das Mädchen glücklich.«

Und Frau Kommerzienrat Kramer sagte zu Frau von Lazar: »Diese Lotte Effinger macht eine ganz große Partie. Er hat eine richtige Wohnung.« Denn so war es. Lottes Freundinnen verheirateten sich, aber sie zogen alle nur in ein möbliertes Zimmer. Sie bekamen keine Wäsche, keine Möbel, kein Glas und kein Porzellan. Es war gleichgültig geworden, ob man reich oder arm heiratete, denn auch der Reiche bekam keine Wohnung und auch die Reiche nur vier Laken auf Bezugschein.

Edgar Anders, das war das erstemal, daß wieder ein Mann in die Familie kam, ein neuer Anfang, ein Schöpfer. Theodor hatte lange Bankgespräche mit ihm über die entsetzliche Teuerung. Karl fand ihn hinreißend. Ihre ganze Jugend hatte angefangen, Geld unanständig zu finden. Man durfte nichts aus Geldgründen tun. Aber Edgar hatte eine zehn Jahre jüngere Schwester mit einem Schweizer Bankmann verheiratet. »Utilitätsgründe natürlich.«

»Wenn in Deutschland alles schiefgeht, haben wir dort eine neue Position für unsere Familie.«

»Aber wir sind doch auf Gedeih und Verderb mit Deutschland verbunden«, sagte Lotte.

»Herzchen«, sagte er ironisch, »so kleine Leute, um solche Patrioten zu sein, seid ihr eigentlich gar nicht.«

Lotte war mit Marianne zu einem Vortragsabend gegangen. Edgar war verreist. Neben Lili Gallandt, die Taschen voll Bücher, stand ein Freund von Erwin. Lotte beneidete sie und sagte zu Marianne: »Ach, könnte ich doch ein Semester in Heidelberg studieren!«

»Du weißt nie, was du willst. Komm, wir wollen Amalie Mayer begrüßen.«

»Sieh da, unser Bräutchen«, sagte Amalie Mayer. »Ja, das beste für eine Frau ist immer noch, zu heiraten und Kinder zu bekommen.«

Von den Rednern wurden Reformen gefordert, Rechte für uneheliche Kinder, Rechte für Ehefrauen. »Deutschland soll das freieste Land der Welt werden.« Es herrschte die undefinierbare Atmosphäre großer geistiger Erwartung.

Lotte hatte das furchtbare Gefühl, das Leben zu versäumen. Ich gehöre doch in diese Welt, ich gehöre doch gar nicht zu Edgar. Taxi, ein guter Platz im Theater, Konfekt aus ungeahnten Quellen. Wozu? Weshalb? Ganz gleichgültig. »Hast du Zeit?« wandte sie sich an Lili Gallandt, »ich wollte dich die ganze Zeit anrufen.«

Draußen begegnete ihnen Marie Kollmann: »Guten Tag, Lotte, wo willst du denn hingehen?«

»Ach, wir gehen noch in ein Café.«

»Zwei junge Mädchen gehen in ein Café?!?«

»Wir sind gar keine jungen Mädchen«, sagte Lili, »ich bin verheiratet, und Lotte heiratet in vierzehn Tagen.«

»Na, wenn das dein Bräutigam hört oder deine Mutter, werden sie sehr böse sein.«

Lili nahm ihre kleine Mütze vom Kopf, schüttelte ihr kurzgeschnittenes Haar, nahm eine Zigarette und zündete sie an.

»Sie rauchen auf der Straße?« sagte Frau Kollmann.

»Ja«, sagte Lili, »wie Sie sehen.«

»Auf Wiedersehen«, sagte Frau Kollmann, und sie dachte bitter: Diese ordinären Mädchen machen ausgezeichnete Heiraten, und meine Margot?

Lili und Lotte saßen an einem kleinen Marmortisch und bestellten einen Kaffee. »Ich habe ständig ein unheimliches Gefühl«, sagte Lotte, »ich bin nun fast drei Monate verlobt, und in diesen drei Monaten hat er mich ein paarmal geküßt, weiter nichts. Aus. Ich traue mich kaum, ihn zu streicheln, weil ich das Gefühl habe, er denkt genau wie Frau Kollmann, ›ordinär‹. Übrigens, eine Zigarette hättest du dir ja nun nicht gerade vor ihr auf der Straße anzuzünden brauchen.«

»Warum denn nicht? Diese Heuchelei ist doch widerlich. Wahrscheinlich hat sie jahrelang ein Verhältnis gehabt, aber sogar vor sich selber nicht zugegeben, und vermehrt hat sie sich durch Spaltung.«

»Im Augenblick ist mir alles andere egal gegenüber den Problemen mit Edgar.«

»Was sind denn das für Probleme? Er ist nicht zärtlich! Na und?«

»Ach, nicht zärtlich! Ich sage dir doch, daß er mir, seit wir verlobt sind, ein paar Küsse gegeben hat. Aus. Ich weiß doch schließlich, was ein leidenschaftlicher Mann tut.«

»Alles noch immer nach dieser einzigen Erfahrung mit Doktor Merkel. Der ist doch vollkommen wahnsinnig geworden, weil du ihn nicht heiraten wolltest. Wie kannst du das vergleichen mit einer Persönlichkeit wie Edgar Anders, der dich in drei Wochen heiraten wird, vor dem ein ganzes Leben mit dir liegt, einem erfahrenen Lebemann. So ein Mann läßt sich doch nicht auf eine Knutscherei ein. Komische Idee.«

»Ich weiß nicht, ob du recht hast. Mein Instinkt ...«

»Ach, Instinkt!! Das ist doch keiner von unsern Jungs in unserm Alter. Sei froh, daß du mit diesem Mann verlobt bist. Ich habe einen von unsern Jungs geheiratet, na, ich muß dir sagen. Ich glaube, ich lasse mich bald wieder scheiden. Also Leidenschaft ist da genug. Aber sonst. *Ich* muß ein möbliertes Zimmer suchen. *Ich* muß sehen, wie wir bei dieser Teuerung uns einteilen. *Ich* muß überlegen, was er beruflich machen soll, und *ich* muß überlegen, was ich beruflich machen soll. Ich sehe die Bankabrechnungen nach und bezahle die Miete. Er möchte am liebsten auf dem Sofa liegen, ein bißchen lesen und alles so laufen lassen. Die Jungs haben doch alle einen Knacks gekriegt im Kriege. Neulich hat er die Badewanne überlaufen lassen. Einmal hat das elektrische Licht die ganze Nacht gebrannt, einmal hat er das Gas offen gelassen, wären wir beinahe draufgegangen. Sei bloß froh, daß du einen altmodischen Mann bekommst. Wenn das die Gleichberechtigung ist, die uns die Koch, Mayer und Konsorten eingebrockt haben, dann muß ich dir sagen, lieber nicht die Haare abschneiden und Zigaretten rauchen, sondern einen Mann haben, der einen versorgt. Du bist ein Glückspilz.«

»Na, Glückspilz! Daß ich schließlich mit einer großen Mitgift mich mit einem Mann verlobt habe, der – höchstes Glück der Erdenkinder – eine Wohnung hat, das kann ich nicht so enorm finden, obzwar die ganze Familie ungemein stolz auf meine Verlobung ist. Ich bin zufällig in diesen Mann verliebt, aber sonst hätte ich leidenschaftlich gern einen russischen Revolutionär geheiratet, der mich in seine eine Stube mitgenommen hätte. Aber ein russischer Revolutionär war nicht disponibel, hingegen ein reicher Mann, ja. Und dann, Papa ist zum erstenmal glücklich.«

Paul schrieb an eine Reihe von Geschäftsfreunden im Ausland, um Fritz unterzubringen. Er bekam merkwürdig kühle Briefe. Er schrieb auch an Ben. Er drückte ihm sein Mitgefühl zum Tode seiner Söhne aus und fragte, ob Fritz nicht – so wie er – in England lernen könne. Ben schickte den Brief uneröffnet zurück.

Aus, dachte Paul. Der Krieg war doch zu Ende. Er verstand nicht, warum der einzelne mit dem einzelnen weiter böse war.

»Es ist schrecklich«, sagte er zu Klärchen, »wie der Krieg die Menschen auseinandergebracht hat.« Und dann nahm er die Zeitung vor.

»Die Marianne hat die Grippe. Sie nennen es Grippe. Ist wahrscheinlich Lungenpest.«

»Aber Klärchen, du bist so mißtrauisch geworden.«

»Na, wir sind doch immerzu angelogen worden. Erinnerst du dich an den Narren, Professor ... – ich weiß nicht mehr, wie er hieß –, der immerzu schrieb, es gäbe nichts Gesünderes als fünfzig Gramm Fett in der Woche für einen erwachsenen Menschen? Es würde immer zuviel gegessen. Und jetzt haben wir den Hungertyphus.«

»Das ist doch Unsinn, Klärchen. Diese spanische Grippe herrscht überall, auch wo sie noch so gut gegessen haben.«

»Ich werd' nachher mal bei Annette anrufen. Sie ist ja bewundernswürdig. Marianne krank, zwei Söhne in Gefangenschaft, und da fragt sie mich, ob sie wohl ihre Haare abschneiden solle, es sei jetzt so modern, und sie habe doch dieses schöne rotblonde Haar. Dabei ist sie schließlich fünfzig.«

Es war einige Tage später an einem Sonntag, daß Paul mit Fritz sprach: »Du bist jetzt vier Monate aus dem Krieg zurück, möchtest du nicht endlich aufhören, Soldat zu spielen? Es gibt doch nicht immer technische Nothilfe. Was treibt ihr denn die ganze Zeit? Bist du immer noch mit diesem Brüssow befreundet?«

»Ja. Wir sammeln Waffen. Jetzt haben wir ein Kommando in einer Schule«.

»Also Schluß. Diese Jugend, die nicht weiß, wo sie hingehört, ist ja direkt eine Gefahr. Wenn achtzehnjährige Leutnants nicht in den Zigarrenladen ihres Papas zurückkehren wollen, sondern weiter kommandieren und abenteuern, dann versteh ich das schließlich«, sagte Paul. »Aber du hast viel zu tun und zu lernen. Ich habe eben einen Brief von der Sröbag AG. bekommen. Nun, Schweden ist keine ideale Ausbildungsstätte, denn Schwedisch ist keine Weltsprache, aber die schwedischen Fabriken sind vorbildlich geführt, also ich hoffe, du wirst dort was Rechtes lernen. Aber du mußt dir klar sein, daß du arbeiten mußt. Seit fünf Jahren arbeitest du nichts.«

»Wieso? Ich habe Feldarbeit gemacht, Erntehilfe, dann war ich Rekrut, dann war ich im Feld, jetzt habe ich technische Nothilfe geleistet. Wie kannst du sagen, Papa, daß ich nicht gearbeitet habe. Alle aus meiner Kompanie haben die Überzeugung, daß es nichts anderes gibt, als Ruhe und Ordnung zu schaffen.«

»Diese Ruhe und Ordnung riecht nach Leichen. Ich bin gewiß gegen den Marxismus, ich halte das Gute an ihm für einen Irrtum und das Schlechte an ihm für gefährlich. Aber die Vertreter dieser wenn auch noch so verkehrten Meinung hinterrücks zu erschießen, das halte ich nicht für die Erzeugung von ›Ruhe und Ordnung‹, sondern für Militärdiktatur. Ich verlange, daß du morgen austrittst.«

»Brüssow ... Ich kann mich nicht in ein Büro setzen. Brüssow ...«

»Schluß mit diesem Brüssow. Fritz, willst du ein Abenteurer werden und zuletzt auf der Landstraße enden, oder willst du ein anständiger Bürger deiner Vaterstadt sein? Seit 1914 macht ihr nichts, als teils im Spaß und teils im Ernst Soldat zu spielen.«

»Früher hat man schließlich gearbeitet, um Geld zu verdienen, aber das Geld ist doch nichts mehr wert.«

»Im Gegenteil, bei dieser Teuerung muß man doppelt arbeiten.«

»Hast du denn noch nicht gemerkt, daß das Geld einfach weniger wird? Es hat keinen Sinn mehr, zu sparen.«

»Ach, ihr verkommt ja alle.« Paul war bedrückt. Eigentlich fanden ihn alle lächerlich, sein Schwiegersohn und sein Sohn nun auch.

»Na, gut. Ich fahre dann direkt nach Lottes Hochzeit nach Schweden. Wir werden die Sache schon schmeißen.«

Lotte sah schnell auf den Kalender: Heute also Gesellschaft bei Lazars, morgen Anprobe des Hochzeitskleides.

»Bitte, nimm Platz«, sagte Edgar, als sie ihn abholte. »Ich muß mich schnell noch fertigmachen.«

Kein Kuß, kein Streicheln, nichts.

»Wir wollen fahren«, sagte er auf der Straße.

»Da kommt gerade ein Bus«, sagte Lotte und wollte aufsteigen.

»Wir wollen lieber laufen«, sagte er.

Nach einigen Schritten blieb er stehen. »Ich weiß gar nicht, was du immer mit der Lauferei willst.«

»Aber du warst es doch, der laufen wollte.«

»Ich? Wie kommst du denn darauf? Du scheinst mir etwas vergeßlich geworden zu sein.«

Ich störe ihn, dachte Lotte.

Nachher bei Lazars war es wie immer. Reden und Geschenke.

Später nahmen die Damen ihre Pelze, um von der Terrasse aus dem Aufgang des Mondes zuzusehen, der glühendrot aus dem flachen schwarzen Wasser stieg. Ein Freund von Edgar drängte sich an Lotte. Es gab eine kurze, scharfe Diskussion zwischen ihnen. Lotte stieß Edgar an.

»Warum stößt du mich denn an?« fragte er ärgerlich.

Er sah, merkte, fühlte nichts.

Wenige Tage später kam ein konventioneller Brief, das beste sei, die Verlobung zu lösen.

Paul und Klärchen hatten schwere und demütigende Dinge zu tun. Sie mußten das Essen bei Trottke abbestellen. Sie mußten an die Kleinen nach Neckargründen schreiben, daß die Hochzeit leider nicht stattfinde und darum auch keine Hochzeitsaufführung. Und sie mußten alle Eingeladenen wieder ausladen.

Lili Gallandt aber saß bei Lotte und gab wieder einmal den Kommentar zu den Ereignissen: »Mir tut nur eins leid. Mit der Bürgerlichkeit ist es nun auch für dich zu Ende.«

# 92. Kapitel

## *Briefwechsel Martin/Marianne*

Berlin, 20. Februar 1919
Lieber Martin,

ich habe Ihren Aufruf zufällig gelesen. Ach, Martin, wo sind Sie hingeraten? Wie können Sie sagen: ›Wir lehnen es ab, mit Handlangern der Bourgeoisie, mit den Scheidemann-Ebert, die Regierungsgewalt zu teilen, weil wir in einer solchen Zusammenarbeit eine Stärkung der Gegenrevolution erblicken‹? Wie können Sie sagen, daß die Sozialdemokraten Verräter sind? Wie demagogisch! Und Rußland? ›Der russische Sozialismus ist ein Wirklichkeits-Sozialismus.‹

Glauben Sie wirklich, daß in Rußland sich der Sozialismus vollzieht? Bisher ist Krieg und Hunger dort und die entsetzlichste Verfolgung des Menschen durch den Menschen. Ich werde mich nie zu einem großen Ziel bekennen, wenn die Mittel, dorthin zu gelangen, so verwerflich sind. Ich verstehe Sie nicht mehr. Es gibt einen demokratischen Sozialismus. Diesen anzugreifen, halte ich für ein Verbrechen. Ich habe Ihre Zeitschrift ›Sonne von Osten‹ in der Hand gehabt. Aber auch darin ist mir Ihre Wandlung nicht klargeworden. Sie propagieren darin unter anderem das Mutterrecht. Aber so, wie Sie es propagieren, bedeutet es nichts anderes, als daß die Mutter das ›Recht‹ bekommt, für ihr uneheliches Kind selber zu bezahlen. Das bedeutet aber nichts anderes, als den Egoismus des Mannes in einer Weise zu unterstützen, wie dies sich nie irgendeine Bourgeoisie getraut hat.

Lieber Martin, im Namen unsrer Freundschaft, geben Sie mir Aufklärung. Ich denke, ich habe ein Recht darauf.

Ihre Marianne Effinger.«

»München, 28. Februar 1919.

Meine liebe Marianne, liebe alte Freundin, verehrte Frau,

ich habe Ihren strengen Brief erhalten, Oh, wie streng Sie sind, wie seltsam untolerant! Aber sind Sie das nicht immer gewesen?

Unsere große Liebe zur Menschheit kennt keine Konzessionen. Wir haben uns ganz hinzugeben. In diesem Moment, wo die Entente Heere nach Rußland sendet, bleibt uns nur das volle Bekenntnis zur Revolution. Es ist ein toller Wahn, zu glauben, die Kapitalisten würden sich gutwillig dem sozialen Verdikt eines Parlaments fügen, sie würden ruhig auf den Profit, das Vorrecht der Ausbeutung verzichten! Die imperialistische Kapitalistenklasse überbietet als letzter Sproß der Ausbeuterkaste die Brutalität, den unverhüllten Zynismus, die Niedertracht aller ihrer Vorgänger. Sie wird über Leichen, Mord und Brand schreiten, um ihre Vorrechte und ihre Macht zu verteidigen.

Aber wir haben gar nicht nötig, so sehr zu kämpfen, denn Frankreich, England, Amerika sind erledigt, ihr Kalk spritzt umher. Zugrunde wird alles gehen, was mit Erkenntnis zusammenhängt und der Ratio. Der Vernünftelnde ist der Sterbende, denn die Anbetung der Quantität, des tausend Dutzend im Tag, ist zu Ende.

Was Sie an meinen Ansichten über das Mutterrecht bemängeln, das Sie sogar in Anführungsstriche zu setzen wagen, so habe ich immer die verachtet, die lüstern waren nach einem Ehebund, nach Ansehen und Auskommen. Unsere Freundschaft konnte nur so lange dauern, weil Sie, Marianne, eine der wenigen Frauen sind, die Freundschaft kennen und bei der man nie das Gefühl hat, sie warte auf eine bürgerliche Heiratserklärung. Ich habe jetzt eine Geliebte, eine Russin, welche Sonja heißt. Sie wird vielleicht ein Kind haben. Aber es geht mich nichts an, sagt sie.

Sie lehrt mich, die russische Seele zu verstehen. O Rußland, Rußland! Welche unbegreifliche, geheime Kraft zieht uns zu dir?

Erhalten Sie mir Ihre Freundschaft, Marianne Effinger!!

Ihr Schröder.«

# 93. Kapitel

## *Die Seuche*

Am 8. August 1918 war in einem Ausbildungslager mitten in Amerika ein Fall von Influenza aufgetreten.

Mit der Influenza ist es so: Im Frühjahr erkälten sich die Leute, bekommen Fieber und Gliederschmerzen, legen sich ins Bett, bleiben acht Tage liegen, und dann sind sie wieder gesund.

Der August ist kein Monat für Influenza, und infolgedessen war es etwas merkwürdig, daß immer mehr und mehr junge Leute in dem amerikanischen Ausbildungslager Influenza bekamen. Sie verbreitete sich rasch in ganz Amerika, und noch im Laufe des Sommers kam sie nach Europa. Während die Soldaten exerzierten, fielen sie um und waren krank.

Die Influenza ritt auf den Kriegsschauplatz, aber dort fand sie ihren Kameraden, den Tod, schon vor.

Sie zog sich zurück und ritt lieber in ein glückliches Land. Sie ritt nach Spanien. Spanien hatte nicht am Kriege teilgenommen. Spanien genoß den Frieden. Wie eh und je gingen die Leute auf der Rambla in Barcelona spazieren, wie eh und je saßen sie in Scharen, zu Hunderten und Tausenden, in der Arena und sahen den Stierkämpfen zu. Die Männer lächelten den Mädchen zu, und die Mädchen trugen Spitzentücher über hohen Kämmen und schönen Gesichtern. Und es wurde viel Geld verdient in dem armen Spanien.

Plötzlich trat dort die Influenza auf. Und plötzlich war sie keine Influenza mehr. Sie sah zwar genau so aus: ein bißchen Fieber, ein bißchen Übelkeit, ein bißchen Erkältung, aber sie ging ganz anders aus. Diese Influenza endete mit Tod.

Der Tod hatte auf den Schlachtfeldern Europas seit vier Jahren reiche Ernte unter den jungen Männern gehalten. Der Hunger hatte in Deutschland die Schwachen und Alten getötet. Jetzt kam die Seuche und holte die jungen Frauen, die werdenden Mütter. Sie tötete die jungen Männer in den Ländern, die der Krieg nicht berührt hatte.

Als die Influenza aus Spanien zurückkehrte, war sie die spanische Grippe geworden. Und nun war kein Halten mehr. In einem halben Jahr starben in den Vereinigten Staaten von Amerika eine halbe Million ausgewählt gesunder, kräftiger und junger Menschen.

Die Seuche ging nach dem Norden. In Alaska starben die Eskimos. In Labrador wurden ganze Dörfer entvölkert. Die Seuche ging nach dem Süden und Westen. Sie wütete auf den Fidschi-Inseln, auf den Philippinen. In Westsamoa starben siebentausend von dreißigtausend Samoanern. In Indien starben fünf Millionen Menschen. Es war nicht anders in Japan oder in China.

Im Oktober begann die Ratlosigkeit gegenüber dieser Krankheit immer größer zu werden. In den Ländern, in denen man Zeit hatte, sich mit etwas so Friedlichem wie der größten Seuche seit dem schwarzen Tod des 14. Jahrhunderts zu beschäftigen, begannen die Leute alle Versammlungen zu vermeiden. Schulen wurden geschlossen und Bibliotheken. Der Kirchendienst wurde im Freien abgehalten. Die Leute trugen weiße Gazemasken.

In den kriegführenden Ländern kannte man die apokalyptischen Reiter zu gut, als daß man sich noch über einen mehr gewundert hätte, und man hielt sich nicht mit so spaßigen Dingen wie weißen Gazemasken auf.

Die Grippe hatte jetzt alle Meere überquert. Sie war über den Atlantik nach Europa gegangen, von Europa nach Asien. Von Asien hatte sie dann in erneuertem Anlauf den amerikanischen Kontinent erreicht.

Es war der November 1918. Die Seuche war auf dem Höhepunkt. In New York wurden nur noch dringende Telephonanrufe angenommen, da der größte Teil des Postpersonals krank war. Die Züge gingen nicht mehr. Büros waren verwaist. In einsamen Häusern fand man Sterbende, Tote, Kranke und verhungernde Kinder, um die sich keiner kümmerte. Neben einer toten

Frau lag ein kranker Mann. Es gab nicht genug Krankenhäuser, nicht genug Ärzte, nicht genug Pflegerinnen.

Dies alles dauerte vier Wochen. Dann ebbte es rasch ab. Nur diejenigen, bei denen die Grippe das Gehirn befallen hatte, erinnerten weiter daran. Sie wurden langsam blöde und starben erst jahrelang später in den Irrenhäusern.

Im ganzen waren in einem halben Jahr mehr Menschen an der Seuche gestorben als im ganzen Weltkrieg.

Und niemand wußte, was es für eine Krankheit war.

Klärchen hatte den Rückgang der Verlobung von Lotte als einen schweren Schicksalsschlag empfunden. Lotte war ja schließlich alt genug, mit ihren vierundzwanzig Jahren, und so war es sehr gut, daß sie jetzt so viele Besorgungen für Fritz hatte. Es war schwer genug, Hemden zu bekommen und wenigstens einen anständigen Anzug, wenn auch nicht mehr. Und in Schweden war es ja auch so wahnsinnig teuer. Vierhundert bis fünfhundert Mark mußte man für einen anständigen Anzug ausgeben. Wer konnte denn das?

Also kaufte sie alles in Berlin. Strümpfe kosteten vier Mark das Paar. Kein Mensch wußte mehr genau, wieviel so etwas früher gekostet hatte. Es war immer wieder so wie mit den Koffern auf dem Bahnhof, wo Lotte gefragt hatte: »Haben denn nicht immer die Koffer auf den Bahnsteigen gelegen?« Klärchen merkte nur, daß man kein Geld mehr hatte. Die Kriegsanleihe sank und sank, und der größte Teil des Vermögens war darin angelegt.

»Ich weiß nicht, Mama«, sagte Fritz, als sie gerade in dem Warenhaus Einkäufe machen wollten, »mir ist gar nicht gut. Ich möchte nach Hause gehen.«

Zu Hause legte er sich mit Fieber ins Bett.

»Ich weiß wirklich nicht, welchen Arzt ich anrufen soll. Man hat gar keinen Arzt in der letzten Zeit gehabt«, sagte Klärchen.

Theodor empfahl ihr einen Bruder seines alten Freundes Miermann, zu dem er jetzt auch gehe. »Spezialist für Herzsachen, aber sie sind ja heutzutage alle Spezialisten.«

»Ich brauche keinen Arzt«, sagte Fritz. »So'n Quatsch, Arzt! Morgen steh' ich wieder auf.«

Als Paul um halb neun Uhr abends nach Hause kam, hatte Fritz einen roten Kopf, und als man ihn maß, hatte er beinahe neununddreißig Grad Fieber. Klärchen war völlig verstört.

»Aber, ich bitte dich«, sagte Paul, »es ist doch schon mal einer krank.«

»Nein, bei dieser furchtbaren Grippe, das ist ja noch immer nicht zu Ende, das sagen sie ja bloß so.«

»Also ruf den Arzt an, Lotte, er soll gleich herkommen.«

Doktor Miermann untersuchte Fritz hin und her und sagte schließlich: »Man kann noch gar nichts sagen, aber da ihm nichts weh tut, außer allgemeinen Gliederschmerzen, kann es schon Grippe sein.«

»Ich bleibe die Nacht auf, um bei ihm zu wachen«, sagte Klärchen.

»Aber warum denn, gnädige Frau? Es ist doch nicht der geringste Grund zu irgendeiner Beunruhigung. Jetzt im Frühjahr hatten immer sehr viele Leute Influenza. Es ist doch gar nicht gesagt, daß das noch mit der Epidemie zusammenhängt.«

»Also, ich will wenigstens bei ihm schlafen.«

»Das können Sie ja. Hoffen wir, daß Sie mir morgen einen beruhigenden Bescheid geben können. Wir wollen jetzt kein Mittel geben, damit wir genau wissen, um was es sich handelt, und Sie messen ihn morgens um acht Uhr und geben mir die Temperatur durch.« Und Paul half dem Arzt in den Mantel, und sie verabschiedeten sich.

Aber am Morgen war das Fieber nicht zurückgegangen, und der Arzt machte einen sehr viel ängstlicheren Eindruck und konstatierte eine Lungenentzündung und bat, noch einen Arzt hinzuzuziehen.

Am Nachmittag um fünf Uhr war das Ärztekonsilium, und eine halbe Stunde später kam eine Krankenschwester.

Es war das erstemal weit und breit, daß in diesen Familien einer krank war.

Emmanuel war krank gewesen, aber schließlich war das ein Mann über achtzig. Und dann war Ludwig krank gewesen. Mitten im Kriege. Tausend junge Leute waren gefallen, wer nahm da die Krankheit eines alten Mannes wichtig, den sowieso der Krieg völlig zerbrochen hatte.

Annette ließ Haushalt und Familie im Stich und kam, um zu helfen. »Ich schlaf' bei euch«, sagte sie. »Es ist ja auch ein bißchen viel bei euch in der letzten Zeit. Weißt du, Klärchen, eigentlich hätte ich doch die Mutter von Fritz sein können und du die von Marianne. Wäre doch viel passender. Na, und Erwin, das ist doch überhaupt mehr ein Kind von Paul als von uns. Ich werd' mal zu ihm gehen.«

Fritz machte einen miserablen Eindruck. Die Schwester war dafür, noch einmal den Arzt zu rufen. Sie wollte genaue Verhaltungsmaßregeln, aber der Arzt konnte ihr auch nur die bei Lungenentzündung üblichen Maßregeln geben.

Mitten in der Nacht weckte die Schwester die Familie und rief bei Doktor Miermann an. Fritz war bewußtlos. Er atmete sehr schwer. »Er stirbt doch, er stirbt uns doch unter den Händen!« rief Klärchen. »Man muß ihm doch helfen. Man muß noch einmal Miermann anrufen.«

Miermann kam sehr rasch. Man legte Eisbeutel auf.

»Bei so schwerem Fieber gibt man doch Wechselbäder«, sagte Klärchen.

»Um Gottes willen«, sagte der Doktor, »das Herz darf doch gar nicht angestrengt werden.«

Aber das Herz wurde immer schwächer. Kein Mensch verstand das. Warum wurde das Herz dieses jungen und gesunden Menschen immer schwächer?

»Es liegt an der schlechten Ernährung während des Krieges«, sagte Klärchen. »Man hätte eben noch ganz anders für so ein heranwachsendes Kind sorgen müssen.«

»Aber es wurden doch überall die stärksten und nicht die schwächsten getroffen«, sagte der Arzt.

»Es ist genau wie im Krieg. Wer krüpplige und mißratene Kinder hatte, der durfte sie behalten. Aber gesunde, die wurden totgeschossen.«

»Sie dürfen nicht alle Hoffnung aufgeben. Vielleicht beißt er sich durch.«

»Er hat sich doch immer durchgebissen«, sagte Paul.

Aber Fritz wachte nicht auf, das Herz wurde ganz leise. Miermann telephonierte an einen Kollegen, und der brachte ein besonderes Herzstärkungsmittel mit und machte eine Spritze. Aber es half nichts. Alle dachten, man müßte es doch fertigbringen, dieses Herz zum Weiterschlagen zu veranlassen. Aber es ging nicht. Es verlöschte.

Fritz Effinger, dieses starke und lebenskräftige Geschöpf, das wie aus einer Pistole in dieses Leben geschossen war, hatte neunzehnjährig aufgehört zu existieren.

# 94. Kapitel

## *Eine neue Welt*

Tagelang waren keine Züge gefahren. Der Bahnhof war gedrängt voll. Theodor trug eine kleine Handtasche und stand neben der schönen Beatrice, die vor Empörung außer sich war, weil sie zum erstenmal in ihrem Leben in einem Menschenhaufen warten mußte. Gepäckträger waren nicht da, und so standen beide neben ihren schweren Handkoffern und einem Suitcase und einer Hutschachtel.

Plötzlich stieß ein sehr eleganter Herr Theodor beiseite, stürzte sich auf ein ebenso elegantes Individuum und beschuldigte es des Raubes an seiner Handtasche, das heißt, er packte es vorn an Hemd und Weste und schrie erst französisch, dann deutsch, dann englisch, dann in irgendeiner slawischen Sprache. Das Individuum sah unter einem tadellosen Hut so aus, daß man froh ein mußte, wenn man nur seiner Handtasche von ihm beraubt wurde. Das Individuum langte plötzlich aus und schlug den eleganten Herrn so ins Gesicht, daß er wie in amerikanischen Filmen umfiel. Er blutete. Das Individuum verschwand mit der Handtasche. Kein Mensch kümmerte sich um den Liegenden. Theodor stand völlig hilflos neben den Koffern. Er sagte: »Man muß doch dem Herrn helfen.«

Aber wenige Minuten später kamen zwei weitere Herren, offenbar Landsleute des Geschlagenen, und hoben ihn auf. Dabei stießen sie Theodor so beiseite, daß er taumelte, ohne daß sie sich im geringsten entschuldigten.

Eine neue Welt, dachte Theodor. Die hauen alle nur noch.

Schließlich saßen Theodor und Beatrice. Auf den Mittelplätzen. Beatrice hatte keinen Eckplatz bekommen, auch zum erstenmal in ihrem Leben. Einer der Mitreisenden lehnte sich hinaus und rief dem Verkäufer von Erfrischungen zu: »Zwei

Flaschen Selter, zwei Schalen Obst, zwei Tafeln Schokolade. Was haben Sie noch? Noch zwei Apfelsinen. Macht?« Dann drehte er sich um und sagte strahlend: »Zwanzig Räppli.«

Theodor dachte: Warum widert mich das denn so an? Jeder kauft gern billig. Aber bei diesem Triumph über eine Flasche Selters hatte er das dunkle Gefühl eines Betruges, irgendwelcher unsauberer Machinationen. Diese gemeinen Fremden, die Deutschland auskaufen, dachte er, diese Teuerung durch Wucherer. Er dachte genau das, was alle dachten.

Er fuhr nach Schweden, um die Soloweitschick-Werke zu retten. Wäre doch besser Waldemar gefahren, dachte er. Ich habe nun gar keinen Juristen dabei. Die werden mich doch alle übers Ohr hauen. Was geht mich diese neue Welt an?

Wie seit zwanzig Jahren am Beginn einer Reise zog er die farbigen Glacéhandschuhe an, setzte eine Reisemütze auf und fragte Beatrice: »Mein Liebling, willst du eine Moden-Zeitung haben?« Und wie seit zwanzig Jahren antwortete Beatrice mit vollendeter Liebenswürdigkeit: »Aber du würdest mir eine große Freude machen.« Dann stieg er aus, kaufte eine französische Moden-Zeitung, übergab sie anmutig Beatrice und quittierte einen reizenden Blick.

Theodor erlebte zum erstenmal das neue Europa. Es gab keine durchgehenden Schnellzüge mehr. Es gab Grenzen. Man verlangte ihren Paß, ihr Visum, man durchwühlte die Koffer, man schickte Beatrice in eine Kabine, wo eine Frau sie untersuchte. Man stand eine Stunde und noch eine Stunde, ehe alle Schwierigkeiten erledigt waren. Es untersuchten die Deutschen, und es untersuchten die Schweden.

»Pässe, Mißtrauen, Grenzen«, sagte Theodor.

»Hat man denn nicht immer einen Paß gebraucht?« fragte Beatrice.

»Aber Bea, man hat ein Billett nach Paris genommen, ist in einen Schlafwagen gestiegen, und irgendwann ist ein liebenswürdiger Herr gekommen, hat gefragt: ›N'avez-vous rien à déclarer?‹ Erinnerst du dich nicht? Und das einzige Land, für das man einen Paß brauchte, war Rußland, aber das hat man auch nicht zu Europa gerechnet.«

Und dann tranken sie eines Morgens im Grand Hotel in Stockholm Kaffee mit frischen Hörnchen und schäumender Milch, und hinter ihnen standen auf einem langen Tisch die Delikatessen der Welt. Was alles gab es da: einen zerschnittenen Hering und aufgeschnittene Tomaten und Salate und fetten Aal. Aufgebaut war rotes Fleisch und herrliche Ananas und beste Birnen.

Und plötzlich merkten sie: es war alles sauber.

»Stockholm ist immer eine sehr reiche Stadt gewesen«, sagte Theodor, »aber so habe ich es noch nie empfunden. Man sieht keine Bettler und keine Krüppel und keine Schüttler.«

Er lehnte sich in den Korbsessel zurück. Frieden, dachte er. Hier ist Frieden. Und er dachte an die tote Jugend, an Fritz, und es kamen ihm die Tränen. Er nahm schnell ein Taschentuch, damit Beatrice es nicht merkte. Merkwürdig, in Deutschland habe ich nicht mehr weinen können, dachte er, es ist alles wie ein dauernder Wirbel, in dem man nicht mehr zum Denken kommt, nicht mehr zum Trauern, man empfindet weder Schmerz noch Freude, nur Spannung.

Er winkte dem Ober. »Bringen Sie mir bitte eine Ansichtskarte.« Und schrieb an Miermann:

»Lieber Freund, wir hören und sehen doch nichts mehr voneinander. Hier, wo Frieden herrscht, denke ich an Dich. Ich möchte schöne Bücher lesen, mit Brender über die Kunst debattieren und in meinem herrlichen Arbeitszimmer sitzen. Herzliche Grüße

Theodor.«

In diesem Augenblick traten vier Herren an seinen Tisch, die ihm mit ungeheurer Lebhaftigkeit auf die Schulter klopften, ihm die Hand schüttelten, sich vor Beatrice verbeugten, ihr die Hand küßten und ihre Namen nannten. Nach mehreren Minuten dieses Tumults kam Theodor dazu, zu sagen: »Bitte, meine Herren, nehmen Sie Platz.«

Nun begann er sie zu unterscheiden. Einer, ein grinsendes, großes, kahlköpfiges Ungeheuer mit herausquellenden blauen Augen, war der Vorstand einer internationalen Verwertungsgesellschaft, die im Kriege mit allem außer mit Menschen gehandelt hatte. Sie beschäftigte sich jetzt im wesentlichen mit der Rettung ausländischer Vermögen von Angehörigen der Mittelmächte.

Das kahlköpfige Ungeheuer hieß Miller und war auf den Philippinen geboren. Er saß weit vom Tisch ab, beide Hände auf die gewaltigen Schenkel gelegt.

»Ihr Geld hier sind Kronen, nicht wahr?« begann Beatrice die Konversation.

»Ausgezeichnet, großartig!« schrie Miller. »Haben Sie gehört, Popescu? Unser Geld hier sind Kronen! Sicher ist unser Geld hier Kronen, das ist überhaupt hier richtiges Geld, Madame. Ihr Geld hier sind Kronen, haha, haha! Haben Sie gehört, Popescu?« Und er stieß Popescu gewaltig in die Seite und schlug immerzu die Tatzen auf die Schenkel. »Hahaha, hahaha!«

»Na, so komisch finde ich ja die Bemerkung meiner Frau auch wieder nicht.«

»Ihr Geld hier sind Kronen, hahaha! Ober, Weinkarte! Was empfehlen Sie? Ja, gut gekühlt. Hahaha, hahaha! Popescu, Sie sind ja hier unser Expert für schöne Frauen, wollen Sie nicht die schöne Frau ein bißchen rumfahren? Wir wollen über Geschäfte reden. Sie, Ober, der Wein ist lauwarm, stellen Sie den mal kalt, für vier Kronen die Flasche kann man kalt verlangen! Wollen Sie nicht richtig frühstücken? Bißchen Hummer? Bringen Sie mal die Smörgaskarte.«

Einer der Herren war ein Berliner. »Wissen Sie«, sagte er zu Theodor, »als ich sah, daß unsere Saures kriegten, habe ich mich verdrückt« – und er schlug Theodor auf die Schulter. »Ist mir sehr gut bekommen, tüchtig Pinke jemacht, mit Holz, wissen Sie, Holz ist überall gut, und bauen. Hier kriegen Sie so ein Grundstück mit 95 % beliehen, und dann müssen Sie noch einen finden, der die letzten 5 % gibt. Ist die Sache gut, verdienen Sie mit; ist die Sache schlecht, ist es nicht Ihr Geld, was verloren wird. Sie machen ja so einen tränenreichen Eindruck, Herr Oppner? Bin ein bißchen geräuschvoll. Bestell mal einen Whisky, Miller.«

»Solltest den Krogstadter Wald kaufen!« schrie Miller.

»Ich Wald kaufen?! Was soll ich denn mit'n Wald? In'n Wald werf' ick mein Stullenpapier, Wald koof ick nich.«

»Ich habe vorhin Ihren Namen nicht ganz verstanden.«

»Müller, Müller aus Preußisch-Berlin, im Gegensatz zu meinem Freund Miller, Amerikaner von den Philippinen.«

Dann kam die Smörgasschüssel. »Was willst du haben, Miller? Lachs, Salami, und Sie, nehmen Sie Krabben mit Ei oder hier Käse mit Chutney? Klasse!« Und er begann, auf die verschiedenen Teller Brötchen zu werfen. »Bringen Sie endlich den Whisky, Ober! Ich hab' doch vorhin schon gesagt: Whisky mit Selter.«

Mit Herrn Miller wurde eine Sitzung für nachmittags um fünf Uhr verabredet, und zwar im Büro inmitten von Stockholm. »Und was machen wir mit der schönen Frau? Popescu, ran, Popescu!«

Glücklicherweise machte sich Herr Popescu ein Vergnügen daraus, Beatrice die Stadt zu zeigen.

Um vier Uhr hielt vor dem Hotel ein Auto, an dem Beatrice den Abstieg der Effinger-Werke während des Krieges hätte ermessen können, wenn sie überhaupt fähig gewesen wäre, über so etwas nachzudenken. Es war ein langgestreckter Wagen mit einem fast geräuschlosen Motor, während die Effinger-Wagen noch hoch gebaut waren und ratternde Motoren hatten.

»Interessiert es Sie, die Stadt zu sehen?« fragte Popescu.

»Ach gewiß«, sagte Beatrice. Aber Popescu merkte bald, daß sie ebensowenig Interesse an der Altstadt oder an der herrlichen Landschaft hatte wie er, und so setzten sie sich in eines der übereleganten Restaurants zum Tee. Beatrice litt, als sie die schönen und eleganten Schwedinnen sah, und es erfüllte sie mit tiefer Abneigung gegen Theodor, daß sie nicht mehr mitkonnte.

»Mein Mann«, sagte sie zu Popescu, »kann mir eben nicht mehr das Leben verschaffen, das ich gewohnt war. Man hat eben kein Geld mehr in Deutschland. Nicht wahr? Aber nach Paris wird man wohl noch lange nicht können, oder glauben Sie doch?«

Im Büro des Herrn Miller wurde inzwischen verhandelt. Die fünf Herren saßen um einen grünen Tisch in sehr schönen, bequemen Sesseln. Die Aktien der Soloweitschick-Werke waren sämtlich in deutschen Händen und lagen im Kassenschrank der

Firma Oppner & Goldschmidt in Berlin. Man mußte sie vor der Beschlagnahme durch die Entente retten.

»Also«, sagte Miller, »wir machen einen Vertrag, nach dem wir das Paket mit 300 000 Schwedenkronen kaufen.«

»Der Nominalwert ist 3 000 000 Kronen. Der Wert ist bedeutend höher«, sagte Theodor.

»Natürlich. Aber darauf kommt es nicht an. Es ist doch nur ein Scheinvertrag. Wozu sollen wir diese enormen Gebühren zahlen?«

»Richtig«, sagte Theodor. »Wir haben also das Recht, jederzeit zu den gleichen Bedingungen das Paket zurückzuerwerben. Und die Einnahmen gehen an uns. Aber wie soll ich mich dagegen sichern, daß Sie nicht doch Rechte aus diesem Vertrage geltend machen?«

»Wir werden sagen: Solange die Summe von uns nicht voll bezahlt ist, haben Sie Anspruch auf die Einnahmen, und wir werden nichts zahlen. Und die Dividende geht bis zu 12 Prozent Ausschüttung an Sie.«

»Und Sie erhalten für die Übernahme der ganzen Transaktion?«

»Eine Beteiligung am Gewinn in Höhe von 20 Prozent. Wird mehr als 12 Prozent verteilt, erhalten wir 50 Prozent.«

Nein, es war kein schweres Verhandeln mit Herrn Miller. Am Abend aß man ganz groß im Grand Hotel.

»Ich habe da einen Freund in Berlin, Schulz, sehr reicher Mann, mit dem sollten Sie sich mal in Verbindung setzen, der könnte Ihnen sehr nützlich sein«, sagte Miller.

Theodor stieß mit Miller an. Neue Leute waren reich geworden. Alte verarmten. Sie hatten sich gerettet. Im nächsten Jahr hätte Eugenie ihre Zinsen wieder wie eh und je. Vielleicht könnte sie bis dahin die obere Etage vermieten. Schließlich, jetzt, wo sie allein war, könnte sie eines der Wohnzimmer als Schlafzimmer nehmen und ein Badezimmer einbauen. Sein Haus war auch schwer genug zu erhalten. Aber sein Kredit hing daran, und er brauchte Kredit, wenn nicht Soloweitschick gut verdiente, was bei den Zuständen in Polen nicht anzunehmen war.

Am andern Morgen wurden die Friedensbedingungen veröffentlicht.

Theodor hatte das Gefühl, als versetze ihm jemand einen Schlag auf den Kopf. Er telephonierte an Miller.

»Aber das ist doch das Gemeinste, was je da war. Erst entlockt man einem unter falschen humanitären Vorspiegelungen die Waffen, und dann setzt man sich hin und verurteilt einen zum Tode. Und verhandeln gibt es nicht. Man darf nicht unterschreiben, man kann nicht unterschreiben.«

»Aber hören Sie«, sagte Miller, »als die Deutschen die Macht hatten, haben sie sich doch genauso benommen.«

»Wieso denn? Wie können Sie das sagen?«

»Na, war der Frieden von Brest-Litowsk vielleicht etwas anderes? Dort hat General Hoffmann auf den Tisch geschlagen, und hier schlägt Foch. Wer die Macht hat, regiert. Wer die Macht hat, schlägt auf den Tisch. Etwa nicht?«

»Ich glaube nicht. Seit hundert Jahren sind Friedensschlüsse nach Vernunft gemacht worden und nicht aus Rache.«

»Deutschland hätte es genauso gemacht. Darauf können Sie sich verlassen. Es hat vierzig Jahre lang mit dem Säbel gerasselt.«

»Nein«, sagte Theodor, »die Deutschen sind ein anständiges Volk. Ich verstehe nicht, Herr Miller, wie Sie das so sehen können. Wir sind doch überfallen worden.«

# 95. Kapitel

## *Herbert*

Im Frühjahr kam Herbert zurück.

Die Eltern und James und Marianne gingen an den Bahnhof, um ihn abzuholen. Es war, wie es immer gewesen war. Er sprach nicht.

Annette hatte mit der Köchin das Essen besprochen. Sie hatte ihre Quellen mobilisiert. Sie hatte eine große Gans bekommen. Sie hatte Blumen auf den Tisch gestellt. Aber Herbert sprach nicht.

Marianne sagte zu ihm: »Herbert, niemand will was von dir. Ruhe dich aus, schlaf lange, wir werden dann schon sehen. Für's erste brauchst du gar nichts zu tun. Hast du denn gar nichts drüben gearbeitet?«

»Doch, natürlich, ich habe doch essen müssen.«

»Geh heute zu Großmutter Selma, aber nur, wenn du willst«, sagte Annette.

»Ja.«

»Willst du nicht vielleicht auch gleich zu Tante Eugenie gehen?«

»Ja.«

Und dann saß er bei Großmama Selma, die ihrerseits im Erker saß und Kreuzstich stickte. Selma fiel es nicht weiter auf, daß Herbert nichts sprach. »Willst du etwas Tee, mein Junge?«

»Gern, Großmama.«

»Ich werde gleich klingeln. Wenn ich meine alte Anna nicht hätte, wüßte ich gar nicht, was ich tun sollte, die Bedienung wird nämlich immer schlechter.«

Und dann kam der Tee.

»Du hast die Deinen wohlauf gefunden?«

»Ja. Erwin ist noch in Gefangenschaft.«

»Gewiß, Erwin ist noch in Gefangenschaft. Aber wir hoffen doch alle, daß er nun bald zurückkommt.« Sie erwähnte nicht den grauenvollen Tod von Fritz, nicht den Rückgang der Verhältnisse bei Theodor und bei ihr selbst und bei Tante Eugenie, die ja auch ihrerseits nicht von alledem sprach.

Tante Eugenie saß in der Sonne auf der Terrasse. Auch bei ihr schien sich nichts geändert zu haben. Auch sie klingelte. Auch sie ließ Tee bringen und Keks.

Und dann ging er zu Tante Klärchen. Sie fing sofort an zu weinen, als sie ihn sah. »Ich hätte dich sofort erkannt. Du hast dich gar nicht so sehr verändert. Ist doch besser, du bist jetzt wieder zu Hause. Hast du dich sehr quälen müssen in Amerika?«

»Ja.«

»Und daß unser Fritz tot ist, weißt du? Am Abend war er noch ganz lustig, und zwei Stunden später hatte sich die Lungenentzündung so verschlechtert, daß der Arzt alle Hoffnung aufgab. Sie war eitrig geworden. Und am Morgen nach drei Tagen Krankheit war er tot mit neunzehn Jahren. Und er hätte so gern gelebt. Er war so vergnügt. Onkel Paul hat nun gar keine Lebensfreude mehr. Geh' doch zu Tante Sofie. Sie freut sich sicher. Sie ist recht einsam.«

Und so ging er noch einmal in das alte Haus. Schade, daß Großpapa nicht mehr lebt, dachte er. Nach einiger Zeit werden sie doch wollen, daß ich was arbeite. Ich täte das lieber in Amerika. Ich werd' ihnen sagen, daß ich besser zurückgehe. Vielleicht ist noch die kleine Mary unverheiratet. In 'ner Autoreparaturwerkstätte findet man schließlich immer Arbeit.

Er fand Tante Sofie sehr alt geworden. Sie saß an einem Fenster und nähte Wäsche. Lauter seidene Hemden.

»Ja«, sagte sie, »mancher hat Glück im Leben und mancher nicht. Trotzdem ich ja sagen muß: sehr viel Glück scheint in unserer Familie nicht zu sein. Ich habe ja einen Freund, aber ob wir uns heiraten werden, ist noch gar nicht klar. Ja, wenn ich das Kind hätte von Gerstmann damals. Es war erst fünf Monate, es war eine Frühgeburt – du wunderst dich vielleicht, daß ich davon spreche, aber du hast doch auch so viel durchgemacht, da hat man ja Verständnis für andere Menschen. Es war schon ein vollständiger Mensch. Es hatte Fingernägel. Der Arzt hat auch gesagt, so etwas habe er noch nie gesehen. Und wir haben es richtig aufgebahrt in einem weißen Spitzenkleidchen. Es war ein entzückendes kleines Mädchen. Was macht denn Marianne?«

»Sie ist in ihrem Amt. Ich bin ja noch nicht lange da.«

Ein paar Tage später sprach Herbert zum erstenmal von Amerika. Es war nach Tisch im Eßzimmer, abends. Sie aßen Obst.

»Ich habe da in einem Hotel gearbeitet. Man muß ein Vierteljahr in einem Souterrain arbeiten. Dort werden die Tische gedeckt und dann mit einem Fahrstuhl nach oben geschickt. Die Angestellten wohnen und essen auch da unten. Jeder, der in diesem Hotel arbeitet, muß zuerst ein Vierteljahr unten arbeiten, bevor er nach oben darf.«

»Na, und was hast du oben gemacht?« fragte Karl.

»Ich bin, noch bevor das Vierteljahr vorbei war, wieder weggegangen.«

»Du scheinst ja immerzu die Beschäftigung gewechselt zu haben«, sagte Karl.

»Ja, habe ich auch.«

»Erzähl uns doch noch ein bißchen«, sagte Marianne, »es interessiert uns doch alles.«

»Ach, wozu.«

»Willst du nach Kragsheim zu den Großeltern?«

»Nein.«

»Oder vielleicht noch ein bißchen ins Hochgebirge?«

»Ja, das wäre sehr schön.«

»Schreib an den ›Sonnenhof‹ nach Partenkirchen, vielleicht kannst du sogar noch Ski laufen. Die Ausrüstung von Erwin ist da, vielleicht paßt sie dir. Ich leg' sie dir raus.«

Aber nach drei Tagen hatte Herbert noch nicht geschrieben und nach fünf auch nicht. Und da es offenbar nicht zu erreichen war, daß er an das Hotel schrieb, setzte sich Annette hin und schrieb. Aber den Anzug mußte er schon selber probieren, und auch dazu konnte und konnte er sich nicht entschließen.

»Wenn du noch lange wartest, ist gar nichts mehr mit Skilaufen«, sagte Annette.

»Ich geh' gleich in mein Zimmer probieren.« Aber dann zündete er sich noch eine Zigarette an und legte sich aufs Sofa und las ein Stück Zeitung und drehte sich dreimal um sich selber und suchte ein Zündholz, so daß schließlich Annette sagte: »Also, komm jetzt hinter probieren.« Sie blieb dabei, bis sich herausstellte, daß die Breeches nicht ordentlich saßen.

»Oh, das geht ganz gut«, sagte Herbert.

»Nein, das muß noch mal zum Schneider.«

Und Annette nahm es in die Hand, wie sie seit dreißig Jahren alles in diesem Haushalt in die Hand genommen hatte. Sie rief den Schneider an, und rief ihn noch mal an, und rief ihn noch mal an, bis er tatsächlich noch am selben Tage kam. Und sie erreichte, daß der Anzug am nächsten Tage fertig war und daß der Koffer gepackt wurde und daß Herbert fuhr.

Der »Sonnenhof« war eine Art von Sanatorium, und Annette schrieb an den Arzt. Ihr Sohn habe mehrere Jahre Kriegsgefangenschaft hinter sich und sei von einer völligen Entschlußlosigkeit. Man müsse ihn ein bißchen anregen.

Das Ganze bekam Herbert sehr gut. Er mußte turnen. Er bekam Fichtennadelbäder und Massage. Und schon das Gefühl, daß seine Eltern offenbar viel Geld für ihn bezahlten, war belebend. Außerdem war noch schöner Pulverschnee.

Vielleicht sollte ich doch in Amerika Landarbeit machen, dachte er. Aber wenn er an die Eierfarm dachte oder an das Traktorführen, so war ihm die Arbeit in der Garage in New York genauso angenehm.

Dann kam die Schneeschmelze mit Macht.

»Wir werden das Sanatorium in acht Tagen schließen, Herr Effinger. Sie müssen entweder zum Niederer ziehen, der hat's ganze Jahr offen, oder nach Berlin fahren.«

»So, danke«, sagte Herbert. Ich fahre direkt nach Amerika, dachte er. Was soll ich denn in Berlin? Ich bin ihnen nur eine Last. Sie sollen mir Geld mitgeben, dann mache ich eine Tankstelle an der kanadischen Grenze und heirate Mary, wenn sie noch frei ist, und Schnee gibt es dort, da kann ich skilaufen. Und er schrieb in diesem Sinne nach Berlin.

»Was soll man dazu sagen?« sagte Karl.

»Also was soll wirklich hier aus ihm werden?« sagte Marianne. »Zum Arbeiter ist er zu ungeschickt, gelernt hat er nichts, er ist der geborene kleine Beamte. Aber Postbeamte können Juden in Deutschland nicht werden. Das ist ihnen versagt.«

Karl ging auf und ab. »Ich verstehe nicht, warum er nicht in die Fabrik will. Er kann vorwärtskommen, gut heiraten …«

»Papa«, sagte Marianne, »ich kenne doch Herbert oder vielmehr solche Typen, es wird nichts werden. Vielleicht kann man ihm hier eine Tankstelle einrichten …«

Karl ging weiter auf und ab. Er gab es sich nicht zu, aber eigentlich war es ihm dann schon lieber, Herbert ginge wieder nach Amerika. »So ein Mensch kommt in Amerika ganz anders vorwärts«, sagte er.

Marianne schwieg.

Annette sagte: »Gott, er könnte doch hier bei uns bleiben. Was ist denn dabei, wenn er einfach so bei uns lebt!«

»Dabei würde er verkommen«, sagte Marianne. »Er könnte doch dann nicht heiraten.«

Aber Annette schrieb heimlich an ihn. Sie wollte ihre Kinder um sich haben. Es war ihr angenehm, wenn sie nicht heirateten.

»Meine liebe Mama«, schrieb er zurück,

»ich danke Dir für Deine freundliche Einladung, aber ich kenne drüben ein Mädchen, das ich gern habe. Wir haben uns geschrieben. Und wenn ich 60 000 Mark bekomme, wie mir Papa schreibt, so kann ich drüben eine ganz erstklassige Tankstelle aufmachen. Das ist doch besser.

Herzliche Grüße Dein Sohn Herbert.«

Und Annette tat, was sie ihr ganzes Leben tat: sie kaufte. Sie kaufte gute Sachen, gute Bettbezüge und Kopfkissen und gute Decken. »Ganz ohne filet tiré natürlich, denn es ist doch für einen Garagenbesitzer«, sagte sie zu Klärchen und ihrer Mutter.

»Du wirst es doch niemandem erzählen«, sagte Selma, »es ist doch eine schreckliche Schande.«

Klärchen dachte: Und unser Fritz hat weg müssen. Sie dachte nicht viel anderes mehr.

Annette besorgte sechs Arbeitsanzüge aus blauem Drell, das

Beste, was es gab. »Wo willst du denn die Garage aufmachen?« sagte sie.

»Ich weiß nicht«, sagte Herbert.

»Ich muß doch aber wissen, ob ich wollene Unterjacken kaufen soll oder Netzunterhosen?«

»Na ja«, sagte Herbert, »ich versteh' das schon, aber selbst wenn ich an die kanadische Grenze ginge, so ist doch noch gar nicht gesagt, daß ich dableibe.«

»Gott, wie soll man da disponieren?« sagte Annette verzweifelt.

»Besorg doch für alle Eventualitäten«, sagte Marianne.

»Für alle Eventualitäten? Aber das ist doch das Unrationellste, was man machen kann!«

»Na, aber sechs Extra-Unterhosen für heißes Klima sind doch keine Schwierigkeit!« sagte Marianne.

Und Annette ging mit Herbert zum Schneider und besorgte mit ihm Schuhe und Strümpfe und Krawatten. »Ordentlich eine Freude ist mir das, daß ich dich mal richtig ausstaffieren kann.«

»Ja, aber Mama, wenn ich nicht in New York bleibe, wird es doch viel zu teuer für mich sein, die Kiste transportieren zu lassen.«

»Was tust du denn dann mit der Aussteuer?« fragte Annette voll Angst.

Herbert antwortete nicht. Ich seh' schon, er wird sie verschleudern, dachte Annette.

Marianne kam eines Abends extra früher nach Hause, um Annette allein zu sprechen. Es mußte diplomatisch angefangen werden: »Mama, ich wollte dir etwas sagen, was Papa nicht zu wissen braucht.«

»Und?« fragte Annette, und einen Augenblick hoffte sie auf die große Nachricht, daß Marianne sich verlobt habe.

»Gib Herbert ein Schmuckstück mit!«

»Ein Schmuckstück? Aber als Garagenmann braucht er doch seiner Frau keinen Schmuck zu schenken.«

»Nein, aber er könnte in Not geraten.«

»In Not geraten? Entschuldige, ich verstehe dich nicht. Ein

fleißiger Mensch gerät nicht in Not. Herbert ist doch kein Trinker oder Spieler?«

»Er *war* schon in Not«, sagte Marianne.

»Meinst du?« sagte Annette nachdenklich. »Es ist ja auch richtig, einem Sohn einen Brillantring mitzugeben.«

Alle begleiteten ihn nach Hamburg. Auch James kam mit. Die Zeiten hatten sich geändert, die Gewissen waren zarter geworden. Allen fiel der Abschied weit schwerer als damals.

»Schreib recht oft«, sagte Annette, »und gib uns immer deine Adresse, damit wir dir was schicken können.«

»Ich besuch' dich mal«, sagte James.

»Vielleicht kannst du doch mal drüben so weit kommen, daß du Effingers verkaufst!« sagte Karl. Er konnte sich nicht mit dem Gedanken abfinden, daß sein Sohn zufrieden sein sollte, ein Garagenbesitzer zu sein.

Sie fuhren sofort nach Berlin zurück, als das Schiff weggefahren war. Keiner hatte Lust, noch zusammen in ein Restaurant zu gehen.

# 96. Kapitel

## *Sonntagmittag 1919*

Es war eine traurige Versammlung, die nach Jahren wieder einmal in dem großen Säulensaal bei Eugenie zusammensaß.

Von den Männern der alten Generation lebte nur noch Waldemar. Paul und Klärchen hatten immerzu Tränen in den Augen. Karls Munterkeit war gedämpft, er schrie und regte sich über die Entente auf. Marianne fing an zu verblühen, und Lotte sah elend und unglücklich aus. James war schön und strahlend und Sofie elegant wie eh und je, die einzige, die kein viermal verändertes Kleid anhatte.

»Und was ist mit Erwin?« sagte Paul.

»Hastes doch«, sagte Waldemar. »Die Sittlichkeit wird durch Erpressung aufrechterhalten: Behandelst du meine Gefangenen schlecht, behandle ich deine Gefangenen schlecht. Als Rußland 1917 besiegt war, verhungerten die Russen in unsern Gefangenenlagern. Jetzt sind wir besiegt, bleibt der Stacheldraht um die deutschen Gefangenen. Und was ist das Resultat? Die deutsche Republik wird beschuldigt. ›Man läßt uns hier versacken, man kümmert sich nicht um uns!‹ Das ist die Stimmung in den Gefangenenlagern. Viele von denen, die ordentliche Demokraten geworden waren, müssen doch wieder an die Gewalt glauben. Ach, die Menschheit ist eine blöde Bande. Alle egal.«

»Du meinst also, Erwin wird nicht so bald wiederkommen?« fragte Paul.

»Ich meine nicht, ich weiß.«

»Ich brauche Erwin, ich kann nicht allein den ganzen Betrieb machen bei diesen Nachkriegszuständen.«

»Nach dir wird nicht gefragt«, sagte Waldemar.

»Ich bin ja schließlich auch noch da«, sagte Karl.

»Na sicher, sicher.«

Theodor trat mit Miermann ein.

Eugenie freute sich aufrichtig. »Wie nett, daß Theodor Sie mitgebracht hat! Es ist so still bei mir geworden. Auf Beatrice brauchen wir wohl nicht zu warten?«

»Tante Eugenie, sieh mal, Beatrice ...«

»Laß nur, Theodor, bemüh' dich nicht, ich weiß, es ist nicht deine Schuld.«

Frieda meldete, daß angerichtet sei.

Miermann setzte sich neben Sofie. Er war fett und glatzköpfig und ungepflegt, immer war der Kragen voller Schuppen. Er hatte eine liebe Frau zu Hause, die seit zwanzig Jahren ein Teil seines Lebens war und die sich täglich bemühte, ihn schuppenlos, mit sauberen Händen und gut rasiert in die Redaktion zu entlassen, und die ihn Abend für Abend beschuppt und bedreckt wiederbekam, worauf sie sich noch zwei- bis dreimal die Woche die Mühe gab, ihn sauber und schuppenlos ins Theater zu bringen. Das nahm ihr so viel Kraft, daß sie eigentlich selber immer nur irgendwie aussah. Miermann war ein bedeutender Theaterkritiker an einer bedeutenden Zeitung geworden, er war ein beliebtes Mitglied seiner Redaktion; aber niemand wäre auf die Idee gekommen, diese fette kleine Kugel in Zusammenhang mit dem Wort Liebe zu bringen. Dabei verliebte er sich in jede neu auftauchende Schauspielerin, und nur seine Berufsehre hinderte ihn, seinen Gefühlen Ausdruck zu verleihen. Und meistens dauerte es auch nicht lange. Sofie hingegen war für ihn die Verkörperung der großen, unerreichbaren Welt geblieben.

Es stand furchtbar viel Geschirr auf dem Tisch, aber im Grunde genommen gab es Grießsuppe vor und einen Rinderbraten nach, jenen Rinderbraten, den Waldemar um 1900 als die verlorene Tugend von vor Anno 70 gepriesen hatte.

Miermann sagte zu Sofie: »Ihnen, Frau Sofie, kann die Zeit nichts anhaben.«

»Aber, Herr Miermann, wie können Sie so etwas sagen?«

»Es ist mein tiefer Ernst.« Miermann seufzte und sah auf die langen, schlanken Finger, auf den weißen Arm, der der Hand folgte, und sagte: »Wissen Sie, es ist der Traum meines Lebens ...«

Dann schwieg er. Besser nichts sagen, dachte er. Er hatte sich einmal lächerlich gemacht, nicht noch mal. Aber es war der Traum seines Lebens, ihr gegenüberzusitzen, ihre Hände in den seinen, und schließlich sie zu küssen. Er sah auf seinen Teller mit Rinderbraten – und sagte nichts.

»Mahlzeit!« rief Eugenie. »Die Nachspeise habe ich für den Kaffee im anderen Zimmer aufgehoben.«

Es war, wie es immer war. Der Kaffee wurde in den herrlichen Tassen von Eugenies Tassensammlung gereicht.

»Meinem seligen Ludwig und Emmanuel und Billinger und Friedhof ist viel erspart geblieben«, sagte Eugenie.

Theodor berichtete über seinen Vertrag mit der Miller-Gruppe.

»Nicht schlecht«, sagte Waldemar, »allerdings im Augenblick völlig gleichgültig. Der Friedensvertrag wird nicht unterschrieben werden.«

»Dann rücken die Franzosen ein«, sagte Klärchen.

»Gar nicht sicher. Ich habe Nachrichten über große Differenzen zwischen den Ententeleuten. Dieser Vertrag ist nichts als ein Keim zu neuen Kriegen.«

»Aber wir brauchen Frieden«, sagte Marianne, »das Elend ist unermeßlich.«

»Ach, du bist ja jetzt im Ministerium, na, ich gratuliere. Du hast vollständig recht, aber das braucht man ja nicht an die große Glocke zu hängen. Diese Ideologen sind ein Unglück.«

»Ich habe doch viel in der letzten Zeit durchgemacht«, sagte Lotte zu Marianne. »Warum sprichst du nicht mit mir? Ich kann mir denken, daß du auch viel durchgemacht hast. Du bist doch offenbar mit Schröder auseinander.«

»Auseinander ist wohl zuviel gesagt.«

»Nun, ich kann mir nicht denken, daß du glücklich darüber bist, daß Schröder ein prominenter Antisozialist, ein Syndikus mit einem Riesengehalt bei den Industriellen geworden ist.«

Marianne lächelte ganz ruhig: »Aber Lotte, du überschätzt meine Beziehung zu ihm, hast sie wahrscheinlich immer überschätzt. Ich habe ganz andere Probleme.«

Lotte dachte: Sie ist wie Großmama Selma. Sie spricht nicht.

Ich bin eine andere Generation. Sie heuchelt. Wahrscheinlich gibt sie auch nichts vor sich selber zu. Ich werde ihr auch nichts mehr erzählen.

»Das war so eine Jugendfreundschaft. Aber was ist denn mit dir?«

»Ich bin sehr unglücklich«, sagte Lotte, eine Minute nachdem sie sich vorgenommen hatte, zurückhaltend zu sein. »Jetzt, wo die ganze Welt in Haß auflodert und man gar nicht weiß, wohin man noch wandern muß, jetzt hätte ich so sehr einen Menschen gebraucht, den ich lieben kann, mit dem ich durch dick und dünn gehen kann. Wir sind doch merkwürdig einsam, Marianne.«

»Einsam? Ein tätiger Mensch ist nicht einsam.«

»Du bist sehr stolz, du wirst nicht zugeben, daß du einsam bist.«

»Ich habe jetzt ein viel dringenderes Problem: Trete ich in die Partei ein oder nicht? Ich habe es mit der Koch besprochen, und sie meint, da ich kein überzeugter Marxist bin, könnte ich es nicht. Sie ist deshalb auch nicht eingetreten.«

»Die größte Gefahr für dich ist, daß du eine Beamtin wirst. Du hast doch jetzt nicht mehr mit Menschen zu tun, sondern mit den Akten darüber.«

»Ja, früher stand das Mädchen vor mir, und ich konnte sie in diesem speziellen Fall unterbringen, und jetzt handelt es sich darum, Richtlinien aufzustellen, wie in so und so gelagerten Fällen Mädchen unterzubringen seien. Man muß versuchen, die Mittel für Heime zu erlangen und für Fürsorgestellen und Gehälter für Fürsorgerinnen. Aber wahrscheinlich wird aus jeder Revolution nachher ein Ministerium.«

Sofie setzte sich in einen Sessel zu den Mädchen und sagte: »Ihr solltet heiraten. Nur beim eigenen Ehemann findet die Frau Schutz.«

»Ich will ja gar nicht Schutz finden«, sagte Marianne.

»Ihr habt euch mit euren kurzen Röcken und euren kurzen Haaren der wahren Weiblichkeit beraubt, du mit deiner Berufstätigkeit, Marianne. Du hast eben das Glück, robust zu sein. Theodor verlangt jetzt von mir, daß ich die Steuerzettel allein ausfülle. Wie kann ich das?«

»Aber Tante Sofie, ein intelligenter Mensch kann doch eine Steuerkarte ausfüllen.«

»Ich habe so etwas nie nötig gehabt. Für eine echte Frau gibt es kein anderes Leben als die Liebe. Aber die Männer vertragen es nicht, daß man sie wahrhaft liebt.«

»Nein, sie vertragen es nicht. Ich habe das doch an Edgar gesehen.«

»Dazu hat man gerungen«, sagte Sofie, die Hände im Schoß, den Kopf zur Decke gedreht, »sich ein Leben lang rein gehalten, damit der einzige Mensch, von dem man glaubte, daß er uns ganz versteht, davongeht und uns ein kleines Mädchen vorzieht. So wenig kommt es zwischen Mann und Frau auf das Menschliche an.«

»Wußtest du das nicht?« sagte Lotte. »Als Edgar mir den furchtbaren Brief schrieb, ging ich noch mal zu ihm. Er streichelte mich, er versprach mir, alles wiedergutzumachen. Aber er gab mir das Gefühl, daß ich ein Tier bin, das fordert, und er war der Reine.«

»Ich verstehe nicht«, sagte Marianne, »wie man sich so viel vergeben kann.«

»Vergeben? Man vergibt sich nichts, wenn man liebt.«

»Ja, Lotte, du hast recht, man vergibt sich nichts, wenn man liebt«, sagte plötzlich James, der hinter sie getreten war. »Du fängst überhaupt an, mein Typ zu werden. Du wirst sehr hübsch. Und ist es nicht unglaublich, wie jung Tante Sofie bleibt?«

Unterm Wendlein saßen Eugenie und Selma mit der Kreuzstichdecke, Waldemar, Theodor und Miermann, Karl und Annette.

»Ich finde diese ganze neue Literatur unerträglich«, sagte Miermann; »aber ich komme mir schon vor wie Maiberg, der über Zola schimpfte. Erinnert sich noch jemand? ›Schmutzfink‹ hat er Zola genannt.«

»Das war aber auch so zu unserer Zeit«, sagte Eugenie, »man hat ihn so empfunden.«

»Gegen die jetzige Literatur war das eine rosenrote Schönfärberei. Die Söhne werden zum Kampf gegen die Väter aufgerufen. Mädchen werden vergewaltigt. Die Freiheit, die man fordert, ist die, einen Hausschlüssel zu haben, Dirnen zu besuchen und kein Examen zu machen. Es gibt keine einzelnen Menschen mehr, sondern nur noch Typen, vonwegen weil Masse Mensch wichtiger ist als das Individuum: der Freund, die Dirne, der Herr in Gelb, die Dame in Weiß. Da wird das Proletariat revolutioniert, da steht der ›Führer‹ auf dem Fabrikhof, und der ›Herr in Gelb‹ verschließt sich seiner Forderung. Und zuletzt kommt ein Mädchen auf die Bühne, faltet die Hände überm Bauch und sagt: ›Ich gebäre den neuen Menschen‹! Das alles kann kein einfacher Mensch verstehen. Man wird sehr bald leere Theater haben, wie sich kein Mensch mehr die Kunstausstellungen ansehen kann. Dieser ganze Expressionismus ist der letzte Ausläufer der Dekadenz von 1900. Aber sagen Sie das mal. Ich muß sehr vorsichtig sein. Da hat mich neulich so einer von den neuen Burschen angegriffen und geschrieben, es sei schon Verrat, wenn einer etwa im Feuilleton einer Tageszeitung den Expressionismus, selbst mit treffenden Gründen, verulke. Der vom linken Ufer habe den Boden des rechten nicht zu betreten – es sei denn als Feind. Gegen Verräter müsse man schonungslos mit Boykott vorgehn. Und dieser Terror wird verdeckt durch die neuen Schlagworte: Menschheit und Brüderlichkeit.«

»Ich kann das alles nicht mehr hören,« sagte Waldemar. »Sehen Sie, Herr Miermann, so wie Sie den Expressionismus empfinden, als das impotente Gestammel einer aufgeblasenen Literatenclique, so empfinden es neun Zehntel aller Menschen. Plötzlich soll die ungekonnte Malerei sozialistisch sein. Warum denn? Und dieser expressionistische Dramenquatsch links. Warum denn? Ich habe die Dekretalien der sogenannten Räteregierung in München bekommen. Man sollte es nicht für möglich halten, eine ihrer Zeitungen ist mit einem Holzschnitt geschmückt, der sich ›Beschlagnahme der bürgerlichen Wohnungen‹ nennt. Wo fängt denn diese Bürgerlichkeit an? Sehr tief. Schon der kleinste Beamte ist ein Bürger. Man kann ein Land nicht mit einer Philosophie regieren, die sich nur auf eine ganz winzige Schicht, das Lumpenproletariat, bezieht. Ich muß euch etwas vorlesen: ›Alle örtlichen Arbeiterräte werden aufgefordert, durch Delegierte die Hotels und Gasthäuser in bezug auf Lebensmittelvorräte und Mahlzeiten zu kontrollieren, eventuelle Vorräte, welche den normalen Gebrauch übersteigen, zu beschlagnahmen und den kleinen Gasthöfen, in denen vorwiegend Arbeiter verkehren, zuzuweisen. Der revolutionäre Zentralrat.‹ Noch nie hat eine Regierung so primitiv das Fressen denen zugeschanzt, die sie unterstützen. Warum den Arbeitern? Und die Mutter des Kriegsgefallenen ist ein Hund? Und der kleine ältere Beamte ist ein Dreck? Und der Kleinrentner? Und der Mensch im winzigen Laden? Ich sage es hier und heute, ich sage es dir, liebe Marianne: Alle diese, die Kleinrentner, die Bauern, die Angestellten, die kleinen Beamten, alle diese Leute, die in Frankreich echte Demokraten sind, alle diese hat man in den fünf Monaten dieser Revolution zu Antidemokraten gemacht. Der Kommunismus hat diese ordentlichen Menschen vor den Kopf gestoßen, und der Sozialismus hat keine Schwungkraft.«

»Aber man kann sich auch nicht abseits halten«, sagte Marianne.

»Nein«, sagte Waldemar, »man kann und soll sich nicht abseits halten. Ihr seid schuld am Kriege, Theodor und Sie, Herr Miermann, die ihr das Theater ernst genommen habt, Antiquitäten, Puppen mit zu langen Armen und Beinen.«

»Man hat doch die Geistigen nicht haben wollen. Wilhelm konnte nur Schmeichler brauchen.«

»Geistige werden nicht geholt. Sie machen sich bemerkbar. Aber wenn man seinen eigenen elfenbeinernen Turm lieber hat, als Redner zu sein, Lehrer, ja meinetwegen auch Revolutionär, kann man sich nicht wundern, wenn die Toren kommen, oder die törichte Masse, und diesen elfenbeinernen Turm umstürzen will, ohne zu wissen, was sie an seine Stelle setzen soll.«

»Den Sozialismus«, sagte Marianne.

»Der Sozialismus ist doch nichts anderes als verbesserte Verwaltung. Er war eine Religion. Jetzt ist er Wohlfahrtspflege. Für eine Religion begeistern sich die Menschen. Wohlfahrtspflege ist Markenkleberei, pure Nützlichkeit. Mehr nicht. Die Religion ist an den Kommunismus übergegangen. Aber was da an blödestem Dilettantismus herrscht, ist beispiellos. ›In den Gemeinden mit Wohnungsnot ist jede Mietpreissteigerung verboten.‹ Die Mark fällt. Wenn ein Dollar tausend Mark kostet, wird man immer noch für eine Wohnung fünfzig Mark bezahlen? Ja? Das heißt also: nichts. Aber wie bequem, einen Sündenbock zu haben, die Kapitalisten, oder, noch primitiver, die Wucherer. Dabei haben wir nur eine irrsinnige Währungspolitik. Ich renne mir die Absätze schief, um zu erreichen, daß ein Gesetz kommt, Mark gleich Dollar. Aber das hält man für Vaterlandsverrat. Das Geld soll weniger wert sein, aber die Preise sollen stabil bleiben!!«

»Aber die neuen Leute arbeiten doch alle in diesem völlig verarmten Lande mit ganzer Kraft, da gibt es Bauprogramme ...«

»Richtig, und Programme gegen die Kinderarbeit, und für den Achtstundentag. Richtig. Aber stellen sie sich auf den Markt? Wiegeln sie das Volk auf? Sie verkriechen sich hinter den Bajonetten der alten Generäle. Und nun droht noch dieser Frieden. Aber zum Heile der Menschheit hoffe ich, er wird nicht unterschrieben.«

»Und dennoch«, sagte Lotte, »es kommt etwas Neues, etwas Großes.«

»Ich habe es auch geglaubt. ›To make the world safe for democracy.‹ ›Bien heureux celui qui se donne sur le champ ou on meurt pour que vive la liberté.« ›France, France, sans toi, le monde serait seul!‹, und aus alledem sind die astronomischen Ziffern der Kriegsentschädigung erblüht, die vollkommene Entwaffnung, das besetzte Rheinland, der polnische Korridor. Wir werden Aufstände bekommen, Russen und Franzosen werden einmarschieren. Aber sprechen wir von Erfreulicherem. Du gehst nach München nächsten Winter, Lotte, sehr vernünftig. Lerne, lies, was die Menschen Großes schufen. Es werden noch andere Zeiten kommen.«

»Sicher. Wir werden noch Großes erleben«, sagte Karl. »Wir werden einen Sozialismus bekommen, der auch uns von der Konkurrenz befreit. Ich wäre sehr, sehr gern ein angestellter Fabrikleiter, so wie meine Marianne jetzt Staatsbeamtin geworden ist. Ist eine großartige Lösung. Keine Unzufriedenheit mehr, und der Völkerbund wird gegen jeden Friedensstörer vorgehen. Ich sehe durchaus hoffnungsvoll in die Zukunft.«

»Ach, Kinder«, sagte James, »die Deutschen sind ein süßes Volk. Gestern bekomme ich einen Frachtbrief von Herrn Krull aus Halle. Meine Kisten aus dem Weltkrieg sind mitten in der Revolution angekommen.«

# 97. Kapitel

## *Flucht*

Im Sommer 1919, der Frieden war geschlossen, war Erwin in einem Lager, das sich an einem Steinbruch befand. Die Arbeit in dem Steinbruch war schwer, die Baracken wimmelten von Ungeziefer, das Essen war kaum genießbar. Erwin dachte: Jetzt ist August, bald ist wieder Herbst, noch einen Winter halte ich das nicht aus.

Unter den Werkzeugen war eine Drahtschere. Er nahm sie mit und versteckte sie in seinem Strohsack. Seit Wochen sammelte er Sardinendosen. Und vor allem hatte er noch seinen amerikanischen Monteuranzug, gestohlen in Sens. Bei einer Kontrolle hatte ein Offizier zu ihm gesagt: »Da steht doch nicht P. G. drauf. Machen Sie das mal drauf.« Und Erwin hatte es nicht mit weißer Ölfarbe draufgemalt, wie es Vorschrift war, sondern mit Seife, was genau so aussah.

Er meldete sich krank, ein Thermometer wurde gerieben, bis es Fieber zeigte, und er kam in die Sanitätsbaracke. Als die Posten sich am Abend wuschen – es dämmerte schon –, schnitt er vorsichtig und rasch eine Gasse in den Drahtverhau und entwischte.

Er wurde bemerkt. Rufe ertönten, Schüsse fielen. Atemlos erreichte er den dichten Wald, an den das Lager grenzte. Am Wald entlang floß ein Kanal. Erwin lauschte. Sein Herz klopfte. Er merkte, daß der Wald abgeriegelt wurde. Er zögerte noch, dann ließ er sich mit allen seinen Sachen in den träge fließenden Kanal gleiten und schwamm nach Westen zu.

Als er aus dem Wasser stieg, war es ganz warm und ganz dunkel. Irgendwo fern hörte er Hundegebell und Schüsse. Er lief ein Stück im Weidengebüsch am Kanal, dann rasch durchs Feld, und dann war er schon im Wald. Er schlief den ganzen Tag in einem dichten Gebüsch, und am Abend begann er wieder zu wandern. So Nacht für Nacht. Um die Dörfer machte er einen weiten Bogen, und nichts haßte er so wie die Hunde, die anschlugen.

Der Wald verbarg ihn am Tage, dieser meilenweite französische Laubwald der Genoveva und der Ritter von König Artus' Tafelrunde, dieser dichte, dünnstämmige, völlig mit Farn und Unterholz verwachsene Wald. Erwin begann ihn zu lieben. Dies war keine Holzfabrik wie die deutschen Wälder. Hier konnte die Minnegrotte sein, in der Tristan und Isolde verbannt und einsam lebten. Hier waren Moos und Blumen, Blaubeeren und schon die ersten Brombeeren. Hier waren die herrlichen Bäume, an denen die Schaukel befestigt war, mit der die lüsternen Schönen Fragonards und Bouchers in den Abgrund der Revolution flogen. In diesen Wald führte Maupassant die Irrenden des Herzens, und er war noch immer die Insel Cythera, in deren Buschwerk man sich verlieren kann. Erwin fühlte, warum es heißt: La douce France. Süßes Frankreich. Wenn die Eichhörnchen in den Ästen knackten, wenn die Vögel zirpten, wenn der Mittagsglast alle verschwiegenen Düfte aus der Erde sog, dann spürte Erwin trotz minütlicher Gefahr und obwohl er keinen Pfennig Geld in der Tasche und nur noch sehr wenig zu essen hatte, das Glück der Kreatur.

Trotz aller Vorsicht stand er eines Nachts vor einer radelnden Gendarmeriepatrouille. Aber vor die Verfolgten hat die Vorsehung die Faulheit der Gendarmen gesetzt. Er lief ins hohe Korn, und niemand verfolgte ihn.

Nach wenigen Tagen war er ohne Nahrung. Das Brot war beim Schwimmen durch den Kanal naß geworden und verschimmelt, und in den Wäldern fand man nicht allzu viel Eßbares. In der Morgendämmerung geriet er aus Versehen in einen kleinen Ort. Er marschierte weiter, zum erstenmal am hellen Tage, und keiner beachtete ihn, obgleich er sich zehn Tage nicht gewaschen und rasiert hatte. Er war kühn geworden, denn er hatte Hunger. Das Problem war, wie er was zu essen finden konnte.

Da sah er, daß eine Kolonne deutscher Gefangener Granatlöcher zuschüttete. Er schlängelte sich heran und begann zu reden. Sie waren ärgerlich über den Zivilisten, bis er sich zu erkennen gab. »Ihr müßt mir etwas zu essen verschaffen.«

»Wir haben selber nichts.«

»Ihr habt doch einen Küchenhengst, der wird schon haben. Schmeißt es nachher hier auf den Schutthaufen, da hol' ich es dann.«

Tatsächlich fand er nach ein paar Stunden dort einen Brotbeutel mit Sardinen, Brot und einem Stück Wurst.

Er war satt, und es ging gut vorwärts bis in die Dunkelheit, wo er an ein Gelände kam, das von lauter Wassergräben durchzogen war. Ohne Unterbrechung mußte er wieder zurückgehen. Die Nacht über lief er so hin und her.

Am Morgen marschierte er an Bahngeleisen entlang bis zu einem kleinen Bahnhof, voll mit Bauern, Soldaten und Markthändlern. Im Wartesaal hing eine Landkarte; da sah er, wo er war, es war nicht mehr weit bis Metz. Er hatte Mut bekommen, blieb sitzen und ruhte sich aus, bis ein Bahnbeamter kam.

»Mit welchem Zug wollen Sie fahren?«

»Ich warte hier auf meinen Bruder.«

»Hast du eine Bahnsteigkarte?«

»Nein.«

»Dann mußt du draußen warten.«

»Merci, Monsieur.«

Draußen setzte er sich auf eine Bank, und nach einer Weile verschwand er. Er suchte die Geleise mit seinem Kompaß ab, bis er die Richtung nach Metz gefunden hatte. Und als ein Güterzug ganz langsam kam, nahm er alle Kraft zusammen, sprang auf und legte sich in einen der Wagen und schuckelte vorwärts. Das war die beste Form des Reisens, fand er. Wunderbar, wenn der Zug über die großen Moselbrücken fuhr, ganz rasch, ganz sanft und ganz bequem. Schon kamen die Lichter der großen Stadt. Es ging ungemein rasch mit so einem Zug. Bevor der Zug im Bahnhof war, sprang er ab. Aber er hatte die Schnelligkeit des sanft fahrenden Zuges unterschätzt, er prellte seinen Fuß und rollte die Böschung hinab.

Er war in Metz. Zuerst kroch er auf dem Bahnhof herum und

versuchte, wieder auf einen Güterwagen zu kommen. Er hatte Blut geleckt und fand es doch viel besser, mit der Eisenbahn zu fahren, als immer zu laufen. Aber als er noch so zwischen den Schwellen herumkroch, hörte er einen Bahnbeamten auf deutsch zu dem anderen sagen: »Ist denn da noch einer von unserer Kolonne?«

»Warum denn?«

»Da kriecht doch noch einer zwischen den Wagen herum.«

Eine große Stadt ist nicht die Natur. In der Natur gibt es Hekken und Gebüsche und hohes Korn. In der Natur ist man nachts allein und unbehelligt. In der Natur gibt es manchmal Obstbäume. In der Natur gibt es einen Sonnenaufgang, nach dem man sich verstecken muß, wenn man ein Flüchtling ist, und einen Sonnenuntergang, nach dem man aufstehen kann und weiterwandern die Nacht hindurch. Aber in der großen Stadt gibt es Zäune und bestenfalls eine Bank. Erwin wußte nicht, wie er übernachten und wo er sich aufhalten sollte.

Er suchte drei Tage lang die Landstraße nach Deutschland. Es ist furchtbar schwer, ohne Landkarte die richtigen Ausfallstraßen zu finden. Es war Abend. Er marschierte und – geriet in ein Fort. Die Hunde bellten, und die Wache wurde alarmiert. Er entkam noch gerade voll Angst über den nächsten Zaun und versteckte sich in einem großen Rhododendrongebüsch. Während er darin lag, merkte er, daß unausgesetzt jemand um das Rondell ging, immer rund um das Rondell mit dem Rhododendrongebüsch. Was ist das nun wieder? dachte Erwin. Da sah er, er lag im Park eines eleganten Hauses. Er hörte Tanzmusik und sah die Paare hinter beleuchteten Fenstern sich bewegen, und um das Rondell ging unausgesetzt ein französischer Offizier mit einer Dame. Erwin schlief bis zum Morgen. Dann marschierte er wieder. Er wurde immer sicherer, und als er durch das Tor eines Exerzierplatzes geraten war, ging er kühn, ein Monteur, mitten durch die übenden Abteilungen hinduch zum anderen Tor wieder hinaus.

Er hatte nicht mehr viel zu essen. Und es begann zu regnen. Es goß. Es wurde nebelig und kalt. Die Dörfer hörten auf, und es begannen einzelne Gehöfte. Der Charakter der Häuser änderte sich. Ich muß im deutschen Gebiet sein, dachte Erwin. Der verstauchte Fuß, der seit dem Absprung im Metzer Bahnhof immer schlimmer geworden war, schwoll an. Er konnte kaum noch gehen. In Nacht und Nebel seinen Weg zu finden war schwer genug, und als er ein kleines wanderndes Licht sah, hatte er das Gefühl: Vielleicht biste zu Hause.

Er ging dem kleinen wandernden Licht entgegen, und siehe, es war ein Mensch.

»Kommst von drüben?«

»Ja.«

»Bist ein Gefangener?«

»Ja.«

»Hast Hunger?«

»Ja, mächtig.«

»Ich helf' dir schon, komm nur erst und iß dich satt.«

So traf Erwin nach vielen Jahren einen Menschen; es war in einem Bahnwärterhäuschen, und er bekam Rotwein. »In einer Stunde«, sagte der Mensch, »geht der Zug nach Dillingen. Da kannst du dann mitfahren. Dort helfen sie dir weiter.«

Und nach einer Stunde kam ganz leise und ganz sanft ein Güterzug durch den Wald, und der Mensch sagte: »Hier ist ein Bremshäuschen, da setz' dich rein.«

»Danke«, sagte Erwin und kletterte in das Bremshäuschen.

Erwin sah Hochöfen, Fabriken. Er sprang rasch ab.

Auf der Strecke fand er das Bahnwärterhaus, an das ihn der Mensch gewiesen hatte. Ein Mann mit Bart und Pfeife lehnte im Fenster.

»Kann ich Sie sprechen?« rief Erwin hinauf.

»Ja, kommen Sie nur.«

»Sind Sie allein?«

»Ja.«

Erwin kletterte hinauf. Aber der Beamte war gar nicht allein, eine ganze Bahnarbeiterkolonne stand bei ihm.

»Sie können hier ganz ehrlich reden«, sagte er.

Erwin erzählte seine Flucht. Die Kolonne beratschlagte und versorgte ihn. Jeder gab ihm etwas zum Anziehen, denn sein

Monteuranzug war völlig in Fetzen, und sie besorgten ein Quartier bei einem andern Beamten.

Mit dem besprach er den weiteren Plan. Die Hauptsache sei, daß er eine Carte d'identité bekomme, mit der er nach Deutschland fahren könne.

»Sie sind aus Dillingen, wir besorgen Ihnen das alles. Sie sind hier geboren. Sie heißen Karl Lehmann. Was können Sie?«

»Ich weiß mit Autos Bescheid.«

»Also Autoschlosser.«

Und dann ging Erwin auf die Bürgermeisterei. Ja, es ging alles. Er würde in alle Bücher eingetragen werden. Es würde nichts zu finden sein, was verdächtig wäre. Karl Lehmann würde das Licht der Welt erblicken, er würde geimpft werden zum erstenmal und zum zweitenmal, er würde Soldat werden, ins Feld kommen und zurückkehren, und schließlich würde dieser Karl Lehmann, dies Geschöpf der Bürgermeisterei, auch eine Carte d'identité bekommen, berechtigend zur Ausreise nach Deutschland.

Während Erwin auf die Geburt des Karl Lehmann wartete und seine Carte d'identité, hörte er eines Tages einen Säbel auf der Treppe zu dem Dachstübchen scheppern. Er lief zum Fenster. Aber es war zu hoch, um hinabzuspringen. Bin ich nun schon so weit, und nun soll es doch nicht gelungen sein, frei zu sein? Es klopfte.

»Herein«, rief Erwin.

Es kam ein preußischer Polizist. »Guten Morgen.«

»Guten Morgen.«

»Entschuldigen Sie, wenn ich Sie einiges frage. Für einen Polizisten ist der Mensch erst mal ein Verbrecher, bevor er das Gegenteil bewiesen hat. Gestatten Sie, daß ich Platz nehme. Woher sind Sie?«

»Aus Berlin.«

»Wo haben Sie da zuletzt gewohnt?«

»Am Kurfürstendamm.«

»Kennen Sie die Linden?«

»Natürlich kenne ich die Linden.«

»Wo haben Sie denn da gearbeitet?«

»In den Effinger-Autowerken.«

»Als was?«

»Als kaufmännischer Angestellter.«

»Und Sie geben an, aus Kriegsgefangenschaft zu kommen.«

»Nee, ich komme.«

»Wo haben Sie denn da gestanden?«

»Bei dem 4. Gardefeldartillerie-Regiment.«

»Na, das scheint ja zu stimmen. 's Signalement hat mir gleich nicht auf Sie gepaßt. Wir suchen nämlich einen Raubmörder. Danke.«

Er verließ den Raum. Noch gut weggekommen, dachte Erwin.

Der alte Mann, bei dem er wohnte, war sehr nett. Er wollte ihm Bücher geben, er wollte mit ihm ins Kino gehen. Aber Erwin war schüchtern. Es fiel ihm schwer mit ganz fremden Leuten. Er lehnte ab. Er wollte in seinem Dachzimmer bleiben und denken.

Er war ein Niemand geworden. In wenigen Tagen würde er auferstehen als Karl Lehmann. Es gab keinen Grund, in Deutschland zu bleiben. Er konnte alles von sich werfen und irgendwohin gehen. Er konnte Züge rangieren. Er konnte eine Dreschmaschine bedienen, er kannte die Autos. Er wußte, daß man ohne einen Pfennig Geld in der Tasche, die Gendarmerie hinter sich, leben kann. Er hatte die große Freiheit des Landstreichers kennengelernt, den Frühnebel über den Wiesen, die Luft der Wälder und der Erde. Aber er wußte auch, wie wenig dazu gehört, um glücklich in der Ordnung zu sein. Ein anständiges Bett, ausreichendes Essen, eine tägliche Waschgelegenheit und nicht zu schwere Arbeit. Das würde er sich überall verschaffen können. Sollte er nicht die Gelegenheit benutzen und sich aus dem Staube machen? Die Effinger-Werke sich selbst überlassen? Und ihnen allen von irgendwoher aus der Welt schreiben? Du, lieber Onkel, wolltest deinen Schoppen trinken im gläsernen Himmel in Kragsheim und hast es nicht fertig bekommen, warum muß ich in die gleiche Tretmühle? Warum soll ich nicht verzichten auf Geld und Familie, aber auch auf die Sorgen? Steigt oder fällt das Leder, das Eisen, der Gummi? Ist die Kalkulation für Bulgarien fertig? Oder die für Indien? Verantwortungen tragen für Angestellte und Arbeiter, für Geschwister, für Großeltern, für jeden, der Geld hergab, und jeder Aktionär war einer, der Geld hergab? Vorwürfe hören? Ihr gebt nur 5 % Dividende, bei anderen hätten wir 7 % bekommen? Das alles die Zukunft? Wofür? Für eine Siebenzimmerwohnung oder eine Villa? Für Lebenssicherheit, sagte Onkel Paul. Aber gab es eine andere Sicherheit als die der Furchtlosigkeit? Er sah sich in den kleinen Spiegelscherben an der Wand.

Er sah, daß er gut aussah, braun, sehnig, ein Mann. Hatten diese drei Wochen äußerster Gefahr, diese drei Wochen völligster Lebensunsicherheit ihm nicht das größte Glück seines bisherigen Lebens gegeben, das Gefühl: Dir kann nichts mehr passieren?

So saß er tagelang. Er wollte herausspringen aus dem magischen Kreis, der ihm von der Geburt an vorgeschrieben war. Er wollte Herr seines Schicksals werden.

Als ihm sein Hauswirt die Carte d'identité brachte, waren alle Grübeleien beendet. Nach Hause, dachte er. Bei Großmama im Erker sitzen, Mariannes Auseinandersetzungen über den Sozialismus hören, die schöne Mama wiedersehen und ihre Sorge für seinen gut aufzubügelnden Anzug und den schnurrbartzwirbelnden Papa, mit Onkel Paul neue Fabrikationsmethoden besprechen, eine Aufsichtsratssitzung vorbereiten, eine Shakespeare-Aufführung bei Reinhardt sehen und Huberman spielen hören und Bücher lesen und wieder einmal tanzen, und Frauen, endlich einmal wissen, was das ist, eine wirkliche Frau, die man liebt.

»Morgen also gehe ich erst noch zur Kommandantur, damit sie mir ihren französischen Stempel geben, und dann fahre ich nach Hause, und ich schreibe Ihnen, und ich danke Ihnen jetzt schon für alles, was Sie an mir getan haben. Ich bin wohl manchmal ein bißchen unfreundlich gewesen, und ein bißchen viel gesessen habe ich wohl auch, aber ich habe eben eine Flucht von drei Wochen hinter mir gehabt ...«

»Na, lassen Sie man, das war doch bloß Menschenpflicht. Ich habe das ja alles sehr gern getan, und kommen Sie man gut nach

Hause. Und das Geld für das Billett schicken Sie an die Armenkasse.«

Und dann stieg er in einen Schnellzug. Es saßen acht Leute im Kupee, einige stiegen wieder aus, und andere stiegen dafür ein, und dann kam ein Franzose und sagte: »Les Passports s'il vous plaît«, nahm Erwins Karte, sah sie an und sagte: »Merci, monsieur«, und dann war der Krieg endgültig für Erwin beendet.

»Wissen Sie, wo ich herkomme?« sagte Erwin. »Direkt aus französischer Gefangenschaft.«

Zwei Frauen redeten weiter, ein Herr las Zeitung, ein anderer sah zum Fenster hinaus, und nur einer nahm die Zeitung beiseite, blickte über seinen Zwicker Erwin an und sagte: »Ach, denken Sie mal an, da werden Sie aber froh sein, daß Sie jetzt nach Hause kommen.« Aber Erwins Antwort paßte er nicht mehr ab, sondern las weiter.

Und dann fuhr Erwin in Berlin ein. Die Rückfronten der Häuser hatten sich nicht verändert. Auf den Vorortbahnhöfen sah er Soldaten stehen. Er fand, die Uniform sei anders, es waren so neue Sachen hinzugekommen, Eichenkränze und so etwas, aber sonst: Das war das alte Berlin, und nun sah er das Elefantenhaus vom Zoologischen Garten. Er stieg aus, ganz ohne Gepäck, er lief die gewohnte Treppe hinunter, er nahm sich ein Taxi, er nannte die Nummer, er kam an das Haus, er sagte dem Taxichauffeur, er solle warten, das Mädchen bringe gleich das Geld hinunter, und rannte nach oben und klingelte.

»Erwin!« schrie Marianne, und dann saß er in dem romanischen Herrenzimmer, und seine Mama telephonierte an die Familie, und er bekam schnell ein Notizbuch von seinem Papa, damit er die Verabredungen nicht durcheinanderbringe, und James gab ihm einen Kuß und sagte nach einer halben Stunde, heimgekehrter Bruder sei ja recht wichtig, aber länger als eine halbe Stunde könne er unmöglich das Mädchen warten lassen.

»Und jetzt gehe ich zu Bett«, sagte Erwin. »Wißt ihr, darauf habe ich mich eigentlich am meisten gefreut, auf mein gutes Bett. Gute Nacht allerseits.«

Ein paar Tage später sagte Marianne: »Also Herbert ist in Amerika. Er hat eine Tankstelle und hat sich verheiratet.«

»Er hat ganz recht«, sagte Erwin, »ich meine nicht, sich zu verheiraten, sondern nach Amerika zu gehen.«

»Mach mal keine Witze, Erwin. Wir haben diesen Brief, in dem er uns das mitgeteilt hat, vier Seiten lang, länger als er uns je geschrieben hat, und so glücklich wegen seiner Mary –. ›Es ist sehr hübsch, verheiratet zu sein‹, schrieb er. Wir wollten also gleich antworten, und Mama wollte eine Aussteuer schicken, trotzdem Mama – endlich – ihm sehr anständig mitgegeben hat und – ach Erwin, es ist zu schrecklich!«

»Nu sag schon!«

»Der Brief ist im Regen angekommen, und wir konnten keinen Absender lesen. Es war alles ganz verwischt. Auch unsere Adresse. Ein Glücksfall, daß er überhaupt ankam.«

»Da muß man nach Amerika schreiben.«

»Ach, Erwin, es gibt keine Möglichkeit, einen Menschen in Amerika zu finden.«

»Was ist denn eigentlich mit Herbert los?«

»Ich will dir was sagen, er ist eben ein schwach begabter Mensch. Papa nimmt ihm das übel, im Grunde genommen genieren sich die Eltern mit ihm.«

»Nein, Marianne, das ist doch nicht möglich!«

»Also Mama hätte ihn gern behalten, sie kann doch das Haus nie voll genug haben.«

»Ich habe gar keine Erinnerung mehr an ihn, ich weiß nur, daß er sich nie für was interessiert hat.«

# 98. Kapitel

## *Brief*

Quexhütte (Rhl.), 27. September 1919
Liebe Marianne,
anbei meine Doktorarbeit. Ich bestand mit Summa cum laude. Der Unterlippische Arbeitgeberverband ist auf die Arbeit aufmerksam gemacht worden und hat mir eine Stellung angeboten. Es war ein sehr günstiger Moment, da ich an einem Wendepunkt meiner Entwicklung angekommen war.

Rußland ist – so glaube ich – Schwärmerei, ist Messiasglaube. In Deutschland ist im Augenblick der Zeitpunkt für die Sozialisierung nicht da. Wir vertagen ihn.

Ein Mann wie ich wird keine halsabschneiderischen Tarifverträge machen, er wird auch auf diesem Posten den Schwachen helfen – selbst wenn es ihn die Stellung kostet.

Aber ich glaube nicht, daß ich das nötig habe. Der Sozialismus in seiner jetzigen Form ist undeutsch. Wir brauchen aber einen deutschen Sozialismus, einen nationalen Sozialismus. Vielleicht können Sie als Jüdin das doch nicht so begreifen.

Ich würde mich freuen, wieder von Ihnen zu hören.

In alter Freundschaft

Ihr Schröder.«

# 99. Kapitel

## *München, Winter 1919–1920*

Der Zug, in dem Lotte nach München fuhr, hatte volle zwei Stunden Verspätung. In dem eleganten Zimmer der eleganten Pension war das elektrische Licht kaputt, und das Zimmer war ungeheizt, denn es gab keine Kohlen. Lotte saß frierend und einsam in der fremden Stadt. Sie fürchtete sich in dem großen dunklen Zimmer. Das Haus machte einen völlig unbewohnten Eindruck. Als sie im Badezimmer nach dem Lichtschalter suchte, schlug ihr plötzlich ein nasser Lappen ins Gesicht, und sie griff in einen stacheligen Besen. Sie stürzte in ihr Zimmer, zog sich in Windeseile aus und legte sich ins Bett.

Da hörte sie nebenan Menschen stöhnen, aufschreien und plötzlich lachen. Lotte hatte den furchtbaren Eindruck, in einer Irrenanstalt zu sein. Sie zog die Decke über den Kopf und versuchte zu schlafen. Aber eine Angst befiel sie, wie sie sie seit ihrer frühen Jugend nicht mehr gespürt hatte. Nein, sie würde hier nicht bleiben.

Am Morgen sah sie, daß das Zimmer wirklich sehr hübsch eingerichtet war.

Das Frühstück wurde an einer langen Tafel serviert, an der viele junge Damen saßen, darunter eine blutjunge Schauspielerin, die in wenigen gezierten Kopftönen sprach. Alle bewegten sich, als ob sie gerade von einem Abenteuer kämen oder einen Liebhaber erwarteten. Unausgestzt wurde ans Telephon gerufen. Ein Dienstmädchen brachte Briefe, Telegramme und Blumen. Die einzige, die keine Post hatte und für die niemand anrief, war Lotte.

Während die jungen Damen sich Brötchen strichen, Honig löffelten, Kaffee und Milch eingossen, ging die Tür auf und eine Reihe von jungen Herren wurde in ein Nebenzimmer gesetzt, offensichtlich zum größten Bedauern der Mädchen, deren Lachen lauter, deren Bewegungen heftiger wurden. Lotte fühlte sich klein und häßlich und dieser Welt Erfolgreicher nicht gewachsen. Sie kündigte und fand ein Zimmer in einer Pension ohne gemeinsamen Eßtisch, das bedeutend kleiner war und das Doppelte kostete. Sie fühlte sich gerettet, ja umhegt. Sie nahm den einzigen Stuhl und setzte sich beruhigt ans Fenster.

Die Universiät hatte sich verändert. Man studierte nicht mehr sein Fachgebiet – acht bis neun Uhr Mittelhochdeutsch, Syntax, neun bis zehn Uhr Mittelhochdeutsch, Literatur –, sondern alle Studenten wollten Philosophie hören. Die Medizinstudenten verlangten Philosophievorlesungen in den Kliniken, da sie sonst keine Möglichkeit hierzu hätten. Es war die uralte Frage nach dem »Warum«. Aber die jungen Männer, aus dem Kriege zurückgekehrt, stellten die Frage in einem neuen Sinn.

»Zu Ende, meine Herren«, begann der Führer der Studentenschaft seine Rede, »ist das neunzehnte Jahrhundert, zu Ende ist Lob und Begeisterung unserer Väter für ihr wachsendes Spezialistentum, für die törichte Einzelforschung und ihre Resultate. Zu Ende der Glaube an Fortschritt und Überlegenheit des Menschen durch Retorte und Mathematik. Wir wollen nicht mehr erkennen. Wir wollen schauen. Wir glauben nicht mehr an die Errechenbarkeit der Dinge. Wir glauben an das, was sich nicht errechnen und nicht erforschen läßt. An die Stelle des Entwicklungsgedankens ist das Wollen, die Tat getreten. Wir wollen keine chemische Analyse mehr. Wir wollen die philosophische Synthese. Wir gehen zurück auf die demütigen und frommen Romantiker, die trotz aller exakten Forschung an eine ›Lebenskraft‹ glaubten. Meine Damen und Herren, irren Sie sich nicht, Sie glauben, als Sozialisten Vorkämpfer des Neuen zu sein. Sie sind es nicht. Gerade die Sozialisten sind Vertreter dessen, was wir bekämpfen müssen. Sie sind Vertreter des Entwicklungsgedankens, wo wir für Dynamik sind. Sie glauben an die Möglichkeiten des Verstandes, der wissenschaftlichen Durchdringung, kurz an die Vernunft. Wir glauben an die mystischen Kräfte einer Führerschaft, der Not und Elend einer Menge entgegenkommt, die sehnsüchtig nach Erlösung ist. Wir sind keine Kapitalisten. Wir kennen die Schändlichkeit und Ungerechtigkeit des Kampfes ums Dasein. Wir wollen die Gerechtigkeit für alle. Für uns Intellektuelle genau so wie für den Facharbeiter. Wir wollen einen deutschen Sozialismus.«

Ungeheuer war der Beifall. Enkendorff, der Studentenführer, verbeugte sich immer wieder. Er hatte ausgesprochen, was einen goßen Teil der Jugend bewegte.

In der Pension war die Castro, eine bedeutende Malerin. Sie trug blaue Samtmäntel mit gelbem Pelz und Riesenhüte mit Blumen darauf und darunter ein schönes Gesicht mit strohblondem Haar.

»Ich werde nicht mit dem Rahmen meiner Bilder zu der Ausstellung fertig, aber nun habe ich an meinen Freund nach Finnland geschrieben, daß er kommen soll«, sagte sie auf der Treppe zu Lotte. »Ich habe ihn zwanzig Jahre nicht gesehen.«

In der Pension war die Frau eines Wiener Universitätsprofessors, an die große Welt gewöhnt, aber jetzt ohne Geld. »Ein Brot kostet in Wien 1000 Kronen, da reicht kein Vermögen mehr aus, wissen S'.«

In der Pension war eine junge Kunstgewerblerin, Fräulein von Karstens, eine schmale, große Frau mit einem riesigen Mund in einem knochigen Gesicht.

Lotte klopfte bei ihr an. Sie schminkte sich gerade. Lotte war aufs äußerste erstaunt, daß ein junges Mädchen aus bester Familie sich schminkte.

»Sie wundern sich, Fräulein Effinger, Schminken ist Mode, kein Charakterfehler. Mein Freund rügt höchstens, wenn ein Strich nicht gut genug gezogen ist. Ich werd' Sie mal schminken.«

Lotte saß vor dem weißen Toilettentisch mit Silber, Kristall, amüsanten Püppchen und Kissen. Fräulein von Karstens legte sich schlank, müde und elegant auf die Chaiselongue.

»Sie sind von erstaunlicher Vitalität«, sagte sie zu Lotte. »Ich bin froh, wenn alle vier Jahre ein Erlebnis kommt, daran habe ich meist recht lange zu kauen. Ich finde mich minderwertig im naturwissenschaftlichen Sinne. Ich habe jetzt einen Freund, es paßt alles sehr gut Wir verstehen uns glänzend.«

»Warum heiraten Sie ihn nicht?«

»Er sagt, er könne nicht immer eine Frau lieben. Jetzt, ja, jetzt habe er mich sehr gern. Wir quälen uns sehr.«

»Um das Letzte?«

»Ja. Ich müßte das mit einer müden Geste von mir schieben können, steril wie man ist, wissend wie man ist, oder man müßte es überlegen tun können. Aber der Mann verachtet einen dann doch, auch wenn er noch so frei ist.«

In der Pension war eine junge Dame, siebenundzwanzig Jahre alt. »Ich habe keine Eltern«, erzählte sie Lotte, »und jetzt verläßt mich schon die dritte Gouvernante, um zu heiraten. Ich will jetzt versuchen, allein zu leben. Ich habe ein ganz nettes Vermögen.«

Lotte hatte plötzlich das Gefühl, daß das nicht gehe, obgleich sie, genau wie Großmama Selma und ihre Mutter, glaubte, daß solche Hilflosigkeit das Frauenideal der Männer sei. Ein junges Mädchen von siebenundzwanzig Jahren lebt von seinem Vermögen in einer Pension.

»Wollen Sie nicht etwas lernen?« sagte Lotte.

»Sie meinen, einen Beruf ergreifen?«

»Ja. Oder überhaupt.«

»Ich könnte doch nur etwas Ehrenamtliches tun, denn unsereiner kann doch nicht denen, die es nötig haben, Konkurrenz machen!«

In der Pension war eine Irre, Baronesse aus Ostpreußen, mit ihrer Mutter. Sie trug immer das gleiche hochgeschlossene Kleid, schwarz, braun oder grau, es hatte einen Seideneinsatz und Keulenärmel von 1890, einen kleinen Hut mit einer zerrauften Feder. Hinten wackelte ein kleines graues Haarschwänzchen. Um den Hals hatte sie einen winzigen braunen Pelz. Sie kam vor dem Mittagessen, stellte sich in eine Ecke, zog einen Stuhl vor sich und legte die Gummischuhe und den Pelz ab. Nach drei Minuten zog sie beides wieder an, dann ging sie zu Tisch.

»Also weißt du, Mamachen, da haben sie gesagt, ich hätte die

Gardinenschnur abgerissen, aber ich habe doch gar nicht die Gardinenschnur abgerissen. Verstricke dich nicht in dein Lügengewebe, Mamachen. Ich pflege die Gardinen vorzuziehen. Du lügst, Mamachen.«

Dann stand sie auf, stellte sich in ihre Ecke, zog den Stuhl vor sich, legte die Gummischuhe und den Pelz ab. Nach drei Minuten zog sie sie wieder an.

Sie gehörte zur Pension. Seit fünfzehn Jahren zog sie den Stuhl vor sich und legte den Pelz und die Gummischuhe ab und wieder an, täglich um die gleiche Minute.

Und seit fünfzehn Jahren sagte sie zu der kleinen feinen alten Baronin, ihrer Mutter: »Du lügst, Mamachen, ich habe die Rechnung zu bezahlen, denn ich verwalte das Vermögen.«

Lotte mußte auf die Polizei. Ein Polizist ergriff ihre Hand, und bevor sie noch wußte, was geschah, tauchte er ihren Daumen in eine schwarze Brühe und führte sie mit Zärtlichkeit zu einem großen Buch. »Da ham mer schon das Patscherl drauf.«

»Nanu, was ist denn das?« fragte Lotte. »Sie nehmen Fingerabdrücke von einem? Man ist doch kein Verbrecher.«

»Na, Sie wissen doch, was wir durch die Fremden erlebt haben, die rote Räterepublik. Jetzt dürfen keine Fremden mehr nach Bayern. So, zeigen Sie Ihren Paß. Sie sind doch bayerische Staatsangehörige. Wieso leben Sie denn da in Berlin?«

»Mein Vater ist vor über dreißig Jahren nach Berlin gegangen.«

»Das ist aber recht, daß Sie in die alte Heimat zurückkehren.«

»Haben Sie gehört«, sagte Fräulein von Karstens, »der Finne ist da. Er kommt mit einer Persianermütze zu Tisch, Sie müssen sich ihn ansehen. Aber er ist so enttäuscht von ihr. Nach zwanzig Jahren! So naiv möchte ich auch sein. Übrigens, wollen Sie Stiefel kaufen? Sie können sie billig erwerben. Frau Oppner will Stiefel verkaufen.«

»Wer ist Frau Oppner?«

»Kennen Sie sie noch nicht? Sie ißt sehr selten in der Pension, weil sie immer ausgeht, und sie scheint jetzt sehr geldknapp zu sein. Darum will sie Stiefel verkaufen. Gehen Sie einmal hin, sie hat herrliche Sachen.«

Lotte sagte kein Wort, sondern klopfte am Zimmer der Frau Oppner.

Auf einem Sofa mit mindestens zwanzig weißen Spitzenkissen über rosa Unterzügen lag Beatrice. Ihre blonden Locken verbargen fast das einst so süße Köpfchen, das jetzt einen kaninchenhaften Eindruck machte, zu klein, wie es war, mit einer zu kleinen Stupsnase und einem zu kleinen Mündchen. Sie warf die Arme über den Kopf, so daß man die ungewöhnlich schönen weißen Arme sah, und ihr Spitzenmorgenrock über rosa Seide ließ auch einen Teil der Büste sehen. Gelbliche Gardinen waren vorgezogen, und in einer Ecke standen etwa zehn Paar Schuhe nebeneinander.

»Beatrice, du bist hier? Wußtest du nicht, daß ich in derselben Pension wohne?«

»Nein«, sagte Beatrice, »natürlich nicht. Wie nett, daß du da bist.«

»Das lügst du in deinen Bauch«, sagte Lotte.

»Warum?«

»Warum, weiß ich auch nicht. Und du willst Schuhe verkaufen? Das wird ja für den Kredit der Firma Oppner & Goldschmidt recht nützlich sein.«

»Aber was soll ich denn tun?« sagte Beatrice mit dem Ton eines kleinen Kindes. »Er schickt mir doch kein Geld. Soll ich mir vielleicht von meinen Freunden was bezahlen lassen?«

»Aber zurückfahren könntest du wahrscheinlich.«

»Was du alles verstehst, ist ja großartig. Endlich bin ich mal ein paar Wochen frei, und schon soll ich wieder zurück. Ich finde das ja unerhört von Theodor. Wie ich überhaupt immer von ihm behandelt worden bin! Hat er mir je einen Gefallen getan? Habe ich je ein Coupée für mich gehabt, wie ich es gern wollte? Was habe ich denn an Schmuck?«

»Du hast eines der schönsten Häuser von Berlin, ein Haus von Blümler; du hast, soweit ich weiß, immer sieben Personen Bedienung gehabt.«

»Wieso denn?«

»Also eine Köchin, zwei Hausmädchen, eine Jungfer, ein Mädchen für Harald, einen Diener, einen Chauffeur –, ach, acht sogar, das Portiers-Ehepaar nämlich.«

»Du kannst doch den Portier und den Chauffeur nicht mitrechnen. Für meine persönliche Bedienung habe ich die Jungfer gehabt. Na und?«

»Liebe Beatrice, ich habe ja nicht zu urteilen. Aber daß du hier Schuhe verkaufst, das geht nicht.«

»Du wirst mich nicht daran hindern. Wenn es notwendig ist, werde ich sogar auch meinen Nerz verkaufen.«

In diesem Augenblick klingelte das Telephon.

»Ach, lieber Herr Doktor, den ganzen Tag habe ich auf Ihren Anruf gewartet. Glauben Sie nicht? Oh, ich nehme die Liebe sehr ernst, Herr Doktor. Und wann ist das Fest? Am dritten Januar? Ach, wie reizend! Morgen abend? – Ja, ich habe Zeit, aber natürlich für Sie, Herr Doktor. Ich soll doch nach Berlin kommen, hat mein Theo geschrieben, aber ich möchte natürlich nicht. – Können Sie sich denken. – Ins Theater morgen abend? Ach, ich mag kein Theater. Was ist es denn? So was Modernes? Ach nein, Kino ist doch so schön. Die Madame Dubarry soll doch so schön sein. Nicht wahr? Sie holen mich mit einem Wagen ab, nicht wahr?«

»Ich glaube, Beatrice, es ist das beste, du kommst mal zu mir rauf in mein Dachzimmer, wenn du möchtest.«

Da klingelte schon wieder das Telephon.

»Die Rechnung soll ich bezahlen, aber ich bezahl' die Rechnung nicht, bevor es nicht sitzt. – Es sitzt aber nicht. Nein, und wenn Sie zehnmal sagen, es sitzt. Es sitzt nicht. Ich bezahle keine Rechnungen für Sachen, die nicht in Ordnung sind. – Was, Sie haben mir das Kleid billiger gegeben, weil ich gesagt habe, ich bestell' mehrere, und nun bezahle ich nicht mal das eine? Sie können es wieder abholen. Ich bin doch nicht gewohnt, daß man mir solche Sachen sagt. Nicht?« Und sie hängte ab. »Ich habe es nämlich schon zweimal angehabt, aber das merken sie nicht.«

»Aber, Beatrice, du kannst doch nicht die Leute derartig schädigen!«

»Aber ich bin doch eine vorzügliche Kundin. In Berlin haben sich die Geschäfte darum gerissen, für mich zu liefern, ach, und ich habe so oft Sachen nicht bezahlt, wenn sie mir nachher nicht gefallen haben.«

Am nächsten Morgen stand an der schwarzen Tafel des Kollegs: »Wir lassen das Kolleg ausfallen, um eine Feier für unsern heldenhaften Kommilitonen von Arco abzuhalten, der heute das Gefängnis verläßt.«

Lotte ging in die Aula der Universität, um die Feier anzuhören. Das eine Jahr sozialistischer Versuche war vorbei.

Es war viel mehr vorbei.

Zuerst sprach ein Professor und ließ den Helden Arco leben.

Dann sprach ein Student der Universität: »Deutschlands Sterbestunde war gekommen, das rochen die Hyänen, und sie versuchten schon, den Leichnam auszurauben. Ein Häuflein bestochener Agenten hat München terrorisiert. Man versuchte, wie in Rußland, einen Trotzki einzusetzen, einen Diktator und Mörder. Noch einen Monat, dann hätte auch in unserm Bayern das Elend triumphiert. Wir organisierten uns, wir formierten uns, und dann drauf auf das Münchner Gesindel. Aber niemand verstand die Parole des Tages besser als unser Kamerad Arco, der Herrn Eisner, diesen Berliner Juden, diesen Volksverräter, niederschoß. Er handelte. Aber diesen Helden sperrte man ins Gefängnis ...«

»Nieder, nieder, nieder!« riefen die Studenten und scharrten, was das Zeichen des Mißfallens war.

»Aber unsern Bemühungen ist es gelungen, dieses leuchtende Vorbild für unsere Jugend zu befreien. Nach kaum einem halben Jahr ist er wieder ein freier Mensch.«

»Hoch, hoch, hoch!« riefen die Studenten und trampelten, was das Zeichen des Beifalls war.

Nach diesem Studenten sprach ein Student der Technik: »Unsere siegreichen Heere, die vier Jahre dem größten Bunde der Weltgeschichte standgehalten hatten, waren gerade dabei, den Feind zu Paaren zu treiben, als das marxistische Lumpenpack unseren herrlichen Truppen den Dolch in den Rücken stieß und dann noch dazu diesen Beutefrieden unterschrieb. Wir wollen nicht ruhen noch rasten, bis wir den letzten von ihnen aus dem Lande getrieben haben, bis sie alle den Weg des Hochverräters Eisner genommen haben, bis der innere und der äußere Feind am Boden liegt.«

Ein ungeheurer Beifall erbrauste. Spontan standen die Studenten auf und sangen: »Deutschland, Deutschland über alles, über alles in der Welt.«

Es wollte noch ein Vertreter der Sozialistischen Studentenschaft sprechen. Aber er begann so ungeschickt, daß die Studenten ihn sofort unterbrachen. »Die Hochschulen sind eine Stütze der Klassenherrschaft. Darum können uns die hier vorgetragenen Ansichten nicht wundern.« Der Nachsatz: »Sie müssen ihre Pforten den bildungsdurstigen Menschen aller bisher von ihnen ausgeschlossenen Volksschichten öffnen« ging im Lärm der scharrenden Studierenden unter.

Eine neue Zeit hat begonnen, dachte Lotte, aber anders, als wir sie erträumt haben.

Lotte lief durch die Stadt Es war ein häßlicher Wintertag, nasser Schnee fiel, der Wind drückte beklemmenden Kohlendunst in die Luft. Sie hatte ihren Schirm in der Universität stehen lassen, wieder einmal, wahrscheinlich war er verloren. Der Wind zerriß ihr die Paketschnur, so daß ihr halbes Pfund Keks in den Dreck rollte, dazu zerrte ihr der Wind ihren Hut hin und her. Sie flüchtete in eine Konditorei aus der Mitte des neunzehnten Jahrhunderts, die mit ihren goldenen Stühlen, kleinen Marmortischen und bequemen roten Samtkanapees eine nach Lavendel und Patschuli duftende Atmosphäre ausströmte.

Lotte sah sich in einem der langen Spiegel. Die Haare hingen ihr herum, die Nase war dick und rot, ihr Kostüm saß nicht, denn nie ging Klärchen zu wirklich guten Schneidern. Sie empfand sich als von Natur zu den Erfolglosen gehörend. Sie war der Konditorei dankbar; es war warm und gab guten Kaffee, der kalte Wind und die Welt der Erfolgreichen war draußen, kam hier nicht herein. Ein Glück, daß ich heute abend bei Ricke Krautheimer bin! dachte sie.

Es war ungemein behaglich bei der Kusine. Ob sie Herrn

Krautheimer aus Liebe geheiratet hatte, war sicher kein Problem für sie gewesen. Es war ein riesig netter Mann. Ricke fand ihn zwar nicht fein genug für sich. Sie hatte gewiß bescheidene Bildungsideale. Aber Herr Krautheimer hinderte sie nicht, diese zu erfüllen. »Gott, in so einer Großstadt ist es eben doch anders als in so einem Nest wie Neckargründen«, pflegte sie zu sagen.

Die spießige Wohnung erschien Lotte in der unruhigen Zeit direkt eine Oase. »Hübsche Wohnung«, sagte sie.

»Ja, es sind fünf Zimmer, aber wir haben uns auch fünfzehn Jahre mit drei Zimmern bei zwei Kindern rumgequält.«

Herr Krautheimer saß in einem tiefen Sessel, rauchte eine Zigarre und las die Zeitung mit großem Mißbehagen, wobei er immer von Zeit zu Zeit seufzte: »Zuständ' san das, Zuständ'!«

»Ich möcht doch gern in eine andere Gegend wegen meiner Lore, weißt du. Diese Wohnung ist zwar ganz nett, aber um eine Tochter zu verheiraten, ist sie recht bescheiden. Und's Geschäft geht ausgezeichnet.«

»Du weißt's natürlich«, sagte Herr Krautheimer und sah von der Zeitung auf.

Ricke holte sich was zum Nähen, und sie saß mit Lotte an dem viereckigen Mitteltisch, auf den eine Zuglampe Licht warf. »Der Oskar hat übrigens geheiratet, hättet ruhig zur Hochzeit nach Neckargründen kommen können«, begann sie mit einem Unterton von Beleidigtsein. »Er hat eine sehr gute Partie gemacht. Du weißt doch, wie das ist. Warenhaus in Neckargründen ist ja ganz nett, aber was Besonderes ist es doch nicht, und wir hätten uns alle sehr gern mit der feinen Berliner Familie geputzt, und nun war keiner da. Man hatte doch vorher davon erzählt, es war recht unangenehm gegenüber der neuen Familie vom Oskar.«

»Aber Ricke, ich bitte dich, ich bin froh, daß meine Eltern das mit Fritz überlebt haben, und bei Onkel Karl fuhr gerade damals Herbert nach Amerika.«

»Was war denn da eigentlich? Ich bin nie so recht daraus klug geworden. Er war wohl ein mauvais sujet, das lange Finger gemacht hat?«

»Ja, er hat in der Bank meines Großvaters Geld unterschlagen, und da hat man ihn nach Amerika geschickt. Eine hübsch bequeme und verantwortungslose Methode.«

»Gott, Lotte, das kann man nicht so sagen. Einen Bruder von meinem Mann hat man auch nach Amerika geschickt, nachdem er hier nicht gutgetan hat. Drüben bringen sich dann solche Leute oft sehr gut durch.«

»Ja, aber bei Herbert besteht meiner Meinung nach der Verdacht, daß er nicht ganz normal war, wenigstens ein schwach begabtes Kind war. So was gibt es doch.«

»Aber was soll man mit so was anfangen?«

»Es Handwerker werden lassen zum Beispiel. Darin hat sich ja doch wohl jetzt einiges geändert.«

»Aber nein, Lotte, was soll sich denn geändert haben? Es sind immer noch dieselben Sachen fein und unfein. Das ist eben so. Warum übrigens die Marianne nicht heiratet, ist mir ganz rätselhaft. So ein schönes und reiches Mädchen. Aber die Herren mögen eben so kluge Mädchen nicht. Und jetzt willst du auch studieren! Mir wär's lieber, Lotte, wenn du dich bald verheiraten würdest. Es ist doch eine rechte Sorge für deine Eltern. Willst du nicht mal auf einen Ball von unserm Verein kommen? Es sind recht nette junge Leute dort. Und aus besten Familien. Es wird keiner so leicht aufgenommen.«

»Ja, gern, Ricke, warum nicht?«

»Meine Schwester Ruth hat ja auch so spät geheiratet; nun hat sie doch noch einen sehr netten älteren Mann von einer Bierbrauerei in Kulmbach geheiratet. Haben zwei nette Kinderle.«

»Und was macht Walter?«

»Du weißt doch, daß er ein Bein verloren hat. Die Textilabteilung kann er trotzdem ganz gut leiten. Nur das Mädchen, das er so geliebt hat, eine aus Kragsheim, die hat ihn dann doch nicht mehr nehmen wollen. Man kann's ihr ja auch kaum verdenken. Aber es war schon arg für ihn, denn er hat sie wohl sehr geliebt. Weißt du, wer da an der Haustür schließt? Onkel Willy. Er ist bei uns zu Logierbesuch.«

Er kam herein, eigentlich unverändert, mit seinem wiegenden Gang, seinem gelockten Haar, das inzwischen grau geworden war, seinen blitzenden Augen, seiner ganzen Schönheit, die nun die eines älteren Friseurs war.

»Ha, Lottchen«, sagte er, »hübsch, hübsch!« und tätschelte sie sofort am Hals.

»Aber Onkel Willy«, sagte Ricke streng.

»Was machen die Geschäfte?« fragte Krautheimer.

»Augsburg is halt a guter Platz. Aber sonst … Man quält sich – bleibt nicht viel – und ich bin noch ein guter Verkäufer – möcht' wissen, was die andern tun.«

»Ein Schlemihl«, sagte Krautheimer, als Willy draußen war, »kommt seiner Lebtag auf keinen grünen Zweig. Dein Großvater hat schon recht, hat immer zu ihm gesagt: ›Du warst dir ja zu gut zum Uhrmacher, hast ja an Uhrenvertreter machen müssen.‹ Recht hat er.«

»Es war schon schrecklich mit seiner Frau«, sagte Ricke.

»Ich hab' so was gehört«, sagte Lotte, »aber es war gerade, als Fritz im Sterben lag.«

»Sie ist so gern Motorrad gefahren, hinten drauf, weißt, als Zitterbraut. Der Onkel Willy hat sich immer geärgert. Er war die ganze Woche auf Tour mit seiner Uhrenvertretung, und derweil ist sie losgesaust. Sie war ja eine schöne Person, und einmal ist sie den Kochelberg runter, und dabei sind sie und ihr Begleiter schwer verletzt worden. Und kaum war sie nach vier Monaten heraußen aus dem Krankenhaus, als sie schon wieder mit dem Motorrad los ist, und dabei hat sich's Motorrad überschlagen, und beide waren tot. Sie war keine vierzig. Der Onkel Willy kann einem schon leid tun. Die ganze Woche ist er mit dem kleinen Wagen unterwegs. Er wohnt jetzt öfter bei uns über Sonnabend-Sonntag, oder er geht nach Kragsheim und manchmal auch nach Neckargründen. Weißt – ganz unter uns –: mein Bruder Oskar kommt sich schrecklich gescheit vor mit seiner Britzen von einer Frau aus der feinsten Familie von Mannheim. Ist nicht angenehm für den Onkel Willy, da zu wohnen.«

»Ist alles schrecklich. Und wie geht's eigentlich Großpapa? Er wird doch dies Jahr neunzig.«

»Fahr' doch auf Chanukka 'nüber. Tante Bertha würd' sich so freuen. Sie sitzen doch die ganze Zeit allein in dem Nest.«

# 100. Kapitel

## *Das Kolleg*

Der große Philosoph, der im Auditorium maximum in München vortrug, sprang trotz seiner fünfundfünfzig Jahre jedesmal auf das Katheder, statt gemächlich hinaufzusteigen. Er trug kein Augenglas, und er hatte fast keine Notizen. Alles, was er vortrug, klang, als habe er es in diesem Moment zum erstenmal ausgesprochen.

Was er aber diesmal sagte, sagte er wirklich zum erstenmal.

»Die Räume dieser Alma mater sind in unerhörter Weise mißbraucht worden. Man hat einen Mörder verherrlicht. Man hat einen Fanatiker einen Patrioten genannt. Man nennt national, was reaktionär ist. Schwer für einen alten Mann wie mich, vor einer Jugend zu sprechen, die rückwärts sieht. Sie glauben, dem Rad der Geschichte in die Speichen fallen zu können? Sie glauben, man könne rückwärts gehen? Dieser Frieden ist furchtbar. Er wird auf seine Urheber zurückfallen, aber wir waren besiegt. Der Dolchstoß ist eine dumme Legende unfähiger Generale. Die Arbeiterschaft wurde fünfzig Jahre vom Staat mit Gewaltmitteln ferngehalten. Sie verlangt, an ihrem Schicksal selbst mitarbeiten zu dürfen. Das ist ihr gutes Recht. Neue Leute sind gekommen. Eine unfähige Regierung wurde weggefegt. Mit Recht. Aber jetzt schreien die Extremisten, und ich sage Ihnen: Solange ich es mit Narren zu tun habe, mit Narren von rechts und mit Narren von links, denn Narren sind sie alle beide, halte ich mich von der deutschen Politik fern. – Und jetzt beginne ich über Hobbes ...«

Atemlos hatte die Studentenschaft dem mächtigen, saftvollen Manne mit dem buschigen Haar und den buschigen Augenbrauen gelauscht, der diese Gedanken herausgestürzt hatte über eine Menge ratloser Werdender, eine lodernde Flamme, die rasend verbrannte.

Das geht nicht gut, fühlten alle.

Drüben auf der anderen Seite las ein Historiker, ein schmaler, blasser, zarter Mann mit einer gequälten Sprache, mit zögerndem Geiste und unendlicher Klugheit, scheu und voll Abwehr. Wer jedoch zu hören verstand, der begriff, daß in diesem Vortrag über die Französische Revolution auch nichts anderes gesäuselt wurde, als was der Gewaltige gedonnert hatte. Aber wer hörte noch? Wer wollte noch hören?

Am nächsten Tage drang von weitem aus dem Universitätsgebäude Lärm, wurde immer bedrohlicher. Der große Philosoph stand auf dem Katheder des Auditorium maximum, und um ihn tobte die Hölle.

Fünfzehnhundert Studenten hatten Kindertrompeten, Pfeifen und Trommeln mitgebracht.

»So laut war es nie, wenn die großen Geschütze tobten«, sagte ein Student zu Lotte.

Die Studentenschaft wollte den Philosophen zwingen, nicht zu lesen, und es gelang ihr. Stundenlang stand der große Mann mit dem Rektor auf dem Podium, und keiner der beiden konnte sich Gehör verschaffen. Endlich, gegen acht Uhr abends, sprach der Rektor: »Es ist unmöglich, einem Mann wie Professor Steindler das Wort abzuschneiden; aber ich bin auch nicht mit Professor Steindler einverstanden, denn die Universität darf nicht für die Politik mißbraucht werden.«

»Wer hat hier zuerst die Universität für die Politik mißbraucht? Hier ist ein Mörder gefeiert worden.«

Aber da setzte der Lärm schon wieder ein.

# 101. Kapitel

## *Kragsheim 1920*

Der Großvater war neunzig, und die alte Minna siebenundachtzig, und Bertha eine Fünfzigerin, und dann war da noch eine alte Magd, die wohl über sechzig war.

Im Tageslauf hatte sich nichts geändert, außer daß Mathias und Minna ihre Betten in die große Wohnstube gestellt hatten; aber da sie um fünf Uhr aufstanden, war die Stube immer frisch und gut geheizt. Der alte Effinger trank morgens nüchtern ein Glas Wasser – »Darum bin ich ja jetzt auch ein Neunzigjähriger« – und ging in die Synagoge und frühstückte, wenn er zurückkam. Danach wurde der Kaffee in die Ofenröhre gestellt für den Besuch.

Aber sie waren alle nicht mehr so zufrieden wie früher. Alle schimpften ein bißchen. Der alte Effinger kam jeden Tag unzufrieden aus der Synagoge. Die früheren Gemeindemitglieder waren weggezogen, und es waren ein paar polnische Juden dazugekommen.

»Also ich halt' gewiß genug, aber so etwas Schwarzes wie die! Und den ganzen Tag in Schul sitzen halten sie für Gottes Gebot. Und lauter neue Melodien führen sie ein, und einen neuen Diener haben sie gewählt, der hält keine Ordnung. Ich mag gar nimmer hingehen.«

Und Minna sagte: »Die ewige Kocherei.«

Und Mathias schimpfte: »Ich weiß gar nicht, was die Frauen immer ein Getue machen vom Kochen. Man stellt's Essen aufs Feuer, kochen tut's doch von allein.«

Die Unzufriedenste war Bertha. »Es ist alles so teuer geworden; aber dem Papa darf man nichts sagen, er findet mich dann untüchtig.«

Die Unzufriedenheit des alten Effinger ging nicht tief. Man

kann nicht Gott sechsmal am Tag für sein Brot danken und nicht dankbar werden. Man preist nicht Gottes große Güte morgens und abends einfach ins Leere hinein. Und jetzt brannte der große Chanukkaleuchter, nachgebildet dem aus dem großen Tempel in Jerusalem, zur gleichen Zeit, wo die Lichter an den Weihnachtsbäumen angezündet wurden.

Die Glocken von Jacobi schlugen zehn Uhr.

»Wenn die Damen noch schwätzen wollen, bitte schön, ich geh' zu Bett.«

Bertha hatte ein schwarzes gesticktes Cape um die Schultern und eine Stahlbrille auf dem großnasigen, knochigen Gesicht, dem Gesicht der alten Minna und der Helene, dem Gesicht der fränkischen Juden und der fränkischen Bauern. Die aschblonden Haare waren grau in einem kleinen Knoten im Nacken, und sie saß mit Lotte in ihrem Schlafzimmer, das recht warm war.

Draußen schneite es. Ganz leise, ganz still schneite es unaufhörlich, und Tante Bertha erzählte Geschichten:

»Stell dir vor, Lotte, da war doch die Frau Krautheimer, die Schwester von der Ricke ihrem Mann. Nette Person, die Ricke, und der Mann ist so tüchtig! Was der aus dem Geschäft gemacht hat! Die Helene hat überhaupt so prächtige Kinder. Was meinst, was der Oskar für eine Partie gemacht hat, ganz erstklassig, aus Mannheim. Es war schon ein großer Schmerz für Helene, daß keiner von den Brüdern da war, sie hätt' sich so gern geputzt. Aber Ben ist ja wie tot für uns, und daß keiner von euch gekommen ist, ist ja auch zu verstehen. Diese schreckliche Grippe! Weißt du, ich wollt' dir erzählen von Rickes Schwägerin, der Erna Krautheimer. Sie ist eine tiefgebeugte Witwe, die schwer mit dem Leben zu ringen hat. So aus allen Himmeln zu fallen! Er war auf einer Geschäftsreise im Haag. Von da aus schrieb er ihr einen ausführlichen Brief, daß er zufrieden ist, daß er es gottlob wieder geschafft hat und daß er jetzt noch nach Kopenhagen fahre und sich auf ein Wiedersehen freue. Und während sie an ihrem Schreibtisch saß, um diesen Brief zu beantworten, kam ein Telegramm, daß ihr Mann im Haag gestorben ist. Am Herzschlag. Und jetzt ist sie nicht mehr zu erkennen und hat schwere Geschäftsverluste erlitten und weiß auch gar nicht recht, was ihre Söhne nun werden sollen. Das alles hat mir die Hausdame ihres seligen Vaters erzählt. Der hat sich selbst nicht mehr von dem Schlag, der seine Tochter getroffen hat, erholen können. Nun ist er auch gestorben. Die Hausdame darf in dem schönen Haus wohnen bleiben und es verwalten.«

Einen Augenblick überlegte Lotte, von wem da erzählt wurde. Also von der Schwester des Mannes ihrer Kusine.

»Aber die Krautheimers haben ja glücklicherweise einen Bruder in Amerika. Ein mauvais sujet. War in so einer feinen Firma und hat lange Finger gemacht, und da hat man ihn nach Amerika geschickt. Und es geht ihm drüben recht gut, schickt er der Schwester was. Man kann oft gar nichts sagen. Das sind so Jugendeseleien. Nachher werden so was die tüchtigsten Leute. Was war denn eigentlich mit dem Herbert los? Ich bin da nie so recht daraus klug geworden. Sie schreiben einem ja nichts Genaues. Wer schreibt denn heutzutage noch richtige Briefe? Ja, also und was war mit Herbert?«

»Er hat in der Bank meines Großvaters Geld unterschlagen, und da hat man ihn nach Amerika geschickt.«

»Das hat man so gemacht.«

»Aber bei Herbert besteht meiner Ansicht nach der Verdacht, daß er nicht ganz normal war. Ein schwachbegabtes Kind.«

»Aber was soll man mit so was anfangen?«

»Handwerker werden lassen, zum Beispiel.«

»Gott, was für ein Unglück!«

»Wieso denn? Großpapa war doch auch Handwerker.«

»Na, also 1845 konnt' man ja auch nicht gut Fabrikant werden.«

»Jetzt hat sich darin allerhand geändert.«

»Aber Lotte, was soll sich denn geändert haben? Es sind immer noch dieselben Sachen fein und unfein. Das ist eben so. Ich würde mich ja riesig freuen, wenn du dich bald verheiraten würdest. Es ist doch eine rechte Sorge für deine Eltern. Weiß denn die Ricke gar niemanden?«

Später sah Lotte hinaus. Gerade vor dem Fenster brannte eine Laterne. Auf der Straße lag dicker Schnee. Alle Hausvorsprünge hatten weiße Kissen. Jetzt kam ein alter Mann und drehte das Licht aus.

Am Morgen saß der Großvater in einem tiefen Sessel. Bertha kam, um der Nichte beim Frühstück Gesellschaft zu leisten. »Nun hat man so viel geschwätzt gestern abend, und ich hab' dir doch nichts von meinem Ärger mit dem Haus erzählt.«

»Nun hör schon auf von dem Haus«, sagte der alte Effinger ärgerlich. »Ist doch Unsinn.«

»Ich muß das der Lotte erzählen. Also, nebenan war jahrelang ein Haus zu verkaufen, das schöne Palais vom Grafen Wittrich, das ganze Palais war für 10 000 Mark zu haben. Ich hab' es immer kaufen wollen. Aber mein Mann war nicht dazu zu bringen. Er ist schon immer so ein Schlemihl gewesen. Und jetzt hat der Käufer es für 50 000 Mark verkauft. Was sagst du, 40 000 Mark Gewinn! Könnt' man sich da nicht die Haar' ausraufen?«

»Hat dir je was gefehlt?« fragte der alte Effinger. »Was wolltest denn mit einem Palais anfangen? Wirst auch so nicht verhungern.«

»Aber so viel Geld!«

»Ich hab' hunderttausend Mark bei Gebr. Effinger in Mannheim auf der Bank liegen, das reicht. Bekommst auch was, Lotte.«

»Ich wollt' sagen: Wer weiß, ob die 50 000 Mark jetzt mehr wert sind als vor dem Krieg 10 000.«

»Aber Lotte!«

Und dann ging sie mit dem neunzigjährigen Großvater durch den Schnee. Durch die stillen Gassen, an den drohenden Türmen von Jacobi vorbei. Die Brunnen waren mit Stroh zugedeckt, und von der Stadtmauer rodelten die Kinder zum Rathausplatz. Über die Straßen hingen die Laternen an Ketten, und an den Straßenecken waren gewaltige eiserne Prellböcke. Die Wirtshausschilder hingen über die Gassen.

Sie gingen zum Rathausplatz mit seinem alten Giebel, als sie einen netten Mann trafen. »Grüß Gott, Herr Effinger. Ich komm' heute zu Ihnen mit der Wohnungskommission. Wir müssen Räume beschlagnahmen.«

»Was, bei mir im Haus? Das geht doch nicht.«

»Wir kommen heute nachmittag, Herr Effinger, wir werden schon sehen.« Der nette Mann mit dem Spitzbart und dem dikken grünen Havelock sagte es sehr freundlich.

Nach Tisch zog sich der alte Effinger seinen guten schwarzen, langschößigen Rock und eine schwarze Krawatte an. Als die Herren der Wohnungskommission kamen, empfing er sie stehend, die Hand auf den Eßtisch gestützt, mit einer Rede:

»Bitte die Herren Platz nehmen. Ich bin in Kragsheim geboren. Ich bin seit neunzig Jahren ein Bürger dieser Stadt. Ich habe fünfundsechzig Jahre als Uhrmacher hier gearbeitet. Als junger Mann habe ich das Glockenspiel vom Rathaus repariert, das Männleinlaufen. Ich habe wohl sechzig Jahre lang Steuern bezahlt. Ich habe dem Fürsten alle Uhren in Ordnung gehalten. Sie brauchen nicht zu lachen, junger Mann. Es ist nicht besser geworden, weil ihr die Fürsten vertrieben habt. Ich habe nie von einem Menschen was gewollt. Und darum bitte ich Sie, meine Herren, mir mein Haus so zu lassen, wie es ist. Da hat keiner was davon; die Leut', die hier hereinziehen, haben nichts davon, und ich fühl' mich auch nicht wohl. Bauen Sie neue Häuser für die Armen.«

»Das können wir nicht, weil wir alles Geld der Entente geben müssen.«

»Aber Bauen hat noch immer Geld unter die Leute gebracht. Ihr denkt immer, vom Wegnehmen wird's mehr. Aber da hat keiner was davon. Der Herr wird auch den Leuten von der Entente ein Einsehen geben. Amen.«

Aber die Kommission beschlagnahmte von den sieben Zimmern vier. Sie würde Gasöfen aufstellen, und das Bad würde gemeinsam sein.

Der alte Effinger saß mit Lotte im Erker: »Sieh dir den Postillon an. Die schöne alte gelbe Uniform gibt's nicht mehr, und der junge Fürst ist weggezogen. Das Schloß haben sie unten für lauter Büros weggegeben. Die blauen Husaren sind grau geworden, und Fähnlein haben sie nicht mehr, und in unser Haus wird alles mögliche Gesindel einziehen auf meine alten Tage. Lotte, ihr tut mir leid, es ist nicht mehr schön in der Welt.«

# 102. Kapitel

## *Wirrungen und Lösungen*

Ricke nahm den Ball des Vereins ungeheuer wichtig. »Also dein Ballkleid gefällt mir ja gar nicht, willst du dir denn nicht was anschaffen?«

»Ausgeschlossen«, sagte Lotte. »Ich habe von Papa fünfzehnhundert Mark überwiesen bekommen und in drei Monaten verbraucht. Es ist ja unmöglich.«

»Es sind so nette junge Leute da. Also mach dich recht hübsch. Wir holen dich um neun Uhr ab. Damit du nicht zu spät kommst, wegen der Tanzkarten.«

»Was ist denn das?«

»Jedes junge Mädchen bekommt eine Tanzkarte, und in die tragen sich die jungen Leute bei Beginn des Balles ein.«

»Aber für eine Fremde ist das doch unausstehlich. Wer soll mich denn auffordern, wo ich niemanden kenne?«

Die jungen Mädchen standen in Gruppen zusammen mit ihren Karten in der Hand, kichernd und kokettierend. Ringsum saßen die Mütter, die »Drachenburg«. »Ganz voll«, sagte eins der jungen Mädchen und sah auf ihre Tanzkarte, und nun hatte sie einen sogenannten Triumph!

Lotte stand allein. Ricke bemühte sich eifrig, ihr Tänzer zu verschaffen. Die jungen Mädchen tanzten gesittet mit den jungen Leuten zur Streichmusik einer Kapelle. Die jungen Leute verbeugten sich vor und nach dem Tanz, sie trugen Handschuhe und hielten die Mädchen weit von sich.

»Kommen Sie noch zu einer kleinen Nachfeier?« fragte Lotte ein junger Mann, mit dem sie zuletzt mehrfach getanzt hatte und von dem ihr Ricke bedeutungsvoll zugeflüstert hatte, daß er eine Partie sei.

In dem engen und schlecht beleuchteten Vorplatz einer Privatwohnung drängten sich lauter bunt angezogene Leute, um ihre Mäntel abzulegen. Fräulein von Karstens war da. Sie hatte kurze grüne Hosen an und ein dunkelrotes Bolerojäckchen, das den Bauch nackt ließ.

»Hübsch siehst du aus«, sagte einer zu Lotte und zog sie in das schwach beleuchtete Nebenzimmer, wo er sie küßte.

»Bißchen rasch«, sagte Lotte.

»Warum?« fragte er.

In den Zimmern verteilt waren leise spielende Grammophone, breite Couches und viele Kissen. Bei Tage war dies eine Pension, und am Sonnabend tanzte man. Der Fürst und Fräulein von Karstens tanzten eng aneinandergeschmiegt. Irgendwo gab es Alkohol. Auf den Ofensimsen standen Gläser. Ein Mädchen, das das Strohröckchen der Südsee-Insulanerinnen anhatte und nichts weiter, sang, daß sie eine Dirne sei. Ein junger Mann begleitete sie in Negerweise am Klavier. Auf die Couches gelagert, hörten die jungen Leute zu. Alle elektrischen Birnen waren mit rosa Seidenpapier verkleidet, und teilweise gingen sie schon aus. Die jungen Leute wurden mit Hand und Mund immer kühner.

»Wir wollen nach Hause fahren. Kommen Sie mit?« sagte die Karstens.

»Gern«, sagte Lotte, die nicht mehr allein die Kraft gefunden hatte, zu gehen.

»Grade jetzt«, sagte der junge Mann böse.

Als Lotte am nächsten Tag müde und verärgert über die Treppe ging, sagte eine reizende heitere Stimme: »Aber Lottchen, du!«

Es war James.

»Hast du gewußt, daß ich hier wohne?«

»Offen gestanden: ich habe mich nicht erkundigt. Ich besuche hier eine Freundin von mir. Aber wenn es dir recht ist, trcffen wir uns morgen im Englischen Garten und machen einen netten Bummel. Es liegt schon was Frühlingshaftes in der Luft.«

»James, ich freu' mich schrecklich.«

Am nächsten Morgen, an einem strahlenden Wintertag, stand Lotte zwischen den weiten Wiesen des Englischen Gartens, als James schon kam. Er überreichte ihr ein Veilchensträußchen.

»Woher weißt du, daß das so schön an das Kostüm paßt?«

»Genie. Du siehst ja bezaubernd aus mit dem kleinen Persianermützchen. Also erst gehen wir ein bißchen spazieren, und dann frühstücken wir.«

»Gemacht.«

Sie gingen die breite Maximilianstraße hinauf, die Lotte entzückte, wie alles in München sie entzückte. Hinten standen die theatralischen offenen Bögen gegen den Winterhimmel. Grünlich schäumend kam die Isar aus den Alpen und brachte in die große Stadt den Duft und die Frische des Hochgebirges.

»Jetzt aber«, sagte James, »in was Inwendiges. Für Bilder bin ich heute gar nicht. Gehen wir in das Nationalmuseum. – Sehen Sie, meine Dame«, begann er, »dies sind hier die Ritter in ihrer richtigen zeitgemäßen Umgebung. Hier haben Sie den romanischen Treppenaufgang und die Stickerei, die ihre schönen Frauen machten, und den ausgestopften Falken. Begeben wir uns ein Jahrhundert weiter.« Es war eine gotische Kirche. »Das ist nichts für dich. Hier gab's bloß Nonnen und Mönche. Aber hier ist die Renaissance! Sieh mal diese herrlichen elfenbeinernen Humpen! Diese goldene Kette würde ich dir um den Hals gelegt haben, wenn wir uns 1456 getroffen hätten. Und sieh diese herrliche Truhe! Auf die müssen wir uns setzen.« Und nun gab James ihr den ersten Kuß. »Ich kann doch ein Mädchen in einem Renaissancezimmer nicht ungeküßt lassen.« Und sie gingen weiter. Sie sahen die Kleider und die Geräte des Barock, die hohen feierlichen Lehnen der Stühle, die Allongeperücken und die Degen. Und dann kam das Rokoko. »Mir geht's wie Onkel Theodor. Das wäre mein Jahrhundert gewesen. Ich fahre zwar Auto, aber eigentlich finde ich es nicht mir gemäß, eigentlich möchte ich eine Equipage haben und zwei Braune davor und einen Kutscher auf dem Bock, zu dem ich sagen könnte: ›Abscheulich, Johann, die neue Zeit, ordinär!‹«

»Ach herrlich, James, man muß dich lieben. Vor zwei Monaten hat mir Großpapa dasselbe in Kragsheim gesagt. Er hat einen

Nachruf auf die königlich bayrischen Postillons gehalten und auf die blauen Husaren und auf die vergangene Zeit.«

»Ja, der Alte, das war immer mein Mann, hübsch konservativ und patriotisch. Sieh mal, Lottchen, was für ein Bett! Die Leute haben zu schlafen verstanden. Allein und zu zweit! Fortsetzen werd' ich das nicht vor deinen immer noch keuschen Ohren. Ach, was für ein Porzellan, und was für Möbel!! Le grand siècle!«

Dann kamen sie in einen blaßgrünen Raum, und James nahm sie um, und während er mit ihr ein paar Menuettschritte machte, küßte er sie, wie Lotte nie gewußt hatte, daß Küsse sein können.

»Hör' bloß auf.«

»Warum denn?«

Und dann kam Napoleon und die steifen Stühle und Tische und Sofas. »Laß uns gehen. Hier beginnt der Verfall. Gehen wir in ein Restaurant, wo man noch kochen kann.«

Und sie gingen in ein braun getäfeltes Restaurant mit kleinen Abteilungen, in denen es nach Wein roch und nach sorgfältiger Auswahl.

Lotte hatte die Jacke geöffnet, sie fühlte, wie sie sich belebte, wie sie hübsch wurde, wie die Augen von James sie hübscher werden ließen.

»Das habe ich mir so gewünscht«, sagte Lotte. »Aber Edgar hat mich nie irgendwohin mitgenommen.«

»Auch das noch nicht mal.«

»Ich weiß nicht, was ich da falsch gemacht habe. Er war doch im Grunde klug und lebenstüchtig und …«

»Also lebenstüchtig ein bißchen zu sehr. Und klug gewiß, aber erstens eiskalt und dann doch kein Mann.«

»Wieso?«

»Du hättest nie Kinder von ihm bekommen. Es ist ein Verbrechen, daß er sich verlobte.«

»Du weißt das so sicher?«

»Wenn man sich zwanzig Jahre kennt, weiß man solche Sachen. Komm, trink noch ein Glas Sekt. Auf deine Zukunft! Auf deine Karriere als Schauspielerin!«

»Bist du blödsinnig?«

»Nein, nur weise wie ein alter Elefant, und in dich habe ich mich heute mittag verliebt. Wenn es nicht jetzt so wäre, daß ich meine große Liebe in Hamburg hätte, würde ich dich bestimmt heiraten.«

»Oh, James! Und dennoch tut es mir wohl.«

Und James küßte sie aufs neue.

»Darf ich mich mal nach deinen bürgerlichen Verhältnissen erkundigen?« sagte Lotte. »Es scheint dir doch weiter gutzugehen.«

»Tja, ich habe doch von Onkel Ludwig ein bißchen was geerbt, und da hab' ich mir ein Haus gekauft, von dem hab' ich ganz nette Einnahmen, und außerdem arbeite ich bei Onkel Theodor und spekuliere so ein bißchen. Onkel Theodor hat mir einen kleinen Kredit gegeben. Warum eigentlich nicht? Trotzdem es ja schreckliche Sorgen waren mit dem Soloweitschickschen Vermögen. Aber in einem Monat soll die erste Dividende verteilt werden. Und jetzt gehen wir noch einmal in die Stadt.«

Sie gingen Arm in Arm über den großen Platz.

»Ist es nicht herrlich?« sagte Lotte.

»Na ja«, sagte James, »bloß daß die Feldherrnhalle eine Kopie der doppelt so großen Loggia in Florenz ist und die Königsresidenz eine Kopie des doppelt so großen Palazzo Pitti in Florenz und das Siegestor eine Kopie des Arc de Triomphe in Paris. Aber du hast recht, es ist doch schön. Die Weite zwischen den Türmen der Theatinerkirche, die Rokokohäuser und so ein Platz wie der Königsplatz.«

Der Himmel war strahlend blau, und es fror leicht. Und sie gingen in ein Geschäft, wo es Schachteln gab, nichts als entzükkende kleine Schachteln mit Wachsblümchen und Spitzen. Und James kaufte. Eine für Lotte und eine für seine Mutter und eine für Frau Dongmann in Hamburg. Nie hatte Lotte einen Menschen so kaufen sehen. Er kaufte nur, was ihm gefiel, er fragte nicht nach dem Preis, und er hatte im Moment das Schönste im ganzen Laden gesehen.

»Und nun will ich *noch* etwas kaufen.« Und er ging zu einem Juwelier.

»Ah, der Herr Effinger aus Berlin«, sagte die eine Verkäuferin. »Ah, der Herr Effinger aus Berlin«, sagte die zweite Verkäuferin: »Ich werd Sie gleich dem Herrn Schrammerl melden.« Und dann kam Herr Schrammerl und sagte: »Oh, welche Ehre, daß Sie uns wieder mal beehren, Herr Effinger!«

»Nur für eine Kleinigkeit, Herr Schrammerl. Geben Sie mir mal eine hübsche moderne Kette.«

Und auf einem roten Samt legten die Verkäufer goldene Ketten vor, feine zarte Dinge. Und eine nach der andern legte James Lotte um den Hals.

Es war voll in dem Laden, und die Leute sprachen laut.

»Was ist denn los bei Ihnen?« fragte James. »Hier geht es ja zu wie beim Bäcker?«

»Ja, es wird sehr viel Schmuck gekauft. Aber das Schlimmste ist, wir können nicht mehr zu gleichen Preisen einkaufen, und die Preise erhöhen darf ich nicht nach der Wuchergesetzgebung.«

»Wenn ich also bei Ihnen was kaufe, dann bestehle ich Sie sozusagen?«

»Das möchte ich nicht so sagen. Aber es ist alles nicht mehr klar.«

»Noch nicht einmal das Einkaufen macht mehr Spaß.«

»Oh, Herr Effinger, die Freude soll Ihnen aber nicht genommen werden. Wenn Sie wollen, verkaufe ich Ihnen gern eine schöne Perlenkette.«

»Nein, danke. Aber diese Kette möchte ich gerne haben. Gefällt dir das Kettchen?«

»Sehr hübsch«, sagte Lotte.

»Also freu' dich damit.«

»Wie, was?« Lotte blieb auf der Straße stehen.

»Für dich, sollst dich damit freuen.«

Lotte dachte: Das alles ist das erstemal in meinem Leben.

Es war inzwischen dunkel geworden.

Als Lotte nach vielen Küssen wieder in ihrem Hotelzimmer war, schien ihr das frühere Leben endgültig vorbei.

Und sie dachte genau wie zwanzig Jahre früher die Widerklee: Ich segne dich, schöner James, daß du immer wieder Frauen so glücklich machen sollst, wie du mich gemacht hast, die ich am Verzweifeln war.

# 103. Kapitel

## *Ein Brief*

Berlin, 15.2.20
Liebe Lotte,

über Deinen Brief – Du hast ihn leider wieder mal zu datieren vergessen – haben wir uns sehr gefreut. Wir haben ja wenig Abwechslung.

Der liebe Erwin arbeitet wieder in der Fabrik. Aber die alte Schwungkraft ist ihm genommen. Das Schwimmen durch den Kanal auf seiner Flucht und das Herumlaufen in dem nassen Zeug hat ihm wohl einen lebenslangen Rheumatismus eingetragen. Auch bin ich entsetzt, wie wenig er sich konzentrieren kann. Er hat keine Freude mehr an der Arbeit. Die Arbeit im allgemeinen ist ja etwas Edles, aber die geistlose Arbeit im modernen Betrieb hat dieselbe in Verbindung mit der seit Jahrzehnten betriebenen Verhetzung der Arbeiter gegen ihre Brotgeber zu etwas Verhaßtem gemacht.

Bezeichnend für die Denkungsart der Leute ist die eingerissene Unsitte, daß außer den alten Leuten, die noch genügend Takt besitzen zu grüßen, keiner mehr grüßt. Von der Jugend, die im Kriege verwildert ist, will ich nicht sprechen, aber es herrscht allenthalben eine Rücksichtslosigkeit, Gemeinheit und Unkultur, ein Mangel an Ehrlichkeit und Ehrgefühl, daß man sich davon angewidert fühlt.

Aus Deinem Briefe geht ja auch hervor, in welch hemmungsloser Weise sich die Leute, die zu den sogenannten besseren Kreisen zählen, benehmen. Man kann das ja schon am Anzug sehen. Wo hätte das früher ein Kontorist gewagt, ohne Krawatte und ohne Kragen zu kommen! Die jungen Leute gehen heutzutage alle mit offenem Kragen, und im Sommer arbeiten sie sogar in Hemden, genau wie die Lehrlinge kurze Hosen tragen.

Die Menschen sind der schrankenlosen Freiheit nicht gewachsen, solange sie nicht Gewalt über ihr eigenes Ich haben. Man kann über Religion, und die jüdische insbesondere, sagen, was man will, sie gab den Menschen die Kraft und die Stütze, in allen Lebenslagen das Gleichmaß nicht zu verlieren. Wenn es unter den Juden heute leider Gottes so manche gibt, die gegen das Bestehende anrennen, so sind das lauter solche, die schon lange dem eigentlichen wahren Judentum entfremdet sind oder nie etwas davon gewußt haben.

Das echte, wahre Judentum lehrt Einfachheit und Bescheidenheit, Genügsamkeit und Selbstbeherrschung. Bescheidenheit im Glück und Beruhigung im Unglück.

Aber man kann sich ja über keine Zügellosigkeit wundern, nachdem der Krieg gezeigt hat, wie wenig die Religion bis jetzt die Menschen veredlen konnte und wie wenig die Regierenden vom wahren Menschentum sich leiten ließen.

Fräulein Kelchner ist leider recht krank, und die Mama geht jeden Tag hinüber zu der Großmama, um zu helfen. Das ist ja auch ganz gut für sie. Denn was soll sie jetzt bei dem kleinen Haushalt tun. Und außerdem ist Fräulein Kelchner wirklich für die ganze Familie eine solche Stütze, daß man alles tun muß, um ihr das Kranksein zu erleichtern.

Marianne arbeitet ungeheuer tüchtig im Ministerium. Trotzdem ich es ja sehr schade finde, daß diese prachtvolle Person sich nicht verheiratet.

Den Großeltern in Kragsheim hat man vier Zimmer genommen. Sie haben unter anderen eine schrecklich keifende Familie ins Haus bekommen und sind sehr unglücklich darüber.

Nun lebe recht wohl, gib ferner gute Berichte und bedenke beim Studium, daß es Dir etwas geben soll, Dir eventuell eine eigene Existenz zu schaffen.

Dein Vater Paul Effinger.«

# 104. Kapitel
## *Erkenntnis*

Inmitten der Stadt stand ein schöner Bau. Lotte stieg eine Freitreppe hinauf, trat in einen Raum, ließ sich eine Karte geben, ging durch eine Sperre. Sechs hohe Fenster gliederten den Saal. Lotte ging an ein Bücherbord, nahm einen Band und schlug ihn auf. Drehte ihn noch einmal, sah den Rücken: Handwörterbuch der Staatswissenschaften. Was steht hier? Naturrecht. Der Staat ist das Resultat eines Vertrages. Sein Ziel, gewisse Zustände, den status naturalis oder bellum omnium contra omnes, aufzuheben. Sie las und las. Jeder hat das gleiche Anrecht an den Staat. Ha, fiel ihr ein, das ist der Humanitätsgedanke von der Gleichheit der Rechte und Pflichten, der überall auftritt, wo Bürgerkriege drohen oder vorüber sind, bis tief in das Mittelalter hinein, bei Grotius, bei Hobbes – Hobbes, ach ja, dieser Zyniker der Stuarts –, Bodinus, Heinrich dem Vierten.

Plötzlich sah sie ein Bild vor sich: Giordano Bruno, den Schüler des Cusaners, der nicht mehr an das Absolute, das einzig Wahre glaubte, der umherirrte, ein entlaufener Franziskanermönch, der Erkenntnis suchte und einen Verleger, in Genf, in Frankreich, in London, im Deutschland Luthers, in Wittenberg und im Hussitischen Prag. Er saß auf einem Brunnenrand in brauner Kutte, tief den Kopf auf den Knien, erschöpft. Der Himmel war eingestürzt, der Himmel, der die Erde umgab seit der Antike, war vernichtet. Lug und Trug, daß die Erde ein Mittelpunkt sei. Unendlich, unermeßlich war die Welt. Es gab keine Übersphäre, an jedem Punkt war er in der Mitte und am Ende. Oh, sich aufzugeben ans Grenzenlose und sich finden durch Sichaufgeben. Eins sein mit der unendlichen Gottheit, in minimo maximum. Gott war vertausendfältigt in allen

Individuen, der Punkt trug die Möglichkeit der Linie in sich, die Monade die Möglichkeit der Gottheit. Die Welt war göttlich.

Wie war es weitergegangen? Auf der Piazza dei Fiori wurde er verbrannt. Die Franzosen besetzten Mailand, und über Italien wuchs Gras, weideten die Ziegen, lehnten die Hirten.

Lotte stand auf. Ihr Herz klopfte. Sie klappte das Buch zu, ging dem Ausgang zu, durch den sie vor vielen Jahren, vor zwei Stunden geschritten war. Sie stand auf einem weiten Platz. Erkenntnis, dachte sie, und ein Verleger und: lieber James.

Ein paar Monate später saßen Lotte, Fräulein von Karstens, deren Freund und ein Doktor Wilken auf dem Lande unter blühenden Apfelbäumen in einem Grasgarten. Hinten die Alpen hatten noch weiße Schneeköpfe.

»Passen Sie einmal auf«, sagte Doktor Wilken, »ich nehme jetzt diesen Teelöffel, und damit hypnotisiere ich die Hühner.«

»Welche Hühner?« fragte die Karstens.

»Hier kommt gerade eins gewackelt.«

Er hielt den Löffel direkt vor das Huhn und ging langsam rückwärts. Das Huhn folgte.

»Schön?«

»Wunderbar.«

»Genau dasselbe habe ich heute mit unserm Star, der Castro, gemacht. Ich saß im Hofgarten Kaffee trinken, sitzt die Castro am Nebentisch und tut so, als sei ich ihr gänzlich unbekannt. Hab' ich sie nicht Kaffee trinken lassen.«

»Was ist los?«

»Ich habe sie hypnotisiert«, sagte Doktor Wilken. »Sie hat dreimal die Tasse hochgehoben und hat es nicht fertiggebracht, sie zum Mund zu führen. Schließlich ist sie aufgestanden, ohne daß sie ihren Kaffee getrunken hatte.«

»Ach, Unsinn«, sagte Lotte.

»Nein, gar nicht! Sie werde ich nächstens zwingen, über ein blaues Taschentuch zu steigen, auch wenn Sie gar nicht wollen. Aber ich weiß einen viel besseren Schlangenbändiger, als ich bin. Ihr müßt mal in den Zirkus Krone kommen, da tritt jetzt ein gefährlicher Verrückter auf, das muß man miterlebt haben.«

»Wann wollen wir gehen?«

»Ich werde mich mal erkundigen, wann er wieder auftritt.«

Das ungeheure Rund des Zirkus war verdunkelt. Man hatte den Eindruck, daß es ganz voll war. Neben Wilken saß ein freundlicher alter Mann, der immerzu Tabak schnupfte.

In einen Lichtkegel trat der Redner: »Du alte Frau ...«, sagte er in scharfem Dialekt zu einem alten Weibchen in der ersten Reihe, »wer ist schuld daran, daß du so elend aussiehst? Wer hat dich um dein Geld gebracht?«

Aus dem Riesensaal tönte von hinten eine Stimme, eine dunkle, schwere Stimme: »Der Jude.« Von der rechten Seite kam eine zweite Stimme: »Der Jude.« Die Stimmen kamen langsam, einzeln, von oben, von unten, von der einen Seite, von der andern Seite: »Der Jude, der Jude, der Jude.«

»An wen hast du deine goldene Uhr verkauft, die vom Großvater ererbte? Du junger Mann hier vor mir mit dem müden Gesicht? Und du dort, du Alter, der du ein fleißiges Leben hinter dir hast, wer hat dir deine Ersparnisse weggenommen?«

Und wieder tönte es durch den Riesenraum, einzeln, langsam, von oben, von unten, von der einen Seite, von der andern Seite: »Der Jude, der Jude, der Jude.«

»Wer hat uns unter die Zinsknechtschaft gebracht? Das jüdische Bankgesindel. Wem muß das deutsche Volk seine Eisenbahnen geben? Seine Bergwerke? Seine Elektrizitätswerke? Seine Eisengießereien? Dem Juden Morgan. Für wen rackerst du in deinem Feld, deutscher Bauer? Für die Finanzjuden von New York. Du hast deine Freiheit verloren, deutsches Volk, du bist hörig dem Juden. Er saugt dir deine Seele aus dem Leib, wie er das Blut deiner Kinder trinkt ...«

»Habe ich recht gehabt?« sagte Wilken, als sie draußen waren. »Das ist ein ungewöhnlich verrückter Fisch, dieser Hitler. Einen Spinnerten haben ihn seine Kameraden im Feld genannt.«

»Na ja«, sagte Fräulein von Karstens, »man muß doch zugeben, daß ungewöhnlich viele Juden ...«

»Kleine Kinder ermorden«, fiel ihr Wilken ins Wort. »Was sagt man? Schon angesteckt! Was sagen Sie denn dazu, Herr Baron?«

»Ich versteh' nicht, warum man so was frei herumlaufen läßt. Was ist denn mit dir, Elvira?«

»Ich muß sagen, es hat mir einen Eindruck gemacht, den ich nicht so schnell abschütteln kann.«

»Also rasch in ein nettes, helles Caféhaus, wo es keine Teufelsbeschwörer gibt. Merkt ihr denn nicht: der Mann bringt doch den alten Teufel- und Dämonenglauben zu neuem Leben. Er nennt die Teufel und Dämonen Juden.«

# 105. Kapitel

## *Heidelberger Sommer*

Seit neun Jahren war es in Heidelberg nicht so heiß gewesen wie in diesem Sommer 1920.

Lotte in einem langen weißen Stickereikleid ging in der heißen Sommernacht allein auf den Schloßberg. Niemand war im Schloßhof. Treppe, Geländer, Turm, Fenster, alles war überwuchert von Efeu. Glühwürmchen leuchteten dazwischen. Auf dem ansteigenden Weg geriet sie in Schlingen von Je-länger-je-lieber, versuchte sich zu halten, griff in Heckenrosen und zerstach sich die Finger. Sie folgte einem Licht im Tal, bis sie entdeckte, daß es ein Irrlicht war. Der beängstigende, beklemmende Geruch der echten Kastanien mischte sich mit dem verdorbenen des Jasmin und mit der Süße der Linden. Durch Dunkelheit, Wärme und Duft kam Musik, ein Reigen, ein Tanztakt, Quellengelächter, Gnome, Stampfen der Rüpel und feierlicher Hochzeitsmarsch.

War dies ein Traum? War dies nicht Shakespeare? Wie es euch gefällt? Benedikt liegt im Gras unter einem Fliederstrauch.

Lotte trat aus dem Gestrüpp ins Freie. Ich bin doch sehr allein, dachte sie.

Der Neckar glänzte silbern im Mondschein. Er war voll von Booten, und junge Leute gingen in Schwimmanzügen, um in der heißen Nacht im Fluß zu schwimmen. Von überall hörte man Schubert-Lieder singen.

Auf der Landstraße traf Lotte Freunde.

»Erinnert Sie das Ganze nicht an eine Shakespeare-Aufführung?« sagte Werner Wolff, ein etwas kümmerlicher junger Mann, großnasig und picklig im Gesicht.

»Ich dachte auch schon daran«, sagte Lotte.

»Vielleicht müßte man über das Theater arbeiten?«

»Ich habe mir schon überlegt, man müßte eine Soziologie des Tanzes schreiben«, sagte Peter Merk.

»Oder des Tanzens?« sagte Werner Wolff.

»Welch feiner Unterschied!« sagte Lotte entzückt.

Peter Merk verabschiedete sich.

»Der hat es gut«, sagte Werner Wolff seufzend und sah dem schönen Menschen nach, »der ist Sozialist, bezieht für jede Lage des Lebens eine Lösung, gargekocht vom Marxismus.«

»Mein Großvater und Vater auch, zwar von der jüdischen Religion, aber sie wissen auch für alles eine Antwort.«

»Wissen Sie, wie heute das Kolleg vom grauen Philosophen schloß: ›Die Mücke könnte auch ein Elefant sein, der Elefant könnte auch eine Mücke sein. Die Lüge könnte auch Wahrheit sein.‹«

»Wie? Das sagte der Leichnam? Toll!!!«

»Es ist nicht von ihm, ist von Nietzsche.«

»Dann hat ja Nietzsche alles vorgeahnt, was wir jetzt empfinden?«

»Ja, daß alles relativ ist. Es ist überhaupt immer schon alles irgendwo gesagt. Auch das ist so deprimierend. Da liegen wir alle auf dem Bauch vor Spenglers ›Untergang des Abendlandes‹. Dabei ist das alles gar nicht neu.«

Plötzlich standen Lili Gallandt und das schöne Fräulein Kohler hinter ihnen. »Entschuldigt, daß wir stören, aber wir suchen Peter Merk. Wo steckt der Lümmel?«

»Er ist vor zehn Minuten verschwunden.«

»Wir haben eben bei ihm gepfiffen«, sagte Lili, »kein Merk, kein Peter, nur ein Telegramm, das seit mittags daliegt. Seine Wirtin sagte voll Gemüt: ›Es könnt' doch wer g'schtorbe sein!‹«

Fräulein Kohler sagte voll Unruhe: »Mit wem ist er weggegangen? Etwa mit Carola?«

»Ausgerechnet!« lachte Lili.

»Nein«, sagte Werner ernst, »ganz allein.«

»So«, sagte Fräulein Kohler erleichtert.

Die Mädchen gingen weiter.

»Liebt die Kohler den Peter Merk?« fragte Lotte.

»Ist hoffnungslos in ihn verschossen.«

Sie saßen am Neckarufer. Die Luft war vollkommen ruhig. »›Es gibt nur zwei Gesten‹, sagte gestern unser Liebling im Kolleg, ›die Arme auszubreiten wie der betende Knabe ...‹«

»›Oder‹«, fiel ihm Lotte ins Wort, »›die Hände vor der Brust zu falten wie die Madonna.‹«

»Zu falten aus Angst.«

»Auszubreiten aus Erwartung.«

»Nazarener und Griechen.«

»Munch und Hodler.«

»Beide malen die Pubertät, der eine voll Angst vor dem Kommenden, der andre voll Freude auf das Kommende.«

»Die zwei Arten der Weltanschauung überhaupt. Pessimismus oder Optimismus. Norden oder Süden.« Sie schwiegen.

»Die Kohler gehört zu den erfreulichen Studentinnen, die wissen, daß sie in erster Linie Frau sind. Sie kennen die Begrenztheit ihrer Möglichkeiten. Schließlich ist doch das Wesentliche, daß eine Frau heiratet und Kinder bekommt.«

»Meinen Sie?« sagte Lotte verärgert.

In dem Telegramm hatte gestanden: »Er läßt mich nicht, suche Schutz, komme morgen, Antonia.«

Peter Merk pfiff noch nachts um halb elf Uhr vor Fräulein Kohlers Fenster den Erkennungspfiff aus Gounods »Margarethe«.

Fräulein Kohler war gerade nach Hause gekommen. Sie hatte Peter überall gesucht. Es war sehr gut, daß er endlich da war.

»Was war mit dem Telegramm? Was Schlimmes?«

»Komm doch schnell runter. Ich will dir erzählen. Etwas ganz Wichtiges.«

»Ich komme gleich.«

Peter ging auf und ab. Sie kam.

»Also was ist?«

»Antonia kommt ... Was hast du denn? Einen Schreck gekriegt? Wieso denn?«

»Ach nein, warum soll ich denn? Was ist denn mit Antonia?«

»Es muß was Schreckliches sein. Ich weiß nicht was. Sie käme sonst nicht.«

Fräulein Kohler wollte sagen, das Ganze sei aber sehr unangenehm. Aber sie sagte: »Man muß ihr doch ein Zimmer besorgen.«

»Natürlich muß man das. Ich dachte schon, ob du mir nicht helfen willst. Ich hab' doch jetzt so viel zu tun, sonst würde ich dich nicht behelligen.«

»Aber selbstverständlich, natürlich. Wie sieht Antonia eigentlich aus?«

»Sehr schön«, sagte Peter hemmungslos begeistert, »schlank und doch voll und sehr blond ...«

»Und wie lange bleibt sie?« unterbrach Fräulein Kohler, die das nicht aushielt.

»Das werden wir sehen. Sie telegraphiert, daß sie bei mir Schutz sucht.«

»Sie ist doch in einer Bar.«

»Ja, aber aus einem sehr guten Haus, und wurde von einem Offizier verführt, der sie mit einem Kind sitzen ließ. Schrecklich, nicht? Die Eltern verstießen sie daraufhin natürlich. Was sollte sie tun? Sie ging in eine Bar.«

»Na, ja.«

»Was hast du denn?«

»Ach, gar nichts.«

»Dir ist es doch wohl unangenehm, wenn Antonia kommt?«

»Nein, nein, wir stehen doch ganz anders.«

»Natürlich stehen wir anders.«

»Also morgen früh fangen wir mit der Wohnungssuche an.«

Fräulein Kohler dachte: Entsetzlich, daß dieses Weib kommt! Ich muß noch Lili sprechen.

Sie lief, so schnell sie konnte, die Hauptstraße entlang. Aus einer Schenke kamen ein paar angetrunkene Studenten mit roten Köpfen, die ganz geschwollen aussahen. Es war wohl ein Uhr nachts, als sie am Hause von Lili pfiff. Ein Hund schlug an, ein zweiter erwiderte.

Enkendorff hörte sie, kam ans Fenster.

»Ich muß noch Frau Gallandt sprechen«, rief sie.

»Ich werde sie rufen.« Er klopfte bei Lili Gallandt, die schon zu Bett gegangen war.

»Was wollen Sie denn noch?«

»Gar nichts, die Kohler ...«

»Ich komme schon.«

Sie holte ihren Kimono und schloß die Gartentür auf. »Mein Gott, was ist denn los?«

Sie setzten sich in den Garten. »Ich hole kein Licht, weil man es sonst vor Mücken nicht aushält.«

»Man hält's schon so nicht vor Mücken aus.«

»Tja, also was ist? Was stand in dem Telegramm?«

»Antonia kommt.«

»Das ist ja zum Piepen!«

»Du sagst: zum Piepen.«

»Na ja, das ist doch irrsinnig komisch, daß er sich seine Geliebte nachkommen läßt. Das ist doch noch nicht üblich gewesen. Hübscher Skandal wird das.«

»Glaubst du?«

»Na, sag mal, will er sie mit in die Universität nehmen? Und wovon wollen sie leben? Soo riesig ist doch sein Wechsel auch nicht.«

»Sicher nicht.«

»Na also, ich könnt' mich totlachen.«

»Na, dich trifft's ja nicht.«

»Es ist doch eine tolle Geschichte. Entweder liebt er dich, dann schickt er sie weg, oder er liebt dich nicht, dann häng dich nicht an ihn.«

»Ich hab' ihm versprochen, daß ich ihm ein Zimmer für sie suchen helfe.«

»Jeder muß nach seiner Natur handeln. Du bist mir zwar rätselhaft.«

»Du findest es also kein Unglück?«

Lili lachte: »Daß ein Junge von zweiundzwanzig Jahren eine Berliner Barmaid nach Heidelberg bringt, weil ihr euch nicht entschließen könnt! Ich finde es ziemlich widerlich.«

»Aber er kann doch nichts dafür.«

»Na, es gibt ja auch einen Telegraphendraht nach Berlin.«

»Sie soll aber sehr unglücklich sein.«

»Wieso denn?«

»Sie stammt aus sehr guter Familie und ist während des Krieges von einem Offizier verführt worden, der sie mit einem Kind sitzen ließ.«

»Worauf«, fuhr Lili fort, »die Eltern sie verstießen und ihr nichts blieb als die Unzucht.«

»So ähnlich hat es Peter auch gesagt.«

»Natürlich. Und geglaubt. Seit der Schillerschen Lady Milford ist das die allgemeine Vergangenheit aller Bardamen. Ich finde ja nichts dabei, Dirne zu sein. Aber lügen soll man doch nicht.«

Fräulein Kohler ging. Lili blieb am Gitter. Ein hübscher, sehr großer blonder Mann schwang sich übers Gitter und wollte gerade ins Parterrefenster klettern, als er Lili sah. Sie hielt den Finger an den Mund. Er ging leise hinter ihr die wenigen Stufen des Treppenhauses hinauf. Kein Mensch wußte, daß Lili sozusagen verheiratet war. Hauer war Mediziner. Das erleichterte die Sache in jeder Beziehung. Mediziner studierten ganz getrennt von den andern. Und Mediziner waren eher Männer als andere. »Die Jungs«, sagte Lili verächtlich von den Studenten, aber Hauer war für sie eine Ausnahme. Hauer war vierundzwanzig und traute sich.

»Wieso warst du noch im Garten?«

»Weil's so heiß ist.« Sie lächelte. Aber er fragte nichts. »Ich könnte doch jemanden hinausbegleitet haben.«

»War deine Freundin da?«

»Du bist sehr sicher.«

Er war nicht eifersüchtig. Lili dachte: Dazu ist er zu phantasielos. Er nahm sie in den Arm und küßte sie.

Eine Stunde später stand er auf.

»Das ist gräßlich, daß man nie zusammen schlafen kann!«

»Du meinst: richtig schlafen.«

»Na ja, natürlich, außerdem ist es ungesund. Ich esse schon jeden Morgen mindestens zwei Eier.«

»So.«

»Ja, ekelhaft ist das. Und daß man sich nicht waschen kann, auch!«

»Fehlt dir sonst noch was? Post coitum omne animal triste est, aber du fällst unter die Ausnahmen.«

»Wieso?«
»Weil du's umsonst hast.«
»Du sollst nicht so zynisch sein.«
»Bin ich ja nicht.«
Nur leider klug, klug, dachte sie.
»Ich liebe dich sehr. Es sind Nächte, um verrückt zu werden.«
Er stieg durchs Fenster.
Ein paar Minuten darauf kam er zurück.
Lili war eingeschlafen. Er saß auf ihrem Bettrand. Es war schon ziemlich hell.
»Was ist denn?« fragte sie erschrocken, als sie ihn sitzen sah. »Ich bin todmüde.«
»Ich wollte dich auch bloß noch einmal ansehen.«
Und er stieg schon wieder hinaus.

# 106. Kapitel

## *Ein philosophisches System wird gefunden*

Morgens brachte Frau Männle den Kaffee in Lottes Zimmer und sprach ein bißchen. Sie hatten eine große Bäckerei gehabt. Der Mann hatte sich 1914 mit 100 000 Mark zur Ruhe gesetzt. Dafür hatten sie ein schönes Haus gekauft. Und vermieteten Zimmer an Studenten. Aber jetzt war kein Auskommen mehr. Mehr als fünfzig Mark bekamen sie nicht für die Zimmer, und die Lebenskosten stiegen und stiegen. »Und dann haben wir doch Julchen. Für die wollten wir doch eine schöne Mitgift haben. Aber wie soll man das machen?«

Auf dem Frühstücksbrett lag ein Brief von Klärchen.

»Ich denke also, daß Erwin und Marianne zu Ende des Semesters bei Dir eintreffen werden und daß ihr drei miteinander eine Wanderung macht, was ich reizend finde.

Wollt Ihr aber nicht dabei über Neckargründen laufen? Walter liegt im Sterben. Die furchtbare Wunde ist nicht verheilt, man hat noch einmal eine Operation gemacht, und die ist nicht geglückt.

Auch sonst haben wir schreckliche Sorgen. Die Teuerung ist ungeheuer, und überall steigen die Einkommen nicht im gleichen Maße, ganz davon abgesehen, daß die Kriegsanleihe nichts wert ist und so die Vermögen hingeschwunden sind. Soloweitschick ist endgültig bankrott. Onkel Theodor, immer in großem Stil natürlich, ist gestern nach der Schweiz gefahren, um wieder mal mit einem Konsortium zu verhandeln, damit Soloweitschick gestützt wird. Außerdem hat die arme Tante Eugenie überall recherchiert, ihr Bruder ist nirgends aufzufinden. Offenbar also ermordet.

Liebe Lotte, verlebe schöne Tage mit deinen beiden.

Das rote Kleid habe ich übrigens zum Färben gegeben und

ich schicke Dir noch ein weißes Sommerkleid, da es doch dort offenbar ständig heiß ist.

Deine Mama.«

Enkendorff pfiff vor Lottes Fenster. »Wollen wir laufen oder fahren?«

»Fahren«, sagte Lotte, »bei der Hitze.«

»Wollen wir uns nicht lieber an den Neckar legen?«

»Ich habe aber um elf Uhr Kolleg über den historischen Materialismus, bei Hauterer.«

»Lassen Sie doch diesen Unsinn schießen und noch dazu bei diesem selbstgefälligen Hauterer. Ich habe Ihnen sehr viel zu sagen, ganz grundlegende Ideen, fast ein System.«

Enkendorffs Münchner Ruf als die bedeutendste Begabung seiner Generation war ihm nach Heidelberg gefolgt. Werner Wolff bezeichnete ihn allen Ernstes als »einen der großen Deutschen«. Er war ein hagerer, etwas gebückter langer Mensch, dem seine bräunlichen glatten Haare auf den Kragen fielen, ein bescheidener Mensch, der mit den Problemen rang. Von Zeit zu Zeit erschien er bei einem Professor, die Mappe voll Zettel, die Bücher voll mit Merkzeichen. Dann dehnten sich die Unterhaltungen stundenlang aus, denn sein fruchtbares Gehirn sprudelte über. Hier endlich hatte Lotte das gefunden, was sie sich seit Jahren wünschte, das große geistige Gespräch.

»Der Wahrheitssuchzwang ist der Teufel«, begann Enkendorff, als sie am Neckar lagen.

»Wollen Sie mal wieder Ketzer verbrennen?« sagte Lotte.

»Jawohl, ich will. Das Motiv der Wahrheitssuche ist seit der Renaissance der Wunsch nach Macht oder, nach Simmel, der Kampf ums Mehrsein.«

»Na und?« fragte Lotte. »Weiter Talglicht? Oder was?«

»Macht ist dem Menschen begehrenswerter geworden als Selbsterhaltung. Erst verriet der Machtwille der katholischen Kirche das Christentum, seit dreihundert Jahren hat die Idealisierung der Berufsarbeit durch den Protestantismus zur Rechtfertigung des Kapitalismus geführt. Und wir bejahen den Machttrieb, furchtbar ist das. Nation und Klasse werden Massenideologien.

Terroristischer Bolschewismus oder terroristische Reaktion wird die grausige Alternative sein.«

»Wir sind völlig von der Anklage gegen das Forschen abgekommen«, sagte Lotte.

»Richtig, richtig«, sagte Enkendorff. »Also: Nur unbewußt wachsendes Leben ist der letzte Wert. Diese verdammte Psychoanalyse hat die Sublimierung erfunden und für wertvoll gehalten. Da für Freud die Kultur auf der Verdrängung und Sublimierung von Trieben aufgebaut ist, müßte er eigentlich selbst zugeben, daß der Bewußtmachungsprozeß zur Auflösung der Kultur führen muß. Nur ein Beispiel: Der Klassenkampf ruft gerade Kräfte wach, die einer gebundenen, nur durch Gemeinschaftsgeist möglichen Gesellschaftsordnung diametral entgegengesetzt sind. Durch das Nichtwiederverschwindenkönnen des Bewußtseins der Klassenbedingtheit aller sozialen Erscheinungen muß sich bei noch so geringfügiger sozialer Differenzierung das Klassenbewußtsein und damit der Klassenhaß automatisch wieder einstellen.

Die Aufdeckung der Motive führt zum unendlichen Verstehen, das die Möglichkeit eindeutiger Entscheidungen nimmt. Die Menschen brauchen keine absoluten Werte mehr anzuerkennen und können das triebhafte Leben – Macht und Genuß – ungehemmt bejahen.«

»Jeder möchte sich mit jedem ins Bett legen, oder dieser neue Nationalismus.«

»Nationalismus ist überhaupt nur primitiver Atavismus, Haß gegen den Gruppenfremden, nur weil er fremd ist.«

»Richtig.«

»Wie Sie da sitzen, wie Sie mich verstehen, und doch muß ich Sie verneinen, weil auch Sie eine Analytikerin sind, die Unbewußtes bewußt macht, und weil Sie Jüdin sind, also Rationalistin.«

»Jesaias und Jesus, die Oberrationalisten. Oh, lieber deutscher Enkendorff, schließlich endet doch alles im Antisemitismus.«

»Liebe Lotte, glauben Sie das nicht. Es ist nur deshalb, weil der Jude keine anderen gemeinschaftbildenden Kräfte anerkennt als die Familie.«

»Und sozusagen eine Religion.«

»Entschuldigen Sie.«

»Trotzdem finde ich alles großartig. Vielleicht, Enkendorff, erinnern wir uns in späteren Jahren, wie Sie mir hier am Neckar die ersten Grundlagen zum Umsturz auseinandersetzten. Schopenhauer hat auch seine Welt als Wille und Vorstellung 1830 konzipiert, und erst 1870 wurde sie wirksam. Ich danke Ihnen, es war wunderbar.«

»Lotte Effinger, hören Sie auf zu denken. Sie sind eine Frau, Sie können zurück zu den Wurzeln, zu den Müttern. Zerstören Sie sich nicht. Werfen Sie Ihre Begabung fort und werden Sie gesund.«

»Ich will es versuchen. Aber vorerst gehen wir noch rüber zur Universität.«

Genau wie vor dem Kriege, genau wie vierzig Jahre, sechzig Jahre früher zogen Buntbemützte gruppen-, rotten-, herdenweise auf dem Damm. Es war ein Spaß für diese Jugend, die elektrische Bahn aufzuhalten oder Laternen auszudrehen.

Zu Lotte und Enckendorff stieß ein Kommilitone. »Ich habe soeben ein Gedicht gemacht. Wollen Sie es hören?«

»Hier, so mitten auf der Straße?«

»Aber bitte«, sagte der Student und zeigte auf die Bordschwelle als Sitzplatz.

»Ich bin für Grenzen«, sagte Lotte, »gehen wir in eine Nebenstraße.« Der junge Mann deklamierte vor ihnen:

»Der Kosmos paukt mit Milliarden Orchestern. Ewig kocht Leben, rast die Zukunft, milliardenmal Freiheit. Von Osten winkende Freiheit, Kreaturerlösung, Boten brausender Propheten. Flammtod aller Herrschenden.

Wir dir zu. Aber von dort wimmert turbulente Flucht zum Ausgang. Auch ihr Brüder. Rückwärts zerrt mich das Ichsein. Einsam verkomm' ich im Ichsein. Wunder werkt jeder Tag. Waffen hinab! Lachen empor! Leben!!! Leben!!! Leben!!!«

»Ausgezeichnet!« sagte Lotte.

Über die Straße kamen die Adepten mit der seltsamen hellblauen Krawatte, die sie dem Meister abgeguckt hatten.

»Ich war eben mit Enkendorff am Neckar, er hat eine ganz

große neue Philosophie entdeckt. Wir können erst zu einer andern Art der Güterverteilung kommen, wenn wir den Marxismus überwunden haben, der die moralischen Grundlagen zerstört, indem er sie für ideologischen Überbau erklärt und also für Heuchelei«, sagte Lotte.

»Alfred Weber hat es formuliert«, sagte Werner Wolff. »Das Problem unsrer Zeit lautet nicht: Kapital und Arbeit, sondern: Apparat und Seele, Mechanisierung und lebendiges Individuum.«

»Aber das Individuum ist tot. Die Masse kommt. Wir sind die letzten Bürger, und ich will essen«, sagte Lotte.

Enkendorff aß nicht mit. Er verbarg, daß sein Geld bereits nicht reichte. Hundert Mark Zinsen im Monat aus dem Vermögen einer Offiziersfamilie. Fünfzig Mark kostete ein Zimmer und fünf Mark ein anständiges Mittagessen, was allein hundertfünfzig Mark im Monat war. Er gab Vorbereitungsunterricht an Ausländer und wurde bitter, weil er nicht genug zu seiner Arbeit kam, bitter auch gegen Lotte und Werner Wolff, die jüdischen Industriekinder.

»Was wollen wir, Sie und ich?« sagte Werner Wolff. »Wenn wir uns nach den Erfordernissen unserer Klasse richten würden, müßten wir die Interessen des Großkapitals vertreten. Aber wir sind doch dem Herzen nach Sozialisten. Ich persönlich bin ja so tief von der Sinnlosigkeit alles Lebens und Geschehens durchdrungen, daß ich wirklich nur aus einem Gefühl gewissenhafter Pedanterie fortlebe. Ich möchte dumm sein. Ich möchte von aller Reife und Erkenntnis befreit dahinleben. Aber auch diese Reflexionen sind sinnlos.«

»Sie haben doch einen ganz klaren Weg. Sie werden jetzt Ihren Doktor machen, und nachher steht Ihnen immer noch frei, auszuprobieren, ob es zum Schriftsteller reicht oder ob Sie in die Fabrik eintreten wollen.«

»Ich beneide Sie. Sie als Frau haben doch die Chance, in eine neue, von außen bestimmte Bahn einzulenken und für einen engen Kreis zu schaffen und zu wirken.«

»Ach, Unsinn!«

»Sie haben recht, da droht die tragische Alltäglichkeit oder die alltägliche Tragik.«

»Es regnet. Gott, wie es regnet! Ich habe mich da verleiten lassen, einen Ausflug zu machen. Schöner Blödsinn!«

Sie gingen über die Rheinbrücke zum linken Ufer.

Mitten auf der Brücke stand ein Kiosk. Um eine dunkle Holzhütte war eine verschossene Trikolore gespannt und ein beschmutztes weißes Band, auf dem in schwarzen Buchstaben stand: Liberté, Egalité, Fraternité.

Aber das weiße Band war zerrissen, und man mußte sich mühsam die Buchstaben ergänzen.

Das linke Rheinufer war von den Franzosen besetzt, und dies war der Vorposten.

Großvater Emmanuel, Onkel Waldemar, Onkel Ludwig, Papa, ihr alle, sprach Lotte in ihrem Herzen, dies war eure Flagge, dies war euer Glaube, und hier steht die Enkelin und sieht auf ein Spruchband, das seinen Glanz verloren hat.

Endet hier der Glaube eines Jahrhunderts? Stehe ich ganz allein, wenn ich weiter daran glaube? Bin ich rettungslos eine Mode von gestern, der Schnee vom vorigen Jahr, wenn ich glaube, daß Freiheit, Gleichheit, Brüderlichkeit ewige Forderungen sind? Oder ist das wirklich nur ideologischer Überbau über einem gewaltigen Geldsack, nur Verhüllung des ewigen Enrichissez-vous? Des ewigen: Bereichert euch, soviel ihr könnt, auf Kosten aller andern? Ist dies ein Symbol? Die zerrissene Liberté und die farblose Trikolore?

Da kam ein Windstoß, und der weiße Fetzen, auf dem »Liberté« stand, wurde abgefetzt und flog in den Rhein.

Lotte sah ihm eine Weile nach. Aber bald hatte er sich mit Wasser vollgesogen und ging unter.

# 107. Kapitel

## *Die Katze*

Der Platz glühte in der Hitze. Der Asphalt war weich.

»So eine Doktorarbeit ist eigentlich eine beschämende Sache«, sagte Werner Wolff zu Lotte und Enkendorff. »Man nimmt dreißig Bücher und macht ein einunddreißigstes daraus, und wenn man Varianten zu den Gedanken anderer entdeckt, dann heißt das: Ideen haben. Man verbrenne die Lexika, man mache tabula rasa, auf daß man den schöpferischen Kopf vom Vielwisser unterscheide.«

»Sehen Sie«, sagte der junge Kommunist, »der Bolschewismus in jeder Beziehung, das heißt in diesem Fall der Antihistorizismus, ist das einzige Regenerationsmittel der europäischen Menschheit. Es ist der Historizismus des Westlers, den Dostojewskij haßt. Bei ihm fängt jeder Mensch von vorne an, jeder stellt sich alle Probleme neu, während Sie glauben, daß Sie alle bisherigen Meinungen kennen müssen, um den Mut zur eigenen zu finden. Sie sind sehr feige. Auf Wiedersehn.« Und er verschwand.

»Angenehmer Mitbürger«, sagte Lotte.

Ein Mädchen lief im Zickzack hin und her, immer hin und her. »Könnt ihr mir zwei Eheringe verschaffen?« sagte sie und blieb vor Enkendorff und Lotte Effinger stehen, die sie ängstlich beobachtet hatten. »Ich heirate heute Rolf. Aber wir haben kein Geld für Eheringe. Sie kosten fünfhundert Mark.«

»Fünfhundert Mark!« rief Lotte. »Das ist zuviel. Und wo sollen wir Eheringe hernehmen?«

»Ich lasse sie mir dann von Fechner geben. Ich hätte es mir denken können, daß Sie sie mir nicht geben. Es widert Sie an, daß ich mir meinen Ehering borgen will und so herumlaufe an meinem Hochzeitstag. Sie haben nämlich einen General zum

Onkel, Enkendorff, ja, eine feine Familie. Aber Sie haben mit Ihrer Mutter geschlafen.«

»Sie ist verrückt«, sagte Enkendorff und ging mit Lotte weg, während das Mädchen Carola weiter auf dem glühenden Platz stand und schrie. Die Menschen sammelten sich um sie. Plötzlich war sie ganz still und ging wieder hin und her mit langen, lautlosen Schritten auf dem glühenden Platz.

»Es ist nicht mehr auszuhalten in Heidelberg«, sagte Enkendorff. »Carola ist doch offenbar wirklich verrückt.«

»Van Gogh war schizophren«, sagte da ein Student im Vorübergehen, »Spaltung des Bewußtseins. Wahrscheinlich war er ein solch großer Maler, weil er verrückt war. Die Tochter des Milchmanns hat Visionen und malt sie. Professor Prinzhorn will eine Ausstellung machen. Er hält sehr viel von der Irrenkunst …«

»Nun habe ich aber genug. Auf Wiedersehen.«

»Guten Tag«, sagte Peter Merk. »Ich möchte Sie sprechen.«

»Wir können zusammen Abendbrot essen.«

Sie setzten sich in ein Restaurant am Fluß.

»Liebe Lotte, die Sache mit Kohlerchen wächst sich zu einem Problem aus. Sie sind so ein kluger Mensch. Raten Sie mir, was soll ich tun? In dürren Worten: Kann man? Oder soll man? Oder darf man nicht?«

»Die Frage ist: Sind Sie bereit, wenn etwas passiert, sie zu heiraten?«

»Ehrlich gestanden, nein.«

»Dann darf man nicht. Denn Kohlerchen würde zugrunde gehen.«

»Ich glaube ja auch. Aber wir haben beide kein anderes Thema mehr.«

»Schrecklich.«

»Ja, sehen Sie, warum eigentlich nicht? Es handelt sich schließlich in der Erotik um einen Naturtrieb, also steht ihm das Recht der Befriedigung zu. Abstinenz führt zur Verkümmerung des ganzen Wesens.«

»Lieber Merk, wenn Sie mit Kohlerchen nichts anderes diskutieren, bitte, aber ich möchte nun wirklich nicht auch noch mitdiskutieren. Sondern nach Hause gehen.«

Lotte ging in der heißen Sommernacht unter den dichten Bäumen.

»Guten Abend.«

»Ach, guten Abend, Enkendorff. Die Linden duften wieder mal und die echten Kastanien!«

»Carola wurde eben in die Irrenabteilung der Psychiatrischen Klinik eingeliefert. Der Wiener seelische Schmutzfink ist an diesen Dingen schuld. Wer kann noch leben seit Freud? Immer wieder meine neue Arbeit vom Sterben der Menschheit an ihrem Bewußtsein. Wer kann noch handeln, wenn er sich der Gründe und Abgründe des Handelns bewußt wird?«

»Seien Sie doch gerecht!« sagte Lotte. »Daß die doppelte Moral aufhören wird, daß die Dirne und der Zuhälter abgestandene Figuren werden, daß die Liebesheirat junger Menschen das Selbstverständliche wird, wird auch Freud verdankt, der größeren Helligkeit, dem größeren Wissen auf diesem Gebiet.«

Sie gingen unter den dichten Bäumen in völliger Dunkelheit und feuchter Glut.

Plötzlich berührte Lotte etwas Weiches. Sie schrie auf.

»Was ist denn?«

»Hier war sie eben.«

»Was war hier eben?«

»Etwas Weiches ... Schon wieder.«

»Aber was ist denn?«

»Sehen Sie denn nicht?«

Ein kleiner, schwarzer Schatten lief neben ihnen. Es ging durch ihre Gedanken, es könnte Carola sein. Aus der Anstalt entkommen. Beide dachten: Verwandelt vielleicht.

Schon wieder. Sie fuhr zusammen. »Was ist denn das?«

»Ich weiß auch nicht«, sagte Enkendorff aufgeregt.

Sie erkannten eine kleine schwarze Katze, die lautlos neben ihnen lief.

»Ich fürchte mich entsetzlich«, sagte Lotte, »bitte, lassen Sie mich nicht allein.«

»Sie kommt nicht mit.«

»Sie sehen doch, sie kommt mit.«

Sie standen vor Lottes Haus. In der vollkommenen Stille hörte man nur die Mücken summen.

»Machen Sie die Tür nur so weit auf, daß nur Sie hineinschlüpfen können und die Katze nicht«, sagte Enkendorff.

»Ich will es versuchen.«

Es mißlang. Lotte wagte sich nicht ins Haus.

»Vielleicht bleibt sie im Garten.«

Sie warteten. Plötzlich sprang die Katze an Lotte hoch. Sie schrie auf. Sie setzte sich auf die Steinstufe zum Hauseingang.

»Ich gehe nicht ins Haus.«

»Aber Sie können doch nicht die ganze Nacht hier sitzen bleiben.«

Lotte schloß auf, da sprang die Katze vor.

Enkendorff, fünfundzwanzig Jahre alt, kein Weltmann, ein ungeschickter Gelehrter, hilflos mit seiner ganzen Psychologie vor dieser verstörten Frau, war selber hilfsbedürftig. »Es ist doch aber nur eine Katze«, sagte er mühsam. Er hatte nur den einen Wunsch, so rasch wie möglich in die Geborgenheit seines Zimmers zu kommen. Er gab ihr flüchtig die Hand und verschwand schnell.

Halb irre vor Angst vor dem Gespenst, vor dieser Öffnung der rätselhaften Natur, umklammerte Lotte das Treppengeländer. Nach langem Verweilen begann sie hinaufzusteigen. Jetzt kamen noch die zehn Stufen bis zum Boden, neben dem ihr Dachzimmer lag. Zehn Stationen eines Kalvarienberges.

Die erste Stufe knarrte. Sie blieb stehen, den Fuß auf der Stufe, den andern auf dem Treppenabsatz. Als ob auf dem Boden ein Mörder auf sie warte, so festgenagelt stand sie in der unbequemen Stellung in der Angst, jedes Geräusch könnte ihn wecken. Auf der zweiten Stufe verweilte sie ebenso, auf der dritten, auf der vierten, bis sie sich entschloß, die Schuhe auszuziehen und ganz leise von Stufe zu Stufe zu schleichen.

Nach der Qual einer Stunde war der Boden erreicht. Der Boden war eine schwarze, unbekannte Welt. Die Sparren strömten schwere Hitze aus. Alles konnte sich dort verbergen. Wie gejagt stürzte sie an ihre Zimmertür. Aber sie hatte die Richtung verfehlt. In der Dunkelheit irrte sie hin und her. Sie griff in die Luft nach allen Seiten, wagte nicht, die Wand abzutasten, fand endlich die Tür, glücklicherweise unabgeschlossen, drückte sich, so rasch sie konnte, durch.

Die Katze war offenbar nicht mehr da.

Sie fiel in ihren Kleidern aufs Bett und schlief, völlig erschöpft, sofort ein.

Sie war entsetzt, als sie am Morgen in den Spiegel sah. Ihr Gesicht war verfallen und alt. Sie zog sich an, ging hinunter in die behagliche Küche von Männles, um an einem großen Mitteltisch zu frühstücken. Er war mit einem blaukarierten Tischtuch nett und sauber gedeckt. Zwei große Fenster sahen in den Sommergarten. Es roch nach frischer Wäsche. Frau Männle nahm die Kaffeekanne vom Herd und stellte sie vor Fräulein Effinger hin. »Nu sage Sie, wie sehe Sie denn aus! Zum Derschrecke!«

»Es ist zwar ganz dumm, aber ich habe mich gestern so wegen einer Katze aufgeregt.«

»Ach, das kleine schwarze Kätzle vom Dederer hat sich verlaufen gehabt, wir ham's heut' im Garten g'funde und hinübergebracht.«

»Ja, ja, ich hatte mich wohl erschrocken.«

»Ja, wisse Se, Fräulein, mit den Katze ist das so eine Geschicht' hier in Heidelberg. Im Schloß gibt's verwunschene Katze. Die komme nachts auf die Bette, wenn ein Kind krank ist. Am Morjen sind die Kinder tot. Wir hatte hier mal eine Besprechung wege der Katze, und da hat es geheiße, es seien verwunschene Hexe.«

»Aber Frau Männle«, sagte Lotte.

»Höre Sie nur zu, Fräulein – und man bräucht' sich nur in der Nacht aufstellen und wenn die Katze käm', sie verprügeln, dann würde sie gleich weg sein. Und da war hier gleich in der Näh' ein Metzger, und der hat a krank's Kind g'habt, und jede Nacht ist die Katz' komme, und das Kind is immer kränker geworden, und da hat sich der Metzger mit einem Prügel aufg'stellt, und als die Katz' komme ist, ist der Metzger auf sie zu und hat fürchterlich dreing'schlage. Und, wisse Sie, Fräulein, da ist aus der Katz' a schönes nacktes Weib rausg'sprunge, und da hat der Metzger noch mal zug'schlage, und da war die Katz' weg. Seit der Zeit ist ziemlich Ruh.«

Lotte dachte: Sollte ich, aus Berlin, eine nüchterne Person, wirklich so von der Luft beeinflußt worden sein, daß ich an Hexen glaube, die sich in Katzen verwandeln?

Da klingelte es. Frau Männle kam mit einem jungen Mann in die Küche.

»Erwin!« schrie Lotte auf und fiel ihm um den Hals.

»Das ist aber nett, daß du dich so freust!«

»Komm, gehen wir in den Garten. Wo ist denn Marianne?«

»Sie wollte noch eine Fußwanderung machen. Aber ich bin so viel im Krieg gelaufen. Ich mache das nicht mehr aus Vergnügen. Bin ich mit der Eisenbahn hergekommen. Marianne wird in drei Tagen, denke ich, da sein. Wo krieg' ich denn ein Zimmer her? Man hat mir gesagt, es sei alles überfüllt.«

»Ach, so schlimm ist es nicht mehr, jetzt Ende Semester. Ich werd' gleich Frau Männle fragen, ob sie nicht hier was hat.«

Und richtig, grad heute wurde was frei.

»Also, wir machen vormittags einen Spaziergang aufs Schloß, essen mittags oben auf einem der Hügel, ich hab' mir das alles schon auf der Karte angesehen, und nachmittags trinken wir Kaffee. Mein Bedarf an Spaziergängen ist während des Weltkrieges für mehrere Jahre gedeckt worden. Und wenn Marianne kommt, dürfen wir es uns sowieso nicht mehr so wohl sein lassen.«

»Gott, Erwin, ist das schön mit dir!«

»Danke, freut mich. Ich dachte, du gehst nur noch mit Philosophen um.«

»Ix.«

»Ix ist ein Ausdruck des Abscheus und des Unbehagens?«

»Richtig! Ich muß mir aber bei der Wäscherin ein Kleid abholen. Mit Bluse und Rock kann ich nicht mit dir oben essen.«

»Also gehen wir zur Wäscherin und dann zum Bahnhof, meinen Koffer holen. Gott, ist es hier schön!«

Welch ein Sommertag! Vor ihnen lag das blühende süddeutsche Land, das vor siebenundzwanzig Jahren Paul und Klärchen gesehen hatten. Weit hinten verdämmerte der Rhein, aber unter ihnen lagen in grüner Fülle Weinberg und Schloßgarten und Wald, lagen die Wiesen voller Obstbäume und das schmale, blitzende Band des Flusses. Ach, wie war das schön! Hier oben zu sitzen, einen leichten Wein vor sich.

»O Erwin, wie bist du erwachsen!«

»Erwachsen?«

»Also was ist in Berlin?«

»Marianne verbiestert. Arbeit und Arbeit und Arbeit. James sucht Wohnung. Was er da im Bankgeschäft treibt, weiß kein Mensch. Jedenfalls sucht er, seit ich zurück bin, Wohnung. Und er kriegt keine. Das ist ganz hoffnungslos. Aber er kann ja seinen Mädchenbetrieb nicht bei uns in der Wohnung aufmachen. Er will ein Pensionszimmer nehmen. Aber eine Pension, die Mädchen mitzubringen erlaubt, ist nichts für James, und eine andere ist auch nichts für ihn. Ich habe das Gefühl, er wird bei uns wohnen bleiben, denn da hat er es behaglich, und einem Mann wie James öffnen sich alle Boudoirs.«

»Erwin, was du für Sachen weißt! Du wirst wohl James der Zweite.«

»Dazu bin ich zu heikel.«

»Wie ist es in der Fabrik?«

»Bedauerlich schlecht. Nicht der Geschäftsgang, aber wir haben nicht genug Kapital und müssen junge Aktien herausgeben, und ob die die Familie aufnehmen kann, ist doch sehr fraglich, besonders seit Tante Eugenie sehr schlecht dran ist – Soloweitschick ist bankrott – Gott – man kann es kaum aussprechen – Soloweitschick bankrott. Schade.«

»Ja, schade. Es war so viel echter Glanz bei Tante Eugenie.«

»Oh, irr dich nicht, sie hält weiter Cercle. Jetzt kommt Maiberg öfter, ein alter Mann, der schimpft, und all die alten Mädchen und Waldemar und die jüdischen Wohlfahrtsorganisationsvorsteherinnen. Sie sitzt wie eh und je im Sommer auf der Terrasse, im Winter unter dem Wendlein.«

»Sie ist eine bedeutende Frau.«

»Ja, sie liest immer noch die moderne Literatur französisch und englisch.«

»Ach, Erwin, wie ist es schön, mit dir hier zu sitzen!«

»Waren denn die andern so gräßlich?«

»Nein, aber so viel Diskussion und Relativismus und nicht wissen wohin.«

»Ich denke nicht mehr«, sagte Erwin, »ich habe das alles in meiner Jugend bis zur Neige ausgekostet. Damals fanden wir, daß ein heroischer Lebenslauf notwendig ist und daß Führer not tun und daß man eine Beziehung zum Tode haben muß. Ich habe gesehen, was so ein heroischer Lebenslauf ist und die Beziehung zum Tode. Und daß alles Quatscherei war. In allen Nationen wird gleich ungern gestorben.«

»Aber du kannst doch nicht leugnen, Erwin, daß es Probleme gibt? Wie kann das Gute sich durchsetzen, wenn es nicht zugleich stark ist? Ist das Verfeinerte, das Wissende nicht überall in Gefahr, vom Ordinären überrannt zu werden? Der blonde Hans, der bei Thomas Mann den wunderbaren Tonio überrennt. Erst hat man gedacht, das Christentum ist die Religion für die Schwachen, Guten, jetzt der Sozialismus. Und weiß man, was das Gute ist? Und können wir hier nicht sitzen einzig und allein durch den Kapitalismus? Also mit schlechtem Gewissen?«

»Ja, indem wir den Mehrwert versaufen. Lotte, ernsthaft, was über das meiste zu sagen ist, steht schon im Buche Kohelet. Alles ist eitel. Vanitas, vanitatum vanitas. Modern heißt das: Alles ist relativ.«

»Richtig«, sagte Lotte. »Du nimmst also die Fabrik nicht ernst?«

»Wenigstens nicht so wie dein Vater. Vanitas, vanitatum vanitas. Warum sollte ich Mathematiker werden oder nach Amerika gehen? Die Fabrik stand schließlich da. Aber ernst? Lotte, wir haben alle zuviel erlebt, um noch Zahlungstermine und Rohstoffe ehrlich ernst nehmen zu können. Wir nehmen ja auch alle andern Fragen der bürgerlichen Welt nicht mehr ernst.«

»Man kann das auch ganz anders sehen.«

»Hör dir an, wie sie nebenan an dem Tische da das unerträgliche Joch, unter dem wir seufzen, mit Sekt begießen. Die Sekttrinker seufzen am lautesten. A propos, so ’ne Type hat

Onkel Theodor aufgenommen in das altehrwürdige Bankgeschäft derer von Oppner & Goldschmidt. Na, furchtbar. Aber Onkel Theodor will mit der Zeit gehen und hat sich darum einem von den neuen Leuten verschrieben. Der kauft Aktien nur paketweise. Er bildet Konsortien und gründet. Bisher hat er die keramische Industrie aufgekauft und alle kleinen Metallfabriken. Irrsinnig. Und die alte Bank soll bauen, ein großes neues Bankgebäude planen sie. Das ist was für Onkel Theodor, und der neue Mann – Herr Schulz – will sich ein Schloß im Grunewald bauen. Bisher hat er nur eine Villa in der Tiergartenstraße mit armseligen zwanzig Räumen. Er kauft alles. Wahrhaftig alles. Und wer, meinst du, wer da sitzt und für ihn kauft? Armin Kollmann! Sie haben nämlich nur noch wenig Geld, und Margot geht zur Bühne, und Armin will nicht studieren, und so hat er da eine Stellung angenommen. Na, Lottchen, was ist?«

»Ach, ich fühle mich so heimatlich berührt, wenn du redest, daß ich Benzin rieche.«

»Aber hier ist es so schön.«

»Kaffee?«

»Ja, Kaffee.«

»Ober, Kaffee.«

»Und nun gehen wir hinunter an den Neckar.«

Am Abend gingen sie über die Berge. Auf dem ansteigenden Weg gerieten sie in die Schlingen von Je-länger-je-lieber. Durch Dunkelheit, Wärme und Duft kam Musik, ein Reigen, ein Tanztakt, Quellengelächter, Gnome, Stampfen der Rüpel und feierliche Hochzeit. Sie traten aus dem Gestrüpp ins Freie. Der Neckar glänzte silbern vom Mondschein. Er war voll mit Booten, und junge Leute gingen in Schwimmanzügen, um in der heißen Nacht im Fluß zu schwimmen. Von überall hörte man Schubert-Lieder singen.

»Willst du noch ein bißchen in mein Zimmer kommen?« sagte Erwin.

»Warum nicht?« sagte Lotte nüchtern und kühl. Aber sie war es nicht, und als die Tür hinter ihnen zu war, küßte sie Erwin …

Mitten in der Nacht wachte Lotte auf.

»Erwin?«

»Lotte, ich warne dich. Frage nicht: Warum? – und frage auch nicht, was daraus wird.«

»Ich werde nichts fragen.«

Am Morgen frühstückten sie im Garten in einer Geißblattlaube. Die Glyzinien wuchsen am Haus empor. Die Rosenbüsche waren voll erblüht.

»Wir fahren nach Neckargmünd? Ja?«

Und dann liefen sie ein Stück weiter, an Burgen vorbei, die sich im Wasser spiegelten, über Wiesen und durch kleine Orte mit Brunnen, die sich an Hügeln hinaufzogen.

Am Abend saßen sie in einem Freilichttheater in Heidelberg. Sie konstatierten beide, daß sie kein Wort von dem Stück des modernen Dichters verstanden. Aber den Hintergrund der Bühne bildete ein dichter Wald aus Buchen, Eichen und echten Kastanien, aus Weißdorn und Heckenrosen. Tausend Glühwürmchen leuchteten. Wenn sie sich umdrehten, so sahen sie von ihrer Wiese hinüber übern Rhein, wo die Lichter der geschäftigen Städte leuchteten.

»Ich zum Beispiel würde hier lieber den ›Sommernachtstraum‹ sehen«, sagte Erwin.

»Sie haben eben keine Beziehung zur Zeit«, zischte ihn sein Nebenmann an.

# 108. Kapitel

## *Marianne*

Sie brauten eine Bowle, um im Garten mit Lili Gallandt und Hauer Mariannes Ankunft zu begrüßen.

Es war wie diese ganze Zeit eine sternenklare, sehr süße Sommernacht. Lotte lehnte sich in der Dunkelheit an Erwin, und Lili Gallandt fragte nach Berliner Neuigkeiten.

»Also, was macht die Koch?«

»Sie ist im Ministerium des Innern.«

»Und die Amalie Mayer?«

»Die leitet jetzt die Kochsche Schule und ist Stadtverordnete. Es werden dort jetzt Sozialbeamtinnen ausgebildet.«

»Und Sie haben jetzt die Theaterabteilung bekommen?«

»Ja«, sagte Marianne, »jede Aufführung, in der Kinder beschäftigt werden, wird bei uns angemeldet, und wir legen die genauen Bedingungen fest, unter denen es erlaubt wird.«

»Schön!« sagte Lili. »Also es gibt keine Kinderausnutzung mehr?«

»Keine ist wohl übertrieben, aber sie ist jedenfalls weitgehend verhindert.«

»Was hast du schon Gutes in deinem Leben getan!« sagte Lotte.

»Ich habe nicht mehr das Gefühl. Ich bin eine staatliche Beamtin wie tausend andere. Von viel Initiative ist nicht mehr die Rede.«

»Was ist denn mit dem Theater sonst?«

»Gar nichts.«

»Uhu«, machte da eine Stimme. »Hier Werner Wolff.«

»Kommen Sie in die Laube, Werner.«

»Werner, was ist mit dem Theater? Sie sind doch sachverständig. Er ist nämlich mit dem Dramaturgen beim hiesigen Theater befreundet.«

»Der behauptet, es gibt mehr Dichter in Deutschland als Bergarbeiter.«

»Und gute?«

»Nein, keinen außer Wedekind.«

»Leider verstorben.«

»Und Strindberg.«

»Nicht deutsch.«

Wolff begann mit Marianne von der Gleichgültigkeit und Sinnlosigkeit des Lebens zu sprechen. Die beiden Liebespaare flüsterten leise und versuchten von Zeit zu Zeit eine Unterhaltung mit Marianne. Marianne wußte nicht recht, wie sie sich verhalten sollte.

»Ich bin sehr müde. Von der ganzen Reise. Ich möchte in mein Zimmer.«

Erwin und Lotte fühlten sich schuldbewußt und hakten jeder von einer Seite Marianne unter.

»Du wohnst im selben Haus wie Lotte?«

»Ja, es war zufällig ein Zimmer frei.«

»So.«

»Wir hätten dich schrecklich gern bei uns untergebracht. Aber es ist noch nichts frei. In ein paar Tagen kannst du zu uns ziehen.«

Marianne nahm sich vor, bald abzureisen. Es war eine komische Stimmung in diesem Heidelberg. Sie fühlte sich mit ihren Achtundzwanzig uralt unter den Zwanzigjährigen.

»Du wohnst mit Lili Gallandt zusammen«, sagte Lotte.

»Ach, wie nett.«

Und was war mit Lotte und Erwin? Sie machten einen merkwürdigen Eindruck.

Marianne traf Lili am andern Morgen. »Kommen Sie doch auf meine Veranda, es wird ja wieder entsetzlich heiß«, sagte Lili.

»Es scheint tatsächlich, und Mücken gibt es hier!«

Die Gallandt war nicht schön. Sie ließ einen dünnen rosa Kimono flattern und trug darunter nur einen rosa Seidenschlüpfer und ein rosa Seidenhemd, und dazu rosa Pantoffel. Marianne dachte, daß sie angezogen sei wie eine verheiratete Frau. Lili fand einen Pickel. »Nanu«, sagte sie mit Entsetzen, »ich hab' doch sonst so eine anständige Haut, da muß ich sofort mal Zinksalbe drauftun. Entschuldigen Sie einen Augenblick.«

Marianne dachte: Sie scheint doch ein bißchen unfein zu sein, aber das macht nichts. Sie ist doch so fein in geistigen Dingen.

In diesem Augenblick flogen ein paar Rosen auf die Veranda.

»Ach«, sagte Lili und beugte sich aus dem Fenster. »Du bist da. Du, ich habe gar keine Zeit, ich habe Besuch.«

»Also wann?« rief eine Männerstimme.

»Heute um fünf Uhr können wir zusammen nach Neckargmünd laufen. – Wissen Sie, er fängt mir nämlich an auf die Nerven zu gehen«, sagte sie zu Marianne.

»Wieso denn, liebe Frau Vermehren?« – denn so hieß Lilis geschiedener Mann –, »es muß doch schön sein, geliebt zu werden.«

»Nein, nach einer Weile geht es einem immer auf die Nerven.«

»Das kann ich mir nicht vorstellen.«

»Hat Sie nie jemand geliebt?«

»Doch, natürlich, und es gab immer junge Leute, die mich heiraten wollten.«

»Das ist doch das höchste Zeichen von Liebe.«

»Nein, nein, ich bin doch ein vermögendes Mädchen, und die Männer finden mich hübsch. Es war eine niedrige Form der Liebe. Ich möchte sagen, sie dachten: Fräulein Effinger hat Geld, und hübsch ist sie auch, warum also nicht?«

Sie saß da in ihrer weißen Batistbluse und dem langen blauen Rock, unelegant und spießig; aber das war immer noch besser als die ausgeschnittenen Wollkleider mit den kleinen roten Herzen rings um den Ausschnitt und der Kordel um den Leib.

»Wer hat Sie geliebt, Fräulein Effinger, und wie war das?« sagte Lili sitzend in einem Schaukelstuhl, dessen Geflecht mit roten Tuchkissen bedeckt war, auf denen Samtapplikationen angebracht waren.

»Ich hatte einen Jugendfreund, einen ungewöhnlich klugen Menschen. Ich habe sehr schöne, unvergeßliche Jahre mit ihm verlebt. Wir haben die herrlichen Klassiker-Aufführungen zusammen angesehen, wir sind zusammen ins Museum gegangen.

Er hat mir die rechten Gesichtspunkte für meine Arbeit gegeben.«

»Und dann?«

»Dann wurde er Kommunist, ich habe mich nicht mehr mit ihm verstanden, und drei Monate, nachdem er Mitglied der Räteregierung war, wurde er Syndikus eines Arbeitgeberverbandes.«

Lili hätte gern Näheres gewußt, aber sie traute sich nicht, geradezu zu fragen: Hat er Sie geküßt? Sie fragte nur: »Und jetzt?«

»Ich habe doch eine sehr verantwortungsvolle Stellung.«

»So.«

Lili schaukelte hin und her. Mit einer wie Marianne gab es kein intimes Gespräch.

Aber Marianne fuhr fort: »Ich bin deswegen doch Frau geblieben. Es war alles vor dem Krieg ganz anders. Das wissen Sie doch! Die Mädchen heirateten zwischen neunzehn und einundzwanzig, und zwar nach äußeren Verhältnissen. Die jungen Leute mußten erst etwas sein und sich die Hörner abgestoßen haben. Mit dreißig waren sie meist so weit. Sehr oft wurden Heiraten durch Bekannte arrangiert, es klappte meistens.«

»Widerwärtig!«

»Nicht wahr? Ich habe auf meinen Jugendfreund gewartet, er verstand mich ganz und gar, und nun hat er sich so entpuppt!«

»Aber es wird sich bald jemand anderes in Sie verlieben.«

»Glauben Sie?« sagte Marianne dankbar.

»Sie sind doch eine schöne Frau.«

»Wie nett Sie sind!«

»Es muß doch grauenhaft gewesen sein früher.«

»Andererseits waren die Mädchen sehr behütet. Jetzt haben sie den Kampf«, sagte Marianne.

»Wie meinen Sie das?«

»Hier sind die Mädchen mit irgendwelchen jungen Leuten befreundet, und wenn die jungen Leute dann die Mädchen nicht heiraten, ist es entsetzlich demütigend.«

»Aber man kann doch selber vorher weggehen.«

»Ich finde das schrecklich. Immer preisgegeben sein.«

»Ich verstehe Sie nicht. Einerseits sind Sie doch traurig, daß Sie nichts erlebt haben, und andererseits fürchten Sie sich davor.

Erleben kann man überall etwas. Hier sind zum Beispiel Professoren.«

»Was Sie für Dinge sagen!«

»Professoren sind auch Männer.«

»Aber Frau Vermehren!«

»Ich versichere Sie, Professoren sind auch Männer.«

»Aber ich bin doch schließlich ein Mädchen aus gutem Haus.«

»Meinen Sie, Caroline Schlegel war nicht aus gutem Haus? Hier in Heidelberg hat sie mit Schlegel angefangen, glaube ich.«

»Aber um auf ein anderes Thema zu kommen: Warum mögen Sie den jungen Mann nicht, der Ihnen vorhin die Rosen hereinwarf? Wie schön muß es sein, in dieser Landschaft geliebt zu werden!«

»Ich kann es nicht leiden, zueinanderzustürzen wegen der atmosphärischen Einflüsse. Man hat es jetzt mit den Naturtrieben, aber mein Freund hat mir zuviel Naturtrieb und zuwenig Gehirn.«

»Wir sagten für Gehirn Seele, und vom Naturtrieb wollte ich das vorhin ausdrücken, als ich sagte, es hätten mich manche heiraten wollen.«

»Ich habe meinen Freund – ich kann Ihnen ja ruhig den Namen sagen: Doktor Hauer – in einem Kreis sehr unbedeutender älterer Ehepaare kennengelernt, und da erschien er mir als ein Ausbund. Aber wie das so ist, nach einiger Zeit war mir klar, daß ich mich geirrt hatte, trotzdem er sehr zärtlich und gut zu mir ist und mich sehr liebt, was die Sache erschwert. Ich habe mich ihm schließlich auch gegeben, weil er es verstand, und weil ich es so unfreundlich fand, nein zu sagen.«

Marianne hielt sich am Tisch fest und sagte: »Sie haben ein Verhältnis mit ihm?«

»Erschüttert Sie das so?«

»Aber er wird Sie dann doch nie heiraten.«

»Zwei Irrtümer auf einmal. Ich will ja gar nicht. Ich fürchte nur, er könnte denken, ich wollte. Er nimmt wichtig, was für mich gar nichts ist.«

In Mariannes Kopf drehte sich ein Mühlrad. Hier, dachte sie, sitzt ein Mädchen, die klug ist, sehr gebildet, sehr geistig und …

»Wie ..., wie ..., was sagten Sie eben?«

»Ich meinte, es ist die größte Lüge der vorigen Generation, daß Hingabe löst«, sagte Lili. »Sie braucht nicht zu binden, aber lösen tut sie auf keinen Fall. Die kleinen Zärtlichkeiten des Blutes bleiben im Gedächtnis. Ach, Marianne, das ist vielleicht das Furchtbare. Wenn wir längst mit dem Gehirn einen Dummen, mit dem Herzen einen Unfeinen vergessen haben, glaubten vergessen zu haben, das Blut vergißt nicht. Ein Hauch von Liebe der Zellen zueinander bleibt. Besonders junge Männer lieben die Frau, die ihnen das brachte, was ihnen das Wichtigste ist. Sprich mit Männern, es interessiert sie nicht, was man denkt, nicht, was man erfindet, beobachtet, es interessiert sie bei jeder Frau, wie sie sich im Bett benimmt. Und sie vergessen keine, die sie umarmt haben.«

»Liebe, Sie glauben nicht daran, daß die Männer die Frauen verachten, die sie besessen haben?«

»Nein, wenn, dann war die Frau ungeschickt oder hat sich falsch benommen.«

Marianne dachte: Man hat mir erzählt, daß Schröder in der Rätezeit eine Freundin Sonja hatte, die ein Kind von ihm bekam, um das er sich nicht kümmerte. Ich dachte eine Weile: mit Recht, obgleich mir das Kind leid tat.

Marianne ging zu Erwin und Lotte: »Also, was ist nun mit der Wanderung?«

»Du weißt doch, daß ich Laufen kein Vergnügen finde. Primitivität auch nicht. Ich kenne das. Ich habe mich fünf Jahre am Brunnen gewaschen. Ich möchte einen Hummer essen, ein breites Bett haben, Huris, die mich umschwirren.«

Marianne sagte entsetzt: »James.«

»Nein, Marianne, aber laß mich hier und Lotte bei mir.«

Marianne sah von einem zum andern. »Na, gut.«

Sie fielen ihr beide um den Hals und küßten sie.

# 109. Kapitel

## *Ein Kind*

Du bist doch so grauenhaft nervös, ich muß in ein paar Tagen weg, und du hast den ganzen Tag was zu schimpfen.«

»Ich bin nicht in Ordnung.«

»Na, dann ist doch alles gut.«

»Ich bin eben in Ordnung.«

»Ach, du lieber Himmel, das ist aber entsetzlich!«

»So reagierst du?«

»Hat das etwa im Programm gestanden?«

»Ich habe mich die ganze Zeit geängstigt.«

»Na, was machen wir jetzt?«

»– – – – – – – – – – –«

»Du möchtest es gern behalten?«

»Natürlich.«

»Das geht doch aber nicht.«

»Du könntest mich doch zum Beispiel heiraten.«

»Das ist aber sicher eine schreckliche Familienaffäre, wo wir so nah verwandt sind. Und solche Kinder fallen auch meist schlecht aus.«

»Vielleicht.«

»Na, zuerst wollen wir mal zu 'nem Arzt gehen. Und mal hören, ob wir uns hier nicht ins Bockshorn jagen lassen. Kennst du jemanden?«

»Ich müßte Lili fragen.«

»Das ist doch aber peinlich.«

»Ach, i wo. Bei Lili ist gar nichts peinlich.«

»Na, vielleicht weiß sie auch jemanden, der es wegbringt.«

»Sicher.«

»Na also.«

»Ich möchte aber nicht.«

»Also gehen wir zu 'nem Arzt. Dann kann man immer noch sehen.«

»Sie warten besser im Wartezimmer«, sagte die Ärztin zu Erwin. »Ich sage Ihnen bald Bescheid.«

»Tja«, sagte die Ärztin zu Lotte. »Ich glaube sicher, daß Sie recht haben. Haben Sie den jungen Mann lieb?«

»Ja.«

»Und er Sie?«

»Auch.«

»Also wäre das Vernünftigste Heirat.«

»Sicher. Ich möchte sehr gern.«

»Herr Effinger«, sagte die Arztin, »Sie haben ein Kind.«

Und plötzlich strahlte er.

»Sie freuen sich wohl?«

»Ehrlich gesagt, ich freue mich. Es ist doch ein seltsames Gefühl, einen Sohn zu erwarten.«

»Sehen Sie! Es kann aber auch eine Tochter sein.«

»Na also«, sagte er auf der Treppe, »nu werd' ich wohl in den sauren Apfel beißen müssen und dich heiraten.«

»Pfui, Erwin!«

»Ach, so war's doch nicht gemeint. Ich werd' mal sehen, daß wir das hier abmachen.«

»Und beide Eltern so vor den Kopf stoßen? Erwin, mein guter Papa und deine Mama! Wo wir die ersten sind, die heiraten, James würde bestimmt ganz groß feiern.«

»Ich bin doch kein Neger, daß ich etwas so Privates wie eine Hochzeit öffentlich mit Kriegsbemalung feiere. Hast du nicht zwei nette Freunde hier als Trauzeugen?«

»Aber wir sind doch keine Bohemiens.«

»Also willst du denn den ganzen Quatsch? Weißseidenes Kleid mit Myrthe und Rabbi und blödsinnigen Reden? Und Geld für große Diners haben wir alle nicht mehr.«

»Aber Großmama und Tante Eugenie! O Erwin, wie schrecklich, den armen Menschen solche Enttäuschung zu bereiten!«

»Wir schreiben heute und laden die Nächsten nach Heidelberg ein. Wer ist denn da außer den Eltern? Großmama und Tante Sofie und Tante Eugenie und Onkel Waldemar und James und Marianne. Aus. Dann ist es doch leider aus.«

»Und die Kragsheimer?«

»Weißt du, was wir machen? Wir lassen uns in Kragsheim trauen.«

»Aber dort geht's doch nicht ohne Rabbiner und weißes Kleid.«

»Nein, also das mach ich auf keinen Fall. Ich lad' sie nach Heidelberg ein.«

»Und wo wollt ihr wohnen?« sagte Paul. »Also das ist das Verrückteste, was ich je gehört habe. So was, Hals über Kopf werden wir hier nach Heidelberg gesprengt, und da ist schon Aufgebot und Hochzeitsessen.«

»Entsetzlich!« weinte Klärchen. »Wie die Zigeuner. Du warst ja immer eine verrückte Person, Lotte, aber dir, Erwin, hätten wir das nicht zugetraut.«

»Großartig. Ich wollte nach Berlin fahren, eine Trauung in der Synagoge und alles richtig mit der ganzen Familie, aber Erwin war dagegen. Und jetzt bin ich das Karnickel.«

»Da wird alle Tradition über den Haufen geworfen, und man heiratet wie die Zigeuner irgendwo! Also zuerst werden mal die Großeltern in Kragsheim eingeladen, trotzdem ich nicht glaube, daß die alten Leute kommen.«

»Ich hab' sie schon eingeladen«, sagte Erwin.

Am Nachmittag kamen Karl und Annette und James und Tante Sofie und Tante Bertha. »Das ist eine reizende Idee von euch, uns hierher einzuladen«, sagte Annette. »Ich muß euch sagen, wen hätte man in Berlin einladen sollen? Überall ist so viel Unglück. Es ist viel netter, so unter uns. Ich werd' mich mal ums Menü kümmern.«

James gratulierte von ganzem Herzen, »trotzdem eigentlich ich sie gern geheiratet hätte«.

Tante Bertha gratulierte, »trotzdem es vernünftiger gewesen wäre, wenn jeder für sich eine große Partie gemacht hätte«.

Sofie lächelte immerzu, und Erwin hatte das schreckliche Gefühl, als sei sie eifersüchtig auf Lotte.

»Also, was hast du überhaupt anzuziehen?« sagte Klärchen.

»Erwin wollte kein weißes Kleid.«

»Warum denn nicht?«

»Er findet eine geschmückte Braut barbarisch.«

»Ach, so überspannt!«

»Aber da ich genau so überspannt bin, ist es ja gut.«

Doch da kam Annette und erklärte, sie habe Erwin einen Smoking mitgebracht, und für Lotte müsse was Hübsches besorgt werden. Sie würde es gern in die Hand nehmen.

Und dann beruhigten sich auch Paul und Klärchen, und das Essen war sehr schön. Es war kein eigentliches Hochzeitsessen, aber da es pro Person fünfzig Mark kostete, fand Annette es teuer genug. Im übrigen hatte sie auf Lottes Platz ein schönes Brillantarmband gelegt.

Und plötzlich fand Lotte, die von Kinderzeiten an sich nach schönem Porzellan gesehnt hatte, nach einem eleganten Schlafzimmer, mit Velour ausgelegt, das Brillantarmband tief gleichgültig und nur eins wichtig, daß sie der schöne und kluge Junge an ihrer Seite immer lieben würde.

Nach Tisch saßen alle im Hotelgarten. Es war sehr gemütlich, und man sprach von der Teuerung. Sofie aber sagte zu Erwin und Lotte: »Meinem Freund stellt jetzt ein Mädchen nach und will ihn heiraten, so eine gräßliche Person.«

»Liebe Tante Sofie«, sagte Lotte, »sie liebt ihn vielleicht.«

»Aber das ist ja ein Stück, ein ganz ungebildetes Ding. So muß man es wahrscheinlich machen, sich einem Mann an den Hals werfen und dann ihm vorspiegeln, man bekomme ein Kind, und ihn dann zwingen, daß er einen heiratet.«

»Hat er sie denn geheiratet?«

»Noch nicht. Aber wenn er es tut, nehme ich mir das Leben.«

»Tante Sofie! Das wirst du nicht tun, wegen irgendeines jungen Mannes, du, eine berühmte Frau.«

»Er war der einzige Mann, den ich geliebt habe.«

Da kamen Lili Gallandt, Peter Merk, Enkendorff und Lotte Kohler und Werner Wolff.

Paul fragte Werner, ob er von den Wolffschen Spinnereien sei.
»Ja.«
»Sie werden also in die Fabrik Ihres Vaters eintreten.«
»Ich weiß noch nicht.«
»Wieso wissen Sie noch nicht?«
»Ich finde Fabrikant zu sein kein Ziel.«
»Was finden Sie?«
»Ich finde es kein Ziel. Man könnte auch woanders einen Lebenssinn finden.«
Paul hatte das Gefühl, mit einem Geisteskranken zu reden.
»Was sind Sie, Herr Enkendorff?«
»Ich bin Philosoph.«
»Wollen Sie Dozent werden?«
»Das weiß ich noch nicht. Ich schreibe an einer Arbeit über den Nihilismus des Nihilismus, über das Sterben unserer Welt am Bewußtsein.«
»So. Sind Sie verwandt mit dem General Enkendorff?«
»Ja, mein Onkel.«
»Das ist wohl ungewöhnlich in Ihrer Familie, sich so in Spekulationen zu verlieren, wie Sie das tun?«
»Ich halte das für keine Spekulation, sondern für eine Arbeit über die Methode, Europa vor dem Untergang zu bewahren.«
»So«, sagte Paul. »Vielleicht trinken die jungen Herren jetzt etwas? Und wie geht es Ihnen, Frau Vermehren? Was macht Ihr Mann? Hat er Sie so einfach nach Heidelberg gelassen?«
»Ich bin geschieden«, sagte Lili.
Paul sagte nichts darauf. Es war eine zu verrückte Welt.
Da kam der junge Merk, der Sohn vom Landgerichtsrat Merk.
»Und was studieren Sie?«
»Jura, leider. Aber was soll man machen, eins ist so aussichtslos wie das andere und so gleichgültig wie das andere. Ich möchte nach Rußland, dort sind wenigstens große Ziele.«
»Was, zu der Kommunistenbande? Sie haben es dort glücklich so weit gebracht, daß eine entsetzliche Hungersnot herrscht, das wenigstens glaubten wir seit der Erfindung der Eisenbahn überwunden.«

»Oh, das wird sich ändern, das ist eine Übergangserscheinung.«

»Nette Übergangserscheinung, wenn Millionen Menschen erst mal sterben.«

Da kam Klärchen und holte die jungen Leute zum Kaffee.

Hauer war nicht dabei. So weit war man noch nicht, daß das Verhältnis in einen Familienkreis mitgebracht werden konnte.

Erwin sagte die ganze Zeit: »Wollen wir denn nicht gehen, Lotte?«

Eine Menge Leute hatten Telegramme geschickt. Onkel Waldemar hatte gedichtet.

»Ulkig«, sagte Lotte zu Enkendorff, »ich habe das Gefühl, daß das irgendwie altmodisch ist, eine Hochzeit zu feiern, Telegramme zu schicken, Geschenke zu geben.«

»Die Atomisierung unserer Zeit gibt sich darin kund. Die Familie ist nicht mehr die Zelle des Staates, sondern der Bund.«

»Nein«, sagte Erwin. »In unserer Freudlosigkeit, wo man nicht weiß, ob wir morgen kein Geld mehr haben oder übermorgen Bolschewismus, ist die Beziehung Mann und Frau eben keine gesellschaftliche mehr, sondern die ursprüngliche Adam-und-Eva-Beziehung, die große Zweisamkeit in der völligen Einsamkeit.«

»Aber Adam und Eva hatten doch sicher eine Höhle. Und was haben wir?«

»Ein Zimmer am Kurfürstendamm.«

»Ach, Erwin«, sagte Lotte, und ihre Augen füllten sich mit Tränen, »wenn wir doch wenigstens eine Zweizimmerwohnung hätten!«

»Aber Zweizimmerwohnungen sind am allerschwersten zu kriegen.«

»Unter solchen Umständen heiratet man eben nicht«, sagte Paul, »früher haben junge Leute, die sich geliebt haben, auch mal gewartet. In einem solchen Zustand wie jetzt kann man eben nicht heiraten, da sind kaum Möbel zu bekommen und keine Aussteuer außer zu irrsinnigen Preisen, und vor allem habt ihr doch keine Wohnung.«

»Ich werde mal mit Großmama reden, vielleicht gibt sie uns die obere Etage in der Bendlerstraße.«

»Ihr könnt auch zu uns ziehen«, sagte Klärchen.

»Nein, nein«, sagte Annette, »die Kinder kommen zu uns. Ich richte ihnen schon ein nettes Zimmer ein.«

## 110. Kapitel

### *Wohnungssuche*

Alle Mahlzeiten mußten im großen Eßzimmer eingenommen werden.

»Wenn wir ganz arm wären«, sagte Lotte, »dann könnte ich mir einen Spirituskocher anschaffen und hier im Zimmer für uns beide Kaffee kochen, aber das geht doch nicht. Es geht überhaupt nichts. Was haben wir denn voneinander?«

»Ich muß sehen, daß ich irgendeine Bleibe für uns finde«, sagte Erwin.

Am Nachmittag ging er zur Großmama.

Selma saß wie eh und je im Erker. »Nun hat uns die gute Kelchner verlassen, und ich habe es doch recht schwer, die Bedienung wird immer schlechter und immer anspruchsvoller, und Theodor liegt mir beständig in den Ohren, daß ich Personal entlassen müsse. Aber ich will die Leute nicht überanstrengen.«

»Na, wie wäre es denn«, sagte Erwin, der das für einen guten Übergang hielt, »wenn du einen Teil der oberen Etage abgeben würdest, zum Beispiel an Lotte und mich?«

»Das kommt gar nicht in Frage, ich kann nicht auf meinem Kopf herumtrampeln hören. Ich verstehe dich nicht, das ist doch eine Zumutung.«

»Aber Großmama, wir könnten dann den Teil bewirtschaften, und du hättest damit nichts zu tun.«

»Also, lieber Erwin, nehmt euch irgendeine andere Wohnung. Aber hier kommt es nicht in Frage.«

»Aber es gibt doch keine Wohnungen.«

»Das kann ich mir nicht denken. Wie geht es übrigens der lieben Marianne? Immer noch so viel Arbeit? Gehört sich eigentlich gar nicht für ein junges Mädchen. Ich höre mit großem Erstaunen, daß Lotte weiterstudieren will. Was ist das alles für ein Unsinn! Erst heiratet ihr in Heidelberg, statt eine anständige Hochzeit in Berlin zu machen –, dann wird zu deiner Mama gezogen, die doch wirklich schon so genug auf dem Rücken hat; und jetzt studiert die junge Frau weiter! Nein, Erwin, ich bin überzeugt, mein seliger Emmanuel hätte das genau so unmöglich gefunden wie ich. Na, aber nichts für ungut. Ich habe euch da zwei schöne Weinkühler rausgesucht, die kannst du Lotte mitnehmen.«

Erwin verabschiedete sich. Ich könnte mal zu Armin gehen, dachte er.

Als er an die Villa kam, war er baß erstaunt, daß Teppiche durch den Vorgarten lagen und darüber ein Zelt gespannt war. »Bei deinem Brotgeber ist offenbar ständig königlicher Einzug«, sagte Erwin, als er bei Armin in dem Dachgeschoß saß. »Wie geht's dir denn?«

»Ach, ganz gut. Besser als ehemals. Aus zwei Einzelheiten eine übergeordnete gefunden zu haben, darauf kam es an. Es hieß das Bürgerliche Gesetzbuch beherrschen. Aber dies war alles Unsinn. Auch Rudern in Oxford war Unsinn. 1914 brach der Krieg aus. Im Winter 1914 war es eine Dirne in Belgien. Das war kein Unsinn. Seit zwei Jahren gehe ich den ganzen Winter über auf Maskenbälle. Die Frauen sind fast nackt, sie zieren sich nicht. Man greift sie sich und geht mit ihnen in einen dunklen Winkel. Auch das ist kein Unsinn. So Ende März muß man sehen, daß man sich für den Sommer eindeckt. Meist gelingt es.

Der Herr hier, dessen Knecht ich bin, der hält noch viel von andern Dingen; er will Geld verdienen, und er hat es massenhaft. Aber ich sehe, es ist Unsinn. Die Mädchen rennen ihm das Haus ein. Es kommen Töchter von Generälen und Frauen ehemaliger Minister zu Hummer und Sekt, und er behandelt sie schlecht und gibt ihnen Geld. Manche kommen nachher zu mir, um sich auszuweinen und mir Liebe zu schenken. Du siehst, man braucht kein Geld. Für Liebe braucht man kein Geld. Und alles andere ist Unsinn. Hier sehe ich, daß es alles gibt. Sie veranstalten Orgien. Nackte Mädchen tanzen auf Tischen. Ja, das ist keine Schülerphantasie, sondern die wirklich nackte Wahrheit.«

»Und was tust du, außer daß du die abgelegten Mädchen deines Herrn empfängst?«

»Du irrst dich, sie sind nicht abgelegt, im Gegenteil, er zahlt, und ich bekomme die Liebe.«

»Nun gut, aber was tust du außerdem?«

»Ich kaufe ein. Ich habe ihm eingeredet, er müsse sich Luxusausgaben anschaffen. Illustrierte Bücher in Leder. Oder Lederbände mit Dünndruckpapier. Ich tue viel Gutes damit. Ich kaufe für ihn alle Ausgaben Nr. 2 und Nr. 4.«

»Ist es nicht schrecklich, in so einem Hause zu sein?«

»Es ist geräuschvoll. Sie fühlen sich verpflichtet, die Weingläser zu zerschlagen. Sie zerschlagen auch die Spiegel und verlangen nach jedem Gang frische Servietten. Vielleicht ist der Herr nicht da, dann kann ich dir die Galerie zeigen.«

Die Galerie war ein buntes Gewirbel. Er sah auf dem einen Bild farbige Vier- und Fünfecke, er sah woanders viele verschiedene Hände und irgendwo eine Nase. Er sah auf dem dritten Bild eine giftgrüne Kuh. Er sah in der Mitte des Raumes Vierecke auf einer Kugel und daneben die Statue zweier Frauen, die statt eines Kopfes ein Gekröse hatten.

»Wenn das hier eine Wohltätigkeitssache ist, dann habe ich gar nichts dagegen, aber wenn du das für Kunst hältst, dann sage ich dir, das ist ein elender Irrweg.«

»Nein«, sagte Armin, »ich hänge mir von Zeit zu Zeit irgend etwas Derartiges in mein Zimmer, bevor ich es endgültig kaufe, und dann kommt eine große Beruhigung über mich. Glaubst du wirklich, es kann heute einer diese chaotische Welt zu malen sich unterfangen? Du und ich, wir haben Gedärme von noch lebenden Menschen über dem Stacheldraht hängen sehen, und da kann einer vielleicht eine Schneelandschaft malen? Nur albern! Er kann nur schreien, und das ist geschrien. Das sagt: Die Welt kann ich nicht malen, nur meine Seele kann ich malen. Und weißt du wirklich, wie eine Kuh aussieht? Ich weiß es nicht. Es ist alles relativ. Die Mücke könnte auch ein Elefant sein, der Elefant könnte auch eine Mücke sein.«

»Ich war in Heidelberg, und dort habe ich dasselbe gehört. Ihr verliert euch, und inzwischen gehen ganz reale Sachen vor sich. Da wurde Rathenau ermordet, da wurde Erzberger ermordet. Da gibt es geheime Organisationen, die Menschen umbringen, wenn sie im Verdacht stehen, ›Verräter‹ zu sein. Ein Verräter ist einer, der solche Mörderorganisationen aufdeckt. Ganz leise fängt es in der Provinz an, daß der eine Angst hat vor dem andern, daß man nicht gerne sagt, man sei ein Sozialist oder die Republik habe ihr Gutes; denn man weiß, es gibt überall Leute dieser Organisation, und eines Tages könnten sie zur Regierung kommen, da will man sich vorsehen. Das sind keine kleinen Leute mit Respekt vor den Großen wie die Sozialisten, das sind Desperados. – Die Sozialisten schützen ihre Anhänger nicht. Sie denken, so ein Staat wird doch besser von Fachleuten geleitet, und überlassen alles den Fachleuten. Die Desperados aber schützen ihren Clan. Wer zu ihnen gehört, bekommt merkwürdig schnell Stellen, kommt merkwürdig schnell vorwärts, und wer einen aus dem Clan angreift, der wird ermordet.«

»Aber Erwin, was erzählst du da?«

»Die Wahrheit, vor der ihr davonlauft, du mit deinen Expressionisten und Onkel Theodor mit seinem 18. Jahrhundert. Es gibt auch sonst ernste und wirkliche Dinge. Ich habe eine sehr geliebte Frau geheiratet. Aber wir halten es nicht miteinander aus. Ich habe schlechte Nerven, und sie hat schlechte Nerven, und wir haben nichts als ein Hofzimmer in dem geräuschvollen, tumultuösen Haushalt meiner Eltern. Ich bekomme einen Sohn, aber ich habe keinen Raum für ihn. Ich habe keine Möglichkeit, mit dieser Frau in ein Zimmer mit Küche zu ziehen oder gar in zwei. Sie wird mit dem Kind zu ihren Eltern ziehen, und ich werde bei meinen Eltern wohnen bleiben. Wir haben nichts zusammen. Nichts, nichts, nichts!! Nicht das Frühstück mit der gemeinsamen Zeitungslektüre, nicht das Abendbrot, nicht die zwei tiefen Sessel, um zusammen zu lesen. Und so wie wir kein neues Leben beginnen können, so können Millionen Menschen kein neues Leben beginnen. Und sie sind verbittert gegen die Regierung. Ich könnte dir auch klagen, wie mein kluger Onkel Paul die Inflation nicht begreift und wie die Fabrik zugrunde geht. Ich könnte dir sagen, wie meine Großmama Selma sich benommen hat wie ein kalter Fisch. Aber man kann nicht mehr mit dir reden, denn du bist gestorben, Armin. Und trotzdem du tot bist, will ich dich noch eins fragen: Was macht deine kleine Schwester?«

»Sie ist Dirne geworden.«

»Sei nicht so albern!«

»Aber es ist doch so. Sie ist auf einer kleinen Bühne in Rostock erste Liebhaberin geworden, und sie ist es gründlich geworden.«

»Und was sagt deine Mutter?«

»Die ahnt nichts. Sie selbst vermietet von den zehn Zimmern unserer Wohnung neun.«

»Und deine Großmama, die verwitwete Kommerzienrat Kramer?«

»Die fand Lotte ein ordinäres Stück und erzählt überall herum, daß ihr wahrscheinlich ein voreheliches Kind habt, aber sie ahnt nicht, daß ihre Enkelin Geld von ihren Liebhabern nimmt, um anständige Kleider für die Bühne zu haben.«

»Armin! Ich bitte dich!«

»Lauf du nicht davon vor der Wahrheit.«

Nach Schröder – Armin Kollmann, einen nach dem andern begräbt man, und die meisten sind im Felde gefallen, dachte Erwin. Und dann begab er sich auf das Wohnungsamt, um alles zu versuchen, obzwar ihm jeder sagte, es sei vollkommener Unsinn.

Erwin war an Warten gewöhnt. Es war ein regnerischer Tag, und in dem lichtlosen Wartezimmer roch es nach nassen und ungelüfteten Kleidern. Neben Erwin saß ein Mann in einer zerrissenen feldgrauen Uniform. »Suchen Sie eine Wohnung?«

»Ja«, sagte Erwin.

»Ich habe eine. Die muß ich jetzt anmelden, aber wenn Sie sie mir abkaufen wollen, könnten Sie sie haben.«

»Wieso geben Sie denn Ihre Wohnung ab? Reicht das Geld nicht?«

»Nee«, sagte der Mann, der ungefähr in Erwins Alter war. »Ich bin so lange in Rußland gewesen in Gefangenschaft, und wie ich nach Hause komme, da lebt doch meine Frau mit einem andern. Da habe ich mal erst dem Mann ordentliche Keile gegeben und habe sie beide die Treppe runtergeschmissen, und denn habe ich ein Beil jenommen und habe alle Möbel zerhackt. Und die Wohnung, die is meine, und nu sollen se sehen, wo se was finden für ihre Sünde. Na, ja. Also wenn Sie mir die Wohnung abkaufen wollen …«

»Ich weiß nicht, ob ich das darf. Ist es *ein* Zimmer?«

»Nee, eine schöne Zweizimmerwohnung hinter dem Belle-Alliance-Platz.«

»Hat keinen Sinn, ich habe die Fabrik in Weißensee.«

»Da müssen Sie versuchen, einen Tausch im Ring zu machen«, sagte eine ältere Frau neben Erwin. »Aber mit so was gehen Sie besser in das Wohnungsbüro von Seiffert, der besorgt Ihnen was gegen zehn Prozent der ersten Jahresmiete.«

»Das wäre ja herrlich«, sagte Erwin, »ich bekomme nämlich ein Kind, und da muß ich eine Wohnung haben.«

»Haben Sie vielleicht offene Tuberkulose oder offene Füße? Das ist das beste, da kriegen Sie nämlich eine Wohnung.«

»Wenn ich das Glück hätte, eine Tuberkulose zu haben, dann wäre ich ja nicht vier Jahre im Krieg gewesen und zwei Jahre in französischer Gefangenschaft, sondern hätte meine Frau früher geheiratet, und da hätten wir jetzt eine Wohnung und wären fein raus.«

»Na, ja, so is et. Aber fahren Sie man zu Seiffert, da ist der Herr Lange, der ist sehr tüchtig mit Tausch im Ring.«

Erwin fuhr noch in das Wohnungsbüro von Seiffert und telephonierte inzwischen mit Lotte. »Ich bin so mit Nestbau beschäftigt, ich komme erst später. Ich versuche einen Tausch im Ring zu machen.«

»Was ist los? Redest du chinesisch?«

»Ich bin beim Wohnungsschleichhändler.«

»Mein Herr«, sagte der Wohnungsvermittler Lange, ein gewesener Offizier, »wollen Sie auf Grund eines weißen Scheins eine Wohnung kaufen oder eine im Wege des Tausches im Ring erwerben?«

»Ich bin vollkommen unbewandert. Was ist ein weißer Schein?«

»Zuerst eine andre Frage: Sind Sie beim Wohnungsamt eingetragen?«

»Nein.«

»Das ist aber ein großer Fehler, das hätten Sie doch sofort nach der Eheschließung machen müssen.«

»Kann ich denn das nicht jetzt machen?«

»Sicher, aber auf einen Berechtigungsschein hin bekommen Sie noch lange keine Wohnung. Sie müssen vier Jahre warten. Die Leute kommen der Reihe nach dran.«

»Also bleibt nur Tausch im Ring?«

»Bleibt nur Tausch im Ring. Aber haben Sie eine Ahnung, was das bedeutet? Welche Mühe des Vermittlers dahintersteckt? Bevor ich weiter auf Ihren Fall eingehe, muß ich Sie um tausend Mark Vorschuß bitten.«

»Bekomme ich die später angerechnet?«

»Leider nicht, das ist die sogenannte Einschreibgebühr.«

»Na, gut«, sagte Erwin und zog seine Börse, aus der er einen Tausendmarkschein nahm.

»Vorgestern«, sagte Herr Lange, »sollte endlich ein Tausch im Ring fertig werden. Alle Verträge waren schon genehmigt, eine Baronin wollte ihre Fünfzimmerwohnung in der Nähe der Linden gegen eine kleine Dreizimmerwohnung tauschen, denn ihr Vermögen ist im Schwinden. Ihre Fünfzimmerwohnung wollte ein Herr übernehmen, der eine Zehnzimmerwohnung am Kurfürstendamm hatte und sich von seiner Frau scheiden ließ. Also das war das Schwerste, denn kein Mensch will mehr an den Kurfürstendamm in diese ungeheuren häßlichen Wohnungen. Aber schließlich bekamen wir einen Generalkonsul – ich bitte Sie, so ein Glück! –, der seine Sechszimmerwohnung aufgab, in die nun das glückliche junge Ehepaar mit zwei Kindern aus der Dreizimmerwohnung, in die die Baronin einziehen wollte, ziehen konnte. Konnte, sage ich, hätte können, müßte ich sagen. Denn als die Möbel bereits vor der Tür standen, da nimmt sie der Wirt nicht, weil ein großer Schäferhund dabei war! Er nimmt kein solch großes Tier in seine Wohnung, und nichts ist zustande gekommen. Entsetzlich!

Ich gebe Ihnen eine Liste, sehen Sie sich die Wohnungen an.«

Erwin stellte Lotte vor die Alternative: »Sonne und Lärm oder Dunkelheit und Stille? Sonne und Stille für Menschenwohnungen zu vereinen ist offenbar zuviel verlangt für die Berliner Architektenschaft. Du mußt dich entscheiden.«

»Aber Lärm ist genau so abscheulich wie eine dunkle Hofwohnung. Doch wenn du eine wirklich an der Hand hast, ist mir alles egal.«

»Ich habe aber keine an der Hand. Nun komm nach vorn zum Essen.«

Und dann saßen sie in dem großen Eßzimmer mit den vielen Delfter Tellern und Vasen, und nach Tisch sagte Annette spitz: »Ihr wollt euch natürlich zurückziehen, bitte.«

Am nächsten Morgen trabte Lotte wieder los, Wohnungen ansehen.

Es war ein düsterer Korridor von zwanzig Meter Länge, in dem ein Gasofen stand.

»Das ist die Kochgelegenheit.«

An dem düsteren Korridor lagen drei winzige Löcher, die auf den engen Hof sahen. Immerhin eine Wohnung.

»Und wann ist die Wohnung zu haben?«

»Wenn wir eine haben.«

»Und wann werden Sie eine haben?«

»Ja, wir wollen eine Neubauwohnung, die können wir nur bekommen, wenn Sie einen Berechtigungsschein haben und uns geben. Wir geben Ihnen dann unsere Wohnung.«

»Ich habe aber keinen Berechtigungsschein.«

»Also dann kommt es nicht in Frage.«

Lotte stieg wieder in eine Elektrische und fuhr herum.

»Bitte, Sie wünschen?«

»Ich komme wegen Ihrer Wohnung.«

»Ach, das ist ja toll! Also mein Mann, dieser Lump, will die Wohnung vermieten. Aber ich denke nicht daran, die Wohnung zu verlassen; wie komme ich dazu? Ich habe doch den Vertrag unterschrieben.«

Tür knallte zu.

Lotte setzte sich auf die Treppe. Ich muß mich gleich übergeben, dachte sie.

Sie kam in jene entsetzliche Gegend, wo man straßauf, straßab weder Baum noch Strauch findet.

»Nie würde ich diese herrliche Wohnung aufgeben«, sagte der Besitzer, »wenn ich nicht müßte. Den Gobelin an der Wand hat meine selige Mutter gestickt. Das war noch 'ne Frau.«

Und dann führte er Lotte auf einen Balkon, auf dem Kohlen lagen und der auch für nichts anderes benutzbar war.

Hier würd' ich auch nicht glücklicher sein, dachte Lotte.

»Es gibt nichts Rechtes«, sagte sie am Abend zu Erwin.

»Ich habe hier eine Adresse bekommen von einem Fräulein Pitsch, die soll sehr tüchtig sein, die verschafft Berechtigungsscheine.«

»Da hat es doch im Kriege einen Herrn Pitsch gegeben, der die Druckposten besorgt hat, Essenausgabe zum Beispiel in Hannover.«

»Sicher, aber außerdem ist die Pitsch die große Schinkenvermittlerin gewesen, sogar Hintenrumbutter hat man von ihr bekommen.«

»O Lotte, es lebe der Schleichhandel!«

»Du irrst dich, wir werden durch die Pitsch nur wieder tausend Mark los werden, aber keine Wohnung bekommen.«

# 111. Kapitel

## *Zwei Generationen*

»Was ist das?« sagte Paul höchst ärgerlich und trat in Erwins Büro. »Du disponierst offenbar über meinen Kopf weg. Erstens habe ich der Stadt Kassel einen Kredit eingeräumt und du widerrufst ihn, und zweitens gibst du Drei-Monats-Akzepte, und drittens bittest du die Kölner Bank um einen größeren Kredit für Rohstoffe. Was soll das heißen?«

»Onkel Paul, in unserer ganzen Familie hat kein Mensch bisher die Inflation begriffen außer meinem Bruder James, der sich einen hübschen Kredit bei Oppner & Goldschmidt hat einräumen lassen und nun fröhlicher Haus- und Aktienbesitzer ist.«

»James ist immer ein besseres mauvais sujet gewesen, und seine Eltern waren blind ihm gegenüber, aber was hat das mit der Schuldenmacherei zu tun, die du bei uns einführen willst?«

»Die Mark sinkt, und infolgedessen kann man Engagements eingehen in Mark, aber keine Kredite geben in Mark.«

»Wer sagt dir, daß die Mark weiter sinkt? Und wenn du mit der Politik, die du da beginnst, fortfährst, und die Mark wird über Nacht stabilisiert, dann bist du Kopf und Kragen los. Schulden machen? Auf keinen Fall. Wir sind überbeschäftigt, wir bauen, wir sind flüssig, und solange wir keine Kredite nötig haben, werden auch keine genommen.«

»Aber vielleicht sind wir schon sehr bald knapp und kriegen keinen Kredit, weil die Leute begriffen haben, daß man keinen Kredit geben kann, wenn man ihn entwertet zurückbekommt.«

»Dann können wir junge Aktien ausgeben.«

»Und die werden dann von Herrn Schulz aufgekauft, und dann sagt Herr Schulz: ›Sehr geehrter Herr Effinger, wir werden Sie auszahlen mit entwerteter Mark, und den Direktorposten bekommt mein Bruder, der Richard Schulz‹!«

»Wie kannst du so etwas sagen?«

»Wenn wir keine Aktienmajorität mehr haben, kann uns der Nächstbeste enteignen.«

»Aber es ist doch meine Gründung.«

»Aber Onkel Paul, wir sind doch alle nur Angestellte der Aktiengesellschaft.«

»Ich wollte das ja auch nie haben. Ich wollte keine so große Fabrik.«

»Na, ich möchte wissen, wie man Autos kleinweise fabrizieren kann.«

»Ich hätte die besten Motoren gemacht und mir alle übrigen Teile liefern lassen. Was brauche ich eine Karosseriefabrik zu haben und eine Reifenfabrik und eine Lackierwerkstatt!«

»Aber ...«

»Es ist alles anders gekommen, wie ich wollte, und wozu, nachdem jetzt Fritz tot ist.«

»Wir bekommen einen Sohn, den wir Fritz nennen werden.«

»Ich hab' es mir schon gedacht. Und was ist mit Wohnung?«

»Wir bekommen keine. Wir müßten höchstens selber bauen. Aber das kommt zu teuer. Ich denke, Lotte wird mit dem Kleinen zu euch gehen, und ich werde für's erste weiter bei meinen Eltern wohnen.«

»Das ist doch aber schrecklich. Das ist doch keine Ehe.«

»Nein, ist es auch nicht. Wir sind auch beide sehr unglücklich darüber. Aber was ich an Gehalt beziehe, ist so gering, daß ich Lotte kaum ein hübsches neues Kleid kaufen kann. Und du beziehst wahrscheinlich siebzig bis achtzig Dollar im Monat.«

»Man darf nicht umrechnen. Da kommst du ja zu Absurditäten. Wer tut denn das? Die Löhne der Arbeiter sind doch auch nicht entsprechend gestiegen, und wir können nur durch die Aufsichtsratssitzung eine Gehaltserhöhung beantragen. Übrigens mit deiner Gescheitheit, daß die Mark beständig sinkt. Die Mark ist vom Dezember 1919 bis zum Mai 1920 sogar gestiegen, hübsch, wenn man in solchen Zeiten große Schulden macht. Du hast noch nicht erfahren, wie rasch man mit solchen Währungstransaktionen reinfallen kann. Wenn ich denke, was die Mannheimer am Dollar verloren haben nach dem amerikanischen Bürgerkrieg!! Sie klingeln bestimmt nicht, bevor sie stabilisieren.«

Paul verließ Erwins Büro, um nach einem Augenblick wieder zurückzukommen: »Und den Brief an die Stadtverwaltung Kassel lasse ich auch nicht abgehen. Wir liefern seit Jahren alle Kraftfahrzeuge für Kassel. Wir haben immer auf Kredit geliefert.«

»Ich will nicht darauf bestehen, daß wir uns die Inflation zunutze machen, indem wir Kredite nehmen. Aber ich bin ganz und gar dagegen, zu verlieren, wenn wir es hindern können. Bis dir Kassel zahlt, bekommst du für die prachtvollen Überlandbusse gerade so viel, wie die Reifen ausmachen. Das geht nicht. Wir können keine Autos verschenken.«

»Wir können uns auch keinen Kunden verscherzen, wie die Stadt Kassel einer ist. Es kommen auch wieder andere Zeiten.«

»Na, gut, habe ich wieder mal auf der ganzen Linie gegen meine Überzeugung nachgegeben.«

# 112. Kapitel
## *Volksauto*

In diesen furchtbaren Zeiten, in diesem unglücklichen Deutschland ist es Unsinn, Luxuswagen fabrizieren zu wollen. Wir müßten einen ganz billigen Wagen herausbringen«, sagte Paul.

»Das Volksauto!« rief Karl. »Richtig, das Volksauto! Das war immer meine Idee, alle sollen teilhaben an den Gütern der Welt. Das ist der sozialistische Zug der Zeit.«

»Es wird aber viel Zeit in Anspruch nehmen, bis es durchkonstruiert ist«, sagte Rothmühl.

»Nur ein Massenfabrikat kann so billig werden, um ein Volkswagen zu sein, und ob bei der Verelendung in Deutschland ein Massenprodukt Absatz findet, ist doch sehr zweifelhaft«, sagte Erwin.

»Du bist so negativ geworden«, sagte sein Vater, »man denkt, die Jugend hat Unternehmungsgeist. Aber nein. Du bist ein Hemmschuh.«

Nun ja, dachte Erwin, ihr seid ja auch Fortschrittler und also Optimisten.

Es war, wie es immer war. Rothmühl verschanzte sich, um harte Kämpfe mit Paul auszufechten, der rasche Resultate verlangte.

»Inspiration«, sagte Rothmühl.

»Kalkulation«, sagte Paul.

Drei Monate später wurde ein Teil der Fabrik auf das Volksauto umgestellt. »Es wird ein großer Erfolg werden«, sagte Karl.

Aus den Büros blickten die Mädchen, aus den Fabrikfenstern Arbeiter und aus den umgebenden Häusern die Bewohner. Nun kam es an. Ein ganz kleines, niedriges Ding.

»Jott, der Kinderwagen!« rief ein Arbeiter. Und Erwin dachte:

Das wird kein Erfolg. Zu klein und zu künstlich. Wenn schon Auto, muß es nach was aussehen. Diesem Volksauto werden die Leute ein Motorrad vorziehen.

»So ein Ding können sich Zehntausende kaufen«, sagte Paul. »Ich glaube, wir können uns gratulieren, Herr Rothmühl.«

»Ein Herr will Sie dringend sprechen«, sagte der Portier. »Er wartet oben.«

»Ich kann jetzt nicht«, sagte Paul. »Geben Sie die Karte meinem Bruder.«

»Ich lasse Herrn Stiebel bitten«, sagte Karl.

Ein kleine blonde Kugel rollte in das Zimmer mit den Spiegeln und sprach mit Eilzuggeschwindigkeit: »Herr Effinger, ich bin begeistert. Ich komme, um Ihnen zu gratulieren. Ich wohne gegenüber. Ich sah das neue Volksauto über den Fabrikhof fahren. Ich habe zwar schon einige Zeit aufgehört zu arbeiten. Aber dieses geniale Volksgefährt zu lancieren, das wäre eine Aufgabe für mich. Ich war Chaplins Propagandachef. Ich habe Chaplin, einen Londoner Clown, zu Weltruhm geführt. Niemand weiß noch, daß in diesem Augenblick die Motorisierung des deutschen Volkes begonnen hat. Aber ich war dabei, ich möchte davon Zeugnis ablegen. Wir müssen der Presse ein Festessen geben und sie zur Besichtigung des neuen Volksautos einladen. Ich habe jahrelang für die Omegawerke die Plattenreklame gemacht, eine Zeitlang auch für Völker-Flossen, fabelhafte Schwimmschuhe. Ich bin kein kaufmännischer Laie. Was wollen Sie mit der besten Ware, die niemand kennt?«

»Empfehlung ...«

»Empfehlung, Mund zu Mund, Mensch zu Mensch. Ich kenne das. Ansicht der Fabrikanten, aber Unsinn. Glauben Sie das nicht. Die schlechteste Sache wird geglaubt, wenn Sie es nur oft genug wiederholen. Aufmachung ist alles, Reklame regiert die Welt. Der Friseur Haby hat den Kaiser seinen Thron gekostet. Durch diesen lächerlichen »Es ist erreicht«-Bart. Er aber wurde Millionär. Alle Welt kaufte Habys Schnurrbartbinde. Wieviel wichtiger, für etwas Gutes Reklame zu machen, für das Volksauto Effinger zum Beispiel! Die Städte sind tief verschuldet. Wenn wir den Bürgermeistern einen guten Vertrag bieten, erlauben sie sicher, daß wir auf alle Parkbänke ›Effingers Volksauto‹ in weißer Ölfarbe schreiben. Stellen Sie sich vor, was das bedeutet, Herr Generaldirektor, in ganz Deutschland, in allen Städten, auf allen Bänken ›Effingers Volksauto‹. Nichts als das, Sie sind eine vornehme Firma. Nichts Marktschreierisches. Man könnte natürlich schreiben: ›Nur Effingers Volksautos‹. Dieses kleine ›nur‹ aber überschreitet die Grenze, die Anstand und Unanständigkeit scheidet.«

»Herr Stiebel, ich würde Sie gern bitten, unsere Sache zu führen, aber ich kann nicht allein entscheiden.«

»Oh, Herr Generaldirektor, *ich* habe die Entscheidung in Händen, ob ich Ihr Volksauto zum Standardauto Deutschlands machen will oder nicht.« Herr Stiebel öffnete die Tür.

»Herr Stiebel, so war das nicht gemeint. Ich hoffe doch sehr, Sie sind mir nicht böse. Kompetenzkonflikt, verstehen Sie. Ich würde Sie in diesem Augenblick engagieren.«

»Auf Wiedersehen«, sagte Herr Stiebel.

Karl stürzte ans Haustelephon: »Paul, wir müssen einen Herrn Stiebel engagieren, den Mann, der Chaplins Ruhm gemacht hat. Wir müssen das sofort besprechen. Der Mann ist ganz beleidigt fortgegangen. Ich glaube, wir haben da einen großen Fehler gemacht. Aber wozu am Telephon. Komm schnell in mein Büro, bring Erwin mit.« Karl erklärte: »Er wohnt gegenüber, und zufällig – stellt euch vor –, zufällig sieht er, wie wir das Volksauto laufen lassen, und ist so begeistert, daß er sich zur Verfügung stellt.«

»Für wieviel?« sagte Erwin.

»Du bist ein Zyniker«, sagte Karl. »Geschäfte sind keine Rechenaufgabe. Schwung und Phantasie regieren die Welt. Du stellst wirklich, wie der Volksmund sagt, bei uns nach und nach den gehemmten Fortschritt und den geförderten Rückschritt dar. Entsetzlich, so eine Jugend!«

»Na ja«, sagte Paul, »ein Reklamechef wäre vielleicht ganz gut. Sie haben jetzt alle Reklamechefs.«

»Du kannst diesen Mann nicht Reklamechef nennen. Es ist alles verdorben, wenn du es etwa ihm gegenüber tust.«

»Na also, was ist er?«

»Leiter der Propaganda-Abteilung.«

»Sprich mit ihm«, sagte Paul, »aber nicht mehr als 1000 Mark im Monat.«

Zwei Stunden später hatte Karl den widerwilligen, zögernden Herrn Stiebel überredet, einzutreten. Er nahm kein Gehalt an, aber eine Umsatzbeteiligung von 2 Prozent, und zwar von allen Effinger-Autos.

»So einen Vertrag haben wir alle nicht«, sagte Erwin, »er wird das Drei- und Vierfache von uns beziehen.«

»Meinst du?« sagte Karl betreten.

# 113. Kapitel

## *Das junge Mädchen*

Was hast du denn, Erwin, warum kannst du denn nicht schlafen?«

»Ach, Lotte«, sagte Erwin und drückte seinen Kopf an ihre Schulter. »Es ist doch alles so schrecklich. Du weißt doch, daß ich dich liebe, ich habe noch nie einen Menschen so geliebt, und du mußt immer bei mir bleiben. Aber sieh mal, als ich in den Krieg zog, waren mir Mädchen ganz fremd, und im Felde war natürlich gar nichts, und wir haben uns verheiratet, als ich ein Jahr aus dem Felde war.«

»Na und, Erwin? Du hast mich betrogen? Ja? Das freut mich nicht gerade, aber du sollst doch darüber nicht unglücklich sein. Ich weiß ja, wie die Maskenbälle so sind, und mitgehen kann ich nicht.«

»Ach, wenn es so wäre, damit würde ich dich gar nicht behelligen, das ginge uns doch nichts an. Aber es ist leider anders. Ich liebe dich, und ich liebe doch eine andere. Ist das nicht schrecklich?«

Lotte konnte nicht antworten.

»Ich könnte nicht mit der andern leben. Es ist eine ausgesprochene Pute. Aber ich sehne mich nach ihr. Ich habe mich heute dabei ertappt, daß ich an ihrer Wohnung vorbeigelaufen bin.«

»Eine Frau oder ein junges Mädchen?«

»Achtzehn Jahre. Hoffnungslos ohne Heirat. Ich kann dich nicht verlieren. Aber ich bin ganz krank vor Liebe.«

»Erwin, da du mich doch nicht verlieren möchtest, könntest du nicht versuchen, die andere zu überwinden?«

»Wenn wir ein Leben zusammen hätten und nicht bloß ein gemeinsames Zimmer, und wenn wir jetzt eine Reise machen könnten, dann wäre vielleicht alles ganz anders. Aber so! Liebe ist doch kein Spaß.«

»Nein, Liebe ist kein Spaß. Aber mit dir ist sie sogar fast einer. Mit dir bin ich glücklich.«

»Mir geht es genau so. Mit dir bin ich glücklich, aber nach der andern sehne ich mich.«

Und plötzlich merkte Lotte, daß Erwin an ihrer Schulter weinte. Was soll ich tun? dachte sie. Kann ich sagen: Ich bin deine Frau, die ein Kind erwartet? Kann ich empört sein? Ich kann es nicht, und ich bin noch nicht einmal eifersüchtig. Er wird zurückkehren. Er wird sicher zurückkehren.

Ein paar Tage später kam Lili Gallandt zu ihr.

»Schön habe ich dieses Semester verplempert«, sagte Lotte. »Ich Idiot habe ja Kant treiben müssen. Ich habe ihn nicht verstanden. Enkendorff hat mir das übrigens gleich gesagt. Aber ich fand es anständiger, als sich bloß mit diesen modernen Psychologen zu beschäftigen.«

»Na, bei mir ist es aus«, sagte Lili, »meine Zinsen reichen nicht mehr. Ich habe von morgen an eine Bankstellung. Man hätte Nationalökonomie studieren sollen.«

»Ich habe das in Heidelberg versucht. Damals haben alle Nationalökonomie studiert, weil es ja auch keine wichtigere Aufgabe gibt, als die Inflation aufzuhalten. Aber es lag mir gar nicht. Ich wäre bestimmt nicht eines der Genies geworden, die die Inflation aufzuhalten fähig sein werden.«

»Ich muß Geld verdienen.«

»Man kann doch nicht mehr Geld verdienen? Geld verdienen heißt doch: spekulieren.«

»Richtig. Ich helfe also beim Spekulieren. Und was willst du belegen dieses Semester?«

»Paläographie. Aber es ist ganz gleichgültig, die Gebiete sind zu groß. Man fängt immer an mit dem Suchen nach Zusammenhängen zwischen Goethes Farbenlehre, ägyptischer Architektur und dem Marxismus und endet wahrscheinlich immer mit einer Arbeit über das E im Gotischen.«

»Und wie stehst du mit Erwin?«

»Warum fragst du? Bitte, sei offen.«

»Nun ja, Li Brode, eine sehr hübsche junge Gans, zehn Jahre jünger als wir, zeigt einen Liebesbrief von Erwin herum.«

»Ich weiß, aber man soll es nicht ernst nehmen. Ich bin bloß entsetzt, daß Erwin Liebesbriefe schreibt, sonst könnte er doch in jedem Augenblick dementieren.«

»Ich halte die Sache für ängstlich, denn das geht von der Brode auf Heirat, also auf Scheidung mit dir.«

»Aber er liebt mich.«

»Das bedeutet doch nichts, meiner liebt mich auch.«

»Na und?«

»Gar nichts. Wir haben uns sehr lieb. Aber er hat Angst, die Sache könnte ihm über den Kopf wachsen.«

»Was anderes verlangst du ja gar nicht.«

»Er vermeidet es aber, mit mir zusammen zu sein.«

»Erlaube, dann wäre offenbar eine glückliche Liebe ein Unglück?«

»Wird heutzutage offensichtlich als solche betrachtet.«

»Also möchtest du dich nicht klarer ausdrücken?«

»Ich kann nicht durch Worte erklären, was in der Sache unklar ist.«

»Entschuldige die Frage: Liebt er dich denn?«

»Ich wäre doch ein Backfisch und Prügel wert, wenn ich mich sonst an ihn hängen würde. Er ist selig, leidenschaftlich, wenn er mit mir zusammen ist, aber ergreift die Flucht, wo auch immer ich auftauche. Es ist keine andere Frau da, ich weiß, daß er einsam ist, aber ich kann ihn doch nicht in meine vier Wände sperren, damit er zwangsweise glücklich wird.«

»Hilft nur eine Psychoanalyse, der ist ja krank.«

»Sicher, aber was hilft mir das. Er hat außerdem gesagt, ich sei ihm zu schade dafür.«

»Ich kann dir nur raten, Schluß zu machen. Was glaubt er denn? Du würdest das Leben einer Nonne führen, oder was?«

»Er will keine Verpflichtung. Als ob es das mir gegenüber gäbe. Ach, ich wollte ja nichts weiter mehr im Leben, als Tag für Tag zu diesem einen Menschen gut sein.«

»Weiter nichts? Du müßtest wissen, daß das Größenwahnsinn ist. Du verlangst ein bißchen viel vom Leben.«

Ein paar Tage später sagte Erwin: »Lotte, ich muß nach Kopenhagen fahren zu Nickolson. Vielleicht könntest du doch mitkommen?«

»Aber Erwin, wie kann ich denn, das Kleine kann jeden Tag kommen.«

»Ist denn alles vorbereitet?«

»Ja, ich habe hier einen Koffer stehen mit der Babywäsche und meinen Nachtsachen. Und in der Klinik ist doch alles angemeldet.«

»Na, hoffentlich kommt's nicht, während ich weg bin.«

»Hoffentlich.«

Wieder ein paar Tage später trat Annette in Lottes Zimmer.

»Also Lotte, entschuldige, daß ich so gerade zu dir hier eindringe. Aber ich muß mit dir reden. Es handelt sich um etwas ganz Ernstes. Erwin liebt ein anderes Mädchen. Ich will sofort mit Erwin reden, wenn er zurückkommt.«

»Bitte, tue es nicht.«

»Warum denn nicht? Ist doch unerhört! Er liebt dich angeblich, und noch bevor ihr ein Jahr verheiratet seid, geht er Nebenwege!«

»Er war fünf Jahre im Krieg.«

»Du hast kein Ehrgefühl, du hast niemals Ehrgefühl gehabt, du bist ja auch zu Doktor Merkel ins Zimmer gegangen. Erwin hat sich zu entscheiden. So was ist doch ein Skandal.«

»Wieso denn?«

»Na, wenn du das nicht einsiehst! Ich werde mit deinen Eltern sprechen, da muß doch was geschehen. Erwin geht jeden Nachmittag zum Tee zu dem Mädchen. Es ist ja unerhört.«

»Also, ich bitte dich dringend, mir meine Ehe nicht zu zerstören! Das alles geht niemanden etwas an als Erwin und mich. Und ich bitte dich, auch nichts mit meinen Eltern zu bereden. Sie haben genug durchgemacht. Ich ziehe ja sehr bald weg. Und Erwin bleibt hier wohnen, dann geht es überhaupt keinen mehr was an.«

»Wollt ihr euch scheiden lassen?«

»Nein.«

Annette saß da. Und dies alles in ihrem Haus! Was waren das für Sachen! Und sie rauschte hinaus.

Am selben Abend ging Lotte in das Zimmer von Marianne und sagte: »Ich wollte dir nur sagen, ich werde jetzt in die Klinik gehen. Mir ist nicht gut.«

»Und Erwin ist nicht da! Ich werde dich begleiten.«

»Aber Marianne, wozu? Wir bestellen ein Auto und ich fahre hin, und dann komme ich ins Bett oder es geht gleich los. Was sollst du da? Jedenfalls sehr nett von dir. Ich danke dir.«

»Lotte, ich wollte dich mal was fragen. Ich arbeite da seit einiger Zeit mit einem Regierungsrat Gans zusammen, einem sehr intelligenten Mann, der eine ausgezeichnete Broschüre über Kinderarbeit verfaßt hat. Ich möchte sie dir zeigen.«

Lotte nahm das Heft in die Hand und sah, daß mit Bleistift drauf stand: »Für Marianne Effinger.«

»Findest du das nicht ungewöhnlich?« fragte Marianne.

»Ich finde ungewöhnlich, daß nicht drauf steht: ›Für Fräulein Marianne Effinger.‹ Es ist etwas salopp ohne das ›Fräulein‹.«

»Oder intim, nicht wahr?«

»Gott, intim?«

»Meinst du, es bedeutet etwas?«

»Marianne, wie kann ich dir das sagen? Ich weiß doch nicht wie du sonst stehst.«

»Ach, gar nicht. So wie man eben mit einem Kollegen steht. Aber einem solch eine Broschüre zu widmen ist doch eine ganze Menge, findest du nicht?«

»Hat er noch andern die Broschüre gewidmet?«

»Das weiß ich nicht. Also, du findest es nicht viel? Du meinst, es kommt öfter vor, daß ein Mann einer Frau eine Broschüre widmet, und es hat nichts zu sagen?«

»Ich weiß es wirklich nicht, Marianne. Außerdem ist mir so schlecht. Ich muß jetzt nach einem Taxi telephonieren.«

Lotte nahm ihren Koffer und ging die Treppe hinab, stieg in das Taxi und nannte die Klinik. Glücklicherweise kam der Portier herausgestürzt und nahm ihr den Koffer ab. Aber sie mußte auf der Straße stehen und das Taxi bezahlen und im Vorzimmer ihre Personalien angeben und Geld für die Klinik anzahlen. Und dann war ihr so elend, daß sie dachte: Nun kann ich aber keinen Schritt mehr gehen. Aber eine energische Schwester verlangte, daß sie bade, und schon meldete sich das Kind. Es wollte ans Licht. Es war außerordentlich energisch. Und dann wurden die Schmerzen so stark, daß sich alles bei Lotte verwirrte und sie stundenlang nur eins dachte: Jetzt sterbe ich, und keiner ist da.

»Bitte, bitte, rufen Sie meinen Mann an, daß er kommen soll! Man kann mich doch nicht allein sterben lassen.«

Dann fiel ihr ein, daß Erwin ja gar nicht da war. Und plötzlich sah sie ihn vor sich und wußte, er ist mit einer andern Frau zusammen, und nun wurden die Schmerzen so furchtbar, daß ihr alles auf der Welt gleichgültig wurde und sie nur immer dachte und schrie: »Ein Ende, ach, bitte, ein Ende!«

Da hielten sie ihr einen Ätherbausch unter die Nase.

Es war tiefer Frieden in der Wochenstube. Der blaue Winterhimmel sah herein, das Kind schlief, und Lotte hatte nichts zu tun, gar nichts, als nur im Bett zu liegen. Und was auch immer im Leben passierte, ganz einsam würde sie nicht mehr werden können, dachte sie. Plötzlich überkam sie tiefer Schmerz, ein brennendes Mitleid mit dem kleinen, ahnungslosen Weibchen. Es ist nicht einfach, mein Kind, eine Frau zu sein. Es ist überhaupt nicht einfach, mit dem Leben fertig zu werden. Und ich werde dir gar nicht helfen können. Denn wie man es anfängt, kann man es falsch machen. Da ist die gute Tante Marianne, eine kluge und schöne und gute Frau, und nun zerbricht sie sich den Kopf, ob es etwas bedeutet, wenn ihr einer ein paar Bleistiftzeilen auf ein paar gedruckte Seiten schreibt.

Und deine Mutter, ach, ich will nicht von deiner Mutter reden. Aber es ist alles sehr viel schwerer geworden für die Frauen. Früher haben sie zu Hause Kinder kriegen können. Aber wir haben kein Zuhause, mein Kind, wir haben irgendwo ein Schlafzimmer. Wir wissen auch nicht, wie lange wir einen Papa haben. Vielleicht verläßt er uns schon sehr bald, und dann dürfen wir gar nicht klagen und nicht weinen. Denn es ist alles auf Freiwilligkeit gestellt heutzutage, und wenn ein Mann eine Frau nicht mehr liebt, so hat sie ihm keine Vorwürfe zu machen, sondern ihn gehen zu lassen, obzwar das alles sehr schwer ist, viel zu schwer für einen Menschen.

Früher, mein Kind, da hatten sie große Betten mit vielen Vorhängen, und unter so vielen Vorhängen bekam man seine Kinder. Aber wir bekommen unsere Kinder in einer Klinik in einem grauen Eisenbett unter fremden Leuten.

Es hat immer arme Leute gegeben. Aber auch für die armen Leute wird es immer schwerer. Die Welt wird immer kälter. Es hört auf, Liebe zu geben in der Welt. Der Herr gebe dir eine dicke, dicke Elefantenhaut und ein kaltes Herz. Es ist besser für dich, mein Kind.

Und dann brachte ihr die Schwester ein Telegramm: »Hoffe, daß es Dir und Susanne gut geht, bin bald da, in tiefer Liebe Erwin.«

# 114. Kapitel

## *Harald*

Papa«, hatte der sechzehnjährige Harald 1920 zu Theodor gesagt, »ich bitte dich, den Hauslehrer zu entlassen. Es hat keinen Sinn, sein Abiturium zu machen. Laß mich in ein Bankgeschäft eintreten.«

Ein Jahr später traf Theodor seinen Sohn im Frack auf der Treppe.

»Wo gehst du denn hin?«

»In meinen Klub.«

»Was ist das für ein Klub?«

»Jugend 1920. Wir sind lauter junge Leute, die Geld machen.«

»Verdienst du denn soviel?«

»Ja, Papa.«

»Woran?«

»Das kann ich dir kaum erklären. Ich habe gestern zum Beispiel von so einem alten Trottel, der keine Ahnung hat, einen tadellosen Effingerwagen gekauft, der genau den Preis von einer Garnitur Reifen gekostet hat. Und dann verdiene ich viel Geld an der Börse, du doch auch?«

»Nein«, sagte Theodor, »ich nicht. Ich spekuliere nicht.«

»Was heißt das?«

»Nun, das ist wohl klar, ich mache die regelmäßigen Bankgeschäfte …

»In Mark?«

»Natürlich in Mark.«

»Das ist doch die größte Spekulation. Um nicht zu spekulieren, muß man in Dollars rechnen. Auf Wiedersehen, Papa.« Er zog sich einen eleganten Mantel an, setzte einen Zylinder auf, stieg in seinen neuen Effinger und fuhr los. Wohin? dachte Theodor. Ich muß mehr auf ihn aufpassen. Er ist siebzehn Jahre alt.

In diesem Moment, als Theodor noch in der Halle stand mit den wunderbaren römischen Säulen, kam Beatrice die Treppe herab mit einem Diadem im Haar. Es war das Stück einer englischen Lady oder einer Prinzessin. Niemals war Theodor in der Lage, ihr einen solchen Schmuck anzuschaffen, aber er sah genau hin: auch die haselnußgroßen Smaragde waren nicht von ihm. »Beatrice«, rief Theodor, »ich will dich sofort sprechen. Sofort. Komm herauf in mein Arbeitszimmer ... Du hast ein Verhältnis mit Schulz, nur Schulz kann dir diese Brillanten kaufen.«

»Nein, ich habe kein Verhältnis mit ihm, er hat mir diese Brillanten gekauft, weil er dann hofft, eins mit mir zu haben. Du kennst mich doch. Ich habe keine Verhältnisse.«

»Und wohin gehst du?«

»Zu einer Gesellschaft bei ihm.«

»Und ich bin nicht eingeladen?«

»Aber nur, weil dir seine Gesellschaft zu ungebildet ist. Er freut sich doch sehr, wenn du kommst. Ich brauche nur zu telephonieren.« Und tatsächlich ging Beatrice an das Telephon und sagte: »Herr Schulz, denken Sie an, mein Mann hat doch große Lust, zu Ihrer Gesellschaft zu kommen. Ulkig, nicht, wo er sich nie sonst was aus Gesellschaft macht. Nun dauert es noch eine Weile, weil er sich doch erst in den Frack werfen muß.«

Konnte etwas harmloser und natürlicher sein?

Theodor war todmüde. Der Tag in der Bank war entsetzlich anstrengend. Aber es half nichts, jetzt mußte er gehen.

# 115. Kapitel

## *Sonntagmittag 1921*

Dieser Sonntagmittag war auf Veranlassung von Theodor arrangiert worden, um Herrn Schulz, seinen Associé, in die Familie einzuführen.

Unter dem Wendlein saßen die zwei alten Damen, Selma in Schwarz und Eugenie mit dem schneeweißen Haar, das die sehr dunklen Frauen im Alter bekommen, ihrem grauen Seidenkleid und der herrlichen Perlenkette. Beide trugen den gleichen echten Spitzenlatz.

Draußen fuhren die Autos vor, das große alte Familienauto von Karl und der kleine Citroën von James. Aus einem silbernen Rennwagen stieg Harald, blond und nichtssagend wie seine Mutter, in einem übermilitärischen Trenchcoat, mit Lederhaube und gewaltigen Lederhandschuhen an den Händen. In einem Cutaway letzter Mode mit einem weißen Seidentaschentuch und einer Blume im Knopfloch überreichte er Eugenie zwanzig weiße Chrysanthemen, die nichts Blumenähnliches mehr hatten, sondern nur nach Geld rochen.

Niemand war heiter. Es herrschte eine gedrückte Stimmung.

Ein tolles Getöse und der Benzingestank von einem offenen Auspuff drangen ins Wohnzimmer.

»Pfui!« machte Waldemar und verzog das Gesicht. »Dein geliebter schienenloser Wagen, Paul.«

»Das muß ich sehen«, sagte Lotte, und Erwin folgte ihr, und beide sahen eine schwere Maschine für zwei Personen, knallblau angestrichen und gelb abgesetzt, und einen ebensolchen Chauffeur, knallblau angezogen und gelb abgesetzt.

»Schöön«, sagte Erwin.

»Nich?« sagte Lotte.

Und dann kam Herr Schulz, mittelgroß und stark, mit einer

blonden Bürste und blauen Äuglein zwischen viel Fett in dem undefinierbar gewöhnlichen Gesicht. Er erfüllte sofort den Raum. Der Chauffeur und Frieda schleppten einen Korb voll herrlicher Rosen herein.

Eugenie streckte ihm die Hand entgegen und dankte, Beatrice flatterte um ihn, und Sofie bekam ihn zu Tisch. Sie war wohl älter als er, aber sie galt immer noch in der Familie als die große Weltdame, die am besten mit ungewohnten Tischherren fertig wurde. Eugenie hatte wegen Herrn Schulz ein Essen ganz ohne Gräten und ohne Knochen gemacht.

»Unter diesen Reparationen bricht die Währung zusammen«, sagte Paul zu Waldemar.

»Nein«, sagte plötzlich Herr Schulz, »die Währung bricht nicht zusammen. Sondern man druckt, um sie zusammenbrechen zu lassen, damit man nicht zahlen braucht.«

»Aber wie können Sie so etwas sagen!« Waldemar sprang auf.

»Das wäre ja der ungeheuerlichste Betrug am Volke«, sagte Paul. »Alle Spargroschen sind schon jetzt vernichtet. Denn ein Zehntel bedeutet eben Vernichtung.«

»Unerhört, diese entsetzliche Tragödie als arrangiert hinzustellen!« sagte Waldemar. »Ich würde Mark gleich Dollar rechnen, damit fiele die Ungerechtigkeit fort.«

»Aber arrangiert ist!!«

»Ausgerechnet die Sozialisten sollten das machen?« fragte Paul.

»Wo die Regierung unbedingt sorgen muß, daß sie das Volk hinter sich behält«, fiel Waldemar ein. »Herr von Kahr hat in Bayern die sozialistischen Selbstschutztruppen entwaffnet. Er tut nichts gegen die Nationalsozialisten. Bayern betreibt offen die Abtrennung vom Reich. Die Verordnungen zum Schutz der Republik werden nur gegen links angewendet, nie gegen rechts. Alles, was von rechts kommt, wird gehätschelt. Und das alles in einem Moment, wo französische Truppen Manöver mit unbekanntem Ziel vornehmen.«

»Wir arbeiten Tag und Nacht«, sagte Paul. »Und wozu? Damit die Entente Autos bekommt. Ich habe gestern eine Beschreibung der Zustände gelesen, die durch den polnischen Korridor entstanden sind. Auch schön.«

Schulz lächelte. Aber das sah glücklicherweise niemand.

»Der ›Temps‹ glaubt, die demokratische Entwicklung und die Entwaffnung Deutschlands seien Illusionen. Man glaubt, daß sich das deutsche Volk gern einem General an den Hals werfen würde und bald wieder gegen die Franzosen die Kriegsflagge wehen lassen möchte«, sagte Paul.

»Aber gerade gegen diese Gefahr darf man doch nicht auch noch das bißchen Polizeitruppe zerschlagen wollen«, erwiderte Waldemar.

Nach Tisch zogen sich die Alten zurück. Nicht mehr in die obere Etage, die war vermietet. Von den fünf großen Repräsentationsräumen war einer Eugenies Schlafzimmer geworden. Ein blauer Salon enthielt ein unbequemes Sofa, auf das sich jetzt Waldemar krümmte. Karl und Paul, Männer in den Sechzigern, hätten sich gern hingelegt. Aber es gab alles Mögliche in dem Eßzimmer, dem Wohnzimmer mit dem Wendlein und dem Salon mit den Gobelinmöbeln, nur nichts zum Ausruhen.

Harald verabschiedete sich gleich nach Tisch. Er hatte eine Finanzkonferenz zur Gründung einer Tochtergesellschaft der Warenkreditbank.

»Was ist das, Warenkreditbank?« fragte Theodor.

»Vorzügliche Aktie, Papa. Willst du welche?«

Erwin saß mit Lotte zusammen. Ach, wie gern er sich mit ihr unterhielt!

»Ich habe eine große Bitte an dich. Es fällt mir sehr schwer, sie auszusprechen. Bleibe doch bitte eine Nacht mal da. Es ist nur wegen meiner Eltern und wegen deiner Mama. Ich möchte ein Gerede vermeiden.«

»Aber selbstverständlich. Ich möchte dir auch etwas sagen, was mir sehr schwerfällt. Du bist natürlich ganz frei.«

»Möchtest du dich scheiden lassen?«

»Nein, ich habe so das Gefühl, du bist meine Frau und Susi ist meine Tochter. Ich muß mich nur wiederfinden. Aber wann das ist? Der Winter war toll. Diese Maskenbälle, diese Nachfeiern!«

»Ich will nichts hören.«

»Und was wirst du machen, ich meine wegen Studium?«

»Ich will bis zum Doktor studieren. Ich bin ein bißchen enttäuscht und komme nicht recht vorwärts, und alles, was ich mir gewünscht habe, ist ja auch ganz aussichtslos. Archivstellung oder Verlag. Enkendorff, sogar Enkendorff, versucht in eine Bank zu kommen, um sich über Wasser zu halten. Ich möchte mir ein bißchen Glas und Porzellan und Möbel kaufen. Es ist jetzt sehr billig, und das Geld wird immer weniger.«

»Du hast ganz recht! Und die Schauspielerei?«

»Unbegabt, hat Rackow gesagt, wo ich vorsprach.«

Schulz beschäftigte sich mit Marianne: »Fahren Sie Auto?«

»Nein.«

»Hätten Sie Lust, mal mit mir einen Ausflug zu machen?«

»Ich danke Ihnen vielmals, Herr Schulz, aber ich weiß nicht, wo ich die Zeit hernehmen soll.«

»Aber meine Galerie würden Sie doch sicher mit Ihrer Tante einmal Sonntag vormittag besuchen können?«

»Aber gern, Herr Schulz.«

»Ich habe sehr kostbare Bilder, ein Herr Kollmann, wissen Sie, aus so einer heruntergekommenen Familie, macht das für mich.«

»Wieso heruntergekommen?«

»Er hat gar kein Geld, und die Schwester ist Schauspielerin. Ich lasse durch Herrn Kollmann viel alten Schmuck kaufen. Sie haben keine Vorstellung, wie billig. Für zehn Dollar ...«

Und dann setzte er sich näher zu Marianne und ergriff ihre Hand, diese etwas große und kräftige, aber doch feingegliederte Hand, mit seiner dicken und breiten.

Beatrice hätte am liebsten Marianne die Augen ausgekratzt, aber sie versuchte nur das Ritual der Sonntagnachmittage zu ändern und den Kaffee früher auf die Terrasse zu bekommen. Sie sagte Frieda, Theodor und sie müßten früher gehen. Frieda jedoch richtete sich nicht danach. Punkt vier Uhr würde serviert und fünf Minuten vorher die Herrschaften geweckt werden.

Lotte, Erwin und Marianne waren aufgestanden. »So was in Tante Eugenies Räumen«, sagte Lotte. »Ich möchte heulen.«

Aber Schulz kam Marianne nach: »Na, Fräulein, warum laufen Sie denn weg? Ich sehe Sie doch bald, nicht wahr?«

»Ja, Mariannchen«, sagte Theodor, »sieh dir mal Herrn Schulzes Galerie an. Großartig!«

»Schade, daß du schon gehst!« sagte Theodor zu Waldemar. »Ich muß dich einmal ausführlicher sprechen. Soloweitschick soll saniert werden. Es sind ganz große Leute, Holländer. Wahrscheinlich steht auch Schulz dahinter. Sie wollen viel Geld hineingeben. Also hoffen wir, daß sie alles in Ordnung bringen. Die Rechtsanwaltsspesen sind leider enorm.«

# 116. Kapitel

## *Bühne*

Im Sommer 1922 lernte Lotte den Schriftsteller Henderström kennen.

Der Wald war endlos und einsam. Henderström war groß und blond. Er lag auf dem Rücken, die Arme unter dem Kopf, und sagte zu Lotte: »Es gibt nur drei Leidenschaften für den Mann: die Kunst, die Jagd und die Liebe. In der Kunst ist er passiv, in der Jagd aktiv und in der Liebe passiv und aktiv zugleich. Siehst du, dort drüben in Frankreich überm Rhein sinkt jetzt die Sonne ins Meer, nicht ferne von uns fließt die Weichsel; wir beide aber liegen hier auf der endlosen Ebene zwischen dem Atlantischen Ozean und dem Stillen, die bestanden ist von Birken und Fichten; die Vögel gehn schlafen und die Tiere und sinken zusammen ins Gras. Komm, wollen wir nicht tun wie sie? Warum willst du dich ausschließen?«

»Weil ich kein Tier bin.«

»Ist es nicht köstlich, ein Tier zu sein, nahe der Erde?«

»Nein, ganz einfach nein.«

»Was soll das mit deinem Studium?« sagte er. »Ist es nicht Unsinn?«

»Ja«, sagte sie, »das ist wahr.«

»Warum gehst du nicht zur Bühne? Du hast alles dafür.«

Sie beschlossen, daß sie Berlin verlassen und sich in eine andere Universitätsstadt zum Abschlußexamen begeben sollte, wo der berühmte Regisseur arbeitete. Henderström gab ihr eine Empfehlung. Es sollte der letzte Versuch sein.

Es regnete, als Lotte vor dem Bühneneingang auf den Redakteur der »Volkspost« wartete. Der Regisseur selbst war nicht da. Ein Dramaturg und ein Unterregisseur würden sie prüfen. Kein

Zweifel, sie sah nicht gut aus, das seidene Kleid guckte unter dem Regenmantel vor. Klärchen hatte es ihr gemacht. Sie war verängstet, sie war wohlerzogen.

»Ihre Neueste?« sagte der Regisseur zu dem Redakteur, als sie hinter ihr hergingen.

»Wo denken Sie hin?« lachte der höhnisch.

Sie stand auf der Probebühne. Sie spürte die Antipathie. Es war unmöglich. Sie sprach vor. Sie spielte nicht, sie sagte auf. Nur die Angst der Frau Alving, das ging.

»Sind Sie verheiratet?« fragte der Dramaturg.

Sie wurde verlegen. »Ja«, sagte sie gänsern.

Die Männer lachten. »Zwei Jahre Boheme, verstehen Sie, damit dieser Panzer Bürgerlichkeit fällt.«

Lotte wußte nichts zu sagen. Sie lächelte.

»Sie sollten eine Schauspielschule besuchen.«

Sie gab die Hand wie eine Fünfzehnjährige und stürzte davon.

Sie weinte, irrte durch die Straßen. Hätte ich doch geantwortet: Zur Zeit nicht verheiratet. Alles wäre gelungen.

Ein Arbeiter kam ihr entgegen und fragte freundlich, warum sie denn weine. Aber auch hier wußte sie keine Antwort.

»Lieber Henderström,

es ist mißglückt, völlig mißglückt. Genau wie bei Rackow. Wahrscheinlich bilden wir uns nur ein, daß ich Talent habe. Ich bin eine Niete ...«

Am selben Abend war sie bei freundlichen reichen Bürgern eingeladen. Ein junger Mann saß neben ihr und entpuppte sich als ein kleiner Schauspieler bei Anselmi. Ein begabter junger Mann, der schauspielerte, weil es ihm einen Nebenverdienst abwarf.

»Ich würde gern Anselmi kennenlernen und ihm etwas vorsprechen«, sagte Lotte. »Henderström meint, ich habe Talent.«

»Nichts leichter als das«, sagte der junge Mann. »Er ist immer auf der Suche nach Talenten, er wird sich sehr freuen, Sie kennenzulernen. Er lernt gern interessante Frauen kennen.«

Anselmi war kein Hilfsregisseur. Anselmi war kein Mann dritten oder vierten Ranges, sondern ein großer Künstler, immer bereit zu entdecken, zu fördern und hingerissen zu sein.

Als er in das Zimmer trat, in dem Lotte wartete, kam ihr eine Welle von Wärme und Wohlwollen entgegen. Und plötzlich in diesem Zufallszimmer war von einer halben Stunde auf die andere der Erfolg da.

»Morgen stehst du auf der Bühne«, sagte Anselmi. »Du lernst bei mir Gehen, Stehen, Tragen und etwas Sprechen. Nicht viel, etwas Sprechen. Du wirst gleich mit uns kommen für kleine Rollen. Donnerwetter, was für ein Talent! Aber nun arbeiten. Und wie wirst du heißen?«

»Angelika Oppen.«

»Etwas kitschig.«

»Schadet nichts.«

»Richtig. Mut zum Kitsch ist auch was.«

# 117. Kapitel

## *10 000 Mark waren einen Dollar wert*

Lotte hatte endlich das ersehnte Gastspiel in Berlin bekommen. Sie spielte die Salome.

»Ich bin ein bißchen alt«, sagte sie zur Pastin, »aber ich denke, auf der Bühne werde ich doch fünf Jahre jünger aussehen können, und ich will auch nicht zu nackt sein. Schließlich bin ich eine Schauspielerin, die etwas darstellt und nicht unbedingt sich selber preisgibt. Es ist ein herrliches Stück, Frau Pastin. Sie bekommen natürlich mehrere Billetts von mir.«

»Lieber Erwin, ich spiele die Wildesche Salome, willst Du Dir's ansehen?

Herzliche Grüße Lotte.«

»Liebe kleine Lotte,

ich kann nicht, ich *muß* zum Künstlerfest gehen.

Herzlichst Erwin.«

Salome ist eine junge, verspielte Dame von Welt. Sie hat Charme, Witz, Geist und amüsiert sich, bis sie die Stimme des Jochanaan hört, der sie aufweckt, aufreißt aus einem Dasein voller Nichtigkeiten. Nun will sie nichts als demütiges Weib sein, sich von Wurzeln nähren und mit ihm in der Wüste leben.

»Was soll ich denn tun, Jochanaan?« fragt sie die ewige, naive Frage liebender Frauen.

Er aber ist hochmütig. Er erklärt ihr nicht, wie man das anfängt, von Gott geliebt zu werden. Er spricht unklare Dinge von Asche aufs Haupt streuen, von Tempelschändung.

Aber Salome liebt, und so nähert sie sich ihm immer wieder und wird immer wieder abgewiesen, und jedesmal bäumt sie sich auf in entsetzlichem Schmerz über ihren gedemütigten

Stolz. Aber sie liebt, und so nähert sie sich ihm wieder und wieder, bis er sie verflucht. Denn Jochanaan ist nur ein Vorläufer und kennt noch nicht die allerbarmende Liebe.

Sie weiß nun, daß alles, was sie an Gutem und Reinem gewollt, mißachtet worden ist. Da kennt sie nur noch Haß. Sie martert ihre Seele, indem sie sich im Tanz preisgibt. Sie fordert seinen Kopf und sagt dem Toten alles, was der Lebende nicht hören wollte: »Warum hast du mich nicht angesehen? Hättest du mich angesehen, du hättest mich geliebt.«

Er wollte das Weib nicht haben auf seinem Wege, und dabei ist doch das Geheimnis der Liebe größer als das Geheimnis des Todes.

Es war keine Perversität zu spüren, und Lotte merkte sehr bald, daß das Publikum mitging. Dies war der Beginn eines großen Erfolges.

Nach dem Theater fuhr sie mit dem Doktor Wilken zu dem Künstlerfest. Der Ball war wegen Überfüllung geschlossen. Lotte stand in einem dunklen Hof vor den Hinterpforten und ratschlagte mit Wilken, was zu tun sei, als plötzlich die Polizei einen Schub Menschen hineinließ. Lotte ging mit dem Pelz über dem Salomekostüm bis zur Garderobe, gab den Mantel ab und wurde schon in der Garderobe von zwei Jünglingen hochgehoben, die sie abwechselnd küßten.

Es waren sechstausend Menschen auf dem Ball, und so schoben sie sich nur aneinander vorüber, hatten keinen Platz zum Tanzen, kaum die Möglichkeit, die herrlich ausgeschmückten Säle zu betrachten. In dem einen Saal war eine gewaltige Sonne aus Gold, deren breite Strahlen durch den ganzen Raum gingen, im nächsten standen Teufel, herrliche, neuartige Teufel mit grasgrünen leuchtenden Augen und einem rotglühenden Rachen und einer eingebauten Privathölle im Bauch. Und eine japanische Liebesstraße bestand aus orange Seidenpapier mit blauen Lampions.

Als sie versuchte, an all den nackten Frauenarmen und Herren mit Seidenpierrots vorbeizutanzen, hörte sie eine vertraute Stimme im Berliner Dialekt: »Liebe nur aus Raummangel ist doch nicht das Richtige. Hier herrscht 'ne Luft wie im Krokodilstall vom Aquarium.« Das war Erwin. »Gott, Lottchen«, sagte er, und während er noch mit der andern tanzte, gab er ihr rasch einen Kuß, und dann hatte sie ihn verloren und suchte ihn an allen tausend Tischen.

Das rasch verdiente Geld wurde in viel Sekt ausgegeben. Viele ordinäre Leute betranken sich und lagen über den Tischen. Einer hockte auf dem Boden und schlug mit den Weinflaschen den Takt zur Jazzband. Ein großer dicker Mann mit weißen Hosen und offenem Hemd und eine kleine schwarze Frau, die nur ein gelbes Seidenkittelchen zu nackten Beinen anhatte, spreizten auf Negerweise die Beine. Und dazwischen ging Marianne mit einem langen, roten Samtkleid und einem weißen Schleier über dem blonden Haar untergehakt mit einem Herrn im Smoking, als ob er sie bei einer Privatgesellschaft von 1885 an ihren Platz zurückführte nach einem züchtigen Walzer.

Lotte wußte nicht recht, ob sie sich zu erkennen geben sollte mit ihrem Salome-Anzug. Aber dann hatte sie doch das Gefühl: Liebe alte Marianne.

»Darf ich vorstellen, Regierungsrat Lörcher«, sagte Marianne, und der Herr schlug die Hacken zusammen und verbeugte sich vor Lotte.

»Ich finde es ja ziemlich gräßlich auf diesen Bällen, wissen Sie, ich habe es meiner jungen Frau zuliebe getan. Aber ich weiß nicht, wozu ich auf einen solchen Ball gehen soll. Ich bin dagegen, daß man etwas anfängt. Hat man erst einer andern Frau einen Kuß gegeben, so ist kein Halten mehr. Man ist doch kein Neger, daß man wegen der Maske … Und die eigenen Frauen, die sitzen rum und amüsieren sich nicht, und wenn sie nicht rumsitzen, sondern ihrerseits losstürmen, dann findet man sich die ganze Nacht nicht mehr und ist auch verärgert.«

»Sie haben ganz recht«, sagte Lotte. »Darf ich mich verabschieden? Versuchen Sie, sich doch noch ein bißen zu amüsieren.«

Eine furchtbare Person, fast nackt, mit gelben Haaren und so geschminkt, daß Lotte dachte: Arme Leiche!, sprang plötzlich auf und kam auf Lotte zugestürzt: »Lotte Effinger.« Und siehe, es war Margot Kollmann, die Enkelin von Frau Kommerzienrat Kramer. Sie sah aus wie ein Mensch, dem es sehr schlechtgeht und der trotzdem lustig sein muß.

»Was ist denn mit dir?« sagte Lotte bestürzt.

»Uch, gar nichts.«

»Sag' doch die Wahrheit, kann ich dir nicht helfen? Hast du kein Engagement?«

»Nein.«

»Komm doch mal zu mir, ich kenne doch alle, Lennhoff sogar von Bermann, weißt du. Besuch mich mal, ich habe ein süßes kleines Mädchen von zwei Jahren, einen goldigen Wackelfrosch. Margot, wir waren doch mal sehr befreundet.«

»Sicherlich«, und sie gab Lotte einen Kuß. Aber Lotte hatte den Eindruck, sie werde nie kommen, und die Wahrheit war ja auch deutlich in ihrem gelben Haar.

»Angelika Oppen«, sagte ein ältlicher, sehr großer, sehr schmaler Herr, »Sie sind eine wunderbare Künstlerin. Sie stehen vor einer großen Karriere. Darf ich Sie zu einem Glase Sekt einladen?«, als plötzlich Erwin mit einem sehr reizenden bräunlichen Mädchen an den Tisch kam.

»Gestatten Sie, daß ich Platz nehme?«

»Bitte sehr. Was wollen wir bestellen, Angelika Oppen? Einen echten Veuve Cliquot, um die Salome zu feiern?«

»Wenn ich ein Wort mitreden darf, so bestellen Sie doch etwas Bürgerlicheres. Ich möchte gerne mit meiner Frau anstoßen. Und an einem französischen Sekt könnte ich mich nicht beteiligen, und das wäre mir unangenehm.«

»Darf ich Sie einladen?«

»Nein, das wäre mir unangenehm. Siehst du, Ria, das ist meine Frau, die ich liebe, aber mit der es aus ist.«

»Er redet mit allen Frauen von Ihnen«, sagte Ria.

»Seid ihr geschieden?« fragte der Grauhaarige.

»Sozusagen«, sagte Erwin, der leicht betrunken war.

»Ich auch«, sagte der Grauhaarige und trank ein großes Glas Rheinwein und gleich noch eins. »Ich habe eine sehr schöne Frau gehabt, sie wußte immer genau, was richtig ist. Wenn sie zu einer Sache schwieg, gab sie allen unrecht. Ich habe sie sehr geliebt, und wir hatten drei Kinder.«

»Wir haben nur eins, Susi, ja.«

Und dann tranken sie alle weiter Rheinwein.

»So billig kriegen wir ihn nie wieder, er kostet höchstens 30 000 Mark«, sagte Erwin. »Ria, mein gutes Mädchen, schmeckt er dir? Und dir, Lotte? Ich möchte dir einen Kuß geben, Lotte. Noch einen Wein, Herr ...?«

»Von Kipshausen.«

»Und warum lieben Sie sie nicht mehr?« fragte Erwin nach einer Weile weiter. Es wurde leerer auf dem Ball, und sie saßen in dem dicken Rauch und inmitten der Müden müde.

»Ich hatte eine Reise gemacht, an die Riviera, und da saß im Speisesaal eine außergewöhnlich liebliche Frau. Sie war eine russische Intellektuelle, die die Liebe eine höchst nebensächliche Sache fand. Aber Kasteiung erschien ihr Überwertung. – Nimm noch ein Glas Rheinwein, Angelika. – Sie stellte immer direkte Fragen: ›Unterhalten Sie sich gut mit Ihrer Frau?‹ oder: ›Haben Sie Ihrer Frau von mir geschrieben?‹ Wir lagen zwischen den Klippen, und nachmittags ritten wir weithin. Wir hatten uns unser ganzes Leben zu erzählen. Ich verschob meine Abreise, und sie versäumte einen Kongreß nach dem andern. – Gut ist der Wein. – Anuschka stellte mich vor die Entscheidung. Dort waren die Frau, die Kinder, das Haus, der König von Preußen, hier war das Abenteuer. Ich hatte nichts zu entscheiden.«

»Es war vor dem Krieg?« sagte Erwin. »Heutzutage stellen uns die Frauen vor keine Entscheidung mehr. Oder stellen uns die Frauen noch vor eine Entscheidung?«

»Ich habe ihr gesagt: Du wirst noch viele glücklich machen, du bist bedeutend genug, uns viele Kopfschmerzen zu verursachen. Dann bin ich abgereist. Es war so schwer. Ach, es war so schwer.«

Und dann tranken sie wieder, und die kleine Ria legte ihren Kopf an Erwin, und man sah, daß sie sehr glücklich zusammen waren.

»Zu Hause war das Haus blumengeschmückt. Meine Frau stand in der Halle und die Söhne. Der Inspektor kam, es war viel zu besprechen, Pferde, Felder, Personal. Die Lampe brannte im Garten, die Frühlingsnacht war schön und die Bowle vorzüglich, und es war alles sehr traurig und leer. Mittags bekam ich ein Telegramm. Anuschka hatte sich das Leben genommen. Sie hatte sachliche Anweisungen an ihre Kameraden hinterlassen. An mich kein Wort. An mich kein Wort. – Trinken Sie noch etwas?«

»Aber das ist doch ganz einfach. Ganz einfach. Sie haben die eine Frau geliebt und die andere nicht mehr. Kennen Sie das, wenn man die eine Frau bei Tage liebt und die andere bei Nacht? Kennen Sie das, wenn man sich bei der einen nach der andern sehnt? Geben Sie mir noch ein Glas Wein, und seien Sie gut zu meinem süßen Kind Lotte.«

Wir sind alle betrunken, dachte Lotte.

»Es wird schon ganz leer.«

»Kellner, zahlen.«

# 118. Kapitel

## *30 000 Mark waren einen Dollar wert*

Die Fabrik muß erweitert werden«, sagte Paul. »In Niederschönhausen, eine halbe Stunde von hier, habe ich Terrains gesehen mit Bahn und Wasseranschluß. Vorzügliche Gelegenheit, zugleich eine Siedlung für die Arbeiter zu bauen.«

»Siedlung, das ist die Losung!« sagte Stiebel. »Der Sozialismus ist das Kommende. Jedem Arbeiter Beschäftigung, sein Häuschen, seine Erholungszeit und Lebenssicherheit, und die soziale Frage ist gelöst.«

»Ich bin übrigens mit dem Erfolg des Volksautos nicht sehr zufrieden. Im Grunde ist es mehr ein Witz für die Cabarets. Für diese Hochstaplerzeiten zu klein und zu bescheiden.«

»Aber das ist doch ein Vorurteil«, sagte Karl.

»Sicher, aber mit solchen psychologischen Dingen muß man rechnen. Am Volksauto sieht man gleich: Ach, das sind kleine Leute. Das will keiner. Und außerdem ist es immer noch zu teuer. Ein paar verdienen rasend, aber die große Mehrzahl verarmt.«

»In ein paar Jahren wird die Welt dafür reif sein.«

»Nie«, sagte Paul, »haben wir solche Luxusautos verkauft wie jetzt. Elektrische Zigarettenanzünder, ganze Schränke mit Toilettengegenständen, der beste Samt, das beste Leder ist nicht gut genug, und jeder Aufschlag wird bezahlt.«

»Die Firma Oppner & Goldschmidt baut ganz groß«, sagte Karl, »und Hartert sagte mir, daß seine Bank ein Hochhaus plant.«

»Dreihundert Häuser«, sagte Paul, »jedes zwei Zimmer, Küche, Bad und ausbaufähiges Dachgeschoß. Der Sozialismus will die Leute zufrieden machen. Macht man sie zufrieden, braucht man keinen Sozialismus.«

Stiebel telephonierte am Abend von seiner Wohnung aus mit dem Sohn von Bankdirektor Hartert:

»Du, ich habe einen Tip für dich. Kauf das Grundstück Parzelle 217–247 in Niederschönhausen. Ziemlich sichere Sache.«

Hartert fragte nichts. »Gut«, sagte er. »Wieviel Prozent du vom Gewinn?«

»Halbe – Halbe«, sagte Stiebel.

# 119. Kapitel

## *47 000 Mark waren einen Dollar wert*

Der uralte Diener von Waldemar meldete: »Eine Dame möchte Herrn Geheimrat sprechen. Sie will absolut ihren Namen nicht nennen.«

Im selben Moment wußte Waldemar: Susanna. »Ich lasse bitten.«

Eine alte Frau kam herein mit einem schlechten Mantel und abgeschabtem Pelz, mit abgetretenen Schuhen, mit einem schrecklichen wippenden Filzhut, mit armen, roten, verarbeiteten Händen. Eine furchtbar arme alte Frau.

»Ich sehe genug, Susanna, du brauchst nichts zu erzählen.«

Susanna Widerklee, die Gräfin Sedtwitz, weinte. Sie weinte nicht laut, es war kein altes Theatergeschluchz. Es fielen ihr nur unausgesetzt die Tränen herunter.

»Du kannst bei mir wohnen«, sagte Waldemar.

»Das hilft mir nichts mehr. Ich bin angeklagt. Angeklagt. Hier.« Und sie gab ihm ein Schriftstück.

»Aber was hast du denn gemacht? Das ist doch eine Anklage wegen Betrug! Warum bist du nicht früher gekommen? Ich habe dich jahrelang nicht gesehen.«

»Ich konnte dich nicht wegen Geld aufsuchen.«

»Und bist an Wucherer geraten?«

»Ich habe doch nie rechnen können, und Sedtwitz hatte mich so verwöhnt. Ich hatte immer die Hundertmarkscheine zehnweise gebündelt in einem Wandschränkchen. Und während des Krieges habe ich Kriegsanleihe gezeichnet, und dann hatte ich ein großes Barguthaben bei Oppner & Goldschmidt, und außerdem habe ich dort Aktien liegen gehabt und vor allem Staatspapiere. Ach, Waldemar, und dann hatte einer der Sedtwitzens Hochzeit vor zwei Jahren, und ich habe alles Geld, das ich hatte, genommen und habe mich wie alle andern ins Hotel Esplanade einquartiert, und da wurde mir mein ganzer Schmuck gestohlen.«

»Dein ganzer Schmuck gestohlen? Du hattest doch herrlichen Schmuck.«

»Alles weg. Ich hatte eine Perlenkette von einem Meter, lauter ganz regelmäßige orientalische Perlen von Sir Andrew.«

»Sir Andrew?«

»Ach, Waldemar, du weißt doch, aber es ist jetzt so lange her, und wir sind doch alte Leute! Und der Ring mit dem ganz großen Smaragden von dir, und von Sedtwitz hatte ich eine ganze Garnitur mit Diadem. Alles weg.«

»Und was hast du dann gemacht?«

»Als ich nun gar kein Geld mehr hatte, habe ich angefangen zu verkaufen, und dann habe ich meine Möbel verpfändet, und als das Geld verbraucht war – ich habe so bescheiden gelebt, wirklich nur für Essen und Trinken –, da habe ich sie noch mal verpfändet.«

»Das ist aber ganz schwerer Betrug.«

»Ich weiß, ich habe das nicht so verstanden, und in der höchsten Not habe ich gedacht: Du wirst mich rausreißen. Du bist doch so ein großer Jurist.«

»Aber Mädchen, das ist doch naiv. Da kann ich dich nur für geisteskrank erklären lassen. Da steht viele Jahre Gefängnis drauf. Und bevor man eine solche Sache macht, da kann eine kluge Frau nicht einmal das Telephon in die Hand nehmen und Waldemar anrufen?«

»Ach, ich war so durcheinander.«

»Da müssen wir vor allem zusehen, daß wir die Leute entschädigen, damit sie die Anklage zurückziehen. Wo wohnst du?«

»Ich habe gestern nacht in einem kleinen Hotel übernachtet, aber heute war ich nicht auf der Bank, Papiere verkaufen, und so habe ich keinen Pfennig in der Tasche.«

Waldemar klingelte: »Richten Sie bitte gleich das Fremdenzimmer, Frau Gräfin wird einige Zeit bei uns wohnen.«

»Ich danke dir, Waldemar. In meiner Jugend hätte ich dir einen Kuß gegeben, aber jetzt ist es dir vielleicht eklig.«

»Hier hast du 400 000 Mark, kauf dir was zum Anziehen, – ich denke, für ein einfaches Kostüm wird es reichen – und einen netten Hut, und hier noch einmal 100 000 Mark für Schuhe, und heute mittag essen wir Unter den Linden.«

»Das ist doch wie ein Märchen.«

»Nur vierzig Jahre zu spät.«

# 120. Kapitel

## *Eine Million Mark waren einen Dollar wert*

Jeden Tag stand das gesamte Theaterpersonal um die Mittagsstunde an der Kasse Schlange und wartete auf sein Geld. Es wurde täglich ausbezahlt.

Jeden Tag stand das gesamte Ministerium an der Kasse und wartete auf seine Bezahlung, die täglich erfolgte.

Jeden Tag standen an allen Universitäten Deutschlands die berühmtesten Gelehrten an der Kasse, um ihr Gehalt in Empfang zu nehmen.

Lotte gastierte um diese Zeit in einer größeren Stadt Westdeutschlands.

Sie nahm täglich ihr Geld und stürzte sofort zu einem befreundeten Bankier und kaufte Aktien. Die Aktien stiegen mit dem Dollar, und so konnte Lotte gelegentlich etwas mehr kaufen, als der tägliche Bedarf war. Wenn sie aber Geld übrigbehielt, dann gab sie es schnell aus, denn bis zum nächsten Tag war es nichts wert.

Einmal hatte sie noch eine Million in der Hand und sah in einem kleinen Antiquitätengeschäft eine bezaubernde alte Tasche. »Wieviel kostet die Tasche?«

»Eine Million«, sagte ein mürrischer alter Mann.

Lotte kaufte die Tasche. Es war schrecklich, jetzt etwas zu kaufen. Lotte hatte eine Tasche, aber der Mann hatte Papierscheine, die schon fünf Stunden später nichts mehr wert waren. Keiner wußte mehr, wo der Betrug anfing, wo der ehrliche Kauf aufhörte.

»Meine liebe Lotte,

bei diesen schweren Zeiten halte ich es für wahrscheinlich, daß Du mit Deiner Gage nicht auskommst, und so schicke ich

Dir zwanzig Millionen. Lege sie gleich zum Bankier, damit du keinen Zinsverlust hast.

Erwin kommt fast jeden Tag zu Susi, die schon reizend plaudert und ein sehr gescheites Kind zu sein scheint. Auf Deine Bitte spreche ich nicht mehr über diese Dinge mit Erwin. Aber in meinen alten Kopf geht es nicht hinein, warum Ihr nicht zusammen lebt …«

Lotte konnte absolut nicht begreifen, wie ihr Vater je hatte existieren können, ein Mann, der im Sommer 1923 noch von Zinsen sprach. Es war so grotesk, daß sie immer wieder den Brief durchlas. Zinsen! Sie mußte das Kipshausen schreiben. Er würde genau so erschüttert sein wie sie.

»Im übrigen hat uns die Ricke Krautheimer inliegende Kritik geschickt. Sie ist riesig stolz auf Dich.

›Man sollte nie eine Schauspielerin nach dem Premiereneindruck allein beurteilen. Die Salome der Oppen hat in den letzten Wochen noch sehr gewonnen. Wie man sich auch zu der Auffassung stellen mag, eines großen Dichters Werk wird hier kongenial gestaltet.‹«

# 121. Kapitel

## *Zwei Millionen Mark waren einen Dollar wert*

Die Rawerkschen Stahlwerke waren im letzten Jahrhundert zu einer Großmacht geworden. Der Sohn vom alten Rawerk sagte auf einer Sitzung des Reichsverbandes der Deutschen Industrie zu Paul:

»Schöne Wagen machen Sie jetzt. Trotzdem – Sie nehmen mir das nicht übel – wir haben die ausländische Konkurrenz noch nicht eingeholt. Auch Sie nicht. Wie geht es finanziell?«

»Die Kunden zahlen langsam, man kann absolut nicht immer bar Kasse verkaufen. Man kann nicht alte Kunden verstimmen, indem man mahnt und drängt. Und meine Rechnungen müssen sofort bezahlt werden.«

»Wir bezahlen in Dreimonatsakzepten. Das sichert uns vor Verlusten. Tun Sie das doch auch. Wie ist denn Ihre Beschäftigung?«

»Wir sind überbeschäftigt. Wir haben eine neue Fabrik in Niederschönhausen. Dabei haben wir viel Pech gehabt. Das Grundstück war im Laufe von zwei Tagen um dreißig Prozent gestiegen. Es muß jemand Wind von unseren Plänen bekommen haben. Wir haben übrigens eine schöne Arbeitersiedlung gebaut. Morgen vormittag ist Einweihung. Vielleicht interessiert es Sie? Ich würde mich riesig freuen, Sie dort zu sehen.«

»Gern«, sagte Rawerk.

In einem Wirtshaus fand eine kleine Einweihungsfeier statt. Es sollte Kaffee und Kuchen geben. Es herrschte eine unbehagliche Stimmung.

Ein junger Arbeiter stand auf: »Wenn die Herren etwa erwarten, daß ich hier eine Festrede halten werde, so irren sie sich. Diese ganze Siedlung ist nur angelegt worden, um die Löhne zu drücken. Früher hatten die Arbeitgeber die industrielle Reservearmee zur Verfügung, das, was wir heutzutage die Arbeitslosen nennen, aber jetzt ist alles dank dem Inflationsschwindel beschäftigt. Und es können die Herren nicht in dem Ausmaß zu ihrem Mehrwert gelangen, wie sie möchten. Der Ausbeutung sind Grenzen gesetzt. Was hat da einer erfunden? Die Siedlung. Die ›Wohlfahrtssiedlung‹. Hier bekommt der Arbeiter sein Heim und ist nun erst völlig der Sklave seines Ausbeuters. Er muß bleiben, wie der Lohn auch sinkt, welchen Streit er auch mit dem Werkmeister hat!«

»Richtig! Richtig!« riefen die meisten.

»Und was tauscht er dafür ein, daß er ein Galeerensklave geworden ist? Skandalöse, gesundheitsgefährliche Zustände.«

»Richtig, richtig!«

»Wasserklosett«, rief eine.

Paul stand auf, wollte sprechen.

»Wir verlangen Kanalisation, wir sind keine Roboter. Kanalisation, Kanalisation.« »Wasserklosett.« »Genug mit die maskierte Ausnutzung!« »Freizügigkeit!« »Sehen Sie zu, wo Sie Arbeiter herbekommen!«

»Gehen Sie durch einen Hinterausgang raus«, flüsterte Steffen.

Draußen lag das friedliche Land. Rawerk, Rothmühl, Paul und Erwin stiegen in ein Auto.

»Es tut mir leid, Herr Rawerk«, sagte Paul.

»Lassen Sie gut sein. Eine sehr lehrreiche Erfahrung. Marxisten werden Sie immer hassen. Eine Haßlehre wird keine Liebeslehre.«

»Mit der Kanalisation ist es so ...«, begann Paul.

»Lassen Sie nur.«

»Bitte, lassen Sie mich es Ihnen erklären. Alle Sachverständigen erklärten, wir sollten keine Kanalisation anlegen, weil die Leute Dung für ihre Landwirtschaft brauchen ... Der Boden ist sehr karg hier.«

Es war ein schwerer Tag. Am späten Nachmittag wurden die letzten fünf Volksautos geholt, von einem Händler, der sie billig verramschen wollte.

Paul lief hinaus, den Bleistift hinter dem Ohr. Ein Riese in der Lederjacke holte die Dokumente zwischen zwei Knöpfen heraus. »Ha, da, Sie mit's beweinte Gesicht, unterschreiben!«

Paul zeigte ins Büro. Der Mann ging hinein. Inzwischen koppelten die Leute weiter die Autos fest: »Aaa – ruck, Aaa – ruck.«

Paul suchte in seiner Erinnerung, wann er schon einmal so eine zerbrochene Hoffnung, die im ›Aaa – ruck‹ der Arbeiter ihr Ende gefunden, erlebt hatte. Aber er wußte es nicht.

Der Mensch in der Lederjacke sagte freundlich: »Mensch, dir hamse woll die Braut vakloppt?«

Paul blieb einen Augenblick auf dem leeren Hof stehen. Der Regen rann, und die Autos waren fort.

# 122. Kapitel

## *Fünf Millionen Mark waren einen Dollar wert*

Theodor hatte die erste schwere Auseinandersetzung seit der Geschichte mit Wanda. Selma saß unbeweglich in ihrem Lehnstuhl im Erker. Sofie saß am Ofen, elegant wie immer, während Theodor beängstigend nervös den goldenen Schieber an der Uhrkette seines Vaters hinauf- und hinunterschob und eine Zigarette an der andern anzündete: »Ich kann nur wiederholen: Eure gesamten festverzinslichen Werte sind wertlos geworden. Ich weiß nicht, wovon ihr diesen Standard weiter bezahlen wollt. Ich muß mich auch verkleinern. Ihr wißt ja, wie schwer das mit Beatrice ist. Aber Harald zahlt zum Haushalt zu, und da er wie alle jungen Leute es glänzend versteht, so ist das nicht unbedeutend.«

»Wenn dein Vater wüßte, daß du mir zumutest, die obere Etage zu vermieten, er wäre fassungslos.«

»Ihr habt noch immer das Portiersehepaar, Anna, die Köchin, und fast die ganze Woche Fräulein Sidonie zum Nähen. Der Haushalt muß verkleinert werden. Ihr braucht keinen Portier.«

»Also dagegen muß ich protestieren«, sagte Sofie. »Wir können in diesen unruhigen Zeiten nicht ganz ohne männlichen Schutz hier wohnen. Aber ich werde sogar arbeiten.«

»Das ist gar nicht möglich und nötig. Aber den Portier abbauen und Fräulein Sidonie. Und oben eine Vierzimmerwohnung abteilen und vermieten.«

»Das kommt gar nicht in Frage, daß ich auf meine alten Tage fremde Leute hier ins Haus nehme. Ich muß auch eine Flickerin haben. Man läßt nicht alles verkommen.«

»Für die Kosten von Fräulein Sidonie hättest du dir zweimal eine Ausstattung anschaffen können.«

»Ich werde mit Waldemar reden. Im übrigen bitte ich dich, endlich Platz zu nehmen. Sofie, laß bitte Tee kommen.«

Tatsächlich wurde Sofie Empfangsdame bei der Pastin. Die Pastin hatte gleichfalls eine unglückliche Liebe, und so saßen die beiden Frauen in jeder freien Minute zusammen und erklärten, daß die Männer nichts von wahrer Liebe verständen: »Ein Stück hat er geheiratet, das können Sie sich nicht vorstellen. Wahrscheinlich wird sie ihm erzählt haben, sie sei in anderen Umständen, wie sie es eben heutzutage alle machen.«

»Unsereiner kann bei so was nicht mit«, sagte die Pastin.

»Die Männer können es heutzutage nicht vertragen, daß man sie wahrhaft liebt. Ein Leben lang habe ich mich rein erhalten, weil ich auf die große Liebe gewartet habe, und dann ist sie gekommen, so selbstverständlich, so groß. Ich habe während des Krieges täglich an ihn geschrieben, au courant de la plume, ich habe nichts zu überlegen gehabt.«

Sofie saß abends in ihrem Zimmer. Sie machte kein Licht.

Hinter ihr lagen diese letzten Jahre, in denen sie unausgesetzt gewartet und gebettelt hatte. Und vor ihr lag das Alter.

»Ich liebe Dich«, hatte sie geschrieben, »wann kommst Du zu mir?«

Und dann hatte er telephoniert, immer mit Ausreden, die die Zusammenkunft mindestens drei Tage hinausschob, und oft hatte er noch im letzten Moment abgesagt. Und dann hatte sie gewartet, aber er rief nicht an, und dann hatte sie sich wieder entschlossen, ihrerseits zu telephonieren, und dann hatte er gesagt: »Ich wollte die ganze Zeit telephonieren, aber die Praxis geht glücklicherweise so gut.«

Seit Jahren wußte sie, daß er nichts war als schwach und sie außerdem als Mensch respektierte. Sie lächelte bitter: als Mensch respektierte. »Auf ein Piedestal stellen«, ja, so war die Beziehung. Sie wußte, sie hatte immer gewußt. Aber sie liebte. Und jetzt hatte er diese dumme Person, diese Pute, geheiratet und ihr es mitgeteilt. Er hatte es ihr schon seit Jahren mitgeteilt, daß er mit dem Mädchen befreundet war. Er hatte sie nicht betrogen.

Wenn sie Stolz gehabt hätte, hätte sie es längst merken müssen und Schluß machen. Und gestern hatte sie ihm mit freundlichsten Worten ein Hochzeitsgeschenk geschickt. Sie wollte auch jetzt nicht Schluß machen. Sie würde immer weiter in sein Büro gehen, aber das war nicht das Schlimme, sie würde immer weiter ihn zu verführen suchen. Sie würde hier oben in ihrem Zimmer immer nur darauf warten und es ihm zeigen, daß sie darauf wartete, auf nichts als auf das eine, auf das sie zwanzig Jahre verzichtet hatte.

Es war das letzte Elend, es war die letzte Schande.

Das Weinen schüttelte sie, während sie dalag, hilf- und hoffnungslos. Sie hatte sich ihres freien Willens begeben, sie war nur noch ein Werkzeug. Sie hatte ihren Stolz und ihre Würde aufgegeben. Es blieb nichts übrig, als zu sterben. Und das war ja auch eine Lösung.

Nacht. Spiegelnder Asphalt am Kurfürstendamm. Einbeinige von 1914 verkauften Streichhölzer.

Harald ging mit einem der jungen Grafen Dinkelsbühl, seinem Großvetter. Lotte traf vor dem Theater einen Russen, Iwanowitsch. James ging mit einem Mädchen in ein Restaurant.

Der Kurfürstendamm barst vor Menschen, jetzt, nachts zwölf Uhr. Man hörte alle Sprachen. Eine Gesellschaft ging in herrlichen Pelzen vorüber, sie dufteten, sie waren schön, sie waren gepudert und geschminkt, sie sprachen Russisch.

»Man möchte so gern an Rußland glauben, es ist ein großes, anziehendes, vielleicht erlösendes Geheimnis«, sagte Lotte.

»An der Wolga verhungern die Menschen«, sagte Iwanowitsch.

Aus der Dunkelheit kam ein Schatten. »Kokain«, sagte er, drückte Iwanowitsch einen Zettel in die Hand.

Aus der Dunkelheit kam ein Schatten. »Ecarté«, sagte er, drückte Lotte einen Zettel in die Hand.

»Überfüllt«, sagte James. »Versuchen wir es in der Kakadu-Bar.«

»Ah, du, Brüssow«, sagte der Graf Dinkelsbühl. »Was machst du? Komm mit in eine Bar.«

»Nein, höchstens 'n Glas Bier«, sagte Brüssow.

Sie gingen in eine kleine Kneipe. Dicke Männer mit roten Köpfen saßen in grauen Anzügen an runden Tischen.

»Was soll ich hier?« fragte Harald, gewohnt an Cocktail und hohen Barstuhl.

»Bleib nur«, sagte Dinkelsbühl.

Es war ganz deutsch. Kein Fremder im Raum. Blonde, üppige Frauen.

»Hier kann man doch atmen«, sagte Brüssow. »Dieses schwarze Gesindel da draußen, Wucherer, die Deutschlands Werte aufkaufen. Lauter Juden.«

»Stinnes«, sagte Dinkelsbühl, »und Schulz, die Hauptaufkäufer, sind keine Juden.«

»Weiße Juden«, sagte Brüssow.

»Was machst du?« fragte Dinkelsbühl. – »Schachern.« – »Wieso?« –

»Bin in 'ner Bank.« Er trank Bier.

Dinkelsbühl bestellte. Harald tobte innerlich über den verpfuschten Abend. Könnte man in der Kakadu-Bar tanzen!

»Aber der Aufstand kommt, wir bereiten ihn vor. Überall sind Waffen versteckt.«

»Mußten doch abgeliefert werden?«

»Ha, natürlich, aber wir haben sie verborgen. In jedem Heuboden, auf jedem Gutshof.«

»Ober, noch drei Halbe«, rief Dinkelsbühl. Auf der rot-weißen Decke standen die weißen Bieruntersätze.

»Was will der Bürger? Sicherheit. Er verkauft Seele und Leib für Sicherheit. Ich seh' ihn doch jetzt. Was ist so ein Kaufmann? Ein besserer Betrüger. Alles um Geld. Habe nichts gegen Rußland, sind nur leider nicht national. Nationale Bolschewisten, das ist nötig! Rückeroberung, Ausdehnung. Schluß mit Frankreich. Armeen. Flugzeuge und Schiffe. Nicht mehr Rechnen. Nicht mehr Budget und Etat. Der Offizier diktiert. Ich sage Ihnen, Dinkelsbühl, es ist heute in Deutschland erstrebenswerter, Verbrecher als Bürger zu sein.«

»Nu komm schon«, sagte Harald, »ich will noch tanzen gehen und endlich 'n Cocktail. Gehen wir noch in'n Kakadu?« Er stand auf.

»Abschießen!« sagte Brüssow und sah ihm nach. »So was muß man abschießen.«

»Spielklub gefällig?« sagte einer in der Dunkelheit.

»Sie fahren also nach Paris?« fragte Lotte, als sie endlich einen Platz gefunden hatten.

»Die Welt ist rrund, wir sehen uns wieder«, sagte Iwanowitsch.

Drei Uhr nachts. Wald vor den Toren Berlins, Kiefern und winterlicher Boden, erster Hauch von Frühling in der Luft. Ein altes Auto ratterte: langsam, offener, grauer Kasten. Neben dem Chauffeur saß ein Gefesselter. Ein Stehender hatte einen Stock in der Hand, holte hoch aus, schlug auf den Kopf des Gefesselten. Das Auto hielt. Vier Männer zogen den Geschlagenen aus dem Auto, stellten ihn gegen einen Baum. Einer hob einen Revolver und schoß ihn in den Hinterkopf. Sie nahmen rasch Schaufeln aus dem Auto, schaufelten eine Grube, warfen den Leichnam hinein, fuhren davon.

Ein Mann sah es, ein Milchmann, der in der Morgenfrühe seine Ware ausfuhr. Er biß sich in den Finger, um zu probieren, ob er wach war. Kurbelte sein Auto an. Funktioniert also noch, dachte er. Am Morgen ging er zur Polizei, beschrieb Ort, Tat und Personen. Dabei blieb es. Kein Richter vernahm ihn, und kein Prozeß fand statt. Der Mann bekam Angst, er forschte nicht mehr, er schwieg.

Der Dollar stieg. Die Mark sank. Milliarden Mark waren einen Dollar wert.

»Ich verstehe nicht, wie es die andern machen. Mainzers in Neckargründen haben sich eine Villa angeschafft«, sagte Paul.

»Es ist doch ganz klar: sie tun das, was bei dir verpönt ist, sie haben Kredite genommen, sie haben Ware gekauft, und sie haben keinerlei Gelder bar liegen.«

»Gelder bar liegen haben wir auch nicht. Ich kann dir nur immer wiederholen: Es wird nicht geklingelt, wenn der Fall der Mark aufhört. Im übrigen habe ich einmal versucht, mit Dreimonatsakzepten zu bezahlen. Aber Hartert hat verlangt, daß sie sofort beglichen werden.«

»Echt«, sagte Erwin, »diese Bankverbindung ist ein Unglück.«

Schulz gehörte in diesem Moment die gesamte Textil- und Lederindustrie Deutschlands. Er kontrollierte Verlage, er hatte Aktien der Warenkreditbank. Und er baute. Er baute eine neue Textilfabrik, und er baute sich eine Villa von dreißig Zimmern als »Werkswohnung des Direktors«.

Beatrice fuhr mit dem blau-gelben Rennauto hinaus.

»Das Badezimmer machen wir in grünem Marmor, recht?«

»Aber es ist zu klein«, sagte Beatrice.

»Werden wir die Mauer verlegen«, sagte Schulz.

»Sicher«, sagte der Architekt. »Es wird natürlich Kosten verursachen.«

»Aber wenn die gnädige Frau will!« sagte Schulz.

Was alles wollte Beatrice! Sie wollte eine verdeckte Reitbahn unter dem Haus für Regenwetter. Sie wollte einen Wintergarten, dessen Scheiben bei gutem Wetter versenkbar waren, so daß man mit einem Druck auf einen elektrischen Knopf im Freien sitzen konnte. »Und sind auch genügend Telephone im Hause?« fragte sie.

»Sechsundzwanzig«, sagte der Architekt.

»Sie haben doch hoffentlich auch Telephon im Garten am Teeplatz?«

»Natürlich.«

»Und im Badezimmer?«

»Ja, gnädige Frau.«

»So, daß ich es von der Badewanne aus erreichen kann?«

»Das glaube ich kaum.«

»Das muß ich aber unbedingt haben. Wie stellen Sie sich denn das vor, wenn mich einer anruft, während ich im Bad sitze?«

»Dann muß es eben umgelegt werden«, sagte Schulz. »Und jetzt muß ich Sie verlassen, vielleicht besprechen Sie alles weiter mit dem Architekten.«

»Ich möchte noch mal in mein Badezimmer gehen. Also die Wand lassen Sie verlegen. Ein Badezimmer muß groß sein, verstehen Sie. Aber Sie sind jung, Sie werden das noch nicht verstehen.«

Dem Architekten, der im vollen Aufstieg war, dem Frauen nicht fremd waren, wurde merkwürdig zumute.

»Ich lasse mich doch hier auch massieren, und die Schönheitspflegerin kommt hier rein mit dem Haartrockenapparat und den elektrischen Apparaten. Und dann will ich auch nicht grünen Marmor, sondern rosa. Und alle Apparate müssen verchromt sein, verstehen Sie. Und die Badewanne muß auf einem Sockel stehen, und wir müssen einen Teppich weben lassen, einen ganz weichen Teppich für die nackten Füße.«

»Sie müssen sehr schöne Füße haben, gnädige Frau.«

»Ich bin überhaupt sehr schön.«

Der Architekt riß sich zusammen: »Bitte, ich wollte noch das Badezimmer von Herrn Schulz besprechen.«

»Das Badezimmer von Herrn Schulz machen Sie irgendwie. Herr Schulz ist aus ganz kleinem Herkommen, der versteht davon nicht genug. Dem kommt es nicht so darauf an.«

# 123. Kapitel

## *Stabilisierung*

4200 Milliarden Papiermark waren einen Dollar wert. Plötzlich, von einem Tag auf den andern, stand die Notenpresse still. 4200 Milliarden Papiermark waren eine Goldmark.

Die Arbeiter bekamen Rentenmarkscheine. Herr Schulz stellte Aufkäufer vor die Fabriken und gab für jede Rentenmark zwölf Papiermark.

Aber plötzlich war Mark Mark.

Herr Schulz hatte wirkliche Dinge mit wirklichem Geld zu bezahlen. Er mußte die Bauten bezahlen, die unterirdische Reitbahn, die versenkbaren Fenster, die Aktienpakete, die Wechsel, die Monatsakzepte. Und er hatte kein Geld, er hatte gar kein Geld. Er hatte Sachwerte.

Er wartete den ganzen Dezember 1923 und den Januar 1924. Aber eine Mark blieb eine Mark.

Beatrice hatte trotz Drängens und Drängens von Schulz die endgültige Auseinandersetzung mit Theodor und den endgültigen Gang zum Rechtsanwalt immer weiter hinausgeschoben. Sie hatte auch einmal zu Theodor gesagt: »Würdest du dich scheiden lassen?«

»Sicher, Bea.«

Im Januar sagte Schulz zu Beatrice: »Wir fahren übermorgen zum Wintersport nach Sankt Moritz. Das ist dann böswilliges Verlassen. Dann bist du mit einem Termin geschieden.«

»Ganz richtig. Ich bin doch seit Jahren nicht im Ausland gewesen. Herrliche Idee.«

Und so hatte am 18. Januar ein graues Auto vor der Tür gehalten, und Beatrice hatte ihre Koffer hineingegeben und war mit Schulz abgereist.

Zwei Tage später war es Theodor klar, daß diese Abreise endgültig war. Er stand im Eckzimmer mit den gelben eingelegten Figuren und sah in den winterlichen Garten. Er sah auf die zerbröckelnde Sandsteinfigur und das vermooste Wasserbecken und dachte, wie er hier in der Einweihungsnacht gestanden hatte und, berauscht von Schönheit, glücklich gewesen war. Schon damals war er ganz einsam gewesen, und er hatte geglaubt, daß Bilder und Kunst ein Ersatz sein könnten für Menschenwärme. Sie konnten es nicht sein.

Er hatte nie den Mut gehabt, Beatrice zu verlassen. Er hatte diese Ehe aufrechterhalten, weil Beatrices Schönheit ihn immer wieder beglückte, aber auch aus Müdigkeit, aus Gleichgültigkeit. ›Wir spielen alle, wer es weiß, ist klug.‹

Da klopfte der Diener. »Herr Harald läßt fragen, ob er zu Herrn Oppner kommen dürfe.«

Theodor zündete eine Lampe an, und Harald kam. Es war das erste ernste Gespräch zwischen Vater und Sohn: »Ich habe Schulden, Papa, Wechselschulden. Ich muß dir zugeben, ich habe mich geirrt. Ich habe nicht den Zeitpunkt erfaßt, wo ich hätte alles bezahlen müssen. Wirst du mir helfen? Sonst bleibt mir nichts, als ein Ende zu machen.«

»Das brauchst du nicht. Soweit es in meinen Kräften steht, will ich dir helfen, mein Kind. Im übrigen hat uns die Mutter verlassen.«

Da nahm Harald beide Hände vor das Gesicht und weinte. Aber diese Weichheit dauerte nur einen Augenblick. »Ich werde später dann schon wieder durchkommen. Lächerlich, alle meine Freunde machen große Geschäfte.«

»Sei recht vorsichtig, Harald, und frag mich vorher. Du könntest übrigens ins Geschäft eintreten.«

»Ich will mir das noch überlegen. Ich muß jetzt gehen.«

»Möchtest du nicht heute abend bei mir bleiben?«

»Lieber Papa, ich kann leider nicht, ich bin verabredet.«

Ich bin verabredet. Das war es, was die Eltern 1924 von ihren Kindern erfuhren. Söhne und Töchter sagten: »Ich bin verabredet.« Sie sagten nicht, wohin sie gingen, und wenn man sie fragte, so gaben sie patzige Antworten.

Theodor blieb wie immer allein in seinen schönen Räumen

und sah sich Stiche an. Miermann hatte ihm ein Theaterbillett geschickt. So eine moderne Sache. Er würde sie sich ansehen, und am Sonntag würde Herrenessen im Klub sein. Und im nächsten Frühling könnte man nach Italien fahren oder nach Paris. O Place de la Concorde, o Piacetta in Venedig! O eine Oper in Neapel!

Lotte spielte bei Anselmi. Anselmi war ein Künstler. Er kümmerte sich um jeden. Aber sie sehnte sich danach, bei Bermann zu spielen, schrieb ihm einen Brief, bekam postwendend eine Antwort, persönlich geschrieben, er bitte sie um eine Unterredung.

Das war das Ziel ihrer Wünsche. Sie hatte Erwin nicht zu halten vermocht, aber in ihrem Beruf hatte sie Erfolg.

Lotte trat in Bermanns Zimmer in einem schwarzen Mantel mit grauem Pelz und einer roten Blume. Bermann kam hinter einem Tisch voll mit Papieren hervor. Er war von einem so großen persönlichen Zauber, daß man seine Häßlichkeit völlig vergaß.

Die Bedingungen waren ausgezeichnet.

»Wieviel hatte ich gesagt?«

»Sechstausend«, sagte Lotte.

»Das heißt, ich sagte viertausend. Aber Sie wollen gern sechstausend haben?«

Lotte sagte nichts.

Das Mädchen sitzt im Sessel, sieht aus und gibt mir das Gefühl, daß ich sie ausnutze. Also sechstausend.

»Na gut.«

Das hieß also, Anselmi verlassen, den Guten, den Lehrer. Auch er machte ein gutes Angebot. Lotte wußte nicht, was tun. Sie setzte sich in eine Konditorei, nahm einen Kaffee und telephonierte an Lili: »Was soll ich tun? Es ist bodenlos undankbar gegen Anselmi. Aber bei Bermann sind mehr Möglichkeiten und bessere Rollen.«

»Na, und da fragst du?«

»Ich brauchte eine Bestätigung. Tausend Dank, Lili, tausend Dank. Du hast mir so geholfen. Ich konnte mich nicht entschließen, aus Karrieregründen Anselmi zu verlassen.«

Sie ging strahlend durch die Stadt, kaufte von einem Straßenhändler ein Buchsbaumtöpfchen mit roten Glückspilzen und freute sich auf das Leben.

»Ich fange am 1. September an bei Bermann zu spielen«, sagte sie zu ihrem Vater.

»Sehr schön«, schmunzelte Paul.

»Ich fange am 1. September an bei Bermann zu spielen«, sagte sie zu Kipshausen, und der lud sie in ein Hotel zum Abendbrot ein, und sie hatte ein entzückendes Kleid an, und der Kellner verbeugte sich, und Kipshausen sagte ihr, wie reizend sie sei.

»Ich fange am 1. September an bei Bermann zu spielen«, sagte sie zu Sofie, »aber vorher fahren wir beide noch nach Italien. Nach diesen entsetzlichen zehn Jahren muß man endlich einmal eine andere Luft atmen.«

»Ich hätte mich ja mehr gefreut, wenn du mir erzählt hättest, daß du dich verheiratet hast. Für eine echte Frau ist die Kunst Unsinn, und nur die Liebe ist ihr Beruf. Aber ihr seid ja alle keine echten Frauen mehr. Ihr habt euch mit euren kurzen Haaren und kurzen Kleidern eurer Weiblichkeit beraubt.«

»Ja, Tante Sofie, ich weiß, aber deswegen kannst du doch mit mir nach Italien fahren. Zehntausende fahren. Jeder will wissen, was außerhalb der Grenze ist. Ich bin noch nie außerhalb Deutschlands gewesen.«

Sie hatten alle außer Waldemar kein Vermögen mehr, aber sie waren leichtsinnig geworden. Waldemar fuhr mit Susanna Widerklee nach fast vierzig Jahren zum zweitenmal nach Rom, und Karl und Annette fuhren an die Riviera. Es fuhren James und Marianne und Erwin. Und es fuhr Lotte zusammen mit Sofie.

Eine ganze Generation kam zum erstenmal ans Mittelmeer. Sie sah zum erstenmal, daß Lateiner ihre Mäntel wie die alten Togen tragen, sie erlebte zum erstenmal die südliche Nacht mit Laubengängen und einer promenierenden, schwatzenden Menge, mit singenden Burschen und Palmen und Pinien.

Der Mond leuchtete, und es war still und warm. Aus den Gärten drang das Schweigen der Liebenden. Alle Fragen wurden falsch. Alle Fragen, hier wurden sie Torheit.

In den Hotelgarten kamen Neapolitaner, die Stoffe zu verkaufen hatten, große, vitale Kerle. Eine deutsche Offiziersfrau sagte: »So was gönnt man der Rasse gar nicht.«

Sie hatten Sweater an, waren Männer, und das Weib war Weib.

Die deutschen Herren erschraken und witterten Revolution. Sie machten es sich so bequem wie möglich. Aber die Neapolitaner stellten sich vor sie hin, zeigten ihre Stoffe und fingen an zu handeln.

Dann stellten sie sich vor Sofie. Lotte saß im Liegestuhl und erschrak, wie Sofie kokettierte.

Schließlich zogen die Neapolitaner ab, die Stoffe schwer geschultert. Die Anwesenden waren froh, sie los zu sein. Plötzlich hörte man sie singen. Das war Hohn. Und die Hotelgäste fühlten sich höchst unbehaglich. Sie sprachen um so lauter von Hotels, Zügen und Gesellschaften.

Sofie strahlte und sagte zu Lotte: »Der eine hat mich eingeladen, mit ihm in seinem Wagen bis Girgenti mitzufahren, mich alte Frau. Denke dir.«

Lotte sah Sofies dicke Perlenkette an. Sie konnte sich nicht entschließen, ein Wort zu sagen.

Den ganzen Tag war Sofie glücklich. Sie machte sogar einen längeren Spaziergang mit Lotte, wozu sie sich sonst nicht aufraffen konnte. Erst am Abend begann sie wieder einer Holländerin von ihrem Schicksal zu erzählen: »Und dann hatte ich ein kleines Kind, es war erst fünf Monate alt, aber der Arzt sagte, so was hat er noch nie gesehen, sogar Nägelchen hatte es schon, und man hat es in Weiß aufgebahrt. Wissen Sie, die heutige Jugend leidet ja nicht.«

»Ja«, sagte die Holländerin. »Mein Mann hat sich da mit so einem Ding eingelassen, und jetzt hat er mich verlassen, wo ich doch zwei Kinder habe. Die Männer können eine treue liebende Frau nicht mehr vertragen.«

»Ach wie ich das kenne«, sagte Sofie, »ich war viele, viele Jahre mit einem Freund zusammen. Und dann ist auch so ein Ding gekommen. Und hat es verstanden. Mit ganz ordinären Mitteln. Die Feinere ist eben immer die Unterlegene. Und sie ist eine gräßliche Person, die nicht einmal ihren Haushalt zu führen versteht und ihr Kind nicht nährt. Wie finden Sie? Nährt ihr Kind nicht!«

»Ich verstehe das nicht«, sagte Lotte in Florenz zu einem Italiener. »Die ganzen Wände sind hier mit Wahlplakaten beklebt: ›Wer nicht für die faschistische Partei stimmt, ist ein Vaterlandsverräter.‹ Ich möchte so gern Wahlplakate von den andern Parteien sehen.«

»Sehen Sie diese herrliche marschierende Jugend«, antwortete der Herr. »Wir waren vom Bolschewismus bedroht, Mussolini hat Italien gerettet.«

»Aber so ein sechzehnjähriger Junge weiß doch noch gar nichts, der übernimmt so einfach mit den Liktorenbündeln am Kragen die einzig gestempelte wahre Meinung? Italien ist doch das Land des Humanismus und des Gentiluomo. Man kann das doch nicht mit Intoleranz verbinden?«

»Wir sind nicht intolerant. Wir sind nur intolerant gegen die, die uns zerstören wollen.«

»Sehen Sie mal, lauter Lastautos mit bewaffneten Männern und offenem Auspuff, das sieht doch recht bedrohlich aus. Also ich, zum Beispiel, würde mich, wenn solche Autos durch die Straßen fahren, nicht trauen, jemand andern zu wählen. Würden Sie sich trauen?«

Und nun war Sommer. Lotte war zurück und saß mit ihrem Kollegen Lennhoff und mit Lili vor einem Café. Werner Wolff kam: »Kinder, ich war in Florenz, ich bin als anderer Mensch wiedergekommen.«

»Ich habe seit 1918 keine Schränke aufgeräumt, kaum einen Brief beantwortet, weil ich immer in einem Provisorium lebte«, sagte Lotte.

»Ich auch«, schrien die andern.

»Ich bin erwacht aus meiner Oblomowerei«, sagte Werner Wolff. »Ich habe Geige gespielt und Juristerei getrieben und die Mädchen geküßt. Wir hatten keinen Wertmesser. Jetzt ist er da, und wir können neu anfangen. Wir haben das Letzte zusammengekratzt und sind aus dem Gefängnis geflohen. Und Italien war die Welt. Wir sahen die staubigen Ölbäume und liebten neu unsere Mittelgebirgstannen, die uns zum Halse herauskamen seit zehn Jahren. Wir sahen Engländer, und siehe, es waren auch Menschen. Wir sahen eine komponierte Landschaft und sehnten uns neu nach den Nebeln über unserer endlosen Tiefebene. Die Nacht fiel fast in den Tag, und wir wußten mit klopfendem Herzen um die bunten Tinten der unendlichen Dämmerungen oben in Holstein oder auf Rügen. Wir saßen inmitten der Welt auf dem Marcusplatz in Venedig. Ich will arbeiten, um mir diese Welt zu erobern.«

»Womit fangen Sie an?«

»Ich schreibe an einem internationalen Luftrecht.«

Lennhoff sagte: »Hoffentlich bist du endlich über deine expressionistische Salome hinweg. Sie war sehr geistvoll, aber sie widersprach sowohl Wilde wie der Salome. Sieh mal, was sagst du zu dem Hut da drüben? Süßes Geschöpf?«

»Ja, sehr süß.«

»Ich finde 's doof«, sagte Lili.

»Also was die Salome anbetrifft ... Nein, Sie haben unrecht, Lili. Ich habe mein Portemonnaie vergessen. Kannst du mir zehn Mark borgen, Oppen?«

»Nein, höchstens fünf.«

»Also sagen wir sieben, ich bezahle dafür auch deinen Kaffee mit. Kinder, ich verlasse euch, ich muß dem Mädchen nachgehen.«

»Beneidenswert«, sagte der gleichaltrige Wolff.

»Ach, Wolff, ich habe so genug von Bohème, diese wenigen Jahre haben vollkommen genügt«, sagte Lotte.

»Noch vor einem halben Jahr habe ich Sie nicht leiden können, das wissen Sie ja, aber jetzt mögen wir uns, nicht wahr? Sie sind eine der wenigen, die die Revolution gut überwunden haben.«

»Ich habe Glück gehabt, und einmal mußte man sich wohl auch stabilisieren.«

»Das Provisorium ist vorüber. Man probiert nicht mehr die Frauen auf den Maskenbällen durch. Der Beischlaf ist keine gesellschaftliche Unternehmung mehr. Die Revolution ist tot. Es lebe die Monogamie!«

»Es lebe die Monogamie!« riefen Lili und Lotte und stießen mit den Kaffeetassen an.

# 124. Kapitel

## *Kragsheim*

Alle legten unten im Flur die dicken Mäntel ab. Es war Anfang 1925. Ein harter, kalter Januartag.

»Hoffentlich kommt nichts weg, mit den vielen fremden Leuten im Haus! Ich werd' nicht drüber hinwegkommen, daß die armen Eltern die letzten Jahre haben so ungemütlich verbringen müssen. Hätt' man nicht ein paar Neunzigjährige allein wohnen lassen können?«

»Es sind doch aber alles sehr anständige Leut'.«

»Bis auf die Wurzeres, aber die hat man ja auch bald wieder draußen gehabt.«

»Der Papa hat sich oft mit den Leuten noch unterhalten, soweit er noch hören konnte.«

»Hier ist es doch immer noch wie in alten Tagen«, sagte Paul und weinte.

»Fünfundneunzig Jahre sind eine große Sache«, sagte Karl.

Sie saßen alle im alten Wohnzimmer um den großen Tisch herum.

»Dein guter Julius ist auch tot«, sagte Bertha zu Helene.

»Oskar führt aber das Geschäft ausgezeichnet und hat so eine nette Frau und ein feines zartes Mäderl und einen derben Buben.«

»Der Neckargründener Zweig gedeiht«, sagte Bertha, »da hat Gottes Segen drauf geruht. Wieviel Enkel hast du, Helene?«

»Fünf, das ist auch nicht so arg viel.«

»Vierzig Jahre habe ich den alten Mann gekannt«, sagte Klärchen. »Ist doch traurig, daß er nicht mehr sagt: ›Nun gehen wir spazieren, wir drei, ich, mein Stock und meine Zigarre. Das Stückle Fleisch hast noch nicht gegessen.‹ Keiner geht mehr im Schnee um fünf Uhr in die Synagoge, um Gott zu loben, kein

Kaffee wird mehr in die Röhre gestellt zum Wärmen für die Gäste, und eigentlich ist alles tot. Mein Vater und unser Fritz und dein Walter. Und Theodor geistert allein durch sein schönes Haus mit diesem Sohn, der nichts gelernt hat und immer nur gut leben möchte, und meine arme Schwester Sofie ist über fünfzig und gibt Tees und kann nicht alt werden, und unsere Lotte hat eine Beziehung zu einem Baron, der sie nie heiraten wird, und die kleine Susi bekommt Besuch von ihren Eltern. Wie hat sich alles verändert! Wie schrecklich ist alles geworden, seit wir hier miteinander herumgelaufen sind, Paul, und du mir Sankt Jacobi gezeigt hast!«

»Du bist wohl von Paul angesteckt«, sagte Karl. »Der Tod von Papa ist keine Tragödie; wenn ein Leben in Reichtum zu Ende gelebt war, dann dieses. Wohl ist drüben in England Ben gestorben, ohne daß er ihn wiedergesehen hat, und dieser Verlust von vier Enkeln. Aber sonst: fünfundneunzig Jahre im gleichen Haus gelebt, wirklich unter dem »Auge Gottes«, wenn man gläubig war wie er. Man kann alles auch ganz anders sehen. Wir sind vorwärtsgekommen, und wenn wir jetzt auch Schwierigkeiten haben, es wird aufwärtsgehen. Ich bin im Reichswirtschaftsrat und tue mein Bestes für unser Vaterland. Marianne ist Regierungsrätin, von aller Welt geachtet und verehrt. Erwin ist ein tüchtiger Mensch und wird eines Tages eine neue nette Frau heiraten. Schließlich ist der ganze Mann einunddreißig Jahre alt, und eure Lotte ist eine große Schauspielerin und tritt jetzt auch im Film auf. Solch eine Frau hat unter anderm auch eine Beziehung mit einem Baron. Und immerhin haben wir Waldemar, den großen Juristen, den Kunstsammler und Wohltäter. Und neue Generationen kommen und werden sich andere Häuser bauen.«

»Sie bauen sich keine Häuser mehr«, sagte Annette. »Sie wollen Zwei- und Dreizimmerwohnungen, Autos und Reisen. Es liegt ihnen allen nichts mehr an einem schönen Heim. Hast du je eine moderne Wohnung gesehen? Mit diesen Stahlmöbeln und Glastischen? Und Bilder haben sie nicht mehr, sondern nur kahle Wände und keine Porzellanfiguren mehr und keine Dekken. Nichts, nichts.«

»Mein Oskar hat sich ein kleines Haus in Neckargründen gebaut, ich habe oben ein Zimmer abbekommen. Und Krautheimers haben eine schöne Wohnung, alles mit so gezackten Mustern; mir gefällt es ja nicht, aber es waren sehr teure Möbel«, sagte Helene.

»Und ihr könnt zehnmal sagen, es ist nur traurig, aber keine Tragödie, wenn ein Mann von fünfundneunzig Jahren stirbt. Ich sage euch, die große Generation ist tot«, sagte Klärchen.

»Ja, die große Generation ist tot«, sagte Helene, »ich hab' auch Kinder aufgezogen und ein Geschäft daneben geführt. Aber was ist das gegen die Leistung von unserer Mutter! Und wer hält noch so die Gesetze Moses! Sie sind alle zu bequem geworden.«

»Die jüdische Ethik verlangt viel Selbstzucht vom Menschen, aber sie verläßt ihn auch nie. In keiner Lebenslage«, sagte Paul. »Klärchen hat ganz recht. Die große Generation ist tot. Mein Schwiegervater Emmanuel hat mich nie leiden können, aber was war auch er noch für ein Mann! Und Waldemar ragt herein aus einer andern Epoche wie ein Riese unter Zwergen. – Ja, aber wir müssen doch auch davon reden, was aus dem alten Haus wird. Hat der Papa darüber was bestimmt?«

»Wir haben es verkauft«, sagte Bertha leise. »Ja, macht mir heute am Todestag keine Vorwürfe. Der Papa hat eines Tages gehört, daß man für das Haus 100 000 Mark bekommen kann, und da war er so dafür, daß man es verkauft, daß ich euch nicht angefragt habe, und er war auch gleich gekränkt, wenn man euch fragen wollte. ›Bin ich nicht Manns genug?‹ hat er gleich gesagt. Ich bin wohnen geblieben, die Miete ist ganz niedrig.«

»Na, und hast du eine Ahnung, wieviel der wirkliche Wert ist von den 100 000 Mark?«

»Keine Ahnung, natürlich.«

»Meistens konnte man sich für den Dollarbetrag, für den die Häuser verkauft wurden, einen Anzug kaufen«, sagte Paul.

»Kann man gar nichts mehr machen natürlich«, sagte Karl.

»Der Papa hat keine Ahnung gehabt von der Inflation, hat doch schon jahrelang kaum mehr gehört. Noch ganz zuletzt hat er gesagt: ›Ich bin doch glücklich, daß wir nie haben das Kapital anbrauchen müssen.‹ Er hat nichts davon gewußt, daß ihr schon jahrelang geschickt habt und daß längst kein Kapital mehr da war.«

Sie wohnten drüben im Hotel Baum. Aber es war ganz verkommen. Das Frühstück war schlecht geworden und die Betten und die Bedienung. Es war nichts weiter mehr als ein alter Kasten.

Am nächsten Tag saßen sie noch einmal zusammen. Blieb Bertha wohnen oder zog sie zu Helene?

»Es kommt gar nicht in Frage, daß ich von Kragsheim weggehe. Wer soll denn die Gräber pflegen? Und soll ich in eine neue Synagoge gehen? Nein, ich bleib selbstverständlich hier.«

Und es war auch Paul sehr angenehm, daß einer dablieb. So eine ganz ausgeleerte Heimat ist ja wirklich keine Heimat mehr.

# 125. Kapitel

## *Eine Illustrierte*

Marianne wartete beim Friseur und sah ein illustriertes Gesellschaftsblatt an.

»Dr. Schröder mit seiner jungen Frau Mafalda, geb. Rawerk.

Bild 1) Auf dem Golfplatz ihres Landsitzes.

Bild 2) Auf der Terrasse von Haus Rheineck.

Bild 3) Mit ihren Lieblingshunden Gernot und Giselher.«

Marianne ließ das Blatt sinken. Und ich habe mir ein Leben lang Vorwürfe gemacht, habe mich zerquält und gegrübelt, was ich falsch gemacht habe in meiner Beziehung zu Schröder, ob es so oder so richtig gewesen wäre. Elegante Kleider, Koketterie, das hätte ihn vielleicht mehr gefesselt als mein Preußentum. Ich Eselin, die Partie war ihm nicht groß genug. Ganz einfach. Schon vor zehn Jahren hatte ich nicht genug Geld. Er wollte eine Million erheiraten, und ich hatte 100 000 Mark oder 200 000 Mark. Eine Rechenaufgabe. Ganz einfach. Ob ich mich ihm gegeben hätte oder nicht gegeben hätte, ob ich kokett gewesen wäre und nicht so viel klug geredet hätte – es wäre alles kein Unterschied gewesen. Ich hätte ihm weder den privaten Golfplatz, noch die Terrasse von Rheineck, noch die Lieblingshunde Gernot und Giselher liefern können. Ich bin dumm und naiv gewesen. Und dann dachte sie: Hoffentlich entdecken diese Heirat weder Lotte noch Erwin oder gar Mama. Ich würde mich totschämen.

»Fräulein Effinger, Zelle zwei ist frei. Herr 8 zum Schamponieren.«

»Schönes Wetter heute«, sagte der Friseur.

»Ja, endlich«, sagte Marianne.

# 126. Kapitel

## *Kipshausen*

Paul, Klärchen und Lotte saßen beim Abendbrot.

Schwer war der Übergang dieser Jahre. Kredite mußten aufgenommen werden. Sie wurden freigebig von Amerika gewährt.

»Mit Krediten läßt sich nichts verdienen. Die Zinsen und die Spesen fressen uns auf. Das doppelte Personal haben wir wie im Frieden bei einer Produktionssteigerung von fünfzig Prozent«, sagte Paul.

»Also wo reisen wir hin?« fragte Klärchen.

»Ich kann nicht weg«, sagte Paul, »jetzt kurz vor den neuen Handelsverträgen.«

»Bei uns kann man nie disponieren. In dreißig Jahren hat man nie acht Tage vorher gewußt, ob man reisen kann.«

»Das konnte man auch nie wissen. Wir haben nie, vielleicht abgesehen von 1913, ruhige Jahre gehabt.«

»Du mußt verreisen, du siehst doch miserabel aus.«

»Ja, ich fahre auch weg, ich weiß nur nicht, wann.«

»Fahrt doch an den Genfer See«, schlug Lotte vor.

»Genfer See! Du bist wirklich ein Großhans geworden.«

»Also gut«, sagte Klärchen, »bleiben wir in Deutschland, obzwar es nicht die Spur billiger ist als Genfer See. Es kommt dir nur bescheidener vor.«

»Ach, guter Papa.«

»Ihr werdet alle noch sparen lernen müssen«, sagte Paul.

»Ich will nicht sparen«, sagte Lotte.

»Du verbrauchst ein unglaubliches Geld«, sagte Klärchen.

»Ja, ich weiß, aber es ist so schön.«

»Ich war heute bei Lazars draußen«, sagte Klärchen. »Die alte Frau hat mich aufgefordert, mal hinauszukommen. Schulz hat ein Schloß auf Capri.«

»Bei Lazars hat sich nichts geändert«, sagte Paul.

»Du glaubst immer, alle andern arbeiten ohne Kredit und haben nur Kunden, an denen sie kein Geld verlieren. Bei denen ist auch 1926«, sagte Lotte.

»Um Lazars ist mir nicht bange. Aber diese passiven Handelsbilanzen können nur mit der Generalpleite enden. In Hamburg, in Stettin, nirgends haben die Werften was zu tun. Ist ja ganz klar, in der ganzen Welt sind während des Kriegs Schiffe gebaut worden. So viel Tonnage kann die Welt nicht brauchen.«

»Du siehst also, es ist für England grad so schlecht.«

»Natürlich, die hatten das nötig, ihren besten Kunden kaputtzumachen. Von Idioten ist Europa regiert worden. Nur die Werkzeugmaschinenfabriken florieren, und das ist der Tod der übrigen Industrie. Damit hat England sich ruiniert. In der ganzen Welt haben sich die Dominions während des Kriegs vom Mutterland unabhängig gemacht. Überall ist Industrie entstanden, Australien und Indien haben Manchester nicht mehr nötig.«

Warum konnte Paul nicht zufriedener sein? Als er fünf Jahre alt war, hatte er gesagt: »Bei mir muß es mal rauchen.« Als er dreiundzwanzig alt war, rauchte es. Aber er hatte auch mit zwölf Jahren angefangen, Pferde zu zeichnen mit einer offenen Kalesche dahinter. Er hatte es nicht zu den feurigen Rappen gebracht, die mit den Köpfen nickten, und der offenen Kalesche dahinter. Die Sache war die, daß man inzwischen Auto fuhr. Aber er hatte auch geglaubt, daß Bete und Arbeite, Ora et Labora, wie jahrtausendelang als Grundlage eines sittlichen Lebens genügten. Aber diese Grundlage genügte offenbar nicht mehr.

»Und jetzt dieser unheimliche neue Herr Stiebel«, sagte Paul, »mit seinen Propaganda-Ideen. Schrecklich! Nächstens kriegt jedes Hundchen eine Schleife an den Schwanz, auf der steht: Kauft Effinger-Autos! Diese neuen Leute kennen keine Grenze. Und Onkel Karl ist begeistert!«

»Ich bin verabredet«, sagte Lotte. »Guten Abend.«

»Na, so spät, wo willst du denn noch hin?«

»Auf einen kleinen Ball, Herr von Kipshausen holt mich ab.«
»Du verplemperst deine besten Jahre«, sagte Klärchen.

Lotte sah in die Dunkelheit. Die Laubbäume standen ganz ausgedörrt vor Sehnsucht nach dem März.

Jetzt tutete es.

»Wunderschön sehen Sie heute wieder aus«, sagte Kipshausen, als sie zu ihm ins Auto stieg. Wahrscheinlich war es seine Formel seit dreißig Jahren, wenn eine Frau zu ihm ins Auto stieg, aber sie konnte nicht anders, als das auf sich beziehen.

»Sie sind ein bißchen verstimmt, Angelika?«

»Ich war heute morgen bei einer Verbrennung in der Gerichtstraße.«

»Ach, das tut mir leid.«

»Es war niemand, der mir sehr nahestand. Aber ein Jugendbekannter, der sich immer gequält hat und 1918 angefangen hat, leidend zu werden, und so sechs Jahre vegetierte. So überflüssig. Genau so sinnlos wie verbrennen. In die Erde zurückgetragen werden, das gibt doch einen Kreis, man streckt sich, kriegt Blumen auf den Kopf gepflanzt und wird begossen, und in dreißig Jahren trägt man dazu bei, Brot hervorzubringen. Sie wissen, ich habe die Anbetung der Industriekinder für die Brotproduktion.«

»Na, ich wünsche Ihnen die Bekanntschaft meiner Gutsnachbarn! Mir persönlich bleibt ja die Wahl zwischen Verbrennen und Verscharren erspart.«

»Ich weiß. Sie haben Ihr Plätzchen hier wie drüben vorher bestellt.«

»Aber selbst wenn ich zu wählen hätte, Sie wissen, ich bin nicht für Neuerungen. So eine langsame Überführung mit Eisenbahnfahrt ist was Schönes. Ich lasse mir neben den andern Kipshausens ein Tempelchen errichten mit korinthischen Säulen, ich bin für korinthische, und Putten auf der Spitze, die ein Band flattern lassen. Aber Angelika, Sie sind doch so still. Bloß die Gerichtstraße?«

»Es ist mir heute etwas Scheußliches passiert. Die Probe war um halb drei Uhr angesetzt. Als ich von der Beisetzung herauskam, war kein Taxi zu finden. Ich war nervös, fand keine Haltestelle für den Autobus und versuchte auf eine fahrende Bahn zu springen, fiel dabei rücklings runter. Ein Kutscher stieg von seinem Steinwagen und hob mich auf. Ich weinte und sagte immerzu, ich habe ja keine Zeit. Der Kutscher meinte: ›Na, Frollein, lassen Se doch den Chef warten. Seien Sie doch froh, daß Sie lebendig sind!‹ Ich habe mich nicht einmal bedankt, sondern stieg völlig beschmutzt in die nächste Bahn. Ein Arbeiter sagte noch: ›Darf ich Sie abklopfen?‹ Wirklich rührend, wie nett alle waren.«

»Angelika, Sie werden heute abend nicht tanzen, sondern wir werden uns ganz still hinsetzen. Nicht wahr?«

Auf dem Fest entdeckte Lotte Lennhoff und stellte ihn vor.

»Es sind überall dieselben Leute, die den chauvinistischen Klüngel bilden«, sagte Lennhoff im Laufe der Unterhaltung, »ein paar Militärs, die Großindustrie. Das Volk will Ruhe haben. Die Intellektuellen sind zumal in Frankreich durchaus pazifistisch. Und bei uns in Deutschland erschlägt alles der Gegensatz zwischen Juden und Christen. Tatsächlich läuft alles nationale Fühlen auf ein antijüdisches hinaus. Weil es jüdische Führer gibt, zerstört man den Sozialismus.«

»Sie werden zugeben, daß der Sozialismus sich selbst zerstört hat. Er war ohne Schwung. Vielleicht gehört dies zu der Tragödie des deutschen Volkes, daß auch der zweite Prophetentraum, den der Sozialismus bedeutet hatte, zerbrach und daß die Ärmsten nun nichts anderes wissen, als sich einem öden, ihnen feindlichen Nationalismus zuzuwenden.«

Der Botschaftsrat schwieg, schwieg, bis Lennhoff unsicher wurde und aufstand.

»Komischer Mensch, nicht wahr?« sagte Kipshausen. »Angelika? Noch ein Glas?«

»Es ist merkwürdig, sich an solch neuen Namen zu gewöhnen, nach dem man sich strecken muß. Ich sehne mich manchmal wieder danach, Lottchen genannt zu werden.«

»Ich finde, Sie fangen sehr gut an, in Angelika hineinzuwachsen.«

Das hieß: Ich wünsche die Schauspielerin Angelika. Ein liebendes Lottchen interessiert mich durchaus nicht. Ein für allemal.

Otto von Kipshausen war nahe Fünfzig gewesen, als Lotte ihn auf dem Maskenball des Jahres 1923 kennengelernt hatte.

Sie erlebte zum zweitenmal im Leben den Zauber eines Mannes, der jenseits der Lebenssorgen steht. Alle vierzehn Tage konnte es zu Ende sein. Es war jedesmal ein neuer Anfang, man wurde nicht intim. Hinter seinem Pelz mit dem Otterkragen, hinter seinem schwarzen Auto und seinem schwarzen Chauffeur verbarg er sich. Man sah einen eleganten Mann, der jagte, Auto und Ski fuhr, bei allen großen Bällen und Ereignissen war, kurzum ein vollendeter Trottel schien. Ganz nebenbei erfuhr man, daß er in diesen bewegten Jahren von Konferenz zu Konferenz fuhr und nächtelang mit den Ministern konferierte.

Im März lud er Lotte zu sich aufs Land ein. Sie blieb zwei Tage.

Überall waren Gaskronen mit runden Glasstürzen, Kameltaschensofas und Familienporträts. Die Halle war übervoll mit Geweihen. Das Ganze war scheußlich. Im ersten Stock aber waren seine Räume. Eine große Bibliothek mit dem Regenbogen der Bücherrücken und einem italienischen Marmorkamin, über dem ein Jugendbild von ihm hing. »Als Menetekel«, sagte er. »Die Natur ist nicht freundlich.« Daneben lag sein Arbeitszimmer mit tiefen Sesseln und vier langen französischen Fenstern und dem lebensgroßen Abguß des Schabers von Skopas.

Im Kamin brannte Feuer. Lotte saß davor in einem rosa Abendkleid mit einem silbernen Umhang. Sie wußte, er liebte Bilder.

Im allgemeinen sprachen sie nicht viel. Er war nicht ehrlich. Er log aus Liebenswürdigkeit.

Aber heute sprach er eigentlich zum erstenmal seit dem betrunkenen Kennenlernungsabend mit Ria und Erwin. »Während der Sommermanöver kam Herr von Krieglach zu uns. Das war ein entsetzlicher Kerl. ›Gnädigste‹, sagte er zu meiner Frau, ›vollendetes Edelwild, bin großer Jäger.‹ Meine Frau lachte, nicht angeekelt, nicht unerfreut. Als er meine Bibliothek sah, sagte er: ›Ach, Sie lesen?‹ Damit gehörte ich für ihn nicht mehr zu den Edelsten der Nation. Als ich eines Tages aus Berlin zurückkam, war meine Frau fort, bei ihren Eltern. Sie bat mich, in die Scheidung zu willigen. Sie wolle Herrn von Krieglach heiraten.«

»Hätte sich Ihre Anuschka damals nicht das Leben zu nehmen brauchen.«

»Richtig.«

Über Paris lag ein Duft, der berühmte Silberhauch, den Sisley gemalt hat.

Lotte hatte sich zu acht Uhr abends mit einer Schriftstellerin verabredet. Als sie ins Hotel trat, klingelte das Telephon. Kipshausen wollte sich mit ihr um fünf Uhr im Pavillon d'Armenonville treffen. »Können Sie das? Ich bin so abgespannt und will mich erfrischen. Aber ich habe nur ein Stündchen, Angelika.«

»Ja, natürlich«, sagte Lotte. »Übrigens habe ich eine glänzende Kritik.«

»Famos, Angelika, famos.«

Ein Stündchen hieß sechs Uhr. Es war lächerlich, sich da den Abend freizuhalten, auf die sichere Gefahr hin, ihn einsam in seinem Hotelzimmer verbringen zu müssen.

Die Schriftstellerin war nicht gekränkt. »Ein Er?« fragte sie.

»Natürlich«, sagte Lotte, »wegen 'ner andern Frau werd' ich dir absagen!«

»*Der* Hauptanschluß …? Also selbstverständlich. Force majeur.«

Lotte genoß ihr elegantes Zimmer, als sie sich Wäsche, Schuhe und Strümpfe zurechtlegte und ein Kleid, das sie sich heute vormittag gekauft hatte in einer Art von Instinkt, zufällig richtig für den Nachmittag.

Um halb fünf Uhr schon fuhr sie hinaus. Die Rosenketten hingen über dem Tanzplatz. Die Frauen trugen sehr kurze Kleider in einem starken Violett und Hüte, die wie Töpfe übers Gesicht gezogen wurden. Man sah mehr von den Beinen als vom Gesicht. Es war still und warm.

Kipshausen kam spät, war verstimmt und nervös. Sie aßen zusammen, gingen hinterher in ein Café, das übervoll war, das

Publikum zusammengewürfelt, laut. Lotte sah seine Mißbilligung.

»Gehen wir also noch auf einen Sprung ins Claridge.«

Es war zu spät, das Claridge öde. Sie standen auf.

»Also«, sagte er, »leben Sie wohl, ich danke Ihnen für den Abend. Vielleicht können wir uns während Ihres hiesigen Aufenthaltes noch einmal sehen.«

»Aber natürlich. Wann?«

»Ich rufe Sie an.«

Er küßte ihre Hand. Die Stadt erbrauste. Im nächsten Augenblick würde ein Taxi kommen, er winken, einsteigen und plötzlich fort sein. Lotte stürzte vor und hielt ihn am Arm.

»Was ist denn?« fragte er erschrocken.

»Bitte, gehen Sie nicht weg, es war zu furchtbar, das Café, das Claridge, dieser verpfuschte Abend.« Plötzlich fiel alles von ihr. »Bitte, lassen Sie mich noch ein Stündchen bei Ihnen sitzen, nichts weiter als bei Ihnen sitzen. Ich kann acht Tage nicht arbeiten, wenn Sie mich jetzt allein lassen.«

»Aber liebes Kind, darüber kann man doch nicht diskutieren. Sie sind so jung, daß Sie die Liebe mit dem Objekt verwechseln.«

Er winkte ärgerlich ein Auto und nannte seine Adresse.

Lotte stieg ein. Im selben Augenblick war die Spannung gewichen.

Seine Wohnung war auch in der fremden Stadt von seinem Zauber erfüllt. Sie saßen bei einer gelben Lampe nebeneinander. Draußen lärmte Paris, die Autos bellten, es klingelte durch alle Oktaven.

Hinterher traf sie sich mit ihrem Kollegen in der Rotonde. Igor Iwanowitsch tauchte auf, kam an ihren Tisch: »Die Welt ist rrund, wir sehen uns wieder. Kommen Sie, tanzen wir«, sagte er bedeutungsvoll.

Wer ist das bloß? dachte sie. »Nun zu Sisi«, sagte er.

Das Lokal war wie immer übervoll, Frauen tanzten zusammen, Männer tanzten zusammen, sie tanzten zu dritt. In einer Ecke saßen Engländer, zwei Herren und eine Dame. Ein französischer Student tanzte mit ihr. Sie hielt den Kopf nach hinten, den Mund halb offen. Der Student feixte den andern zu. Die beiden englischen Herren ihrerseits waren beschäftigt. Eine kleine Schwarze an ihrem Tisch sagte entsetzliche Sachen. Sie stieß mit dem Fuß ihren Freund, den Maler an, der sich bog vor Vergnügen. Die Engländer bogen sich weit vor.

»Sie ist seit sechs Jahren das Modell von Pinasse, sie denkt an gar keinen andern«, erzählte ein Schauspieler.

Sisi trat auf. Ihre Backenknochen waren hektisch rot, die Augenlider schwarz gemalt, die Hände blau-rot und verschwollen. Sie machte kleine Schritte und sang: »Mon mari, pecheur de la Bretagne.«

Das war ganz große Kunst. Hier schrie ein Herz. Was blieb übrig – der Mann ertrunken, sechs kleine Kinder – als der Boulevard? Ich kann nichts, gar nichts, dachte Lotte.

Sisi nahm einen Teller. Sie forderte die Herren zum Zahlen auf. Es war nicht fein, wie sie das tat. »Sie genieren sich doch sonst nicht, in die Hosentaschen zu greifen«, sagte sie und anderes derartige.

»Jetzt gehen wir beide Schnecken essen«, sagte Lennhoff zu Lotte.

Man brachte die Schnecken in Kupferkasserollen, eine vorzügliche Speise. Alles schrie durcheinander. An einem Tisch saßen Arbeiter, am andern Herren im Frack. Es war halb drei Uhr.

»Was wollen wir tun?« fragte Lotte.

»In ein Hotel gehen«, sagte Lennhoff.

»Dazu fühlen Sie sich verpflichtet?«

»Ja, ich finde, das ist der einzig mögliche Abschluß.«

»Fahren wir lieber spazieren.«

»Taxi«, rief Lennhoff.

Der Morgen graute, silbern stieg der Eiffelturm, im Bois fuhren Autos, gingen Leute spazieren, noch immer wurde der Verkehr geregelt.

Sie hielten an den Hallen, gingen durch ein Meer von Blumen. Lennhoff kaufte ihr einen Armvoll, dann tranken sie stehend mit dem Chauffeur ihren Kaffee.

Paris, Paris!

Die Häuser an der Seine schrien vor Weiße, die Händler packten die Blumentöpfe aus. Frauen kauerten, ein Bündel Lumpen, am Quai und schliefen.

Am Boulevard Michel gegenüber von den römischen Thermen gab's einen Schuhladen zum König Dagobert. Der Platz am Odéon, die Läden waren verschlossen an den glatten Häusern. Hier hatten sie gewohnt, Richelieu und Mazarin und seine Nichte und Ninon. Vom Luxembourg waren die Sänften hierher getragen worden.

»Ich möchte wieder einmal Molière spielen. Gänzlich im alten Stil. Die Valkens hat neulich auf der Probe gesagt, sie will das Gretchen von Anfang an als Wahnsinnige spielen.«

»Kann man natürlich, es ist dann bloß weder Faust noch Goethe.«

»Ich habe ja auch so meine Karriere begonnen, als ich die Salome als Leidende und Gütige spielte. Aber die Zeit für Experimente ist vorbei.«

»Expressionismus wollen Sie sagen.«

»Ach Gott, hört man das Wort auch mal wieder? Es spielte solch große Rolle damals. Man ist wieder demütiger geworden. Wir stellen nicht mehr unser Ich in den Vordergrund, sondern das Wort des Dichters.«

Es war fast sieben Uhr morgens, als Lotte wieder auf dem rechten Ufer in ihr Hotel trat.

Die Kapelle spielte etwas von einer Tante, die man grüßen sollte. Lotte sah auf. Kipshausen trat auf sie zu.

»Ich sah Sie von weitem«, sagte er. »Sie embellieren sich immer mehr.«

»Mir scheint, dies gehört in das Gebiet der Terminologie des Ancien régime.« Sie lehnte sich in den Korbsessel zurück.

»Angelika, wissen Sie, Sie erinnern mich in dieser Stellung an die Duse in der ›Kameliendame‹.«

»So.«

»Aber Angelika, welch ein schwarzer Undank! So, sagt das Mädchen. Ich würde acht Tage davon leben, wenn man mich mit der Duse vergliche.«

»So.«

»Angelika, wir werden dir einen jungen Liebhaber suchen oder einen jungen Gatten.«

»Ich habe doch einen. Er liebt nur eine andere.«

Sie schwiegen und genossen den uralten Zauber der uralten Stadt, die sanfte Luft, den Duft des Kaffees und des Kuchens, die roten Tischdecken vor einem grünen Hintergrund, die Schönheit der Frauen und die Anmut der Männer.

Die Sonne sank. Sie gingen langsam durch den Bois nach dem Étoile zu.

»Ich möchte Ihnen, Angelika, für Ihre große Tournee und zur Erinnerung an diesen traumhaften Nachmittag etwas schenken. Es ist dies das erste Geschenk in diesen drei Jahren, und ich hoffe, Sie werden es mir nicht abschlagen. Angelika, haben Sie etwas vor?«

»Nein.«

»Also machen Sie mir die Freude und soupieren Sie bei mir.«

Sie gingen in seine Wohnung. Es war alles vorbereitet. Morgen würde er nach Deutschland reisen.

# 127. Kapitel

## *Selmas Geburtstag*

Die Sonntagnachmittage bei Eugenie hatten seit fast zehn Jahren aufgehört. Wer zu ihr im Sommer auf die große Terrasse kam, merkte nichts, außer daß ab und zu einmal der Gesandte, der die obere Etage bewohnte, sich einen Liegestuhl in den hinteren Teil des Gartens nahm.

Aber es hatte sich alles verändert. Sie hatte nur noch Frieda. Der Garten verwilderte. Sie hatte einen gebeugten Rücken bekommen. Sie trug weiter silbergraue Kleider und die großen Fransenschals und die dicke Perlenkette Aber die Perlen waren nicht mehr die echten. Vom ganzen Haus hatte sie nur das Wohnzimmer mit dem Bilde Wendleins behalten und das Zimmer mit den französischen Gobelinstühlen, in dem jetzt Bett und Waschtisch standen. Auch die Gäste hatten sich verändert. Es kamen lauter einsame Mädchen und Witwen in Dunkelblau und Dunkelbraun und Dunkelgrau, die kein Geld mehr hatten und es besser gewohnt waren.

Nur eins hatte sich nicht verändert in der Familie, und das war der Geburtstag von Selma. Zu diesem Geburtstag kam immer noch alles, was je bei Oppners verkehrt hatte. Es war Selmas großer Tag. Auch in den Zeiten ihrer größten Spannung hatten sich Erwin und Lotte bei Großmama Selma zu ihrer Qual getroffen.

Man gab sich die Hand, man sagte: »Wir müssen uns bald mal sehen.« Man versprach, sich nun öfter mal nach Selma umzusehen. Selma war hoheitsvoll, und alle hatten Angst vor ihr. Die Geburtstagstische im roten Salon waren überfüllt. In der Mitte lag ein Deckchen, das die kleine Susi gestickt hatte, die erste Urenkelin. Paul und Klärchen hatten eine Tortenschaufel geschenkt, obgleich dieser Haushalt von Tortenschaufeln überfloß. Aber Selma hatte immer noch das Gefühl, daß man sich nichts Notwendiges schenken lassen könne. James schenkte einen Stich von der Klosterstraße, wo Selma die ersten zwanzig Jahre ihrer Ehe gewohnt hatte. Theodor hatte etwas aus seinen Sachen geschenkt, genau wie Eugenie. Beide kauften nichts mehr.

Frau Kommerzienrat Kramer schnitt Lotte, was Paul und Klärchen sehr zu Herzen ging; schließlich war es doch eine alte Freundin der Familie.

Eugenie hatte von Waldemar ihr Opernabonnement erneuert bekommen und sagte, wie großartig diese Woche »Tosca« gewesen sei.

»Seit mein seliger Emmanuel starb, geh' ich nirgends mehr hin«, sagte Selma, was ein Stich gegen die Witwe ihres Bruders Ludwig war.

»Sehr unrecht«, sagte Waldemar, »dazu bist du noch viel zu jung.«

Sofie sah sehr elegant aus in einem engen, glänzenden, schwarzen Seidenkleid mit einer grünen dicken Kette um den Hals und grünen Ohrringen. Es war nur etwas peinlich, daß sie zweimal am Abend angerufen wurde und lange Telephongespräche mit gezierter Stimme führte und Verabredungen traf.

»Ich bin gar nicht einverstanden mit diesem Reklamechef«, sagte Paul. »Das ist ja widerlich. Da wird der Klub der Effingerautoleute gegründet. Ich kann mir nicht denken, daß ein anständiger Mensch in einen Klub eintritt, der doch nichts anderes ist als eine Reklame einer Erwerbsgesellschaft.«

»Es sind zweitausend Mitglieder«, sagte Karl. »Ich finde Stiebel famos. Ein richtiger moderner smarter Geschäftsmann.«

»Tausend Effinger-Autos als Kindergeschenk hat er bestellt. Dieser Kerl verbraucht ein wahnsinniges Geld, und neulich habe ich gehört, wie er die gesamte Berliner Presse angerufen hat, um ihnen einen Autounfall mit feinen Leuten in einem Effinger-Auto mitzuteilen. Hast du schon etwas Ordinäreres gehört, als Kapital aus Todesfällen zu ziehen?«

»Herrlich!« rief Waldemar. »Das hat mir noch gefehlt in meiner Sammlung über die moderne Kultur, eine Autofabrik, deren Reklamechef Unfälle für die Zeitungen ausnützt!«

»Ach was«, sagte Erwin. »Onkel Paul, Papa und ich sollen nach Ansicht von Herrn Stiebel uns alle scheiden lassen und Kinoköniginnen respektive exotische Prinzessinnen heiraten. Ich habe es gerade noch aufgehalten, daß er Abschlüsse auf Filmreklamen und ›Effinger-Viertelstunden im Radio‹ abschließt, die in die Zehntausende gehen.«

»Aber dafür sollen möglichst alle Arbeiter entlassen und Maschinen angeschafft werden. Seitdem dieser Schröder seinen Feldzug für die Rationalisierung der Betriebe organisiert hat, ist doch kein Halten mehr. Wir haben bisher zwanzig Botenjungen beschäftigt, die die Post herumgetragen haben. Jetzt legt mir Herr Stiebel einen Plan vor, durch den alle Botenjungen überflüssig werden, indem eine Rohrpost durch den ganzen Betrieb eingerichtet werden soll. Kostenpunkt 20 000 Mark. Bis das die Botenjungen verdienen, gibt's keine Autos mehr. Aber rationalisiert muß werden, und immerzu müssen Leute entlassen werden, trotzdem keiner weiß, was aus ihnen werden soll.«

»Und außerdem«, sagte Erwin, »ist er mir höchst unsympathisch. Er ist irgendwo unheimlich. Ist das kein Nazi?«

»Glaub' ich nicht«, sagte Karl. »Aber ihr sollt ihn nicht immer kränken, indem ihr ihn Reklamechef nennt. Er ist Leiter der Propaganda-Abteilung.«

»Wie geht's denn eigentlich bei dir, Theodor?« fragte Waldemar. »Ist doch sicher sehr schwer.«

»Ach, man wurstelt sich so durch. Ich habe ja einen großen Kredit von Hartert bekommen zu recht günstigen Bedingungen. Im übrigen habe ich jetzt aus sicherster Quelle, daß die Soloweitschick-Werke vom polnischen Staat saniert werden sollen. Ich habe an den Anwalt geschrieben. Aber der Kerl gibt ja monatelang keine Antwort.«

»Und diese ewigen Kosten!« sagte Paul.

Harald ging durchs Zimmer mit einer etwas zu sehr gestreiften Hose, mit einer auffallenden Krawatte, mit einem Taschentuch, das aus der Brusttasche bis zur Taille hing.

Theodor sah, wie Waldemar ihm einen Blick nachwarf. »Tja, ich ärgere mich ständig über diesen schieberhaften Anzug, aber was willst du machen?«

»Er ist doch sehr ordentlich«, sagte Paul, »hat eine Stelle in einem Exportgeschäft.«

»Aber dreimal die Woche Kino und zweimal tanzen in einer Bar. Und nur Sinn für Geldverdienen, um sich diesen Unsinn leisten zu können, und ein Auto ist höchstes Lebensziel.«

»Tja, so sind sie alle heutzutage«, sagte Marianne. Sie sprach lange mit Waldemar. »Die Sozialdemokraten sind die ersten, die für Volksparks gesorgt haben und für gesunde Wohnungen. Es herrscht jetzt eine viel geringere Belegungsdichte. Und die Wohnungsfrage ist schließlich die Kernfrage des Menschenglücks.«

»Du denkst, es geht nach Vernunft. Aber es geht nicht danach. Der Sozialismus macht die Menschen so lange unzufrieden, wie nicht der Zukunftsstaat da ist. Denn der Sozialismus ist eine Erlösungsideologie, und die Erlösung ist für ihn nicht das Bett und der Kinderspielplatz, sondern nur die Aufhebung der jahrtausendealten ›Unterdrückung des Menschen durch den Menschen‹. Was aber ist das? Das sind die absolut ethischen Ideen der Freiheit, Gleichheit, Brüderlichkeit, diese verspotteten Ladenhüter. In Rußland ist das krasseste ›Ôte toi, que je m'y mette‹ eingetreten, das je eine Revolution gewagt hat, und von Freiheit, Gleichheit, Brüderlichkeit kann so wenig die Rede sein wie von Aufhebung der ›Unterdrückung des Menschen durch den Menschen‹. Ihr Idealisten kämpft alle auf einer falschen Linie. Ich bin gewiß ein Feind des Rausches, aber so nüchtern wie ihr kann man auch nicht sein. Der einfache Mensch braucht Heimat, Volkslieder, Veilchen. Ihr nennt das Reaktion. Er wird auf den Ersten hereinfallen, der zu ihm sagt: ›Unsere deutsche Heimaterde, Veilchen im Frühling, Mädel tanz mit mir.‹ Keiner kann mehr Expropriation der Expropriateure hören oder ähnliche Fremdwörter.«

»Ich spreche viel mit Regierungsrat Gans über diese Dinge. Es ist leider was Wahres dran. Und dann ist dieser Antisemitismus so vergiftend. Es ist übrigens großartig, was es für famose Leute unter den preußischen Beamten gibt. Ich kann dir gar nicht genug versichern, wie sozial in seiner Gesinnung Regierungsrat Gans ist, Onkel Waldemar. Er schenkt mir jede seiner Publikationen mit Widmung.«

»Ist er verheiratet, Mariannchen?«

»Nein, aber wo denkst du hin! Es ist eben die Beziehung zwischen einem Vorgesetzten und einer – vielleicht darf ich sagen: intelligenten Mitarbeiterin.«

In einer andern Ecke des roten Salons saßen Erwin und Lotte.

»Meine kleine Ria hat sich verheiratet. Man kann es ja dem Mädchen nicht übelnehmen.«

»Ich habe dir immer vorgeschlagen, daß wir uns scheiden lassen. Es schafft klare Verhältnisse.«

»Ich habe wunderbare Kritiken über dich gelesen.«

»Ja, jetzt, wo ich oben bin, ist es so leicht, gute Kritiken zu schreiben. Aber bis ein Mensch oben ist. Was habe ich mich gequält, bis ich überhaupt einmal dazu kam, zu spielen! Schrecklich! Jetzt ist alles leicht. Nächste Woche ist Filmaufnahme. Übrigens hat Susi heute Papier anstecken wollen. Als ich es ihr verbot, hat sie gesagt: ›Aber ich will doch sehen, wie was brennt.‹ Habe ich gesagt: ›Komm an den Ofen, stecken wir ein Stück Papier hinein.‹ Hat sie gesagt: ›Nein, ich muß doch selber probieren.‹«

Erwin sprang auf und rief: »Hört mal alle zu. Aufgepaßt, Onkel Waldemar: Es ist wieder ein Mensch da in der Familie, eine neue Generation. Susi hat heute gesagt: ›Ich muß selber probieren.‹«

»Na und?« sagte Harald.

»Du bist ja nie jung gewesen, Harald. Es ist keine Jugend, wenn man weiß, wie man Geld verdient. Jugend ist, wenn man sagt: ›Ich muß selber probieren.‹ Jugend ist, wenn man sagt: ›Die Welt, sie war nicht, eh' ich sie erschuf.‹«

James saß bei Lotte. »Deine Aristokratie sieht gut aus. Ich habe dich gestern mit ihm gesehen. Du warst bei ihm auf dem Schloß?«

»Was geht dich denn das an, mit wem Lotte ausgeht«, sagte Erwin. »Sie ist bestimmt bei niemandem auf dem Schlosse gewesen. Nicht wahr, Lotte?«

»Natürlich nicht, wo werd' ich denn?«

»Siehst du, James, du irrst dich. Du kannst doch so was nicht öffentlich aussprechen. Schließlich ist Lotte meine Frau.«

»Was willst du denn?« sagte James.

»Laß man, James«, sagte Lotte. James ging weg.

»Was ist denn los, Erwin? Was willst du wirklich?«

»Ach, du kannst dir schon denken.«

»Aber Erwin, jahrelang habe ich auf nichts anderes gewartet als darauf. Aber jetzt bin ich zum erstenmal vollkommen erfüllt von einer neuen Liebe. Ich warte auf Telephongespräche, auf Briefe. Du bist ein guter Kamerad, nicht mehr. Findest du es möglich, weil du jetzt mit Ria auseinander bist, heimzukehren und das, was in Heidelberg war, als Altersversorgung fortzusetzen?«

»Ein Korb, Lotte?«

»Ein Korb.«

# 128. Kapitel

## *Mord*

Bitte sofort herkommen. Lotte.« (Bezahlte Rückantwort.)
»Bin morgen da. Lili.«

Ein solches Telegramm zwischen zwei jungen Frauen war 1926 vollständig klar.

»Was gedenkst du zu tun?« fragte Lili.

»Ich möchte es behalten, aber ich habe nicht den Mut. Ich bin nicht die Duse. Ich kann dem Kleinen nicht versprechen, daß er kein schweres Leben hat. Ich kann außerdem nicht allen, die ich liebe, das antun.«

»Weiß er?«

»Natürlich nicht. Er würde es als Ungelegenheit betrachten. Dienstmädchen schreiben Postkarten: Teile Ihnen mit, daß ich von Sie, Sie unterstrichen, in andern Umständen bin. Aber unsereiner hat das mit sich selber abzumachen.«

»Weißt du jemanden?«

»Natürlich. Das ist kein Problem. Das Problem liegt bei mir. Ich kann es nicht. Man kann sagen, was man will. Es ist ein Mord. Gott hat mich mit einer großen Liebe geschlagen. Ich möchte einen Sohn aus dieser Liebe. Diese Liebe war kein Spaß. Ein Kind ist Ernst.«

»Ich komme morgen wieder. Überleg dir alles recht gut.«

Lotte träumte: »Kommt ein Käfer mit ganz großen Flügeln, setzt sich mein Kind auf den Käfer mit den ganz großen Flügeln, fliegt in das Schlafland.«

»Ich muß ins Theater, aber wenn du mit den Schularbeiten fertig bist, ich hab' dir den Gulliver hingelegt, lies noch ein bißchen.«

Da war eine Hotelterrasse, und sie war eine alte Frau, und da war ein wunderschöner Sohn: »Es hat keinen Sinn, daß du dich zermürbst. Es kommen noch andere, die dich wirklich lieben. Wenn du selbst liebst, wirst du auch geliebt werden«, sagte sie zu ihm.

Ich kann es nicht. Paris und so viel Schönheit und so viel Glück und so viel Schmerz. Das mußte eine Ewigkeit suchen. Ich darf es nicht tun. Ich werde auf ein halbes Jahr verreisen, und viel später werde ich ihm diesen Sohn vorstellen.

Am Abend war Premiere. Premiere, Premiere. Lennhoff kam in die Garderobe.

»Was willst du? Geh.« Sie schob ihn hinaus. Um halb sieben wollte Kipshausen hinter die Bühne kommen, sie zu sehen. Ihr Herz klopfte, ihr Magen rebellierte, unerträglicher Husten brannte. Sie lief hin und her. Um Viertel sieben Uhr war sie fertig, stürzte aus der Garderobe.

Die Garderobiere Fölsch war außer sich. »Aber Frau Oppen, aber Kleines, was soll das? Wohin wollen Sie?«

»Ich muß noch jemanden sehen.«

Vor Bermanns Zimmer traf sie die Sekretärin Ende. Hielt sie fest: »Na, Endechen, wie schaut's?«

»Mein Gott, Sie sehen doch ganz erleuchtet aus. Was mit dem Innenleben?«

»Gut.«

»Hallo, halten Sie ihn fest.«

»Ach, so ist es auch wieder nicht.«

»Liebt er Sie genug, Oppen, ist alles gut. Aber er liebt Sie wahrscheinlich nicht genug. Sie lieben uns alle nicht genug. Keiner.«

»Sie auch nicht, Endechen?«

»Ich habe überhaupt nichts, ich bin klein, mein Herz ist rein. Naja, bestimmt. Ich?!? Ach wenn Sie wüßten! Bei mir gestrichen Brief.«

»Es ist doch schon spät, Oppen«, sagte Lennhoff.

»Macht nichts, macht nichts.«

Verrückte Schauspielergesellschaft, dachte die Ende.

In zehn Minuten mußte sie auf der Bühne stehen. Noch einmal sah sie sich an. Ja, sie sah gut aus. Sie war so glücklich.

»Hundertfünfundsiebzig Wiederholungen. Der Himmel schütze uns, Lennhoff«, sagte sie in der Pause.

»Umziehen, umziehen.«

»Du bist prachtvoll«, sagte Bermann.

»Genial, genial«, sagte Lennhoff. »Zwanzig Vorhänge!«

»Wir danken, wir danken. Fölsch, meine Blume, mein Kleid.«

»Lennhoff, wie seh' ich aus?«

»Herrlich, zum Totschießen schön.«

»Wirklich?«

Um halb elf sank Lotte in der Garderobe auf einen Stuhl. War niemand da? Nein. Einen Kaffee. »Fölsch, schicken Sie nachschauen, ob jemand da ist.«

»Hier sind Rosen und ein Brief.«

Am Morgen sagte sie plötzlich: »Ich werde dir eine Dampfmaschine kaufen.« Es war ein entzückender Junge.

Da klingelte das Telephon: »Ach, Erwin! Du!? Warst du gestern in der Premiere?«

»Nein, Lottchen, Lili hat mir gesagt, daß du es gern behalten möchtest. Ich wollte dir sagen, wenn du gerne möchtest, ich hätte nichts dagegen.«

»Erwin, komm bitte her.«

Am selben Vormittag kam Erwin.

»Nein, ich kann es ebensowenig behalten, wenn du mir hilfst, als wenn er mir hilft. Es geht nicht. Ich kann dieses Opfer von dir nicht annehmen. Aber ich danke dir von ganzem Herzen. Du hast alles wiedergutgemacht.«

Vierzehn Tage später saß Erwin an ihrem Bett.

»In ein paar Wochen fahre ich mit Tante Sofie nach Griechenland. Ich glaube, daß das sehr viel bedeutet. Ich bin jetzt gänzlich verberlinert mit diesem Theaterquatsch. Ich bin nicht mehr fähig, ein ernstes Buch zu lesen.«

»Inzwischen suche ich Wohnung. Ich gebe den Rest unseres Vermögens für einen Abstand aus, und ich nehme auch eine voll Lärm oder an einem dunklen Hof.«

# 129. Kapitel

## *Begegnung zu Landro*

Sofie schreibt mir aus Athen«, sagte Waldemar zu seiner Hausgenossin, Susanna Widerklee. »Lotte soll in den nächsten Tagen bei ihr eintreffen.«

Sie saßen auf dem großen Sofa unter dem Rembrandt in dem kleinen Haus Unter den Linden, das von seinen Nachbarn fast erdrückt wurde. Der wackelige Diener, auch an die Siebzig, brachte ihnen den Kaffee, und Susanna schmierte Waldemar ein Brötchen.

»Ich möchte ja wissen, wie Sofie sich da ausnimmt. Diese Pariserin, der unser Berlin immer zu spießig war. Es ist vollkommen sinnlos, wenn diese Frau nach Griechenland geht.«

»Du hast eigentlich Sofie nie gemocht.«

»Sie kann mir zuviel. Sie kann Italienisch besser als d'Annunzio, und hast du sie mal französisch reden hören? Mit lang ausgezogenen Es? Und deutsch redet sie mit fremdem Akzent aus lauter Ziererei. Und einladen tut sie nur zum Frühstück. Mittagessen klingt ihr zu plebejisch. Die Tochter von Emmanuel Oppner hat sich ihr ganzes Leben benommen, als ob sie irgendwo herkäme, wo man dringend verbergen muß, wer man ist.«

»Meine Mutter ist Friseuse gewesen. Ich hab' das immer verborgen.«

»Traurig genug, du charakterloses Stück.«

Nur im Süden lebt der Mensch. Der Rand des Mittelmeers ist seine Heimat. Hier wächst der Feigenbaum des Paradieses, hier ist der Dornbusch, aus dem der Herr zu Moses sprach, hier fällt das Samenkorn zwischen die Steine und wird vom Winde verweht wie im Gleichnis vom Sämann. Hier ist der Weinstock Noahs und des Götteropfers. Hier ist der Ölzweig, den die

Friedenstaube heimbrachte und mit dem sich in Olympia der Sieger kränzte. Hier traten aus der hellen Luft die Göttinnen zu Paris, dem Ziegenhirten.

Einfach ist das Leben von Ewigkeiten her. Fischerboote mit großen braunen Segeln fahren abends aus dem Hafen hinaus. Morgens kehren sie heim mit Früchten vom Peloponnes, mit kindskopfgroßen Tomaten, Pfirsichen, Auberginen und Fischen. Frauen und Kinder kommen, viele Kinder, holen die Nahrung, braten auf dem primitiven Dreifuß mit Reisigholz die Fische, essen sie mit nur Rohem dazu.

Täglich aufs neue kommt das blaue Meer, scheint die Sonne, leuchtet der rötliche Fels über der gerundeten Bucht.

Sofie war nach Griechenland von einem bedeutenden Mann eingeladen worden. Sie wurde geliebt wie nur je. Als sie angekommen war, hatte sie sofort gesehen, daß sie die falschen Kleider mithatte. Lächerlich wäre hier auch das einfachste Sportkostüm gewesen. Sie kaufte Baumwollstoff und machte sich in drei Tagen drei Kleidchen. Dazu trug sie Sandalen an den nackten Füßen und die kurzen Haare glatt nach hinten gestrichen. Sie aß mit ihrem Freund das Essen der griechischen Bauern. Sie kümmerte sich mit ihm zusammen um die Schmerzen der Bewohner. Sie gab die einfachsten Ratschläge an primitive Frauen. »Nehmen Sie das Baby aus der Sonne.« Sie gab einfache Mittel, ein bißchen Vaselin, ein bißchen Zinksalbe.

Sie war für Lotte genau so hinreißend wie für ihren Freund.

Aus ihrem Zimmer, dessen Boden gestampfter Lehm war, in dem ein Feldbett, eine Kommode, Tisch und Stühle waren – Kleider mußten an Haken aufgehängt werden –, hatte sie einen entzückenden Raum gemacht. Sie hatte Decken aufgelegt, Blumen in Vasen aufgestellt, Früchte in Schalen gelegt.

Wie immer empfing sie Gäste. Philologen, Gelehrte, alles, was sich an dem berühmten Ort zusammenfand.

Über fünfzig Jahre alt, dunkelbraun gebrannt, zierlich, ohne ein graues Haar, in den einfachen weißen Kitteln servierte sie Mokka und Früchte in dem Zimmer mit dem gestampften Lehmboden und sprach fünf Sprachen durcheinander.

Sofie bereitete mit Lotte alles für einen Ausflug vor: »Wir nehmen eine Hirtentasche.« Und Sofie zeigte Lotte eine gewaltige Strohtasche, wie sie an der Seite der Esel hingen.

»Gut«, sagte Lotte, »warum nicht mal mit Hirtentasche reisen.«

»Hier haben wir harte Eier, Ölsardinen, Brot und Tomaten. Sind wir ganz unabhängig vom Restaurant.«

»Und wo ist die Zeltbahn? Oder gestattest du, daß wir in einem Hotel übernachten?«

»Der Professor übernachtet immer im Zelt. Aber ich dachte mir gleich, daß du das nicht möchtest.«

In Olympia wich ein Archäologe nicht mehr von Sofies Seite.

Irgendwo in einem Bauernhaus borgten sie sich einen Dreifuß, und Sofie machte aus Eiern und den übrigen Kleinigkeiten ein »Frühstück«, an dem der Archäologe teilnahm.

»Gnädige Frau«, sagte er, »könnten Sie mich nicht nach Rom begleiten? Ich hätte dort eine große Arbeit, bei der Sie mir helfen könnten.«

»Ich kann das nicht so ohne weiteres entscheiden.«

»Bitte, bitte, liebe gnädige Frau.« Und er sah Sofie flehend an.

Am Abend saßen sie um den Ziehbrunnen auf dem Steinrand, nachdem sie den Fisch gegessen und den mit Harz vermischten Wein getrunken hatten. Weit, weit über die Ebene her, scharf konturiert in der klaren Luft, kam ein Esel, Tonkrüge hingen auf der einen Seite. Der Mann sagte: »Kalhspera.«

Das Kalos Platos, das Hespera Homers. Dann schwieg wieder alles.

Eine Fledermaus flatterte vorüber. Immerzu traten aus dem Dunkel der Nacht die Götter heraus. Aber noch kam Pallas Athene nicht aus der Wolke, und sie gingen in die tiefe, gnadenreiche Stille hinein unter der Fülle der Sterne.

Abends im Hotel sagte Lotte: »Du gibst einem tiefen Trost. Man muß wahrscheinlich zwanzig Jahre älter sein als ich, um in einer Stunde jemanden so zu bezaubern, daß er einen nach Rom mitnehmen will.«

»Ich bin nicht glücklich«, sagte Sofie, und es liefen ihr einfach die Tränen herunter.

»Nimm es nicht so ernst«, sagte Lotte.

»Du hast keine Ahnung, was ich leide und wie herrlich es mit ihm ist. So einfach. Wenn dieses Stück nicht dazwischengekommen wäre … Ich schreibe jeden Tag an Feld.«

Sofie schrieb tatsächlich jeden Tag, über jede Zeichnung: »Die Landschaft liegt mir nicht. Sie besteht nur aus großen Kurven. Und diese allzu klare Luft. Ich komme künstlerisch nicht damit zurecht.« Sie schrieb über die geistigen Auseinandersetzungen, die sie in diesem bedeutenden Kreis hatte.

Und er schrieb zurück: »Liebe Sofie, ich habe mich sehr gefreut, daß es Dir so gutgeht. Das ist doch prachtvoll, was Du da für eine angenehme Wahl getroffen hast. So ein einfaches Wohnen stelle ich mir ja nicht so sehr angenehm vor. Man hat gar kein warmes Wasser?« Oder ähnliches.

Und Sofie trug jeden Brief tagelang mit sich herum. Und wenn er schrieb: »Ich freue mich schon sehr auf Deine Rückkunft und was Du mir alles zu erzählen haben wirst«, dann strahlte sie.

Erwin schrieb an Lotte:

»Ich kann ein paar Tage ausspannen und möchte mich mit Dir auf Deiner Rückreise treffen. Du kommst von Triest, ich von Berlin. Es gäbe mancherlei. Ich habe an Landro gedacht – Südtirol. Es gibt dort ein besonders elegantes Hotel. Ich denke, wo wir vor sechs Jahren keine Hochzeitsreise gemacht haben, können wir uns diesmal etwas leisten. Es ist doch scheinbar Frieden, und Stresemann hat sich mit Briand getroffen. Also schreib' Dein Einverständnis, ich telegraphiere dann den genauen Zeitpunkt.«

Lotte antwortete:

»Ach, war das alles wunderbar! Phidias und Homer und Faust und Plato. Ich habe alles wieder gelesen, und ich möchte mit Dir hier in einem Häuschen leben. Du läßt die Beine ins Meer hängen und fängst Fische, und ich brate sie, und wir haben zwölf Kinder. Das ist das Leben. Und wir treffen uns zu Landro in Tirol.«

Und dann kam ein Telegramm:

»Abfährst Triest Dienstag 6 Uhr 38 bist Cortina 9 Uhr 25 fährst morgens 12 Uhr weiter erwarte mich Bahnhof Landro.«

Lotte fuhr den Isonzo entlang, dieses blutige Gewässer, das nun unschuldig hellgrün war mit weißen Schaumköpfen. Die Berge kamen, der Zug stieg und stieg, und überall waren die weißen Kreuze der Gefallenen. Friedhöfe die Berge hinauf, und dann kam ein brauner Wald, an dem stand: Prohibito entrare. Das war schon traurig genug, so einen armen toten Wald zu sehen, in dem noch Granaten lagen und Blindgänger und alles vollhing mit rostigem Stacheldraht.

Plötzlich hielt der Zug. Und da war nichts als eine Holzhütte, an der stand »Landro«.

Sie stieg aus und fand – nichts. Gar nichts fand sie als einen Friedhof voll von weißen Kreuzen der Gefallenen. Und wenn die Daten schwarz darauf geschrieben waren, dann waren es junge Menschen, Menschen ihrer Generation, zwischen 1890 und 1900 Geborene, die da hatten weg müssen, mitten im Frühling, ohne zu wissen, wie süß der Sommer ist. Und sie fand keinen Stein mehr und keine Ruine, nur Glockenblumen und Veilchen und Farnkraut und den Friedhof, einen der vielen Friedhöfe Europas.

Im Baedeker stand:

»Bei *Landro* (H. Baur, 250 B. zu 2,10 bis 6,10 K.. P. 8.20 bis 12.20 K.), als Sommerfrische besucht, öffnet sich links das Tal der schwarzen Rienz, in dessen Hintergrund die drei Zinnen aufragen. Weiter der hellgrüne Dürrensee (1410 Meter), im Hintergrund der gewaltige Monte Cristallo mit seinem Gletscher, daneben links der Piz Popena und der Cristallin: ein großartiges Bild.«

Das großartige Bild war geblieben. Der Monte Cristallo mit seinem Gletscher, der Piz Popena und der Cristallin. Aber die Menschensiedlung, diese kühne Siedlung zwischen dem Gletscher mit elektrischem Licht und Röhrenheizung und feinen Polstermöbeln, war ausradiert worden, und die Menschen, die dort tanzen wollten und speisen, die waren angesiedelt worden für die Ewigkeit.

Ein Zug rollte in den Bahnhof. Erwin stieg aus. Er stand einen Augenblick stumm.

»Nun gib mir mal zuerst einen Kuß, dann kann man weitersehen«, sagte er schließlich.

»Das ist leider Kriegsgebiet gewesen. Es ist nichts mehr da. Kein Hotel, keine Siedlung, kein Stein, keine Ruine.«

»Können wir uns nicht ein bißchen in den Wald setzen?«

»Nein«, sagte Lotte. »Verboten einzutreten! Es gibt nur einen Friedhof voll mit weißen Kreuzen, mit Farnkraut und Glockenblumen. Da können wir uns auf die Gräber setzen.«

»Ich denke, wir übernachten in Toblach, wo ich herkomme. Es ist zwar alles überfüllt, wegen der billigen italienischen Valuta. In den großen Hotels ist nichts zu haben, aber mein Zimmer wird noch frei sein. Es ist nicht gerade berauschend, aber man muß doch ein Dach über dem Kopf haben.«

»Und wie kommen wir hier weg?«

»Komm, nimm doch auf einem Koffer Platz. Ich hatte mir vorgenommen, dich in ein großes Hotel zu führen, in ein Zimmer mit Bad, und mit dir jetzt Tee zu trinken und nachher ganz fein zu soupieren und in einer Halle zu tanzen. Und herausgekommen ist, daß wir auf einem Bahnhof mit rostigem Stacheldraht stehen und auf einem Friedhof übernachten können.«

»Ich habe mir fest vorgenommen, das Leben weiter mit dir zu wandern, durch dick und dünn. Es ist sehr schön, hier zu sitzen gegenüber von den Schneebergen, und es wird auch noch ein Zug kommen.«

Sie saßen auf den Koffern. Erwin sah sein Kursbuch hin und her durch und konnte nur feststellen, daß kein Zug mehr ging.

Als es dämmerte, kam ganz langsam ein Güterzug. Sie winkten. Der Güterzug hielt, und sie stiegen ein und saßen auf ihren Koffern und fuhren durch den sinkenden Abend nach Toblach.

»Ich habe eine Wohnung gemietet«, sagte Erwin. »Sie hat mich alle meine Ersparnisse gekostet, aber ich habe jetzt ein ganz gutes Einkommen, und dein Vater gibt uns etwas, und du verdienst doch auch. Es sind vier dunkle Zimmer. Aber das hindert nicht, daß sie laut sind. Gegenüber wird gebaut, und zwar mit Dampfhämmern.«

»Meinst du nicht, das Bauen wird auch mal aufhören?«

»Wahrscheinlich. Und wir müssen die Hintertreppe raufgehen, und die Küche ist ganz provisorisch in einem der Zimmer. Dafür haben wir ein Badezimmer, in das kannste vierundzwanzig Personen setzen. Aber ich habe mir gesagt: Wir müssen eine Wohnung haben, ganz gleich, wie sie aussieht.«

# 130. Kapitel

## *Gemütlicher Abend*

»Ihr kommt endlich mal gemütlich zu uns«, sagte Lotte am Telephon. »Ich bin diese furchtbare ›Große Liebe‹ los, bitte, ich habe zweihundertmal diese idiotische Rolle gespielt.«

Die vier Geschwister saßen gemütlich in einem winzigen Wohnzimmer, in dem es schwer war, vier Sessel unterzubringen, und sprachen von Tante Sofie. »Ich erschrecke und denke: Ist sie's oder ist sie's nicht? Und sehe eine völlig veränderte Tante Sofie. Ich frage sie und höre, daß sie sich eine Schönheitsoperation habe machen lassen. Aber im gleichen Moment beginnt sie zu jammern. Wißt ihr«, sagte Marianne, »es war für mich grotesk. Sie saß in dem süßen Zimmer, in einem Kleid, wie du dir es nie für die Bühne anschaffen würdest, so elegant, und sie hatte Blumen und Konfekt, und trotzdem hatte ich das Gefühl: Diese Frau ist nahe am Selbstmord. Großmama war bei Onkel Theodor zum Essen, weil Harald Geburtstag hatte, und so gab es ganz einfaches Gulasch, und da bekam sie es doch fertig, zu mir zu sagen: ›Mariannchen, ich weiß doch, du bist ein Liebhaber von Steak à la Rossini, und da bin ich extra in die Küche gegangen und habe es bereitet.‹ Könnt ihr euch so was vorstellen?«

»Mir hat sie mal einen simplen Hering als Hareng à la Lord Bolingbroke angebracht«, sagte Erwin. »Das Unterbewußtsein aufdecken ist doch eine Sache unserer Generation.«

»Das Schlimme ist«, sagte James, »vielleicht nimmt sie sich eines Tages wirklich das Leben.«

»Aber für solche Fälle von Lebensunlust hatten wir doch bisher dich. Als ich ein ganz dummes und verwirrtes Geschöpf in München war, hast du mir geholfen. Eigentlich verdanke ich dir alles, meine Karriere als Schauspielerin und meine beiden Kinder.«

»Da muß ich aber energisch protestieren«, sagte Erwin, »das ist ja das erste, was ich höre«, und sprang auf und ging auf seinen Bruder zu, streifte sich die Ärmel auf und wollte anfangen zu boxen.

»Ihr werdet nie erwachsen«, sagte Marianne, »immer noch die richtigen Jungs.«

»Ich kann gar nichts machen«, sagte James, »ich habe mein ganzes Leben nicht gewußt, was ich mit Frauen anfangen soll, die weinen, und sie weint doch immer.«

»Also was ist ernsthaft zu tun?« fragte Marianne.

»Man sollte mit Onkel Theodor reden!«

»Hat doch gar keinen Sinn.«

»Sanatorium?«

»War sie voriges Jahr.«

»Ich weiß auch nicht.«

»Geh du mal hin, James, sag' ihr, wie gut die Operation ausgefallen ist, und sei ein bißchen nett.«

»Ich war bei Käte Dongmann«, sagte James. »Der Mann klagt auch immer. Ich sage euch, es geht nichts über eine platonische Liebe.«

»Hast du immer gefunden, ja?« sagte Erwin.

»Da kann ich noch so viel erlebt haben, alle halbe Jahr fahre ich nach Hamburg, esse mit Käte Dongmann im Alsterpavillon, fahre mit ihr ein bißchen spazieren und mache Einkäufe. Sie wäre die einzige gewesen, die ich geheiratet hätte. Ernsthaft.«

»Ernsthaft«, lachten alle. »Ach, James, du bist ein geliebtes Vieh, und jetzt bist du über vierzig.«

»Komisch«, sagte James.

»Seht euch nachher mal unsere Kinder an. Susi findet bereits meine sämtlichen Kinderbücher doof. Das Baby ist immer vergnügt. Susi ist deine Tochter, Marianne. ›Mama, du hast da einen Fleck‹, hat sie mir gestern gesagt. Streng, aber gerecht. Ach, Marianne, wir lieben dich alle so und wünschten, du wärest glücklicher.«

»Aber Kinder, was wollt ihr von mir! Es geht mir doch sehr gut, und wenn ich nicht diese Kollegin hätte, die mir ständig

Knüppel zwischen die Beine wirft, mit dem nationalsozialistischen Parteiprogramm in der Schublade, dann wäre alles prachtvoll.«

»Die Regierung ist einem ja rätselhaft, daß sie solche Leute behält und bezahlt, die offenbar doch Revolutionäre sind.«

»Die Regierung hat keine Basis«, sagte Erwin. »Die ungeheuren Massen der Sozialisten haben keinen Willen, und die eigentlich führenden Schichten sind alle dem Nationalsozialismus freundlich gesinnt. Die einen denken, er rettet ihnen ihr Geld vor den Kommunisten, die Ladenbesitzer hoffen, daß die Warenhäuser aufhören, die Inflationsverlierer hoffen auf Aufwertung, die Landwirtschaft auf ganz hohe Zölle. Aber die Hauptsache ist, daß diese Nazis trommeln und daß alle das Gefühl haben: Hier bist du geschützt, umhegt, was du auch tust, und die Regierung ist zu schwach, um ihre eigenen Anhänger zu schützen. Und dann haben wir die Juden. Die Juden haben das Geld und sind Kommunisten. Die Juden morden kleine Kinder und zerstören den Ladenbesitz. Die Juden sind vor allem machtlos, und infolgedessen kann man sie ungestraft angreifen, und angreifen ist die Hauptsache. Wir müssen uns klar sein, wir lieben noch immer ein Deutschland, das es nicht mehr gibt. Wir glauben an den deutschen Humanismus, und wir lieben Kragsheim und Neckargründen. Wir werden den jetzigen Deutschen immer fremder.«

»Nein, Erwin, ich arbeite doch im Amt, was meinst du, wie Regierungsrat Gans die Nazis haßt! Natürlich haben wir da auch solchen rabiaten Nationalisten, Trümpler, keinen Nazi, der sieht Blut, wenn er vom polnischen Korridor spricht. Es ist ja auch eine der Sünden des Versailler Vertrags, dieser Korridor, der Deutschland in zwei Hälften teilt.«

»Nun sage mal, Marianne, bist du auch schon angesteckt? Wieso teilt der polnische Korridor Deutschland in zwei Hälften? Ich würde sagen, er gibt Polen einen Ausgang zum Meer. Und warum sollen die Polen keinen Ausgang zum Meer haben?«

»Erwin!«

»Jawohl. Ich habe doch nicht Onkel Pauls rührenden Kinderglauben: ›Eine Regierung lügt nicht, und es ist unpatriotisch, wenn man nicht jede Propaganda glaubt.‹ Erinnert ihr euch noch, wie das Idol Waldemar immer gesagt hat: ›Die Österreicher können die Serben nicht ans Meer lassen‹, und der süße alte Onkel Ludwig immer geantwortet hat: ›Warum können die Österreicher die Serben nicht ans Meer lassen?‹ An den Polen ist das größte Verbrechen der Weltgeschichte begangen worden. Deutsche waren daran beteiligt. Man könnte die Dinge in Deutschland ganz anders ansehen, als Wiedergutmachung eines großen Verbrechens nämlich. Und wenn diese Polen übernationalistisch sind, so ist das doch selbstverständlich. Und wenn die Deutschen wirklich zum Herrschen geboren wären, so würden sie so milde darüber lächeln, wie die Engländer heute über die Iren lächeln. Die Irische See ist schließlich auch eine Art von polnischem Korridor.«

»Gemütlich bei euch«, sagte James.

»Was, meine Kassandrarufe?«

»Nö, eure Wohnung.«

Lotte schüttelte sich vor Lachen: »Hat wieder mal eure ganze politische Diskussion verschlafen! Die Wohnung ist ein bißchen eng. Die Kinder wecken mich jeden Tag, und dann habe ich überhaupt nie Ruhe. Der Haushalt, das Theater und Erwin, der mit jedem Dreck zu mir kommt. Dabei habe ich großartige Mädchen wie alle berufstätigen Hausfrauen.«

»Übrigens kein neues Möbel«, sagte Erwin, »alles aus der Dorotheen- resp. der Klosterstraße.«

»Ist sehr hübsch«, sagte James.

»Hast du eigentlich schon je unsern Glanz hier völlig gesehen? Also dies hier ist das sogenannte Wohnzimmer. Bitte, es hat einen herrlichen Balkon, auf dem im Sommer gegessen wird und die Kinder spielen. Ihr seht, es ist, was man ein Loch nennt. Jetzt kommt das riesige Schlafzimmer, welches auf einen engen Hof sieht und nie einen Sonnenstrahl bekommt, obzwar es nach Süden liegt. Hier lerne ich Rollen, wird genäht, wenn ich nicht lerne, spielen die Kinder, wenn wir das Wohnzimmer brauchen. Es ist eine bewegliche Wohnung. Jedes Zimmer dient jedem Zweck. Nun kommt die ebenso riesige Küche. Guten Abend, Detta. Wo soll die Detta sich hinsetzen? Wenn die Kinder schlafen, bleibt nur die Küche. Diese Küche hat keinen richtigen Abwaschtisch und gar nichts, sie ist einfach ein Zimmer, in das man einen Gasherd gestellt hat. Und jetzt kommt der Glanz, das Badezimmer. Bitte, dagegen sind doch Mamas Wasserrosen-Kacheln am Kurfürstendamm geradezu armselig?«

»Ich muß sagen ...«, begann James.

»Jetzt sagst du gleich«, unterbrach Lotte, »die Leute haben zu baden verstanden. Na, na, na, nu sag schon ...«

»Allein und zu zweit.«

»Na, hab' ich's nicht gewußt?« sagte Lotte triumphierend. »Aber ich sage euch, es ist keine Kleinigkeit, sechs Leute in drei Zimmern und Küche immer richtig zu verteilen.«

»Und Bad.«

»Dieses Bad wird von den Leuten der Vorderwohnung mitbenutzt.«

»Wir haben den hinteren Teil einer sogenannten Berliner Luxuswohnung«, sagte Erwin.

»Und hier, meine Herrschaften, beginnt der Abstieg«, sagte James.

»Abstieg? Was erlaubst du dir? Fünftausend Mark habe ich für dieses Juwel ausgegeben, nur um's zu kriegen«, sagte Erwin. »Für diese Summe haben sich unsere Eltern das Musikgrab und das romanische Herrenzimmer leisten können. Wir haben es nur, um es Pf! in den Wind zu blasen.«

Als sie gegangen waren, sagte Lotte: »Weißt du, Erwin, Marianne ist doch gar nicht so viel größer als ich!«

»Nein, natürlich nicht.«

»Als ich jung war, bin ich mir immer winzig neben ihr vorgekommen. Ich bin nie neben ihr in einen Ballsaal gegangen. Jetzt kommt es mir vor, als wäre ich kaum kleiner als sie. Merkwürdig, daß es selbst dafür keinen objektiven Maßstab gibt!«

# 131. Kapitel

## *Frühling 1930*

Was für ein Frühlingstag, dieser Sonnabend im Mai 1930! Was für eine Süße, morgens um elf Uhr!

Annette in einem neuen blauen Kostüm und einem Hut aus Grosgrain-Band – seit neuestem von der Löwenthal (»Lotte, du mit deiner ewigen Pastin, geh schon zur Löwenthal. Das ist das einzig Wahre!«) – ging nach der Bendlerstraße zu Fuß wie eh und je, den Kanal entlang über die rote Von-der-Heydt-Brücke.

Theodor hatte alle aus der Familie gebeten, mit Selma vom Verkauf oder dem Vermieten des Hauses zu reden, damit sie sich daran gewöhne. Die Schwäger Effinger hatten allerdings darauf erwidert: »Und du?« Worauf Theodor gesagt hatte: »Ich habe nichts als das Haus.«

Annette saß bei ihrer Mutter und sagte: »Mama, willst du wirklich in dem großen Haus wohnen bleiben? Die Verhältnisse haben sich doch schrecklich geändert.«

»Also, meine liebe Tochter, dein seliger Vater hat mir dieses Haus ganz gegen meinen Willen gekauft. Wenn es nach mir gegangen wäre, wäre ich in der Klosterstraße geblieben. Denn ich bin stets für das Einfache gewesen. Aber daß ich auf meine alten Tage aus diesem Haus herausgehe, das kommt gar nicht in Frage. Man erhält seinen Kindern ihr Elternhaus solange wie möglich.«

»Aber Theodor sagt doch, er hat an allen Papieren ständig Verluste.«

»Liebe Annette, ich verstehe gar nichts von Geschäften, ich wundere mich, daß du etwas davon verstehst. Aus unserem Haus hast du das nicht. Dein Vater und ich, wir haben es streng vermieden, vor den Kindern je von Geld zu sprechen.«

»Du meinst doch nicht etwa, daß Karl und ich vor den Kindern von Geld gesprochen haben?«

»Annette, ich versteh' so wenig von diesen modernen Manieren, daß ich auch das für möglich gehalten hätte. Dieser Harald zum Beispiel spricht von nichts anderem. Er hat jetzt eine Stellung in der Konfektion angenommen. Gott, wie sinkt die Familie! Und gerade deshalb stehe ich unbedingt auf dem Standpunkt, daß das Haus erhalten werden muß. Genau so, wie Theodor sein Haus behalten muß.«

Was für ein Frühlingstag, dieser Sonnabend im Mai 1930! Was für eine Süße, vormittags um zwölf Uhr!

Annette ging hinauf zu Sofie, die sich gerade zum Einkäufemachen anzog. Opanken, sagte sie, brauche sie dringend.

Annette hatte die Absicht, ihr etwas Nettes über die Schönheitsoperation zu sagen, aber Sofie begann sofort: »Ihr habt alle nicht das geringste Verständnis für meine Lage. Ich habe doch nichts auf der Welt. Ich will nichts als sterben.«

»Also, hör mal, Sofie, du hast ein großes und reiches Leben hinter dir, und bis in die allerletzte Zeit haben die Männer zu deinen Füßen gelegen. Nun bist du eine alte Frau.«

»Wie grausam du bist«, stöhnte Sofie. »Aber was weißt du von Liebe! Du hast da deinen Karl geheiratet, von dem du nicht das Geringste gewußt hast, weil ihn dir Papa rausgesucht hat, und als dir Maiberg ein Gedicht gemacht hat, ist das das große Erlebnis deines Lebens gewesen.«

»Ich habe meinen Karl treu geliebt und bin ihm immer eine gute Frau gewesen. Ich habe dich mein Leben lang verteidigt und bin stolz auf dich gewesen. Aber daß du mir meine Anständigkeit vorwirfst, ist ja unerhört. Ich bin immer die Schönste von uns gewesen.«

Sie schlug die Tür zu und ging weg. Sie wäre gern umgekehrt, aber sie hatte auch ihren Stolz.

Am Nachmittag ging Sofie zu Waldemar. Waldemar arbeitete immer noch von Zeit zu Zeit an irgendwelchen Gutachten, aber im großen und ganzen las er, schrieb an seinen Memoiren und hatte viel Besuch. So kam auch Sofie und begann sofort ein langes Gespräch mit der Widerklee: »Meine liebe Frau Gräfin, wie wundervoll, daß Sie nun unserm Onkel Gesellschaft leisten! Sie haben ja auch die Männer gekannt. Ich bin ja noch von der alten Generation. Gegen die Männer toujours en défense. Früher, mon dieu, ma chérie, aus aller Welt sind sie mir zugeflogen. Meine Post hätten Sie sehen sollen. Ich schrieb Briefe au courant de la plume. Man ist gekommen und hat mich gebeten, mit mir plaudern zu dürfen. Weihnachten hat es um sechs Uhr geklingelt, und ein paar Stunden später war mein Zimmer ein Blumenladen. Heutzutage machen ja die Frauen den Männern den Hof. Sie wissen, der Duc d'Aubreyville lag zu meinen Füßen, er flehte mich an, aber ich warf ihm den Bettel vor die Füße.«

»Nehmen Sie noch ein Täßchen Kaffee? Der Geheimrat und ich sind alte Kaffeetrinker. Und noch ein kleines Cake?«

»Oh, wie ich Ihnen danke! Sehen Sie, Sie haben einen Lebenszweck. Aber ich –. Wie gesagt, ich warf ihm den Bettel vor die Füße, ich versagte mich ihm.«

Und dabei streckte sie ihre wunderbar feinen Hände weit von sich.

»Sofie, du bist eine der wenigen guten Zeichnerinnen; warum arbeitest du nicht? Was hast du aus Griechenland mitgebracht?«

»Griechenland hat mir so gar nicht gelegen. Oh, Sie, Frau Gräfin, werden mich verstehen: Ist die Kunst wichtiger für eine Frau oder die Liebe? Sie lächeln. Ich verstehe Sie. Und eines Tages lieben Sie wieder, und eine kleine Pute, eine Gans, die nichts ist, nimmt Ihnen den Geliebten weg. Ist das zu ertragen?«

»Das ist gewiß sehr schwer. Aber so ist doch das Leben.«

»Mancher kann sich abfinden. Mancher kann sich nicht abfinden. Aber ich bin schon so lange da, ich verplaudere mich so leicht. Vielen Dank, liebe Frau Gräfin, vielen Dank, Onkel Waldemar.«

»Du bist der einzige Mensch, Sofie, der hier reinkommt und nicht sagt: ›Sie werden überhaupt nicht älter, Herr Geheimrat.‹ Das finde ich sehr sympathisch an dir. Aber das mit der Liebe, das mußt de dir abmachen. Das ist nischt für'n erwachsenen Menschen, nich?«

»Das hält ja keiner aus«, sagte Waldemar, als sie draußen war.

»Es ist unheimlich.«

»Ach was, unheimlich? Sie war immer albern.«

Was für ein Frühlingstag, dieser Sonnabend im Mai 1930. Was für eine Süße, nachmittags um vier Uhr!

»Küßchen«, sagte Lotte zu Emmanuel, der im Bettchen stand. »Küßchen«, sagte Lotte zu Susi, diesem ernsthaften kleinen Mädchen. Es war so eng, daß gerade die zwei Kinderbetten und das Fräuleinbett Platz hatten.

»Detta, wenn der Herr nach Hause kommt, ich bin in Babelsberg, Film, weiß nicht, wann ich zurück bin. Nicht zum Abendbrot jedenfalls.«

Tonfilmatelier. Gerümpel, Drähte. Riesige Höhe, Unwirklichkeit. Unten war ein eleganter Rokoko-Spielsaal aufgebaut. Am Roulettetisch nahm Lotte Platz, neben ihr ein Talmilord, dazwischen der Dicke. Auf und ab promenierte das, was man früher Statisten nannte und was jetzt Komparsen hieß. Schöne Mädchen, eine blond in rotem Kleid, eine schwarz in grünem Kleid, eine rothaarige in weißem Kleid. Elegante Herren im Smoking marschierten auf und ab, auf und ab, dazwischen wimmelte es von Hilfsregisseuren, von Beleuchtern, von Monteuren, von Kameraleuten. Ganz leicht dirigierte alles ein junger Regisseur. Niemand war über dreißig Jahre alt. Nur in einem Holzkäfig im Hintergrund saß ein alter Herr, die Hörmuschel um die Ohren, der Tonkontrolleur, ein alter, ehemals berühmter Schauspieler mit einem feinen, guten Gesicht. Ein Photograph knipste die Standbilder für die illustrierten Zeitschriften und die Auslagen der Kinos.

Der Talmilord sagte: »Mein Geld.«

Der Dicke: »Vielleicht hat die Lady ...?«

Der Talmilord: »Wie können Sie Lady ...«

Lotte, sich vorstellend: »Winborn.«

Talmilord, sich vorstellend: »Mein Name ist Bottomley ... so beschuldigen! Vielleicht habe ich selber das Geld eingesteckt.«

Der Dicke: »Darauf wollen wir eine Flasche Sekt trinken, aber französischen.«

Sie stehen auf. Neben Lotte steht eine Person mit einem fahrbaren Tisch. Sie nimmt Puderquaste und Stift und bearbeitet Lottes Gesicht. Die Apparatur wird eingestellt. Einer knallt, es ist aber kein Schuß, sondern eine Holzklappe wird geschlagen.

Zeichen, daß eine neue Szene anfängt. Tiefste Stille, eine Nummer wird gezeigt, Szene 751, die Komparsen laufen hin und her, her und hin. Der Talmilord sagt: »Mein Geld.« Der Dicke: »Vielleicht hat die Lady ...?« Der Talmilord: »Wie können Sie Lady ...« Lotte, sich vorstellend: »Winborn.« Talmilord, sich vorstellend: »Mein Name ist Bottomley ... Lady Winborn beschuldigen! Vielleicht habe ich das Geld eingesteckt.«

Der Dicke: »Darauf wollen wir eine Flasche Sekt trinken, aber französischen.« Sie stehen auf. Neben Lotte steht eine Person mit einem fahrbaren Tisch. Sie nimmt Puderquaste und Stift und bearbeitet Lottes Gesicht.

Die Szene ist gedreht. Der Abhörer aus dem Holzkäfig kommt. Der Regisseur, der Hilfsregisseur kommt. Es war noch nicht richtig.

Es ist acht Uhr abends. Die Jupiterlampen brennen grell. Es beginnt zum drittenmal. Wieder der Knall, wieder die Nummer.

»Mein Geld.«

»Vielleicht hat die Lady ...?«

»Wie können Sie Lady ...«

»Winborn.«

»Mein Name ist Bottomley ... Lady Winborn beschuldigen! Vielleicht habe ich das Geld selbst eingesteckt.«

»Darauf wollen wir eine Flasche Sekt trinken, aber französischen.«

Die Person mit dem fahrbaren Tisch nimmt Puderquaste und Stift und bearbeitet Lottes Gesicht. Der Kantinenkellner kommt, man bestellt Zitronenwasser, Himbeersaft, Brötchen.

Und dann fängt's von vorne an. Ein Knall, die Nummer, die Komparsen gehen auf und ab und ab und auf. Der Lord beginnt: »Mein Geld.« Der Dicke endet: »Aber französischen.«

Nach dem vierten Mal fängt Lotte an zu schreien, so daß es alle hören: »Hören Sie schon auf, an meinem Gesicht rumzupusseln! Ich seh' aus, wie ich ausseh'. Ich bin keine Puppe, ich habe zwei lebendige Kinder, und ich habe sie beide gefüttert. Blödsinn ist das. Ich habe Frau Alving gespielt bei Bermann. Wissen Sie, was das ist, Frau Alving spielen? Ihr könnt hier jede Puppe hinsetzen, ›Winborn‹ sagen ...«

»Seien Sie doch nicht so undiszipliniert, Oppen. Es ist schon halb acht Uhr abends. Wie lange soll's denn noch dauern?«

»Ich undiszipliniert? Sie wissen, daß ich nie und niemals auch nur eine Minute zu spät komme. Daß ich die bürgerlichste Person hier im Atelier bin. Aber ich will nicht, daß man mich immerzu schminkt. Ihr macht ja die Welt kaputt, wenn ihr Millionen Frauen einreden wollt, daß die Welt sich mit Puppen fortpflanzt.«

»Oppen, Sie sind zwar blödsinnig geworden, aber nach jeder Aufnahme kriegen Sie einen Spiegel, entscheiden Sie selbst.«

»Gut, schön, gemacht. Es war auch nur so'n Anfall. Die Jupiterlampen und die Hitze. Es ist schon zum Verrücktwerden, diese Filmerei.«

Beim siebenten Mal stand die Szene endlich. Es war elf Uhr nachts. Die Schauspieler zerstreuten sich. Der junge Regisseur aber arbeitete allein weiter, ließ die rollende Kugel photographieren.

In einer anderen Ecke der riesigen Halle tanzte eine herrlich ordinäre Person, das schwarze Samtkleid eng um den schlanken Schlangenleib. Sie sagte: »So tanzen sie in Afrika. Aber da habe ich nischt hier vorne, wo die mit'm Bauch wackeln.« Der Hilfsregisseur spielte Klavier. Man wartete auf eine Schauspielerin, die aus dem Theater kam. Ein Mädchen mit brauner Haut und kupferrotem Haar sah so schön aus, daß Lotte dachte, wie viele Gesellschaften man durchwandern mußte, ehe man ein solches Geschöpf fand. Aber es war eine Komparsin. Abend zehn Mark, und Abendkleid mußte sie selber liefern. Sie sah tief unglücklich aus. Derweilen spielten sie Jazz, und der Star, dieses himmlische Stück Gosse, tanzte. Lotte saß dabei und war glücklich.

Schließlich kam die Schauspielerin. Da merkte man, der Talmilord war schlafen gegangen. Der Talmilord hatte sich extra für diese Rolle Koteletten wachsen lassen. Alle machten Witze: »Um Gottes willen, er wird sich doch nicht inzwischen rasiert haben!« Man telephonierte.

Die Schauspielerin stand in Pose und sprach. Sie hatte einen zu kleinen Mund dabei.

Es knallte, die Nummer ging hoch. 753. Die Schauspielerin

sprach. »Kommen Sie«, sagte der Dicke und führte sie ab, und Lotte sah ihnen nach.

Es knallte, die Nummer ging hoch. 753. Die Schauspielerin sprach. »Kommen Sie«, sagte der Dicke und führte sie ab, und Lotte sah ihnen nach.

Es knallte, die Nummer ging hoch. 753. Die Schauspielerin sprach. »Kommen Sie«, sagte der Dicke und führte sie ab.

Die Kameraleute und der Regisseur hatten die Ärmel aufgerollt übern Ellbogen und die Reisemützen verkehrt herum aufgesetzt. Das wunderbare Mädchen im weißen Kleid, dieser rothaarige Traum, saß immer noch allein und todtraurig da.

Der Talmilord kam zurück. Er war schon im Bett gewesen. Er kam nur zurück, um einmal stumm mit Lotte durchs letzte Bild zu gehen.

Das geschah dreimal, und dann war endlich Schluß. Halb zwei Uhr. Das wunderbare Mädchen ging mit zwei Freundinnen fort. Lotte stürzte in die Garderobe. Viele werden in der Nacht weite Wege wandern müssen, um Fahrgeld zu sparen. Ein Auto stand vor der Halle. Sie nahmen es zu viert. Aber keiner sprach. Waren alle zu müde.

Was für eine Frühlingsnacht, diese Sonnabendnacht im Mai 1930! Was für eine Süße morgens um halb drei!

Lotte ging leise ins Schlafzimmer, aber Erwin wachte auf.

»Wie spät ist es denn eigentlich?« sagte er ganz verschlafen.

»Halb drei.«

»Waas?«

»Halb drei, und schlafen kann ich auch nicht, weil meine Nerven viel zu aufgeregt sind. Steineklopfen ist diese Filmarbeit. Die müssen einem viel zahlen, daß man das für sie macht.«

Noch in derselben Nacht rief Klärchen höchst aufgeregt bei Theodor an: »Komm sofort in die Bendlerstraße, mit Sofie ist was passiert.«

Sie saßen alle im grauen Wohnzimmer und warteten auf Nachricht von Doktor Miermann, der versuchte, Sofie den Magen auszupumpen.

»Das ist eine krankhafte Geschichte«, sagte Paul.

»Ich versteh' das gar nicht. Sie hat doch das beste Leben von der Welt gehabt«, sagte Karl.

Selma sagte nur: »Ich bitte euch, mit niemandem darüber zu sprechen. Solche Dinge haben in der Familie zu bleiben.«

»Hat sie Briefe hinterlassen?« fragte Theodor.

»Nur einen einzigen«, sagte Annette. »Es ist doch unbegreiflich, wo sie so viele Freunde hatte. An einen Herrn Doktor Feld.«

»Habt ihr ihn angerufen?«

»Nein, natürlich nicht«, sagte Selma.

»Wir können doch jetzt nicht am späten Abend einen wildfremden Menschen anrufen«, sagte Annette.

»Natürlich könnt ihr. Ich werde es gleich tun! – Meine Schwester hat einen Selbstmordversuch gemacht und nur einen einzigen Brief hinterlassen, an Sie. Halten Sie es nicht für zweckmäßig, wenn sie aufwachen sollte, da zu sein?«

»O Gott, wie grausig! Ich komme gleich. Es ist nur so: Meine Frau hat ein drei Tage altes Kind, ich möchte sie jetzt nicht wekken, und andererseits wird sie doch erschrecken, wenn ich nicht da bin.«

»Legen Sie ihr doch ein paar Zeilen aufs Bett.«

»Und wenn der Brief herunterfällt?«

»Sagen Sie außerdem Ihrem Dienstmädchen Bescheid.«

»Ich werde auf alle Fälle kommen.«

»Warum hat sie das getan?« sagte Annette.

»Unglückliche Liebe«, sagte Theodor.

»Man hätte ihr viel mehr zureden sollen, zu heiraten.«

»Es hat doch nichts genutzt. Sie war mit den besten und bedeutendsten Leuten zusammen.«

Jetzt klingelte es unten.

»Ich werde in den roten Salon gehen«, sagte Theodor.

Doktor Feld machte einen schrecklich verlegenen Eindruck. »Es ist eine furchtbare Sache«, sagte er, »ich brauche Ihnen nicht zu sagen, daß ich völlig bestürzt bin. Aber ich weiß absolut nicht, wie ich mich verhalten soll.«

»Sie sind verheiratet und hatten mit meiner Schwester ein Verhältnis?«

Feld saß auf der Stuhlkante und nickte: »Ich habe Ihre Frau Schwester sehr geliebt. Aber sie ist über fünfzig, und ich bin vierzig. Das konnte doch keine Ehe werden. Wahrscheinlich gibt es auch so etwas, aber ich habe es nicht gekonnt. Ich bin schrecklich unglücklich, daß ich ihr so viel Kummer mache. Außerdem ist es mir unangenehm, daß sie mich so liebt. Ich bin es gar nicht wert. Sie irrt sich in mir.«

Theodor dachte: Es ist alles so einfach. Sie ist über fünfzig, und er ist vierzig. Er ist ein hübscher, einfacher Durchschnittsmensch und Anlaß zu einer Tragödie. Er kann nichts dafür.

»Sie haben sicher vollständig recht. Man kann Ihnen gar keinen Vorwurf machen. Warten Sie einen Augenblick, ich werde mit der Schwester sprechen.«

Theodor trat in Sofies Zimmer. Er sah ihre rosenrote Wäsche, ihre Blumen in den Vasen, ihre Ketten in Glasschalen, ihren rosa gesteppten Schlafrock, ihre rosa Pantöffelchen mit Federn. Und im Bett lag seine liebe, alte Schwester bewußtlos, und sein verdorrtes Herz erweichte sich.

Doktor Miermann zuckte mit den Achseln und winkte ab: »Es geht zu Ende.«

Theodor ging hinaus. »Sie ist noch immer bewußtlos«, sagte er.

Der junge Mann setzte noch einmal zu einer Verteidigungsrede an. Theodor half ihm in den Mantel. »Lassen Sie nur«, sagte er.

Theodor sah ihm nach, als er die kleine Treppe in der Bendlerstraße hinabging. Das Schicksal kann auch so aussehen, dachte er.

# 132. Kapitel

## *Abschluß eines Menschenlebens*

Sofie war begraben. Aber die Wohnung war noch unverändert. Da war dieses Wohnzimmer, Stätte eines Teetischkults, mit seinen Florentiner Spitzendeckchen, silbernen Schalen, englischem Porzellan und spiegelndem Mahagoni.

Klärchen und Lotte ordneten die Sachen. Klärchen nahm Kleider aus den Schränken. Sie fand kaum durch. Da waren Strickkleidchen, da waren Kostüme, da waren Abendkleider in Tüll und Chiffon und Spitzen, da waren Seidenkleider mit langen Ärmeln. Da waren Blusen, seidene, baumwollene, batistene. Da waren die Pelzmäntel und Wollmäntel und Regenmäntel und Lederjacken.

»Ich glaube«, sagte Klärchen und trat zu Lotte ins Zimmer, die den künstlerischen Nachlaß ordnete, »Sofie hat nie etwas verschenkt.«

»Ja, es ist alles sehr traurig, Mama.«

Da lagen Dutzende der weißen Baumwollwäsche mit Stickereien, die Sofie zur Aussteuer bekommen und seit Jahrzehnten nicht mehr getragen hatte. Klärchen versah sie mit einem Zettel: »Tante Eugenie oder Marianne.« Sie wollte alles zuerst einmal Eugenie anbieten. Keiner konnte wissen, ob sie diese weißen Hemden nicht dringend brauchen konnte.

Und nun begab sich Klärchen an den Wäscheschrank ihrer Schwester. »Lotte, du mußt mal herkommen. Bitte, sieh dir das an!«

Der Schrank war innen vollständig mit rosa Seide ausgeschlagen. Jedes Brett war mit echten Spitzen garniert. An den Türen hingen seidene Säckchen, mit Duftpulvern gefüllt. Der Schrank war angefüllt mit feinsten seidenen Wäschestücken, Spitzengarnituren, blauem, rosa und gelbem Geknitter und

Chiffonmäntelchen für den Morgen und geblümten Kleidchen.

»Du, daraus mache ich entzückende Kleidchen für deine Susi«, sagte Klärchen, »denn wer soll so was sonst noch anziehen?«

»Mama!!«

»Du hast recht, mein Kind. Die arme, arme Sofie! Es ist zu traurig. Sie hat doch nichts im Leben durchgemacht. Wie ich meinen Fritz verloren habe, da hatte ich doch wirklich ein Recht, zu klagen und anzuklagen. Aber Sofie? Ach, schrecklich!«

Lotte sortierte die Zeichnungen, soweit es da etwas zu sortieren gab. Erste Abzüge, zweite Abzüge, dritte Abzüge. An jedem Blatt waren die Kritiken, die dieses Blatt erwähnt hatten, angeknipst, Abschriften der Briefstellen, die Namen der Käufer, ihre wechselnden Adressen und die erzielten Preise. Welche Ordnung! Welche Ruhmverwaltung! Sofie hatte eine kostbare Mappe: »Kritiken«, eine zweite kostbare Mappe: »Briefe«, eine dritte: »Ausstellungen«. Nicht ein Zettelchen von Brender schien sie jemals weggeworfen zu haben. Alles hatte seinen Platz. Und Lotte dachte an den gigantischen Wirrwarr ihres eigenen Lebens, an alle die verlorenen Adressen und verlorenen Empfehlungen; sie dachte, wie sie selber nie ein Photo hatte, wenn es gebraucht wurde, wie sie ihre Kritiken irgendwie verlegte und ihre Publikumsbriefe verlor.

Es klingelte, und leise kam über die Treppe Oliver Brender, der große Kunsthändler.

»Ich habe alles hier«, sagte Lotte.

Brender begann zu blättern. Er hielt eins der Pariser Blätter in den Händen. »Sie hat das Geflimmer von Paris besonders graziös wiedergegeben. Aber andere haben es entdeckt und mit ihrem Herzblut darum gekämpft, die Menschen es sehen zu lehren. Es ist alles aus zweiter Hand.«

»Aber Herr Brender, Sie haben doch die Trommel für sie gerührt. Sie selber hat ihr ganzes Leben ihre Kunst nicht wichtig genommen, und erst jetzt habe ich gesehen, wie gut sie verdient hat und was sie für eine glänzende Geschäftsfrau war.«

»Vor einem Vierteljahrhundert wurden auch die Kleinen von der Mode einer reichen Epoche hochgeschwemmt, aber jetzt? Die Großen überdauern die Zeiten. Aber das?«

»Ich finde, Sie sind ihr eine Gedächtnis-Ausstellung schuldig.«

»Frau Oppen, bitte, urteilen Sie selbst: Tue ich wirklich etwas Gutes, wenn ich das ausstelle? Sie war eine große, eine höchst kultivierte Weltdame, eine zauberhafte Gestalterin des Daseins. Sie, gerade Sie, müssen doch fühlen, daß es nichts anderes ist als Geschmäcklertum.«

Er hat recht, dachte Lotte, es ist ganz unwichtig.

»Lotte!« rief Klärchen. »Sieh mal, was du hier von den Ballblumen brauchen kannst. Es ist eine ganze große Schublade voll da.« Und sie war dabei, sich durch die unübersehbare Fülle der handgestrickten Jumper, der Handtaschen, der Schals und der Schuhe durchzufinden.

»Ich gehe schon«, sagte Brender, als es klingelte.

Marianne kam von der Arbeit, in ihrem zeitlosen Mantel, lang in einer Zeit, wo die Frauen bis zum Knie angezogen waren, mit dem großen, rotblonden Haarknoten, zu einer Zeit, wo alle Frauen ihre Haare abgeschnitten hatten. Sie sah auf diese von der ihren so verschiedene Welt, sie roch den Duft, der noch aus Duftsäckchen, Badesalzen und Parfüms im Raum war, sie hörte die silberne Glocke einer Uhr schlagen, sie sah die Fußbank, die ihre Tante ein Taburett genannt hatte, eine wunderbare, eine ganz künstliche Welt.

»Komm, Marianne, such dir auch was raus, einen Schal oder ein Parfüm«, sagte Klärchen.

»Ach, Unsinn«, sagte Marianne, »was denkst du?« Und sie sah auf all diese zartfarbigen Gespinste.

Die drei Frauen gingen durch die Zimmer. »Was hat man falsch gemacht? Wann hätte man ihr helfen können? Warum mußte diese schöne und begabte Frau so unglücklich enden?«

»Wir wissen es alle nicht, Tante Klärchen. Wir wollen jetzt sehen, daß mit dem, was sie hinterließ, so viel Freude wie möglich geschaffen wird.«

Und vor Mariannes Augen standen die dringenden Briefe mit

Schilderungen von Not und die Besuche in den halbleeren Wohnungen der alten Frauen und arbeitslosen Familienväter im Norden und Osten der Stadt. Mit der Beantwortung dieser dringenden Briefe, mit dem Empfang dieser Besucher, mit der Erledigung ihrer Bitten war wie im Flug ihr Leben vergangen, und in zwei Jahren würde sie vierzig sein.

»Kinder, ich laß euch allein, ich geh' noch auf einen Sprung zur Großmama runter, und ich muß noch in die Potsdamer Straße, ich hab' nicht ein Stück Obst im Hause. Wie is denn, willst du nicht schnell bei uns essen, Lotte?«

»Wie kann ich denn! Du weißt doch, Mama, die große Liebe.«

»Wie lang geht denn das noch?«

»Dreihundertste Aufführung!«

Lotte kniete auf dem Fußboden und packte Sofies Zeichnungen in einen großen Koffer. Jetzt war er gefüllt. Das Schloß schnappte ein, und morgen würde er auf den Boden gestellt werden.

In der zerstörten Wohnung saß Theodor vor Sofies Schreibtisch, der überquoll von Briefen. Vom kleinen, dicken, elfenbeinfarbigen Papier mit den winzigen Schriften bis zum Luftpostbogen und den großen steilen Buchstaben von 1930. Aber der Inhalt blieb gleich, fünfunddreißig Jahre lang in allen Sprachen: »Wann kann ich Sie sehen? Wann kann ich Sie sprechen? Denn Sie wissen, wie ich Sie verehre, Sie allein.«

Und hier war Sofies Schrift auf Entwürfen zu einem Brief an Erich Feld. »Du hast jetzt eine Freundin, ich habe es von Lucie erfahren. Ich bin tief verletzt.« Durchstrichen.

»Ich habe von Lucie erfahren, daß Du eine Freundin hast, ich bin tief empört, Schluß unserer Beziehung.« Durchstrichen.

»Du bist mit einem jungen Mädchen gesehen worden. Du mußt nicht denken, daß ich eifersüchtig bin, Du hättest es mir ruhig erzählen können.« Durchstrichen und unterpunktet.

»Warum hast Du mir von dem lieben jungen Ding nicht erzählt?« Durchstrichen.

Theodor las nicht weiter.

Er stand neben dem eisernen Ofen der Heizung, nahm die

Bündel und warf sie ins Feuer, und während das Papier sich auflöste, sich rollte, blau und grün leuchtete und gelb und rot aufflammte und der Entwurf mit den durchstrichenen und unterpunktierten Sätzen zu einem Brief an Erich Feld verkohlte, flüsterte Theodor:

»Warum haben wir zwei Blutsverwandte uns nicht mehr umeinander gekümmert? Warum waren wir zwei Einsamen nicht inniger befreundet? Warum sind wir beide im Leben gescheitert? Jetzt, jetzt verbrenne ich dein Herz.«

# 133. Kapitel

## *Die große Krise*

»Hast du schon die Zeitung gesehen?« sagte Paul.

»Nein«, sagte Erwin, »sie kam eben erst.«

»Kupfer notiert wieder zehn Prozent niedriger, Baumwolle zwanzig Prozent. Die Preise sinken ins Bodenlose. Niemand weiß, wo das noch hinführt. Wir verlieren an jedem Auto Geld.«

Das Warenhaus Mainzer in Neckargründen schrieb an seine Lieferanten: »Die diesjährige Lieferung in Baumwollstoffen – glatten und faconnierten –, in Kunstseide – glatte und faconnierte – möchte ich stornieren. Die Kundschaft hält sehr zurück und verlangt billigere Preise.«

Auf den Halden in England häufte sich die Kohle. In den Eisenwerken häuften sich die Knüppel. In Amerika wurde geerntet. Wie eh und je schnitten die Farmer in Kanada den Weizen. Wie eh und je pflückten die Schwarzen die Baumwolle, das Leintuch auf dem Kopf. Die Ernte war riesig, fruchtbar war die Erde. Aber niemand konnte den Weizen kaufen. Denn in den Städten arbeiteten nicht mehr Menschen, sondern Maschinen, und die Menschen hatten keine Arbeit, und da der Mensch nur für Arbeit bezahlt wurde, so wurden die Menschen nicht bezahlt. Und ohne Geld konnte man keinen Weizen kaufen, kein Brot, keine Kleider. Und so standen die Mühlen still und die Bäckereien, und es fuhren keine Schiffe mit Weizen um die Erde, und den herrlichen goldgelben Weizen bekamen die Lokomotiven zu fressen.

Und so standen die Webereien und die Spinnereien still, und die Kleidergeschäfte machten ihre Türen zu, und die Zuschneider und die Näherinnen und die Verkäufer und die Verkäuferinnen wurden entlassen, und es fuhren keine Schiffe mit Baumwolle um die Erde, und die weiße Baumwolle bekamen die Lokomotiven zu fressen.

Rotgesichtige Männer im Zylinder standen in der Börse zu Liverpool. Wie hoch stand die Baumwolle? Sie wurde billiger. Alle Waren wurden billiger. Die Händler kauften nicht. Sie würden noch billiger werden.

In Deutschland gab es zu dieser Zeit einen Mann, der für immer weitere Senkung der Löhne und Preise und für Erhöhung der Steuern war, und so konnte niemand mehr etwas anderes als das Essen kaufen, und die Not wurde immer größer.

Erwin kam ganz aufgeregt nach Hause. »Die Nazis entwickeln sich. Die Geschäfte gehen schlecht. Der Gehaltsabbau blüht. Wir haben zweieinhalb Millionen Arbeitslose. Aber es gibt Wohnungen, Lotte, es gibt Wohnungen. Soll die Welt zugrunde gehen, wenn wir nur eine richtige Wohnung haben.«

»Wer sucht?« sagte Lotte. »Ich kann nicht, ich muß zur Pastin, Kleider raussuchen für diesen Dreck von so 'nem französischen Dutzendfabrikanten. Aber sie finden mich ja alle vorzüglich. Aber Wohnung kann ich nicht auch noch suchen.«

»Also Mütter an die Front. Meine Mutter macht das liebend gern, und deine auch.«

Es gab wieder Wohnungen. Es gab sogar viel zuviel Wohnungen. Tante Eugenie konnte nicht mehr vermieten. Die große Wohnung war die große Sorge.

Erwin nahm Susi um und tanzte. »Wir kriegen eine Wohnung. Wir kriegen eine Wohnung. Fünf Zimmer. Eins für Susi und eins für Emmanuel und eins für uns und ein Wohn- und ein Eßzimmer, und die Möbel kriegen wir zum Teil von der Oma Annette und zum Teil von Tante Eugenie, und du kriegst eine Puppenküche, und an deinem zehnten Geburtstag, meine Tochter, sind wir ganz fein und geben ein Fest in unserer neuen Wohnung. Die ganze Familie versammelt sich bei uns. Wir bleiben Bürger, und du darfst aufbleiben, und wir machen gebratene Hühner.«

»Für alle?« sagte Susi. »Zu teuer, Papa. Wo denkst du hin, wo die Mama nur noch sechshundert Mark Gage hat.«

»Aber der Papa ist doch wohl auch noch da.«

»Na ja!«

»Dich nehme ich ja nächstens in die Fabrik mit, selbst ansehen, wie Autos gemacht werden. Also es gibt Hühner und Eis.«

»Eis kann ich nicht machen. Wir haben keine Eismaschine, und zu bestellen kostet eine Mark pro Person, das ist Unfug«, sagte Lotte.

»Na gut. Also kein Eis.«

»Ich weiß was«, sagte Susi, »wir machen Obstsalat mit Schlagsahne.«

»Großartig, Obstsalat mit Schlagsahne.«

»Und außerdem wollte ich euch eine Mitteilung machen. Ich gedenke morgen in den Jüdischen Wanderbund einzutreten.«

»So? Und was trägste da für eine Gesinnungstracht?«

»Was ist denn das, Papa?«

»Erwin, uze doch das Kind nicht.«

»Also wie geht ihr angezogen?«

»So wie alle Wanderbünde, ich brauche nur ein blau-weißes Schleifchen. Oma Klärchen will mir alles geben, den Hordenkessel und das Eßgeschirr und den Butternapf und, wenn ich es brauche, eine Zeltbahn.«

»Aber ihr kleinen Mädchen werdet doch nicht draußen übernachten! Hast du schon Abendbrot gegessen?«

»Ja.«

»Also gute Nacht, meine Süße.«

»Das ist bestimmt nicht unser Kind«, sagte Lotte. »Ich habe ihr gestern verschiedenes vorgelesen, die ›Glocke‹ von Schiller und den ›Taucher‹. So Sachen, die Sowas schon versteht. Hat sie doch gesagt: ›Mama, wenn es dir Freude macht, es mir vorzulesen, höre ich gerne zu!‹ Sie ist ohne jede Phantasie. Aber ein prachtvoller Kerl. So was von korrekt und fleißig!«

Paul hatte eine scharfe Auseinandersetzung mit Herrn Stiebel.

»Herr Stiebel, Sie haben da diesen lächerlichen Effinger-Autoklub gegründet. Und hier werden wir in der scheußlichsten Weise angeprangert in diesem Naziblatt. Bitte: ›Die Juden Schmuel und Isaak Effinger haben für ihre miese Gefolgschaft einen Klub gegründet, in dem nur garantierte Wechselfälscher, Betrüger und Aussauger aufgenommen werden.‹ Ich werde ein

Dementi verlangen. Aber außerdem erfahre ich jetzt, daß Ihr Bruder der Syndikus dieses Klubs ist und daß er seitdem eine Riesenpraxis hat, weil er bei allen Unfällen zugezogen wird. Ferner höre ich, daß die Effinger-Spielzeugautos ständig zu Überpreisen bei Ihrem Schwager bestellt werden. Ich verlange, daß wegen des Spielzeugs eine Ausschreibung gemacht wird und daß der Name des Klubs geändert wird. Wir wollen nichts mehr damit zu tun haben.«

»Ich richte mich ganz nach Ihren Wünschen, Herr Effinger.«

In diesem Augenblick trat Erwin ein. »Dieser Artikel, dieser Angriff ist von Ihnen, Herr Stiebel. Onkel Paul, ich denke, du bist einverstanden, wenn wir uns von Herrn Stiebel trennen.«

»Es ist das Tollste, was ich in bald fünfzig Jahren erlebt habe.«

Herr Stiebel verbeugte sich und ging.

»Was ist das? Stiebel hat den Artikel geschrieben?«

»Ja, und bei uns eine Nazizelle organisiert. Wir haben jetzt die Aufpasser im Hause. Wehe uns, wenn hier ein Arbeiter entlassen wird, der der Zelle genehm ist!«

»Aber wir müssen entlassen, unser Export ist genau auf die Hälfte gesunken. Und zu welchen Schleuderpreisen exportieren wir! Und dabei zahlen wir ständig unsern amerikanischen Kredit ab.«

»Das tut aber keiner.«

»Ich habe so finanziert, und es wird abgezahlt.«

»Wir sprechen uns heute abend, bei der Einweihung von unserer Wohnung.«

»Es ist wirklich keine Zeit, um Feste zu feiern.«

»Aber Papa, Lotte und ich sind zehn Jahre verheiratet und haben eine Wohnung, und Susi darf zum erstenmal mitessen.«

Paul stand am Fenster der Fabrik, nur die Heizer waren noch da. Es war ganz still. Man arbeitete halbe Schicht. In ganz Europa wurde halbe Schicht gearbeitet, wo überhaupt gearbeitet wurde. Wenn er aus dem Fenster sah, sah er nichts als häßliche Häuser. Früher hatte man die Blumenfelder gesehen. Aber die Söhne von Herrn Henning hatten sie als Terrain verkauft und waren Millionäre geworden, und man hatte Mietskasernen, vier

Stock hoch, gebaut mit prachtvollen Fassaden, mit Läden und elenden, überfüllten Wohnungen. Nun standen die Läden leer. In der ganzen inneren Stadt. Das Land konnte diese Reparationslast nicht tragen und nicht diese wahnsinnigen Schulden, dachte Paul. Um zu bezahlen, mußte man zu Schleuderpreisen exportieren. Diese Preise konnte man nur herauskalkulieren, wenn die Löhne des Arbeiters gedrückt wurden. Die gedrückten Löhne verminderten seine Kaufkraft, und so stand ein neuer Teil still. Alles war wie das grausame Schicksal der Antike. Die Chauffeure hatten keine Fuhren. Sie konnten die Wagen nicht abzahlen. Wenn das so weiterging, konnte man eines Tages seine Bankzinsen nicht mehr weiterzahlen, seine Arbeiter nicht, seine Angestellten, seine Lieferanten. Und dann war alles tot. Fünf und eine halbe Million Arbeitslose waren für den nächsten Winter angesagt. Es konnten rasch zehn werden, zwanzig, dreißig. Niemand konnte mehr kaufen, die Wirtschaft stand still. Was war alles Anno 85 dagegen gewesen, was die schlechten Schrauben, daran gemessen? In einer aufsteigenden Wirtschaft wäre er auf alle Fälle aufgestiegen. Man glaubt zu schieben und man wird geschoben. Aber jetzt? Jetzt war das Ende da. Überall sah man Frierende, Hungernde, Trupps von jungen Musikanten zogen durch die Stadt und bettelten auf eine fröhliche Weise. Nacht für Nacht wurde der Kohlenvorrat der Effinger-Werke bestohlen. In Handtaschen trugen die Leute die Kohlen fort. Es gab die asozialen Jugendlichen. Diese Scharen von Fünfzehnjährigen und Sechzehnjährigen, die nie gearbeitet hatten, die obdachlos waren und hungerten und Verbrecherbanden bildeten.

Ich muß gehen, dachte Paul. Mir ist nicht nach Festen. Aber sie sind so glücklich mit ihrer Wohnung. Und man spricht wieder mal alle.

»Gehen Sie nicht raus«, sagte der Portier. »Da draußen ist Schießerei.«

Und schon hörte man Schreien: »Kommune, Kommune.« Und dann fielen Schüsse.

»Da erschießen die Nazis wieder einen«, sagte der Portier. »Es ist furchtbar. In der Straße wohnt ein Schlachter, dessen Junge tut reineweg nichts, als sich mit der SA herumtreiben, und da hat ihm der Vater gedroht, er schmeißt ihn raus, wenn er nichts arbeitet. Und da hat er erwidert: ›Wenn du noch ein Wort sagst, dann komme ich mit meiner Kolonne und räume dir den Laden aus.‹ Bitte, so stehen heutzutage Eltern und Kinder zusammen. Nee, wir sind hier alle nicht für die Nazis. Aber nach außen haben sie doch die Macht. Man muß doch Angst haben, wenn man es laut werden läßt, daß man bei der nächsten Gelegenheit totgeschossen wird. – Ich glaube, Sie können jetzt gehen, Herr Effinger.«

Als Paul aus der Fabrik ging, flog ein Stein an ihm vorbei, und einer sang ihm direkt ins Gesicht: »Wenn's Judenblut vom Messer spritzt, dann schmeckt's noch mal so gut.«

Bei Erwin saßen schon alle bei Tisch.

»Wir haben so gewartet«, sagte Lotte. »Die Hühnchen sind ganz verbraten. Wenn ich einmal so ein feines Essen gebe, kannst du doch pünktlich sein.«

»Die Hühnchen«, rief Susi, »wo wir für alle Hühnchen gemacht haben, Opa.«

»Du bist noch auf?«

»Aber es ist doch ein Fest.«

Sie hatte ein rosa geblümtes Seidenkleidchen an, aus Sofies unerschöpflicher Erbschaft gemacht, und die Detta hatte ihr ein Kränzchen aufgesetzt. Und plötzlich sprang sie auf und sagte: »Jetzt, wo der Opa da ist, kann ich mein Gedicht aufsagen.«

»Du willst ein Gedicht aufsagen? Also los!«

»Ich wünsche euch für alle Zeit
Gesundheit und Zufriedenheit,
dem Papa, Mama, Omama
von eurem Enkel Susanna.«

»Na, herrlich!« riefen alle.

»Hast du selbst gemacht?«

»Ja, ganz allein.«

»So«, sagte Onkel Waldemar, »nun versuch mal um den Tisch zu gehen – es ist zwar recht enge – und mit allen mit einem Glas anzustoßen.«

Waldemar war da mit Susanna Widerklee, Selma, Eugenie,

Theodor mit Harald, Annette, Karl, James, Marianne, Paul und Klärchen und Armin Kollmann. Schließlich lebte er doch noch.

Mindestens fünfundzwanzig Personen, hatte Lotte gedacht, aber es stellte sich heraus, daß es nur fünfzehn waren.

Und da klopfte Waldemar ans Glas und begann: »Ich hoffe, ich darf sitzen bleiben. Ich freue mich, daß wir in diesen dunklen Tagen doch einigermaßen glücklich beisammensitzen. Ich freue mich, daß hier wieder eine junge Frau heranwächst und ein kleiner Emmanuel, ein ›Gott mit uns‹. Und Erwin und Lotte, ihr werdet schon durchkommen. Ich hoffe, wir können noch öfter in dieser Wohnung zusammensitzen, obwohl ich einundachtzig Jahre alt bin und mich mit der Grube vertraut gemacht habe. Aber die Zeiten sind grauenvoll. Und so schreit man von allen Seiten: Das Ende des Kapitalismus ist da. Die Konkurse häufen sich. Wieder ist der Schuldner der Stärkere, und damit ist wieder die Sittlichkeit weiter im Abstieg. Entschuldigt, daß ich so lange rede, aber wer weiß, ob es nicht meine letzte Rede ist. Das Defizit des Reiches beträgt zwei Milliarden. Und dann diese wahnsinnige Notverordnung, die von keinem praktischen Wert ist, die nur neue Steuern erhebt, also nur die Kaufkraft noch weiter einschränkt, brutal gegen den Angestellten, dem immer weitere Abzüge gemacht werden.«

»Wir haben für die Steuerabteilung zwanzig Personen Personal«, rief Paul. »Wir haben im ganzen vierzig Personen Personal für reinen Leerlauf, Versicherungen, Steuern etc. Kein Betrieb kann sich das auf die Dauer leisten.«

»Richtig. Und nun kündigt Amerika die Kredite. Das heißt, die Mark ist in Gefahr.«

»Onkel Waldemar!« schrien alle auf.

»Also das Chaos«, sagte Erwin.

»Erwin!« sagte Paul empört.

»Er hat doch recht«, sagte Waldemar, »oder das Weltmoratorium. Und so wollen wir darauf trinken, daß wir diese Epoche überstehen, daß eure Kinder in dieser Wohnung Tanzstunde haben.«

Aber es war allen nicht zum Hochrufen zumute.

Die kleine Susi war leise von Lotte zu Bett geschickt worden.

»Trinkt ihr Kaffee?« fragte Lotte. »Ich habe so hübsche Mokkatassen bekommen.«

Aber die meisten hatten Angst, sie könnten nicht schlafen.

»Was ist das für ein schwaches Geschlecht!« sagte Waldemar. Widerwärtig. Er trinke Kaffee. »Was heißt denn das?« Und dann rauchte er Zigarren.

»Die ersten Zigarren, die ich in meinem Leben gekauft habe«, sagte Erwin. »Ich kam mir beinahe erwachsen vor, als ich die Kiste unterm Arm hatte. Wir rauchen ja alle nur Zigaretten.«

»Wie alt bist du Säugling?«

»Siebenunddreißig. Mit Kriegsjahren einundvierzig.«

»Die Herren, die ich spreche, sagen allgemein, der Hitler wäre ein großes Glück für die deutsche Industrie«, sagte Karl.

»Entsetzlich!« »Papa!« »Onkel!« »Karl!« schrien alle empört durcheinander.

»Ich habe heute ein grauenvolles Erlebnis gehabt«, sagte Marianne. »Die Koch und Regierungsrat Gans und der Deutschnationale, von dem ich euch schon öfter erzählt habe – Trümpler – saßen zusammen, und als ich reinkam, schwieg alles. Ich merkte gleich, da ist etwas los, aber ich sagte nichts und wollte gehen, als die Koch sagte: ›Die gegenwärtigen Leiter des Staates schwanken in dieser Lage unentschlossen zwischen Freiheit des Wollens und Notwendigkeit des Geschehens. Das bedeutet Westen oder Osten.‹ Ich habe sie gefragt, wohin sie sich entscheide, und da hat sie gesagt, die Jugend sei noch führerlos, aber sie sei antiliberal, also antiwestlich, und sie fühle ganz deutlich, daß die parlamentarischen Parteien Kampffronten der Vergangenheit seien. ›Wir warten alle auf den Führer‹, sagte sie. Ich war so erstaunt, daß ich sagte: ›Frau Doktor, Sie meinen den Nationalsozialismus?‹ ›Ja. nur er kann uns von dem unerträglichen Joch der Tribute befreien.‹ ›Wodurch?‹ habe ich gefragt. ›Er wird uns vom Ausland unabhängig machen.‹ Es war zu Ende. Sie, die kühle, kluge Preußin, ist hingerissen von Hitler!«

Theodor sprach mit Waldemar über die Soloweitschick-Werke: »Sie tragen nichts. Sie sind so gut wie bankrott. Aber es hat sich ein Konsortium gefunden, das sie sanieren will. Ich fahre morgen nach Warschau. Die Rechtsanwaltsspesen, die ich in dieser

Sache schon gehabt habe, sind enorm. Wir haben seit Anno 14, also fast zwanzig Jahre, keinen Pfennig davon gehabt.«

»Und das Kramersche Vermögen?« sagte Eugenie zu Armin Kollmann.

»Alles weg. Ich habe einen kleinen Briefmarkenladen. Geht ganz gut.«

»Und Ihre Mutter?«

»Vermietet Zimmer. Bis jetzt hat sie alles voll. Ich war zu alt, um mich richtig zu legen. Ich stand natürlich verkehrt.«

Als alle andern gegangen waren, blieb Armin sitzen.

»Hübsch, so eine Wohnung«, sagte er.

»Beinahe nichts neu«, sagte Erwin.

»Kommt es nicht zu teuer, so ein eigener Haushalt? Ihr habt doch zwei Mädchen? Ich kann nicht unter dreihundert Mark im Monat kommen. Miete und Telephon und Licht und Kohlen und Aufwartung und Wäsche, es kostet doch alles, dabei schaffe ich mir überhaupt nichts mehr an. Ich müßte so notwendig einen guten Wintermantel haben. Aber ich verkneife es mir wieder. Meine Frau? Sie ist doch längst mit einem Ingenieur verheiratet, ja, es ist gut so. Wir stehen sehr nett miteinander. Sie hat damals 1921 geglaubt, sie kann ohne den Ingenieur nicht mehr leben. – Irgendeine Maskenballbekanntschaft, ja, toll, na, es war mir nicht ganz leicht. Ehefrau ist Ehefrau. Man hängt, warum, weiß man selbst nicht, aber man hängt. Dabei hatte ich und habe ich längst aufgehört, sie zu lieben, und es war auch alles zu elend in dem einen möblierten Zimmer ...«

»Solltest öfter mal zu uns kommen, Armin. Wir sind doch eine Familie. Wir haben doch ein Heim. Oder gehst du noch immer ins Café?«

»Nein, nein. Aber ein Glas Bier im Freien.«

»Du scheinst ein Glas Bier im Freien beinahe schon für Landleben zu halten«, sagte Erwin.

# 134. Kapitel

## *Bankrott*

Die Firma Dinse, die seit 1925 im erweiterten Bankhaus Oppner & Goldschmidt die oberen Etagen gemietet hatte, kündigte zum ersten April 1931. Die kostbaren zwei Etagen standen leer. Und die Bank hatte fast nichts mehr zu tun. Ringsum hatte das Sterben der Privatbanken eingesetzt, ängstliche Kunden hoben ihre Guthaben ab, Theodor aber zweifelte nicht daran, daß er durchkommen werde.

Der Kredit, den Hartert gegeben hatte, mußte am 20. Mai erneuert werden.

Theodor stand in seinem Toilettenzimmer und wählte die Krawatte zu dem diskreten dunkelgrauen Anzug, den er trug. Er überlegte, ob er die lange goldene Kette mit dem Schieber nehmen solle, die sein Vater immer getragen hatte und die er, mit der Vergangenheit kokettierend, weiter zu tragen pflegte. Würde Hartert dieses feudale Gehabe vielleicht ärgern? Oder würde ihn diese Erinnerung an Emmanuel vielleicht weich stimmen? Wer konnte es wissen? Subtile Frage. Besser das schwarze Uhrarmband.

So, und nun – es war halb elf Uhr – war es Zeit, zu gehen. Theodor ging an dem hübschen Maitag zu Fuß. Es war das erstemal in seinem Leben, daß er um einen Kredit bat. Gewiß, die Inflation war schwer gewesen, aber da hatte Schulz eingegriffen. Nach der Inflation war der Status erstaunlich gut. Theodor hatte abgebaut. Dienstpersonal wurde entlassen. Das Auto aufgegeben. Ein Teil des Hauses war verschlossen und ein Breughel günstig nach Amerika verkauft worden. Eine Rokokogarnitur hatte 50 000 Mark gebracht.

Ganz nah kamen ihm die Geldsorgen auch diesmal nicht. Die Schilder »Zu vermieten«, die sich in den Straßen häuften, die leeren Läden, das machte ihm wohl einen gewissen Eindruck, aber mit dem gesunden Optimismus alles Lebendigen rechnete er auf eine Fünf-Minuten-Geschäftsunterhaltung und dann eine lange private.

Er betrat durch eine marmorne Vorhalle das gewaltige Bankgebäude, das einen ausgestorbenen Eindruck machte. Ein junger Mann mit einem Abzeichen im Knopfloch, einem schwarzen Hakenkreuz auf weißem Grund im roten Feld, sagte: »Platz nehmen.«

»Was erlauben Sie sich?«

»Sachte, sachte«, sagte der junge Mann mit einem so unverschämten Lächeln, daß Theodor am liebsten handgreiflich geworden wäre. Etwas hielt ihn zurück, Erziehung, aber auch eine aufsteigende Furcht, eine bedrohende Angst. Er wischte sich den Schweiß von der Stirn. Das geht nicht gut, fühlte er.

Dann wurde eine filzbeschlagene Tür geöffnet, und dann eine zweite Tür, und dann stand Theodor in dem fast leeren Arbeitszimmer des Bankdirektors Hartert, durch das der Besucher einen langen Weg bis zu dem leeren Schreibtisch hatte. Fünf gewaltige Ledersessel standen da, viel zu groß für den normal Gewachsenen, alles für Giganten eingerichtet. Der Mensch verlor sich in der völligen Maßstablosigkeit dieses Raumes, und das war die Absicht.

»Bitte nehmen Sie Platz«, sagte Hartert. Er stand nicht auf, er wies Theodor den Platz am Schreibtisch an.

Theodor machte einen Versuch, die alten Formen der europäischen Höflichkeit aufrechtzuerhalten.

»Guten Tag, Herr Hartert«, sagte er, »lange nicht gesehen. Schade. Aber wissen Sie, seit meiner Scheidung lebe ich ganz zurückgezogen, die Zeiten ...«

Hartert war eisig. Theodor versuchte weiterzureden. Er fühlte, daß Hartert dachte: Alberne Unsachlichkeit.

»Sie kommen wegen des Kredits. Leider unmöglich zu verlängern. Eigener Kredit sehr angespannt. Bedaure, Herr Oppner.«

Theodor sagte: »Aber das ist doch unmöglich, ich mache sofort bankrott. Bei den langen Beziehungen unsrer Familien ...«

»Ersparen Sie sich jedes Wort, Herr Oppner. Es ist unmöglich…«

»Meine Mutter, das Haus, die Bankfirma Oppner & Goldschmidt, verbunden mit der Reichsgründung…«

»Sehr bedauerlich, Herr Oppner.«

Die Tür hatte sich geschlossen. Hartert sah in den leeren Riesenraum. Er hatte das Rennen gewonnen. Ein Leben lang hatte er in einer Wohnung in der zweiten Etage neben Oppners Villa gewohnt. Ein Leben lang hatte er gedacht: Diese Juden haben alles Geld. Er hatte dies Haus gesehen, diese Feudalität, den Diener, das Auto, die junge Beatrice, deren Mutter eine Gräfin war, und ihre Schönheit, ihre Toiletten und seine alte Frau. Er war aufgestiegen, hatte eine Jagd, hatte einen Weinkeller, hatte ein Motorboot, hatte das doppelte, das dreifache, das zehnfache, das zwanzigfache Vermögen von Theodor, aber immer weiter dachte er: Die Juden haben alles Geld. Er entließ alle Juden in der Bank, er verdrängte die jüdischen Aufsichtsräte, er entzog den Juden ihre Kredite, er bezahlte die Nationalsozialisten, nicht öffentlich, aber heimlich.

Er lehnte sich zurück. Ein großer Tag heute. Er würde bald in Theodors Haus ziehen. Die Hakenkreuzflagge würde dort wehen.

Ein Bote kam herein, beide hoben die Hand zum Hitlergruß. Ein großer Schwung war in beiden. Dies war die Volksgemeinschaft, dies war das Ende des Klassenkampfes. Beide standen in der »Bewegung«. Beide dachten: Für den Führer, für das deutsche Volk, für seine Größe, seinen Glanz und für meinen Aufstieg.

Hartert nahm eine Mappe aus seinem Schreibtisch und gab sie dem Boten. »Material über Oppners Privatleben, verwendbar erst nach dem Bankrott.« Wanda Pybschewska würde nach vierzig Jahren Auferstehung feiern in den Spalten des »Angriffs«. Und die Begeisterung über die gemeinsame Sache eines heimlichen und völlig ungefährlichen Kampfes gegen die friedliche republikanisch-demokratische Regierung hinderte Hartert nicht, dicht vor den Jungen hinzutreten und zu sagen: »Sie wissen Bescheid.« Der Junge wurde blaß und verstand, es hieß nicht mehr und nicht weniger als: Du gibst dies Material weiter, wenn mein Name in diese Sache gezogen wird, hast du dein Leben verspielt.

Theodor stand draußen. Er wußte plötzlich: Das war kein Zufall. Das war keine Notwendigkeit. Hartert vernichtete ihn. Warum? Weshalb? Hartert wollte ihn vernichten.

Er ging gegenüber in eine einfache Kneipe, ließ sich ein Glas Bier geben. Ich will alles verkaufen, dachte er. Ich werde aus dem Hause gehen mit meinen Kleidern und mit meinem Stock. Vielleicht kann ich den Namen retten. Aber auch das gibt es nicht mehr. Keiner weiß mehr, wer Oppner & Goldschmidt ist. Wenn ich jetzt mit dem Geld meiner Kunden über die Grenze ginge, keiner würde sich wundern. Wenn ich alles verliere, sagen die Leute höchstens: Der Esel. Mayer hatte den Trost, daß er seine Ehre nicht verloren hatte. Es gibt keinen Trost mehr, denn jeder versteht etwas anderes unter Ehre. Mein armer Junge wird es auch nicht verstehen. Er hängt so am Geld. Vielleicht wird doch Beatrice sich um ihn kümmern. Sie ist schwerreich. Herr Schulz kontrolliert irgendein Metall. Marium oder Karium, das gehört ihm ganz allein. Mein Bankrott wird die Leute um zwanzig Prozent ärmer machen. Aber es sind nicht mehr viele Leute, die mir ihre Einlagen anvertraut haben. Die Grafen Beerenburg-Haßler sind beinahe die einzigen. Der Jüngste hat es ja abgezogen. Er sagte mir: »Herr Oppner, ich kann mein Geld nicht mehr bei Juden lassen. Es ist Selbsterhaltung.« Und nun hatte er recht gehabt. Kündigen, kündigen, den Mädchen, dem Portier, den Angestellten. Gott sei Dank, daß Liepmann tot ist. Er hätte den Schlag nicht überlebt. Ich fühle mich so schlecht, seit einem Jahr eigentlich schon. Und was wird aus dem Jungen? Er arbeitet jetzt ganz brav. Was wird aus dem Jungen? Man muß an Beatrice schreiben. Ich muß an Beatrice schreiben. Auch das noch. Und dann fiel sein Kopf auf den Holztisch.

Es war niemand in der Kneipe außer einem alten Arbeiter und dem Wirt. »Jott im Himmel«, sagte der. »Der is ja dot.«

»Nee, nee«, sagte der Arbeiter, »'n bißchen Wasser, nu geht's auch an die Reichen.«

Theodor war nur ohnmächtig geworden.

Das erste und einzige Mal, daß Theodor mit Paul Effinger sich wirklich verstand, war jetzt, als am Abend der Katastrophe Paul zu ihm kam, um alles mit ihm zu bereden. Also die Häuser mußten verkauft werden. Alle drei. Effingers würden die zwei alten Frauen erhalten. Aber nicht die Häuser. Der Status der Bank war verhältnismäßig ordentlich. Eine Ausschüttung von sechzig Prozent, enorm für 1931, würde erreicht werden.

»Am richtigsten ist es, du ziehst zu deiner Mutter mit Harald. In der Garderobe kann man dein Schlafzimmer einrichten, und für Harald kann der graue Salon genommen werden.«

»Richtig, Paul. Das sind die geringsten Sorgen. Aber ich warne dich vor Hartert. Habt ihr Kredit?«

»Sicher. Und ich habe eine Nazizelle im Haus. Es ist ein unheimliches Gefühl. Sie beobachten offenbar jeden Schritt.«

Und nun stand das Haus verkaufsgewärtig. Gab es noch reiche Leute? Gab es noch ein Publikum? Brender hatte den Katalog gemacht. Die Kunstwerke, die er verkauft hatte, kehrten zu ihm zurück. Sie würden in dem großen Hotel versteigert werden, durch dessen Fenster Theodor in seiner Hochzeitsnacht auf die Straße Unter den Linden geblickt hatte.

Noch einmal, zum letzenmal, wurde das Haus Oppner betreten. Nach langen Jahren zum erstenmal wieder flutete die Menge, Neugierige und Kauflustige, durch die herrliche Blümlersche Halle. Sie gingen umher wie ehemals zwischen Geräten der Renaissancefürsten und der Rokokokurtisanen. Aber an den antiken Säulen des Principe standen die Nummern Th. Oppner 149, Th. Oppner 146. Arbeiter waren dabei, aus den Wänden die Tintorettos herauszureißen und die Gobelins aus dem Rokokosalon.

Durch das Haus ging ein alter Herr, sehr groß, sehr breit, ein Graf Beerenburg-Haßler, ein Sohn des Mannes, der mit Emmanuel befreundet gewesen war. Er stand an einem der Fenster und sah auf die zerbröckelnde Sandsteindame, auf die sein Urgroßvater um 1830 gesehen hatte: Die werd' ich mir ersteigern lassen. Ganz gut für unsere Klitsche!

»Das alte Berlin geht zugrunde«, sagte er zu Riefling. »Der alte preußische Adel genau so wie die Berliner Juden. Haben ja ganz gute Ideen, diese neuen Nationalsozialisten. Aber das sind ja solche wilden Leute. Schönes Haus, Riefling, sehr viel Geschmack, sehr viel Kultur. 'n bißchen zuviel.«

Aus dem Arbeitszimmer, diesem Raum, den Theodor mehr geliebt hatte als einen Menschen, wurden die Wände entfernt, die gelben Frauen in braunem Holz, und über die Treppe wurde die antike Statue geschleppt, die marmorne Venus, römische Kopie nach Phidias.

Drüben bei Brender war der Katalog schon vergriffen. Kunsthändler gingen umher, sprachen mit eleganten Damen, hier eine Prinzessin, dort eine Filmschauspielerin, geistige Männerköpfe. Begeisterte versuchten zu rechnen. Uralte Teppiche hingen an den Wänden. Ein Aubusson, Kleinplastik der Renaissance, edelstes Tischlerhandwerk. Durch Lorgnetten, gehalten von juwelengeschmückten Händen, die aus kostbaren Pelzen kamen, betrachteten lebendige Frauen die Lady Long von Reynolds.

Aber der Hauch der Verwesung drang aus dem Haus bis in die Räume des Kunsthändlers und die bewegte Menge.

# 135. Kapitel

## *Der graue Salon*

Eine weitere der Berliner Privatbanken kaputt.
Oppner & Goldschmidt bankrott!

Kein Schock mehr in der Bankwelt, kein Riese, der die Kleinen mit sich reißt. Ein müdes Sterben. Keine rasche Gründung der Inflation brach zusammen, sondern eine fast 150 Jahre alte Firma, fast die älteste Bankfirma Berlins. Der Urgroßvater des jetzigen Inhabers war von König Friedrich Wilhelm III. bei der Gründung der Berliner Börse in den Börsenvorstand delegiert worden, und die Firma hatte die napoleonischen Kriege wie die Bismarckschen Feldzüge weitgehend finanziert. Der Vater von Theodor Oppner, Emmanuel, gehörte zur alten liberalen Garde. Er war als junger Bankangestellter auf die Berliner Barrikaden gestiegen, er hatte, die demokratische schwarzrotgoldene Kokarde an der Mütze, für die Freiheit gekämpft. Besiegt und verfolgt von der Reaktion, hatte er in Paris nicht in hoffnungslosen Emigrantenunterhaltungen, sondern in Bankgeschäften ein neues Leben gefunden. Er wurde von Bismarck zurückgeholt, der finanzielle Berater des Eisernen Kanzlers und der Mitbegründer der Reichsbank. Er lehnte getreu seiner alten Rebellenvergangenheit alle Orden und Titel ab und lebte zurückgezogen mit seiner zahlreichen Familie in einem alten Landhaus in der Bendlerstraße. Theodor Oppner, sein Sohn, ein bedeutender Kunstsammler, ließ durch den großen Architekten Blümler dessen schönste Berliner Villa bauen. Haus und Sammlungen werden am 25. durch Brender versteigert. Der Besitzer, getreu der altehrwürdigen Tradition seines Hauses, wird als Bettler sein Haus verlassen. Dieser Zusammenbruch wird die Gläubiger sehr wenig schädigen, und es erhebt sich die Frage, ob es wirklich der Dessauer Bank oder einem Bankkonsortium nicht möglich war, diesen Privatbankier, der im Gegensatz zu so vielen windigen Existenzen der Vertraute seiner Kunden war, zu stützen. Wieder endet eine alte Berliner Tradition.«

Theodor saß in der Bendlerstraße, die er vor dreißig Jahren verlassen hatte. Mein alter Miermann, dachte er gerührt. Ich möchte gern die andern Artikel auch haben, aber ich kann mich an kein Zeitungsausschnittbüro wenden, und wer könnte es für mich tun? James! fiel ihm ein. Der würde es machen, der würde sich nicht über mich mokieren, oder – Lotte. Richtig, Lotte! Theodor rief bei ihr an.

»Natürlich bin ich abonniert. Mich interessiert es auch. Gott, für Tante Annette müßte man ein Album anlegen.«

»Lotte, du hast gut lachen, berühmte Schauspielerin, die du bist.«

»Nein, Onkel Theodor. Ich lache nicht. Ich bin tief traurig. Wir alle haben doch an alldem über Gebühr gehangen.«

Theodor klebte Zeitungsausschnitte in ein Pappalbum ein, mit der alten Sorgfalt, mit der er früher kostbare Stiche in kostbare Alben geklebt hatte. Plötzlich wurde er blaß. Das gab es!?! In diesem Augenblick? Er war gestorben. Uralte Regel: De mortuis nil nisi bene. Er hatte ein Recht auf Schonung.

»Jüdischer Bandit und Zuhälter erlegt!

Der ›Kultur‹jude Schmuel Isaak Oppner muß endlich seine betrügerischen Jobbergeschäfte aufgeben.« Da stand von den verjudeten Grafen Beerenburg-Haßler, die ihre schützende Hand über das Geschmeiß gehalten hatten, von Beatrice, von dem »Erzschieber Schulz«, der seinem Vaterland den Rücken gekehrt hatte, von Harald, dem »wucherischen Sohn«, und da – um Gottes willen, wer wußte so Bescheid? – da stand von dem betrügerischen Neffen, der große Summen in der Bank unterschlagen hatte, und von Wanda, Wanda Pybschewska tauchte auf nach einem halben Jahrhundert in den Spalten des »Angriff« als »das arme, unschuldige arische Mädchen, geschändet von dem Wucherer, Zuhälter und Betrüger«.

Ich muß mich erschießen, dachte Theodor. Wenn einem Menschen so die Ehre geraubt wird, kann er nicht weiterleben.

Es klopfte. »Herein«, rief Theodor.

»Tach, alter Theodor«, sagte Karl, dem Erwin folgte. »Hast es doch ganz nett hier. Ich will mal die alte Bruchbude in die Hand nehmen. So ist sie ja gar nicht zu verkaufen. Aber geteilt mit neuen Kleinwohnungen, Badezimmern und eingebauten Küchen könnte sie rentabel sein. Brender sagte, die Versteigerung von deinen Sachen wird gut bringen, dir kann's ja egal sein, aber immerhin doch eine Freude. Du bekommst sicher bald eine gute Bankanstellung. Leute wie du sind gesucht, und warum nicht? Ein gutes Gehalt ist mir lieber als ein unsicheres Einkommen. Aber nun an die Gewehre! Erwin, vergleich' mal mit dem alten Plan, ob das noch alles stimmt.«

»Ihr könnt Mama nicht aus dem Haus werfen«, sagte Theodor mühsam, hielt den Zeitungsausschnitt auf dem Rücken und ging langsam rückwärts auf die Kommode zu, zog rasch die Schublade auf und warf ihn hinein.

»Davon ist keine Rede«, sagte Karl. »Aber auch unten müßte man umbauen. Man müßte eine neue Toilette einbauen, das ist ja alles vorsintflutlich.«

»Wieso?« sagte Selma, die unbemerkt nachgekommen war, und stand klein, schneeweißhaarig mit ihrem ewig gleichen schwarzseidenen Kleid im Türrahmen, einen Stock in der Hand. »Mir ist es schön genug. Und später könnt ihr ja machen, was ihr wollt. Ich bin immer für das Einfache gewesen.«

»Ist ja auch richtig«, sagte Erwin, »mein ganzes Leben habe ich mich über die vielen Wappen in Großmamas Toilette gefreut. Großmama, was auch wird, den ungeheuren Apparat für die Klosettpapierrolle will ich aber haben. Den vererb' ich noch an Kinder und Kindeskinder. ›The crowns fixture‹. Aus den Jugendtagen des Wasserklosetts.«

»Dumme Sentimentalitäten«, sagte Karl, »wenn das Haus Heizung hätte und eine gekachelte Toilette, wär's zu verkaufen, und die obere Etage, Mama ...«

»Ich weiß«, sagte Selma, »muß vermietet werden! Das sagte mir schon Theodor.«

»Dann ziehen also Theodor und Harald nach unten.«

»Wie soll ich denn das einrichten?« sagte Selma.

»Der graue oder der rote Salon müssen geopfert werden.«

»Nein«, sagte Selma. »Ich muß zwei Empfangszimmer an meinem Geburtstag haben. In das graue Wohnzimmer kommt man nur durch das rote. Also muß das rote bleiben. Und in meinem Erker sitze ich jetzt fünfzig Jahre.«

Theodor und Erwin winkten ab. Harald hatte schließlich eine Stellung. Tausende von jungen Leuten mußten mit zweihundert Mark im Monat auskommen.

»Sicher«, sagte Theodor, »niemand will dich vertreiben.«

Selma machte die Tür hinter sich zu. Klapp, klapp, machte der Stock.

»Warum geht Mama mit Stock?« sagte Karl.

»Eine Wunde am Fuß will nicht mehr heilen«, sagte Theodor.

»Ich hätte vielleicht nichts sagen sollen«, sagte Karl, »aber wir arbeiten nur noch vier Tage in der Woche, und auch da nur halbe Schicht.«

»Ich nehme mir natürlich ein möbliertes Zimmer, Papa«, sagte Harald. »Ist mir, offen gestanden, auch lieber. Weißt du, so bei Großmama, das bringt doch Ärger. Ich bin schließlich ein Mann von siebenundzwanzig.«

»Wenn du eine nette Frau fändest, wäre das allerbeste.«

»Ach, Papa, so in ein möbliertes Zimmer zusammenziehen! Das möchte ich nicht. In der Konfektion wird doch gut verdient. Bevor ich mir ein Auto leisten kann, heirate ich nicht.«

»Was ist mit heute abend?« sagte Karl zu Erwin, als sie zusammen die Bendlerstraße entlanggingen. »James' Freunde Dongmann sind aus Hamburg hier, wir wollen zuerst zur Massary und dann ins Hotel Eden zum Essen. Kommt doch mit!«

»Wie können wir? Lotte spielt.«

»Aber wir gehen doch auch noch vorher ins Theater. Kommt doch nachher ins Eden.«

»Vielleicht. Gebt dem Portier an, wo ihr sitzt. Geht bloß nicht in den Silbersaal. Wir waren neulich dort. Kein Mensch. Die Kapelle hat nur für uns gespielt. Also mein Bedarf an Depression ist völlig in der Fabrik gedeckt, ich will sie nicht auch noch abends schmecken, riechen, fühlen.«

»Ist denn der Dachgarten abends offen?«
»Ich weiß nicht, aber sicher irgend etwas weniger Pompöses.«
Wenige Stunden später rief Marianne Erwin an und Paul und Theodor. Karl hatte der Schlag getroffen.

# 136. Kapitel

## *Zum letztenmal*

Ein großes, ein reiches Leben fand seinen Abschluß. So wie er gelebt hatte, so war sein Tod ohne Schrecken. Niemals wußte er, daß er etwas am Herzen hatte. Auch dies hat ihm ein gütiges Geschick verborgen. An seinem Grabe trauern seine liebende Gattin, Kinder und Enkel, denen der immer heitere Gatte und Vater entrissen wurde.«

Und dann spielte die Orgel.

Es war die größte Beerdigung, die außer Ben in London je einem Familienmitglied zuteil geworden war. Unabsehbar standen die Menschen. Die Abordnungen der verschiedenen Fabrikabteilungen, die Mitglieder des Reichswirtschaftsrats, die Direktoren der Fabriken, deren Aufsichtsrat Karl gewesen war, Offiziere der Reichswehr, Regierungsrat Gans, der Marianne zuliebe gekommen war. Annette, auf dem blonden, sorgfältig gefärbten und frisierten Haar eine schwarze Witwenhaube, stützte sich auf ihren schönen Sohn und ihre schöne große Tochter. Die Kränze wurden herbeigeschleppt, diese Blumengebirge aus Rosen und Nelken und Dahlien und sogar Orchideen.

Theodor sagte leise zu James: »Gott, daß das dein Vater nicht mehr miterleben konnte! Wie glücklich wäre er gewesen!«

James nickte.

»Und so hoffen wir«, sagte Hartert, »daß die Firma Effinger noch lange den Tod ihres Mitbegründers überleben möge, daß die Effinger-Autos den Ruhm deutscher Wertarbeit weiter über die Grenzen des Deutschen Reiches tragen mögen, zum Ruhme und zur Ehre des Vaterlandes.«

Eine Sekunde hatten alle Angst, Hartert könne vergessen, wo er war, und mit Hurra, Hurra, Hurra! schließen. Aber glücklicherweise senkte er plötzlich die Stimme und sagte: »Möge ihm die Erde leicht werden!«

Zwei Totengräber standen da, die Schaufel voll Erde, und alle zogen vorbei, ein Strom von Menschen, und jeder warf drei Handvoll Erde auf den glücklichen Mann, den der Tod vor seinem Ankleidespiegel überrascht hatte, als er ins Theater gehen wollte.

Es war ein herrlicher Sommertag. Es war so schön und warm, daß auch Waldemar hatte kommen können. Die Vögel zwitscherten in den Zweigen, und die Blumen blühten auf den Gräbern.

»Zwei schöne Frauen waren das, nich? Klasse!« sagte einer der Offiziersabordnung zum andern.

»Wenn ich nicht wüßte, daß das Juden sind, würde ich sagen: Glänzende Rasse.«

»Der Sohn war Leutnant im Felde, bei 'nem guten Regiment sogar. Bayrischen natürlich.«

Paul, Klärchen und Theodor fuhren zusammen zu Selma, die schwer krank war. Es war gerade der Arzt da.

»Keines der Häuser ist zu verkaufen«, sagte Theodor. »Ich laufe mir die Hacken ab, und es geht mir so schlecht. Man sagt ja, es wäre nicht Krebs, aber warum ich seit zwei Jahren Magenbeschwerden habe, ist doch nicht einzusehen. Soll ich die Bendlerstraße für 80 000 Mark hergeben? Papa hat 1884 genau 300 000 Mark in bar bezahlt.«

»So kann man nicht rechnen. Es ist alles viel weniger wert geworden«, sagte Paul. »Aber sind die Leute sicher?«

»Das ist es ja eben. Sie sind es nicht. Womöglich ist man das Haus los. Ohne was zu bekommen.«

Doktor Miermann kam aus Selmas Zimmer und sagte: »Ich habe Ihre verehrte Frau Mutter nicht vollständig untersuchen können. Sie sagte: ›Sie wissen, daß es das Herz ist, das genügt. Machen Sie nicht soviel Geschichten. Es wird bald zu Ende sein.‹«

»Mama hat sich nie im Leben von einem Arzt untersuchen lassen. Ihre Kinder hat sie mit der Hebamme bekommen. Wenn

Sie nicht glauben, daß es dringend notwendig ist, sollte man ihr das nicht in ihren letzten Jahren antun.«

Es würde nicht mehr lange dauern. Die alte Generation starb aus. Schon begann mit Karl die nächste. Ben war schon nicht mehr.

»Für einen Herzschlag war er eigentlich viel zu jung.«

»Im übrigen«, sagte Theodor in die Stille, »ich handle mit Likören und Weinen. Wenn ihr etwas in eurer Bekanntschaft hört … Auch nicht teurer als im Geschäft.«

»Mama braucht das nicht zu erfahren«, sagte Klärchen.

Selma war tot. Zum letztenmal saßen sie an einem trüben, regnerischen Tag in dem dunklen Eßzimmer in den hochlehnigen schwarzen, geschnitzten Stühlen unter dem Beleuchtungskörper mit den künstlichen Weintrauben. Draußen ging ein feiner Regen nieder, und die Blätter fielen. Niemand hatte in den letzten Tagen gekehrt, und so lagen die Blätter überall, auf der Terrasse, im Garten, auf den Wegen.

Klärchen hatte ein Essen gemacht, damit die Familie noch einmal in der Bendlerstraße zusammensäße. Alle waren schwarz angezogen. James sah sehr elend aus. Aber er sagte, das sei eine optische Täuschung.

»Also was wird jetzt mit dir, Theodor?« fragte Klärchen. »Der Haushalt wird aufgelöst, die Mädchen werden entlassen. Ich würde es am liebsten sehen, du zögst zu uns. Du bist nicht mehr der Jüngste, das ist hier doch kein Zustand.«

»Ach bitte«, sagte Theodor, »gerade weil ich alt bin, laßt mich hier. Ich bin dann mit meinem Jungen zusammen. Was soll sonst aus Harald werden? Er ist doch stellungslos.«

»Harald könnte das Haus beaufsichtigen«, sagte Paul, »Reflektanten durchführen, und dafür hätte er Wohnung und Essen und ein kleines Taschengeld.«

»Wenn ich hier drei Zimmer behielte. Das graue Wohnzimmer und für jeden von uns ein Schlafzimmer. Aufräumen täten wir uns selbst. Nicht wahr, Harald?«

Alle wußten, daß er aus einem andern Grund in der Bendlerstraße bleiben wollte. Paul und Theodor hatten sich nie verstanden. Paul fand Theodor überspannt und albern, und Theodor fand Paul einen Banausen. Paul würde finden, daß er seinen Likörhandel aufzuziehen hätte, daß er telephonieren müßte, Kunden werben, Briefe schreiben, und daß dieses Warten, daß ihm seine Bekannten was abkauften, genau dasselbe sei wie seine Löwenjägerei in Afrika oder seine Kakemonos vor der Sung-Periode. Hier lebte er sein Leben, Brender würde ihm weiter die Ausstellungskataloge schicken, und er würde zur Vorbesichtigung gehen. »Wir spielen alle, wer es weiß, ist klug.« Aber Paul spielte nicht, Paul war ernst, Paul glaubte an Ziele, an Erfolge, Nichterfolge. – Nichts für ihn. »Bitte, laßt mich hier.«

»Wenn er so gerne hier als Schatten seiner selbst rumkriecht, laßt ihn«, sagte Waldemar. »Aber es wäre besser für dich, zu Klärchen und Paul zu ziehen, wo du auch mal diese lebendigen Kinder um dich hättest, diesen Emmanuel und diese Susanna. Heute sind wir alle sehr traurig, weil dieses Haus geschlossen wird, aber es ist falsch, falsch auch für Harald, so sich in die Vergangenheit zu verkriechen.«

»Du bist immer noch der Jüngste von uns, Onkel Waldemar«, sagte Paul. »Es ist ja alles merkwürdig gekommen. Von dem ganzen großen Oppner-Goldschmidt-Soloweitschickschen Reichtum, von diesen beiden weltberühmten Firmen unter der Kaufmannschaft, ist nichts geblieben als das Vermögen von James. Du, James, bist dein ganzes Leben mit den Frauen frühstücken gegangen und bist mit unsern Autos herumgegondelt in der Welt, während wir andern geschuftet haben, und am Ende bist du der einzige, dem ein Vermögen geblieben ist. Bei uns andern ist alles zerronnen.«

Theodor beharrte darauf, wohnen zu bleiben: »Ich nehme gern die Auflösung in die Hand. Glas und Porzellan und Silber wird verteilt. Teppiche?«

»Ich meine, es könnte alles an die Enkel gehen«, sagte Klärchen.

»Die großen müssen verkauft werden«, sagte Erwin, »kleine verteilt.«

Doch Annette sagte: »Ich könnte so gut einen kleinen Teppich brauchen, und wenn es nichts ausmacht, ich bräuchte dringend eine Kommode.«

»Also dann möchte ich auch etwas von Möbeln und Teppichen haben«, sagte Klärchen, »und dann soll Theodor auch was haben.«

»Aber es handelt sich doch nur um ein paar Sachen, die ich dringend brauche«, sagte Annette.

»Um Gottes willen«, sagte Klärchen, »was brauchst du dringend? Du hast zehn vollgestopfte Zimmer, mir würde angst und bange werden vor so viel Zeug!«

»Also wir wollen haben the crowns fixture aus der Toilette, das hängen wir uns als Adelsschild ins Wohnzimmer«, sagte Erwin.

Kleider und Leibwäsche und Küchengeräte sollten an den Portier und die rotbackige, weißhäutige Anna gehen. Anna wollte sich eine Stube zusammenstellen und zu ihrer Schwester ziehen. Der Mann war arbeitslos, und sie hatte ganz nettes Geld auf der Sparkasse. Würden sie eben zusammen wirtschaften.

Und dann gingen sie durch die Wohnung, um die Dinge zu bezeichnen, die niemand wollte. Annette fand einen großen Teil noch für sich verwendbar.

»Die Bären, Mama, willst du vielleicht auch die Bären haben?« fragte Marianne.

Es blieben zwei Teppiche, wunderbare Stücke. Vielleicht sogar etwas für Brender, dachte Theodor.

Brender nahm sie in Kommission. Aber er sagte gleich: »Zu schön und zu groß. Dafür ist kein Publikum mehr da.«

Theodor bestellte einen Möbelhändler wegen des roten Salons und des Eßzimmers und einer Menge Sechziger-Jahre-Möbel, die auf dem Boden standen, wegen der Beleuchtungskörper, der Porzellanfiguren, der Bronzen.

»Ich sage Ihnen, Herr Oppner, det lohnt nich den Transport. Wer stellt sich denn so 'ne Bärengarderobe auf? Das Richtige ist, sie geben das an arme Leute.«

»Aber was sollen denn arme Leute mit roten Seidenstühlen und einem Spiegel von drei Meter Länge?«

»Nee, det hat alles nich den geringsten Wert mehr. Die Bronzen können Sie nach Materialwert verkaufen. Haben Sie vielleicht richtige Sachen, einen Radio, einen Frigidaire, eine Heizsonne? Nee? Oder Klappbetten, Couch, kleine Tische? Das hier ist alles vollkommen wertlos.«

# 137. Kapitel

## *Vermieten*

Angefangen hatte Eugenie mit einem reichen Junggesellen, der zwei Zimmer genommen hatte, und nun hielt sie bei der zweifelhaften Baronin im Gobelinzimmer, zwei zweifelhaften jungen Leuten im blauen Salon, die in Damenschlafröckchen durch die Wohnung liefen, und einem ständig streitenden russischen Ehepaar, das auf den kostbaren Möbeln kochte und offenbar die eingelegten Tische mit Hacken bearbeitete. Sie selbst schlief im Wendleinzimmer, weil an diesem die Terrasse war, und das war das einzige, was ihr geblieben war.

Der Gesandte war in vielen Jahren zum erstenmal durch den Garten auf Eugenies Terrasse gekommen.

»Gnädigste Frau«, sagte er, »es ist unmöglich für uns, die obere Etage zu behalten, wenn Sie zweifelhafte Damen im Hause haben. Gestern kam eine mit einem Betrunkenen nach Hause, als ich mit dem französischen Militärattaché zusammen die Tür aufmachte. Sehr peinlich.«

Eugenies Hände zitterten. »Es hat keinen Sinn, Ihnen meine Lage zu verschleiern. Ich kann von dem, was ich von freundlichen Verwandten bekomme, nur leben, wenn ich vermiete. Das Haus ist unverkäuflich. Und außerdem hänge ich daran. Ich bekomme schrecklich schwer Mieter. Für den Säulensaal habe ich glücklicherweise die Gesundbeter bekommen. Sie halten ihre Vereinsabende da ab. Meist nette alte Damen, die nicht rauchen und trinken. Vorher war ein politischer Klub da. Die haben einen solchen Lärm gemacht, daß mir die andern Mieter wegzogen. Ich habe das nicht gewußt, Monsieur, aber es kann nur die Baronin sein, die bei mir wohnt. Schrecklich, nicht wahr? Aus so gutem Hause! Das Schrecklichste für mich ist, daß ich, die ich so gerne gab, nun nichts mehr geben kann. Im Ludwig-Eugenie-Heim hat man mich zwar als Ehrenvorsitzende gelassen, aber tun kann ich gar nichts mehr, und es kommen lauter Menschen, die Hilfe brauchen. Ich verspreche Ihnen, Monsieur, daß die Baronin nicht bleiben wird. Sie können sich doch denken, daß Sie mir wichtiger sind. Ich hatte gehofft, daß Sie einen Teil meiner Wohnung als Büros nehmen könnten, Monsieur.«

»Nein, leider nein. Aber was sprechen Sie für ein herrliches Französisch, Madame?«

»Ich bin Petersburgerin. Aber es ist fast nicht mehr wahr. Es ist an sechzig Jahre her, daß ich von dort wegging, und Rußland, besonders Petersburg, ist ja nicht Rußland mehr, Monsieur.«

»Haben Sie noch Verwandte dort, Madame?«

»Nein, mein Bruder Alexander Soloweitschick ist verschollen. Also wahrscheinlich tot. Er hat doch meine Adresse. Wenn er leben würde, hätte er sich sicher gemeldet. Zuerst habe ich ihn suchen lassen, in Charbin, in Konstantinopel, weil ich dachte, er schämt sich vielleicht, weil er nicht rasch genug unser Vermögen auf die Bank von England brachte. Aber nun haben wir ja alle alles verloren, Monsieur.«

»Alexander Soloweitschick? War er viel in Paris, Madame?«

»Ja, sehr viel, Monsieur. Ich auch, Monsieur. Mein Mann war in seiner Jugend so heiter, und das Paris der achtziger Jahre … Oh, Monsieur!«

»Ach, wie herrlich war es noch um neunzehnhundertsechs und sieben und acht und neun. Ich habe Ihren Bruder gekannt. Ich erinnere mich. Ein sehr großer, sehr russisch wirkender Mensch, Madame.«

»Er war ein Freund Kerenskis. Gott, wer war kein Freund Kerenskis, Monsieur!«

# 138. Kapitel

## *James ist krank*

Annette hatte nach Karls Tod die Wohnung vollständig umgeräumt. James bekam in der Vorderwohnung ein Wohn- und Schlafzimmer. Er richtete sie bezaubernd ein, mit all den Kunstdingen, die er im Lauf seines Lebens gekauft und geschenkt bekommen hatte. Auch Marianne bekam Wohn- und Schlafzimmer, und Annette behielt ihr Schlafzimmer, ihr Delfter Eßzimmer und das lila-rote Musikgrab. Und obwohl sie es nicht nötig gehabt hätte, vermietete sie in der Hinterwohnung zwei Zimmer und versorgte noch zwei Leute mit. Es wäre ihr entsetzlich gewesen, wenn sie nicht weiter hätte einkaufen, verwalten, dirigieren können.

Es war ganz programmlos, daß James krank wurde. Alle in der Familie telephonierten miteinander: »James ist krank, und es soll nicht ganz harmlos sein. Er hat doch auch an Selmas Beerdigung so schlecht ausgesehen.«

Klärchen brachte ihm besonders schöne selbstgebackene Cakes: »Na, Lina«, sagte sie zu der alten Köchin, die jetzt den Haushalt allein versah, »wie geht's dem Herrn?«

»Danke«, sagte Lina, »wir haben heute eine Hühnersuppe gegessen. Der Herr Doktor hat es erlaubt.«

Theodor kam und brachte ihm einen Stich.

»Wie reizend von dir!« sagte James.

»Der gute Onkel Waldemar hat mir damals meine sämtlichen Mappen mit Stichen ersteigert, so daß ich was zum Ansehen habe in dem alten Haus. Harald wohnt jetzt auch bei uns. Er findet keine neue Stellung seit seiner Entlassung. Aber Untermieter kann ich nicht nehmen. Wir machen uns doch die Wirtschaft selbst. Das bißchen Likörhandel und Haralds Arbeitslosenunterstützung reichen ja nicht weit, und auf Paul liegt jetzt entsetzlich viel. Eugenie und ich und die alte Schwester in Kragsheim und die Erhaltung der beiden Häuser, und dann schicken wir doch immer nach Warschau an den Anwalt wegen der Soloweitschick-Werke. Wir haben schließlich immer noch Aktien im Wert von hunderttausend Pfund. Und sie arbeiten wieder. Also kann man nicht wissen.«

James nahm gerade eine Kollation Porter und Sandwichs. Vor ihm lag ein Auktionskatalog. »Der gute Fips läßt versteigern. Französische Quattrocentobilder, schrecklich, nicht wahr? Er ist ruiniert, fertig, und war immer so vergnügt, wenn ich noch an seine roten Redouten denke! Das Gedeck war rot, die Beleuchtung, die Kleider der Mädchen und das Menü, Hummer, Roastbeef, Karotten, Erdbeereis, roter Sekt and so on. Erna war damals noch dabei, schöne Person, in Monte Carlo hängt sie als Venus gemalt.«

»Dann wird er also sein Haus verkaufen?«

»Das schöne Haus? Ach nein, das glaub' ich nicht.«

»Aber Steffi hat sich erst vor ein paar Tagen ein herrliches Kleid gekauft.«

»Nun ja, ein Kleid.«

»Sie werden sich also mit Haus und Pariser Toiletten weiter durchfretten? Was fehlt dir denn eigentlich, warum liegst du denn hier mit der Decke über den Knien wie ein alter Graf?«

»Der Magen, offenbar der Magen. Man wird Abschied nehmen müssen. Ja, gut, auch von der Gänseleber. Natürlich kommt Miermann, wird jetzt auch recht wacklig. Neuer? Nein, Miermann verordnet mir wenigstens keine Sachen, die mir nicht schmecken. Ich hab' mich bestimmt verdorben, sie können keine Bowle brauen: Bei der Käte Dongmann schmeck' ich sie wenigstens vorher ab.«

Und Theodor ging umher und sah sich alles in dem charmanten Wohnraum genau an. »Guter Géricault, sehr guter Géricault. Aber das ist kein Frankenthal«, und er streichelte eine Schäferin. »Frankenthal faßt sich körniger an. Apropos, bei Brender ist ein Chippendalescher Stuhl versteigert worden. Die Lehne ist nachgewiesen echt. Allerdings die Vorderbeine werden angezweifelt, mindestens das linke. Ich würde ihn trotzdem zu den meinen stellen, wenn ich sie noch hätte. – Weißt du, James, dir kann ich doch so was erzählen, ohne daß ich mich zu schämen brauche. Ich habe an Beatrice geschrieben, sie soll was für Harald tun. Er zieht keine Schuhe mehr an, meistens auch keinen Kragen, und schleicht immer in Pantoffeln durch die Wohnung. Er ist ganz hoffnungslos. Sie könnte ihn doch einladen. Er sieht doch so nett aus. Abgelehnt. Es ist bitter, James. Abgelehnt.«

»Man soll nicht heiraten, Onkel Theodor. Ich habe nur Freude durch Frauen gehabt. Im übrigen schicke mir mal tüchtig Alkohol. Rotwein, Porter, Kognak. Du weißt schon. Dongmann hat doch bei dir bestellt?«

Und dann ging Theodor zurück ins alte Haus, in das Klärchen nur alle paar Tage jemanden schickte, um sauberzumachen.

Jeden Nachmittag kam eine reizende Dame zu James.

»Bist schon ein entzückender kleiner Käfer«, sagte er. »Du kommst von der Arbeit? Aus dem Büro? Was denn, jeden Tag? Ernsthaft? Komisch! Wie lange treibst du denn schon den Unfug? Drei Jahre? Komisch! Mit so einem hübschen Blondkopf und aus so guter Familie? Komisch! Und so gut durchwachsen und knusprig. Komisch! Bitte, bleib so sitzen, nein, so, halbes Profil! Ausgezeichnet! Dich hätte ich bestimmt geheiratet, wenn ich überhaupt daran hätte denken können! Warum ich mit jeder vom Heiraten rede? Mir ist im Augenblick so. Wirklich. Warum schaust du mich so an?«

»Komisch«, sagte die Dame, »es ist zu fordern, daß du samt deinen Möbeln, deiner Kenntnis des Bowlenbrauens und der Austern, deiner Existenz, die zwischen einer platonischen und einer illegitimen Liebe teilen kann und sich dabei wohl fühlt und die nur aktiv wird, wenn es gilt, Feste zu arrangieren, daß du mumifiziert und für ein Museum aufbewahrt würdest.«

»Und du bist zu klug für mich, denn ich bin der Doofe in der Familie.«

# 139. Kapitel

## *Begegnung mit Schröder*

Marianne kam aus dem Büro. Es war so warm und sanft an diesem Oktobertag, daß sie in einem Anfall von Lebensfreude beschloß, schon an der Kaiser-Wilhelm-Gedächtniskirche auszusteigen, um zu Fuß nach Haus zu gehen. Sie empfand sich heute noch mehr als sonst in ihrem zeitlosen bräunlichen Mantel und dem dicken rotblonden Haarknoten unter dem graden Filzhut als Vertreterin des anständigen Menschentums gegenüber den luxuriös angezogenen Damen. Es war der Snobismus der Schlichtheit, den alle eingesessenen Berliner von der verschwindenden preußischen Tradition übernommen hatten, es war die alte Selma in der neuen Marianne.

Der Kurfürstendamm wurde aus einer Wohnstraße immer mehr eine Geschäftsstraße. Ein Teil der alten Wohnhäuser mit ihren Karyatiden und ihrem pompösen Stuck waren abgerissen und neue Häuser gebaut worden. Da gab es ein ganzes Haus für Parfüms und Handtaschen, so luxuriös wie im Pariser Faubourg St. Honoré oder in der Londoner Bond Street, ein Haus aus hellblauem Glas und silbernem Chrom für ein Wäschegeschäft. Bei vielen Häusern war der ganze Stuck heruntergeschlagen und Fensterbänder um das Haus gemacht worden mit Marmor und Glas dazwischen oder wenigstens einem dürftigen Muschelkalkstein, denn glatt, einfach und kostbar war die Devise für Häuser und Frauen. Das Zeitalter der Vorsprünge und Rüschen war endgültig vorbei.

In den gewaltigen Fenstern der Seidenkirche lag eine Flut kunstvoll arrangierter Stoffe. Die Schaufensterdekoration war immer verfeinerter geworden. Figuren und Blumen wurden zwischen Stoffe gestellt, deren Farben nach den Gesetzen der großen Maler abgestimmt waren. Es war ein Teilgebiet aus jener umfassenden Wissenschaft, die ganz ausgezeichnete Gehirne beschäftigte und die man Käuferpsychologie nannte. Innen standen die Verkäufer und warteten auf die Käufer und die Entlassung. Davor stand eine fröhliche Gruppe von Straßensängern und ein Schnürsenkelverkäufer. Die Kabarettisten hatten ihren größten Erfolg mit Chansons über den neuen Teufel, der den allgemeinen Stillstand verursachte, den Kaffee in den Lokomotiven verbrannte und die Kartoffel auf den Feldern verrotten ließ.

So wie die Läden waren die Cafés am Kurfürstendamm immer eleganter geworden: zuerst gestrichener Putz, dann Holztäfelung, dann Marmorwand, schließlich Brokat. Korbstühle mit bunten Kissen und buntgedeckte Tische mit erlesenem Gebäck in silbernen Schalen standen auf leicht erhöhten Terrassen, die niedrige Holzwände zur Straße abschlossen. Blumenkästen mit Geranien und Margeriten waren darin eingelassen. Überall an Läden und Häusern standen Schilder: »Zu vermieten.«

Der Schauspieler Lander kam auf Marianne zu und sagte, als ob er ihre Gedankengänge erraten hätte: »Hübsche Vermehrung der industriellen Reservearmee, genau wie es sich die Herren wünschen.«

Vor ihnen stand ein Bettler, ein Halbirrer, der nur noch schmutzige Fetzen anhatte, durch die man die nackte Brust sah.

»Niemand hat ein Interesse daran, das zu ändern«, sagte Lander mit ordinärem Triumph.

Marianne protestierte. Lander lächelte.

»Ich bin ja keine Eselin«, sagte Marianne grob.

»Aber zumindest gefährlich gutgläubig, und diese allgemeine Wald-und-Wiesen-Güte habe ich besonders gefressen.« Er lüftete seinen Hut höhnisch ausführlich.

Marianne dachte über diese Begegnung nach: Honi soit qui mal y pense, aber im Augenblick galt man als ein Idiot, wenn man jemandem noch gute Motive zuschrieb. »Laßt Euch nicht dumm machen von Wohlfahrtskartoffeln!« war in großen Plakaten von Kommunisten in den Elendsvierteln angeschlagen worden. Jeder Besucher einer Notspeisung wurde als Verräter der proletarischen Solidarität angesehen.

Drei lustige SA-Leute in zusammengestückelter Kleidung aus gelben Hosen und zivilistischen Jacken mit Hakenkreuzbinden standen um einen Verkäufer der nationalsozialistischen Zeitungen. Er hatte kleine Hakenkreuzfahnen um seinen faschingsmäßigen Zylinderhut gesteckt und vor sich einen Bauchladen mit Hakenkreuzbroschen, -anstecknadeln und -fähnchen. Auf dem »Völkischen Beobachter« war eine riesige Überschrift »Rotmord tobt« dick und rot unterstrichen. Er hatte ein größeres Format als alle anderen deutschen Zeitungen, und der dicke rote Strich war eine Erfindung Hitlers, um die großstädtische Reklamesucht der bisherigen Presse zu bekämpfen. Einer der SA-Leute machte sich ausführlich am Busen eines jungen Mädchens zu schaffen, wo er eine goldene Brosche mit Herz, Kreuz und Anker abnahm und eine Hakenkreuzbrosche ansteckte. Eine elegante Dame riß den Arm hoch, als sie vorbeikam, und sagte: »Heil!« Die drei machten Front, rissen ebenfalls den Arm hoch und riefen: »Heil!«

Marianne sah plötzlich Schröder kommen. Sie wurde rot. Vorbeigehen, dachte sie, ist das beste. Aber Schröder grüßte schon und sagte: »Ach, Marianne! Wie geht es Ihnen denn? Wir haben uns ewig nicht gesehen. Ganz unverändert, aber wirklich unverändert. Kommen Sie eine Tasse Kaffee trinken.«

Marianne hatte bisher nur »Guten Tag, Herr Schröder« hervorgebracht. Sie war wieder rot geworden. Schröder war ein Bär von einem Mann geworden. Er trug einen Kamelhaarmantel mit einem Gürtel, einen samtähnlichen bräunlichen Hut mit vorn heruntergebogener Krempe, einen grünlichen Schal, helle braune Schuhe, mit vielen Löchern verziert, schweinslederne Handschuhe. Alles war aufs geschmackvollste und üppigste zusammengestellt. Als er den Hut ablegte, sah sie, daß er ganz kahl war. Er war braungebrannt, und das Gesicht war fetter geworden. Ob ich mich auch so verändert habe? dachte sie erschreckt. Er nahm eine lange Bernsteinzigarettenspitze raus, steckte eine Zigarette hinein, bot Marianne an, nahm einen goldenen Anzünder und lehnte sich zurück. »Sie sind verheiratet?« sagte er wie jemand, der sich zu einer langen Unterhaltung bereit macht. Die nervöse Gespanntheit und Unruhe seiner Jugend war verschwunden.

»Nein«, sagte sie, »ich bin Regierungsrätin im Wohlfahrtsministerium!«

»Es hat mir irgend jemand was erzählt. Ich wußte, es war etwas Endgültiges ...«

Er sah sie an und dachte: Eine brave, spießige Person. Wäre eine idiotische Heirat gewesen. Und noch dazu Jüdin.

Marianne dachte: Er ist mir nicht behaglich, aber ich wußte gar nicht, daß er soo imponierend aussieht.

»Schade. Es hätte mich gefreut, wenn Sie geheiratet hätten ...«

»Mir genügt es völlig, Regierungsrätin im Wohlfahrtsministerium zu sein«, antwortete sie gereizt. Sie hatte gerade genug davon, daß die Familie sie ewig bemitleidete. Kein Brief aus Kragsheim, in dem nicht stand: »Und Marianne heiratet nun auch nicht.«

»Pensionsberechtigter preußischer Beamter mit vierhundert Mark, ausgezeichnet! Beamte haben es besser, glauben Sie mir! Ich bin immer überlastet, man hat nichts vom Geld, gar nichts. Übers Wochenende will ich mich bei den Elbrücks mal ausruhen. Haben ein schönes Gut in Apsendorf, Klein-Lanke, trifft man immer ein paar Regierungsleute, Diplomatie und Bankiers, jüdische und christliche. Kennen Sie nicht Elbrücks? Haben viel Expressionisten gesammelt, haben neues, herrliches Haus in der Ahornstraße. Wird gute Musik dort gemacht. Aber dann London und von dort aus Genf, möchte lieber mal zu mir kommen. Man verliert sich ja. Ich habe seit Jahren kein Buch mehr zum Vergnügen gelesen, und Sie wissen ja, wie ich mich für Literatur interessiert habe.«

Der Kellner stand am Tisch, leicht gebuckelt. Schröder bestellte, wie das jemand tut, der gewohnt ist, Aufträge zu geben, Autorität zu besitzen, Verantwortung zu tragen.

»Die deutschen Zustände sind auch nicht zum Frohlocken.«

»Weltkrise«, sagte Marianne.

»Aber es wäre nicht nötig gewesen, uns mit hineinzureißen.«

»Ich bitte Sie!«

»Sie haben immer noch Ihre alte Naivität oder soll ich sagen: Ihren Glauben aus dem Schullesebuch. Ist immer noch der liberalistische Ehrengreis Waldemar das Familienorakel?«

»Für mich nicht ganz«, sagte Marianne und lauschte, als Schröder ihr das Komplott des westlichen Kapitals zur Zerstörung Deutschlands auseinandersetzte.

Bettler, Angst und Arbeitslosigkeit, Puppen wir alle, an Fäden zappelnd, die teuflische Staatsmänner in greisenhafter Berechnung und brutaler Härte bewegten. Dr. Mellon tauchte auf, Geschäftsfreund des Oberteufels Pierpont Morgan, Broadway, Ecke Wall Street, verlangt Sicherstellung privater Schulden und Zinszahlungen!! Marianne dachte, daß Onkel Paul seinen amerikanischen Kredit abbezahlte. Sie wagte nicht, Schröder das zu sagen. Sie war sicher, Schröder würde das dem mangelnden Patriotismus Onkel Pauls, wenn nicht sogar Böserem zuschreiben, seiner liberalistischen Verständnislosigkeit nämlich für das Recht des Schuldners. Nicht der Mörder, der Ermordete ist schuldig! Nicht der Schuldner, der Gläubiger gehört in den Schuldturm.

»Ich weiß«, sagte Marianne nach einer Pause, »daß es unwürdig ist, wenn ich Ihnen das sage, so wie Sie vor fünfzehn Jahren unsere Beziehungen abgebrochen haben, aber ich bewege mich seitdem in einem Kreis von Lohnforderungen und Arbeitsverkürzungen, von Wohnungsbeschaffung und Arbeitslosigkeit, und wie einst öffnen Sie Aspekte für mich, zeigen mir Zusammenhänge.«

»Ja, Marianne. Sie hätten das Zeug zu etwas gehabt, aber in Ihrer liberalistisch-sozialistischen Umgebung konnten Sie nicht neu denken.«

»Ich habe oft darüber gegrübelt, warum meine pazifistische Begeisterung von 1917 so vorüberging.«

»Weil es die typischen händlerischen Weltfriedensillusionen waren, die Fiktion einer einheitlichen Welt, das nebelhafte Ideal einer unverpflichteten Weltbezogenheit, die Solidarität der Besitzlosen.«

»Wir sind aber keine Besitzlosen.«

»Aber Juden, also Benachteiligte. Wären Sie Christen, so wären Sie National-Kapitalisten.« Er goß sich eine neue Tasse Kaffee ein, während er die lange Bernsteinspitze im Munde balancierte.

Wie banal war alles, was sie sonst hörte, dachte Marianne, wie trivial dieser Onkel Waldemar. Und Erwin war ein Materialist geworden, der seine Wohnung, seine Ehe, seine Kinder genießen wollte. Lotte interessierte ihre eigene Karriere. Und das Fundament ihrer Wünsche wackelte. Warum wackelte es? Weil ein Gaukler das Volk betörte nach Onkel Waldemar, oder hatte Schröder recht?

Schröder sonnte sich in Mariannes anbetendem Zuhören. Was er sagte, war Allgemeingut in seinen Industriekreisen, natürlich nicht beim Alten, dem Großonkel seiner Frau, auch so ein liberalistischer Greis mit Umhängebart. Er wußte, daß in der nächsten Zeit Marianne bei allen möglichen Gelegenheiten sagen würde: »Also Herr Schröder meint ...«

»Unsere Wirklichkeit war seit 1918 durch die Siegermächte gefährdet ...«

»Sie haben recht, dem Staat von Weimar wurde nie eine Chance gegeben.«

»Es war kein Staat, sondern ein Konglomerat, der Mischmasch dreier Wirklichkeiten, der katholischen, der liberalen und der sozialistischen. Ein Staat ohne Autorität ist kein Staat, denn die Autorität repräsentiert den Volksglauben, daß eine Gewalt im Staate existiert, die Hüterin der Wahrheit und Gerechtigkeit. Der Volkswille zu dieser Autorität kam zum erstenmal am 14. September 1930 zum Durchbruch.«

»Aber der Nationalsozialismus«, sagte Marianne ernüchtert, »ist doch eine Bewegung um der Bewegung willen.«

»Eine autoritäre Regierung kann niemals statisch gegründet werden, sondern immer nur dynamisch, sie ist niemals ruhende Kraft, sondern immer handelnde Kraft. Was Sie Bewegung um der Bewegung willen nennen, ist, daß sie sich ihre Begründung und Legitimität immer nur dynamisch schaffen kann, indem sie durch ihre Handlungen den unformierten Volkswillen zu fixieren und durchzuführen sucht. Das deutsche Volk hat zweimal das Erlebnis seiner Einheit, also die Aufhebung der Spannung zwischen Religiösem, Nationalem und Sozialem, gehabt, und beide Male schuf die Spannung des eigenen Staates mit einem fremden Staat die Einheit des Volkswillens. Zwei Kriege, der von 1870/71 und der Weltkrieg, schufen das Erlebnis der Einheit. Ohne völlige rassenmäßige Einheitlichkeit ist dieses Erlebnis allerdings nicht gesichert.«

»Sind Sie denn ein Anhänger Hitlers geworden?« fragte Marianne voll Angst.

»Ach, i wo! Dieser wilde Mann!« sagte Schröder mit einem unendlich hochmütigen Lächeln. »Dieser Hitler wird Schluß machen mit dem polnischen Korridor. Er wird Deutschland den Deutschen zurückgeben. Die Deutschen sind der Verzweiflung nahe. Sie stehen vor einem völligen geistigen oder besser seelischen Zusammenbruch. Wir werden den grotesken Zustand ändern, daß wir, das größte Industrieland Europas, sieben bis acht Prozent für Kredite zahlen müssen, während man in der kleinen Schweiz die Banken bitten muß, daß sie Geld annehmen. Und wenn diese Franzosen versuchen sollten, das Rheinland zu besetzen, werden wir sie rauswerfen!«

Er hatte die Stimme erhoben und war ungewöhnlich erregt geworden. Er zündete sich eine neue Zigarette an und sagte in völlig anderem Ton: »Lassen wir die leidige Politik. Wovon haben wir uns eigentlich früher unterhalten?«

»Auch über Politik, über den Sozialismus«, lachte Marianne.

»Oder wo man im Sommer hinreist«, sagte Schröder. »Na, und wo waren Sie diesen Sommer?«

»Ich war in Schweden. Es war wunderbar. Visby mit den alten Kirchen und merkwürdigen Vögeln vom Eismeer. Und wo waren Sie?«

»Wir waren bei Freunden in Frankreich. Meine Frau geht nämlich ungern in Hotels. Was ist eigentlich aus Ihrem Bruder Erwin geworden?«

»Er hat unsere Kusine Lotte geheiratet.«

»Ach, die nervöse Kleine mit den hungrigen Augen.«

»Sie ist die Schauspielerin Oppen, wenn Sie sie kennen sollten.«

»Ach, das ist ja interessant. Das ist das letzte, was ich geglaubt hätte. War doch gar keine Bühnenerscheinung ... Komisch.«

»Was ist komisch?«

»Sie müssen doch zugeben, Marianne, ist es nicht merkwürdig, was die Juden für eine Rolle spielen? Beim Theater, beim Film, bei den Zeitungen. Das kann auf die Dauer wirklich nicht gutgehen.«

»Wie meinen Sie das?« sagte Marianne.

»Liebe Marianne, ich bin Ihr guter Freund, ich will weder Sie noch die Juden herabsetzen, aber Sie sind nun mal ein anderes Volk, und ganz abgesehen davon, daß Sie am deutschen nationalen Erlebnis keinen Anteil haben können, macht sich der jüdische Einfluß in der Ablenkung und Fälschung unserer höchsten Kulturtendenzen geltend, weshalb man sie als ein zersetzendes Element empfindet, und die großen Juden Heine, Freud, Einstein am meisten.«

»Herr Schröder!« Marianne stand auf und wollte gehen.

»Marianne, kommen Sie, setzen Sie sich. Ich finde es furchtbar wichtig, daß Sie sich einmal über diese Dinge klarwerden. Seien Sie kein Frosch. Es ist gar kein Zweifel, daß die NSDAP in irgendeiner Form zur Regierung kommt, und es ist wichtig, daß die Absetzung von den Juden möglichst schmerzlos erfolgt. Ich bin doch viele Jahre lang in Ihrem Elternhaus mit großem Vergnügen ein und aus gegangen, und ich bin doch gewiß kein Antisemit. Aber es war immer eine gewisse Spannung da. Und es ist doch kein Zufall, daß Sie nie bei uns waren.«

»Sie haben uns nie eingeladen.«

»Meine Mutter und Schwester hätten nicht den geringsten Kontakt mit Ihnen gehabt. Ob allerdings der Verfall unserer Kultur durch eine Auswerfung des fremden Elements allein aufgehalten werden kann, das weiß ich natürlich nicht, schon jetzt ist sie nicht viel wert. Zum zweitenmal: lassen wir die leidige Politik. Man kommt nicht von ihr los. Was macht Ihre schöne Mutter?«

»Meiner Mutter geht's gut. Haben Sie eigentlich Kinder?«

»Tja«, sagte er und zog die Brieftasche und nahm Photos raus. »Das ist meine liebe Frau, und das sind die Kinderchen.«

Die Frau in großer Abendtoilette mit umgeworfenem Pelz. Das herrliche Haus, 1925 neu gebaut von einem der großen deutschen Architekten. Er und seine Frau vor dem schwarzen Mercedes auf einer Italienreise. Zwei entzückende Kinder mit der Gouvernante auf der Terrasse des Hauses Rheineck und die beiden dänischen Doggen, von denen Marianne wußte, daß sie Gernot und Giselher hießen.

»Die Kinder sind ganz schwarz?« sagte Marianne.

»Ich war doch auch mal schwarz.«

»Schadet ihnen das nicht?« sagte Marianne mit leiser Ironie.

»Sehen doch aber ganz unjüdisch aus, nich?« sagte Schröder mit der gleichen Ironie. »Schöne Kinder, nicht wahr?«

»Ja, sehr schön«, sagte Marianne. »Aber ich muß jetzt endlich nach Haus, mein Bruder James ist sehr krank.«

»Oh, das tut mir leid. Ich begleite Sie, wenn Sie gestatten«, und als Marianne nickte: »Der Weg ist mir ja nicht unbekannt. Kellner, zahlen.«

Sie standen vor dem Haus, vor dem sie oft auf und ab gegangen waren.

»Wir haben uns zwar nicht *ganz* verstanden, aber es war doch sehr nett, daß wir uns einmal wiedergesehen haben«, sagte er.

»Ja«, sagte Marianne, »sehr nett.«

Sie rief Lotte aus innerer Aufregung an.

»Hör mal«, sagte Lotte, »das scheint mir doch ein sehr langes Gespräch zu werden. Ich ruf' dich aus meiner Theatergarderobe an.« Was sie auch tat.

Marianne erzählte.

»Aber Marianne, ›Auswerfung des fremden Elements‹ hat er gesagt? Und wie sieht er aus?«

»Kahl, aber sehr gut, genau so imponierend wie früher, und die Frau ist blendend, und er hat zwei Kinder, alles wie aus dem Bilderbuch. Er hat noch immer dieses rätselhafte Lächeln und dieses merkwürdig Geheimnisvolle.«

»Marianne! ›Auswerfung des fremden Elements‹ finde ich gar nicht geheimnisvoll, sondern recht deutlich.«

»Nein, Lotte, so einfach ist das nicht. Er ist sicher kein Antisemit in *dem* Sinne, sondern ein ungeheuer kluger Mann.«

»Ich muß in fünf Minuten auf die Bühne. Tu mir einen Gefallen und sprich mit deinem Bruder Erwin darüber. Kein Antisemit in d e m Sinne, aber Heine als fremdes Element auswerfen … Dich auch, mich auch, kannst Gift darauf nehmen. Auf bald.«

# 140. Kapitel

## *Wen die Götter lieben*

James lag zu Hause im Bett. Jeden Vormittag kam eine nette Dame in James' Alter, und täglich gegen elf Uhr nach dem Besuch des Arztes telephonierte Käte Dongmann aus Hamburg. Jeden Nachmittag kam eine reizende Blondine zum Tee, und ein hübsches, ganz junges, schwarzes Mädchen kam noch gegen halb acht Uhr abends. Und Lina machte Hühnersüppchen und kleine hübsche Cremes für James, und Sandwichs und Keks für die Besucherinnen. Und das Zimmer glich einem Blumenladen.

Marianne sagte zu Lotte und Erwin: »Es ist sehr ernst, er kann schon fast nichts mehr lesen. Die Augen versagen. Wir haben eine Krankenschwester.«

Waldemar, den James hatte rufen lassen, saß an seinem Bett. »Nun also, nächstens läßt mich Susi rufen, Testament zu machen. Was willst du denn?«

»Ich möchte nur, wenn ich sterbe, daß mein Geld an Tante Eugenie geht, woher ich es schließlich habe, und als Nacherbin an Marianne.«

»Ist das nicht Unsinn? Du wirst doch wieder gesund werden.«

Im Eßzimmer war inzwischen ein Ärztekonsilium. Man sprach mit Marianne. Hoffnung blieb auf ein Hinauszögern des Todes, aber auf alle Fälle werde bald eine Verschlimmerung eintreten. »Der Patient muß dann in die Klinik.«

»Lassen Sie ihn bitte so lange wie möglich zu Hause«, sagte Marianne.

Waldemar hatte sich von James verabschiedet. Er saß noch, nachdem die Ärzte weggegangen, mit Annette und Marianne an dem Sonnabendvormittag – Marianne hatte sich für einen Tag Urlaub geben lassen wegen des Ärztekonsiliums – im Eßzimmer an einem runden Tisch am Fenster.

»Wir essen jetzt immer hier in der Ecke. Seitdem wir nur noch drei sind, bleibt der große Eßtisch unbenutzt. Und jetzt sind wir nur noch zwei«, weinte Annette.

»Aber er macht gar keinen schwerkranken Eindruck«, sagte Waldemar. »Im Gegenteil, er sieht wunderbar aus. So ein schöner Mann.«

»Ja«, schluchzte Annette. »So ein schöner Mann und soo gut.«

»Er schläft jetzt nach dem vielen Untersuchen. Die Schwester ist eine Stunde spazierengegangen.«

»Ein schwerer Dienst«, sagte Waldemar.

»Sie ist völlig verliebt in James«, sagte Annette.

»Politisch«, sagte Waldemar, »kann man, glaube ich, wieder freier atmen. Die Nazis verlieren an Boden und sollen zwanzig Millionen Mark Schulden haben für Papier und Druck und sonstiges.«

»Ja, ich habe auch das Gefühl«, sagte Marianne.

Und während Mutter und Schwester und Onkel Waldemar zusammensaßen, stand James auf – es ging ganz gut – und zog sich rasch an und ging in einem lichten grauen Anzug und einer entzückenden grau und rosa Krawatte auf den heiteren Kurfürstendamm, wo schöne Frauen Einkäufe machten und gepflegte Autos fuhren, und ging in ein Café, wo man ihn kannte.

Und der Kellner sagte: »Aber gern, Herr Effinger, werde ich telephonieren. Ich freue mich, daß Sie wieder gesund sind.«

»Na, gesund!«

Und James sah auf dieses flutende Berliner Leben, auf die tausend Annettes, die Einkäufe machten – trotz und alledem –, auf die tausend Mariannes, die von und zur Arbeit eilten, auf die tausend süßen Mädchen mit Baskenmützchen und Pelzjacken und seidenen Strümpfen, auf die bunten Blätter, die hochwirbelten und niederfielen zwischen den Füßchen in Lackschuhen, und auf den Gummi der Autoräder.

Und da kam schon Mimi, hochbeinig und schwarzhaarig und rotbackig, und strahlte James entgegen, und James nahm ein Auto und fuhr mit ihr in ein kleines modernes Restaurant, an dessen hellen Wänden süße Malereien waren aus Braun und Grün und zartem Rot, so ein bißchen hingewischte langbeinige und langleibige und langarmige Mädchen und Fischernetze und Fruchtbäume. Und tiefe rosa Samtsessel standen da, sehr gewaltige, sehr bequeme rosa Samtsessel. Und er bestellte Hummer mit frischer Butter und roten Sekt, und das kleine Mädchen wurde immer süßer und immer glücklicher.

»Mimi«, sagte James, »wenn ich gesund werde, dann heirate ich dich.«

Und sie strahlte James entgegen und gab ihm einen Kuß, obgleich noch Gäste in dem Lokal waren. »Und ich darf jeden Tag kommen?«

»Jeden Tag.«

Und dann schwatzten sie noch ein bißchen, und James bestellte noch einen Hummer. »Es ist doch schließlich nichts dran an so einem Vieh«, und brach kunstvoll die Scheren auseinander, und hatte mit einem Gabelgriff das feste weiße Fleisch. »Und jetzt, mein Kind, trinkst du noch ein Glas Sekt, und wir gehen. Auf das Leben und seine Schönheit!« sagte er und stieß an, ganz leise mit einem zarten, klirrenden Geräusch. Und James bezahlte und gab ein riesiges Trinkgeld, so daß sich alles verneigte, und stieg in ein Taxi und fuhr, den müden Mädchenkopf an seiner Brust, nach Hause.

Und oben stand alles verzweifelt und aufgeregt.

»Marianne, er kommt gerade«, rief Annette, und Marianne legte den Hörer auf. Sie hatte an alle Welt nach James telephoniert.

Und die Schwester sagte immerzu: »Das kann sein Tod sein.«

James winkte ab, und Mutter und Krankenschwester halfen ihm ins Bett. Er lag da wie gestorben, und es wurde ihm jammervoll elend. Man rief den Arzt, und der hörte alles und sagte: »Sie hätten genausogut Gift nehmen können.«

Da lächelte James das abgründig heitere Lächeln der vollendeten Schönheit.

Wenige Stunden später begann der Todeskampf, und er starb gegen Morgen, siebenundvierzig Jahre alt.

Man fand genaue Bestimmungen über seine Beerdigung. »Ich

will Anzeigen erst nach der Beerdigung, damit sie ganz klein bleibt und nur wirklich Beteiligte kommen. Der Sarg soll über die Linden gefahren werden, keine Nebenstraßen. Ich will noch einmal durch den Tiergarten fahren, durch die großen Hauptstraßen Berlins, die ich im Leben so geliebt habe. Und an meinem Grabe soll nur ein Kaddisch gesprochen werden. Nichts weiter.«

So geschah es, und ein halbes Jahr nach seines Vaters Tod standen dieselben Menschen auf dem Friedhof. Es war kein Jahrmarkt der Eitelkeit. Es war der Abschluß des Lebens, die Rückkehr zur Erde, kein gesellschaftliches Ereignis, sondern ein menschliches. Außer den Nächsten waren nur ganz wenige gekommen. Ein paar schöne Frauen und ein ganz junges Mädchen, das herzzerreißend schluchzte.

Und ein Rabbiner sprach am offenen Grabe das Totengebet der Juden, ein Lob Gottes. Jiskadal wejiskadasch …

James hatte einen Brief an Lotte hinterlassen.

»Liebe Lotte, schicke bitte meine Todesanzeige an alle untenstehenden Adressen und schreibe auf die Rückseite: ›Er hat Sie nie vergessen.‹ An Dich selber auch, ach, wie war es süß in München.« Und Lotte schrieb Adressen.

Frau Susanna Gräfin Sedtwitz.

Frau Maria Pattoff, Zarinoff, Bulgarien.

Frau Magdalena Andowitsch, Belgrad.

Frau Anna von Karlowitsch, Agram.

Frau Gräfin Wladislawa Zielinska, Lemberg.

Fräulein Riwka Feinstein, Lemberg.

………

Und Lotte schrieb Adressen und Adressen und schickte ein Gemälde an Frau Käte Dongmann in Hamburg, auf dem hinten stand: »Frau Käte Dongmann, der großen platonischen Liebe meines Lebens.«

Am Abend sagte sie zu Erwin: »In den letzten Wochen habe ich mit James, als er schon krank war, auf einer Bank im Tiergarten gesessen. ›Siehst du‹, sagte er, ›dort drüben hat ein wunderschönes Mädchen, vor dem Krieg natürlich, gewohnt. Wir haben uns immer auf dieser Bank getroffen. Und eines Tages war sie krank. Sie kam trotz des Fiebers wie eine Feder herübergeweht, wie eine Elfe. Sie hieß Dorothee und starb wenige Tage später.‹ James sprach weiter von ihr. Es war wunderbar. Nachher habe ich verschiedene Leute gefragt. Auch unsere Mütter. Ja, ja, die Familie sei ausgestorben. Ein junges Mädchen? Ja, das sei wohl dagewesen. Es hat niemand mehr etwas gewußt. Sie lebte nur noch durch James, durch seine Liebe und sein Gedächtnis.«

# 141. Kapitel

## *Der letzte Stolz*

Bitte sehr«, sagte Theodor am Telephon, »ich zeige Ihnen morgen das Haus. Wir sind auch zu einem Umbau bereit. Wann darf ich die Herren erwarten? – Harald, morgen kommen die Herren vom Klub, zieh Kragen und Krawatte an und Schuhe und mach dich ein bißchen nett.«

Theodor zog sich an wie in seinen besten Tagen. Harald und er räumten so ordentlich auf wie möglich.

Die drei Herren vom Klub besichtigten das Haus. Sie sagten nicht guten Tag. Sie versuchten so zu tun, als ob Theodor nicht da sei.

»Und wo können wir unseren Bierausschank haben?«

»Bitte, hier ist ein großer Raum«, sagte Theodor und wollte sie hinunterführen.

»Wir haben Sie nicht gefragt«, sagte einer.

Sie nahmen den Plan des Hauses.

»Wir verzichten auf Ihre Führung«, sagte ein anderer.

Theodor ging in das graue Wohnzimmer. Das Haus gehörte ihm nicht. Er hatte kein Recht, sie hinauszuwerfen. Das Haus kostete Steuern und Steuern und Steuern und Unterhaltung. Wer sollte das alles bezahlen? Es mußte vermietet werden. Es gab keinen Stolz. Er nahm sich Stiche vor und eine Lupe, aber er zitterte so, daß er nichts sah. Eine knarrende Stimme war zu hören: »Kleines Andenken aus'm Feldzug, macht mir Treppensteigen schwer. Bitte langsam voran.« Das mußte der mit dem steifen Bein und dem Monokel sein. Sie kamen in das Erkerzimmer. Sie klopften an die Wände, untersuchten die Fenster und Türschlösser. Dann schmissen sie die Türen, lachten laut.

Ein paar Stunden später kam ein Rechtsanwalt, um zu verhandeln.

»Also das Gemäuer hier kommt in Frage. Wieviel äußerst?«

»Sechstausend Mark im Jahr.«

»Werden wohl mit sich reden lassen. Seien Sie froh, wenn Sie hier anständige Menschen reinkriegen in die jüdische Kiste. Viertausend Mark, nicht mehr.«

»Bedaure«, sagte Theodor.

»Na, also viertausendfünfhundert Mark, man muß hier ja erst mal ausräuchern und desinfizieren und Insektenpulver streuen gegen die jüdischen Läuse.«

»Wir vermieten nicht an Sie. Verlassen Sie sofort das Haus.«

Theodor telephonierte an Paul: »... Und darauf habe ich ihm die Türe gewiesen. Entschuldige, aber ich konnte nicht anders handeln.«

»Richtig, ganz richtig«, sagte Paul. »Einen letzten Stolz muß man doch haben.«

Eine Stunde später saß Herr Stiebel bei Paul: »Nichts für ungut, Herr Effinger, weil mein Bruder sich damals so von Ihnen getrennt hat. Der Herr, der da bei Ihnen im Haus rumläuft, hätte nicht nötig gehabt, die Verhandlungen abzubrechen. Ist ja ganz geschickt.«

»Haben Sie die Absicht, eine Hakenkreuzfahne aufzuziehen?«

»Na, sicher.«

»Dann vermiete ich Ihnen das Haus nicht.« Paul stand auf.

»Und für sechstausend? Zaster auf'n Tisch?«

»Es kommt nicht in Frage. Solange das Haus uns gehört, wird keine Hakenkreuzfahne gehißt.«

»Sie wollen so tun wie jüdische Ehre nich käuflich, ja? In drei Wochen wird's damit zu Ende sein.«

# 142. Kapitel

## *Macht*

Wenn ihr nun den Greuel der Verwüstung an der heiligen Stätte sehet, dann fliehe in die Berge, wer in Judäa ist;

Und wer auf dem Dache ist, der steige nicht hernieder, um etwas aus seinem Hause zu holen;

Und wer auf dem Felde ist, der kehre nicht um, um seinen Mantel zu holen.

Wehe aber den Schwangeren und Säugenden in jenen Tagen!

Betet aber, daß eure Flucht nicht im Winter geschehe, oder am Sabbat.

Denn es wird dann eine große Drangsal sein, wie noch keine gewesen ist von Anbeginn der Welt bis jetzt, und keine jemals wieder sein wird.

Und wenn diese Tage nicht verkürzt würden, so würde kein Mensch gerettet werden.«

»Hier die vorbereitende Lagerverwaltung Helgoland. Wir wollten fragen, ob Sie Aussicht zur See- oder Landseite haben wollen.«

»Welcher Quatschkopf ist denn da?«

»Die vorbereitende Lagerverwaltung Helgoland.«

»Also reden Sie nicht solchen Blödsinn, Lennhoff.«

»Ist nicht Blödsinn. Sie werden schon sehen, daß es nicht Blödsinn ist. Die bereiten schon die Konzentrationslager vor. Vielleicht kann man sich Zimmer bestellen.«

»Und warum Helgoland?«

»Weil's eine Insel ist. Nach Lipari tun sie sie in Italien. Haben die etwa neue Einfälle?«

»Na also, Lennhoff, bis dahin hat's lange Weile. Und solange Sie noch Witze machen!«

Der Ofen war geheizt. Erwin, Lotte, Susi und der kleine Emmanuel frühstückten zusammen. Auf dem Tisch standen Blumen. Ein Papagei rief: »Kleiner Emmanuel, guten Appetit!«

Susi sagte immerzu: »Ich komme bestimmt zu spät zur Schule.«

»Frühstücke mal in Ruhe. Du hast noch Zeit.«

»Deine Uhr geht wieder mal falsch.«

»Meine Uhr geht bestimmt richtig.«

»Mama, warum geht die Sonne auf?«

»Dämliche Fragerei!« sagte Susi. »Ich muß jetzt weg.«

»Du hast noch Zeit, Susi.«

»Nein, wir haben heute Aufsatz.«

»Also lauf. Auf Wiedersehen, auf Wiedersehen. – Also, Emmanuel, sie scheint, damit es warm ist.«

»Warum muß es denn warm sein?«

»Wenn keine Sonne da wäre, würde kein Leben auf der Erde sein.«

»Warum würde dann kein Leben auf der Erde sein?«

Die Post lag auf der rot-weißen Decke. Sehr viel Post.

In der Post stand: »Auf Ihr Geehrtes teilen wir Ihnen mit, daß wir erst die weitere Entwicklung, zumindest die Konferenz in Genf, abwarten wollen.«

In der Post stand: »Wegen des Vertrages wollen wir bei der ungeklärten Lage erst einmal die Wahlen abwarten.«

In der Post stand: »Ich möchte Ihnen mitteilen, daß ich mich erst nach dem 5. März entscheiden kann. Bis dahin muß die Sache in der Schwebe bleiben.«

Kaufhaus A. bat, ihm Wintermäntel, Kaufhaus B., ihm Strandpyjamas oder elektrische Lampen abzukaufen. Der Armenverein schrieb, seine Wohlfahrtseinrichtungen seien kaum noch aufrechtzuerhalten.

Die Post enthielt die Bitte eines Malermeisters, seiner zu gedenken und die sicher doch sehr verkommene Wohnung streichen zu lassen. Ein Zettel lag in der Zeitung mit Abbildungen großer Zigarren, 50 % billiger, Fehlfarben sollte man kaufen oder Wein, den rassigen Herrenwein, besonders gute Moselsorte, 1,50 Mark die Flasche.

»Silberfüchse«, sagte Lotte, »kann man jetzt schon für 175 Mark bekommen, früher kostete so was 3000 Mark.«

»Tja«, sagte Erwin, »das Posthotel in St. Moritz schreibt; es ist der reinste Liebesbrief. Stell' dir vor, sie rechnen 12 Francs gegen früher 25.«

»Wieder keine Post gekommen«, sagte Lotte. Und dann warfen sie alles in den Papierkorb.

»Herein.«

»Gnädige Frau, Herr Lennhoff läßt bestellen, gnädige Frau möchte nicht zur Probe kommen.«

»War er selber dran?«

»Ja.«

»Verbinden Sie mich doch noch mal. Du, da ist was los, Erwin.«

»Herr Lennhoff ist nicht zu sprechen. Fräulein Ende war ganz aufgeregt.«

»Ich geh mal ran. – Was ist denn, Endechen?«

»Nicht am Telephon, bitte, nicht am Telephon.«

»Na gut, ich komme hin.« Sie hängte an. »Weißt du, Erwin, sie sind alle wie die verschreckten Hühner.«

Lotte sagte zu dem hübschen blonden Mädchen: »Ich denke, Fisch heute mittag.«

»Gebacken mit Kartoffelsalat?«

»Ja, wenn Sie schönes Fischfilet bekommen. Vergessen Sie nicht, wir haben Sonntag Gäste, ein Käsekuchen reicht, denke ich.«

Die Republik war besiegt. Die Kohorten, gebildet aus dem großstädtischen, arbeitslosen Proletariat, marschierten durch die Stadt. Der Soldatenkaiser war soeben ausgerufen worden, ein Sohn des Feldlagers, ein Landsknecht wie sie.

In der Untergrundbahn saßen die Bürger wie jeden Tag. Plötzlich kamen die Landsknechte herein. Zerschlissene Uniformen und geflickte Jacken, Zivilhosen und braune Jacken, armselige Mützen und braune Hosen. Jeder sah anders aus. Dreißigjähriger Krieg kam ins Kupee. Wilde Soldateska. Sie schrien und lärmten, und die Bürger rückten zusammen. Sie aber machten niemandem Platz.

Vor dem Theater ging Lennhoff auf und ab. Als er Lotte von weitem sah, rannte er ihr entgegen: »Schnell, schnell in ein Café! Ich bitt' dich, Angelika, komm nicht zur Probe. Man hat einen nationalsozialistischen Theaterrat gebildet, der beschlossen hat, alle Kommunisten rauszusetzen.«

»Wieso Kommunisten?«

»Du kannst nicht mehr fragen, wieso. Sie schmeißen die Leute einfach über die Eisenbahnbrücken vor die Züge. Mach nicht so ein Gesicht, begreif! Bermann ist glücklicherweise nicht da, er ist in Amerika. Tu dir das nicht an. Geh nicht rein!«

»Wer ist denn Vorsitzender des Theaterrates?«

»Zilenziger.«

»Wer ist Zilenziger?«

»Ein junger Schauspieler.«

»Und ich habe nie etwas von ihm gehört?«

»Er hat nur in der Statisterie mitgewirkt.«

»Und von dem läßt du dir diktieren und stehst vor der Türe rum, um mich abzuwimmeln, und hast Angst vor dem Schauspieler Zilenziger?«

»Was kann ich machen? Sei doch vernünftig. Es hat gar keinen Sinn, sie bringen massenweise die Leute um. Es weiß es nur noch niemand.«

Lotte stand auf und ging an Lennhoff vorbei ins Theater. Lottes Rolle war schon besetzt. Das Mädchen hieß Nora Supper. Herr Zilenziger spielte die tragende Rolle. Er hielt gerade eine Ansprache: »Und so wird die blonde Schönheit unserer Arierin Nora Supper deutsches Kunstwollen verkörpern.«

»Herr Zilenziger«, sagte eine Statistin, »Sie irren, Fräulein Supper ist Halbjüdin.«

»Ich bin also angelogen worden«, schrie Zilenziger. »Wo ist dieser Lennhoff? Sofort runter von der Bühne! Verlassen Sie das Haus!«

Fräulein Supper schrie: »Gemeine Verleumdung!«

»Was fällt Ihnen denn ein, meine Rolle anders zu besetzen!« schrie nun auch Lotte.

»Schluß, Schluß!! Direkte Verfügung von Reichsminister Göring!«

»Ach, das ist ja ein Aufstand der Komparsen! Na, da hab' ich ja andere Verbindungen als Sie!« sagte Lotte und ging zur Ende, die ganz verweint war.

Ein Kollege stürzte ins Zimmer: »Rasch über die Grenze, Oppen! Eben hat Zilenziger ein Rollkommando bestellt, ich habe es gehört. Sie werden sofort verhaftet, d. h. totgeschlagen.«

Lotte verließ durch einen Nebenausgang das Gebäude. Sie rief von der nächsten Telephonzelle Erwin an. Dann telephonierte sie mit der Wohnung: »Ich warte in einem Café. Rufen Sie unter Zentrum 6732 an, wenn was ist. Sagen Sie niemand Fremdem die Telephonnummer.«

Erwin fuhr nach Hause, um Instruktionen zu geben.

Zwei Stunden später riefen die Mädchen an: »SA war da, wollte Sie abholen.«

»Bringen Sie einen Koffer mit meinen Sachen zum Bahnhof, ich fahre ab.«

Sie stieg nicht hernieder, um etwas aus ihrem Hause zu holen. Sie kehrte nicht um, um ihren Mantel zu holen.

In diesen Straßen mit den grauen Häusern war sie geboren worden, und darum hing sie an allem, was mit dieser Stadt zusammenhing. Am Keller mit Heringen und am kleinen Juwelierladen, in dessen Schaufenster ein silberner und ein goldener Kranz unter Glassturz lagen auf hellblauem Atlas, am Leben der Seifengeschäfte, Grünkramläden und kleinen Kneipen »Zum Schmalzel-Maxe« und »Zum feuchten Dreieck«, an der kleinen Maßschneiderei und am Thanatos-Beerdigungsinstitut.

Wie oft, wie oft war sie an all dem vorbeigefahren! Und da kam schon das alte Tier, die elektrische Bahn Nr. 76, die Erinnerung ihrer Jugend, die Bahn zu Marianne und zum Tiergarten, zu Erwin und zur Großmama. Die Bahn, mit der sie ins Theater gefahren war, zehn Jahre lang. Nicht der Brunnen war ihre Heimat, nicht die Linde, nicht der Gang vors Tor, nicht der Weg um den Wall, wie in Kragsheim, wie in Neckargründen, Heimat war das Tier, das sie die täglichen Berufswege führte, die 76, gute, edelwerte 76: Ich werde dies alles nie mehr wiedersehen, dachte sie.

Und nun kam Erwin in einem kleinen Effinger-Auto und hatte die Koffer bei sich und ihre Handtasche.

Sie kannten die Bahnstrecke. Lotte sah hinaus und wußte, sie sah das alles zum letztenmal. Die roten Mützen der Stationsvorsteher und die Hallen der Bahnhöfe.

»Ich habe die Gerechtigkeit geliebt und das Unrecht gehaßt, darum sterbe ich in der Verbannung.«

»Was ist los?« fragte Erwin.

»Das steht auf dem Grabstein von Papst Gregor VII. in Salerno.«

»Na, du wirst schon nicht in der Verbannung sterben.«

»Erwin«, sagte sie, »durch dick und dünn.«

»Durch dick und dünn.«

Als sie in das tschechische Gebirgshotel eintraten, vor dem die Skiläufer sich tummelten, sagte der Wirt: »Ach, Herr und Frau Effinger, wie nett, daß sie dies Jahr wiederkommen!«

»Pulverschnee?« fragte Erwin. »Und wie hoch?«

Es waren viele Deutsche, Bergführer und Skilehrer und Schlittenführer da. Lotte stand und wartete, während Erwin sich mit dem Wirt Zimmer ansah. Sie hörte eine Frau zu einem der Schlittenführer sagen: »Die Kommunisten haben die Brunnen in Hirschberg vergiftet.«

»Nicht zu verstehen«, sagte der Bergführer. »Sie müssen doch selber davon trinken.«

»Aber die haben schon drei gefangen, die Brunnen vergiftet haben.«

Sie sprachen nur von Kommunisten. Von Juden war im Radio bisher noch nicht die Rede gewesen.

»Erwin, was auch sei, ich fahre nicht zurück. Ich fahre in kein Land, wo man glaubt, daß Brunnen vergiftet werden. Man wird weitersehen. Morgen werden die Juden verfolgt und übermorgen die Hexen.«

Lotte saß mit Erwin im Wintersporthotel, und die Leute tanzten. »A tea for two« spielte das Radio.

»Ach, Frau Oppen!« rief eine Dame aus Berlin. »Nett, auch zum Wintersport da?«

»Ja«, sagte Lotte. »Guter Pulverschnee?« Sie hatte nicht den Mut zu sagen: »Ich bin ein Flüchtling.« Es war nicht gesellschaftsfähig, ein Flüchtling zu sein.

In der Nacht krachte es plötzlich an der Tür: »SA! Aufstehen! SA! Aufstehen!«

Waren sie schon da? Ich bleibe liegen; sollen sie mich holen und umbringen, dachte Lotte.

Da hörte sie Gelächter, nahm ihren Schlafrock. Auf dem Korridor herrschte großer Tumult. Die jungen Leute zogen durchs Hotel und klopften an alle Türen. Es war ein herrlicher Spaß, fanden alle. Lotte stand dabei. »Es ist immer wieder nett, wenn Jugend so vergnügt ist«, sagte sie.

Lotte begleitete Erwin nach Prag, von wo er zurückfahren wollte.

In Erwins Kupee saß ein Herr. Als er merkte, daß das Nebenkupee leer war, ging er dorthin. Dann kehrte er zurück, verbeugte sich und sagte: »Ich wollte nur sagen, ich bin nicht Ihretwegen in das andere Kupee gegangen.«

So weit war man. Homo hominis lupus. Der Mensch war des Menschen Wolf. Umsonst war das Opfer des Nazareners, umsonst hatten die Juden gerufen: »Gelobt sei die Gewaltlosigkeit.«

Erwin fuhr ab. »In den Krieg, zum zweitenmal in den Krieg.«

Lotte saß auf dem Bahnhof, Züge wurden abgefertigt. Telegraphendrähte spielten. Aber es war alles nicht mehr wahr. Es sah nur so aus. Noch eine Weile würden die Elektrizitätswerke arbeiten, die Gerichte, die Universitäten. Europa starb.

Noch zwei Jahrzehnte – dann würden Wölfe durch Paris heulen und durch London die Schakale und Hyänen. Alles wäre tot, verwest und gestorben. Eine Taube, einen Ölzweig im Schnabel, würde dahinfliegen und den Ararat suchen.

Aber noch wußte es niemand.

# 143. Kapitel

## *Anfang vom Ende*

Ich verstehe Lotte nicht«, sagte Marianne zu ihrer Mutter, »sie ist immer hysterisch gewesen. Was läuft sie davon! Und Mann und Kinder da zu lassen! Und so schlimm ist es gar nicht. Ich bitte dich, so anständige Leute, wie die Deutschen sind.«

Sie kämpfte um Geld für ein neues Mädchenheim. Hundert Mädchen sollten wenigstens jeden Tag ein bißchen Wärme und ein Mittagessen haben, sonst waren auch sie wie tausend andere dem Verbrechertum verfallen, gehörten diesen furchtbaren Jugendcliquen an.

Marianne fand die Kollegen über eine Zeitung gebeugt. Bis auf Trümpler, den alten deutschnationalen Beamten, war alles sehr vergnügt.

»Die Herren sind ja alle so vergnügt?«

»Na, Sie müssen doch zugeben, die Juden haben doch auch alles Geld.«

»Und die rheinische Großindustrie und die schlesischen Grafen und die englischen Lords?«

»Da haben Sie schon recht. Aber die Juden haben eben doch alles Geld.«

Marianne wurde ein alter Bekannter gemeldet. Ein früherer Bauarbeiter, ein alter Sozialist. Er hatte noch Bebel gehört. »Soll alles falsch sein, was ich ein Leben lang glaubte?« sagte er zu Marianne. »Ist es nicht wahr, daß die Unternehmer den Mehrwert einstecken? Kommt wirklich alles Böse von den Juden? Daß die Warenhäuser und die Zinsen ein Unglück sind für die arbeitende Masse, das wissen wir ja. Vielleicht hilft wirklich der Führer?«

»Und wenn Sie morgen Ihrem Kollegen nicht passen, braucht

der bloß zu sagen: Herr Maran hat was gegen Hitler gesagt, und schon sind Sie entlassen und verhaftet, und Gnade Ihrem Kopf!«

»Ich glaube ja auch, daß das alles Unsinn ist. Aber machen Sie das mal den Leuten klar.«

»Sie wollen den Leuten einen Maulkorb umbinden«, sagte Paul, »das ist ihnen die Hauptsache. Ich erinnere mich doch, wie das während der Sozialistengesetzgebung unter Bismarck war. Ich hab' mich mal mit zwei Arbeitern in der Friedrichstraße unterhalten, als sie das erste Gas verlegt haben. Ist gleich ein Polizist gekommen.«

»Ausgeschlossen«, sagte Theodor. »Ich habe Brender gesprochen; er hält es für gänzlich ausgeschlossen, daß die Regierung gegen alle Juden vorgeht. Man will sie nur nicht mehr in der Politik haben.«

Waldemar saß in seinem Zimmer, rauchend und Kaffee trinkend, mit dem langen weißen Vollbart, immer noch ein gewaltiger alter Mann.

Riefling saß bei ihm und war außer sich. »Aber lassen Sie man, die Deutschnationalen kommen wieder nach oben.«

»Haben Sie schon eine solche Untersuchung erlebt wie die von dem Reichstagsbrand?«

»Wieso?«

»Da werden doch am ersten Tag sonst gleich die Bilder aller Verhafteten veröffentlicht! Da geben die Polizeikommissare Bericht auf Bericht. Und was geschieht hier? Gar nichts. Man hört überhaupt nichts. Da stimmt doch alles nicht.«

Riefling lachte. »Die Keller vom Liebknechthaus nennt Herr Göring am Radio Katakomben. Altpapier haben sie gefunden, nichts sonst. Die Keller vom Liebknechthaus sind hundertmal untersucht worden. Die Kommunisten sind doch nicht so dumm, daß sie Pläne zur Eroberung Deutschlands in den Keller zur Besichtigung legen.«

»Und das ›Kapital‹ von Marx kann man in jeder Buchhandlung kaufen.«

»Ach, i bewahre«, sagte Riefling. »Wo ist das ›Kapital‹ von Marx ein Buch? Das ist doch ein Geheimdokument. Das wußten Sie bisher nicht? Ich auch nicht.«

Am 1. April stand Fräulein Doktor Koch im Wohlfahrtsministerium neben Regierungsrat Gans. »Ich habe ihn gestern gehört. Sie wissen, daß ich nichts von Schwärmen halte, aber hier ist eine Macht, größer, als unser schwacher irdischer Verstand begreift. Ich dachte während der ganzen Zeit: Mein Bruder, der Major, meine Vorfahren sind nicht umsonst gefallen. Dieser führt uns nicht in den üblichen Mischmasch der roten und der goldenen Internationale, er führt das nationale Deutschland wieder zu Größe und Ruhm. Der Lebenswille des deutschen Volkes bricht auf, nicht streng theoretisch fundiert, aber elementar, vital, aus den Tiefen der Seele. Ich wurde zum erstenmal im Leben fromm. Ich dachte: Dein Wille geschehe, und ich dachte es von Hitler, und ich fühlte, das ist keine Blasphemie.«

Regierungsrat Gans ging unruhig auf und ab und dachte: Klimakterium, aber laut sagte er: »Sie haben vollkommen recht. Ich bereue ebenfalls, mich nicht früher dem deutschen Sozialismus zugewandt zu haben, dieser echten Volksgemeinschaft.« Es drückte ihm die Zunge ab, zu fragen: »Wissen Sie, ob etwas gegen mich vorliegt? Ich war doch fast fünfzehn Jahre Mitglied der Sozialdemokratie.« Aber er beherrschte sich.

»Der Führer«, sagte Fräulein Doktor Koch, als ob sie seinen Gedankengang erraten hätte, »läßt keinen fallen, der sich zu ihm bekennt.«

Gehaltserhöhung wird kommen, dachte Gans, ich kann dann meine Schulden bezahlen und meine kleine Mieze heiraten.

Marianne trat ein. »Guten Morgen«, sagte sie.

»Guten Morgen«, sagten die beiden andern und setzten sich an ihre Schreibtische, und keiner sprach mehr ein Wort.

Zwei Stunden später klingelte das Telephon. Regierungsrat Gans nahm den Hörer ab. »Ja, bitte, meine Herren«, sagte er ins Telephon und dann ins Zimmer: »Es ist SA im Hause.«

In diesem Moment kamen fünf Leute in braunen Hemden herein und umstanden Marianne: »Marianne Effinger?«

»Ja, bitte?«

»Sofort aufhören! Raus!«

»Wie«, sagte Marianne, »was denn? Ist irgend etwas vom Minister da, von den vorgesetzten Behörden?«

»Hier raus!« sagte der Braune.

»Ich habe unbearbeitete Akten, ich kann doch nicht meine Leute mitten drin im Stich lassen!« Und sie hielt ihren Tisch fest.

»Nun stehen Sie schon auf, Fräulein Effinger!« sagte Regierungsrat Gans. »Nun gehen Sie schon raus, Fräulein Effinger! Beeilen Sie sich. Sie bringen uns ja alle hier in Ungelegenheiten.«

»Aber ich habe doch diese Jugendfürsorge mitbegründet!«

»Es ist eine Anordnung da, alle Juden zu entlassen«, sagte Fräulein Doktor Koch.

»Ich bedaure dies alles aufs äußerste. Fräulein Effinger war die beste Kollegin, die wir hatten«, sagte Trümpler.

»Wer ist denn das? Name?« sagte der SA-Führer.

»Trümpler.«

»Na, diese Bemerkung wird Sie teuer zu stehen kommen.«

»Ich danke Ihnen«, sagte Marianne. Sie nahm ihre Kleinigkeiten aus dem Schreibtisch, setzte den Hut auf, zog den Mantel an und ging an Regierungsrat Gans und Fräulein Doktor Koch vorbei ohne Gruß hinaus.

Es war zu Ende. Vierundzwanzig Jahre habe ich die Koch gekannt. Sie ging langsam zu Fuß nach Hause. Wohin? dachte sie. Wohin?

»Es ist die Frage«, sagte Erwin, »ob man nicht besser seine Posten niederlegt, als abzuwarten.«

»Nein, ich lasse doch meine Fabrik nicht im Stich. Sie machen sie womöglich kaputt«, sagte Paul.

Paul betrat sein Büro. Die Morgenpost lag auf seinem Tisch. Man muß Offerte machen für Agram, dachte er. Die Sachen gingen immer zu spät raus. Er klingelte. Aber niemand kam. Er nahm den Hörer ab, aber das Telephonfräulein antwortete nicht: Ich muß mal selber in die Zentrale gehen, dachte er.

Er blieb vor der Zentrale stehen, er hörte stöpseln, Nummern nennen und Namen: »Ich verbinde mit Herrn Rothmühl.«

Paul machte die Tür auf. Niemand grüßte ihn. »Warum verbinden Sie mich denn nicht? Was ist denn hier los?«

»Herr Mück hat es verboten.«

»Wer ist Mück?«

»Der nationalsozialistische Zellenobmann.«

»Schicken Sie mir mal den Mann in mein Zimmer.« Eine Frechheit! dachte Paul, aber nicht mehr.

»Der Alte ist nicht mehr richtig im Kopf«, sagte das Fräulein zu ihren Kolleginnen, »ich werd' mich mit Herrn Mück anlegen!«

Die Geräusche waren andere, diese seit vierzig Jahren gewohnten Geräusche waren andere. Paul trat ans Fenster. Im Hof fand eine Versammlung statt. Mück – Paul fiel ein: ein unfähiger Mensch aus dem Kalkulationsbüro, den er entlassen wollte – stand auf einer Tonne und sprach: »Und dann alle Juden raus aus den Betrieben! Schlag zehn Uhr wird sich der Betriebsrat mit der Geschäftsleitung ins Einvernehmen setzen, um eine zweimonatliche Vorausbezahlung der Löhne von Arbeitern und Angestellten arischer Rasse zu erwirken. Die Angehörigen der jüdischen Rasse sind fristlos zu entlassen, wobei die angenommene Religion keine Rolle spielt.«

Da hielt vor dem Fabriktor ein Polizeiauto. Eine Reihe von Herren stieg aus, betrat das Gebäude. Mit »Sie sind verhaftet. Folgen Sie uns!« kamen sie in Pauls Zimmer.

Die Arbeiterschaft stand vor der Tür. Paul wurde abgeführt. Es standen Tausende schweigend da.

»Da führen sie das jüdische Schwein ab!« schrie einer. »Wer weiß, was der angestellt hat!«

Am Abend kam Paul nicht nach Hause. Erst um neun Uhr verlangte Klärchen den Nachtportier zu sprechen. Aber der wußte von nichts. Klärchen telephonierte mit Annette. Marianne telephonierte mit der Unfallstation und mit der Polizei. Es war nichts zu erfahren. Klärchen telephonierte mit Waldemar.

»Komm her«, sagte Waldemar.

Klärchen saß im tiefen Sofa, und die Widerklee machte ihr Kaffee. »Sie schlafen hier«, sagte sie.

Waldemar rief Riefling an, und Riefling rief noch in der Nacht einen befreundeten Nazi-Anwalt an.

»Sollen mal erst 50 000 Mark hinterlegen, dann werd' ich weitersehen.«

»Wo soll ich denn 50 000 Mark hernehmen?« sagte Klärchen. »Wir haben doch alles in der Fabrik stecken.«

Riefling kam und riet dazu: »Der Mann hat ganz große Verbindungen. Wenn einer was machen kann, dann der.«

»Warum soll denn mein Mann verhaftet sein? Er hat doch nie was verbrochen. Es ist sicher ein Unfall.«

»Nein, er ist verhaftet. Sie haben eine ganze Reihe prominenter Juden verhaftet.«

Paul aber saß im Gefängnis. Gemeine Denunziation! dachte er, wird sich aufklären. Aber die Schande, die Schande! Und er schlug die Hände vor das Gesicht. Und was wird aus der Fabrik, wenn ich nicht da bin? Da ist die Offerte für Agram, die nicht hinausgegangen ist. Da wird das neue Modell verhunzt werden. In vier Wochen werden wir ohne Aufträge dastehen! Und warum werde ich nicht vernommen? Ich muß doch meine Familie benachrichtigen können!

Strohsack, Gitter, Wasch- und Schmutzkübel, das war geblieben.

Waldemar rief einen der Staatsanwälte an, weshalb denn Paul verhaftet worden sei. Der murmelte: »Betrug, passive und aktive Bestechung, Bilanzfälschung.«

»Machen Sie keine Witze! Ich wollte, er hätte.«

»Herr Geheimrat«, sagte eine flehende Stimme.

Abends spät klingelte es bei Waldemar. Der Staatsanwalt kam, ein schlecht angezogener, kümmerlicher Mann, ein typischer Beamter der armen Republik.

»Sie sind doch ein Held«, sagte Waldemar, »daß Sie es wagen, den Fuß über diese jüdisch-liberale Schwelle zu setzen.«

»Bitte, etwas leise. Ich habe mich, ehrlich gesagt, über das Telephongespräch geschämt. Ich bin einer Ihrer Schüler. Aber ich habe eine Frau und zwei Kinder, und ich kann absolut nicht mit meinem Gehalt auskommen, seit den ewigen Gehaltsabzügen, die die Republik machte. Unser Vermögen ging in der Inflation kaputt.«

»Kurzum, die neun Gründe des Anhängers Napoleons sind auch die Ihren: acht Kinder und eine Frau.«

»Ja.«

»Können Sie mir also über die Sache Effinger und Gen. Mitteilungen machen?«

»Nur, daß eine sehr ernste Anklage vorliegt, von der ich jeden Punkt verfolgen muß.«

»Großartig haben Stiebel und Mück gearbeitet«, sagte Hartert.

»Wer ist Mück?« fragte Schröder.

»Buchhalter. Nazizellenobmann, den diese Kamele haben entlassen wollen. Dumm sind diese Juden. Unbeschreiblich dumm! Also großartiges Material haben Stiebel und Mück zusammengetragen. Der Herr Ministerpräsident wird die Fabrik zum Rüstungsbetrieb erklären, da können wir natürlich keine Juden mehr dort brauchen.«

»Na, wenn die Anklage stichhaltig ist, ist das doch völlig legal. Wer leitet denn die Geschäfte?«

»Stiebel und Mück. Der Aufsichtsrat wird neu gebildet. Dieser Ehrengreis Goldschmidt wird natürlich durch Sie ersetzt, lieber Schröder. Ich werde den Vorsitz behalten. Diese Effingers waren längst nur einfache Angestellte.«

»Dann hätte man doch den Prozeß gar nicht nötig? Könnte man die Effingers einfach entlassen«, sagte Schröder.

»Sind Sie ein nationaler Mann, Herr Schröder, oder nicht?«

»Ich habe eine sehr frühe Parteinummer, Herr Hartert.«

»Und da wollen Sie diese jüdischen Schweine einfach laufen lassen? Ich sage Ihnen: Betrug, Bilanzfälschung, aktive und passive Bestechung. Stiebel ist übrigens ein Verwandter vom Justizminister Stiebel. Und was ist mit Rawerk? Gleichgeschaltet?«

»Ich verhandle.«

»Rawerk hat seine Juden zu entlassen, sonst werden alle Exportprämien gesperrt. Rawerk möchte die Effinger-Werke übernehmen, hat mir einer erzählt?«

Schröder reagierte nicht.

»Kann ich mir vorstellen, so eine solvente Firma ist selten, sogar ihren amerikanischen Kredit haben diese jüdischen Esel zurückbezahlt, aber diese Reaktionäre sind uns nicht sicher, wer weiß, was die dann den Effingers zuschanzen. Kleffel bewirbt sich. Kleffel ist national zuverlässig. Altes Parteimitglied. Der Sohn war sogar in der SA. Sind Sie heute beim Appell?«

»Natürlich.«

Geheimrat Waldemar Goldschmidt hatte in den Tagen höchster Amtstätigkeit nicht so viele Schreiben von den Behörden bekommen wie jetzt. Es wurde dem fast Neunzigjährigen die Lehrbefugnis aberkannt, die er längst nicht mehr ausübte, »da Sie Nichtarier sind und als solcher die für die Verbreitung deutschen Kulturgutes erforderliche Zuverlässigkeit und Eignung nicht besitzen… Ich untersage Ihnen die weitere Berufsausübung als Jurist.« Es wurde ihm der Titel eines Geheimrats aberkannt, da er »erschlichen« sei, und nur mit Rücksicht auf sein bevorstehendes Ableben sehe man von einem Strafverfahren ab. Er mußte seine Orden zurücksenden.

Ein paar Tage später kam Riefling: »Ich bin versetzt, bitte, einfach versetzt. Ich hätte den Nichtariern, den Niederrassigen, zuviel Raum im Museum gegeben. Ich muß alle rausschmeißen. Liebermann, aber auch alle neueren ›arischen‹ Maler. Ich mach' das nicht. Soll das ein anderer machen. Ich soll an ein Provinzmuseum, ich weiß nicht wo. Ich bin bald siebzig. Wozu? Schluß. Abschied.«

»Brav. Doch ein alter Preuße.«

Helene schrieb an Klärchen und Annette aus Neckargründen.

»Ihr werdet ja die neuen Gesetze kennen. Wir haben alle unsere alten jüdischen Angestellten entlassen müssen. Könnt Euch denken, was es bedeutet hat, den alten Geisenheimer wegzuschicken, der die rechte Hand von meinem seligen Julius war.

Gleichzeitig haben wir dem ganzen christlichen Personal zwei Monatsgehälter im voraus zahlen müssen. Da hast sehen können, wer anständig und wer unanständig ist.

Ich weiß, daß Ihr den Kopf voll habt, aber an wen sich wenden, wenn nicht an die Allernächsten. Wir wissen nicht, was wir tun sollen. In der ganzen Gegend sind Plakate, die zum Boykott unseres Geschäfts aufrufen. Die Käufer werden photographiert, wenn sie das Geschäft verlassen. Man will ihre Bilder in Filmen vorführen. Das Geschäft ist also ganz tot. Wir dürfen aber niemanden entlassen, aber wie können wir Löhne und Gehälter weiterzahlen, wenn man die Leute verhindert, bei uns zu kaufen? Oskar hat einen Selbstmordversuch gemacht. Wir kamen im letzten Moment, um das Gas zuzudrehen. Dazu haben wir fünfzig Jahre gearbeitet! Es ist bei Krautheimers in München nicht anders. Übrigens, eine feine Dame, die extra zu uns kam, bekam, als sie den Laden verließ, einen Stempel ins Gesicht mit der Inschrift: ›Wir Verräter kaufen bei Juden.‹ Damit mußte sie durch die Stadt gehen.«

Bertha schrieb aus Kragsheim:

»Kragsheim ist wie verwandelt. Den ganzen Tag sind Umzüge. Leute, deren Großvater ich schon gekannt habe, trauen sich nicht mehr, mich zu grüßen. Der Sohn vom Schlachter Levy will nach Amerika gehen. So was hat man seit sechzig Jahren nicht mehr gehört.

Hier ist was Furchtbares passiert. Die jungen Na's haben den alten Regensburger in den Brunnen am Rathaus geworfen. Der alte Mann hat sich so erkältet, daß er starb. Ich bekomme hier schwer Lebensmittel. Der Wirt vom ›Gläsernen Himmel‹ hat mir einiges besorgt. Aber wenn das einer erfährt, ist der Mann ruiniert. Der Mann von Ruth ist auch von seiner Firma entlassen worden. Und was wird aus den Kindern?«

# 144. Kapitel

## *Es geht alles noch eine Weile weiter*

Der Graf Beerenburg-Haßler ließ sich bei Theodor melden. Fünfzig Jahre lang hatte das Bankhaus Oppner & Goldschmidt Abrechnungen an Grafen Beerenburg-Haßler geschickt, fünfzig Jahre lang war im Herbst ein Zentner liebevoll gemischter Äpfel nach der Bendlerstraße abgegangen, aber nie war Emmanuel oder Theodor nach Schlesien eingeladen worden, und nie war ein Graf privat bei Oppners gewesen. Es war das erstemal.

»Ich komme nur so«, sagte er, »die Bastille ist immer mal wieder zu wenig zerstört worden.« Er nahm kein Blatt vor den Mund.

Theodor stand auf und schloß eine Tür, die zu war, noch einmal zu.

»Das machen jetzt alle«, sagte Beerenburg-Haßler. »Über meinen Vater haben diese Leute geschrieben, daß er prinzipiell den Staat betrogen und verraten hätte, und haben unsern Landarbeitern geraten, nationalsozialistisch zu wählen, weil ihnen nach der Machtergreifung unsere Güter – die Güter eines Landesverräters – doch zufielen. Am selben Abend hat mir der Herr Gauleiter oder so was ähnliches gesagt: ›Wir hoffen doch sehr, daß Sie unsern Wahlfonds unterstützen?‹ Als ich ihm sagte: ›Nach diesem Anwurf?!?‹, erwiderte er: ›Wie können Herr Graf das so ernst nehmen?‹ Vorwurf des Betrugs ist bei diesen Herren eine façon de parler.«

»Und Hartert wohnt in meinem Haus!«

»Dieser Schuft hat Ihr schönes Haus übernommen. Komisch, sagt, alles Jüdische muß vernichtet werden, und nun wohnt er in einem Haus, das von einem Juden gebaut und von einem Juden bewohnt wurde. Aber die Sandsteindame, die steht wieder bei uns.«

Marianne aber war nicht lange untätig gewesen.

Sie telephonierte.

»Guten Tag, Frau Regierungsrätin. Schön von Ihnen, daß Sie sich in diesen schicksalsvollen Tagen bei uns melden.«

»Ich dachte, Sie werden mich vielleicht brauchen können.«

»Sicher«, sagte der Herr, »wir brauchen dringend Kräfte wie Sie bei der jüdischen Gemeinde.«

»Ich habe Irrtümer eingesehen. Ich komme aus ganzem Herzen.«

Sie sah ein neues Ziel, eine neue Tätigkeit vor sich. Sie sichtete ihre Papiere, sie warf Briefe weg, schrieb welche, rief ihre Freunde an. »Und solang du das nicht hast, dieses Stirb und Werde – –«, sie begann ganz neu.

Sie rief Onkel Waldemar an, er solle ihr Literatur über die Juden geben. Jüdische Geschichte, Emanzipation, Gebräuche usw.

»Komm nur her, alte Preußin«, sagte Waldemar, »ich verstehe schon.«

Waldemar saß in seinem Zimmer, rauchend und Kaffee trinkend. Riefling saß bei ihm.

Marianne trat ein.

»Laß uns mal Kaffee machen, Susanna! Na also, was wird aus dir?«

»Für mich gibt's gar keine Probleme. Wir müssen die Juden aus den unproduktiven in die produktiven Berufe überführen ...«

»Ja«, sagte Waldemar wütend, »wenn einer Traktoren fabriziert, ist unproduktiv, wenn einer mit der Hacke gräbt, ist produktiv!«

»Der Vermählung des Volkes mit dem Mutterboden wird der neue Geist entwachsen. Ich gehe selbstverständlich nach Palästina, und zwar in eine Gemeinschaftssiedlung. Ich will helfen, das Land aufbauen.«

»Marianne, du warst immer bereit, dich für irgend etwas zu opfern, 1914 für den deutschen Sieg, 1918 für den Sozialismus und 1933 für die jüdische Nation. Du hast also vierzehn Jahre im Wohlfahrtsministerium nichts zu suchen gehabt?«

»Es war ein Irrtum. Die ganze Emanzipation. Die Entwurzelung der deutschen Juden, nämlich aus dem Judentum, war ein Irrtum. Eine Verwurzelung im Deutschtum kann ich nicht mehr anerkennen.«

»Hat denn dieser Wahnsinn auch dich ergriffen?« sagte Waldemar. »Die Emanzipation ist eine Existenzfrage für die ganze Diaspora. Ebensowenig wie Sklaverei ist Judenhetze eine interne Frage. Genauso wie Hexenverbrennungen werden einmal antijüdische Exzesse einem allgemeinen Verdammungsurteil anheimfallen. Überall werden jetzt die Verfechter der Gleichberechtigung kleinlaut. Die Humanität, das Gewissen sind altmodische Begriffe geworden.«

Marianne wollte widersprechen – sie dachte: Alter Mann, versteht die Zeit nicht mehr –, aber Waldemar schlug mit der Faust auf seinen Lehnstuhl. »Jetzt rede ich. Wohin ist die Begeisterung für Gleichberechtigung, die in alten Zeiten im Elend der Not von unsern Vorfahren gepflegt wurde? Wir haben keine Macht, aber wir wahren das Bewußtsein des an uns verübten Unrechts über die Zeiten. Dieses Bewußtsein hat seit Jahrhunderten unser Volk geadelt und ihm die beispiellose Kraft des passiven Widerstands verliehen. Wir sind Optimisten. ›Und Gott sah hin auf seine Werke, und siehe, sie waren sehr gut.‹ In unserm Optimismus und in unserer Gewaltlosigkeit aber liegt das Geheimnis unserer Unsterblichkeit. In der ganzen Welt liegen die optimistischen, die liberalen Ideen im Sterben. Eine mystische Blutgemeinschaft soll mehr gelten als die Luft, die ihr seit Jahrtausenden atmet, die Sprache, die ihr seit Jahrhunderten sprecht. Ein Zusammenleben von Menschen, die nicht ganz gleich sind, gilt als unerträglich. Ich sehe ein paar Tatsachen, und die genügen mir. Es gibt kein Recht mehr. Recht hat der, der die besseren Beziehungen zur Partei hat. Das führt zur Ausrottung aller Menschen, die nicht der Partei angehören, zur Rückkehr zum Höhlenmenschen. Dein Großvater hat auf den Barrikaden 1848 für die Rechte der Schwachen gekämpft, und ich, mein Kind, habe ein Leben lang im Dienste des Rechts des Einzelnen und der Völker gestanden. Ich bin nie gläubig gewesen im Sinne des Glaubens an einen persönlichen Gott, aber ich glaube, daß die

Ethik der Propheten, ja aller Weltreligionen heute notwendiger ist als je. Eine Lüge muß wieder eine Lüge genannt werden. Das ist der Gegensatz zwischen den Gläubigen des Rechts und den Anbetern der Macht, der Weltgegensatz zwischen denen, die die Verfolgung einer anderen Menschensorte geistig unterbauen mit irgendwelchen Schlagworten, und denen, die, welchem Volk sie immer angehören, kämpfen für das Gesetz des Sinai. Das ist kein Gegensatz zwischen heute und morgen. Sondern dieser ist ewig. Es ist der Gegensatz zwischen Jahwe und Amalek.«

»Die Straße frei den braunen Bataillonen!« klang es von draußen.

»Dazu bin ich bald neunzig geworden, um diesen Mist aufsteigen zu sehen. Ha, da kommt unser Kaffee.«

Marianne aber träumte. Sie sah sich in einem Zelt wohnen, sah sich Wassergräben in einer Wüste ziehen, sah Weizen sprossen und Orangenbäume und üppiges Gemüse. Jetzt endlich, dachte sie, habe ich den Sinn meines Lebens gefunden.

# 145. Kapitel

## *Paul verliert die Fabrik*

Gegen Paul sollte verhandelt werden: wegen Schädigung der deutschen Wirtschaft, wegen mangelhafter Lieferungen im Weltkrieg, wegen Bilanzfälschung und wegen Betruges.

Erwin fragte den Anwalt, warum denn nicht auch wegen Gründung der Fabrik Anklage erhoben worden sei.

Der Untersuchungsrichter sagte zu Paul: »Aus den Akten geht hervor, daß Sie nicht das Interesse der Firma wahrten ...«

»Nein«, sagte Paul, »ich habe ihr nur mein Leben gewidmet.«

»Sie brauchen mir keine solchen Antworten zu geben. Sie haben die Firma im wesentlichen als zu melkende Kuh betrachtet. Sie haben Schulden gemacht, sie nicht zurückgezahlt ...«

Einige Arbeiter und Angestellte schrieben an den Staatsanwalt, um Paul und Erwin zu entlasten. Stiebel telephonierte mit Hartert und teilte ihm das mit.

»Das muß mit allen Mitteln verhindert werden«, sagte Hartert.

»Mit allen Mitteln?« fragte Stiebel.

»Mit allen Mitteln«, sagte Hartert.

Am nächsten Tag wurden Anschläge in der Fabrik gemacht: »Jeder, der sich an den Staatsanwalt oder an den Rechtsanwalt der Herren Effinger in Sachen des Betrugs Effinger und Genossen wendet, wird fristlos entlassen.« Von diesem Augenblick an gab es keine Leute mehr, die für die Effingers aussagten.

Paul, Erwin und der tote Karl wurden im »Stürmer« abgebildet. »Wieder ein großer jüdischer Betrug entdeckt. Der Effingerschwindel! Endlich dem gerechten Richter übergeben! Todesstrafe fordert das deutsche Volk für solche Halunken.«

Hartert war Vorsitzender des Aufsichtsrats. Rothmühl war geblieben. Er fand auch: Was haben die Juden in unserer Industrie zu suchen? Stiebel war Fabrikleiter geworden, und Mück besorgte immer neues Material und wurde Direktor. Stiebel machte einfache Buchhalter zu Mitdirektoren und Direktoren zu Buchhaltern.

In der Bank saß Herr Hartert: »Haben Sie schon die Zeitung gesehen?«

»Nein, Herr Direktor.«

»Es ist eine tolle Hausse an allen Warenmärkten. Ich wollte mir für mein Haus noch ein paar Teppiche anschaffen, habe bis jetzt gewartet aber jetzt werde ich schleunigst kaufen, ehe es noch teurer wird.«

Von den Halden in England wurde die Kohle abgerufen. In tausend schwarzen Schiffen fuhr sie um die Erde, damit gewebt werden konnte, Eisen fabriziert und die tausend Dinge, die daraus gemacht wurden. In Amerika wurde geerntet. Wie eh und je pflückten die Schwarzen die Baumwolle, das Leintuch auf dem Kopf. Wie eh und je schnitten die Farmer in Kanada den Weizen. Die Baumwolle kam in große Haufen zusammen, sie wurde auf Schiffen verschifft. Der Weizen kam in die großen Silos und wurde auf Schiffen verschifft. Die Welt war arm geworden, nirgends waren mehr Vorräte. Die Preise stiegen.

Rotgesichtige Männer im Zylinder standen an der Börse zu Liverpool. Wie hoch stand die Baumwolle? Sie wurde teurer. Alle Ware wurde teurer. Die Händler kauften. Sie würde noch teurer werden. Und am Tor der Effinger-Werke erschien der Zettel, der vier Jahre vergeblich gesuchte Zettel: »Hier werden Arbeiter eingestellt.«

Geschäftsbriefe gingen zu Zehntausenden hinaus: »Die Firma Effinger befindet sich in völlig arischen Händen. Niemand unserer verehrten arischen Kundschaft braucht also Bedenken zu haben, die neuen Effinger-Wagen zu erwerben.«

Die Arbeiter drückten die Stoppuhr, die Heizer standen im Kesselhaus, die Mädchen hatten ihre Stenogrammblocks vor sich wie eh und je.

Nur wurden sehr bald keine Autos mehr fabriziert, sondern Tanks. Aber daran waren keine Effingers mehr beteiligt, obgleich in Riesenbuchstaben ihr Name noch immer am nächtlichen Himmel leuchtete.

Paul saß im Gefängnis. Er sah sich einbezogen. Die Juden hatten ihre Gebetsmäntel umgenommen, sich in den Synagogen versammelt und gebetet: »Baruch ha schem. Gelobt sei Sein Name.« Sie wußten: sie waren im Besitz der einen und unteilbaren Wahrheit, der Wahrheit von der Sünde, Blut zu vergießen, der Wahrheit von dem messianischen Reich, wo der Löwe beim Böckchen liegen würde, wo die Schwerter umgeschmiedet werden würden zu Pflugscharen, wo eine höhere Gerechtigkeit alle Kreatur umfassen würde.

Hitler aber nannte das Böse gut und das Gute böse. »Die Gesetzgeber machten nichtige Gesetze, und die Schwachen wurden ausgeplündert.« Nichts war neu. Denn es gibt nichts Neues unter der Sonne. Er wollte ein Weltreich stürzen und sich an seine Stelle setzen.

»Und so sprach er: Durch die Kraft meiner Hand habe ich solches getan, weil ich so klug bin; darum habe ich die Grenzen der Völker verrückt, ihre Schätze geplündert und mich als Helden erwiesen. Wie man ein Vogelnest findet, so fand meine Hand den Reichtum der Völker, und wie man verlassene Eier wegnimmt, so nahm ich die ganze Welt, und da war keiner, der die Flügel regte oder den Mund auftat und zwitscherte.

Er dachte in seinem Herzen: Ich will dem Höchsten gleich sein. Aber die dich erblicken, schauen dich an und sprechen: ›Ist das der Mann, der die Erde zittern machte, der die Reiche erschüttert hat? Der den Erdkreis zur Wüste machte, seine Städte verheerte, seine Gefangenen nicht in die Heimat entließ?‹

Alle Könige der Völker, alle ruhen in Ehren, jeglicher in seinem Grabe. Du aber liegst hingeworfen, fern von deinem Grabe, eine zertretene Leiche. Mit ihnen wirst du im Begräbnis nicht vereint; denn dein Land hast du zugrunde gerichtet, dein Volk hast du gemordet. Das Geschlecht der Übeltäter werde nimmermehr genannt. In Ewigkeit.«

Paul sah von der Bibel auf. So war es. So wird es sein. In Ewigkeit Amen.

In einem kurzen und formalen Prozeß wurden Paul und Erwin freigesprochen.

Paul stand vom Boden auf und lebte weiter. Er hatte die Fabrik verloren, die Schrauben, den Gasmotor und den schienenlosen Wagen. Alles, was ausgegangen war vom Stall des Balthasar.

Er fuhr nach Kragsheim zu Bertha und versuchte sie zu einer Übersiedlung nach Neckargründen oder nach Berlin zu bewegen. Aber sie weigerte sich: »Wie kann ich mein Elternhaus verlassen?! Ich bin zwar auf deine Unterstützung angewiesen, aber das wirst du mir doch nicht antun!«

Es war zum erstenmal, daß er keinen Spaziergang in Kragsheim machte. Man konnte es sich nicht trauen. Er blieb in der Wohnung, bis am andern Tag der Zug ging.

Er fuhr nach Neckargründen und besprach das Verhalten wegen des Warenhauses. Alle standen auf dem Standpunkt, sie wollten es halten, solange es ging.

»Bisher hatte ich Glück mit meiner Gefolgschaft«, sagte Oskar.

»Gefolgschaft?« fragte Paul.

»Nun ja, so heißen jetzt die Angestellten.«

»Na, du brauchst dir doch das nicht zu eigen zu machen.«

»Also bisher geht's noch ganz gut. Es kann sich ja auch bald heben, und dann? Wo soll ich hin? Geld kann ich doch nicht mitnehmen! Und zwei Kinder – was soll aus denen werden?«

»Ich auswandern?« sagte Annette, »ich bleibe in Berlin, kein Mensch kann mich von hier wegbringen. Wenn ich nicht in Berlin bin, kann man mich genausogut begraben.«

»Ich wandre aus«, sagte Erwin, »ich bin ein tüchtiger Fabrikant. Ich werde schon was finden. Und Lotte will auf keinen Fall zurück. Sie spielt in Prag und Wien.«

»Die Hauptsache ist, daß du eine neue Position findest«, sagte Paul.

»Und was ist mit Geld?« sagte Waldemar. »Ein Kaufmann ohne Kapital ist ein Dreck.«

»Ich schmuggle was raus«, sagte Erwin, »einfach in die Tasche stecken, los, heidi!«

»Das wirst du nicht machen«, sagte Paul, »es gibt noch einen Anstand und eine Ehre auf der Welt.«

»Das ist es eben«, sagte Waldemar. »Das gibt es *nicht*. Gegen uns alle wird mit Willkür, ohne jede rechtliche Grundlage vorgegangen. Fand irgendeiner etwas dabei, als die Russen mit Geld und Brillanten flohen? Im Gegenteil. Idioten hätte man sie gescholten, wenn sie sich nach dem Verbot der Sowjets gerichtet hätten. Solange die Welt besteht, haben Flüchtlinge versucht, ihre Habe mitzunehmen. Aber dies ist eine so organisierte Verfolgung, daß es keine Maschen gibt, durch die ihr schlüpfen könnt.«

Susi sprang um Erwin herum: »Ich gehe mit Tante Marianne nach Palästina. Ich gehe bald von der Schule ab und lerne Landwirtschaft!«

»Tja«, sagte Erwin, »ich möchte gern, daß Susi gar nicht mehr all die Erniedrigungen, denen man hier ausgesetzt ist, zu spüren bekommt.«

»Also ich finde das ja einen großen Unsinn«, sagte Paul. »Was soll Marianne mit dem Kind da drüben, und wir haben so viele Jahre seines Lebens für es gesorgt, wir könnten es wirklich wieder versorgen. Nirgend ist ein Kind besser aufgehoben als bei den Großeltern.«

»Und was ist mit Emmanuel?« fragte Waldemar.

»Er ist das Gegenteil von Susi. Susi verliert nichts, vergißt nichts und hat nie gewußt, was sie spielen soll. Emmanuel vergißt alles, verliert alles, aber dafür hat er einen Löwen, und der Löwe hat ein Flugzeug, mit dem holt er alles und bringt er alles, was Emmanuel in Berlin vergessen hat. Er braucht ihn bloß von einem Felsen aus anzutelephonieren.«

»Er wird doch nicht auch ein Künstler werden!« sagte Klärchen entsetzt.

»Was ist daran schlecht?« sagte Erwin. »Als Seiltänzer kannste in die ganze Welt gehen.«

# 146. Kapitel

## *Der goldene Wimpel*

Nichts war in all diesen Jahren in der Effingerschen Arbeitersiedlung geändert worden, als sämtliche Bewohner den Befehl bekamen, die Wege zu säubern, die Gärten instandzusetzen und am 5. August 1934 das Fest der Siedlung zu feiern.

Am Eingang der Siedlung wurde ein Tor errichtet, mit Fahnen geschmückt und mit Blumen bekränzt. Auf einer Estrade nahmen Mück und Stiebel, Hartert und Rothmühl Platz.

Eine Fanfare. Ein gewaltiges schwarzes Auto. Stehend ein Mann in brauner Uniform, von vier weiteren Uniformierten umgeben, die Hände ausgestreckt. Die Aufgereihten streckten ebenfalls die Hand aus, und wie einen Zweiklang hörte man »Hei Hi.«

Die Braunen verließen das Auto, betraten ein Podium.

»Neues Leben blüht aus den Ruinen der Systemjahre«, begann der Gauleiter. »Das Erbe, das wir übernahmen, war furchtbar. Die Aufgabe, die wir lösen mußten, war die schwerste, die seit Menschengedenken deutschen Staatsmännern gestellt wurde. Und nun sehen Sie hin auf Ihr blühendes Gemeinwesen. Wem verdanken wir es? Unserm Führer. Ein blühendes Werk, eine zufriedene Gefolgschaft, eine Verwurzelung auf der Scholle. Diese Siedlung ist recht eigentlich einer der Erneuerungsgedanken des Führers. Keine Proletarier mehr! Die hohe Anerkennung der Handarbeit ist einer der Grundgedanken unseres Führers. Verwurzelung auf der Scholle ist der zweite. In vierzehn Jahren haben die Novemberparteien den deutschen Bauernstand ruiniert. In vierzehn Jahren haben sie eine Armee von Millionen Arbeitslosen geschaffen. Bauer und Arbeiter zugleich sein, das ist das Ideal. Das wurde mustergültig verwirklicht in der Arbeitersiedlung der Autowerke Effinger. Und so wie der Name Effinger den Ruhm deutscher Wertarbeit in alle Zonen trägt, so soll der Name Stiebel-Siedlung zur ständigen Erinnerung an Ihren Werkführer den Ruhm dieser Mustersiedlung durch ganz Deutschland tragen.«

In diesem Augenblick betraten Stiebel und Mück das Podium in militärischer Haltung.

»Und so überreiche ich Ihnen in Anerkennung dieser Leistung das Ehrenzeichen, den goldenen Wimpel. Siegheil, Siegheil, Siegheil.«

# 147. Kapitel

## *Besuch auf einer Gemeinschaftssiedlung*

An einem Frühlingstage 1938 fuhren Lotte und Erwin mit Emmanuel in Palästina auf eine Gemeinschaftssiedlung.

Marianne kam ihnen ein Stück entgegen. Sie trug kurze Hosen, eine dunkelblaue Bluse und ein rosa Kopftuch. Oben lag die Siedlung, Zelte und Holzbaracken, ein Steinhaus war das Haus der Kinder.

Erwin, Lotte und Marianne gingen in den Speiseraum, eine langgestreckte Holzhütte, in der Bänke und Tische standen.

»Wo ist Susi?«

»Im Weinberg.«

»Kommt sie nachher?«

»Ja«, sagte Marianne. »Welche Freude ist dieses Kind für mich!«

»Ja«, sagte Lotte, »es fällt mir auch schwer genug, mich von ihr zu trennen. Du meinst, es ist schon fest und sicher?«

»Sprich nachher selbst mit ihr. Ich bringe euch Tee mit Brot.«

»Wo arbeitest du denn jetzt? Noch immer in der Küche?« fragte Lotte.

»Nein, ich arbeite jetzt im Kinderhaus. Ich bin sehr glücklich hier.«

»Hast du endlich ein Zimmer?«

»Nein. Ich wohne immer noch im Zelt.«

»Gehen wir doch hin.«

Marianne führte sie an ihr Zelt, in dem sie wohnte in der glühenden Hitze des palästinensischen Sommers und in den Regengüssen des Winters. Sie hatte handgewebte Decken auf dem Bett und auf dem Fußboden und ein kleines Kästchen, auf dem ein paar Bücher standen. Es gab kein Privateigentum. Das war alles, was Marianne besaß.

Sie setzten sich auf die Erde vor das Zelt und sahen über die Felder, die Weinberge und Apfelsinengärten, die tiefer gelegenen Kuhställe und die Hühnerställe der Gemeinschaftssiedlung. Es war schön grün, und inmitten sah man den Wasserturm, der das Wasser aus zweihundert Meter an die Oberfläche brachte, den Quell der Fruchtbarkeit. Nebenan waren die gemeinsamen Duschräume und die Waschküche.

»Und was soll ich tun?« sagte Emmanuel. »Hier rumsitzen hat doch gar keinen Sinn.«

»Na, sieh dich ein bißchen um.«

»Ich hab' mich ja vorhin umgesehen. Ich würde ganz gern auf so einer Gemeinschaftssiedlung arbeiten, etwa zehn Jahre, und wenn ich dann genug gespart hätte, dann würde ich eine eigene Landwirtschaft anfangen.«

»Genau das kannst du nicht tun«, sagte Erwin.

»Hier spart niemand, und hier verdient niemand«, sagte Marianne. »Wir alle haben eine gemeinsame Wohnung und essen aus dem gleichen Topf, und wenn wir mal einen Brief schreiben wollen, dann gibt uns die Gemeinschaft die Briefmarke.«

»Und wenn einer mehr arbeitet als der andere?« sagte Emmanuel.

»Darauf kommt es gar nicht an. Alle leben gemeinsam, alle Kinder werden gemeinsam im Kinderhaus erzogen. Es gibt keine Unterschiede mehr.«

»Also dann gehe ich auf keine Gemeinschaftssiedlung«, sagte Emmanuel.

»Was tust du dann?« fragte Erwin.

»Ich muß mich mal erst umsehen. Wie heißt das Land, in das Onkel Harald gegangen ist?«

»Kolumbien.«

»Ach, das habe ich mir schon im Atlas angesehen. Das ist ja ein so kleines Land. Wenn ich in ein Land gehe, dann muß es ein großes Land sein, zum Beispiel Amerika, aber da gibt es die scheußlichen Ungeheuer Visum und Paß.«

»Na, nu lauf und sieh dich um, hinten bei den Schulkindern findest du sicher jemand zum Spielen.«

»Ja, das ist ein Unterschied«, sagte Erwin. »Emmanuel liest, was ihm zwischen die Finger kommt. Und Susi? Eigentlich hat sie nie ein Buch aufgemacht.«

Und da kam sie schon, ein großes, kräftiges Mädchen, ein bißchen derb wie die Effingers und so gesund! Sie strahlte, und die beiden Eltern waren glücklich, das Kind so glücklich zu sehen.

»Du bleibst jetzt bei uns; komm, setz dich ein bißchen.«

»Nein, ich muß noch schnell runterreiten, die Post holen.«

»Ist das nicht gefährlich?« sagte Lotte.

»Hier«, sagte das junge Ding und zeigte auf ihre Tasche, in der sie einen Revolver stecken hatte. Mit nackten Beinen in den kurzen Hosen und offener Bluse schwang sie sich auf das fast sattellose Pferd und ritt im Galopp zur Post.

»Doch großartig!« sagte Lotte.

»Und wie ist er?«

»Was kann man da sagen? Neunzehn Jahre alt.«

»Eigentlich reizend«, sagte Lotte.

»Und ihr geht weg?« fragte Marianne.

»Ach, weggehen«, sagte Erwin, »davon kann gar keine Rede sein. Vielleicht gehen wir auch weg. Lotte hat eine Möglichkeit, darum wollen wir mal nach Holland fahren, und ich will mich auch noch einmal umsehen. Vielleicht finde ich doch irgendeine Möglichkeit der Arbeit. Von diesem winzigen Kapitälchen leben, und noch dazu unsicher angelegt, das ist ja keine Sache.«

»Aber gerade Holland. Warum Holland?«

»Auch das ist nicht sicher, Marianne, nichts ist sicher. Vielleicht sollte man ganz aus Europa rausgehen. Vielleicht sollte man nach Amerika gehen. Aber wir beide hängen an Europa. Vielleicht kommen wir auch wieder. Wir sind übrigens ja auch nicht so wichtig. Susi ist glücklich, und wichtig ist nur noch Emmanuel. Er kann gar nicht genug kriegen zum Lernen, für ihn ist alles ein großes Abenteuer. Ich wollte dir übrigens sagen: Die Sache Soloweitschick bearbeite ich jetzt, ist doch besser von draußen. Es sind jetzt einige Zahlungen erfolgt an Tante Eugenie und Onkel Theodor, natürlich noch nicht die Rechtsanwaltsspesen gedeckt. Aber immerhin. Ich werd' es im Auge behalten.«

Später ging Lotte mit ihrer siebzehnjährigen Tochter auf und ab.

»Und du liebst den Jungen?«

»Ja, natürlich.«

»Und ihr wollt hier auf der Kwuza bleiben?«

»Wir wissen noch nicht. Das heißt, er weiß noch nicht. Ich würde ja gern bleiben.«

»Will er nicht mal mit Papa sprechen?«

»Ach, Mama, wozu? Wir wissen eben noch nicht.«

»Aber ihr wollt doch heiraten?«

»Selbstverständlich, Mama, aber wenn er nachher kommt, sprecht noch nicht mit ihm davon.«

»Na, ist gut.«

Gegen Abend – sie waren schon ängstlich wegen der Heimfahrt, weil alle Landstraßen unsicher waren – kam ein junger Mann, und Susi stellte ihn vor. Er sah aus, wie diese jüdischen Landarbeiter aussahen, braun und kräftig, in kurzen Khakihosen, blauem, offenem Hemd und einer Sportmütze. Ja, sein Vater war Arzt in Süddeutschland.

»Mein Vater kennt Effinger in Kragsheim. Das ist eben die Hauptsorge. Mir gefällt es ja hier sehr gut und Susi auch, aber ich kann die Eltern doch nicht einfach in Deutschland lassen, und hierher zu bringen, das ist doch zu schwierig.«

»Sie sind ja noch beide ganz jung, überlegen Sie sich alles recht gut«, sagte Erwin.

»Mama, ihr müßt gehen«, sagte Susi, »es wird rasch dunkel.«

»Ja, wir gehen schon.«

»Wir sehen dich noch einmal, Susi, ja?« sagte Lotte voll Angst.

»Ja, sicher, Mama!«

Und dann gingen sie rasch zur Landstraße.

»Hör doch auf zu weinen, Mama!« sagte Emmanuel. »Immer weinst du.«

Oben standen Marianne, Susi und ihr Verlobter Josef.

Marianne sah ihnen nach. Wohin fuhren sie? Wohin fuhr Emmanuel? Wo würde ihre letzte Ruhestätte sein? Sähe sie noch einmal diese Gefährten ihres Lebens, ihres einsamen Lebens?

Susi saß mit Josef auf der Stufe des Zelts. Die Wachen waren ausgeschickt.

Taghell schien der Mond vom Zenit, feierlich und streng. Höher schien der Himmel zu sein und die Sterne leuchtender als in Europa. Schwarze, kurze, scharfe Schatten gingen langsam unten vorbei. Kamele.

»Durch dick und dünn«, sagte Susi.

»Durch dick und dünn«, sagte Josef.

# 148. Kapitel

## *Brandfackeln*

Die kleine alte Synagoge in Kragsheim brannte. Bertha stand davor und zwei alte Männer. Sie hatten Mäntel über den Nachthemden an, denn die SA hatte sie aus den Betten geholt. Es war eine eiskalte Nacht, aber vor dem Feuer war es warm genug. Die Landsknechte warfen die Thorarolle mit ihrer Hülle aus goldbesticktem Samt und ihrer Bekrönung ins Feuer. Die Glöckchen der Krone gaben leisen Klang.

»Höre, Israel«, begannen die drei Juden zu beten, »der Herr ist der eine Gott.«

Da nahm der eine SA-Mann seinen Revolver und schlug ihn auf den singenden Mund.

Lieber Gott, der Sohn vom alten Regensburger! dachte Bertha. Aber die Herren werden sich irren, die Wahrheit Gottes könne sie nicht totschlagen – und alle sind solche junge Bube.

Einer aus der Hitler-Jugend sang: »Entrollt die Fahne blutgetränkt, zum Himmel laßt die Feuer lohen! Ein Feigling, der an sich noch denkt, wo rings der Heimat Feinde drohen …«

Das Feuer war ausgebrannt. Sorgfältig hatte die Feuerwehr die umstehenden Gebäude geschützt.

Als Bertha an das »Auge Gottes« kam, sah sie, daß die Tür eingeschlagen war. Der große Schrank aus Eiche, kunstvoll mit Ahorn eingelegt, war zertrümmert. Ein Nürnberger Meister und seine Gesellen hatten an ihm ihre Kunst bewiesen und ihn mit Mustern versehen, wie sie der Erzgießer Vischer erfunden hatte. Gott, das schöne Stück auch! dachte Bertha. Im ganzen Haus waren die Wände beschmiert, das Porzellan zerschlagen und sämtliche Kleidungsstücke geraubt. Durch die zerschlagenen Fenster wehte der eisige Novemberwind. Bertha fand Schuhe und Strümpfe, aber sonst nichts. Sie schlich durch die

Hintergassen und sah Licht beim Wirt zum »Gläsernen Himmel«. Hoffentlich bring' ich die Leut' nicht in Verlegenheit, aber so kann ich doch nicht weiter. Sie klopfte leise.

Der alte Mann ließ sie ein, und seine Frau gab ihr Sachen zum Anziehen. »Eine Schand', eine Schand'«, sagte er.

»Leis'«, sagte die Frau, »die Dienstboten könnten's hören, keinem kannst mehr trauen.«

Bertha schlich zum Bahnhof und fuhr nach Neckargründen. Schon von weitem hörte sie Lärm. Aus dem Warenhaus kamen die Frauen mit Kleidern, Mänteln und Hüten überm Arm. In Handkarren verstauten sie Eisschränke und Öfen. »Nimm doch noch eine Handtasche«, sagte eine Dame zu ihrer Tochter. »Du kannst noch eine blaue brauchen.«

In der Geschirrabteilung sprangen die Landsknechte in schweren Stiefeln auf den Scherben herum. Die Lebensmittel wurden in Lorries abgefahren. Das Café, alles geätztes Glas und lila Samtsessel, erst 1930 fertig geworden, wurde zerstört. In ein großes Feuer auf der Straße wurden Sessel, Lampen und Stühle geworfen.

Bertha bahnte sich durch kniehohe Trümmer, durch zerschnittene Stoffe, durch Zerschlagenes und Zerhacktes ihren Weg. Hoch mußte sie ihre Röcke aufnehmen, um durchzuwaten.

Da sah sie einen feingekleideten Herrn mit grauem Spitzbart. Er stand allein in einem Zimmer, zog sein Messer und schrie: »Den jüdischen Vogel laß ich nicht leben!« und erstach einen kleinen gelben, piependen Kanarienvogel in seinem Käfig.

# 149. Kapitel

## *Sommer 1939*

Und wieder ging alles noch einmal weiter. Das Gas und das Wasser kamen aus der Wand. Die Milch und das Brot und die Zeitungen lagen vor der Türe. Paul und Klärchen wohnten noch in der Bendlerstraße, und Bertha wohnte bei ihnen. Sonntags gingen sie zu Eugenie, wo sie Annette und Waldemar und die Widerklee trafen. Sie lasen sich Familienbriefe vor und zeigten Photographien herum.

Oskar Mainzer saß dabei. Er sprach nicht. Seine Nase war zerschlagen, der Mund schief, da die ganze rechte Seite gelähmt war. Auch die Nieren waren zerschlagen.

Er babbelte was, und Klärchen half ihm aufstehen und hinausgehen.

Waldemar sah ihm nach. »Sehr merkwürdig«, sagte er schließlich, »daß sie ihn überhaupt aus dem KZ gelassen haben. Sie lassen die Entlassenen Zettel unterschreiben, daß sie nichts erzählen werden. Aber hier ist ja nichts zu verbergen. Merkwürdig!«

Keiner sprach. Das Grauen selber hatte am Kaffeetisch Platz genommen. »Das Affidavit von Krautheimer wird ihm gar nichts mehr nützen«, fuhr Waldemar fort. »Er wird nicht reingelassen. Ihr solltet auch rausgehen, solange es noch möglich ist.«

»Ich wollte schon längst«, sagte Klärchen. »Ich habe so eine Ahnung, daß uns noch Schreckliches bevorsteht. Ich kann kochen, nähen, ich bin sehr gut mit kleinen Kindern. In der ganzen Welt braucht man so was. Und was sie mit uns hier machen werden, weiß keiner.«

»Also du redest«, sagte Paul. »Zwei alte Leute ohne jedes Geld, kannst nur andern zur Last fallen. Ist ja Unsinn. Zwei alten Leuten wie uns werden sie nichts tun.«

»Das kann man gar nicht wissen«, sagte Waldemar. »Aber wo wollt ihr hingehen? Die Länder sind doch zu. Welche Affidavitnummer haben denn Erwin und Lotte? Sind sie bald dran?«

»Meine ganzen Neffen und Nichten in Neckargründen sind noch drin.«

»Ekuador hat aufgemacht«, sagte die Widerklee.

»Ist das so sicher?« sagte Bertha. »Oskars Sohn kann nur aus dem KZ raus, wenn er eine Auswanderungsmöglichkeit hat. In Zentralafrika – hat mir einer gesagt – lassen sie Ärzte hin. Er hätte ja fast fertig studiert gehabt. Vielleicht nehmen sie's dort nicht so genau. Ist so ein gewissenhafter Mensch. Aber das Klima ist dort so schlecht. Sie sterben fast alle an Schwarzwasserfieber. Man sollt' sich trotzdem bemühen. Das sind ja solche Menschenquäler in den KZs.«

»Vor genau dreiundfünfzig Jahren«, sagte Paul nachdenklich, »stand ich mit meinem seligen Bruder Ben auf der London Bridge – er wurde später Lord, liberal natürlich, mit dem großen Peersschub von Lloyd George. Damals hat mir Ben zugeredet, in London zu bleiben. Ich habe ihm nicht geglaubt. Die Entente hat doch in sehr vielem recht gehabt, wir haben das alles falsch gesehen in Deutschland.«

Klärchen kramte in ihrer Handtasche. »Hier ist übrigens das neueste Bild von Emmanuel.«

»'n nettes Kind«, sagte Eugenie, »wem sieht er eigentlich ähnlich?«

»Mir«, sagte Annette, »er ist rötlich blond. Und sehr gescheit.«

»Ich habe Harald den Tod seines Vaters mitgeteilt«, sagte Eugenie, »und Harald hat darauf einen langen Brief geschrieben.« Und sie las vor.

»Hat sich doch gut gemacht«, sagte Bertha. »War doch ein rechter Tunichtgut.«

»Wie kommen Sie darauf?« sagte Eugenie mit unnachahmlicher Würde. Harald war der einzige lebende Oppner. »Hier ist die Geburtsanzeige von seinem Sohn. Sehr spanisch schon. Das geht schnell.«

»Gott«, sagte Paul gerührt, »so lebt also dieser Name, einst so groß in der Geschäftswelt, weiter.« Und er warf einen Blick auf den Wendlein, unter dem sie saßen.

Die alte Frieda war noch da. Sie hatte Eugenie nicht verlassen. Sie brachte Kaffee in den herrlichen alten Tassen.

»Was ist denn mit Erwin und Lotte los?« fragte Eugenie.

»Habt ihr etwas gehört?« fragte Annette. »An mich schreiben sie ja nicht.«

»Und an mich haben sie noch keine Zeile geschrieben«, sagte Eugenie.

»Wo man hinhört, beschweren sich die Leute, sie schreiben an niemanden«, sagte Paul, »rutschen von Ort zu Ort und von Land zu Land. Es kommt absolut keine Stetigkeit in ihr Leben. Mir tut nur das Kind leid. Was soll aus so was werden? Kann keine Sprache richtig.«

»Es ist doch ein reizendes Kind«, sagte Klärchen.

»Ich muß mit euch noch wegen der Sachen sprechen«, sagte Eugenie, »ich zieh' doch ins Altersheim. Ich wollte den Wendlein an Harald schicken. Derartige Sachen gehören an die männliche Linie. Aber er will ihn nicht. In fünfundzwanzig Jahren wird er Reue haben.«

»Wir packen einen Lift mit Möbeln, Glas und Porzellan für Erwin. Soll im Hamburger Freihafen gelagert werden. Ich würd' ihn gern dazupacken lassen, ohne Rahmen natürlich. Vielleicht kommt doch Emmanuel eines Tages so weit, daß er ihn sich aufhängen kann.«

»Ja, Paul, das wollen wir hoffen«, sagte Eugenie mit großer Wärme.

# 150. Kapitel

## *Waldemar*

Der Krieg, den Hitler angesagt und bei den Juden begonnen hatte, dehnte sich aus. Die Juden wurden nach dem Osten geschickt.

Von niemandem kam mehr eine Nachricht. Es war eine unheimliche, dunkle Sache.

Der Widerklee war es klar, daß alle ermordet wurden. Sie zog mit Waldemar in eine armselige Wohnung nach Moabit. Riefling zog zu ihnen.

Die Widerklee wollte, daß sie zusammen Schluß machten, als Waldemar den gelben Stern tragen mußte, keine öffentlichen Gefährte mehr benutzen und die Hauptstraßen Berlins nicht mehr betreten durfte. Riefling und Waldemar standen gegen sie.

»Was heißt denn das? Kneifen? Sollen sie mich umbringen! Es wird eine Notiz in der Weltpresse geben, das genügt mir als Leistung mit fünfundneunzig.«

»Richtig«, sagte Riefling, »man weiß ja gar nicht so sicher, ob sie wirklich alle Juden deportieren. Und daß die siegen!«

»Det gloobste doch alleene nicht!« sagte Waldemar. »Ich bleibe leben.«

Da es den Juden verboten war, die Luftschutzkeller zu benutzen, so saßen Riefling und Susanna während der Angriffe mit Waldemar oben in der Wohnung, was für alle gleich schrecklich war, am schrecklichsten vielleicht für Waldemar, der das Gefühl hatte, er sei ein Mörder. Aber eines Tages fielen Phosphorbomben, und eine schlug in die kleine Wohnung von Waldemar. In der Todesangst stürzten alle drei die noch stehengebliebene Treppe hinab.

Im Luftschutzkeller herrschte Frau Lehmann. Als sie die drei in der Tür stehen sah, schrie sie: »Der Jude hinter den Vorhang!«

Und so saß Waldemar, den gelben Stern angesteckt, hinter einem Vorhang, abgetrennt von den übrigen Leuten im Luftschutzkeller.

»So schlechte Luft hier jetzt«, sagte Frau Lehmann, »nicht wahr??«

Aber weder Susanna noch Riefling noch irgendein anderer ließ sich provozieren. Die meisten dachten an ihr mühsam erarbeitetes Eigentum, das da oben in zwanzig Minuten kaputtging.

Riefling kaute an seiner kalten Pfeife.

Als sie aus dem Luftschutzkeller kamen, wußten alle drei, daß über kurz oder lang dieses Zusammenleben mit Konzentrationslager enden mußte.

Waldemar sagte: »Also von nun an bleibe ich oben. Ihr geht runter. Schluß, keine Widerrede.«

Kurz darauf holten sie ihn. Es war eine jener Nächte, in denen die Wagen umherfuhren in Berlin, in denen die erstickten Schreie gellten. Als sie mit den Stiefeln gegen die Tür bummerten, schrie Susanna. Aber sie bekam eins mit dem Revolver auf den Kopf.

Die meisten Leute im Hause verkrochen sich, Frau Lehmann kam raus, stemmte die Arme in die Seiten und rief: »Judenhure, endlich!« Als Susanna verzweifelt versuchte, mitzukommen, sagte einer der SS-Männer freundlich: »Seien Sie doch nicht so dumm, der ist doch in wenigen Stunden tot, und dann haben Sie doch wieder Ihre Ehre gefunden.«

Susanna ging nicht in die Wohnung zurück. Sie irrte umher in der naßkalten Nacht, sie sah die Todeswagen, die die Menschen abholten, für die es keine Hilfe gab. Sie wußte, in wenigen Stunden beim Empfang im KZ, schon auf der Reise würde Waldemar sterben, und sie ging in die Untergrundbahn und warf sich vor den ersten Zug, der die Leute zur Arbeit des Kanonenmachens brachte.

Es war ganz überflüssig. Denn bald darauf brannte Berlin vom Potsdamer Platz bis nach Halensee. Der Tod wartete an jeder Straßenecke.

# 151. Kapitel

## *Ein Brief*

Ein alter Mann von einundachtzig Jahren, Paul Effinger, schrieb 1942 einen Brief:

»Meine lieben Kinder und Enkel und Nichte Marianne, ich schreibe Euch in furchtbarer Stunde, ich weiß nicht, ob dieser Brief Euch je erreichen wird. Wir müssen den bitteren Kelch bis auf den Grund leeren. Es ist keine Hilfe noch Rettung.

Bis auf die, von denen Ihr wißt, sind all Eure Neckargründner Verwandten schon deportiert, verschollen wie Hunderttausende. Eure Mutter und Großmutter Annette hatte das Glück, noch im jüdischen Krankenhaus an einem Darmkrebs zu sterben. Tante Bertha und Tante Eugenie werden den Leidensweg mit uns antreten. Gott gebe uns, daß sie uns nicht zu sehr martern. Er gebe uns einen schnellen Tod.

Die Reue zerfrißt mich, daß ich nicht Eurer lieben Mutter, meinem lieben Klärchen, die wie alle Frauen immer raus wollte, gefolgt habe. Ich reiße sie nun mit in das unausdenkbare Unglück. Ich fühlte mich krank und wollte niemandem zur Last fallen. Ich habe an das Gute im Menschen geglaubt. Das war der tiefste Irrtum meines verfehlten Lebens. Das haben wir nun beide mit dem Tod zu büßen. Möget Ihr und besonders mein Liebling Emmanuel noch einmal bessere Zeiten sehen. Möge das Kind zur Freude der Menschen aufwachsen.

Der Vater im Himmel möge das Band unserer Gemeinschaft zusammenhalten. Er verleihe uns seinen Segen auf all unsern Wegen, denn wir bedürfen seiner. Er behüte auch Euch. Er lasse Euch Sein Antlitz leuchten und gebe Euch Frieden. Amen.

Euer Vater.«

# *Epilog*

Was für ein Frühlingstag, dieser Sonnabend im Mai des Jahres 1948! Was für eine Süße, mittags um zwölf Uhr!

Draußen im Grunewald, wo Erwin und Lotte zuletzt gewohnt hatten, blühten die roten Kastanien, fuhren die amerikanischen und englischen Autos, spielten glückliche, neue Kinder.

Auf dem Kurfürstendamm flutete weiter das Berliner Leben, die Tausende von Frauen, die von und zur Arbeit eilten, die tausend süßen Mädchen, die nur merkwürdige Schuhe anhatten und Kleider, von denen man das dunkle Gefühl hatte, es seien alte Gardinen. Wie eh und je saßen die Menschen in den Cafés auf Korbsesseln. Auch bunte Kissen hatten die Korbsessel, nur bekam man nichts als Himbeerlimonade oder einen Kaffee ohne Milch und ohne Zucker. Und die Häuser über den Cafés waren Ruinen. Und die Kriegsinvaliden verkauften keine Wachsstreichhölzer mehr wie 1880 und keine Schokolade wie 1918. Denn es gab weder Wachsstreichhölzer noch Schokolade. Es waren auch keine Invaliden, denen ein Bein fehlte oder ein Arm, oder die sich schüttelten. Es waren Gelähmte an Seele und Körper.

Das Haus, in dem Klärchen und Paul gewohnt hatten, war nicht mehr zu finden. Die ganze Bendlerstraße war schwer zu finden, denn sie stieß nicht mehr auf die rote Von-der-Heydt-Brücke. Die war, wie alle Brücken, von den Nationalsozialisten in die Luft gesprengt worden. Aber das Haus des Bankiers Mayer, in dem Emmanuel und Selma gewohnt hatten, das war da. Es wirkte wie eine pompejanische Ausgrabung der zweiten Epoche. Das Souterrain war kaputt, aber die Säulen standen noch.

Die kleine Treppe in die erste Etage war stehengeblieben und sogar die kleine gewundene Steintreppe in die zweite. Es stand auch noch eine Nische, die man nie recht gesehen hatte vor Samtportieren und Bärengarderobe. Sie wirkte, als ob ein früher Apoll darin gestanden hätte. Von der Treppe aus sah man in die alte Trinkstube. Sie war voll mit Gänseblümchen, und dazwischen lagen ein paar Flaschen. Die Ledertapete im alten Speisezimmer war verbrannt, Vergoldung und Schweinsleder, alles; aber plötzlich sah man noch Stücke der alten Schäferei, eine Pergola mit grünem Gerank, rosa Rosen und eine große weiße Taube.

Auch Theodors Haus stand noch bis zur ersten Etage, die wunderbare Säulenhalle und die fast zu flache Treppe. Zwischen den Steinen wuchs Gras, und kleine Ahornbäumchen reichten schon fast bis in Theodors Arbeitszimmer.

Die Tiergartenstraße, die Via Sacra des christlichen und jüdischen Reichtums, war wenig befahren. Nicht mehr jagten die Pferde entlang wie im Jahre 1886, nicht mehr rollten die Autos wie im Jahre 1913. Nicht mehr grüßten sich die Leute am Sonntagvormittag, denn es gab kaum mehr Leute in diesem ganzen Viertel. Es war wieder still in der Tiergartenstraße geworden wie 1886. Die meisten Leute waren zerstreut in alle Richtungen der Windrose, oder sie lagen unter den Trümmern, und soweit sie Juden waren, waren sie angesiedelt worden für die Ewigkeit.

Im Tiergarten blühten die Rhododendren nicht mehr, die Bäume waren abgehackt, die Wege, auf denen Annettes Kinder gespielt hatten, waren aufgerissen und mit Kohl bepflanzt. Auf dem Brandenburger Tor wehte die russische Fahne und auf der Siegessäule die französische.

Die ganze Tiergartenstraße lag in Schutt und Asche. Nur der alte Fontane aus weißem Stein, den Mantel über der Schulter, der war stehengeblieben und sah mit weisen Augen auf die Trümmer. Überall wuchs Unkraut und viel Mohn.

Auch die Einfahrt zu Ludwigs und Eugenies Haus konnte man nicht mehr erkennen. Der Vorder- und der Hintergarten waren mit Gemüse bepflanzt. Die Ramblerrosen wuchsen wie eh und je, der Flieder blühte, der Goldregen und die Schneeballen.

Das Haus war weg bis auf die Terrasse. Auf der standen zwei Stühle und ein eiserner Tisch. Im Souterrain darunter aber hingen blütenweiße Gardinen.

Die alte Frieda arbeitete im Garten. Sie war es, die Pauls Brief 1946 im April, als die erste Post wieder ging, an Marianne geschickt hatte. Sie hatte alle gesehen, bis sie weggebracht worden waren. »Wer das mitangesehen hat, Fräulein Marianne, der wundert sich nicht, daß es so kommen mußte, wie es gekommen ist. Sie werden ja wissen, wie unser schönes Berlin aussieht«, schrieb sie.

Das mit dem Gemüse hatte sie erst 1945 angefangen. Jedesmal, wenn sie ein Samenkörnchen in die Erde steckte, hatte sie Zweifel, daß dies wirklich einmal etwas werden könne. Aber es wurde. Und jetzt versuchte sie es sogar mit Mais. »Mit Mais, sagen die Leute, ist es am einfachsten«, sagte sie.

Was für ein Frühlingstag, dieser Sonnabend im Mai des Jahres 1948! Was für eine Süße, nachmittags gegen sechs Uhr!

# Nicole Henneberg

## »Mich interessieren Menschen«

Was für ein großartiger Roman! Er nimmt den Leser auf eine Abenteuerfahrt fast durch ein ganzes Jahrhundert mit, steckt voll historischem Wissen, und seine Hauptfiguren sind so lebendig und einprägsam, daß die Presse sie nach Erscheinen der zweiten Auflage (1978) zu Recht neben die Mitglieder der Familie Buddenbrook stellte. Von heute aus ist es kaum zu verstehen, wie schwierig die Verlagssuche zwischen 1948 und 1950 war – es war wohl einfach der falsche Zeitpunkt für dieses mutige Buch. »Sensationell unvoreingenommen« nannte die FAZ den Roman damals.

Am 23. Mai 1950 schrieb Gabriele Tergit, zermürbt von der langen Suche und einer Vertragsauflösung des Springer-Verlages, an Ernst Rowohlt, bei dem 1931 ihr Erfolgsroman *Käsebier erobert den Kurfürstendamm* erschienen war: »Ihnen persönlich kann ich ja sagen, daß das Nichterscheinen des Romans eine völlige Lebenskatastrophe für mich bedeuten würde. (...) Das Buch kann aussehen wie es will, aber erscheinen muss es.« Ein Jahr später erschien es bei Hammerich & Lesser, die von Springer die gesamte Buchsparte übernommen hatten. Vielen Verlagen hatte sie zuvor Exposés und einzelne Kapitel geschickt, auch Rowohlts Lektor Kurt Wilhelm Marek (unter dem Namen C.W. Ceram ein erfolgreicher Sachbuchautor) lehnte, angeblich wegen Papiermangels, ab und zog einen Roman über polnische Juden vor – Tergit kommentierte bitter, es sei wohl leichter, über die Ermordung Fremder zu lesen als über die der eigenen Landsleute. Damals hieß der Roman noch *Ewiger Strom*.

Als Tergit 1932, auf dem Höhepunkt ihres journalistischen und literarischen Ruhms, »zum Entzücken Ernst Rowohlts«

mit der Niederschrift eines Familienromans begann, schien ihre Berliner Welt nicht mehr idyllisch, aber doch stabil. Zwar nahm die Gewalt auf den Straßen zwischen Kommunisten und SA-Horden täglich zu, und auch die Gerichte gerieten spürbar unter nationalsozialistischen Einfluss – darüber machte sich die erfahrene Gerichtsreporterin Tergit keine Illusionen. Dass aber nur ein Jahr später ihr Leben zusammenbrach, kam auch für sie völlig überraschend: Nach einem SA-Überfall in ihrer Wohnung am 5. März 1933, in der Nacht ihres neununddreißigsten Geburtstages und einen Tag vor der ersten Reichstagswahl nach Hitlers »Machtergreifung«, floh Tergit aus Deutschland, zuerst nach Spindlermühle im tschechischen Riesengebirge, einige Monate später folgte sie ihrem Mann Heinz Reifenberg nach Palästina.

Sie zögerte diesen Schritt lange hinaus, auch wegen der Arbeit am Roman, die ihr einen gewissen Halt gab. In der schwierigsten Zeit ihres Lebens, 1933 bis 1950, arbeitete sie am *Effingers*-Manuskript. In Dutzenden von Hotelzimmern, in Prag, Jerusalem, Tel Aviv und schließlich ab 1938 in London entstand dabei die Chronik einer untergegangenen Welt, die Tergit über alles geliebt hatte. Ihr Schmerz darüber ist dem Roman eingeschrieben, ebenso wie der entscheidende Bruch ihres Lebens, die Vertreibung aus Berlin, seinen Hintergrund und Hallraum bildet.

*Effingers* will die Details einer verschwundenen Welt aufleuchten lassen, was in den Schilderungen der Moden und Interieurs, der Architektur und Essgewohnheiten präzise und poetisch zugleich gelingt. Gleichzeitig will der Roman von Menschen erzählen, die für ihre Zeit so typisch sind, daß viele sich darin wiedererkennen. »Was ich mir wünsche ist, daß jeder deutsche Jude sagt: ja, so waren wir, so haben wir gelebt zwischen 1878 und 1939, und daß sie es ihren Kindern in die Hände legen mit den Worten: damit ihr wißt, wie's war.« Das schrieb sie einem Kollegen während des Veit-Harlan-Prozesses in Hamburg 1948. Über diesen Prozess, der sie am Nachkriegsdeutschland verzweifeln ließ, berichtete sie für die (von der amerikanischen Besatzungsbehörde herausgegebene) »Neue Zeitung« – es war ihre letzte Gerichtsreportage.

Ob *Effingers* als jüdischer Roman zu lesen sei oder nicht, darüber war sich die Autorin selbst nicht klar. Vor allem nach ihrer Ankunft in London 1938 wurde sie sich immer stärker ihrer »Besessenheit« bewusst, die assimilierten deutschen Juden zumindest erzählend zu erhalten. In einem Brief an H. G. Adler beschrieb sie ihren übermächtigen »Wunsch nach Kontinuität, ohne zu realisieren, dass jede Generation völlig anders ist, nicht nur in einer Zeit der Mörder.« Dies ist eines der Kernthemen des Buches, und die Autorin war historisch viel zu redlich, um den Streit und das Unverständnis zwischen den Generationen auch nur im Kleinsten zu beschönigen.

»Was meine *Effingers* angeht«, schrieb sie 1949 an Ernst Rowohlt, der das Manuskript an den Springer-Verlag vermittelt hatte, so ist es »nicht der Roman des jüdischen Schicksals, sondern es ist ein Berliner Roman, in dem sehr viele Leute Juden sind, so wie im ›Käsebier‹ viele Leute Juden waren. Das ist etwas ganz anderes und ich bin der Meinung, daß Springer einen grossen Fehler machen würde, wenn sie ein so stark deutsch kulturgeschichtliches Buch als jüdisch anzeigen würden.« Mit dieser Haltung, die ihren historischen Blick auf den Stoff betont, setzte sie sich politisch zwischen alle Stühle: Den deutschen Lektoren galt ihr Buch als jüdisch und 1950 damit als ethisch schwierig – bei Ullstein lehnte man ab mit dem Hinweis, nach diesem Krieg dürften Juden nur als edle Menschen dargestellt werden. Dieses Argument fand die Autorin historisch unhaltbar und lächerlich. Die gläubigen Juden kritisierten die sehr preußischen und patriotischen, überdies bürgerlich-verschwenderischen Hauptfiguren, während die Zionisten beklagten, daß Israel nur eine marginale Rolle spiele und der Zionismus als autoritärer, dem Judentum zutiefst widersprechender und gefährlicher, ja faschistischer Irrweg dargestellt würde. Selbst ihr Schwager, der in Jerusalem an der Universität lehrende und eher liberale Adolf Reifenberg, dem sie 1950 ihre Not mit dem Manuskript klagte, äußerte sich kritisch: »Die deutschen Juden sind geschlagen, zerschlagen, sie sind kein Faktor mehr und die Welt will sich an die Morde nicht mehr erinnern. Denn man braucht die Deutschen, ihre soldatischen ›Tugenden‹ (…). Nun schreibst du richtig, dass das Buch ja nicht für Deutsche oder ›die Welt‹ bestimmt ist und dass es auch deutsche Juden gibt und das Buch eigentlich für diese bestimmt ist. Aber auch diese deutschen Juden sterben aus. Wo immer sie auch sind versuchen sie sich schnellstens zu assimilieren, haben keine Zeit und kein Geld zurückzudenken. Dies gilt für Israel ebenso wie für Amerika.« Immerhin wurde der Roman nach Erscheinen in einer israelischen Zeitung als Fortsetzungsroman abgedruckt, das Echo blieb marginal.

Das war auch in Deutschland so. Nur etwa dreißig Buchhändler waren bereit, die *Effingers* in ihr Sortiment zu nehmen. An Ilse Lagner schrieb Tergit nach dem begeisterten Feature von Frank Grützbach über *Käsebier*, dem ihre Wiederentdeckung und eine Einladung zu den Berliner Festwochen 1977 folgten: »Bei weitem mein wichtigstes Buch sind *Effingers*. Voss von Springer sagte 1953: ›Bin ja neugierig, wie das antisemitische deutsche Volk dieses Buch aufnimmt.‹ Es hat es gar nicht aufgenommen, glaube 2000 verkauft. (…) Alles fing 1977 an!!!«

1964 erschien eine Volksausgabe (im Lichtenberg Verlag) nur unter der Bedingung, daß die Autorin 20 Prozent kürzte, was sie widerstrebend tat. Ihr war bewußt, daß sie damit nicht nur den Rhythmus vieler Sätze zerstörte, sondern auch den des ganzen Romans. Der ausgedünnte Erzählfluss wirkte oft holprig und sprunghaft, viele Zusammenhänge blieben unklar, was sie später sehr unglücklich machte. Es folgten noch zwei Lizenzausgaben, dann 1978 die zweite Auflage, ein Nachdruck der ersten.

Das bewunderte Vorbild für die sich über vier Generationen erstreckende Familiengeschichte der *Effingers* waren Thomas Manns *Buddenbrooks*. Die motivischen Übereinstimmungen sind verblüffend, auch wenn Tergit die Eigenschaften ihrer Figuren oft anders kombiniert. Aber wie Konsul Johann Buddenbrook hat auch Emmanuel Goldschmidt die unbekümmerte Lebensbejahung seines Vaters verloren, obgleich er nach den tradierten Prinzipien lebt, die hier, und das macht die interessante Akzentverschiebung aus, bürgerliche geworden sind anstelle der traditionell religiösen. Die nervöse Kälte und Exzentrik seiner aus reicher Familie stammenden Frau wurden auf Eugenie Goldschmidt, die exotische, aus Petersburg stammende Grand Dame und die künstlerisch begabte Sofie Oppner verteilt, deren naive, aber anmutige Unreife trotz gescheiterter Ehe und unzähligen Affären sehr an des Konsuls Schwester Tony erinnert – beide sind tragische, dabei kindlich-liebenswerte und sehr prägnante Figuren.

Die familiären und gesellschaftlichen Auflösungserscheinungen, die sich in der nächsten Effinger-Generation zeigen, erwachsen, nach dem ersten Weltkrieg, nicht aus übergroßer Zartheit und künstlerischer Sensibilität, wie bei Hanno Buddenbrook, sondern haben äußerst handfeste, politisch-soziale Gründe. Eine jüdische Familie hatte ganz eigene Kämpfe zu bestehen, »wären Sie Christen, so wären sie National-Kapitalisten« erklärt der intellektuelle Edelnazi Schröder der sprachlosen Marianne, die ihren Onkel Paul Effinger als besonders verantwortlich handelnden, liberalen und sich stets um seine Arbeiter sorgenden Fabrikanten erlebte.

Der unbarmherzige Motor und eigentliche Held des Romans ist die Zeit, wie Tergit zu Recht anmerkt. »Dass das äußere Geschehen überwuchert, ist vom Künstler so gewollt. Das gerade, dass wir alle mehr oder weniger seit 1914 gelebt worden sind, dass wir nicht mehr Herr und Meister unsres Schicksals waren, das soll eines der Charakteristiken der Schilderung sein«, schrieb sie 1948 an ihren Kollegen Walter von Hollander, mit dem sie im Auftrag des Verlages das Manuskript druckfertig machen sollte. Er forderte nochmalige Streichungen und eine grundsätzliche Diskussion über die Figuren, in der sich Tergits ganze Zweifel ebenso wie ihre historische Unbestechlichkeit zeigen. »Was nun die schwere Frage der guten und bösen Goyim angeht, so halten Sie offenbar alle sympathischen Leute für Juden? In der alten Generation ging das in Wirklichkeit und in meinem Roman ganz durcheinander, Friedhof und Billinger sollen beide keine Juden sein. Und sind doch wohl das Beste, was es gibt, jedenfalls viel anständiger als Kramer und Maiberg etc. (…) Und mein Liebling Riefling? Und der Schlemmer ist doch auch mindestens so nett wie die entsprechenden Juden?«

Die Romanhandlung umfasst siebzig Jahre, von 1878 bis 1948, »vom gemütlichen Bismarckschen Deutschland bis zur Hitlerepoche, vom Handwerker zur Industrie, vom Fortschrittsglauben zum Aufruhr der Jugend und ihren Schlagworten ›Führertum und heroisches Leben‹, vom preußischen Spartanertum zum Luxus der wilhelminischen Epoche, Frauenstimmrechtskampf und Kampf gegen die bürgerlichen Begriffe des 19. Jahrhunderts. Er spielt im Berlin der Industrialisierung, im stillen süddeutschen Städtchen, im Weltkrieg in Frankreich, auf dem Balkan, in Polen.« So fasst die Autorin die Handlung zusammen, in die sie einen großen Teil ihrer Familiengeschichte eingebaut hat. Daß Tergit persönliche Erfahrungen in dem Roman verarbeitet hat, teilt sich dem Leser unterschwellig mit – durch die vollkommen authentische Wirkung vor allem unscheinbarer Details. Natürlich sind die Ereignisse und Personen literarisch stilisiert, aber nur, wie sich an den vielen historischen Notizen und Exzerpten der Autorin ablesen lässt, um die historische Wahrheit genauer zu formulieren und kenntlich zu machen.

Die Vorfahren ihrer Mutter stammten aus der Augsburger Gegend und waren gläubige Juden – ihren Großeltern setzt sie mit Kragsheim und dem »Auge Gottes«, wie das gediegene Fachwerkhaus mit der Uhrmacherwerkstatt heißt, ein hochsymbolisches Denkmal. Wie wichtig die jüdische Überlieferung für sie war, von der im Roman zurückhaltend und leise erzählt wird, hat Tergit oft betont. »Geerdet und gestärkt« sei sie durch die Religion, sagte sie 1979 in ihrem letzten Interview, und schon als Kind beeindruckten sie die Familienfeste – was sich unschwer an der liebevollen Schilderung des Seder-Abends im Uhrmacherhaus ablesen lässt. Die Psalmen werden dort »die schönste Poesie der Welt« genannt, und ihre erste und wichtigste Lebensregel hat sie, als bekennende Bibelleserin, von Jesaja gelernt: »Folge nicht dem großen Haufen nach, richte dich nicht nach dem Urteil der Menge«. Alles Verallgemeinern, »Generalisieren« nennt sie es, lehnt sie zeitlebens ab und analysiert stets den Einzelfall, das Detail, das Individuum und seine Motive. So entstanden auch ihre damals ganz ungewöhnlichen Gerichtsreportagen und Jahrzehnte später die Erinnerungen *Etwas Seltenes überhaupt*, deren Stärke gerade in dieser psychologisch feinen, ganz unideologischen, eigensinnigen und schonungslos selbstreflexiven Betrachtung liegt.

Sicherheit habe ihr das Judentum gegeben, betont Tergit, und im Roman erklärt Paul Effinger, wie existentiell wichtig gerade für Juden der enge Zusammenhalt sei. »Jüdische Nestwärme« nennt Tergit diese Art fragloser Vertrautheit und Wertschätzung, die sie selbst später im Londoner Emigranten-Zirkel »Club 43« fand, aber auch auf ihren vielen Reisen nach Berlin, in die immer gleiche, lang vertraute Pension, zu den Soroptimist-Schwestern und alten Freunden.

Das geruhsame, traditionelle Kragsheim und das unruhige, industriell aufstrebende Berlin stellen die konträren Pole des Romans dar, wobei Paul Effinger, neben Lotte und dem Rechtsgelehrten Waldemar die dritte Hauptfigur, sich immer nach der ländlichen Idylle sehnt – in der er aber mit seinen fortschrittlichen Ideen abgelehnt und fortgeschickt wird. Der phantasievolle, intelligente, hart arbeitende und sehr bescheidene Paul erinnert stark an den Firmengründer Siegfried Hirschmann, der, wie Paul im Roman, seine Firma rasch ausbaut und, zusammen mit seinem lebenslustigen Bruder Bernhard (im Roman Karl), erfolgreich an die Börse bringt. Die Fabrik wird im Roman 1884 erweitert, die realen Hirschmann-Werke zehn Jahre später, aber schon um 1910 beschäftigten diese 900 Mitarbeiter in der Kabel- und Gummi-Produktion. Auch enge Kontakte mit England wurden gepflegt, für die im Roman der dorthin ausgewanderte Bruder Ben steht, und man konkurrierte mit Carl Benz in der Weiterentwicklung des »schienenlosen Wagens«. Das Erfolgsmodell, im Roman der billige, leichte »Volkswagen«, hieß bei Hirschmanns »Cyclonette«, war bei Kaiserlicher Polizei und Post im Einsatz und wurde in Kaisermanövern erfolgreich getestet – Wilhelm II. erwog sogar, sich ein solches Fahrzeug anzuschaffen.

Auch das bittere Ende der Fabrik, die nationalsozialistische Enteignung der Besitzer bereits im Juli 1933 und eine Anklage wegen Bilanzfälschung, entspricht den Tatsachen: Siegfried Hirschmann saß deswegen ein halbes Jahr im Gefängnis, musste aber 1934 wegen nicht vorhandener Beweise freigesprochen werden. In den 1960-er Jahren verklagte das Ehepaar Reifenberg das Land Berlin auf Wiedergutmachung, auch der damals erzwungenen, horrenden »Spenden« wegen. Ein empörender und mühsamer Prozess, den sie gewannen.

Eine weitere grausame Pointe liefern im Roman die Nationalsozialisten mit der Enteignung der von Effingers gebauten Arbeitersiedlung: Zuerst als »Bestechung« der Arbeiter diffamiert, wird sie noch im selben Jahr als nationalsozialistische »Mustersiedlung« ausgezeichnet. So erging es dem Hirschmannschen Zweitwerk samt Siedlung in Ketschendorf (bei Fürstenwalde/ Spree). Auf dem ehemaligen Firmengrundstück an der Boxhagener Straße in Berlin-Friedrichshain entsteht heute ein Wohnquartier mit großem Stadtgarten, der den Namen der früheren Besitzer Hirschmann trägt und 2017 von Enkel Tomas Hirschmann eingeweiht wurde. Er reiste aus Guatemala an, wohin seine Großeltern 1938 im letzen Moment fliehen konnten, drei Schwestern des Vaters von Gabriele Tergit wurden in Theresienstadt ermordet. Ihre Eltern waren beide glühende Patrioten, saßen »noch im alten Glanz«, wie sie schreibt, und waren nur schwer zur Flucht zu bewegen. »Die Regierung lügt nicht« – mit diesem Satz ihres Vaters war Elise Hirschmann, so Gabriele Tergits Geburtsname, aufgewachsen.

Schon in ihrem ersten Roman, *Käsebier erobert den Kurfürstendamm* hatte sich die Autorin reale Vorbilder aus dem Kreis ihrer Verwandten, Bekannten und Kollegen gesucht. Dabei arbeitete sie stets synthetisch und kombinierte die Wesenszüge mehrerer Personen in einer literarischen Figur. Im *Käsebier* laufen in der Redaktion der fiktiven »Berliner Rundschau« alle Fäden zusammen, das Vorbild dafür lieferte Tergits Arbeitsplatz im »Berliner Tageblatt«. In den *Effingers* sind es die drei Häuser der Familien Oppner und Goldschmidt im Tiergartenviertel – es ist Tergits eigene Familiengeschichte und die ihres Mannes Heinz Reifenberg, die sie hier erzählt. Die Tiergartenstraße war damals »die Via Sacra des christlichen und jüdischen Reichtums« in Berlin, bis der prachtvoll bebaute Kurfürstendamm zur besseren, moderneren Adresse wurde. Annette und Karl, gesellschaftlich ehrgeizig und voller Sehnsucht nach Luxus und modernem Komfort, ergreifen diese Möglichkeit sofort. »Wie typisch das alles ist, kannst du daraus ersehen, dass ein Mitglied der Familie Mosse es für die eigene Familiengeschichte hielt und jemand Anderes für die Familie James Simon« (Begründer des Alten Museums), schrieb Tergit an eine Verwandte.

Meist kommt die große Familie in der Bendlerstraße zusammen, im Haus von Selma und Emmanuel, und die Schilderung des üppigen Einweihungsfestes gehört zu den besonders schönen und eindrucksvollen Passagen. Dieses Haus gab es, es gehörte den Großeltern von Heinz Reifenberg, war vom Königlichen Baumeister Ludwig Persius, einem Schüler Schinkels, erbaut und wurde, genau wie im Roman, für 300 000 Goldmark in bar gekauft. Tergit besaß Fotos der Außenseiten und der Innenräume, »diese ganze Welt bedeutete uns sehr viel«, schrieb sie in ihren Erinnerungen. Auch die Szene von der Besichtigung des Hauses durch nationalsozialistische Karrieristen ist verbürgt, samt deren Ausspruch von den »jüdischen Läusen«, die auszurotten seien. Das Haus wurde im Krieg zerbombt, das Grundstück vom Land Berlin zu einem geringen Preis erworben – heute steht dort die Philharmonie.

»Tochter Lotte« komme ihm bekannt vor, schrieb Franz Denner, der Berliner Freund (und Briefpartner »Karl« aus den Erinnerungen). Tatsächlich tragen Marianne und Lotte unverkennbar Züge der Autorin. Beide sind von der Frauenbewegung beeinflusst und arbeiten im sozialen Bereich, Lotte studiert später in Heidelberg und München, wie Tergit selbst. Der couragierte, freiheitsliebende Professor dort, der von nationalistischen Studenten niedergeschrien wird, war Max Weber, bei dem Tergit hörte. Und die grundverschiedenen Erfahrungen zwischen dem ruhigen, bürgerlich abgepolsterten Leben im Tiergarten und dem im proletarischen Nordosten von Berlin hat Tergit selbst erlebt: Bis zu ihrem vierzehnten Lebensjahr, vor dem Umzug der Familie in den Tiergarten, lebte sie mit ihren Eltern nahe der Fabrik in Friedrichshain.

Die rebellische Jugend stellt ein drittes Kraftzentrum des Romans dar, in ihren Überzeugungen und Sehnsüchten nach Führung und einem neuen, sozialen Ethos spiegeln sich die Strömungen der Zeit vor dem ersten Weltkrieg, Schriften des Reformpädagogen Gustav Wyneken und der Frauenrechtlerin

Gertrud Bäumer sind fast wörtlich zitiert. In diesem Riss durch die Gesellschaft, der noch vertieft wurde durch die von der Mehrheit für unmöglich gehaltene militärische Niederlage 1918 und die nachfolgende wirtschaftliche Not der Weimarer Jahre sah Tergit wesentliche »Bausteine zu Hitler«. Vor allem die Beziehungen zwischen Juden und Christen interessiert sie dabei, die »seit 1890, bestimmt aber seit 1918 vergiftet waren. Dem konnte sich keiner entziehen. Ich bezweifle, ob Sie und ich hätten so nett und harmlos zusammensitzen können wie wir es taten«, schrieb sie 1948 an Walter von Hollander.

Doppeltes, existentielles Gepäck trug Tergit bei sich, als sie mit ihrem neuen, britischen Pass 1948 erstmals nach Berlin reisen durfte. Nicht nur die Trauer über die zerstörte Heimatstadt drückte sie, sondern auch das 700 Seiten starke Manuskript der *Effingers*. Es war das letzte, das sie besaß – vier waren in den Kriegswirren untergegangen: Zwei torpediert, eines in Paris verschollen, eines bei Walther Kiaulehn in München verschwunden, eines hatte Alfred Döblin, der in der französischen Zone die Zeitschrift »Das Goldene Tor« herausgab, an der Tergit mitarbeitete, in vielen Einzelpaketen an Rowohlt geschickt. Deshalb gab sie dieses letzte Exemplar nicht einmal Peter Suhrkamp, der ihr flehentlich mitgeteilt hatte, er habe »kein Material«. Vielleicht wäre das Schicksal des Romans als Suhrkamp-Buch ein anderes gewesen?

Diesen ersten Berlin-Besuch nach dem Krieg fügte sie in den Roman ein, später wird sie den Gang durch das zerbombte Tiergartenviertel, der hier das Zentrum des »Epilogs« bildet, fast wörtlich in ihre Erinnerungen übernehmen. Das dokumentarische Material, mit dem Tergit hauptsächlich arbeitete, verwendete sie in unterschiedlichen Zusammenhängen und Textsorten, aus gesammelten Zeitungsannoncen und mitgehörten Gesprächen wurden Feuilletons, aus persönlichen Erlebnissen Romanszenen. Etliche ausgemusterte Seiten in ihrem Nachlaß im Literaturarchiv Marbach zeigen, daß sie nach dem Krieg ihre eigenen Fluchterfahrungen verarbeitet hat. So gibt es den Entwurf einer Überfahrt Lottes nach Palästina, der Tergits dort entstandener Schilderung »Überfahrt 1933« sehr ähnlich ist: Zwischen Zionisten und Assimilanten gab es nur Haß, »Brücken führten zu den Blut- und Bodentheorien der Nationalsozialisten, aber keine Brücke führte zum Assimilanten.« Besonders verstörte sie in Palästina die Behauptung einiger extremer Zionisten, die Judenfrage sei in Deutschland »positiv in unserem Sinne entschieden« worden. Trotz solcher niederschmetternden Erfahrungen, die sie in ihren fünf Jahren dort auf Hunderten von Seiten festhielt, erscheint das karge, unzivilisierte Land im Roman doch als sicherer Fluchtort. Lotte und ihr hochintelligenter Sohn Emmanuel, der wie Tergits Sohn Peter einen Löwen hat, mit dem er gern telefoniert, fahren allerdings aufatmend wieder ab.

Zu ihren edelsten Figuren zählte die Autorin vor allem den Grafen Beerenburg-Haßler, den sie schon vor 1938 so angelegt hatte, daß er »nach dem 20. Juli zugrunde gehen« würde – dieses Ende findet sich unter den späteren, ausgemusterten Entwürfen. Aber die eigentliche Lichtgestalt des Romans ist Waldemar, der Gelehrte und weise Menschenkenner. In manchen Zügen an Walther Rathenau erinnernd, wie ihn Harry Graf Kessler in seiner Biographie schildert, vertritt er die Ideen der Aufklärung und des liberalen Denkens in seiner besten und liebenswertesten Form. Er spricht stets Klartext, und seine Verteidigung der geistigen Verdienste deutscher Juden und ihres damit erworbenen Rechtes auf die deutsche Kultur steht in ihrer humanen Radikalität dem Brief Armin T. Wegeners an Hitler (April 1933) nahe, von dem sich ein Typoskript in Tergits Nachlaß findet. Folgende Stelle hat sie markiert: »Haben alle diese Männer und Frauen (Albert Einstein, der Reeder Albert Ballin, der Naturforscher Ehrlich, (…) Emil Rathenau, Gründer der Allgemeinen Elektrizitätsgesellschaft) ihre Taten als Juden vollbracht oder als Deutsche? Haben ihre Schriftsteller und Dichter eine jüdische Geistesgeschichte geschrieben oder eine deutsche, ihre Schauspieler eine deutsche Sprache gepflegt oder eine fremde?« In diesen Sätzen steckt das ethische Grundanliegen des Romans, es deckt sich mit den tiefsten Überzeugungen der Autorin – insofern ist *Effingers* ein sehr persönliches Buch.

Die Personenkonstellationen, der gesellschaftliche Blickwinkel – die genannten und viele weitere Details belegen, daß es sich bei *Effingers* um einen dezidiert politischen Roman handelt, der sich nur in seiner ersten Hälfte als eher geruhsamer Familienroman ausgibt. Spätestens mit der Unruhe der Jugend im Vorfeld des ersten Weltkrieges bröckeln alle bürgerlichen Gewissheiten in den wohlhabenden, kultivierten jüdischen Familien des Tiergartenviertels. Auch der Rhythmus der Erzählung verändert sich, die Kapitel sind jetzt oft kurz, die Handlung beschleunigt sich: Die politischen Krisen der erzählten Zeit schlagen sich unmittelbar in den Sätzen nieder. Auch das ist ein Grund dafür, daß sich der Roman bis heute frisch und spannend liest: Es ist seine Modernität, die das bewirkt, der knappe, klare Ton, der trockene Witz, die genauen und schnellen Dialoge, seine Vielstimmigkeit. In jedem Kapitel spricht eine andere Person, wird ein anderer Ort vorgestellt, und durch diese Montagetechnik ergibt sich ein bewegtes und mitreißendes Panorama der Zeit.

Eine Bedingung dafür war Tergits Vertrauen in ihre Figuren, von denen sie sich gern überraschen ließ und denen sie beim Schreiben folgte. »Mich interessieren Menschen, Frauen und Männer, es interessierte mich, wie sie sich in den verschiedenen Jahrzehnten verschieden verhalten. Ich freue mich über ihre Närrischkeiten genauso wie ich mich über ihre Weisheit freue«, notierte sie sich für eine Buchvorstellung. Ein gründlicher, umfassender und durchaus radikaler Realismus spricht sich hier aus, der das Prekäre aller menschlichen Existenz zu fassen versucht.

Mit den letzten Kapiteln, dem alles verheerenden Strudel der Apokalypse, hat die Autorin allerdings lange gerungen. Sie verwarf ein Gespräch zwischen Lotte und Paul über die Flucht nach Amerika, und schrieb 1948 an Walter von Hollander: »Ich habe das Gefühl, es ist zu speziell. Die zweite Frage ist, ob ich ein letztes Kapitel anfügen soll, wo ich schildere die Zerstörung des Tiergartenviertels, die Ruinen der Bendlerstrasse, des Tiergartenhauses von Eugenie, der Villa von Theodor und wo sich dann anschliesst die Mitteilung, was aus allen wurde, d. h. Auschwitz für die Juden, Erschiessung des Grafen Beerenburg-

Haßler nach dem 20. Juli 1944, Selbstmord von Susanna Widerklee, als man Waldemar abholt. Mein Problem ist (…) das letzte Kapitel ist der Größe des Geschehens nicht adäquat, ist es notwendig?« Vor allem vor Sentimentalität fürchtet sich Tergit dabei, vor dem »es kam, wie es kommen musste«, das sie »die Gefahr aller jüdischen Bücher von Juden« nennt. Der Vertreibung und dem Morden aber den ihm gebührenden Umfang einzuräumen, hätte Anlage und Rahmen des Buches gesprengt. In ihrem unveröffentlichten Roman »So war's eben« hat sie diesem Danach, auch dem Exil, sehr breiten Raum gegeben.

Mit dem knappen, lakonischen »Epilog« hat sie dieses Problem glänzend gelöst. Der unerbittliche Lauf der Welt, der sich auch in den unbeirrt weiterfahrenden Frachtschiffen und dem steten Wachsen der Baumwolle in Amerika manifestiert, schert sich nicht um die Zerstörung. Ein neuer Frühling kommt, alles geht weiter – nur die alte Köchin Frieda, die mit ansehen musste, wie man die Familien abholte, hat ihre Zweifel, daß nach der Katastrophe »dies wirklich etwas werden könnte.«

Gabriele Tergit
Käsebier erobert den Kurfürstendamm
*Roman*
Herausgegeben von Nicole Henneberg
400 Seiten. Gebunden. Lesebändchen
ISBN 978-3-89561-484-2

In sechs rauschhaften Wochen schrieb Gabriele Tergit ihren ersten Roman, der sie 1931 mit einem Schlag berühmt machte. *Käsebier erobert den Kurfürstendamm* erzählt von Aufstieg und Fall des Volkssängers Käsebier, den ein Zeitungsreporter in einem billigen Varieté entdeckt. Um Eindruck in seiner Redaktion zu machen, puscht er ihn zum Megastar hoch. Immobilienmakler und Spekulanten hängen sich an den schnellen Ruhm, die gelangweilten Damen der guten Gesellschaft pilgern in die Vorstellungen, Käsebier wird hemmungslos vermarktet.

Gabriele Tergit, die erste deutsche Gerichtsreporterin, ist nicht nur eine unerbittlich genaue, sondern auch mitfühlende Beobachterin. Pointierte und hoch komische Dialoge machen neben der präzisen Schilderung der gesellschaftlichen Milieus – vom Tanzmädchen über den Tischlermeister bis zum Medienmogul – den Reiz ihres Romans aus. Ihr eigener Arbeitsplatz wird dabei besonders unter die Lupe genommen: die Kulturredaktion des Berliner Tageblatts. Berlin, die weit östlich gelegene Stadt, war schon damals ein so idealer wie schwieriger Ort für Kreative.

»Gebannt verschlingt man diesen Roman. (…) Denn dieser rasante Roman kann es mit den Büchern von Hans Fallada und Erich Kästner ohne Weiteres aufnehmen.«
Manfred Papst, *NZZ am Sonntag*

»Lesen Sie Gabriele Tergits *Käsebier erobert den Kurfürstendamm* von 1931. (…) Der Roman gilt zu Recht als einer der bedeutendsten der Weimarer Republik.«
Jens Jessen, *Die Zeit*

»Unterhaltsames Lehrstück über die Mechanismen der Massenkultur. (…) *Käsebier erobert den Kurfürstendamm* ist ein irisierendes Epochenbild und hat nichts von seiner Spannkraft verloren.«
Maike Albath, *Deutschlandfunk*

»*Käsebier erobert den Kurfürstendamm* ist vor allem ein Roman über Berlin, über die Geschwindigkeit des großstädtischen Lebens und den dazugehörigen Zynismus.«
Tobias Rapp, *Der Spiegel*

»So wird Gabriele Tergit (…) nun schon zum dritten Mal wiederentdeckt. Hoffentlich diesmal ein für alle mal.«
Nadine Lange, *Tagesspiegel*

»Eine bitterböse Gesellschaftsposse.«
Gisa Funck, *Deutschlandfunk*

»Sehr witzig, sehr flott und richtig unterhaltsam.«
Stefan Sprang, *hr1*

Schöffling & Co.

Gabriele Tergit
Etwas Seltenes überhaupt
*Erinnerungen*
Herausgegeben und mit einem Nachwort von Nicole Henneberg
424 Seiten. Gebunden. Lesebändchen
Mit zahlreichen Fotografien und Faksimiles
ISBN 978-3-89561-492-7

»Etwas Seltenes überhaupt« nannte der Journalist Rudolf Olden Gabriele Tergit, die mit ihrem Roman *Käsebier erobert den Kurfürstendamm* berühmt wurde. Zweifelsfrei gehört sie zu den bemerkenswertesten und mutigsten Frauen des 20. Jahrhunderts. Als erste weibliche Gerichtsreporterin der Weimarer Republik machte sie anhand scheinbar unbedeutender Fälle auf die großen Problematiken ihrer Epoche aufmerksam. Aus der Position einer sozialkritischen Beobachterin heraus beschrieb sie die Gewalt und den zunehmenden Einfluss der Nationalsozialisten. Diese setzten Gabriele Tergit ganz oben auf die Liste politischer Gegner, was sie schließlich, nachdem sie in der Nacht ihres 39. Geburtstags von einem SA-Trupp bedroht wurde, zur Flucht aus Deutschland zwang.

Ihr zweiter Roman *Effingers*, der das Schicksal einer jüdischen Familie in Berlin schildert, erschien im Jahr 1951. Eine Sammlung ihrer Gerichtsreportagen wurde erst posthum publiziert, ebenso ihre eindrücklichen Erinnerungen *Etwas Seltenes überhaupt*. Diese erschienen erstmals ein Jahr nach ihrem Tod – und nun in einer lang erwarteten, von Nicole Henneberg neu edierten und mit einem Nachwort versehenen Neuausgabe.

Schöffling & Co.

»Tergit sichert in diesem Buch die Spuren der alten Freunde. (…) Es ist eine Art von Liebesdienst, zugleich ein unversöhntes Resümee ihrer Zeit.«
Susanne Mayer, *Die Zeit*

»Keine deutschsprachige Journalistin der 20er Jahre beobachtete genauer und formulierte treffender. (…) Ein weiblicher Alfred Polgar – nur leidenschaftlicher.«
Michael Bauer, *Focus*

»Eine glasklare Sicht auf die Dinge, ein sprühender Geist, ein Mutterwitz vor dem Herrn.«
Joachim Scholl, *Deutschlandfunk Kultur*

»Es ist ein Gespräch mit den Lesern. Tergit nimmt sie sehr ernst, verlangt ihnen Aufmerksamkeit ab, meidet die abgenutzten Formulierungen und emotionalen Routinen.«
Jens Bisky, *Süddeutsche Zeitung*

»Tergits Erinnerungen (…) in ihrer bisweilen witzigen wie zerrissenen Sprache (…) lesen sich wie ein unruhiges Zeit-Mosaik.«
Till Greite, *Frankfurter Allgemeine Zeitung*

»In Gabriele Tergits Erinnerungen lebt das Berlin der 1920er Jahre wieder auf, mit allen Kuriositäten und Absurditäten, gesellschaftlichen Auseinandersetzungen und großen menschlichen Tragödien.«
Harald Loch, *Neues Deutschland*

»Bücher wie dieses machen wieder sichtbar, was verschwunden ist.«
Tobias Rüther, *Frankfurter Allgemeine Sonntagszeitung*

Schöffling & Co.

# STAM

Bankier MARKUS GOL

LUDWIG
1845–1917
heiratet
EUGENE SOLOWEITSCHICK
1856–1942

SELMA
1847–1932
heiratet
EMMANUEL OPP
1830–1908

ANNETTE, geb 1867
heiratet
KARL EFFINGER

THEODOR, 1868–1939
heiratet
BEATRICE v. LAZAR
geb. 1884

HARALD, geb. 1904

MATHIAS EFFINGER, I
verheiratet m

BENNO
1860–1929
heiratet
MARY F. POTTER

REGINALD
1886–1916

ROGER
1887–1917

JUNE
geb. 1890

KARL
1861–1932
heiratet
ANNETTE OPPNER

JAMES
1886–1932

HERBERT
geb. 1890
heiratet in USA

MARIANNE
geb. 1892

ERWIN
geb. 1894
heiratet
LOTTE EFFINGER

SUSI, geb. 1921
EMMANUEL, geb. 1929

PAUL
1861–1942
heiratet
KLÄRCHEN OPP

LOTTE
geb. 1894
heiratet
ERWIN EFFING

FRITZ
1900–1918